Sonia Marmen

Lanze und Rose

Highland-Saga

Ins Deutsche übertragen
von Barbara Röhl

blanvalet

Die kanadische Originalausgabe erschien 2004 unter dem Titel
»Cœur de Gaël: La Saison des Corbeaux«
bei Les éditions JCL inc., Chicoutimi, Québec, Kanada.

FSC
Mix
Produktgruppe aus vorbildlich
bewirtschafteten Wäldern und
anderen kontrollierten Herkünften

Zert.-Nr. SGS-COC-1940
www.fsc.org
© 1996 Forest Stewardship Council

Verlagsgruppe Random House FSC-DEU-0100
Das für dieses Buch verwendete FSC-zertifizierte Papier
Super Snowbright liefert Hellefoss AS, Norwegen.

2. Auflage
Deutsche Erstveröffentlichung Juli 2007 bei
Blanvalet, einem Unternehmen der Verlagsgruppe
Random House GmbH, München.

Dieses Werk wurde vermittelt durch die Agentur Editio Dialog,
Dr. Michael Wenzel, Lille, Frankreich.
Umschlaggestaltung: HildenDesign, München
Umschlagmotiv: Eigenarchiv HildenDesign, München
Redaktion: Beate Bücheleres-Rieppel
ES · Herstellung: Heidrun Nawrot
Satz: Uhl + Massopust, Aalen
Druck und Einband: GGP Media GmbH, Pößneck
Printed in Germany
ISBN 978-3-442-36570-8

www.blanvalet.de

Für Stéphanie und Alexandre.
Mitzuerleben, wie sie in unserer Welt,
die wir »zivilisiert« nennen, groß werden,
hat mir eindringlich klargemacht,
wie vergänglich das Leben ist.
Mut beweist man nicht, indem man den Tod sucht,
sondern indem man lebt.

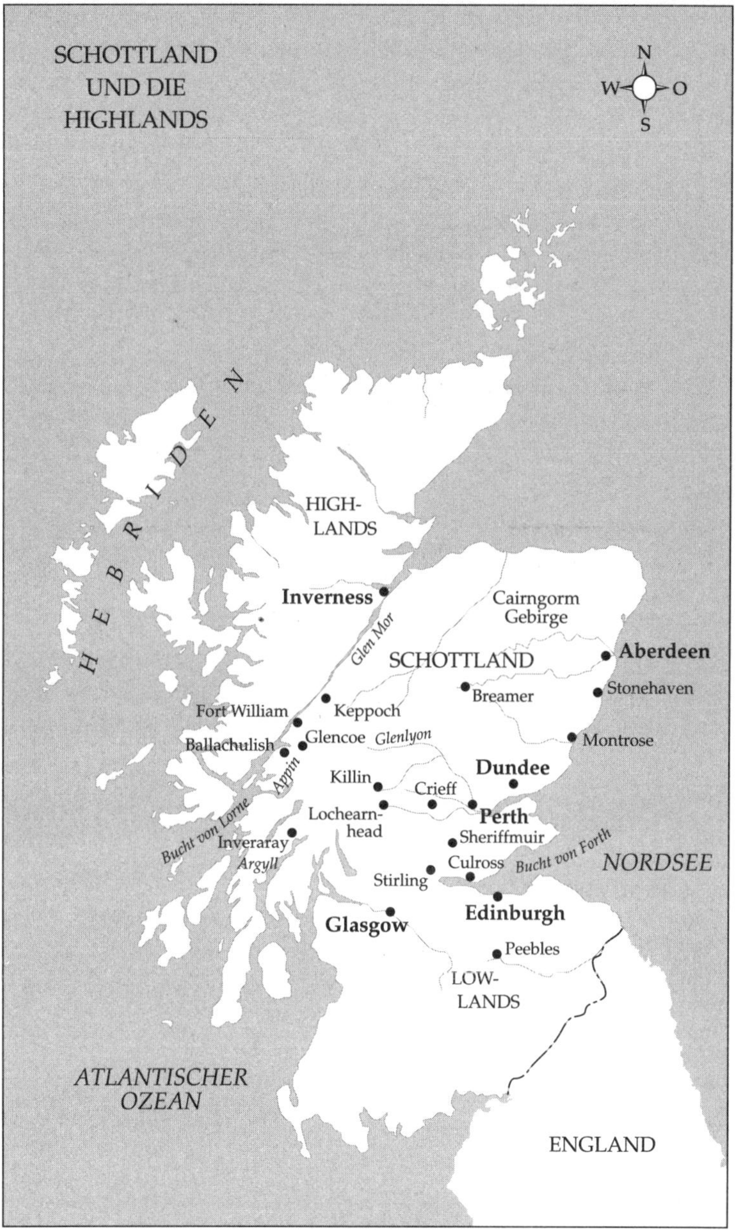
SCHOTTLAND
UND DIE
HIGHLANDS
N
W
O
S
HEBRIDEN
HIGH-
LANDS
Inverness
Glen Mor
Cairngorm
Gebirge
SCHOTTLAND
Aberdeen
Stonehaven
Breamer
Keppoch
Fort William
Glencoe
Glenlyon
Ballachulish
Montrose
Dundee
Appin
Killin
Crieff
Lochearn-
head
Perth
Bucht von Lorne
Inveraray
Argyll
Sheriffmuir
Culross
Bucht von Forth
NORDSEE
Stirling
Edinburgh
Glasgow
Peebles
LOW-
LANDS
ATLANTISCHER
OZEAN
ENGLAND

Stammbaum

Sir Duncan Campbell
Baron von Lochow († 1453)

Argyle

Colin
1. Earl of Argyle († 1494)

Archibald
2. Earl († 1535)

Colin
3. Earl († 1535)

Archibald
4. Earl († 1558)

Archibald
5. Earl († 1573)

Glenorchy

Sir Colin Campbell
1. Laird von Glenorchy († 1480)

Duncan
2. Laird († 1513)

Sir Colin
3. Laird († 1523)

Duncan
4. Laird

John
5. Laird

Colin
6. Earl († 1584)

Archibald
7. Earl († 1638)

Sir Colin
8. Laird († 1640)

Archibald
8. Earl, 1. Marquess († 1661)

Sir John
10. Laird († 1686)

Archibald
9. Earl († 1685)

Mary

verh. mit **Sir Grey John Campbell**
11. Laird, 1. Earl of Breadalbane
(1635–1716)

Archibald Campbell
10. Earl, 1. Duke of Argyle
(1633–1703)

John Campbell
2. Duke of Argyle (1678–1743)

Archibald Campbell
Earl of Islay, 3. Duke of Argyle

Red John Campbell
4. Duke of Argyle
(1693–1770)

der Campbells

Die Personen, deren Name unterstrichen ist,
kommen in diesem Buch vor.

Glenlyon

Grey Colin
6. Laird
(† 1583)

Sir Black Duncan
7. Laird († 1631)

Sir Robert
9. Laird († 1657)

Jean, Großmutter von
Sarah, verh. mit
**Alasdair Macdonald
Glencoe,**
Sohn des legendären **Alasdair
MacIain Macdonald**

Archibald
1. Laird von Glenlyon

Red Duncan der Gastfreundliche
2. Laird († 1580)

Colin der Schreckliche
3. Laird († 1597)

Red Duncan
4. Laird († 1640)

Captain Robert Campbell
5. Laird (1632–1695)

John Buidhe Campbell
6. Laird (1675–1747)

John Campbell
7. Laird
(1694–1781)

David Campbell
8. Laird
(1702–?)

Archibald
»Roy« Campbell
9. letzter Laird
(1729–1779)

Die Linie der Campbells von Glenlyon erlischt mit Archibald.

Zusammenfassung von Band 1

Schottland, Ende des siebzehnten Jahrhunderts. Caitlin Dunn, eine junge Irin, wird von ihrem Vater auf Dunning Manor verdingt, denn er hofft, dass sie sich dort auf ehrliche Weise ihren Lebensunterhalt verdienen kann. Doch der Hausherr, Lord Dunning, behandelt Caitlin wie eine Sklavin und zwingt sie, ihm zu Willen zu sein. Als er sie eines Abends erneut zu vergewaltigen versucht, ersticht sie ihn in einer Mischung aus Angst, Wut und Verzweiflung.

Auf ihrer überstürzten Flucht trifft sie mit Liam Macdonald zusammen, einem hünenhaften Highlander. Er war wegen Waffenschmuggels festgesetzt worden und ist soeben aus seiner Zelle entkommen. Gemeinsam fliehen sie in Liams heimatliches Tal in den schottischen Highlands.

Zwischen den beiden entwickelt sich eine stürmische Leidenschaft. Doch die schönste Frau des Dorfes, die überaus attraktive und verschlagene Meghan, hat beschlossen, Liam zu heiraten, und schreckt vor nichts zurück, um ihr Ziel zu erreichen. Aber sie verschwindet unter mysteriösen Umständen, die Anlass zu der Vermutung geben, dass sie ermordet worden ist.

Der hinterlistige Winston, Sohn und Erbe von Lord Dunning, hat die Umstände um den Tod seines Vaters so dargestellt, dass Liam dafür angeklagt wird. Es gelingt ihm, Caitlin in seine Gewalt zu bekommen. Gleichzeitig wird Liam festgenommen. Um ihn vor dem Galgen zu retten, lässt Caitlin sich auf ein demütigendes Geschäft mit Winston ein; einen Handel, der Liam zutiefst bestürzt und ihn an seinen Gefühlen für Caitlin zweifeln lässt.

Inmitten dieser stürmischen Ereignisse kommt das erste Kind

der turbulenten Verbindung zwischen der schönen Irin und dem tapferen Highlander zur Welt. Doch der kleine Duncan Coll ist noch keinen Monat alt, als er entführt wird. Nachdem die Männer des Suchtrupps jeden Stein im Tal umgedreht haben, führt ihr Weg die Gruppe schließlich zu einer Frau, die alle für tot gehalten hatten: Meghan. Sie hat den Verstand verloren und ist nur noch ein Schatten ihrer einstigen überirdischen Schönheit. Unter den entsetzten Blicken derer, die soeben mit knapper Not den Säugling gerettet haben, tötet sie sich am Ende selbst.

Duncan Coll kehrt unversehrt und gesund nach Hause zurück. Endlich findet die kleine Familie ein wenig Frieden – doch nur eine Zeit lang, denn das Schicksal hält noch viele Prüfungen für sie bereit …

TEIL EINS

1715

»Ihre Grausamkeit war der schlimmste Fehler
der Schotten,
doch wahrscheinlich zugleich ihre Rettung.«

1

Der letzte Raubzug
September 1715

Die untergehende Sonne tauchte das Tal in rötliches Licht und überhauchte die mit Heidekraut und verdorrtem hohen Gras bewachsenen Hügel mit Gold- und Purpurtönen. Dort weidete ein Teil von Glenlyons Herden. Die Tiere ahnten nicht, dass sie mit begehrlichen Blicken bedacht wurden.

Duncan Macdonald nahm sein Barett aus blauer Wolle ab und strich sich mit den Fingern durch die rabenschwarze Mähne, die in den letzten Sonnenstrahlen schimmerte.

»Hmmm… Es wäre gute Arbeit, wenn es uns gelänge, sie uns alle zu holen. Die Herde muss wohl dreißig Köpfe zählen. Sollten diese Idioten von Campbells wirklich glauben, dass wir ihnen nach unserem Misserfolg vom letzten Monat keinen erneuten Besuch abstatten würden?«

»Was meinst du, ob sie in den Hütten sind?«, fragte der junge Mann, der rechts neben ihm im feuchten Heidekraut lag.

Duncan setzte seine Mütze wieder auf und wandte sich seinem Bruder Ranald zu.

»Wenn nicht, dann können sie jedenfalls nicht weit sein. Die Campbells lassen ihr Vieh niemals lange unbewacht. Wir müssen eben warten«, entschied er und richtete seinen Blick erneut auf die Heide.

»Vielleicht haben sie uns entdeckt.«

»Nein, das glaube ich nicht«, murmelte Alasdair und beschattete die Augen mit der Hand. »Du weißt ebenso gut wie ich, dass sie uns schon angegriffen hätten, wenn sie bemerkt hätten, dass wir uns auf ihrem Land aufhalten.«

Ranald richtete sich in eine kniende Haltung auf, wobei er das Gesicht verzog und sich das Kreuz rieb. Duncan gab es einen Stich, und er wandte den Blick ab. Sein Bruder sagte nichts, doch offensichtlich hatte er Schmerzen; und Duncan hatte wieder einmal das Gefühl, schuld an seinem Zustand zu sein, der sich anscheinend nicht mehr bessern wollte. Er rückte ein wenig herum, um sein Gewicht von einem Ellbogen auf den anderen zu verlagern.

Zwei Jahre waren jetzt seit dem furchtbaren Unfall vergangen, der ihm beinahe den Bruder geraubt hatte. Ranald, der nur neunzehn Monate jünger war als er, pflegte ihm wie ein Schatten zu folgen. Damals war Duncan siebzehn gewesen, und die beiden hatten sich in die Brennerei geschlichen, um sich heimlich etwas von dem »Feuerwasser« abzuzapfen; dem berühmten Whisky, den ihr Vater und Simon Macdonald viermal destillierten und eifersüchtig hüteten. Ihre Mutter hatte ihnen streng verboten, davon zu kosten. »Ihr werdet bald genug sehen, was dieses Gift aus einem Mann machen kann, meine lieben Söhne!« Wenn Caitlin Macdonald etwas angeordnet hatte, dann war es nutzlos, mit ihr zu debattieren. Sogar ihrem Vater gelang es selten, bei ihr das letzte Wort zu behalten. Daher hatten die Brüder beschlossen, sich diskret eine Flasche aus dem Eichenfass abzufüllen, das sorgfältig verborgen in einem entfernten Winkel der Destillerie stand. Ihr Vater hatte das nicht gekennzeichnete Fass zwischen dem gewöhnlichen Whisky abgestellt, um Neugierige zu täuschen. Doch da kannte er Duncan schlecht. Er hatte gesehen, wie sein Vater das Holz mit einer Kerbe markiert hatte, und wusste, wo das fragliche Fass stand.

Doch das Unternehmen war schlecht ausgegangen. Die Brüder waren ertappt worden, und als sie sich verstecken wollten, war Duncan gegen einen Holzkeil gestoßen, der die an der Wand aufgestapelten leeren Fässer hielt. Das Ergebnis war dramatisch gewesen. Mit einem höllischen Radau waren die leeren Fässer heruntergepoltert. Ranald, der keine Zeit mehr gehabt hatte, ihren Schlupfwinkel zu verlassen, hatte in der Falle gesessen und die ganze Wucht des Aufpralls abbekommen. Dabei war sein zerbrechliches jugendliches Knochengerüst schwer angeschlagen worden.

Duncan hörte noch die Schreie seines Bruders, als man ihn unter dem Berg von Eichenholzfässern hervorgezogen hatte. Er schloss die Augen. Ranald hatte mehrere Rippenbrüche und einen Beckenbruch davongetragen. Sie hatten um sein Leben gefürchtet, denn es wäre durchaus möglich gewesen, dass die Spitzen der gebrochenen Rippen in seiner Brust großen Schaden anrichteten. Mehrere Tage lang hatte er gefiebert. Um sein Leiden zu lindern, hatte man ihm Laudanum einflößen müssen und Feuerwasser, als sie keine Medizin mehr hatten, was Duncan wie eine besondere Verhöhnung ihres Unfugs erschienen war.

Ranald war zäh; er hatte die Folgen des Unfalls überstanden. Doch sein Körper hatte Nachwirkungen zurückbehalten wie diese Rückenschmerzen, die ihn seither nie mehr verließen. Jetzt trug er ständig eine Flasche von dem starken Branntwein bei sich, um den Schmerz zu betäuben, wenn er unerträglich wurde. Trotzdem klagte er nie und trug immer ein Lächeln zur Schau.

Er hatte darauf bestanden, an diesem Überfall auf die Ländereien von Glenlyon, den Alasdair ins Werk gesetzt hatte, teilzunehmen. Mit seinen siebzehn Jahren fand er, dass es höchste Zeit für ihn war, sich als Mann zu beweisen. Duncan hatte es nicht fertiggebracht, ihm den Wunsch abzuschlagen, obwohl er wusste, dass ihre Mutter ihm schwere Vorwürfe machen würde, wenn sie davon erfuhr. Aber sie konnte ihn schließlich nicht sein ganzes Leben lang behüten, Herrgott!

»Niemand zu sehen«, murrte Ranald ungeduldig und riss ihn aus seinen schmerzlichen Erinnerungen. »Warum greifen wir nicht jetzt an? Wir können schließlich nicht die ganze Nacht darauf warten, dass sich die Campbells blicken lassen! Wenn ich mich nicht bald ein wenig bewege, friere ich mir noch meine edelsten Teile ab! Heute Abend ist es wirklich scheußlich kalt.«

Mit einem spöttischen Lächeln auf den Lippen drehte Duncan sich zu seinem Bruder um.

»Du kannst ja Jenny bitten, sie dir anzuwärmen, Brüderlein. Ich bin mir sicher, sie wird dir den Gefallen gern tun!«

»Schweig still, Duncan! So ein Mädchen ist Jenny nicht.«

»Sie würde dir aus der Hand fressen, armer Dummkopf! Ich

frage mich wirklich, warum du sie noch nicht zu einem Spaziergang auf die Heide mitgenommen hast. Ein Windstoß hebt ihre Röcke hoch, und du brauchst nur noch den Rest zu tun … Du wirst sehen, was für ein angenehmes Gefühl das ist. Irgendwann musst du es schließlich hinter dich bringen, Ran. Gehört alles zu dem schweren Los, welches das Leben dem Manne aufbürdet.«

Ranald rutschte verlegen herum, und seine Wangen liefen purpurrot an. Erneut richtete er zerstreut den Blick auf die vereinzelten Hütten, die unterhalb des Felsvorsprungs, auf den sie sich zurückgezogen hatten, lagen.

»Ist es das, was du mit Elspeth treibst?«

Duncan gab keine Antwort. Er richtete sich ebenfalls auf, wobei er darauf achtete, seine Deckung nicht zu verlassen. Eine Bewegung hatte seine Aufmerksamkeit auf sich gezogen. Weiter unten überquerten sieben Reiter die Heide.

»Da sind sie!«, rief er aus und zog langsam den Dolch, den er am Gürtel trug.

Über das Plaid hinweg, das er über die Schulter geschlungen trug, warf er Alasdair einen Blick zu. Sein Kamerad hatte die Reiter ebenfalls bemerkt. Er schaute wieder zu Ranald hinüber. Der junge Mann runzelte besorgt die Stirn. Er wirkte nervös, aber vielleicht spürte er auch nur die Aufregung anwachsen, genau wie Duncan selbst. Ein köstliches Gefühl war das, bei dem sich am ganzen Körper die Härchen aufstellten, ein wenig ähnlich dem, was er empfand, wenn er Elspeths zarte, gebräunte Haut streichelte; eine fast erotische Erregung, die von einem Prickeln tief im Unterleib begleitet wurde.

Er legte seinem Bruder eine Hand auf die Schulter und drückte sie sanft.

»Du denkst doch an unsere Regel, oder, Ran? Wenn du siehst, dass es brenzlig wird, verziehst du dich, auch, wenn einer von uns in der Klemme steckt. Kühe wird es immer geben. Aber wenn dir etwas zustößt, wird Mutter mir das Fell gerben, und ich würde mir für den Rest meines Lebens Vorwürfe machen. Also, hast du verstanden?«

»Ja, schon gut«, murmelte Ranald und zog ebenfalls seine Waffe.

»Warten wir noch?«, fragte einer der Männer, die sie begleiteten.

»Ja, sie werden bald wieder reiten. Lassen wir ihnen die Zeit, ein letztes Mal ihre Tiere zu zählen«, lachte Alasdair, um dessen Lippen ein spöttisches Lächeln spielte.

Der Sohn des Laird von Glencoe setzte seine Mütze wieder auf und spannte seine Pistole. Er drehte sich zu seinen Männern um. Sein Lächeln war verschwunden und hatte einem kühlen, gebieterischen Ausdruck Platz gemacht. Duncan amüsierte sich innerlich. Er kannte Alasdair Macdonald gut. Er besaß die Weisheit seines Vaters und trug meistens eine liebenswürdige Miene zur Schau. Doch wenn es ernst und gefährlich wurde, verhielt er sich den anderen Männern gegenüber unbeugsam und hart. Jeder, der es gewagt hätte, seinen Befehlen zu widersprechen oder, noch schlimmer, ihnen zuwiderzuhandeln, zog sich seinen unerbittlichen Zorn zu. Aus diesem Mann würde zweifellos einmal ein guter Clanführer werden. Aber schließlich war er ja auch der Enkel des großen MacIain.

»Ich will nicht, dass auch nur ein Tropfen Campbell-Blut unnötig die Klingen eurer Dolche rötet.«

Er wandte sich an einen seiner Männer, der dabei war, an einem Fingernagel die Schärfe seiner Klinge zu prüfen.

»Ist das klar, Allan?«, hakte er noch einmal nach.

»Ja doch, ja«, murrte der ungeschlachte Bursche, biss die Zähne zusammen und runzelte unzufrieden die Stirn.

Die sechs Männer blieben noch einige Minuten hinter den Ginsterbüschen hocken, bis der letzte der Campbells hinter dem Hügel verschwunden war. Dann liefen sie zu ihren Pferden, die ein Stück hinter ihnen, wo sie möglichen Blicken entzogen waren, warteten.

Duncan ritt dicht hinter seinem Bruder, während sie das Hornvieh einkreisten, um es zusammenzutreiben und die Heide hinaufzulenken, bevor sie den Hügelkamm überqueren mussten. Danach würde sie der Weg nach Ranoch Moor führen. Ranald schien ganz in seinem Element zu sein und schlug sich recht gut.

»Beeilt euch, Männer!«, schrie Alasdair, »Wir dürfen keine Zeit verlieren!«

Inzwischen war die Sonne untergegangen, und im üppigen Tal von Glenlyon wurde es langsam dunkel. Duncan sah sich verstohlen um. Er hatte ein eigenartiges Gefühl, als würde er beobachtet. Doch er sah niemanden. Indes …

»Ran, treib du zusammen mit den anderen die Herde weiter, und gib Alasdair Bescheid, dass ich gleich nachkomme. Ich will mich noch einmal umsehen, um sicherzugehen, dass uns niemand folgt.«

Ranald warf seinem Bruder einen besorgten Blick zu.

»Wieso? Außer uns ist schließlich niemand hier!«

»Ich weiß … Ich will ja nur unseren Rückzug sichern, wenn's dir recht ist.«

»Schön, einverstanden. Aber nimm dich in Acht, denn wenn du nicht heil zurückkommst, bin ich es, den Mutter sich vornehmen wird.«

Duncan grinste breit, und in der einbrechenden Dunkelheit blitzten seine Zähne strahlend weiß auf. Er wendete sein Reittier und sprengte in einer Staubwolke davon. Die Hütten schienen tatsächlich verlassen zu sein. Dennoch hatte er, nachdem er das Gebiet dreimal umrundet hatte, immer noch den seltsamen Eindruck, beobachtet zu werden. Die Herde und die Männer waren soeben über den Hügelkamm verschwunden, und auf der Heide herrschte wieder die Stille, die hierhergehörte. Er warf einen letzten Blick hinter sich und wollte schon das Tal verlassen, um sich wieder zu seinem Kameraden zu gesellen, als eine flüchtige Bewegung seinen Blick anzog. Hinter einem Erlenbusch, in der Nähe des Bachs, der die Heide durchquerte, um schließlich in den Lyon-Fluss zu münden, hatte sich etwas bewegt. Er ritt auf dem Weg, den er gekommen war, zurück. Wahrscheinlich war es nur ein Tier, doch er wollte sichergehen.

Plötzlich tauchte eine Gestalt aus dem Gebüsch auf und stürzte eilig den Abhang hinunter. Duncan gab seinem Pferd die Sporen und nahm die Verfolgung auf. Wenige Augenblicke später hatte er den Flüchtigen eingeholt, warf sich über ihn und hielt ihn nieder. Doch er wehrte sich, und die beiden kugelten über die Heide und stießen sich an den Steinen, die hier und da aus dem Boden ragten. Schließlich erstarrten sie.

»Verflucht!«, zeterte eine helle Stimme. »Nimm deine dreckigen Pfoten weg, Macdonald!«

»Herrje, du bist ist ja eine Frau!«

Duncan, der auf dem Hinterteil der jungen Frau saß und ihr ein Knie ins Kreuz gepresst hielt, fasste den Dolch, den er ihr in den Nacken drückte, lockerer. Er hatte die Haut leicht eingeritzt.

»Was hast du hier zu suchen, Weib?«, verlangte er mit harter Stimme zu wissen. »Ist es nicht ein wenig spät, um spazieren zu gehen und auf der Heide Blumen zu pflücken?«

Er konnte ihr Gesicht nicht erkennen, das von einem dichten, roten Haarschopf verborgen wurde. Doch der Duft nach Rosenwasser, der daraus aufstieg, kribbelte in seiner Nase.

»Du tust mir weh, du hundsgemeiner Kerl«, fauchte sie und versuchte wütend, sich loszumachen. »Reicht es euch denn noch nicht, unsere Kühe zu stehlen! Ihr schmutzigen Langfinger ... Ich habe wirklich genug von euch. Mein Großvater hätte euch alle auslösch ...«

Sie hatte keine Zeit, zu Ende zu sprechen. Duncan drehte sie brutal auf den Rücken, setzte ihr die Stahlspitze seines Dolches unter das Kinn, dort, wo die Haut am weichsten ist, und durchbohrte sie mit einem wütenden Blick. Angesichts der realen Bedrohung durch die scharfe Klinge und der subtileren Drohung, die von den kalten Augen, die sie anstarrten, ausgingen, erstarrte die junge Frau. Ihre Lippen begannen zu zittern, und sie riss die Katzenaugen weit auf.

»Ich ... Das w ... w ... wollte ich gar n ... nicht sagen.«

Duncans Atem ging keuchend, und vor Zorn wurde ihm ganz schwindlig. Die Anspielung auf das Massaker, das seinen Clan vor dreiundzwanzig Jahren dezimiert hatte, brachte ihn außer sich. Es hätte nicht viel gefehlt, und er hätte den Stahl in die blasse Haut der dreisten kleinen Gans getrieben, die fluchte wie ein Mann und sich unter ihm wand. Doch als er ihr in die Augen sah ...

»Ich bin mir sicher, dass du nicht über das nachgedacht hast, was da eben über deine hübschen Lippen gekommen ist.«

»Nein ... Wirklich nicht.«

Sie hatte aufgehört zu zappeln und starrte ihn jetzt entsetzt an. Duncan beobachtete sie mit halb geschlossenen Augen. Er sah, wie die Brust der jungen Frau sich rasch hob und senkte. Sein Blick verharrte auf den Kurven, die den schlammverkrusteten Stoff spannten.

»Wer bist du?«

Die Frau schluckte. Duncan fiel auf, dass die Spitze seines Dolchs sich immer noch in die zarte, blasse Haut bohrte. Langsam zog er seine Waffe zurück, blieb aber auf den Schenkeln seiner Gefangenen sitzen. Das kleine Biest schien nur über eine einzige Waffe zu verfügen, nämlich seine Zunge; und damit würde er schon zurechtkommen.

»Wer bist du?«, fragte er noch einmal grob.

»Das sage ich dir nicht.«

»Bei deinem Schandmaul bist du ganz offensichtlich eine Campbell«, bemerkte er und musterte sie begehrlich. »Du hast von deinem Großvater gesprochen… Du bist nicht zufällig die Enkelin von Robert Campbell, diesem Bastard?«

Sie gab keine Antwort, hielt aber seinem Blick stand. Duncan packte die Handgelenke der jungen Frau fester, und sie krümmte sich. Ihr Schweigen ließ keinen Zweifel daran, wen er da vor sich hatte

»Na, das ist ja allerliebst! Dann sitze ich also auf der Tochter des Laird von Glenlyon?«

»Scher dich zum Teufel!«, fauchte sie ihm ins Gesicht.

Von neuem zappelte sie unter ihm wie ein Aal. Ihre Bewegungen begannen ihn ziemlich zu erregen. Wie hatte Glenlyon nur ein so bezauberndes Wesen zeugen können? Sein Puls schlug schneller. Er schloss die Augen und holte tief Luft, um die Empfindungen, die sie in ihm auslöste, zu unterdrücken. Vor seinem inneren Auge überschlugen sich Bilder, eines wollüstiger als das andere. Aber das war wirklich nicht der rechte Augenblick, um sich über Glenlyons Tochter herzumachen. Die Männer des Laird konnten jeden Moment zurückkommen, und dann würde er sich mit Sicherheit mit einem Strick um den Hals wiederfinden, wenn man ihn erwischte. Er musste dringend an etwas anderes denken: das Vieh, seine Kameraden, irgendetwas…

»Herrgott.«

»Lass mich los, dreckiger Bastard! Du und deine Freunde, ihr seid doch nur eine jämmerliche Diebesbande! Das ist alles, was ihr Macdonalds könnt; stehlen und morden!«

»Gemach, gemach! Morden ist ja wohl ein wenig übertrieben. Und was das Stehlen angeht… pah! Von etwas muss man ja leben, meine Schöne, und es ist wahr, dass wir brillante Viehdiebe sind.«

Die Frau bedachte ihn mit wütenden Blicken, und Duncan fühlte sich immer befangener, trotz des Zorns, der erneut in ihm aufgestiegen war, nachdem sie ihm diese Beleidigung ins Gesicht geschleudert hatte. Er hätte nicht übel Lust gehabt, ihre Röcke hochzuschlagen und ihr die ordentliche Tracht Prügel zu verpassen, die sie offenbar gebrauchen konnte. Schon bei dem Gedanken spannten sich seine Muskeln an. *Verflucht, ich würde sofort über sie herfallen!* Er schluckte. Jetzt kam es vor allem darauf an, Zeit zu schinden, damit seine Kameraden sich weit genug entfernen konnten, ehe das Mädchen ihnen noch den ganzen Campbell-Clan auf die Fersen hetzte.

»Was hast du hier gewollt?«, fragte er und versuchte, seine Stimme nicht zittern zu lassen.

»Ich brauche keine Rechenschaft darüber abzulegen, was ich tue und lasse. Und dir schon gar nicht! Ich bin hier zu Hause. Viel eher solltest du dich erklären, weil du dich auf unserem Territorium befindest. Mir scheint, dass Glencoe mehrere Meilen von hier entfernt liegt.«

»Ich habe mich verirrt.«

»Oh, natürlich! Für wen hältst du mich, du Trottel? Ich habe genau gesehen, wie ihr unsere Kühe gestohlen habt, du Dreckskerl!«

»Weiß dein Vater eigentlich, dass seine Tochter flucht wie ein Fuhrknecht? Treibst du so auch Konversation mit deiner adligen schottischen Sippschaft?«

»Ich rede, wie ich es lustig bin, Macdonald. Wieso regt dich das so auf?«

»Unsere Frauen werden bestraft, wenn sie eine solche Sprache führen.«

»Ach, dass ich nicht lache! Außerdem gehen mich die Manieren eurer Frauen nichts an! Warum reitest du nicht zu ihnen zurück? Lass mich los!«

Plötzlich musste er an Elspeth denken, ihr kleines rundes Gesichtchen und ihre hübsche, leicht nach oben zeigende Nase. Mit ihren großen grünen Augen und den langen braunen Haaren, in denen kupferne Reflexe aufleuchteten und die im Takt zu ihrem fließenden Gang hin- und herschwangen, war Elspeth Henderson sehr ansehnlich, und viele Männer stellten ihr nach. Wahrscheinlich war sie sogar hübscher als dieses freche, abgerissene Wesen, das unter ihm um sich schlug. Aber bei Elspeth hatte er noch nie diesen Aufruhr und dieses Gefühl in den Lenden gespürt… Fand er etwa plötzlich Gefallen an solchen kleinen Mädchen?

»Wenn ich dich loslasse, wirst du deinen Leuten Bescheid geben. Und das kann ich nicht zulassen… Jedenfalls erst in ein paar Minuten. Ich muss meinen Männern Zeit geben, sich weit genug zu entfernen.«

Sie knurrte und versuchte, ihn zu beißen, doch er konnte ihr mit knapper Not ausweichen.

»Meiner Treu, du bist ja wie eine Wölfin!«

»Ha, dabei hast du mich noch gar nicht richtig kennengelernt.«

»Wirklich?«

Skeptisch hob Duncan eine Augenbraue und verzog den Mundwinkel. Das Mädchen bäumte sich auf und versuchte weiterhin vergeblich, ihren Angreifer, der ihr das Becken auf den steinigen Boden drückte, abzuschütteln.

»Du machst mich wütend, Macdonald!«

»Was glaubst du, was du machst?«

Er konnte sich gar nicht an diesen schönen, vollen Lippen sattsehen, die nichts als wüste Beschimpfungen von sich gaben.

»Halt endlich den Mund, Weib!«

»Nicht, solange ich dich mit meinen Worten ärgern kann…«

Er erstickte ihre Widerrede, indem er seinen Mund auf ihre Lippen legte und sie mit der Zunge auseinanderzwang. Die junge Frau spannte sich unter ihm an und wehrte sich, aber er hielt sie ohne große Schwierigkeiten nieder. Gegen seine Statur von einem Meter neunzig kam sie wahrhaftig nicht an. Er seufzte zufrieden und zog sich dann zurück. Beide atmeten schwer und sahen einander in die Augen, während ein drückendes Schweigen eintrat. *Was in aller Welt mache ich da? Ich muss aufhören, bevor ich …* Das war das erste Mal, dass ihm die Idee kam, einer Frau Gewalt anzutun, und das bestürzte ihn.

»Es … es tut mir leid«, brachte er nach einigen Minuten heraus.

Er kam sich vor wie der letzte aller Trottel. Etwas anderes hatte er nicht zu sagen gewusst. Sie bewegte sich ein wenig unter ihm. Er gab ihre Handgelenke frei und ließ sich neben ihr ins Gras fallen, wobei er Gott im Stillen dafür dankte, dass die Dunkelheit seinen inzwischen mehr als offensichtlichen Erregungszustand verbarg. Sie rührte sich immer noch nicht, doch er hörte ihren raschen Atem. Er drehte sich zu ihr um. Ihr markantes Profil zeichnete sich vor dem dunkelblauen, mit dünnen violetten Schlieren überzogenen Himmel ab.

»Du kannst gehen.«

Sie drehte sich auf die Seite, stand auf und kam auf ihn zu. Er sah den Tritt nicht kommen, der ihn mitten in die Weichteile traf. Duncan krümmte sich. Er bekam keine Luft und rang verzweifelt nach Atem. Der Schmerz lähmte ihn.

»Du mieses kleines Luder!«

Sie hockte sich vor ihn hin und schwenkte einen *Sgian dhu** vor seiner Nase.

»Wage es bloß nicht, mich noch einmal mit deinen dreckigen Pfoten anzurühren, Macdonald.«

»Ich … habe dir doch gesagt …, dass es mir … leidtut …«

»Leid, dass ich nicht lache! Ein gewisser Körperteil von dir hat mir da etwas ganz anderes verraten.«

Sie lachte nervös auf und schob die zerzausten Haarsträhnen, die ihr in die Augen fielen, zurück. Im Halbdunkel funkelten ihre Augen. Duncan versuchte aufzustehen und beschimpfte

* Kleiner Dolch, der zur traditionellen Tracht im Strumpf getragen wird.

sich für die Schwäche, die ihn angesichts des kristallklaren Blickes ihrer blauen Augen überkommen hatte.

»Jetzt dürfte deine Leidenschaft wohl etwas abgekühlt sein. Noch einmal, und ich schneide ihn dir ab und stecke ihn dir ins Maul, verstanden?«

Duncan spürte plötzlich einen unwiderstehlichen Drang, laut loszulachen. Seine Lage war dermaßen lächerlich! Er, Duncan Coll Macdonald von Glencoe, hatte sich von einer kleinen Campbell-Schlampe übertölpeln lassen. Auf keinen Fall durfte er seinen Kameraden von seinem Missgeschick erzählen, sonst würde er zum Gespött aller Männer seines Clans werden. Unter dem verblüfften Blick der jungen Frau, die sich fälschlich für den Grund seiner Heiterkeit hielt, kugelte er sich unbändig lachend auf dem Boden herum.

»Findest du das etwa komisch? Dachtest du vielleicht, ich weiß nicht, wie man eine Waffe führt?«

Er lachte noch lauter. Sichtlich empört schickte sie sich an, ihm noch einen Tritt zu versetzen. Aber Duncan bekam ihren Knöchel zu fassen, kurz bevor der Fuß ihn erreichte, und verdrehte ihn ihr heftig, so dass sie hinfiel. Die Klinge des *Sgian dhu* fuhr wenige Zentimeter vor seinen Augen vorbei und blitzte in dem hellen Mondlicht auf, das jetzt begann, die Hügel mit einem silbrigen Schein zu überziehen.

»Meine Güte, der arme Bursche, der dich einmal zur Frau bekommt, tut mir jetzt schon leid!«, prustete er und erhob sich vollständig. Eine Hand schützend über den Körperteil gelegt, den sie kurz zuvor malträtiert hatte, betrachtete er die Frau, die sich den schmerzenden Knöchel rieb und dabei wilde Flüche auf Gälisch ausstieß.

»Du bist ja eine richtige Furie! So ein Mädchen habe ich noch nie gesehen. Verdammt! Wenn man dich hört, könnte man glauben, du wärst ein Mann, der sich als Frau verkleidet hat.«

»Scher dich zum Teufel! Wenn es so gewesen wäre, dann würdest du jetzt schon an einem unserer Bäume hängen, Bastard!«

»Reg dich nicht auf, ich gehe ja schon … Ich lege nämlich Wert darauf, alle meine Körperteile noch ein Weilchen zu behalten.«

Er wandte sich ab und ging zu seinem Pferd, das als stiller

Zeuge seiner Niederlage einige Meter weiter wartete. Als er hinter sich plötzlich ein ersticktes Schluchzen vernahm, erstarrte er einen Moment lang. Doch dann überlegte er es sich anders. *Soll sie doch auch zur Hölle fahren, die kleine Schlampe!* Er rieb sich den immer noch schmerzenden Schritt, verzog das Gesicht, während er auf sein Pferd stieg, und gab dem Tier die Sporen.

Ranald und Allan erwarteten den jungen Mann auf der Heide, am Eingang ihres Tals.

»Könntest du mir einmal verraten, was du getrieben hast?«, brüllte sein Bruder, der sichtlich besorgt war. »Wir waren schon drauf und dran zurückzureiten. Hast du Gesellschaft bekommen?«

»Nein, da war niemand.«

Ranald beobachtete seinen Bruder schweigend. Er glaubte ihm kein Wort, denn er kannte ihn so gut, dass er wusste, wann er log. Aber wenigstens war er so freundlich, vor Allan nichts zu sagen. Duncan wurde klar, dass er nicht darum herumkommen würde, ihm später alles zu erzählen.

Sie versteckten die gestohlenen Tiere im hochgelegenen Tal von Coire Gabhail. Die Mutter der beiden Brüder war erleichtert, als sie sah, dass ihre Söhne wohlbehalten von ihrer Expedition zurückgekehrt waren. Ihre Schwester Frances hatte sich bestimmt eine Ausrede für sie ausgedacht, aber Duncan wusste, dass seine Mutter sich nichts vormachen ließ. Merkwürdigerweise sagte sie jedoch nichts, sondern beschränkte sich darauf, ihnen einen missbilligenden Blick zuzuwerfen, während sie die Teller mit gekochtem Gemüse und Räucherhering vor sie hinstellte. Die Brüder tauschten verschwörerische Blicke. Ihr Vater hingegen erkundigte sich mit ausdrucksloser Miene, wie viele Tiere sie mitgebracht hätten.

Eine kühle, zarte Hand legte sich auf Duncans Wange, dann folgten ihr warme, feuchte Lippen, und er erschauerte.

»Du scheinst weit fort von hier zu sein, Duncan«, murmelte eine Frauenstimme an seinem Hals.

»Nein, Elsie. Mhhh … ich gehöre ganz dir.«

»Das will ich auch hoffen, denn ich habe Lust auf dich …«

Der junge Mann legte sich im Stroh auf die Seite und ließ eine Hand unter die Röcke seiner Gefährtin gleiten, die seufzend die Schenkel öffnete; eine willkommene Einladung, die er sogleich annahm.

»Ist in Glenlyon mit Ran alles gutgegangen?«

»Mhhh … ja«, antwortete Duncan zerstreut, schob Elspeths Röcke hoch und enthüllte in dem Zwielicht, das im Stall herrschte, ein kleines dunkles Dreieck.

Der Geruch des Heus und der Tiere vermischte sich mit dem intimeren Duft der jungen Frau, die sich ihm darbot und sich unter seinen begierigen Händen wand.

»Es gefällt mir nicht besonders, wenn du dabei mitmachst. Seit sie im letzten Monat Stuart aufgehängt haben …«

»Du darfst dir nicht so viele Gedanken machen, Elsie.«

Er schnürte die Bänder ihres Mieders auf, öffnete es und enthüllte ihre üppigen Brüste. Augenblicklich machte er sich daran, an den aufgerichteten Brustwarzen zu knabbern. Sie bäumte sich leicht auf und vergrub die Finger in seinem Haar.

»Duncan … Wenn dir etwas zustößt …«

»Du bist so weich, Elsie …«

»Hör mich an, Duncan.«

Am Hals seiner Geliebten lachte er leise.

»Hör auf, dich um mich zu sorgen. Glaubst du, ich lasse mich von einem dieser Campbell-Bastarde umbringen?«

»Nein, natürlich nicht, aber …«

Um sie zum Schweigen zu bringen, legte er seinen Mund auf ihren und kostete freudig ihre Lippen und ihre Zunge. Dann zog er sich ein wenig zurück, um wieder zu Atem zu kommen. Er wollte nicht zu rasch vorgehen; die Lust war viel größer, wenn er sich Zeit ließ.

»Du riechst so gut«, flüsterte er und vergrub die Nase in ihrem seidigen Haar.

»Und du riechst nach französischem Duftwasser«, bemerkte sie und schnüffelte an seinem Hemd. »Was hast du in Glenlyon gemacht, Duncan?«

Der junge Mann erstarrte ein wenig und richtete sich dann auf, um sein Hemd auszuziehen. Verflucht! Warum hatte sie diese Bemerkung machen müssen? Da war es ihm einen Moment lang gelungen, diese Campbell zu vergessen. Doch nun verfolgte ihn das Parfüm der Unbekannten und verstärkte seine Begierde, Elspeth so brutal zu nehmen, wie er sich auf der feuchten Heide am liebsten auf diese Frau gestürzt hätte. Er versuchte, sich zu beherrschen, holte tief Luft und schloss die Augen, aber vergeblich. Die Erinnerung an das Campbell-Mädchen ließ ihm immer noch keine Ruhe.

»Wahrscheinlich habe ich auf der Heide einen Rosenbusch oder eine andere duftende Pflanze gestreift...«

»Aber auf der Heide wachsen überhaupt keine Rosen.«

»Ich weiß es doch auch nicht!«, versetzte er ungeduldig. »Was glaubst du denn? Dass ich von einer Frau, die nach Rosen geduftet hat, überfallen worden bin?«

Er unterdrückte das unbändige Lachen, das in ihm aufstieg, und sagte sich, dass diese Beschreibung der Wahrheit ziemlich nahe kam. Er war ja wirklich auf der Heide von einer Frau, die einen berauschenden Rosenduft verströmte, attackiert worden. Elspeth stieß einen kurzen, erstickten Schrei aus, als er in sie eindrang.

»Pass auf, Duncan. Ich möchte nicht schwanger werden...«

»Ich weiß... Oh, Elsie, du bist so feucht... So weich...«

Unter dem Tartan seines Kilts gruben sich die Fingernägel der jungen Frau in seine angespannten Gesäßmuskeln. Mit fest geschlossenen Augen gab er sich seiner Fantasie hin und stellte sich vor, wie halb geschlossene, helle Katzenaugen ihn lustvoll ansahen.

»Ahhhh...«, drang es zwischen seinen trockenen Lippen hervor.

Das Stroh und das raue Holz kratzten ihm die Knie auf. Mit einem Male wurde ihm klar, dass er in Gedanken mit einer anderen Frau zusammenlag. Er hielt die Augen geschlossen, um Elspeths Blick nicht zu begegnen. Wenn sie es sah... Er fühlte sich wie der letzte hundsgemeine Kerl, doch das Gefühl war stärker als er. Wieder sah er die feuerroten Haarsträhnen, die das schmale, zarte Gesicht des Campbell-Mädchens umspielten wie Flammen, die sie mit ihrem feurigen Temperament entzündet hatte. Ihr großer Mund und ihre vollen Lippen, so weich … Aber wie kam es nur, dass sie eine so grobe Sprache führte? Diese Frau war ein richtiger kleiner Teufel … Aber vielleicht hatte ihn gerade das so sehr erregt.

»Duncan … Denk daran.«

Er öffnete die Augen einen Spaltweit. Sie wurde von Zuckungen geschüttelt, die ihre runden, schweren Brüste fröhlich hüpfen ließen. Oh, Herrgott! Eilig zog er sich zurück. Wogen der Lust durchfluteten seinen Körper, und er erstickte seinen Aufschrei im Stoff ihrer Röcke. Wie gern hätte er sich hemmungslos in ihr verloren, wäre in ihr vergangen … Aber an wen dachte er dabei, wenn er ehrlich war? Meinte er Elspeth oder die Campbell-Frau?

Duncan ließ sich auf den Rücken fallen und strich sich mit den Fingern durch das Haar, in dem überall Strohhalme steckten. Seine andere Hand ruhte matt und reglos auf Elspeths Schenkel. Langsam kam er wieder zu Atem und versuchte, Ordnung in seine Gedanken zu bringen. Er machte sich Vorwürfe, weil er beim Höhepunkt an eine andere gedacht hatte, denn er hatte Elspeth sehr gern. Sie war ein liebes Mädchen, sanft und fügsam, hübsch und warmherzig, und hatte alles, was ein Mann sich für sein Haus, für sein Bett nur erträumen konnte. Warum ging ihm aber dann diese flammende Furie nicht aus dem Kopf? Dieses Campbell-Mädchen hatte ihn mit einem einzigen Blick betört. Sie war ein richtiges kleines Luder, und trotzdem …

»Duncan, dich quält doch etwas. Du kommst mir vor, als wärest du in Gedanken tausend Meilen weit fort.«

Er wandte sich zu ihr. Ihr hübsches Gesicht war vor Sorge ganz zusammengezogen. Wie schafften es die Frauen nur immer, seine Gedanken zu lesen? Bei seiner Mutter und Frances war es dasselbe.

»Ich versichere dir, es ist nichts.«

Sie hatte ihr Mieder wieder geschnürt und schickte sich an, die Röcke hinunterzulassen, um ihre Beine zu bedecken, doch er hinderte sie daran.

»Ich schaue dich so gern an, Elsie. Warum hast du es immer so eilig, dich wieder anzuziehen?«

Die junge Frau errötete bis an die Haarwurzeln.

»Ich weiß es nicht … Ich schäme mich ein bisschen.«

Duncan musste über ihrer Unerfahrenheit lächeln. Elspeth war achtzehn Jahre alt. Er war ihr erster und einziger Mann gewesen. Er wusste, sie wartete darauf, dass er ihr das *handfast** antrug, diesen Schwur, bei dem man sich mit einem symbolischen Händedruck einander angelobte; vor den Menschen galt das schon als Heirat, wenngleich nicht vor Gott … Die jungen Leute waren jetzt schon seit einem Jahr befreundet. Duncan hatte geduldig gewartet, bis sie sich ihm freiwillig hingegeben hatte. Er hatte sie nicht zwingen wollen. Nicht dass es ihm an Begehren gemangelt hätte, aber … außerdem waren da immer noch Moira und Gracie in Ballachulish gewesen, wenn es ihn zu sehr juckte.

Noch heute Morgen hatte er überlegt, dass er es wirklich tun sollte. Er war erst neunzehn, aber eine so begehrenswerte Frau wie Elspeth würde er sicher so schnell nicht wieder finden. Daher hatte er beschlossen, noch heute Abend um ihre Hand anzuhalten. Doch jetzt war alles anders. Er brachte es nicht fertig, ihr seinen Antrag zu machen, und diese Frau war schuld daran. Er schüttelte den Kopf, um sie aus seinen Gedanken zu vertreiben; er sagte sich, was er dort empfunden hatte, sei nur die Begierde gewesen, dem Laird von Glenlyon das zu nehmen, was ihm am kostbarsten war. Genau, das war es! Er hatte die Tochter seines Feindes schänden wollen. Aber was hat ihn dann zurückgehalten? Seine Kameraden hätten ihn für einen solchen Racheakt sicherlich hochleben lassen. Und was für eine süße Rache das gewesen wäre!

»Ich muss zurück, Duncan. Sonst dauert es nicht lange, bis mein Vater nach mir sucht, und wenn er uns hier findet …«

»Ja, schon gut«, brummte er, zupfte Strohhalme aus Elspeths seidigem Haar und dachte bei sich, dass er dann eben morgen

* Vor dem schottischen Gesetz wurde diese Verbindung als rechtmäßig anerkannt.

um ihre Hand anhalten würde. »Ich verspüre auch keine Lust, mir von deinem Vater eine Tracht Prügel abzuholen.«

Sie schenkte ihm ein treuherziges Lächeln, bei dem auf ihren rosigen Wangen zwei tiefe Grübchen auftauchten. Elspeth hatte etwas Besseres verdient. Vielleicht sollte er ihr ein oder zwei Bänder aus grüner Seide für ihr Haar oder ein Schmuckstück kaufen. Aber wieso hatte er eigentlich das eigenartige Gefühl, sich etwas vorzuwerfen zu haben? Das war lächerlich! Er hatte doch nur ein wenig geträumt… Sein Magen zog sich schmerzhaft zusammen. Er gelobte sich, sein kleines Problem so bald wie möglich zu lösen. Er musste diese Frau vergessen. Er nahm die Hand des Mädchens, das er als seine Verlobte betrachtete, zog sie an die Lippen und drückte einen Kuss darauf. Sie rückte näher an ihn heran und bot ihm ihren Mund, den er zärtlich in Besitz nahm.

»Ich liebe dich, Duncan.«

Er drückte sie fest an sein Herz, aber sein Hals war wie zugeschnürt, denn er war nicht in der Lage, ihr seine Liebe zu beteuern.

Der Alkohol versengte ihm Zunge und Kehle, doch er schenkte ihm auch ein angenehmes Gefühl von Wohlbehagen. Duncan reichte die Flasche mit Feuerwasser an Ranald weiter, der sich ebenfalls einen ordentlichen Schluck genehmigte. Die Brüder saßen nebeneinander auf dem Signal Rock. Die Nacht war ziemlich frisch, doch der Whisky wärmte sie und betäubte beider Schmerzen.

Vor ihnen erstreckte sich das Dorf Achnacone: kleine, mit Heidestroh gedeckte Hütten mit gekalkten Mauern und glaslosen Fenstern, vor die man einfach eine geölte Tierhaut hängte, so dass das Innere vor allem während des Winters in einem permanenten Halbdunkel lag. Die beiden Brüder hatten das Glück, in Carnoch zu leben, das weiter unten am Lauf des Coe-Flusses lag, in einem richtigen Haus mit verglasten Fenstern und einem Dach, das mit Tonpfannen aus Ballachulish gedeckt war. Ihr Vater, Liam Macdonald, war als Schmuggler zu Wohlstand gelangt. Seit einigen Jahren betätigte er sich zum großen Leidwesen ihrer Mutter wieder als Viehdieb, ein Erwerb, den er seit dem furchtbaren Massaker im Tal von Glencoe, vier Jahre vor Duncans Geburt, aufgegeben hatte.

Duncan kannte alle schrecklichen Einzelheiten des Massakers. Er träumte sogar häufig bei Nacht davon, so als wollten die Geister derjenigen, die dabei gestorben waren, ihm von ihren Leiden berichten, insbesondere sein Halbbruder Coll und sein Großvater väterlicherseits, Duncan, deren beider Namen er trug. Es war ein merkwürdiger Gedanke, dass ihr Vater schon einmal mit einer anderen Frau als ihrer Mutter verheiratet gewesen war, und dass die beiden einen Sohn gehabt hatten. Seine Tante Sàra hatte ihm bei mehreren Gelegenheiten davon erzählt. Seiner Mutter dagegen schien das Thema eher unangenehm zu sein. Sie hatte ihm erklärt, dass sie häufig die Anwesenheit der beiden spüre, wie einen kalten Schauer, oder wie eine eisige Hand, die sie streife. Jedes Mal, wenn sie davon sprach, bekam sie Gänsehaut… Ihm selbst erging es nicht anders, denn auch er hatte schon diesen kühlen Hauch verspürt, der ihn umfing und ihm die Haare zu Berge stehen ließ. Ob es sich wirklich um verlorene Seelen handelte? Aber inzwischen gehörte all das zur Geschichte des Clans und der langen Linie der Macdonalds, die der große Somerled auf diesem rauen, wilden Land begründet hatte; diesem Land, das die Kinder des gälischen Volkes hervorgebracht hatte.

Ranald hielt ihm schweigend die Flasche hin und versetzte ihm einen leichten Rippenstoß. Duncan war gern mit ihm zusammen. Sicherlich, die beiden Brüder unterschieden sich sehr voneinander, doch auf gewisse Weise ergänzten sie sich auch wunderbar und wirkten manchmal wie zwei Möglichkeiten ein und derselben Person. Das war schon seit ihrer frühesten Kindheit so gewesen. Ranald besaß ein stürmisches, aufbrausendes Temperament. Er, Duncan, war zurückhaltender. Sein Bruder reizte ihn ständig, seine Grenzen auf die Probe zu stellen, während er selbst mäßigend auf ihn einwirkte. Duncan trank einen Schluck Whisky und streckte dann die Beine aus, die ihm taub zu werden begannen.

»Erzähl«, forderte Ranald ihn ohne Vorrede auf.

Duncan fuhr zusammen und wandte sich dann seinem Bruder zu, der die Sterne betrachtete, die über dem Tal an dem gewaltigen, dunklen Himmelszelt standen.

»Was soll ich erzählen?«, fragte er, obwohl er bereits ahnte, worauf sein Bruder hinauswollte.

»Du weißt schon … Glenlyon. Da ist doch etwas passiert …«

Ranald richtete den Blick auf ihn und musterte ihn skeptisch.

»Du hast doch wohl nicht geglaubt, dass ich dein Lügenmärchen schlucken würde?«

Duncan verzog den Mund und lachte leise.

»Nein, wohl kaum … Ich kenne doch deinen Scharfblick, Bruder.«

»Und? Hast du die Klinge deines Dolchs befleckt, ist es das? Hast du gegen Alasdairs Befehle gehandelt?«

Einen Moment lang zögerte Duncan. Er brauchte nur die Vermutungen seines Bruders zu bestätigen und ihm zu verschweigen, dass eine Campbell-Frau ihn zum Rückzug genötigt hatte. Aber Ranald hätte rasch erraten, dass er ihn anlog.

»Es hat tatsächlich jemand auf der Lauer gelegen und uns beobachtet«, gestand er schließlich.

»Und?«

»Ich habe ihn aufgescheucht und verfolgt; schließlich musste ich verhindern, dass er Alarm gab.«

»Hast du ihn getötet?«

»… Nein. Es war eine Frau.«

Im bläulichen Mondlicht blitzte eine Zahnreihe auf.

»Eine Frau? Dunnerlittchen!«, rief Ranald aus. »Und du hast sie … Ich meine … Also, du weißt schon. Einer Campbell-Frau Gewalt anzutun, das ist nicht …«

»Nein, Ran.«

Kurz unterbrach er sich, nahm einen weiteren Schluck Whisky und verzog das Gesicht.

»An Begierde hat es mir nicht gefehlt, bei Gott! Ich hätte sie gern genommen, dort auf der Heide. Eine Campbell, Ran, kannst du dir das vorstellen? Und sie war allein, unbewaffnet und ganz furchtbar … verlockend. Aber was denkst du von mir? Außerdem könnte ich schwören, dass die Jungfrau gewesen ist.«

»Und du hast nichts dagegen unternommen? Du, Duncan Coll Macdonald, der Herzensbrecher? Du erzählst mir doch schon wieder ein Märchen!«

»Nein, leider nicht. Wie konnte ich nur so dumm sein! Ich hatte schon große Lust, aber …«

Er räusperte sich und fuhr sich mit der rauen Hand über das Gesicht, auf der Suche nach einer Ausrede, um sein Versagen zu erklären.

»Ich sage dir, sie war eine richtige Hexe! Und mit einem unerhörten Schandmaul noch dazu. Sie hätte bestimmt einen Bann über mich verhängt! Ich schwöre dir, dass sie ein gemeines kleines Luder war. Geflucht hat sie wie ein Mann. Sie hat sogar die Dreistigkeit besessen, mich mit ihrem *Sgian dhu* zu bedrohen und erklärt, sie würde mir …«

Bei dem Gedanken daran, wie ihm die Frau mit ihrem kleinen Messer unter der Nase herumgefuchtelt hatte, brach er plötzlich wieder in Gelächter aus.

»Womit hat sie dir gedroht?«

»Mir mein bestes Stück abzuschneiden und es mir in den Mund zu stopfen. Und danach stand mir nun wirklich nicht der Sinn, verstehst du?«

Ranald riss die Augen auf und öffnete den Mund, um etwas zu sagen. Doch stattdessen konnte er sich eines kurzen Auflachens nicht erwehren.

»Diese Frau war eine Furie«, rechtfertigte sich Duncan. »Aber mach dir keine Gedanken, ich habe sie nicht gehen lassen, ohne mir ein Pfand von ihr zu holen. Ich habe ihr einen Kuss geraubt. Und schließlich ist aufgeschoben nicht aufgehoben, Ran.«

»Du hast sie geküsst! Du hast eine Campbell geküsst? Und wie hat sich das angefühlt?«

»Hmmm …«, murmelte Duncan und erinnerte sich an die seltsamen Empfindungen, die in ihm aufgestiegen waren. »So einfach wird sie mir nicht davonkommen, dieses Luder, das schwöre ich dir.«

Ranald stieß einen Pfiff aus und schüttelte dann langsam den Kopf.

»Du hast doch hoffentlich nicht vor, noch einmal zurückzugehen? Wenn die Campbells dich fangen, wird es ihnen ein Vergnügen sein, dich baumeln zu lassen. Du weißt doch noch, was sie mit Robertson gemacht haben, oder? Sie haben ihn aufgehängt, obwohl das Mädchen um sein Leben gefleht hat.«

»Ja sicher, ich weiß …«

Duncan richtete den Blick in die Ferne. Dann bemerkte er einen kleinen Lichtpunkt, der plötzlich weiter unten, im Tal, aufgetaucht war und hinter den Bäumen immer wieder aufflackerte. Das Licht schien dem gewundenen Lauf des Flusses zu folgen: eine Fackel, die von einem Reiter getragen wurde. Ein Ruf erscholl. *Fraoch Eilean!* Ihm gefror das Blut in den Adern.

»*Ann cran-tàra!* Herrgott, Ran! Es ist das Flammende Kreuz!«

Er richtete sich auf dem Felsblock auf, und sein Bruder tat es ihm sogleich nach.

»Meinst du?«

»Was sollte es sonst sein? Der Earl of Mar ruft uns unter der Standarte des Stuart-Prätendenten zu den Waffen. Vater hat so etwas schon erwartet. John MacIain erhielt letzte Woche neue Kunde aus Kildrummy Castle. Aber ich hätte nie gedacht …«

Ein eisiger Schauer überlief ihn vom Kopf bis zu den Füßen.

2

Das Flammende Kreuz

Ich klammerte mich so fest an den Türrahmen, dass meine Knöchel weiß wurden, um nicht in Ohnmacht zu fallen. *Jetzt ist es soweit, Caitlin,* sagte ich mir. *Seit fast zwanzig Jahren hast du diesen Augenblick gefürchtet …* Ich schluchzte auf. Liam legte mir seine große Hand auf die Schulter. Der Druck seiner Finger teilte mir seine Befürchtungen mit. Er sagte nichts, doch ich wusste, was er empfand. Sechsundzwanzig Jahre waren jetzt seit der Schlacht von Killiecrankie vergangen; doch die Erinnerungen standen ihm immer noch deutlich vor Augen. Die Bilder, die er mir beschrieben hatte, stiegen vor mir auf, und ich wurde von einem heftigen Grauen ergriffen, das sich aus Furcht und Abscheu gleichermaßen zusammensetzte.

Ich hatte diese neue jakobitische* Erhebung gegen die *Sassanachs*** gefürchtet. Auf gewisse Weise wäre es mir lieber gewesen, sie hätte früher stattgefunden, als meine Söhne noch nicht alt genug waren, um zu den Waffen zu greifen, aber … Ich legte die Hand auf die Liams. *Verflucht sollen die* Sassanachs *sein.* Wieder musste ich schluchzen.

»Liam …«

»*Tuch! Na can guth, a ghràidh.*« Psst, sag nichts, meine Liebste.

Das Flammende Kreuz. Zwei kleine Holzstücke, zusammengebunden mit einem in Blut getränkten Stück Stoff. Man zündete es an und zog damit durch die Täler, auf dass es von der

* Jakobiten: Anhänger von König James II., der nach der Revolution von 1688 über England und Schottland regierte, und des Hauses Stuart; nach der lateinischen Version von »James«, Jacobus.

** Gälische Bezeichnung für die Engländer.

Hand eines Kriegers zum nächsten wanderte. Der Ruf zu den Waffen. Zu Beginn hatte ich geglaubt, ein Irrlicht zu sehen. Doch je näher der Funke kam, umso klarer wurde mir, dass es sich tatsächlich um eine Fackel handelte, die von einem Reiter durch das Tal getragen wurde. Alasdair Og Macdonald, der Bruder des Kriegsführers von Glencoe, trug das Flammende Kreuz durch unser Tal und rief die Männer des Clans zusammen, damit sie unter dem Banner der Stuarts kämpften ... Wieder einmal. Würde es das letzte Mal sein? Ich wünschte es mir von ganzem Herzen.

Die Hand, die meine Schulter drückte, zitterte leicht. Ich wandte mich um und sah Liam an. Die Furcht malte sich auf seinen Zügen und in seinen Augen. Er hatte Angst. Nicht um sich selbst, aber um seine Söhne. Unsere Söhne.

»Es ist so weit!«, flüsterte ich.

»Ja ...«, seufzte er und zog mich an sich.

Ich schmiegte mich in die Sicherheit seiner Arme, vergrub mein Gesicht in der abgetragenen Wolle seines Plaids und schloss die Augen. Er strahlte einen Duft nach Heide und Kiefern aus, in den sich der animalische, moschusartigere Geruch nach Mann mischte.

»Oh, Liam, *fear mo rùin*, mein Geliebter! Warum?«

»Weil Gott es so verlangt. Es ist Sein Wille, und wir müssen uns Ihm beugen.«

Das konnte ich nicht verstehen. Ich sah zum Himmel auf und zog die Augen zusammen.

»Gott hat mit alldem nichts zu schaffen! Er würde uns nicht zwingen, unsere Söhne für einen König zu opfern, der noch nie die Luft der Highlands geatmet hat. Ist es das, was Gott will, Schießpulverfutter, Liam?«

Er schloss die Augen, schüttelte den Kopf und schluckte mühsam.

»Ich habe keine Ahnung, Caitlin. Aber wir müssen uns anschließen, das weißt du genau.«

Ich wusste es, doch ich weigerte mich, es zu akzeptieren. Sein Kiefer verkrampfte sich, und unter seinem Hemd erstarrte sein Oberkörper.

»Für den Stuart-Prätendenten«, setzte er nach kurzem Schweigen hinzu. »Wir haben gute Aussichten, ihn endlich auf den Thron zu setzen, der ihm rechtmäßig zusteht. Jetzt oder nie, verstehst du?«

»Ich will es gar nicht begreifen, Liam. Die Stuarts sind doch seit dem Beginn ihrer Dynastie verflucht. Ihre Regentschaft endet grundsätzlich mit einem Mord oder damit, dass man sie vom Thron stürzt. Wenn Gott ihnen nicht erlaubt, über Schottland zu regieren, wie wollt ihr denn als einfache Sterbliche dieses Wunder vollbringen? Ich will euch bei mir behalten … Ich will meine Söhne nicht verlieren.«

»Unsere Söhne sind nicht unser Eigentum, Caitlin. Sie gehören Gott, dem König und Schottland, ob es dir nun gefällt oder nicht.«

»Nein …«

Meine Hände kneteten den Tartan der Macdonalds, mit dem ich mir die Tränen abwischte. Von neuem ließ ich den Blick über unser Tal schweifen. Die Männer hatten sich versammelt und gingen den Weg hinunter, der dem verschlungenen Lauf des brodelnden Coe folgte. Der Chief rief sie zusammen. Liam löste sich von mir, nahm seinen Dolch und schob ihn in die Scheide, die er am Gürtel trug. Er steckte auch seine Pistole ein.

»Ich muss dorthin, *a ghràidh*, meine Liebste. Du kannst auf mich warten, wenn du möchtest …«

Er lächelte schwach und küsste mich zärtlich. Auch nach zwanzig Jahren Ehe erregte es mich immer noch genau wie früher, seine Lippen auf den meinen zu spüren. Ich stützte mich gegen den Türrahmen und sah zu, wie er zusammen mit den anderen Männern nach Invercoe aufbrach, wo John MacIains Haus stand. Meine Magengrube zog sich schmerzhaft zusammen. Langsam schloss ich die Tür, lehnte mich von innen dagegen und stieß einen Seufzer der Verzweiflung aus.

Viel Wasser war das felsige Bett des Coe hinuntergeflossen, seit ich auf der kalten, verlassenen Heide von Glencoe Duncan zur Welt gebracht hatte, meinen »zweiten« ältesten Sohn, denn so nannte ich ihn bei mir. Mein erstes Kind hatte ich seit der Nacht, in der es geboren wurde, nie wieder gesehen. Ich hatte meinen Sohn meinem Dienstherrn, Lord Dunning, dessen illegitimer Spross er war, überantwortet. So hatte ich gehofft, ihm wenigstens eine bessere Zukunft zu sichern. Doch seit dem Tod des Lords und seines Sohnes Winston, dessen Aufgabe es gewesen war, dafür zu sorgen, dass es ihm an nichts fehlte, hatte ich ihn nicht wiederfinden können. Mir waren nur verschwommene Erinnerungen geblieben: sein Duft, sein kleines, verschrumpeltes Gesichtchen, sein erster Schrei, den ich noch oft in meinen Träumen hörte … Er hatte eine Lücke hinterlassen, die ich nie wieder ganz hatte ausfüllen können, obwohl ich meine drei anderen Kinder über alles liebte.

Wirklich … seither war viel geschehen. Wir hatten die Dörfer Achnacone im Tal von Glean Leac und Invercoe am Ufer des Loch Leven wieder aufgebaut. Der Clan hatte die Anzahl seiner Mitglieder verdreifacht, und die Zahl der Männer im waffenfähigen Alter betrug jetzt wieder gut einhundert, beinahe so viele wie vor dem Massaker. Die Männer waren zu ihrer Betätigung von einst zurückgekehrt, nämlich Vieh zu stehlen, aufzuziehen und zu verkaufen. Wider Willen musste ich zugeben, dass sie sich ausgezeichnet darauf verstanden. Es hatte mir gar nicht gefallen, dass auch Liam sich ihnen angeschlossen hatte. Aber was konnte schon schlimmer sein als der Schmuggel? Ich musste mich damit abfinden. Dann war Duncan, als er alt genug war, um Waffen zu tragen, von seinem Vater in die Grundlagen der speziell dafür notwendigen Fertigkeiten eingeführt worden … weil sich das »von selbst verstand«. Der Viehdiebstahl war nun einmal die Bestimmung der Highlander, ihr Lebenssinn und ihre hauptsächliche Einkommensquelle. Ihr Überleben hing davon ab. Ich musste mich eben damit abfinden. Und nun war Ranald an der Reihe, die Geheimnisse dieses Berufs zu erlernen. Und wieder konnte ich nichts dagegen tun …

Aber damit, dass meine Söhne in den Krieg zogen, würde ich mich niemals abfinden, ob er nun gerecht war oder nicht. Der Aufstand war vorherzusehen gewesen. Seit Wilhelm von Oranien den Thron von England, Schottland und Irland bestiegen und James II. abgesetzt hatte, waren die Unzufriedenheit und die Spannung im Volk ständig gewachsen.

Alles hatte mit der unseligen Expedition nach Darién begonnen. Ihr Ziel war es gewesen, eine schottische Kolonie in Amerika zu gründen, genauer gesagt in Panama, auf der Halbinsel von Darién, die man auch Neukaledonien* nannte. Durch die Kriege, die England auf dem Kontinent geführt hatte, lag die schottische Wirtschaft am Boden. Die Gründung dieser Kolonie hatte dazu dienen sollen, ihr neuen Auftrieb zu geben, ähnlich wie die Ostindien-Kompanie das in England getan hatte.

Und so hatte im Jahre 1698 eine Flottille mit eintausendzweihundert Personen an Bord die Anker gelichtet und Kurs auf Mittelamerika genommen, ohne zu ahnen, dass sie geradewegs in die Katastrophe segelte. Fahnenflucht und Krankheiten schwächten die Kolonie. Dann wurde sie von den Spaniern aus Kolumbien bedroht, denen es gar nicht gefiel, dass diese Neuankömmlinge ihre Handelsbeziehungen störten. Nur eine Handvoll Kolonisten sollten je wieder den Fuß auf schottischen Boden setzen. Die ganze Affäre führte zu einem gewaltigen Skandal, der die Regierung ins Wanken brachte. Schottland verlangte von England eine Entschädigung, weil es die Kolonie im Stich gelassen hätte, und warf ihm vor, die Expedition absichtlich sabotiert zu haben. Angeblich hatte die Ostindien-Kompanie, die ihr Handelsmonopol nicht verlieren wollte, die Regierung und die betroffenen Geschäftsleute bestochen, damit sie der neuen Gesellschaft ihre finanzielle Unterstützung entzogen.

In den Kreisen der Jakobiten, die sich ihrer Sache nun noch tiefer verbunden fühlten, zirkulierten eifrig Pamphlete gegen König William. Verbitterung und Enttäuschung schlugen in empörte Feindschaft gegenüber dem aus Holland stammenden König um.

Dann war das letzte Kind von Prinzessin Anne Stuart, der Schwester der verblichenen Mary und Ehefrau von William, der selbst keinen Erben hatte, eines frühen Todes gestorben. Nun war die letzte große Hürde gefallen, die der Thronbesteigung des jungen James Francis Edward Stuart im Wege stand, dem

* Nicht zu verwechseln mit der französischen Kolonie Neukaledonien in Ozeanien. (Anm. d. Übers.)

Sohn des abgesetzten und ins Exil getriebenen Königs, und die Jakobiten schöpften große Hoffnungen. Sprunghaft nahmen die kleinen Verschwörungen und das Getuschel in dunklen Nischen zu. Zu diesem Zeitpunkt war mein Bruder Patrick in den Dienst von George Keith eingetreten, des Great Marischal* von Schottland. Man entsandte ihn zusammen mit einigen anderen Fürsprechern der Sache insgeheim nach Frankreich, um James der Unterstützung der Jakobiten zu versichern. Für sie stand es außer Frage, dass nun James die Krone zustand, die man seinem Vater James II. im Jahre 1688 entrissen hatte, denn er war der letzte lebende Abkömmling des Stuarts.

Doch nicht jedermann hielt das für folgerichtig. Die streng anti-katholisch eingestellte Regierung der »Rundköpfe« und der protestantische König sahen die Situation ganz anders. Große Unruhe brach auf den Sitzen der Parlamente im Londoner Whitehall und im Holyrood-Palast von Edinburgh aus. So verabschiedete die Regierung auf ausdrückliche Anordnung des Königs 1701 den so genannten Act of Settlement, ein Gesetz, das Prinzessin Sophie, die Enkelin von James I. und Kurfürstin von Hannover sowie all ihre Nachkommen als Thronerben anerkannte. Damit schrieb es eine protestantische Dynastie fort und schloss zugleich die katholische Linie der Stuarts aus. Für die Jakobiten, die immer zahlreicher wurden, war das ein furchtbarer Schlag. Doch noch war nicht alles verloren.

Nachdem James II. im September 1701 im französischen Saint-Germain-en-Laye gestorben war, erkannte König Ludwig XIV. offiziell dessen Sohn, James Francis Edward, als zukünftigen König an. Doch für William stellte diese Erklärung einen Verstoß gegen den 1697 unterzeichneten Vertrag von Ryswick dar. Die kurze Zeit des Friedens zwischen den beiden Ländern war vorüber. Die Engländer forderten vom französischen König, seine Erklärung zurückzuziehen, doch Letzterer blieb unerbittlich und antwortete, dass nichts in diesem Vertrag ihn daran hindere,

* In der Familie Keith vererbter Titel, der auf das Jahr 1010 zurückgeht und erst Ende des 18. Jahrhunderts erlosch. Ursprünglich eine Art Generalsrang. (Anm. d. Übers.)

dem jungen Stuart das legitime Recht auf den Thron, der ihm durch seine Abstammung zukomme, zuzugestehen. Daraufhin rief William seinen Botschafter in Paris ab, und England bereitete sich darauf vor, Frankreich von neuem den Krieg zu erklären. Doch dann stürzte William im März 1702, mit zweiundfünfzig Jahren, unglücklich vom Pferd und starb an den Folgen.

Die Engländer setzten Anne auf den Thron. Kurzzeitig waren damit alle Parteien vollständig zufrieden, besonders die Jakobiten. Letztere vermuteten, da Anne eine Stuart war und keinen Erben hatte, würde sie sich von ganz allein ihrem Bruder James Edward zuwenden, den sie den »Prätendenten« nannten. Doch da hatten sie nicht mit den Hofintrigen gerechnet. Dem Grafen von Marlborough, der später Herzog wurde, gelang es über seine Ehefrau, die Königin zu beeinflussen.

Noch ein weiteres Ereignis trug zu der wachsenden Unruhe unter den Schotten bei: der Plan einer Vereinigung zwischen Schottland und England. Der Act of Union genannte Vertrag wurde am 1. Mai 1707 unterzeichnet, nach einem Jahr voller schwieriger Verhandlungen, Korruptionsversuche und Aufstände. Dies war das Ende des unabhängigen Schottland und die Geburtsstunde Großbritanniens. Ohne viel Federlesens entfernte man die Parteigänger der Stuarts aus dem Parlament, das jetzt in London tagte, wo nun die »Rundköpfe«, die für die hannoversche Linie eintraten, nach Belieben schalteten und walteten.

Die Schotten waren reif für einen Aufstand. Doch noch war der Boden dafür nicht bereitet, wie die Jakobiten zu ihrem eigenen Schaden erfahren sollten. Im Jahre 1708 unternahm der Prätendent den Versuch, schottischen Boden zu betreten. Doch die Engländer, die von ihren zahlreichen Spionen alarmiert waren, verhinderten erfolgreich die Landung der Schiffe. Eine Proklamation versprach demjenigen, der den Prinzen festsetzte, eine Belohnung von einhunderttausend Pfund. Das war unbestritten der Tropfen, der das Fass zum Überlaufen brachte und den Beginn einer neuen Erhebung ankündigte.

Im Jahre 1714 starb Anne. Sogleich rief die Regierung den Kurfürsten von Hannover, den Sohn der im Jahr zuvor verstorbenen Prinzessin Sophie, als George I. zum König von Großbritannien aus. Doch er war nichts als ein Strohmann und ein Marionettenkönig, ein Deutscher, der nichts über das Land wusste, das er regieren sollte; der weder seine Sprache noch seine Sitten und Gebräuche kannte, weder seine Religion noch seine Gesetze. Der ideale König also für eine Regierung, die anstrebte, selbst die Zügel in die Hand zu nehmen und die Macht auszuüben, ohne sie mit der Krone zu teilen oder einen Konflikt mit ihr zu riskieren.

Soll doch der Teufel die Engländer und ihren König holen!, schrien die Schotten. Das war der Auftritt von John Erskine, Earl of Mar. Dieser Mann war mir ein Rätsel. Ich misstraute den Motiven, die ihn dazu bewogen hatten, sich an die Spitze des Aufstandes zu stellen. John Cameron, der Chief von Lochiel, hatte ihn uns einst als Mann von ichbezogenem, ehrgeizigem Charakter beschrieben, der sich stets den Mächtigen anzudienen wusste. Nachdem der König ihn seines Postens als Staatsminister für Schottland enthoben hatte, hatte er begonnen, die jakobitischen Anführer zu umwerben und sich ihre Sache zu eigen gemacht. Er wollte eine neue Erhebung auf die Beine bringen, um die Stuarts wieder auf den Thron zu setzen. Doch war er nun ein überzeugter Patriot, oder trieb ihn einfach der Wunsch nach Rache?

War er wirklich der Mann, der nötig war? Dieser Mann, der sein fehlendes politisches Talent durch ein übertrieben höfisches, eingebildetes Auftreten wettmachte und der seine Pläne mit solcher Diskretion und Vorsicht verfolgte, dass man sich seiner wirklichen Ziele nicht sicher sein konnte? Doch was den Jakobiten fehlte, war ein Anführer, der den Aufstand im Lande selbst lenkte. Daher entschied man trotz allem, was gegen ihn sprach, dass er der Mann der Stunde war.

Am 9. September 1714 hatte der Earl of Mar unter dem Vorwand einer großen Jagdpartie die wichtigsten Clanchiefs und jakobitischen Adligen nach Breamar eingeladen. Doch tatsächlich hatte er vor, sie unter der Standarte des Prätendenten, James III., zu vereinen. Die Nachricht hatte uns in der vergangenen Woche erreicht; das Haus von Lochiel hatte einen Boten geschickt. Daher hatten wir gewusst, dass das Flammende Kreuz jeden Moment unser Tal erreichen konnte … Es war so weit, dies war der Beginn des Aufstandes.

Mit den Augen verfolgte ich die Bewegung der kleinen Pendeluhr, die Liam mir vor einigen Jahren bei der Rückkehr von einer seiner Reisen nach Frankreich geschenkt hatte. Ich liebte diesen Mechanismus, der das regelmäßige Fortschreiten der Zeit maß. Sein unablässiges Ticken entspannte mich. Doch an diesem Abend konnte ich das präzise Hin und Her des fein ziselierten Pendels aus vergoldetem Messing fast nicht ertragen. Es erinnerte mich daran, dass die Zeit verstrich und mein Mann und meine Söhne bald in den Krieg ziehen würden. Die Männer würden das Tal verlassen, und wir Frauen waren dazu verurteilt, allein zurückzubleiben und in Angst und Furcht zu leben, während wir uns fragten, ob wir unsere liebsten Menschen jemals wiedersehen würden.

Krachend flog die Tür auf. Mit wild zerzaustem Haar stand Frances im Rahmen und sah mich verstört an.

»Mutter …?«

Unfähig, auf die Frage zu antworten, die sie nicht gestellt hatte, schlug ich die Augen nieder. Ich biss mir auf die Lippen, um nicht selbst loszuschluchzen.

»Mutter?«, sagte sie noch einmal, ein wenig lauter.

Ihre feuchten Augen und ihr eindringlicher Blick verrieten mir, dass sie auf eine Antwort von mir wartete.

»Sie sind gekommen, Frances.«

Meine Tochter wirbelte herum, um wieder zu gehen und erstarrte dann plötzlich auf der Schwelle. Einen Moment lang senkte sich Schweigen über uns. Sie schloss die Tür und lehnte sich mit der Stirn dagegen. Sichtlich erschüttert, die Schultern vor Schluchzen bebend, sank sie zu Boden.

»Nein! Es ist doch nicht möglich, dass sie aufbrechen …«

»Sie haben keine andere Wahl, Frances«, erklärte ich, womit ich wider Willen Liams Worte wiederholte, doch ich versuchte mich nur selbst zu überzeugen. Ich nahm sie in die Arme, zog sie zu dem Lehnstuhl, der vor dem Kamin stand, und brachte ihr ein Glas Apfelwein.

»Sieh mich an, Frances«, sagte ich leise und kauerte mich vor ihr nieder.

Sie schaute mich aus ihren schönen Augen an, die so blau wie die Lochs von Schottland waren. *Liams Augen*. Sie besaß als einziges meiner drei Kinder die tiefblauen Augen ihres Vaters. Duncans Augen waren heller, und an bewölkten Tagen schimmerten sie eher grau, und die von Ranald waren meergrün, genau wie meine.

»Du bist kein kleines Mädchen mehr. Du hast doch gewusst, dass der Aufstand unvermeidlich war, und dass man die Männer zu den …«

»Natürlich habe ich das gewusst«, gab sie zurück und sprang so heftig auf, dass sie mich beinahe in die Glut befördert hätte. »Und ich freue mich zu hören, dass du endlich bemerkt hast, dass ich kein Kind mehr bin!«

»Frances! Sprich nicht in diesem Ton mit mir! Für deinen Kummer habe ich Verständnis, aber nicht für deinen Mangel an Höflichkeit.«

»Du verstehst überhaupt nichts, Mutter.«

Frances war größer als ich, fast so groß wie ein Mann, was ihr aber nicht das Geringste ausmachte. Mehr als einmal hatte sie sich diesen Vorteil zunutze gemacht, um sich gegen ihre Brüder und die anderen Burschen aus dem Clan zu behaupten. Allerdings hatte ich das Gefühl, dass sie mit ihrem stürmischen, unabhängigen Charakter die jungen Männer verschreckte. Doch insgeheim freute ich mich auch darüber, trotz der zahlreichen Auseinandersetzungen zwischen uns, die dadurch verursacht wurden.

»Ich werde bald siebzehn, und … ich …«

Sie unterbrach sich abrupt. Neugierig geworden, zog ich eine Braue nach oben.

»Und?«

»Und … ich finde, dass ich alt genug bin, um zu heiraten.«

Verblüfft riss ich die Augen auf.

»Heiraten? Aber Frances … Mit siebzehn Jahren? Du bist doch fast noch ein Kind.«

»Ich möchte heiraten, Mutter. Ich liebe einen Mann.«

Ich fiel aus allen Wolken. Noch vor wenigen Minuten hatte ich mich angeschickt, ihr wie einem Kind zu erklären, warum ihr Vater in den Krieg ziehen musste, und nun verkündete sie mir, sie sei verliebt und wolle heiraten.

»Wer ist er?«

»Trevor Macdonald.«

»Trevor Macdonald? Der Trevor aus Dalness?«

»Ja, derselbe. Andere mit diesem Namen kenne ich nicht.«

»Hüte deine Zunge, Tochter!«

Ich seufzte, ließ mich matt auf den zweiten Lehnstuhl fallen und vergrub das Gesicht in den Händen.

»Seit wann geht das schon?«

»Seit Beltane, Mutter.«

Ihre Stimme klang jetzt sanfter. Sie setzte sich neben mich und sah blicklos ins Feuer, dessen Licht die warmen, kupferfarbenen Reflexe in ihrem Haar betonte. Sie war die Einzige, die Liams herrliche rote Lockenmähne geerbt hatte. Als ich sie so ansah, wurde mir mit einem Mal klar, dass mein kleines Mädchen jetzt eine Frau war. Siebzehn Jahre … *Genauso alt warst du, als du bei den Dunnings in den Dienst getreten bist, Caitlin.* Wie war es nur möglich, dass die Zeit so schnell vergangen war? Ich wickelte das Ende meines Zopfs um die Finger. Er war von silbrigen Fäden durchzogen. *Du wirst alt, Caitlin!*

»Will er dich denn heiraten?«

Aus ihren Träumereien gerissen, fuhr sie zusammen und wandte sich dann mir zu.

»Ja, noch heute Abend …«

»Heute Abend? Ist das nicht ein wenig überstürzt? Dein Vater … Was glaubst du denn, wie er diese Nachricht aufnehmen wird? Ganz offensichtlich habt ihr euch ja nicht damit zufrieden gegeben, euch an den Händen zu halten.«

Sie lief puterrot an und wandte leicht den Blick ab. Ihr Schweigen bestätigte meinen Verdacht. Plötzlich stieg eine schreckliche Befürchtung in mir auf.

»Du bist doch nicht … schwanger, oder?«

»Mutter!«, rief sie aus und fuhr herum, dass ihre rebellischen kupferfarbenen Strähnen nur so flogen. »Wie kannst du nur so etwas denken?«

Ich erwiderte nichts darauf, doch ich hielt ihrem Blick stand, um ihr zu bedeuten, dass ich trotzdem auf eine Antwort wartete.

»Nein!«

»Warum dann diese Eile?«

»Wegen des Flammenden Kreuzes … Er muss fort …«

»Und wo befindet sich der junge Mann jetzt?«

»In der Scheune.«

»In der Scheune … Hmmm, das hätte ich mir auch denken können, so zerzaust, wie du aussiehst …«

Ich erhob mich, um den Kamm aus Elfenbein zu holen, und machte mich dann daran, ein wenig Ordnung in ihren zerwühlten Schopf zu bringen. Wie sollte ich Liam nur sagen, dass seine Tochter einen … Liebhaber hatte? Vielleicht wäre es am besten, Trevor zu warnen und ihm zu raten, so schnell wie möglich von hier zu verschwinden. Wenn Liam ihn in die Finger bekam, würde er mit Sicherheit nicht mehr in der Lage sein, seinem Clan auf den Feldzug zu folgen; wahrscheinlich könnte er nicht einmal mehr sein Schwert hochheben.

Nachdem ich Frances die Haare geflochten hatte, wie ich es für sie getan hatte, als sie noch klein war, drückte ich ihr einen Kuss auf den Kopf.

»Und was erwartest du jetzt von mir, Frances?«

»Dass du mit Vater sprichst. Allein schaffe ich das nicht.«

Sie nahm meine Hand, die ruhig auf ihrer Schulter lag, und legte sie an ihre feuchte Wange.

»Du weißt, dass ich dir nichts versprechen kann«, erklärte ich schließlich. »Dein Vater … Ich bezweifle, dass er … Also, mach dir besser keine allzu großen Hoffnungen, Frances.«

Das Krachen, mit dem Liams Faust gegen das Holz der Tür schlug, hallte so laut durch das Zimmer, dass ich zusammenzuckte. Ich blinzelte und wich einen Schritt zurück. Mit einer mehr oder minder heftigen Reaktion seinerseits hatte ich ja gerechnet, aber er war wirklich vollständig außer sich.

»Wo ist dieser kleine Dreckskerl?«, brüllte er und drehte sich um sich selbst wie ein wild gewordener Kreisel. Dann richtete er den Blick, in dem die Mordlust stand, auf mich.

»So beruhige dich doch, Liam …«

»Mich beruhigen? Wohl kaum! Du erzählst mir, dass meine

Tochter … dass sie sich … dass sie einen Liebhaber hat und noch heute Abend heiraten will, und du willst, dass ich dabei ruhig bleibe?«

»Allerdings.«

Reglos wie eine Granitstele ragte er mit seiner titanischen Größe über mir auf und bedachte mich mit wütenden Blicken. Mit unsicherer, zitternder Hand wies ich auf eine Bank. Dann setzte ich mich gegenüber in den Lehnstuhl und wartete darauf, dass er sich entschloss, Platz zu nehmen. Dieses Vorgehen hatte ich vor einigen Jahren ersonnen, damit er mir bei seinen unbeherrschten Wutausbrüchen nicht die Möbel zerschlug. Die Idee dazu war mir an einem Abend gekommen, an dem er von der neuesten Eskapade seines Bruders erfahren hatte.

Colin und zwei andere Männer aus dem Cameron-Clan waren in die Ländereien der Campbells von Lorn eingefallen und hatten einen Raubzug von solcher Brutalität durchgeführt, dass es alle Regeln sprengte. *Kein Blutvergießen mehr!*, hatte John MacIain verlangt und mit der Faust auf den Tisch geschlagen, als die Männer von neuem begonnen hatten, regelmäßig Überfälle durchzuführen. Doch Colin und die Camerons waren in die Katen eingedrungen, hatten die Bewohner mit ihren Schwertern und Pistolen bedroht und Frauen und Kinder terrorisiert. Und sie hatten nicht nur Rinder gestohlen, sondern auch Geflügel, Mehl, Fischernetze und Kleidung. Einen der Männer, einen gewissen Ronald Cameron, hatte man ergriffen und an einem Ast der berüchtigten Eiche von Inveraray aufgeknüpft. Als Colin sturzbetrunken zurückgekehrt war, hatte ich Simon und Donald zur Hilfe rufen müssen, um Liam zu bändigen. Da hatte er bereits zwei Stühle zerschlagen.

Jetzt hielt Liam die Arme vor der Brust verschränkt und schnaubte wie ein Stier, der sich zum Angriff bereit macht. Ich lächelte ihm zu, denn mir fiel plötzlich wieder ein, was Coll Macdonald von Keppoch mir am Abend unserer Hochzeit über Liams Charakter erklärt hatte. Er hatte mich gewarnt, dass er ziemlich aus der Haut fahren konnte, wenn man ihn zum Äußersten reizte. *Dann wird er gefährlich wie ein brünstiger Stier*, hatte er gesagt. Und ich hatte ihn noch ganz unschuldig gefragt, was man tun müsse, damit er außer sich geriete … Seitdem hatte ich etliche Male Gelegenheit gehabt, dem beizuwohnen, wie zum Beispiel heute Abend.

»Möchtest du ein *dram**?«

Er nickte. Einige *dram* Whisky später fand ich, dass er entspannter wirkte. Nun war der richtige Zeitpunkt, mit ihm zu reden.

»Sie wird bald siebzehn, Liam«, begann ich. »Unsere Tochter ist jetzt eine Frau. Ich gestehe dir ja zu, dass alles ein wenig schnell geht … Aber Trevor ist ein braver Bursche. Ich bin mir sicher, dass sie es bei ihm gut haben wird.«

»Herrgott nochmal, Caitlin! Er ist fünfundzwanzig!«

»Ja und?«

Lächelnd beugte ich mich zu ihm hinüber.

»Wie alt warst du denn, als wir geheiratet haben, Liam? Ich war erst neunzehn, und du siebenundzwanzig.«

Er runzelte die Stirn, und sein Blick verdüsterte sich. Dann brummte er ein paar unverständliche Worte. Ich stellte mich hinter ihn und massierte seine verkrampften Schultern.

»Ich finde ja auch, dass die beiden bis nach dem Aufstand warten könnten. Bis heute Abend habe ich Frances immer noch als kleines Mädchen betrachtet. Für mich ist das ebenfalls ein ordentlicher Schrecken gewesen, *mo rùin*.«

Unter meinen Händen entspannten seine Schultern sich langsam. Mit geschlossenen Augen legte er den Kopf nach hinten.

»Und ich gebe zu, dass ich auch nicht glaube, dass dies der richtige Zeitpunkt ist, um eine Hochzeit anzukündigen … Aber ein *handfast* …«

Abrupt riss er die Augen auf und sah mich unsicher an.

»Worauf willst du hinaus, Caitlin?«

»Ich sage dir nur meine Meinung«, antwortete ich und setzte mich auf seinen Schoß. »Die Entscheidung liegt bei dir, sie ist deine Tochter.«

»Soweit ich weiß, ist sie auch die deine«, bemerkte er und verzog verschmitzt einen Mundwinkel. »Und sie ist häufig ebenso starrköpfig wie du.«

* Ein kleines Maß Alkohol, heute etwa 35 ml.

»Schon möglich … Also?«
»Ich weiß, was du vorhast, Caitlin …«
»Warum, ich tue doch gar nichts.«
»Sie kann doch noch ein paar Monate warten, mein Gott!«
»Einverstanden, sie wird warten.«
Verblüfft betrachtete Liam mich und zog dann eine Augenbraue hoch.
»Ich dachte, du wolltest meine Zustimmung …«
Ich küsste ihn auf die Nasenspitze.
»Aber ich will sie dir nicht mit Gewalt abringen, Liam. Ich habe ja selbst Vorbehalte …«
Ich zögerte einen Moment, bevor ich weitersprach.
»Obwohl … Auf der anderen Seite …«
Er neigte den Kopf leicht zur Seite und kniff seufzend die Augen zusammen.
»Auf der anderen Seite?«
Ich lehnte den Kopf an seine Brust. Sein Herzschlag hatte in meinen Ohren eine beruhigende Regelmäßigkeit, und sein nach Whisky duftender Atem strich über meine Wange. Im Lauf der Jahre hatte ich gelernt, ihn von *meinen* Argumenten zu überzeugen, wenn ich es für notwendig hielt.
»Wenn Trevor sie gebeten hat, ihn zu heiraten, obwohl er weiß, dass er fortmuss, dann bedeutet das doch, dass er sie liebt und sicher sein möchte, dass sie auf ihn wartet.«
»Wenn sie ihn liebt, wird sie auf ihn warten, ob sie verheiratet ist oder nicht.«
»Vielleicht, aber …«
Er holte tief Luft, sagte aber kein Wort, sondern zog nur eine fürchterlich resignierte Miene und stieß dann laut den Atem aus.
»Was würdest du denn tun, wenn du an seiner Stelle wärest, Liam?«
»Ich bin nicht Trevor!«
»Nein, ich meine etwas anderes … Wenn wir beide in derselben Lage wären?«
»Caitlin, ich …«
Er schüttelte den Kopf und lachte dann leise.

»Habe ich dir schon einmal gesagt, dass du mit mir einfach machst, was du willst?«

Ich schenkte ihm ein schalkhaftes Lächeln.

»Ja, schon mehrmals.«

Er drückte mich fest an sich und legte die Wange an meine Stirn.

»Caitlin, *a ghràidh mo chridhe*, was soll ich bloß mit dir anstellen?!«

»Auch das hast du mich schon einmal gefragt.«

Die Reflexe einer blitzenden Klinge blendeten mich, so dass ich blinzeln musste. Langsam erhob sich der bläuliche Stahl vor einem düsteren Himmel, um dann mit tödlicher Wucht ins Dunkel niederzufahren. Ich vermochte nicht zu erkennen, worauf das Schwert so blindwütig einhieb, oder wer es führte. Rot und klebrig kam die Klinge wieder hoch und schlug noch einmal brutal zu. Ein Schrei erscholl in der Düsternis, die mich umgab. »*Fraoch Eilean*!« Der Kriegsruf der Männer von Glencoe. Mit einem Mal hob sich die Finsternis hinweg, als würde ein Schleier weggezogen, und vor mir breitete sich eine entsetzliche Szenerie aus…

Ein Schlachtfeld. Verstümmelte und verrenkte Leiber, kaum noch als Menschen zu erkennen, lagen kreuz und quer übereinander. Hunderte von Raben ergötzten sich am Fleisch der Toten, pickten Augenhöhlen aus und flatterten, blutige Fleischfetzen im Schnabel, über das Meer aus *Sassanach*-Uniformröcken und schottischen Plaids davon, in dessen Mitte ich mich befand. In meiner Nähe regte sich ein Körper. Ein blutiger Arm erhob sich, eine Hand streckte sich mir flehend entgegen. Angewidert verzog ich das Gesicht und schlug die Hand vor den Mund, um einen Schrei zu unterdrücken. Der Mann bewegte sich, drehte sich herum. Ein zerrissenes und blutbeflecktes Plaid bedeckte sein Gesicht. Der Tartan der Macdonalds… Das Plaid rutschte herunter und enthüllte seine Züge. Ich wandte den Blick ab und begann zu schreien. Unsichtbare Hände griffen nach mir und schüttelten mich…

»Caitlin! *Tha e ceart gu leòr! Tha e ullamh!*« Schon gut, es ist vorbei…

Meine Augenlider flatterten. Die Hände, die mich so grob an den Schultern rüttelten, hielten endlich still. In der Dunkelheit, die mich von neuem umschloss, war jetzt nur noch unser stoßweiser Atem zu hören. Mein Herz schlug zum Zerspringen.

»*A bheil thu ceart gu leòr?*« Geht es wieder?

Der Griff, der um meine Schultern lag, lockerte sich. Im blassen Mondlicht begann ich die Silhouette von Liams Unterkiefer zu erkennen.

»*Tha*, ja, schon gut.«

Ein Schluchzen schnürte mir die Kehle zu. Liam zog mich zärtlich an sich, wiegte mich in seinen Armen und wartete, bis ich ruhiger wurde. Lange schmiegte ich mich so zitternd an ihn. Ganz langsam löste er sich von mir. Seine Lippen legten sich auf meine Stirn, auf meinen Nasenrücken und dann auf meinen Mund, wo sie länger verhielten und mich begieriger und genüsslicher liebkosten. Von hier aus glitten seine Lippen weiter, um sich meinem Hals, meinen Schultern, meiner Brust zu widmen, wärmten meine kalte Haut und beruhigten mich …

Nach und nach schlug mein Herz wieder so gleichmäßig wie das Ticken der Pendeluhr, das durch das stille Haus klang. Ich ließ den Blick durch das Zimmer schweifen, das vom Mondschein erhellt wurde. Liams Schwert, das an die Wand gelehnt dastand, blitzte auf, und ich seufzte laut.

»*Tuch, a ghràidh*! Psst, meine Liebste!«

Ein seltsames Unbehagen ergriff mich, zog mir den Magen zusammen und schnürte mir die Kehle zu. War dieser Traum ein Omen gewesen, eine Vision? Ich legte die Hände um Liams Gesicht und zog es zu mir heran.

»Schwöre mir, Liam …«, flüsterte ich mit vom Schmerz rauer Stimme. »Schwöre mir, dass du wiederkommst, und dass du mir meine Söhne zurückbringst.«

»Ein solches Versprechen kann ich dir nicht geben, Caitlin.«

»Schwöre es mir, Liam!«

Er sah mich lange an. Ganz offenbar trieben ihn die gleichen Ängste um wie mich. War er der Mann aus meinem Traum gewesen? War das er, dieser verstümmelte Körper, dieser Klumpen aus Fleisch, Knochen und Blut?

»Ich kann es nicht …«, sagte er noch einmal, und der Kummer ließ seine Stimme heiser klingen.

»Doch, du kannst! Um meinetwillen. Du musst mir diese Zuversicht schenken, Liam … Bitte …«

Er drückte mich auf die Matratze, umschlang mich und bedeckte meine Lippen mit seinem Mund.

»Ich werde zurückkehren, *a ghràidh* … um deinetwillen. Ich werde immer bei dir sein, ebenso, wie du bei mir bist.«

»Liam, ich habe solche Angst. Ich habe geträumt … Ich habe den Tartan der Macdonalds gesehen, blutbefleckt, auf einem Schlachtfeld. Da waren Raben zu Hunderten … die *Morrigane** …«

»*Tuch!*«

Mein Mund war wie ausgedörrt. Ich schluckte, doch auf meiner Zunge blieb ein bitterer Geschmack zurück. *Oh mein Gott! Verschone ihn, und verschone meine Söhne!*

»Ich möchte die Erinnerung an deinen Körper mit mir nehmen, *a ghràidh*. Ich will dich in meinen Armen spüren, wenn ich bei Nacht die Augen schließe. Deinen Duft riechen … den Geschmack deiner Haut auf meiner Zunge bewahren.«

Er streichelte meine Hüften und meine Schenkel und schob mein Nachthemd hoch. Liam war jetzt siebenundvierzig Jahre alt, aber die Zeit hatte ihm offenbar nichts anhaben können. Gewiss, einige graue Haare schmückten seine Schläfen, und in seinen Augenwinkeln hatten sich ein paar Fältchen breitgemacht. Doch er war derselbe vehemente, ungezähmte Mann geblieben, der meinem Körper immer noch leidenschaftlich huldigte. Manchmal voll unendlicher Zärtlichkeit, und dann wieder mit beinahe animalischem Ungestüm.

Mir wurde klar, dass wir vielleicht zum letzten Mal zusammenlagen. Tränen verschleierten meinen Blick, und ich schluchzte erstickt auf. Ich hätte gewünscht, dass er für immer in mir blieb.

Einige Minuten später sackte er über mir zusammen. Seine zerzausten Locken bedeckten mein Gesicht und klebten an meinen feuchten Wangen. Jetzt war nur noch das unermüdliche

* Keltische Kriegsgöttin.

Ticken der Uhr zu hören, das mich gnadenlos daran erinnerte, dass die Zeit verging, mir unwiederbringlich durch die Finger rann.

»Komm zurück zu mir, *mo rùin* …«

Die Männer hatten sich versammelt. Eine bedrückte Stimmung lastete über den Reihen. Meine Söhne standen hoch aufgerichtet neben ihrem Vater, der ihnen Befehle erteilte. Denn im Moment war Liam nicht mehr ihr Vater, sondern ihr Lieutenant. In Kriegszeiten führten die Anführer der Clans den militärischen Rang, der ihnen nach ihrer gesellschaftlichen Stellung zukam, und die anderen schuldeten ihnen Gehorsam.

Alle waren sie gekommen: Simon, Angus; Calum und Robin, die beiden Macdonnell-Brüder; Ronald und Donald MacEanruigs; dann Colin. Insgesamt waren es mehr als hundert Männer, die mit Musketen, Dolchen und Schwertern bewaffnet waren, deren korbförmige Handschutze aus Eisen oder Messing in der Sonne glitzerten. Auf dem Rücken trugen sie ihren mit Leder bezogenen, genagelten *targe**.

Alasdair Og, der Bruder des Chiefs und Captain, würde sie in der Schlacht führen, unter dem Oberbefehl von General Gordon, der den Auftrag erhalten hatte, aus den Clans der westlichen Highlands ein Regiment aufzustellen. Der Abmarsch stand unmittelbar bevor. Die Kolonne der jakobitischen Soldaten war nur wenige Meilen von Inchree entfernt gesichtet worden. In Gruppen kamen sie aus dem Tal von Glen Moor heruntergestiegen. Die Camerons, die Macdonalds von Keppoch und von Glengarry, die Macleans und viele andere bildeten eine beeindruckende Armee von ungefähr dreitausendfünfhundert Mann. Das Heer hielt auf die Ländereien von Appin zu und würde anschließend nach Argyle weiterziehen, wo sich ihnen die Stuarts und einige Campbells, die sich gegen den Herzog gestellt hatten, anschließen sollten.

Das durchdringende Jaulen eines Dudelsacks ließ mich zusammenfahren. Alexander Henderson, der offizielle Dudelsack-

* Kleiner, runder Kampfschild, der typisch für die Highlander ist.

spieler oder »Piper« des Clans, intonierte *Mort Ghlinne Comhann*, den *pibroch** der Macdonalds, der das Signal zum Aufbruch gab. Das Weinen und Schluchzen der Frauen und Kinder wurde lauter. Ich biss mir auf die Lippen, bis Blut kam, doch vergeblich; die Tränen rannen mir über die Wangen.

Ich nahm meine Söhne zur Seite, um mich zu verabschieden, und wünschte mir inständig, es würde wirklich ein Wiedersehen geben. Mein Mutterherz zerbrach beinahe; ich hatte das seltsame Gefühl, sie auf die Schlachtbank zu schicken. Es war nicht recht, dass wir Kinder in die Welt setzten und sie dann fortschickten, damit sie sich massakrieren ließen … Ich wusste nicht mehr, was ich denken sollte. Was hätten wir denn wirklich davon, wenn ein Stuart auf dem schottischen Thron saß? Mehr und mehr zweifelte ich am Sinn dieser ganzen Bewegung. Meiner Meinung nach wurde sie langsam zur Besessenheit. Aber natürlich musste ich mich hüten, solche Gedanken laut auszusprechen. Wahrscheinlich war meine patriotische Ader mit den Jahren verdorrt. Duncan, der vergeblich versuchte, seinen inneren Aufruhr zu verbergen, drückte mich so fest an sein Herz, dass mir die Luft wegblieb. Er war fast so groß und kräftig wie sein Vater.

»Es wird schon alles gut ausgehen, Mutter«, beruhigte er mich, als er sich von mir löste.

»Kümmere dich um deinen Bruder …«

»Ja, Vater und ich werden schon auf ihn aufpassen, das verspreche ich dir, mach dir keine Sorgen.«

Ich schlug meine feuchten Augen zu ihm auf. Er lächelte schwach, doch sein Blick verriet, dass ihm keineswegs froh zumute war.

»Ihr zieht in den Krieg, und du verlangst von mir, dass ich mir keine Sorgen mache?«

Sein Lächeln verschwand und machte einer betrübten Miene Platz.

»Du hast ja recht … Aber ich wusste nicht, was ich sonst sagen sollte.«

* Eine Art Militärmarsch.

Ich küsste ihn auf die frisch rasierte Wange.

»Verabschiede dich von deiner Schwester ... Und von Elspeth, bevor sie mit ihren Tränen noch für eine Überschwemmung sorgt«, murmelte ich und trat widerwillig von ihm fort.

Dann sprach ich Ranald an.

»Und du deckst dich nachts gut zu, hast du verstanden? Dein Rücken ...«

»Mutter!«, seufzte er und verdrehte verzweifelt die Augen gen Himmel. »Herrgott! Ich bin jetzt ein Mann ...«

»Und ich bin trotzdem noch deine Mutter«, unterbrach ich ihn und runzelte vorwurfsvoll die Stirn. »Ein Mann, der Rückenschmerzen hat, kann nicht richtig kämpfen.«

Ich ergriff seine Hand und legte sie an meine Wange. Ranald war derjenige, der mir äußerlich am ähnlichsten sah. Seine Züge waren feiner als die Duncans, und seine Schultern weniger breit. Er war auch annähernd zwei Zoll kleiner als sein Bruder. Doch sein Ungestüm und sein Mut glichen den kleinen Nachteil mehr als aus. Er drückte meine eiskalte Hand fest und umarmte mich liebevoll .

»Wir werden siegreich zurückkehren, Mutter ... Mit Gottes Gnade.«

»Ich werde für euch beten, mein Sohn.«

»Danke, Mutter.«

Liam hielt sich ein wenig abseits und beobachtete mich schweigend. Er hatte sich in sein bestes Hemd und sein neues Plaid gekleidet. Ich ging zu ihm und schmiegte mich in seine Arme. Lange presste er mich an sich, bevor er sich ein wenig von mir löste. Ich fing seinen bekümmerten Blick auf und spürte, dass er gewisse Vorbehalte gegen diesen Aufstand hatte. Doch er hatte zu mir nicht offen davon gesprochen, und ich wusste, dass er es auch nicht tun würde.

Nicht der bevorstehende Kampf war es, der ihm Angst machte. Ich kannte ihn zu gut, um das zu erkennen. Etwas trieb ihn um. Doch die Ehre verpflichtete ihn, sich den Entscheidungen des Clanchiefs zu beugen. So war die Regel. Ein Clanmitglied, das sich weigerte, zu den Waffen zu greifen und seinem Chief zu folgen, lief Gefahr, sein Haus in Flammen aufgehen zu sehen oder, schlimmstenfalls, verbannt oder sogar ohne viele Umstände hingerichtet zu werden. Zwar kannte ich John MacIain und wusste, dass er niemals zu solchen extremen Maßnahmen greifen würde. Aber Liam war ein Mann von Ehre. Und daher würde er mit seinem Clan marschieren, auch wenn es seinen persönlichen Überzeugungen zuwiderlief, und selbst wenn er dabei sein Leben oder das seiner Söhne lassen musste.

Er nahm mein Gesicht in beide Hände und umkreiste es mit den Fingerspitzen.

»Die Erinnerung daran, dich zu berühren, *a ghràidh* …«

Mit geschlossenen Augen ließ er die Hände über meine Wangen, meinen Hals und meine Schultern gleiten, wo sie verhielten.

»Gleich morgen fange ich an, neue Plaids für euch zu weben«, erklärte ich und lächelte traurig. »Wenn ihr zurückkommt, könnt ihr sie gewiss gut gebrauchen.«

»Das ist sehr gut möglich, ja.«

Uns fehlten die Worte. Sein Blick verdüsterte sich, er biss die Zähne zusammen, und eine ernste Miene trat auf sein Gesicht.

»Und mach mir keine Dummheiten. Du mit deiner unseligen Angewohnheit, dich in die allergrößten Schwierigkeiten zu bringen, sobald ich dir einmal den Rücken kehre!«

»Liam …«

Er wischte mir eine Träne von der Wange und legte den Finger auf meine Lippen. Der Dudelsack quäkte immer noch, und die Männer begannen, sich ihren Rängen nach auszurichten, wobei sie den Kriegsruf ihres Clans ausstießen. Liam warf einen Blick über seine Schulter, auf der er den rot, blau und grün karierten Tartan der Macdonalds von Glencoe drapiert hatte. Seine Brosche funkelte, ebenso wie die Nadel mit dem Wappen, mit der er sich eine Adlerfeder und einen Zweig Heidekraut an sein blaues Barett gestreckt hatte.

»Wir müssen aufbrechen … Ich glaube, es ist so weit.«

Schmerzerfüllt sah er auf mich herunter und küsste mich dann noch einmal ungestüm. Ein Schauer überlief uns beide, und wir zitterten am ganzen Leibe.

»Du weißt, was euch erwartet, nicht wahr?«, flüsterte ich mit ernster Stimme und vergrub mein Gesicht in dem Wollstoff, der gut nach Seife und Heidekraut roch.

»Ja.«

Er legte die Wange auf meinen Kopf und seufzte.

»Ich möchte, dass du eines weißt, *a ghràidh mo chridhe …*«

»Und was?«

»Was auch geschieht … Du sollst wissen, dass ich als glücklicher Mann fortgehe. Du hast mir mehr geschenkt, als ich jemals zu träumen gewagt hätte.«

»Du redest, als ob du nicht zurückkommen würdest, Liam.«

Meine Kehle war wie zugeschnürt.

»Wir haben Krieg, Caitlin. Ich lege mein Schicksal in Gottes Hand.«

Er lächelte schwach.

»Wenn du ein wenig Zeit hast, bete für mich.«

»Das ist nicht komisch.«

»Nein, ich weiß …«

Schweigend maß er mich mit einem langen Blick, als wolle er sich meine Züge unauslöschlich einprägen, und umarmte mich dann ein letztes Mal.

»Ich liebe dich. Seit dem Tag, an dem dich Gott über meinen Weg geschickt hat, habe ich dich immer von ganzem Herzen geliebt. Vergiss das niemals, *a ghràidh.*«

»Ich liebe dich auch, *mo rùin.*«

Er trat zurück und richtete sein Plaid.

»Warte!«

Ich zog meinen Dolch aus seiner Hülle und schnitt mir eine Haarsträhne ab und reichte sie ihm. Liam roch mit geschlossenen Augen daran und steckte sie in seinen *Sporran**. Dann wandte er sich ab und nahm seinen Platz zur Rechten von Alasdair Og ein, an der Spitze der kleinen Armee der Macdonalds von Glencoe, die sich in Bewegung setzte. Mit den Männern ging auch ein Teil von mir. Würde er zu mir zurückkehren?

* Eine Art Beutel, häufig aus Fell gefertigt, der mit einem Gürtel gehalten und auf der Vorderseite des Kilts getragen wird.

TEIL ZWEI

Vergangenheit ein bloßes Vorspiel ist,
doch dir und mir das Künftige obliegt.

Shakespeare, Der Sturm

3

Die Belagerung

Der alte Mann gestikulierte und schnitt wilde Grimassen. Der Schein der Flammen verzerrte seine groben Züge und ließ ihn wie einen komischen Wasserspeier aussehen. Duncan schüttete sich vor Lachen aus und vergaß für kurze Zeit Elspeth und seinen Heiratsantrag. Er hatte schließlich beschlossen, ihn zu verschieben und sie erst um ihre Hand zu bitten, wenn er ruhmreich aus der Schlacht zurückkehrte.

Murchadh Macgillery streckte die Zunge heraus, rollte heftig mit den tiefliegenden Augen, die von einer feinen, schneeweißen Mähne beschattet wurden, und erzählte zum wohl tausendsten Male von den Hinrichtungen der beiden Chiefs von Argyle, Vater und Sohn, die vor vierundfünfzig und vor dreißig Jahren stattgefunden hatten und denen er beiden beigewohnt hatte. Duncan ließ den Blick über die Gruppe schweifen, die seiner Erzählung lauschte. Die meisten der Männer waren, so wie er selbst, noch nicht einmal auf der Welt gewesen, als man Archibald Campbell dem Jüngeren den Kopf abgeschlagen hatte. Trotzdem ergötzte er sich genau wie die anderen an den makaberen Geschichten über ihre Erzfeinde.

Träge streckte er die langen Beine vor sich aus, verschränkte die Hände hinter dem Kopf und genoss die Wärme des Feuers. Fast ein Monat war jetzt vergangen, seit das Flammende Kreuz durch das Tal getragen worden war. Dreiundzwanzig anstrengende Tage, an denen sie über schlammige Straßen marschiert waren, die schon von mehr als viertausend bewaffneten Männern zertrampelt worden waren, durchnässt vom Nieselregen und der Gischt, die der Wind vom Loch Linnhe herantrug. Und nun saßen sie seit vier Tagen untätig im Lager.

General Gordon hatte das Lager etwa eine dreiviertel Meile nordöstlich der Stadt Inveraray aufschlagen lassen, der Hochburg des zweiten Duke of Argyle, John Campbell, dem man wegen seines roten Haars und seiner zahlreichen militärischen Glanzleistungen auf dem Kontinent den Beinamen »Roter John« verliehen hatte. Der Duke of Argyle, Generalissimus der hannoveranischen Regierungstruppen unter König George I., hatte seine Standarte in Stirling aufgepflanzt. Noch wusste man nichts über die Stärke seiner Armee und wartete auf neue Instruktionen vom Earl of Mar. Die Männer, welche die Nachrichten bringen sollten, waren noch nicht aus Perth zurück, wo der Mar und ein großer Teil des aufständischen Jakobitenheeres Stellung bezogen hatten.

Inveraray wurde gegenwärtig von Archibald Campbell verwaltet, Earl of Islay und jüngerer Bruder des abwesenden Duke of Argyle. Der Earl hatte offenbar seine Gegner erwartet und sich aus Angst vor einem eventuellen Angriff aus der Stadt zurückgezogen. Um die Wahrheit zu sagen, hatte General Gordon eine Attacke erwogen, zögerte aber noch. Die Stadt schien gut verteidigt zu sein. Außerdem kannte man die wirkliche Stärke der hannoveranischen Armee noch nicht. Daher war es riskant, zum Angriff überzugehen, und erst recht auf unbekanntem Territorium. So etwas barg die Möglichkeit hoher Verluste.

Daher erfreuten sich die Männer nun einiger Tage der Ruhe, an denen sie sich ihren Lieblingsbeschäftigungen widmen konnten, das heißt dem Viehdiebstahl und dem Plündern von Bauernhöfen. Da sie sich in Argyle befanden, wussten sie ihre Trophäen doppelt zu schätzen. Duncan hätte nichts dagegen gehabt, den Fuß in die Stadt zu setzen, die einst seine Vorfahren geplündert hatten, und an einem Raubzug gegen die Hauptstadt von Argylshire teilzunehmen.

»...Ich versichere euch, dass die Augen des alten ›scheelen Argyle‹ noch stärker geschielt haben, als man seinen Kopf auf die Pike gesteckt hat!«, erklärte der alte Murchadh und ahmte das starke Schielen nach, an dem der erste Marquess of Argyle gelitten hatte.

»Deswegen hat er sich wahrscheinlich immer auf die falsche

Seite geschlagen!«, schrie ein Mann aus der Menge, die sich um den Geschichtenerzähler gesammelt hatte. »Bestimmt hat er sich sogar im Jenseits verlaufen und ist in der Hölle gelandet.«

Gelächter brandete unter den Zuhörern auf.

»Ja, in der Hölle muss es wohl von diesen Campbell-Schlangen wimmeln«, rief ein anderer, der ziemlich lallte.

Eine Flasche Whisky tauchte in Duncans Blickfeld auf. Aus seinen Gedanken gerissen, fuhr er zusammen.

»Ich glaube, ich habe seine Geschichte schon über zwanzigmal gehört«, bemerkte Allan Macdonald und setzte sich neben ihn.

Ranald war mit ihm gekommen, doch er blieb mit vor der Brust verschränkten Armen stehen, um die Geschichte anzuhören, die der alte Mann jetzt fortsetzte.

»Ich hätte nicht übel Lust, mich ein wenig in Richtung Inveraray umzuschauen«, verkündete Allan ein wenig leiser.

»Heute Abend?«, rief Duncan aus und verschluckte sich an einem Schluck Whisky. Er zog eine seiner schwarzen Augenbrauen hoch und drehte sich zu seinem Kameraden um.

»Ja … Warum nicht? Man weiß ja nie, vielleicht laufen uns ja ein paar Pferde über den Weg. Malcolm Maclean hat mir erzählt, der Wachtposten hätte ein paar nicht weit von der Mündung des Aray weiden gesehen.«

Duncan verzog zweifelnd den Mund.

»Also, ich weiß nicht, Al … Ich glaube nicht, das es klug ist, sich allzu weit vom Lager zu entfernen. Wir haben doch keine Ahnung, wie viele Soldaten sie dort drüben haben.«

»Der Kleine hat die Hosen voll, meine Güte!«, spottete der große Rothaarige.

»Wer hat hier die Hosen voll?«, schaltete sich Ranald ein, der das Gespräch nicht verfolgt hatte.

»Dein Bruder.«

»Du, Duncan?«, fragte Ranald und schnappte seinem Bruder die Flasche weg.

»Hast du vielleicht noch einen anderen?«, gab Duncan mürrisch zurück.

Ranald schnippte ihm gegen die Schulter.

»Worum geht es überhaupt? Hat Allan etwas Interessantes für heute Abend vorgeschlagen?«

»Er will Pferde stehlen.«

»Nicht so laut«, knurrte Allan und musterte die Männer, die sie umgaben, misstrauisch. »Ich möchte nicht, dass sich uns noch zwanzig von diesen Trunkenbolden anschließen. Sie würden die Garde schon eine Meile vor den Stadtmauern auf uns aufmerksam machen.«

Ranalds Blick leuchtete auf, und im Licht des Feuers schimmerten seine weißen Zähne.

»Also, ich bin dein Mann, Al«, erklärte er und warf sich in die Brust.

Allan stand auf. Seine massige Gestalt verdeckte das Feuer, das Duncans feuchten Tartan trocknete; Letzterer presste die Lippen zusammen und sah zu der gewaltigen schwarzen Silhouette auf, die sich vor ihm aufbaute.

»Und du, kommst du jetzt mit, oder möchtest du lieber hier bleiben und Macgillerys alte Geschichten anhören?«

Duncan sah seinen Bruder an. Er fühlte sich matt und abgespannt. Außerdem war er ein wenig angeschlagen von dem vielen Whisky, den er getrunken hatte. Aber er konnte Ranald auch nicht allein losziehen lassen. Er hatte es versprochen ... Wenn sein Bruder sich berufen fühlte, ein paar Tiere zu stehlen, war es immerhin gut möglich, dass er sich eine Tracht Prügel zuzog ...

Sie hatten insgesamt elf Tiere gezählt. Die Pferde, deren Kruppen im hellen Mondschein schimmerten, standen auf den felsigen Ufern des Aray-Flusses. Die drei Männer hielten sich im Schatten des Waldes und beobachteten die Bewegungen der Posten, welche die Schanzanlagen auf der Nordseite von Inveraray bewachten.

»Wie viele sollen wir nehmen?«, fragte Ranald und rückte sein Barett zurecht.

»Fünf oder sechs würden es wahrscheinlich schon tun«, gab Allan zurück. »Wir dürfen vor allem die Campbells nicht auf uns aufmerksam machen. Ich habe es endlich geschafft, die kleine Ishobel zu erweichen. Daher möchte ich mir im Augenblick nicht den Hintern mit Blei spicken lassen, wenn du verstehst, was ich meine.«

»Wenn du deinen Hintern retten willst, um ihn in die Hände der hübschen Ishobel zu legen, dann darfst du ihn eben nicht den Campbells hinhalten, Al«, nörgelte Duncan, der sich bereits ans warme Feuer zurückzusehnen begann. Die raue Wolle seines noch ein wenig feuchten Plaids reizte die Haut auf seinen Schenkeln, und es begann ihn zu jucken.

»Keine Sorge, heute Nacht wird keiner von diesen Campbell-Teufeln meinen Hintern kriegen. Ich werde ihn schon bedeckt halten.«

Er verließ die Deckung und näherte sich halb geduckt vorsichtig der Herde. Lachend tat Ranald es ihm nach. Duncan schlug die Augen zum Himmel auf, um göttlichen Schutz zu erbitten, und lief dann ebenfalls los. Die Tiere wurden unruhig, als die drei Übeltäter sich näherten. Einige wieherten nervös.

»*Tuch! Tuch, mo charaid*! Ganz ruhig, meine kleine Freundin«, flüsterte Duncan einer schönen schwarzen Stute ins Ohr, während er sie am Zaumzeug hinter sich herzog und sich einem zweiten Tier näherte.

»He, Duncan«, rief Ranald ganz leise. »Ich glaube, wir haben Gesellschaft.«

Duncan folgte dem Blick seines Bruders. Im silbrigen Mondlicht war deutlich die Silhouette eines Soldaten zu erkennen, die auf sie zukam.

»Verdammt und zugenäht! Was sollen wir tun?«

Nervös musterte Allan die Umgebung und wandte sich dann an die beiden.

»Egal, wir kehren trotzdem nicht mit leeren Händen ins Lager zurück. Er ist allein«, bemerkte er. »Ich kümmere mich darum. Wenn ein *Sassanach*-Soldat die Dreistigkeit hat, weniger als eine Meile von einem Lager entfernt, in dem sich fast viertausend bewaffnete Männer aufhalten, allein spazieren zu gehen, na, dann kann er nicht besonders helle sein. Dürfte nicht allzu schwierig sein, ihn außer Gefecht zu setzen. Führt die Pferde, die ihr bei euch habt, in den Wald, und ich kümmere mich um diesen Dummkopf.«

Einige Minuten später gesellte sich Allan im Schutz der Bäume zu den beiden Brüdern, den Soldaten, der um sich trat und schlug, im Schwitzkasten. Er stieß ihn ins Farnkraut, vor Duncan hin, der seinen Dolch gezogen hatte und ihn jetzt an die Kehle des Fremden setzte, um ihn zu bändigen.

»Nicht nötig, dieser Idiot ist nicht einmal bewaffnet! Ich frage mich wirklich, worauf Gordon wartet, um die Stadt anzugreifen!«

Duncan zog vorsichtig seine Klinge zurück und gab den Soldaten frei. Der Mann versuchte aufzustehen, aber Allan baute sich vor ihm auf und stieß ihn mit einem Fußtritt in den Magen auf den Boden zurück. Der Gefangene stöhnte vor Schmerz auf, krümmte sich zusammen und fiel wieder auf die Knie.

»Diese Idioten von *Sassanachs* rekrutieren ja nicht einmal Männer für ihre Armeen! Der hier ist ja so zart wie ein Mädchen. Wird wohl noch ganz jung sein.«

Der Soldat sah zu Boden und rang rasselnd nach Luft. Allan packte mit der Faust seine zerzauste Mähne, riss ihm den Kopf nach hinten und sah ihm in die Augen.

»Ja … Nicht übel«, bemerkte er ironisch. »Ich kenne da einige, die sich ein Vergnügen daraus machen würden, auf ihre Art mit seinem Hintern zu verfahren …«

Der junge Soldat stieß einen Schrei aus und befreite sich mit einer Kraft, die durch seine Wut vervielfacht wurde, aus Allans Griff. Letzterer brach in ein gemeines Gelächter aus. Unauffällig streckte der junge Bursche die rechte Hand nach seinem Stiefel aus, doch Duncan kam ihm zuvor. Er sah die Klinge eines Dolches aufblitzen und trat nach dem Arm des Soldaten, der einen schrillen Schmerzensschrei ausstieß.

»Mist, verdammter!«

Der verletzte Gefangene ließ sich schwer auf den Boden fallen, rieb sich den Arm und stieß entsetzliche Flüche aus. Duncan erstarrte. Diese helle Stimme hatte er schon einmal gehört, aber er kam einfach nicht darauf, wo.

»Du hast mir fast den Arm gebrochen, Bastard!«

»Herrje!«, murmelte Duncan und riss verblüfft die Augen auf.

Er trat zu dem Soldaten, packte ihn am Kragen seines Rocks und stieß ihn brutal an eine Stelle, an der das Mondlicht heller einfiel. Dann stand er wie vom Donner gerührt da.

»Also, so etwas! Was zur Hölle hat die denn hier zu suchen?«

»*Sie*?«, fragte Allan und trat näher, um den Gefangenen noch einmal in Augenschein zu nehmen. »Himmelherrgott noch mal! Eine Frau?«

»Lass mich los, Macdonald«, zischte sie und versuchte Duncan zwischen die Beine zu treten.

»Was hast du vor, willst du ihn mir vielleicht in den Mund stopfen?«, lachte er höhnisch und sprang zur Seite, um dem Tritt auszuweichen. »Du musst zugeben, dass du wirklich nicht in der Position bist, so etwas zu tun, meine Schöne.«

»Ach, fahr doch zur Hölle!«, kreischte sie und tastete auf der Suche nach ihrem Dolch auf dem Boden herum.

»Aber, aber, was für eine Ausdrucksweise, Mistress Campbell«, gab Duncan immer noch lachend zurück und setzte ihr das Knie zwischen die Schulterblätter, damit sie sich nicht mehr bewegen konnte.

»Wie denn? Du kennst diese Frau?«

»Ob ich sie kenne? Sie ist die Tochter unseres verehrten Glenlyon.«

Duncan legte die Hand auf die Waffe der jungen Frau und steckte sie in seinen Gürtel. Dann beugte er sich über sie und drehte sie auf den Rücken. Der wütende Blick, den sie ihm zuwarf, lähmte ihn fast. Er konnte die Farbe ihrer Augen nicht erkennen, doch sein Körper erinnerte sich sehr gut daran, welche Wirkung sie beim letzten Mal auf ihn ausgeübt hatte, und er erschauerte. Aber was in aller Welt hatte sie hier zu suchen?

»Du kennst Glenlyons Tochter, Duncan?«, fragte Allan mit kalter Stimme. Er klang ungläubig und argwöhnisch zugleich.

»Ich hatte das … Vergnügen, ihr bei unserem letzten Besuch dort zu begegnen, vor ungefähr einem Monat.«

Allan, der sich vor Lachen ausschüttete, bückte sich nun ebenfalls über die Gefangene und streckte die Hand nach ihrem Gesicht aus, um sie genauer anzusehen. Doch ein Klacken von Zähnen ließ ihn in der Bewegung erstarren.

»Oha, die kleine Schlampe! Die ist ja bissig wie ein alter Esel!«

»Ja, und sie flucht wie ein Fuhrknecht; du machst dir wirklich keine Vorstellung«, fiel Duncan fröhlich ein.

»Dann hat sie dich also damals aufgehalten, an dem Tag, an dem wir Glenlyons Vieh haben mitgehen lassen? Und du hast uns nichts davon erzählt?«, erkundigte Allan sich vorwurfsvoll.

Duncan gab keine Antwort.

»Wolltest sie wohl für dich behalten, was, mein Alter?«, fuhr der andere fort und beäugte die langen Beine in den eng anliegenden Hosen der englischen Uniform. »Du hast versäumt, uns davon zu berichten … Und wie war es? Fergus sagt, die Campbell-Frauen hätten die seltsame Fähigkeit, einen Mann versagen zu lassen …«

»Das reicht, Allan!«, knurrte Duncan, verärgert über das unpassende Gerede seines Kameraden.

Die Frau warf Allan einen vernichtenden Blick zu und spuckte vor seinen Füßen aus. Zur Antwort versetzte dieser ihr eine schallende Ohrfeige. Ranald trat dazwischen.

»Nimm dich in Acht, Al!«

»Das Luder hat mich angespuckt, Herrgott! Und außerdem, was hat sie hier überhaupt zu suchen, als *Sassanach* verkleidet?«

Er stieß das arme Mädchen, das sich so verzweifelt wehrte wie der Teufel gegen das Weihwasser, brutal gegen einen Baum, drückte ihr mit einer Hand den Hals zu und nestelte mit der anderen an seinen Hosen herum.

»Bietest du deine Dienste vielleicht den Truppen des Duke an, meine Hübsche? Hmmm … Oder spionierst du für ihn?«

»Lass mich los, du Dreckskerl!«, stieß sie erstickt hervor. »Ich habe nichts mit dem Duke of Argyle zu schaffen.«

»Und du glaubst, das kaufe ich dir ab? Ich glaube keinem aus diesem Campbell-Natterngezücht ein Wort … Verstehst du, meine Eltern waren so naiv, und das hat sie das Leben gekostet.«

Er schnaubte vor Wut und starrte die junge Frau so durchdringend an, dass ihm beinahe die Augen aus den Höhlen traten. Sein Sarkasmus war verflogen, und er packte ihren schmalen Hals fester. Sie stieß ein ersticktes Keuchen aus. Duncan fand, dass die ganze Geschichte langsam eine gefährliche Wendung nahm.

»Mach keinen Unsinn, Al. Es steht uns nicht zu, über ihr Schicksal zu entscheiden.«

»Willst du dich über mich lustig machen, Duncan? Seit dreiundzwanzig Jahren habe ich mir gelobt, einmal Rache an diesen Campbell-Hunden zu nehmen. Dreiundzwanzig Jahre lang habe ich auf diese Gelegenheit gewartet. Und meiner Treu, ich schwöre dir, dass es mir große Freude bereiten wird. Kommt gar nicht in Frage, dass ich sie loslasse. Tut mir leid, mein Alter. Und wenn ich mit dieser Schlange fertig bin, wird sie mich anflehen, ihr den Garaus zu machen…«

»Allan!«

Ranald tat einen Schritt auf seinem Kameraden zu, doch der fuhr herum und bedrohte ihn mit seinem Dolch. Duncan fühlte sich merkwürdig beklommen. Die junge Frau wimmerte und warf ihm angsterfüllte Blicke zu. Trotz des Hasses, den er auf den Clan der Campbells empfand, konnte er nicht zulassen, dass Allan über sie herfiel.

Ein beklemmendes Schweigen hatte sich über die Gruppe gesenkt. Allan drehte die Frau so herum, dass sie sich vor ihm befand, und setzte ihr den Dolch unter das Kinn. Trotzig starrte er die beiden Macdonald-Brüder an.

»Hast du dich an die Campbells verkauft, Duncan? Oder macht es mit dieser Frau so viel Spaß, dass du sie nicht mit deinen Freunden teilen willst?«

»Allan!«

»Keine Sorge, ich überlasse sie dir noch ein paar Minuten, bevor ich ihr die Kehle durchschneide.«

»Allan… Sie hat keine Schuld an dem Massaker. Gib sie frei, ehe du zu weit gehst«, riet Duncan ihm kühl.

Allan begann, auf beinahe komische Weise herumzufuchteln. Die Frau dagegen war jetzt vor Schrecken vollständig erstarrt. Eine falsche Bewegung, und sie würde sich sicherlich mit durchgeschnittener Kehle wiederfinden. Duncan warf seinem Bruder,

der ebenso angespannt war wie er, einen Blick zu. Allan mühte sich schimpfend mit den vergoldeten Knöpfen des Uniformrocks ab. Zwei hatte er schon geöffnet und riss nun wütend an dem scharlachroten Wollstoff, um auch die anderen zu sprengen.

»Verflucht nochmal! Kleider sind wirklich viel praktischer«, murrte er.

Ranald tat einen Schritt auf ihn zu, doch Duncan bedeutete ihm mit einem Blick, noch nichts zu unternehmen. Sie mussten Allan in dem Glauben wiegen, dass sie ihn nicht daran hindern würden, der Frau Gewalt anzutun. So würde er irgendwann seinem Dolch ablegen, um seine Hände anderweitig zu beschäftigen. Und in diesem Moment könnten sie eingreifen.

»Schön … Einverstanden, aber ramponiere sie nicht zu sehr, Al. Ich habe keine Lust, mir mein Hemd mit Campbell-Blut zu beflecken, denn ich kann es mir gerade eben leisten, es einmal pro Woche waschen zu lassen.«

Die Frau, die den Blick nicht von Duncan gewandt hatte, riss entsetzt die Augen auf und schluchzte laut. Allan stieß ein bösartiges Lachen aus, warf sie grob zu Boden und stürzte sich auf sie.

»Nein!«, kreischte die Unglückliche und drehte den Kopf hin und her, um dem Mund zu entkommen, der sich auf ihr Gesicht drückte. »Bastarde, allesamt!«

»Ah! Schrei nur, so viel du willst, meine Schöne. Das erregt mich«, spottete Allan. Inzwischen war es ihm gelungen, den letzten Knopf zu öffnen, und er riss den Rock mit neu erwachter Begeisterung auf.

Er legte seinen Dolch auf den Boden, direkt über dem Kopf seines unglücklichen Opfers, das unter ihm zappelte wie eine verdammte Seele, und zerrte an seinem Hemd, um es aus der Hose zu ziehen. Diesen Moment nutzte Duncan aus, den Strolch am Schopf zu packen und ihm die Spitze seines Messers unters Kinn zu setzen.

»Aber was machst du denn?«, stotterte Allan. Angesichts des drohenden Stahls, der jeden Moment in seine Haut eindringen konnte, verhielt seine Hand unter dem Hemd der jungen Frau.

»Hab es mir halt anders überlegt. Ich kann dich nicht gewähren lassen, Al. Wir werden jetzt ganz ruhig ins Lager zurückkehren und das Mädchen Alasdair übergeben. Er wird entscheiden, was aus ihr wird.«

»Bei allen Heiligen, du bist ein Verräter, Duncan!«

»Nein!«, brüllte Duncan und zerrte noch heftiger an Allans rotem Haar, um ihn zum Aufstehen zu zwingen. »Du weißt ganz genau, dass ich mein Blut niemals verraten würde. Doch ich halte auch nichts davon, das von Unschuldigen zu vergießen, nicht einmal das eines Campbell-Luders. Habe ich mich deutlich ausgedrückt?«

»Du hast das Massaker nicht erlebt. Aber ich habe gesehen, was diese Hurensöhne getan haben … Duncan … Sie haben meinen Vater getötet, ihm den Schädel weggeschossen … Sie haben meine Mutter abgeschlachtet … Und meinen kleinen Bruder … Verflucht! Er war noch ein Säugling, und sie haben ihn abgestochen wie ein Ferkel. Ich habe alles gesehen; du kannst dir keine Vorstellung machen … Das kannst du nicht …«

Der Mann seufzte und fiel wieder auf die Knie. Duncan lockerte seinen Griff ein wenig. Ranald half der jungen Frau beim Aufstehen.

»Du hast recht, ich kann es mir nicht vorstellen«, gab Duncan etwas zugänglicher zurück. »Aber glaubst du wirklich, dass du etwas davon hast, wenn du diesem Mädchen Gewalt antust und es tötest? Herrgott, Al! Als das Massaker stattfand, war es noch nicht einmal geboren. Bewahre dir deinen Groll und deinen Rachedurst für die *Sassanachs* auf!«

Allan entgegnete nichts darauf, und Duncan gab ihn abrupt frei. Eines der Pferde in ihrer Nähe wieherte unruhig, und einige der Tiere, die sich noch am Ufer befanden, antworteten ihnen ebenso. Dann begannen sie, sich aufgeregt zu bewegen und zu schnauben. Ranald sprang zu den gestohlenen Pferden, die sich offenbar zu ihren Artgenossen gesellen wollten, und hielt sie am Zaumzeug fest. Allan warf Duncan noch einen finsteren, zornigen Blick zu und lief dann zu Ranald, um ihm zur Hand zu gehen.

Die Herde am Flussufer galoppierte los. Die feuchte Luft, die von dem nahe gelegenen Loch heranzog, trug das Hämmern der Hufe auf den Kieseln noch weiter. Die Männer sahen einander besorgt an. Duncan hielt die junge Frau, die sich soeben aus dem Staub machen wollte, am Arm fest.

»Warst du mit jemandem zusammen?«

»N … n … nein, ich war allein …«

Er warf einen Blick auf die Lichtung, auf der sich die Pferde noch Augenblicke zuvor befunden hatten. Wahrscheinlich hatte sie etwas erschreckt. Ein Hund, ein Mensch? Er sah jedoch nichts. Dann erscholl von den Schanzanlagen her ein Schuss, unmittelbar gefolgt von einem zweiten.

»Herrgott!«

Er spürte, wie die junge Frau erstarrte und dann unter seinen Händen zu zittern begann. Einige widerspenstige Haarsträhnen hatten sich aus ihrer schweren Lockenmähne gelöst, die sie im Nacken zusammengebunden hatte, fielen ihr ins Gesicht und verbargen ihre Augen zur Hälfte.

»Oh Gott!«, hauchte sie panikerfüllt. »Sie haben uns bestimmt gesehen und werden einen Trupp hinter uns herschicken.«

»Wie viele sind es?«, verlangte Duncan zu wissen und zwang sie, ihn anzusehen. So würde er erkennen, wenn sie ihn anlog.

»Ich weiß es nicht … Vielleicht etwas mehr als zweitausend. Aber sicher bin ich mir nicht … Die Soldaten sind angespannt wie eine Bogensehne. Sie haben Angst, ihr könntet angreifen.«

»Und was hattest du dort zu suchen?«

Sie presste die Lippen zusammen und runzelte die fein gezeichneten Brauen, die über ihren bezaubernden Augen lagen. Duncan biss die Zähne zusammen und gab sich Mühe, sich nichts von seiner wachsenden Unruhe anmerken zu lassen.

»Das geht dich nichts an.«

»Ich fürchte doch, meine Schöne. Du wolltest unser Lager ausspionieren …«

»Nein, ich wollte nur nach Hause.«

Einige Augenblicke lang musterte er sie ungläubig und brach dann in Gelächter aus. Sie warf ihm einen giftigen Blick zu.

»Du behauptest, dass du auf dem Rückweg nach Glenlyon warst? So ganz allein, ohne Eskorte, mitten in der Nacht und zu

Fuß? Machst du dich lustig über mich, oder hältst du mich für einen Einfaltspinsel?«

»Mir ist nicht besonders zum Lachen zumute. Aber für einen Einfaltspinsel könnte man dich allerdings halten!«

»Antworte!«, befahl Duncan ihr heftig und packte die schmale Gestalt noch fester.

»Ich wollte nach Hause. Das ist die Wahrheit.«

»Und warum trägst du Männerkleidung? Eine *Sassanach*-Uniform, das ist ein wenig auffällig, findest du nicht?«

»Etwas anderes hatte ich nicht… Und außerdem geht dich das nichts an. Ich wollte nicht unbedingt in der Nähe eines Lagers, indem es von Männern wimmelt, in Röcken spazieren gehen.«

»Hast du vielleicht geglaubt, in einer feindlichen Uniform unbemerkt zu bleiben? Du hättest eine Kugel oder einen Dolch in den Rücken bekommen können, bevor man dir irgendwelche Fragen gestellt hätte.«

Die junge Frau, der mit einem Mal klar wurde, dass Duncan völlig recht hatte, schlug die Augen nieder und schluckte. Dann warf sie Allan, der in einiger Entfernung mit Ranald und den gestohlenen Pferden wartete, einen hasserfüllten Blick zu.

»Das wäre immer noch besser gewesen, als…«

Die bezaubernde Rothaarige beendete ihren Satz nicht. Heftig schüttelte sie ihre Mähne und machte sich dann mit zitternden Händen daran, ihre Kleidung, die jämmerlich um sie herumschlotterte, zurechtzurücken. Derselbe Duft, der Duncan auf der Heide von Glenlyon betört hatte, stieg von ihr auf und hüllte ihn ein. Er erschauerte und verspürte ein Prickeln in den Lenden.

»Versteh doch, ich muss dich meinem Captain übergeben. Er wird über dich entscheiden…«

»Ich muss zurück nach Glenlyon; ich habe wichtige Informationen…«

Ihre letzten Worte blieben in der kühlen Luft hängen. Sie schlug die großen, ängstlichen Augen zu ihm auf und legte eine Hand vor den Mund, damit ihr nicht noch mehr entschlüpfte. Duncan fasste ihren Arm fester.

»Du bist also wirklich eine Spionin!«

»Ich… Oh Gott!«

Sie verzog das Gesicht und versuchte, sich loszumachen.

»Du tust mir weh, Macdonald!«

»Antworte mir! Für wen arbeitest du? Für den Duke of Argyle?«

»Nein, mein Vater hat sich auf die Seite des Prätendenten gestellt. Ich würde niemals meinen Clan verraten.«

»Dann sammelst du Informationen für deinen Vater? Ist Glenlyon so dumm, dass er seine Tochter in einem Land, in dem es von Soldaten wimmelt, allein losziehen lässt?«

»Er hat keine Ahnung davon, was ich tue«, entgegnete sie, die Augen voller Tränen.

Duncan verstand gar nichts mehr.

»Und für wen arbeitest du nun?«

»Für den Earl of Breadalbane.«

»Für Breadalbane?«

»Wenn man nur wüsste, auf welche Seite der alte Spitzbube sich wirklich geschlagen hat«, versetzte Allan, dem ganz offenbar kein Wort des Gesprächs entgangen war, sarkastisch. »Wo liegen dieses Mal seine Interessen?«

Die Frau warf ihm einen finsteren Blick zu und wandte sich dann wieder an Duncan, der sie mit undurchdringlicher Miene musterte.

»Er hofft, ein Herzogtum zu erhalten, wenn es gelingt, den Prinzen auf den Thron zu setzen. Das ist sein Interesse. Er will als Duke sterben.«

»Damit kann der Dummkopf sich auch keinen Platz im Himmel erkaufen.«

Duncan ließ zu, dass Schweigen zwischen ihnen eintrat. Ihm wurde immer klarer, was er empfand. Er betrachtete die junge Frau, deren fast durchscheinend helle Haut sich über ein zierliches Knochengerüst schmiegte. Nein, sie war ganz entschieden nicht so hübsch wie Elspeth, die ganz aus weichen, einladenden Rundungen bestand. Die Frau, die da vor ihm stand, hatte wahrhaftig nichts Weiches an sich. Eher war sie gefährlich wie die Klinge eines Dolchs und so wehrhaft und rebellisch wie ein wildes Tier. Sie weckte in ihm den Wunsch, sie zu beherrschen, sie zu zähmen.

Sie seinem Willen zu unterwerfen – genau danach stand ihm plötzlich der Sinn! Dieser Kampf zwischen einem Mann aus Glencoe und einer Frau aus Glenlyon versprach köstlich zu werden. Er wollte sie unter sich erdrücken und seine Zunge an ihrer wetzen. *Was für dummes Zeug ich mir zusammenfantasiere! Sie ist eine Campbell!* Zwischen ihnen standen unendlich viel Blut, Tote und Hass. Er sollte sie verabscheuen, den Wunsch hegen, sie zwischen seinen Händen zu zermalmen, ruhig zulassen, dass Allan ihr Gewalt antat, sie demütigen. Doch er fühlte sich nicht in der Lage dazu. Und dabei hatte sie ihn, Duncan Coll Macdonald, ordentlich zum Narren gehalten. Er hatte sich wie ein Tölpel von einer Campbell-Frau beschimpfen lassen. Ihm wurde heiß und kalt, wenn er daran zurückdachte.

Er ließ ihren Arm los, den sie heftig zu reiben begann. Um mitten in der Nacht ganz allein durch Argyle zu reisen, musste sie entweder höllischen Mut haben, oder sie war unglaublich leichtsinnig.

»Und was für Informationen sucht nun der gute alte Breadalbane?«

Sie warf den Kopf zurück, um die lockigen Strähnen, die ihr ins Gesicht hingen, aus dem Weg zu haben, und sah ihn an.

»Das brauchst du nicht zu wissen. Ich schulde dir nichts, Macdonald.«

»Ach, tatsächlich? Möchtest du, dass ich Allan beenden lasse, was er so schön begonnen hat?«

Sie wich einen Schritt zurück und öffnete den Mund, doch kein Laut kam über ihre Lippen.

»Was machen wir jetzt?«, fragte Ranald, der langsam ungeduldig wurde.

Duncan wandte sich den beiden Männern zu, die immer noch bei den Pferden warteten. Die Wache war nicht aufgetaucht, und die beiden Schüsse waren wahrscheinlich aus Versehen abgefeuert worden. Es war Zeit zum Aufbruch.

»Schön, ist gut… Reitet schon voraus und lasst mir ein Pferd hier. Ich nehme das Mädchen mit.«

Ein bösartiges Lächeln auf den Lippen, trat Allan auf ihn zu. Er war ebenso groß wie Duncan, aber weit massiger.

»So etwas hatte ich mir schon gedacht«, knurrte er und legte die Hand auf das Heft seines Dolches.

Duncans Blick war seiner Bewegung gefolgt.

»Sie reitet mit mir, Allan«, versetzte er scharf und ungerührt und behielt die Hand des anderen im Auge. »Hast du etwas dagegen einzuwenden?«

Allans kräftige Finger legten sich leicht um die Waffe.

»Vielleicht ...«

»Du würdest wegen einer Campbell das Blut eines Macdonalds vergießen?«

Allan verstummte einen Moment lang und suchte nach einer Antwort. Doch als er keine fand, die ihn zufriedengestellt hätte, drehte er sich auf dem Absatz um und schwang sich laut vor sich hin murrend auf eines der ungesattelten Pferde.

Sobald die beiden Reiter außer Sicht waren, drehte sich Duncan zu dem Campbell-Mädchen um, das sich am Fuße eines Baumes hingehockt hatte.

»Zieh deine Jacke aus.«

Sie fuhr zusammen und sah Duncan, der mit seiner ganzen Körpergröße vor ihr aufragte, erschrocken und ungläubig an. Es wäre so einfach gewesen, diesen Moment auszunutzen. Sie war allein, unbewaffnet und Meilen von Chesthill entfernt ... Duncan war sich vollständig dessen bewusst, was sein Körper von ihm forderte, doch er musste dagegen ankämpfen.

»W ... w ... warum?«, stotterte sie.

Er zögerte noch einige Augenblicke, bevor er ihr antwortete. Doch endlich seufzte er.

»Du kannst nicht einfach in der roten Uniform der *Sassanachs* ins Lager reiten.«

Sie sah auf den scharlachroten Rock hinunter, den sie trug. Plötzlich stand ein eigenartiges Schweigen zwischen ihnen. Das Geräusch ihres Atems vermischte sich mit dem Rauschen des Windes, der hinter ihnen von den Cruach-Bergen herunterwehte und das Blätterdach über ihnen rascheln ließ. Ihre Blicke trafen sich.

»Wie heißt du?«

»Marion ...«

»Marion«, wiederholte Duncan wie zu sich selbst. »*Trobhad a Mhórag*. Komm, Marion«, sagte er dann leise und streckte ihr die Hand entgegen.

Er setzte die junge Frau auf den Rücken der schwarzen Stute und sprang hinter ihr auf. Dann wendete er das Tier, um den Wald zu verlassen und zum Lager zurückzukehren. Über ein viel zu kurzes Stück Heide ging das Pferd im Schritt zwischen den dicken Stechginster- und Heidebüschen. Über dem von den Feuern erhellten jakobitischen Lager stieg der klagende Ruf eines Dudelsacks auf, drang bis zu ihnen und hüllte sie ein, als wären sie nur ein einziger Reiter.

Sie waren Erben des gälischen Volkes, in ihren Adern floss das Blut der Highlands. Doch sie waren auch Feinde; das stand in großen, mit Blut geschriebenen Lettern in der Geschichte ihrer Clans verzeichnet. Duncan schloss die Augen und sog die Nachtluft und den Duft der jungen Frau ein. In der frischen Brise, die jetzt, Anfang Oktober, wehte, umstrich Marions rotes, seidiges Haar seine Wangen und seinen Hals und schien ihn wie mit Flammen zu verbrennen. *Nimm dich zusammen*, schalt er sich. Vor ihm bewegte sie ein wenig die Hüften, um sich zurechtzusetzen, und streifte unbewusst … oder bewusst seinen Körper. Er fühlte sich noch beklommener, und unreine Gedanken huschten ihm durch den Kopf.

»Warum tust du das?«, fragte er ohne Vorrede, um sich von seinen aufstörenden Fantasien abzulenken.

»Was?«, fragte sie und richtete sich kerzengerade auf.

»Die Informationen … Für Breadalbane.«

Es dauerte ein wenig, bis sie antwortete. Wieder bewegte sich ihr graziler Körper zwischen seinen Schenkeln, die sich anspannten.

»Ich weiß es nicht«, murmelte sie schließlich. »Für meinen Vater, für meinen Clan … Und um meiner selbst willen.«

»Für deinen Vater?«

»Mein Vater versucht zurückzukaufen, was der seinige beim Würfeln und Kartenspielen verschleudert hat. Einige Ländereien haben wir dank eines Arrangements mit dem Duke of Atholl, in dessen Besitz sie sich befinden, zurückerhalten.

Aber das ist nichts im Vergleich zu dem, was wir verloren haben.«

»Eure Loyalität gegenüber dem Prätendenten liegt also einfach in einer Vereinbarung begründet?«

»So würde ich das nicht ausdrücken.«

Sie drehte sich leicht zur Seite, um über den Loch hinauszusehen, der unter einer Myriade von Sternen glitzerte. Duncan betrachtete das Profil mit den schmalen Wangen und dem energischen Kinn, das sich ihm bot. Marions volle Lippen verzogen sich verbittert. Dann sprach sie mit leiser Stimme weiter.

»Vielleicht möchten wir uns ja von einem schweren Erbe befreien, indem wir unser Blut für Schottland hergeben.«

»Du oder Breadalbane?«

»Mein Vater und ich«, erklärte sie mit leicht überheblichem Unterton. »Breadalbane wird der Mann bleiben, der er immer gewesen ist. Für ihn ist es zu spät, der Tod streckt bereits die Hand nach ihm aus. Der Machthunger hat sein Highlander-Blut verdorben, übrigens genau wie bei Argyle. In gewisser Weise ist das schon sehr komisch, denn der Name Argyle rührt von *Oirer Ghaideal* her, was ›gälische Küste‹ bedeutet. Aber ich frage mich oft, ob er noch einen einzigen Tropfen keltischen Blutes in seinen Adern hat.«

»Ich darf dich darauf aufmerksam machen, dass er der oberste Anführer deines Clans ist und du seinen Namen trägst«, versetzte Duncan spitz.

Angesichts der kaum verhüllten Beleidigung zuckte sie zusammen.

»*Chan àicheidh mi f'fhùil Ghàidhealach gu sìorruidh bràth!* Niemals werde ich mein gälisches Blut verleugnen! Ich bin eine Campbell von *Glenlyon*, Macdonald, und das werde ich bleiben.«

Er stieß ein kurzes, spöttisches Lachen aus.

»Bei deiner scharfen Zunge, Weib, könntest du auch gar nichts anderes sein.«

Sie stieß ihm mit dem Ellbogen in die Rippen und reckte die Schultern. Er lächelte in ihr duftendes Haar hinein.

»Und von welchem Erbe wollt ihr euch befreien, dein Vater und du?«

Sie quittierte seine Frage mit bedrücktem Schweigen.

»Könnte es etwas mit deinem Großvater zu tun haben, Robert Campbell?«

»Ja. Obwohl ich ihn nie gekannt habe. Er ist in Flandern gestorben, vor meiner Geburt.«

»Er wird wohl in seinem Whisky ertrunken sein.«

»Was weißt du denn schon von ihm, Macdonald, dass du dir anmaßt, über ihn zu urteilen?«

»Genug, um mir eine Meinung zu bilden, Marion Campbell. Ich weiß, dass sein Hirn nur noch ein mit Alkohol vollgesogener Schwamm war. Und ich weiß auch, dass seine Männer meinen Großvater, meine Tante, die erste Frau meines Vaters und meinen Halbbruder getötet haben.«

»Das … das tut mir leid.«

Bei der Erinnerung an das Massaker an seiner Familie biss Duncan die Zähne zusammen. Sein Vater hatte ihm eines Tages alles erzählt. Nur ein einziges Mal, und dann hatte er nie wieder darüber gesprochen. Doch das hatte ausgereicht; die Worte hatten sich in sein Gedächtnis und sein Herz eingebrannt wie mit einem glühenden Eisen. Er wusste, dass ihn die Toten bei Nacht aufsuchten. Er hatte das Massaker durch ihre entsetzten Augen gesehen. Die höllischen Bilder hatten ganz deutlich hinter seinen geschlossenen Augenlidern gestanden und ließen ihn noch immer erzittern.

»Du bist nicht verantwortlich für das, was dein Großvater getan haben mag«, murmelte er, selbst erstaunt über die Worte, die ihm entschlüpft waren.

»Ich weiß … Aber ich trage dennoch die Last dieser Ereignisse. Das ist das Erbe, das er uns hinterlassen hat. Der Bann von Glencoe, dem verfluchten Tal.«

Zweifelnd zog Duncan seine Augenbrauen hoch. Er hatte gehört, angeblich seien einige Campbells von diesem so genannten *Fluch von Glencoe* getroffen worden. Aber er hatte darin nur eine Provokation gesehen, einen Spott über die Macdonalds. Die Alten erzählten, eine *bean-sith*, eine Fee oder weise Frau ihres Clans, die das zweite Gesicht besaß, hätte die Campbells am Morgen jenes schicksalhaften 13. Februar 1692 verflucht. Duncan hatte dieser Geschichte nie große Aufmerksamkeit geschenkt; sie hatte ihn nur am Rande interessiert, so wie die Legende über das Wasserpferd, das angeblich im Loch Achtriochtan lebte. Das waren Aberglaube und Märchen. Hatte nicht jeder Clan seine Geschichten, die man sich am Kaminfeuer erzählte? Er fand sie unterhaltsam, doch er schenkte ihnen keinen Glauben. Indes …

»Das Massaker an den ›Galgenvögeln‹* liegt euch so sehr auf der Seele? Du hast mir doch erst kürzlich, und, wie ich sagen muss, mit äußerst drastischen Worten klargemacht, dass wir nur eine Bande von schmutzigen Dieben und Mördern seien.«

Sie verrenkte sich fast, um sich zu ihm umzuwenden, ohne ihn zu berühren, und sah ihn kalt an.

»Und das stimmt ja auch! Du bist nichts als ein dreckiger Viehdieb. In Chesthill habe ich schon mehr als einmal Männer von deiner Sorte an unseren Bäumen hängen sehen. Aber das ist schließlich die Gefahr, die ihr eingeht, wenn ihr Raubzüge auf unser Land durchführt, oder?«

Duncan lächelte und legte instinktiv schützend die Hand über seinen Schritt.

»Du weißt, dass ich sogar Schlimmeres riskiert habe«, flüsterte er Marion dann ins Ohr.

Sie errötete heftig, wandte sich ab und sprach in bedrücktem Ton weiter.

»Aber trotz allem ist das keine Entschuldigung für das, was mein Großvater Robert getan hat …«

Duncans Miene wurde wieder ernst. Ob es wohl möglich war, eine Brücke über den Fluss aus Blut zu bauen, der Glencoe und Glenlyon trennte? Eine Brücke zwischen ihr und ihm? Ganz vorsichtig legte er eine Hand um ihre Taille, aber sie erstarrte.

»Pfoten weg, Macdonald.«

Eines Tages vielleicht, aber im Moment noch nicht, verbesserte er sich selbst und zog eilig seine vorwitzige Hand zurück.

* Im Westen der Highlands wurden die Männer der aufrührerischen Clans der Macdonalds, Camerons und Stewarts von den Clans, deren Gebiete sie verheerten, ironisch »Galgenvögel« genannt, da sie häufig die Äste ihrer Bäume zierten.

Die Männer von Glencoe saßen in Gruppen um ihre Lagerfeuer und teilten gebratenes Fleisch und Whisky, und köstliche Düfte stiegen auf.

Marion hatte sich unter einen Ginsterbusch geflüchtet und versuchte, sich inmitten dieses Meers von Männern, die den feindlichen Tartan trugen und in deren Adern immer mehr Branntwein floss, so klein wie möglich zu machen.

Die junge Frau konnte sich eines angewiderten Schauders nicht erwehren, als sie erneut an den Überfall dachte, dem sie dank Duncan Macdonald mit knapper Not entgangen war. Er hatte sie mit Respekt behandelt und ihr das Schlimmste erspart, indem er dafür gesorgt hatte, dass sie unauffällig ins Lager kam. Gewiss, einige neugierige Blicke hatten sie gestreift. Aber ihre Männerkleidung hatte die Soldaten getäuscht, die sie wahrscheinlich für den erwarteten Kurier aus Perth gehalten hatten.

Nun wartete sie schon eine ganze Weile im Schatten des Busches. Ohne den Uniformrock aus dickem Wollstoff, den man ihr weggenommen hatte, zitterte sie in der kalten Herbstluft. Nein, trotz seines rücksichtsvollen Verhaltens durfte sie sich nicht erlauben, diesem Macdonald zu vertrauen. Er war ein Mann aus Glencoe, ein Bandit, der das Vieh ihres Clans stahl, kaum dass die ihrigen den Herden den Rücken gekehrt hatten. Es waren Männer wie er gewesen, die ihre beiden Cousins getötet hatten; Hugh vor zehn Jahren und Ewen noch einmal ein Dutzend Jahre zuvor.

Gewiss, es hieß, Ewen sei nur ein Lump gewesen und sein unrühmliches Ende nur von Vorteil für den Clan von Glenlyon. Ewen hatte kurz davor gestanden, die Bestrafung durch Feuer und Schwert über sie alle zu bringen. Aber bei Hugh war die Sache anders gewesen. Er hatte den Tod gefunden, als er in Begleitung seines Bruders John von Fort William zurückkehrte, um seinem Vater eine Nachricht vom Gouverneur von Lochaber, Brigadier Maitland, zu überbringen. Als sie den gefährlichen Weg hinuntergestiegen waren, den man die Teufelsleiter nannte und der am Eingang des verfluchten Tals mündete, waren die beiden Reiter einer Bande von Macdonalds begegnet, die von einem Raubzug nach Argyle zurückkehrten.

Beschimpfungen waren hin- und hergeflogen. Doch Hugh und John waren in der Minderheit gegenüber den überheblichen Macdonalds gewesen, die sieben Mann zählten. Um nicht in einer Rauferei zu unterliegen, waren sie geflüchtet. Doch die Macdonalds, die sie nicht gern gehen lassen wollten, ohne zuvor die Schwerter gegen sie zu ziehen, hatten sie bis auf die Ebene von Rannoch Moor verfolgt. Hughs Reittier war in ein Loch getreten, hatte im Sturz seinen Reiter mitgerissen und ihm den Hals gebrochen. Marions Vater erklärte ihr immer wieder, das sei ein Unfall gewesen. Doch die junge Frau sah das anders. Hugh, der ihr wie ein zweiter Vater gewesen war, wäre nie gestorben, wenn diese verfluchten Macdonalds ihn nicht gejagt hätten.

Ihr Vater … Mit einem Mal tat ihr Herz einen Satz. Sie musste dringend zu ihrem Vater, bevor er mit seinen Männern ihr Land auf Chesthill verließ. Ihrer aller Leben mochte auf dem Spiel stehen. Laut beschimpfte sie sich selbst, weil sie sich so einfach hatte fangen lassen, wie eine Anfängerin. Dabei war sie doch diese kleinen nächtlichen Eskapaden gewöhnt. Sie verstand sich darauf, sich zwischen den Männern, die den Auftrag hatten, die Grenzen von Glenlyon zu bewachen, hindurchzuschleichen. Aber vorhin, als sie ein Pferd hatte stehlen wollen, um nach Hause zu reiten, hatte sie nicht gesehen, dass sich dieser Schurke Allan hinter einem der Tiere verbarg. Diese Pferde, die man in der Nähe der Befestigungen hatte weiden lassen, gehörten Männern aus Kintyre, die gekommen waren, um den Earl of Islay zu unterstützen.

»Verflucht, verflucht und noch mal verflucht!«

Langsam richtete sie sich auf, ohne die Gestalten am Feuer, die nicht mehr auf sie achteten, aus den Augen zu lassen. Koste es, was es wolle, sie musste irgendwie hier fort.

»Wie meinen?«

Sie fuhr herum und stieß beinahe mit der Nase gegen eine schimmernde Brosche, in welche das Motto *Per mare, per terras* eingraviert war. *Zu Wasser und zu Lande,* die Devise der Macdonalds. Sie erstarrte und sah in Duncans lächelndes Gesicht auf.

»Alasdair will dich sehen.«

Sie wich einen Schritt zurück, rieb sich die Arme und musterte ihn kühl.

»Er kann mich nicht hier gefangen halten. Ich gehöre nicht zum feindlichen Lager …«

»Genau das würde er gern überprüfen.«

Duncans Blick fiel auf Marions dünnes Hemd.

»Tut mir leid wegen des Rocks, doch das war zu deiner eigenen Sicherheit. Die Männer hätten dich in Stücke gerissen, rein zu Übungszwecken. Also komm!«

Er fasste sie am Arm und zog sie hinter sich her, doch sie setzte sich zur Wehr und machte sich mit einer ruckartigen Bewegung los.

»Rühr mich nicht an, Macdonald«, knurrte sie feindselig. Ihre Augen blitzten vor Zorn.

Verblüfft über ihren plötzlich so barschen Tonfall drehte er sich um und sah sie an. Bei ihrer Ankunft im Lager war sie ihm ganz fügsam vorgekommen.

»Ich muss sofort aufbrechen und meinem Vater Nachricht bringen.«

Duncan musterte sie reglos. Sie wurde ungeduldig.

»Hast du mich überhaupt verstanden? Und außerdem, hör auf, mich so anzuschauen!«

Er blinzelte und wandte den Blick den Männern seines Clans zu, um dann wieder sie anzusehen.

»Komm, Marion, das kannst du alles Alasdair erklären. Überzeuge ihn selbst davon, dich gehen zu lassen. Ich lege keinen besonderen Wert darauf, mir bei lebendigem Leib das Fell abziehen zu lassen, weil ich eine Spionin habe laufen lassen, und dazu noch eine Campbell.«

Alasdair Og und einige andere Männer hatten sich ein Stück vom Rest des Clans entfernt. Duncan schob Marion vor sie hin. Bei ihrem Eintreffen drehte die ganze Gruppe sich um wie ein Mann. Zum ersten Mal stand die junge Frau einem der Söhne des großen MacIain gegenüber. Sie war beeindruckt. Dennoch öffnete sie den Mund, um eine Grobheit hervorzustoßen, besann sich dann aber anders und zog es vor, damit bis zum Ende des Gesprächs zu warten.

Der jüngste Sohn des MacIain zog die Augen zusammen und fuhr mechanisch mit einer Hand über sein von einem dunklen Bartschatten bedecktes Kinn.

»Nun gut ... Da haben wir also Marion, die Tochter von John Buidhe Campbell, dem Gelben John?«

Sie gab keine Antwort, zog vielsagend eine Augenbraue hoch und reckte das Kind, um ihn hochmütig zu mustern. Angesichts der herablassenden Haltung der jungen Frau vermochte Alasdair ein Lächeln nicht zu unterdrücken. Er zog die Schultern hoch und ging um sie herum. Sie rührte sich nicht. Duncan, der neben Ranald und seinem Vater stand, beobachtete die beiden und amüsierte sich sichtlich angesichts dieses Spielchens.

»Duncan hat mir berichtet, dass Ihr mit Nachrichten für Breadalbane unterwegs seid?«

»Das stimmt genau«, gab sie brüsk zurück und kreuzte die Arme vor der Brust.

»Ich nehme an, dass es bei diesen geheimen Bestrebungen darum geht, bei Argyle für die Jakobiten zu spionieren?«

»Für einen Mann aus Glencoe seid Ihr ziemlich scharfsinnig«, stieß sie mutig hervor und hielt seinem Blick stand, der sich plötzlich verhärtet hatte.

Ein Murmeln erhob sich in der Gruppe, die sie umgab. Alasdair blieb vor ihr stehen und befeuchtete seine Lippen. Er wirkte nachdenklich.

»Ja ... Duncan hatte mich schon vor Eurer scharfen Zunge gewarnt. Da müsst Ihr Euch ja wunderbar mit Breadalbane verstehen«, gab er kalt zurück. »Ich würde zu gern erfahren, warum dieser schmutzige Fuchs das Lager wechselt. Sollte er etwa Gewissensbisse haben? Bereut er vielleicht mit einem Mal, dass er all diese Jahre Verrat an den Highlands geübt hat?«

»Seine Beweggründe gehen mich nichts an, und Euch im Übrigen auch nicht. Das Wichtigste ist doch, dass er sich für den Prätendenten einsetzt, oder?«

Alasdair lachte laut und sarkastisch auf, und die anderen Männer taten es ihm nach.

»Für den Prätendenten? Das werden wir noch sehen. Was habt Ihr ihm denn so Wichtiges mitzuteilen?«

Er trat auf sie zu und bedachte sie mit einem finsteren Blick. Angesichts der subtilen Drohung, die sie in den Zügen dieses geschworenen Feindes ihres Clans las, wich sie zurück und stieß gegen Duncan. Zwei große Hände hielten sie fest und verhinderten, dass sie hintenüberfiel. Sie wand sich, um sich aus seinem eisernen Griff zu befreien. Spöttisches Gelächter drang an ihre Ohren.

»Dieses Mal ist es mein Vater, dem ich eine Nachricht bringen muss«, flüsterte sie widerstrebend.

Sie gelangte zu dem Schluss, dass sie dieses verfluchte Lager nicht lebend verlassen würde, wenn sie weiter nichts als Verachtung an den Tag legte, und entschied sich, die Taktik zu ändern. Wahrscheinlich würde sie mit der Wahrheit weiterkommen. Sie setzte eine bedrückte Miene auf.

»Mein Vater wird bald aufbrechen, um zu der Armee von Mar zu stoßen; ich rechne damit, dass es täglich so weit ist. Aber er hat vor, über... Lorn zu gehen.«

»Über Lorn? Ebenso gut könnte er über die Orkney-Inseln gehen, meiner Treu. Warum? Hat er etwa die Absicht, zu marodieren und sich eine Herde zusammenzustehlen?«

Marion ging nicht auf die abschätzige Bemerkung ein. Aber wie sollte sie diesen Männern die Lage erklären, ohne das Gesicht zu verlieren? Ihr Vater hatte tatsächlich vor, einen Raubzug auf die Ländereien des Duke of Argyle zu unternehmen. Er würde sich so weit erniedrigen, dass er dieselben Verbrechen beging wie diese Bande von Räubern, die seit Generationen stolz darauf waren, Viehdiebe zu sein! Gewiss, die Campbells gaben ihnen oft mit gleicher Münze heraus. Aber dass nun der Laird von Glenlyon wie sie auf Raubzug ging...

»Wenn man so will, ja. Aber ich muss ihn aufhalten. Ich beschwöre Euch, lasst mich gehen.«

Alasdair legte den Kopf leicht zur Seite und verzog spöttisch einen Mundwinkel.

»Warum?«

»Ich habe erfahren, dass der Earl of Islay über die Pläne meines Vaters Bescheid weiß und sich anschickt, eine Truppe von siebenhundert Männern unter dem Kommando von Colonel Campbell Fanab auszusenden, die ihn abfangen soll …«

Der Captain von Glencoe wirkte verblüfft. Er runzelte die schwarzen Brauen, rieb sich die Augen und sah sie dann fragend an.

»Dürfte ich wissen, wie Ihr das erfahren habt? Es kommt mir ziemlich unwahrscheinlich vor, dass eine … Frau an solche Informationen kommt, ohne sich fangen zu lassen.«

Zutiefst beleidigt strafte sie ihn mit einem zornigen Blick.

»Meine Cousine Sarah hat wirklich einen arroganten groben Klotz geheiratet!«

Alasdair lächelte und überging die unangemessene Bemerkung. Marion presste die Lippen zusammen. Sein Gleichmut brachte sie zur Verzweiflung, und sie spürte Zorn in sich aufsteigen.

»Wenn Fanab meinen Vater und seine Männer massakriert, Alasdair Macdonald, dann mache ich Euch persönlich dafür verantwortlich. Und Ihr könnt dann Mar erklären, warum er fünfhundert Mann verloren hat …«

»Wenn sie sich von den eigenen Leuten niedermachen lassen wie die Hasen, dann haben sie es nicht besser verdient. Und ich kann Euch versichern, Mistress, dass ich ihnen keine Träne nachweinen werde«, erwiderte er mühsam beherrscht. »Muss ich erst Euer Gedächtnis auffrischen und Euch daran erinnern, dass Euer Großvater das Massaker an meinen Leuten befohlen hat? Dass er und seine Männer meinen Vater feige ermordet und meine Mutter halb nackt im Schnee liegen gelassen haben, damit sie erfror?«

Totenstille hatte sich über die kleine Versammlung gesenkt. Marion empfand tiefe Scham. Sie war zu weit gegangen … Wann würde sie endlich lernen, ihre Zunge zu hüten? Sie erschauerte, denn sie war sich des Blickes des jungen Macdonald, den sie in ihrem Nacken brennen spürte, schrecklich bewusst. Am liebsten wäre sie losgerannt, hätte den Kreis der Männer durchbrochen, der sich um sie geschlossen hatte, doch ein stechender Schmerz lähmte sie. Alasdair hatte ihr den Arm auf dem Rücken verdreht.

Tränen stiegen ihr in die Augen, und sie schloss sie, um sich zu beherrschen und biss sich heftig auf die Lippen.

»Was glaubt Ihr, wo Ihr hingehen werdet?«

Der Atem des Mannes, dessen Ermordung ihr Großvater befohlen hatte, strich über ihre Wange. Als Alasdair ihr den Arm verdrehte, hatte er sie gezwungen, sich zu Duncan umzudrehen, doch sie wagte ihn nicht anzuschauen. Störrisch hielt sie die Augen geschlossen und stöhnte, als ihr Peiniger seinen Griff verstärkte.

»Ihr tut mir weh … Ich bitte Euch …«

Abrupt gab er sie frei und stieß sie brutal vor Duncans Füße. Der junge Mann wollte ihr schon helfen, sich zu erheben, doch Liam legte ihm die Hand auf den Arm und bedeutete ihm mit einem Blick, nichts zu unternehmen. Das wäre ein Affront gegenüber dem Anführer des Clans gewesen. Alasdair drehte sich um und entfernte sich, blieb jedoch nach einigen Schritten noch einmal stehen.

»Pass gut auf sie auf, Duncan. Ich muss mit dem General über die Angelegenheit sprechen. Danach entscheiden wir, was wir mit ihr anfangen.«

Mit diesen Worten ging er davon, gefolgt von seinen Männern. Endlich beugte der junge Macdonald sich über das Mädchen, das seine Tränen nicht länger zurückhalten konnte, und legte ihr vorsichtig eine Hand auf die Schulter.

»F … fass mich n … nicht an, Macdonald«, schluchzte sie und krümmte sich zusammen.

Die Hand zog sich eilig zurück und schwebte einen Moment über der feuerroten Mähne, die im kalten Wind wehte. Dann richtete Duncan sich auf und ging ebenfalls davon.

Als er zurückkehrte, hatte sich Marion zusammengerollt wie ein Igel und zitterte heftig. Er reichte ihr eine Decke, und als er sah, dass sie keine Anstalten machte, sie zu nehmen, breitete er sie über ihr aus. Sie erschauerte und schlug die feuchten Augen zu ihm auf. Nein, er lächelte nicht. Er ergötzte sich nicht an ihrer Demütigung, wie sie gedacht hätte. Ranald ebenfalls nicht, und auch nicht der Hüne, der neben ihm stand. Die drei Männer ähnelten sich auf eigenartige Weise, besonders Duncan und der ältere Mann. Sie besaßen den gleichen kräftigen, breiten Kiefer und den gleichen durchdringenden Blick.

Sie wandte sich ab, um ihren forschenden Blicken zu entrinnen. *Der Vater und seine Söhne,* dachte sie, als sie sich die Decke um die Schultern zog. Das Muster des Wollstoffs, der ihr ein wenig Wärme schenkte, zog ihren Blick an. Rot, Blau und Grün … der Tartan der Macdonalds. Duncan hatte sie mit den Farben von Glencoe zugedeckt. Sie schluckte ihre Tränen und ihren Stolz herunter.

4

Rettet die Campbells!

Dichter Nebel umwaberte die Zelte und dämpfte die Stimmen. *Gott helfe mir, ich soll den Wachhund für eine Campbell spielen!*, brummte Duncan halblaut vor sich hin und reichte Marion eine Schale mit klumpigem, dampfendem Porridge. Sie hatte die Nacht unter ihrem Ginsterbusch verbracht und machte sich jetzt daran, die stacheligen Ästchen aus ihrem Haar zu lesen. Liam, Ranald und Duncan hatten in der Nähe genächtigt, bereit, jedem Einhalt zu gebieten, der versucht hätte, sie anzugreifen. Marion nahm den angebotenen Napf und verzog das Gesicht, als sie den wenig appetitlichen Inhalt erblickte. Doch sie enthielt sich jeden Kommentars.

Duncan ließ sich vor ihr im Schneidersitz auf dem Gras nieder und stellte sich seine Portion auf den Schoß. Dann zog er einen Löffel aus seinem *Sporran*, wischte ihn mit einer Ecke seines Plaids ab und reichte ihn lächelnd dem Mädchen.

»Iss, solange es heiß ist, dann rutscht es besser. Ich weiß, dass es mit ein wenig Honig besser schmecken würde, aber hier darf man beim Essen nicht wählerisch sein. Im Gegenteil, man muss sich schon glücklich schätzen, überhaupt etwas zwischen die Zähne zu bekommen.«

Marion lächelte ein wenig verschämt und aß unter Duncans aufmerksamen Blicken ohne zu murren ihren Porridge.

»Hast du heute Nacht gefroren?«

Sie hob die Nase von ihrem frugalen Frühstück, ließ sich jedoch einen Moment Zeit mit der Antwort. Natürlich hatte sie gefroren, sie hatte in der Nacht praktisch kein Auge zugetan.

»Nein«, stotterte sie und aß ihren letzten Bissen.

Sie stellte die geleerte Schale vor sich ab, zog die Knie unter das Kinn und zupfte an dem Plaid, das ihr von den Schultern gerutscht war. Duncan nahm den abgelegten Löffel, rieb ihn sauber und verleibte sich ebenfalls die geschmacklose Mahlzeit ein.

»Du hast wahrscheinlich schon vermutet, dass mein Clan dir nicht gerade Sympathie entgegenbringt«, begann er, nachdem er sein verbeultes Esswerkzeug in seinen *Sporran* geräumt hatte.

»Ich weiß.«

Sie ließ den Blick über die wimmelnde Masse von Kriegern schweifen, die je nach ihrem Rang in der Militärhierarchie gelassen ihren Aufgaben nachgingen. Einige waren um die Feuer versammelt, die den Platz jeden Clans im Lager bezeichneten, und versuchten, den feuchten Wollstoff ihrer Plaids zu trocknen. Die Chiefs und die Offiziere waren in einfachen Zelten untergebracht. Doch die anderen schliefen, fest eingewickelt in ihr Plaid, das ihr einziger Schutz gegen die Kälte der Oktobernächte war, unter freiem Himmel, unter den Vorratskarren oder unter einem Busch.

»Du darfst es Alasdair nicht übelnehmen.«

Sie wandte sich ihm zu und verzog ärgerlich das schmale, von Angst und Schlafmangel gezeichnete Gesicht. Der junge Mann spürte, wie sein Puls beim Anblick dieser Augen, die er zum ersten Mal bei Tageslicht sah, schneller schlug. Dieser wunderbare Blick, der ihn in der Abenddämmerung auf einem Hügel in Glenlyon verzaubert hatte … Die Iris war von einem sehr blassen, reinen Blau und wurde von einem tieferen Blau, das auch ihren Rand eingrenzte, durchzogen. Das Ganze wurde sehr hübsch von langen, goldenen Wimpern umrahmt und hielt seinem forschenden Blick unbewegt stand.

»Ich habe wirklich genug davon, für die Dummheiten dieses Großvaters zu bezahlen, den ich nicht einmal kennen gelernt habe«, erklärte sie mit leiser, zorniger Stimme. »Er ist tot, Herrgott! Bis darauf, dass ich seinen Namen trage, wie du so schön bemerkt hast, habe ich nichts mit ihm zu schaffen.«

»Und genau das ist das Problem.«

»Sollen denn noch meine Kinder für seine Fehler bezahlen?«

»Fehler? Das war ein Massaker, Marion! Dein Großvater und

seine Männer haben die Gastfreundschaft meines Clans missbraucht und sein Vertrauen verraten!«

Sie hob das Kinn und presste die Lippen zusammen. Dann sah sie den Mann, den sie für Duncans Vater hielt. Er saß ein Stück weit entfernt und beobachtete die beiden.

»Dein Vater?«

Der junge Mann folgte ihrem Blick.

»Ja.«

Sie zog die Lippen zwischen die Zähne und schlug die Augen nieder.

»Ich nehme an, dass er dabei war, als ...«

»Bei dem Massaker? Ja«, entgegnete er schroffer, als er beabsichtigt hatte.

»Hat er dir davon erzählt?«

»Ja.«

Verstohlen warf Marion dem Hünen mit den grauen Schläfen, der jetzt mit einem anderen Mann aus dem Clan sprach, einen letzten Blick zu, schluckte dann und schloss die Augen.

»Es tut mir ... leid.«

Was hätte sie sonst noch bemerken sollen? Es gab nichts zu sagen. Sie wusste, was am Morgen des 13. Februar 1692 geschehen war. Oftmals hatte sie zugehört, wenn Soldaten, die nach Glenlyon kamen und die daran teilgenommen hatten, erzählten. Sie kannte alle blutigen und grauenhaften Einzelheiten. Einige der Soldaten bereuten ihre Taten aufrichtig. Sie hatten ihre Geschichte unter Tränen erzählt, niedergedrückt von ihren Schuldgefühlen, und dabei ein *dram* Whisky nach dem anderen in sich hineingeschüttet. Andere dagegen fanden richtiges Vergnügen daran zu schildern, wie sie sich eine der »Macdonald-Huren« vorgenommen hatten, um sie zu vergewaltigen, nachdem sie ihrem Mann den Schädel zerschlagen hatten. Diese zweite Kategorie von Soldaten bestand vor allem aus Lowlandern, Männern, die noch nie mit den Macdonalds von Glencoe zu tun gehabt hatten, die sie aber, wie alle Bewohner des Tieflands, ganz einfach verachteten, weil sie Highlander waren. Diese Idioten hatten von ihren widerwärtigen Großtaten erzählt, ohne zu überlegen, dass ihre Zuhörer ebenfalls Highlander waren, genau wie die zu Feuer und Schwert verurteilten Macdonalds. Marion hatte sich davon zutiefst abgestoßen gefühlt.

»Was tut dir leid: dass du diese Last tragen musst, oder dass unschuldige Menschen kaltblütig ermordet worden sind?«

Sie bedachte ihn mit einem zornigen Blick.

»Waren sie denn wirklich alle unschuldig? Ihr habt unsere Herden gestohlen, unsere Häuser ausgeräumt und Familien zurückgelassen, die nichts mehr hatten, um die harten Wintermonate zu überstehen, habt sie zum Betteln gezwungen. Die Kinder sind krank geworden und gestorben, weil sie nichts zu essen hatten. Und heute begeht ihr immer noch dieselben Verbrechen wie damals.«

»Wir nehmen nur das Vieh«, stellte Duncan richtig und warf ihr einen Seitenblick zu. »Wir stehlen nur noch Rinder, aber was bleibt uns anderes übrig? Du weißt ganz genau, dass das in den Highlands nun einmal unsere Lebensweise ist. Und außerdem kennen die Campbells unsere Berge, und gelegentlich kommen sie in unsere Hügel, um sich unsere Kühe zu holen. Glaubt ihr, dass ihr so verschieden von uns seid?«

»Wir holen uns nur zurück, was ihr uns gestohlen habt.«

Duncan verzog die Lippen zu einem ironischen Lächeln.

»Ich vergebe dir deine Naivität, Weib.«

Sie tadelte ihn ohne Worte, indem sie ihm einen strengen Blick zuwarf. Doch er ließ sich nicht aus der Fassung bringen und fuhr fort.

»Außerdem, haben wir jemals einen einzigen Tropfen eures Blutes vergossen?«

Empört wandte Marion sich ab. Hugh war tot. Gewiss, sein Blut hatte nicht die Klinge eines Macdonalds befleckt, aber trotzdem gab sie dem Clan eindeutig die Schuld an seinem Tod, Unfall oder nicht. Der Verlust ihres Cousins hatte sie zutiefst erschüttert, denn Hugh war der Einzige gewesen, der sie verstanden hatte. Damals war sie erst acht gewesen und hatte hilflos zwischen zwei Brüdern gestanden, die sie ohne Unterlass tyrannisierten. So hatte sie sehr früh gelernt, sich mit ihrem Mundwerk zu verteidigen, da sie sich dazu ihrer Fäuste nicht bedienen konnte.

Sein Vater, der viel zu sehr mit dem Versuch beschäftigt war, sein gestohlenes Erbe zurückzuholen, hatte sich selten auf Chesthill blicken lassen. Daher war es Hugh gewesen, der ihr zu Hilfe kam, wenn sich der Streit so zuspitzte, dass es zwischen ihr und ihren beiden oberschlauen Brüdern, John und David, zu Handgreiflichkeiten kam.

John Campbell war ein eher schweigsamer Junge gewesen, der praktisch nie lächelte und Gefallen daran fand, seine Umgebung schamlos zu manipulieren und zu beherrschen. Marion, die nicht von unterwürfiger Natur war, ließ sich jedoch von ihrem herrschsüchtigen Bruder nichts sagen. Die beiden waren wie Feuer und Wasser. Aber er war nun einmal der Älteste, daher war es ausgemachte Sache, dass er in naher Zukunft der siebte Laird von Glenlyon werden würde. David war erst dreizehn gewesen und von unbekümmertem, munterem Naturell. Wenn John nicht in der Nähe war, verstand sie sich recht gut mit ihm. Doch wenn Letzterer sich blicken ließ, unterlag David seinem Einfluss, und die beiden verbündeten sich gegen Marion. Sie machten sich einen Spaß daraus, sie zur Weißglut zu treiben, bis sie vor Wut völlig außer sich geriet und den erstbesten Gegenstand, der ihr in die Hand fiel, nach ihnen warf. Anschließend schlichen die beiden Strolche ihr nach und wohnten zufrieden der Strafe bei, die sie für ihre Missetat unvermeidlich bekam.

Plötzlich stand Duncan auf. Sie folgte seinem Blick. Alasdair kam auf sie zu. Schimpfend sprang sie ebenfalls hoch und bemerkte, dass Duncan verstohlen ihre langen, schlanken Beine ansah, die sich in den abgetragenen Flanellhosen deutlich abzeichneten; sie errötete heftig und zog das Plaid um sich. Alasdair baute sich vor den beiden auf und musterte Marion einen Moment lang, bevor er das Wort ergriff.

»Ihr könnt gehen. General Gordon ist so großzügig, Euch sein Vertrauen zu schenken. Enttäuscht ihn nicht, Mistress Campbell.«

Sein Blick war drohend. Dann wandte er sich an Duncan.

»Du wirst sie begleiten. Wir lassen eine Frau nicht allein reiten. Sie könnte glauben, dass die Männer von Glencoe keine Manieren besitzen.«

»Ich kann mich sehr gut allein durchschlagen«, gab sie glühenden Blickes zurück.

Ein leises, spöttisches Lachen stieg aus der Kehle des Highlander-Captains auf, begleitet von einem höhnischen Blick.

»Ja, das bezweifle ich nicht. Deshalb befindet Ihr Euch auch heute Morgen in unserem Lager, nicht wahr?«

Marion setzte zu einer weiteren Entgegnung an, doch dann hielt sie kurz inne und schluckte ihre Bemerkung herunter. Sie durfte ihrer Wege gehen. Dies war nicht der richtige Moment, um zu disputieren. Dennoch warf sie ihm einen feindseligen Blick zu.

»Sobald du sie in Sicherheit weißt, Duncan, schließt du dich uns wieder an. Wir brechen in Richtung Glasgow auf. Anschließend nehmen wir die Straße nach Drummond Castle. Hier können wir nichts mehr ausrichten.«

Duncan nickte verblüfft und schaute dann in das mürrische Gesicht der Rothaarigen. Ganz offensichtlich gefiel es ihr nicht, sich von einem Macdonald begleiten zu lassen. Er selbst hätte eigentlich auch verärgert sein müssen. Doch merkwürdigerweise empfand er bei dem Gedanken eine verstohlene Freude.

Als Duncan in den Sattel steigen wollte, fasste Liam ihn am Arm und hielt ihn zurück. Marion saß bereits einige Schritte entfernt wartend auf ihrem Pferd und hielt ihr von einem Flammenkranz umgebene Gesicht in die warme Brise, die vom Loch Fyne heranwehte.

»Sei auf der Hut, mein Sohn. Ich habe bemerkt, wie du sie ansiehst. Elspeth … Du hast ihr doch vor unserem Abmarsch Treue geschworen, oder?«

Einen Moment lang schloss der junge Mann die Augen, dann folgte er dem Blick seines Vaters.

»Herrgott, das weiß ich doch! Vater … Wo denkst du hin? Das ist unvorstellbar, sie ist Glenlyons Tochter.«

Liam gab seinen Arm frei und trat einen Schritt zurück. Dann warf er einen Blick über die Schulter und betrachtete die schlanke Gestalt des Mädchens. Sie trug immer noch das Plaid der Macdonalds, das sich im Wind blähte und hinter ihr flatterte.

»Noch ein Grund, dich in Acht zu nehmen«, fuhr er, wieder an seinen Sohn gerichtet, fort. »Eine Campbell, das ist …«

»Was willst du damit sagen?«, verlangte Duncan zu wissen und runzelte die dunklen Brauen. In seinem Blick stand Unverständnis. »Glaubst du wirklich, dass ich so dumm bin, mein Leben für ein … Abenteuer aufs Spiel zu setzen? Gar nicht zu reden davon, dass sie gewiss nicht besonders zugänglich wäre, wenn ich jemals dergleichen … Ich habe noch nie eine Frau mit Gewalt genommen, Vater.«

»Das weiß ich doch!«, rief Liam aus und legte seinem Sohn die Hand auf die Schulter. »Es geht auch nicht um Rache … sondern um etwas anderes: Dein Herz könnte leiden.«

Wie vom Donner gerührt sah der junge Mann seinen Vater ungläubig an.

»Mein Herz? Wovon redest du überhaupt? Glaubst du, ich würde mich in diese Frau verlieben?«

Mit erschrockener Miene schluckte er und wandte seinen Blick erneut der jungen Frau zu, die auf der Stute zu schweben schien. Wie konnte sein Vater sich nur so etwas Dummes vorstellen? Die Tochter des Laird von Glenlyon? Nie im Leben! Er hatte doch Elspeth, die schöne und sinnliche Elspeth, die geduldig auf seine Rückkehr wartete. Zugestanden, er konnte nicht leugnen, dass er eine gewisse Anziehung gegenüber dieser Furie empfunden hatte, aber war er schließlich nicht ein Mann? Seit wie vielen Nächten musste er sich nun schon damit bescheiden, im Traum den Körper einer Frau zu umarmen? Nein, wirklich …

»Hmmm … Glaube mir, Duncan, ich weiß dieses Leuchten im Blick eines Mannes zu deuten. Diese Frau lässt dich nicht gleichgültig. Ich weiß, wovon ich spreche. Selbst Alasdair ist das aufgefallen. Was glaubst du denn, warum er dich beauftragt hat, sie an einen sicheren Ort zu führen? Jeder andere als du hätte es eilig, sie zu demütigen, über sie herzufallen. Aber du … Ich weiß, dass du so etwas nicht tun würdest. Und Alasdair hat es ebenfalls erraten. Die Ehre der Campbells ist also sicher, aber was dich angeht …«

»Das ist lächerlich!«, widersprach Duncan, den die Enthüllung seines Vaters in Aufruhr gestürzt hatte.

»Wir sprechen später noch einmal darüber, mein Sohn. Im Moment möchte ich dich nur warnen. Sie ist nicht für dich bestimmt, also zerfleische dich nicht ihretwegen. Elspeth ist ein nettes Mädchen und wird sicher eine gute Ehefrau werden … Ich meine, wenn es das ist, was du willst. Ich weiß, dass das Herz und die Vernunft nicht immer mit einer Stimme sprechen.«

»Ja, das hat Mutter mir auch einmal gesagt.«

Neugierig geworden, sah Liam seinen Sohn fragend an.

»Eines Tages traf ich sie am Flussufer an, wo sie vor sich hin träumte. Sie hat mir erzählt, wie ihr euch kennen gelernt habt. Da hätte ja wirklich nicht viel gefehlt, und ich hätte nie das Licht der Welt erblickt! Du hast dir ganz schön Zeit gelassen, bis du ihr deine Liebe gestanden hast!«

»Hmmm … Ja«, nickte Liam und lächelte bei der süßen Erinnerung an jenen Nachmittag, den sie in einer Hütte in der Nähe von Methven verbracht hatten.

Duncan sah zu, wie sein Vater zerstreut über seinen *Sporran* strich, in dem er sorgsam eine Strähne von Caitlins seidigem Haar verwahrte. Ein Anflug von Neid stach ihn ins Herz. Ob er wohl nach zwanzig Jahren Ehe ebenso von Elspeth träumen würde? Er konnte sich seinen Vater ohne seine Mutter nicht vorstellen. Sie war sein fester Anker. Sollte er sie jemals verlieren, würde er gewiss keinen Grund mehr unter den Füßen finden und sich vom Sturm verschlingen lassen.

Genauso sollte eine Ehefrau sein; ein sicherer Hafen, zu dem ein Mann immer zurückkehrte. War eine Frau nicht die Heimstatt der Liebe? Die Wärme, in die ein Mann sich bei Nacht schmiegte? Die bot Elspeth ihm im Überfluss. Und die Leidenschaft, diese rasende Leidenschaft, die den Körper entflammt? Gewiss, sie hatte ihn erzittern lassen … zu Anfang.

Er seufzte. Sein Vater hatte recht. Er musste Abstand zu Glenlyons Tochter wahren. Sie konnte ihm nur Unglück bringen. Er hatte schließlich Elspeth. Bei ihr war alles ruhig, vorhersehbar. Sie war lieb, sanft, weich, aber … War das wirklich alles, was er sich von der Beziehung zu einer Frau wünschte?

Sein Herz schlug schneller, und bei der Erinnerung daran, wie er das letzte Mal mit Elspeth zusammengelegen hatte, stieg ihm plötzlich heiß das Blut in die Wangen. Er hatte Lust beim Gedanken an eine andere empfunden, das Campbell-Mädchen. In Gedanken hatte er Elspeth betrogen. In Wahrheit hatte er an diesem Abend Marion umarmt, diese Frau mit dem flammenden Temperament, mit der er sich messen konnte. Doch dies durfte nie wieder geschehen. Er hatte nicht vor, sich auf so törichte Weise alles zu verderben, indem er mit dem Feuer spielte!

»Gut ... Ich muss aufbrechen, Vater«, murmelte er und wich Liams Blick aus.

»Denk an meine Worte, Duncan. Und vergiss um Himmels willen nicht, dass du dich auf feindlichem Gebiet befindest. Glenlyon bleibt ein Campbell, auch wenn er sich mit seinen Leuten auf die Seite der Stuarts gestellt hat. Du bist ein Macdonald, und die Bewohner von Argyle stehen uns feindselig gegenüber. Du bist in zweifacher Hinsicht ein Gegner des Duke. Wenn man dich fängt, wird man nicht zartfühlend mit dir verfahren. Verstehst du?«

»Ja, Vater.«

»Marion wird nichts für dich tun können, selbst wenn sie es wollte.«

»Ich weiß. Ich werde die Augen offen und mein Herz verschlossen halten.«

Liam zog seinen Sohn in eine rasche Umarmung und ließ seine große Hand noch einen Moment auf seiner Schulter liegen.

»Danke für deinen Rat, Vater«, sagte der junge Mann und wandte sich seinem Pferd zu, das ungeduldig schnaubte.

»Bi faicealach, Duncan Coll. Gun téid e math leat!« Sei vorsichtig, Duncan Coll. Möge alles gut gehen, und viel Glück!

Duncan schwang sich in den Sattel, wendete sein Reittier und gab ihm die Sporen, um zu der Frau, die auf ihn wartete, aufzuschließen. Von Zweifeln gequält, sah Liam den beiden noch lange nach.

»Gib auf dich Acht, mein Sohn.«

Marion hatte beschlossen, das Glen-Aray-Tal in Richtung Norden hinaufzureiten, bis nach Kilchurn Castle, einem von Breadalbanes Sitzen. Je nachdem, welche Informationen sie von den

Bauern bekamen, würden sie anschließend entscheiden, in welche Richtung sie sich wandten. Wenn Glenlyon noch nicht vorbeigezogen war, würden sie das Glenorchy-Tal entlangreiten und hoffen, unterwegs seiner Armee zu begegnen. Andernfalls würden sie nach Westen reiten, nach Lorn, und beten, dass sie nicht zu spät kamen.

Die Zeit drängte. Am selben Morgen hatte Glenlyon tatsächlich mit seinem Regiment aus fünfhundert Männern die Spitze des Loch Awe umrundet und die schmale Brander-Passage hinter sich gelassen. Die Soldaten hatten einen Vorsprung von gut fünf Stunden, doch andererseits hatten die beiden den Vorteil, zu Pferd unterwegs zu sein.

Duncan ritt hinter Marion, die jetzt seit mehr als einer Stunde ihre Stute erbarmungslos antrieb. Dem Pferd stand schon der Schaum vor dem Maul. *Herrgott! Sie bringt das arme Tier noch um, wenn sie in diesem höllischen Tempo weiterreitet!*, schimpfte Duncan lautlos. Sie hatten soeben die von dem düsteren Ben Cruachan überschattete Passage durchquert, als es ihm endlich gelang, sie aufzuhalten, indem er ihr schnaubendes Pferd an Zaum packte.

»Was soll das?«

»Wenn du das Tier antreibst, bis es verreckt, bringt uns das auch nicht weiter.«

»Willst du mich absichtlich aufhalten? Mein Vater ist in großer Gefahr, und … Du willst mich doch wohl nicht daran hindern, ihn vor den Truppen von Fanab zu erreichen, oder?«

Fassungslos sah er sie an und schüttelte dann den Kopf.

»Sie können nicht mehr sehr weit sein. Mit seinen siebenhundert Soldaten kann Fanab auf keinen Fall schneller sein als wir!«

Sie brummte ungeduldig und warf ihm einen verächtlichen Blick zu. Aber sie musste sich eingestehen, dass er recht hatte. Ihr Pferd war schweißnass und brauchte ein wenig Ruhe. Es ärgerte sie nur schrecklich, ihm recht zu geben.

Der Wind, der aus Nordost wehte, hatte beträchtlich abgekühlt, und Marion begann zu zittern. Das Plaid schützte sie recht gut vor Wind und Kälte, wenn sie sich am Boden befand, doch auf einem Pferd, das mit verhängtem Zügel dahingaloppierte, nutzte es nicht allzu viel. Duncan stieg ab und führte sein Reittier zum Bach, um es zu tränken. Dann setzte er sich auf einen der dicken Steine, die aus dem von vertrocknetem Farnkraut rot überhauchten Unterholz ragten.

»Lass dein Pferd ein paar Minuten ausruhen«, schlug er vor und tauchte die Hand in das kristallklare Wasser, das mit ohrenbetäubendem Rauschen herabsprang.

Mit der hohlen Hand schöpfte er Wasser und führte es an die Lippen, bevor er Marion, die ebenfalls vom Pferd stieg, erneut einen Blick zuwarf. Der Wind ließ das Plaid, das sie mit einer Hand festhielt, flattern. Der Himmel hatte ein beunruhigendes Bleigrau angenommen, und in der Ferne grollte ein Gewitter. Sie würden bestimmt noch nass werden, ehe der Tag vorüber war. Dabei fiel ihm plötzlich ein, dass er in einer der Satteltaschen noch immer den scharlachroten Rock mit sich führte. Daran hätte er schon früher denken sollen. Er ging zu der Satteltasche und zog den Rock heraus. Als das Kleidungsstück sich entfaltete, fiel ein kleiner *Sgian dhu* heraus, klirrte auf die Steine und verschwand dann im Farnkraut. Einen Moment lang musterte er die braunen, vertrockneten Wedel, dann sah er die Klinge aufblitzen und hob sie langsam auf. Nachdem er den Dolch in den Gürtel gesteckt hatte, reichte er Marion den Rock.

»Es wird regnen. Hiermit kannst du dich besser schützen.«

Ohne ein Wort schlüpfte sie rasch in das Kleidungsstück, dann wies sie auf den Dolch.

»Gib ihn mir zurück.«

»Nein«, antwortete Duncan gelassen. »Ich weiß noch nicht, ob ich dir trauen kann.«

Marions Haar umwehte ihr vor Anstrengung gerötetes, angespanntes Antlitz. Einige Momente lang verzog sie unsicher das Gesicht, als würde sie überlegen. Dann entspannten sich ihre Züge. Ihre veränderte Haltung machte Duncan argwöhnisch.

»Hast du etwa Angst vor mir?«

Der junge Mann zögerte mit seiner Antwort. Er betrachtete das entschlossene Gesicht, auf dem sich jetzt ein charmantes Lächeln malte, das durch einen Beiklang von Ironie noch breiter wirkte. Am liebsten hätte er gelacht, aber noch zügelte er sich.

Doch dann hielt er es nicht mehr aus und prustete laut los, während er das Plaid, das sie auf den Boden hatte fallen lassen, aufhob. Er richtete sich auf und schüttelte seine rabenschwarze Mähne.

»Ist das der Trick, mit dem du bekommst, was du willst?«

Sie stieß ein paar halblaute Flüche aus, drehte sich auf dem Absatz um und schickte sich an, zu ihrem Pferd zurückzugehen. Mit drei langen Schritten hatte er sie eingeholt, packte sie am Handgelenk und drehte sie zu sich herum. Sie lächelte jetzt nicht mehr, sondern hatte die Lippen zu einer dünnen Linie zusammengepresst. Zorn stieg in ihm auf.

»Wenn du glaubst, einen Macdonald so leicht hinters Licht führen zu können, dann irrst du dich gewaltig, Weib.«

Marions Gesicht befand sich nur einige Zoll von seinem entfernt, und er sah unter der weißen, durchscheinenden Haut eine kleine Vene pochen.

»Du musst dir mein Vertrauen erst noch verdienen, Marion«, sagte er leise. Ihr Atem strich über seinen Mund.

Er vermochte den Blick nicht von ihren Augen abzuwenden. *Vater hat recht. Das werde ich niemals durchhalten!*, hielt er sich innerlich vor. Sie versuchte, sich loszumachen, und er ließ ihr Handgelenk so abrupt los, als wäre es ein Stück glühende Kohle. Sie öffnete den Mund, und ein Anflug von Panik huschte über ihr Gesicht.

»Und ich, wie soll ich dir vertrauen? Woher soll ich denn wissen, dass du nicht versuchen wirst, über mich herzufallen?«

Hochmütig reckte sie das Kinn und hielt Duncans Blick stand. Den jungen Mann hatte ihre Bemerkung in Verlegenheit gestürzt. Unter diesem Blickwinkel hatte er ihre Lage nicht gesehen und dachte noch einmal darüber nach. Bedächtig untersuchte er den *Sgian dhu*, den er in der Hand hielt, und ließ die Schneide über die Schwielen auf seiner Handfläche gleiten, wie um ihre Schärfe zu prüfen. Dann ergriff er mit einem Mal die Klinge und hielt der jungen Frau ihre Waffe mit dem Griff voran hin.

»Ich werde dir nichts zuleide tun, Marion; aber du würdest mir ohnehin nicht glauben, selbst wenn ich es dir schwören würde.«

»Das stimmt«, gestand sie und nahm den Dolch. Er erschauerte, als ihre Finger dabei die seinen streiften, und schloss sie unwillkürlich fester. Die Klinge schnitt ihm leicht in die Finger. Der Schmerz ließ in für kurze Zeit den Aufruhr vergessen, der sich in seinem Körper auszubreiten begann.

»Und? Du würdest mir auch nicht glauben, wenn ich sagen würde, dass ich nicht darauf lauere, dir meinen Dolch in den Rücken zu stoßen, kaum dass du dich umgedreht hast.«

»Allerdings«, gab er mit aufgesetzter Sanftheit zurück.

Langsam ließ er die Klinge los. Einige Sekunden lang musterten die beiden einander schweigend. Dann spürte Marion, dass er das Messer lockerer hielt, und riss es mit einem Ruck an sich.

»Autsch!«, schrie Duncan auf und hob die Finger an den Mund.

»Tut mir leid ... Das wollte ich nicht ...«

Sie nahm seine Hand und untersuchte den Schnitt.

»Die Wunde ist nicht tief.«

Sie sah suchend an sich herunter. Dann ließ sie seine Hand los, zerrte an ihrem Hemd, um es aus der Hose zu ziehen, und riss ein Stück vom Saum ab. Durch seine langen Wimpern beobachtete er verstohlen, wie sie ihm einen provisorischen Verband anlegte.

»Schon erledigt!«, rief sie aus und verknotete die Enden fest.

Kurz trafen sich ihre Blicke, dann wandte sie sich peinlich berührt ab. Duncan legte behutsam die verbundenen Finger um ihr Kinn und zwang sie, ihn erneut anzuschauen.

»Wenn ich es recht überlege«, erklärte er und verzog die Mundwinkel, »würde ich dir vielleicht doch glauben.«

Die Rotröcke waren auf der Heide in Angriffsposition gegangen. Marion spürte, wie eine entsetzliche Furcht ihren ganzen Körper ergriff. Die Konfrontation schien unmittelbar bevorzustehen. Mit leichenblassem Gesicht betrachtete sie die Reihen in den dunklen Tartan-Farben der Campbells. John Campbell, der sechste Laird von Glenlyon, saß mit dem Schwert in der Hand kerzengerade auf seinem Pferd, bereit, den Befehl zur Attacke zu geben.

Sie befanden sich in der Nähe von Loch Nell, der hinter den Bäumen am Horizont zu erkennen war.

»Ich kann das nicht zulassen, Duncan. Sie werden angreifen … Ich muss etwas unternehmen.«

Sie kroch unter dem Busch hervor, unter dem sie lagen. Der junge Mann hielt sie gerade noch fest und zwang sie, sich erneut hinzukauern

»Bist du jetzt vollständig verrückt geworden? Willst du, dass sie auf dich schießen?«

»Lass mich los«, schrie sie und wehrte sich heftig. »Das ist einfach zu schrecklich. Ich muss zu meinem Vater, ihn überzeugen, ihn zur Vernunft bringen. Sie werden sich gegenseitig töten! Das ist ja, als ob … als ob …«

Sichtlich nach dem richtigen Vergleich suchend, schüttelte sie hektisch den Kopf.

»Ja, das ist, als würdet ihr die Waffen gegen die Männer von Keppoch erheben!«

Von Verzweiflung angetrieben, versuchte sie in einer letzten Kraftanstrengung, sich von neuem aufzurichten. Aber sie fand sich fest auf den Boden geheftet. Duncan hatte sich mit seinem ganzen Gewicht über sie geworfen und hielt sie an den Schultern fest.

»Du arme Närrin, wenn du versuchst, zu deinem Vater zu laufen, dann werden deine eigenen Leute dich eins, zwei, drei über den Haufen schießen, das schwöre ich dir.«

Sie sah ihn aus schreckgeweiteten Augen an.

»Die Männer meines Vaters würden es niemals wagen, auf mich zu feuern!«

Duncan wandte den Blick von Marions ungläubiger Miene ab, um den mit vergoldeten Knöpfen besetzten roten Rock zu betrachten, und bemerkte plötzlich, dass sie die Jacke eines Offiziers gestohlen hatte. Aber ob Offizier oder einfacher Soldat, es war trotzdem die Uniform eines Hannoveraners.

»Dann sag mir doch einmal, ob die Tochter ihres Laird für gewöhnlich als *Sassanach*-Soldat verkleidet vor ihnen herumspaziert?«

Sie stöhnte verzweifelt auf.

»Aber etwas anderes habe ich nicht! Ich könnte den Rock ausziehen ...«

»Auf diese Entfernung würden sie trotzdem glauben, einen Mann vor sich zu haben. Warte ... Ich habe vielleicht eine Lösung«, erklärte er und ließ sie los. »Rühr dich nicht vom Fleck.«

Er zog ein Plaid aus einer seiner Satteltaschen und reichte es ihr.

»Leg dir das als *arisaid** um.«

»Aber das ist der Tartan der Macdonalds! Glaubst du, das wird meinem Vater nicht auffallen? Er hat um euretwillen so sehr gelitten ...«

Sie verbiss sich die scharfe Bemerkung, die sie hatte machen wollen.

»Mein Vater weiß die feindlichen Farben zu erkennen, Duncan. Und ihr seid unsere Feinde.«

»Nicht in *diesem* Krieg, Marion.«

Einen Moment lang sah sie in seine blauen Augen, dann nahm sie den in hellen Farben gemusterten Stoff und schlang ihn sich geschickt um. Duncan lächelte erfreut.

»Die Farben stehen dir ausgezeichnet. Du siehst aus wie die Gattin eines Edelmannes aus Glencoe. Man könnte dich glatt verwechseln.«

»Geh doch zum Teufel, Macdonald!«, murrte sie und wandte sich so heftig ab, dass der Stoff nur so um sie herumflog.

Sie schürzte ihren improvisierten Rock und rannte auf das Regiment von Glenlyon zu, das nur etwa hundert Fuß von ihnen entfernt Aufstellung genommen hatte. »*Cruachan*!« Ihr Schrei hallte über die Heide, und in den Reihen kam Unruhe auf. Die Männer fuhren herum, die Muskete schussbereit in der Hand. Marion blieb wie angewurzelt stehen. Das Echo des Kriegsrufs der Campbells, den sie ausgestoßen hatte, wurde von dem Nebel erstickt, der sich über den Hügeln von Glen Lonan auszubreiten begann. Grabesstille senkte sich herab. John Buidhe Camp-

* Traditionelles Gewand der Frauen in den Highlands, bestehend aus einem Plaid, das um den Körper geschlungen und auf der Brust von einer Brosche zusammengehalten wird.

bell lenkte sein Pferd einige Schritte auf Marion zu. Das Mädchen stand jetzt wie gelähmt vor gut hundert Gewehrläufen, die sich auf sie richteten. Duncan trat hinter dem Busch hervor und ging vorsichtig, mit erhobenen Händen, auf die Soldaten zu.

»*Fraoch Eilean!*«

»Verschwindet!«, schrie Glenlyon.

»Wir müssen mit Euch sprechen … Das heißt, Marion will mit Euch reden.«

»Marion? Gott im Himmel! Bist das wirklich du, Marion?«

Sekunden später stand der Laird mit zornrotem Gesicht vor ihnen.

»Marion Campbell! Würdest du mir bitte erklären, was du hier treibst?«

Ungläubig betrachtete der Mann seine Tochter. Sein Blick glitt zuerst über die Farben von Glencoe und kehrte dann zu ihrer flehenden Miene zurück.

»Du hast meine Frage nicht beantwortet«, brüllte er und ballte die Fäuste.

»Ich bin gekommen, um unnötiges Blutvergießen zu verhindern. Zieh deine Soldaten zurück, Vater. Es muss sein.«

Glenlyon drehte sich um und betrachtete die Hügel, auf denen die Rotröcke standen, und stieß dann einige unflätige Worte aus.

»Es steht dir nicht zu, dich in solche Dinge einzumischen, Tochter. Das geht nur Männer etwas an. Geh nach Hause.«

»Nein, erst, wenn ich sehe, dass ihr euch zurückzieht.«

»Mich zurückziehen?«, gab er mit wutverzerrtem Gesicht zurück. »Ich werde niemals vor Argyle weichen. Dieser eingebildete Rüpel wird hier ganz gewiss nicht das letzte Wort haben!«

»Vater, Fanab war der einzige Freund deines Vaters. Bestimmt hegt er ebenso wenig wie du den Wunsch zu kämpfen. Und außerdem hat dieser Krieg nichts mit unseren kleinlichen Rachegelüsten gegen den Duke of Argyle zu tun. Die Krone der Stuarts steht gegen die von Hannover. Wenn deine Männer sich massakrieren lassen, was für eine Armee kannst du Mar und dem Prätendenten dann noch anbieten? Das ist doch alles nicht der Mühe wert. Ihr müsst den Rückzug antreten, ich beschwöre dich.«

Glenlyon hatte es die Sprache verschlagen. Seine Miene war ausdruckslos, nur seine tief in den Höhlen seines mageren Gesichts liegenden Augen bewegten sich und huschten zwischen seiner Tochter und dem Mann aus Glencoe hin und her.

»Ihr! Was habt Ihr mit meiner Tochter zu schaffen, dreckiger Bengel?«

»Vater!«

»Halte den Mund, Marion!«

Er war blass vor Wut.

»Ich begleite sie, um ihre Sicherheit zu gewährleisten, Sir.«

»Wollt Ihr mich zum Narren halten? Meine Tochter soll in den Händen eines Mannes aus Glencoe sicher sein! Heilige Muttergottes! Erzählt diesen Unsinn jemand anderem, Macdonald.«

»Er sagt die Wahrheit«, bestätigte Marion, die sich über das Verhalten ihres Vaters ärgerte. »Man hat ihn beauftragt, mich zu beschützen.«

»*Man* hat ihn beauftragt? Könntest du mir vielleicht auch sagen, von wem du sprichst?«

»Von Alasdair Og Macdonald und ...«

»Alasdair? Herrgott, Tochter! Was hattest du denn bloß in dem verfluchten Tal zu suchen?«

»Das war nicht in Glencoe«, fiel Duncan ein, »sondern in ...«

Er unterbrach sich und sah Marion an, die sich unruhig auf die Lippen biss. Doch sie hatte keine andere Wahl, sie musste ihrem Vater die Wahrheit sagen.

»In Inveraray«, stammelte sie leise und schlug die Augen nieder.

»Wie bitte? Sag das noch einmal!«

»Inveraray! Ich war in Inveraray und bin in das Heerlager der Jakobiten geraten.«

Verblüfft über die außerordentliche Erklärung seiner Tochter, schüttelte er den Kopf. Marion knetete unruhig die Hände auf dem Rücken wie ein Kind, das seine Strafe erwartet.

»Was hattest du dort zu suchen? Hast du Archibald verraten, dass ich meine Männer nach Lorn führen will?«

Die Stimme des Mannes zitterte vor Sorge.

»Nein, wie kannst du nur so etwas denken?«

Glenlyon hielt den Blick starr auf seine Hände gerichtet, die er auf dem Sattelknauf verschränkt hatte. Seine Augen blickten leer, und seine Miene wirkte verstört. Marion stürzte auf ihn zu und krallte die Hände in das Plaid ihres Vaters.

»Ich schwöre es dir, Vater. Das war ich nicht …«

Er schloss die Augen und schluckte. Dann richtete er den Blick erneut auf sie.

»Ich habe meine Männer erst heute Morgen ins Bild gesetzt. Vorher wussten nur deine Brüder und du Bescheid.«

»Vielleicht hat es jemand aus der Dienerschaft gehört, das ist doch möglich. Molly lauscht immer an den Türen. Sie könnte es mitbekommen und mit jemandem darüber gesprochen haben.«

Der Laird von Glenlyon fuhr mit einer dick geäderten Hand über sein Gesicht und verhielt damit vor dem Mund. Er überlegte. Duncan beobachtete diesen Mann, den sein Clan hasste und verachtete. Der Sohn des Mannes, der die Seinigen abgeschlachtet hatte. *Gott ist mein Zeuge, dass ich versuche, Glenlyons Haut zu retten!*, dachte er ironisch.

Dies war seine zweite Begegnung mit dem Mann. Das erste Mal schien ihm inzwischen sehr weit zurückzuliegen. Das war vor fünf Jahren gewesen, als er erst vierzehn gewesen war. Er war mit einigen anderen jungen Burschen aus Glencoe nach Glenlyon gegangen, um seine ersten Kühe zu stehlen. Doch der Laird hatte sie auf frischer Tat ertappt. Mit vorgehaltener Muskete hatte er sie bis an die Grenze zwischen ihren Ländereien vor sich hergetrieben. Dann hatte er ihnen einen Tritt in die Rückseite versetzt und ihnen erklärt, dass er eingedenk ihrer Jugend dieses Mal Gnade vor Recht ergehen lasse. Doch sie sollten sich das eine Lehre sein lassen. Wenn er sie noch einmal auf seinem Land finge, dann hätte er einen Hanfstrick für sie. Die Baumäste auf Glenlyon seien kräftig. *Wenn ihr euch wie Männer benehmen wollt,* hatte er ihnen eingeschärft, *dann sollt ihr auch wie Männer behandelt werden!* Seine Nachsicht hatte Grenzen.

Duncan vermochte ein leises Lächeln nicht zu unterdrücken. Er konnte gar nicht mehr zählen, wie oft er seit diesem Tag nach Glenlyon zurückgekehrt war. Doch er hatte sich große Mühe gegeben, sich nicht wieder erwischen zu lassen; dies war die Lehre, die er aus seinem Missgeschick gezogen hatte.

Seitdem war der Laird von Glenlyon stark gealtert. Er musste etwa im gleichen Alter sein wie sein Vater, wirkte aber zehn Jahre älter. Die Haut seiner hohlen Wangen spannte sich über seinen hervortretenden Wangenknochen, und seine Augen, deren Blau vor Müdigkeit und Überdruss verblasst war, lagen tief in den Höhlen und verstärkten noch die Ähnlichkeit mit einem Totenschädel. Dieser Mann war von der Last seiner Schulden gebeugt, die Hauptmann Robert Campbell ihm hinterlassen hatte. Bei dem Versuch zurückzukaufen, was sein Vater leichtsinnig verschleudert hatte, um seine Spielschulden und seinen Whisky zu finanzieren, hatte er seinen Körper ausgebrannt und seine Gesundheit ruiniert. Kaum verwunderlich, dass keiner seiner Söhne den Namen Robert trug.

»Erklär mir, was du in Inveraray zu suchen hattest«, verlangte der alte Herr niedergeschlagen zu wissen und musterte seine Tochter zornig. »Für einen einfachen Spaziergang liegt das ja wohl ein wenig zu weit von Chesthill fort, Marion. Hast du spioniert?«

Der schneidende, heftige Tonfall ihres Vaters ließ sie zusammenzucken. Ihr Gesicht war aschgrau. Ein drückendes Schweigen senkte sich herab. Glenlyon, der das als Eingeständnis deutete, knurrte vor Zorn.

»Ich werde dir das später erklären, Vater. Das ist jetzt nicht die richtige Zeit dazu.«

»Für wen hast du spioniert?«

Kleinlaut fügte sich Marion.

»Breadalbane.«

Der Name ging fast in dem Tartan unter, den sie mit verkrampften Fingern knetete. Glenlyons Gesicht verzerrte sich vor Wut.

»Dieser Bastard! Wie kann er es wagen, sich meiner Tochter zu bedienen? Wie? Dieser Despot gibt sich nicht damit zufrieden, mir vor meinesgleichen mein Verhalten zu diktieren, sondern er will auch noch meine Tochter erniedrigen und zu einer … einer …«

Er sprach den Satz nicht zu Ende, und die schrecklichen Worte blieben in seiner Kehle stecken. Doch Marion hatte erraten, was er hatte sagen wollen.

»Du glaubst, dass … dass ich die Hure spiele, um meine Informationen zu beschaffen? Ist das alles, was du von mir hältst? Hast du kein Vertrauen zu deiner Tochter, die Blut von deinem Blut und Fleisch von deinem Fleisch ist?«

Von einem Moment zum anderen war ihr das Blut ins Gesicht geschossen.

»Ich habe nichts dergleichen angedeutet.«

»Und ob!«, kreischte sie und ließ wutentbrannt den zerknitterten Stoff seines Plaids fahren. »Das war wohl deutlich genug!«

Eine Bewegung auf dem gegenüberliegenden Hügel unterbrach sie, und einige aufmunternde Worte, die Fanab seinen Männern zuschrie, drangen bis zu ihnen. Die scharlachrote Flut rollte auf sie zu. Fanab hatte seine Soldaten in Marsch gesetzt und brachte seine Truppen in Stellung. Die Männer von Glenlyon wurden unruhig. Der Zorn auf Marions Zügen wich blankem Entsetzen.

»Oh nein!«, rief sie aus und schlug die zitternde Hand vor ihre bleichen Lippen. »Denk nach, Vater. Wir müssen dem Einhalt gebieten, bevor es zu spät ist. Ich flehe dich an, verhindere dieses Gemetzel.«

Der Mann ließ erneut den Kopf auf die Brust sinken. Mit geschlossenen Augen seufzte er. Dann warf er seiner Tochter einen letzten Blick zu und gab seinem gewaltigen Schecken die Sporen, um zu seinem Regiment zurückzukehren. Duncan legte die wenigen Schritte zurück, die ihn von Marion trennten, und umfasste ihre zitternden Schultern. Beide beobachteten in bedrücktem Schweigen, wie der Captain heftig gestikulierend auf seine Lieutenants einredete. Schließlich zog er ein Taschentuch heraus, band es an den Lauf seiner Muskete und schwenkte sie über dem Kopf.

»*Cruachan!*«

Der Laird von Glenlyon galoppierte allein den Abhang hinunter und ritt Colonel Campbell Fanab entgegen. Ein zweites weißes Taschentuch tauchte auf, auf die Klinge eines Bajonetts gespießt. Mitten auf der Heide trafen die beiden Männer zusammen.

Marions Schultern entspannten sich ein wenig. Immer noch rollte der Donner, und ein feiner Nieselregen begann sie zu durchnässen. Die Verhandlungen zwischen den beiden Seiten währten noch einige Minuten. Dann gingen die beiden Anführer auseinander. Sie waren zu einer Übereinkunft gelangt. Unter der Bedingung, dass seine Männer Argyle ohne Probleme verlassen konnten, erklärte sich Glenlyon bereit, die Waffen niederzulegen und die Campbells von Fanab zu verschonen. Freudenrufe klangen auf beiden Seiten auf und hallten im ganzen Tal wider. Die Männer gehörten zwar nicht zum selben Lager, doch es war nichts Ruhmreiches daran, das Blut von Landsleuten zu vergießen. Das Schlimmste war verhindert worden. Geiseln wurden ausgetauscht, um die Einhaltung des Abkommens zu gewährleisten. Dann setzten die beiden Regimenter sich in entgegengesetzte Richtungen in Marsch. Endlich wich der ganze Druck von Marion, und sie begann an Duncans Schulter leise zu weinen.

Wasser sickerte an den Wänden der Höhle herunter, in der sie Zuflucht gesucht hatten. Duncan hatte sich an den Eingang gesetzt und wandte Marion, die sich wieder ankleidete, den Rücken zu. Seit mehr als zwei Stunden rauschte ein sintflutartiger Regen herab. Ein Feuer versuchte schüchtern, die feuchte Luft zu erwärmen. Marion hatte ihre durchnässte Kleidung zum Trocknen ausgelegt und sich währenddessen schlotternd unter das Plaid geflüchtet.

»Du kannst dich wieder umdrehen.«

Doch Duncan wandte sich nicht um. Lieber wollte er noch ein Weilchen von den Bildern eines zitternden Frauenkörpers träumen, dem Schwung einer Hüfte, der Rundung einer Brust, der Form einer Wade; dem huschenden Schatten, den der Schein des Feuers an eine Felswand warf. Ein schamloser, sinnlicher und anmutiger Schatten, dem er mit Leichtigkeit noch Gesichtszüge, Haarfarbe und die Tönung der Haut verleihen konnte. Vor seinen geschlossenen Augen sah er Marion so, wie er sie mit Sicherheit erblickt hätte, hätte er sich nur ein wenig früher umgedreht. Denn er hatte ihren Schatten gesehen und aus dem Augenwinkel beobachtet, während sie vor dem Feuer ihre Kleidung anlegte, nicht ahnend, dass sie ihn auf so sündige Gedanken gebracht hatte.

Seufzend drehte er sich schließlich um. Sie hatte sich in der entferntesten Ecke der Höhle zusammengekauert, und die Klinge ihres kleinen *Sgian dhu* glitzerte zu ihren Füßen. *A Mhórag, m'aingeal dhiabhluidh,* dachte er. *Ach, Marion, mein teuflischer Engel. Du tätest besser daran, mit dem Dolch in der Hand zu schlafen.*

Sie würden die Nacht gemeinsam in dieser verrauchten, feuchten Höhle verbringen müssen. Niemals würde er Schlaf finden, wenn er sie so nahe, so verwundbar bei sich wusste. Er konnte ihren lauten, raschen Atem hören. Die junge Frau war unruhig; gewiss erriet sie seine Gedanken. Die Zeit für Vertraulichkeiten war vorüber. Die erzwungene Nähe in dem engen Raum ihrer Zuflucht hatte die Feindschaft zwischen ihnen wiederauferstehen lassen. Ihre Blicke trafen sich. In Marions Augen tanzten die Reflexe der Flammen wie winzige, bezaubernde und bösartige *bean-siths* und ließen sie wie zwei glühende Kohlen in einem illuminierten, herzförmigen Gesicht erscheinen.

Ihre langen, zarten Finger rückten dicht an den Griff ihrer Waffe heran. Duncan hielt es für klüger, einen achtbaren Abstand zwischen ihnen beiden zu wahren. Er zwang sich, an Elspeth zu denken, und setzte sich auf die andere Seite des Feuers, das ihn von Marion trennte, diesem verführerischen Wesen, das seinen Körper aufreizte. Angestrengt sah er in die Flammen, Sinnbild der Hölle, durch die sie ihn unabsichtlich schickte.

Das Gewitter ließ nach; nur gelegentlich erhellte noch der bläuliche Schein der Blitze ihren Zufluchtsort, über den sich die Stille der Nacht gebreitet hatte. Marion zog die Beine an und legte das Kinn auf die Knie.

»Dein Vater will, dass du sofort nach Chesthill zurückkehrst«, erklärte Duncan, um das Schweigen zu durchbrechen, das zäh zu werden begann.

»Ich weiß«, antwortete sie und sah ebenfalls starr in die Flammen.

Eine lange, feuchte Haarsträhne fiel ihr vor die Augen. Sie strich sie mit dem Handrücken zurück.

»Ich werde aber nicht gehen.«

»Glenlyon hat mir gedroht. Er vertraut mir …«

Sie blickte auf und stieß ein leises Lachen aus, das wie das Gurren einer Taube klang. Ihre Lippen verzogen sich zu einem breiten Lächeln und enthüllten eine makellos weiße Zahnreihe.

»Mein Vater vertraut dir nicht, Macdonald. Er hatte nur einfach keine andere Wahl. Schließlich konnte er mich nicht mitnehmen, und er hatte keine Zeit, mich nach Glenlyon zurückzubringen. Wenn er jemandem vertraut, dann mir.«

Gekränkt presste Duncan die Lippen zusammen; doch nachdem er einen Moment lang nachgedacht hatte, verzog er den Mund zu einem spöttischen Lächeln.

»Gehorcht er dir eigentlich immer so aufs Wort? Sollte der Laird von Glenlyon nichts als eine Marionette in den Händen seiner Tochter sein?«

Marion presste verächtlich den Mund zusammen, dann neigte sie den Kopf leicht zur Seite und warf ihm einen eisigen Blick zu.

Duncan grinste über das ganze, kräftige Gesicht. Der junge Mann brach in lautes Gelächter aus und fuhr mit der Hand durch sein langes, tiefschwarzes Haar. Ihm entging nicht, dass Marions Finger sich um den Griff des Dolchs schlossen.

»Wahrscheinlich kommt er schon vor Sorge um und bedauert sehr, dass er keinen Mann aus seinem Regiment geschickt hat, um dich zu begleiten.«

»Mir war nicht daran gelegen, einen seiner Männer als Eskorte zu haben«, murrte sie. »Ich muss mich nach Finlarig begeben, um Breadalbane Bericht zu erstatten. Doch das braucht mein Vater nicht zu wissen. Bis er wieder einen Fuß nach Glenlyon setzt, bin ich längst zurück. Und außerdem komme ich sehr gut allein zurecht, glaube mir. Seit ich reiten gelernt habe, bin ich ständig in diesem Teil des Landes unterwegs. Ich brauche deinen Schutz nicht, Macdonald, er ist mir sogar lästig. Und vergiss nicht, dass wir Feinde sind, ganz gleich, was heute Nachmittag geschehen ist und was du möglicherweise darüber denkst.«

Wie um ihre Worte zu unterstreichen, kratzte die Spitze des Dolchs über den Fels.

»Schön, dann lass mich jetzt ebenfalls einiges klarstellen«, fiel Duncan ein. » Man hat mich mit deinem Schutz beauftragt. Ob du ihn nützlich findest oder nicht, ist mir herzlich gleichgültig. Allerdings hätte ich jetzt Gelegenheit, mich schadlos dafür zu halten …«

Er behielt die glitzernde Klinge im Auge, denn er war sich bewusst, dass sie nicht zögern würde, sich ihrer zu bedienen, falls sie das Bedürfnis danach spürte. Dennoch hatte er sich nicht bezähmen können und sie provoziert. Panik leuchtete in Marions Blick auf.

»Das würdest du nicht wagen …«, murmelte sie mit zitternden Lippen. »Willst du wirklich, dass ich bereue, dir mein Vertrauen geschenkt zu haben?«

»Und wenn du dich geirrt hättest, Marion? Schließlich bin ich nur ein dreckiger, skrupelloser Dieb.«

Ihre leuchtenden Augen schlossen sich zur Hälfte, und Duncan überlief ein leiser Schauer.

»Wenn ich nun Lust hätte, dort weiterzumachen, wo wir das erste Mal aufgehört haben, auf der Heide von Glenlyon?«

Eine Abfolge verschiedener Empfindungen malte sich auf Marions Zügen. Duncan betrachtete sie unter halb geschlossenen Augenlidern. Sie zu necken, bereitete ihm ein unnatürliches Vergnügen. Dieser Drang war stärker als er. Dennoch war sie eine Campbell, und dazu noch aus Glenlyon. Das durfte er niemals vergessen, so anziehend er sie auch fand. Denn dieses rein fleischliche Begehren, das er empfand und das ihn quälte, seit er ihr zum ersten Mal in die Augen gesehen hatte, würde wahrscheinlich niemals gestillt werden, und das verdross ihn. Er spürte das Verlangen, ihr Angst zu machen, sie an Körper und Seele leiden zu lassen, genauso, wie er augenblicklich litt. Auch er vermochte sie zu verletzen. Welch ein köstlicher Krieg! Auch Marion würde nicht unbeschadet davonkommen, dachte er grausam. Wenn er sein körperliches Begehren nicht an ihr stillen konnte, dann würde er sein Vergnügen eben auf andere Weise finden.

»Du bist mir ausgeliefert, Marion Campbell«, versetzte er ironisch. »Ich kann mit dir tun, was ich will; und wenn ich den Wunsch habe, dich zu nehmen, dann werde ich es tun.« Die scharfe Spitze des *Sgian dhu* hob sich und richtete sich zitternd auf ihn.

»Wenn du mich anrührst, töte ich dich …«

Von neuem hallte Duncans Lachen von den feuchten Wänden der Höhle wider, und die junge Frau bekam eine Gänsehaut.

»Ja, vielleicht würdest du das tun. Aber im Moment frage ich mich noch, ob du überhaupt der Mühe wert bist.«

Angesichts der kaum verhüllten Beleidigung presste sie die Lippen zusammen und reckte die Schultern.

»Ausgenommen, du gibst mir die Möglichkeit, mir ein Urteil darüber zu bilden …«

»Fahr zur Hölle, Bastard! Da kannst du lange warten«, rief sie gereizt und rollte sich in die Decke.

Sie stand kurz davor, in Tränen auszubrechen. Es war Zeit, die Waffen niederzulegen … für den Moment. Duncan streckte sich auf dem steinigen, kalten Boden aus und deckte sich mit seinem noch feuchten Plaid zu. Hinter der Barriere aus Flammen war Marions ängstliches Gesicht nicht mehr zu sehen.

»Wir sollten jetzt schlafen«, versetzte er gut aufgelegt.

Sie gab keine Antwort. Lange Minuten verstrichen, in denen nur das Knistern des Feuers und der unheimliche Ruf einer Eule zu hören waren. Dann ließ sich ein Rascheln von Stoff vernehmen.

»Gib mir dein Ehrenwort darauf, Macdonald.«

»Mein Wort allein reicht dir?«

»Du bist ein richtiges Schwein.«

»Ich weiß.«

Er schloss erneut die Augen und lächelte zufrieden.

5

Ausritt mit den Macgregors

Marion, die unausstehlich gelaunt war, schimpfte und fluchte ohne Unterlass über alles und nichts. Sie sah zu der blassen, hellen Scheibe auf, die verzweifelt versuchte, den dichten Nebelschleier zu durchdringen, der sich partout nicht heben wollte und die Luft noch feuchter machte. Die Pferde wateten durch dicken, klebrigen Schlamm. Jedes Mal, wenn sie die Hufe aus der glitschigen Masse zogen, hörte man ein schlürfendes Geräusch, das wie ein Abschiedskuss dieses feindlichen Bodens klang.

Die Nacht war lang gewesen, sehr lang. Der Schlaf hatte die junge Frau berührt, hatte sie verspottet und war doch jedes Mal wieder geflohen, wenn ihr einfiel, dass die Gefahr so nahe war. Daher hatte sie während der Nacht praktisch kein Auge geschlossen.

Der Grund für ihre Schlaflosigkeit ritt vor ihr her und hatte sich bisher nur ein paarmal umgedreht, um sich zu vergewissern, dass sie ihm immer noch folgte. Es wäre so einfach gewesen, ihn zurückzulassen und nach Chesthill zu reiten. Doch das konnte sie nicht. Breadalbane hatte sie mit einer Mission betraut, und sie musste ihm von Angesicht zu Angesicht Bericht erstatten. Die Nachrichten, die sie brachte, waren zu kompromittierend für die Betroffenen, und niemand legte Wert darauf, sich wegen Hochverrats gegen König George mit dem Kopf auf dem Henkersblock wiederzufinden.

Daher hatte sie nun alle Zeit der Welt, die kräftige Gestalt zu betrachten, die vor ihr im Takt der Bewegungen ihres Reittiers hin und her schwankte. Dieser undurchschaubare Mann gab ihr Rätsel auf. Manchmal zeigte er sich wohlwollend und schien aufrichtig bemüht, sie zu beschützen; und dann wieder verwandelte er sich in den schlimmsten arroganten Bastard, der ihr jemals über den Weg gelaufen war. Sie hasste und verachtete ihn und hätte nicht gezögert, ihm ihren *Sgian dhu* in die Rippen zu stoßen, wenn er nicht doppelt so groß und breit wie sie gewesen wäre. Doch so, wie die Dinge standen, war sie höchstens in der Lage, ihn zu verletzen. Er würde nicht lange brauchen, um sie unschädlich zu machen, und dann …

Ein Schauer lief ihr den Rücken herunter und ließ ein undefinierbares Gefühl in ihr aufsteigen, das von einem leichten Kribbeln im Bauch begleitet wurde. Sie musste zugeben, dass dieser Mann sie nicht gleichgültig ließ. Mit seinem langen, nachtschwarzen Haar und seinem durchdringenden, aber undeutbaren Blick hatte er etwas Geheimnisvolles an sich, das sie zu ihrem größten Leidwesen stärker aufwühlte, als ihr recht war.

Sie schloss die Augen und erinnerte sich an den ungezähmten Kuss, den er ihr auf der Heide geraubt hatte … Das Blut stieg ihr in die Wangen, und sie legte die eiskalte Hand auf ihre halb geöffneten Lippen, um die Glut, die sie dort spürte, zu dämpfen. Er war ein Macdonald! Sie schlug die Lider wieder auf. Duncan hatte sich umgedreht und musterte sie mit seinem forschenden Blick. In der Gewissheit, dass er ihre Gedanken erraten hatte, errötete sie bis an die Haarwurzeln.

»Wir bekommen Gesellschaft«, erklärte er ihr und wies mit dem Finger gen Osten.

Eine Gruppe von Reitern kam in ihre Richtung galoppiert, ungefähr zehn oder zwölf Männer. Angst stieg in Marion auf und ließ ihr Herz schneller schlagen. Sie hatte den Tartan erkannt, den die Männer trugen.

»Das sind Macgregors, und ich lege keinen Wert darauf, sie zu treffen. Wir müssen verschwinden, Duncan.«

»Warum? Leben sie nicht auf eurem Land? Haben sie euch nicht Treue geschworen, im Austausch für den Schutz eures Clans?«

»Der ihre ist geächtet; für all die Grausamkeiten, die sie begangen haben, stehen sie unter dem Siegel der Kommission für Feuer und Schwert … Die Macgregors sind die Plage der Highlands.«

Duncan zog eine seiner schwarzen Augenbrauen hoch und schaute amüsiert drein.

»Dann gibt es also noch Schlimmere als die Männer von Glencoe?«

Sie schickte sich schon an, ihre Stute anzutreiben, als er sie am Zaumzeug fasste.

»Warte! Das ist Rob Roy Macgregor. Die Männer werden dir nichts tun; ich kenne ihn …«

»Ja, von Viehdieb zu Viehdieb …«

»Muss ich dich daran erinnern, dass seine Schwester die Gattin von Alasdair Og ist, und dein Vater sein Cousin?«

»Cousin vielleicht; aber das heißt trotzdem nicht, dass ich es schätze, mit diesen Banditen zu tun zu haben. Wie heißt noch das Sprichwort? Wer mit Hunden zu Bett geht, steht mit Flöhen wieder auf.«

Doch es war zu spät, um Fersengeld zu geben. Die Macgregor-Bande kam nur wenige Schritte vor ihnen zum Halten. Ihren Pferden stand der Schaum vor dem Maul. Stille trat ein, in der nur das Stampfen und Schnauben der Pferde zu hören war. Die Männer musterten einander prüfend. Ein Koloss mit widerspenstigem, rotem, von Silberfäden durchzogenem Haar grüßte Marion mit einem höflichen Nicken. Er brach schließlich das Schweigen und ergriff mit tiefer, rauer Stimme das Wort.

»Meine Ehrerbietung, Cousine. Hey, Macdonald! Treibst du dich jetzt mit Campbell-Frauen herum? Und dazu noch mit solchen, die *Sassanach*-Kleider tragen!«, rief er freundlich lächelnd aus.

»Ich eskortiere Lady Campbell, Macgregor. Mit dem Herumtreiben allerdings …«

Er zögerte einen Moment lang und warf der fraglichen Dame, die ihn kalt ansah, einen anzüglichen Blick zu.

»… bin ich noch nicht allzu weit gekommen. An Begierde mangelt es mir nicht, doch sie ist nicht besonders zugänglich.«

Die Männer brachen in lautes Gelächter aus, was Marion in Rage brachte. Sie wendete ihr Pferd, um davonzureiten, doch Duncan hielt sie am Arm fest. Er riss sie beinah aus dem Sattel, so dass sie gezwungen war, sich an seinem Hemd festzuhalten.

Sie fluchte mit zusammengebissenen Zähnen.

»Du bist ein richtiger Dreckskerl, Macdonald. Eines Tages werde ich dir das heimzahlen. Die Campbells vergessen nie. *Ne obliviscaris.*«*

Er zog erneut an ihrem Arm, damit sie näher kam, und sah ihr tief in die Augen.

»Ich freue mich schon darauf«, flüsterte er ihr mit leiser Stimme zu, und ein sanftes Lächeln umspielte seine Lippen. »Du bleibst bei mir, Marion. Du stehst unter *meinem* Schutz, und ich bestehe darauf, dass das so bleibt, bis ich dich in Sicherheit gebracht habe.«

»Ich bin nicht deine Gefangene.«

Heftig schüttelte sie den Arm, um ihn von dem eisernen Griff zu befreien, der ihr fast den Knochen brach. Duncan ließ sie los.

»Nein, das stimmt. Aber du musst dich trotzdem nach mir richten.«

»Lümmel!«

»Luder! So, jetzt sprechen wir dieselbe Sprache, und zwischen uns ist alles geklärt.«

Sie war sichtlich getroffen, erwiderte jedoch nichts, sondern schwor sich nur, ihn alle Demütigungen, die er ihr zufügte, entgelten zu lassen. Duncan beachtete ihre aufgebrachte Miene nicht und wandte sich erneut an Macgregor.

»Und ihr, durchquert ihr das Land von Argyle auf der Suche nach Zerstreuungen?«

»Wir sind der Armee von Gordon gefolgt, als uns Colin Macnab die Kunde brachte, dass ein Schiff mit Nachschub im Loch Fyne vor Anker liegen soll. Wir wollen nur überprüfen, ob das wahr ist …«

Der große Rothaarige warf ihm einen verschwörerischen Blick zu.

»Vielleicht hättest du ja Lust, dich uns anzuschließen, aber …« Sein Blick glitt zu der jungen Frau.

»Ich sehe, dass du anderes zu tun hast.«

* »Du sollst nicht vergessen«, Wahlspruch der Campbells.

Auch Duncan sah Marion an. Sie verdrehte die Augen zum Himmel und seufzte.

»Die Dame wird tun, was ich ihr sage. Wann habt ihr vor, dem Schiff euren Besuch abzustatten?«

»Heute Nacht. Wir dürfen keine Zeit verlieren. Das Schiff soll angeblich heute Morgen vor der Küste von Inveraray Anker geworfen haben und übermorgen entladen werden, was bedeutet, dass die Ware sich wahrscheinlich noch an Bord befindet.«

»Und womit haben wir es zu tun?«

»Der *Holy Faith*. Ein kleiner Zweimaster. Die Offiziere und der größte Teil der Mannschaft sollen das Schiff verlassen haben, um in Inveraray Quartier zu nehmen. Damit wäre nur noch die Wache an Bord.«

Marion beobachtete Duncan, der sichtlich gegen den Wunsch ankämpfte, einen letzten Raubzug in Argyle zu unternehmen, bevor er sich erneut der Highlander-Armee anschloss, schweigend. Ein Schiff zu entern ... Sie wusste schon im Voraus, dass er der Versuchung nicht würde widerstehen können. Schließlich war er ein Macdonald. Doch merkwürdigerweise war sie keineswegs erschrocken, denn sie sah darin ein Mittel, etwas zurückzuholen, das man ihrem Vater weggenommen hatte. Dem Duke of Argyle einen letzten Schlag zu versetzen ... die Idee machte sich in ihren Gedanken breit wie ein Strom von Honig, der ihren Groll bedeckte und besänftigte. So sehr war sie in ihre rachsüchtigen Überlegungen versunken, dass sie gar nicht bemerkt hatte, wie Duncan sie durchdringend ansah.

»Nach deiner Miene zu urteilen, Marion, befindest du dich in Gedanken bereits auf dem Schiff!«

Sie richtete sich steif auf und wurde rot. Wie hatte er das erraten?

»Ich ... Wie du mir gerade eben deutlich gemacht hast, habe ich keine andere Wahl. Ich werde tun, was du entscheidest. Also?«

Er schenkte ihr einen argwöhnischen Blick. In seinen Augen stand ein eigenartiges Leuchten.

»Ich hätte große Lust, unseren Aufbruch um einen Tag zu verschieben.«

Die Gelegenheit war zu gut, um sie sich entgehen zu lassen.

Das Schiff ankerte tatsächlich dort, wo Macnab es beschrieben hatte. Duncan beschattete seine Augen mit der Hand, um die *Holy Faith* besser betrachten zu können. Sie war in der Tat ein Schoner mit zwei Masten, zweifellos aus holländischer Herstellung, und nicht so groß, dass es ihnen schwer fallen würde, an Bord zu klettern. Blieb noch zu erfahren, wie viele Männer das Schiff bewachten.

»Ich sehe nur fünf«, meinte Rob wie zur Antwort auf seine Frage.

»Wir beobachten sie jetzt schon seit fast einer Stunde. Wenn sich auf den unteren Decks noch weitere Männer befänden, hätten sie inzwischen auftauchen müssen. Wir sollten nicht allzu viele Probleme bekommen.«

Duncan gab seinem Kumpan das Fernrohr zurück und lächelte.

»Das wird eine Vergnügungspartie.«

»Was machst du solange mit Marion?«

»Ich komme mit euch.«

Verblüfft drehten die Männer sich zu ihr um.

»Bist du noch recht bei Troste?!«, rief Duncan aus und tippte mit dem Zeigefinger vielsagend an seine Schläfe.

»Glaubst du vielleicht, dass ich am Ufer sitzen bleibe und warte?«

Duncan öffnete den Mund und schloss ihn wieder, ohne dass ihm ein Laut über die Lippen gekommen wäre. Er drehte sich um und wandte seine Aufmerksamkeit erneut dem verheißungsvollen Schiff zu. Nachdenklich runzelte er die Stirn. Was sollte er mit ihr anfangen? So etwas war nichts für Frauen. Andererseits wollte er furchtbar gern an der Expedition teilnehmen.

»Na schön, einverstanden! Du kannst mit mir kommen, aber du wirst tun, was ich dir sage. Bei der kleinsten Dummheit bringe ich dich hierher zurück und fessele dich an einen Baum. Lass dir also nicht einfallen, mir ungehorsam zu sein. Ist das klar?«

Die vollen Lippen der jungen Frau verzogen sich zu einem verschmitzten Lächeln.

»Ist das klar?«

»Sonnenklar, Macdonald.«

»Weißt du auch genau, was du tust, Duncan?«, fragte Rob Roy, der seine Cousine skeptisch betrachtete. »Wenn du willst, kann ich den alten Fergus hier bei ihr zurücklassen.«

»Nein, das wird nicht nötig sein«, versicherte ihm Duncan, ohne Marion aus den Augen zu lassen. »Wir werden alle Männer brauchen, die wir haben. Und außerdem steht sie unter meiner Verantwortung. Ich nehme sie mit. Wenn sie ungehorsam ist, wird es mir großes Vergnügen bereiten, sie zu bestrafen, darauf hast du mein Wort.«

Ein spöttisches Lächeln erhellte sein Gesicht, dann sprach er weiter.

»Schließlich ist sie Glenlyons Tochter.«

Marion biss die Zähne so fest zusammen, dass man beinahe fürchten musste, sie würde Zahnschmerzen bekommen, und warf ihm einen wütenden Blick zu.

» Aber man weiß ja, was das Wort eines Mannes aus Glencoe wert ist …«

»Willst du das wirklich ausprobieren?«

Sie bedachte Rob, der sich über die Szene zu amüsieren schien, mit einem finsteren Blick, gab keine Antwort und ging davon. Duncan holte sie ein und zwang sie, sich umzuwenden. Also wirklich, sie ließ nie eine Gelegenheit aus, ihn zu reizen!

»Was glaubst du, wohin du ohne Erlaubnis gehst?«

Sie tat so, als schnüffle sie an ihrer Kleidung, verzog das Gesicht und trat nach ihm.

»Seit zwei Tagen stecke ich in dieser Uniform, die schon stinkt wie ein verfaulter Hering, und ich falle vor Müdigkeit beinahe um. Wenn du nichts dagegen hast, werde ich mich frischmachen und ein wenig ausruhen!«, erwiderte sie bissig. »Wenn dein Wort tatsächlich etwas wert ist, dann kann ich mich hoffentlich darauf verlassen und ruhig schlafen …«

Unter ihren Augen, die ihn ohne mit der Wimper zu zucken musterten, lagen bläuliche Schatten, die ihren Schlafmangel bezeugten. Er löste den Griff um ihren Arm, denn er war sich vollständig bewusst, dass er der Grund für ihre Erschöpfung war.

»Du hast mein Wort.«

»Wunderbar!«, sagte sie mit einem strahlenden Lächeln, das wiederum dazu angetan war, ihn zu ärgern.

Die junge Frau drehte sich so schnell um, dass ihre Locken flogen. Sie bemächtigte sich des Plaids, das in Duncans Satteltasche steckte, und stieg auf der Suche nach einem ruhigen Fleckchen den Hügel hinauf. Er sah ihr nach, bis sie hinter einem Erlendickicht verschwunden war.

»Wie ist dein Verhältnis zu ihr?«, verlangte Rob ohne Umschweife zu wissen.

Duncan fuhr zusammen. Der Rothaarige setzte sich unter eine dicke Eiche und bedeutete ihm, neben ihm Platz zu nehmen. Dann zog er eine Flasche Whisky hervor, um ihren Bund zu besiegeln.

»Ich bin ihre Eskorte. Wir haben sie in der Nähe des Lagers festgenommen, als sie versuchte, sich aus Inveraray wegzuschleichen. Es hätte nicht viel gefehlt, und einer der Männer aus dem Clan hätte ihr die Kehle durchgeschnitten. Er hat wirklich geglaubt, es mit einem *Sassanach* zu tun zu haben, der so dumm war, außerhalb der Befestigungen spazieren zu gehen.«

»Was hatte sie in Inveraray zu suchen?«

Duncan wollte ihm schon ganz offen antworten; doch dann beschloss er, dass es wohl klüger war, im Moment nichts zu sagen.

»Danach müsstest du sie persönlich fragen. Ich kann dir nichts verraten, weil ich es selbst nicht weiß.«

Rob warf Duncan einen Seitenblick zu und verzog zweifelnd das Gesicht.

»Steckst du mit ihr unter einer Decke, Macdonald?«

»Was! Ich? Machst du Scherze? Nein, Alasdair hat mir befohlen, sie an einen sicheren Ort zu geleiten. Sie ist Glenlyons Tochter, und da Letzterer sich auf die Seite des Prätendenten gestellt hat, hatten wir keine andere Wahl, als ihr Schutz zu gewähren. Je rascher sie in Sicherheit ist, desto besser für mich, glaube mir.«

»Und sie vertraut dir?«

Rob betrachtete einen unsichtbaren Punkt auf dem Loch Fyne, der vor ihnen lag. Duncan zögerte einen Moment lang und wägte seine Worte sorgfältig ab.

»Ebenso, wie ich ihr vertraue«, antwortete er dann.

Der andere lachte laut auf.

»Blindes Vertrauen zwischen Glencoe und Glenlyon? Stehen wir kurz vor dem Tag des Jüngsten Gerichts, oder seid ihr beide wirklich vollkommen naiv? Wir haben doch bereits gesehen, wohin das führt. Und außerdem darfst du nicht alles glauben, was sie dir erzählt, Duncan. Vergiss nicht, dass ich sie von Kindheit an kenne; ich weiß, wozu sie in der Lage ist, um zu bekommen, was sie will. Wohin genau sollst du sie führen? Nach Chesthill oder nach Finlarig? Ich bin nicht von gestern, mein Freund. Marion, die sich als *Sassanach* verkleidet aus Inveraray fortschleicht? Also so etwas! Man müsste ein Idiot sein, um nicht zu erraten, dass sie für unseren guten Breadalbane spioniert. Ich kenne den alten Fuchs gut genug, um zu wissen, dass er alles tun würde, damit Argyle in Ungnade fällt. Und Glenlyon ist darauf angewiesen, dass er die Schnüre seines Geldbeutels ein wenig lockert. Eine Hand wäscht die andere.«

»Hmmm … In der Tat«, murmelte Duncan, ein wenig verunsichert über Macgregors Scharfsinn.

»Sie spioniert also für den alten Grafen?«

Der Hüne warf Duncan einen fragenden Blick zu und verzog dann die Mundwinkel. Als er sah, dass der junge Mann seinen Verdacht nicht bestätigen würde, sprach er lachend weiter.

»Das hatte ich mir gedacht. Ich habe schon oft genug mit Breadalbane zu tun gehabt, um zu wissen, wie sein Hirn arbeitet. Die Kleine hat wirklich Schneid.«

»Ich weiß. Und eine scharfe Zunge obendrein.«

»Ah! Das, mein Sohn, liegt daran, dass sie eine Campbell ist!«, rief Rob aus und schlug ihm leutselig auf die Schulter. »Ich kann dir versichern, dass die Campbell-Frauen nicht wie alle anderen sind.«

»Ist mir auch schon aufgefallen.«

Der Whisky brannte in seiner Kehle. Er gab Rob die Zinnflasche zurück.

»Wie geht es deinem Vater?«

»Ganz gut, er folgt der Highlander-Armee. Sie haben das Lager abgebrochen und sind jetzt nach Glasgow unterwegs.«

»Mhhh … ja«, brummte Rob zerstreut. »Der Duke of Argyle hat sein Lager in Stirling aufgeschlagen. Bald ist es so weit. Wie viele Männer seid ihr?«

»Zwischen vier- und fünftausend.«

Rob stieß einen Pfiff aus.

»Das sind schon mehr, als Argyle besitzt. Der Earl of Mar kann sich einer zahlenmäßig starken Armee sicher sein. Der Earl of Seaforth marschiert ebenfalls mit dreitausend Männern aus dem Mackenzie-Clan heran. Bleibt nur abzuwarten, ob John der Wankelmütige* etwas damit anfangen kann. Ich für meinen Teil zögere noch, mich ihm anzuschließen.«

»Warum?«

»Nun ja, vor dem Gesetz ist Argyle mein Vormund. Und außerdem werde ich immer noch gesucht; die Ächtung ist noch nicht aufgehoben. Der Duke of Atholl will meinen Kopf. Er ist Hannoveraner; aber zwei seiner Söhne stehen im Dienste des Prätendenten. Du kennst ja das Sprichwort: Teile und herrsche. Auf diese Weise stellt der Clan sicher, immer eine gewisse Machtposition innerhalb der Regierung zu besitzen, ganz gleich, wer sie lenkt. Aber ich setze möglicherweise meine Haut und die meiner Männer aufs Spiel. Da muss ich mir einen gewissen Schutz sichern.«

»Und der von Breadalbane reicht nicht aus? Er war es doch, der dir nach dieser Geschichte mit dem Marquess von Montrose Asyl geboten hat.«

»Ich weiß, doch falls Breadalbane sich in die Ecke getrieben fühlt, ist es sehr gut möglich, dass er sich meiner bedient, um akzeptable Kapitulationsbedingungen zu erreichen. Momentan überlässt er mir aus Barmherzigkeit ein Stück Land in Auchinsall, im Glen Dochart. Ich bin ihm dankbar dafür, doch das Blatt mag sich wenden. Alles hängt davon ab, wie der bevorstehende Kampf ausgeht. Mein Herz neigt den Stuarts zu, das versteht sich von selbst, aber ich weiß noch nicht, ob ich mir erlauben kann, Breadalbane zu folgen. Mein Clan hat durch die Nachstel-

* Beiname, der dem Earl of Mar wegen seines häufigen politischen Seitenwechsels verliehen wurde.

lungen des Marquess of Montrose schon genug gelitten. Meine Leute verhungern.«

Er verzog schmerzlich das Gesicht. Duncan beobachtete ihn. Die Geschichte des Zerwürfnisses zwischen den Macgregors und dem Marquess of Montrose, dem Chief des Graham-Clans, hatte sich in den Highlands wie ein Lauffeuer verbreitet und hatte die einen empört und die anderen erfreut. Macgregor war ein Mann, der weithin für seine Ehrlichkeit und seinen Gerechtigkeitssinn bekannt war. Außerdem galt er als einer der besten Schwertkämpfer der Highlands. Macgregor und Montrose hatten Geschäfte miteinander gemacht, und Letzterer hatte Rob beträchtliche Geldsummen geliehen, um seinen – häufig illegalen – Handel mit Rindern zu ermöglichen. Dabei war es ein offenes Geheimnis, dass Montrose, seiner schon legendären Raffgier getreu, enorme Gewinne machte. Diese Geschäftsbeziehung hatte beinahe zehn Jahre gewährt. Bis zu jenem unglücklichen Vorfall …

»Dieser Bastard von Montrose und seine Handlanger! Die Hölle wäre noch zu gut für sie«, fuhr Rob Roy fort. »Diese Verräter! Montrose wusste ganz genau, dass ich die tausend Pfund, die er mir für den Ankauf von Vieh geliehen hatte, nicht gestohlen habe. Ich habe immer mit offenen Karten gespielt und ihm seine Schatztruhen gefüllt. Zugegeben, meine letzten Transaktionen waren nicht so profitabel gewesen wie die vorangegangenen … Nun ja. Aber ich habe den Betrug zu spät gerochen. Sein Kämmerer, dieser Halunke Graham Killearn, war sein Komplize bei diesem Gaunerstreich. Du weißt ja, dass die Spitze eines Dolches ein überzeugendes Argument sein kann!«

Er unterbrach sich lange genug, um einen Schluck Whisky zu trinken. Sein desillusionierter Blick blieb an der Flasche hängen; dann bot er Duncan erneut davon an.

»Killearn haben wir auf einer Insel im Loch Kettern ergriffen und drei Tage lang festgehalten. Dieser Hurensohn! Im Austausch für sein Leben hat er dann ausgepackt.«

»Aber man erzählt sich, es sei dein Vertrauensmann gewesen, der sich mit den tausend Pfund aus dem Staub gemacht habe …«

»Aus dem Staub gemacht? Ah! Verschwunden ist er schon, das stimmt!«

Eine eigenartige Miene malte sich auf seinem Gesicht ab. Von neuem schien das schwarze Wasser des Loch seine Aufmerksamkeit auf sich zu ziehen.

»Er trug denselben Namen wie du, Duncan Macdonald. Er war mein bester Mann; ich hätte ihm mein Leben anvertraut. Daher habe ich ihm die tausend Pfund von Montrose übergeben, mit dem Auftrag, sie zu mir nach Hause zu bringen, nach Craigrostan, da ich an diesem Abend eine dringende Angelegenheit zu regeln hatte. Ich wusste, dass er mich niemals verraten würde. Nein, Macdonald hat mich nicht verkauft, aber ich kann es nicht beweisen. Und wir haben seine Leiche nie gefunden. Aber warum sollte ein Mann mit tausend Pfund fliehen und die sechshundert Pfund zurücklassen, die er sein ganzes Leben lang zusammengespart hatte? Denn seine Ersparnisse lagen noch in einer Höhle versteckt, in der wir für gewöhnlich Zuflucht suchten, wenn wir uns auf der Flucht befanden. Ich war der Einzige, der über dieses Geld im Bilde war und wusste, wo er es verborgen hatte.«

»Und Killearn wusste nicht, was aus deinem Mann geworden ist?«

»Nein, dieser Bastard Killearn hatte zwei schmutzige Halunken angeheuert: Simon Guthrie und John Moore. Sie sollten dafür sorgen, dass mein Mann verschwand, nachdem sie ihm Montroses Börse abgenommen hatten; doch er wusste weder, was sie mit ihm gemacht hatten, noch, was aus dem Geld geworden war. Seit Macdonalds Verschwinden hat man die beiden Männer nicht wiedergesehen. Dieser Schwachkopf Killearn hat sich schön hinters Licht führen lassen! Er hat mir großzügig einen Anteil an seinen Pachteinnahmen aus Chappelroch angeboten, wo wir ihn festgenommen haben. Aber Geld kann niemals das Unrecht ungeschehen machen, das er uns angetan hat. Nachdem man mich des Diebstahls beschuldigt hatte, musste ich mich einige Zeit in den Hügeln verstecken. Das hat Killearn ausgenutzt, um meiner Frau in Craigrostan einen kleinen Besuch abzustatten.«

Er legte eine Pause ein, um noch einen Schluck Alkohol zu trinken, und schlug die Augen nieder, ehe er weitersprach.

»Montrose hatte ihn geschickt, um meine Frau und meine Kinder davonzujagen und sich als Entschädigung für den Diebstahl meines Landes zu bemächtigen. Doch er war es nicht zufrieden, sie zu vertreiben und mein Haus anzuzünden... Oh nein! Dieser Bastard hat meiner Frau Gewalt angetan und sie geschlagen.«

Er spuckte auf den Boden und schlug die Augen, die von kaltem Zorn verdüstert wurden, wieder auf. Dann stieß er ein raues Lachen aus, das seine spitzen Eckzähne sichtbar werden ließ.

»Aber ich bezweifle, dass er jemals wieder versuchen wird, Hand an eine Frau zu legen!«

Mit der Spitze seines Dolches wies er auf seinen Schritt und verzog den Mund zu einem sadistischen Grinsen. Duncan rümpfte die Nase, schluckte und fuhr instinktiv mit der Hand an seine edlen Teile, wie um sich zu versichern, dass sie noch da waren. Als Rob das sah, schüttete er sich vor Lachen aus.

»Der Bastard hat gejault wie ein abgestochenes Schwein. Ich versichere dir, dass ich selbst lieber sterben würde, als das zu erleben«, rief er genüsslich aus. »Mary Hellens Ehre jedenfalls ist gerächt. Danach allerdings musste ich mich erniedrigen und Braedalbane um Hilfe angehen, um einen Platz für meine Familie zu finden. Da er der geschworene Feind von Montrose ist, war es dem alten Breadalbane ein Vergnügen, ihn mir anzubieten.«

Er sah zum Himmel auf, um festzustellen, wie spät es war.

»Jetzt wird es nicht mehr lange dauern, bis James Mor und Coll zurückkehren. Sie haben sich die Ausrüstung ›geliehen‹, die wir brauchen.«

Duncan hatte auf dem Loch, der sich vor ihnen erstreckte, das helle Aufleuchten eines Segels entdeckt.

»Dort«, rief er aus und wies auf das Schiff, das am Horizont erschienen war.

»Ein Kutter... Schmuggler, wenn mich nicht alles täuscht«, meinte Rob fröhlich.

Er wartete noch ein Weilchen, und dann brach er richtig in Begeisterung aus.

»Na so etwas! Das ist er wirklich, ich erkenne seine Galionsfigur. Das ist die *Sweet Mary*. Ah, Argyle macht also immer noch krumme Geschäfte mit Edgar Neish, dieser alten Kanaille! Vielleicht sollten wir uns für heute Nacht ein anderes Ziel vornehmen, Duncan. Die *Sweet Mary* müsste bis zum Bersten mit Waffen und Munition beladen sein, gar nicht zu reden von dem guten französischen Branntwein.«

Langsam versank die Sonne hinter den Cruach-Bergen, der natürlichen Barriere zwischen den Lochs Awe und Fyne. Die majestätische Landschaft, die sie umgab, wurde von einem goldfarbenen Licht übergossen, das die strahlende Farbenpalette des Herbstlaubes aufleuchten ließ. Die Söhne von Robert Roy Macgregor waren erfolgreich von ihrer kleinen Expedition zurückgekehrt. Sie hatten drei Boote von der richtigen Größe sowie zwei Karren mitgebracht, die sie im Wald versteckt hatten. Die Männer hatten einen Angriffsplan entwickelt: Sie wollten sich gleichzeitig um beide Schiffe kümmern. Zwei Boote für die *Holy Faith* und eines für die *Sweet Mary*, die jetzt in der Nähe des ersten Schiffes Anker geworfen hatte und über eine geringere Tonnage verfügte. Der alte Seewolf Edgar Neish war mit einigen Männern von Bord seines kleinen Kutters gegangen. Vier Mitglieder der Mannschaft waren auf der *Sweet Mary* zurückgeblieben.

Duncan stieg den Weg hinauf, den Marion einige Stunden früher eingeschlagen hatte. Er beschleunigte seinen Schritt, denn in den Hügeln, die sie umgaben, wurde es jetzt rasch dunkel. Er rief nach der jungen Frau, aber sie gab keine Antwort. Nur das Rauschen eines Wasserfalles war zu hören. Instinktiv wandte er sich dorthin.

»Wo ist sie bloß geblieben?«

Einen Moment lang huschte ihm der Gedanke durch den Kopf, sie könnte geflüchtet sein, und ihm brach der kalte Schweiß aus. Doch dann entdeckte er den scharlachroten Rock, der in der Nähe einer kleinen Lichtung an einem Baumast hing. Wahrscheinlich schlief sie noch.

»Marion?«

Er befand sich am Rand eines kleinen Teiches, in den sich der Wasserfall ergoss. Niemand da.

»Marion?«, rief er, und erneut ergriff ihn Unruhe.

Mit einem Mal teilte sich die Oberfläche des Teiches, und eine Gestalt erschien. Duncan flüchtete sich hinter ein dichtes Gebüsch aus jungen Kiefern, wobei er auf den Steinen ausglitt, und erstarrte dann vor Verblüffung angesichts des Schauspiels, das sich ihm bot.

Marion wandte ihm den Rücken zu und wrang ihre schwere Haarmähne aus. Die weiße Haut ihres Körpers hob sich vor dem dunklen Wasser ab, das ihr bis zu den Hüften reichte. Mit einer anmutigen Bewegung drehte sie sich leicht zur Seite und enthüllte die ganze Pracht ihrer Nacktheit. Eine *ban-dia**. Duncan schluckte schmerzhaft und vermochte den Blick nicht von diesem Alabasterkörper abzuwenden, der aus dem schwarzen Wasser aufgetaucht war. *Sie darf mich hier nicht finden …*

Behutsam tat er einen Schritt rückwärts, dann einen weiteren und einen dritten. Dann stieß er gegen einen Baumstamm, an dem er sich festhielt, um nicht zu stürzen. Sein Atem ging in mühsamen Stößen, und er schimpfte lautlos vor sich hin. Was für ein bodenloser Leichtsinn, nackt zu baden, während die Macgregor-Bande sich in der Gegend herumtrieb! Jeder von ihnen hätte sie überraschen können. Ob sie nun die Cousine ihres Anführers war oder nicht, er war sich sicher, dass sie nicht gezögert hätten, ihr eine unangenehme Viertelstunde zu bereiten. Diese »gebrochenen« Männer, Verbannte ohne Clanbindung, waren es gewöhnt, sich zu nehmen, was sie begehrten, ohne Fragen zu stellen. Marion stieg jetzt aus dem Wasser und ging zu dem Plaid, das in der Nähe ihrer aufeinandergeschichteten Kleidung auf einem Felsbrocken lag. Die mondbeschienene Gestalt hüllte ihren nackten Körper in die Farben von Glencoe, was die Spannung in Duncans Lenden noch verstärkte, eine köstliche und zugleich schmerzhafte Empfindung. *Ich brauche ebenfalls dringend ein kaltes Bad …*

Mit aufgewühltem Herzen und glühendem Körper verzog er

* Göttin.

sich lautlos und stieg den Weg einige Schritte weit hinab, bevor er sich an einen Baum lehnte. Sein Herz klopfte zum Zerspringen. Er fühlte sich wie ein brünstiges Tier. Verzweifelt versuchte er, die sinnlichen Bilder, die ihn bedrängten, zu verscheuchen. Der gebieterische Drang, sein jetzt nicht mehr zu unterdrückendes Bedürfnis zu befriedigen und sich Erleichterung zu verschaffen, spannte sein Geschlecht schmerzhaft an.

»Verflucht!«, knurrte er und schlug die Falten seines Kilts auseinander.

Ganz offenbar waren die Möglichkeiten, dieses Problem zu lösen, begrenzt...

Einige Minuten später stieg Marion den Weg hinab. Duncan, der gelassen auf einem moosbewachsenen Baumstamm gewartet hatte, erhob sich.

»Marion...«

Die junge Frau stieß einen leisen Schreckenschrei aus, und instinktiv griff sie nach dem Dolch, den sie im Stiefel stecken hatte, und streckte die Waffe aus. Mit einem Sprung zur Seite wich Duncan der Klinge mit knapper Not aus.

»Verdammt!«, fluchte er und kletterte aus einem Brennnesselgestrüpp, dessen Säfte die Haut auf seinen Schenkeln versengten.

»Was machst du da?«, verwunderte sich Marion mit klopfendem Herzen. »Willst du dich umbringen lassen, oder was?«

»Ich hätte dir den Hals gebrochen, bevor du Zeit gehabt hättest, mir etwas anzutun«, schimpfte er.

Er vermied es, in ihre Augen oder auf einen anderen Körperteil von ihr zu sehen, aus Furcht, die Gefühle, die noch vor wenigen Augenblicken seinen Körper verzehrt hatten, erneut zu wecken.

»Wir müssen aufbrechen«, erklärte er, den Blick auf die Spitzen seiner Stiefel gerichtet.

»Jetzt schon?«

Sie wandte sich um und betrachtete den See, der zwischen den Zweigen, die mit dem Herannahen des Winters mehr und mehr ihr Laub verloren, teilweise zu sehen war. Ihr verschwommenes Profil zeichnete sich vor dem Hintergrund des golden überhauchten Lochs ab. Zerstreut trocknete Marion ihr feuchtes Haar mit dem Plaid ab, das sie um die rote Uniform gelegt hatte; die gleiche sinnliche Bewegung wie eben, als er sie nackt in dem Teich überrascht hatte. *Verflucht sollst du sein, Marion Campbell!*, schrie sein wild pochendes Herz. Wenn, wie Allan ihm erzählt hatte, die Campbell-Frauen die Macht besaßen, einem die Manneskraft zu rauben, dann setzte diese hier sie nicht ein. Im Gegenteil!

Sie war Glenlyons Tochter! Das durfte er nicht … Und Elspeth? Plötzlich, wenn auch nur für einen winzigen Augenblick, wurde ihm klar, dass ihn allein der wohlgeformte Körper dieser Hexe erregt hatte, als er vorhin – nun ja. Wie lange würde er durchhalten, ohne zu versuchen, sie zu verführen?

Ein merkwürdiger Gedanke stieg in ihm auf. Und wenn Alasdair ihm nun absichtlich ihre Begleitung aufgetragen hatte, mit dem exakten Ziel, dass er sie erniedrigte, dass er sie mit Gewalt nahm, um sie zu demütigen und in den Schmutz zu ziehen? Nein, dazu wäre er niemals in der Lage, und das wusste Alasdair genau. Mit einer wegwerfenden Geste verscheuchte er den widersinnigen Gedanken. Die Bewegung erweckte Marions Aufmerksamkeit, und sie wandte ihre großen, hellen Katzenaugen in seine Richtung. Ihre Blicke trafen sich, und von neuem stieg ein verzehrendes Glühen in Duncans Eingeweiden auf. Wütend brummte der junge Mann etwas vor sich hin und setzte sich dann wortlos in Bewegung. Marion folgte ihm auf dem Fuße.

Das Boot glitt über das Wasser und kräuselte die glatte Oberfläche. Vor ihnen zeichnete sich schwach der Umriss der *Sweet Mary* ab. Alles war still. Ein Lachen erschallte, hallte auf dem Wasser wider und wurde vom Wind davongetragen. Ein weiteres Lachen. Dann trat von neuem Stille ein. Dieses drückende Schweigen, das sie um den Preis ihres Lebens wahren mussten. Selbst ein zu lautes Atmen konnte ihnen zum Verhängnis werden. Die Wachposten waren erfahrene Männer und vermochten das Plätschern des Wassers am Rumpf des Schiffes von dem Geräusch zu unterscheiden, mit dem sich ein Boot näherte. Aber die Macgregors waren hartgesottene Diebe und verstanden sich auf ihr Metier. Nannte man Rob Roy nicht den Fürsten der Diebe?

Marion saß im hinteren Teil des kleinen Bootes zwischen Duncans Schenkeln und krallte, ohne sich dessen wirklich bewusst zu sein, ihre Nägel in seine angespannten Muskeln. Sie waren zu fünft. James Mor Macgregor, Robs ältester Sohn, war unter ihnen, außerdem sein Vertrauensmann, Colin Macnab. Der fünfte Mann, ein ziemlich dickbäuchiger, gedrungener Bursche, saß am Ruder. Rob würde die Enterung der *Holy Faith* leiten.

Duncan war unruhig. Gewiss, er war schon oft auf Raubzug gegangen, aber er hatte noch nie einen Überfall auf ein Schiff unternommen. Bis jetzt hatte er sich mit dem Vieh der Campbells oder dem Nachschub, der nach Fort William unterwegs war, zufriedengegeben. Marions Fingernägel gruben sich schmerzhaft in seine Schenkel, und er verzog das Gesicht. Sanft legte er eine Hand auf die Marions, die daraufhin ihren Griff löste. Die junge Frau wandte sich zu ihm um und öffnete den Mund. Doch er legte einen Finger auf die Lippen, um ihr Schweigen zu gebieten, schüttelte den Kopf und runzelte ernst die Stirn.

Vielleicht hätte er sie doch mit dem alten Fergus am Ufer zurücklassen sollen, wie Macgregor vorgeschlagen hatte. Nein, dazu wäre er nicht in der Lage gewesen ... Er kannte diese Männer nicht persönlich und vertraute ihnen nicht. Dann hätte er sich damit abfinden müssen, nicht an dieser Expedition teilzunehmen; doch das Angebot war zu verführerisch gewesen. Alles in allem war Marion am besten im Boot aufgehoben, bei ihm.

Der Mond war nur eine schmale Sichel, die über ihnen in der Finsternis hing, und spendete nur ein schwaches Licht. Die Nacht war ihr Verbündeter. Sie hatten sich alle das Gesicht mit Schlamm eingeschmiert, damit sich das Licht nicht auf ihrer Haut spiegelte, und sich die dunklen Plaids über die Hemden gezogen.

Das Schiff war jetzt nur noch einige Bootslängen von ihnen entfernt. Backbord im Heck zeichnete sich die Silhouette eines Wachpostens ab, und ein anderer beugte sich über den Bugspriet. Aber wo steckten die beiden anderen? Duncan sah zum Mastkorb des Fockmastes auf und entdeckte, was er suchte. Ein

Arm hingen schlaff über den Rand, schwach beleuchtet vom Mondlicht. Er versetzte James Mor einen leichten Stoß in die Rippen und wies auf den Mastkorb. Der Bursche, der ebenso dunkles Haar besaß wie er, nickte und lächelte zufrieden. Nun mussten sie nur noch einen Mann finden. Vielleicht hielt er sich ja an Steuerbord auf? Sie hatten sich dem Schiff inzwischen so weit genähert, dass man es nicht mehr feststellen konnte. Möglicherweise befand er sich ja auch auf einem der unteren Decks oder im Laderaum. Sie würden es bald genug feststellen.

Das Boot lag jetzt unterhalb der Fockwanten. Der Kurze warf ein Seil mit einem Enterhaken, der aus einem kräftigen, gegabelten Ast bestand; doch er glitt an der Takelage ab und fiel schwer in seine ausgestreckten Hände zurück. Niemand rührte sich. Zwischen seinen Schenkeln spürte Duncan, wie Marions Herzschlag sich beschleunigte.

»Hey, Willie!«, schrie über ihnen eine heisere Stimme. »Ist noch was da?«

Von neuem spürte Duncan, wie Marion ihm die Fingernägel in die Haut grub. Im Boot war die Spannung unerträglich angestiegen. Sie hatten die Läufe und Schlösser ihrer Pistolen und die Klingen ihrer Dolche geschwärzt, damit ihr Aufblitzen nicht den Blick der Matrosen auf sich lenkte. Langsam zog Duncan die Pistole, die an seinem Gürtel hing. Die Losung lautete, nur zu schießen, wenn es gar nicht anders ging; ansonsten würden sie den Dolch vorziehen. Schüsse würden nur die Aufmerksamkeit des Wachpostens an Land erwecken und einen Alarm auslösen.

»Warte, ich sehe mal nach«, antwortete eine zweite Stimme. »Dieser verfluchte Neish hat bestimmt seine Branntweinreserve weggeschlossen, mal wieder …«

Schritte hallten über das Oberdeck, und die Stimme entfernte sich.

»Das ist nicht gerecht! Die ganze Mannschaft geht von Bord, um zu feiern, und wir …«

»Jetzt hör schon auf zu flennen, Beacham! Immer noch besser hier als im Loch. Und wenn Neish dich nicht angeheuert hätte, würdest du genau dort sitzen. Ich kann dir versichern, dass es weit angenehmer ist, mit trockener Kehle unter dem Sternenhimmel zu sitzen, als in einer Zelle sein verfaultes Wasser mit den Ratten zu teilen.«

»Ach! Geh doch zum Teufel, Willie, und liege mir nicht ständig damit in den Ohren! Da wird noch viel Wasser unter meinen Füßen hindurchfließen, bevor man mich fängt und ins Loch steckt!«

»Rede nur, mein Alter! Such uns lieber eine Flasche, dann teilen wir sie uns.«

Die zweite Seemann grummelte frustriert. Dann trat ein drückendes Schweigen ein. Der vierte Wachposten hatte immer noch kein Lebenszeichen von sich gegeben. Die Männer im Boot warfen sich vielsagende Blicke zu; dann flog ein weiteres Mal der Enterhaken durch die Luft. Dieses Mal fand er festen Halt in einer Tausprosse der Wanten. Die geschwärzten Gesichter der Männer verzogen sich zu einem Lächeln. Nur Marion saß reglos da, vor Angst wie versteinert.

Der Mann mit dem Wurfhaken packte das Tau, schwang sich auf die Wanten und kauerte sich hinter der Reling nieder. Macnab folgte ihm unmittelbar darauf, und dann kam James Mor. Blieb nur noch Duncan übrig, der jetzt das Seil des Enterhakens sicher an einem Metallring am Bug des Bootes festzurrte. Er kauerte sich vor Marion.

»Leg dich auf den Boden«, flüsterte er ihr ins Ohr, wobei er mit den Lippen leicht ihre Haut streifte.

Die junge Frau erstarrte und klammerte sich an sein Hemd.

»Und was soll ich machen, wenn dir … ähem … euch etwas zustößt?«, stotterte sie panisch.

Ohne es zu wollen, kniff sie ihm durch den Stoff in die Haut. Ihr Blick löste sich von seinen Augen und glitt zur Reling hinauf. Marions Gesicht befand sich kaum einen oder zwei Zoll von seinem entfernt. Er hob den Arm, streckte die Finger nach dem blassen Gesicht aus und wagte es, ihr leicht über die Wange zu streichen.

»Wärest du denn sehr traurig darüber?«

Ein sanfter Duft nach Ozean und Algen ging von ihr aus und mischte sich mit ihrem leicht süßlichen Atem, den er auf seiner

Wange spüren konnte. Er lächelte ihr zu. Mit einem Mal jedoch presste Marion die zitternden Lippen zusammen, und ihr Blick verhärtete sich. Langsam glitten Duncans Finger von ihrer seidigen Haut und fuhren in ihre ebenso weichen Haare, die zwischen ihnen hindurchglitten.

»Vergiss nicht, dass du mich noch zu Breadalbane bringen musst, Macdonald.«

Duncan lächelte. Er roch an der Haarsträhne, die er immer noch in der Hand hielt, und zog mit der anderen Hand den *Sgian dhu* aus Marions Stiefel, wobei er unbeabsichtigt ihr Knie streifte. Sie fuhr zusammen, nahm ihr Bein aber nicht weg.

»Wie könnte ich das vergessen?«

Sie schluckte und schloss kurz die Augen. Ein bisher nie gekanntes Gefühl stieg in ihr auf und ließ sie erbeben; so wie damals auf der Heide, vor einigen Wochen, als er ihr diesen Kuss gestohlen hatte … Metall berührte warm und fest ihre Handfläche, und sie kehrte in die Gegenwart zurück. Duncan hatte ihr den Dolch in die Hand gelegt.

»Ich bezweifle nicht, dass du dich der Waffe ebenso gut zu bedienen weißt wie deiner Zunge, doch ich hoffe, dass du es nicht zu tun brauchst.«

Er ließ Marions Haar los und zog sich vorsichtig zurück. Die junge Frau spürte, wie die Panik sie überwältigte, und vergrub noch fester als zuvor die Hände in seinem Hemdstoff.

»Sei … vorsichtig …«

Duncan antwortete nichts, sondern senkte nur den Blick auf den Mund der jungen Frau. Er musste sich gewaltsam Einhalt gebieten, um sich nicht ihrer Lippen zu bemächtigen. Aber dies war wahrhaftig nicht der richtige Moment dazu. Die anderen warteten auf ihn. Daher gab er sich damit zufrieden zu lächeln, dann befreite er sich aus Marions Griff und kletterte ebenfalls in die Wanten.

Er erreichte die Reling, hievte sich lautlos hinüber und ging sofort hinter einem leichten Artilleriegeschütz in Deckung. Die drei anderen Männer folgten ihm. Der Wachposten am Bug wandte ihnen den Rücken zu. *Das musste Willie sein*, dachte Duncan. Der zweite Posten war nicht zu sehen. Wahrscheinlich stöberte er irgendwo im unteren Deck herum, auf der Suche nach einer Flasche Branntwein.

Duncan schob sich langsam auf die Steuerbord-Batterie zu. Die vier Piraten tauschten Blicke und gelangten zu einem lautlosen Einverständnis. James Mor huschte wie ein Schatten von einer Kanone zur anderen und näherte sich so dem ahnungslosen Seemann, der sich immer noch über die Brüstung beugte. Dann stürzte er los. Der Mann hatte gerade noch Zeit, sich umzudrehen; auf seinem mageren, wettergegerbten Gesicht malten sich Verblüffung und Entsetzen. Sein Schrei jedoch drang niemals über seine Lippen, die sich jetzt grauenhaft verzerrten und einen Blutfaden entließen. Der Sohn des Macgregor zog sein Messer aus der Kehle des Unglücklichen, der auf dem Deck zu seinen Füßen zusammensackte. Der Mann mit dem Enterhaken schlich unterdessen zur Luke, die offen geblieben war, und duckte sich mit dem Dolch in der Hand hinter die Persenning. Kurz darauf erschien der Mann, den Willie als Beacham angesprochen hatte, und schwenkte stolz eine Flasche.

»Hey, Willie! Schau, was ich gefunden habe! Der alte Neish hat uns eine gute Flasche ...«

Die Worte blieben ihm in der Kehle stecken, als er James entdeckte, der sich über die Leiche seines glücklosen Gefährten beugte. Willie lag inzwischen in einer Blutlache.

»Was für eine Flasche, mein Freund?«, fragte James gelassen und wischte seine Klinge an Willies Hemd ab.

Lässig schlenderte er auf Beacham zu. Letzterem quollen fast die Augen aus den Höhlen, denn der Mann mit dem Enterhaken hatte ihm seinen Dolch direkt auf den Adamsapfel gesetzt, der ohne Unterlass auf und ab hüpfte. James riss ihm die Flasche aus den Händen und betrachtete sie genauer.

»So so, wir stehlen also den Schnaps des guten alten Edgar Neish, was?«

»Ich habe sie nicht gestohlen ...«

»Hattest du vielleicht die Absicht, sie ihm zurückzuerstatten? Zum Bespiel, indem du in die Flasche pinkelst?«

Mit den Zähnen riss James den Korken aus der Flasche und spuckte ihn wenig ehrerbietig vor die Füße von Beacham, der vor Angst verstummt war. Er spülte sich die Kehle mit einem ordentlichen Schluck und reichte die Flasche dann an Duncan weiter, der es ihm nachtat.

»Aber das ist ja französischer Cognac!«, rief der junge Mann aus, nachdem er sich mit dem Handrücken den Mund abgewischt hatte. »Der Kapitän wird sicher nicht sehr glücklich darüber sein, dass seine Männer seinen Branntwein stibitzen!«

Beachams kleine, blitzende Äuglein blickten panisch hin und her.

»Was soll ich mit ihm machen?«, fragte der Mann mit dem Enterhaken.

»Das übernehme ich, Marcus.«

»Dreckige Banditen!«, stöhnte Beacham mit erstickter Stimme.

»Elendes Schmugglerpack«, zischte James und schlug ihm mit dem Pistolenknauf kräftig über die Schläfe.

Augenblicklich brach der Mann zusammen und fiel vor den Füßen von Marcus, der seinen Griff gelöst hatte, auf die Planken. Nun mussten sie noch zwei Wachposten unschädlich machen. Derjenige, der im Mastkorb saß, schien keine unmittelbare Bedrohung darzustellen. Der andere musste sich irgendwo unter ihren Füßen aufhalten.

»Marcus, Colin, ihr klettert hinunter und durchsucht die unteren Decks. Der vierte kann ja nicht weit sein.«

Die beiden Männer gehorchten sofort und verschwanden im Rumpf des Schiffes. Eine angespannte Stille, in der nur das Knirschen der Taue zu vernehmen war, senkte sich über James und Duncan. Der junge Macgregor sah zu dem Mastkorb hoch oben am Fockmast auf.

»Was sollen wir mit dem dort anfangen?«, erkundigte sich Duncan, der seinem Blick gefolgt war.

»Im Augenblick nichts. Wenn er uns allerdings überrascht, während wir hinunterklettern, ist es um uns geschehen. Wir würden viel zu leichte Ziele abgeben.«

Kurz darauf erschien Marcus in der Lukenöffnung.

»Niemand da, James.«

»Verflucht, vor Einbruch der Dunkelheit waren vier Männer an Bord! Wir haben uns dreimal vergewissert.«

»Er hätte das Schiff kurz danach verlassen können«, bemerkte Duncan und spähte in die undurchdringliche Dunkelheit.

»Nun gut, nehmen wir aus dem Frachtraum mit, so viel wir tragen können, und beeilt euch!«, befahl James.

Er löste eine Schnur, die er um die Hüften gebunden trug, und fesselte Beacham gründlich. Duncan folgte Marcus durch die Luke, um ihm zu helfen, die Ware auf das Oberdeck zu hieven. Ein ekelhafter Gestank nach Fäulnis und saurem Wein schlug ihm entgegen, als er in den Lagerraum trat. Rasch sah er sich um und stellte eine schnelle Bestandsaufnahme der Beute an, die sich vor ihnen ausbreitete. An der vor Feuchtigkeit tropfenden Bordwand standen mehrere Kisten, in die das Siegel der Krone eingebrannt war. Musketen, vermutete Duncan. Rob Roy hatte sich nicht geirrt. Pulverfässer standen neben Fässchen mit französischem Cognac und Wein. Andere Kisten, die diverse hochgeschätzte Waren wie Gewürze und Tee enthielten, waren hier und da sorgfältig aufgestapelt. Sie hatten die Auswahl. Sogleich machten sich die drei Männer ans Werk und beförderten die Ware mit Hilfe des Flaschenzugs nach oben, wo James wartete.

Sie hatten sich bereits viele Kisten mit Musketen, zwei Fässer Schießpulver, zwei Kisten mit Munition und zwei Fässchen Branntwein angeeignet, als auf dem Oberdeck ein Schuss krachte. In dem winzigen Moment, der darauf folgte, spürte Duncan, wie ihm das Blut aus dem Gesicht wich. Das Weinfässchen, das er soeben an die Winde hängen wollte, rutschte ihm weg, und kalter Schweiß lief ihm über den Rücken. Angetrieben von einer entsetzlichen Vorahnung kletterte er, immer vier Stufen zugleich nehmend, die Stiege hinauf, gefolgt von den beiden anderen, die ihre Pistolen zogen. Von entsetzlicher Panik ergriffen sah er sich auf dem Deck um und erblickte James, der, die Pistole in der Hand, hinter einer Kanone kauerte und ihm bedeutete, sich ebenfalls hinzuhocken. Von der Spitze des Masts her erklang ein Schrei, und ein zweiter Schuss war zu hören. Hinter James zersplitterte das Geländer der Reling, und er warf sich hinter die benachbarte Kanone.

Duncans Herz klopfte zum Zerspringen. Marion ... Woher war der erste Schuss gekommen? Hatte der Wachposten auf sie geschossen? Auf der Holy Faith, die neben ihnen lag, schien alles ruhig zu sein. Sicherlich war es Rob gelungen, die Mannschaft, die an Bord geblieben war, zu überwältigen. Ein weiterer Schuss hallte über das Deck. James hatte auf den Mastkorb gefeuert, aus dem ein Schmerzenschrei zu ihnen drang. Mit einem trockenen Knall fiel die Pistole des Wachpostens auf das Deck. Von diesem Mann hatten sie wahrscheinlich nichts mehr zu fürchten. Einige Augenblicke später stürzte der Körper des Seemanns ins Leere und gesellte sich auf dem Boden zu seiner Waffe. Plötzlich tauchte an Backbord eine Gestalt auf und kletterte über das Geländer der Reling. James, der unterdessen seine Pistole nachgeladen hatte, erblickte sie und zielte. Duncans Magen zog sich krampfartig zusammen.

»Neiiin!«, schrie er und stürzte sich auf Macgregor.

Der Schuss ging los und traf mit einem Funkenhagel eines der Geschütze.

»Macgregor!«, brüllte er und stieß den anderen zu Boden. »Das war Marion, du Schwachkopf! Schaust du niemals hin, bevor du schießt?«

James Mor machte sich los und drehte sich zu der Gestalt um, die auf dem von den Seewinden glatt polierten Geländer erstarrt war.

»Aber sie sollte doch im Boot bleiben!«, verteidigte er sich und zuckte die Achseln.

Völlig außer sich packte Duncan Marion am Arm und zog sie ohne Umstände hinter sich her.

»Lass mich los!«, kreischte sie und schlug hektisch um sich. »Du tust mir weh …«

»Schweig still, Marion!« Er schrie jetzt ebenfalls.

Brutal stieß er sie gegen den Mast und bedachte sie schwer atmend mit finsteren Blicken. Sie schluchzte vor Angst angesichts seiner Wut und hielt die Tränenflut zurück, die drohte, ihre Wangen zu überschwemmen. Duncan, der vor lauter Furcht um sie kurzzeitig die Beherrschung verloren hatte, kam langsam wieder zu sich.

»Ich hatte dich gebeten, im Boot zu bleiben. Ist dir eigentlich klar, dass du um ein Haar getötet worden wärest?«

»Ich habe Schüsse gehört... Und ich hatte Angst...«

Sie schluchzte auf.

»Ein Boot an Steuerbord!«, rief James. »Wir müssen die Ladung schneller verstauen. Gleich bekommen wir Gesellschaft!«

Eilig kletterte Marcus in das Boot, um die Kisten, die Colin ihm anreichte, entgegenzunehmen. James beobachtete durch eine leicht geöffnete Geschützpforte das sich nähernde Boot. Duncan schob Marion hinter eine der Kanonen der Steuerbordbatterie und kauerte sich in der Nähe einer Geschützpforte zusammen. Er schob sie einen Spaltbreit auf und machte seine Pistolen schussfertig.

Das Boot war nur noch ein kurzes Stück vom Schiff entfernt. An Bord befanden sich fünf Personen, drei Männer und zwei Frauen, die ohne Unterlass kicherten. Duncan wandte sich zu Marion um. Sie lehnte an der Kanone und hielt ihren *Sgian dhu* in den Händen, die sie wie zum Gebet gefaltet hatte. Ihre Lippen bewegten sich, doch kein Laut kam darüber.

»Seid ihr noch gescheit, mitten in die Nacht mit euren Pistolen herumzuspielen? Wollt ihr etwa, dass Neish auftaucht und uns mit unseren kleinen Mitbringseln überrascht? He! Willie, Beacham!«, rief eine Stimme.

Marion schreckte zusammen, warf Duncan einen verängstigten Blick zu und biss sich heftig auf die Lippen. Er legte einen Finger auf den Mund, um ihr zu bedeuten, dass sie schweigen sollte.

»Wiiilie!«, brüllte die heisere Stimme noch einmal. »Holst du das Boot jetzt ein oder nicht? Die hübschen Ladies würden nämlich gern an Bord kommen, verstehst du!«

Mit einem dumpfen Laut stieß das Boot gegen den Schiffsrumpf. Ein Mann fluchte und schimpfte verdrossen. Das Tauwerk der Wanten geriet ins Schwingen, dann erschien eine Hand auf der Reling. Duncan wies mit seiner Waffe in die Richtung, wo gleich der Mann auftauchen würde. Marion stöhnte auf und klammerte sich an seinem Rücken fest.

»Bleib hinter mir«, flüsterte er ihr zu.

Sie sagte nichts, aber er spürte, wie sie zitterte. James legte seine Pistole weg und zog den Dolch. Eine zweite Hand griff nach der Reling. Mit einem Mal sprang Macgregor auf, holte mit der Waffe aus und ließ die Klinge auf die Hand heruntersausen, wobei er ein markerschütterndes Gebrüll ausstieß. Ein grauenhafter Schmerzenschrei zerriss die Finsternis. Die zweite Hand ließ los, und dann klatschte der Mann unter den entsetzten Schreien der Frauen, die in dem Boot saßen, ins Wasser.

Marion starrte auf die vier kleinen, weißen Stummel, die auf das Deck gefallen waren. Auch Duncan hatte sie gesehen. Er drehte sich zu ihr um. Die junge Frau war leichenblass und vermochte die angstvoll aufgerissenen Augen nicht von den abgeschlagenen Fingern des Unglücklichen abzuwenden.

»D… D… Duncan…«

»*Tuch*…«

Sanft schob er die junge Frau auf die andere Seite der Kanone und legte ihr eine Hand auf den Mund, um den Aufschrei zu ersticken, der unvermeidlich folgen würde. Ein Schuss schlug hinter ihm in die Reling ein. Die Männer aus dem Boot schrien und kletterten jetzt an den Sprossen der Taue hoch. Er durfte keine Zeit mehr verlieren. Duncan zog an Marions Arm, um sie zu zwingen, quer über das Deck nach Backbord zu laufen.

»Runter mit dir!«

Während sie das Spannseil ergriff, postierte er sich vor sie, so dass sein Körper sie schützte wie ein Schild. Marcus und Colin warteten im Boot. Duncan packte die Taue und setzte einen Fuß auf eine Sprosse.

»James!«, schrie er, die Pistole in der ausgestreckten Hand. »Komm, ich gebe dir Deckung!«

Der junge James Mor stürzte los. Doch plötzlich erschienen hinter dem Tauwerk das Gesicht eines Mannes und eine schussbereite Pistole.

»Spring, James! Spring doch!«, brüllte Duncan und legte auf den Mann an.

In dem Moment, als der Mann abdrückte, sprang James Mor. Duncan zögerte noch einen Moment, bis der Mann die Reling überkletterte. Dann drückte er den Abzug. Sein Ziel erstarrte, verzerrte das Gesicht und taumelte einen Schritt zurück, um schließlich ins Leere zu stürzen. Einige Augenblicke verstrichen, und ihm ging richtig auf, was er soeben getan hatte. Zum ersten Mal hatte er einen Menschen getötet … Bei diesem Gedanken wurde ihm merkwürdig flau im Magen. *Du hast getötet, um Leben zu retten …* Das war nun wirklich nicht der richtige Moment, um sich solchen Grübeleien hinzugeben! Der dritte Mann zeigte sich nicht. Wahrscheinlich machte er sich vor Angst in die Hosen!

Duncan kletterte ins Boot hinunter, und Colin schnitt mit seinem Dolch das Tau durch, das sie mit dem Schiff verband. Dann zogen sie James an Bord und nahmen Kurs auf Strone Point. Duncan ließ sich neben Marion, die wie Espenlaub zitterte, zu Boden fallen.

»Es tut mir leid«, murmelte er und stützte sich auf die Kisten mit den Musketen.

Sein Herz pochte heftig, und er schloss die Augen und schluckte.

»Ich … bedaure das, Marion. Ich hätte dich nicht in diese Angelegenheit hineinziehen dürfen … Ich … Du hättest dabei umkommen können. Das habe ich nicht gewollt. Es tut mir leid.«

»Ich wollte doch selbst mitkommen, Duncan.«

Er nahm ihre Hand; sie war weich, aber eiskalt, daher schloss er die Finger um die ihren, um sie zu wärmen. Marion sprach weiter.

»Mach dir keine Vorwürfe. Du konntest schließlich nicht wissen, was auf dem Schiff geschehen würde. Ich hätte dich ohnehin gezwungen, mich mitzunehmen.«

Er wandte sich ihr zu. Im blassen Mondlicht lächelte sie leise.

»Dir ist kalt, deine Hand ist ja eisig.«

»Es geht schon …«

Er löste sein Plaid und breitete die Arme aus, um die junge Frau einzuladen, sich an ihm aufzuwärmen.

»Komm …«

Einen Moment lang zögerte sie, doch dann schmiegte sie sich unter dem Plaid an ihn.

6

Eine Bresche in der Mauer

Ihre Beute türmte sich auf den Karren: acht Kisten mit Musketen aus dem Besitz der Regierung, Munition und Schießpulver eingeschlossen; Whisky, Cognac, Mehl, Zucker und Salz, Gewürze und Tee aus dem Orient, zwei Ballen Samt und ein Ballen Seide, einige Teile silbernes Tafelgeschirr, eine mit Goldfäden eingelegte Tabakdose aus Elfenbein, einige Bücher und drei Paar Pistolen.

Rob hatte ein Fässchen Whisky angeschlagen, um die Männer zu belohnen. Nachdem er einen Schluck getrunken hatte, hielt er Duncan seinen speziellen Silberbecher hin.

»Hier, Macdonald, ich teile mein Glas mit dir, und ich trinke auf deine Gesundheit. *Slàinte mhòr*! Prosit!«

»*Slàinte mhòr*!«

Duncan hob den Becher, lehrte ihn mit einem Zug und schnalzte zufrieden mit der Zunge.

»Der Kapitän der *Holy Faith* hat einen außerordentlich guten Geschmack, was Whisky angeht«, bemerkte er und reichte den Becher an seinen Besitzer zurück. »Ich muss sagen, dass wir heute Abend reiche Beute gemacht haben. Und außerdem haben wir keinen einzigen Mann verloren.«

Lächelnd wandte Rob sich zu dem Burschen um, der soeben die Kisten und Ballen auf den Karren festgezurrt hatte.

»Ja, ich bin ganz zufrieden, obwohl wir viel zurücklassen mussten, weil wir nicht genug Platz in den Booten hatten.«

Er nahm ein Paar von den gestohlenen Pistolen, die er in seinen Gürtel gestreckt hatte, und hielt sie Duncan hin.

»Das ist für dich ...«

Duncan nahm die Waffen und wog sie in der Hand, bevor er sie genauer betrachtete.

»Schottische Herstellung. Das sind schöne Stücke aus Doune. Ich danke dir«, stotterte er, ein wenig verlegen angesichts des überaus großzügigen Geschenkes. »Das war doch nicht …«

Mit einer Handbewegung schnitt Rob ihm das Wort ab.

»Das ist sehr wenig dafür, dass du meinem Sohn das Leben gerettet hast, Duncan. James hat es mir erzählt.«

»Er hätte sicherlich dasselbe für mich getan.«

»Hmmm … Es gibt sehr wenige Männer, die so viel Vertrauen zu einem Macgregor haben. Aber ja, wahrscheinlich schon … Solange sie nicht dieselbe Rinderherde begehren wie er.«

»Ich werde versuchen, daran zu denken.«

»Brichst du heute Nacht nach Killin auf?«

Duncan sah zu Marion, die allein am Feuer saß. Er ließ einige Augenblicke verstreichen, bevor er antwortete.

»Nein, ich glaube, ich werde bis morgen warten. Sie ist erschöpft.«

Rob legte dem jungen Mann väterlich die Hand auf die Schulter und drückte sie sanft.

»Glencoe und Glenlyon …«, murmelte er und sah ebenfalls zu der jungen Frau. »Nun ja, warum auch nicht?«

»Das ist wenig wahrscheinlich und würde schon an ein Wunder grenzen.«

Rob schaute Duncan aufmerksam an.

»Glaubst du wirklich?«

Der junge Mann gab keine Antwort. Er wusste ganz einfach nicht mehr, was er glauben sollte, besonders nach den Ereignissen der letzten Stunden. Er hatte die Situation aus allen Blickwinkeln betrachtet und den Schluss gezogen, dass es, selbst wenn Marion bereit wäre, sein Lager zu teilen, reines Wunschdenken wäre, auf eine Fortsetzung zu hoffen. Schließlich wartete Elspeth auf ihn. Und außerdem bestanden zwischen ihren Clans tiefgreifende Differenzen. Niemals würde er einen Fuß nach Glenlyon setzen; ebenso wenig wie sie vermutlich bereit wäre, sein Tal zu betreten, über dem der alte Fluch lag. Das war alles zu verworren. Natürlich konnte er sich mit einer gemeinsam verbrachten Nacht zufriedengeben … Jemand tippte ihm auf die Schulter, und er kehrte in die Wirklichkeit zurück.

»Nun gut, ich glaube, hier trennen sich unsere Wege, Macdonald. Wir können uns nicht erlauben, mit unserer Beute länger hierzubleiben. Wir sehen uns bald im Lager wieder, mein Sohn. Grüße deine Mutter von mir, wenn du sie siehst.«

»Das tue ich auf jeden Fall, Rob.«

Der rothaarige Hüne setzte sein blaues Barett auf, an dem die drei Federn steckten, das Abzeichen des Clanführers, und wandte sich dann ab. Reglos stand Duncan in dem taufeuchten Gras und sah ihm und seinen Männern nach. Als der Konvoi vollständig verschwunden war, wandte er sich endlich zu Marion um, die ebenfalls den Aufbruch der Macgregors verfolgt hatte. Ihre Blicke trafen sich.

Was war nur mit ihm los? *Gib auf dich Acht!*, hatte ihm sein Vater geraten. Marion war die Tochter von John Buidhe Campbell von Glenlyon, das durfte er niemals vergessen! *Denk an Elspeth, an ihre Sanftheit und …* Mit dem Absatz schlug er auf die Erde und wandte sich dann zähneknirschend ab. Eine weitere Nacht, die er in ihrer Nähe verbringen musste. Er musste sich einfach zwingen, an etwas anderes zu denken. Doch er wusste jetzt schon, dass das verlorene Mühe war. Allein die Erinnerung an diesen blassen Alabasterkörper, der in den letzten Strahlen der untergehenden Sonne aus dem dunklen Teich auftauchte, reichte aus, um ihn den Kopf verlieren zu lassen. Gar nicht zu reden von dem Umstand, dass er nun schon mehrere Wochen enthaltsam lebte. Die Kombination aus beidem war immer schwieriger zu ertragen. Nein! Er würde sie nicht mit Gewalt nehmen, das hatte er sich geschworen. *Heilige Muttergottes, erlöse meine Seele von ihren Irrungen.*

»Waffenstillstand für heute Nacht«, erklärte er und ließ sich in einem achtungsvollen Abstand von ihr ins Gras fallen.

»Waffenstillstand?«

Sie musterte ihn mit zweifelnder Miene.

»Du kannst ruhig schlafen und deinen *Sgian dhu* wegstecken. Von mir hast du nichts zu befürchten, Marion.«

Sie betrachtete ihn mit einem undeutbaren Gesichtsausdruck und wandte ihren Blick dann dem Feuer zu. Einen Moment lang glaubte er, ein neues Licht in ihren Augen aufleuchten zu sehen.

»Nun gut!«

»Morgen bringe ich dich zu Breadalbane, und dort trennen sich dann unsere Wege.«

Noch während er die Worte aussprach, spürte er, wie ihn eine gewisse Enttäuschung überkam. Schließlich sagte er sich, dass es töricht von ihm gewesen war zu glauben, zwischen ihnen könnte etwas sein.

»Ahhh … ja, morgen …«

In dem geliehenen Plaid rollte sie sich auf dem Boden zusammen und sah ihn von neuem an. Die Flammen erhellten ihre Züge. Sie lächelte nicht, doch in ihren hellen Augen war keine Spur von Feindseligkeit zu lesen. Stattdessen stand dieses Licht darin … Doch er hätte nicht sagen können, was es aufleuchten ließ. Dankbarkeit? Das wäre schon mehr gewesen, als er jemals erhofft hatte.

»Duncan …«

»Ja?«

»Ich … Gute Nacht.«

»*Oidhche mhath, a Mhórag*.« Gute Nacht, Marion.

Sie schloss die Augen. Duncan seufzte und tat es ihr einige Minuten später nach.

Etwas bewegte sich. Duncan schlug ein Auge auf und blickte in stockfinstere Dunkelheit. Schlaftrunken wartete er einige Augenblicke, doch nur das Rauschen des Laubwerks war zu hören. Wahrscheinlich hatte er geträumt. Doch plötzlich strich etwas über seinen Rücken. Er packte seinen Dolch, den er immer neben sich in den Boden steckte, und drehte sich, bis er schließlich in der Hocke saß, die blitzende Klinge in der ausgestreckten Hand.

Er blinzelte. Vor ihm zeichnete sich im letzten Schein des heruntergebrannten Feuers ein Haufen Decken ab, aus denen ein Arm und einige schimmernde Locken hervorschauten.

»Aber was …«

Marion drehte sich um, und die Decke rutschte weg und enthüllte ihr blasses Gesicht im bläulichen Mondschein. Offensichtlich war ihr kalt gewesen, und sie hatte sich zu ihm geflüchtet, um ein wenig an seiner Wärme teilzuhaben. Vom Feuer war nur noch etwas rote Glut übrig, die in dieser eiskalten Herbstnacht nur sehr wenig Trost spendete. Erleichtert seufzte er auf, kroch auf allen vieren an seinen Platz zurück, steckte den Dolch in den Boden und beobachtete die Schläferin.

Mondlicht fiel auf die rötlichen Locken, die ihr heiteres Gesicht mit einem Feuerkranz umgraben. *Du bist ein teuflischer Engel, Marion Campbell,* dachte er. Friedlich lag sie auf dem Rücken, eine Hand in ihrem Haar vergraben, die andere auf den Bauch gelegt. Ein verschmitztes Lächeln umspielte ihre Lippen. *Sogar im Schlaf narrst du mich!*

Duncan beugte sich über sie, um sie in aller Ruhe zu betrachten. Glenlyons Tochter schien auf einem Kissen aus flammenfarbener Seide zu ruhen. Lange ließ er seinen Blick über die Konturen ihres schlafenden Gesicht schweifen und berührte sie mit seinen Gedanken und seiner Begierde. Zwischen ihren halb geöffneten Lippen stieg ihr Atem als feiner weißer Dunst auf, der im Takt ihrer Träume bebte. Unter der aufgeknöpften Jacke war ihr Hemd zu sehen, das sich leicht über der Kurve einer milchweißen Brust bauschte. Am liebsten hätte er seine Lippen dort spazieren gehen lassen. Er wollte das Herz, das in dieser sich sanft hebenden und senkenden Brust pochte, unter seinen Fingern spüren. Vor Angst, die junge Frau zu wecken, wagte er kaum zu atmen. Bei ihrem Anblick verzehrte er sich vor Leidenschaft.

Er strich über die feuerroten Haarsträhnen, die sich durch das Gras schlängelten, küsste Marion mit gespitzten Lippen ganz vorsichtig oben auf den Kopf und zog bedauernd das Plaid hoch, das ihr von der Schulter gerutscht war. Dann legte er ihr schützend den Arm um die Taille.

»*Mòrag, mo aingeal …*«, flüsterte er leise in die seidigen Locken hinein, die ihn köstlich am Hals kitzelten. Marion, mein Engel. *Vater hatte ganz recht, mich zu warnen.*

Ein Gedanke führte zum anderen, und er sah sich wieder auf der *Sweet Mary*, in dem Moment, als er sich noch im Frachtraum befunden und den ersten Schuss gehört hatte. Er hatte nur an Marion denken können, und sein Herz hatte sich vor Furcht zusammengezogen und einen Schlag ausgesetzt. Nicht, weil er Glenlyons Vergeltung gefürchtet hätte, falls seiner Tochter etwas zustieß; die Campbells waren ihm vollkommen gleichgültig, da hatte er es schon mit anderen aufgenommen. Und es war auch nicht die Vorstellung, Alasdairs Auftrag, sie zu beschützen, nicht erfüllt zu haben, die ihn aufgewühlt hatte. Nein, das war etwas, das viel tiefer ging. Eine seltsame Empfindung hatte ihn dort ergriffen, ein scharfer Schmerz, der ihm das Herz zerrissen hatte. Er hatte Angst gehabt, sie zu verlieren! In diesem nicht enden wollenden Augenblick der Ungewissheit, der auf den Schuss gefolgt war, hatte die Wahrheit ihn wie ein Blitz getroffen.

Ich habe mich verbrannt …

Jetzt konnte er es nicht mehr abstreiten. Seit dem Tag, an dem er die junge Frau geküsst hatte, wusste er, dass sich sein Körper leidenschaftlich nach ihr verzehrte. Eine rein fleischliche Anziehung, hatte er geglaubt; Begehren, hervorgerufen durch den Reiz des Verbotenen, sicherlich. Doch als er sie jetzt ansah, empfand er etwas anderes als die einfache Gier, mit ihr zusammenzuliegen. Eine seltsame Empfindung, die er noch nie so stark gespürt hatte, erfüllte ihn. Selbst Elspeth, so schön und sanft sie auch war, hatte in ihm nicht diesen Sturm entfacht, der alle Vernunft davonfegte. Er wusste, dass dieses Gefühl gegen jede Vernunft verstieß. Glenlyons Tochter! Gott helfe ihm! Er vermochte sich nicht dagegen zu wehren, beugte sich diesem süßen Rausch. Endlich wurde ihm vollständig bewusst, dass sein Herz berauscht von ihr war, wie es in dem gälischen Sprichwort hieß. *Cha déan cridh misgeach breug*, ein berauschtes Herz lügt nicht.

Zärtlich legten sich seine Finger um eine geschwungene Hüfte. Vor seinem inneren Auge sah er wieder, wie die letzten Sonnenstrahlen ihren wohlgeformten Körper in einen goldfarbenen Schein tauchten. Dort, am Teich, war sie ihm wie eine betörende Nymphe erschienen, eine Versuchung, die direkt aus dem Höllenfeuer kam, um ihn auf die Probe zu stellen. Seine Anspannung wuchs, und seine Lenden pochten. Er vergrub die Nase in ihrem weichen Haar und sog den weiblichen Duft ein, der daraus aufstieg, und vermochte dem Drang nicht zu widerstehen, die Hand unter das Plaid gleiten zu lassen. Es kostete ihn geradezu titanische Kraft, seinen Trieb zu beherrschen.

Marion stöhnte und bewegte sich ein wenig. Duncan erstarrte

und zog sofort seine Hand zurück. Über den geschlossenen Augen der jungen Frau hatten sich ihre feinen Brauen sorgenvoll zusammengezogen. Sie träumte. Mit angehaltenem Atem wartete er. Ihr herzförmiges Gesicht verzerrte sich, sie verkrampfte die vollen Lippen und stieß einen erstickten Schrei aus.

»Neiiin …«

Verstört riss Marion die Augen auf und krallte die Hände so fest in Duncans Plaid, dass ihre Knöchel weiß erschienen. Der junge Mann beugte sich über sie und musterte sie beunruhigt.

»Marion … Es ist vorbei. *Tuch! Tuch!*«

Die entsetzte Miene der jungen Frau wich der Verblüffung und dann der Erleichterung. Eine Träne, die noch an ihren Wimpern hing, rollte ihre Wange hinunter. Zärtlich wischte Duncan sie weg.

»Es ist vorüber.«

»Nein … Es hat noch nicht einmal angefangen …«

Verwirrt sah er sie an.

»Wovon redest du? Ich verstehe nicht. Du hattest einen Albtraum, Marion.«

»Ich habe …«

Abrupt unterbrach sie sich, so dass ihr Mund halb offen stehenblieb. Ihr Blick verlor sich in Duncans Hemdfalten, dann schüttelte sie hektisch den Kopf.

»Nein, lass gut sein. Du hast recht, es war nur ein schlimmer Traum«, stammelte sie.

Sie zwinkerte mit den langen, goldblonden Wimpern, dann wurde sie von einem Schluchzen geschüttelt und flüchtete sich in die tröstliche Wärme an seiner Schulter. Duncan zögerte. Seine Hand schwebte über ihren Rücken, streifte ihr Haar. Würde sie ihn zurückstoßen, wenn er sie berührte? Ganz offensichtlich suchte sie Trost … Wie im Boot, auf der Rückfahrt. Am ganzen Leibe vor Angst zitternd, hatte sie sich an ihn geschmiegt wie ein Kätzchen und dann nach und nach entspannt. Ein wunderbarer, aber vergänglicher Moment. Die Magie dieser wenigen Augenblicke war verflogen, als der Rumpf des Bootes über die Kieselsteine am Ufer geknirscht war. Von da an hatte sie sich erneut unnahbar verhalten.

Sanft legte er die Hand auf ihren Hinterkopf und verflocht seine Finger mit ihren Locken. Ihr Gesicht lag an seinem Hemd, und er spürte ihren warmen Atem auf seiner Brust. *Nicht …*, sagte er sich. Marion erzitterte.

Sie schüttelte den Kopf und sah zu ihm auf. Ihre Blicke suchten und fanden einander.

»Mir war kalt … Vorhin. Ich … wollte dich nicht stören. Ich kann wieder an meinem Platz …«

»Du hast mich nicht gestört«, beeilte er sich zu versichern und hielt sie an sich gedrückt.

Natürlich war das eine Lüge, denn die Wahrheit war, dass sie ihn ganz außergewöhnlich aufgestört hatte, viel mehr, als ihm das recht war. Sie hatte Empfindungen in ihm erweckt, die sein Herz zusammenpressten wie ein Schraubstock. Er verfluchte den Tag, an dem er auf der Heide von Glenlyon gewesen war und sie verfolgt hatte. Er verfluchte den Kuss, den er ihr geraubt hatte. Er verfluchte sie selbst, weil sie ihm ein zweites Mal über den Weg gelaufen war. Und er verfluchte das Schicksal, das ihn dazu verdammte, die Hölle auf Erden zu durchleben, weil er ihr nicht widerstehen konnte. Um ihretwillen verlor er sich, doch ihm wurde klar, dass er zugleich ohne sie verloren wäre.

Er verspürte nur noch einen einzigen Wunsch: diese Frau, die ihm verboten war, unter sich zu begraben, sich ihres Mundes zu bemächtigen und sich in ihr zu verlieren. Doch er hütete sich wohlweislich, obwohl ihm das furchtbar schwer fiel. Er musste sein Begehren, sie zu verführen, zügeln, denn damit würde er alles nur noch schlimmer machen. Marion liebte seinen Clan nicht, und er konnte sie verstehen. … *Bewahre sie dir für deine Träume auf, mein Alter …* Heute Nacht würde er nur die Kälte von ihr fernhalten, nichts weiter.

Von neuem schmiegte sie sich an ihn. Ihr Atem wärmte ihm das Herz. Er zog sich das Plaid über den Kopf und schloss die Augen. Sein Schlaf war von Feen mit geschmeidigen, elfenbeinfarbenen Körpern bevölkert, die ihn aufreizend umtanzten und seinen Namen riefen. Im Traum lächelte er.

Das erste graue Licht der Morgendämmerung verscheuchte die Traumfragmente, die noch durch Marions Kopf trieben; und mit ihnen schwand sogleich jeder Anschein von Vertrautheit zwischen den beiden jungen Leuten. Hinter sich spürte Marion Duncans kräftigen, warmen Körper. Er bewegte sich nicht und schlief wahrscheinlich noch. Der Arm, den er um die junge Frau gelegt hatte, wog schwer, und seine Hand, die im Gras lag, zuckte unruhig. Er träumte.

Seine Wärme strahlte auf sie aus. Nur ihre Finger und Zehen und ihre Nasenspitze waren eiskalt. Sie rückte ein wenig herum und beobachtete, wie die große Hand sich vom Boden hob, langsam die Finger ausstreckte und sich dann auf ihre Taille legte. Ein kleines Weilchen blieb die junge Frau bewegungslos liegen. Er schien nicht aufgewacht zu sein, denn sie spürte seinen Atem langsam und regelmäßig im Nacken.

Marion hatte schreckliche Angst vor dem unausweichlichen Moment, in dem sich ihre Blicke treffen würden. Sie schämte sich sehr und war böse auf sich selbst, weil sie ihrer Angst, allein zu schlafen, unterlegen war. Ob er wohl gedacht hatte, sie wolle …? Ihr schoss das Blut in die Wangen. Falls er unzüchtige Gedanken gehegt hatte, dann hatte er sich gehütet, sie ihr zu zeigen, und das war auch gut so. Und mehr noch, ganz anders als sie das von einem Mann aus Glencoe erwartet hätte, hatte er sich sanft und fürsorglich verhalten, nachdem sie ihre … Vision gehabt hatte. Sie seufzte leise bei dem Gedanken an die albtraumhaften Bilder, die sie während der Nacht gequält hatten und ihr immer noch nachhingen.

Die große Hand drückte leicht auf die Stelle, an der sie sich niedergelassen hatte, und glitt dann gemächlich auf ihre Hüfte hinunter. Duncan grummelte an ihrem Hals, ein Zeichen, dass er erwachte. Sie hielt den Atem an. Zärtlich zog er sie an sich und erstarrte dann auf der Stelle. Er richtete sich auf und rückte von ihr weg.

Reglos saß er da. Nur sein schneller, stoßartiger Atem verriet ihr, dass er sich hinter ihr befand. Langsam ließ sie sich auf den Rücken sinken, wobei sie die Decke bis an den Hals hochzog. Verlegen sah er sie an, mit halb geöffnetem Mund, als hätte er vor, ein paar oberflächliche Worte der Entschuldigung hervorzubringen. Doch kein Laut drang über seine Lippen, und er schloss den Mund, schluckte und wandte sich ab. Das verlegene Schweigen zog sich in die Länge. Duncan rieb sich die Augen, um die letzten Spuren des Schlafs zu vertreiben, und schaute Marion erneut an.

»Entschuldige, ich dachte, du …«

Plötzlich beschlich die junge Frau der unangenehme Verdacht, dass vielleicht in Glencoe jemand auf ihn wartete, und merkwürdigerweise verdross sie das. Aber er ist ein *Macdonald!*, sagte sie sich lautlos.

»Konntest du ein wenig schlafen?«, erkundigte er sich, schlang das Plaid über seine Schulter und befestigte es mit seiner Brosche.

»Ja, danke.«

»Gut, dann müssen wir auch bald aufbrechen. Ich soll dich doch nach Finlarig Castle bringen.«

Er stand auf und streckte ihr die Hand entgegen, um ihr zu helfen, ebenfalls auf die Beine zu kommen.

»Wir müssten eigentlich noch etwas zu essen in den Satteltaschen haben.«

Marion zog ihre feuchte, verknitterte Kleidung zurecht und kämmte sich das widerspenstige Haar mit den Fingern, um es dann im Nacken zusammenzuknoten, wie es ein Mann getan hätte. Sie trug zwar gern Hosen, weil sie ihr größere Bewegungsfreiheit ließen und im Vergleich zu den zahlreichen Lagen aus Leinen und Wolle, aus denen Röcke bestanden, leicht waren, doch konnte sie es kaum erwarten, wieder richtige Kleider anzuziehen. Aber im Moment musste sie eben so zurechtkommen.

Sie verschwand für einige Zeit im Schutz des Nebels und des bunt belaubten Pflanzenwuchses, um ihre morgendlichen Waschungen vorzunehmen. Als sie zurückkehrte, reichte Duncan ihr Brot, Käse und einen Apfel. Sie verzehrten ihr spärliches Frühstück und kletterten dann auf ihre Pferde, ohne einander anzusehen.

Der düstere Himmel von Killin schien tief über ihren Köpfen zu hängen. Kein Zweifel, dieses Jahr erlebten sie einen trüben

Herbst. Marion hatte auf Breadalbanes Sitz niemanden angetroffen. Der Earl war vor zwei Tagen eilig von Finlarig nach Drummond Castle aufgebrochen, wo sich der Earl of Mar aufhielt. Daher hatten die jungen Leute beschlossen, im »Grey Owl«, einer kleinen Herberge auf der Straße nach Killin, Halt zu machen, um sich zu stärken und ein wenig auszuruhen.

Marion war schlecht gelaunt. Nach Drummond Castle zu reiten hatte nicht zu ihren Plänen gehört. Ebenso wenig, wie sie vorgehabt hatte, mit diesem Mann, der ihr zu ihrem großen Kummer partout nicht aus dem Kopf gehen wollte, durch die Lande zu ziehen. In diesem Moment hätte sie alles gegeben, um sich nur wenige Meilen entfernt zu Hause auf Chesthill wiederzufinden, vor einer Tasse heißem gewürztem Apfelwein an einem schönen Feuer und in das Plaid der Campbells gehüllt. Natürlich würde sie ein Kleid tragen, nachdem sie ein heißes Bad genommen hatte. Sie schluckte ihren letzten Bissen Hering herunter. Eines hatte sie noch vergessen: Amelias köstlichen Rinderbraten.

Sie hatten sich in eine ruhige Ecke im Gastraum gesetzt. Die Uniform zog ein paar neugierige Blicke auf sich, doch sie achtete nicht darauf. Sie musste allerdings zugestehen, dass es möglicherweise einen merkwürdigen Eindruck machte, dass ein Macdonald von einem jungen Soldaten der Krone begleitet wurde. Die Leute hielten sie sicherlich für einen Spion. Pah! Sie konnte ohnehin nichts dagegen tun. Duncan stellte einen Krug Bier vor sie hin und nahm mit seinem eigenen Getränk ihr gegenüber Platz.

»Ich habe ein Zimmer genommen«, verkündete er und sog an dem Schaum, der überzulaufen drohte.

»Ein Zimmer?«

»Ich werde natürlich im Stall schlafen«, erklärte er, als hätte er ihre Befürchtungen erraten. »Mehr kann ich mir im Moment nicht leisten.«

»Aber ich dachte, wir wollten gleich wieder nach Drummond Castle aufbrechen?«

Mit einer Kopfbewegung wies er auf das Fenster hinter ihr, das so schmutzig war, dass man kaum hindurchsehen konnte.

»Bei diesem Wetter? Es fängt an zu regnen, und ich dachte, nach drei Nächten im Freien würdest du gerne in einem richtigen Bett schlafen. Außerdem erreichen wir Drummond Castle vor Einbruch der Nacht nicht mehr.«

Er betrachtete sie mit undeutbarer Miene und zog mit dem Zeigefinger zerstreut Kreise auf der Tischoberfläche, deren Sauberkeit ziemlich zweifelhaft war.

»Nun ja, es stimmt, dass ich während der letzten Tage sehr wenig geschlafen habe.«

Sie steckte ebenfalls die Nase in ihren Krug und nahm einen tiefen Zug von dem erfrischenden Getränk. Dann fuhr sie fort, wobei sie seinem Blick bewusst auswich.

»Ich wollte dir noch danken. Auf dem Schiff… Ich hätte im Boot bleiben sollen.«

Er antwortete nicht gleich. Als das Schweigen sich in die Länge zog, riskierte sie vorsichtig einen Blick auf ihn.

»Wohl wahr«, pflichtete er ihr schließlich bei und lehnte sich auf seinem Stuhl zurück. »Wenn du dich im Boot auf den Boden gelegt hättest, wie ich es dir befohlen hatte, wärest du sicherer gewesen.«

Mit Absicht hatte er die Stimme gehoben, als er das Wort »befohlen« aussprach. Dann zuckte er die Achseln und gähnte hinter vorgehaltener Hand.

»Aber dir ist nichts geschehen, und darauf kommt es an«, setzte er dann hinzu.

Seine Finger nestelten nervös am Rand seines Baretts aus blauer Wolle. Auf dem ganzen Weg nach Finlarig war er nicht besonders gesprächig gewesen. Sie betrachtete seine zu einem starren, angespannten Lächeln verzogenen Lippen. Ganz offensichtlich fühlte er sich ebenso unbehaglich wie sie.

»Morgen bist du auf Drummond Castle. Breadalbane wird dir für deine Rückkehr nach Chesthill gewiss eine geeignetere Begleitung stellen als mich.«

»Wahrscheinlich…«

»Wir haben noch einen langen Weg vor uns. Deswegen werden wir morgen ziemlich früh aufbrechen. Ich klopfe dann an deine Tür, wenn es dir recht ist.«

»Ja, sicher …«

Schweigend sah Duncan die junge Frau an und sagte sich, dass dies sicherlich die letzte Mahlzeit war, die er mit ihr teilte. Dann schaute er auf seinen Teller hinunter, und die beiden aßen wortlos weiter.

Marion leerte ihren Krug und schaute sich im Gastraum um. Ein Stück weiter weg hatten ein paar Gäste eine Rempelei begonnen. Einer der Männer spie einem Koloss, der ihn um mehr als einen Kopf überragte, Beleidigungen ins Gesicht. Duncan, der die Szene ebenfalls beobachtete, stieß einen leisen, tadelnden Pfiff aus, dann runzelte er die Stirn. Jetzt begann der Riese ebenfalls zu fluchen und schlug mit der Faust nach dem Gesicht des kleinen Mannes, der ihr um Haaresbreite entging, indem er sich bückte. Der, der hinter ihm stand, hatte weniger Glück und bekam den Haken mitten aufs Kinn ab. Er schlug der Länge nach auf den Tisch zu seiner Rechten und warf die Krüge der Gäste, die daran saßen, um.

»Moment«, meinte Duncan und erhob sich unauffällig. »Ich glaube, wir sollten gehen, bevor es hier ungemütlich wird.«

Die verärgerten, durchnässten Gäste packten den Unglücklichen, der für die Überschwemmung verantwortlich war, an den Schultern und schleuderten ihn unter den Nachbartisch. Eine Frau stieß einen spitzen Schrei aus. Unterdessen war es dem Koloss gelungen, den kleinen Mann am Kragen zu packen. Jetzt hielt er ihn mit einer Hand an der Wand fest, während er ihm mit der anderen in den Bauch schlug.

Marion sprang auf und hängte sich an Duncans Arm, der sie hinter sich her auf die Treppe zuzog. Unter den Männern im Gastraum der Herberge war inzwischen eine Massenschlägerei ausgebrochen.

In Marions kleinem Zimmer trommelte der Regen gegen das Fenster und drang zusammen mit einem eisigen Luftzug zwischen den Flügeln hindurch. Die junge Frau lag, in das Plaid gewickelt, auf dem knarrenden Bett und betrachtete leicht besorgt die Schatten an den rissigen Wänden. Trotz ihrer Angst, erneut eine Nacht allein und an einem unbekannten Ort zu verbringen, fühlte sie sich zufrieden.

Im Zimmer hatte eine angenehme Überraschung auf sie gewartet. Eine mit warmem Wasser gefüllte Wanne hatte in der Mitte des Raumes gethront, und auf der Matratze hatte ein etwas ausgeblichenes, aber sauberes blaues Wollkleid gelegen, zusammen mit einem Unterrock und einem Hemd. Marion zweifelte nicht daran, dass Duncan der Urheber dieser Gaben war, und jetzt begriff sie auch, warum er im Stall hatte schlafen wollen. Gewiss hatte er seine ganze Barschaft dafür ausgegeben.

Ein Blitz tauchte das Zimmer in grelles Licht, und sie fuhr zusammen. Dann polterte der Donner. Bestimmt würde sie heute Nacht wieder nicht schlafen können.

Du hast nichts zu befürchten, redete sie sich selbst gut zu und schlang die Arme um die angezogenen Knie. *Du wirst diese schrecklichen Bilder nicht mehr sehen.*

Die Kerzenflamme flackerte und brachte die Schatten auf den Wänden zum Tanzen. Die Geräusche aus dem Schrankraum drangen nur noch wie ein gedämpftes Murmeln zu ihr. Von neuem erschauerte sie, dann schloss sie die Augen in der Hoffnung, der Schlaf möge sie überwältigen. Ein weiterer Blitz war so hell, dass sie ihn auf der Innenseite ihrer Lider sah. *Ich hätte die Läden schließen sollen …*

Die Hand auf das wacklige Treppengeländer gelegt, zögerte Duncan. *Ich brauche ihr nur zu sagen, dass ich mich überzeugen wollte, ob sie den Riegel richtig vorgelegt hat.* Ihm war nicht wohl bei dem Gedanken, sie allein in dem kleinen Zimmer in einer Herberge zu lassen, in der es von betrunkenen Männern wimmelte, aber er hatte nicht wirklich eine Wahl. Hier würde sie wenigstens nicht frieren.

Er stieg bis zur ersten Etage hinauf, hielt am Fuß der zweiten Treppe an und lauschte auf die Geräusche, die durch die Wände zu hören waren. Aus einem der Zimmer in diesem Stockwerk drangen ein ziemlich ordinäres und ein anderes, raueres Lachen, gefolgt von einem Knarren. Etwas schlug in regelmäßigem Rhythmus gegen die Wand. Duncan lächelte, denn er konnte sich vorstellen, was sich auf der anderen Seite der Tür abspielte.

Dann lief er, immer zwei Stufen auf einmal nehmend, die Treppe zum zweiten Stock hinauf.

Im Korridor war es still und dunkel. Nur der Regen, der auf die Dachpfannen trommelte, und das Rollen des Donners hallten von den rissigen Wänden wider. Unter Marions Tür fiel ein schwacher Lichtschein hindurch. Zögernd stützte er die Hände auf den Türrahmen und wartete einige Minuten, die Stirn gegen das zerkratzte Holz gelegt. Im Zimmer war es still. Ob sie wohl schlief? Und wenn er sie aufweckte? Das würde ihm schrecklich leidtun. Aber er wollte sich vergewissern, dass alles in Ordnung war. Plötzlich drang ein gedämpfter Laut, so etwas wie ein Stöhnen, durch die Tür. Er hob den Kopf und legte die Hand auf die Klinke. *Idiot! Du kannst doch nicht wie ein Dieb in ihr Zimmer schleichen, sie würde dich bestimmt umbringen!*

Kurz und verhalten klopfte Duncan an die Tür. Sofort verstummte das Weinen. Die Dielen knarrten, und das Licht, das unter der Tür hindurchdrang, flackerte. Er wartete noch einen kurzen Moment.

»Marion? Geht es dir gut?«

Er hörte, wie der Riegel zurückgeschoben wurde, dann quietschte die Tür, und ein schmaler Lichtstrahl fiel ihm ins Gesicht. Im Türspalt erschien die Silhouette der jungen Frau.

»Ich … ich wollte mich vor dem Schlafengehen vergewissern, dass es dir gut geht«, erklärte er. »Brauchst du noch etwas?«

Sie schwieg einen Moment lang. Dann öffnete sie die Tür weiter.

»Komm herein«, lud sie ihn ein und trat zur Seite.

Er sah, dass sie unter dem Plaid nur den Unterrock und das Hemd trug.

»Ich weiß nicht«, murmelte er und bedauerte schon, gekommen zu sein. »Das schickt sich nicht … Also, ich glaube nicht, dass es richtig ist, wenn ich …«

»Stell dich nicht dumm, Duncan. Wir haben jetzt drei Nächte lang Seite an Seite geschlafen. Aber vielleicht stürzt es dich ja in Verlegenheit, mich in einem Rock zu sehen!«

Er hatte sie schon mit viel weniger als einem Rock erblickt. Noch einen Moment lang zögerte er. Aber eigentlich hatte sie recht. Die junge Frau flüchtete sich wieder auf das Bett. Er schloss die Tür hinter sich und lehnte sich von innen dagegen. Ein Blitz erhellte das Zimmer. Duncan betrachtete das Fenster, das im Wind klapperte. Er ging dorthin, öffnete es, zog die Läden zu, die gegen die Außenwand schlugen, und verriegelte es. Das Fensterbrett und die Wand darunter waren triefend nass.

»Danke für das Bad und für die Kleider.«

Duncan wandte sich um. Sie hatte die Beine hochgezogen und mit dem Plaid bedeckt, so dass er sie nicht mehr sehen konnte. Ein Geruch nach Seife und feuchtem Holz schwebte im Zimmer.

»Ich habe mir gedacht, dass du in dem Uniformrock möglicherweise ein paar kleine Probleme bekommen könntest. Wir sind weit von Glenlyon entfernt… Das ist kein besonders gutes Kleid, aber unter den Umständen…«

»Es ist sehr schön«, versetzte sie und schob sich eine noch etwas feuchte Haarsträhne hinter das Ohr zurück.

Er lächelte und rückte den einzigen Schemel, den es im Zimmer gab, so zurecht, dass er sich ihr gegenübersetzen konnte. Mit geröteten Augen und gerunzelter Stirn wiegte sie sich vor und zurück, als sage sie innerlich einen Psalm auf. Sie hatte geweint, doch er wagte nicht, sie nach dem Grund zu fragen. Die Befangenheit, die seit dem frühen Morgen zwischen ihnen herrschte, vertiefte sich. Sie warf ihm ängstliche Blicke zu; auf einmal kam sie ihm sehr verletzlich vor. *Sie fürchtet sich immer noch vor mir. Ich hätte nicht herkommen sollen…* Abrupt stand er auf.

»Wie ich sehe, steht alles zum Besten. Ich werde dich in Ruhe schlafen lassen. Wenn du noch irgendetwas brauchst, dann weißt du, wo du mich findest…«

»Nein!«, rief sie hastig aus und schaute flehend zu ihm auf.

Verblüfft sah er sie an.

»Was, nein?«

»Geh nicht… Jedenfalls nicht gleich.«

Offenbar ging es ihr doch nicht so gut.

»Kannst du… noch ein wenig bleiben, nur bis ich eingeschlafen bin?«

»Du brauchst keine Angst zu haben, Marion. Aber ich kann im Korridor bleiben, wenn dich das beruhigt.«

Ihm war klar, dass er eine weit größere Gefahr für sie darstellte, als es die Horde von Betrunkenen dort unten war. Ganz offensichtlich war sie sich der Wirkung, die sie auf ihn ausübte, nicht bewusst; vor allem nicht in diesem Moment. Ihre feuchten Locken klebten an ihren von den Schatten modellierten Wangen; und ihre hellen, feuchten Augen schauten ihn an und bezauberten ihn. Er holte tief Luft. Nur ein paar Schritte und etwas dünner Stoff trennten ihn von ihrer weißen Haut.

»Du brauchst nur den Riegel wieder gut zuzuschieben …«

»Ich selbst bin es, vor der ich mich fürchte«, erklärte sie abrupt. Gedankenverloren sah sie zu der glitzernden Wasserlache, die unter dem Fenster stand.

»Du selbst? Das verstehe ich nicht.«

»Ich habe …«

Sie verstummte und biss sich auf die Lippen.

»Ich habe Visionen.«

»Du meinst, dass du Träume hast, Alpträume?«

Sie schüttelte den Kopf.

»Visionen«, wiederholte sie, *»an dà-shealladh*, das zweite Gesicht.«

Duncan musterte sie verdutzt.

»Du besitzt die Gabe?«

»Ja.«

»Das sind wahrscheinlich nur schlimme Träume, Marion.«

Sie öffnete den Mund ein wenig und schüttelte langsam den Kopf.

»Nein, Duncan. Diese Bilder kommen nicht immer, wenn ich schlafe. Es ist, als geriete ich in einen Trancezustand; dann nehme ich meine Umgebung nicht mehr wahr. Das, was sich vor meinen Augen abspielt, nimmt mich vollständig gefangen. Die Bilder … Sie kommen mir so wirklich vor, dass ich den Eindruck habe, sie berühren zu können, indem ich nur den Arm ausstrecke …«

Sie schluchzte erstickt auf und schlug die Hände vors Gesicht. Er sah sie sprachlos an und wusste nicht recht, was er tun oder sagen sollte. Er wusste von der Gabe des zweiten Gesichts, aber er war noch nie jemandem begegnet, der sie besaß. Jedenfalls nicht bis heute. Wie konnte er Worte finden, um sie zu beruhigen? Sie schien ehrlich verängstigt zu sein.

Behutsam trat er zu ihr und setzte sich dann auf den Rand des Bettes, das unter seinem Gewicht fürchterlich knarrte. Er glaubte schon, das Möbel würde zusammenbrechen, doch es hielt.

»Willst du mir davon erzählen? Vielleicht würde dich das ja trösten.«

Sie schniefte und zuckte matt die Achseln. Eine Träne löste sich aus ihrem Augenwinkel, lief an der Rundung ihrer Wange entlang und verhielt an ihrem Kinn. Duncan betrachtete die kleine, schimmernde Spur, welche die Träne, die jetzt gleich ins Leere tropfen würde, zurückgelassen hatte. Er nahm sie mit der Fingerspitze auf und wischte sie an seinem Kilt ab.

»Ich weiß nicht, es ist zu schrecklich …«

»Geschieht das oft?«

»Nein, das letzte Mal ist schon mehrere Jahre her. Das war kurz vor dem Tod meiner Mutter.«

Seufzend schloss sie die Augen und sprach dann weiter.

»Ich habe meiner Mutter beim Sticken zugeschaut, und plötzlich … sah ich, wie sich so etwas wie ein Schleier über sie senkte, oder wie ein Leichentuch. Ich verstand nicht, was mit mir geschah. In meinen Ohren summte es. Es hörte sich – ich weiß nicht – wie Stimmen an. Doch ich vermochte die Worte nicht zu unterscheiden, und ich konnte nicht mehr sprechen. Ich war nicht mehr Herrin meiner Sinne.«

»Aber woher weißt du, dass das eine Vision war, die Gabe?«

»Man hat es mir später erklärt, als ich endlich den Mut aufbrachte, darüber zu sprechen. Damals sagte ich mir, dass man mich wahrscheinlich für verrückt halten würde. Diesen Schleier habe ich mehrmals wahrgenommen, wenn ich meine Mutter ansah. Nach einiger Zeit mochte ich sie einfach nicht mehr anschauen, und ich habe mich versteckt, um sie nicht mehr sehen zu müssen. In der letzten Vision hatte der Schleier sie fast vollständig bedeckt. Dieser Zustand hielt nie länger als ein paar Minuten an, doch ich war danach stets noch tagelang aufgewühlt.

Und dann, eines Nachts, sah ich … ein kleines Boot, das auf spiegelglattem Wasser dahintrieb. Es war leer … Einige Tage später fiel meine Mutter bei einer Ausfahrt in den Loch Tay und ertrank. Ihr Boot war gekentert.«

Sie unterdrückte ein Schluchzen. Duncan nahm ihre Hand, die krampfartig den Stoff ihres Unterrocks knüllte, und hielt sie ein wenig ratlos fest. Ihre Finger waren eiskalt. Er versuchte, einen begütigenden Tonfall anzuschlagen.

»Aber du hattest keine Schuld daran, Marion … Du konntest es nicht wissen.«

»Das macht mir ja die größte Angst, Duncan. Ich sehe schreckliche Dinge und vermag nichts dagegen zu unternehmen. Ich habe Angst … Verstehst du, mein Albtraum von heute Nacht … Das war nicht wirklich ein Traum.«

Sie sah auf seine Hände hinunter, welche die ihrige umschlossen hielten.

»Du hattest eine Vision?«

Langsam nickte sie.

»Und du willst mir nicht davon erzählen?«

Sie verzog das Gesicht.

»Sind die Visionen nicht Bilder, die uns unser Schicksal zeigen?«

»Aber das kann manchmal so grauenhaft sein!«

Spontan zog er ihre eisige Hand an die Lippen und küsste sie zärtlich. Marion ließ es geschehen.

»Dann sollte man es doch vorziehen, sein Schicksal hinzunehmen und sich ihm zu beugen, statt dagegen anzukämpfen. Allein Gott ist der Herr unseres Geschicks.«

»Gott!«, gab sie verbittert zurück und musterte ihn unentschlossen. »Wenn Gott der Urheber dessen ist, was ich gesehen habe, dann ist er nicht der Gott, an den ich gern glauben möchte.«

»Aber was hast du denn nun so Schreckliches gesehen?«

Marions Lippen zitterten. Sie öffnete den Mund, erschauerte dann und schloss ihn wieder. Duncan legte einen Arm um ihre Schultern und zog sie sanft an sich. Er verhielt einige Augenblicke, da er ihre Reaktion fürchtete, doch sie stieß ihn nicht zurück. *Ich muss aufhören, ehe ich zu weit gehe.* Aber seine Hände ignorierten die Befehle, die sein Verstand ihnen gab. Unter seinen Fingern konnte er Marions Herz pochen spüren. Sie hatte nicht weitergesprochen, doch ihr Körper sagte mehr als Worte. Zitternd, mit geschlossenen Augen und feuchten Wangen, lag sie in seinen Armen. Sie bog den Kopf zurück und bot ihm ihren Hals dar.

Die unausgesprochene Aufforderung brachte Duncans Herz in Wallung. Vor lauter Angst, dieser magische Augenblick könnte für immer verfliegen, zögerte er noch einen Moment, bevor er es wagte, ihre seidenweiche, weiße Haut zu berühren. *Das ist Wahnsinn! Glencoe und Glenlyon … Das ist der pure Wahnsinn … Aber ich bin verrückt nach ihr!* Er hielt es nicht mehr aus und wagte es, seine glühenden, hungrigen Lippen über den dargebotenen Hals gleiten zu lassen. Marions Körper spannte sich leicht an. Mit beiden Händen griff die junge Frau in sein Hemd und seufzte. Das war unerwartet gekommen.

»*A Mhórag … a Mhórag mhillis, m'ainngeal dhiabhluidh …*« Oh, Marion … Süße Marion, mein teuflischer Engel …

Duncans begierige Lippen bewegten sich langsam auf Marions Mund zu, der sich leicht öffnete und ihn willig willkommen hieß. Unendlich zärtlich drückte er sie auf das Bett, das von neuem laut knarrte. Er beugte sich über sie, sah ihr in die Augen und suchte dort nach dem Schatten einer Missbilligung, doch er sah keinen. Diese Augen … träumte er?

»Das Schicksal, Marion, ist es nicht oft die schönste Geschichte unseres Lebens?«

»Nicht immer … Es kann auch zu unserem schlimmsten Albtraum werden, Duncan.«

»Nicht für mich. Oh nein! Nicht in diesem Moment …«

»Vielleicht, doch jeder Tag ist eine neue Seite in dem großen Buch unseres Lebens. Die Hand des Schicksals beschreibt diese Seiten, die wir unbekümmert umwenden, immer in dem Glauben, die nächste werde schöner ausfallen als die vorhergehende. Manchmal ist diese Hand gut und nachsichtig, doch sie kann auch grausam und gnadenlos sein. Woher will man das wissen?«

Duncan suchte nach Marions Händen, fand sie und schloss sie fest in die seinen. *Sie ist da, unter mir. Ich muss aufhören, ich nutze ihre Schwäche aus …* Er kam sich vor, als würde er sie auf gemeine Weise missbrauchen, doch er konnte nichts dagegen tun. Unter ihm stöhnte die junge Frau wie im Fieber und verbrannte ihn wie die Flammen der Hölle.

»Dann muss man eben den Augenblick ergreifen«, flüsterte er und strich über Marions feuchte Lippen. »Man muss ihn nutzen und hineinbeißen wie in eine reife Frucht, bevor sie verdirbt. Die Vergangenheit … ist unsere einzige Gewissheit. Die Gegenwart … ist so … kurzlebig. Sie rinnt uns durch die Finger wie das Wasser, das unseren Durst stillt. Sie entzieht sich uns wie die Luft, die wir atmen. Und in diesem Moment, Marion Campbell … atmen wir dieselbe Luft, du und ich.«

»Zwischen uns stehen so viel Leiden und Blut, Duncan.«

Seine Miene verdüsterte sich. *Was tue ich da nur? Sie hat ja recht! All das Blut, das zwischen unseren beiden Clans geflossen ist. Das können wir niemals ungeschehen machen.* Niemand würde das verstehen. Ja, er träumte. Aber er begehrte sie so sehr. Er wollte noch nicht aus diesem Traum erwachen, jedenfalls nicht sofort.

»Dieses Blut ist auf Buchseiten geflossen, die andere geschrieben und umgeblättert haben. Oh, Marion … Warum müssen wir immer wieder das aufrühren, was geschrieben steht? Wir können nichts mehr daran ändern.«

Der heiße Atem der jungen Frau, den er auf seinem Gesicht spürte, ging jetzt ungleichmäßig. *Honig, Heidekraut … Sie strömt den Duft der Highlands aus. In ihrem Körper fließt dasselbe Blut wie in meinem.*

»Aber die Worte bleiben in der Erinnerung bewahrt, Duncan … Selbst wenn die Seiten bereits umgewendet sind … Das reicht nicht immer aus.«

»Dann lass sie uns gemeinsam zerreißen!«

Mit zügelloser Begierde presste er seinen Mund auf ihre Lippen. So viele widerstreitende Gefühle brandeten in ihm auf, dass er kaum noch zusammenhängend denken konnte. *Ich küsse Glenlyons Tochter … Die Enkelin des Mannes, dem es beinahe gelungen ist, das Volk von Glencoe auszurotten. Ich bin ein Verräter … Ich verrate meine Leute! Das darf nicht geschehen!*

Einen Moment lang kam er wieder zur Besinnung und zog sich ein wenig zurück. Marions Brust hob und senkte sich unter seiner, und ihre Körperwärme drang durch den beinahe durchsichtigen Stoff, den sie trug. Ihre verhaltenen Bewegungen ließen seine Erregung gefährlich anwachsen. Wie sehr er sie begehrte! *Was ist nur mit mir los?* So etwas hatte er noch nie bei einer Frau erlebt, und dabei hatte er schon einige gekannt. Oder war er nur deshalb so durcheinander, weil sie zu seinen Feinden gehörte?

Einen Moment lang sah er sie an, wie sie schwer atmend und mit geschlossenen Augen dalag. Ihr Hemd, das an einigen Stellen noch nass war, klebte an ihrer Haut und verbarg nicht besonders viel. Oh! Sein Traum ging weiter. Er legte die Hand auf die schmale Taille der jungen Frau, fasste verstohlen nach dem Hemd und zog es, so langsam er konnte, nach oben. Sie öffnete ihre Katzenaugen und sah zu den geschwärzten Deckenbalken auf. Ihre zarte, blasse Haut fühlte sich unter seinen Fingern an wie allerfeinste Seide. Er umfasste eine runde, volle Brust und massierte sie sanft. Marions Atem ging schneller. Sie stieß eine Art klagendes Stöhnen aus und zog die Unterlippe zwischen die Zähne. Duncans Hand verließ ihre warme Brust und zog eine Spur über die bebende Haut ihres Leibes, bis zum Unterrock und dann bis zu ihrer Hüfte. Seine Finger glitten unter den Wollstoff, um ihn hinunterzuschieben.

Marions Körper spannte sich an, und die junge Frau stieß einen kurzen, heiseren Schrei aus. Duncan hatte gerade noch Zeit, flüchtig das zarte Vlies an diesem verbotenen Ort zu streifen.

»Nein …«

Brüsk stieß sie ihn zurück und zappelte heftig, um ihn abzuschütteln. Sprachlos und verblüfft sah er sie an, ließ sich dann auf den Rücken fallen und schlug die Hände vor das Gesicht. Innerlich verfluchte er sich. *Schwachkopf! Du bist zu weit gegangen, warst zu schnell.* Andererseits hatte sie ihn gewähren lassen, er hatte sie zu nichts gezwungen, und … er hatte sogar den Eindruck gehabt, dass sie ebenso erregt war wie er.

»Es tut mir leid.«

»Ich will nicht… Ich kann nicht.«

»Ich dachte… Also, vor ein paar Minuten hattest du noch nichts dagegen!«

In dem Blick, mit dem er sie musterte, stand eine Mischung aus herber Enttäuschung und kaum verhohlenem Zorn. Sein ganzer Körper schmerzte vor unbefriedigter Erregung.

»Duncan…«

Sie hatte etwas erwidern wollen, überlegte es sich aber im letzten Moment anders. Zorn und Ärger verhärteten ihre rot angelaufenen Züge.

»Wäre es nur für eine einzige Nacht gewesen, Duncan?«

Sie rückte auf dem Bett so weit wie möglich von ihm ab. Sprachlos über ihren unerwarteten Sinneswandel stützte er sich auf einen Ellbogen auf. Mit zitternder Hand griff sie nach dem Plaid, das unter Duncans Ellbogen festklemmte, und zerrte heftig daran, wobei sie ihn ins Wanken brachte.

»So etwas wie eine Trophäe?«

Sie hüllte sich in das Plaid, womit sie ihren praktisch nackten Körper plötzlich dem Blick des jungen Mannes entzog. Ihr Mund verzog sich zu einem Ausdruck des Ekels.

»Eine Trophäe? Aber wovon redest du überhaupt?«

Wie vor den Kopf geschlagen von ihren Worten, hatte er sich aufgesetzt und sah sie verblüfft an.

»Du nimmst Glenlyons Tochter und raubst ihr die Ehre, so ist es doch?«

Er begriff überhaupt nichts mehr. Sie redete, als hätte er versucht, ihr Gewalt anzutun. Das kleine Luder! Sie hatte ihn gewähren lassen und sogar zum Weitermachen angestachelt, indem sie auf seine Zärtlichkeiten reagiert hatte. Und jetzt machte sie ihm Vorwürfe!

»Bist du noch bei Verstand? Soweit ich weiß, habe ich dich zu nichts gezwungen! Es schien dir ganz ausgezeichnet zu gefallen. Aber vielleicht hast du ja Theater gespielt, um mich…«

Abrupt unterbrach er sich. Er wollte sie nicht kränken, aber…

»Was versuchst du mir zu sagen? Dass ich nur eine Hure bin

und die Männer aufreize, um sie dann fallenzulassen? Dass ich das große Spiel gespielt habe?«

Einen Moment lang sah er sie an. Ihre Augen schleuderten Blitze. Mit fast übermenschlicher Willenskraft hielt er sich davon ab, sich auf sie zu stürzen, ihr den hübschen Hals umzudrehen und sie … Er schluckte.

»Hast du denn nicht genau das getan?«, warf er ihr bitter vor. »Ich bin ein Mann, Marion, und du hast mich glauben gemacht, dass du Interesse an mir hast. Was hast du denn geglaubt, wie ich reagieren würde?«

Zusammengekauert unter dem Plaid, hielt sie seinem Blick stand und biss sich auf die Lippen.

»Du wirfst mir also vor, ich hätte dir Gewalt antun wollen?«

Duncans Herz klopfte so heftig, dass er beinahe meinte, er müsse es durch das Zimmer hallen hören. Es wandte ihr den Rücken zu. In der Ferne grollte immer noch der Donner, und über ihnen trommelte der Regen auf die schiefen Dachpfannen.

»Wenn ich wollte, könnte ich dich mit Gewalt nehmen, und das weißt du ganz genau, Marion Campbell«, sprach er weiter und drehte sich wieder zu ihr um. »Ich hätte dich letzte Nacht nehmen können, und in der Nacht davor ebenfalls. Gott weiß, dass es mir nicht an Begierde gemangelt hat. Ein Mann hat gelegentlich Bedürfnisse … Aber ich habe es nicht getan.«

Er schnaubte und bedachte sie mit einem mörderischen Blick. Doch sie zuckte nicht mit der Wimper, was seinen Zorn noch verstärkte.

»Ich bin in Versuchung, dich beim Wort zu nehmen!« Er stürzte sich auf sie, riss ihr das Plaid herunter und presste sie gegen die Wand. Marion wehrte sich mit aller Kraft und stieß unter dem Mund, der sich ihrer Lippen bemächtigte, erstickte Schreie aus. Dann biss sie kräftig zu. Ebenso heftig, wie er sie attackiert hatte, zog er sich zurück, stieß einen schrecklichen Fluch aus und hob die Hand an seine blutige Lippe. Sein wütender Blick durchbohrte sie. Sie war vollständig eingeschüchtert, und er schenkte ihr ein gemeines Lächeln.

»Du bist nur ein dreckiger Bastard, Macdonald.«

Duncan nahm sich einige Augenblicke Zeit, um sich zu fassen, bevor er ihr antwortete. Seine Stimme klang heiser, aber beherrscht.

»Ich wollte dir keine Gewalt antun, Marion Campbell, denn eines Tages werde ich dich nehmen, weil du mich darum anflehst.«

»Nicht in diesem Leben, niemals!«

Er legte eine Hand auf die Türklinke und lächelte ironisch.

»Dann eben in einem anderen. Morgen führe ich dich zu Breadalbane, diesem schleimigen Aal. Jetzt verstehe ich auch, warum er sich deiner bedient. Ihr sprecht beide dieselbe Sprache. Gute Nacht, und schöne Träume.«

Mit diesen Worten stürmte er hinaus und knallte die Tür hinter sich zu.

Noch lange starrte Marion auf die Tür. Zutiefst beschämt über ihr schändliches Verhalten vergrub sie dann das Gesicht im Kopfkissen, um das Schluchzen, das ihr die Kehle zudrückte, zu ersticken. Wie hatte sie nur so dumm sein können! Sie hatte sich bei einem Mann aus Glencoe aufgeführt wie die letzte aller Schlampen. Ihr Körper hatte ihren Geist verraten. Doch zum Glück war sie zur Besinnung gekommen, kurz bevor etwas geschah, das unwiderruflich gewesen wäre.

Es war meine eigene Schuld. Ich hätte mich nicht so gehen lassen dürfen.

Sie zog die Nase hoch und errötete heftig. Die Erinnerung an seine feuchten, warmen Lippen auf den ihrigen, an seine großen Hände auf ihrer Haut, an diese stoppligen Wangen, die über ihr Gesicht strichen, brannte in ihr wie eine Todsünde. Ein Schauer überlief ihren Körper. Sie schloss die Augen und legte die Finger dorthin, wo sein Mund sie berührt hatte. Sein starker, moschusartiger männlicher Körpergeruch, in den sich subtilere Untertöne von Whisky, feuchter Wolle und Holzrauch mischten, haftete noch an ihrem Hemd und im Bett.

Ihre Hand glitt zu ihrer Brust, dann zu ihrem Bauch, und schob sich zwischen ihre Schenkel. Sie seufzte vor Wohlbehagen. All die Empfindungen, die er in ihr erweckt hatte! Neue Gefühle, berauschend und so wunderbar köstlich, dass es beinahe schmerzte. Heftig zog sie ihre Hand zurück. War es immer so zwischen Mann und Frau?

Sie wusste noch nichts von der Liebe. Sie war erst sechs gewesen, als ihre Mutter ertrunken war. Ihr Vater … Über solche Dinge sprach ein Vater nicht mit seiner Tochter. Und was hätte ihr schon die gute, alte Amelia sagen können, die überall nur Schlechtes sah? Natürlich hatte sie schon beobachtet, wie sich Tiere paarten, aber konnte man einen Mann mit einem Deckhengst oder einem Hund vergleichen?

Voller Wonne und willig hatte sie sich Duncans unendlich zärtlichen Händen überlassen. In diesem Punkt hatte er recht gehabt; und es tat ihr leid, ihm ungerechtfertigte Vorwürfe gemacht zu haben. Doch als sie seine Hände auf ihrer nackten Haut gespürt hatte, da war ihr klar geworden, dass alle Barrieren gefallen waren. Die Ereignisse hatten sich zu schnell entwickelt. Und dabei hasste sie es, wenn sie eine Situation nicht in der Hand hatte. Doch genau das war geschehen. Da war sie in Panik geraten und hatte ihn zurückgestoßen. Ihr Verstand hatte die Kontrolle übernommen, so, als hätte sie eine winzige Stimme, die aus dem Nebel auftauchte, aus der süßen Benommenheit gerissen, in die sie sich hatte fallen lassen.

Jetzt würde er sie gewiss verachten. Ihr Herz zog sich schmerzhaft zusammen. Wahrscheinlich war das auch besser so. Sie konnte sich die Torheit nicht erlauben, sich einem Mann hinzugeben, den ihr Clan für den schlimmsten Abschaum der Highlands hielt. Oh! Und dabei hatte sie es sich so sehr gewünscht! Sie war bereit gewesen, ihm ihre Unschuld zu schenken, doch was hätte sie dafür bekommen? Eine leidenschaftliche Liebesnacht, nur um neben einem Mann zu erwachen, der sie verachtete und nichts Eiligeres zu tun haben würde, als jedem, der es hören wollte, zu erzählen, dass er Glenlyons Tochter um ihre Ehre gebracht hatte? Nein, sie würde sich nur jemandem hingeben, der sie wirklich liebte.

Ein ersticktes Stöhnen entrang sich ihrer Kehle. Sie besaß wirklich die gespaltene Zunge einer Schlange. Auch damit hatte er den Nagel auf den Kopf getroffen. Sicherlich hätte sie ihm auch auf andere Weise verständlich machen können, dass zwischen ihnen niemals etwas sein würde! Aber der Drang war stärker gewesen als sie selbst. Ihre Brüder hatten sie gelehrt, sich mit gehässigen Worten zu verteidigen.

Mit einer energischen Bewegung verscheuchte sie den letzten Gedanken. Sie musste sich auf die Mission konzentrieren, die Breadalbane ihr aufgetragen hatte. Nur noch dem Earl die Informationen, die sie erhalten hatte, von Angesicht zu Angesicht überbringen; und dann konnte sie endlich nach Hause zurückkehren und sich in ihr weich gepolstertes Schneckenhaus flüchten, während die Männer ihre Kriegsspiele betrieben.

Erneut sah sie die Bilder ihrer Vision vor sich, und ihr Magen krampfte sich zusammen. Ein leiser Schrei kam über ihre zitternden Lippen, und sie schlug eine eiskalte Hand vor den Mund. Die Schlacht… Sie hatte sie gesehen! Sie hatte alles erlebt, als wäre sie dort gewesen! Der Gestank nach Blut und Schießpulver, die Schreie, das Zischen, mit dem die Klingen durch die Luft fuhren, bevor sie… Duncan, nein! Aber was konnte sie tun, außer für ihn zu beten? Das Schwert der *Sassanachs* würde grausam zuschlagen, sie hatte es gesehen. All das Blut, das den Tartan von Glencoe dunkel färbte…

»Ach, Duncan…«, seufzte sie.

TEIL DREI

Das Leben ist wie ein Festspiel,
bei dem die Menschen die Zuschauer sind.

Pythagoras zugeschrieben

7

Im Vorzimmer einer Kurtisane

Schwer ließ ich mich auf den Sack mit gemahlener Gerste fallen. Eine kleine Staubwolke stieg auf, hüllte mich ein und reizte mich zum Husten. Ich war völlig erschöpft. Die Arbeit in der Brauerei beanspruchte einen großen Teil meiner Zeit, und vor dem Winter war noch so viel zu tun. Nachdem die Männer vor inzwischen drei Wochen das Tal verlassen hatten, standen wir Frauen vor einem Übermaß an Arbeit. Die Ernte, das Salzen und Einlegen des Fleisches, und außerdem mussten die Herden ins Tal zurückgetrieben werden…

Ich hatte sogar mehrfach versucht zu jagen, doch ohne großen Erfolg. Das Rotwild schien zu wissen, dass die Jäger fortgerufen worden waren, um ganz andere Beute zu hetzen; und die Hirsche kamen sogar bis an den Rand unserer Dörfer, um uns zu narren. Daher gaben wir uns damit zufrieden, das Vieh zu schlachten, von dem wir, Gott sei Dank, ausreichend besaßen. Ohnehin hätten wir die gestohlenen Tiere nicht im Herbst auf dem Markt in Crieff verkaufen können.

Von morgens bis abends schnitten die Frauen auf den Feldern Getreide und schwitzten Blut und Wasser. Anschließend wurden Gerste und Hafer vor dem ersten Frost in der Scheune gelagert. Wenn Mutter Natur uns wohlgesonnen war, würden wir gerade genug Korn einfahren, um den Winter zu bestehen. Der Rest würde im Frühling auf den Feldern verfaulen. Wir würden keinen Überschuss erwirtschaften. Die kalte Jahreszeit versprach schwierig zu werden, und wir würden unsere Vorräte rationieren müssen.

Ich verzog das Gesicht und stemmte mich hoch, um an das Kochen der Maische zurückzukehren. Ich musste noch zwei

Fässer mit Malz zum Fermentieren füllen und drei Säcke Gerste wässern. So langsam begann ich zu verstehen, warum die Männer die Arbeit in der Bauerei so sehr schätzten. Nachdem ich nur wenige Stunden lang die von Alkoholdünsten gesättigte Luft geatmet hatte, drehte sich mir der Kopf, und ich fühlte mich berauscht. Vielleicht erschien dadurch die Arbeit ja weniger schwer. Jedenfalls musste jemand sie tun. Da ich Liam schon oft geholfen hatte, verstand ich mich gut genug darauf, dass ich versuchen konnte, ein hausgemachtes Bier zusammenzubrauen. Einige der wenigen Männer, die geblieben waren, kümmerten sich darum, den Whisky zu brennen. Die Männer würden lauthals danach verlangen, wenn sie zurückkehrten … *Sie werden wiederkommen, Caitlin, bete für sie …*

»*Ar n-Athair, a tha air neamh, gum bu naoam a bhios t'ainm; guntigeadh do rioghachd …*« Vater unser, der du bist im Himmel, geheiligt werde dein Name, dein Wille geschehe …

»Mutter! Mutter!«

Ich fuhr heftig zusammen, ließ meinen hölzernen Schöpflöffel fahren und hätte ihn beinahe in der schaumigen Flüssigkeit verloren, von der ein süßlicher Malzduft aufstieg. Als ich mich umdrehte, fand ich mich Auge in Auge mit Frances wieder … Sie atmete schwer, und ihre Wangen waren vom Rennen gerötet.

»Was gibt es?«, fragte ich ein wenig schroff. »Wenn du willst, dass ich noch ein paar Jahre lebe, Tochter, dann solltest du ein wenig mehr Rücksicht auf mein Herz nehmen!«

»Da ist ein Mann, der dich sehen will! Er kommt aus Edinburgh …«

»Edinburgh? Was sollte denn dein Vater in Edinburgh zu tun haben?«

Meine Magengrube zog sich schmerzhaft zusammen. Es war noch viel zu früh, die Schlacht hatte mit Sicherheit noch nicht stattgefunden. Der Earl of Mar hatte noch nicht seine gesamten Truppen versammelt. Und außerdem reisten Gerüchte schnell in den Highlands; wenn etwas geschehen wäre, hätte der Wind es uns gewiss schon zugeflüstert.

Über der mit Rinderblut befleckten Schürze aus Jute knetete Frances, die mich um einiges überragte, nervös ihre Hände. Vielleicht hoffte sie auf einen Brief von Trevor. Letzterer hatte nach ihrer überstürzten Hochzeit versprochen, ihr so bald wie möglich zu schreiben. Doch bis jetzt hatte uns noch kein Brief erreicht. Frances hätte auch abreisen und sich in Dalness niederlassen können, doch sie hatte beschlossen, in Glencoe zu bleiben und dort auf die Rückkehr ihres Liebsten zu warten. Sie hatte behauptet, dass sie mich mit der vielen Arbeit nicht alleinlassen wollte, wofür ich ihr im Übrigen zutiefst dankbar war.

Die Zeremonie des *handfast* war von der Aussicht überschattet gewesen, dass die Männer am nächsten Morgen bei Tagesanbruch abrücken würden. Nur die engsten Verwandten hatten dem Bund als Zeugen beigewohnt. Liam hatte – nicht, ohne zuvor einige *dram* Whisky hinuntergekippt zu haben – die mit einem Band zusammengefügten Hände der beiden Verliebten gesegnet. Ich hätte mir für meine Tochter etwas anderes gewünscht, aber was hatte ich dazu schon zu sagen? Sie hatte es so entschieden. Anschließend hatten Liam, Trevor und meine Söhne sich darangemacht, die einmal geöffnete Flasche Feuerwasser zu leeren, während ich Frances geholfen hatte, in einem entfernten Winkel der Scheune das Hochzeitslager für die beiden zu bereiten. Ein ziemlich ungewöhnlicher Ort für eine Hochzeitsnacht; aber Frances hatte sich geweigert, zu Hause zu schlafen, und es war zu spät gewesen, um noch nach Dalness zu reiten.

Immer noch sah sie mich an und wartete auf eine Reaktion von mir.

»Er wartet im Haus. Er besteht darauf, dir die Nachricht persönlich zu übergeben. Komm schnell, er sagt, dass es dringend ist!«

Ich hängte die Schöpfkelle an das Fass und legte den Deckel auf. Nachdem ich meinen Kittel ausgezogen und mich ein wenig frisch gemacht hatte, folgte ich Frances ins Haus. Der Mann, der wartend vor dem Kamin stand, wandte sich um, schenkte mir ein höfliches Lächeln und neigte leicht das Haupt.

»Madam«, sagte er und richtete sich wieder auf.

Der Unbekannte trug einen langen, braunen Wollmantel von altmodischem Schnitt, der durchnässt und mit Schlamm bespritzt war. Seinen Dreispitz hatte er auf dem Tisch abgelegt, wo er sich zu einer Reitgerte und einer abgeschabten Ledertasche gesellte.

»Ihr wolltet mich sprechen?«

»Ihr seid Mrs. Caitlin Macdonald von Glencoe?«

»Ja, das bin ich.«

Er trat zu der Tasche, wühlte darin herum und zog einen versiegelten Brief hervor.

»Ich habe Anweisung, auf eine Antwort von Euch zu warten«, erklärte er und reichte mir das zerknitterte Schreiben.

Zögernd nahm ich den Brief entgegen und drehte ihn um. Er trug das Siegel des Hauses Keith, der Earls of Marischal. Also stammte er nicht von Liam, sondern von meinem Bruder Patrick. Von neuem wurde mir flau im Magen. Ich wandte mich an Frances, die mich beunruhigt musterte.

»Biete dem Boten etwas zu trinken an, Frances. Und auch zu essen. Gewiss ist er hungrig.«

Dann kehrte mein Blick wieder zu dem Mann zurück, der sich nicht gerührt hatte.

»Und Ihr seid Mr. ...?«

»Malcolm Marshall, Madam.«

»Setzt Euch doch bitte, Mr. Marshall.«

Ich drehte den Brief zwischen meinen Fingern, um ihn von neuem zu untersuchen.

»Wann hat dieser Brief Edinburgh verlassen?«

»Ich bin gestern in aller Frühe aufgebrochen, Madam. Ich bin so rasch wie möglich geritten, aber so, wie die Lage nun einmal ist, musste ich mehrmals einen Umweg einschlagen, um mich nicht Auge in Auge mit den royalistischen Truppen wiederzufinden.«

»Zwei Tage ... Bei dem Hundewetter, das wir haben, ist das sogar ziemlich schnell.«

Er lächelte, dann nahm er vor dem großen Bierkrug Platz, den Frances auf den Tisch gestellt hatte. Zuvor hatte sie ihm seinen Umhang abgenommen und ihn aufgehängt.

»In der Tat, Madam.«

Nervös tippte ich mit dem Finger auf den Umschlag.

»Ich brauche ein paar Minuten, um den Brief zu lesen, dann

komme ich zu Euch zurück.« Ich schickte mich an, den Raum zu verlassen, um auf mein Zimmer zu gehen, doch im letzten Moment drehte ich mich noch einmal zu dem Boten um, der bereits in ein Stück kalten Schinken biss.

»Sagt mir, Mr. Marshall, wisst Ihr, wo derzeit die Highlander-Armee von General Gordon steht?«

Der Mann zog die buschigen Brauen hoch, unter denen vor Müdigkeit gerötete Augen lagen, und legte das Stück Schinken, das er sich hatte einverleiben wollen, auf den Teller zurück.

»General Gordon? Ähem … tut mir leid, Madam, das kann ich Euch nicht sagen. Eines jedenfalls ist sicher; er ist noch nicht zu den Truppen des Prätendenten in Perth gestoßen. Dem Earl of Mar ist es gelungen, die Stadt vor dem Earl of Rothes einzunehmen, mit nur zweihundert Männern unter dem Befehl von Colonel John Hay.«

»Ich nehme an, das ist eine gute Nachricht für uns.«

Mr. Marshall strahlte, wobei er eine Zahnlücke sowie einige weitere Zähne enthüllte, die angesichts ihres Zustandes sicherlich bald ebenfalls verschwinden würden.

»Das ist eine äußerst wichtige strategische Stellung, Mrs. Macdonald! Durch die Einnahme von Perth kontrollieren wir die gesamte Grafschaft Fife, zusätzlich zu dem Gebiet im Norden des Tay.«

Ich schenkte ihm ein Lächeln, obwohl ich seine Begeisterung nicht teilte. Ganz offensichtlich würde der Aufstand das Land mit Feuer und Blut überziehen, und ich sah wahrhaftig keinen Grund, mich darüber zu freuen. Denn das Blut, um das es ging, war das meiner Männer.

»Guten Appetit, Sir. Wenn Ihr noch etwas benötigt, braucht Ihr Euch nur an Frances zu wenden.«

»Danke, Madam.«

Ich ging davon und schloss mich im Schlafzimmer ein. Langsam faltete ich den Brief auf meinen Knien auseinander. Die Schrift war ungleichmäßig, und an einigen Stellen machten Tintenflecken die Buchstaben unleserlich. Er war ganz offensichtlich in Eile verfasst worden. Dennoch erkannte ich die Schrift meiner Schwägerin Sàra.

Edinburgh, den 29. September 1715

Meine teure Caitlin,

das Schicksal hat mich schwer getroffen. In dem Moment, in dem ich dir diese wenigen Zeilen schreibe, bin ich verzweifelt, und das Herz blutet mir. Vor drei Wochen hat man Patrick in den Kerker des Schlosses von Edinburgh geworfen. Ich konnte ihn nicht sehen, aber man hat mir mitgeteilt, dass er eine Verletzung am Bein davongetragen hat. Ansonsten weiß ich nichts über seinen Gesundheitszustand und die Art seiner Verwundung. Er ist bei dem Versuch, die Festung für den Prätendenten einzunehmen, in Gefangenschaft geraten; einem Versuch, der unglücklicherweise mit einem Misserfolg endete. Nachdem der Duke of Argyle in die Stadt eingezogen ist, sind die Parteigänger der Jakobiten entweder geflüchtet oder untergetaucht und nicht aufzufinden. Ich bin niedergeschmettert und fürchte um Patricks Leben. Bitte, hilf mir! Ich schicke dir Mr. Marshall, damit er dich hierherbegleitet, falls du bereit bist, mir Beistand zu leisten. Vielleicht können wir zu zweit eine Lösung finden und Patrick aus seiner misslichen Lage befreien. Ich weiß, dass Erntezeit ist und es dir an Arbeit nicht mangeln dürfte. Wenn es dir unmöglich sein sollte, Glencoe zu verlassen, dann werde ich Verständnis dafür haben und dir neue Nachricht geben, sobald sich die Lage ändert.

Mit herzlichen Grüßen,
Sàra Macdonald Dunn

Ich legte den Brief in den Schoß und betrachtete ihn zerstreut. Mein Bruder im Gefängnis … *A Dhia! Cuidich mi!* Gott helfe mir! Ich musste nach Edinburgh reisen, und wenn auch nur, um Sàra zu trösten. Diese verfluchten Jakobiten! Sobald Gefahr im Verzug war, machten sie sich davon wie Ratten von einem sinkenden Schiff, und Sàra konnte allein zusehen, wie sie meinen Bruder aus seiner Bedrängnis befreite. Von hier aus konnte ich nichts für die beiden tun, höchstens beten, bis mir die Stimme versagte. Doch ich bezweifelte, dass meine Gebete den beiden die Hilfe bringen würde, derer sie bedurften.

Ich seufzte matt und faltete den traurigen Brief sorgfältig zusammen. Ich würde Frances die Arbeit allein überlassen müssen. Aber ich hatte kaum eine andere Wahl. Sie würde mich verstehen und tun, was sie konnte. Ich vertraute ihr. Sie war starrköpfig, und selten verging ein Tag, ohne dass wir einander in die Haare gerieten. Doch sie scheute sich vor keiner Arbeit und war sogar stolz darauf, alles perfekt zu erledigen. Sie würde sich während meiner Abwesenheit um das Getreide kümmern.

Die Brauerei würde ich dem guten alten Malcolm Macdonald anvertrauen müssen. Im Tal war nur eine Handvoll Männer zurückgeblieben, darunter der Chief, John MacIain. Sein Gesundheitszustand hatte es ihm nicht erlaubt, an der Spitze seines Clans zu marschieren. Daher hatte sein Bruder an seiner Stelle den Posten des Captains eingenommen.

Oh, Liam, wo magst du in diesem Augenblick sein? Meine Finger strichen über die Reihe von Kerben, die ich in das Holz des Bettpfostens geschnitten hatte. Langsam ließ ich die Hand über die von der Zeit polierten Einschnitte gleiten. Zwanzig Jahre … So lange lag das nun schon zurück, doch die Erinnerung an diese schreckliche Wartezeit hatte sich meinem Gedächtnis eingebrannt. Ebenso viele Narben in meinem Herzen wie Kerben im Holz. Vierundzwanzig lange Tage, in denen ich darauf gewartet hatte, dass Liam auf der Türschwelle stehen würde; und ebenso viele Nächte, in denen ich in dem leeren, kalten Bett um meinen Geliebten geweint hatte. Dass er nach seiner Freilassung aus dem Edinburgher Tolbooth-Gefängnis nach Frankreich geflüchtet war, war ein verheerender Schlag für mich gewesen. Ich hatte ihn gehasst und verflucht. Die Liebe vergibt, doch sie vergisst niemals …

Nun waren achtzehn neue, ebenso schmerzhafte Einschnitte dazugekommen, die Tag für Tag mein Herz bluten ließen. *Dein Herz wird bald nur noch eine einzige offene Wunde sein, Caitlin. Vielleicht hat es dann endlich genug …* Doch dieses Mal konnte ich Liam nicht böse sein, weil er fortgegangen war. Er war jetzt Soldat.

Einen Moment lang schloss ich die Augen und holte tief Luft. *Was sein muss, das muss sein, Caitlin!* Ich stand auf, steckte den Brief in meine Rocktasche und ging hinaus. Frances schaute von ihrer Flickarbeit auf und sah mich an. Sie war blass, ihr Blick fragend.

»Mutter …?«

»Der Brief ist von deiner Tante Sàra. Patrick sitzt auf Edinburgh Castle im Gefängnis.«

Ihr Mund klappte auf, und sie stieß einen verblüfften Laut aus.

»Aber warum? Was hat er denn getan?«

Ironisch verzog ich den Mund.

»Die Jakobiten haben versucht, die Festung einzunehmen, doch wie es scheint, ist die Operation fehlgeschlagen. Man hat deinen Onkel festgesetzt und in Ketten gelegt.«

»Und Tante Sàra?«

»Sie braucht mich, Frances.«

Einen Moment lang sah sie mich reglos an. Dann legte sie das Kleidungsstück, an dem sie gearbeitet hatte, in den Korb, der zu ihren Füßen stand, und faltete die Hände auf den Knien.

»Wann brichst du auf?«, fragte sie mit vorgetäuschter Gelassenheit.

Ich wandte mich dem Fremden zu, der in einem der Lehnstühle am Feuer in aller Ruhe seine Pfeife rauchte. Als er bemerkte, dass ich ihn ansah, stand er auf, hüstelte und nahm die alte Pfeife aus vergilbtem Knochen aus dem Mund.

»Wir können aufbrechen, sobald Ihr gepackt habt, Madam.«

»Gut, dann also morgen früh, Mr. Marshall. Ihr braucht Ruhe, und ich muss meinen Leuten noch Anweisungen geben, bevor ich das Tal verlasse.«

»Wie Ihr wünscht, Madam«, gab er zurück, sichtlich froh darüber, sich einige Stunden Schlaf gönnen zu können.

Drei Tage später befand ich mich in Edinburgh und wartete in der kleinen, dunklen Eingangshalle von Patricks Haus. Im Laufe der Jahre war ich schon öfter hier gewesen; doch heute vermisste ich Sàras herzhaftes, heiseres Lachen, das mich für gewöhnlich empfing. Rasche Schritte klapperten über das Parkett, eine Tür öffnete sich, und dann zeigte sich ein kleines rosiges Köpfchen unter einer makellosen Haube. Das Gesicht leuchtete auf und verzog sich zu einem breiten, herzlichen Lachen.

»Ah! Mrs. Macdonald!«, rief die Köchin aus und riss die Arme in die Höhe.

Sie stürzte auf mich zu und wackelte dabei mit ihrem gewaltigen Hinterteil. Trotz meiner trüben Stimmung musste ich lächeln. Die liebe Rosie! Mit ihrem unablässigen Geplapper, ihrer kleinen Statur und ihren Rundungen erinnerte sie mich immer an eine Henne, die um ihre Küken herumgluckt; nur dass es sich in diesem Fall um Sàra und Patrick handelte.

»Endlich seid Ihr da! Ich hatte schon fast die Hoffnung aufgegeben, dass Ihr kommen würdet! Der Herrin geht es gar nicht gut, also wirklich gar nicht gut, das kann ich Euch sagen!«

Sie nahm mir meinen schweren Wollumhang und die Handschuhe ab und zog mich dann zu der Wendeltreppe, die ins obere Stockwerk führte.

»Gibt es Neuigkeiten?«

Rosie erstarrte mitten auf den Stufen und wandte sich um. Ich wäre fast gegen ihren gewaltigen Bauch geprallt, der drohte, die bis aufs Äußerste gespannte Schürze zu sprengen.

»Mr. Patrick geht es sehr schlecht. Gestern Morgen hat uns Doktor Arthur aufgesucht. Einer seiner Kollegen war vor zwei Tagen im Kerker des Schlosses …«

Sie verzog das Gesicht und schlug verzweifelt die Augen zum Himmel auf.

»Sein Bein ist so dick wie ein schönes rundes Haggis*, und er leidet unter hohem Fieber. Wenn er nicht bald dort herauskommt, hat er nicht mehr lange zu leben.«

»Wird er denn behandelt?«

»Wer weiß? Der Kollege von Doktor Arthur sollte nur feststellen, in welchem Zustand sich die Gefangenen befinden. Ob man sie versorgt… Angesichts des Aufstandes und des ganzen Ärgers weiß ich das nicht, Madam. Aber ich bezweifle, dass man den Aufständischen eine angemessene Versorgung zukommen lässt.«

Im Boudoir empfing mich ein köstlicher Duft nach frisch gebackenem Kuchen. Sàra hatte sich vor dem schmutzigen Fenster

* Spezialität der schottischen Küche: mit Innereien gefüllter Schafsmagen. (Anm. d. Übers.)

auf einen Sessel geworfen. In dem im Halbdunkel liegenden Zimmer herrschte ein unbeschreibliches Durcheinander. Überall auf dem Boden und den Möbeln türmten sich Kleidungsstücke. Der kleine Sekretär bog sich unter Papier- und Bücherstapeln. Ein Tintenfass aus Delfter Porzellan mit blauen Motiven war offen stehen geblieben; eine Feder steckte immer noch darin.

Langsam wandte Sàra mir ihr von Angst und Erschöpfung verwüstetes Gesicht zu. Als sie mich erblickte, schrie sie vor Verblüffung leise auf und brach dann in Tränen aus.

»Oh Caitlin! Ich habe mir so sehr gewünscht, dass du kommen würdest… Ich weiß nicht mehr aus noch ein«, schluchzte sie kurz darauf an meiner tränennassen Schulter.

Ich streichelte ihre langen, blonden Haare, die immer noch schön waren, obwohl sie mit den Jahren leicht nachgedunkelt waren, und küsste sie auf die Wangen.

»Warum hast du so lange gewartet, bis du mir geschrieben hast, Sàra?«

Sie schob sich eine Haarsträhne zurück und schniefte in ihren Ärmel. Ihre schönen grauen Augen hatten die Farbe eines Gewitterhimmels angenommen.

»Ich wollte dich nicht damit belasten. Zuerst habe ich geglaubt, unsere jakobitischen Freunde würden sich für Patrick und die drei Männer, die zusammen mit ihm in Gefangenschaft geraten sind, einsetzen. Aber sie haben keinen Finger gerührt… Und das nach allem, was Patrick für sie getan hat!«

»Du hättest mir trotzdem eher schreiben müssen.«

»Ich weiß… Aber im Tal muss vor dem Winter noch so viel erledigt werden, und die Männer sind fort…«

Sie löste sich von mir, wischte sich mit dem Handrücken die dunkel umschatteten, geröteten Augen und lächelte unbestimmt.

»Hauptsache, du bist da. Rosie hat mir Tee und Kuchen gebracht.«

Sie machte einen Sessel frei, indem sie einen Unterrock auf ein kleines, einbeiniges Tischchen warf, und schob ihn an den niedrigen Tisch, auf dem ein Tablett mit einer dampfenden Teekanne, Porzellantassen und Kuchen stand.

»Komm, setz dich.«

Sie ließ sich wieder auf ihrem Sessel nieder, so dass sie mir gegenübersaß, und schenkte uns mit zitternden Händen Tee ein.

»Erzähl mir, was geschehen ist.«

Ihre Hand schwebte einen Moment über dem Tablett, dann ergriff sie den Teller mit den Kuchenstücken und bot mir davon an.

»Das hätte eine große Eroberung werden können, verstehst du. Stell dir nur vor! Wenn sie das Schloss besetzt hätten, wäre Edinburgh in ihrer Hand gewesen. Gar nicht zu reden von den Vorräten an Waffen und Munition, die im Schloss lagern, und dem schottischen Thronschatz, der dort aufbewahrt wird. Patrick hat mir erklärt, in diesem Falle wäre den royalistischen Regierungstruppen nichts anderes übriggeblieben, als Stirling den Jakobiten zu überlassen und sich nach Süden zurückzuziehen. Lord Drummond war der Kopf hinter diesem gewagten Plan. Er hatte unter den Parteigängern und Freunden des Prätendenten, die sich in Edinburgh befanden, neunzig Männer rekrutiert. Wenn sie Erfolg hatten, sollte jeder Mann einen Offiziersrang sowie eine Prämie von einhundert Pfund Sterling erhalten. Sie hatten einen Verbündeten auf dem Schloss, Corporal Timothy Arthur, vormaliger Standartenträger der schottischen Garde. Er sollte einige Soldaten auf der anderen Seite der Mauer bestechen. Du kennst ja das Sprichwort: *Cluinnidh am bodhar fhèin fuaim an airgi,* selbst der Taube vernimmt das Klingen der Münze! Sie hatten einen Sergeanten, einen Corporal und zwei Wachposten gekauft. Diese Männer sollten oben auf der Nordmauer warten, um ihnen zu helfen, mit zwei Strickleitern hochzuklettern. Der Plan war narrensicher …«

»Zumindest sah es so aus.«

Sàra zuckte die Achseln und biss in einen Kuchen, bevor sie weitersprach.

»Was niemand vorhersehen konnte … Corporal Arthur, der unsere Sache unterstützt, hat wohl mit seinem Bruder darüber gesprochen, Doktor Quinlan Arthur. Und dieser …«

Sie wollte meine Tasse nachfüllen, was ich ablehnte, dann schenkte sie sich selbst nach.

»… dieser muss leider seiner Frau davon erzählt haben, die zu unserem größten Pech offensichtlich nicht auf unserer Seite steht. Sie hat dann ohne Wissen ihres Mannes einem Schreiber im Oberhaus, Sir Cockburn, eine Nachricht geschickt, der sie wiederum an den Gouverneur der Festung weitergeleitet hat.«

»Aber dieser Doktor Arthur …«

»Er ist zutiefst bestürzt. Niemals hätte er geglaubt, dass seine Gattin ihn auf diese Weise hintergehen würde. Arthur ist ein Parteigänger des Prätendenten, genau wie sein Bruder. Er hat einen Eid geleistet und riskiert jetzt sehr viel. Wie er sagt, will er seinen Fehler wieder gutmachen und uns helfen. Aber wir müssen eine Möglichkeit finden, ihn in die Festung einzuschmuggeln, ohne Verdacht zu erregen.«

»Dann wurden die Rebellen in jener Nacht wohl erwartet!«

»Allerdings. Der Gouverneur, der vermutete, dass sie nicht vor Einbruch der Dunkelheit zuschlagen würden, hatte seine Leute erst beim Wachwechsel verdoppelt. Doch die Verschwörer hatten sich zu lange damit aufgehalten, die kleinsten Einzelheiten auszuarbeiten, und unternahmen ihren Überfall viel später als abgesprochen. Als sie am Fuß der Mauer eintrafen und begannen, die Leiter hinaufzusteigen, ertappte man den Wachposten auf frischer Tat und schnitt die Stricke durch, so dass die Männer, die daranhingen, in die Tiefe stürzten.«

»Und Patrick hat zu ihnen gehört.«

Ihre grauen Augen verdunkelten sich, und sie sah auf die bernsteinfarbene Flüssigkeit herunter, die in ihrer Tasse wirbelte.

»Ja.«

»Wer hat dir das alles erzählt?«

»Joseph Small kam unmittelbar darauf zu mir, um mir von dem Zwischenfall zu berichten. Er hat mir erklärt, sie hätten versucht, Patrick wegzubringen. Doch die Garde saß ihnen im Nacken, und wegen seiner Verletzung mussten sie sich damit abfinden, ihn zurückzulassen.«

»Die Bastarde!«

Ich setzte meine Tasse so heftig auf dem Tablett ab, dass das Porzellan klirrte, sprang auf und trat zum Fenster. Ein Wald von Schornsteinen spie dicke Wolken aus schwarzem Ruß aus, die sich wieder auf die Stadt und ihre Einwohner senkten. Ironischerweise stand Patricks Haus direkt unterhalb des Felsens von Castle Rock, auf dem sich die Festung befand und in dessen Granit die Kerkerzellen gehauen waren. Das Mietshaus wurde Blackstone's Land genannt und gehörte einem reichen schottischen Kaufmann, der nach Amerika ausgewandert war und dort sein Glück gemacht hatte. Das schmale Gebäude besaß sechs Etagen, von denen Patrick und Sàra die beiden unteren bewohnten.

»Ihr müsst doch Freunde haben, Bekannte, die ihm helfen könnten, oder? Und mein Bruder Matthew?«

»Matthew stellt ebenfalls Nachforschungen an. Seit dem fehlgeschlagenen Angriff patrouilliert die Garde in der Stadt. Die Anhänger des Prätendenten ziehen den Kopf ein, weil sie Angst haben, ergriffen zu werden.«

»Du musst doch auch jemanden kennen, der nicht zu seinen Anhängern gehört«, beharrte ich und wandte mich wieder zu ihr um.

Sàra hatte sich mit hochgezogenen Beinen auf ihrem Sessel zusammengekauert, die Arme um die Knie geschlungen und das Kinn daraufgelegt. Leeren Blickes starrte sie vor sich hin.

»Ich weiß nicht …«

Sie runzelte ihre feinen Augenbrauen und dachte nach, wobei sie sich auf die Lippen biss. Ihr zerzaustes Haar hing traurig über ihr vollständig zerknittertes Nachthemd. Ich fragte mich, ob sie wohl glücklich mit meinem Bruder war. An ihrer Liebe zu ihm zweifelte ich nicht; davon zeugte schon ihre Verzweiflung. Doch seit sie vier Fehlgeburten hintereinander erlitten hatte, kam sie mir immer bedrückter und distanzierter vor. Sàra, die ich vor überbordender Energie brodelnd kennen gelernt hatte, ließ sich jetzt gleichsam von der Strömung des Lebens dahintragen, ohne gegen die Strudel anzukämpfen. Immer wieder ging sie unter und kam ein Stück weiter erneut an die Oberfläche, ohne auch nur den Versuch zu unternehmen, einen festen Halt zu ergreifen, um nicht erneut zu versinken. *Eines Tages wird sie nicht wieder hochkommen*, dachte ich traurig. *Patrick muss sich mehr um sie kümmern, wenn er diese Geschichte übersteht*. Er widmete sich seiner Sache überaus eifrig und vergaß darüber oft, dass er verheiratet war.

Ich musste die Dinge in die Hand nehmen. In dem Zustand, in dem Sàra sich momentan befand, würde sie das allein niemals schaffen. Aber ich brauchte ihre Hilfe. Doktor Arthur war ein guter Anfang; wir mussten eine Möglichkeit finden, ihn auf das Gelände des Schlosses zu bringen.

Ein leises Kratzen riss mich aus meinen Überlegungen. Rosie steckte die Nase durch den Türspalt.

»Da ist eine Dame, die Euch sehen will, Madam. Ich habe ihr gesagt, dass Ihr niemanden empfangt, doch sie lässt sich nicht abweisen.«

»Wer ist es, Rosie?«

»Lady Stratton.«

»Clementine? Dann führe sie doch nach oben, Rosie!«

Die Köchin runzelte die Stirn und schaute sich missbilligend im Zimmer um.

»In dieses Tohuwabohu, Madam? Das schickt sich aber nicht!«

Sàra brach in ihr heiseres Lachen aus, das, da war ich sicher, bis in die kleine Eingangshalle schallen musste, wo die Besucherin wartete. Sie sprang auf und stellte sich vor Rosie hin, die sie mit spitzer Miene musterte.

»Dann hast du wohl noch nie Lady Strattons Gemächer besucht, meine teure Rosie. Und ich versichere dir, dass sie an meinem Aufzug keinen Anstoß nehmen wird.«

Rosie warf ihrer Herrin einen ungehaltenen Blick zu und schloss die Tür hinter sich.

»Die arme Rosie!«, prustete Sàra und griff nach dem Unterrock, um hineinzuschlüpfen. »Sie ist so gut zu mir, aber sie kann manchmal auch schrecklich engstirnig sein!«

Ich half ihr, ihren Unterrock zu befestigen, während sie ihre Strümpfe anzog. Gerade, als ich ihr Kleid fertig zugeschnürt hatte, öffnete sich die Tür, und eine bezaubernde kleine Brünette stürzte unter einem seidigem Rascheln von Stoffen und Spitzen herein.

Lady Stratton zog ihre Glacéhandschuhe aus und legte sie zusammen mit ihrem Cape auf die Rückenlehne eines Kanapees.

Ihr *Contuche*-Kleid* aus Kattunstoff, der cremefarbene Blumen auf einem blassrosa Hintergrund zeigte, schmiegte sich eng an ihre üppigen Formen, die wirkten, als wollten sie dem fest geschnürten Mieder entkommen, und nur von einem fast transparenten Umschlagtuch verhüllt wurden. Ein Häubchen aus gestärkter französischer Spitze bedeckte ihr Haar, das oben auf ihrem Kopf zu einer glatten Frisur aufgesteckt war. Ein paar widerspenstige Locken hingen herunter und gaben einen hübschen Rahmen für ihr wunderschönes Gesicht ab, das nur aus riesigen grünen Augen und einem kirschroten, herzförmigen Mund zu bestehen schien.

»Liebste Sàra!«, rief die Fremde aus und umarmte meine Schwägerin überschwänglich. »Ich habe die schreckliche Nachricht gerade eben erst vernommen, und ich bin vollkommen niedergeschmettert!«

Lächelnd wandte sie sich zu mir um und musterte mich neugierig. Ich sah sie ebenso an. Sàra, die auf wundersame Weise aus ihrer Erstarrung erwacht war, ergriff schließlich das Wort.

»Clementine, lass dir Caitlin vorstellen, die Frau meines Bruders Liam und Patricks Schwester.«

»Sehr erfreut.«

»Sie ist soeben aus Glencoe eingetroffen«, fuhr meine Schwägerin fort. »Sie will mir helfen, Patrick aus dem Gefängnis zu holen.«

»Oh, Sàra! Wenn ich nur früher davon erfahren hätte, wäre ich sofort gekommen, um dir meine Hilfe anzubieten, aber …«

Sie warf mir einen vorsichtigen Blick zu und wirkte ratlos.

»Schon gut, Clementine. Vor Caitlin kannst du offen sprechen.«

Die hübsche junge Frau zuckte die Achseln. »Natürlich hat es niemand für nötig gehalten, mir davon zu berichten«, meinte sie in scherzhaftem Ton.

»Wie geht es deiner Mutter?«, fragte meine Schwägerin und wies auf einen Sessel.

* Auf französische Art geschnittenes Kleid, das einem Morgenmantel ähnelt und während der Rokoko-Zeit beliebt war.

»Ach ...«

Vorsichtig nahm sie Platz und glättete um sich herum die Falten ihres Kleides, dann faltete sie die kleinen, molligen, weißen und sorgfältig gepflegten Hände auf den Knien.

»Ich bin mir ziemlich sicher, dass sie den Winter nicht überleben wird.«

Seufzend betrachtete sie ihre Fingernägel.

»Das Leben hat ihr nichts geschenkt, weißt du. Der Marquess war so freundlich, seinen Leibarzt an ihr Krankenbett zu schicken. Er hat sie einige Male zur Ader gelassen und ihr ein Klistier sowie ein Abführmittel verabreicht. Aber tief in meinem Herzen weiß ich, dass er nichts mehr gegen das Übel ausrichten kann, das sie von innen heraus zerfrisst. Mutter kämpft nicht mehr dagegen an. Der Tod wird eine Erlösung für sie sein; sie leidet so furchtbar.«

Ihr schönes Gesicht verdüsterte sich.

»Das tut mir aufrichtig leid, Clementine«, sagte Sàra.

»Ich tröste mich mit dem Gedanken, dass die letzten Jahre ihres Lebens weniger mühsam für sie gewesen sind. Von dem Geld, das ich ihr schicke, kann sie sich ein hübsches, kleines Cottage am Earn-Fluss mieten und ein Hausmädchen bezahlen.«

»Weiß deine Mutter von dem Marquess?«

Clementine hob eine Augenbraue und verzog unsicher den Mund.

»Ich habe keine Ahnung, vielleicht ... Jedenfalls habe ich ihr nie davon erzählt.«

Sie wedelte mit der Hand, dass ihre Spitzenmanschetten nur so flogen. Dann fuhr sie in ernsterem Tonfall fort.

»Nun lasst uns aber von Patrick sprechen! So weit man mir berichtet hat, ist er in der Festung gefangen.«

»Ja«, bestätigte Sàra niedergeschlagen und ließ sich wieder in ihren Sessel fallen. »Ich bin verzweifelt, Clementine.«

Die hübsche Brünette setzte eine besorgte Miene auf und krauste gedankenverloren die Nase.

»Ich habe da einen Freund ...«, meinte sie dann ein wenig verlegen. »Vielleicht könnte er uns von Nutzen sein.«

Sàra reckte die Schultern und zog interessiert eine Augenbraue hoch.

»Wer ist es?«

»Lord Thomas Minshaw. Er ist Mitglied des Oberhauses in London. Seit vier Tagen hält er sich in Edinburgh auf und befindet sich auf der Suche nach Zerstreuungen, also …«

»Also?«, hakte meine Schwägerin nach.

»Ich könnte ein kleines Dinner arrangieren und einige seiner Freunde einladen, die Zutritt zur Festung haben. Wie wäre es zum Beispiel mit … Lieutenant-Colonel Stuart?«

Sàra riss Mund und Augen auf und warf mir einen verblüfften Blick zu.

»Dem Gouverneur der Festung? Caitlin, das ist unser Schlüssel, um dort hineinzukommen!«

»Habt ihr einen Plan?«, erkundigte sich Clementine und streckte begierig eine Hand nach den Kuchen aus.

»Bis jetzt nur eine vage Vorstellung«, fuhr Sàra fort und trommelte mit den Fingern unruhig auf ihrem Schenkel herum. »Patrick ist schwer verletzt. Doktor Arthur ist bereit, uns zu helfen, aber so einfach kommt man nicht in den Kerker des Schlosses hinein.«

»Ebenso schwer, wie es ist, wieder herauszukommen«, setzte Clementine hinzu und erhob sich.

Sie ging in dem kleinen Boudoir auf und ab und knabberte dabei zerstreut an ihrem Kuchenstück.

»Schön, gehen wir einmal von dieser Idee aus, die gar nicht übel ist«, fuhr sie fort und blieb vor dem kleinen Sekretär stehen. »Eine Besuchserlaubnis für einen schwer verletzten Gefangenen, das ließe sich schon machen. Aber wie wollt ihr Patrick herausholen?«

»Vielleicht eine Anordnung, ihn zu verlegen?«, schlug ich vorsichtig vor.

Sàras Miene hellte sich auf.

»Aber natürlich! Eine Verlegung! Warum bin ich nur nicht früher darauf gekommen? Aber wer wird uns diesen Befehl beschaffen?«

Clementine hatte sich über den Sekretär gebeugt und durchstöberte die kreuz und quer übereinandergestapelten Papiere. Sie zog ein Blatt hervor, studierte es einen Moment lang und drehte sich dann um. Auf ihren Lippen lag ein triumphierendes Lächeln.

»Du, Sàra!«, rief sie und schwenkte das Papier unter der Nase meiner Schwägerin hin und her. »Du wirst ihn fälschen.«

»Was? Aber das würde ich niemals fertigbringen! Das meinst du nicht ernst! Patrick ist der Meister auf diesem Gebiet ... Nicht ich!«

»Aber ja, du kannst das. Schau, hier ist es dir gelungen, meine Unterschrift perfekt zu imitieren.«

Sàra nahm das Blatt in die Hand und betrachtete es ebenfalls mit zusammengezogenen Augen.

»Ich weiß nicht, Clementine ...«

»Lasst mich mal sehen«, sagte ich, plötzlich sehr neugierig geworden.

Sie reichte mir das Blatt, das mit einer feinen Handschrift und Tintenklecksen bedeckt war. Unter dem Brief befanden sich zwei Unterschriften ... Sie sahen vollständig gleich aus.

»Oh, Sàra!«, rief ich aus und spürte, wie neue Hoffnung in mir aufstieg. »Ich bin mir sicher, dass du in der Lage dazu bist. Aber wir müssen ein Schriftstück auftreiben, das der Gouverneur mit eigener Hand verfasst ... und unterzeichnet hat.«

»Das könnte ich mir verschaffen, Madam Caitlin.«

Ich sah zu der rätselhaften jungen Frau auf. Ihr Gesicht war vor Vergnügen ganz rosig geworden, und sie strahlte glücklich.

»Meine Güte, Ihr scheint ja hochrangige Bekanntschaften zu pflegen! Ein wohlwollender Marquess, ein Lord, der Gouverneur der Festung ... Wen kennt Ihr denn noch?«

Ihr Lächeln wurde breiter, und ein kristallklares Lachen perlte durch das Boudoir.

»Den obersten Richter von Edinburgh, einige wohlbekannte Juristen ... Ich sehe schon, dass Sàra Euch nie von mir erzählt hat. Also werde ich dieses kleine Versäumnis nachholen. Mein wahrer Name lautet Ishobel Todd.«

Verblüfft starrte ich Clementine – oder Ishobel – an.

»Ich stamme aus dem kleinen Tal Glenfiddish und bin das älteste von neun Kindern. Alle Welt hält mich für eine Waise, die Tochter eines reichen Kaufmanns aus Dunbar. Aber das ist nur vorgetäuscht, eine Art Deckmantel.«

»Ein Deckmantel?«

»Aber ja. Versteht Ihr, ich bin, wie soll ich das ausdrücken …«

Auf der Suche nach den richtigen Worten presste sie die Lippen zusammen und schlug die langen schwarzen Wimpern nieder.

»Ich stehe in Geschäftsverbindung zum Marquess of Tullibardine«, erklärte sie schließlich. »Wir haben eine Art Übereinkunft geschlossen.«

»Eine Übereinkunft? Mit dem Marquess of Tullibardine?«

»In der Tat«, fuhr sie fort, offenbar ein wenig verdrossen darüber, dass sie sich noch deutlicher ausdrücken musste. »Der Marquess – William Murray – hat, wie Ihr sicherlich wisst, im vergangenen August auf den Hügeln von Breamar unter der Standarte des Prätendenten die Waffen erhoben. Er und ich sind, wenn man so sagen will, *sehr* gute Freunde …«

So langsam sah ich ein wenig klarer, was ihre ausweichenden Antworten bedeuteten.

»Also haben wir eine kleine Übereinkunft getroffen, die für beide Teile sehr vorteilhaft ist …«

Sie strich eine unsichtbare Falte an ihrem Rock glatt und warf dann Sàra, die offenbar große Anstrengungen unternahm, nicht zu lachen, einen Blick zu.

»Ich verschaffe ihm Informationen, im Austausch für gewisse Annehmlichkeiten.«

»Was für Informationen?«

Sàra konnte sich nicht mehr beherrschen und brach in lautes Gelächter aus.

»Madam Caitlin, ein Mann mag bereit sein, unter der Folter zu sterben, um ein Geheimnis zu wahren. Aber auf meinem Kopfkissen …«

Ich lächelte, ein wenig verlegen über meine Naivität. Eine Kurtisane! Und eine Spionin noch dazu!

Zwei Tage später trafen wir uns in den *äußerst* komfortablen Gemächern von Ishobel Todd, alias Clementine Stratton, wieder. Doch für mich war sie einfach Clementine, um jeglicher Verwirrung vorzubeugen. Ihre Wohnung lag nach Castlehill hinaus, dem makaberen Schauplatz früherer Hexenverbrennungen, und bot einen unverstellten Ausblick auf die Festung.

Hinter einem kleinen Berg aus zerknittertem Papier erscholl ein wütender Schrei. Zum tausendsten Mal zerknüllte Sàra ein Blatt feines Velinpapier und zerriss es. Seit einer Stunde bemühte sie sich erbittert, das Schreiben zu fälschen.

»Das schaffe ich nie!«, schrie sie aufgebracht, holte weit aus und schleuderte die Kugel von sich.

»Ruhe dich ein paar Minuten aus«, schlug Clementine vor und streckte genüsslich die Beine auf dem kleinen, mit blauer Seide bezogenen Kanapee aus, auf dem sie lag.

Sàra warf ihr einen finsteren Blick zu und legte dann mit einer knappen Bewegung ein frisches Blatt vor sich hin, wobei sie unflätige Verwünschungen auf Gälisch murmelte.

»Ich muss es schaffen. Oh, heilige Muttergottes!«, fluchte sie und tauchte die Feder in das Tintenfass.

Ich hob ihren letzten Versuch auf und strich das Blatt auseinander, um mir einen Eindruck von ihren Fortschritten zu verschaffen.

»Aber Sàra! Dieser Brief ist doch sehr gut gelungen! Warum hast du ihn weggeworfen?«

»Nicht gut genug für mich.«

Hilflos zuckte Clementine die Achseln, dann erhob sie sich widerwillig von ihrem kleinen, weichen Nest und trat zu einer Konsole aus Rosenholz, die mit fein gearbeiteten Bronzefiguren geschmückt war. Sie nahm eine Karaffe mit Portwein und schenkte drei Gläser ein.

»Ich ordne eine Pause an, meine Teure.«

Ein Glas stellte sie auf die noch unberührte Seite, die vor Sàra lag. Dann nahm sie mir den zerknitterten Brief, den ich immer noch in der Hand hielt, ab und drückte mir ein zweites zwischen die Finger. Sie machte sich daran, die Schrift des Gouverneurs mit Sàras Nachahmung zu vergleichen.

»Niemand wird das Geringste merken, meine Liebe«, meinte sie, angenehm überrascht von den Fortschritten, die meine Schwägerin gemacht hatte. »Der nächste Brief wird gewiss der richtige sein.«

»Bleibt noch das Problem mit dem Siegel«, merkte ich an und sah mich neugierig in dem kleinen Reich der jungen Kurtisane um.

»Ja, das Siegel …«, sagte sie und wandte sich mir zu. »Daran hatte ich gar nicht gedacht, bis der Adjutant des Lieutenant-Colonel mir die Antwort auf die Einladung brachte, die ich ihm geschickt hatte. Das könnte in der Tat ein … Problem darstellen. Aber für jedes Problem gibt es eine Lösung, nicht wahr?«

Zerstreut betrachtete ich eine herrliche emaillierte Metallschatulle, die mit der Darstellung eines Mannes und einer Frau in einer ziemlich … eindeutigen Stellung geschmückt war.

»Und Ihr habt darüber nachgedacht?«

»Ein wenig, ja.«

Ich strich mit dem Finger über die kühle, glatte Oberfläche des Deckels. Clementine trat zu mir und sprach über meine Schulter hinweg weiter.

»Ich hatte überlegt, das Siegel aus dem Arbeitszimmer des Gouverneurs zu entwenden. Aber dann habe ich erfahren, dass er es immer bei sich trägt.«

»Bei sich?«, fragte ich erstaunt.

»Als Siegelring.«

»Oh! Wie sollen wir es dann fertigbringen, es ihm wegzunehmen?«

Verschmitzt lächelte sie mir zu.

»Es gibt einen Weg, aber ich bezweifle, dass er Euch erfreuen wird.«

Ich überlegte einen Moment lang und setzte dann eine schockierte Miene auf.

»Also nein, nicht das!«, rief ich entsetzt, denn ich verstand mit einem Mal, worauf sie hinauswollte. »Es muss doch noch eine andere Möglichkeit geben, oder?«

»Ich würde es ja selbst tun, Caitlin, aber ich habe Lord Minshaw versprochen … Und was Sàra angeht …«

Sie wandte sich meiner Schwägerin zu, die sie sprachlos und mit offenem Mund anstarrte.

»Der Gouverneur weiß zu genau, wer sie ist. Bleibt nur noch Ihr übrig, meine Freundin. Niemand kennt Euch.«

»Caitlin, du musst das nicht tun!«, rief Sàra und sprang auf.

»Sie braucht doch nur den Ring vom Finger des Gouverneurs zu ziehen, ihn in das Wachs zu drücken und ihm dann wieder anzustecken …«

»Und natürlich wird der Gouverneur nicht das Geringste dagegen haben …«

»Er wird schlafen wie ein Säugling, meine Schöne. Du brauchst ihm nur ein wenig Opiumsirup in ein Glas Wein oder ein anderes Getränk zu mischen.«

»Hmmm …«, meinte ich und rieb mir das Kinn. »Das bedeutet, dass ich an diesem Dinner teilnehmen muss. Und was noch? Soll ich mit ihm nach Hause gehen?«

»Eine Frau ist eine sehr gefährliche Falle, meine teure Caitlin«, erklärte sie zuckersüß. »Und die Männer, die den Verstand zwischen den Beinen haben, lassen sich leicht fangen. Ich weiß, wovon ich spreche.«

Ich begann zu verstehen, warum der Marquess of Tullibardine sich ihrer Dienste bediente. Diese Clementine war wirklich ziemlich aufgeweckt. Doch behagte mir ihr kleiner Plan überhaupt nicht.

Von neuem fiel mein Blick auf die schwere, aus dem Orient stammende Schatulle, die auf der Kommode stand. Clementine, die mein Interesse bemerkt hatte, zog den wunderschönen Gegenstand auf uns zu.

»Mach sie auf.«

Ein seltsamer Ausdruck erschien auf ihrem Gesicht.

»Darf ich? Sie ist herrlich«, meinte ich und hob langsam den Deckel hoch.

Einen Moment lang sah ich sprachlos auf den verblüffenden Inhalt der Schatulle hinunter. Angesichts meiner erschrockenen Miene brach Clementine in Gelächter aus. Dann nahm sie das außergewöhnliche Objekt aus seiner Hülle und reichte es mir.

»Nicht echt, aber man muss doch zugeben, das es ziemlich gut gefertigt ist!«

Ich errötete bis an die Haarwurzeln und weigerte mich, den Gegenstand, der einem aufgerichteten männlichen Geschlechtsteil zum Verwechseln ähnelte, in die Hand zu nehmen. Sàra, die zu uns getreten war, fasste es am unteren Ende an und ließ es spitzbübisch lächelnd langsam hin- und herschwingen.

»Und wozu ist das nun gut?«, fragte sie arglos.

»Kennt ihr das Kamasutra?«

»Nein«, gestand ich und folgte der hypnotisch wirkenden Bewegung des elfenbeinernen Gegenstands.

»Das ist die Kunst der Liebe. In Indien erlernen die jungen Frauen die Regeln des Liebesspiels und die Handreichungen, die dem Manne Lust bereiten. Kama ist der indische Gott der Liebe, und dies hier …«

Amüsiert betrachtete sie den Gegenstand, der jetzt reglos zwischen Sàras Fingern hing.

»Nun ja, ich nehme an, er dient zu gewissen Manipulationen … Ein reicher irischer Importeur, Nathaniel Kelly, hat ihn mir geschenkt. Ein sehr charmanter Mann, der wohl fürchtete, ich könnte ihn zwischen seinen Besuchen vergessen.«

Sie kicherte und nahm den Gegenstand aus den Händen meiner Schwägerin, um ihn genauer zu betrachten.

»Der arme Mann! Sein Schiff ist im Indischen Ozean untergegangen, vor den Malediven. Das hier ist alles, was mir von ihm geblieben ist!«

Ihr Lächeln wurde breiter; und ihre Miene verriet alles über ihre Gedanken. Wir schütteten uns vor Lachen aus. Mit einem Mal jedoch unterbrach uns ein spitzer Schrei, und als wir uns umdrehten, erblickten wir die Zofe, die hochrot angelaufen war und das Objekt aus großen, runden Augen anstarrte.

»Stimmt etwas nicht, Flora?«, brachte Clementine zwischen zwei Hicksern heraus.

»Ähem …«, stieß das junge Mädchen, das offensichtlich wusste, was das Abbild darstellte, hervor. »Aggie schickt mich, Madam … Sie möchte noch einmal die Speisekarte für das morgige Dinner mit Euch durchgehen; es gibt ein kleines Problem.«

»Sag ihr, dass ich in ein paar Minuten hinunterkomme.«

»Ja, Madam …«

Erleichtert stürzte das Mädchen in den Korridor hinaus. Clementine räumte den schönen Gegenstand in seine Schatulle und schloss sie. Dann entschuldigte sie sich und stieg in die Küche hinunter. Lächelnd machte Sàra sich wieder an die Arbeit. Das kleine, spaßige Intermezzo hatte ihr die gute Laune zurückgeschenkt. Ich setzte mich in einen mit Seidendamast bezogenen und mit einer zu den Wandbehängen passendem Goldborte geschmückten Sessel. Dann zog ich die Schuhe aus, legte die Füße auf einen weichen Schemel und benetzte meine Lippen mit dem samtigen, bernsteinfarbenen Nektar. Ich schloss die Augen.

»Kennst du sie schon lange?«

»Wen? Clementine?«

»Clementine oder Ishobel, was dir lieber ist.«

»Ich habe sie vor zwei Jahren beim Earl of Marischal getroffen. Sie hat den Marquess begleitet. Ich mag sie gern. Ich weiß, dass es nicht gut ist, Umgang mit einer Kurtisane zu pflegen, weil es für Gerüchte sorgt, aber sie ist meine einzige richtige Freundin hier.«

Ich öffnete die Augen und sah sie an. Sie beugte sich über ihr Papier und hatte konzentriert die Unterlippe zwischen die Zähne gezogen und die Stirn gerunzelt.

»Bist du glücklich, Sàra?«

Die Feder verharrte über dem Tintenfass.

»Aber ja«, antwortete sie und legte das Schreibinstrument langsam weg, um mich anzuschauen. »Jedenfalls werde ich es sein, sobald Patrick aus dem Gefängnis freikommt.«

»Ich meinte eigentlich, ob du hier in Edinburgh mit meinem Bruder glücklich bist.«

Ihre Wangen liefen rosig an, und kurz wandte sie den Blick ab.

»Ich liebe Patrick, Caitlin, wenn es das ist, was du wissen möchtest. Ich würde ihm überallhin folgen, ohne Fragen zu stellen.«

»Es ist auch nicht deine Liebe zu ihm, an der ich zweifle«, gab ich zurück und fragte mich mit einem Mal, ob ich nicht besser daran getan hätte, das Thema nicht anzusprechen. »Ich fand, in deinen letzten Briefen hast du so traurig geklungen.«

Sie betrachtete ihre mit Tintenflecken verunzierten Finger, damit sie meinem Blick nicht begegnen musste, und lächelte dann bedrückt.

»Vor dir kann ich wohl nichts verbergen, nicht wahr?«

»Du kannst dich überhaupt nicht gut verstellen, Sàra. Dein Gesicht ist wie ein offenes Buch, in dem jedermann deine Gedanken lesen kann. Nun ja, alle bis auf Patrick vielleicht. Möchtest du darüber reden?«

Sie schlug ihre grauen Augen zu mir auf und biss sich auf die Lippen.

»Ich habe es nicht vermocht, Patrick das zu geben, was er rechtmäßig von einer Ehefrau erwarten darf.«

»Wovon redest du?«

»Kinder, Caitlin. Ich bin nicht in der Lage gewesen, ihm die Kinder zu schenken, die er so gern gehabt hätte. Ich habe versagt, verstehst du?«

Ihr Blick verlor sich in den Kugeln aus zerknülltem Papier, mit denen der kompliziert gemusterte orientalische Teppich übersät war.

»Du weißt genau, dass es nicht deine Schuld ist.«

»Es ist nur … Er hätte so gern welche gehabt.«

Ich stellte mein Glas auf der Marmorplatte des kleinen Tisches neben mir ab.

»Sàra, Patrick macht dir keine Vorwürfe deswegen. Er betet dich an.«

Traurig verzog sie den Mund.

»Er hat sich von mir entfernt, Caitlin. Manchmal frage ich mich, ob ich nicht besser daran täte, nach Glencoe zurückzukehren. Ohnehin beginnt das Leben hier mich zu bedrücken. All diese Intrigen und dieser Klatsch … Ich habe genug davon. Es ist mir vollständig gleich, wer der neueste Liebhaber von Lady Bruce ist, und ich kann mich nicht mehr darüber amüsieren, wenn sich William Hawley bei einem offiziellen Dinner beim Earl of Albemarle lächerlich macht.«

»Vielleicht hast du dich ebenfalls von ihm entfremdet. Du

würdest gern in die Highlands zurückkehren, und du weißt, dass er das nicht kann.«

»Oh Caitlin! Was geschieht nur mit uns? Ich habe oft den Eindruck, dass wir einander verlieren.«

Ich schob den Schemel mit dem Fuß weg.

»Patrick und du, ihr solltet euch einmal richtig aussprechen.«

»Ich weiß. Wenn das alles hier vorüber ist ...«

Sie lächelte kläglich und runzelte die Stirn.

»Um noch einmal auf das Siegel des Gouverneurs zu kommen: Ich möchte nicht, dass du dich dazu verpflichtet fühlst. Du begibst dich in Gefahr.«

»Patrick ist mein Bruder. Und außerdem riskiere ich gar nichts!«

»Matthew hat mir erzählt, der Gouverneur sei ein Mann von ziemlich lockeren Sitten. Du wirst doch vorsichtig sein, oder?«

Ich stand auf und lachte leise.

»Dann werde ich eben die Dosis Opiumsirup verdoppeln. Wenn der Gouverneur aufwacht, wird Patrick schon weit fort sein. Apropos, was den Sirup angeht ...«

»Doktor Arthur wird ihn uns besorgen. Wir müssten ihn allerdings noch darum bitten.«

Sie schickte sich zum Aufstehen an, doch ich drückte sie sanft auf ihren Stuhl zurück.

»Lass nur, beende du ruhig deinen Brief. Ich gehe nach unten und spreche mit Clementine darüber. Sie wird jemanden zu ihm schicken.«

Ich nahm mir keine Zeit, die Schuhe wieder anzuziehen, sondern lief rasch die dunkle Treppe hinunter, die ins Erdgeschoss führte und in der Eingangshalle endete. Clementine sprach mit einem Mann, der meinem Blick durch einen Wandvorsprung entzogen war. Wahrscheinlich erteilte sie einem ihrer Hausdiener Anweisungen. »Clementine!«, rief ich und lief über den gewachsten Parkettboden.

Dann erstarrte ich mit einem Mal, als Lady Strattons Gesprächspartner aus dem Schatten trat. Der Mann, der eine englische Uniform trug, neigte respektvoll das Haupt und inspizierte mich mit einem schamlosen Blick.

»Ich … ich …«, stotterte ich. Meine Wangen glühten.

»Ah, meine Freundin! Da seid Ihr ja!«, stieß sie, ihre Überraschung geschickt verbergend, hervor und nahm meine Hand. »Darf ich Euch Lieutenant-Colonel Lachlan Stuart vorstellen, Gouverneur von Edinburgh Castle …«

Immer noch stand ich wie versteinert da. Der Gouverneur schenkte mir ein Lächeln, das eher anzüglich als freundlich wirkte.

»Sehr erfreut, Mrs. Turnhill. Lady Stratton sagte soeben, dass Ihr uns morgen Abend Gesellschaft leisten werdet.«

»Ich hoffe, Ihr seid mir nicht allzu böse, weil ich schon verraten habe, dass Ihr an meiner Tafel sitzen werdet, teure Cousine?«

Sie zwinkerte mir verstohlen zu.

»Ähem … nein.«

Mit den Fingerspitzen strich der Gouverneur abwesend über seinen Dreispitz aus Filz, den er unter dem linken Arm trug. Er zog die Augen zusammen.

»Ein hübsches Gesicht an einem gut gedeckten Tisch ist stets ein angenehmer Anblick«, meinte er und neigte den Kopf leicht zur Seite.

Ohne sein schmeichelndes Lächeln abzulegen, betrachtete er mich von Kopf bis Fuß.

»Vergebt mir, wenn ich unhöflich bin, Lady Stratton, aber es wäre mir eine Ehre, wenn Ihr mir gestatten würdet, bei Tisch neben dieser charmanten Dame zu sitzen.«

Ich warf Clementine, die vielsagend die Augenbrauen bewegte, einen raschen Blick zu.

»Es wird mir eine große Freude sein, Euch dieses Vergnügen zu bereiten, Gouverneur«, erklärte ich und deutete einen Knicks an.

Der Fisch hatte den Köder geschluckt.

8

Der Gouverneur

Der imposante Kronleuchter, der im Esszimmer von einem der Deckenbalken hing, glitzerte im Licht einer Vielzahl von Kerzen. Ich war eingeklemmt zwischen einem gewissen Mr. Daniel Defoe, Politiker, Leitartikler und Pamphletist, und Lieutenant-Colonel Stuart. Wir saßen zu acht geladenen Gästen um die Tafel, die sich unter Tellern aus kostbarem Limoges-Porzellan und Schalen aus fein ziseliertem vergoldetem Silber bog. *Ein kleines, zwangloses Dinner unter Freunden,* hatte Clementine mir versichert. Wir waren beim dritten Gang angekommen. Die Dienstboten, die gerade eben die Reste der fettigen Aale abgetragen hatten, kehrten bereits wieder zurück und trugen Teller, in denen eigenartige, schimmernde Kügelchen in einer grünlichen Sauce schwammen. Ich warf einen verblüfften Blick darauf.

»Auf Französisch nennt man sie *animelles*«, erklärte Lachlan Stuart und beugte sich zu mir herüber, wobei seine gepuderten Locken, die sich aus dem schwarzen Samtband, mit dem er sein Haar im Nacken zusammenhielt, gelöst hatten, meine Wangen streiften.

Widerwillig musste ich zugestehen, dass mein Opfer ein recht stattlicher Mann war. Er war gut gebaut und musste Anfang fünfzig sein. Offenbar hatte er eine umfassende Bildung genossen und führte eine höfliche Rede. Nur sein Blick, der sich wohlgefällig in mein Mieder senkte, verriet seine Gedanken und ließ darauf schließen, wie er vorhatte, den Abend ausklingen zu lassen. Ich gab vor, diesen Mangel an Schicklichkeit zu ignorieren, betrachtete die kleinen Klümpchen, die man mir servierte, und schob sie auf dem Teller, der vor mir stand, in einem See aus Sauerampfersauce hin und her.

»*Animelles*?«

»In Frankreich, am Hof des Regenten, schätzt man sie sehr.«

Er bediente sich ebenfalls, dann nahm er einen Schluck Wein, bevor er weitersprach.

»Nicht dass ich ein spezielles Interesse an allem Französischen hätte, doch ich muss gestehen, dass ich dieses Gericht ganz besonders wohlschmeckend finde. Habt Ihr es noch nie gekostet?«

»Ähem … nein«, antwortete ich und schnitt eines der kleinen Kügelchen in zwei Teile.

Ich versuchte mehr schlecht als recht, entspannt zu wirken, doch meine mangelnde Kenntnis gesellschaftlicher Feinheiten machte mich einigermaßen nervös. Da konnte Clementine mir so viele Blicke zuwerfen, wie sie wollte, um mich zu beruhigen, ich fühlte mich unwohl. Und der Gedanke, dass ich die Gesellschaft zusammen mit diesem Mann verlassen würde, war ebenfalls wenig hilfreich.

Ich steckte mir ein Stück von der unbekannten Speise in den Mund und kaute langsam auf dem Bissen herum, der von feiner Konsistenz war und tatsächlich recht gut schmeckte. Stuart beobachtete mich mit amüsiertem Blick, während ich mir das zweite Stück einverleibte.

»Was sagt Ihr?«

»Köstlich«, gestand ich und streckte die Hand nach meinem Weinglas aus. »Aber was ist es denn nun? Fleisch, würde ich meinen, aber …«

Er beugte sich zu mir herüber, wobei seine Lippen ganz leicht mein Ohrläppchen streiften.

»Schafshoden«, flüsterte er mir zu.

Ich verschluckte mich an meinem Wein. Stuart klopfte mir kräftig auf den Rücken, und dann tauchte ein Taschentuch vor mir auf, das zwischen Mr. Defoes Wurstfingern steckte. Letzterer schüttete sich vor Lachen aus.

»Wollen die kleinen Eilein nicht rutschen, Madam?«, stieß er zwischen zwei unbändigen Lachanfällen aus.

Aus meinen tränenden Augen warf ich ihm einen wütenden Blick zu, nahm aber trotzdem bereitwillig das Taschentuch und wandte mich meinem Nachbarn zu. Puterrot angelaufen und verlegen, weil ich plötzlich im Mittelpunkt stand, wollte ich mich schon entschuldigen. Doch Stuart, der meine Bedrängnis sah, kam mir taktvoll zur Hilfe.

»Mein lieber Defoe«, begann er und beugte sich leicht nach vorn, um ein Brötchen zu ergreifen, das er mir lächelnd anbot, »wie ich hörte, habt Ihr der Politik endgültig abgeschworen, um ein ganz anderes Metier zu ergreifen. Die Schriftstellerei, wie es scheint.«

Daniel Defoe schüttelte seine voluminöse Perücke.

»Die Gerüchte reisen schnell. Nun gut, es stimmt. Im Moment widme ich einen großen Teil meiner Zeit dem Schreiben. Ich bin allerdings noch nicht über einen groben Entwurf meines Werkes hinausgekommen.«

Diskret schob ich meinen Teller weg und wandte mich meinem Nachbarn zu. Die Bewegung war Stuart nicht entgangen, der noch strahlender lächelte.

»Darf man erfahren, welches Genre Euch interessiert?«

»Der Roman; ich trage mich mit dem Gedanken, etwas über einen unglücklichen Schiffbrüchigen zu schreiben, der auf einer verlassenen Insel lebt.«

»Hat Euch dabei zufällig die Geschichte des armen Alexander Selkirk inspiriert?«, fragte Stuart.

Alexander Selkirk war ein Seemann, den man nach einem Streit mit seinem Kapitän auf einer einsamen Insel ausgesetzt hatte, wo er dann von 1704 bis 1709 lebte. Daniel Defoe zuckte die Achseln.

»Schon möglich.«

Er schob sich einen Schafshoden in den Mund und begann hingebungsvoll zu kauen, wobei er die Augen schloss, um den Geschmack besser zu genießen. Angeekelt verzog ich das Gesicht. Er schluckte und spülte mit einem Schluck Wein nach.

»Mit der Politik und ihren Wechselfällen habe ich abgeschlossen, und ich bedaure es nicht. Ich habe wahrhaftig genug Zeit im Gefängnis verbracht.«

»Allerdings; Pamphlete gegen die Regierung zu verfassen,

könnte sich als ein wenig gewagter erweisen, als einen Roman zu schreiben …«

Mit einem Mal erhob sich Clementines kristallklares Lachen und erfüllte den Raum. Der Mann mit dem durchtriebenen Gesicht und den kleinen Schweinsäuglein, der zu ihrer Rechten saß, war mir kurz zuvor als Lord Minshaw vorgestellt worden. Der andere, der links von ihr Platz genommen hatte und mir ohne Unterlass verstohlene Blick zuwarf, kam mir vage bekannt vor, doch es gelang mir nicht, sein Gesicht mit einem Namen zu verbinden. Da er ein wenig zu spät eingetroffen war, hatte man ihn mir noch nicht vorgestellt. Er war elegant in einen Rock aus olivgrünem Seidenbrokat gekleidet, unter dem er eine mit Goldborte abgesetzte und mit Goldknöpfen geschmückte Weste aus ockerfarbener Seide trug. Auf den ersten Blick hätte er für einen Gentleman aus London durchgehen können; doch seine militärisch exakten Bewegungen verrieten, welchen Beruf er ausübte. Welchen Rang er wohl einnahm? Lieutenant? Colonel? Mit seinen edel geschnittenen Zügen und den großen, haselnussbraunen Augen war er ein sehr ansehnlicher Mann. Offensichtlich gefiel er seiner Nachbarin, Emily Cromartie, die ihn mit Blicken verschlang und versuchte, mit ihrem schwindelerregenden Dekolletee, das nur von einem hauchdünnen Schleier verhüllt wurde, seine Aufmerksamkeit zu erregen. Doch als sie bemerkte, dass er in eine andere Richtung sah, begann die junge Frau ein Gespräch mit ihrem Nachbarn zur Linken, der weibliche Reize offensichtlich besser zu schätzen wusste.

Ohne Vorwarnung tauchten vor mir zwei kleine, prall gefüllte und perfekt goldbraun gebratene Wachteln auf, die in einer mit orientalischen Gewürzen parfümierten Sauce aus Sahne angerichtet waren. Einen Moment lang betrachtete ich die knusprigen Vögelchen und seufzte dann. Mein Magen, der an solche Orgien nicht gewöhnt war, begann sich zu beklagen.

»So, so, Stuart«, sagte der Unbekannte. »Ihr habt also die Waffenlieferung verloren, die für die Truppen des Earl of Sutherland vorgesehen war?«

»Ja«, grummelte der Gouverneur und ließ den Wein in seinem Glas kreisen, bevor er daran nippte. »Vierhundert Musketen sind von dem Schiff verschwunden, das wir zu dem Zweck der Lieferung angemietet hatten. Und ich nehme an, dass Ihr, Colonel, Euch den Rest holen werdet, der noch in meinem Magazin verblieben ist. Ihr könnt morgen Eure offizielle Anforderung in meiner Schreibstube einreichen. Befindet sich Euer Regiment in Edinburgh?«

Der Colonel fuchtelte mit einem Wachtelschenkel herum.

»Ja«, antwortete er und tunkte das Fleisch in die Sauce. »Sobald wir uns mit Proviant eingedeckt haben, marschieren wir nach Stirling. Ich habe dreihundert Männer unter meinem Befehl. Wir brauchen dringend Verstärkung. Im Moment sind die feindlichen Truppen uns zahlenmäßig überlegen. Der Magistrat von Glasgow hat uns siebenhundert Mann zur Verfügung gestellt, doch das reicht noch lange nicht. Die Armee des Earl of Mar ist um ein Regiment von fünfhundert Soldaten unter der Führung des Earl of Breadalbane angewachsen, und um ein weiteres von fünfhundert Mann unter dem Befehl des Marquess of Tullibardine.«

Ich hob den Blick von meiner kleinen, verrenkten Wachtel, um Clementine anzusehen, denn mir wurde mit einem Mal klar, dass ich mich auf feindlichem Territorium befand. Der Colonel tupfte sich den Mund mit der Ecke seiner Serviette ab und strich sich dann eine braune Strähne, die ihm in die Augen fiel, zurück.

»Wir haben außerdem erfahren, dass im Norden ein französisches Schiff mit einer vollen Ladung Waffen und Munition gelandet sein soll.«

»Die Dinge werden bald in Bewegung kommen«, bemerkte ein gewisser Jeremy Carpenter, der bis jetzt den Mund nur aufgemacht hatte, um sich etwas hineinzustecken. »Über wie viele Männer verfügt unser teurer ›wankelmütiger John‹ denn insgesamt?«

»Zusammen mit dem Heer von Brigadier Mackintosh schätzt man, dass er fast achttausend Mann hat, von denen der Duke of Argyle nur zweitausend stellt. Aber wir erwarten noch die Einheiten der Clans aus dem Norden, die vom Earl of Sutherland kommandiert werden«, fuhr der Colonel fort.

Eine Hand legte sich auf meinen Schenkel und begann die nachtblaue Seide meines Kleides, das mir Clementine geliehen hatte, zu betasten. Ich räusperte mich leise und bewegte mein Bein, um es der vorwitzigen Hand zu entziehen.

Der Colonel, der erriet, welches Spielchen da unter dem Tisch vor sich ging, wandte mir seinen lebhaften Blick zu und verzog spöttisch die Mundwinkel.

»Interessiert Ihr Euch für den Aufstand, Madam?«

Clementine fiel ein und beeilte sich, mich vorzustellen.

»Turnhill, Joan Turnhill.«

Ich steckte die Nase in mein Glas, das Stuart soeben nachgefüllt hatte. Doch ich sah, dass der Colonel eine Antwort erwartete, und bequemte mich, sie ihm zu geben.

»Das Kriegspielen überlasse ich den Männern, Colonel. Ich bin für einige Tage bei meinem Bruder zu Besuch und habe die Gelegenheit genutzt, meine Cousine zu begrüßen, bevor ich wieder nach Berwick abreise.«

Ich hatte das Szenario heruntergerasselt, das Clementine und ich noch heute Morgen sorgfältig ausgearbeitet hatten. Der Mann musterte mich mit berechnendem Blick, was mein ungutes Gefühl noch verstärkte. Ich hatte den unangenehmen Eindruck, diesen nussbraunen Augen schon einmal begegnet zu sein, und das verunsicherte mich. Der Colonel wandte sich meiner angeblichen Cousine zu, die das Gespräch gespannt verfolgte.

»Sollte es möglich sein, dass Gott alle Frauen Eurer Familie mit Anmut gesegnet hat, Lady Stratton?«

Lord Minshaw, der vom Alkohol ganz aufgekratzt war, hatte ein rotes Gesicht, das er jetzt zu einem anzüglichen Grinsen verzog.

»Oh! Sie sind wahrhaftig von der Gnade der Götter gesegnet, und ihr Dekolletee ist würdig, mit den schönsten Juwelen des Königreichs geschmückt zu werden!«, rief er aus und steckte die Nase zwischen die Brüste der schönen jungen Frau, die mit einem Kichern darauf reagierte.

»Hmmm«, flüsterte Stuart an meinem Hals, während unter dem Tisch seine Hand zu einer erneuten Attacke überging. »Ihr habt vollständig recht, mein teurer Minshaw.«

Alkohol verdirbt die guten Manieren, dachte ich verbittert. Ich verzog das Gesicht und schob die Tentakel weg, die meinen Schenkel umklammerten. Die zerfetzten Wachtelgerippe traten den Rückweg in die Küche an und wurden sogleich von einer Chiffonade-Suppe mit einer Einlage aus fein geschnittenem Grün ersetzt. Wie brachten diese Leute es nur fertig, das alles zu vertilgen?

»Also müssen wir wohl damit rechnen, dass dieser verfluchte John Erskine von einem Moment auf den anderen zur Tat schreitet«, ließ sich Jeremy Carpenter erneut vernehmen.

Er kaute hingebungsvoll auf einem mit Butter bestrichenen Stück Brot herum. Dieser Mann interessierte sich nur fürs Essen und für den Krieg!

»Sagen wir, dass die Zeit zum Handeln gekommen ist«, erwiderte der Colonel. »Ich glaube, dass der Earl of Mar auf Gordons Highlander-Armee wartet, wenn nicht auf den Prinzen selbst.«

Ich betrachtete meinen Löffel, auf dem die grüne Suppe ins Beben geraten war, und legte ihn langsam in den Teller. Mit mühsam vorgeschützter Ruhe hob ich dann den Kopf und begegnete einem Paar halb geschlossener Augen, die mich durchdringend ansahen. Der Colonel lächelte nicht. Mir blieb fast das Herz stehen. *Oh mein Gott, Caitlin! Dieser Mann kann dich und Patrick ins Verderben stürzen!* Instinktiv betastete ich meine Rocktasche, in der das Fläschchen mit dem Opiumsirup und der Brief, der gesiegelt werden musste, steckten. Ein eisiger Schauer überlief mich. Dieser Mann, der mich mit kühler Höflichkeit ansah, war niemand anderer als George Turner, vormals Captain eines Dragonerregiments! Ich hielt dem Blick der haselnussbraunen Augen stand und rechnete jeden Moment damit, dass das Fallbeil heruntersausen würde. Doch Turner schwieg.

»Ah, die Highlander-Armee von der Westküste!«, rief Carpenter aus. »Diese Bande von Wilden ohne Religion und Gesetz!«

Ich griff nach meinem Ehering und drehte ihn müßig um den Finger. Der Colonel hatte die Bewegung bemerkt; ein verschlagenes Lächeln umspielte seine Mundwinkel.

»Und was haltet Ihr von den Highlandern, Mrs. Turnhill?«

Obacht, Caitlin! Eine Fangfrage! Clementine warf mir einen alarmierten Blick zu. Offenbar hatte außer uns niemand bemerkt, was sein plötzlich honigsüßer Tonfall zu bedeuten hatte.

»Ich … ich habe keine Meinung zu diesen Leuten, Colonel Turner«, gab ich zurück und sah dem Mann unverwandt in die Augen.

Jetzt lächelte er ganz offen.

»Tatsächlich? Dann seid Ihr mir ein Rätsel, teure Dame. Ihr müsst so ungefähr der einzige Mensch sein, den die Highlander gleichgültig lassen. Entweder man liebt sie, oder man hasst sie. Erzählt mir doch ein wenig von Euch.«

Clementine, die langsam vor Unruhe außer sich geriet, schob Minshaw, der an ihrem Hals klebte wie ein Blutegel, behutsam von sich. Ich versuchte, eine gleichmütige Miene aufzusetzen. In dem Zimmer war es jetzt wirklich heiß. Mit einem Mal glitt ein feuchter Mund über meinen Hals und meine Schulter, hinterließ eine Speichelspur und senkte sich dann bis zu der Rundung meiner Brust, die aus dem Korsett hervorquoll. Ich bekam keine Luft mehr.

»Ich bin mir sicher, dass Mrs. Turnhill anderes zu tun hat, als sich für diese Barbaren zu interessieren«, verkündete Stuart.

Er legte einen Arm um meine Taille und zog mich an sich. Ich spürte das Fläschchen zwischen meinen Fingern.

Anscheinend aus dem Nichts heraus erschien ein Lakai und beugte sich über Turners Schultern, um ihm ein paar Worte zuzuflüstern. Der Colonel sah zu der Tür, die ins Vestibül führte und wo eine Gestalt auftauchte, um sogleich wieder zu verschwinden. Turner trank einen letzten Schluck Wein, tupfte sich den Mund mit seiner Serviette ab, die er behutsam auf den Tisch legte, und erhob sich.

»Meine Liebe, Ihr müsst mich entschuldigen«, erklärte er mit einer an Clementine gerichteten Verneigung. »Ein Bote, der nicht warten kann. Es dauert nur eine kleine Weile.«

Ohne weitere Umstände ging er hinaus, um mit dem besagten Boten zu sprechen. Von meinem Platz aus konnte ich seinen Gesprächspartner erkennen, einen klapperdürren jungen Mann mit braunem Haar und schlaksiger Haltung. Ich bemerkte sogar, dass ihm zwei Vorderzähne fehlten. Turner, der mir den Rücken zuwandte, schüttelte den Kopf. Dann hob er eine Hand und packte den Boten an der Schulter. Nach dem Gesichtsausdruck des Burschen zu urteilen, tadelte der Colonel ihn. Der junge Mann nickte und verschwand dann. Als Turner zurückkehrte, wandte ich meinen Blick rasch Emily zu, die jetzt von den Highlandern und ihren »Umgangsformen« sprach, und setzte wieder eine distanzierte Miene auf.

»Es heißt, sie wären wie brünstige Tiere«, versicherte die junge Frau mit schalkhaft blitzenden Augen. »Allerdings hatte ich noch nie die Gelegenheit festzustellen, ob das wahr ist.«

Ihr Nachbar brach in ein anzügliches Gelächter aus, das seine Hängebacken und sein mit Sauce verschmiertes Kinn erbeben ließ. Dann kniff er sie ins Hinterteil, worauf sie einen leisen Schrei ausstieß. Wollüstig ließ er seinen schleimigen Genießerblick über ihren Körper schweifen.

»Ich vermag mein Schwert ebenso gut zu führen wie sie, mein Schatz«, erklärte er und warf sich in die Brust. »Und wenn Ihr mir das Futteral zur Verfügung stellt, stecke ich es gern hinein ...«

Rund um den Tisch wurde ordinär gelacht. Vom Alkohol beflügelt, nahm das Gespräch einen freizügigen Lauf.

»Mein lieber Defoe!«, rief Emily aus, »gebt Euch einen Ruck lasst uns ein paar Scharaden raten, ich bitte Euch!«

»Lasst mich ein wenig überlegen«, gab dieser zurück und zog die von buschigen Brauen überschatteten Augen zusammen. »Ihr bringt mich ein wenig in Verlegenheit.«

Er legte seine Gabel ab, mit der er soeben in seine mit Orangenblüten verzierte Crème brulée hatte stechen wollen.

»Ah! Doch wie kann ich mich weigern, wenn ein so hübsches Wesen mich nötigt, meine Zunge zu wetzen?«

Er setzte eine nachdenkliche Miene auf; dann richtete er sich mit einer theatralischen Bewegung auf und bat mit erhobenem Finger um Aufmerksamkeit.

»Angesichts der Umstände müsste Euch dieses Rätsel gefallen. Ich muss es Euch allerdings auf Französisch aufgeben.«

»Ich hoffe, es ist nicht zu schwierig!«

»Selbst Ihr könnt es lösen, wenn Ihr Euch Mühe gebt, kleine Emily.«

Die Männer brachen in abfälliges Gelächter aus, während die junge Frau so tat, als hätte sie die Anspielung nicht verstanden, und erfreut lächelte.

»Hmmm … Der erste Teil: so mögen die Frauen die Männer, wie eine undurchdringliche Mauer … Mein zweites Wort: der weiche, warme Ort, an den ich mich mit meiner Schönen zurückziehen möchte … Und das dritte: dort weinen die Exilierten, ehe sie sich einschiffen … Oh! Gebt zu, dass dieses Rätsel nicht allzu schwierig ist. Und zusammengenommen ergeben die Teile etwas, dessen Ihr Euch, da bin ich sicher, heute Nacht erfreuen werdet!«

Gelächter und Murren. Die Vorschläge flogen nur so über den Tisch.

»Ich mag meinen Mann hart wie einen Fels!«

»Aber das hat nichts mit der undurchdringlichen Mauer zu tun, meine Teure. Versucht es noch einmal.«

»Undurchdringliche Mauer …«, murmelte Emily. »Ein Fort vielleicht?«

»Ah! Fort, ein ›starker‹ Mann, auf Französisch ›fort‹.«

»So ist es!«, lobte Defoe. »Das war der erste Teil … Kommen wir zum zweiten.«

»Also, ich denke da an ein Bett!«, prustete Minshaw.

»Seid doch ein wenig feinsinniger, ich bitte Euch, mein Freund! Ein Bett … das ist doch wie ein …«

»Ein Nest … ›un nid‹!«, rief Clementine, die vor Vergnügen ganz rot angelaufen war.

»Das ist ungerecht; Ihr habt ihr die Antwort ja praktisch in den Mund gelegt!«, empörte sich Emily.

»Wer findet meine dritte Lösung? Dort werden bald die Exilierten weinen …«

»Ah, diese dreckigen Jakobiten! Wenn Schottland von ihnen gesäubert ist, können wir endlich wieder frei atmen!«, stieß Carpenter hervor.

»Bitte, meine Freunde, die Scharade!«, schnitt Clementine ihm ärgerlich das Wort ab.

Ich spürte, dass Turner mich nicht mehr aus den Augen ließ, und geriet in immer größere Verwirrung.

»Mrs. Turnhill, wollt Ihr nicht einen Vorschlag beitragen?«, fragte er mich mit honigsüßer Stimme. »Wo könnten denn die … jakobitischen Exilierten weinen, bevor sie an Bord der Schiffe gehen? Jedenfalls die, die nicht gefangen und aufgehängt worden sind.«

Bastard! Ich warf ihm einen hasserfüllten Blick zu. Warum stellte er mich nicht bloß, da er doch wusste, wer ich war? Amüsierte es ihn, mich zuvor noch ein wenig auf die Folter zu spannen? Ich bohrte die Fingernägel in meine feuchten Handflächen. Mein Kopf drehte sich leicht. *Mein Gott! Das schaffe ich nie!* Alle sahen mich jetzt an und warteten offensichtlich darauf, dass ich antwortete. Ich spürte, wie ein Schweißtropfen zwischen meinen Brüsten hinabrann.

»Auf dem Kai …?«, flüsterte ich.

Der Mann quittierte meine Antwort mit einem Kopfnicken.

»Wunderbar!«, trompetete Defoe. »Kai – ›le quai‹. Und nun alles zusammen: Heute Nacht werdet Ihr …«

»Fort-nid-quai, also ›forniquer‹ …«, deklamierte Emily triumphierend. *Das* Wort kannte ich allerdings und errötete heftig. Die junge Frau hob ihr Glas und brach in Gekicher aus, so dass der Inhalt überschwappte und zwischen ihren Fingern herablief.

Stürmisches Gelächter brandete rund um mich auf. Ich sah in Turners kalte, berechnende Augen. Erst Stuarts vorwitzige Hand auf meinem Mieder holte mich in die Wirklichkeit zurück. Grob stieß ich sie weg, doch der Mann ließ sich einfach nicht abweisen und wurde im Gegenteil immer hartnäckiger, bis er sogar versuchte, die Nase in mein Dekolletee zu stecken.

»Diese Scharade hat mich auf Ideen gebracht, meine Teure …«

Ich entzog mich seiner Schnüffelnase, indem ich abrupt meinen Stuhl zurückschob. Unter allgemeinen Heiterkeitsbekundungen rutschte der Gouverneur unter den Tisch. Nur Turner lachte nicht, sondern beschränkte sich darauf, lauernd zu lächeln und mich aus halb geschlossenen Augen durchdringend anzustarren. Stuart klammerte sich am Tischtuch fest und zog daran. Die noch gefüllten Gläser gerieten gefährlich ins Wanken. Dann stützte er sich auf meinen Knien ab und drückte sie fest. Er lachte leise.

»Ha, ha! Meine süße Joan… Welch eine Muse Ihr seid!«, erklärte er, nicht im geringsten verlegen. »Heute Nacht werde ich mich an der Lösung des Rätsels erfreuen… hmmm…«

Er schenkte mir das gefräßige Grinsen eines nach frischem Fleisch ausgehungerten Wolfes.

»Und Ihr ebenfalls…«, setzte er hinzu.

Das wollen wir doch erst noch sehen! Ich erwiderte sein Lächeln. Langsam glitten seine Finger an meinen Schenkeln hinauf, und ich spürte einen plötzlichen Drang, ihm den Hals umzudrehen. Einstweilen musste ich mich aber zurückhalten.

»Ah, Maitresse!«, begann er in ganz manierlichem Französisch und legte ritterlich eine Hand aufs Herz, bevor er weiterdeklamierte. Ich versuchte mir im Stillen so gut ich es vermochte seine Worte zu übersetzen.

»Ich wollte, Herrin, Eurer Schönheit sterben, / Dem Auge, das mich fest am Haken hält, / für Kuss und Lächeln, voller als die Welt, / in der die süßen Düfte… hmmm… um mich werben…«

»Sind das nicht Verse von Ronsard!«, rief Clementine aus. »Fahrt fort, Gouverneur, das ist exquisit! Ich liebe die französischen Dichter.… Wenn ich auch kaum verstehe, was Ronsard mit seinen Worten sagen will… Sie klingen wie Musik…«

Der Gouverneur sah mir tief in die Augen und fuhr mit sanfter Stimme fort.

»Ich will für dieses blonde Haar verderben…«

Nachdenklich verzog er das rot angelaufene Gesicht und bemächtigte sich einer meiner Locken.

»… für dieses *schwarze* Haar verderben, / Und für die keusche Brust, die sanft sich wellt«, deklamierte er weiter und strich lüstern über mein Mieder.

Ich wollte seinen schamlosen Angriff schon zurückweisen, als er meine Hände ergriff.

»Die süße Hand…«

Fest hielt er meine von der Arbeit schwieligen Hände umschlossen, führte sie zuerst an die Lippen und dann galant an sein Herz, um dann unter den amüsierten Blicken der anderen Gäste seinen schlüpfrigen Vortrag fortzusetzen.

»Die süße Hand, die schnell ein Urteil fällt, / mich rettet oder mich zerschlägt in Scherben. / Ah! Ich sterbe, weil's dem *weißen* Teint gefällt, / für diese Stimme, die zusammenschnürt / das Herz so stark, dass es ihr ganz gehört; / ja, ich will sterben in verliebter Schlacht, / nähren die Liebe, die im Blut mir gärt, / in deinen Armen eine ganze Nacht …«

Eine Hand erhob er zum Himmel, während die andere meine weiter umfasst hielt, und neigte das Haupt. Die Gäste brachen in begeisterte Lobesrufe aus und applaudierten, während ich sprachlos und mit glühenden Wangen auf meinem Stuhl saß und den Siegelring anstarrte, der an seinem Finger glänzte. *Dein Opfer ist bereit, Caitlin!*

Es war Zeit, unseren Plan in die Wirklichkeit umzusetzen. Ich beugte mich zu »Ronsard« hinüber, wobei ich darauf achtete, ihm mein Dekolletee direkt unter die Nase zu halten, und flüsterte ihm mit einschmeichelnder Stimme ins Ohr.

»Es ist spät geworden, Lieutenant-Colonel. Würdet Ihr mich vielleicht nach Hause geleiten?«

Einen Moment lang sah er mich verblüfft an. Dann fand der unausgesprochene Teil meiner Bitte den Weg in sein vom Alkohol umnebeltes Hirn. Er lächelte mir zu, wobei er eine unregelmäßige, aber gepflegte Zahnreihe enthüllte, und erhob sich leicht schwankend.

»Euer Wunsch ist mir Befehl, Madam«, erklärte er und half mir beim Aufstehen.

Clementine lächelte mir gezwungen zu und schickte dann jemanden, um mein Cape zu holen. Ich stand wartend mit ihr in der Eingangshalle, während Stuart seine Kutsche vorfahren ließ, als ich einen Blick im Rücken spürte. Mein Herz zog sich zusammen. Ich wusste, dass Colonel Turner mich beobachtete. Beim Essen hatte ich befürchtet, dass er meine wahre Identität enthüllen würde, doch er hatte es nicht getan. Ich konnte mir keinen Reim darauf machen; ganz gewiss führte er etwas im Schilde. Turner war ein Mann, mit dem nicht zu spaßen war. Das hatte er mir schon vor zwanzig Jahren klargemacht. Ich konnte mich darauf verlassen, dass er versuchen würde herauszufinden, was ich wohl während des Aufstandes im Edinburgh zu suchen hatte.

»Lebt Euer Bruder eigentlich noch in Edinburgh?«, meldete er sich plötzlich hinter mir zu Wort.

Ich fuhr zusammen und drehte mich langsam um. Meine verkrampften Finger krallten sich in den schwarzen Samt meines Capes.

»Ja«, antwortete ich einfach und schützte ein Gähnen vor.

Er setzte ein Lächeln auf, das seine Meinung über meinen ungeschickten Versuch verriet, mich einem Gespräch zu entziehen.

»Und Euer Vater?«

»Mein Vater ist tot.«

»Ach. Seit wann?«

»Seit zwei Jahren«, gab ich zurück, wobei ich sorgfältig seinem forschenden Blick auswich.

»Das tut mir leid, Madam ...«, sagte er nach kurzem Schweigen.

Clementine legte mir sanft die Hand auf den Arm.

»Ist schon gut.«

Sie küsste mich auf die Wangen und zog mich an sich. Ihre Lippen streiften mein Ohrläppchen.

»Vergesst nicht: Wenn es nicht gut läuft, dann schreit. Timothy Arthur wird nicht weit sein.«

Ich drückte ihren Arm, um ihr zu bedeuten, dass ich verstanden hatte. Mit einem angenehmen Rascheln von Seide und Spitzen verließ sie mich, um zu ihren Gästen zurückzukehren. Turner trat auf mich zu. Mit vorgetäuschter Gelassenheit hielt ich seinem Blick stand.

»Und welchen Bruder habt Ihr nun genau besucht? Den Trunkenbold? Wie hieß er noch ...? Ah! Matthew, glaube ich. Oder den anderen, den, der die Feder so geschickt zu führen versteht, Patrick?«

Er hatte sich vorgebeugt und war so nahe an mich herangerückt, dass seine Haare über meine Wangen strichen.

»Steht Patrick nicht im Dienste des Earl of Marischal? Hm ...

Welche Informationen hättet Ihr wohl bei einem Dinner mit treuen Untertanen seiner Majestät, König George, sammeln können?«

Ich biss die Zähne zusammen und schloss die Augen. *Mein Gott, nein!* Er roch angenehm nach einem Eau de Toilette, in dem ich eine Lavendelnote wahrnahm. Als ich die Lider wieder aufschlug, sah ich direkt in seine nussbraunen, von langen Wimpern gesäumten Augen.

»Welch ein Zufall, nicht wahr, dass der Gouverneur Euch nach Hause bringt! Es gibt doch kein besseres Mittel als Liebe und Alkohol, um einem Mann die Zunge zu lösen! Ich frage mich allerdings, ob Ihr heute Nacht viel erreichen werdet. Ich kenne ihn gut genug, um zu wissen, dass Ihr ihn sehr lange bearbeiten müsst, um ihm etwas anderes zu entlocken als seine Säfte.«

Ich errötete heftig und versuchte die Panik, die in mir aufstieg, einzudämmen. Mit wohl bedachter Langsamkeit nahm er meine linke Hand und betrachtete den Ehering, der dort glänzte.

»Ich frage mich, was Macdonald davon hält. Weiß er, was Ihr tut? Oder ist er der Sache so treu ergeben, dass er bereit ist, ihr die Tugend seiner Frau zu opfern?«

Sein Lächeln nahm einen zweideutigen Ausdruck an. Ausgerechnet diesen Moment suchte sich Lachlan Stuart aus, um in der Eingangstür zu erscheinen. Er erstarrte, als er Turner erblickte, wohl in dem Glauben, dieser mache mir den Hof.

»Der Wagen steht bereit«, erklärte er knapp und musterte meinen Gesprächspartner ohne jeden Versuch, seine Verärgerung zu verbergen. »Mrs.Turnhill kommt mit mir. Bedaure, Colonel.«

George Turner gab meine Hand frei, die in der Luft hängenblieb. *Es ist vorbei, Caitlin, jetzt wird er enthüllen, wer du bist.*

»Pardon, Stuart«, sagte er mit einem schmeichlerischen Lächeln. »Ich konnte der Versuchung nicht widerstehen, der Lady eine gute Nacht zu wünschen … Werdet Ihr zurückkehren und noch ein Glas Cognac mit uns trinken?«

Deutlicher konnte die Anspielung nicht ausfallen. Der Gouverneur nahm meinen Arm und musterte mich mit einem gierigen Blick, bei dem Turners Lächeln noch breiter wurde.

»Ähem … Ich glaube, ich werde den Rest dieses überaus angenehmen Abends daheim verbringen, mein Freund. Ich habe noch eine Arbeit zu beenden, die wirklich nicht bis morgen warten kann.«

»Dann sehen wir uns morgen in Eurer Schreibstube wieder. Ich werde dort mit meiner Anforderung auf Euch warten. Gute Nacht, Stuart, Mrs. … Turnhill.«

Er grüßte mich mit einem Nicken und knallte militärisch die Hacken zusammen. Dann drehte er sich um und kehrte in das Esszimmer zurück, wo soeben eine witzige Bemerkung mit anzüglichem Gelächter quittiert wurde. Mein Herz klopfte so heftig in meiner Brust, dass ich meinte, es müsse zerspringen.

»Ihr seid so blass, meine Teure … Kommt, lasst Euch einen kleinen Stärkungstrunk anbieten.«

Ich begegnete meinem Bild im Ankleidespiegel und verhielt einen Moment. Mein Haar, schwarz und schimmernd wie das Federkleid eines Raben, war am Hinterkopf hochgesteckt und fiel in schweren Locken herunter, die meinen Nacken umspielten. Clementine hatte mir für diese Gelegenheit eines ihrer Kleider geliehen. Der Zufall hatte gewollt, dass wir in etwa die gleiche Figur hatten, trotz meiner vier Schwangerschaften und des Umstandes, dass ich gut fünfzehn Jahre älter war als sie. Durch den Müßiggang und das üppige Leben als Kurtisane hatte sie sich einige kleine Polster zugelegt, die ich durch die raue Existenz in den Highlands nicht ansetzen konnte.

Ich betrachtete meine leicht abgespannten Züge. Meine Haut war noch fest und schmiegte sich glatt an meine hervortretenden Wangenknochen und die Augenbrauenbögen. In den Augenwinkeln zeigten sich einige Fältchen; und zwei kleine Furchen bildeten gleichsam eine Klammer um mein sorgfältig aufrechterhaltenes Lächeln … Nichts, das unangenehm anzusehen war. Ich lächelte mir selbst zu. Alles in allem gar nicht so übel für eine »alte« Frau von neununddreißig Jahren. Vielleicht ein wenig zu mager für den Geschmack der Männer, die üppige Kurven bevorzugten. Aber nach den Blicken zu urteilen, die mir Stuart während des gesamten unangenehmen Essens zugeworfen hatte, war ich noch begehrenswert.

Ich nahm eine leise Bewegung im Spiegel wahr. Es war Stuart, der mit einem Glas Cognac herangetreten war, das er mir jetzt über die Schulter reichte, wobei seine Spitzenmanschette meine Wange streifte. Im Spiegel trafen sich unsere Blicke. Der seine war begierig und selbstbewusst, während ich unruhig und ängstlich wirkte. *Was machst du hier, Caitlin?* Ich sah auf das Glas hinunter und nahm es fügsam entgegen. *Los, Caitlin, nimm dich zusammen und stürz dich hinein!* Flüchtig streiften meine Finger das kleine Fläschchen, das sich im teuren Stoff meines Kleides verbarg.

»Einen Moment lang habe ich schon befürchtet, Euch an Colonel Turner zu verlieren.«

Lüstern legte er einen Arm um meine Taille und zog mich an sich. Widerwillig ließ ich ihn gewähren und biss mir auf die Innenseite der Wange.

»Was meint Ihr?«

Ich befreite mich aus seiner erstickenden Umschlingung und lief mit raschelnden Röcken durch das Zimmer. Ganz offensichtlich lebte er nicht hier … Jedenfalls nicht ständig. Die kleine Wohnung war mit sicherem Geschmack eingerichtet, doch eher so, dass es dem weiblichen Geschlecht gefiel. Die Höhle des Löwen! Hierher schleppte er die kleinen Lämmchen, um sie mit Haut und Haaren zu fressen. Ich unterdrückte einen Schauder und warf einen verstohlenen Seitenblick zu dem Bett, das ganz offenbar den Ehrenplatz im Raum einnahm. Hinter mir meldete Stuart sich mit tiefer Stimme zu Wort, und ich fuhr herum.

»Turner hat Euch ja buchstäblich mit den Augen verschlungen …«

»Kennt Ihr ihn eigentlich gut?«

Ich streifte meine zum Kleid passenden Seidenschuhe ab und ließ sie neben dem mit burgunderrotem Samt bezogenen Sessel auf dem Boden liegen.

»Wir haben 1704, im spanischen Erbfolgekrieg, gemeinsam unter dem Duke of Marlborough in Blenheim gedient. Er ist ein guter Soldat. Der Mann ist sehr verschlossen, aber loyal. Er hat nie geheiratet. Ich frage mich, warum … Allerdings habe ich schon einige Male hübsche junge Damen an seinen Rockschößen hängen gesehen. Sind aber nie lange geblieben.«

»Und Ihr? Seid Ihr verheiratet?«

»Interessiert Euch das wirklich, Madam?«

Er schlang eine meiner Haarsträhnen um seinen Zeigefinger und strich mir mit dem Handrücken sanft über die Wange. Ich hob den Blick, setzte ein Lächeln auf, das charmant wirken sollte, und sah in die goldfarbenen, beinahe gelben Augen eines wilden Tieres.

»Nein, nicht wirklich.«

Er löste das Band, das sein Haar zusammenhielt, und legte seinen Rock ab, den er neben meinen Schuhen auf den Boden fallen ließ. Dann begann er, seine elfenbeinfarbene Weste aufzuknöpfen.

»Ihr seid also der Gouverneur von Edinburgh Castle.«

»In der Tat«, stimmte er mir bei und leerte mit einem Zug sein Glas, bevor es hinter sich auf den Tisch stellte.

Er umfasste mich lüstern und ließ die Hände über meinen Rücken und meine Hüften gleiten. Mit abwesendem Blick musterte ich sein leeres Glas. Ich musste rasch eine Möglichkeit finden, ihm den Opiumsirup einzuflößen, ansonsten … Ich schluckte. Immerhin war ich aus freien Stücken hergekommen. Der Mann, der jetzt befriedigt grunzend versuchte, sich meines Mundes zu bemächtigen, erwartete, einige schöne Stunden in meiner Gesellschaft zu verbringen. Auf der Suche nach einem Rettungsanker schweifte mein Blick rasch durch den Raum. Schon attackierten die geschickten Finger des Gouverneurs die Schnürbänder meines Kleides, die unter den auf »französische Art« gelegten Falten in meinem Rücken schwer zu finden waren. *Zeit gewinnen … Du musst Zeit gewinnen …*

»Durch die neue Erhebung«, begann ich zwischen zwei Küssen, »dürfte sich das Gefängnis wohl mit Aufständischen füllen.«

Ein wenig verunsichert unterbrach er sich einen Moment lang und musterte mich argwöhnisch. Mein Kleid begann von meinen Schultern zu rutschen. Ganz offenbar führten die Frauen, die hierherkamen, um sich verführen zu lassen, nicht solche Reden, während er sie auszog.

»Ähem … ja, wir haben schon einige von ihnen bekommen.«

Ich leerte mein Glas und hielt es ihm lächelnd hin.

»Wenn Ihr auch eines nehmt, würde ich gern noch etwas trinken.«

Er sah auf mein leeres Glas hinunter, nahm es und trat an die Konsole. Ich schmiegte mich matt in die Kissen des Kanapees und ergriff das neu gefüllte Glas, das er mir hinhielt. Er stand vor mir und betrachtete mich, sichtlich zufrieden mit dem, was er sah. Ich klopfte neben mir auf das Polster. Stuart zog seine Weste aus und setzte sich auf das Kanapee.

»Und Ihr, Joan, seid Ihr verheiratet? Oder vielleicht Witwe?«

Sein Blick war auf meinen glänzenden Ehering gefallen, den ich nervös an meinem Finger drehte. Ich hatte mich nicht entschließen können, ihn abzunehmen, wie Clementine es mir vorgeschlagen hatte. Dieser Ring stand für Liam und für unsere Liebe, die ich, so fürchtete ich, im Moment aufs Spiel setzte.

»Interessiert Euch das wirklich?«, fragte ich, indem ich seine Worte von eben wiederholte, und schenkte ihm mein unschuldigstes, mädchenhaftestes Lächeln.

Er lächelte verhalten, streckte die Hand nach den Bändern meines Hemdes aus, die lose auf meiner Brust hingen, und zog leicht daran.

»Nein, ich glaube nicht. Jedenfalls nicht, solange es keinen eifersüchtigen Ehemann gibt, der plötzlich und unerwartet mit einer Pistole in der Hand hier auftaucht.«

Er stellte sein Glas auf den Tisch. Eine seiner Hände glitt verstohlen unter meinen Rock und wagte einen kleinen Vorstoß an meinem Schenkel entlang. Ich beugte mich zur Seite, um einen Fuß, den ich unter das andre Bein geschlagen hatte, zu befreien, und verschüttete einen Teil meines Cognacs über mich.

»Oh, pardon!«, rief der Gouverneur aus und konnte den Blick kaum von dem gelblichen Fleck losreißen, der sich auf dem zarten Leinenstoff meines Hemdes ausbreitete.

»Ein wenig Wasser würde schon ausreichen; dann lässt es sich später besser auswaschen.«

»Ja … Nun gut.«

Er ging zur Konsole, nahm den Wasserkrug, der, wie ich vorhin bemerkt hatte, leer war, und murmelte ein paar Verwünschungen.

»Ich lasse Euch einen Augenblick allein, meine Süße. Die verflixte Mrs. Macgraw hat den Krug nicht aufgefüllt, bevor sie gegangen ist.«

Sobald die Tür sich hinter ihm geschlossen hatte, fuhr ich mit zitternder Hand in meine Tasche und zog das kostbare Fläschchen hervor, dessen Inhalt ich in Stuarts noch unberührtes Glas leerte. Ich rührte die Flüssigkeit um, damit sie sich gut vermischte, und setzte das Glas wieder dort ab, wo er es hingestellt hatte. Mein Herz klopfte zum Zerspringen. Ich betete nur, dass die Wirkung rasch eintreten würde. Der Arzt hatte uns versichert, dass es nur einige Minuten dauern würde. Doch hatte er die Dosis gut abgemessen? Ich zitterte vor Angst. Stuart war ziemlich kräftig gebaut. Wenn das Opium nicht die gewünschte Wirkung entfaltete, war es um mich geschehen.

Da ich fand, dass ich selbst genug getrunken hatte, schüttete ich den Rest aus meinem Glas in eine leere Vase. Ich hatte gerade noch Zeit, mich auf das Kanapee zu werfen, als Stuart schon wieder in der Tür stand. Er stellte die volle Kanne vor mich auf den Tisch. Mit einer Kopfbewegung wies ich auf sein Glas.

»Wenn Ihr austrinkt, könnten wir zu etwas anderem übergehen …«

Das ließ er sich nicht zweimal sagen. Blitzschnell leerte er sein Glas und schnalzte mit der Zunge. Dann hob er mich eilig vom Kanapee hoch, als wöge ich nicht mehr als ein Sack Federn, und trug mich zum Bett. Ich flüchtete mich ans Kopfende, während er sich zu entkleiden begann. *Nein! Das geht zu schnell! Das Opium muss Zeit haben, seine Wirkung zu entfalten.*

»Wartet!«, rief ich aus und richtete mich schwankend auf den Knien auf. »Lasst mich …«

Ein Lächeln breitete sich über sein Gesicht. Er wandte sich zu mir um und breitete anbetungsvoll die Arme aus.

»Anmut und Schönheit darf mein Auge kosen, / wenn ich den Garten dieser Brüste sehe …«

Ging das jetzt weiter?! *Deklamiere du nur deine Verse, mein Guter, das wird dir nichts nützen …* Mit leuchtenden Augen kniete er sich auf die Matratze und überließ sich meinen Händen. Ich ließ mir alle Zeit der Welt.

»Und auf dem schwellend runden Rasen gehe / wo Amors Pfeile um die Ziele losen …«

Heftig riss er mich an sich, zerrte an meinem Hemd und entblößte mich bis zur Taille. Zufrieden aufseufzend nahm er eine meiner Brustwarzen zwischen die Lippen, saugte leidenschaftlich daran und ließ dann seinen feuchten Mund begierig über meine Brüste gleiten.

Ich holte tief Luft und schob ihn sanft von mir.

»Ihr sprecht wunderschön«, schmeichelte ich ihm und musste mit einem Mal an die Fabel von dem Fuchs und dem Raben denken.

Wenn ich ihm lange genug Honig ums Maul schmierte, würde ich mein Ziel erreichen. Absichtlich langsam fuhr ich fort, sein Hemd aufzuknöpfen. Sein Lachen brachte meinen Hals zum Vibrieren.

»Ihr inspiriert mich eben, mein Täubchen. Wollt Ihr meine Muse sein?«

»Bin ich das nicht bereits?«

»Oh, ja! Ich habe mich nur gefragt… Müsst Ihr wirklich… nach Berwick zurückkehren? Ihr könntet doch hier einziehen …«

Er murmelte seine Worte in mein Haar hinein. *Oh, dieser abgefeimte Frechdachs!* Er zog sein Hemd aus, und sein gewaltiger Torso hob und senkte sich rasch. Aus seinen halb geschlossenen Augen musterte er mich schamlos. Er stieß mich auf die Matratze und machte sich ungestüm über meinen Mund her. Nun, da er sich an meinem Schenkel rieb, spürte ich sein Begehren mehr als deutlich. Unter den Tatzen dieses elenden Schürzenjägers verging ich fast vor Ekel.

»Wenn ich dich, kleiner Zwillingsberg, erspähe …«

Er stemmte sich auf die Knie und versuchte, den Rest meiner Kleidung abzustreifen. Kurz schlossen sich seine Augen, und er schüttelte sich wie ein nasser Welpe.

»So wie der Rosen… strauch …«

Schwer sackte er neben mir zusammen, ließ sich auf den Rücken fallen und rieb sich die Augen, die ihm schwer wurden. Ich wartete auf die Fortsetzung, doch die kam nicht mehr. Er wandte den Kopf und sah mich mit glasigem Blick an.

»Aber mein Täub … chen … was habt Ihr …«

Die Hand, die er nach mir ausstreckte, fiel schlaff auf meinen Bauch. Ich rührte mich nicht, hielt den Atem an und musterte ihn aufmerksam. Seine geschlossenen Lider zitterten noch; er kämpfte gegen den Schlaf an. Dann wurde seine Hand schwerer. Aus Angst, ihn zu wecken, wartete ich noch ein paar Minuten in vollständiger Erstarrung. Ich hatte es geschafft! Mein Herz schlug so heftig, dass ich ein Stechen in den Schläfen verspürte. Bebend nahm ich seine Hand, an der das Siegel, das ich so sehr begehrte, glänzte. Er grunzte leise und bewegte die Finger. Ich verharrte wie versteinert. *Bleib ruhig, Caitlin, bald wird all das nur noch eine böse Erinnerung sein …*

Ich musste schnell machen. Corporal Timothy Arthur sollte mich im Schatten eines gegenüberliegenden Hauseingangs erwarten, um mich zu Sàra zu bringen, wo sich mein Bruder Matthew und Doktor Arthur aufhielten. Wir mussten Patrick in den kommenden Stunden befreien, vor Sonnenaufgang; denn wir durften das Risiko nicht eingehen, dass der Gouverneur Verdacht schöpfte. Ich zog an dem Ring, der festsaß. Panik überwältigte mich.

Herrgott im Himmel! Verflixter Ring!

Ich ließ seine Hand fallen und sah mich im Zimmer um. Dieser Mann hegte eine ausgesprochene Vorliebe für Luxus und Sinneslust. Wandbehänge aus Damast, die mit Grün und Gold durchwirkt waren, ein Rollschreibtisch aus Mahagoni, der auf Löwenfüßen aus vergoldeter Bronze stand, ein herrliches Ölgemälde, das zweifellos einen von Marlboroughs Siegen darstellte … Eine bedrückende, schwelgerische Umgebung, die einen auf grausame Weise daran erinnerte, dass es solche Männer von zweifelhafter Moral waren, die sich durch Intrigen und Ränke zu Herren der Welt aufschwangen.

Eiligen Schrittes trat ich an den Schreibtisch und öffnete ihn. Stuart war ein ordentlicher Mensch: Seine Papiere waren sorgfältig gestapelt, seine Schreibfedern perfekt ausgerichtet, und seine Schreibunterlage und sein Tintenlöscher sauber. Ich seufzte. Ich musste etwas finden, das mir half, diesen verfluchten Ring von seinem Finger zu lösen.

Ich versuchte mein Glück in dem großen Schrank: Laken, Handtücher, saubere Strümpfe und Hemden. Ah! Ein Rasiernecessaire und einige kleine Gläschen. Ich nahm eines zur Hand. *Feigwurz-Salbe*. Ich schraubte das Töpfchen auf. Der Inhalt roch ranzig, war aber noch streichfähig. Damit müsste ich es schaffen. Unwillkürlich lächelte ich: Feigwurz war ein Mittel gegen Hämorrhoiden.

Jetzt glitt der Ring leicht vom Finger. Ich stieß einen erleichterten Seufzer aus und barg ihn in der Hand. Nun brauchte ich nur noch die Order zu siegeln und alles an seinen Platz zu legen.

Ich sah mich ein letztes Mal um. Der Schreibtisch und der Schrank waren wieder geschlossen. Der Ring schimmerte am Finger seines Besitzers, der in tiefem Schlafe lag. Nachdem ich mein Kleid angezogen und geschnürt hatte, nahm ich den ordnungsgemäß gesiegelten Brief, der neben meinem Cape auf dem Sofa lag, und drückte ihn lächelnd an mein Herz. Ich hatte es geschafft!

Gerade, als ich den kostbaren Umschlag wieder in die Tiefen meiner Tasche steckte, erklangen auf der anderen Seite der Tür Schritte. Sie waren schwer; ein Mann. Dann wurde es wieder still. Sicher hatte Timothy gefunden, dass ich zulange ausblieb, und kam nachsehen …

Es klopfte. Ich nahm mein Cape und legte es mir um die Schultern, während ich zur Tür ging und öffnete. Doch dann blieb ich wie angewurzelt stehen und stand wie erstarrt vor dem Mann, der mich in einer Mischung aus Verblüffung und Zorn musterte. Ich wich einige Schritte zurück und stieß gegen den Sessel. Mit zwei Schritten war Colonel Turner bei mir und drehte mir den Arm auf den Rücken.

»Wollen wir uns etwa aus dem Staube machen, Mrs. Macdonald?«

Mit einer brüsken, schnellen Bewegung riss er mich herum, so dass ich ihn ansehen musste, wobei er mich fest an sich gedrückt hielt. Sein Blick fiel auf das Bett und Stuarts reglosen Körper. Er zog die Augen zusammen.

»Meine Güte, Caitlin, habt Ihr ihn so vollständig erschöpft, oder …«

»Er schläft«, fiel ich mit verhaltener Stimme ein und wehrte mich heftig, um mich von der Faust zu befreien, die mir den Arm zermalmte. »Ihr könnt ja nachsehen.«

Sein eiskalter Blick ließ mich erschauern.

»Dann habt Ihr also bekommen, was Ihr wolltet, meine Teure?«

»Was meint Ihr?«

»Kommt schon, Ihr wisst ganz genau, wovon ich spreche.«

Sein Atem ging laut. Hass verzerrte seine Züge, und er musterte mich überheblich.

»Als Ihr Castlehill verlassen habt, da habe ich mir den Kopf darüber zerbrochen, warum Ihr hier seid, während Euer Gatte und sein Clan mit der Highlander-Armee marschieren. Und dann ist mir etwas eingefallen, das ich vor einigen Wochen gehört hatte, nämlich dass Euer Bruder Patrick in der Festung vermodert.«

Ich biss die Zähne zusammen, damit mir nicht der Unterkiefer herunterklappte. Das war einfach nicht zu begreifen. Er verdrehte meinen Arm ein wenig stärker und entlockte mir einen Schmerzenschrei, was ihm Vergnügen zu bereiten schien.

»Und da sagte ich mir: ›Was könnte Caitlin Macdonald nur von dem Gouverneur der Festung wollen, in der ihr Bruder gefangen sitzt? Purer Zufall oder ein geplantes Zusammentreffen, um einen Handel zu schließen?‹«

Er grinste mir hinterhältig zu.

»Ich habe mich für die zweite Hypothese entschieden. Sagen wir, dass ich gute Gründe hatte zu glauben, dass Ihr so etwas vorhattet. Irre ich mich?«

Seine Finger gruben sich schmerzhaft in meine Haut. Er wartete nicht darauf, dass ich seine Schlussfolgerungen bestätigte.

»Nach dem Augenschein zu urteilen, nehme ich an, dass Eure Dienste mehr als beachtenswert waren. Er sieht ziemlich erschlagen aus.«

»Lasst mich los, Turner.«

Er schüttete sich vor Lachen aus und drückte mir mit der freien Hand die Wangen zusammen.

»Oh nein! Dieses Mal nicht, Caitlin. Ich habe Euch noch einige kleine Fragen zu stellen. Seht Ihr, nachdem ich Euch damals an Dunning übergeben hatte, ist dieser auf mysteriöse Weise verschwunden. Könnt Ihr mich über dieses seltsame Ereignis aufklären? Kein Brief, keine Leiche, nichts! Puff! In Luft aufgelöst!«, rief er aus und schnippte mit den Fingern.

»Ich habe nichts über Lord Dunning zu sagen.«

»Und Euer Gatte? Er ist auf Dunning Manor mit einigen seiner Leute gesehen worden, darunter dem jungen Mann, der zusammen mit Euch nach Lang Craig gekommen war und mit Hilfe eines Dolches fliehen konnte. Dabei hatten wir ihn ordentlich durchsucht, bevor wir ihn ins Loch gesteckt haben. Und wenn ich mich recht erinnere, habt Ihr darauf bestanden, ihm einen kleinen Abschiedsbesuch abzustatten, bevor Ihr nach Dunning Manor gebracht wurdet. Ich hätte an jenem Morgen misstrauisch sein sollen.«

»Ihr seid nichts weiter als ein Bastard, *Colonel* Turner. Und was habt Ihr nun mit mir vor?«

Er schwieg einen Moment lang und schien die Lage abzuwägen, während ich meinerseits das Gleiche tat. Er hatte wohl damit gerechnet, mich hier vorzufinden. Doch offenbar hatte er noch nicht darüber nachgedacht, welches Schicksal er danach für mich bereithalten sollte. Seine Nasenflügel bebten, und ich bemerkte, dass an seinem Hals eine kleine Vene pochte.

»Ich könnte Euch zu Eurem Bruder in die Zelle stecken… Aber ich bin noch nicht fertig mit Euch; und derzeit ist der Gouverneur nicht in der Lage, seine Arbeit zu tun. Ich muss morgen früh nach Stirling aufbrechen; ich nehme Euch mit. Ich glaube, Ihr werdet die Kerkerzellen im Felsen von Stirling ebenso komfortabel finden wie die in Edinburgh.«

»Mit welchem Recht…?«

Die Worte erstarben auf meinen Lippen. Eine uniformierte Silhouette zeichnete sich im Rahmen der immer noch offenstehenden Tür ab. Timothy Arthur hielt seinen Dolch fest in der

Hand. Ich nahm eine schnelle, verschwommene Bewegung wahr, und im nächsten Moment atmete Turner keuchend aus und riss die Augen auf. Seine Finger krallten sich in meine Haut, und dann sank er langsam zu Boden und riss mich mit.

»Alles in Ordnung, Mrs. Macdonald?«, fragte der Soldat und stieß mit dem Fuß Turners Körper, der mich erdrückte, fort.

Krampfartig zitternd und kurz davor, in Tränen auszubrechen, klammerte ich mich an seine Hand.

»Ich ... ich ... glaube schon.«

Behutsam drückte er mich auf den Sessel. Nach einer Weile trat er wieder zu Turner und beugte sich über dessen Leiche.

»Hattet Ihr Zeit, die Order zu siegeln?«

»Ja«, stammelte ich. Langsam kam ich wieder zur Besinnung. »Aber w ... w ... warum habt Ihr ihn getötet?«, fragte ich ihn, immer noch aufgewühlt von dem Ausdruck, der in Turners Augen gestanden hatte, als sich die Klinge in seinen Körper bohrte.

»Ich hatte keine andere Wahl. Er hätte uns angezeigt, und das hätte den Strick für uns bedeutet.«

Mit starrem Blick kratzte er sich das Kinn, vollständig versunken in seine Überlegungen, was er mit der Leiche anfangen sollte. Dann sprang er auf, fasste Turner unter den Achseln und zog ihn zum Bett, wo der Gouverneur immer noch unter der Wirkung der starken Droge schlummerte. Unter allerhand Verrenkungen gelang es ihm, ihn auf die Matratze zu hieven. Ich sah ihm verblüfft zu.

»Was macht Ihr da nur?«

Ein Lächeln überzog seine groben Züge und verlieh ihm einen sadistischen Ausdruck. Kurz dankte ich dem Himmel, dass er auf *meiner* Seite stand.

»Eine kleine Überraschung für Stuart, wenn er erwacht.«

Mit einer knappen Bewegung zog er den Dolch heraus, der immer noch in Turners Rücken steckte, und legte ihn Stuart in die Hand. Dann trat er einige Schritte zurück, um zufrieden sein makaberes Werk zu betrachten.

»Ich glaube, so wird es gehen. Und nun kommt, wir müssen so rasch wie möglich nach Blackstone's Land zurück.«

9

Aufenthalt in Culross

Der Himmel hellte sich auf; bald würde der Morgen anbrechen. Unruhig ging ich vor dem Fuhrwerk auf und ab und sah immer wieder verstohlen zu der Straße, die nach Edinburgh führte.

»Wo bleiben sie nur so lange?«

Sàra war in die Betrachtung der fantastischen Tierköpfe versunken gewesen, welche die kleine normannische Kirche von Dalmeny, die aus einem anderen Jahrhundert stammte, schmückten. Jetzt drehte sie sich zu mir um. Ihre Züge waren verzerrt, ihre Lippen zusammengepresst.

»Und wenn sie gescheitert sind, wenn man sie ergriffen hat?«

Ich warf ihr einen zornigen Blick zu und marschierte erneut los. Unter meinen Schuhsohlen knirschten die Kiesel.

»Ich verbiete dir, so etwas auch nur zu denken, Sàra Dunn!«, rief ich verbittert.

»Sàra«, versetzte Matthew gelassener, »sie schaffen es schon, ihn herauszuholen. Hab Vertrauen …«

»Da sind sie!«, rief ich und wies auf eine Gruppe, die in unsere Richtung kam.

Je geringer der Abstand zwischen den Reitern und uns wurde, umso schmerzhafter verkrampfte sich mein Magen. Es waren wie erwartet vier Pferde, doch ich zählte nur drei Reiter. Sàra, der das ebenfalls aufgefallen war, stieß einen Schrei aus und klammerte sich an meinen Arm. Plötzlich bemerkte ich im grauen Licht des heraufdämmernden Morgens den Körper, der quer über dem Sattel des vierten Tieres lag. Gut, also hatten sie Patrick befreit, aber in welchem Zustand mochte er sich befinden?

»Beeilung!«, brüllte Timothy und sprang von seinem Pferd, bevor es angehalten hatte. »Er fiebert; wir müssen ihn so rasch wie möglich an einen sicheren Ort bringen.«

Wir stürzten zu dem Körper, der schlaff über dem Sattel baumelte. Als die Männer Patrick herunternahmen, um ihn zum Wagen zu tragen, sah ich in das bärtige, abgemagerte und leichenblasse Gesicht und schrie bestürzt auf. In diesem ausgemergelten, zerbrochenen Körper erkannte ich meinen Bruder nicht mehr wieder. Sein verletztes Bein war unterhalb des Knies auf das Doppelte seiner normalen Größe angeschwollen, und eine schleimige, gelbliche Flüssigkeit durchtränkte blutig und ekelerregend seinen Strumpf.

»Diese Ungeheuer!«, rief ich aus, als ich sah, welches menschliche Wrack diese englischen Bastarde aus meinem Bruder gemacht hatten.

Sàra schluchzte. Man versteckte Patrick in einer großen Holzkiste, die speziell für seine Flucht gefertigt worden war. Sollte der Feind uns anhalten, würden wir ihn unter Stroh und Decken verbergen. Im Stillen hoffte ich nur, dass dieses Versteck nicht zum Sarg für ihn würde. Sein Puls schlug unregelmäßig, und er wirkte zutiefst lethargisch.

»Wir stehen seine Aussichten?«, fragte ich den Arzt, der eines seiner Augenlider hochgezogen hatte und in seine erweiterte Pupille sah.

»Ich weiß es nicht«, brummte er und fühlte den Puls des Verletzten. »Schwer zu sagen. Ich konnte ihn noch nicht gründlich untersuchen. Wir mussten schnell machen, und in der Zelle war es zu dunkel, um etwas zu sehen.«

Er zog ein kleines Messer aus der Tasche, aus der eine goldene Uhrkette hing, und schnitt vorsichtig in den Strumpf, den er anschließend zerriss, so dass die Wunde enthüllt wurde. Das Gesicht, das er zog, teilte mir mit, dass die Prognose nicht sehr gut war.

»Herrje! Ich fürchte, ich muss sein Bein operieren. Ein Abszess hat sich gebildet. Betet, dass die Schäden begrenzt sind, ansonsten muss man amputieren.«

Sàra stieß einen leisen, erstickten Schrei aus und wurde kalkweiß. Matthew fing sie auf, als sie zusammenbrach, und legte sie in den Wagen auf das Stroh. Kurz darauf kam sie zu sich und begann erneut zu schluchzen. Sie war erschöpft und mit ihrer Kraft am Ende, wie wir alle. Der Wagen setzte sich gen Westen in Bewegung. Wir folgten dem Lauf des Forth.

Timothy, Doktor Quinlan und Malcolm Marshall tauschten die gestohlenen roten Uniformröcke gegen alte Bauernlumpen. Jetzt mussten wir einen Fährmann finden, der uns über den Forth setzte, um auf dem Nordufer weiterzureisen. Auf diese Weise brauchten wir nicht an den royalistischen Lagern in der Nähe von Stirling vorbeizufahren.

Culross war ein kleines Hafenstädtchen, das einst dank seiner Steinkohlenmine, seiner Salzproduktion und seinem Handel mit Holland floriert hatte. Doch der zunehmende Austausch mit den amerikanischen Kolonien hatte das Ende dieser schönen Zeit eingeläutet. Seither war die Handelstätigkeit in dem Flecken, dessen Häuser auf dem sanft geneigten Gelände an der Mündung des Forth standen, zurückgegangen und stagnierte.

Die Fahrt war ohne Zwischenfall verlaufen. Wir hatten einen Fährmann gefunden, der uns gegen einen Wucherpreis über die mehr als drei Meilen breite Wasserstraße gebracht hatte, die uns vom Nordufer trennte.

Nun warteten wir schon eine Weile vor der lärmenden »Ark-Tavern« im Wee Causeway auf Doktor Quinlan Arthur. Der Mann war auf der Suche nach einem alten Freund von der Universität, der in dem Städtchen wohnte. Ein köstlicher Duft nach Kuchen umschwebte uns und erinnerte mich daran, dass wir seit mehreren Stunden nichts gegessen hatten. Sàra dämmerte auf dem Stroh vor sich hin und hatte den Arm um Patrick gelegt, dessen Zustand sich seit unserem Aufbruch nicht verändert hatte.

Mein Blick verlor sich in der Lücke zwischen zwei Gebäuden, die einmal weiß gewesen sein mussten. Ihre Giebel waren auf flämische Art aus Backsteinen gemauert, und sie waren mit roten, ebenfalls flämischen Dachpfannen gedeckt. In der untergehenden Sonne funkelte der Forth. Zwei ziemlich angetrunkene

Seeleute streiften mich und krachten geradewegs in den mächtigen Bauch des Arztes, der aus der Taverne kam. Einer von ihnen verlor das Gleichgewicht und stürzte auf das staubige Straßenpflaster. Er begann zu schimpfen und zu fluchen und spuckte vor Quinlan auf den Boden. Ich flüchtete mich hinter mein Pferd und hielt die Luft an, denn ich fürchtete, die beiden Männer könnten handgreiflich werden. Doch Quinlan streckte den Arm aus und half dem Betrunkenen beim Aufstehen. Dann entschuldigte er sich höflich für seine Zerstreutheit und reichte ihm ein Geldstück. Über das ganze Gesicht strahlend, taumelte der Matrose mit seinem Kameraden in die Taverne. Ich stieß den angehaltenen Atem aus. Dies war nun wirklich nicht der richtige Moment, um in eine Rauferei zu geraten.

»Tom Ross wohnt gleich um die Ecke, in der Back Causeway«, erklärte der Doktor, während er auf uns zukam.

Er fasste das Pferd, das vor den Wagen gespannt war, am Geschirr und zeigte uns den Weg. Hier schien alles »gleich um die Ecke« zu liegen.

Die Männer legten Patrick auf den Küchentisch des Doktors, und dann brach in dem Hause des Arztes von Culross ein geschäftiges Hin und Her aus. Die Köchin setzte in einem gewaltigen Kessel aus schwarzem Gusseisen Wasser zum Kochen auf und holte saubere Laken, die sie auf eine Bank neben dem Tisch legte. Quinlan öffnete seinen Handkoffer und holte ein ganzes Sortiment von Stahlinstrumenten hervor. Ein angewiderter Schauer überlief mich, als ich mir vorstellte, wozu sie dienen mochten. Tom Ross machte Patricks Bein frei und betrachtete das angeschwollene Glied nachdenklich. Sàra schmiegte sich, eine Tasse heißen Apfelwein in den Händen, hilfesuchend an mich und beobachtete die Szene mit geröteten Augen.

Ross tastete das Bein ab, und Patrick stieß einen Schmerzensschrei aus. Sàra erstarrte und wandte den Blick ab.

»Gut festhalten«, befahl der Arzt Matthew, der den Fuß unseres Bruders hielt.

Er kippte eine großzügig bemessene Menge Alkohol auf die eiternde Wunde und ergriff ein Skalpell.

»Was haltet Ihr davon?«, fragte Quinlan.

»Wir müssen den Abszess säubern und das abgestorbene Gewebe entfernen, damit die Infektion zurückgeht. Was ist diesem Mann zugestoßen?«

»Er ist von einer Mauer gefallen«, erklärte Quinlan, ohne weiter in Einzelheiten zu gehen.

An der medizinischen Fakultät waren er und Ross gute Freunde gewesen, doch konnte man nie wissen, welchem König jemand heutzutage zuneigte; daher war es besser, nicht allzu viel zu verraten.

»Ein Bruch vielleicht?«, meinte Ross und nahm einen vorsichtigen Einschnitt in die Haut vor.

Ein Schwall zäher, bräunlicher Flüssigkeit rann auf das Laken und erfüllte den Raum mit einem widerlichen Gestank. Patrick seufzte, und ich schluckte.

»Ja, vermutlich«, bestätigte Quinlan. »Oje! Ein Zellengenosse hat scheinbar den Bruch gerichtet. Ich vermute, dass die Entzündung durch einen Knochensplitter verursacht worden ist.«

Ross steckte vorsichtig einen Finger in den Einschnitt. Schwindel ergriff mich, und mir brach der kalte Schweiß aus. Wieder stöhnte Patrick. Seine Haut, auf der Schweißtröpfchen glänzten, war furchterregend blass. Quinlan sah ihn an und verzog unentschlossen das Gesicht.

»Wir müssen öffnen, um den Knochensplitter zu entfernen«, erklärte er nach kurzem Überlegen. »Hoffen wir, dass es nicht zu spät ist.«

Patrick öffnete verstört die Augen und erblickte uns. Ein leises Lächeln malte sich auf seinen aufgesprungenen Lippen, das jedoch bald einer schmerzverzerrten Miene wich. Er stieß einen gurgelnden Schrei aus. Ross hatte einen zweiten Einschnitt vorgenommen.

Quinlan zog eine Flasche aus seinem Handkoffer.

»Hebt seinen Kopf an«, bat er Matthew.

Er flößte ihm eine Dosis von der Flüssigkeit ein. Matthew wartete, bis Patrick geschluckt hatte, und senkte seinen Kopf dann behutsam auf den Tisch.

»Das wird schon wieder, Pat«, flüsterte er. Der geteilte Schmerz verhärtete seine Züge.

Nachdem er selbst die Schrecken einer Amputation durchgemacht hatte, bei der er den linken Unterarm verloren hatte, wusste Matthew nur zu gut, was sein Bruder zu ertragen hatte. Ein wenig stolz sah ich zu, wie er dem Verletzten, der sich an seine Weste klammerte und sich vor Schmerzen wand, begütigende Worte zuflüsterte. Matthew hatte einen langen Weg hinter sich. Nach seiner Amputation hatte er sich mehrere Jahre lang dem Alkohol hingegeben, doch eines schönen Tages hatte er sich wieder gefangen. Er hatte eine Stellung bei dem Arbeitgeber meines Vaters, Mr. Carmichael, gefunden. Als Letzterer verstorben war und mein Vater die Goldschmiedewerkstatt übernahm, hatte er sich um die Bücher und Bestellungen gekümmert und meinem Vater die Schreibarbeit abgenommen, so dass er sich vollständig seiner künstlerischen Arbeit widmen konnte.

Eine Zeitlang hatten die Geschäfte floriert. Matthew hatte Carmichaels Nichte geehelicht, die ihm zwei wunderbare Töchter geschenkt hatte, Rosalind und Flora. Er lebte in einer kleinen Mietwohnung in der Advocate's Close, nur wenige Schritte von meinem Vater entfernt, der schließlich seine zärtliche und aufmerksame Zimmerwirtin Mrs. Hay geheiratet hatte.

Dann war in einer eisigen Winternacht mein Vater an einem Fieberanfall gestorben. Matthew hatte sich dazu durchringen müssen, den Laden zu schließen. Wir hatten gefürchtet, dass er sich erneut der Flasche zuwenden würde, doch er hatte durchgehalten. Patrick hatte ihn durch Vermittlung seines eigenen Arbeitgebers und Freundes, des Earl of Marischall, eines glühenden Jakobiten, in den Diensten des Duke of Gordon untergebracht. Und so hatte Matthew sich ganz ohne eigenes Zutun inmitten der leidenschaftlichen Intrigen der Jakobiten wiedergefunden, die danach strebten, einen Stuart auf den Thron von Großbritannien zu setzen.

»Mein Gott!«, stöhnte Sàra und unterdrückte ein Würgen.

Doktor Ross war von seinem Patienten, die jetzt durch das Laudanum betäubt war, weggetreten und hatte Quinlan Platz gemacht. Das Bein war auf mehreren Zoll Länge aufgeschnitten, so dass blutiges, abgestorbenes Fleisch und ein Stück Knochen sichtbar wurden. Behutsam kratzte und schnitt Quinlan das abgestorbene Gewebe heraus und ließ es in eine Schale, die in seiner Nähe stand, fallen.

Die Lampen, die angezündet worden waren, um dem Chirurgen bei der Arbeit zu leuchten, warfen unheimliche Schatten an die Wände. Das in konzentrierte Falten gelegte Gesicht des Arztes wirkte düster. In diesem Licht erinnerte er an einen dämonischen Wahnsinnigen, der frohlockend in dem noch warmen Fleisch eines Kadavers wühlt, den er anschließend bis auf die Knochen sezieren und ausweiden wird. Die Reste würden dann in der Kanalisation landen und von streunenden Hunden und wimmelnden Rattenschwärmen verschlungen werden …

Ich hatte von solchen Forschern gehört, die in Edinburgh und in London aus Mangel an Studienobjekten sogar frisch bestattete Leichen ausgruben, um sie in Stücke zu schneiden. Die Überreste der Körper warfen sie pietätlos in die Gosse wie Metzgerabfälle. Die von Tieren sorgfältig und sauber abgenagten Knochen tauchten dann irgendwann in den Händen von Kindern auf, die sie als Spielzeuge gebrauchten.

»Ich hab's!«, rief Quinlan triumphierend und schwenkte einen winzigen, blutigen Knochensplitter. »Durch die Entzündung hat sich die Heilung des Knochenbruchs verzögert«, erklärte er und goss noch ein wenig Alkohol in die Wunde, bevor er die Wunde schloss. »Wir müssen ihm eine feste Schiene anlegen, damit das Bein richtig zusammenwächst. Hoffen wir, dass die Infektion nicht erneut aufflammt.«

Sàra war jetzt beinahe so blass wie Patrick.

»Ich fühle mich nicht besonders gut …«

»Gehen wir nach draußen«, sagte ich und stand auf.

Ich stellte mich vor meine Schwägerin, damit sie den Arzt nicht sehen konnte, der sich jetzt anschickte, das Bein zusammenzunähen. Auch ich wandte den Blick ab. Ich musste zugeben, dass der Geruch, der in der Küche herrschte, alles andere als appetitlich war. Ich ging zur Tür und zog die arme Sàra, die eine Hand vor den Mund geschlagen hatte, hinter mir her.

Einige Stunden später saßen wir alle um den nämlichen Tisch und aßen eine wunderbar saftige Pastete aus Rindfleisch mit

Zwiebeln, zu der es ganz frisches Bier und schwarzes Brot gab. Sàra allerdings, die immer noch ein wenig grün im Gesicht war, stocherte nur in ihrem Teller herum, während sie zuhörte, wie die beiden Ärzte sich über ihre größten medizinischen Erfolge austauschten. Mein Magen dagegen erhob keine Einwände gegen die Nahrung, die ich ihm zukommen ließ. Ich leerte meinen Teller und wischte ihn mit einem letzten Stück Brot aus, das ich mit einem ordentlichen Schluck Bier herunterspülte.

Die Männer hatten Patrick ins Obergeschoss getragen, in ein kleines, dunkles Zimmer. Wir waren übereingekommen, dass wir so lange hier bleiben würden, bis er in der Lage war, in einer Kutsche zu reisen. Dann würden Sàra, Marshall und er nach Fetteresso aufbrechen, um die Ankunft des Prätendenten auf schottischem Boden vorzubereiten.

Nun, da die Anspannung der letzten Tage von mir gewichen war, empfand ich Liams Abwesenheit noch schmerzlicher. Nach dem Essen, als Sàra nach oben gegangen war, um sich ans Bett ihres Mannes zu setzen, ging ich in den Garten hinaus, um vor dem Schlafengehen ein wenig Luft zu schnappen.

Die Blätter eines Apfelbaums bebten in der Herbstbrise, die mein Haar hochhob und es rund um mein Gesicht fliegen ließ. Ich zog das Plaid fester um meine Schultern und tat ein paar Schritte durch das trockene Laub, bevor ich mich in der Nähe des Gemüsegartens auf einer Holzbank niederließ. Was Liam wohl in diesem Moment tat? Wo mochte er sein? Seit seinem Aufbruch im September hatte ich nichts von ihm gehört und wusste auch nicht, wo sich die Highlander-Armee momentan aufhielt.

Ein Hund kläffte. Von der Straße her klangen gedämpft die Stimmen betrunkener Seeleute. Dagegen konnte ich das Klappern der Töpfe aus der Küche deutlich vernehmen. Für mich klang das Geräusch wie das Aufeinanderklirren von Schwertern, und ich erzitterte vor Furcht.

Hinter mir raschelte das Laub. Ich drehte mich um und erblickte die Silhouette meines Bruders Matthew, der sich näherte.

»Darf ich?«

Ohne auf eine Antwort zu warten, nahm er Platz, beugte sich nach vorn und stützte seinen rechten Ellenbogen auf ein Knie.

»Ich reise morgen ab«, erklärte er ohne Vorrede und sah auf das Gras zwischen seinen Füßen.

»Jetzt schon?«

»Es muss sein, Kitty. Du weißt doch, dass Joan sich halb zu Tode sorgt, wenn ich fort bin.«

Er sah sich im Garten um, als fürchtete er die Anwesenheit indiskreter Zuhörer, und wandte sich mir zu.

»Es gefällt ihr nicht, dass ich für die Jakobiten arbeite.«

»Aber Patrick ist dein Bruder!«, rief ich aus. »Das hier hat nichts mit den Jakobiten oder mit der Sache zu tun!«

Er streckte die Finger seiner rechten Hand, ballte sie dann zur Faust und starrte darauf.

»Du weißt ganz genau, dass alles mit der Sache zu tun hat. Joan begreift das. Sie steht loyal zu mir, aber ihr Name hindert sie daran, mich zu unterstützen. Ihr Onkel, Colonel Richard Munden, kommandiert das 13. Dragoner Regiment der Regierungsarmee. Du siehst also …«

Ich legte die Hand auf den leeren Ärmel seines abgetragenen Rocks und drückte seinen Arm zum Zeichen, dass ich verstanden hatte.

»Und wie geht es deinen Töchtern?«

In der Dunkelheit blitzte ein Lächeln auf.

»Den beiden geht es gut. Fiona ist eine richtige kleine Hexe, und Rosalind hat immer noch Schnupfen. Aber abgesehen davon ist alles in Ordnung.«

»Sie fehlen mir; du musst sie einmal mit ins Tal bringen. Im Frühling vielleicht, wenn unsere Hügel voller Hyazinthen sind und die Heide blüht …«

Ein langes Schweigen trat ein.

»Und Liam?«, fragte mein Bruder dann.

»Wie du dir wahrscheinlich denken kannst, ist er mit der Armee von General Gordon gezogen«, antwortete ich fast unhörbar. »Duncan und Ranald ebenfalls. Ich bete für sie.«

»Ja … Ich hätte gerne einen Sohn gehabt. Aber ich vermute,

dass wir uns in unruhigen Zeiten um unsere Töchter weniger sorgen müssen.«

Spöttisch verzog ich das Gesicht.

»Ach, mach dir da keine Illusionen, Mat!«, rief ich aus. »Frances hat uns am Abend, bevor die Truppen abmarschierten, verkündet, sie wolle heiraten. Und ich wusste nicht einmal, dass sie einen Liebsten hatte!«

Matthew schüttete sich vor Lachen aus.

»Oh, Kitty, sie kommt ganz nach dir!«

»Das ist nicht komisch«, brummte ich lächelnd.

»Und, hat sie bekommen, was sie wollte?«

»Allerdings«, murmelte ich. »Ihr Trevor Macdonald wartete schon in der Scheune auf sie.«

»Nun, ich wette, dass du Großmutter wirst, ehe das kommende Jahr vorüber ist«, neckte er mich.

»Aber ich bin zu jung, um Großmutter zu werden, Mat. Ich bin neununddreißig, sehe ich etwa aus wie eine Großmutter?«

Er wandte sich mir zu und musterte mich einen Moment lang, wobei er die Augen zusammenzog und die Lippen aufeinanderpresste. Seine Mundwinkel zuckten.

»Ach was! Du hast vielleicht ein paar Falten und graue Haare. Aber alles in allem siehst du gar nicht so übel aus für eine Frau von …«

»Matthew Dunn!«, schrie ich und schlug auf seine Schulter ein. »Du elender …«

»Ganz ruhig, Schwesterchen! Du bist immer noch ganz entzückend, weißt du!«

Ich brach in Gelächter aus und kniff ihn in die Wange.

»Sonst hätte der Gouverneur sich schließlich nicht …«

Peinlich berührt unterbrach er sich. Ich zog eine finstere Miene.

»Tut mir leid, Kitty«, entschuldigte er sich sogleich. »Ich wollte damit nicht sagen …«

»Schon gut.«

Ich legte eine Pause ein und fuhr dann nachdenklich fort.

»Ich möchte, dass du mir versprichst, Liam niemals davon

zu erzählen. Wenn er das erfährt, wird er vor Wut rasen… Und umso mehr, weil Colonel Turner getötet worden ist.«

Matthew nahm meine Hand und legte sie an seine raue Wange.

»Du kannst dich auf mich verlassen. Ich schwöre dir, dass ich ihm kein Wort sagen werde.«

»Danke.«

Ich schickte mich zum Aufstehen an, doch er hielt mich am Arm fest.

»Warte, Caitlin, da ist noch etwas, über das ich heute mit dir sprechen wollte. Bis du morgen aufwachst, bin ich wahrscheinlich bereits unterwegs.«

Neugierig sah ich ihn an und setzte mich dann wieder neben ihn.

»Du weißt, dass ich mich wegen meiner angeheirateten Familie nicht so an diesem Aufstand beteiligen kann, wie Patrick das tut. Aber ich möchte, dass du weißt, dass mein Herz mit euch und mit dem Prätendenten ist. Vielleicht habe ich meinen Arm ja doch nicht umsonst verloren.«

»Ich weiß, Matthew. Du brauchst kein schlechtes Gewissen deswegen zu haben.«

»Ich liebe Joan und möchte sie nicht in eine unhaltbare Lage bringen. Ihre Beziehung zu ihrer Familie ist ohnehin schon ziemlich belastet, seit sie zum Katholizismus übergetreten ist, um mich zu heiraten.«

»Ja, ich verstehe.«

Er rieb sich die Stirn und fuhr sich mit den Fingern durchs Haar.

»Aber eines kann ich vielleicht tun…«

Er unterbrach sich und überlegte offenbar, was er sagen sollte.

»Vor vier Tagen hatte ich im Hafen von Leith zu tun und habe zufällig ein Gespräch zwischen zwei Männern mit angehört, deren Gesichter ich nicht erkennen konnte. Sie befanden sich hinter mir, und ich dachte, wenn ich mich umdrehte, würden sie ihre kleine Verschwörung bestimmt unterbrechen.«

Abwesend musterte er die silbernen Schnallen seiner Schuhe. Dann sprach er leise weiter.

»Du bist die Erste, der ich davon erzähle, aber du musst Patrick darüber unterrichten. Es geht um den Prätendenten.«

Fasziniert starrte ich ihn an.

»Es gibt ein Komplott gegen ihn.«

»Ein Komplott?«

Das, was er mir anvertrauen wollte, beunruhigte ihn sichtlich.

»Man will ihm ans Leben. Es gibt Leute, die sich verschworen haben, ihn zu ermorden. Ein Königsmord, Kitty.«

»Den Prätendenten töten? Ich wusste, dass für seine Festsetzung eine Belohnung ausgesetzt ist, aber ihn gleich umzubringen …«

»Nach dem, was ich gehört habe, haben diese Leute kein besonderes Interesse an der Belohnung.«

»Und du konntest ihre Gesichter nicht sehen?«

»Nein. Als ich begriff, dass ihr Gespräch beendet war, habe ich mich umgedreht, doch ich musste feststellen, dass sie bereits fort waren. Um mich herum waren nur Hafenarbeiter, Seeleute und Händler.«

»Hast du mit Joan darüber gesprochen?«

Er schüttelte den Kopf.

»Ich war der Ansicht, dass diese Sache zu gefährlich ist. Sie braucht nichts davon zu erfahren.«

»Nein, allerdings nicht.«

»Du musst es Patrick sagen«, fuhr Matthew nach kurzem Schweigen fort. »Er wird wissen, wem er die Information weitergeben muss. Ihr dürft nicht jedem vertrauen. In der Umgebung des Earl of Mar muss es Verräter geben. Überall wimmelt es von Spionen.«

Er verstummte. Mit seiner einen Hand strich er zärtlich an meinem Kinn entlang und drückte mir dann einen Kuss auf die Wange.

»Sieh dich auf deiner Rückreise vor, meine kleine Kitty.«

Von neuem bellte der Hund, dann hallte von der Back Causeway das Klappern von Holzschuhen zu uns herüber. Laute Stimmen erklangen; zweifellos ein Streit zwischen zwei Matrosen. Der Wind hatte aufgefrischt und wirbelte das tote Laub wie Schneegestöber um uns herum.

Abrupt fuhr ich hoch, und mein Herz raste wie ein kleines, panisches Tier in einem Käfig. Meine Finger, die ich in die Laken krallte, entspannten sich ein wenig. *Wach auf, Caitlin, das ist nur ein Traum!* Langsam gewöhnten meine Augen sich in dem engen Dachzimmer, das ich mit Sàra teilte, an das Halbdunkel. Ich sah zu dem anderen Bett. Es war leer.

Aufatmend ließ ich die Leintücher fahren und sank auf das Kopfkissen zurück. Schon wieder ein Albtraum. Seit dem Abschied von Liam suchten sie mich regelmäßig heim. Sie waren immer wieder anders, doch ähnelten sie sich auch alle.

Ich strich mir eine Haarsträhne zurück und befeuchtete meine ausgetrockneten Lippen mit der Zunge. Meine Kehle war trocken und mein Nachthemd schweißnass. Ja, meine Träume hatten alle eines gemeinsam: den Tod, einen gewaltsamen, grausamen Tod. Die Schwingen des großen Raben schwebten über mir, um mich herum, streiften mich mit ihren nachtschwarzen, schimmernden Federn und erinnerten mich daran, dass in diesem Land der Tod umging.

Ich holte tief Luft, um meine Lungen mit dem köstlichen Duft zu füllen, der aus der Küche aufstieg. Brigid, die Köchin, backte wohl ihr Brot. Heftig rieb ich mir das Gesicht, um die widerlichen Bilder zu vertreiben, die mir noch vor Augen standen.

Mit einem Beil hackte jemand Fleisch in Stücke, die er in ein großes Holzfass, das zu seinen Füßen auf dem Boden stand, warf. Das Fass war bereits voll mit diesen frischen, roten Fleischstücken. Ein Hund kam in die Küche gelaufen, dann ein zweiter und noch ein weiterer … Sie knurrten und stritten sich um die Stücke, in die sie gierig die Zähne schlugen. Ein metallisches Klimpern in dem Fass zog meine Aufmerksamkeit auf sich. Ich trat die hungrigen Köter, die mich bedrohlich umkreisten, mit dem Fuß weg und trat näher. Dann nahm ich einen großen Holzlöffel und rührte in der blutigen Masse, um den glänzenden Gegenstand zu finden. Ich entdeckte ihn am Finger einer menschlichen Hand … der Hand eines Mannes mit langen, schmalen Fingern. Der Hand eines Künstlers.

Ich unterdrückte die Übelkeit, die in mir aufstieg, und schloss die Augen. Ich kannte diese Hand, diesen Siegelring. Sie gehörten Patrick. Ich sprang aus dem Bett und riss die Vorhänge auf, um das helle Tageslicht einzulassen. Warum dieser Traum? Und die anderen? Waren das Visionen? Nein, dazu waren sie zu rätselhaft. Waren es Wahrträume, die eine Botschaft beinhalteten? Oder ganz einfach eine Entäußerung der Befürchtungen und Ängste, die ich ansonsten in die entferntesten Winkel meines Geistes schob, damit ich mir nicht ständig das ganze Entsetzen des bevorstehenden Krieges vorstellte? Ich versuchte verzweifelt zu vergessen, dass Blut fließen und diese stets durstige Erde tränken würde, doch es gelang mir nicht.

Oh, Liam! Ich brauche dich so sehr! Ich möchte mich in deine Arme werfen, um nichts mehr zu sehen, mich darin vergraben, um nichts mehr zu hören … Ich schob die Läden des kleinen Fensters auf. Eine Meeresbrise umfing mich und drang ins Zimmer. Ich hob mein Gesicht in den warmen Sonnenschein des Oktobermorgens und schloss die Augen, um mir Liams Gesicht vorzustellen. Eine Träne rollte mir über die Wange.

A Dhia … tha mo dhochas unnad air son gras is gloir … Mein Gott, ich hoffe, dass Du mir in Deiner unendlichen Güte …

Ich schlug die Augen auf und betrachtete den strahlend blauen Himmel, an dem ein paar kleine, flaumige Wölkchen trieben. Ein seltsames Gefühl bemächtigte sich meiner. In schwierigen Augenblicken wandte ich mich ganz natürlich dem Gebet zu. Ich flehte um die Erlösung von meinen Leiden. Und dennoch … Mit einem Mal kam es mir vor, als fände ich nie wirklich Linderung. Und an wen richtete ich überhaupt meine Bitten? An Gott, zu dem ich in diesen schweren Zeiten Tag für Tag betete? Merkwürdigerweise überfielen mich Zweifel. Hörte Gott mich überhaupt? Existierte Er wirklich?

Ein wenig unterhalb von mir, auf dem öffentlichen Platz, erklang ein ordinäres Lachen, riss mich aus meinen Überlegungen und zog meine Aufmerksamkeit auf sich. Einige Dorfbewohner hatten sich um das Wegkreuz versammelt und umstanden ein Kind, das sich zusammenkauerte und sich die Ohren zuhielt, um ihren Spott nicht zu hören. Ich zog die Augen zusammen und beschattete sie mit der Hand, um das Gesicht des Prügelknaben genauer erkennen zu können. Herrje, das war gar kein Kind, sondern ein Mann, ein Zwerg, der dazu noch bucklig war. Eine

Frau wies gehässig mit dem Finger auf den Invaliden, überschüttete ihn mit Schimpfworten und warf eine Rübe nach ihm. Der kleine Mann krümmte sich unter der Woge hämischen Gelächters. Kinder drängten sich zwischen den Beinen und Röcken der Erwachsenen hindurch, die Arme voller Pferdemist, den sie ihm ins Gesicht warfen.

Wo war jetzt Gott? Warum antwortete er nicht auf das Gebet, das dieser Mann ganz gewiss in seinem gequälten Herzen an ihn richtete? Hatte dieser Zwerg nicht bereits genug gelitten? Aber vielleicht war Gott ja zu sehr damit beschäftigt, auf die Gebete des Duke of Argyle zu antworten, der ihn um Verstärkung bat, oder mit den Fürbitten der koketten Emily Cromartie, die entsetzt ein Furunkel auf ihrer ach so hübschen Nase entdeckt hatte. Wie auch immer, Gott schien diesen kleinen Mann nicht zu hören, der inmitten von Abfällen auf dem schmutzigen Straßenpflaster lag. Angesichts so viel unverdienten Unglücks … sagte ich mir, dass ich im Recht war, wenn ich zweifelte.

Zu unserer allergrößten Erleichterung sank Patricks Fieber nach vier Tagen. Unermüdlich hatten wir uns an seinem Bett abgewechselt, um ihm die Stirn zu kühlen und sein Zittern zu lindern. Es war uns gelungen, ihm ein wenig Fleischbrühe einzuflößen, oder die Kräuteraufgüsse, die Brigid auf Anweisung des Chirurgen bereitete. Quinlan verfolgte die Fortschritte des Verletzten genau. Heute Morgen ging es Patrick viel besser, und er nahm seine erste feste Mahlzeit ein.

Er saß in einem Sessel. Der Umfang seines verletzten Beines, das zwischen zwei hölzernen Schienen steckte, hatte sich beträchtlich vermindert. Die Sonne, die durch die Scheiben eines Buntglasfensters fiel, überzog seine bleichen, frisch rasierten Wangen mit einem durchscheinenden, vielfarbigen Mosaik. Er lächelte Sàra zu, die ihm ein Stück kaltes Hühnchen reichte.

Ich kam zu dem Schluss, dass es für mich Zeit war, nach Glencoe zurückzukehren. Auch Patrick würde bald nach Fetteresso aufbrechen. Vorhin hatte ich ihm von dem Komplott gegen den Prätendenten berichtet. Wir hatten offensichtlich keinen Beweis und erst recht keinen Namen, die wir hätten nennen können.

Doch man durfte die Bedrohung nicht vernachlässigen. Er würde mit George Keith, dem Earl of Marischal, darüber sprechen.

Außerdem war es höchste Zeit, dass ich wieder meinen Mutterpflichten nachkam. Bei allem guten Willen konnte Frances nicht sämtliche Arbeit allein erledigen. Es gab mir einen Stich ins Herz, meinen Bruder mit seiner Frau zu beobachten. Ich war glücklich darüber, dass er seiner misslichen Lage entronnen war. Doch zugleich tat es mir weh, das Glück der beiden zu sehen. Ich konnte nicht anders. Ich hatte so viel zu verlieren.

TEIL VIER

Würde die Vernunft über die Menschen herrschen;
hätte sie auf die Häupter der Nationen
den Einfluss, welcher ihr gebührt, dann würden sie
sich nicht länger unbedacht in das Grauen
des Krieges stürzen.

Diderot

10

Die Masken fallen
11. November 1715

Die Luft war schwer von säuerlichen Körperausdünstungen, die sich mit dem ebenso durchdringenden Dunst des Whiskys und des Torffeuers, das die provisorische Unterkunft im Lager von Auchterarder verqualmte, mischten.

In dem Gemeinschaftszelt herrschte ein unablässiges Getöse: laute, berauschte Stimmen, kräftiges Gelächter, gedämpftes Stimmengemurmel, das Klirren von Waffen und das Knistern der Feuer. Inmitten dieses Gewimmels saß Liam mit seinen ständigen Begleitern, Simon und Angus Macdonald, im Gras und war inzwischen bei seinem dritten Pint Bier.

Nach einem anstrengenden, zweimonatigen Feldzug hatte General Gordons Highlander-Armee vor zwei Tagen auf Drummond Castle Halt gemacht. Sogleich war ein Kriegsrat einberufen worden, an dem alle jakobitischen Anführer teilgenommen hatten. Unmittelbar darauf hatte sich das Gerücht über die Entscheidung des Earl of Mar wie ein Lauffeuer im Lager verbreitet. Mars Armee, die in Perth einquartiert war, sollte morgen bei Sonnenaufgang die Stadt verlassen und nach Dunblane marschieren, um die kleine Stadt, die nur wenige Meilen von Stirling entfernt lag, in Besitz zu nehmen.

Anschließend würden als Ablenkungsmanöver drei Abteilungen von je eintausend Männern zur Brücke von Stirling sowie zu zwei Furten ziehen, die weiter flussaufwärts am Forth lagen. Währenddessen sollte der Hauptteil der Armee, achttausend Mann, versuchen, den Fluss weiter östlich zu überqueren. Die drei ersten Abteilungen würden am anderen Ufer zu ihnen stoßen.

Und in dem Falle, dass der Duke of Argyle Stirling verließ, um den drei zur Ablenkung entsandten Abteilungen den Weg abzuschneiden, konnte der Hauptteil des Heeres die Stadt einnehmen und den hannoveranischen Truppen nachsetzen. So war die Strategie des Earl of Mar das Thema, das heute alle Gespräche bewegte.

Am Tag zuvor hatten nach einem ersten, eintägigen Marsch die aus Perth kommenden Truppen Quartier in der Nähe des kleinen Weilers Auchterarder bezogen. Gordons Highlander waren noch am selben Morgen zu ihnen gestoßen. Man hatte den Männern für den Rest des Tages Ruhe gegönnt, denn gleich am nächsten Morgen würde Gordon dreitausend Clankrieger und acht berittene Schwadronen nach Dunblane führen. Der Clan von Glencoe stand auf der Liste.

Die Unruhe und Anspannung, die im Allgemeinen einer Schlacht vorausgingen, begannen im Lager spürbar zu werden und belasteten die Beziehungen zwischen den Männern, die dem Alkohol zusprachen und sich ständig in die Haare gerieten.

In der benachbarten Gruppe war der Ton um einiges lauter geworden, doch Liam achtete nicht darauf. Er beobachtete Ranald, der sich in einem angeregten Disput mit Duncan und dem jungen Robin Macdonnell erging. Er machte sich Sorgen um ihn. Obwohl er sich große Mühe gab, gelang es seinem Sohn nicht, die Schmerzen zu verbergen, die ihn seit mehr als einer Woche quälten. Der Zustand seines Rückens hatte sich verschlechtert. Die Nächte, in denen sie auf der Heide, auf dem eiskalten Boden schliefen, und die langen Tagesmärsche zeigten ihre Wirkung. Aber Ranald war genauso starrköpfig wie seine Mutter. Er würde kämpfen wie alle anderen, und jeglicher Versuch, ihn davon abzubringen, war zum Scheitern verurteilt.

Ranald, gerade eben achtzehn geworden, war jetzt ein Mann, und Liam konnte ihn nicht zwingen, im Lager zu bleiben, während die anderen sich für ihren König schlugen. Nein, das würde gegen alles verstoßen, was er ihn und seinen Bruder gelehrt hatte. Die Ehre stand höher als ihr eigenes Leben. Sangen nicht die Barden das Lob der im Kampf gefallenen Helden und überlieferten ihre Taten der Nachwelt? Er hatte nicht das Recht, seinem Sohn das Erlebnis des Kampfes vorzuenthalten; so hatte sein eigener Vater gegenüber Colin gehandelt, 1689 in Killiecrankie.

Colin, der damals ebenfalls achtzehn gewesen war, hatte ihm nie verziehen, dass er es ihm verwehrt hatte, an der ruhmreichen Schlacht, die mit einem strahlenden Sieg geendet hatte, teilzunehmen. Liam allerdings wusste, dass dieses Erlebnis das Leben seiner Söhne unwiderruflich verändern würde. Nach der Schlacht würden sie nie wieder ganz dieselben sein. Das wusste er, weil er es selbst erlebt hatte. Alles, was seine Söhne bisher gesehen hatten, waren bloße Scharmützel mit Männern aus feindlichen Clans gewesen, ohne größere Folgen … Doch der Krieg war ein richtiges Gemetzel. Ihm schien das jetzt lange her zu sein, und immer noch hallte der Schlachtenlärm in seinen Gedanken wider und machte, dass es ihm kalt über den Rücken lief.

Duncan hatte ihn bereits gebeten, ihm von der vernichtenden Niederlage der *Sassanachs* im Jahre 1689 zu erzählen. Doch er sprach nicht gern darüber und ließ sich nicht mehr als ein paar Brocken entlocken. Andere allerdings ergingen sich mit Freude in solchen Erzählungen und schilderten die kleinsten Details des Massakers an diesen jungen Soldaten, von denen die meisten noch nie die Waffen mit dem Feind gekreuzt hatten. Caitlin hatte er ein einziges Mal von der blutigen Schlacht erzählt. Das war kurz vor ihrer Heirat gewesen. Und dann hatte er nie wieder ein Wort darüber verloren.

Liams Miene verdüsterte sich. Er trank noch einen Schluck Bier. Die *Sassanachs*, die er damals niedergemetzelt hatte, waren größtenteils so alt gewesen wie seine Söhne heute. Wie würde es dieses Mal sein? Argyles Armee war ihnen ganz offensichtlich zahlenmäßig unterlegen. Doch wie viele Männer besaß sie genau? Er hatte gehört, es seien zwischen drei- und viertausend Soldaten. Aber das waren Berufssoldaten, die weit besser ausgebildet und bewaffnet waren als die meisten Highlander. Letztere waren einfache Bauern und Viehhirten, die nur mit ihrem Siegesdurst und ihren rostigen Schwertern bewaffnet waren. Im Angesicht einer Kanonenmündung reichte das nicht immer aus.

Neben ihnen setzte sich die laute Debatte fort. Liam wandte sich um und beobachtete im Zwielicht der Abenddämmerung zerstreut die Gruppe. Es waren Männer aus dem Clan der Maclean. Hugh Maclean schien dabei zu sein, eine Meinungsverschiedenheit mit jemand anderem zu regeln.

»Da wird gleich Blut fließen«, sagte Simon und stieß Angus mit dem Ellbogen in die Rippen.

»Ja, Colin steckt in Schwierigkeiten. Ich hatte schon befürchtet, dass es eines Tages so weit kommen würde.«

»Colin?«, stieß Liam hervor. »Du meinst, dass es mein Bruder ist, mit dem Maclean da streitet?«

Die beiden Männer tauschten einen verblüfften Blick aus.

»Ja, natürlich!«, meinte Simon und zuckte die Achseln. »Du warst wohl in Gedanken ganz woanders, was, mein Alter? Die beiden brüllen einander gewiss schon eine halbe Stunde an.«

Liam schüttelte den Kopf. Er vernahm ein dumpfes Geräusch, und dann sah er, wie Hugh sich krümmte und versuchte, wieder zu Atem zu kommen.

»Herrgott noch einmal, was stellt er denn jetzt schon wieder an?«

Eilig stand er auf, und seine zwei Freunde taten es ihm nach. Dann bahnte er sich einen Weg zwischen den Männern, welche die Streithähne umstanden und Wetten auf den Ausgang des Kampfes abschlossen. Sein Bruder prügelte sich jetzt mit einem anderen Mann.

»Sorg dafür, dass er von hier verschwindet, ehe ich ihm das Fell abziehe«, flüsterte ihm Hugh zu, der sich langsam von dem Schlag erholte.

Liam trat zwischen die Streitenden.

»Das reicht jetzt, Colin!«, brüllte er und packte seinen Bruder am Hemdkragen.

»Misch dich da nicht ein, Liam.«

Anscheinend aus dem Nichts heraus tauchte eine Faust auf und traf Colin am Kinn. Heftig stieß er Liam fort und stürzte sich mit einem Wutschrei auf seinen Gegner. Der Mann bekam einen

Magenschwinger ab, fiel auf die Knie und stieß pfeifend den Atem aus. Colin schickte sich an, ihn in den Nacken zu schlagen, als Liam seinen Arm mit festem Griff packte und ihm auf dem Rücken verdrehte.

»Das ist nun wirklich nicht der richtige Zeitpunkt dazu, Schwachkopf«, flüsterte er ihm ins Ohr.

Eine bleierne Stille senkte sich über die kleine Versammlung.

»Lass mich los«, zischte Colin.

Langsam lockerte Liam seinen Griff. Colin warf ihm einen unwirschen Blick zu und verließ dann den Kreis der Männer, um sich vom Lager zu entfernen. Liam sah auf den Mann hinunter, der zu seinen Füßen zusammengesunken war. Der musterte ihn, stieß ein paar Flüche aus und erhob sich dann mit der Hilfe einiger Männer aus seinem Clan. Er hatte sich keine Knochen gebrochen und würde sich wieder erholen.

»Kannst du mir einmal erklären, was in dich gefahren ist? Dies ist weder die richtige Zeit noch der rechte Ort, um deine Differenzen mit Hugh Maclean auszutragen!«

Liam marschierte auf und ab, trampelte wutentbrannt das hohe Gras nieder und warf seinem Bruder böse Seitenblicke zu.

»Das fragst du *mich*?!«, schrie Colin empört und reckte die Arme zum Himmel. »Dieser verfluchte Trottel kann einfach nicht aufhören, mir wegen Maureen das Leben schwer zu machen. Er will einfach nicht kapieren, dass es zwischen ihr und mir aus ist.«

»Vielleicht hat er ja gute Gründe, es dir übelzunehmen, schließlich ist sie seine Schwester, Colin. Was du mit diesem armen Mädchen gemacht hast … Hätte jemand Sàra so behandelt, ich hätte dafür gesorgt, dass er den Tag verflucht, an dem er geboren wurde.«

»Mhhh … Du selbst begehst natürlich niemals Fehler«, brummte Colin ironisch. »Ich kann mich rühmen, einen vollkommenen Bruder zu besitzen! Du dagegen leider nicht …«

»Ich betrachte mich nicht als vollkommenen Menschen. Auch ich habe meine Fehler gemacht, aber ich habe auch die Folgen auf mich genommen.«

»Im Gegensatz zu mir, meinst du das?«

Colins blutunterlaufene Augen blickten grollend drein.

»Sieh dich an, Bruder. Du trinkst zu viel, und du bist schon seit Jahren nicht mehr du selbst. Was ist nur mit dir los, Colin Macdonald?«

»Interessiert dich das wirklich?«

»Hör auf, das ist jämmerlich. Du weißt ganz genau, dass es mich berührt, was aus dir wird, Herrgott noch einmal! Du bist der einzige Bruder, den ich habe. Ich verstehe einfach nicht, warum du immer so unbedacht handelst. Manchmal glaube ich fast, dass du es mit Absicht tust.«

Er stieß einen langen Seufzer aus und rieb sich die Augen.

»Maureen war ein gutes Mädchen. Ich hatte geglaubt, du würdest endlich ruhiger werden und aufhören, mit den Macgregors umherzuziehen. Reicht es denn nicht, dass du schon dreimal mit knapper Not dem Galgen entronnen bist? Dieses Mädchen hat dich geliebt, und du hast ihr die schlimmste aller Demütigungen bereitet.«

»Ich habe ihr nie etwas versprochen!«, verteidigte sich Colin und wandte den Blick ab.

Einen Moment lang schien er zu schwanken, dann stieß er einen Fluch aus.

»Sie hat zwei Jahre lang mit dir unter einem Dach gelebt. Sie hat sogar dein Kind getragen!«

»Sie hat es verloren …«

»Hast du sie deswegen zwei Monate lang einfach alleingelassen? Niemand wusste, wo du warst. Eine Zeit lang haben wir sogar geglaubt, du wärest nicht mehr am Leben. Aber nein, du hattest sie in voller Absicht im Stich gelassen, als sie dich brauchte.«

»Nein … Ich …«

Liam packte seinen Bruder am Arm und zwang ihn, ihn anzusehen.

»Zwei Monate, Colin! Die ganze Zeit über hat sie auf dich gewartet, nur um zu erfahren, dass du dich in Inverness im Bett einer anderen Frau gewälzt hast. Ich wollte es selbst nicht glauben, ich dachte, so etwas bringst du nicht fertig!«

»Ich brauche dir keine Rechenschaft abzulegen, Liam.«

»Oh doch!«,

»Ich habe deine Vorwürfe satt!«, brüllte Colin, von frisch erwachtem Zorn ergriffen, und riss sich los. »Wenn man dich so hört, bin ich der schlimmste aller Bastarde. Hast du Caitlin vielleicht niemals im Stich gelassen?«

Liam erbleichte.

»Colin …«

»Aha! Du erinnerst dich also doch daran, wie du nach Frankreich geflüchtet bist, damals, 1695, nachdem du aus dem Toolboth-Gefängnis von Edinburgh freigekommen warst? Also, ich kann dir gleich sagen, dass ich niemals an die Geschichte mit dem Waffenhandel geglaubt habe. Das war vollkommener Unsinn! Kein Mann, der richtig im Kopf ist, verschwindet so einfach, wenn er überraschend begnadigt wird. Nicht, nachdem er mehrere Wochen im Gefängnis verbracht und wegen eines Verbrechens, das er nicht begangen hat, auf seine Hinrichtung gewartet hat. Und auf jeden Fall nicht, wenn eine Frau wie Caitlin auf ihn wartet … Irgendetwas ist geschehen, und du hast es nicht ertragen. Also hast du dich davongemacht und sie alleingelassen. Oh, ich habe wirklich versucht, den Grund herauszubekommen! Ich habe Caitlin mit Fragen bestürmt. Doch deine Frau hat dich zu sehr geliebt, um den ersten Stein auf dich zu werfen, trotz allem, was du ihr angetan hast.«

Ein feindseliges Schweigen trat ein. Die beiden Brüder musterten einander kalt. Langsam reckte Liam das Kinn. Seine zusammengepressten Lippen waren bleich, und die Muskeln an seinem Kiefer zogen sich angespannt zusammen.

»Ganz richtig, du weißt nicht, was geschehen ist, und du wirst es auch heute nicht erfahren«, versetzte er trocken. »Und außerdem ist es nicht das Gleiche. Du, du hast gewartet, bis sie das Tal verlassen hatte, und bist erst dann wieder aufgetaucht. Du hast dir nicht mal die Mühe gemacht, ihr ins Gesicht zu sagen, dass du sie nicht mehr wolltest. Herrgott, Colin! Du hast dich wie ein Feigling verhalten. Hugh hat vollständig recht, wenn er dir den Hals umdrehen will. Eigentlich hätte ich zulassen sollen, dass er dich so verprügelt, wie du es verdient hättest!«

»Allerdings, du hattest kein Recht, dich einzumischen! Mein Leben geht nur mich etwas an.«

Colins graue Augen verdüsterten sich.

»Obwohl ... Wenn ich es recht bedenke ... Vielleicht geht es dich doch etwas an.«

Liam schüttelte den Kopf und sah Colin in die Augen. Einen Moment lang standen die beiden Brüder sich unbeweglich gegenüber.

»Ich möchte nicht wieder darüber sprechen, Colin.«

Eine drückende Stille folgte, in der sie kaum atmen konnten. Beide wussten genau, was der wahre Grund des Problems war. Doch keiner von ihnen wagte, davon zu sprechen. Das Gelächter und das Geschrei der Männer wurden von dem Dickicht, das sie vom Lager trennte, gedämpft und drangen nur als dumpfes, fernes Grollen zu ihnen. Colin zog seine Whiskyflasche hervor und bot sie Liam an, der mit einer Handbewegung ablehnte.

»Ich finde doch, dass es Zeit für uns ist, darüber zu sprechen, mein Bruder«, erklärte Colin mit rauer Stimme.

»Du hast genug getrunken und bist gar nicht in der Lage, darüber zu disputieren.«

Colin ignorierte die Bemerkung seines Bruders und kippte sich den Whisky zwischen die Lippen, der über sein Kinn lief und sein schmutziges Hemd befleckte. Er schnalzte mit der Zunge und wischte sich dann den Mund mit dem Handrücken ab. Er stieß ein leises, nervöses Lachen aus und sprach weiter.

»Für dich werde ich nie dazu in der Lage sein. Aber anders, als du denkst, habe ich eine äußerst klare Vorstellung davon, worum es geht.«

Sein glasiger Blick verlor sich in der Ferne. Von neuem setzte er die Flasche an. Der Branntwein versengte seine aufgesprungene Lippe und seine bereits raue Kehle, und er verzog das Gesicht.

»Ich nehme es dir immer noch übel, verstehst du. Aber im Laufe der Zeit habe ich gelernt, mich selbst zu täuschen, wie du sehen kannst ... Ich tue, was ich kann, um zu vergessen ...«

Mit einem ironischen Lächeln schwenkte er die Flasche vor Liams Gesicht hin und her. Dann entspannte sich seine Miene.

Liam blieb stumm, doch er ließ Colin nicht aus den Augen. Unter dem Bart, der seinen Kiefer umschattete, spannten sich seine Muskeln an.

»Was für einen undankbaren Bruder ich abgebe, stimmt's? Liam der Weise … Und Colin der Aufsässige. Du hast immer versucht, mich zu beschützen, und ich habe dich dafür gehasst … Bei jeder Torheit, die ich begangen habe, hast du dich beeilt, mich vor MacIain zu verteidigen, damit er nicht zu fest durchgriff. Du hast immer noch nicht begriffen, dass ich das mit Absicht getan habe, um dir das Leben zu vergällen, oder?«

Liam verzog das Gesicht, dann räusperte er sich und sah seinen Bruder an.

»Du hättest zusammen mit Munro und Will Macgregor nach Amerika gehen sollen, wie du es vorhattest.«

»Ich weiß, aber ich konnte es nicht. Wie du eben so schön gesagt hast, war ich zu feige dazu … Und dann ist Maureen gekommen. Ich habe geglaubt, dass endlich … Nur …«

»Nur, dass du es vorgezogen hast, das Beste, was dir seit Jahren geschehen war, zu zerstören. Zuvor hattest du es niemals geschafft, eine Frau länger als zwei Monate zu halten«, unterbrach ihn Liam, den jahrelang unterdrückte Wut und Enttäuschung zu ersticken begannen. »Wenn du damals so zornig auf mich warst, warum hast du es an ihr ausgelassen? Warum musste sie leiden?«

Colins Miene verschloss sich. Er wandte den Blick ab und zog die Mundwinkel herunter.

»Ich … ich weiß es nicht. Ich schwöre dir, dass ich ihr nicht wehtun wollte, aber ich wusste nicht, wie ich ihr sagen sollte …«

Er stieß ein Stöhnen aus und stützte den Kopf in die Hände.

»Ich konnte sie einfach nicht lieben, Liam … Nicht so, wie sie es verdient gehabt hätte! Mein ganzes Leben lang habe ich vergeblich nach dem Unmöglichen gesucht. Ich wollte die Frau finden, die ich niemals besitzen konnte.«

»Hast du vor, mir mein ganzes Leben lang vorzuwerfen, dass ich Caitlin geheiratet habe?«, brüllte Liam und baute sich vor ihm auf.

»Du hast sie mir weggenommen!«, schrie sein Bruder und fiel

auf die Knie. »Ich habe sie geliebt, ich habe sie begehrt, Herrgott noch einmal! Und du hast sie mir vor der Nase weggeschnappt, einfach so!«

»Sie war nicht für dich bestimmt!«, gab Liam heftig zurück.

Er wollte den Rest nicht hören. Mit einer Mischung aus Zorn und Mitleid sah er auf seinen Bruder hinunter, der vor ihm kauerte. Colins Liebe zu seiner Frau war zur Besessenheit geworden und vergiftete ihre Beziehung.

Jeder hatte die eigenartige Ähnlichkeit zwischen Caitlin und den Frauen, die sich in Colins Leben abgewechselt hatten, bemerkt. Manchmal war es das üppige, tiefschwarze Haar gewesen; dann wieder die meergrünen Augen; aber alle hatten einen Zug besessen, der an Caitlin erinnerte. Maureen Maclean war diejenige gewesen, die seiner Frau am ähnlichsten gewesen war, sowohl äußerlich als auch von ihrem Wesen her. Aber diese Frauen waren nur vorübergehende Launen gewesen; sie dienten nur dazu, sein Bett zu wärmen und sein Unglück zu betäuben.

»Ich habe dir nichts weggenommen, das dir gehört hätte. Caitlin hat ihre Wahl getroffen.«

»Ich weiß …«, gestand Colin mit rauer Stimme.

Er griff nach seiner Flasche und überlegte es sich dann brummend anders.

»Warum rührst du dann jetzt alles wieder auf?«

Mühsam rappelte sich Colin auf die Beine.

»Weil es sein muss! Immer, wenn ich das Thema angeschnitten habe, hast du versucht, mir auszuweichen. Ich habe genug davon …«

Seine Miene wirkte geschlagen. Er zögerte einen Moment und schloss die Augen, ehe er weitersprach.

»Außerdem bin ich es mehr als überdrüssig, dich zu hassen. Du kannst dir nicht vorstellen …«

Er stieß einen merkwürdigen Laut aus und fuhr sich dann mit den Fingern durch das blonde Haar, das in den letzten Sonnenstrahlen aufleuchtete.

»Du kannst dir nicht vorstellen, wie es ist, jemanden zu hassen, den man liebt. Das ist ein Schmerz, der einen nach und nach umbringt. Man fühlt sich wie von innen ausgehöhlt, man spürt, wie sich eine große Leere ausbreitet, und schließlich hasst man sich selbst.«

Seine Stimme zitterte, so sehr versuchte er sich zu beherrschen. Dann hielt er es nicht mehr aus, griff nach der Flasche, nahm zwei tiefe Züge und fuhr fort.

»An jenem Tag, an dem du sie praktisch unter meinen Augen genommen hast, in der alten Hütte in der Nähe von Methven … Hast du vielleicht geglaubt, ich wüsste nicht, was da vor sich ging? Gott verdammt! Und Simon und Donald, die sich in ihren Spekulationen darüber ergingen, warum ihr so lange braucht … In diesem Moment wäre ich am liebsten in die Hütte gestürmt und hätte euch beide mit meinem Schwert durchbohrt.«

Er atmete schwer. Sein Gesicht war bleich, und seine Augen blitzten vor Hass. Eine Brise kam auf und trug den ohrenbetäubenden Lärm aus dem Lager heran. Liam erschauerte. Er vermochte den Blick nicht von dem Mann abzuwenden, der vor ihm stand und ihm den ganzen Groll, den er seit so vielen Jahren unterdrückt hatte, ins Gesicht schleuderte.

Ein leises, zynisches Lachen ließ sich vernehmen, dann senkte sich eine Grabesstille über die beiden und hüllte sie in eine unerträgliche Stimmung.

»Zugegeben, sie hat dich gewollt. Ich wusste es von Anfang an, und ich habe dich dafür gehasst. Immer habe ich mich gefragt, ob alles anders gekommen wäre, wenn man in dieser berühmten Nacht, als wir von Arbroath zurückkehrten, mich an deiner Stelle gefangen und nach Dunning Manor gebracht hätte. Wäre ich dann derjenige gewesen, den ihr Herz erwählt hätte? Aber was ich dir eigentlich vorwerfe, ist, dass du ihre Wahl angenommen hast, obwohl du wusstest, dass ich sie ebenfalls liebte. Als du dich entschieden hast, sie zu heiraten, da hast du gewusst, dass du damit das Band zwischen uns zerreißt … Du kanntest meine Gefühle für sie.«

»Ich habe geglaubt, du würdest darüber hinwegkommen, dass es nur eine Schwärmerei wäre …«

Colin sah seinen Bruder lange an und stieß dann einen ernüchterten Seufzer aus.

»Wieso, haben denn deine Gefühle nachgelassen?«

Er versuchte zu lächeln, brachte aber nur eine Grimasse zustande. Mit einer weit ausholenden Bewegung verjagte er ein Insekt und sprach dann weiter.

»Und dann, als ihr nach Edinburgh geflohen seid, da habe … habe ich gehofft …«

Seine Stimme versagte, und er wandte sich ab.

»Was hast du gehofft?«

»Nun, du wurdest wegen Mordes gesucht …«

»Du hast dir gewünscht, dass mich die Garde ergreift und für den Mord an diesem Bastard Dunning aufhängt? Dann hättest du nur noch die arme, trauernde Witwe deines Bruders zu trösten brauchen. Ist es das, was du mir zu sagen versucht?«

Das Schweigen zog sich in die Länge, und in Liam stieg eine dumpfe Wut auf.

»Herrgott, Colin!«

Der Hauch von Mitgefühl, der ihn kurz gestreift hatte, wich jetzt kaltem Zorn. Sein Bruder stand nur eine Armeslänge von ihm entfernt, doch er hatte den Eindruck, dass ein meilenbreiter, unüberwindlicher und bodenloser Abgrund sie trennte. Seit zwanzig Jahren nährte sein Bruder eine an Besessenheit grenzende Leidenschaft für Caitlin und einen grenzenlosen Groll gegen ihn. Was mochte noch von seinem Herzen übrig sein? Ein scharfer Schmerz fuhr durch seinen Magen. Hatte Colins Hass ihn tatsächlich so weit getrieben, dass er ihm den Tod gewünscht hatte?

»All diese Jahre hast du dir gewünscht, ich wäre tot? Ich traue meinen Ohren nicht! Trotz allem, was uns trennt, bin ich dein leiblicher Bruder, Colin! Hast du das etwa vergessen? Wie konntest du nur?«

»Ich weiß!«, kreischte Colin und hielt sich die Ohren zu.

Er stieß einen lauten Verzweiflungsschrei aus.

»Nicht deinen Tod habe ich gewollt, Liam. Ich wollte nur Caitlin für mich haben … Ich weiß, für dich hört sich das wahrscheinlich vollständig absurd an, aber das ist wirklich alles, was ich wollte! Ich verstand mich ja selbst nicht mehr, ich habe mich gehasst …«

»Aber nur mein Tod hätte vermocht, sie in dein Bett zu führen, stimmt's?«

»Nein …«

»Wie, nein? Hättest du eine andere Lösung für dein Problem gefunden?«, gab er schneidend zurück. »Komm schon, sprich dich aus! Hast du geglaubt, sie würde sich darauf einlassen, mit dir zusammenzuliegen?«

»Herrgott!«, fluchte Colin und wandte seinem Bruder den Rücken. »Du hattest wohl doch recht. Ich hätte nicht davon sprechen sollen.«

»Jetzt ist es ein wenig zu spät dazu, mein Alter. Ich möchte gern hören, wie es mit uns weitergehen soll. Los, mach schon! Welche Lösung hast du gefunden?«

Liam packte seinen Bruder am Kragen und riss ihn herum.

»Nein, Liam … Ich will nicht weiter davon sprechen … Das alles ist inzwischen vorüber.«

»Oh nein! Es hat gerade erst angefangen. Du wirst deine kleine Geschichte, die, meiner Treu, mehr als interessant ist, beenden, Colin. Es ist gut, dass der Abszess geplatzt ist. Nun müssen wir die Wunde säubern. Weiter!«, befahl er und ließ seinen Bruder abrupt los.

Colin schwankte, dann schüttelte er den Kopf und zog die Augen zusammen.

»Liam …«

»Pack schon aus!«, schrie Liam, bleich vor Zorn. »Willst du immer noch, dass ich krepiere? Wer weiß, vielleicht erledigen ja in ein paar Tagen die *Sassanachs* dein Problem für immer! Außer, ich sehe den Hieb nicht kommen …«

Der Schlag traf ihn mitten in den Magen. Er krümmte sich und rang nach Luft. Colin sah ihn mit erschütterter Miene an und rieb sich die Faust.

»Wie kannst du es wagen, so etwas zu denken?«

Mit dem Kopf voran stürmte Liam auf ihn zu und stieß ihn gegen einen Baumstamm. Halb ohnmächtig seufzte Colin und rutschte zu Boden. Liam packte ihn am Kragen, zwang ihn zum Aufstehen und schwenkte die Faust vor seinem aschfahlen Gesicht.

»Ich weiß nicht mehr, was ich denken soll, Colin Macdonald. Das ist es ja gerade.«

Mit zusammengebissenen Zähnen gab er ihn endlich frei und stieß ihn von sich. Colin hielt sich an dem Baum fest, um nicht zu stürzen.

»Ich werde fortgehen«, erklärte Colin nach kurzem, bedrückendem Schweigen. »Sobald der Aufstand vorüber ist … Ich werde Schottland verlassen und in die Neue Welt gehen.«

Liam öffnete den Mund. Nein, lieber sagte er jetzt nichts. Zweifellos war es besser so.

»Im Grunde meines Herzens liebe ich dich immer noch, Liam … Aber ich liebe auch Caitlin, und ich kann nichts dagegen tun. Um die Wahrheit zu sagen, glaube ich nicht, dass ich jemals in der Lage sein werde, eine andere Frau zu lieben, solange sie da ist. Ich wünschte, du könntest das verstehen.«

»Ich versuche es.«

Einige Augenblicke lang sahen sie sich wortlos an, dann fuhr Colin fort.

»Ich habe es versucht, weißt du … Mit Maureen. Ich hatte es beinahe geschafft. Aber als sie das Kind verloren hat …«

Aufgewühlt verstummte er. Eine Träne rann über seine Wange.

»Wie konntest du nur, Colin? Du hast dich von ihr abgewandt, weil sie das Kind verloren hat?«

»Nein, so ist das nicht, es ist komplizierter. Caitlin … Sie hat nie ein Kind verloren. Ich hatte Angst, und ich bin fortgegangen, um Bilanz zu ziehen. Ich habe mich vor meiner eigenen Reaktion gefürchtet. Ich weiß, dass ich bei Maureen hätte bleiben sollen, dass sie Trost brauchte. Doch ich war nicht in der Lage, ihr den zu geben.«

»Hast du ihr deswegen Vorwürfe gemacht?«

»Nein, nicht ihr, sondern mir selbst. Herrgott, ich habe sie mit Caitlin verglichen! Caitlin hätte das Kind nicht verloren! Verstehst du, was ich dir zu erklären versuche? Damals habe ich erkannt, dass ich nicht Maureen liebte, sondern Caitlin, auf dem Umweg über sie. Doch jetzt war Maureen nicht mehr so wie Caitlin.«

Liam nickte. Doch um die Wahrheit zu sagen, begriff er nicht allzu viel von dem, was sein Bruder sich da zusammenfantasierte.

»Sie *war nicht* Caitlin.«

»Aber dass Caitlin nie ein Kind verloren hat, war reines Glück, nichts weiter.«

»Vielleicht«, stammelte Colin matt und ließ sich zu Boden gleiten. »Wenn ich gesehen habe, wie sie schwanger war von dir, dann habe ich mir eingebildet, das wäre mein Kind. Oh, Liam, ich habe mir vorgestellt… Bei Nacht hat ihr Bild mich verfolgt. Wie oft habe ich sie in Gedanken umarmt, mich an deine Stelle versetzt.«

»Verschone mich mit Einzelheiten, ja!«

Eindeutig, die Besessenheit seines Bruders ging tiefer, als er geglaubt hatte. Offensichtlich war es für alle die beste Lösung, wenn er in die Kolonien ging. Mit einem Mal schmerzte ihn der Druck in der Magengrube noch stärker, und eine entsetzliche Furcht beschlich ihn. Er spürte, dass seine Beine ihn kaum noch tragen mochten, und bekam keine Luft mehr.

»Colin, hast du jemals …?«

Er brachte es nicht fertig, die Frage auszusprechen, die ihn quälte und ihn das Schlimmste befürchten ließ. Sein Bruder erhob das tränennasse Gesicht zu ihm.

»Was?«

»Caitlin… Ich möchte wissen… Hast du sie… berührt?«

Colin sah ihn einen Moment lang fragend an, dann legte sich ein ungläubiger Ausdruck über seine Miene, als er die Frage verstand, die ihm gestellt wurde. Liams Züge wirkten wie erstarrt.

»Colin?«

»Nein. Also, einmal vielleicht …«

Ein unangenehmes Gefühl ergriff Liam. Sein Mund verzerrte sich, und ein entsetzliches Stöhnen drang über seine Lippen. Er schloss die Augen.

»Ich habe sie geküsst. Ein einziges Mal nur, das ist alles. Das schwöre ich dir beim Grab unseres Vaters.«

»Geküsst? Wann?«

»An eurem Hochzeitstag, unmittelbar bevor ich sie in die Kirche geführt habe… Eigentlich sollte ich eher sagen, dass ich ihr einen Kuss gestohlen habe, denn, verstehst du… Sie wollte nicht.«

»Hast du sie gezwungen?«

»So weit würde ich nicht gehen. Sagen wir, dass ich sie überrumpelt habe.«

»Und danach nie wieder?«

Sein Herz pochte so heftig, dass er meinte, seine Brust müsse zerspringen. Was würde er tun, wenn Colin ihm gestand, dass er seine Frau mit Gewalt genommen hatte? Seine Finger krampften sich so fest um das Heft seines Dolches, dass sie schmerzten.

»Nie mehr. Ich hatte ihr gelobt, sie nie wieder zu belästigen, sobald sie deine Frau war, und ich habe mein Versprechen gehalten.«

Ihre Blicke begegneten sich.

»Ich liebe Caitlin, Liam. Aber du bist mein Bruder, und ich liebe dich ebenfalls. Niemals wäre ich in der Lage gewesen, einen solchen Verrat an dir zu begehen. Das ist es ja, was mich umbringt.«

Er stieß ein zynisches Auflachen hervor und ließ seine Schultern kreisen.

»Sonst wäre das alles viel einfacher gewesen.«

Er lächelte schwach, und in der einbrechenden Dunkelheit leuchteten seine Zähne auf.

»Du, Caitlin, Sàra und die Kinder, ihr seid das Kostbarste, was ich auf dieser elenden Welt besitze, Liam. Ich würde mein Leben für euch hergeben … Falls es denn noch etwas wert ist«, setzte er nach kurzem Zögern ironisch hinzu. »Deswegen habe ich beschlossen, dass ich fortgehe. Ich habe euch schon genug wehgetan. Ich werde nicht zurückkommen.«

Er holte tief Luft, um sein von Alkoholdünsten gesättigtes Hirn durchzulüften, und setzte eine bitter-süße Miene auf.

»Allerdings kann ich mich einfach nicht an den Gedanken gewöhnen«, setzte er leise hinzu, »dass meine Gebeine nicht auf *Eilean Munde** ruhen werden.«

Liam warf Colin einen verblüfften Blick zu und streckte ihm

* Insel im Loch Leven, die dem Clan der Macdonalds von Glencoe seit Generationen als Begräbnisstätte diente.

dann eine Hand entgegen, als ihm der Sinn seiner Worte klar wurde.

»Deine Seele wird immer in Schottland wohnen, mein Bruder.«

Fest griff Colin nach der dargebotenen großen Hand und erhob sich. Dann, plötzlich, sah er auf einen Punkt hinter Liam, erstarrte und stieß eine Art Stöhnen aus. Liam wandte sich um. Ein paar Schritte weiter, in Hörweite, entdeckte er Duncan, der von den kahlen Ästen der Büsche nur halb verborgen wurde.

»Wie lange bist du schon dort, Sohn?«, fragte Liam mit ausdrucksloser Stimme.

Langsam verließ der junge Mann sein Versteck und warf seinem Onkel einen undeutbaren Blick zu.

»Zu lange, fürchte ich.«

»Ah!«, versetzte Liam bestürzt.

Colin räusperte sich und wich dem vorwurfsvollen Blick seines Neffen aus.

»Ich gehe ins Lager zurück«, stotterte er. »Morgen marschieren wir gegen Dunblane, und ich will mich ausruhen.«

»Was genau hast du gehört?«, fragte Liam, nachdem Colin verschwunden war.

»Beinahe alles.«

»Nun gut.«

Was gab es dazu noch zu sagen? Liam zog seinen Wetzstein hervor und legte ihn zu seinen Füßen ins Gras, damit er die Feuchtigkeit aufnahm.

»Ich bin euch vom Lager aus gefolgt. Ich wollte mit dir über … Es tut mir leid. Ich hatte nicht vor, euch zu belauschen, aber … dann habe ich eure wütenden Stimmen gehört und bin geblieben. Vater! Ich hatte gedacht, Colin hätte endlich eingesehen, dass Mutter deine Frau ist und dass … Das ist vollkommen lächerlich! Seitdem sind zwanzig Jahre vergangen.«

Aufgewühlt wrang er sein Barett zwischen den Fingern.

»Ich weiß.«

»Er hat zugegeben, dass er die ganzen Jahre versucht hat, dich dafür büßen zu lassen. Bist du ihm deswegen böse?«

»Ja und nein. Das alles geht in meinem Kopf noch viel zu sehr durcheinander. Auf gewisse Weise kann ich es ihm nicht übelnehmen. Alles in allem hat er sein eigenes Leben vergeudet, nicht meines. Und außerdem ist Colin schon immer unbekümmert und wagemutig gewesen. Auch wenn die Situation anders gewesen wäre, hätte er zweifellos dieselben Dummheiten angestellt.«

»Aber so ist es nicht.«

»Das ist wahr. Ich habe immer gewusst, dass Colin deine Mutter liebt, Duncan. Wie du weißt, hat er auch nie einen Hehl daraus gemacht. Aber ich habe es vorgezogen, es nicht zu sehen. Er hat sich mit Leuten aus dem Clan der Macgregors zusammengetan, die als gebrochene Männer auf der Ebene von Rannoch Moor lebten. Oft ist er wochenlang verschwunden. Ich schäme mich, es zu sagen, aber mir kam das gut zupass und hat mir das Leben erleichtert. Das währte allerdings nicht lange. Danach wurde alles nur noch schlimmer. Zu der Gruppe gehörte ein gewisser Dugal Ban MacKellar. An diesen Mann erinnere ich mich sehr gut! Niemand wird jemals MacKellar vergessen!«, schmunzelte Liam kopfschüttelnd.

Er hob seinen Stein auf, setzte sich im Schneidersitz auf den kalten Boden und legte ihn in die Falten seines Kilts. Dann begann er mit langsamen Bewegungen seinen Dolch zu schärfen.

»MacKellar«, fuhr er fort, ohne den Blick von dem schimmernden Metall zu heben, »stank zehn Meilen gegen den Wind. Ich habe nie begriffen, wie er es fertigbrachte, die armen Reisenden, die er ausraubte, zu überraschen.«

»Hat Onkel Colin ebenfalls Reisende überfallen? Willst du sagen, dass er ein Straßenräuber ist?«

»Er war es«, verbesserte Liam und prüfte mit dem Fingernagel die Schärfe seiner Klinge. »Seine Laufbahn war von sehr kurzer Dauer. Das war im Jahre 1697. MacKellar, Colin und einer der Macgregors hatten angeblich in der Nähe von Bracaldine einem Reisenden die Kehle durchgeschnitten und ihm fast achthundert schottische Pfund gestohlen. Colin und Macgregor behaupteten, MacKellar habe das scheußliche Verbrechen begangen. Das Geld haben sie sich aber trotzdem geteilt. Zwei Wochen später tauchte die Garde im Tal auf. Jemand hatte MacKellar denunziert und verraten, dass er sich bei uns versteckt hielt. Colin hatte gerade noch Zeit, sich mit seinen Kumpanen in den Hügeln zu verstecken. John hat man vorgeworfen, einem Mörder Asyl zu gewähren, und MacKellar wurde unter starker Bewachung nach Fort William gebracht, wo man ihn aufhängte. Damit war die Laufbahn deines Onkels als Straßenräuber beendet. Anschließend hat er sich auf Überfälle gegen die Ländereien der Campbells verlegt, und da er niemals etwas so macht wie alle anderen …«

Aus dem Augenwinkel beobachteten Liam seinen ältesten Sohn, der an demselben Baum lehnte, an den sich kurz zuvor noch Colin gestützt hatte. Als der junge Mann den Namen Campbell vernahm, errötete er, sagte aber nichts. Duncan war vor drei Wochen wieder zur Armee gestoßen. Liam hatte nicht gewagt, ihn nach der Tochter des Laird von Glenlyon zu fragen, und darauf gewartet, dass sein Sohn von selbst darauf zu sprechen kam. Doch der hatte kein Wort über das Thema verloren. Einige Männer aus dem Clan hatten ihn bei mehreren Gelegenheiten damit aufgezogen. Da war der junge Mann, der für gewöhnlich von so ausgeglichenem Temperament war, derart in Rage geraten, dass Liam hellhörig geworden war. Ganz ohne Zweifel war etwas vorgefallen.

»Dann wird mein Onkel also in die Neue Welt gehen?«, fragte Duncan, doch er wirkte abwesend.

»Anscheinend ja. Es ist seine Entscheidung.«

»Aber du billigst sie?«

Liam überprüfte die zweite Schneide der Klinge. Zufrieden mit seiner Arbeit, steckte er dann seinen Stein ein und wandte sich seinem Sohn zu.

»Wenn es das Einzige ist, das ihm Frieden schenken kann, ja.«

»Aber er ist der letzte Familienangehörige, den du noch im Tal hast, Vater«, meinte Duncan und schaute ihn ernst an.

»Ich weiß, Duncan. Aber es ist sein Leben, nicht meines.«

»Auf jeden Fall weiß ich nicht, wie ich reagieren würde, wenn Ran mir sagen würde, dass er für immer fortgeht.«

»Du würdest schon lernen, seinen Entschluss zu akzeptieren.«

Liam entfaltete seine Beine und streckte sie stöhnend aus.

»Apropos«, sagte er und sah zu den Sternen auf, die bereits an dem indigoblauen Himmel zu funkeln begannen, »warum wolltest du denn nun mit mir sprechen?«

»Ich … Ach was! Das kann warten.«

Duncan räusperte sich. Entschlossen, ihn endlich zum Reden zu bringen, holte Liam noch einmal aus.

»Hat es etwas mit dem Campbell-Mädchen zu tun?«

Duncan erstarrte.

»Ähem …Schon möglich …«, stammelte Duncan und strich sich eine lange Haarsträhne hinters Ohr. »Also gut, ja.«

»Na schön, was hast du auf dem Herzen?«

»Ich weiß nicht so recht, wo ich beginnen soll …«

Liam lächelte in sich hinein. Ganz offensichtlich gab er heute Abend den Beichtvater für alle gequälten Seelen ab.

»Wie wäre es mit dem Anfang?«

»Ich weiß nicht, Vater …«

Mit einer blitzschnellen Bewegung verscheuchte er ein kleines Nachtpfauenauge, das sich auf seinen Schenkel gesetzt hatte. Dann brach er einen Zweig von einer rosafarbenen Calluna ab, um daran zu riechen.*

»Wie …«

Geduldig wartete Liam auf die Fortsetzung, doch vergeblich.

»Duncan?«

»Ach, Herrgott! Dieses Mädchen macht mich noch wahnsinnig. Aber ich weiß nicht genau, was ich für sie empfinde.«

»Mhhh … Ist mir auch schon passiert.«

»Tatsächlich?«, fragte Duncan verblüfft und sah seinen Vater aus großen, erstaunten Augen an. »Wann? Ich meine, bei wem?«

»Deiner Mutter …«

»Und bei deiner ersten Frau, Anna?«

»Bei Anna war das etwas anderes. Bei ihr habe ich mir niemals Fragen gestellt. Alles hat sich einfach von selbst ergeben.«

* Auf der Heide wachsende Pflanze mit traubenförmigen Blüten, die später als die des Heidekrauts blühen. Eines der Wahrzeichen Schottlands.

»Und wie war das bei Mutter?«

»Sie sollte eigentlich nur so lange in Glencoe bleiben, bis sie von einer Verletzung genesen war. Ich wollte mich nicht an sie binden, und zwar aus mehreren Gründen.«

»Und welche waren das?«

»Nun ja, zuerst einmal hatte ich mir nach Annas Tod gelobt, nie wieder eine Frau zu lieben.«

»Warum?«

Liam zuckte die Achseln und verzog unschlüssig den Mund.

»Wahrscheinlich hatte ich Angst, wieder zu leiden«, erklärte er mit ernster Stimme.

»Und die anderen Gründe?«

»Sie wurde wegen Mordes gesucht. John hätte niemals erlaubt, dass sie im Tal bleibt. Er hatte dem König versichert, dass der Clan ein mustergültiges Verhalten an den Tag legen würde. Auch nur zeitweilig eine Frau zu beherbergen, die wegen Mordes gesucht wurde, entsprach nicht gerade diesen Grundsätzen. Außerdem war da Colin, der ihr ganz offen den Hof machte.«

»Ach ja, Colin …«

»Also bin ich für ein paar Tage fortgegangen, um mir über alles klarzuwerden. Caitlin hatte ich in Sàras Obhut gelassen. Ich habe geglaubt, dass die Entfernung mein Problem regeln würde, dass ich sie vergessen könnte. Sie war sehr schön, und es machte mich verrückt vor Begehren, auch nur in ihrer Nähe zu sein. Ich musste sie vergessen, durfte sie nie wiedersehen.«

»Aber es ist anders gekommen, nicht wahr? Du konntest sie einfach nicht aus dem Kopf bekommen, und bei Nacht hat dich die Erinnerung an sie gequält, oder?«

Liam lächelte. Sein Sohn schien die Qualen, von denen er sprach, gut zu kennen. Er nahm seine Brosche ab, steckte sie in seinen Sporran und wickelte sich dann in sein Plaid. Die Nacht versprach eisig zu werden.

»Noch schlimmer: Mein Herz schlug nur noch für sie. Um sie bei mir zu behalten, hätte ich mich auch von meinem Clan verbannen lassen. Doch unterdessen hatte ich herausgefunden, dass sie nicht mehr wegen des Mordes an Lord Dunning gesucht wurde.«

»Sondern du …«

»Ja. Wenn also jemand das Tal verlassen musste, dann ich und nicht Caitlin. Angesichts dieser neuen Wendung fand ich, dass mich nichts mehr daran hinderte, sie zu heiraten. Doch als ich nach Carnoch zurückkehrte, war sie schon fort. Ich habe wirklich geglaubt, sie für immer verloren zu haben. Und in diesem Moment wusste ich es.«

»Was?«, fragte Duncan leicht ungeduldig.

»Nun ja, dass ich sie wirklich liebte. Erst durch die Angst, jemanden oder etwas zu verlieren, erkennen wir, wie sehr wir daran hängen.«

»Aber was geschieht, wenn uns jemand verboten ist, unerreichbar?«

Duncans Stimme war kaum noch zu hören. Liam betrachtete ihn mit einem zärtlichen Blick. *Mein Sohn hat sich in eine Campbell verliebt. Möge Gott ihm helfen!*

»Nichts ist unerreichbar, wenn man es wirklich will. Man muss allerdings etwas aufs Spiel setzen.«

»Sogar, wenn die Folgen katastrophal sein können?«

»Liebst du sie wirklich, mein Sohn?«

Der junge Mann fuhr zusammen und wandte ihm dann einen verunsicherten Blick zu.

»Ob ich sie wirklich liebe? Das ist ja gerade die Frage, die ich mir ohne Unterlass stelle, Vater«, gestand er schließlich. »Sie ist nämlich ein richtiger Feuerkopf.«

Liam lachte laut auf und klopfte seinem Sohn voller Zuneigung auf die Schulter.

»Sie ist eine Campbell, vergiss das nicht.«

»Wie könnte ich? *Ne obliviscaris!*«

Duncan schloss einen Moment die Augen, dann schlug er sie wieder auf und lächelte ihm abgespannt zu.

»Was ist geschehen?«

»Nichts, das ist es ja gerade. Ich dachte, dass … Ich habe mich ihr gegenüber sehr korrekt verhalten. Ich meine … Ich habe sie wie eine Dame behandelt. Und dann, irgendwann, hatte ich den Eindruck, dass sie Vertrauen zu mir fasste … Da habe ich …«

»Du hast doch nicht versucht, sie zu … verführen?«

Duncan antwortete nicht sofort. Liam seufzte verdrossen.

»Du hast ja recht, aber ich habe nichts erzwungen, Vater, das schwöre ich dir. Sie selbst hat in letzter Minute …«

»Hatte ich doch so eine Ahnung, dass zwischen euch beiden etwas vorgefallen ist. Seit du ins Lager zurückgekehrt bist, bläst du Trübsal. Du musst dich ein wenig aufrappeln, mein Junge, denn die Schlacht, die uns erwartet, wird ein weniger schönes Erlebnis werden.«

Duncans verlegene Miene wich einem besorgten Ausdruck.

»Vater … Wegen der Schlacht …«

Er schluckte, und auf seinen Zügen malte sich das Entsetzen.

»Es ist keine Schande, Angst zu haben, Duncan. Kein Mann, der richtig im Kopfe ist, tritt dem Feind gegenüber, ohne dass es ihm in den Eingeweiden rumort. Und ich versichere dir, dass ich keine Ausnahme von dieser Regel mache.«

Duncan sah ihn lange an und schlug dann die Augen zu dem sternenbesetzten Himmelsgewölbe auf, das sich über ihnen in die Unendlichkeit erstreckte.

»Ja, Großvater Kenneth wird über uns wachen.«

Liams Herz zog sich vor Rührung zusammen. Sein Sohn konnte mit ihm reden wie ein Mann, und im nächsten Moment wurde er wieder zum Kind. Und dieses Kind zerrte er mit sich in den Krieg.

In dieser Nacht trug Liam beim Einschlafen die seidige, tiefschwarze Haarsträhne auf dem Herzen. Er träumte von Caitlin, von ihrem warmen Körper, der unter seinem lag, von ihrer weichen Haut unter seinen Fingern, und von ihren Lippen, die so süß wie Honig waren. Er sah vor sich, wie seine Hände die anmutige Linie ihres Halses, ihrer Schultern nachzogen. Dann glitten sie tiefer und umfingen ihre Brüste, um sie wieder freizugeben und ihren Weg bis zu der Rundung ihrer Hüften fortzusetzen und dort einen Moment lang zu verharren, um dann zwischen ihre Schenkel zu wandern … an den Ort, an dem er sich verlieren, sich verstecken wollte. In sie hineinzugleiten und dort Zuflucht zu finden, sich in ihre Wärme zu schmiegen und nie wieder hervorzukommen … Er stöhnte.

Eine Hand packte ihn und rüttelte an ihm. Nein! Er wollte nicht! *Ich will hier bleiben, lasst mich in Ruhe!* Wieder seufzte er. Caitlins süße Wärme verließ ihn, und er zitterte. Nein!

»Nein ...«

»Liam! Geht es wieder?«, flüsterte eine Stimme.

Die Hand schüttelte ihn sanft. Liam schlug verstört die Augen auf.

»Alles in Ordnung?«

Simon beugte sich über ihn und sah ihn besorgt an.

»Ähem ... Ja, es geht schon wieder, Simon, ich glaube, ich habe geträumt. Tut mir sehr leid, dich geweckt zu haben.«

Simons Hand drückte behutsam seine Schulter.

»Ich weiß, wie das ist, Liam. Genauso war das vor Killiecrankie.«

»Ja ...«

»Schlaf weiter. Bald wird es Morgen sein; wir haben noch eine oder zwei Stunden.«

Liam schloss die Augen. *Caitlin, a ghràidh ... fan leamsa, tha dith agam ort.* Caitlin, meine Liebste ... Bleib bei mir, ich brauche dich.

Doch er schlief nicht wieder ein.

11

Drummond Castle
12. November 1715

Die Eisblumen schmolzen unter Marions warmen Fingern, die auf dem Fensterglas lagen. Die herrlichen Gärten, die sich unterhalb von Drummond Castle erstreckten, lagen erstarrt unter einer dünnen Schneedecke, die in der vergangenen Nacht gefallen war. Die junge Frau betrachtete die Sonnenuhr aus dem letzten Jahrhundert, die sich im Zentrum des Andreaskreuzes, das die mit Kies bestreuten Wege bildeten, erhob. Doch in Gedanken war sie weit fort.

Ein hartnäckiges Husten und das Knarren eines Ledersessels rissen sie aus ihren Tagträumen. Doch sie wandte sich nicht um, sondern zog es vor, ihren Blick noch ein wenig über die wunderschöne Umgebung schweifen zu lassen und sich vorzustellen, wie prachtvoll der Rosengarten im Juni aussehen mochte. Kurz schloss sie die Augen und rief sich den schweren Duft der Rosen ins Gedächtnis, die einst die Gärten von Chesthill gesäumt hatten und die ihre Mutter mit so viel Liebe gepflegt hatte. Heute waren die Büsche den Dornengewächsen und dem Unkraut überlassen. Margaret, die sie gepflegt hatte, war nicht mehr da, und sie, Marion, hatte kein besonderes Geschick für die Gartenarbeit. Doch es gab ihr einen Stich ins Herz, sich an die Schönheit des Gartens zu erinnern.

Wieder erklang hinter ihr das Husten. Bedauernd riss die junge Frau den Blick von der blassen Landschaft los und wandte sich langsam zu dem alten Mann um, der in seinem Sessel herumrückte. Das tief zerfurchte, rot angelaufene Gesicht des Earl of Breadalbane zuckte krampfartig. Der Mann streckte eine zitternde Hand nach der Kanne aus, die auf dem Tisch zu seiner Rechten stand, und griff danach. Zerstreut sah Marion zu, wie ihr Onkel sich mit unsicheren Bewegungen einen Becher Wein einschenkte, um den neuen Hustenanfall, der ihn schüttelte, zu beruhigen.

»Setzt Euch, meine Liebe«, forderte Sir Grey John Campbell sie schließlich auf und stellte seinen Becher auf den Tisch.

Aus tief in den Höhlen liegenden kleinen grauen Augen musterte er sie. Sie rührte sich nicht.

»Nein, wenn es Euch nicht stört, möchte ich lieber stehenbleiben.«

»Wie Ihr wollt!«, meinte er und klopfte mit seinem Stock auf den Boden vor sich.

Klappernd ließ er die Krücke auf das Parkett aus gewachster Eiche fallen und zog die Decke, die seine dünnen, in braunen Samt gekleideten Beine wärmte, hoch.

»Ihr müsst nach Glenlyon zurückkehren, mein Kind«, begann er. »Es wird nicht mehr lange dauern, bis die Kämpfe beginnen. Eurem Vater wäre es lieber, Euch im Schutze seines Tales zu wissen.«

»Ich weiß …«

Das lange, magere Gesicht unter der Perücke wirkte gelblich. Marion biss sich auf die Lippen. Sie wollte nicht fort, jedenfalls noch nicht. Gewiss, ihr Vater hatte ihr das Versprechen abgenommen, so schnell wie möglich nach Hause zurückzukehren, sobald sie sich in der Lage fühlte, erneut zu reisen. Doch es war ihr gelungen, ihre Abreise um einige Tage hinauszuschieben, indem sie diverse Leiden vorgeschützt hatte. Aber heute waren ihr die Ausreden ausgegangen. Und Breadalbane, der sie durchschaut hatte, konnte es nicht abwarten, sie aus dieser Gegend, in der die jakobitischen Armeen lagerten, herauszubringen.

Der Laird hatte ihm von dem kleinen Ausritt seiner Tochter mit einem Mann aus Glencoe erzählt. Marion hatte beinahe geglaubt, den alten Mann werde der Schlag treffen, doch er hatte es verkraftet. Der alte Fuchs war wie vor den Kopf geschlagen gewesen. Mit aller Kraft, die er noch besaß, hatte er Gift und Galle gespien. Glenlyons Tochter mit diesem Abschaum aus

Glencoe? Welch ein Grauen! Dieses Volk von Banditen durfte auf keinen Fall mit einer Tochter des glanzvollen Hauses Campbell verkehren, und erst recht nicht mit der Tochter des Laird von Glenlyon. *Aber Duncan ist ein sehr korrekter junger Mann!*, hatte sie ihn zu beruhigen versucht. »*Korrekt*?«, hatte Breadalbane gebrüllt. »Ein Mann aus Glencoe, korrekt? Ich kenne sie gut genug, um zu wissen, dass kein Mann aus dem verfluchten Tal redlich sein kann! Dieses Tal ist ein Nest von Schurken, blutrünstigen Räubern und Banditen!«

Der Alte hatte seine Worte mit einem solchen Zorn hervorgestoßen, dass sie nicht gewagt hatte, etwas darauf zu erwidern. Sogar ihr Vater war verstummt. Dieser Vorfall hatte sie dazu gebracht, sich zu fragen, ob er dieselbe Vorstellung vom Clan der Macdonalds hatte wie Breadalbane. Es war offensichtlich, dass ihr Vater diesen Leuten keine Liebe entgegenbrachte: In seinem Viehbestand fehlten regelmäßig einige Tiere, nachdem sie in seine Ländereien eingefallen waren. Aber noch nie hatte sie ihn so heftig über sie schimpfen hören wie den alten Earl. »Wenn Robert, dieser Idiot, seine Arbeit anständig getan hätte, dann wären heute die Berge von Argyle und Breadalbane friedlicher und sicherer und würde nicht von diesem abscheulichen Gesindel wimmeln, diesen Galgenvögeln!«, hatte der alte Mann gedonnert und mit seinem Stock hart auf den Boden geschlagen. Sie hörte noch den Nachhall seiner letzten Schimpftirade.

»Marion Campbell!«

Sie fuhr zusammen.

»Ihr werdet morgen in aller Frühe abreisen«, erklärte er und sah sie ernst an.

»Morgen?«

»Ich habe meine Kutsche für Euch herrichten lassen. Drei Männer werden Euch eskortieren.«

»Ich kann nicht fort, die Männer meines Clans werden nach den Kämpfen sicherlich Pflege benötigen …«

»Unsinn! Dazu gibt es genug Frauen im Lager!«

Sie suchte nach Worten, um ihn umzustimmen. Doch sie wusste, dass es verlorene Mühe war. Nur ein missbilligender

Laut kam über ihre Lippen. Breadalbane musterte sie einen Moment lang mit unnachgiebiger Miene, dann wurden seine Züge ein wenig weicher.

»Ich bin Euch dankbar für alles, was Ihr für mich getan habt, Marion«, sprach der alte Mann in ruhigerem, beinahe freundlichem Ton weiter, »aber ich kann Euch nicht erlauben, länger hierzubleiben. Die Armee des Duke of Argyle ist zu nahe.«

Er lehnte sich in seinem Sessel zurück, der erneut knarrend protestierte.

»Wenn Argyle erfährt, dass Ihr Euch in Inveraray in sein Arbeitszimmer geschlichen habt …«

»Niemand hat mich gesehen.«

»Man darf sich seiner niemals zu sicher sein, glaubt mir. Das ist ein Fehler, der sich für uns als verhängnisvoll erweisen könnte. Es sind schon Köpfe gerollt, weil Männer sorglos und unvorsichtig waren.«

»Niemand befand sich in diesem Flügel des Schlosses, als ich hineingegangen bin. Alle waren damit beschäftigt, das ›schwarze Lager‹ von General Gordon zu beobachten, das weniger als eine Meile von dort entfernt lag.«

»Einer der Dienstboten vielleicht? Wie soll man das wissen?«

Das war wenig wahrscheinlich. Immer wieder hatte sie sich vergewissert, dass ihr niemand gefolgt war. Und außerdem, wer hätte sich Gedanken wegen eines Soldaten gemacht, der in den Fluren des Schlosses, das dem General von König Georges Armeen gehörte, patrouillierte? Denn sie trug eine Uniform der Krone, die sie aus dem Arbeitszimmer des Duke entwendet hatte, als sie dort nach kompromittierenden Briefen suchte. Der Earl of Breadalbane hoffte, etwas zu finden, mit dessen Hilfe er den Duke of Argyle in Misskredit bringen konnte, falls die Jakobiten eine Niederlage erlitten. Wenn er nicht selbst das Herzogtum erhalten konnte, das er stets begehrt hatte und durch das er zum Oberhaupt des Macdiarmid-Clans der Campbells würde, dann hätte er zumindest die Genugtuung, dass Argyle seinen Besitz verlor. Doch dafür brauchte er Beweise, dass der Duke dem Haus Hannover nicht loyal gegenüberstand, und die waren nicht so einfach zu finden.

Der alte Mann hatte darüber nachgedacht, ein Komplott zu schmieden, um Argyle der Majestätsbeleidigung zu bezichtigen. Sein Vorbild war dabei die Geschichte des Duke of Marlborough zur Zeit Williams III. gewesen. Der unglückliche Earl war mit sechs Wochen im Tower von London davongekommen; doch sein Ruf war unwiederbringlich geschädigt gewesen. Schließlich hatte man den Mann als Doppelagenten angeklagt, und er war in Ungnade gefallen. Breadalbane hegte den starken Verdacht, dass Argyle in diese Geschichte verwickelt gewesen war. Die Idee war gut gewesen. Doch er hatte sich gezwungen gesehen, sie aufzugeben, als man seinen Feind zum Generalissimus der Regierungsarmee ernannt hatte. Er musste etwas anderes finden. Vielleicht eine Korrespondenz mit einem jakobitischen Anführer?

Marion hatte der alte Fuchs bei einem Besuch mit ihrem Vater vor einigen Monaten als seine Spionin gewinnen können. Sie hatte ein Gespräch zwischen ihm und ihrem Vater mitangehört. Der Laird war gekommen, weil er einen Vorschuss von ihm erbitten wollte, um die seit über einem Jahr fällige Pacht zu bezahlen, und sie hatte ihn begleitet, wie sie es gelegentlich tat, denn anschließend musste er sich in geschäftlichen Angelegenheiten nach Edinburgh begeben.

Das Gespräch zwischen den beiden Männern hatte in einem kleinen, mit blühenden Rosen bewachsenen Laubengang stattgefunden. Doch sie waren zwar den Blicken entzogen gewesen, aber durchaus zu hören. Breadalbane hatte Glenlyon seine Absichten bezüglich Argyles Titel und Ländereien unterbreitet. Wenn es dem Prätendenten gelang, den Thron zu besteigen, konnte sein Traum Wirklichkeit werden. Doch offensichtlich konnte er dies nicht allein vollbringen. Aber wenn John Buidhe* ihm half, den Duke in Ungnade fallen zu lassen, dann könnte er vielleicht die Schulden, die der alte Trunkenbold Robert angehäuft hatte, beträchtlich verringern.

Niemals! Nein, niemals würde der Laird von Glenlyon sich dazu erniedrigen, auf eine solche Erpressung einzugehen, ganz

* John Buidhe Campbell, sechster Laird von Glenlyon.

gleich, wie hoch der Preis dafür sein sollte! Marion hörte noch immer die empörten Ausrufe ihres Vaters. Die Ehre eines Mannes stand nicht zum Verkauf, so hoch seine Schulden auch sein mochten! Für den Moment hatte die junge Frau nichts dazu gesagt. Doch einige Tage später war sie auf Chesthill ihrer Gouvernante entwischt und nach Finlarig Castle galoppiert. Zu Beginn hatte Breadalbane ihr Angebot abgelehnt, doch angesichts der Kühnheit, die sie an den Tag legte, hatte er es sich rasch anders überlegt. Warum nicht? Was hatte er zu verlieren? Außerdem, wer würde einer unschuldigen jungen Frau misstrauen? Obwohl er genau wusste, dass sie alles andere als harmlos war. Schließlich floss in ihren Adern das gleiche Blut wie in seinen. Ihr Vater brauchte verzweifelt Geld, doch sein Stolz hatte ihn bewogen, das verlockende Angebot des Earl auszuschlagen.

Und so hatte er Marion einige kleine Geheimaufträge in Inveraray anvertraut. Sie war in ihrer dritten Mission unterwegs gewesen, als die Macdonalds sie bei dem Versuch, ein Pferd zu stehlen, aufgegriffen hatten.

Mit finsterem Blick betrachtete sie den alten Earl, der jetzt die faltigen Augenlider über den verbrauchten Augen geschlossen hatte. Sie mochte diesen Mann nicht, er flößte ihr eher Verachtung ein. Wie weit würde er noch gehen, um den Machthunger zu stillen, der sein ganzes Leben lang sein Verhalten bestimmt hatte? Sicherlich, Breadalbane war ein äußerst intelligenter Mann. Dank seiner Schläue und nach jahrelanger Arbeit war es ihm gelungen, sich der schweren Last der Schulden, die seine Vorfahren im Laufe von Generationen angehäuft hatten, zu entledigen. Sein Vater, der zehnte Laird von Breadalbane, hatte es vorgezogen, seine Kraft bei seinen Ehefrauen zu vergeuden, die er unerhört schnell gewechselt hatte. Er hatte sechsundzwanzig legitime Kinder gezeugt, was zur Folge hatte, dass die Truhen des Familienzweigs der Campbells von Glenorchy vollständig geleert waren.

Als Kind hatte Breadalbane miterlebt, wie die Männer von Glencoe und Keppoch Ländereien verwüsteten, Scheunen leerten und den Besitz seiner Familie stahlen. 1645, nach der Niederlage der Campbells in Inverlochy*, wo sie den Macdonalds aus Irland, aus Keppoch und aus Glencoe unterlagen, waren ihre Ländereien immer wieder von den Clans aus Lochaber verwüstet worden, die sie daher als Räuber und Diebe betrachteten. Die Macgregors und Macnabs, die stets eine Rechnung mit den Campbells offen hatten, hatten sich an den Plünderungen beteiligt. Breadalbane war erst zehn gewesen, als die Macdonalds Häuser und Scheunen niedergebrannt, alle bewaffneten Männer, die sie antrafen, getötet und das Vieh davongetrieben hatten. Hinter sich hatten sie nur Verheerung, Blut und Tränen zurückgelassen.

Ein Jahr später war es zu dem Massaker in den Hügeln von Sron a'Chlachain gekommen. Es geschah bei der Hochzeit eines Mädchens aus Glenorchy mit einem Laird aus dem Hause der Menzies, die auf Finlarig Castle stattfand und bei der der gesamte niedere Adel von Breadalbane anwesend war. Die Campbell-Männer, die von der Anwesenheit der verfluchten Macdonalds auf ihrem Land erfahren hatten, waren, das Schwert in der Hand und den Kopf voller Whisky, dorthin gestürmt. Sechsunddreißig von ihnen waren umgekommen. Das Blut der Macdonalds hatte sich mit dem ihren vermischt und die Bäche, die auf den Loch Tay zuflossen, rot gefärbt.

Neun Jahre waren danach vergangen, bis die Clans von Glencoe und Keppoch erneut die Ländereien von Breadalbane verwüsteten. Ein junges Mädchen namens Mac Nee war umgekommen, als sie versuchte, die Marodeure daran zu hindern, Rinder wegzutreiben. Seitdem besangen die Frauen von Breadalbane den Mut des Mädchens. Und der Hass Sir Grey John Campbells of Breadalbane auf den Clan von Glencoe war ins Unermessliche angewachsen. Zu jener Zeit war der große MacIain Chief des Macdonald-Clans, und Breadalbanes Neffe, der junge Robert Campbell, Laird von Glenlyon. Die Schwächen des Letzteren

* Die Schlacht von Inverlochy fand in dem Bürgerkrieg statt, in dem die Highlander unter dem Kommando von James Graham, Marquess of Montrose, gegen die »Covenanters« unter dem Befehl von Archibald Campbell, Marquess of Argyle, kämpften..

hatte MacIain ausgenutzt und es nach siebenunddreißig Jahren geschafft, im Morgengrauen des 13. Februar 1692 endlich seinen tiefen Groll zu stillen und seinen Rachedurst zu befriedigen.

»Erobern und das Eroberte behalten«, lautete seitdem Breadalbanes Devise. So war dem Erben des Hauses Breadalbane, dessen einzige Waffe sein enormer Machthunger war, mit Hilfe einträglicher Ehen, Intrigen und lukrativer politischer Bündnisse der gesellschaftliche Aufstieg gelungen. Er hatte Titel und Privilegien angehäuft und dem Stuart-König gedient. Dann hatte Wilhelm von Oranien den Thron bestiegen, und er hatte sich auf seine Seite geschlagen, ganz natürlich, als verstünde sich das von selbst, ohne sich Fragen zu stellen. Er machte sich keine Gedanken darüber, ob er der einen königlichen Familie seinen Eid schwor oder einer anderen, sondern wandte sich ganz einfach dorthin, wo seine Interessen lagen, zu dem, der gerade die Macht in Händen hielt.

Grey John Campbell schlug die Augen auf und schenkte Marion ein spöttisches Lächeln.

»Ach, übrigens«, erklärte er mit sanfter Stimme, »habe ich Euch zum Dank für Eure treuen Dienste eine Mitgift von fünftausend Pfund ausgesetzt, mein Kind.«

Die junge Frau riss Mund und Augen auf.

»Eine Mitgift? Aber warum?«

Der alte Mann bewegte mühsam seine von der Gicht steifen Finger und warf Marion aus seinen grauen Augen einen forschenden Blick zu.

»Ihr werdet mir zustimmen, dass eine junge Frau eine angemessene Mitgift besitzen muss, um sich gut zu verheiraten.«

»Gewiss, aber ...«

»Euer Vater ist nicht in der Lage, sie Euch zu stellen. Unser kleines Unternehmen, das Argyle zu Fall bringen sollte, ist ganz offenbar gescheitert. Ich kann nicht alle Schulden Eurer Familie streichen, doch ich werde Euch nicht ohne Euren wohlverdienten Lohn ziehen lassen.«

Breadalbanes Lächeln verzerrte sich zu einer verächtlichen Miene. Marion grub die Fingernägel in die Handfläche. *Dieser Bastard!*

»Um Euch also eine unvorteilhafte Heirat mit einen Mann zu ersparen, den ich als … recht zwielichtig bezeichnen könnte und der dem Hause Schande bereiten würde, gebe ich Euch diese Mitgift. Später werdet Ihr mir dankbar dafür sein, meine Teure.«

Er hob einen knotigen Finger, runzelte die Stirn und sah sie düster und berechnend an.

»Eine Bedingung gibt es jedoch. Wenn Ihr damit einverstanden seid, wird Euer Vater eine gewisse Summe erhalten …«

Marion spürte, wie ihr die Sinne schwanden. Er wollte sie kaufen!

»Ihr werdet John Lyon heiraten, Earl of Strathmore and Kinghorne.«

»Wie bitte? Ich kenne den Mann nicht einmal!«

»Ihr werdet genug Zeit haben, das nachzuholen, meine Liebe. Er ist ein jakobitischer Edelmann von neunzehn Jahren und …«

»Ich werde ihn nicht heiraten!«, fiel sie ein. Die Hände in die Hüften gestemmt, ging sie vor dem Earl auf und ab.

Sie kochte vor Wut. Wie konnte er es wagen? Das war Erpressung!

»Mein Vater wird diesem Mann niemals meine Hand geben, ob er nun von Adel ist oder nicht …«

»Das ist bereits geschehen.«

Marion erbleichte. Nein, das konnte nicht sein … Ihr Vater hätte ihr davon berichtet. Niemals hätte er eine so wichtige Entscheidung über ihre Person getroffen, ohne zuvor mit ihr darüber zu sprechen.

»Also werdet Ihr morgen nach Chesthill zurückkehren, Marion«, sagte der Earl kühl. »Dort werdet Ihr bleiben, bis die Vorbereitungen für die Hochzeit getroffen sind. Unterdessen rate ich Euch, diesen … Spitzbuben nicht wiederzusehen. Wie hieß er noch? Ach ja … Duncan … Wie könnte ich diesen Namen vergessen? Duncan Macdonald.«

»Ich brauche von Euch keine Befehle entgegenzunehmen. Ihr seid nichts als ein …«

Marion legte die Hand auf ihre zitternden Lippen und erkannte mit einem Mal die Tragweite der kaum verhüllten Drohung des Grafen, der ihr jetzt sein gelbliches Gebiss enthüllte. Wie war es möglich, dass er über sie und Duncan Bescheid wusste?

»Wenn ich dreißig Jahre jünger wäre, würde ich Euch auch selbst heiraten, aber …«

Er zuckte die Achseln und verzog bedauernd den Mund.

»Mit meinen achtzig Jahren habe ich einer jungen Frau nicht mehr viel zu bieten, es sei denn mein Vermögen. Doch ich bezweifle, dass Ihr Euch dafür interessiert. Ich weiß, dass Ihr nicht zu dieser Art von Frauen gehört, Marion. Offensichtlich hätte mir das vieles sehr erleichtert. Aber was soll's … Ich kenne Euch seit frühester Kindheit, ich habe Euch aufwachsen gesehen. Und ich muss zugeben, dass mir das, was ich heute sehe, sehr gefällt. So hat dieser Robert diesem Lande doch zumindest etwas Gutes geschenkt. Mit Eurem starken Charakter seid Ihr für jedermann eine Herausforderung.«

Er räusperte sich und rieb sich die Hände. Seine Miene wurde ernst.

»Trotz allem, was Ihr möglicherweise von mir haltet, mag ich Euch gern. Aus diesem Grunde habe ich Euch dieses Angebot gemacht.«

»Das ist wohl ein Scherz, Sir! Ihr meint, mich zu retten?«

»Eure Seele natürlich. Versteht Ihr, ich bin alt, aber nicht blind.«

»Was soll das heißen?«

»Seit Ihr zusammen mit dem jungen Macdonald hier eingetroffen seid, wirkt Ihr träumerisch und besorgt. Ich weiß, was Ihr auf dem Herzen habt, Marion Campbell.«

»Ihr befindet Euch im Irrtum …«

»Tatsächlich? Warum ist Euch dann so daran gelegen hierzubleiben? Ich habe mir diesen Spitzbuben beschreiben lassen, nur um mir eine Vorstellung zu machen … Wie man mir berichtet hat, fehlt es ihm nicht an Charme. Ihr weigert Euch vielleicht, es einzugestehen, aber Ihr seid verliebt in diesen Mann.«

Marion ging nicht auf seine letzte Bemerkung ein. Sie war wie vor den Kopf geschlagen. Er hatte Duncan beobachten lassen! Hatte er auch ihr nachspioniert? Breadalbane starrte sie an und wartete offensichtlich auf eine Reaktion oder eine Äußerung von ihr, mit der sie sich verraten würde. Mit unglaublicher Anstrengung gelang es ihr, nach außen hin gleichmütig zu bleiben.

»Das allerdings, meine Teure, kann ich Euch nicht gestatten. Es kommt überhaupt nicht in Frage, dass Ihr Umgang mit diesem Abschaum aus Glencoe pflegt. Sarah, die Cousine Eures Vaters, ist mit MacIains jüngstem Sohn davongelaufen. Wir haben geglaubt, daraufhin würde der Clan uns eine gewisse Rücksichtnahme entgegenbringen, doch da waren wir wohl naiv. Diese Männer besitzen kein Ehrgefühl. Sie nehmen sich, was sie begehren, ohne Fragen zu stellen. Das ist alles.«

»Und Ihr glaubt, dass Ihr Euch anders verhaltet? Ich fürchte, das Einzige, das Euch von ihnen unterscheidet, sind Eure Methoden.«

Breadalbane stieß ein kurzes, raues Lachen aus, das in einem Husten endete.

»Ich will nur Euer Bestes, Marion. Später werdet Ihr das verstehen.«

»Betätigt Ihr Euch deswegen als Kuppler? Ihr müsstet doch wissen, dass Ihr bei diesem Spiel noch nie großen Erfolg gehabt habt.«

Die Miene des alten Mannes erstarrte, und er presste die Lippen so fest zusammen, dass sie wie ein schmaler weißer Strich wirkten. Marion gestattete sich ein verhaltenes Lächeln.

»Hat Euch nicht Euer ältester Sohn aus diesem Grunde den Rücken gekehrt?«

»Mein Sohn Duncan war nichts als ein Schwachkopf«, gab Breadalbane mit vorgetäuschter Gelassenheit zurück. »Er hätte meinen Sitz im Oberhaus geerbt, und es war seine Pflicht, seinen Rang zu achten. Ich konnte nicht zulassen, dass er die Tochter eines einfachen Pächters heiratete.«

Seine Finger krallten sich so fest um den fein gearbeiteten silbernen Knauf seines Stocks, dass seine Knöchel weiß wirkten, und sein Blick war leer.

»Er ist dennoch mit seiner Marjorie fortgegangen. Ihr habt ihn enterbt, weil er sich Euch nicht unterwerfen wollte.«

»Mein Sohn hatte Verpflichtungen gegenüber seinem Clan. Eines Tages wäre er Earl geworden.«

»Er hätte seine Pflichten erfüllt, wenn Ihr ihm die Möglichkeit dazu gelassen hättet«, fuhr sie fort und sah ihn herausfordernd an. »Was Euch an ihm gestört hat, war in Wahrheit sein unabhängiger Geist. Ihr konntet es einfach nicht hinnehmen, dass er anders dachte als Ihr. Ihr wart ganz einfach außer Euch, weil er sich nicht an Euch gewandt hat, um Euren Rat zu erbitten.«

Der Earl fixierte sie eisig; doch dann wandte er den Blick ab, als hätte ihn die scharfe Wahrnehmungsgabe der jungen Frau verunsichert. Seine verkniffenen Lippen entspannten sich und verzogen sich zu einem leisen Lächeln.

»Ihr habt Mumm, wisst Ihr. Zu schade, dass Ihr nur eine Frau seid, denn Ihr hättet einen ausgezeichneten Laird abgegeben.«

»Das bezweifle ich. Mich hättet Ihr nicht nach Belieben lenken können, wie Ihr es mit meinem Großvater getan habt. Nur gut, dass wenigstens mein Vater Euch zu schaffen macht…«

Marions Kehle schnürte sich zu. Die junge Frau schluckte mühsam. In ihrer Kühnheit war sie zu weit gegangen. Der Earl war ein mächtiger Mann, und ihr Vater war arm, ruiniert und ihm auf Gedeih und Verderb ausgeliefert…

»Wie dem auch sei, Ihr werdet morgen abreisen. Ich werde meine Entscheidung nicht zurücknehmen«, erklärte der Alte. »Der Earl of Strathmore ist ein wohlhabender Mann. Ich hätte mich auch weniger wohlwollend zeigen und euch einem viel älteren Witwer geben können, um ein interessantes Bündnis zu festigen. Doch ich habe darauf verzichtet, als Anerkennung für den Mut, den Ihr bewiesen habt, um Eurem Vater und Eurem Clan zu helfen.«

Aus dem Flur ließ sich ein Knarren vernehmen, dann gedämpfte Stimmen. Jemand pochte zögerlich an die Tür und unterbrach den alten Earl, der sich mit sichtlichem Missvergnügen der Quelle der Störung zuwandte.

»Was gibt es?«

Die Tür öffnete sich einen Spaltbreit, und ein Lakai steckte schüchtern die Nase herein.

»Was gibt es?«, fragte Breadalbane noch einmal.

Ängstlich trat der Bursche ein, neigte seine Perücke und rieb sich nervös seine weiß behandschuhten Hände hinter dem Rücken.

»Der Earl of Mar und Lord Drummond wünschen vor ihrer Abreise mit Euch zu sprechen, Sir.«

»Führt sie herein! Los doch!«, befahl Breadalbane und wedelte mit der Hand, dass seine Spitzenmanschetten flogen. »Mit Mistress Campbell bin ich hier ohnehin fertig.«

Die Tür öffnete sich weit, und ein elegant in Blau und Grau gekleideter Mann trat ein, gefolgt von zwei weiteren Gentlemen. Der erste verneigte sich vor Marion, ergriff ihre Hand und führte sie an die Lippen.

»Habe die Ehre, Madam. Ich bedaure, Eure Unterhaltung mit unserem teuren Breadalbane unterbrechen zu müssen, doch wir müssen ohne Verzug das Schloss verlassen, um zu unseren tapferen Kriegern zu stoßen …«

»Schon wieder?«, fragte Breadalbane.

Der Earl of Mar sah den Alten aus seinen leicht schräg stehenden Augen an.

»Man ist uns in Dunblane zuvorgekommen. Der Duke of Argyle muss von unseren Plänen erfahren haben und hat dort heute Morgen seine Zelte aufgeschlagen. Unsere Strategie, ihn zu den Brücken, die über den Forth führen, zu locken und dann von hinten anzugreifen, hat sich damit erledigt. Gerade eben habe ich die Bestätigung durch einen Expresskurier erhalten, den General Hamilton geschickt hat. Hamilton erwartet meine Befehle in Ardoch, auf der Ebene, die sich in der Nähe der römischen Ruinen befindet.«

»Und wo stehen General Gordons Männer?«

»Sie sind Hamilton eine oder zwei Meilen voraus. Ich habe ihm bereits einen ersten Befehl geschickt, in dem ich ihn auffordere, zu Gordon zu stoßen, sobald er den Hauptteil seiner Armee versammelt hat. Anschließend werden sie gegen Dunblane vorrücken.«

»Ihr habt aber nicht die Absicht, noch heute anzugreifen, oder?«, erkundigte sich der Earl leicht beunruhigt.

Lord Drummond, der bis jetzt stumm geblieben war, ergriff das Wort.

»Nein, die Männer sollen heute Nacht irgendwo in der Umgebung der Stadt biwakieren. Wir müssen dringend die Offiziere zu einem Kriegsrat zusammenrufen.«

»Wir wissen noch nicht, wo sich der Großteil der Armee des Duke befindet«, erklärte der dritte Mann, der sich bis jetzt im Hintergrund gehalten hatte und direkt neben der Tür stand.

Er war deutlich jünger als die beiden anderen, die um die vierzig sein mussten, und hatte ein charmantes Lächeln aufgesetzt, das zwei hübsche Grübchen in seinen fleischigen, glatten Wangen auftauchen ließ. Sein Blick wirkte intelligent, und seine schwarzen Augen richteten sich immer wieder auf Marion, die spürte, wie sie angesichts von so viel Aufmerksamkeit errötete. Der Mann war gut gebaut, doch spannte ein Übermaß an Fett seine Tartan-Weste gefährlich und quoll über seiner Halsbinde hervor, wo es unansehnliche Kinnwülste bildete.

»Argyle scheint Eure Absichten besser zu kennen als Ihr selbst, Mar. Ich wäre nicht erstaunt, wenn er sich mit seiner gesamten Armee bereits in Dunblane befinden würde. Seine Spione melden ihm zweifellos bereits jetzt die Position Eurer Truppen. Unterschätzt ihn nicht. Im Gegensatz zu Euch hat er sich seine Sporen in verschiedenen Feldzügen auf dem Kontinent verdient und mit mehr als einem Gegner die Waffen gekreuzt, während Ihr ganz ruhig auf eurer Bank im Parlament gesessen und Euch höchstens Rededuelle geliefert habt.«

Der Earl of Mar presste die Lippen zusammen, ging aber nicht auf die bissige Bemerkung des Alten ein.

»Wahrscheinlich wird es in den kommenden Tagen zum Kampf kommen«, meinte er, Gleichmut vorschützend. »Wir haben die Karten studiert und sind zu dem Schluss gekommen, dass das Tal von Strathallan oder die Hügel von Orchil uns interessante strategische Möglichkeiten bieten. Der am besten für einen Kampf geeignete Ort wäre zweifellos die Ebene von Sheriffmuir. Ich hatte daran gedacht, morgen bei Sonnenaufgang meine Streitmacht am Wallace Stone aufmarschieren zu lassen und auf Argyle und seine Truppen zu warten.«

Marion wich einige Schritte zurück und stieß gegen die Konsole, auf der zwei prachtvolle Stücke aus chinesischem Porzellan zu schwanken begannen. Entsetzt starrte Lord James Drummond auf seine wertvollen Vasen, bis sie endlich wieder ruhig standen.

»Tut mir furchtbar leid.«

Stand der Kampf wirklich unmittelbar bevor? Nein, sie konnte nicht nach Glenlyon zurückkehren. Duncan … Das Schwert der *Sassanachs.* Es musste doch eine Möglichkeit geben, diesen gerissenen alten Earl zu übertölpeln. Breadalbane warf ihr einen bedeutungsvollen Seitenblick zu, als ahne er, was sie vorhatte, und wandte seine Aufmerksamkeit dann wieder dem General der jakobitischen Truppen zu.

»Was ist mit den Jakobiten und dem Aufstand in England?«

»Ich warte immer noch auf neue Nachrichten. Die Truppen von Brigadier Mackintosh sind in Kelso zu der Streitmacht von Forster gestoßen. Am neunten November in Preston war ihre Stärke gewachsen und belief sich auf viertausend Mann. Nach der neuesten Kunde bereiten Mackintosh und Forster sich darauf vor, die Brücke von Warrington einzunehmen und sich auf diese Weise Manchester und Liverpool zu sichern. Wenn ihnen das gelingt, wird ihre Streitmacht beträchtlich anwachsen.«

Breadalbane brummte etwas Unverständliches und verzog dann das Gesicht.

»Warum sind sie nicht in den Norden gezogen? Sie hätten abwarten sollen, bevor sie so tief auf englisches Territorium vordringen. Dieser Teufel von Argyle ist ganz offensichtlich die einzige Macht in Schottland, die man fürchten muss. Wenn Mackintosh und Forster aus dem Süden gekommen wären und Ihr aus dem Norden, hätte sich der Duke zur Kapitulation gezwungen gesehen. Unsere Kräfte sollten sich einen und nicht zerstreuen, Mar. Erst wenn wir Schottland unter Kontrolle haben, sollten wir daran denken, nach England zu marschieren.«

»Ich fürchte, dazu ist es ein wenig zu spät. In dem Moment, in dem ich von ihren Entscheidungen und Bewegungen erfahre, vermag ich nichts mehr auszurichten. Ich weiß, dass dort unten die Meinungen der Anführer weit auseinandergegangen sind. Der alte Brigadier Borlum Mackintosh wäre am liebsten in Schottland geblieben und nach Stirling marschiert. Ich glaube, dass das unvorhergesehene Auftauchen von General Carpenter und seiner eintausend Mann zählenden Regierungsarmee in Wooler sie zu diesem Entschluss bewogen hat.«

Breadalbane seufzte.

»Dann können wir nur noch hoffen, dass es ihnen mit Gottes Hilfe gelingt, auf ihrem Marsch nach Süden so viele Aufständische zu rekrutieren, dass ihr Unternehmen mit Erfolg gesegnet ist.«

»Ja, mit Gottes Hilfe.«

Er zögerte einen Moment und räusperte sich verlegen; dann zog er einen Umschlag aus seinem Rock und reichte ihn Breadalbane.

»Ich habe hier die feierliche Verpflichtung, die von den jakobitischen Adligen und Chiefs, die an der Jagdpartie von Braemar teilgenommen haben, unterzeichnet wurde. Ich bitte Euch, so freundlich zu sein und sie an einem sicheren Ort aufzubewahren. Ihr werdet verstehen, dass dieses kompromittierende Dokument mehrere unter uns das Leben kosten könnte und auf keinen Fall in Argyles Hände fallen darf. Ich kann mir nicht erlauben, es hier zurückzulassen, und erst recht nicht, es bei mir zu tragen.«

Breadalbane nahm das wertvolle, gesiegelte Schreiben, das zwischen seinen Fingern knisterte.

»Macht Euch keine Sorgen. Morgen wird es auf Finlarig in Sicherheit sein.«

»Wir sind Euch zu Dank verpflichtet. Und nun muss ich Euch verlassen, um mich zu meinen Truppen zu begeben, die mich vor Einbruch der Nacht erwarten.«

»Ein Letztes, mein lieber Mar. Habt Ihr in letzter Zeit Nachrichten vom Prätendenten erhalten? Er lässt auf sich warten.«

Mars Finger spielten unruhig mit seiner Halsbinde. Langsam schüttelte er den Kopf.

»Ähem … Nein. Seit dem Tag, an dem wir Perth eingenommen haben, habe ich noch nichts von ihm gehört. Seine letzte Nachricht kündigte an, seine Landung auf schottischem Boden stehe unmittelbar bevor und dass die Franzosen Nachschub schicken würden. Auf den wir im Übrigen immer noch warten ...«

»Das dauert zu lang«, murrte Breadalbane, runzelte die Stirn und schaute düster drein. »Es besteht die Gefahr, dass die Begeisterung sich abkühlt. Die Menschen wünschen sich einen König aus Fleisch und Blut, den sie krönen können.«

»Ich bin mir sicher, dass der Prinz sich dessen vollständig bewusst ist und dass er bald an Land gehen wird.«

»Wie auch immer ... Ich hoffe es, im Interesse der Sache. Gott schütze Euch, Mar. Glaubt mir, ich wäre während der Kämpfe lieber bei Euch. Aber meine alten Knochen machen das nicht mehr mit.«

Die Blicke der beiden Männer trafen sich, und dann wandte der Earl of Mar sich Marion zu, um sich von ihr zu verabschieden. Lord Drummond tat es ihm nach. Der dritte Mann wandte sich schon zum Gehen, als Breadalbane ihn anrief.

»Wartet einen Augenblick, John, ich möchte Euch meine charmante und treu ergebene Nichte vorstellen, Marion Campbell von Glenlyon.«

Der junge Mann verneigte sich respektvoll vor Marion und schob nervös eine aschblonde Locke zurück, die sich aus dem Seidenband, das seine Haare im Nacken zusammenhielt, gelöst hatte.

»Sehr erfreut«, sagte er und enthüllte eine Reihe perlweißer Zähne. »John Lyon, Earl of Strathmore ...«

»Oh!«, rief Marion verdutzt aus.

Der junge Mann nahm ihre Hand und hielt sie fest zwischen seinen gewaltigen Pranken.

»Ich glaube, dass wir das Vergnügen haben werden, uns wiederzusehen«, erklärte er und ließ einen beifälligen Blick über Marions Gestalt schweifen. Das Mädchen versuchte, seine Hand wieder an sich zu ziehen.

»Zweifellos«, gab sie zurück, wobei sie inständig hoffte, dass es nicht dazu kommen würde. »Doch im Moment habt Ihr wahrscheinlich andere Beute zu hetzen.«

John Lyon brach in ein aufrichtiges Gelächter aus und gab die Hand frei, die sich zwischen seinen Fingern wand.

»Glaubt mir, wir werden mehr tun, als sie nur zu hetzen, Madam.«

Einige Minuten später, als Marion und Breadalbane wieder allein waren, wandte der Alte sich erneut der jungen Frau zu. Sein Mund war zu einem zynischen Ausdruck verzogen.

»Ich beauftrage Euch mit einer letzten Mission, die Ihr, da bin ich mir sicher, mit allergrößter Sorgfalt durchführen werdet«, verkündete er und schwenkte das kompromittierende Dokument. »Ihr werdet diese schriftliche Verpflichtung der jakobitischen Anführer bei Euch tragen und sie persönlich meinem treuen Schatzmeister Owen übergeben. Er logiert auf Finlarig, um sich während meiner Abwesenheit meiner gesamten Korrespondenz anzunehmen. Sobald ich kann, werde ich ihm einen Kurier schicken, der ihm, je nach Ausgang der Schlacht, meine Instruktionen übermittelt, was er damit anfangen soll.«

Wie sollte sie sich dieses misslichen Auftrages entledigen? Sie nahm das Schreiben und warf einen finsteren Blick darauf, was den Earl zu amüsieren schien. Dann kehrte sie an ihr Fenster zurück und hörte mit halbem Ohr zu, wie der alte Mann davon schwafelte, wie wichtig Ehre und Pflichtgefühl für die Tochter eines Laird seien, und dass der Platz einer Frau bei ihrem Gatten sei.

Ihr Blick verlor sich in der Ferne, weit jenseits der Bäume und Hügel von Strathearn. Wie konnte sie sich aus dieser Lage befreien? Das Dokument komplizierte die Angelegenheit nicht unerheblich.

»Dann versteht Ihr sicherlich, warum wir manchmal gewisse Opfer bringen müssen …«

»Hmmm …«, meinte sie zustimmend. Ihre Miene wirkte abwesend.

Sollte sie sich jemanden suchen, der an ihrer Stelle nach Finlarig ritt? Aber wen? Sie hauchte auf das Glas, das sich beschlug, und zeichnete eine kleine Wolke hinein, die sie mit einem Kopf und dann mit Füßen versah. Und wenn sie noch ein paar Tage wartete, bevor sie aufbrach … Bis nach der Schlacht? … Hmmm, nein, zu gefährlich. Einige Augenblicke lang betrachtete sie ihr Werk und beschloss, noch ein Schwänzchen und Ohren hinzuzufügen.

»Ich dachte, März oder April wären ein guter Zeitpunkt ...«

Sie nickte fügsam, wischte ihr Schäfchen weg und betrachtete dann ihr Spiegelbild, das vor der schlafenden Landschaft stand.

»Genau die richtige Zeit, um das Aufgebot bekannt zu machen ...«

»Das Aufgebot? Wer soll es bekannt machen, und was für ein Aufgebot überhaupt?«

»John natürlich, wer sonst? Und Euer beider Aufgebot!«

»John? ...«, murmelte sie, als eine Idee in ihr aufstieg. »Ja, sicher, John!«, rief sie aus und fuhr zu dem Earl herum, der sie perplex ansah.

»Habt Ihr mir überhaupt zugehört, Marion?«

»Selbstverständlich«, log sie schamlos und schenkte ihm ein strahlendes Lächeln. »Ich muss meine Sachen packen, wenn Ihr nichts dagegen habt ...«

Sie nahm eine starre Haltung ein, die ihre Unzufriedenheit ausdrücken sollte.

»Ich versichere Euch, dass ich Euer Dokument in Sicherheit bringe, Sir.«

Zweifelnd schob Breadalbane eine Lippe vor und seufzte.

»Ich zähle auf Euch, meine Liebe.«

In einem Wirbel aus wilden Locken und fliegenden Röcken fuhr sie herum und rannte aus dem Zimmer. Aber natürlich! Warum hatte sie nicht eher daran gedacht? Ihr Bruder würde das Dokument an ihrer Stelle überbringen. Wem sollte sie sonst vertrauen, wenn nicht jemandem, der vom selben Fleisch und Blut war wie sie? Hoffentlich war es noch nicht zu spät.

John Campbell, Erbe von Glenlyon, stopfte soeben ein sauberes Hemd in seinen Ranzen.

»Ich kann nicht, Marion! Ich muss zu Vater. Er erwartet mich zusammen mit den Männern des Clans im Lager. Ich habe mich ohnehin bereits zu lange aufgehalten.«

Die junge Frau hielt ihren Bruder, der dabei war, Strümpfe in sein Marschgepäck zu stecken, am Arm fest. Er warf ihr einen ungeduldigen Blick zu und riss sich los, um sich wieder ans Werk zu machen.

»John! Das ist sehr wichtig …«

»Finlarig liegt für dich doch am Weg, oder? Kehr nach Hause zurück, wie unser Vater es dir befohlen hat. Der Krieg ist Männersache, und es steht dir nicht zu, dich da einzumischen.«

»Das kann ich nicht … Du würdest es nicht verstehen.«

Wie hätte ihr Bruder auch begreifen können, dass sie sich wegen eines Macdonald weigerte, Drummond Castle zu verlassen? Sie selbst verstand ja kaum, was in den letzten Wochen in ihrem Herzen vorging. Genauer gesagt, seit Killin. Aber sie musste John irgendeinen Grund nennen. Sie brauchte ihm ja nur die Wahrheit zu sagen … Und dabei darauf zu achten, einige Fakten zu verändern.

»Siehst du, Breadalbane hat dem Earl of Strathmore meine Hand zugesagt … Er wird auf dem Schlachtfeld sein, daher …«

»Wie bitte?«, prustete ihr Bruder und sah sie verblüfft an. »Du und ein Earl?«

Er brach in Gelächter aus. Gekränkt und zornig starrte Marion ihn an.

»Und wieso nicht? Bin ich etwa nicht gut genug?«

»Du besitzt nicht einen einzigen Penny, Schwester!«

»Eine Ehe besteht aus mehr als einer guten Mitgift, John Campbell!«

»Ah! Selbstverständlich! Aber ich bin mir sicher, dass Strathmore sich diese ›kleinen Freuden‹ zu verschaffen weiß, ohne dass er dazu die Tochter eines ruinierten Laird zu heiraten braucht!«

»Wirst du dich denn niemals ändern? Immer bereit, ein verletzendes Wort auszusprechen.«

Sie schlug ihn mit der Faust heftig auf die Brust.

»Was ist eigentlich da drinnen? Besitzt du kein Herz?«

»Schön, schon gut«, rief er aus und erhob die Arme zum Zeichen, dass er kapitulierte. »Aber ich weise dich darauf hin, dass du dich ebenso gut darauf verstehst, andere mit Worten zu verletzen.«

»Ich bin eben bei dir in eine gute Schule gegangen!«

John rieb sich die Augen und schloss dann seinen Ranzen.

»Ich würde dir gern helfen, Marion, aber …«

»Das Leben mehrerer Männer hängt davon ab, dass dieses Dokument in Sicherheit gebracht wird«, stieß sie hastig hervor.

Ihr Bruder starrte sie sprachlos an. Sie biss sich auf die Lippen. Die Worte waren ihr ohne ihr Zutun entschlüpft. Rasch warf sie einen Blick in die Runde, um sich zu vergewissern, dass sie allein waren. Dieses Geheimnis hätte sie nicht verraten dürfen. Aber er hatte sie zum Äußersten getrieben, und …

»Was meinst du damit?«

»Ich … ich kann dir nicht mehr darüber sagen.«

»Marion«, begann er und fasste sie an den Schultern, »du verlangst von mir, am Vorabend der Schlacht einen langen Hin- und Rückweg bis nach Breadalbane zurückzulegen, um ein Dokument zu überbringen, dessen Inhalt ich nicht kenne, von dem du mir aber sagst, dass es das Leben von Menschen in Gefahr bringen kann? Das ist ja wohl eine Dreistigkeit! Soll ich mein eigenes Leben aufs Spiel setzen? Du musst mir verraten, was dieser Umschlag enthält.«

»Ich darf dir nichts sagen, John, es ist geheim …«

Abrupt gab er sie frei, dann rieb er sich nachdenklich das Kinn und richtete den Blick in die Ferne.

»Hör mir zu, Marion. Ich möchte dir schon helfen, doch ich muss wissen, was in diesem Dokument steht. Ich will mich nicht in eine Sache verwickeln lassen, deren Folgen katastrophal sein könnten.«

In dem kleinen Zimmer, in dem John sich ein paar Stunden ausgeruht hatte, bevor er wieder ins Lager aufbrechen musste, begann es dunkel zu werden. Der junge Mann war direkt aus Glenlyon gekommen, wohin sein Vater ihn geschickt hatte, um eine Angelegenheit zu regeln, die nicht warten konnte. Marion sah diesen Bruder an, dessen Charakter sie nie recht hatte ergründen können. Er war schweigsam, gab wenig von sich preis und war ihr immer ein Rätsel geblieben. Was für einen Laird würde dieser Mann, der verschlossen wie eine Auster war, eines Tages abgeben? Würde er ein offenes Ohr für seine Leute haben?

John hatte sehr wenige Freunde. Die meiste Zeit sperrte er sich mit einem Buch oder irgendeinem kleinen Tier, das er zu seiner Unterhaltung sezierte, in seinem Zimmer ein. Er hatte niemals seine Verbitterung darüber verborgen, dass sein Vater es ihm abgeschlagen hatte, Medizin zu studieren. Dazu war einfach kein Geld da. Eines Tages würde er Laird sein, und damit hatte er sich zu bescheiden. Das Beste für ihn wäre, eine militärische Laufbahn einzuschlagen. Das Prestige, das die Uniform verlieh, war nicht zu verachten.

Nunmehr einundzwanzig Jahre alt, war er mit seinem dichten, rotbraunen Haar und seinen strahlend blauen Augen ein sehr ansehnlicher Bursche. Die jungen Frauen des Clans umschwärmten ihn, doch er tat, als bemerke er sie nicht. Natürlich hatte Marion ihn ein- oder zweimal zwischen zwei Heuballen mit einem dieser charmanten Wesen ertappt, doch nichts weiter. Manchmal fragte sie sich, ob das Herz, das in seiner Brust schlug, noch zu etwas anderem diente als dazu, das Blut durch seine Adern zu pumpen.

Kurz zweifelte Marion daran, ob sie ihm wirklich vertrauen konnte. Dann überlegte sie, dass sie auf keinen Fall die Loyalität ihres Bruders gegenüber seinem Clan in Frage stellen durfte. Sie musste ihm die Wahrheit sagen. Schließlich brauchte er das Dokument nur nach Finlarig zu bringen und zurückzukehren. Sie selbst konnte einfach nicht fort. Nicht jetzt.

»Der Earl of Mar hat Breadalbane dieses Dokument übergeben, damit er es an einem sicheren Ort aufbewahrt. Es ist… die Namensliste der jakobitischen Anführer, die an der Rebellion teilnehmen…«

Einige Sekunden lang stand John vollständig sprachlos da. Sie meinte, ein seltsames Aufleuchten in seinen Augen wahrzunehmen, doch er wandte den Blick ab und sah ins Feuer.

»Und er hat dir dieses Dokument anvertraut?«, fragte er und trat an den Kamin.

»Er vertraut mir.«

Reglos, mit starrem Blick, stand John da und streckte die Arme aus, um die Wärme des Feuers zu spüren.

»Gut, einverstanden!«, sagte er nach langem Schweigen. »Ich werde das Dokument heute Nacht überbringen. Vater weiß noch nicht, dass ich zurück bin. Ich brauche ihm nur zu sagen, dass die Angelegenheit länger gedauert hat als vorhergesehen.

Mit ein wenig Glück bin ich noch vor dem Morgengrauen wieder im Lager.«

»Oh, John! Danke …«, murmelte sie und stürzte sich auf ihren Bruder, um ihn zu umarmen.

»Was wirst du Breadalbane erzählen? Er rechnet damit, dass du das Schloss morgen in aller Frühe verlässt.«

»Ich weiß, ich habe einen Plan. Der Fuchs hält sich für sehr schlau, doch er weiß nicht, dass ich es ebenfalls bin.«

»Apropos, warum sollte der Earl of Strathmore dich heiraten wollen?«

»Weil Breadalbane mir eine ziemlich großzügige Mitgift ausgesetzt hat. Anscheinend gibt es zumindest einen Menschen, der glaubt, dass ich etwas wert bin.«

Er stieß einen Pfiff aus und deutete ein spöttisches Lächeln an.

»Ich habe nie behauptet, du wärest nichts wert, liebe Schwester. Ich habe dich nur darauf hingewiesen, dass du einem Ehemann nichts zu bieten hast außer deinem … Du weißt schon, was ich meine, oder?«

Spöttisch und vielsagend musterte er sie von oben bis unten. Marion lief hochrot an.

»John!«

»Glaubst du vielleicht, nur weil du meine Schwester bist, kann ich dich nicht mit den Augen eines Mannes ansehen? Und außerdem habe ich genug lüsterne Bemerkungen über dich gehört …«

»Was?«

Marions Miene wirkte so komisch verblüfft, dass John sich vor Lachen bog.

»Oh! Aber mach dir keine Gedanken, keiner der Männer, die solche Bemerkungen machen, würde es wagen, sich dir zu nähern. Du jagst ihnen höllische Angst ein, wirklich.«

Die junge Frau stand mit offenem Mund da.

»Sie sagen, sie würden lieber ein Wildschwein zähmen, als es bei dir zu versuchen.«

»Das denken sie von mir?«, rief sie schließlich aus und fragte sich mit einem Mal, ob auch Duncan so über sie dachte.

»Nun ja … Einige von ihnen jedenfalls. Aber ich stelle fest, dass es einen gibt, der den Mumm hat, den Stier bei den Hörnern zu packen.«

»Und du, was denkst du von mir, John? Bin ich wirklich so, wie die Leute behaupten?«

Das Lächeln des jungen Mannes wurde breiter.

»Ich bin dein Bruder, Marion. Mein Urteil gilt nicht.«

»Ja und? Du musst doch eine Meinung über mich haben?«

»Eine Meinung? Pah! Die möchtest du nicht wirklich erfahren …«

»Aber ja!«

»Was soll ich dir sagen? Dass es stimmt, dass du eine richtige Hexe bist, wenn du dir Mühe gibst? Was noch? Dass du eine Frau bist, aber denkst und redest wie ein Mann? Das schlägt die Leute in die Flucht, Marion. Gut, dass du wenigstens keine Hosen trägst! Wenn du einmal länger als zehn Minuten den Mund halten würdest, würdest du es vielleicht schaffen, so charmant zu wirken, dass sie es wagen würden, sich dir zu nähern und dir den Hof zu machen …«

»Charmant? Du willst, dass ich schweige, um ›charmant‹ zu sein? Das ist lächerlich! Ich will nicht ›charmant‹ sein! Außerdem wäre es bei meinem Gesicht ja noch schöner, wenn ich dazu noch dumm wäre! Du hast mich immer wie ein hässliches Entlein behandelt, und …«

»Schaust du dich eigentlich manchmal im Spiegel an, Marion?«

»Hör auf, dich über mich lustig zu machen! Ich weiß, dass ich alles andere als hübsch bin, du brauchst nicht noch Salz in die Wunde zu streuen …«

»Du kannst manchmal ja so stur sein!«, stieß John verzweifelt hervor und verdrehte die Augen zum Himmel. Dann bemächtigte er sich des Spiegels, der auf der Kommode lag, und drückte ihn seiner Schwester energisch in die Hand.

»Sieh dich genau an, und sag mir, was du siehst! Ich sehe jedes Mal Mama, wenn ich dich anschaue.«

»Mama war schön, John«, stieß Marion hervor und unterdrückte ein Schluchzen.

Sie mochte sich nicht weiter ansehen und schickte sich an, den Spiegel wieder auf das Möbel zu legen, doch ihr Bruder hielt ihn ihr erneut vors Gesicht.

»Schau dich an, Marion! Die Farbe deiner Augen, der Umriss deines Mundes, deine feinen Wangenknochen ... Ich mache mich nicht über dich lustig. Das kleine hässliche Entlein hat sich verwandelt. Du bist... also... Du bist schön, Marion. Schön und intelligent. Der listige Geist der Campbells in einer wunderschönen Verpackung«, setzte er hinzu, wobei er einen sarkastischen Unterton nicht unterdrücken konnte.

Marion hielt den Spiegel in beiden Händen und betrachtete sich aufmerksam, als sähe sie ihr Gesicht zum ersten Mal.

»Hast du nicht verstanden, dass es das ist, was auch Vater sieht? Und dass er dir deswegen all deine teuflischen Launen durchgehen lässt, während er mir beim kleinsten Ausrutscher eins mit dem Gürtel überzieht? Vater sieht nur dich ... Und ich bin für ihn so gut wie unsichtbar ...«

Ein verlegenes Schweigen trat ein. Inzwischen war es dunkel geworden, und nur das Feuer erhellte den kleinen Raum. Ein rauer Laut stieg aus Marions Kehle auf. John ließ die Schultern sinken. Betreten ergriff der junge Mann von neuem das Wort.

»Tut mir leid, ich wollte dich nicht verletzen.«

»Bist du eifersüchtig auf mich?«

»Ja!«, brummte John in einer letzten Aufwallung von Bitterkeit. »Ich beneide dich um deinen Freimut, um die Leichtigkeit, mit der du deine Vorstellungen zum Ausdruck bringst und durchsetzt. Siehst du denn nicht, dass du alles bist, was ich nicht bin? Vater versteht das.«

Er seufzte laut und stützte sich dann stöhnend auf den steinernen Kaminsims.

»Ist dir das eigentlich klar? Ich bin der Erbe von Glenlyon, und man sagt mir, ich solle mir ein Beispiel an meiner kleinen Schwester nehmen! Das ist schon ziemlich demütigend!«

Bestürzt betrachtete Marion ihren Rocksaum.

»Und deswegen verabscheust du mich?«

Ihr Bruder schenkte ihr einen schmerzerfüllten Blick und holte tief Luft, bevor er antwortete.

»Ich nehme es dir nicht übel, Marion … Jedenfalls nicht wirklich. Du machst das schließlich nicht mit Absicht. Aber wenn Vater mich ins Gebet nimmt und mir dich als Beispiel vorhält … Also, ich schäme mich, es zu sagen, aber … ich habe mir oft gewünscht, du wärest nicht meine Schwester.«

»Und dabei habe ich mich immer für eine Versagerin gehalten«, gestand sie mit unsicherer Stimme. »Am Ende habe ich es sogar richtig geglaubt. Papa schaut mich immer so traurig an. Ich sagte mir, dass ich ihn wohl enttäuscht hätte, dass er wahrscheinlich lieber noch einen Sohn gehabt hätte als ein hässliches Mädchen, das er großziehen und mit einer ordentlichen Mitgift versehen muss, damit sie eine gute Heirat abschließt. Deswegen habe ich mir so große Mühe gegeben, mich wie ein Junge zu benehmen. Ich dachte, dann würde er vielleicht vergessen …«

»Was vergessen? Wenn Vater traurig ist, dann liegt es daran, dass du … ähem … Mutter wie aus dem Gesicht geschnitten bist. Weißt du überhaupt, wie sehr er sie geliebt hat? Seit ihrem Tod lebt er nur noch für seine Erinnerungen und seine verfluchten Schulden!«

»Ja … Seine Schulden. Aus diesem Grund hat Breadalbane mir ja eine Mitgift ausgesetzt.«

»Er scheint es ziemlich eilig zu haben, dich zu verheiraten, findest du nicht? Wir wissen doch, zu welchen Intrigen er sich hergibt, um zu bekommen, was er will; und wir wissen ganz genau, dass er nichts umsonst tut.«

»Er behauptet, es sei zu meinem Besten.«

»Ja, ja … Dass ich nicht lache! Ich hoffe nur, dass er die Hochzeit nicht schon für kommende Woche festgesetzt hat!«

»Er hat von März oder April gesprochen.«

»Wir befinden uns mitten in einem Aufstand, und dieser alte Strolch hat nichts Besseres zu tun, als den Heiratsvermittler zu spielen! Außer vielleicht … Marion, du hast dich doch nicht mit diesem Strathmore kompromittiert, oder ?«

»Also wirklich, John!«

»Wieso drängt Breadalbane dich dann so zu dieser überstürzten Heirat?«

Sie zuckte die Achseln, um ihm zu bedeuten, dass sie keine

Ahnung hatte. Den wahren Grund würde sie ihm auf keinen Fall verraten. Ohnehin würde diese Hochzeit nicht stattfinden, das hatte sie so beschlossen. Ihr Vater würde sicherlich die Folgen zu spüren bekommen, doch er würde Verständnis haben ... Das hoffte sie zumindest.

Eilig sattelte Marion eine kleine Stute. John war schon seit zwei Stunden fort und trug den kostbaren Umschlag in seinem Rock versteckt. In der Zwischenzeit hatte sie Vorsorge für ihre eigene Abreise getroffen, die bei Sonnenaufgang stattfinden sollte. Breadalbanes Methoden konnten ihr ebenso von Nutzen sein wie ihm; und mit Geld konnte man eben Wunder vollbringen. So war es ihr gelungen, ein Hausmädchen zu bestechen, Heather, die Zofe, die ihr zugeteilt gewesen war, seit sie hierhergekommen war, und die ihr geholfen hatte, ihre Krankheiten vorzutäuschen. Heather würde sich, in Marions Umhang gekleidet, nach Finlarig begeben und verlangen, den Schatzmeister zu sprechen. Da Letzterer das Dokument bereits besaß, und um bei der Eskorte kein Misstrauen zu erwecken, würde sie ihn nur fragen, ob er eine Nachricht habe, die sie nach Glenlyon bringen könne. Dann würde sie nach Chesthill weiterreisen, wo sie Amelia einen Brief übergeben würde. Darin bat Marion sie, die junge Frau, die ihr einige persönliche Gegenstände bringen solle, aufzunehmen und sich ausruhen zu lassen, bevor sie nach Drummond Castle zurückkehrte.

Sie sah sich um, doch auf dem Hof war niemand zu sehen. Dann bestieg sie ihr Reittier und lenkte es auf den Weg. Sie vergewisserte sich, dass ihr Dolch an ihrem Mieder hing und ihr *Sgian dhu* in ihrem Stiefel steckte. Noch einmal strich sie über das warme Metall, das an ihrer Wade lag, gab dann der Stute die Sporen und ritt in die Dunkelheit hinein. Sie wandte sich gen Süden, wo das Lager von Ardoch lag.

12

Die Hölle von Sheriffmuir
13. November 1715

Wie scharlachrote Bänder wanden sich die Reihen der *Sassanachs* über die eisigen Hügel von Sheriffmuir und zeichneten sich vor dem milchweißen Himmel ab. Die Truppen des Duke of Argyle nahmen auf dem Grat Aufstellung und flossen wie blutige Tränen langsam auf sie zu, schienen jedoch in der kalten Luft zu gefrieren, bevor sie die Jakobiten erreichten.

Ein wenig abseits sah man den Duke of Argyle auf seinem weißen Hengst sitzen. Die Trommeln der *Sassanachs* dröhnten über die Ebene, und Duncan, der schweigend zusah, wie die feindliche Streitmacht aufmarschierte, lief es kalt über den Rücken.

Das Gerücht, dass die Schlacht unmittelbar bevorstehe, hatte sich bestätigt. Die Männer hatten die vergangene Nacht in Kinbuck verbracht, an den gefrorenen Ufern des Allan-Flusses. Der Earl of Mar hatte den Befehl ausgegeben, unter Waffen und kampfbereit zu bleiben. Kein Zelt sollte aufgestellt werden. Der Feind war nahe. Hatte Duncan überhaupt geschlafen? Er hätte es selbst nicht sagen können. Gefühllos vor Kälte und wie erstarrt vor Angst hatte er stundenlang nur vor sich hin gedämmert. Alles in allem hatte er vielleicht zwei Stunden Schlaf abbekommen. Wie sollte ein Mann da auch ruhig schlafen – mit dem Schwert in der einen und dem Dolch in der anderen Hand und in dem Wissen, dass seine nächste Rast möglicherweise die ewige Ruhe sein würde?

Die jakobitischen Truppen hatten sich bei Tagesanbruch auf den Weg gemacht. Sie waren am Fluss entlangmarschiert und hatten ungefähr eine halbe Meile vor Dunblane, wo angeblich die Armee des Duke of Argyle stand, Halt gemacht. Der Earl of Mar hatte einen Kundschaftertrupp ausgesandt. Es hatte nicht lange gedauert, bis die Männer in rasendem Galopp zurückgekehrt waren und eine Nachricht brachten, die jedermann verblüfft hatte: Argyle befand sich bereits auf der Ebene von Sheriffmuir. Es stellte sich ihnen also zu der gleichermaßen erhofften wie gefürchteten Schlacht.

Eilig hatte Mar seinen Kriegsrat zusammengerufen, um zu entscheiden, ob seine Truppen kämpfen sollten. Nach dem Warten und der erzwungenen Untätigkeit der letzten Wochen hatte er sich hinreißen lassen: »Kämp – fen, Kämp – fen«, hatten die Soldaten skandiert. Von überallher waren über einem Wald aus Claymores, Schwertern, Äxten und Musketen, die in die Luft gereckt wurden, die Kriegsschreie erschallt. So würde es sein. Mar hatte sich darangemacht, seine Reihen aufzustellen, und sich dieser Aufgabe so geschickt und rasch entledigt, dass jeder General, der jemals eine Armee befehligt hatte, vor Neid erbleicht wäre.

Die erste Linie bestand aus den Highlander-Truppen von General Gordon, ungefähr viertausend Mann zu Fuß. Die Camerons, Macdougalls, Macraes, die Stuarts aus Appin, die Mackinnons, Macgregors und Macphersons bildeten den linken Flügel, der durch die berittene Schwadron von Pertshire abgeschlossen wurde. Den rechten Flügel, der von der Schwadron aus Stirling beschlossen wurde, stellten die Macdonalds aus Sleat, aus Clanranald, Glengarry, Keppoch und Glencoe, die Macleans und die Campbells aus Glenlyon.

Die zweite Linie setzte sich vor allem aus den Fußtruppen der Adligen zusammen, das heißt den Mackenzies aus Seaforth, den Gordons aus Huntly, den Murrays aus Tullibardine und Atholl, den Drummonds, den Strathallans, den Robertsons und den Maules aus Panmure. Flankiert wurden sie von den Schwadronen von Angus und der Keiths of Marischal. Die Streitmacht des Earl of Mar zählte beinahe achttausend Männer, und dazu kam noch die Reserve mit mehr als vierhundert Mann, die sich im Hintergrund hielt und zu der die Macgregors gehörten.

»Was glaubst du, dauert es noch lange?«

Liam drehte sich zu Ranald um, der von einem Fuß auf den anderen trat und sich die Hände rieb.

»Ich weiß es nicht, Ran. Argyle hat seine Truppen noch nicht vollständig in Stellung gebracht.«

»Es ist so kalt!«, murrte der junge Mann und hauchte auf seine Finger. »Ich bin so taub am ganzen Körper, dass ich es nicht einmal merken würde, wenn mich eine Musketenkugel trifft.«

»Lass deine Witze, Ran. Das ist nun wirklich nicht der richtige Moment dazu.«

Ranald grinste und versetzte seinem Bruder eine Kopfnuss.

»Was? Wird meinem Bruder etwa mulmig? Hast du vielleicht die Hosen voll?«

Duncan warf ihm einen schrägen Blick zu.

»Ich habe keine Angst, Idiot! Es gefällt mir nur nicht, wenn du von gewissen Dingen sprichst… vor dem Kampf. Das ist alles.«

»Ja, und? Bist du auf einmal abergläubisch?«

»Ran…«

»Oder bist du enttäuscht, weil Glenlyons Tochter nicht aufgetaucht ist…«

»Ran…«

»Schon gut, schon gut! Aber gib zu, dass du ein bisschen weiche Knie hast.«

»Das reicht jetzt, Ran.«

Aber Duncan war in Gedanken bereits weit fort. Natürlich ging Marion ihm im Kopf herum! Was hätte er nicht gegeben, um sie vor der Schlacht noch einmal wiederzusehen, und wenn es nur ein einziges Mal gewesen wäre, damit er ihr sagen konnte… Ja, was wollte er ihr eigentlich sagen? Dass er sich wünschte, sie in seiner Nähe zu haben? Nein, ganz bestimmt nicht; nicht nach der Abfuhr, die er sich in der Herberge in Killin abgeholt hatte. Er war damals zu weit gegangen und würde ganz neu beginnen müssen. Aber jetzt war es zu spät, um verpassten Gelegenheiten nachzutrauern. Jetzt befand sie sich ganz gewiss schon in Sicherheit auf Chesthill, weit fort von dem Grauen der Schlacht, die nun bald beginnen würde. Wahrscheinlich sorgte sie sich entsetzlich um ihre Leute. An der Frontlinie befanden sich die Männer aus Glengarry zwischen dem Standort des Clans von Glenlyon und den Macdonalds aus Glencoe.

Nervös drehte Duncan sein Barett in den Händen, überprüfte, ob sein Wappen gut festgesteckt war, und setzte es sich dann auf den Kopf. Vor ihnen schritt der Chief der Macleans aus Duart mit dem jungen Captain von Clanranald, Allan Muirdartach, auf und ab. Die Rotröcke wimmelten immer noch in langen Reihen herum, die wie Ameisenstraßen wirkten. Nicht lange, und sie würden sich in Marsch setzen. Er folgte dem Beispiel der anderen, nahm die Brosche ab, die sein Plaid hielt, und steckte sie in seinen *Sporran*, damit das Plaid ihn beim Angriff nicht hinderte.

Ein Schauer überlief den jungen Mann. War der Grund Kälte, Angst oder Aufregung? Er betrachtete den kleinen, mit Eisen beschlagenen Holzschild, der zu seinen Füßen stand. In der Mitte glänzte die fast zwei Zoll lange, scharf geschliffene Stahlspitze. Er hatte sie gestern Abend geschärft, ebenso wie sein Schwert, seinen Dolch und seinen *Sgian dhu*. Einige Männer führten zusätzlich eine Muskete mit sich, doch er hatte beschlossen, seine im Lager zu lassen. Was würde ihm eine solche Waffe im Kampf Mann gegen Mann schon nützen? Nachdem er einen einzigen Schuss abgefeuert hätte, wäre sie vollständig nutzlos. Die Highlander griffen nach ihrer eigenen Methode an. Wie entfesselt stürmten sie mit ihren Claymores oder Schwertern voran und säten Verwirrung und Entsetzen in den feindlichen Reihen. Die Feuerwaffen spielten bei ihnen nicht die gleiche große Rolle wie in den englischen Formationen, die zwar geordneter, aber deswegen nicht schlagkräftiger waren. Dort schossen die Reihen abwechselnd, so dass die eine der anderen Deckung gab, während die Waffen nachgeladen wurden.

Unwillkürlich kehrten Duncans Gedanken immer wieder zu Marion zurück. Sein Herz zog sich schmerzhaft zusammen. Ob sie wohl an ihn dachte? Und was sie sich wohl für ihn wünschte? Dass Gott ihn schützte, oder den Tod? Er wagte es nicht, seine Mutmaßungen weiterzutreiben.

Das Jaulen der Dudelsäcke ließ die eiskalte Luft, die sie einatmeten, erzittern und betäubte ihre Ängste. Liam bückte sich, um den Schild aufzunehmen, und reichte ihn Duncan.

»Jetzt dürfte es nicht mehr lange dauern, mein Sohn«, sagte er und bedachte den jungen Mann mit einem besorgten Blick.

Bei den Macdonalds aus Glengarry brach ein Tumult aus, der ihre Aufmerksamkeit auf sich zog. Ihr Chief, Alasdair Dubh*, debattierte heftig mit den Männern des Campbell-Clans.

»Was in aller Welt treiben sie dort?«, brummte Liam und spitzte die Ohren.

Inzwischen richteten sich alle Augen auf den Ort des Aufruhrs. Der Laird von Glenlyon ging dazwischen.

»Wenn Ihr meinen Männern etwas zu sagen habt, Glengarry, dann wäre ich Euch dankbar, wenn Ihr das über mich tun würdet.«

Glengarry spuckte auf den Boden und warf Campbell einen finsteren, verbitterten Blick zu.

»Eurem Vater, Campbell, haben wir es zu verdanken, dass uns heute etliche kräftige Arme fehlen.«

Glenlyon blieb unerschütterlich und zuckte angesichts der Beleidigung nicht mit der Wimper. Jedermann wusste nur zu gut, dass Alasdair der Schwarze auf das Massaker von Glencoe anspielte, das Robert Campbell befehligt hatte. Gleichmütigen Blickes betrachtete Glenlyon die Gruppe der Männer aus Glencoe, in der sich ein Gemurmel erhob, und sah dann wieder den dreisten Menschen an, der sich vor ihm aufgebaut hatte.

»Aber welche Arme fehlen Euch denn?«, fragte er mit aufgesetzter Ruhe. »Glencoe hat uns mehr als einhundert Männer geschickt.«

»Andernfalls wären sie heute gewiss zahlreicher.«

»Dafür fühle ich mich nicht verantwortlich, Glengarry.«

Einen Moment lang musterte Glenlyon seinen Gesprächspartner kalt und schaute dann erneut zu dem Clan, von dem die Rede war. Die Männer beobachteten ihn jetzt in angespanntem Schweigen. Er begegnete Duncans Blick und verharrte dort.

* »Alasdair der Schwarze«.

Campbell zuckte leicht zusammen und sprach dann mit lauterer Stimme weiter.

»An diesem Tag will ich mit den Macdonalds nur eines ausfechten, nämlich, welcher unserer beiden Clans sich im Kampf am besten auszeichnet. Was meint Ihr?«

Mit diesen Worten streckte er Glengarry den Arm entgegen. Bis auf das leise Klirren der Waffen und das Klagen der Dudelsäcke, die sie einhüllten wie ein schottischer Tartan und ihr Herz heftig pochen ließ, wurde es totenstill. Glengarry sah Glenlyon fest in die Augen. Dann, nach langem Zögern, fasste er seinen Arm.

»Wohlan, kämpfen wir als Brüder.«

Seine Erklärung wurde mit Freudenbekundungen quittiert. Glenlyon sah ein letztes Mal zu Duncan, der ihn nicht aus den Augen gelassen hatte, neigte leicht den Kopf und wandte sich dann auf dem Absatz um, um seinen Posten wieder einzunehmen.

»Oha!«, meinte Ranald. »Einen Moment lang habe ich geglaubt, die *Sassanachs* bräuchten keinen Finger zu rühren, um unser Blut fließen zu sehen.«

Duncan nickte nachdenklich und sah Glenlyons Feder nach, die zwischen den Spitzen der erhobenen Schwerter verschwand. Maclean von Duart richtete sich vor ihnen auf und reckte seinen Claymore zum Himmel.

»Meine Herren!«, schrie er, um die Aufmerksamkeit der Männer auf sich zu ziehen.

Schweigen breitete sich über das Meer der Krieger, das unter der Anspannung wogte.

»Männer!«

Der Chief wandte sich leicht zur Seite und richtete seine bläulich schimmernde Klinge auf die scharlachroten Kolonnen, die ihre Aufstellung auf dem Hügelkamm immer noch nicht abgeschlossen hatten.

»Dort befindet sich MacChailein Mor* an der Spitze der Armee von König George …«

* Titel, mit dem sich die Chiefs des Argyle-Clans schmückten und der »Sohn des großen Colin« bedeutet.

Er wandte sich wieder zu den Highlander-Kriegern um und vollführte mit dem Schwert eine bedeutungsschwangere Geste, welche die buntgescheckte Menschenmenge umfasste. Duncan spürte, wie sein Puls sich beschleunigte. Die Stimme ließ sich noch lauter vernehmen.

»Hier stehen die Kinder unserer gälischen Vorväter, um für die Ehre von König James zu streiten! Möge Gott unser Highlander-Blut segnen, das heute für ihn fließen wird. Machen wir ihm mit unserem Kampfesmut Ehre!«

Liam legte jedem seiner Söhne eine Hand auf die Schulter und drückte sie leicht. Dann hob er sein Schwert und seinen Schild auf. Ranald, der wie immer ein Lächeln auf den Lippen trug, warf Duncan einen letzten Blick zu und setzte dann sein Barett auf.

»Gott segne den König!«

Angespanntes Schweigen quittierte auch den letzten Appell. Aller Augen wandten sich dem Earl of Mar zu, der auf seinem Pferd saß. Die Männer begannen den Hügel hinaufzusteigen, dem Feind entgegen. Der Earl of Mar gab die Geschwindigkeit vor. Der rechte Flügel des Duke of Argyle stand bereit und hatte seine Position bezogen, doch ein großer Teil des Zentrums sowie der linke Flügel waren noch dabei, ihre Stellung einzunehmen. Bald befanden sie sich in Schussweite des Feindes. Duncan spürte, wie sein Magen sich zusammenzog. Fest umklammerte er das Heft seines Schwerts. Mit der linken Hand schob er die Spitze seines langen Dolches unter den Ledergürtel, der sein Plaid hielt, um ihn durchzuschneiden.

»*Beannachd Dhé ort mo mhic*«, murmelte sein Vater und warf ihm und Ranald einen aufgewühlten Blick zu. Gott segne euch, meine Söhne.

Mar wandte sich zu seinen Kriegern um und zog den Hut. Duncan stockte der Atem, und er vermochte den Blick nicht von ihm zu wenden. Der General schwenkte sein schwarzes Barett und gab mit einem donnernden Schrei das Signal für den Angriff auf den Feind.

Die Highlander stürmten voran wie eine Horde wilder Tiere, die sich auf ihre Beute stürzt, und stießen ein markerschütterndes Geheul aus. Hinter ihnen wirkte die kalte Heide, als wäre sie mit einem Teppich aus Tartanmustern überzogen. Die klagenden Töne der Dudelsäcke mischten sich mit dem Rollen der Trommeln und hallten in Duncans Kopf wider. Ihm war, als schlüge sein Herz im Takt der Musik. Waren es die Trommeln der *Sassanachs*, oder war es sein eigener Herzschlag, der ihm so in den Ohren dröhnte?

Eine erste Salve Musketenschüsse pfiff heran. Er vernahm Schreie. Männer brachen verletzt oder tot zusammen. Er wagte einen raschen Blick zu seiner Rechten. Ranald rannte im selben Tempo wie er dahin und sprang über die Gefallenen hinweg. *Kümmere dich um deinen Bruder ... Ja, Mutter ...* Aber, Herrgott, das hier war kein Raubzug, sondern der Krieg! Wie sollte er seinen Bruder im Auge behalten und zugleich selbst am Leben bleiben?

»*Fraoch Eilean!*«, schrien Stimmen um ihn herum.

Das Blut brodelte in seinen Adern. Jetzt spürte er weder Kälte noch Angst mehr. Nur eine unbeschreibliche Wut tobte in ihm, und der unbedingte Wille, zu siegen und zu überleben, trieb ihn auf den Feind zu. Dieser Zorn erfüllte seine Brust und drohte ihn zu ersticken. Und da drang ein Schrei aus seiner Kehle, ein befreiender Schrei, in dem sich alle seine Befürchtungen und Ängste aus den letzten Wochen Bahn brachen:

»*Fraoch Eilean!*«

Mit hocherhobenem Schwert rannte er gegen die Rotröcke an, die nur noch wenige Schritte entfernt waren. Weiße Augen musterten ihn aus vom Pulverdampf geschwärzten Gesichtern. Dieses verdammte Schießpulver! Es brannte in den Augen, und sein durchdringender Gestank stieg in die Nase, den Hals und die Lungen. Er rang nach Luft.

Ein Bajonett blitzte auf. Instinktiv riss Duncan sein Schwert hoch und schlug mit aller Kraft zu. Einen Moment lang schien die Welt stillzustehen, und dann erscholl ein Schrei hinter der Rauchwand, die sich zu zerstreuen begann. Die Klinge seines Schwerts war ebenso scharlachrot wie der Rock des Soldaten, der vor ihm zusammensackte und ihn mit verwundertem Blick anstarrte.

Ein weiteres Gesicht tauchte auf, dieses Mal von Entsetzen erfüllt. Der Mann wandte sich zur Flucht, aber Duncan stach ihn von hinten nieder. Mit dem linken Arm parierte er einen Hieb, der von seinem Schild abprallte, und trieb die Spitze einem anderen *Sassanach* in die Brust. Zu seiner Linken tauchte ein Mann auf, das Gesicht gerötet von Kälte und Blut, und das Schloss einer Muskete blitzte auf. Duncan reagierte, ohne nachzudenken. Er hob seinen Dolch und stach damit auf den Angreifer ein. Der Stich fand sein Ziel. Der Mann schwankte, drehte sich um sich selbst und stieß einen Schrei aus, der in dem Schlachtenlärm unterging. Mit dem glühenden Wunsch zu überleben, dem einzigen, was ihn aus dieser Hölle würde retten können, stürmte der junge Mann weiter.

»Duncan!«

Hinter ihm. Sein Vater. Er fuhr herum wie ein Kreisel und entging mit knapper Not der Spitze eines Bajonetts, das auf seine rechte Flanke zielte. Der Mann sah ihn verblüfft an. Seine Augen quollen fast aus den Höhlen, aus seinem aufgerissenen Mund drang nur ein heiseres Stöhnen, und die Spitze einer Schwertklinge ragte vorn aus seinem Rock. Über die Schulter des Toten hinweg begegnete Duncan kurz dem Blick seines Vaters. *Danke* … Keine Zeit … Später.

Raschen Schrittes machte er sich wieder an den Aufstieg. Seine Lungen stachen, seine Augen brannten. Er stolperte. Ein menschlicher Körper, oder jedenfalls das, was davon noch übrig war. Sein Dolch entglitt ihm und fiel in das vom Blut gerötete Gras … Er streckte den Arm aus, um ihn aufzuheben. Im selben Moment nahm er einen Schatten wahr, der über ihm aufragte, warf sich herum und erblickte weiße, mit Schlamm bespritzte und von silbernen Knöpfen geschmückte Gamaschen. Ein *Sassanach*! Er stieß einen Schrei aus und fasste sein Schwert mit beiden Händen. Kraftvoll fuhr die Klinge auf den Schatten zu, der über ihm hing. Der Aufprall schlug bis in seine Schultern zurück und wurde von einem scheußlichen, metallischen Knirschen begleitet.

Flüchtig begegnete sein Blick dem des Angreifers. Waren seine Augen blau oder grau? Keine Zeit … Verzweifelt versuchte der

Soldat, sich die Muskete, die Duncan ihm aus den Händen gerissen hatte, zurückzuholen. Doch der junge Highlander trat sie aus seiner Reichweite. Dann richtete sich Duncan rasch auf und konnte endlich seinen Dolch ergreifen. Der Griff war klebrig und feucht. Fest umklammerte er ihn und stürzte sich auf den Soldaten, der versuchte, auf die Beine zu kommen. Ein einziger Stich, gut gezielt und präzise direkt unter das Kinn gesetzt. Blut sprudelte hervor und umfing ihn mit seinem faden Geruch. Einen Moment lang sah Duncan den Soldaten an. Grau … Seine Augen waren grau.

»Noch einer für König James.«

Er schaute sich nach seinem Vater und seinem Bruder um, doch sie waren nicht zu sehen. Er war allein, allein im Angesicht des Todes, der die langen, klauenbewehrten Finger um ihn schloss, um alle, die ihn umgaben. Dieser Geruch … dieser Gestank nach Blut und Schießpulver. Er drang in seine Atemorgane ein und heftete sich an die Poren seiner Haut. Das Gebrüll der wütend kämpfenden Männer, das laute Klirren von Stahl auf Stahl, das Knallen der Musketen; all diese Eindrücke drangen in sein Bewusstsein und prägten sich seiner Erinnerung für alle Ewigkeit ein. Er war allein unter diesen Tausenden von Männern, die sich gegenseitig durchbohrten, in Stücke rissen, töteten. Ein Gemetzel … Sein Herz schlug so heftig, dass er meinte, es müsse über diese ganze höllische Ebene schallen. Wie das Hämmern der Hufe eines Pferdes im Galopp. Pferde … Nein, das war nicht sein Herz. Das war die Kavallerie, die direkt auf sie zuhielt.

Sofort änderte Duncan die Richtung und stieg den Abhang einige Schritte hinab. Eine Kugel pfiff über seinen Kopf. Er ließ sich fallen und rollte noch ein Stück weiter. Eine Hand packte ihn am Hemd und zog ihn beiseite.

»He, Macdonald! Nicht die richtige Zeit für ein Nickerchen!«

»Scher dich zum Teufel, Macgregor!«

Durch eine dicke Schicht aus Blut und Schießpulver grinste James Mor ihn an.

»Wir haben hier noch nicht aufgeräumt, mein Alter.«

Er half ihm beim Aufstehen und klopfte ihm dann wohlwollend auf die Schulter.

»Für den König, Macdonald!«, brüllte er und schwenkte sein Breitschwert.

»Für den König!«, schrie Duncan ebenfalls.

James riss den Mund auf und stieß einen heiseren Schrei aus. Ein Arm mit einer bedrohlichen Klinge fuhr auf Duncan zu. James hob seinen Claymore und schlug mit tödlicher Wucht zu. Ein Geheul folgte. Der Mann fiel zu Boden und wand sich wie ein Aal. Sein abgetrennter Arm, dessen Finger noch das Heft des jetzt harmlosen Schwerts umklammerten, lag neben Duncan auf dem Boden.

»Mein Leben auf der *Sweet Mary* gegen deines in Sheriffmuir. Jetzt sind wir quitt. Pass auf dich auf, Duncan.«

Er trat über den zappelnden Körper hinweg und stach dem Mann die Spitze seines Dolches in die Kehle.

»Schöne Träume«, sagte er zu dem Soldaten, der mit einem Mal erschlaffte.

Dann kletterte er wieder den Hügel hinauf und sprang über die zerfetzten Leichen, die im Heidekraut lagen.

Duncan warf einen Blick in die Runde und hatte den eigenartigen Eindruck, sich von sich selbst zu lösen. Er brauchte nicht mehr zu denken, zu überlegen. Sein Verstand verarbeitete blitzschnell, was seine Augen sahen, und befahl seinem Körper augenblicklich die Reaktionen, die zum Überleben notwendig waren. So etwas hatte der junge Mann noch nie erlebt. Und vor allen Dingen hatte er so etwas noch nie gesehen. Die Zeit schien aus den Fugen geraten zu sein. Manchmal spielte sich alles ganz langsam ab, und dann überschlugen sich die Ereignisse mit unerhörter Geschwindigkeit. Er hatte das Gefühl zu schweben, wie in einem Albtraum. Wie lange dauerte die Schlacht wohl schon? Minuten, Stunden?

Sein Blick fiel auf einen hellroten Schopf, der die anderen Männer überragte: sein Vater. Liam schien in eine andere Richtung zu sehen… Zu seinem Bruder? Ranald schwang sein Schwert und fing mit seinem Schild einen Hieb ab, während sich seine Klinge in das Fleisch seines Gegners bohrte, seine Flanke durchdrang und in beinahe in zwei Teile spaltete.

Der Blutgestank stieg Duncan zu Kopf. Sein Mund fühlte sich

klebrig und trocken an. Er stolperte über ein abgeschlagenes Haupt; das Gesicht, das ihn anstarrte, war bleich und verzerrt, in einem stummen Schrei festgefroren. Ein Dragoner kam auf ihn zu und zwang ihn zum Ausweichen. Er rannte den Abhang hinunter. Ein Musketenschuss erschallte. Der Schrei ließ ihn herumfahren, und er erstarrte.

»Ranald! Herrgott!«

Auf der Suche nach seinem Vater drehte er den Kopf. Dann erblickte er ihn. Bleich unter dem Blut, das sein Gesicht bedeckte, stand er reglos inmitten der Kämpfenden, den Blick auf … seinen Bruder geheftet, der sich den Bauch hielt. Die andere Hand erschlaffte und ließ das Schwert fahren, das schwer zu seinen Füßen niederfiel.

»Neiiin! Ran, verflucht und verdammt!«

Panisch rannte Duncan den Abhang wieder hinauf. Der entsetzte Schrei, den er ausstieß, brannte ihm in der Kehle. Ranald fiel auf die Knie und sah ihn.

»Neiiin! Halte aus, Ran!«

Sein Vater stürmte aus einer anderen Richtung heran. Er parierte einen Hieb, spießte einen *Sassanach* auf und lief weiter zwischen den Kriegern hindurch, die vor der hannoveranischen Kavallerie flüchteten. Ranald lächelte. Sein verflixtes Lächeln! Der Dragoner, der Duncan verfolgte, bemerkte seinen Bruder und wendete sein Reittier, um sich ein leichteres Ziel vorzunehmen. Jetzt hielt er auf Ranald zu. Das Pferd … Das war nicht gerecht! Niemals würde er so schnell laufen können wie das Tier, damit er seinen Bruder vor dem Soldaten erreichte.

»Neiiin!«, hörte er sich vor neuem schreien.

Die Klinge des Soldaten hob sich. Sein Vater stieß ein herzzerreißendes Gebrüll aus. Die Klinge fuhr herunter, durchschnitt die Luft und drang in Ranalds Körper ein …

»Herrgott! Nein, lieber Gott, nicht er …«

Duncan stieß einen entsetzlichen Schrei aus. Ein bisher nie gekannter Zorn bemächtigte sich seines Körpers und seines Geistes. Er war nicht mehr Herr seiner selbst, der Teufel wohnte in ihm.

»*Fraoch Eilean!*«

Der Dragoner drehte sich im Sattel um, sah ihn und wendete sein Pferd. Doch Duncan war bereits bei ihm. Er hielt das Tier am Zaum fest und wich der Klinge aus, die rot vom Blut seines Bruders war, aber nicht schnell genug. Ein scharfes Brennen breitete sich über sein Gesicht aus. Er war getroffen … Keine Zeit zum Nachdenken. Mit einer knappen, präzisen Bewegung senkte er den Dolch in den Hals des Tieres, um es zum Halten zu zwingen. Mit einer weiteren, brüsken Bewegung vergrößerte er den Schnitt. Das Pferd wieherte. Duncan riss die Waffe zurück und stieß sie in den Schenkel des Dragoners, der jetzt ebenfalls aufheulte.

»Bluten sollst du, Hurensohn!«

Er zog seine klebrige Klinge zurück. Auf der weißen Hose des Soldaten breitete sich ein roter Fleck aus und wurde immer größer. Das Pferd brach mit den Vorderbeinen ein, und erneut hörte er das Schwert des Dragoners heransausen. Mit einem Mal spürte Duncan einen scharfen Schmerz in der Leiste. Er war ein zweites Mal verletzt worden. In einem kurzen, klaren Moment fragte er sich, wo die Klinge getroffen haben mochte. Genau zwischen die Beine? *Nicht dort!*, dachte er erschrocken. *Was wird Marion sagen? Ich habe noch nicht ein Mal bei ihr gelegen!* Der völlig unpassende Gedanke ließ ihn beinahe schmunzeln. *Schwachkopf, wenn du krepierst, wirst du sie nie wiedersehen!*

Der Dragoner aus Argyle schwang sein Schwert. Leeren Blickes sah Duncan einen Moment lang die scharfe Schneide über sich schweben. Dann riss er mit aller Kraft, die noch in ihm wohnte, seine Klinge hoch, hieb wutentbrannt auf den Mann ein und schrie dazu wie eine verdammte Seele. Kurz erhaschte er einen Blick auf das vor Bestürzung verzerrte Gesicht des Dragoners und schloss dann die Augen.

»Rache! Für meinen Bruder, du Hund von einem *Sassanach*!«

Das Pferd schwankte und schnaubte schwach. Duncan hielt sich daran fest. Etwas Heißes rann über seinen Hals und auf seine Brust. Sein Hemd war dunkelrot. War es sein eigenes Blut? Hatte dieser Bastard noch einmal zugeschlagen? In seinen Ohren dröhnte und hämmerte es. Er konnte nicht mehr denken. Mühsam sah er zu dem Soldaten auf, der immer noch das

Schwert in der einen und die Zügel in der anderen Hand hielt. Sein Blut spritzte hervor wie ein Geysir, in Stößen, und strömte über den mit Tressen und goldenen Knöpfen geschmückten Uniformrock, an dem er sich festhielt. Aber wo war sein Kopf geblieben?

Das Pferd kippte zur Seite. Duncan verlor das Gleichgewicht und klammerte sich an die Leiche des Soldaten, der aus dem Sattel glitt und ihn im Fallen mitriss. Ein Stein bohrte sich in seinen Rücken und ein anderer in seine Schulter. Er schrie. Ein entsetzlicher Schmerz durchfuhr ihn, als er spürte, wie sein Becken unter einem gewaltigen Gewicht zermalmt wurde. Wie schwer diese *Sassanachs* sein konnten! Er wandte den Kopf. Das Pferd war über ihm zusammengebrochen, und er lag unter seinen Körper eingeklemmt.

Der Schmerz war unerträglich. Und dieser Geruch … der Gestank des Todes klebte an ihm und umschwebte ihm. Dann, plötzlich, sah er wieder Ranald vor sich … Sein Lächeln. Die Klinge des Dragoners, die sich hob. Wieder hörte er den Schrei seines Vaters, wie ein Echo in seinem Kopf, der zu bersten drohte. Dieser Schmerz … Starb er jetzt? Nein, er wollte nicht. Nicht, ohne noch einmal Marions Augen gesehen zu haben. Die Lider wurden ihm schwer. Er stöhnte, kämpfte nicht dagegen an.

Jetzt sah er sie in Gedanken vor sich, Marions Augen. Wie sehr er sich wünschte, diese Frau zu berühren! Er streckte den Arm aus, und seine Hand streifte etwas Seidiges. Er wandte den Kopf und zog eine Grimasse. Sein Gesicht schien in Flammen zu stehen. Was war das da zwischen seinen Fingern? Er bewegte sie. Haar … Marions Haar! Seine Augen wollten sich nicht öffnen lassen, sein Körper reagierte nicht auf seine Anweisungen. Es war so schrecklich kalt! Merkwürdig, dass ihm das zuvor nicht aufgefallen war.

Ein krampfartiges Zittern ergriff ihn. Tränen rannen über seine Wangen und brannten in seiner Wunde. Oh nein, Ran! Hatte er das geträumt? War das alles nur ein furchtbarer Albtraum? Von neuem bewegte er die Finger. So seidig war das Haar nun doch nicht. Eigentlich war es eher rau, struppig und grob, völlig anders als Marions weiche Locken. Er öffnete die Augen einen

Spaltbreit und erblickte braunes, glänzendes Fell, das ihn bedeckte, dann eine scharlachrote, mit Goldborte abgesetzte Satteldecke, die darüber hing. Er wandte den Kopf zur anderen Seite. Ein scharlachroter Uniformrock mit glänzenden Knöpfen und ein in weißes Flanell und braunes Leder gekleidetes Bein lagen über der Kruppe des Pferdes. Er schloss die Augen wieder. Nein, er hatte nicht geträumt. Die erbarmungslose Wirklichkeit traf ihn wie ein Schlag.

Langsam versuchte Duncan, seine Beine zu bewegen, die unter dem schweren Körper des Tieres eingeklemmt waren. Ein glühender Schmerz fuhr durch seine Leiste und erinnerte ihn qualvoll an seine andere Verletzung. Er musste unbedingt fort von hier, denn wenn die *Sassanachs* zurückkamen und ihn fanden, würden sie ihm gewiss den Garaus machen

Überhaupt, wo waren sie geblieben? Er vernahm immer noch das Klirren von aufeinandertreffenden Klingen, ein paar einzelne Schüsse und die Schreie von Männern. Aber der Kampflärm schien jetzt so weit weg zu sein …

Plötzlich strich etwas über sein Haar. Dann griff jemand nach seinem Hemd. Er erschauerte vor Entsetzen. Weit riss er die Augen auf. Der Nebel, der über seinem Geist gelegen hatte, verflog endgültig, er erwachte aus seiner Erstarrung und stieß einen heiseren Schrei aus. Doch eine Hand legte sich auf seine Brust und drückte ihn wieder auf den Boden zurück.

»Kannst du mich hören, Duncan?«

Das mit Blut und Staub verklebte Gesicht seines Vaters beugte sich über ihn. Liams Augen waren gerötet und feucht. Mit raschen, geschickten Händen tastete er Duncans Oberkörper ab und drehte dann behutsam seinen Kopf zur Seite.

»Herrgott …«

Auf seiner Wange verhielten die Finger ganz sanft, aber dennoch flammte der Schmerz von neuem auf und entlockte ihm ein Stöhnen. Er spürte, wie seine Gesichtshaut sich ablöste, auseinanderklaffte. Mit zusammengezogenen Augen untersuchte sein Vater die Wunde.

»Mir scheint, dass keine Stücke fehlen, und der Knochen ist heil geblieben«, murmelte er schließlich.

Duncan verspürte mit einem Mal den Drang, bitter aufzulachen. *Der Knochen heil? Keine Stücke fehlten?* Vielleicht sollte sein Vater lieber die andere Verletzung ansehen …

»Wir müssen dich von hier fortbringen …«

Liam wollte aufstehen, doch Duncan hielt ihn am Ärmel fest.

»Vater … Ran? …«

»Wir können nichts mehr für ihn tun, Sohn.«

»Ahhh! Nein, diese Bastarde!«, stöhnte er und ließ zu, dass die Trauer ihn überwältigte und am Boden festnagelte.

»Du hast ihn gerächt, Duncan.«

»Gerächt? Nein, Ran war mehr als einen einzigen dieser dreckigen Hunde wert!«

Ihre Blicke trafen sich. Schuldgefühle und Gewissensbisse drückten beide Männer nieder. Eine entsetzliche Pein erstickte Duncan und raubte ihm den Atem. Er hatte das Versprechen, das er seiner Mutter gegeben hatte, nicht halten können! Und er begriff, dass sich sein Vater mit den gleichen Gedanken quälte.

»Er ist für seine Überzeugungen gestorben. Seine Ehre ist unangetastet. Er hat sein Leben für die Sache gegeben«, erklärte sein Vater mit tonloser Stimme. »Komm! Wir müssen von hier fort.«

»Wo sind die anderen? Ich kann sie hören, aber ich sehe sie nicht.«

Liam hob den Kopf und sah zum Allan-Fluss, dem silbrigen, eisgeschuppten Band, das sich am Fuße der Hügel von Orchil dahinschlängelte.

»Wir haben Argyles linken Flügel durchbrochen. Aber sein rechter ist zwischen die Reihen der Camerons gefahren und hat sie bis zum Fluss zurückgetrieben. Sie werden zurückkommen, sobald sie dort unten fertig sind. Kannst du die Beine bewegen?«

»Nein.«

Mit ratloser Miene bedachte Liam die Lage. Gerade, als er sich aufrichtete, tauchten Colin und Calum auf und gingen ihm zur Hand. Nachdem sie sich einige Minuten lang unter Stöhnen abgemüht hatten, gelang es den drei Männern, Duncans Beine zu befreien. Als endlich der schwere, leblose Körper des Tieres nicht mehr auf ihm lastete, vermochte der junge Mann sich ein wenig zu bewegen. Zur großen Erleichterung aller hatte er sich nichts gebrochen. Einige Prellungen, ein paar oberflächliche Kratzer und seine beiden Verwundungen, darunter die in der Leiste …

»Herrje!«, rief Calum aus und verzog vielsagend das Gesicht. »Du gestattest?«

Ohne auf eine Antwort zu warten, hob er langsam das blutgetränkte Hemd hoch, das an der Haut klebte.

»Donnerwetter, Duncan!«

Der junge Mann erbleichte und stellte sich schon das Schlimmste vor. Er schluckte und spürte den metallischen Geschmack von Blut auf der Zunge.

»Da brauchen wir aber jemanden mit Feenfingern, der das wieder zusammennäht!«

Ohne viel Federlesens drückte Calum oben auf seinen Oberschenkel. Duncan vermochte die Tortur nicht länger zu ertragen und fuhr hoch.

»Auu! Ist es nötig, dass du auch noch daran herumwerkst?«

Keuchend, den Körper vor Schmerz verkrampft, zitternd und trotz der Kälte mit Schweiß bedeckt, sank er in das klebrige Gras zurück.

»Der Einschnitt ist lang …«

»Ist noch alles …?«

»Schwer zu sagen … Alles ist so voller Blut.«

Über seinen Hemdsaum hinweg sah Calum ihn ernst an. Die anderen Männer wandten sich ab und stießen Pfiffe aus, die Bände sprachen. Duncan stöhnte.

»Komm schon! Sag es mir, damit ich es hinter mir habe!«

»Also, es ist nicht so schrecklich, wie es auf den ersten Blick aussieht«, fuhr Calum fort, dessen Mundwinkel zuckten. »Mach dir keine Sorgen, Duncan, wenn das verheilt ist, kannst du Elspeth wieder bespringen wie ein Hengst.«

Mit einem erleichterten Seufzer stieß er die angehaltene Luft aus; doch sogleich fühlte er sich zutiefst niedergeschlagen. Da machte er sich Gedanken, er könne seine Männlichkeit einbüßen, und dabei lag nur wenige Schritte entfernt sein Bruder tot in seinem Blut. Er stieß einen wehen Laut aus. Und Elspeth … bestürzt machte er sich klar, dass er seit seiner Rückkehr ins Lager keinen einzigen Gedanken für sie übriggehabt hatte. Marion hatte vollständig Besitz von ihm ergriffen, von seinem Körper und seiner Seele. *Sie wird noch mein Untergang sein, mein Unglück!* Doch das scherte ihn nicht, er wollte sie … mehr denn je zuvor.

Colin kehrte mit einem schmutzigen, zerrissenen Plaid zurück, das er Liam reichte.

»Eines in unseren Farben habe ich nicht gefunden.«

Liam nahm das Wolltuch und untersuchte es.

»Nun gut, ich nehme an, Duncan wird keinen Anstoß daran nehmen.«

Als der junge Mann wieder auf den Beinen stand und fest in den Stoff gewickelt war, drehte er sich zu der Stelle um, an der er seinen Bruder hatte fallen sehen.

»Vater … Wir können ihn nicht hierlassen!«

»Uns bleibt nichts anderes übrig. Wir können nur seine Besitztümer mitnehmen.«

Duncan war entsetzt.

»Aber Vater!«

»Seine Seele wird uns folgen, Duncan«, fiel Liam ein, der sich sichtlich Mühe gab, seine Gefühle zu beherrschen.

Er ging zu seinem gefallenen Sohn, nahm seine Waffen an sich und wandte sich um.

»Er wird es verstehen …«

Duncan warf einen letzten Blick auf die Hölle von Sheriffmuir. Die Ebene war gerötet vom Blut der gälischen Krieger und der verfluchten *Sassanachs* und übersät mit verstümmelten Körpern. Einer davon gehörte Ranald Macdonald.

13

Das Lager von Ardoch

Der Earl of Mar hatte seinen Truppen befohlen, sich nach Ardoch zurückzuziehen, um dort die Nacht zu verbringen. Die Verletzten hatte man in einer Scheune und einem Pferdestall untergebracht, welche die Armee als Lazarett beschlagnahmt hatte. Die anderen Soldaten würden unter freiem Himmel oder in einem improvisierten Unterstand schlafen. Die letzten Gruppen waren soeben eingetroffen, schwer beladen mit der Beute, die sie auf dem Schlachtfeld zusammengerafft hatten. Musketen, Schwerter, Standarten, Knöpfe, Gürtelschnallen aus Gold und Silber, Uhren und goldene Ketten; alles, was auch nur den kleinsten Wert hatte, hatten sie den Leichen entrissen, die dicht an dicht die Ebene und die Ufer des Flusses, der sie säumte, bedeckten.

In einer Ecke der Scheune lag Duncan auf einer alten Decke, die man über das Stroh gelegt hatte, um ihn vor der von dem eisigen Boden aufsteigenden Kälte zu schützen. Eine Öllampe beleuchtete die zerschnittene Seite seines Gesichts. Liam betrachtete den Schlummernden, und das Herz wurde ihm schwer. Die Narben würde der junge Mann sein ganzes Leben lang tragen, als grausame Erinnerung an diese furchtbare Schlacht. Dann dachte er wieder an Ranald und erbebte vor Zorn. Sein Sohn … Man hatte ihm seinen Sohn genommen! Würde Caitlin ihm jemals verzeihen? In diesem Moment hätte er sie so sehr gebraucht.

Ihn hatte Gott verschont, doch sein Herz hörte nicht auf zu bluten. Er hätte einen Arm, ein Bein, sogar sein Leben hergegeben, damit Ran zurückkehrte, doch sein Tod war erbarmungslose Realität. Hatte Gott vielleicht den Leiden seines Sohnes ein Ende machen wollen und ihm einen edlen Tod geschenkt? Ranald hatte sich tapfer geschlagen und war für ihren König gestorben, den einzigen König, der einen legitimen Anspruch auf den Thron von Schottland und Großbritannien erheben konnte. Er war ehrenvoll gefallen, und das durften sie niemals vergessen. Aber würde Caitlin das verstehen?

Duncan stöhnte und regte sich. Die Klinge hatte ihm die linke Seite des Gesichts aufgerissen. Der Schnitt verlief vom Wangenknochen bis zum Kinn und hatte die Haut abgelöst, so dass blutiges Fleisch und weiße Knochen zu sehen waren. Zum Glück war die Wange nicht durchbohrt worden; sie würde also rasch heilen.

Eine verstohlene Bewegung zog seine Aufmerksamkeit auf sich. Er schaute auf und sah gerade noch einen Rock wirbeln und eine feuerrote Mähne fliegen. Dann war die Gestalt im Dunkel der Nacht verschwunden. Einen Moment lang war er wie erstarrt, wie vor den Kopf geschlagen angesichts dieser Erscheinung. Glenlyons Tochter? Aber was hatte das Mädchen hier zu suchen? Duncan hatte ihm versichert, sie sei nach Chesthill zurückgekehrt … Es sei denn, sie …

Nach einem kurzen Blick auf seinen Sohn, der immer noch schlief, musterte er die Stelle, an der die junge Frau verschwunden war. Die Verletzten aus Glenlyon lagen im Stall, einige Schritte entfernt. Vielleicht war sie ja auf der Suche nach ihrem Vater. Ein rotes Aufleuchten, das ein blasses Gesicht wie eine Aureole umgab … Er sah, wie sie sich von neuem durch die Tür, die im Wind schlug, duckte. Ihre Blicke trafen sich. Nein, sie suchte nicht nach ihrem Vater, dachte er und stand auf. Sie huschte davon, und er nahm die Verfolgung auf.

Zusammengekauert, den Rücken gegen ein Wagenrad gelehnt, spürte Marion, wie ihr Herz zum Zerspringen schlug. Sie hatte ihn gesehen … Duncan, sie hatte ihn gesehen! Aber sie hatte auch den bekümmerten Blick bemerkt, mit dem sein Vater ihn angeschaut hatte. Ihr Magen zog sich schmerzhaft zusammen. Ob er tot war? Sie hatte nicht gewagt, die Männer des Macdonald-Clans danach zu fragen, ja nicht einmal, sich ihnen zu nähern.

Ohne Vorwarnung tauchte eine riesige Silhouette vor ihr auf

und verdeckte die bläuliche Scheibe des Mondes, die an dem von schüchternen Sternen übersäten Firmament stand.

»Marion Campbell?«, fragte eine tiefe Stimme, an der sie Duncans Vater erkannte.

»Ja …«

»Ich … Also, solltet Ihr nicht eigentlich in Glenlyon sein? Duncan hat mir erzählt, dass …«

»Ich bin geblieben«, unterbrach sie ihn verlegen. »Ich habe mir gesagt, man bräuchte gewiss Hilfe bei der Versorgung der Verwundeten …«

»Euer Clan ist in dem anderen Gebäude untergebracht.«

»Ich weiß.«

Sie fühlte sich immer unwohler und hielt den Blick starr auf einen schimmernden Kieselstein gerichtet, der vor ihr wie eine einsame Insel aus einer gefrorenen Pfütze ragte. Der Mann sagte weder etwas, noch rührte er sich. Ganz offensichtlich erwartete er noch eine andere Erklärung. Das Schweigen, in dem nur das Stöhnen der Verwundeten und das Gebrüll der Offiziere, die ihre Befehle gaben, zu hören war, zog sich in die Länge. Marion bewegte sich.

»Es geht ihm gut«, bemerkte Liam nach einer Weile.

»Oh!«, stieß sie hervor und schlug die Hand vor den Mund, um einen erleichterten Seufzer zu unterdrücken, der sich ihr trotzdem entrang.

»Er ist verletzt, doch wenn er richtig versorgt wird, dann wird er es überstehen.«

Sie riskierte einen Blick auf ihn. Es war zu dunkel, um seine Züge zu erkennen, aber an seiner Stimme erkannte sie, dass er zutiefst erschüttert war. Wenn Duncan mit dem Leben davongekommen war, wer …? Sein Bruder? Doch sie wagte nicht, die Frage zu stellen.

»Wolltet Ihr ihn sehen?«

»Ich möchte ihn nicht … stören.«

»Als ich hinausgegangen bin, hat er geschlafen.«

Ihr blutete das Herz, als sie in das entsetzlich zerschlagene Gesicht des Mannes, der zu ihren Füßen lag, blickte. Die klaffende

Wunde nahm beinahe die ganze linke Wange ein. Es würde sehr geschickter Finger bedürfen, sie zu nähen. Sie kauerte sich nieder, um ihn zu betrachten. Nein, an diese Arbeit durfte man gewiss keinen dieser Schlächter heranlassen, die Fleischfetzten mit groben Stichen zusammenfügten, als wären es einfach nur Lederstücke. *Ach, Duncan, was haben sie dir nur angetan?*

Sie spürte, dass Liam hinter ihr stand, doch er rührte sich nicht. So verharrten sie lange Minuten, schweigend inmitten des lärmenden Chaos, das um sie herum herrschte. Blutüberströmte, stöhnende Verletzte wurden auf Tragen, die man provisorisch aus Astwerk gefertigt hatte, hereingetragen. Überall schwebte der Geruch des Todes. An einer Mauer lagen Leichen aufgereiht, bedeckt mit zerrissenen Plaids, unter denen hier und da ein Arm oder ein Bein hervorragten.

»Ich nehme an, dass Ihr sticken könnt, Mistress Campbell?«, fragte Liam aus heiterem Himmel.

Marion zuckte zusammen und sprang dann auf, um den Mann anzusehen. Er betrachtete sie mit ernster Miene.

»Sticken?«

Liam nahm ihre Hand, strich mit den Fingerspitzen darüber und untersuchte sie genau.

»Ja, Ihr wisst schon … Mit einer Nadel. Ihr habt doch sicherlich nähen gelernt …«

Mit einem Mal begriff Marion, worauf er hinauswollte, und erbleichte. Langsam wandte sie sich zu Duncan um. Ihr wurden die Knie weich. Natürlich konnte sie nähen. Sie war sogar recht begabt für diese Art von Arbeit. Aber … menschliches Fleisch zusammennähen? Und dann noch das von Duncan? Ihre Finger zitterten, doch Liam nahm ihre Hand.

»Ihr werdet es schaffen, das weiß ich einfach«, versicherte er ihr, als hätte er ihre Gedanken gelesen. »Außerdem scheint Ihr im Moment nicht allzu viel zu tun zu haben …«

Er zögerte, und sein Blick verdüsterte sich leicht.

»Es sei denn, dass Ihr Eure Dienste nur Euren eigenen Leuten zuteil werden lasst … Das könnte ich verstehen.«

Gekränkt riss sie ihre Hand zurück und verzog beleidigt das Gesicht.

»Ihr täuscht Euch in mir, Mr. Macdonald! Es ist nur … Ich weiß nicht … Ein Gesicht wieder zusammenzunähen, das ist nicht ganz das Gleiche, als würde man ein Hemd säumen.«

Der Mann betrachtete sie mit vor der Brust verschränkten Armen. Doch, Duncan sah seinem Vater ähnlich. Das gleiche breite Gesicht, der gleiche Blick. Verwirrt flüchtete sie vor ihm und kauerte sich erneut neben dem elenden Lager des Verwundeten nieder. Zögernd und behutsam schob sie die abgelöste Haut zurück, um die entsetzliche Wunde zu schließen. Jetzt sah man nur noch eine schmale, geschwungene Linie, die vom Auge ausging und am Mundwinkel endete. Der junge Macdonald stöhnte leise. Sie schloss die Augen und schluckte. Ein scheußlicher Geschmack stieg ihr in den Mund, und sie biss die Zähne zusammen, um ein Würgen zu unterdrücken. Verflucht! Liam stand immer noch hinter ihr und wartete.

»Ihr braucht Euch nur vorzustellen, dass Ihr Euer schönstes Mieder flickt.«

»Ich werde es tun.«

Die Worte waren ihr fast ohne ihr Zutun entschlüpft. Sie würde Duncans Gesicht zusammennähen … Das Entsetzen über die Aufgabe, die sie vor sich hatte, ließ sie das Gesicht verziehen. Menschliches Fleisch zusammennähen … Das war nicht ganz das, was sie sich vorgestellt hatte, als sie sich zum Bleiben entschlossen hatte. Wie hatte sie auch nur so naiv sein können! Das war der Krieg! Da ging es nicht darum, jemandem einen Splitter aus dem Daumen zu ziehen oder einen Umschlag auf einen verstauchten Knöchel zu legen. Diese Männer rangen mit dem Tod, und es galt, die Stümpfe abgehackter – oder einfach abgerissener – Gliedmaßen zu verbinden und Kugeln herauszuholen, die in den Körpern steckten. Oder Wunden wie die von Duncan zu nähen, die feindliche Schwerter geschlagen hatten. Was hatte sie sich vorgestellt? So viele Verwundete, überall um sie herum …

»Danke«, sagte Liam einfach. »Ich besorge Euch Nadel und Faden.«

»Und auch Branntwein, und wenn es keinen gibt, heißes Wasser.«

Liam nickte, entfernte sich einige Schritte und blieb dann stehen.

»Ah! Ich habe vergessen, Euch von seiner anderen Verletzung zu erzählen.«

»Ach ja, noch eine Wunde?«

Langsam hob sie das Plaid hoch, mit dem der Verwundete zugedeckt war. Erst jetzt bemerkte sie, dass Duncan in die Farben von Glenlyon gehüllt war. Sie verzog den Mund zu einem leisen, ironischen Lächeln, das jedoch sofort verschwand und einer erschrockenen Miene wich. Sie hatte das blutrote Hemd entdeckt, das an Duncans Körper klebte. Ihr Herz zog sich zusammen. Alles in allem schien es ihm viel schlechter zu gehen, als sie gedacht hatte.

»Ich bin mir nicht sicher, ob Ihr bereit sein werdet, Euch auch darum zu kümmern. Nicht, dass die Wunde besonders abstoßend wäre, aber …«

»Wenn ich sein Gesicht zusammenflicke, kann ich auch den Rest versorgen. Ihr müsst mir nur zeigen, wo sich seine Verletzung befindet.«

Liam zuckte die Achseln, beugte sich über seinen Sohn und fasste den Saum seines Hemdes.

»Ein Schwerthieb in die Leiste.«

Er betrachtete sie ernst und wartete auf eine Reaktion.

»Ihr meint, oben in den Schenkel?«

»Nicht ganz …«

Verwirrt sah sie auf das Hemd hinunter. Der blutgetränkte Stoff war zerrissen, oder besser gesagt auf der Höhe der Leiste zerschnitten, und klebte auf der Wölbung seines Schritts. Marion war zuvor schon bleich gewesen, doch nun wich ihr alles Blut aus dem Gesicht.

»Ich verstehe …«

Mit einem Mal floss das Blut zurück, und ihre Wangen glühten. Sie sank zusammen und stieß einen leisen Seufzer hervor. Liam ließ das Hemd los und zog das Plaid wieder über Duncan.

»Ist schon gut. Ich werde jemand anderen dafür suchen. Kümmert Ihr Euch um sein Gesicht, dann ist es genug.«

»Danke.«

Einige Minuten später tauchte ein seltsames, dunkles Männlein auf und stellte eine alte, abgeschabte Ledertasche neben Marion ab. Wortlos öffnete es die Tasche und zog ein Stück zusammengerollten Stoff, der mit einem Faden verschnürt war, hervor. In einer Mischung aus Verblüffung und Neugierde sah die junge Frau zu, wie der kleine Mann sich zu schaffen machte. Er rollte den Stoff auf dem Boden aus und legte sich eine große Zahl verschiedener Nadeln und Ahlen in unterschiedlicher Dicke sowie Garnspulen zurecht. Noch einmal fuhr seine kleine, behaarte Hand in die Tasche und zog eine silberne Flasche hervor. Nachdem er den Korken mit den Zähnen gezogen und einen Schluck getrunken hatte, reichte der Mann Marion die Flasche.

»Seid Ihr die Stickerin?«

Marion zuckte zusammen, als sie die unerwartet hell klingende Stimme des Mannes vernahm. Aus dem Gesicht, das wie zersprungener Gips wirkte, blitzten ihr kleine, runde schwarze Augen entgegen.

»Die Stickerin?«

Der winzige Mann besaß die Stimme eines Kindes. Jedenfalls … kam er ihr wie ein Mann vor. Sie nahm die Flasche.

»Ich bin der Flickschuster«, erklärte er und enthüllte eine Reihe fauler und schief sitzender Zähne. »Phineas Bethune von Moidart. Und Ihr müsst die kleine Stickerin sein, von der mir Macdonald erzählt hat …«

»Ja, das bin ich.«

Ein freundliches Lächeln erhellte das eigentümliche Gesicht. Mit der linken Hand, die nur drei Finger hatte, strich der kleine Mann über sein schütteres Ziegenbärtchen. Die Rechte, die vollkommen normal geformt war, trommelte auf seinem Knie herum.

»Dann werdet Ihr ihm ein paar hübsche Schmuckstiche auf die Wange setzen … Das wird Euch beschäftigen, während ich den Rest erledige.«

Mit einer knappen Bewegung schob er das Plaid weg. Dann nahm er die Lampe und hob das Hemd, während Marion peinlich berührt den Blick abwandte.

»Autsch, autsch!«

Das runde Gesicht des Zwerges verzog sich zu tausend Fältchen, aus denen in der Mitte unproportioniert die Nase herausragte. Ein *urisk*, ging es der jungen Frau jetzt auf. Sie war noch nie einem dieser kleinen Leute begegnet, die, wie man sich erzählte, über die Heide wanderten, immer auf der Suche nach einem Ort, wo sie im Austausch für kleine Arbeiten Zuflucht und Kost finden konnten. Wie es hieß, war der *urisk* an seiner kleinen Statur, seinen langen, struppigen Haaren und oft auch an Missbildungen an Händen und Füßen zu erkennen. Und das Männchen besaß all diese Eigenschaften. Er murmelte etwas.

»Wie meint Ihr?«, fragte sie, sich mühsam aus ihren Überlegungen losreißend.

»Ich sagte, dass der junge Mann großes Glück gehabt hat. Einen Zoll weiter nach rechts, und schnipp! Vorbei!«

Marion verzog das Gesicht und nahm einen Schluck Branntwein, der eine Feuerspur durch ihre Kehle zog. Tränen traten ihr in die Augen, und sie hustete. Phineas warf ihr einen amüsierten Blick zu.

»Euer Gatte?«

»Ähem … nein«, antwortete sie.

Er sah sie einen Moment lang zweifelnd an und zuckte dann die schmalen Schultern, die in einem fadenscheinigen, dunklen Rock aus grober, gewebter Wolle beinahe versanken.

»Schön, dann frisch ans Werk!«

Er wählte eine lange, feine Nadel aus und nahm eine Spule Seidengarn, von dem er ein Stück abwickelte und abbiss.

»Haltet die Lampe, während ich die Nadel vorbereite«, befahl er, vollständig auf seine Aufgabe konzentriert.

»Sicherlich.«

Er hielt die Nadel vor das flackernde Licht der Lampe, verzog das Gesicht zu einer komischen Grimasse, bei der er ein Auge zukniff und die Zunge herausstreckte, und peilte das Öhr an. Mit einer einzigen Bewegung hatte er den Faden eingefädelt. Er wiederholte den Vorgang mit einer zweiten Nadel, die er Marion reichte. Mit zitternden Fingern nahm sie das Instrument entgegen und warf einen Blick auf Duncan, der friedlich zu schlafen schien. Das würde sie niemals fertigbringen, dachte sie beklommen.

Phineas hatte sich bereits ohne viel Federlesens an die Arbeit gemacht. Der Verwundete stöhnte leise.

»Neiiin!«, brüllte Duncan dann mit einem Mal und riss verstört die Augen auf.

»Gebt ihm einen ordentlichen Schluck Branntwein«, schlug der kleine Mann vor.

Marion gehorchte sofort. Duncan verschluckte sich und stöhnte.

»Wenn es nötig ist, könnt ihr ihm meine ganze Flasche in den Hals kippen. Ihr habt meine Erlaubnis, kleine Stickerin«, erklärte Phineas.

Noch einmal fuhr er mit der feinen Nadel in die Haut des Verletzten und entlockte ihm einen weiteren Schrei.

»Verfluchter Bastard! Was macht er da bloß?«

Duncan wehrte sich heftig und versuchte aufzustehen. Marion drückte ihn fest auf das Stroh zurück und flößte ihm einen weiteren Schluck Schnaps ein.

»Er flickt dich wieder zusammen, Schwachkopf! Und jetzt hör auf zu zappeln wie ein Fisch auf dem Trockenen, ja?«

Wie vom Donner gerührt und schwer atmend starrte der junge Mann sie an. Schweißperlen standen auf seiner Stirn.

»Marion?«

Sie lächelte töricht. Dann bemerkte sie, dass sie immer noch die eingefädelte Nadel in den zitternden Fingern hielt, und steckte sie an ihr Mieder. Duncan biss die Zähne zusammen, um einen weiteren Schrei zu unterdrücken. Seine Finger krallten sich in Marions Rock, während der Schuster seine Stiche setzte.

»Was … machst du hier?«

Was sollte sie ihm antworten? Sollte sie ihm gestehen, dass sie seinetwegen geblieben war? Nein, niemals! Nachdem sie sich in der Herberge in Killin so unmöglich aufgeführt hatte, würde er glauben, sie mache sich über ihn lustig. Außerdem durfte sie nicht riskieren, ihm Gefühle zu enthüllen, deren sie sich selbst nicht sicher war. Ehe sie sich weiter vorwagte, wollte sie sich vergewissern, dass sie erwidert wurden.

»Ich … helfe Mr. Phineas bei der Arbeit. Ich soll dein Gesicht nähen.«

»Du?«, gab Duncan ironisch zurück. »Kannst du etwa nähen?«

»Selbstverständlich«, erwiderte sie gekränkt.

»Und du wirst mein Gesicht zusammenflicken?«

Erneut stieß er einen Aufschrei aus und zerrte an ihrem Rock, den er schon völlig zerknittert hatte. Marion setzte die Flasche an seine Lippen und schüttete ihm noch ein wenig von der Flüssigkeit in den Mund.

»Vielleicht täte ich besser daran, dich betrunken zu machen, Duncan Macdonald. Dann könnte ich in Ruhe arbeiten. Oder ich bitte Mr. Phineas, dir die Lippen zuzunähen …«

Der kleine dunkle Mann kicherte und stach noch einmal mit der Nadel zu. Duncan brummte und schloss die Augen.

»Das war's!«, verkündete Phineas mit triumphierender Stimme. »Fertig!«

Er nahm Marion die Flasche aus den Händen und goss eine großzügig bemessenen Menge Alkohol auf die frische Wundnaht. Duncan bäumte sich auf und erstickte einen weiteren Schrei in den Röcken der jungen Frau.

»In ein paar Tagen könnt Ihr die Fäden ziehen. Achtet vor allem darauf, die Wunde täglich zu reinigen. Nicht angenehm, an dieser Stelle eine Entzündung zu bekommen. Gewiss wird sich die kleine Stickerin darum kümmern«, setzte er mit einem wissenden Lächeln hinzu, das Marion bis an die Haarwurzeln erröten ließ.

Er reichte der jungen Frau die Flasche, stand auf und nahm sein Nähzeug, das er in seine Tasche steckte.

»Ich lasse Euch den Schnaps hier, damit Ihr beenden könnt, was Ihr noch nicht begonnen habt, Mistress«, sagte er mit seiner schrillen Stimme. »Ihr könnt ihn mir später zurückgeben. Kommt Ihr zurecht?«

»Ich glaube schon«, stotterte sie, ohne recht zu wissen, was sie sagte. »Danke.«

Phineas verneigte sich und strahlte über sein ganzes rundes Gnomengesicht. Dann verschwand er mit einem Mal und ließ sie mit Duncan und ihrer Verwirrung allein.

»Also?«, meinte der junge Mann und lächelte schwach.

»Also was?«

»Flickst du mir nun das Gesicht zusammen?«

»Ich weiß nicht, ob ich das schaffe ... Es ist so, ich ...«

Ernst sah er sie an und streckte den Arm aus, um die Nadel aus ihrem Mieder zu ziehen. »Irgendjemand muss es tun, nicht wahr? Mr. Phineas scheint heute Abend sehr beschäftigt zu sein, während du ...«

Lächelnd hielt er ihr die Nadel vor die Nase. Sie schielte auf das kleine, glitzernde Instrument hinunter und nahm es dann.

»Ich habe noch nie zuvor eine Wunde genäht«, gestand sie und warf ihm einen besorgten Blick zu.

»Einmal ist immer das erste Mal.«

Der Blick der jungen Frau flatterte, und sie runzelte die goldblonden Augenbrauen.

»Vertraust du mir?«

Einen Moment lang blieb Duncan stumm. Seine Finger strichen über Marions zitternde Hand.

»Habe ich denn eine Wahl?«, versetzte er in einem Ton, der scherzhaft klingen sollte. »Außerdem ... wirst du deine Arbeit sicherlich gut machen, ›kleine Stickerin‹.«

Sie presste die Lippen zusammen. Schweigend studierte sie Duncans Gesicht, der sie nicht aus den Augen ließ. Sie seufzte. Wie sollte sie das nur anstellen? Sie hatte vergessen, Mr. Phineas um Rat zu fragen, und angesichts der Stelle, an der die andere Wunde saß, hatte sie nicht gewagt, ihm bei der Arbeit zuzuschauen. *Ihr braucht Euch nur vorzustellen, dass Ihr Euer schönstes Mieder flickt ...* Ein gepresster Laut stieg aus ihrer Kehle auf. Nun gut! Sie hatte schließlich nicht die ganze Nacht Zeit!

»Du musst den Kopf auf meine Knie legen, Macdonald. So lege ich mir nämlich auch meine Handarbeit zurecht.«

»Zu Befehl!«

Mit schmerzverzerrtem Gesicht stemmte er sich auf die Ellenbogen hoch, und Marion steckte die Beine unter ihm durch und bauschte ihren Rock zu einer Art Kissen auf, in das er sich schmiegte. Dann fuhr sie mit dem Finger zögernd an dem langen

Einschnitt entlang, um sich einen Eindruck von ihrer Aufgabe zu verschaffen.

»Und, wofür entscheidest du dich, Macdonald? Festonstich, Hexenstich oder lieber Federstich?«

Er tat, als überlege er.

»Egal! Du kennst dich damit am besten aus. Du solltest nur darauf achten, keine allzu komplizierten Muster auszuführen«, lachte er und zuckte die Achseln.

»Wie du willst.«

Sie schüttete ein wenig Schnaps auf die Nadel und auf ihre Finger und reichte ihm die Flasche.

»Das wird schon gehen ... Ich werde es überleben.«

Er wandte sich leicht zur Seite, vergrub die Nase in ihrem Rock und drehte ihr seine aufgeschlitzte Wange zu. Dann schloss er die Augen. Marion betrachtete sein Profil, die kantigen Konturen seines Kiefers, der sich jetzt in angespannter Erwartung verkrampfte; sie sah seinen Adamsapfel an, der sich hob und senkte, wenn er schluckte. Doch wenn er schon nervös war, so war sie vor Entsetzen völlig erstarrt bei dem Gedanken, mit der kleinen Nadel in seine warme Haut zu stechen. Plötzlich war ihr sehr heiß.

»Ich werde ein wenig Branntwein auf die Wunde gießen, Duncan.«

»Willst du mir jetzt jede deiner Bewegungen schildern, Marion? Tu einfach, was du tun musst, damit ich es hinter mir habe!«

»Gut, einverstanden ...«

Der Alkohol brannte, und er zuckte zusammen und stieß ein dumpfes Stöhnen aus. Sie spürte, wie sich unter ihrem Rock eine Hand mit eisernem Griff um ihren Knöchel legte. Sie lief ein wenig rot an. *Seine Finger haben schon Schlimmeres getan, dumme Gans.* Mit einem Kopfschütteln verscheuchte sie die aufrührenden Bilder, die ihr durch den Kopf huschten.

Sie sagte nichts und seufzte leise. Die Nadel drang am Rande der mit geronnenem Blut verkrusteten Wunde in die Haut und kam dann auf der anderen Seite wieder heraus. Behutsam zog sie an dem Faden, bis die Wundränder zusammentrafen, und verknotete ihn. Erstaunlicherweise zitterten ihre Finger nicht. Sie führte die Nadel geschickt und setzte ihre Stiche, als hätte sie tatsächlich eine einfache Näharbeit vor sich. Nach dem letzten Stich durchtrennte sie erleichtert den Faden. Einen Moment lang verhielten ihre Finger zärtlich auf Duncans stoppligem Kiefer. Der junge Mann atmete auf, und seine Finger, die ihren Knöchel umklammert hatten, bis er taub wurde, entspannten sich. Während der gesamten Operation hatte er keinen Laut von sich gegeben.

»Ich bin fertig«, verkündete sie ruhig und besah sich zufrieden das Ergebnis. »Hmmm … Nicht übel für meinen ersten Patienten.«

Ein verlegenes Schweigen trat ein.

»Tut es sehr weh?«

Duncan sah sie an. Sein Mund lächelte, doch seine Augen wirkten traurig.

»Ich habe schon Schlimmeres erlebt …«

»Umso besser.«

Er maß sie mit einem merkwürdigen Blick, und plötzlich fühlte sie sich sehr schlecht.

»Das wollte ich nicht sagen. Tut mir leid … Ich wollte nur nicht die Ursache für dein schlimmstes Leiden sein.«

Duncan ergriff eine ihrer roten Haarsträhnen, rollte sie um seinen Zeigefinger und strich darüber. Dann ließ er sie wieder los.

»Mach dir keine Gedanken, Marion. Die *Sassanachs* haben mir weit Schlimmeres angetan.«

Marions Herz setzte einen Schlag aus.

»Oh! Herrgott!«

Bestürzt sah sie sich um und schaute suchend in die vielen leidenden Gesichter, die sie umgaben. Duncans Bruder war nicht darunter. Vielleicht war er ja nicht verwundet worden? Doch sie glaubte nicht daran.

»Möchtest du darüber sprechen?«

Der Mann, der auf ihrem Rock lag, betrachtete sie einen Moment lang mit einem undeutbaren Blick und schloss dann die geschwollenen Lider. Er wandte sich ab. Seine mit getrocknetem

Blut verkrusteten Haare breiteten sich wie ein starrer Fächer über ihre Knie. Sie unterdrückte einen jähen Drang, mit den Fingern hineinzufahren.

»Mein Bruder Ranald… Er ist auf dem Schlachtfeld gefallen. Diese Hurensöhne haben ihn mit dem Schwert abgeschlachtet.«

»Das Schwert der *Sassanachs*«, flüsterte sie, entsetzt darüber, dass ihre Vision wahr geworden war. »Das tut mir so schrecklich leid, Duncan…«

Zögernd strich sie über seine Schulter. Unter dem groben, auf Bauernart gewebten Stoff spürte sie, wie seine Muskeln sich zusammenzogen. Zur Antwort drückte er ihren Knöchel, den er immer noch umfasst hielt.

»Marion… Warum bist du hier?«

Einen Moment lang verschlug es ihr die Sprache.

»Ich dachte, man könnte mich gebrauchen.«

Nur eine halbe Lüge, sagte sie sich. Sanft glitten Duncans Finger über ihre Haut und bis zu ihrer Wade hinauf, wo sie verhielten.

»Gut, dass du geblieben bist; besser, als du dir vielleicht vorstellen kannst«, erklärte er und wandte sich ihr zu.

Sie hielt den Atem an. Selbst war sie sich nicht mehr so sicher. Sein zärtlicher, eindringlicher Blick ließ ihr Herz dahinschmelzen. Sie hatte sich in ihn verliebt, das vermochte sie nicht mehr abzustreiten. Aber warum war sie wirklich geblieben? Sie hatte ihren Bruder und Breadalbane in voller Absicht und schamlos angelogen. Sie hatte es gewagt, sich über den Befehl ihres Vaters, nach Hause zurückzukehren, hinwegzusetzen. Um bei diesem Mann zu sein, zugegeben! Und weiter? Aus reinem Mitgefühl? Oh nein! Sie war gekommen, weil ihr Herz es ihr geboten hatte. Es hatte ihre verschlossene Seele erschüttert und ihr vollständig zu Bewusstsein gebracht, was dieser Mann in ihr hervorrief. Dieser Mann… Ein Macdonald.

Marion biss sich auf die Lippen und betrachtete das zerschundene, angeschwollene Gesicht des Mannes, dessen Blick sie versengte und nie gekannte Gefühle in ihr aufsteigen ließ. Wie er wohl empfand? Dass er sie begehrte, war ziemlich klar. Doch wie würde er mit ihrer Seele umgehen, sobald er ihren Körper einmal in Besitz genommen hatte? Für sie war beides untrennbar. Wenn er ihre Seele verlachte, würde sie entsetzlich darunter leiden.

Duncans Hand gab ihre Wade frei, um über ihre Wange und dann über ihren Hals zu streichen. Sie erschauerte. Verlegen wandte sie den Blick ab, sah auf das zerrissene, blutbefleckte Hemd hinunter und zog das Plaid über dem Verwundeten hoch.

»Ich werde dir ein sauberes Hemd besorgen.«

Liam saß neben seinem Freund Simon, der auf einem blutigen Strohsack, auf dem kurz zuvor noch ein Toter gelegen hatte, schlummerte. Er hatte die ganze Szene verfolgt, doch er hatte es für besser gehalten beiseitezubleiben, um den Flickschuster und die Stickerin nicht zu stören. Der Körper seines Sohnes war in guten Händen, und seine Seele ebenfalls, wie es schien. Mit einer Mischung aus Erleichterung und Neid hatte er die beiden jungen Leute beobachtet. Dieses Mädchen besaß wirklich Schneid. Kein Wunder, dass Duncan sich trotz seiner Warnungen in sie verliebt hatte.

Neben ihm tauchte plötzlich ein Mann auf, der einen blutbefleckten groben Bauernkittel trug, dessen Ärmel er sich bis zu den Ellbogen hochgekrempelt hatte. Er wurde von zwei jungen Burschen von etwa fünfzehn Jahren begleitet. Der eine trug einen mit rötlichem Wasser gefüllten Eimer und der andere einen kleinen Koffer, den er zu seinen Füßen auf dem Boden abstellte.

Der Mann beugte sich über Simon, presste unschlüssig die Lippen zusammen und zog ihm ein Augenlid nach dem anderen hoch. Anschließend untersuchte er sein linkes Knie, das von einer Musketenkugel zu Brei zerschmettert worden war.

»Hmmm.«

Er betastete die Umgebung der klaffenden Wunde und verzog das Gesicht.

»Hmmm«, meinte er noch einmal.

Als Simon die Hände spürte, die ihn untersuchten, stöhnte er und schlug die Augen auf.

»Heda! Seid Ihr wohl bald fertig damit, an mir herumzuhantieren, verflucht! Man kann die Wunde ja wohl deutlich genug sehen, oder?«

»Hmmm, ja. Genau das hatte ich befürchtet«, murmelte der Mann und hob seine Adlernase. »Die Kniescheibe ist in tausend Stücke gesprengt, und das Gelenk scheint schwer beschädigt zu sein.«

Simon erbleichte, denn er fürchtete die schlimmste Diagnose.

»Was soll das heißen? Ihr habt doch hoffentlich nicht die Absicht, mir das Bein abzuschneiden? Das ist nur eine Schusswunde. Da habe ich schon schlimmere abbekommen, wisst ihr.«

»Vielleicht, aber wenn Ihr meine Meinung hören wollt, dann ist das eine ganz üble Schussverletzung. Ich fürchte, Ihr werdet Euer Knie nie wieder gebrauchen können. Oder Euer Bein. Und durch die vielen Knochensplitter ist die Gefahr groß, dass sich das Ganze entzündet.«

Simon, der totenbleich geworden war, wandte sich an Liam.

»Das wirst du doch nicht zulassen, oder?«

Ohnmächtig schüttelte Liam den Kopf. Er hatte schon befürchtet, dass Simon sein Bein verlieren könnte, doch er hatte sich gehütet, mit ihm darüber zu sprechen.

»Hör zu, mein Alter, die Entscheidung darüber liegt nicht bei mir …«

»Ich lasse mir nicht das Bein abschneiden, verflucht!«, brüllte der kräftige Mann und stützte sich auf die Ellbogen hoch.

Er versuchte, sich zu bewegen, doch der Schmerz zwang ihn liegenzubleiben. Eine feine Schweißschicht überzog seine Haut und glänzte im Licht der Lampen, die hier und dort in der Scheune hingen. Den Arzt schienen die heftigen Beteuerungen seines Patienten nicht zu beeindrucken. Er beugte sich über sein Köfferchen und zog ein mit einer Flüssigkeit gefülltes Glasfläschchen hervor, das er in der Nähe auf einer Bank abstellte. Dann griff er wieder hinein und nahm ein Holzinstrument mit einem Handgriff heraus, der dazu diente, einen Bolzen zu drehen, an dem ein Hanfstrick befestigt war. Bestürzt erkannte Liam den Gegenstand: eine Aderpresse. Anscheinend gab der Arzt nichts auf die Meinung des Verwundeten, der sich heftig zu wehren begann, als er das Instrument erblickte.

»Schaff mir diesen Scharlatan vom Halse!«, zeterte Simon. »Niemand wird mein Bein anrühren!«

»Simon, um Gottes willen ... Da ist nichts mehr zu machen«, erklärte Liam und drückte ihn auf dem Strohsack zurück.

»Liam, wir kennen uns, seit wir Kinder waren. Du weißt genau, dass ich niemals mit einem Bein leben könnte. Du darfst nicht zulassen, dass dieser verfluchte Scharlatan mich zerhackt!«

»Ich bin kein Scharlatan, Sir«, warf der Arzt, der verärgert wirkte, kühl ein. »Mein Name ist Hector Niven, und ich bin Chirurg mit einem Abschluss an der Universität von Edinburgh. Außerdem bin ich der Leibarzt des Earl of Seaforth. Meine Dienste habe ich wegen meiner Überzeugungen und im Dienste des Prätendenten angeboten, und nicht wegen des Lohnes. Wenn Ihr also nichts dagegen habt, dann lasst mich jetzt meine Arbeit tun. Ihr seid nicht der einzige Verwundete hier, und ich habe nicht die ganze Nacht Zeit.«

Simon starrte ihn verblüfft an.

»Wenn ich nichts dagegen habe? Aber natürlich habe ich etwas dagegen, verdammt! Schließlich geht es hier um *mein* Bein, wenn ich mich nicht irre! Und wenn ich nicht will, dass Ihr es mir abschneidet, dann ist es eben so!«

Der Chirurg seufzte.

»Hört mir zu, Ihr armer Teufel. Wenn ich Euch das Bein lasse, dann werdet Ihr mich in einigen Tagen, spätestens in ein paar Wochen, anflehen, es euch abzuschneiden. Doch dann wird es zu spät sein, weil dann bereits der Wundbrand eingesetzt hat. Habt Ihr schon einmal erlebt, wie einem Menschen, der noch lebt, ein Körperteil abfault? Es wird ganz schwarz und trocknet aus. Der Schmerz ist derart, dass ich schon gesehen habe, wie sich ein Mann selbst den Arm abgeschnitten hat, um sich davon zu befreien. Gar nicht zu reden von dem Gestank. Dieser entsetzliche Verwesungsgeruch, der Euch niemals verlässt und durch den Ihr nicht einmal atmen könnt, ohne dass Euch übel wird!«

Simon atmete schwer, und die Augen traten ihm fast aus den Höhlen. Seine Haut hatte eine graue Färbung angenommen. *Die*

Überredungskraft dieses Arztes ist ebenso wirksam wie seine Wissenschaft, dachte Liam bei sich.

»Lieber Gott, ach du lieber Gott!«, brummte Simon keuchend.

Doch der Arzt war offensichtlich der Ansicht, dass er noch nicht genug gesagt hatte, denn er setzte seine makabere Litanei über die Auswirkungen des Wundbrandes fort:

»Und wenn das geschieht, Sir, dann muss ich das Glied noch höher abtrennen, wenn nicht vollständig, um ganz sicherzugehen, alles tote Gewebe zu entfernen. Denn wenn ich nur ein winziges bisschen vergesse, dann kehrt der Wundbrand zurück und frisst Euch auf, bis Ihr nur noch ein Haufen faulenden Fleisches seid. Versteht Ihr, was ich Euch zu erklären versuche?«

Simon nickte langsam, eine Hand auf die Brust gelegt. Seine Finger krallten sich in den Stoff seines Hemdes. Plötzlich verzerrte sich sein Gesicht.

»Simon«, rief Liam seinen Freund an, »geht es dir nicht gut?«

»Es ist … Oh! Das geht schon, Liam«, murmelte sein Freund mit angespannter Stimme. »Ich glaube, es war nur der Schreck. Das geht vorbei. Verstehst du, es fällt nicht leicht, sich damit abzufinden. Was wird Margaret dazu sagen? Ein Ehemann mit einem Bein, bah!«

Liam lächelte gequält.

»Du weißt genau, dass sie dich nicht nur wegen deiner Beine geheiratet hat«, sagte er, obwohl er wusste, dass seine Worte müßig waren.

Wie hätte er selbst unter ähnlichen Umständen reagiert? Sicherlich genau wie Simon. Sein Freund sah ihn flehend an.

»Wenn ich es recht überlege, Liam, glaube ich, dass ich lieber sterben möchte.«

»Simon«, gab Liam zurück und fasste ihn an den Schultern. »Du bist doch kein Feigling. Heute hast du wie ein Gott gekämpft. Wie viele von diesen verfluchten *Sassanachs* hast du gefällt? He, wie viele?«

Simon lächelte schwach.

»Sechzehn«, verkündete er stolz. »Das sind sogar mehr als in Killiecrankie, weißt du noch?«

»Wie könnte ich das vergessen, mein Alter?«

Aus dem Augenwinkel beobachtete Liam den Arzt. Der Mann schickte sich an, die Aderpresse um das Bein zu legen. Simon stöhnte und sprach dann weiter, während sein Freund ihn fest an den Schultern gefasst hielt.

»Damals habe ich nur elf erledigt. Aber dennoch war das ein süßer Sieg ... Diese Feiglinge sind gerannt wie die Hasen, statt zu kämpfen wie Männer. Autsch! Was macht der Kerl da bloß?«

»Ist gut, Simon, man kümmert sich um dich. Deine Margaret wird schrecklich stolz auf dich sein, wenn du zurückkehrst.«

Der Verwundete lachte höhnisch.

» Ja ... Margaret ... Sie fehlt mir, weißt du ...«

Der Arzt tippte Liam auf die Schulter, und er drehte sich um. Er erbleichte, als er auf dem Tisch, auf dem die Operation stattfinden sollte, die Stahlsägen und die Feilen sah, die noch mit dem Blut des letzten Patienten befleckt waren.

»Er hat Glück, ich habe noch ein wenig Laudanum ...«

»Ich werde überhaupt nichts nehmen!«, schrie Simon und richtete sich von neuem auf. »Ich bin doch kein Weichling!«

Er hatte Liam zur Seite geschoben und erblickte jetzt ebenfalls die sorgfältig zurecht gelegten unheimlichen Instrumente.

»Oh!«

Liam winkte zwei kräftige Männer, die sie beobachteten, heran.

»Komm schon, Simon, sei nicht dumm und nimm einen Schluck.«

»Nein.«

»Du weißt schon, dass du ein schrecklicher Dickschädel sein kannst, oder?«

»Ja. Das sagt mir meine süße Margaret auch immer.«

Mithilfe der beiden Männer packte man den Verwundeten auf den Tisch. Eine kleine, rundliche Frau legte einen Berg einigermaßen sauberer Tücher neben ein Becken mit kochend heißem Wasser, während der eine der beiden Assistenten des Chirurgen, der soeben eine Holzwanne, die noch feucht von Blut war, unter den Tisch gestellt hatte, das Kauterisierungseisen in ein Becken mit rotglühenden Kohlen steckte.

Die Männer in ihrer Umgebung waren sichtlich angespannt. Einige waren sehr blass geworden und bedachten die Ansammlung von Skalpellen, Messern und Zangen, die der Arzt jetzt auf einem ausgebreiteten Leintuch auslegte, mit nervösen Blicken. Eigenartig, dass die Männer sich ohne mit der Wimper zu zucken feindlichen Schwertern stellen konnten, die mehr als eine Elle lang und rasiermesserscharf waren, aber käsebleich wurden, wenn sie ein Skalpell sahen.

Der Arzt tränkte einen Lappen mit Wasser und wischte oberflächlich den mit Blut und Schlamm verklebten Schenkel des armen Simon ab, der es jetzt richtig mit der Angst zu tun bekam. Die Aderpresse war angelegt, und die Operation konnte beginnen.

Liam spürte, wie sich ihm der Magen umdrehte. Gewiss, er hatte im Kampf schon erlebt, wie jemandem ein Körperglied abgeschlagen wurde. Aber ein sauberer und rascher Schwerthieb war bestimmt weniger schmerzhaft als eine lange, qualvolle Amputation. Er sah sich in der Scheune um und begegnete den Blicken Duncans und Marions, die das entsetzliche Schauspiel beobachteten. Die junge Frau schien kurz davor zu sein, in Ohnmacht zu fallen, und seinem Sohn ging es offenbar nicht anders. Der Arzt tippte ihm auf die Schulter, und Liam fuhr zusammen.

»Wir sind bereit. Er muss ruhiggestellt werden.«

Er reichte ihm ein altes, zerbissenes Lederstück.

»Für seine Zähne.«

Die beiden Hünen hielten Simon fest an den Armen, während Liam sich über seinen Oberkörper legte, ihn an den Schultern packte und über alles und nichts auf ihn einredete. Als sein unglücklicher Freund einen schrecklichen Schrei ausstieß und kurz erschlaffte, wusste er, dass der Arzt mit der Operation begonnen hatte. Zwei weitere Männer mussten sich einschalten, um den Verwundeten festzuhalten. Simons Augen verdrehten sich, und sein Kopf fiel schwer nach hinten. Erleichtert stellte Liam fest, dass sein Freund das Bewusstsein verloren hatte. Doch die Ruhepause währte nicht lange: Langsam kam Simon wieder zu sich, keuchte und schlug wild um sich.

»Hab es mir anders überlegt, mein Alter … Gebt mir schon diesen verfluchten … Sirup. Ich glaube, für heute habe ich … genug …«

»Dafür ist es jetzt ein wenig zu spät …«

»Nun gebt ihm schon den Opiumsirup!«, brüllte Liam und drehte sich zu dem verärgerten Arzt um.

Dabei konnte er nicht umhin, Simons Bein zu sehen.

Oberhalb des Knies war die Haut ordentlich eingeschnitten, vom Fleisch gelöst und wie die Schale einer Frucht über den Schenkel gebreitet worden. Der Arzt hatte die Muskeln abgetrennt, und der freigekratzte, ausgelöste Knochen hob sich weiß von dem blutigen Fleisch ab. Sorgfältige Arbeit, trotz der großen Dringlichkeit. Liam spürte, wie ihm übel wurde, und er wandte sich rasch wieder ab. Er brauchte dringend einen ordentlichen Schluck Whisky.

Der eine der Helfer goss den Sirup zwischen Simons Lippen. Er ächzte und verfiel in einen halb bewusstlosen Zustand. Ein unheimliches Schaben drang an Liams Ohren, und er biss die Zähne zusammen. Inzwischen war sein Hemd genauso schweißnass wie das seines Freundes.

»Braucht Ihr noch lange?«

»Nun ja, ich habe den Knochen noch nicht ganz durchtrennt. Anschließend muss ich die Ränder feilen, dann die Ligatur anlegen und …«

»Schön! Erspart mir doch bitte die Einzelheiten, ja?«

»Wie Ihr wollt …«

Das Kreischen der Säge wurde unerträglich. Mehrere Männer hatten die Scheune bereits verlassen; andere würden ihnen, nach ihrer grünlichen Gesichtsfarbe zu urteilen, sicherlich bald folgen.

Das dumpfe Geräusch, mit dem etwas schwer zu Boden fiel, ließ Liam den kalten Schweiß ausbrechen. Er schloss die Augen. Nun hatte Simon sein Bein unwiderruflich verloren. Unter ihm stöhnte sein Freund schwach. Seine Brust hob und senkte sich regelmäßig, und er kam ihm jetzt friedlicher vor. In seiner Aufregung musste der Helfer ihm eine Dosis gegeben haben, die ein Pferd betäubt hätte. *Schlaf, mein Freund. Nicht nötig, das bei vollem*

Bewusstsein durchzumachen, um mir zu beweisen, dass du ein Mann bist.

»So, mit dem Schnitt bin ich fertig«, verkündete Dr. Niven. »Würdest du bitte die Aderpresse fester anziehen, Timothy? Die Blutungen hörten nicht auf… Er verliert zu viel Blut.«

Ein Schnappen erklang, gefolgt von einem Fluch und einem panischen Schrei.

»Drücken, heilige Muttergottes!«

»Ich schaffe es nicht! Es geht nicht! Ich finde die Arterie nicht!«

»Wo ist die andere Aderpresse?«

»Dr. Shaw hat sie genommen… »

»Gib mir das Eisen! Los mach schon, sonst habe ich keine Zeit, die Ligatur anzulegen!«

»Was ist passiert?«, brüllte Liam und drehte sich zu dem Arzt um.

»Die Aderpresse hat nachgegeben, bevor ich fertig werden konnte…«

Mit aufgerissenen Augen verfolgte Liam die Szene, die sich vor ihm abspielte. Das Blut schoss hervor und bespritzte den Arzt und seine beiden Helfer, die jetzt eher aussahen wie Metzger, die gerade aus dem Schlachthof kommen. Panik hatte sie ergriffen. Entsetzt erkannte Liam, dass das Leben seines Freundes am seidenen Faden hing.

»Unternehmt doch etwas! Ihr könnt doch nicht dastehen und zuschauen, während er ausblutet wie ein abgestochenes Schwein!«

Der Arzt warf ihm einen finsteren Blick zu und nahm die Hand des Helfers, um ihm zu zeigen, wo er drücken musste. Dann ergriff er das rotglühende Eisen. Liam wandte sich erneut Simon zu, dessen Haut einen eigenartigen Grauton angenommen hatte. Ein ekelhafter Gestank nach verbranntem Fleisch stieg ihm in die Nase, und ihm drehte sich der Magen um. In diesem Moment bemerkte er, dass die Brust seines Freundes sich nicht mehr bewegte.

»Simon! Simon! Kannst du mich hören, mein Alter? Bleib bei mir!«

»Ich schaffe es nicht!«, schrie der Junge, der vollständig hysterisch war, immer wieder

Simons Haut war feucht und kalt. Die kräftigen Männer, die ihn festgehalten hatten, waren zurückgetreten. Die Angst stand ihnen ins Gesicht geschrieben. Alles war so schnell gegangen, dass Liam es noch gar nicht richtig fasste.

»Simon … Oh nein … Mein Freund …«

Er war vollkommen niedergeschmettert. In seinem Kopf vermischte sich das Geschrei zu einem dumpfen Brausen. Schluchzend brach er auf Simons Brust zusammen. Das war zu viel.

»Liam …«

Jemand legte ihm herzlich, aber fest die Hand auf die Schulter. Einen Moment lang glaubte er, Simon riefe nach ihm; dass die ganze Szene nur ein schlechter Scherz gewesen wäre und sein Freund angesichts seiner gramvollen Miene in Gelächter ausbrechen würde. Doch es war nicht so. Als er die Augen aufschlug und Simons blutleeres Gesicht erblickte, stieß er ein langgezogenes Stöhnen aus.

»Komm schon, Liam, gehen wir.«

Kräftige Arme ergriffen ihn und hoben ihn auf. Alasdair Og und Adam Cameron führte ihn aus der Scheune und in die kalte Nachtluft hinaus. Ohne recht zu wissen, wie ihm geschah, fand er sich mit einer Flasche Whisky in den Händen auf einer Munitionskiste sitzend wieder. Er kippte mehrere große Schlucke hinunter und versuchte so, seine Tränen vor seinen Kameraden zu verbergen. Aber die Verluste, die er heute erlebt hatte, waren einfach nicht mehr zu ertragen. Mit seinem schmutzigen Ärmeln wischte er sich Augen und Mund ab.

»Sie haben sie umgebracht, Sandy*«, stöhnte er und schlug die feuchten Augen zu Alasdair auf, der ihn respektvoll schweigend ansah. »Sie haben meinen Sohn getötet … und Simon. Verfluchter Krieg! Sie haben Duncan das halbe Gesicht zerschnitten … Und ich habe alles mit angesehen. Ich habe alles mit angesehen, und ich habe nichts dagegen getan!«

* Übliche Abkürzung für den Vornamen Alasdair.

Adam setzte sich neben ihn und nahm ihm die Flasche aus den Händen, um ebenfalls zu trinken.

»Recht hast du, Liam, dieser Krieg ist wirklich verflucht. Aber für das, was Ranald und Simon zugestoßen ist, bist du nicht verantwortlich …«

»Verfluchter Krieg! Mein Sohn … tot … Oh Herrgott! Und warum? Warum, Adam? Sag es mir …«

»Ja, warum?«, nahm Adam seine Frage auf. »Der König lässt sich nicht einmal herab, den Fuß auf unser Land zu setzen. Könnt ihr mir einmal sagen, was er macht? Fast ein Drittel meines Clans ist unter den Hieben der Dragoner aus Argyle gefallen. Sie haben unsere Reihen durchbrochen und uns bis zum Fluss verfolgt … Wir dachten schon, unser Ende sei gekommen. Aber durch einen unerhörten Zufall hat Argyle beschlossen, sich zurückzuziehen und uns das Leben zu lassen.«

»Das lag daran, dass sein linker Flügel vollständig abgeschnitten worden ist«, erklärte Alasdair. »Er hat sich einfach aufgelöst. Und außerdem haben wir oben auf dem Hügel gewartet, bereit für einen zweiten Angriff. Da hat er es für besser gehalten, sich mit den Männern, die ihm geblieben waren, nach Dunblane zurückzuziehen.«

»Wir sollten in den nächsten Tagen einen weiteren Angriff unternehmen. Trotz unserer Verluste ist unsere Truppenstärke der ihren immer noch überlegen.«

Alasdair griff jetzt ebenfalls nach der Flasche.

»Ich weiß nicht … Mar befindet sich gegenwärtig in Beratungen. Wir sind noch dabei, die Verluste zu schätzen. Sie sind ziemlich hoch. Der Captain von Clanranald ist bei der ersten Salve gefallen. Ein junger Earl ist umgekommen, und mehrere unserer Männer sind in Gefangenschaft geraten, darunter Strathallan und sein Bruder, Thomas Drummond.«

»Welche Verluste hat Glencoe erlitten?«, fragte Adam.

Alasdair warf Liam einen Blick zu, doch der schien in Gedanken anderswo zu sein.

»Nun ja, wir haben neun Männer verloren, dreiundzwanzig sind verletzt, und zwei werden vermisst. Aber nach der Farbe zu urteilen, welche die Hügel von Sheriffmuir angenommen hatten, kann ich euch versichern, dass die Verluste der anderen Seite ebenso hoch sind wie unsere, wenn nicht höher. Wenn man dann noch den Umstand berücksichtigt, dass wir ohnehin die doppelte Truppenstärke besitzen wie sie, dann können wir uns wohl als Sieger betrachten.«

»Sieger? Und was haben wir gewonnen, Sandy? Es ist doch klar, dass wir uns auf dem Schlachtfeld im Kreis gedreht haben. Beide rechten Flügel haben den linken Flügel des Gegners zerschlagen. Wir haben überhaupt nichts gewonnen! Ein unentschiedenes Spiel, wenn du meine Meinung hören willst. Argyle wird mit Sicherheit Verstärkung aus England erhalten. Und wir, was bekommen wir aus Frankreich? Sie schicken uns allerhöchstens noch den König, damit wir ihn auf den Thron setzen können! Ansonsten sind wir auf uns gestellt. Argyle wird zurückkommen und beenden, was er begonnen hat. Wir waren achttausend gegen viertausend Mann! Was ist passiert? Wir haben es trotzdem nicht geschafft, sie zu schlagen. Das war etwas ganz anderes als in Killiecrankie.«

Zwischen den drei Männern trat ein verlegenes Schweigen ein, in dem nur das Plätschern des Whiskys in der Flasche, die zwischen ihnen kreiste, zu hören war. Jeder sah vor seinem inneren Auge die schrecklichen Szenen dieses furchtbaren Tages vorbeiziehen.

Liam begann die einschläfernde Wirkung des Alkohols zu spüren, der wie eine betäubende Medizin kurzzeitig sein Leiden dämpfte. Doch das Heilmittel ließ die grauenhaften Bilder, die immer wieder durch seinen verwirrten Geist huschten, nicht vollständig verschwinden.

»Es tut mir leid um Ranald, er war ein guter Junge … Ich weiß ja, dass es keine Worte gibt, um deinen Schmerz zu lindern, Liam, aber …«

»Ich will heim nach Glencoe«, verkündete Liam abrupt.

»Das geht nicht«, sagte Adam. »Das wäre Desertion, und du weißt, dass Deserteure bestraft werden.«

Liam stieß ein zynisches Lachen aus und riss dann Alasdair die Flasche aus den Händen, um sich noch weiter zu betäuben.

»Das ist mir vollständig gleich, Adam. Ich bin bereits tot. Ich brauche …«

Er unterbrach sich. Mit einem Mal stand ihm Caitlins Bild vor Augen. Eine Träne rann über seine Wange.

»Ich brauche sie«, stammelte er mühsam. »Außerdem muss sie das mit Ran erfahren. Ich glaube, das wird das Schwierigste, das ich je in meinem Leben tun musste. Meiner Frau das Herz zu brechen …«

Von neuem plätscherte der Whisky in der Flasche und verbrannte ihm die Kehle. Doch der Schmerz war noch angenehm, verglichen mit dem Gedanken an die Aufgabe, die ihn erwartete.

»Ich werde mir etwas einfallen lassen, um deine Abreise zu rechtfertigen, Liam«, sagte sein Cousin langsam. »Schließlich bist du mein erster Lieutenant. Ich werde dich mit einer wichtigen Nachricht für meinen Bruder betrauen. Das müsste ausreichen. Aber du musst zu uns zurückkehren.«

»Ja …«

»Reichen dir einige Tage aus?«

»Ein paar Tage, das ist gut, Sandy.«

Voller Zuneigung drückte Alasdair seine Schulter. Liam fühlte sich müde – schrecklich müde. Langsam erhob er sich, taumelte und fiel auf die Knie. Die ganze Welt drehte sich mit unerhörter Geschwindigkeit um ihn. Ihm wurde übel.

»Dir scheint es nicht gut zu gehen, Cousin«, hörte er durch den Nebel hindurch, der ihn umgab.

Nicht gut?, dachte er ironisch. Aber nein, ihm ging es wunderbar! Nur, dass er das Gefühl hatte, nie wieder schlafen zu können, ohne das Schwert zu sehen, das seinen Sohn erschlug. Ein Laut, der halb ein Schluchzen und halb ein Auflachen war, entrang sich seiner Kehle.

»Liam … He, mein Alter …«

Er fühlte, wie er ins Leere stürzte, doch etwas hielt ihn zurück. Ein Arm schob sich unter den seinen und zwang ihn zum Aufstehen. *Lasst mich doch in Ruhe …* Immer noch stützte ihn der Arm.

Vergeblich versuchte er, ihn wegzustoßen.

»Du brauchst ein paar Stunden Schlaf, Liam. Der Whisky ist dir zu Kopf gestiegen.«

Whisky? Er nahm die Flasche und setzte sie erneut an. Adam schritt ein und hielt seinen Arm fest.

»Liam, das wird dir nicht guttun, glaube mir. Ich kann dir versichern, dass es ziemlich unangenehm ist, sich der Wirklichkeit mit einem scheußlichen Brummschädel zu stellen.«

Liam betrachtete seinen Schwager einen Moment lang, verzog vor Schmerz das Gesicht und stieß einen verzweifelten Seufzer aus. Dennoch trank er noch ein paar Schlucke Alkohol. Vergessen … Diese Bilder nicht mehr zu sehen … Nicht mehr den Gestank der Schlacht an seinem Kleidern zu riechen, den Geruch nach Blut, Exkrementen und verbranntem Fleisch, der ihn umgab. All diese Gerüche waren da, unausweichlich, quälten ihn und hinderten ihn daran zu vergessen.

»Ich will nicht mehr aufwachen, Adam.«

Die Flasche glitt ihm aus den Fingern und fiel zwischen seinen Füßen zu Boden. Mit abwesendem Gesichtsausdruck betrachtete er die bernsteinfarbene, im Mondlicht schillernde Flüssigkeit, die im Gras versickerte. Ja, er wollte schlafen und nie wieder aufwachen. Adam bückte sich und hob die Flasche auf, die er Alasdair reichte. Dann sah er ihn ernst an.

»Liam, komm wieder zu dir. Ich erkenne dich gar nicht wieder.«

Um ehrlich zu sein, erkannte er sich selbst nicht wieder. Was geschah mit ihm? In der Vergangenheit hatte er schon ebenso erschütternde Tragödien erlebt: das Massaker an den Einwohnern des Tals, und er hatte Anna und Coll sterben gesehen, seinen Vater und Ginny, seine Schwester. Und jetzt Ranald und Simon.

Seine alten Dämonen kehrten zurück und verfolgten ihn. Er hatte nichts getan, um den Menschen, die er liebte, zu helfen. In seiner Erstarrung hatte er reglos zugesehen. Angesichts des Entsetzens war er nur ein nutzloser Beobachter gewesen. Alles war seine Schuld. Die Last des Gewissens erdrückte ihn, und sein Zorn raubte ihm den Atem. Seine Wut steckte ihm wie ein Klumpen in der Kehle, den er nicht auszuspucken vermochte und der ihn erstickte. Er war schuldig. Er hätte Anna und Coll am

Morgen des Massakers nicht alleinlassen dürfen. Er hätte irgendwie Decken auftreiben, sie mitnehmen und eine Zuflucht für sie finden müssen, wo er ein Feuer hätte anzünden und sie warm halten können. Und Ginny? Er hätte sich auf das Schwein, das seiner Schwester Gewalt antat, stürzen und ihm die Kehle durchschneiden müssen, statt mit offenem Mund zuzusehen. Die Beine versagten ihm den Dienst, und er schwankte. Adam hielt ihn fest und redete auf ihn ein, doch er hörte nicht mehr zu.

Simon … Er hätte verhindern müssen, dass der Arzt ihn amputierte. Sein Freund hatte recht gehabt. Mit einem Bein wäre er nie wieder derselbe gewesen, dazu kannte er ihn zu gut. Und vielleicht wäre er auch so wieder gesund geworden, wer wusste das schon? Aber er hatte sich geweigert, auf ihn zu hören. Und Ranald … Oh Gott! Alles war so schnell geschehen. Er hatte gesehen, wie der Dragoner seinen Sohn ins Visier nahm und schoss. Doch sein Schrei war ihm in der Kehle stecken geblieben. Er hatte ihn nicht vor der Gefahr gewarnt. Ranald war in den Unterleib getroffen worden. Dann der zweite Dragoner … Mit seinem Schwert … Er seufzte. Sein Magen drehte sich um. Wieder sah er, wie die Klinge den Körper seines Jüngsten durchbohrte, und spürte, vor Schmerz aufschluchzend, wie die mörderische Schneide ihn entzweihieb. Durch seine Untätigkeit hatte er seinen Sohn getötet. Er hatte sie alle umgebracht, diese geliebten Menschen, die er verloren hatte. Alle waren sie seinetwegen gestorben. Wenn er sich schon selbst nicht vergeben konnte, wie konnte er da erwarten, dass Caitlin ihm verzieh?

Von neuem zog sich sein Magen zusammen. Die Übelkeit überwältigte ihn, und er erbrach sich. Starke Arme hoben ihn auf und trugen ihn davon. Er fand sich auf irgendeinem Lager, in irgendeiner Ecke wieder. Ihm war es vollständig gleich, wo er sich befand. Er wollte nur schlafen, schlafen … Und nie wieder aufwachen.

TEIL FÜNF

Erspare dir zum Mindesten die Qual des Hasses;
wenn du schon nicht vergeben kannst,
dann vergiss.

Alfred de Musset

14

Der Bruch

Feuchter Schnee sammelte sich in den Ecken der Fensterscheiben. Mit dem Finger zog ich die Spur nach, die ein kleines Häuflein davon hinterlassen hatte, als es am warmen Fenster geschmolzen und auf der Außenseite des Glases herabgeglitten war. Dann verlor sich mein Blick in der Ferne: Die Hügel von Glencoe waren mit einer dünnen weißen Schneeschicht überzogen, und die Wolken hingen so tief, dass die Berggipfel darin verschwanden.

Seit meiner Rückkehr aus Culross hatten wir abscheuliches Wetter gehabt. Wenn die Sonne schien, war es kalt, und der Schnee knirschte unter unseren Schritten. Doch wenn es milde war, so wie heute, fiel uns buchstäblich der Himmel auf den Kopf. Daher blieben wir den Großteil der Zeit im Inneren der Häuser. So hatte ich genug freie Zeit gehabt, zwei Plaids zu weben und zusammenzunähen. Ein Plaid befand sich noch auf dem Webstuhl, doch merkwürdigerweise konnte ich mich nicht aufraffen, es fertigzumachen.

Ein leises Kichern, das hinter mir erklang, riss mich aus meinen Gedanken. Ich wandte mich um und ließ den Blick durch die Küche schweifen, die als Schulzimmer diente. Missbilligend runzelte ich die Stirn. Alle Blicke richteten sich auf die kleine Kenna Macdonnell, die sich über den Tisch reckte, um sich aus der Obstschale, die in der Mitte stand, einen Apfel zu mausen. Als das Mädchen sich wieder auf die Bank setzte, wurde ihr hübsches Kindergesichtchen ganz bleich, und sie riss die Augen weit auf. Dann sprang sie hoch und stieß einen durchdringenden Schrei aus. Alle anderen Kinder, die sich über ihre tintenbekleckssten Blätter beugten, schütteten sich vor Lachen aus.

»Neil Macdonnell, du bist ein … ein …«

Aus ihren großen, schwarzen Augen sah sie zu mir auf, dann schaute sie enttäuscht auf ihren Apfel hinunter und rieb sich das Hinterteil.

»Neil hat einen Nagel auf meinen Platz gelegt, Mrs. Caitlin.«

Sie nahm den besagten Gegenstand auf und streckte ihn mir entgegen.

»Das war ich nicht!«, verteidigte sich ihr Bruder. »Isaak hat das gemacht!«

»Gar nicht wahr«, erwiderte der andere. »Sag es ihr, Alice, du hast es doch auch gesehen. Neil hat den Nagel auf Kennas Bank gelegt.«

Alice MacEanruigs sah ihren jüngeren Bruder herablassend an.

»Warum sollte ich lügen, um dir aus der Patsche zu helfen? Ich habe meine Aufgaben gemacht und gar nichts gesehen.«

Isaaks kleines, bereits mit roten Flecken übersätes Gesicht lief dunkel an. Der Junge presste die Lippen zusammen und warf seiner Schwester einen mordlustigen Blick zu.

»Du lügst doch selbst! Du hast nicht gelernt, sondern Alex schöne Augen gemacht …«

»Isaak!«, schrie sie zurück. Ihre Wangen glühten.

»Jetzt reicht es aber!«, rief ich und klatschte in die Hände.

Ich betrachtete meine Schüler und musste mir große Mühe geben, nicht zu lachen. Ich stemmte die Fäuste in die Hüften, setzte so gut ich konnte eine ärgerliche Miene auf und überlegte, wie ich diese Geschichte entwirren und den Urheber des kleinen Streichs finden sollte.

»Mal sehen: Wenn Alice wirklich Alex schöne Augen gemacht hat, wie Isaak behauptet, dann konnte sie nicht sehen, wer den Nagel auf die Bank gelegt hat. Und wenn Isaak seine Schwester angesehen hat, wie er sagt, dann kann er nicht der Schuldige sein. Einverstanden? Bleiben Alex, Coll und Neil. Aber Alex und Coll sitzen auf der anderen Seite des Tisches …«

Ich wandte mich dem kleinen Neil zu, der bereits den Kopf einzog.

»Damit bleibst nur noch du übrig, Neil. Und außerdem sitzt

du auf derselben Bank wie deine Schwester. Was hast du zu deiner Verteidigung vorzubringen?«

Der Junge zuckte die Achseln und lächelte mir zerknirscht zu.

»Es tut mir leid, Mrs. Caitlin.«

»Du solltest dich bei Kenna entschuldigen. Nicht ich bin es, die ein Nagel ins Hinterteil gepiekt hat.«

Die Kinder quittierten meine Bemerkung mit unbändigem Kichern. Mir war aufgefallen, dass es sie zum Lachen brachte, gewisse Körperteile zu erwähnen, und ich konnte der Versuchung nicht widerstehen, immer eines dieser Wörter einzuflechten, wenn ich die Kinder rügte, um die Atmosphäre ein wenig zu entspannen, bevor wir uns erneut ernsten Themen zuwandten.

»Also, Neil?«

Der kleine Spaßvogel drehte sich zu seiner Schwester um und entschuldigte sich widerwillig. Er schickte sich an, sein hausgemachtes Folterinstrument wieder an sich zu nehmen, als ich ihn noch einmal anrief.

»Moment, kleiner Mann! Nicht so schnell!«

Ich trat einige Schritte auf ihn zu und streckte ihm die Hand entgegen.

»Kann ich das einmal sehen?«

»Wollt Ihr es mir wegnehmen?«

»Das kommt darauf an.«

Ein einfacher Nagel, der aus einem Holzbrettchen ragte. Ziemlich simpel, aber ganz bestimmt sehr wirkungsvoll. Ich verzog das Gesicht.

»Hast du das fertiggestellt?«

»Ähem … ja.«

»Kannst du mir erklären, woher du den Nagel hast?«

»Vom Küfer, Madam.«

»Vom Küfer … Hmmm …«

Ich sah ihn an und setzte eine zweifelnde Miene auf.

»Aber Mr. MacStarken ist mit den anderen Männern fortgegangen. Wer hat ihn dir also gegeben?«

»Niemand, ich habe ihn mir … ausgeliehen.«

»Ausgeliehen?«

»Ich habe ihn nicht gestohlen.«

»Dann hattest du die Absicht, ihn zurückzubringen? Du weißt ganz genau, dass Nägel knapp sind.«

»Ja, sicher ...«

»Wunderbar! Dann wirst du den Nagel nach der Schule zurückbringen. Da er den Zweck, den du ihm zugedacht hattest, nun erfüllt hat, wird er hier ja nicht mehr gebraucht, nicht wahr?«

»Nein, Madam.«

Aus dem Augenwinkel erhaschte ich einen Blick auf seine rosige Zunge, die er seiner Schwester drohend herausstreckte. Die Jahre vergingen, aber nichts änderte sich, dachte ich und tat, als hätte ich nichts gesehen. Ich erinnerte mich, wie meine Kinder bei zahlreichen Gelegenheiten die gleiche respektlose Grimasse gezogen hatten.

»Gut, lasst uns mal sehen, was ihr abgeschrieben habt ... Alex«, sagte ich und nahm das Blatt des Burschen, um das Thema abzuschließen. »Man schreibt *adveniat regnum tuum* und nicht *regnam tum*.«

»Mrs. Caitlin? Warum muss man all diese Gebete auswendig lernen?«

»Das Gebet ist eine Art, Gott zu ehren, Ihn um Verzeihung für unsere Fehler zu bitten, Ihm für seine Güte zu danken und Ihn zu preisen. In unserem Tal haben wir keinen Priester, nicht einmal eine Kapelle. Und irgendjemand muss euch die Gebete lehren!«

»Ich habe ja auch gar nichts gegen die Gebete, aber könnte man sie nicht auf Gälisch schreiben? Latein ...«

»Ihr kennt sie alle auf Englisch und auf Gälisch. Sie auf Latein zu schreiben, ist die beste Methode, sie auswendig zu lernen.«

»Ja, aber wir sprechen doch gar kein Latein.«

»Das Latein ist die Sprache unserer Religion. Wir sind katholisch, daher beten wir auf Latein.«

»Wir könnten doch Gebetbücher auf Englisch haben ... Ich habe einmal eines gefunden.«

»Das gilt für die Protestanten, Alex. Die Gebetbücher auf Englisch gehören zur presbyterianischen Kirche, der schottischen *kirk**. Die Protestanten beten zum selben Gott, aber … sagen wir einmal, auf andere Weise.«

»Wenn alle zum selben Gott beten«, schaltete sich Isaak ein, »warum zieht dann Papa in den Krieg, damit wir einen katholischen und keinen protestantischen König bekommen?«

»Weil er findet, dass König George ein Kretin ist, du Idiot«, versetzte Alice.

»Die Campbells von Glenlyon sind keine Katholiken, und trotzdem unterstützen sie den Prätendenten«, setzte Coll hinzu.

Ich seufzte. Dieses Mal war meine verzweifelte Miene nicht vorgeschützt.

»Eure Väter kämpfen nicht nur wegen einer Frage der Religion. Die Sache ist ein wenig komplizierter. Da geht es um Politik, um unterschiedliche Meinungen und alten Groll.«

»Und Ihr, Mrs. Caitlin«, wollte Isaak wissen, »was meint Ihr, welcher König über Schottland regieren soll?«

Einen Moment lang fühlte ich mich überrumpelt, doch ich nahm mich zusammen und versuchte, seine Neugier zu befriedigen.

»Also, ich weiß es nicht, Isaak. Ich glaube, ich wünsche mir vor allem einen König, der uns in Frieden leben lässt.«

Alex stieß ein kurzes, zynisches Auflachen hervor.

»Ich bezweifle, dass Ihr so einen findet! Solange man uns zwingt, uns den *Sassanachs* zu unterwerfen, wird man uns verfolgen. Ich sage, dass das gar nichts damit zu tun hat, dass wir Papisten sind. Wir sind Highlander, und deswegen hasst man uns so. Die Stuarts haben Feuer und Schwert über die Macdonalds von Keppoch verhängen lassen, und dabei sind sie auch Papisten.«

»Ja, und warum ziehen die Leute von Keppoch dann in den Krieg, um sie wieder auf den Thron zu setzen? Die sind doch verrückt!«

»Weil die Stuarts eine schottische Dynastie sind, mein lieber Isaak«, merkte ich an.

* Kirche, Ausdruck aus dem *Scots*, dem von den Schotten im Süden gesprochen Dialekt.

»Aha. Das ist aber wirklich ziemlich kompliziert, oder?«

»Ich erkläre es dir später, Alice.«

Ich warf Alex Macdonnell, Calums ältestem Sohn, einen kurzen Blick zu. Er war erst sechzehn, besaß jedoch schon die Statur eines Mannes. Äußerlich ähnelte er zwar eher seiner Mutter, doch in vielerlei Hinsicht erinnerte er mich an seinen Vater. Insbesondere hatte er seinen tief verwurzelten Hass auf die Engländer übernommen. Diese Kinder hatten das schreckliche Massaker von 1692 nicht miterlebt, doch sie kannten jede Einzelheit. Ihre Eltern legten Wert darauf, die Erinnerung an dieses tragische Ereignis wachzuhalten.

»Wenn wir einen katholischen König haben«, meldete sich Kenna leise zu Wort, »müssen wir dann auch noch lernen, auf Englisch zu schreiben?«

»Natürlich, du dummes Ding! König James spricht ganz bestimmt kein Gälisch!«

»Neil! Hüte deine Zunge.«

Dann wandte ich mich dem kleinen Mädchen zu, das gerade in seinen Apfel biss.

»Ich fürchte ja, Kleines. Außerhalb der Highlands spricht man in Schottland Scots* und Englisch, verstehst du?«

»Ja, Mama sagt, dass wir eine ›Minnerheit‹ sind.«

»Minderheit.«

»Sag ich doch. Sie sagt, dass die *Sassanachs* uns als Parias betrachten. Was ist das, ein Paria?«

»Nun ja, ein Paria ist jemand, auf den andere herabsehen.«

»Und wieso sieht man auf uns herab?«, fragte sie naiv.

»Weil wir anders sind. Wir denken anders, und wir sprechen eine Sprache, welche die anderen nicht verstehen. Wir haben ganz besondere Traditionen und Lebensgewohnheiten.«

»Aber wir beten zu demselben Gott! Das habt Ihr doch eben gesagt.«

Ich seufzte.

»Allerdings. Aber die Männer streiten sich darüber, auf wel-

* Dialektgruppe, die in den Lowlands gesprochen wird; eng mit einer altertümlichen Form des Englischen verwandt. (Anm. d. Übers.)

che Weise wir diesen Gott anbeten sollen. Die Katholiken vertrauen auf den Papst, die anglikanische Kirche auf die Bischöfe und die Presbyterianer direkt auf Gott.«

»Also, ich verstehe nicht, warum die Männer sich im Namen desselben Gottes bekämpfen, der nach der Heiligen Schrift Mitgefühl und Duldsamkeit von uns verlangt«, meinte Alice.

»Also, du begreifst wirklich überhaupt nichts!«, schrie Isaak ungeduldig. »Papa zieht nicht für Gott in den Krieg, sondern um Schotte zu bleiben. Weißt du, was er immer sagt?«

Uninteressiert zuckte sie die Achseln.

»Er sagt, dass wir vor allem Schotten sind. Ein bisschen sind wir auch britische Untertanen, aber wir werden niemals Engländer sein.«

Ich lächelte. Mit seinen zwölf Jahren war Isaak ein kleines Ebenbild seines Vaters, Donald MacEanruigs. Selbstgefällig, überschwänglich und undiszipliniert, aber charmant und von einer unerschütterlichen Loyalität gegenüber seinem Clan und seinen Wurzeln erfüllt. Stolz reckte er die Schultern, über die er den Tartan der Macdonalds geschlungen hatte, und schüttelte sein langes, widerspenstiges Haar, das einen wunderschönen dunklen Rotton aufwies.

»Ich werde jedenfalls niemals Engländer werden. Nie werde ich mein Blut verleugnen wie diese Dummköpfe von Campbells, und …«

»Und du wirst deine Schulaufgaben machen, worum ich dich gebeten habe«, beendete Janet MacEanruigs, die gerade eingetreten war, seinen Satz und schüttelte sich den Schnee von den Schultern. Sie brachte ein Tablett mit kleinen, frisch gebackenen Honig-Scones, das sie auf den Tisch stellte.

»*Teich!* Weg mit euch!«, schimpfte sie und versetzte einer gierigen Hand einen Klaps. »Erst nach dem Unterricht.«

»Aber Mama …«, protestierte Isaak und setzte sich wieder.

»Kein Aber! Wie weit seid ihr?«

Ich setzte ein etwas betretenes Lächeln auf.

»Nicht wirklich weiter als vorhin, als du gegangen bist. Wir haben uns bei einem heiklen Thema aufgehalten.«

»Ach ja? Welchem denn?«

»Der Religion, dem König von Schottland und dem Krieg«, antwortete Isaak.

»Meine Güte, das sind ja gleich mehrere schwierige Themen! Wie wäre es, wenn ihr euch an die Religion und das Gebet haltet? Schreibt das *Pater noster* zu Ende ab, dann sollt ihr euren Imbiss haben.«

Die Anweisung wurde mit einigem Protestgemurmel quittiert, doch die Kinder griffen wieder nach ihren Federn und machten sich an die Arbeit, wobei sie verstohlen nach den Kuchen lugten, deren Duft die Küche erfüllte.

»Was bedeutet … *inducas in … tentationem*?«, fragte Alex plötzlich und sah zu mir auf.

»*Et ne nos inducas in tentationem*. Auf Gälisch sagte man: *Thoir dhuinnan diugh ar n-aran lathail*, und das heißt: und führe uns nicht in Versuchung.«

»Es wäre so viel einfacher, es in unserer Sprache zu sagen«, murrte er und strich sich mit der Gänsefeder über seinen spärlichen Bart. »Und übrigens, warum machen sich eigentlich die Katholiken das Leben schwer, indem sie ihre Gebete auf Latein schreiben?«

»Weil es eine universelle Sprache ist. Wenn man auf diese Sprache zurückgreift, vermeidet man die Fehler, die bei einer Übersetzung von einer Sprache in die andere unvermeidlich vorkommen. So bleiben die Texte unverändert und können nicht von dem, der sie überträgt, umgeschrieben werden.«

»Sprecht Ihr Latein?«

»Nein, ich hatte nie die Möglichkeit, es zu lernen …«

Coll flüsterte seinem Bruder Alex etwas ins Ohr, und dieser warf mir einen zögernden Blick zu.

»Coll! Könntest du deine Meinung vielleicht mit uns teilen?«

Der Junge sah widerstrebend zu mir auf.

»Ähem …«

»Du hast doch etwas zu deinem Bruder gesagt, oder?«

»Ja, schon … Ich weiß aber nicht, ob ich es Euch verraten darf, Madam …«

Alex schüttete sich angesichts der verunsicherten Miene seines kleinen Bruders vor Lachen aus und beschloss dann, an seiner Stelle zu antworten.

»Er hat gesagt, dass die Mädchen kein Latein lernen können, weil sie nicht sehr lange in die Schule gehen.«

»Au!«, rief Coll und zog den Kopf zwischen die Schultern. Ich schaute auf ihn hinunter. Er machte sich erneut ans Werk und wagte nicht mehr, von seinem Blatt aufzusehen. Isaak und Neil steckten die Nase in ihre Schreibarbeit und unterdrückten ein Kichern.

»Sicherlich, die Mädchen haben nicht die Möglichkeit, längere Studien abzuleisten. Aber glaubst du, dass sie deswegen dumm sind?«

»Also, davon hab ich keine Ahnung«, stotterte der arme Coll, der ganz rot geworden war.

Sichtlich durcheinander musterte er mich.

»Also …«

Etwas anderes wusste er nicht zu sagen.

»Die Frauen brauchen nicht zu denken«, fiel Isaak ein, »weil die Männer für sie entscheiden. Und außerdem ist es ihre Pflicht, sich um ihren Gatten, ihre Kinder und ihr Haus zu kümmern.«

»Isaak MacEanruigs! Sei nicht unverschämt!«, schalt Janet ihn scharf.

»Aber das ist doch wahr!«, erwiderte der Junge.

»Wenn das so ist, du Schlauberger«, fiel Alice ein, »kannst du mir dann erklären, warum Mama bei Papa immer das letzte Wort hat?«

Damit war die Debatte beendet.

»Herrgott!«, stieß Janet hervor und sammelte die Blätter ein. »Steck dir bloß einen Scone in den Mund, Isaak, damit du kein dummes Zeug mehr reden kannst.«

Das ließ er sich nicht zweimal sagen.

»Wie geht es Leila?«, erkundigte ich mich bei Janet, während ich die Blätter und Schreibfedern in den Küchenschrank räumte.

Janet verkorkte die Tintenfässer.

»Nicht besonders gut, muss ich sagen. Und Robin wird wohl so bald nicht zurückkehren …«

Sie unterbrach sich kurz und betrachtete das letzte Tintenfass aus kobaltblauem Glas, ohne es wirklich zu sehen.

»Die letzten Nachrichten, die John erhalten hat, besagten, die Schlacht stehe unmittelbar bevor. Die royalistischen Truppen hatten Dunblane eingenommen, und der Earl of Mar stand in Perth. Er wird wohl noch länger fortbleiben …«

Ängstlich saß sie zu mir auf.

»Wir müssen die Hoffnung bewahren«, sagte ich, ebenso sehr, um sie zu beruhigen, wie, um mich selbst zu überzeugen.

»Die arme Leila …«

Unnötig genau reihte sie die Tintengläser auf dem Buffet auf.

»Margaret, ihre Mutter, versucht ihr so gut wie möglich Mut zu machen. Aber für sie ist es auch nicht einfach.«

»Leila ist noch jung, sie wird sich davon erholen. Sie und Robin können noch mehr Kinder bekommen.«

Wenn er zurückkehrt!, dachte ich bitter, hütete mich jedoch, meine Befürchtungen laut auszusprechen. Im vierten Monat ihrer Schwangerschaft war Leila von einer Leiter gefallen, als sie versuchte, in der Scheune Gerstenbündel zum Trocknen aufzuhängen. Vier Tage später hatte sie eine Fehlgeburt erlitten. Es war ihr erstes Kind gewesen. Ohne das schnelle Einschreiten von Mrs. Wright, der Hebamme von Dalness, die gerade auf dem Weg zu einem Besuch bei einer Verwandten in Ballachulish Glencoe durchquerte, hätten wir auch sie verloren. Wir schienen vom Unglück verfolgt zu sein, als wäre der Aufstand nicht schon genug. Janet bot mir einen noch warmen Scone an.

»Hier, nimm, bevor diese Vielfraße alles verschlingen!«

»Danke.«

Ich beobachtete Alex. Er hatte sich meines im Laufe der Jahre eselsohrig gewordenen Shakespeare-Bandes, den ich an Schultagen immer auf den Tisch legte, bemächtigt und las Alice MacEanruigs eine Passage vor. Die Schultern der beiden berührten sich, und die Wangen des hübschen, blonden Mädchens mit den grauen Augen waren vor Vergnügen rosig angelaufen. Auf diese zwei würden wir aufpassen müssen.

»Alex ist schon fast ein Mann.«

Janet bedachte die beiden Turteltauben mit einem besorgten Blick.

»Und Alice beinahe eine junge Frau. Ich fürchte, sie hat eine Schwäche für den schönen Alex. Ihr Vater sollte auf sie Acht geben. Aber Alex ist ein guter Junge. Seine Mutter hatte Glück, dass sie ihn bei sich behalten konnte. Seit dem Tag, an dem er sechzehn wurde, wollte er zur Armee; aber sie hat ihm erklärt, dass wir auch Männer brauchen, die das Tal bewachen und die Herde schützen, während die Krieger fort sind. Für den Augenblick scheint das gereicht zu haben. Aber sie fürchtet, dass sie eines Morgens sein Bett leer vorfinden und feststellen wird, dass sein Schwert verschwunden ist.«

Eine bitter-süße Empfindung überwältigte mich. Ich freute mich für Calums Frau, doch zugleich spürte ich Neid und Eifersucht.

»Mama, Mama!«, schrie Isaak, der am Fenster stand, plötzlich.

Er wies auf etwas, das sich draußen befand.

»Da kommt ein Reiter. Ganz bestimmt ein Mann. Keine Frau kann so groß sein!«

Wir stürzten zum Fenster. Ich verschluckte mich an meinem Kuchenstück und bekam einen heftigen Hustenanfall. Die dicken Schneeflocken, die aus dem Himmel auf das Tal fielen, behinderten die Sicht stark, doch man konnte in der Tat einen Mann zu Pferde erkennen, der im Schritttempo auf uns zukam. Er war allein. Ein Bote? Diese Silhouette … Diese wilden Locken …

»Oh mein Gott!«

»Wer ist das?«, fragte Janet aufgeregt.

Ich rannte zur Tür und riss sie auf. Janet, die mir gefolgt war, sah dasselbe wie ich. Schon liefen mir die Tränen über die Wangen. Zwei Monate lang hatte ich gewartet …

»Alex, Kinder«, rief Janet. »Kommt, wir gehen nach Hause!«

»Aber Mama …«

»Kein Aber!«

Ich hörte sie schon nicht mehr. Mein Herz hatte in meiner Brust zu rasen begonnen, und in meinen Ohren rauschte es. Hals über Kopf rannte ich los, den Abhang hinauf, der mich von ihm trennte. Nur noch ein paar Schritte … Der Schnee klebte an mir, durchweichte mein Kleid und benetzte mein Gesicht. Da war er, ich konnte seine Züge erkennen … traurig und abgespannt. Abrupt blieb ich stehen und sah ihn an. Mir fehlten die Worte; meine Kehle war wie zugeschnürt. Er hielt sein Pferd an und schüttelte den mit Schnee bedeckten Kopf. Aber warum war er allein zurückgekehrt? Oder würden die anderen gleich nachkommen? Ich streckte die Hand nach ihm aus.

»Liam.«

Doch meine Stimme war heiser vor Aufregung und trug nicht weit; in der schneeerfüllten Luft klang sie nur wie ein Flüstern. Er bewegte sich im Sattel und stieg langsam vom Pferd. Dann blieb er schweigend stehen und hielt das Tier weiterhin am Zaum fest. *Herrgott! Komm zu mir, ich kann mich nicht mehr rühren …* Er musste meinen stummen Schrei gehört haben. Einen Augenblick später lag ich in seinen Armen, die mich wie ein Schraubstock umklammerten, und wurde mit Küssen und Tränen bedeckt. *Danke, Gott, er ist zu mir zurückgekehrt!* So verharrten wir einen Moment lang und spürten weder die Kälte noch den Schnee, der sich auf uns ansammelte.

»Caitlin, *a ghràidh*«, flüsterte er mir ins Ohr.

»Gott hat meine Gebete erhört. Du bist zu mir zurückgekehrt, *mo rùin*.«

Ich spürte, wie er zitterte … Falls ich das nicht selbst war. Ich löste mich ein wenig von ihm, um ihn anzusehen. Er trug die Spuren der Schlacht: einen Schnitt auf der Stirn und einen Bluterguss am Kinn, und um sein Handgelenk wand sich ein blutiger Verband. Sonst noch etwas? Zu sehen war jedenfalls nichts. Er war unverwundet.

»Wann?«

»Vor fünf Tagen, am dreizehnten.«

Seine Lippen bebten, und seine Augen waren feucht und blickten düster drein.

»Am dreizehnten? Aber das war letzten Sonntag! Ihr habt an einem Sonntag gekämpft?«

Ungläubig sah ich ihn an.

»Die *Sassanachs* haben den Tag gewählt …«

»Habt … habt ihr verloren?«

Mit seinen großen Händen strich er über meine Schultern und meine Arme, die er sanft umfasste.

»Nein … Ach, ich weiß es nicht, Caitlin. Niemand hat gewonnen oder verloren …«

Ich verstand nicht, worauf er hinauswollte.

»Was ist geschehen? Wo sind die anderen? Kommen sie nicht zurück? Und die Jungen?«

Ich schaute über seine Schulter und spähte in der Hoffnung, den Rest des Clans auftauchen zu sehen, in die verschneite Landschaft. Doch kein dunkler Punkt zeigte sich in dem makellosen Weiß. Das Pferd wartete geduldig einige Schritte von uns entfernt und stöberte mit der Schnauze im Schnee, auf der Suche nach ein paar Grashalmen, die es fressen konnte. Ich betrachtete das Tier, und da entdeckte ich sie: zwei zusammengerollte Plaids, aus denen die schimmernden Handschutze zweier Schwerter ragten, hingen am Sattel. Mein Herz setzte einen Schlag aus. Liams Finger gruben sich in meine Haut. Ich versuchte zu schreien, doch ich bekam keine Luft in die Lungen. Mir war, als säße eine Eisenkugel in meinem Magen.

»Caitlin …«

Wahrscheinlich konnte er ebenfalls nicht sprechen. Von neuem sah ich zu ihm auf. Sein Blick gab mir die Antwort, die ich nicht wissen wollte. Langsam schüttelte ich den Kopf. Das tat weh … so weh. Seine Augen, die in Tränen schwammen, sagten mehr als Worte. Mir wurde schwindlig, und unter mir tat sich ein bodenloser Abgrund auf. Ich stürzte ins Leere, in ein entsetzliches Nichts. Doch zugleich versuchte ich mich an einen Gedanken zu klammern. *Das ist nicht wahr! Ich träume … Das kann nicht wahr sein!* Das Grauen erfasste und betäubte mich, während ich immer noch fiel.

»Neiiin!«

Mit einem Mal explodierte alles um mich herum, so wie ein Spiegel, der zerspringt und uns unser Spiegelbild tausendfach zersplittert zurückwirft. Tausend Fetzen meiner Seele flogen davon. Ich trommelte auf Liams Brust ein. Das war zu hart, um es zu ertragen. Immer weiter schlug ich auf ihn ein.

»Warum?«, kreischte ich. »Warum hast du sie nicht wieder mitgebracht?«

Ich vernahm ein Seufzen und öffnete die Augen.

»Es tut mir leid, Caitlin.«

»Doch nicht beide?«

»Duncan lebt.«

»Und Ranald ... Ranald?«

Meine schlimmsten Befürchtungen hatten sich bewahrheitet. Man hatte mir einen Sohn genommen. Ich krallte die Finger in den feuchten Stoff von Liams Plaid und riss heftig daran.

»Ich hatte dich gebeten, ihn zu beschützen, Liam ... Du wusstest doch, dass er einen schwachen Rücken hatte. Aber du hast zugelassen, dass sie ihn erschlagen haben wie einen Hund.«

Er drückte mich heftig an seiner Brust und stieß an meinem Hals einen langgezogenen Klagelaut aus. So standen wir eng umschlungen da und beweinten unseren Sohn.

Reglos saß ich am Tisch und starrte auf die Stahlklinge von Ranalds Schwert. Wie lange schon? Ich hätte es nicht sagen können; die Zeit schien stehengeblieben zu sein. *Nein, das ist eine Illusion, Caitlin!* Das Ticken der Pendeluhr hallte in meinem Kopf wider. Im flackernden Licht der Lampe blitzte die Klinge auf. Sie war mit dunklen Flecken übersät. Getrocknetes Blut und Rost. Ich schloss die Augen, um die Tränen zu unterdrücken und die albtraumhaften Bilder zu vertreiben, die vor meinem inneren Auge vorbeizogen wie ein böser Traum. Ich fühlte mich verloren. In meinem Kopf überschlugen sich unzusammenhängende Gedanken. Ich fantasierte. Warum gerade er? Wieso nicht Robin, Donald oder Alasdair? Ein unerträglicher Schmerz drückte mich nieder. Ich hatte das Gefühl, den Verstand zu verlieren.

Nun hatte ich ein zweites Kind verloren. Aber Ranalds Tod konnte ich nicht akzeptieren. Mit Stephen war das etwas anderes: Ich hatte ihn zur Welt gebracht, aber ich hatte nicht erleben dürfen, wie er aufwuchs. Er war für mich eine vage Erinnerung. Bestenfalls konnte ich hoffen, dass er noch lebte und in Sicherheit vor dem Elend und dem Wahnsinn der Menschheit war.

Durfte ich hoffen, dass er nichts mit dieser verdammten Rebellion zu tun hatte? Durfte ich darauf hoffen?

Ich fühlte mich innerlich zerrissen. Eine Klinge bohrte sich in mich hinein, eine Klinge, die von Gott geführt wurde. Ich hatte den Eindruck, in Stücke gerissen zu werden. Gott hatte mich verlassen. Ich beweinte den Tod meines Sohnes. Was für ein Widersinn! Im normalen Lauf der Dinge trauert ein Kind um seine Mutter, nicht umgekehrt. Wo mochte Ranald jetzt sein? Irrte seine Seele über die Heide von Sheriffmuir?

Mit einem Mal sah ich ihn wieder als Kind vor mir. Mit fünf Jahren vielleicht … Stolz wie ein Chief klettert er zum ersten Mal ohne Hilfe auf sein Pony. Mit zwei Jahren … Mit mürrisch verzogenem Gesicht sitzt er, umgeben von zwei Dutzend zerschlagenen Eiern, mitten in der Küche. Er hatte die Küken gesucht … Ich lächelte. Dann mit acht Jahren … das Gesicht verschwollen, von Kummer verwüstet. Unser Hund Seamrag war gestorben. Zwei Tage lang hatte er ununterbrochen geweint. Dann, am dritten Tag, war er zu mir gekommen. »Mama, Seamrag ist überall bei mir, auch wenn ich ihn nicht streicheln oder mit ihm spielen kann. Er wohnt jetzt in mir, in meinem Herzen.«

Ach, Ranald! Er hatte es gesehen. Er hatte verstanden, was ich mich zu sehen weigerte. Der Tod bedeutete nicht, dass jemand vollständig verschwunden war, sondern nur, dass er unsichtbar bei einem weilte. Der Tod beseitigte alles, was zwei Seelen auf der körperlich greifbaren Ebene trennte. Ich konnte nicht mehr fühlen, wie mich seine Arme umschlossen, noch sein glückliches Lachen hören oder sein spöttisches Lächeln sehen. Aber mein Herz konnte das, weil ich ihn in mir trug. Diese Erinnerungen, diese herzzerreißenden, aufwühlenden Bilder. Ich schob sie von mir, konnte sie nicht ertragen. Das war zu schmerzhaft. Ich seufzte und öffnete die Augen einen Spaltbreit. Meine Fingerknöchel hoben sich weiß von dem Tartan-Stoff ab.

Ich spürte, dass Liam hinter mir stand. Ich roch seinen Duft, in den sich die Ausdünstungen von Whisky und feuchter Wolle mischten. Das hatte mir so sehr gefehlt. Ganz sanft, wie eine Brise, strich er über mein Haar. *Mein Liebster,* mo rùin, *ich weiß, dass du ebenso leidest wie ich. Dein Schmerz ist vielleicht sogar noch größer als meiner, denn du trägst die entsetzliche Erinnerung an seinen Tod in dir ... Aber ich kann nichts tun, um dich zu trösten.*

An dem Morgen, an dem er aufgebrochen war, war Liam noch einmal auf das Schlachtfeld zurückgekehrt. Doch er hatte Ranalds Körper nicht mit nach Hause nehmen können. Die Truppen des Duke of Argyle durchkämmten die Ebene auf der Suche nach Überlebenden, um ihnen den Gnadenstoß zu geben. Zerlumpte Bauern zogen herum und beraubten die Leichen ihrer Kleider und anderer Gegenstände, die den plündernden Soldaten, die sich ihre Kriegsbeute geholt hatten, vielleicht entgangen waren. Ein Scheiterhaufen wurde errichtet. Ranald würde nicht auf der *Eilean Munde* ruhen. Von meinem Sohn blieben mir nur ein Barett, ein Plaid, sein Sporran und seine Waffen. Gegenstände, die, wie einem brutal klar wird, nichts weiter als Reliquien sind, sobald der Mensch, zu dem sie gehörten, nicht mehr da ist. Ich seufzte und schluchzte auf.

Eine Hand strich über meine feuchte Wange, die Liebkosung warmer, lebendiger Haut, die mir sagte: *Ich bin da.* Liam hatte fünf lange Tage gebraucht, um nach Carnoch zu gelangen. Er hatte mir gestanden, dass er beinahe ins Lager zurückgeritten wäre, denn er hatte sich nicht in der Lage dazu gefühlt, mir die entsetzliche Nachricht zu bringen. Die letzte Nacht hatte er in einer der Hütten auf den Sommerweiden von Black Mount verbracht, nur wenige Meilen vom Dorf entfernt. Als es Morgen wurde, hatte er immer noch gezögert.

Er war am Loch Achtriochtan ins Tal hinuntergestiegen und hatte dabei einen großen Bogen um das Dorf Achnacone geschlagen. Schließlich hatte er sich wieder auf sein Pferd geschwungen und die wenigen Meilen zurückgelegt, die ihn von mir trennten, das Herz zermartert von der Pflicht, die er erfüllen musste: einen Teil von mir zu töten. Sein Kreuz war schwer zu tragen. Doch damit war sein Martyrium noch nicht zu Ende, denn er musste dem Chief noch die Namensliste der in der Schlacht Gefallenen bringen. Und dann war da noch dieses zweite Schwert, von dem ich einen Moment lang geglaubt hatte, es gehöre Duncan; das Schwert seines Freundes Simon. Er hatte es der armen Margaret übergeben.

Oh ja! Sein Kreuz wog wirklich sehr schwer. Für mich war Liam zum Boten aus der Hölle geworden. Ich bewunderte ihn für seinen Mut, doch zugleich war ich zornig auf ihn und machte ihn unbewusst für mein Unglück und meinen Kummer verantwortlich. Und dabei litt er ebenfalls … Mit einem einzigen Blick, vielleicht mit einem einzigen Wort, hatte ich ihn an sein Kreuz geschlagen. Seine Schuldgefühle waren ihm auf dem Gesicht abzulesen. Doch ich konnte nichts dagegen tun, dazu war ich zu tief in meinem eigenen Leid versunken.

Heiß wie einen Zephir spürte ich jetzt seinen Atem im Nacken, auf der Wange, und dann auf meinem Mund. Seine Lippen schmeckten salzig, das Salz seiner Tränen. Er küsste mich zärtlich und lange. Dann kniete er vor mir nieder und zog mich an sich. Er nahm mich in die Arme, hob mich hoch und trug mich in unser Zimmer, wo er mich auf das Bett legte. War die Liebe stärker als der Tod? Ich brauchte ihn so sehr, musste mich dieser Gewissheit versichern. Zwei Monate der Einsamkeit … das Bett war leer und kalt und das Zimmer still gewesen. Er beugte sich über mich und zog mir langsam ein Kleidungsstück nach dem anderen aus, ganz behutsam, als wäre ich ein kleiner, verletzter Vogel. *Liam, liebe mich … Ich brauche dich so sehr! So wie eine Blume Licht und Wasser braucht. Gott hat mich verlassen, nun verlasse du mich nicht auch noch.*

Ich hatte den Eindruck, in eine unwirkliche Welt versetzt zu sein, abgelöst von mir selbst. Ich war Eurydike, die in die Hölle hinabgestiegen war, und wartete darauf, dass Orpheus mich befreite. Mir war kalt. *Liam, mein Herz ruft nach dir. So höre es doch.* Seine heißen Handflächen legten sich auf meine eisige Haut und hinterließen Feuerspuren. Er begrub mich unter seinem warmen, festen Körper. Ich stöhnte.

»*Tuch! Tha e ceart gu leòr.*« Psst! Es ist gut.

»*Cuidich mi, tha feum agam ort.*« Hilf mir, ich brauche dich.

Ich suchte seinen Blick und klammerte mich daran wie an einen Rettungsanker.

»Liam, ich habe das Gefühl, in einem Albtraum zu leben.«

»Ich weiß …«

Seine Lippen streiften meinen Mund. Völlig unerwartet reagierte ich auf die feuchten Liebkosungen, mit denen er langsam meinen Körper bedeckte und jeden Teil, den er berührte, in Flammen aufgehen ließ. Ich war ein zerbrochenes Wesen in seinen Händen, das vor Schmerz und Begehren bebte. Ich spürte, wie er an meinem Körper, in mir, zitterte. Unsere Tränen vermischten sich, unsere Schreie verklangen ineinander. Wir waren nur noch ein Wesen, das versuchte, die unerträgliche und unbegreifliche Leere zu füllen, die der Verlust, der allein so schwer zu tragen war, aufgerissen hatte. Vielleicht würde es uns gemeinsam gelingen, einen Sinn in dem zu finden, was uns zugestoßen war.

Das Licht des Mondes erhellte das kleine Zimmer. Ich hatte mich in seine Wärme, an seine Brust geschmiegt und lauschte seinem Atem. Ich fand keinen Schlaf. Frances war in Dalness, bei ihren Schwiegereltern, um sich um Trevors Haus zu kümmern. Ich würde ein wenig Zeit allein mit Liam haben, denn sie sollte erst in drei Tagen zurückkehren. Trevor hatte die Schlacht überlebt. Er hatte einige Blessuren erlitten, aber im Großen und Ganzen ging es ihm gut. Bisher hatte ich es vermieden, mich nach Einzelheiten über Duncans Verwundung zu erkundigen. Ich wusste, dass er lebte, und zu Beginn hatte mir das ausgereicht. Doch jetzt begann ich mir Sorgen um ihn zu machen. Ich hatte eine ziemlich genaue Vorstellung davon, welche Verletzungen sich ein Soldat auf einem Schlachtfeld zuziehen konnte. Da brauchte ich nur an meinen Bruder Matthew zu denken.

Liam hatte mir ein wenig über Simons tragischen Tod erzählt. Die arme Margaret! Auch sie hatte schwer zu tragen. In weniger als einer Woche hatte sie zuerst ein Enkelkind und dann ihren Mann verloren. An wen konnte sie sich um Trost wenden? Ihre Tochter war ebenso niedergeschmettert wie sie. Oh, das Elend der menschlichen Existenz! Für welche entsetzliche Sünde mussten wir büßen? Allmächtiger Gott, hast Du denn gar kein Mitgefühl? Mein ganzes Leben lang hatte ich mich bemüht, nach Seinem Wort zu leben – jedenfalls, soweit ich es kannte. Strafte Er mich für meine Unwissenheit? War das etwa Seine Gerechtigkeit? Natürlich wusste ich, dass ich keine Antwort erhalten würde.

Liam schlang den Arm um meine Taille und zog mich noch fester an sich. Er legte den Mund an meine Schulter.

»Schläfst du nicht?«

»Nein.«

Stille. Das Ticken der Pendeluhr. Einige Minuten verstrichen.

»In einigen Tagen muss ich wieder fort, Caitlin.«

Mir wurde das Herz schwer. Ich hatte entsetzliche Angst vor dem Moment, in dem wir uns wieder trennen mussten. Doch es war unvermeidlich.

»Ich habe nur eine Sondererlaubnis, das ist alles.«

»Dann ist es noch nicht vorüber …«

»Nein. Die Truppen haben sich am Tag meiner Abreise nach Perth zurückgezogen. Was sie anschließend vorhaben, weiß ich nicht. Argyle hat seine Regimenter sicherlich nach Stirling verlegt. Wir wissen, dass er Verstärkung erwartet.«

»Das heißt, dass es zu einer weiteren Schlacht kommen wird …«

Er gab keine Antwort, und eigentlich hatte ich ja auch keine Frage gestellt, sondern eine Feststellung getroffen.

»Nach Sheriffmuir sind mehrere Clans aus dem Lager desertiert. Ich fürchte, dass ihnen bald andere folgen werden, wenn das nicht bereits geschehen ist. Mar hat viele Männer verloren.«

»Und der Prätendent ist immer noch nicht da …«

»Die Männer werden ungeduldig und verlieren die Hoffnung. Die Schlacht von Sheriffmuir hat nichts entschieden. Die Armeen haben sich praktisch im Kreis umeinander gedreht.«

Ich rückte in seinen Armen herum, damit ich ihn ansehen konnte.

»Wenn es zu einem neuen Kampf kommt, wird Duncan … Ich meine … seine Verletzungen?«

»Ihm geht es gut, Caitlin, das versichere ich dir. Inzwischen müsste er eigentlich wieder gehen können.«

»Gehen? Was für Verletzungen hat er denn erlitten?«

»Eine Schwerthieb in die Leiste.«

Er lächelte mir begütigend zu.

»Diese Verwundung hat ihn ein wenig beunruhigt. Er hat eine weitere im Gesicht«, fuhr er mit ernster Miene fort.

»Im Gesicht?«

»Ein Schwerthieb.«

Mit dem Finger zog er eine Linie über seine linke Wange, die vom Auge bis zum Kinn reichte. Ich schloss die Augen und biss mir auf die Lippen, um ein Schluchzen zu unterdrücken.

»Sein Auge?«

»Hat nichts abbekommen. Mach dir keine Sorgen, *a ghràidh*, der Flickschuster und die kleine Stickerin haben sich um ihn gekümmert.«

»Eine Stickerin?«

Er zuckte die Achseln, und seine Mundwinkel verzogen sich leicht.

»Um sein Gesicht. Sie hat ihre Arbeit gut gemacht. Natürlich wird er eine Narbe zurückbehalten. Aber dank der Kleinen wird davon nur eine schmale Linie übrig bleiben. Sie hat wirklich Feenfinger. Er ist in guten Händen.«

»Hat er denn keine Nachricht für Elspeth geschrieben? Sie kommt um vor Sorge, weil sie nichts von ihm hört.«

Sein Gesicht nahm einen seltsamen Ausdruck an.

»Da wir gerade von Elspeth sprechen … Ich muss dir etwas sagen, Caitlin. Ich glaube eher nicht, dass Duncan nach seiner Rückkehr wieder Umgang mit ihr pflegen wird.«

»Aber warum? Vorher mochte er sie doch sehr gern. Er hatte vor, um ihre Hand anzuhalten …«

Ich unterbrach mich, und dann verstand ich.

»Hat er sich da unten eine Frau genommen?«

»Nein, nicht ganz.«

Er lächelt unsicher.

»Ich würde eher sagen, dass eine Frau ihm sein Herz geraubt hat.«

»Wer? Ein kleines Luder, das sich zum Vergnügen der Soldaten in den Lagern herumtreibt?«

Ich wusste, dass zahlreiche Frauen den Truppen auf ihren Feldzügen folgten; Ehefrauen, Geliebte oder ganz einfach Huren, für welche die Feldlager eine unerschöpfliche Einkommensquelle darstellten. Niemals hätte ich Liam danach gefragt, ob er schon einmal mit einer dieser Frauen auf seinem Plaid gelegen hatte.

Ich wollte es nicht wissen. Aber bei meinem Sohn war das etwas ganz anderes.

»Nein, nicht, was du denkst. Sie ist keine dieser Frauen.«

»Was dann?«

»Es ist die kleine Stickerin.«

»Und weiter?«

Er stieß einen resignierten Seufzer aus.

»Eines Tages musst du es ja ohnehin erfahren. Sie heißt Marion Campbell«, erklärte er und maß mich mit einem ausdruckslosen Blick.

»Marion Campbell… Aber was hat eine Campbell in einem jakobitischen Feldlager zu suchen?«

»Du weißt doch, dass der Earl of Breadalbane die Seiten gewechselt hat… Nun, der Laird von Glenlyon hat an unserer Seite gekämpft, und ziemlich gut, wie ich zugeben muss.«

»Glenlyon? Du meinst, dass Duncan sich in eine Campbell aus Glenlyon verschaut hat?«

»Ja.«

Ich seufzte.

»Was soll ich Elspeth bloß sagen?«

»Im Moment noch gar nichts. Das ist das Problem der jungen Leute, nicht unseres.«

»Aber sie macht sich gewisse Hoffnungen. Ich könnte ihr nie wieder in die Augen sehen.«

»Schön, dann sag ihr, was du für richtig hältst.«

Ich überlegte einen Moment lang. Duncan und eine Frau aus Glenlyon… Ich konnte es kaum glauben. Was würde er anfangen, sobald der Aufstand vorüber war? In unserem Tal würde diese Frau gewiss nicht willkommen sein. Jedenfalls nicht bei Elspeth. Und wenn diese Geschichte nichts als ein Abenteuer war? Die Entfernung war schuld… Wahrscheinlich hatte er das Bedürfnis gehabt, sein Herz und sein Bett zu wärmen. Nach reiflicher Überlegung kam ich zu dem Schluss, dass es wohl besser war, nichts zu sagen. Vielleicht war sein Herz ja wieder frei, wenn er zurückkehrte.

»Der Laird von Glenlyon wird dieser Liebschaft sicherlich nicht wohlwollend gegenüberstehen.«

Er verzog den Mund zu einem schiefen Grinsen.

»Da hast du ganz sicher recht, *a ghràidh*, denn das Mädchen, um das es geht, ist seine eigene Tochter.«

»Oh Gott!«

Liam fuhr mit dem Finger an den Konturen meines Gesichts entlang. Langsam zog er die Schwingung meiner Lippen nach und ließ seine Hand sanft in mein Haar und in meinen Nacken gleiten, um mich an sich zu ziehen. Er küsste mich zärtlich und lange und löste sich dann ein wenig von mir. Der Blick aus seinen halb geschlossenen Augen war durchdringend und beunruhigend. Er verzog den Mund und öffnete die Lippen, doch kein Laut kam darüber.

»Möchtest du mir von Sheriffmuir erzählen?«

Ein Weilchen verharrte er reglos, dann schüttelte er den Kopf und schlug die Augen nieder. Seine Miene wirkte verschlossen. Etwas in ihm war zerbrochen. Ich hätte mir so sehr gewünscht, dass er seinen Kummer mit mir teilte und mit mir darüber redete. Ich spürte, dass er von einer gewaltigen Last niedergedrückt wurde.

»Liam … Warum?«

Er drehte sich auf den Rücken. Die eiskalte Luft drang zwischen uns und beraubte mich seiner Wärme. Im Halbdunkel war der Verband um sein Handgelenk als heller Fleck zu sehen.

»Schmerzt dein Handgelenk sehr?«

Er betrachtete den Verband, als sähe er ihn zum ersten Mal.

»Ähem … Nein, nicht wirklich.«

»Wir sollten den Verband morgen wechseln, er ist ganz schmutzig.«

Schwer ließ er die Arme auf den Bauch sinken. Ich lehnte meine Wange an seine Schulter. Das Mondlicht fiel auf seine Brustbehaarung, die sich im Rhythmus seines Atems langsam hob und senkte.

»Ich wünschte, du würdest mit mir darüber reden …«

»Ich kann nicht«, erklärte er gereizt, den Blick an die Deckenbalken gerichtet.

»Warum nicht ?«

Er ächzte ungeduldig.

»Lass es gut sein, Caitlin, bitte.«

Ich biss mir auf die Lippen.

»Liam ...«

Mit einem ärgerlichen Aufstöhnen richtete er sich plötzlich auf, setzte sich auf den Bettrand und stützte den Kopf in die Hände. Ich kniete hinter ihm nieder und massierte ihm sanft die Schultern. Er war verspannt. Dann ließ er den Kopf nach hinten sinken; und ein leises, zufriedenes Seufzen stieg aus seiner Kehle auf. Seine ungezähmten Locken kitzelten auf meiner Brust und ließen mich erschauern.

»Du hast mir gefehlt, *mo rùin*«, sagte ich leise.

»Hmmm ... Du mir auch. Auf der Heide ist es zu dieser Jahreszeit ziemlich kalt, weißt du.«

Ich kicherte und biss ihn vorsichtig ins Ohrläppchen.

»Du Schuft, brauchst du mich etwa nur, um dich zu wärmen?«

»Über Tag hat man genug zu tun. Aber nachts fühlt man sich einsam.«

Ich überlegte, dass meine Lage ganz ähnlich war. Er nahm eine meiner Haarsträhnen und schnupperte daran.

»Ich habe immer mit der Strähne, die du mir gegeben hattest, auf dem Herzen geschlafen und mir vorgestellt, du wärest bei mir.«

»Heute Nacht brauchst du dir nichts vorzustellen. Ich bin hier, in Fleisch und Blut.«

»Hmmm ...«

Plötzlich umfing er mich und zog mich auf sich.

»Du hast mir schrecklich gefehlt, Caitlin. Bei Nacht habe ich dich vor mir gesehen ...«

Er hob mich hoch und setzte mich rittlings auf seine Schenkel. Seine heißen, feuchten Lippen schlossen sich um eine meiner harten Brustwarzen. Ich fuhr mit den Händen in seinen üppigen Haarschopf. In bläulichem Licht des Mondes traten seine grauen Haare hervor, die, wenn ich mich recht erinnerte, während seiner Abwesenheit mehr geworden waren. Sein Mund glitt an meinem Hals herauf.

»Aber wenn ich die Augen öffnete ... Dann warst du nicht mehr da.«

»Oh, Liam, ich möchte nicht, dass du mit so schwerem Herzen ins Feldlager zurückkehrst.«

Er legte die Hände unter meine Schenkel und hob mich hoch, und ich führte ihn in mich hinein.

»Caitlin …«, flüsterte er in meinem Haar, »schon deine Anwesenheit tröstet mich … Das ist mir genug.«

Ich krallte die Fingernägel in seine verspannten Schultern. Wir bewegten uns rascher, und sein stoßweiser Atem beschleunigte sich im selben Rhythmus.

»Weise mich nicht zurück. Ich will für dich da sein …«

»Caitlin«, stöhnte er und wurde schneller.

Unverwandt sah er mich aus seinen tränenfeuchten, schmerzerfüllten Augen an. Dann verkrampfte sich sein Kiefer, und ein animalischer Schrei stieg aus seiner Brust auf. Immer tiefer grub er die Finger in meine Hüften. Schließlich schloss er die Augen, stieß alle Luft aus, die er noch in den Lungen hatte, und sank keuchend auf dem Laken zusammen. Zitternd umarmte ich ihn und schmiegte mich an seine Brust. Er legte fest die Arme um mich.

»Ich brauche Zeit, Caitlin.«

Dieselben Worte hatte er vor zwanzig Jahren zu mir gesagt, bevor er allein nach Frankreich gegangen war. Und nun trat er erneut die Flucht an. Ich kannte ihn besser als er sich selbst. So war er, das war sein Naturell. *Verlass mich nicht noch einmal, Liam …*

15

Mea culpa

Vier lange, bedrückende Tage waren vergangen. Frances war aus Dalness zurückgekehrt und trauerte mit uns um ihren Bruder. Liam hatte Ranalds Schwert über der Tür aufgehängt; meiner Meinung nach ein ziemlich ungewöhnlicher Ort, doch er hatte darauf bestanden. *Die Klinge wird alle segnen, die hier eintreten, und uns beschützen … Denn wenn ein Feind unsere Türschwelle überschreiten sollte, würde sie ihm den Kopf abschlagen.* Ich hatte das Gesicht verzogen, aber nicht gewagt, ihm zu widersprechen. Langsam begann ich mir große Sorgen um ihn zu machen.

Er war zwar daheim, doch ich sah ihn nur sehr selten. Kaum hatte er sein Frühstück heruntergeschlungen, zog er seine warme Weste aus Leder an und ging in die Berge, um erst Stunden später zurückzukehren, manchmal erst gegen Abend. Gelegentlich brachte er mir einen fetten Hasen oder ein schönes Moorhuhn, das er aufgestöbert hatte. Manchmal kam zu seiner Beute auch ein Hermelin, das er dann sofort abzog. Das Fell, das für die Herstellung von Sporrans sehr begehrt war, würde vielleicht ein paar Shilling einbringen.

Was mich anging, so war ich an meinen Herd und an mein Spinnrad zurückgekehrt. Doch beide waren wir zutiefst niedergedrückt und versanken jeder für sich in unserem Gram, und die täglichen Verrichtungen erledigten wir ohne nachzudenken, einfach aus Gewohnheit. Wir wühlten uns in unseren Schmerz und verbargen unsere Tränen voreinander – ganze Sturzbäche von Tränen, deren Quelle niemals versiegen zu wollen schien. Mir wurde klar, dass der Schmerz etwas sehr Persönliches war. Wir waren wie zwei Schiffe in Seenot, die auf demselben entfesselten Ozean im Sturm dahintrieben, jedoch in verschiedene

Richtungen. Jeder erlitt Schiffbruch, wandte dem anderen dabei aber den Rücken zu. Ich musste einen Halt finden, um mich nicht selbst zu verlieren, um nicht unterzugehen.

Die Zeit tat ihr Werk. Langsam, nach und nach, fand meine niedergeschmetterte Seele sich mit Ranalds Tod ab. Doch ich wurde so sehr von meiner Suche nach einem Sinn in Anspruch genommen, war so beschäftigt damit, den Schmerz aus dem Zentrum meines Lebens zu verbannen, dass ich dabei Liam vergaß. Er fand kein Licht mehr, das seine Dunkelheit erhellte.

Seine Abende verbrachte er damit, vor dem Torffeuer seinen Whisky zu trinken. Er sprach wenig. Niemals betrank er sich, aber ständig, Abend für Abend, hing ein Geruch nach Alkohol im Zimmer. Und dann die Nächte… Die kostbaren Ruhestunden waren nur noch Zwischenspiele zwischen seinen Albträumen, aus denen er schreiend, schweißüberströmt und zitternd erwachte. Wenn er wieder bei sich war, presste er mich schluchzend an sich, wärmte sich an mir, weigerte sich aber starrköpfig, mir die Ängste anzuvertrauen, die seine Seele umtrieben. Er war dabei, das Schiff zu verlassen. Ich musste ihm einen Rettungsring zuwerfen, wenn ich nicht zusehen wollte, wie er versank. Aber würde er ihn nehmen?

Frances ging anders mit der Lage um. Da sie die Spannung zwischen ihrem Vater und mir spürte, traf sie die kluge Entscheidung, nach Dalness zu gehen und sich in der Hütte, die jetzt auch die ihre war, einzurichten. Ich versuchte nicht, sie zurückzuhalten. Sie hatte ja recht: Liam und ich mussten wieder zueinander finden, allein. Vielleicht würde es mir dann gelingen, ihn zum Reden zu bringen und die Dämonen zu vertreiben, die ihn zerfraßen.

Die Tür öffnete sich, und ein Luftzug wehte zusammen mit meinem Gatten herein, der einen weiteren Nager an den langen Ohren hielt.

»Hier, *a ghràid*. Mach doch Hasenragout zum Abendessen und gib viele Gewürze hinein.«

Er schwang das unglückliche Tier über meine Schulter und legte es auf den Hackblock, der hinter mir stand, so dass ich zwischen dem gewaltigen, schartigen Eichenklotz und seinem ausgekühlten Körper eingequetscht wurde. Er küsste mich auf die Wange und wischte dann einen Mehlfleck von meinem Kinn.

»Liam …«

»Mhhh …«

Er zog seine Weste aus, hängte sie neben der Tür an die Wand und ging dann mit schweren Schritten zu dem großen Schrank, in dem die Whiskyflaschen standen. Ich seufzte.

»Frances hat beschlossen, nach Dalness zurückzukehren.«

Er nahm eine bereits geöffnete Flasche und sah mich einen Moment lang an, bevor er nach einem Becher griff. Dann zog er sich eine Bank heran und knallte den Becher auf den Tisch.

»Gut … Wann bricht sie auf?«

»Morgen.«

Er entkorkte die Flasche und schenkte sich ein *dram* ein.

»Ich gehe mit ihr.«

Kurz blieb seine Hand über dem Glas hängen.

»Ich werde nur zwei oder drei Tage fort sein.«

Er leerte das Glas in einem Zug.

»Wahrscheinlich muss es sein«, sagte er leise, mit ernster Stimme.

Unruhig wischte ich mir die Hände an der Schürze ab.

»Du kannst auch mitkommen. Ich will ihr nur helfen, sich einzurichten.«

Merkwürdigerweise fühlte ich mich nicht wohl bei dem Gedanken, ihn mit seinem Whisky und seinem Kummer allein zu lassen.

»Nein. Ich komme zurecht. Es wird schon gehen. Außerdem … ist es eigentlich auch Zeit, dass ich ins Lager zurückkehre.«

Er goss sich noch ein *dram* ein.

»Nein, Liam!«, schrie ich beinah, von Panik ergriffen. »Wir müssen miteinander reden … Du verschwindest ganze Tage, und ich weiß nicht, wohin oder was du tust. Du sprichst nicht mehr mit mir. Ich mache mir Sorgen. Wenn ich zurück bin …«

Er zuckte zusammen und wich meinem Blick aus.

Er nahm den Whiskybecher und leerte ihn.

»Du brauchst dir keine Sorgen zu machen. Ich gehe in den Hügeln auf die Jagd, nichts weiter.«

»Hör auf, mir auszuweichen, Liam, du weißt ganz genau, was ich meine. Ich finde, es ist Zeit, dass du redest...«

Ruckartig sah er zu mir auf. In seinem Blick lag eine solche Verzweiflung, dass mir fast das Herz stehenblieb. Ich tat ein paar Schritte auf ihn zu, hielt jedoch inne, als ich sah, wie er sich verspannte.

»So können wir nicht weitermachen. Ranald ist tot, und nichts kann ihn wieder zurückbringen. Aber ich weigere mich, dich zusammen mit ihm gehen zu lassen.«

Ausdruckslos schaute er mich an, drehte langsam die Flasche zwischen den Fingern und erzeugte damit ein schabendes Geräusch auf der hölzernen Tischplatte, das mir durch Mark und Bein ging. Ich räusperte mich und versuchte ruhig zu bleiben.

»Versprich mir zu warten, bis ich zurück bin, *mo rùin*. Ich weiß, dass es schwer ist, mit Ranalds Tod fertig zu werden, aber ich finde, wir müssen uns damit abfinden. Darüber zu reden, ist eine gute Art, das zu erreichen, sowohl für dich als auch für mich.«

»Ich habe meine Abreise schon viel zu lange hinausgeschoben, Caitlin. Und ich versichere dir, dass es mir gut geht... Ich brauche nur einfach ein wenig länger Zeit als du.«

»Zwei Tage, Liam. Versprich es mir.« Er schenkte mir einen langen Blick und seufzte. Dann ging er hinaus.

Der einsame Weiler Dalness lag in dem majestätischen Tal von Glen Etive, im Schatten des Bidean nam Bian, der die Grenze zu Glencoe darstellte. Für die Augen von Fremden ähnelten sich alle Täler in den Highlands. Doch für uns, die wir dort wohnten, waren diese tiefen Rinnen, die vor mehreren tausend Jahren von Gletschern gepflügt worden waren, so verschieden und eigentümlich wie die Gesichtszüge eines Menschen.

Dalness lag an der Südgrenze des Territoriums der Macdonalds und an der Nordgrenze der Ländereien der Macintyres aus dem Clan der Campbell. Seit Generationen zahlten seine Bewohner ihre Pacht und hatten MacIain Treue geschworen. Doch die Lage isolierte diesen Zweig des Clans von allen anderen. Um nach Dalness zu gelangen, musste man mehrere Meilen weit durch die Berge reiten und den Pass von Lairig Eilde überqueren.

Auf der Heide zwischen dem Weiler und dem Etive-Fluss weidete eine Herde schwarzer Kühe mit langen Hörnern in Gesellschaft einiger Schafe mit dunklen Gesichtern. Der Schnee war vor zwei Tagen geschmolzen, und das Wetter war relativ mild. Die ideale Witterung zum Reisen.

Die Tür ließ sich knarrend öffnen. Eine Feldmaus huschte erschrocken davon und flüchtete sich in eine Mauerspalte.

»Wenigstens wirst du nicht allein sein«, bemerkte ich belustigt.

Das Cottage war klein und bestand nur aus einem Raum, in dessen Mitte sich unter einer Öffnung im Dach die Feuerstelle befand. Die dicken Mauern aus Stein und Strohlehm hatten nur ein einziges Fenster, das mit einer einfachen geölten Rinderhaut verschlossen war. Erleichtert bemerkte ich, dass jemand das Dach repariert hatte. *Wenigstens wird sie es trocken haben.*

Nachdem wir ihr Gepäck auf den Tisch gestellt hatten, nahm ich eine Bestandsaufnahme des Schrankes und der Regale vor. Ich wollte mich vergewissern, dass es meiner Tochter an nichts mangeln würde. Daher hatte ich in meinen Satteltaschen ein paar Vorräte mitgebracht: getrocknetes Hirschfleisch, Kräuter, frische Butter und Eier. Trevor war seit zwei Monaten fort, und ich befürchtete, dass es ihr an frischen Nahrungsmitteln mangeln würde. Offiziell gehörte sie jetzt zu den Dorfbewohnern, aber dennoch war sie eine Fremde. Doch das schien sie nicht im Mindesten zu kümmern. Sie war zu Hause und schien begeistert darüber zu sein.

Ich half ihr, ihre wenigen Vorräte und persönlichen Gegenstände wegzuräumen. Dann kochten wir gemeinsam das Abendessen. Die Reise und das Auspacken hatten uns hungrig gemacht, und wir gönnten uns gekochtes Rindfleisch mit Rüben und Kohl als Beilage. Das Ganze spülten wir mit Bier herunter.

Nachdem das Geschirr abgewaschen und weggestellt war, setzten wir uns an das Torffeuer, dessen Rauch die kleine Hütte erfüllte. Frances sah in die Flammen, auf ihrem Gesicht lag ein heiterer Ausdruck. Eine Woge von Stolz schwellte mir die Brust.

Sie hatte schon einen starken Charakter, meine Frances. Groß, stark und so schön, dass sie einem Mann das Herz brechen konnte, war sie alles, was ein Highlander sich von einer Frau wünschte.

Sie fühlte sich beobachtet und schaute mich an. Einen Moment lang glaubte ich, in Liams Augen zu sehen. *Sie hat seine Augen.* Und diese hellrote Mähne, auf der im Lichte des Feuers warme, kupferfarbene Reflexe schimmerten.

»Ich habe etwas für dich.«

Ich durchstöberte die Falten meines Rocks, um meine Tasche zu finden, aus der ich ein kleines Päckchen zog. Es war in ein altes Taschentuch aus besticktem Damast geschlagen und wurde von einem schmalen, blauen Band zusammengehalten.

»Das habe ich für dich aufbewahrt«, erklärte ich und reichte ihr das Päckchen. »Es ist dein Hochzeitsgeschenk.«

»Mutter ... Das war doch nicht nötig«, meinte sie gerührt.

Sie legte das Päckchen auf ihre Knie und knotete das Band auf. Das Taschentuch fiel auseinander und enthüllte eine herrliche Brosche: ein silberner Drache aus zartem Filigran. Frances riss den Mund auf, schlug eine Hand davor und sah aus feuchten Augen zu mir auf.

»Aber ... das ist ja die Brosche deiner Mutter!«

»Ja, die Brosche deiner Großmutter«, sagte ich und lächelte ihr zu. »Du hast deine Großmutter Fiona nie kennen gelernt. Meine Erinnerungen an sie sind im Übrigen auch nicht besonders deutlich. Eigentlich nur ein paar verschwommene Bilder. Ich kann dir nicht allzu viel über sie erzählen. Als sie starb, war ich sieben. Aber trotzdem ist sie deine Großmutter, und ich fand, dass die Brosche dir zusteht.«

Die Silberbrosche glitzerte in Frances' Händen.

»Großvater Kenneth hat sie ihr an ihrem Hochzeitstag geschenkt. Er hat sie selbst entworfen und gefertigt, und sie ist alles, was mir von den beiden geblieben ist. Sie ist mir sehr kostbar. Das ist dein Erbe, meine Tochter. Halte es in Ehren.«

»Oh Mutter, ich weiß gar nicht, was ich sagen soll!«, stammelte sie und wischte sich eine Träne ab.

»So brauchst du wenigstens nicht mehr in meinen Sachen herumzuwühlen und kannst sie anschauen, wann immer du möchtest.«

»Wie? Das hast du gewusst?«

Ich lachte.

»Oft hast du vergessen, das Band wieder zu verknoten. Und dann die Marmeladenflecken auf den Hemden …«

»Die Brosche hat mich eben auf eine ganz besondere Weise angezogen. Ich habe nur ein Mal gesehen, wie du sie getragen hast, als Onkel Matthew und Tante Joan in Edinburgh geheiratet haben.«

»Ich hatte immer große Angst, sie zu verlieren.«

Sie betrachtete die Brosche ein paar Minuten lang und steckte sie dann an ihr Mieder.

»Ich werde darauf aufpassen, Mutter. Und wenn ich einmal eine Tochter habe, werde ich sie ihr an ihrem Hochzeitstag schenken und ihr erzählen, woher sie stammt.«

»So wird sie durch die Zeiten reisen.«

»Vielleicht sogar über die Ozeane.«

»Sie wird bestimmt die Erde umrunden.«

»Um eines Tages nach Schottland zurückzukehren.«

Sie brach in Gelächter aus. Ich legte noch einen Torfblock ins Feuer, der sofort zu knistern und zu qualmen begann. Die Luft roch noch beißender.

»Bist du dir sicher, dass du hierbleiben willst?«

Sie lächelte, zog die Knie unter das Kinn und setzte die Fersen auf den Rand des Stuhls.

»Ja, Mutter. Das ist jetzt mein Zuhause. Es ist höchste Zeit, dass ich mich hier einrichte und die Spuren der letzten … Bewohnerin tilge.«

»Du meinst, dass Trevor zuvor mit einer anderen Frau zusammengelebt hat? Hier?«

Sie lächelte matt und zuckte die Achseln.

»Ähem … ja.«

»Er war verheiratet?«

»Nein, Mutter.«

»Ah! Gut … War sie von hier?«

»Nein, Catherine Walker stammt aus Glen Creran. Sie haben

drei Jahre lang zusammengelebt, und dann, eines schönen Tages, ist sie fortgegangen.«

»Warum?«

»Trevor meint, dass sie sich ganz einfach nichts mehr zu sagen hatten. Sie haben nur noch aus Gewohnheit zusammengelebt. Es ist ihnen nie in den Sinn gekommen zu heiraten. Und da sie niemals schwanger geworden ist …«

»Er hat mit dir ganz offen darüber gesprochen? Ich meine …«

»Trevor möchte nicht, dass es zwischen uns Geheimnisse gibt. Er hat es mir selbst erzählt, denn er wollte, dass ich alles über ihn weiß. Seiner Meinung nach kann man keine Ehe auf Lügen und Auslassungen aufbauen.«

Sie warf mir einen fragenden Blick zu.

»Da stimme ich mit ihm überein. Zwei Menschen, die einander nahestehen, sollten keine Geheimnisse voreinander haben. So etwas zerfrisst einem das Herz, und alles erscheint schließlich viel schlimmer, als es wirklich ist.«

Sie schob sich eine Haarsträhne hinter das Ohr zurück und sah mich unsicher an.

»Ich glaube, Vater erlebt im Moment so etwas Ähnliches.«

Mein Herz zog sich zusammen.

»Ja, das glaube ich auch«, gab ich bedrückt zurück. »Dein Vater ist traurig.«

»Es ist mehr als das, Mutter. Ich meine … Wir trauern alle, weil wir Ran verloren haben, aber bei Vater geht das irgendwie tiefer.«

Verblüfft schaute ich sie an. Sie wusste etwas …

»Und was ist deiner Ansicht nach der Grund dafür, dass dein Vater trauriger ist als wir?«

Sie nestelte am Saum ihres Mieders und zog die Augen zusammen.

»Nun ja, Vater geht oft in die Berge … Eines Tages bin ich ihm gefolgt.«

»Aber Frances!«, rief ich bestürzt aus.

»Ich habe mich gefragt, wohin er geht und was er wohl die ganze Zeit über treibt.«

Ich war wie vor den Kopf gestoßen über ihre Kühnheit, doch

ich brannte darauf zu erfahren, was sie wohl herausgefunden hatte.

»Und?«

»Er ist in eine Höhle gegangen, die im Süden des Meall Mor liegt, und hat dort mit sich selbst gesprochen.«

»Bist du dir sicher, dass er allein war?«

»Oh ja! Ich habe mich hinter einem Felsblock versteckt und ziemlich lange gewartet, nachdem er fort war. Niemand ist ihm gefolgt. Dann bin ich in die Höhle gegangen. Sie war leer, aber in die Felswände war etwas eingeritzt. Namen, und unter jedem ein Kreuz.«

»Das ist die Höhle, in die sich die Überlebenden des Massakers geflüchtet hatten. Konntest du hören, was er gesagt hat?«

»Ich habe ein paar Wortfetzen aufgeschnappt. Er schien zu beten und um Vergebung für seine Schuld zu bitten.«

»Welche Schuld?«

»Er hat gesagt, er hätte es nicht vermocht, die Menschen, die er liebte, zu schützen.«

»Aber das ist doch lächerlich! Dein Vater ist nicht verantwortlich für Ranalds Tod, und auch nicht dafür, dass Anna und Coll oder Simon gestorben sind!«

»Ich weiß, Mama. Aber er ist überzeugt davon, dass er schuld an ihrem Unglück ist. Vor allen Dingen, was Ran angeht. Er hat gesagt …«

Mit einem Mal wirkte sie verlegen und unterbrach sich.

»Was hat er gesagt? Ich will es wissen, Frances!«

»Oh Mutter … Er glaubt, dass du ihm Vorwürfe machst, weil er Ran nicht beschützt hat. Vater hat gesagt, besser wäre er unter dem Schwert des *Sassanach* gestorben.«

»Oh mein Gott!«

Mir war, als würde mir der Boden unter den Füßen weggezogen. Wie konnte er nur so etwas denken? Das war doch vollständig absurd! Ich hatte ihm nie einen Vorwurf … Mit einem Mal beschlich mich ein ganz merkwürdiges Gefühl, und mein Magen krampfte sich zusammen.

»Jetzt erinnere ich mich …«, flüsterte ich mit belegter Stimme.

»Mutter?«

Niedergeschlagen sah ich meine Tochter an und schüttelte langsam den Kopf.

»Ich … Oh Liam! Das tut mir so schrecklich leid …«

»Mutter!«, rief Frances besorgt. »Wovon redest du? Hast du wirklich so etwas zu ihm gesagt?«

Wortlos nickte ich.

»Mutter …«

»In diesem Moment wusste ich nicht, was ich redete, Frances. Der Schmerz hat mir das Herz zerrissen. Er hatte mir gerade die schreckliche Nachricht überbracht, und … und ich glaube … Ich habe ihn beschuldigt, nicht gut genug auf Ranald aufgepasst zu haben …«

Ich legte die Hand auf die Brust, um mein Herz zu beruhigen, das zu zerspringen drohte. Ich hatte Liam schlimmer verletzt, als hätte ich ihm einen Dolch in die Brust gestoßen. Wie hatte ich das nur tun können? Ich hatte ihm vorgeworfen, an Ranalds Tod schuld zu sein. Und diese Last trug er nun, Tag für Tag und jedes Mal, wenn ich ihn ansah. Daher zog er es vor, mir aus dem Weg zu gehen. Nur in der Dunkelheit der Nacht vermochte er mich zu berühren, weil er mir da nicht in die Augen zu sehen brauchte. Sein Schmerz musste unerträglich sein. Nur der Whisky vermochte ihn ein wenig zu lindern. *Liam, mein Geliebter … Vergib mir.* Warum hatte ich mich nur nicht eher aufgerafft, ernsthaft mit ihm zu reden?

Etwas streifte meine Hand, und ich öffnete die Augen.

Frances kniete vor mir und hielt mir Tante Nellies kleines, besticktes Taschentuch hin.

»Du musst morgen nach Carnoch zurückreiten, Mutter.«

»Ja«, stieß ich schluchzend hervor. »Ob er mir wohl jemals vergeben kann, dass ich an ihm gezweifelt habe?«

»Vater liebt dich, und bedeutet lieben nicht auch verzeihen?«

»Frances … Es ist oft sehr schwierig zu verzeihen.«

»Er wird verstehen, dass du deine Worte nicht ernst gemeint hast.«

Ich trocknete mir die Augen und schnäuzte mich; dann strich ich meiner Tochter, die mich voller Mitgefühl ansah, über die Wange.

»Ich weiß es nicht; ich habe ihn sehr tief verletzt. Aber ich hoffe es von ganzem Herzen.«

In unserem Tal war es bereits seit mehreren Stunden dunkel, als ich die ersten Ausläufer von Carnoch erreichte. Ich hatte entsetzliche Angst, Liam könnte trotz meiner flehentlichen Bitten, auf meine Rückkehr zu warten, schon wieder zu den Lagern der Jakobiten abgereist sein. Ich war später als geplant aufgebrochen: Trevors Eltern hatten darauf bestanden, dass ich mit ihnen zu Abend aß, und diese Einladung hatte ich nicht ablehnen können. Außerdem hatten sie mir für meine Rückkehr nach Glencoe eine Eskorte versprochen. Und so hatte ich Dalness erst kurz nach Sonnenuntergang verlassen, begleitet von zwei Männern, die zu alt waren, um nach Sheriffmuir geschickt zu werden, aber bis an die Zähne bewaffnet furchterregende Leibwächter abgaben.

Nachdem ich meine Stute in den Stall gebracht hatte, begab ich mich zögerlich ins Haus. In dem großen Raum war es dunkel und still. Einen Moment lang stieg eine Woge der Panik in mir auf.

Ich zündete einen Kerzenstummel an. Der Anblick der schmutzigen Teller auf den Tisch beruhigte mich ein wenig. Vielleicht war er einfach zu John MacIain gegangen. Ich wischte die Brotkrumen auf, sammelte die Hähnchenknochen ein und räumte seufzend die leere Whiskyflasche weg. Dann vernahm ich ein Rascheln aus dem Schlafzimmer. Ich stand wie versteinert da. Er war hier … Ich wartete einen Augenblick. Was sollte ich tun? Ihn wecken? Vielleicht schlief er auch gar nicht. Ich beschloss, ins Zimmer zu treten, und stellte die Kerze auf die Kommode. Die Pendeluhr tickte. Liam drehte sich herum, so dass das Bettgestell knarrte, und sein Arm sank schlaff auf den Bettrand. Ich lächelte, denn er schnarchte leise.

Ich nahm mir ein wenig Zeit, um den Schlafenden anzusehen. Der Geruch nach Whisky umschwebte ihn noch. Aber er schien so friedlich zu schlummern, dass ich mich nicht durchringen konnte, ihn anzusprechen. Stattdessen kauerte ich mich nieder und strich mit den Fingern über seinen Hals und über seine Wangen, die er seit Tagen nicht rasiert hatte. Er schlug ein Auge auf, schloss es wieder und öffnete es erneut. Dann starrte er mich verstört an, als hätte er ein Gespenst gesehen.

»Liam, ich …«

Von neuem knarrte das Bett. Hinter Liam tauchte eine Gestalt aus der Dunkelheit auf. Nackte weiße Haut, zerwühltes braunes Haar. Mir stockte der Atem, und ich erstarrte. Jetzt bemerkte ich auch das Kleid, das zusammen mit Unterröcken und Hemd auf dem Boden lag. Dabei musste ich darauf getreten sein … Ich hatte das Gefühl, ohnmächtig zu werden. Schreien konnte ich nicht, ich brachte nur ein entsetztes Stöhnen heraus. Die Frau wandte sich mir zu. Margaret! Liam und Margaret! Die Namen hallten in meinem Kopf wider und hämmerten schmerzhaft auf mich ein. Ich richtete mich auf und wich einen Schritt zurück. Gleich würde ich fallen, meine Beine versagten mir den Dienst. Ich stützte mich auf die Kommode und lehnte mich an die Wand. Endlich konnte ich wieder sprechen. »Mein Gott! Mein Gott! Ich träume wohl, sag mir, dass ich träume! Das kann doch nicht wahr sein, Liam. Weck mich und sag mir, dass das ein Albtraum ist!«

Mir knickten die Beine weg, und ich glitt zu Boden und stieß einen Schrei aus. Liam, der inzwischen vollständig wach war, sprang aus dem Bett und hob die Kleidungsstücke auf. Dann warf er sie Margaret zu, die noch nicht ganz zu begreifen schien, was geschah.

»Zieh dich an, um Gottes willen!«, befahl er mit leiser, heiserer Stimme.

»J… j… ja.«

Hastig schlüpfte sie in ihre Kleider und starrte mich dabei benommen an. Dann kam sie anscheinend zur Besinnung.

»Caitlin, Caitlin, es ist nicht … Du musst mir glauben …«

Glauben? Die Worte trafen mich wie eine Ohrfeige. Mit einem Mal klärte sich mein umnebelter Geist, und ich zitterte vor Wut. Ich steigerte mich in ein höhnisches Gelächter hinein und musterte sie feindselig.

»Was soll ich glauben? Was soll ich glauben? Soll ich dir etwa abnehmen, dass du Schach mit meinem Mann gespielt hast? Du machst dich wohl lustig über mich! So etwas! Ihr seid … ihr …«

Mir kamen die Tränen. Es erstaunte mich, dass ich noch welche hatte. Liam zog sein Hemd an und wollte auf mich zukommen. Ich fuhr zurück, und er erstarrte.

»Fass mich nicht an!«, kreischte ich gereizt. »Bastard!«

Margaret wandte sich zum Gehen. Verlegen, das Gesicht von Reue verzerrt, blieb sie vor mir stehen.

»Das tut mir furchtbar leid, Caitlin. Versteh doch, wir wollten nicht …«

Ein lautes, krampfartiges Lachen schüttelte mich, und ich warf ihr einen vernichtenden Blick zu.

»Hinaus! Verschwinde von hier, Margaret Macdonald … Stell dir vor, ich habe schon alles verstanden. Halte mich nicht für so dumm. Wie konntest du nur? Du, meine beste Freundin?«

Sie brach in Tränen aus und lief aus dem Zimmer. Ich lauschte auf ihre Schritte und zuckte zusammen, als die Tür hinter ihr zuschlug. Dann war es still. Nur Liams pfeifender Atem war zu hören. Langsam sah ich auf und maß diesen Mann, der mich verraten hatte, mit tiefster Verachtung.

»Caitlin …«

Seine Augen waren gerötet, und er war furchterregend bleich. Und er schaute so zerknirscht drein … Ich stand auf, wobei ich mich an jedem sich bietenden Halt abstützte, um nicht erneut zusammenzubrechen.

»Du Bastard, wie konntest du so etwas tun?«

»Das wollte ich nicht, ich schwöre es dir, Caitlin. Du musst mir glauben.«

»Du hast es nicht gewollt? So langsam glaube ich, dass ihr mich beide für schwachsinnig haltet! Oh, außer natürlich, sie hat dir Gewalt angetan, was mich, nebenbei gesagt, wirklich erstaunen würde! Ich bin einen Tag lang fort, einen einzigen Tag. Ich beschließe, früher als geplant zurückzukehren, um bei dir zu sein, und was finde ich vor? Mein Gatte liegt mit meiner besten Freundin in meinem Bett!«

Inzwischen weinte ich haltlos. Liam umfasste meine Handgelenke. Ich wehrte mich, um mich loszumachen, doch er hielt mich fest.

»Hör mir zu, ich kann dir erklären …«

»Erklären?«, höhnte ich. »Du hast mit Margaret gelegen. Was gibt es da zu erklären? Kannst du mir das einmal sagen? Wenn du dich bei mir rechtfertigen willst, dann kannst du dir die Mühe sparen.«

»Das war ein Unfall, das hätte nie passieren dürfen.«

»Wem sagst du das! Aber jetzt ist es zu spät, Gewissensbisse zu entwickeln. Der Schade ist geschehen!«

»Ich möchte dir sagen, warum es so weit gekommen ist.«

Ich krümmte meine Handgelenke, die er immer noch mit eisenhartem Griff umklammerte. Doch er hielt mich fest. Ich änderte meine Taktik und begann, ihn vor die Schienbeine zu treten.

»Lass mich los, du Bastard!«

»Zuerst musst du mich anhören.«

Er drückte mich gegen die Wand, damit ich mich nicht mehr bewegen konnte, was meinen Zorn noch vervielfachte.

»Sie ist gekommen, um mir das Abendessen zu bringen, weil sie wusste, dass ich allein war …«

»Oh! Welch barmherzige Seele! Die einsame Witwe und der vernachlässigte Ehemann. Und du wolltest dich nur bei ihr bedanken, stimmt's?«

»Hör auf, Caitlin!«, schrie er, das Gesicht vor Wut und Niedergeschlagenheit entstellt. »Sei doch nicht so dramatisch. Margaret ist ebenso verzweifelt über Simons Tod, wie ich es wegen Ranald bin. Du weißt, wie sehr sie ihn geliebt hat.«

Ich biss mir auf die Lippen, um ihm keine scharfe Antwort zu geben. Aber Zorn und Schmerz behielten die Oberhand über meine Vernunft.

»Sie hat mich verraten, und du ebenfalls! Ihr habt … Oh mein Gott!«

»Sie hatte das Bedürfnis, über Simon zu sprechen. Wir haben zu viel getrunken, und … Dann ist es passiert, das ist alles. Ich weiß nicht, wie … Aber ich schwöre dir, dass wir das beide nicht gewollt haben.«

»Du weißt nicht, wie?«, äffte ich ihn nach und schlug ihn mit einem finsteren Blick.

Er ignorierte meinen Spott und fuhr fort.

»Wir haben über Simon geredet, über die Schlacht, über Ranald und unsere Trauer …«

»Du hast dich ihr anvertraut? Mir willst du kein Wort sagen, mir, deiner Frau, der Mutter deines Sohnes! Aber mit einer anderen Frau teilst du deinen Schmerz! Das fasse ich einfach nicht!«

»Du würdest es nicht verstehen …«

»Wie, ich würde es nicht verstehen? Woher willst du das wissen? Seit du zurückgekommen bist, verschließt du dich in dein Schweigen, gehst mir aus dem Weg und verkriechst dich im Wald. Ich habe versucht, mit dir zu sprechen, Liam. Gott weiß, wie oft ich es versucht habe. Aber du hast dich gesperrt. Du hast dich geweigert, dich mir anzuvertrauen!«

Der Atem, der über mein Gesicht strich, roch stark nach Alkohol. Kurz schloss ich die Augen, um Liams flehendem, zerknirschtem Blick zu entrinnen. Ich spürte, wie er näher kam, bis seine Lippen meine Wangen streiften. Ich erstarrte.

»Caitlin, ich liebe dich so sehr …«

Seine Stimme versagte. Ich stieß ihn heftig zurück.

»Also, du hast eine merkwürdige Art, mir das zu zeigen, Liam Macdonald. Du schüttest meiner besten Freundin dein Herz aus und liegst mit ihr!«

»Ich habe es nicht fertiggebracht, mit dir zu sprechen, das fiel mir zu schwer. Ich konnte ja nicht einmal deinen Blick mehr ertragen, *a ghràid*.«

»Nenne mich nie wieder so, Liam!«

Er erbleichte. Vor Verblüffung klappte ihm das Kinn herunter.

»Du hast mich aus deinem Leben gestrichen, du hast mich verlassen. Ich bin nicht mehr deine Liebste, nie wieder. Nicht nach diesem abscheulichen Verrat!«

Ich war blind vor Zorn, und mein Herz war schwer wie ein Stein. Jetzt wehrte ich mich mit aller Kraft, um mich aus seinem Griff zu befreien. *Diese Hände haben Margaret berührt …*

»Caitlin …«

Mühelos drückte er mich an die Wand. Die Tränen liefen ihm über die Wangen.

»Warum? Hatten wir uns nicht gelobt, schwere Zeiten gemeinsam durchzustehen, weißt du noch? Dein sicherer Hafen, dein Rettungsanker… Gilt dein Schwur nicht mehr, Liam? Du teilst deinen Schmerz lieber mit einer anderen. Du ziehst es vor, mit Gespenstern in einer Höhle über deine Gewissensqualen zu reden…«

Schweigen senkte sich über uns herab. Ich sah Liam fest an, ohne mit der Wimper zu zucken, und er schaute verblüfft zurück.

»Du bist mir gefolgt?«

Ich schluckte.

»Nein. Frances hat es mir erzählt. Sie hat sich ebenfalls Sorgen um dich gemacht. Warum hast du mir nichts davon gesagt? Wieso willst du dir allein alles Unglück der Welt auf die Schultern laden? Du bist in keiner Weise für Ranalds Tod verantwortlich. Und im Übrigen auch nicht für den von jemand anderem. Ich habe da Dinge gesagt – ich weiß. Aber das habe ich nicht wirklich gedacht, Liam. Wir haben Krieg. Ranald ist unter den Schwerthieben des Feindes gefallen wie viele andere. Ich weiß doch genau, dass du ihn unter diesen Umständen nicht schützen konntest. Der Schmerz war einfach so unerträglich… Da habe ich… habe ich Dinge gesagt, die ich nicht so gemeint habe.«

»Ich hätte ihn daran hindern müssen, in die Schlacht zu ziehen.«

»Das konntest du nicht, er war achtzehn Jahre alt! Er war ein Mann. Und wenn, dann hätte er dir das für den Rest seines Lebens verübelt.«

Sein Blick umwölkte sich vor Kummer, und er sah weg. Langsam gab er mich frei, schlug die Hände vors Gesicht und stöhnte vor Schmerz. Ich hatte das Gefühl, dass mir ein Schraubstock das Herz zusammenpresste und es zu sprengen drohte.

»Oh Caitlin, ich kann nicht mehr klar denken. Der verfluchte Whisky! Ich habe wirklich geglaubt, dass du mir die Schuld an Rans Tod gibst.«

»Du hättest mit mir reden müssen. Ich war da, aber du hast mich zurückgestoßen… Und jetzt ist es zu spät«, sagte ich leise und sah zu dem zerwühlten Bett.

»Ohne dich bin ich nichts ...«

Er wollte auf mich zukommen.

»Rühr mich nicht an! Du hast noch Margarets Geruch an dir, das merke ich von hier aus.«

Mit geschlagener Miene sah er mich an. Das Haar fiel ihm ins Gesicht und verbarg seine Augen zur Hälfte. Mein Magen krampfte sich zusammen, und mir wurde so übel, dass ich die Augen verdrehte.

»Lass mich, Liam. Geh, nun geh schon! Ich werde nie wieder zulassen, dass du mich berührst.«

»Caitlin ...«

»Hinaus!«, kreischte ich.

Verbittert verzog er den Mund. Während er seine Besitztümer und Kleider zusammensuchte, vermied ich es, ihn anzusehen. Ich biss die Zähne zusammen, um nicht zu schreien. Ich hatte das Gefühl zu zerfallen, mich in meinen Tränen aufzulösen. Mein Körper begann krampfartig zu zittern, und ich schloss die Augen. Seine Schritte, die sich aus dem Zimmer entfernten, hallten in meinem Kopf wider. Einige Minuten später kam er noch einmal zurück.

Er trug seine Lederweste und darüber das Schwertgehenk, das er sich quer über die Brust geschnallt hatte, und hatte sein Barett aufgesetzt. Jetzt befestigte er seine Waffen am Gürtel. Er würde nach Perth reiten. Ich spürte, wie mir die Sinne schwanden, und mein Kopf drehte sich. Auf die Kommode gestützt, schnappte ich nach Luft.

Er geht, Caitlin. Du wirst ihn vielleicht nie wiedersehen ... Ich stieß einen Klagelaut aus. Mir war, als würde mir das Herz aus der Brust gerissen. *Sag etwas! Sag ihm, dass du ihn liebst!* Doch mein Blick fiel auf das Bett, auf unsere Laken, die nach dem Körper einer anderen Frau rochen, und etwas in mir zerbrach. Er baute sich vor mir auf. Seine Miene war ausdruckslos, doch sein Kiefer arbeitete. Erneut brandete Zorn in mir auf; ich kochte geradezu.

»Du Bastard! Wie konntest du das tun? Warum?«

Ich schlug bis zur Erschöpfung auf ihn ein, doch er regte sich nicht einmal. Durch meinen Tränenschleier wirkte sein Bild verschwommen und verzerrt. Ich schluchzte haltlos. Dann spürte ich, wie seine Finger über meine feuchten Wangen glitten.

»Ich liebe dich, Caitlin. Ganz gleich, was du von mir hältst, ich werde dich immer lieben. Aber ich kann es nicht ertragen, dass du mich hasst. Ich gehe, so wie du es willst, und lege mein Leben in Gottes Hand, in der Hoffnung, dass er sich meiner erbarmt ... Wenn ich diese Hölle aber doch zufällig überlebe, dann werde ich nicht zurückkommen ... außer, du bittest mich darum.«

Der Schmerz erstickte mich beinahe. Ich konnte nicht mehr sprechen und stand wie gelähmt da. Seine Worte brannten wie Salz in einer offenen Wunde. Einen Moment lang schwieg er. Die tickende Uhr ... Dieses verfluchte Ticken!

»Soll ich Duncan etwas von dir ausrichten?«

»Wie bitte? Duncan?«

Seine unerwartete Frage verwirrte mich einen Moment lang.

»Ähem ... Sag ihm, dass ich ihn liebe, dass er mir fehlt und ... dass er auf sich Acht geben soll.«

Er verzog das Gesicht, sagte aber nichts.

»Nimm ihm seine Weste mit«, setzte ich völlig zusammenhanglos hinzu. »Bald wird es richtig kalt, und ...«

»Gut.«

Er sah mich noch einige Augenblicke lang an, berührte mich jedoch nicht. Ich schloss die Augen.

»*Beannachd Dhé ort bean, mo rùin.*« Möge Gott dich beschützen, meine Geliebte.

Er holte die Weste, ging zur Tür und schloss sie hinter sich. Eine bedrückende Stille blieb zurück. Er war fort! Er würde nicht zurückkommen. *Aber du selbst hast ihm doch befohlen fortzugehen, Idiotin!* Das wollte ich nicht ... Aber er hat mich verraten, hat mich mit meiner besten Freundin betrogen! *Wer bist du, dass du ein Urteil über ihn fällen darfst, Caitlin Macdonald? Hast du in der Vergangenheit keine Fehler begangen? Hast du ihn noch nie verraten?*

»Neiiin!«, schrie ich verzweifelt.

Ich sank zu Boden, doch ich konnte mich meinem Gewissen nicht entziehen, das mir gnadenlos zusetzte. Wie konnte ich mir anmaßen, Liam zu verurteilen? Aber er hatte sie ausgesucht, nicht mich! Margaret hatte er anvertraut, was seine Seele quälte, mein Gott! *Er hatte Angst vor dir, Caitlin. Er hat gefürchtet, du könntest ihn zurückweisen.* Aber damit hat er mich zurückgestoßen. Das konnte ich doch nicht wissen! *Du hast dir zu lange Zeit damit gelassen, ihm zu helfen.* Mir ging es auch schlecht, ich musste mit meinem eigenen Schmerz fertig werden …

Ich stieß einen Zornesschrei aus. Unablässig drang das Ticken der Uhr an meine Ohren und mischte sich in das Chaos, das in meinem Kopf herrschte. Der Pulsschlag der Zeit drangsalierte mich, widersetzte sich mir. Am liebsten hätte ich ihn angehalten, um noch einmal bei null beginnen zu können, um die Zeit zwei Monate zurückzudrehen. *Das Leben ist kein Roman, Caitlin. Man kann die Seiten der Zeit nicht in umgekehrter Richtung aufblättern und noch einmal am Anfang beginnen, wie in einem Buch.*

Immer nur dieses Ticken, gleichgültig gegenüber unserem Unglück und unserem Leiden.

In dem überwältigenden Drang, auf irgendetwas loszugehen, um Erleichterung zu finden, erhob ich mich mühsam und ging zum Kamin. Ich betrachtete die Uhr, die sich mir widersetzte, und nahm sie in meine zitternden Hände, diesen wunderbaren Gegenstand, den ich so gern hatte. Die kleine goldene Scheibe schwang von rechts nach links und dann von links nach rechts, eine unaufhörliche, eigentlich eher einschläfernd wirkende Bewegung. Mit der Fingerspitze hielt ich das Pendel an. Das Ticken verstummte, und eine bedrückende Stille umgab mich. *Niemand kann die Zeit anhalten, Caitlin.*

Ich ergriff das kostbare Objekt, holte aus und schleuderte es gegen die Tür, an der es mit einem schrecklichen Klirren von zerbrechendem Glas und berstenden Metallteilen zerschellte. Dann rannte ich ins Schlafzimmer, blieb vor dem Bett stehen und sah bedrückt darauf hinunter. Bilder begannen mir durch den Kopf zu huschen, und dumpfer Zorn ergriff mich. Liam und Margaret … Oh nein! Immer noch hing der Geruch ihrer Körper im Zimmer und erstickte mich. Mein Herz zersprang fast vor Schmerz. Ich riss die Laken herunter und lief nach draußen. Vor dem Haus häufte ich sie aufeinander und zog mein Flintstein-Feuerzeug hervor. Sofort fingen die Leintücher Feuer. Diese Laken, in denen so oft unsere Körper gebrannt hatten … Mit großer Befriedigung sah ich zu, wie sie in Flammen aufgingen; so, wie man einer Hexenverbrennung beiwohnt, entsetzt, aber zugleich froh, das Böse auszumerzen. Alles wurde vom Feuer verzehrt, ging in Rauch auf. Morgen würde nur noch ein Häuflein kalter Asche übrig sein.

TEIL SECHS

Seit Anbeginn der Zeiten ist noch nie ein Mann
von einer Frau erwürgt worden,
weil er ihr gesagt hat, er liebe sie.
Florian

16

Suchkommando

In dem kleinen Zimmer war es heiß. Das Haus, in dem mehrere jakobitische Adlige logierten, lag im Perther Stadtteil North Port. Ein köstlicher Duft nach Suppe, der aus der Küche aufstieg, hing in der Luft. In einer Ecke des Raumes, der provisorisch zum Hauptquartier umfunktioniert worden war, hatte sich Marion in einen Sessel geflüchtet. Als der Earl of Breadalbane erfahren hatte, dass die junge Frau sich immer noch im Lager aufhielt, obwohl er ihr befohlen hatte, nach Glenlyon zurückzukehren, war er außer sich gewesen und hatte sie zu sich bestellt.

Obwohl ihr die Beklommenheit die Kehle zuschnürte, fühlte Marion sich zugleich erleichtert, für kurze Zeit der unangenehmen Stimmung entronnen zu sein, die im Lager herrschte und die Moral der Truppe untergrub. Drei Wochen zuvor hatte der Earl of Mar beschlossen, sich nach Perth zurückzuziehen und auf den versprochenen Nachschub aus Frankreich zu warten. Der Rückzug war in allergrößter Verwirrung vor sich gegangen. Auf Mars Befehl hatte die Armee die Taktik der verbrannten Erde erfolgreich angewandt und nichts als Verwüstung hinter sich gelassen.

Die Aufständischen hatten jeden Weiler und jede Stadt, durch die sie kamen, geplündert und angezündet. Der Anblick all dieser kleinen Hütten, von denen nur noch ein Haufen geschwärzter Steine und verkohlter Balken übrig war, hatte Marion bekümmert. Immer noch verfolgte sie die Erinnerung an die entsetzten Gesichter der Bauern, die zusehen mussten, wie ihre Wintervorräte und ihr Besitz in Flammen aufgingen, und die ängstlichen Blicke weinender Kinder, die sich an die Röcke ihrer Mütter klammerten. Ein notwendiges Übel, hatte Duncan ihr erklärt. Kriegstaktik eben. Die Aufständischen mussten auf ihrem Weg jede Nahrungsquelle und jede mögliche Unterkunft zerstören, um die royalistischen Truppen auszuhungern, falls der Duke of Argyle jemals beschloss, sie zu verfolgen. *So ist der Krieg nun einmal*, hatte sie geseufzt.

Für die junge Frau bedeutete der Krieg verstümmelte Männer, die unter ihren Verbänden und blutbefleckten Tartans an Körper und Seele litten. Sie hatte nach besten Kräften geholfen, hatte noch mehrere Wunden genäht, die Unglücklichen gewaschen und sie gefüttert. Einmal war sie am Lager eines armen Mannes sitzen geblieben, für den man nichts mehr tun konnte, und hatte geduldig seine Hand gehalten und zugehört, wie er den Namen seiner Frau oder vielleicht seines Schatzes gerufen hatte, bis der Tod ihn von seinen Leiden erlöste. Danach war sie noch tagelang tief erschüttert gewesen.

Die Verluste beliefen sich auf mehr als hundert Mann, und die Zahl der Verletzten überstieg zweihundert. Die Überlebenden, die noch der ständigen Betreuung bedurften, hatte man auf den kalten, feuchten Boden des King-James-VI.-Hospitals gelegt. Es war an der Stelle erbaut, wo einmal ein altes Karthäuserkloster gestanden hatte, das 1559, zu Beginn der schrecklichen Unterdrückung der Katholiken, zerstört worden war. Heute befanden sich dort kaum mehr als zwanzig Verwundete, doch immer noch schwebte in den Räumen ein Geruch nach Exkrementen, Erbrochenem und Blut, der Marion die Kehle zuschnürte und den Magen umdrehte, sobald sie das Hospital für ihre tägliche Arbeit betrat. Sie hatte sich angewöhnt, nichts zu essen, bevor sie bei der Reinigung der Wunden und dem Wechsel der Verbände half.

Duncan war nur eine Woche dort geblieben. Er erholte sich langsam von seinen Verletzungen. Es war zu keiner Entzündung gekommen, die Wunde hatte sich geschlossen, und sie hatte ihre Fäden gezogen. Nun konnte man nur noch warten, bis die Zeit den Rest tat und die scheußliche Narbe, die über sein ganzes Gesicht lief, milderte. Was die Verwundung in der Leiste anging, so hatte sie den Eindruck, dass sie auf dem Wege der Besserung war, denn er humpelte beim Gehen jetzt kaum noch.

Die Tür flog auf, und Breadalbane stand plötzlich im Raum. Er war allein. Ihr Vater war es gewesen, der den alten Earl darüber informiert hatte, dass sie sich in Perth aufhielt. Zwei Wochen lang war es ihr gelungen, ihrem Vater und den Männern seines Clans, die sie gut kannten, aus dem Weg zu gehen. Doch sie hatte gewusst, dass das Unvermeidliche eines Tages eintreten würde. Und so war es auch geschehen:

Sie war dabei gewesen, frisches Wasser zu schöpfen, um den morgendlichen Haferbrei zuzubereiten, und bückte sich gerade nach dem zweiten Eimer, der hinter ihr stand, als sie ein Paar Stiefel erblickte, das sie kannte. Sie schaute auf und begegnete dem Blick ihres Vaters, der sie unverwandt ansah. Seine Miene war undeutbar, aber die Blässe seines Gesichts unter der von Grau durchzogenen roten Mähne sprach Bände. Ihr Vater zog sie in einen ruhigeren Winkel.

»Ich verlange eine Erklärung, Marion!«, brüllte er und ließ sie plötzlich los.

»Nun ja, ich helfe im Lager. Ich wusste doch, dass die Männer nach der Schlacht Pflege und ein wenig Trost brauchen würden, da konnte ich einfach nicht fort.«

Der Laird von Glenlyon betrachtete sie und zögerte. Zumindest war ihre Ausrede einigermaßen annehmbar. Doch sein Zorn wurde dadurch nicht geringer.

»Ich hätte es dennoch zu schätzen gewusst, wenn du mich über deine Pläne informiert hättest. Vergiss nicht, dass ich dein Vater bin. Und ich glaubte dich auf Chesthill in Sicherheit! Du musst zugeben, dass ich jeden Grund habe, mich zu echauffieren.«

»Vor dem Beginn der Kämpfe hatte ich keine Zeit, dir Bescheid zu geben, log sie. »Und danach waren da all die Verletzten, um ich mich kümmern musste … Da habe ich nicht mehr daran gedacht.«

»Ach, Marion Campbell!«, brummte ihr Vater und schüttelte verärgert den Kopf. »Habe ich nicht schon genug Probleme mit meinen Schulden? Nicht nötig, dass du mir noch zusätzliche bescherst. Und dann ist auch noch dein Bruder verschwunden!«

»Mein Bruder? David ist von zu Hause weggelaufen?«

»Ich spreche von deinem Bruder John. Er ist am Morgen der Schlacht nicht im Lager aufgetaucht, und in den Wochen danach auch nicht. Ich

dachte, die Probleme in der Mühle wären größer als vorhergesehen, doch dann hat einer meiner Männer mir mitgeteilt, dass schon alles einige Tage vor den Kämpfen geregelt worden sei. Ich mache mir Sorgen und werde wohl nach Glenlyon zurückkehren müssen, um festzustellen, was geschehen ist.«

John war verschwunden, und zwar seit dem Abend, an dem sie ihm das belastende Dokument übergeben hatte? Ihr blieb fast das Herz stehen. Was war passiert?

Die hohle Stimme des Earl of Breadalbane holte sie in die Gegenwart zurück.

»Also, Mistress Campbell, was habt Ihr zu Eurer Verteidigung zu sagen?«

Die kleinen, kalten, machtbewussten Augen, die sie ansahen, vertrieben die ganze Wärme, die sie zuvor empfunden hatte. Sie erschauerte.

»Ihr versteht wohl, in welche Lage Euer Ungehorsam uns gebracht hat!«

Langsam nickte sie.

»Was habt Ihr mit dem Dokument gemacht, das ich Euch anvertraut habe, da Ihr ja ganz offensichtlich nicht nach Finlarig geritten seid?«

Seine Stimme klang pfeifend. Die Art, wie er die schmalen, blassen Lippen zusammenpresste, verriet Marion, dass er sich nur mit allergrößter Mühe beherrschte. In der Tat, das war eine Katastrophe. Und kein Lebenszeichen von John. Alles Leugnen war jetzt sinnlos.

»Ich habe es meinem Bruder John gegeben. Er sollte es nach Finlarig bringen und hatte vor, am Tag der Schlacht noch vor Sonnenaufgang wieder im Lager einzutreffen.«

Der Gehstock knallte auf das Parkett, und sie zuckte zusammen. Breadalbane fluchte halblaut vor sich hin. Sein Zorn steigerte sich noch.

»Ihr habt gegen meine Befehle verstoßen, Ihr törichte Gans! Der kleine Nichtsnutz hat sich weder im Schloss noch im Lager blicken lassen. Vielleicht habt Ihr eine Ahnung, wo er sich verkrochen haben könnte?«

»Verkrochen? Wie, glaubt Ihr etwa, er hat das Dokument mit Absicht bei sich behalten und ist geflohen? Ist Euch denn nie die Idee gekommen, dass er vielleicht angegriffen oder sogar getötet worden sein könnte?«

Ein boshaftes Lachen, bei dem sie eine Gänsehaut überlief, hallte durch das Zimmer.

»Bei den Campbells von Glenlyon wird die Blödheit wahrhaftig von einer Generation auf die andere vererbt«, höhnte der alte Mann. »Ich glaube eher, dass Euer Bruder sich versteckt hat, um nicht kämpfen zu müssen.«

Marion presste die Lippen zusammen und ging nicht auf die Bemerkung ein. Breadalbane hinkte zu einem freien Lehnstuhl und ließ sich hineinfallen. Gequält verzerrte er das Gesicht. Die Dezemberkälte hatte seine Gelenkschmerzen zurückkehren lassen und machte es ihm immer schwerer, sich zu bewegen. Mit zitternder Hand zog er eine kleine Schnupftabakdose aus seiner Tartan-Weste, öffnete sie und schüttete eine kleine Menge auf seinen Handrücken.

»Dieses Dokument muss wieder her, Marion.«

Sein kategorischer Ton machte sie stumm. Der alte Mann hielt sich ein Nasenloch zu und schnupfte mit dem anderen das feine schwarze Pulver.

»Es darf keinesfalls den Royalisten in die Hände fallen. Beten wir, dass es nicht bereits geschehen ist.«

Mit einem Mal lief sein pergamentartig zerknittertes Gesicht rot an. Marion, die den Anfall kommen sah, erbarmte sich seiner und reichte ihm ein Glas Wasser.

»Was erwartet Ihr jetzt von mir?«, fragte sie, sobald er sich beruhigt hatte.

Der Earl wischte sich die tränenden Augen mit seinem spitzengesäumten Taschentuch.

»Ich will, dass Ihr Euren schrecklichen Fehler wiedergutmacht, Mistress. Im Moment bin ich der Einzige, der weiß, dass dieses Dokument verschwunden ist. Ich hoffe, dass es nicht notwendig sein wird, dem Earl of Mar davon zu berichten, versteht Ihr?«

»Aber wie stellt Ihr Euch das vor? Wie soll ich meinen Bruder finden? Er könnte überall in Schottland sein! Vielleicht liegt er ja sogar am Grunde eines Loch!«

»Er wird sicherlich nicht gewagt haben, den Forth gen Süden zu überschreiten, da dort die royalistischen Truppen Quartier bezogen haben. Durchkämmt die Highlands. Ich gebe Euch Macgregor und seine Männer als Begleitung mit. Sie kennen das Land gut und sollen Euch als Leibwache dienen.«

Sie verdrehte die Augen zum Himmel. Breadalbane war ihre Miene nicht entgangen, und er lächelt boshaft.

»Es gibt weit Unangenehmeres, als einige Tage lang mit einer Bande von Macgregors zu reiten, meine Teure. Denkt auch einmal an all diese Männer, deren Namen auf dem Dokument stehen. Ihr Leben hängt vielleicht am seidenen Faden.«

Plötzlich wurde Marion wieder sehr heiß. Sie sah die Männer vor sich, die ihren Besitz, ihren Titel und ihr Leben für die Sache aufs Spiel setzten, und biss sich von innen auf die Wange. Ihretwegen liefen diese Menschen Gefahr, die »schottische Jungfrau«* zu umarmen. Mit einem Mal erschien das rundliche, freundlich lächelnde Gesicht des Earl of Strathmore vor ihrem inneren Auge.

»Steht Strathmores Name ebenfalls in dem Dokument?«

Verblüfft sah Breadalbane zu ihr auf.

»Wie, das wisst Ihr nicht?«

»Was soll ich wissen?«

»Strathmore ist auf dem Schlachtfeld gefallen.«

Einen Moment lang riss sie Mund und Augen auf.

»Oh!«, stieß sie dann hervor und versuchte, sich ihre Erleichterung nicht anmerken zu lassen. »Er war noch so jung …«

»Offensichtlich betrübt Euch die Nachricht nicht allzu sehr. Aber sorgt Euch nicht, ich werde schon eine andere gute Partie für Euch finden.«

Er runzelte die Stirn und strich sich mit einem mageren, verzogenen Finger über die Oberlippe.

* »Scottish Maiden« wurde die schottische Guillotine genannt, die älter ist als die Apparatur, die in Frankreich ab 1792 verwendet wurde.

»Apropos«, fuhr er dann mit spöttischem Unterton fort, »wie geht es eigentlich dem jungen Macdonald?«

»Ähem … Duncan?«

Das Blut schoss ihr in die Wangen. Breadalbane streckte stöhnend die Beine aus.

»Derselbe. Wie konnte ich nur seinen Vornamen wieder vergessen? Der Name eines Verräters … Wie ich höre, ist er verwundet worden?«

»Ihr seid gut informiert. Es geht ihm besser.«

Er musterte sie aufmerksam und verzog angewidert die schmalen Lippen.

»Hmmm … Gottes Wege sind wahrhaftig unerforschlich! Ich frage mich oft, ob Er weiß, was Er tut. Er hätte besser daran getan, statt des armen Strahtmore diesen Galgenvogel Macdonald zu sich zu rufen.«

Er seufzte überdrüssig und zuckte die Achseln. Dann schob er einen Finger unter seine Perücke und kratzte sich mechanisch den Schädel, während er überlegte.

»Doch Gottes Ratschlüsse stimmen nicht immer mit den unseren überein. Indes …«

»Ihr solltet Euch schämen, Sir!«, rief Marion. »Ihr wisst genau, dass die Macdonalds sich in dieser Schlacht besonders hervorgetan haben. Ihnen ist es zu danken, dass der Duke of Argyle nicht den Sieg davongetragen hat.«

»Ja … Wohl wahr, dass ihre wilde und rebellische Art sich gelegentlich als nützlich erweisen kann, wenn es unseren Plänen dienlich ist.«

»Was Ihr ›ihre wilde Art‹ nennt, sind ihr Stolz und ihre Ehre!«

Der alte Mann war voller Hohn.

»Ehre? Pah!«

Er lachte meckernd und klopfte mit seinem Stock auf das Parkett.

»Könnten wir jetzt bitte auf die Angelegenheit zurückkommen, die mich interessiert und die im Augenblick dringlicher ist? Ich will, dass Ihr dieses Dokument zurückholt, Marion. Geht sofort packen, Ihr habt keine Minute zu verlieren.

Und dieses Mal werdet Ihr mir nicht durch die Finger schlüpfen.«

Verblüfft starrte sie ihn an. Alle Farbe wich aus ihrem Gesicht.

»Wie denn, soll das heißen, dass ich noch heute reisen soll?«

»Macgregor weiß bereits Bescheid. Er ruft seine Männer zusammen. Ihr werdet in einer Stunde aufbrechen.«

»Aber …«

Sie blinzelte. Ihr Hals fühlte sich wie ausgetrocknet an. Sie schluckte schmerzhaft, während Breadalbane sie kalt musterte.

»In einer Stunde, und versucht heute nicht, mich hinters Licht zu führen.«

Es klopfte an der Tür. Barb Macnab, die Dienstmagd, trat ins Zimmer.

»Ich habe ihn nicht gefunden, Mistress Campbell. Ich habe mich bei den Männern seines Clans erkundigt, aber seit mehreren Stunden hat ihn niemand gesehen.«

»Oh verflucht!«

Sie hob ihren Elfenbeinkamm auf, der ihr zu Boden gefallen und zerbrochen war, betrachtete die Stücke verärgert und stopfte sie dann zornig in ihre Tasche.

»Ich muss mit ihm sprechen, Barb. Ihm erklären, warum ich abreise.«

»Ich bin dreimal durch das Lager gegangen. Die Männer fingen sogar schon an, mir wenig ehrenhafte Angebote zu machen, wenn Ihr versteht, was ich meine. Er ist unauffindbar.«

»Versucht es noch einmal! Ich habe nicht mehr viel Zeit.«

Die kleine, rundliche Dienerin, deren Gesicht vom Laufen gerötet war, warf der Tochter ihres Laird einen aufgebrachten Blick zu.

»Ich finde es nicht gut, dass Ihr diesen Macdonald so oft seht«, murrte sie dann.

»Habe ich dich um deine Meinung ersucht, Barb?«

»Nein, aber ich sage sie Euch trotzdem. Die Leute fangen an, sich die Mäuler zu zerreißen …«

»Meinetwegen, sollen sie doch reden! Dann haben sie wenigstens einen anderen Gesprächsstoff als die Unentschlossenheit des Earl of Mar oder die Spekulationen über die Truppenstärke des Duke of Argyle – gar nicht zu reden von dem Prätendenten, der immer noch ausbleibt.«

Auf der Suche nach ihrem zweiten Strumpf lief sie im Zimmer umher und durchwühlte ihre Besitztümer. Endlich fand sie ihn unter dem Bett und steckte ihn in die Tasche.

»Bitte…«, flehte sie die Magd an.

»Gut, aber das ist das letzte Mal! Ich werde Macgregor sagen, dass Ihr noch ein Weilchen braucht. Er wartet unten auf Euch.«

»Was, schon?«, rief Marion und stürzte zum Fenster, wobei sie über einen Schuh stolperte. »Dann soll er eben warten!«

Duncan schlüpfte in seine lederne Weste und drapierte dann sein Plaid geschickt über die linke Schulter. Es wurde immer auf dieser Seite befestigt, denn so trug man die Farben seines Clans auf dem Herzen.

»Dann weigert sich also der Earl of Mar, in den Kampf zu ziehen?«, fragte sein Vater.

»So ungefähr.«

Er wandte sich um und sah, dass Liam ihn freudlos anschaute. Sein Vater war am Vormittag in Perth eingetroffen. Etwas an seinem Gebaren hatte sich verändert. Duncan hätte nicht genau sagen können, was, aber… Sein Blick war anders, und seine Haltung und seine Stimme ebenfalls… Ranalds Tod musste ihn tiefer getroffen haben, als er gedacht hatte.

Und als er nach seiner Mutter gefragt hatte, hatte sein Vater gemurmelt, sie sei stark, und sie werde schon darüber hinwegkommen. Doch mehr hatte er nicht sagen wollen und das Gespräch in eine andere Richtung gelenkt, indem er sich danach erkundigte, was sich nach dem Rückzug nach Perth begeben hatte.

»Jeden Tag verlieren wir Männer. Sie desertieren, um zu ihrer Familie zurückzukehren. Seit den niederschmetternden Nachrichten über die Kapitulation von Mackintoshs Truppen und der englischen Jakobiten in Preston und die Einnahme von Inverness durch die Männer der Regierung liegt die Moral am Boden.

Mar hätte gleich in den ersten Tagen nach Sheriffmuir eine Revanche fordern sollen. Jetzt weiß ich nicht mehr, ob es noch Sinn hat…«

»Hat er denn den erwarteten Nachschub aus Frankreich nicht erhalten?«

Liams Züge wirkten ausgehöhlt. Duncan war sich plötzlich ganz sicher, dass in Glencoe etwas vorgefallen war. Er hätte es sogar schwören können.

»Nein, noch nicht. Aber es geht das Gerücht, dass Frankreich seine Bitte nicht erfüllen wird, solange er sich nicht zum Gegenschlag entschließen kann.«

»Und in Preston, was ist da passiert?«

Duncan nahm sein Barett ab und schlug es kräftig aus, um den Schnee zu entfernen, der sich darauf angesammelt hatte.

»Wie man sich erzählt, sollen die Jakobiten, die den Pass von Ribble Bridge hielten, diesen strategischen Punkt aufgegeben und ihre Taktik geändert haben. Als der Feind gesichtet wurde, sind sie angeblich nach Preston zurückgekehrt, das sie in ihre Gewalt gebracht hatten. Anschließend haben sie rund um die Stadt Barrikaden errichtet, um sich zu schützen. Das war mit Sicherheit ein Fehler. Im Morgengrauen des 12. November marschierten die Truppen der Armee von General Wills, der für den König kämpft, auf die Stadt, und es gelang ihnen, einige Barrieren zu durchbrechen. Dann, am Morgen des Dreizehnten, kesselte der Rest der Streitmacht die Stadt ein. General Forster wollte kapitulieren, doch die Highlander weigerten sich. Sieg oder Tod, du kennst ja den alten Spruch. General Wills soll verlangt haben, dass sie sich ergeben, und ihnen dafür zugesichert haben, sie nicht in Stücke zu reißen.«

Duncan stieß ein bitteres Auflachen aus und setzte sich das Barett wieder auf den Kopf.

»Solange die Jakobiten noch berieten, setzte man den Earl of Derwentwater und Brigadier Mackintosh als Geiseln fest. Die Armee war gespalten, in die Highlander, die jede Art von Kapitulation ablehnten, und die übrigen. Angeblich ist ein gewisser Murray sogar in Forsters Quartier eingedrungen, hat dem General vorgeworfen, wenn er sich ergebe, sei er ein Verräter, und auf ihn geschossen. Doch trotz allem kam es am folgenden Morgen zur Kapitulation. Fünftausend Männer, darunter eintausend Highlander, sollen in Gefangenschaft geraten sein. Immerhin waren die Verluste gering: nur siebzehn Jakobiten und knapp achtzig Royalisten.«

»Hmmm …«, meinte Liam, dessen Blick sich jenseits des Ufers des Tay-Flusses, der jetzt von einer Eisschicht bedeckt war, verlor. »Falls uns die Vorsehung nicht eine französische Armee schickt, stehen unsere Aussichten, James auf den Thron zu setzen, ziemlich schlecht, praktisch gleich null.«

»Wir müssen die Hoffnung bewahren, Vater.«

»Hoffnung … ja … Und du, was machen deine Verletzungen?«

»Mir geht es gut.«

Mechanisch fuhr er mit einem Finger über die lange, noch geschwollene Narbe, die über sein Gesicht verlief, und verzog den Mund.

»Es tut noch weh, aber ich gewöhne mich daran.«

»Und Marion Campbell … Ist sie nach Glenlyon zurückgekehrt?«, erkundigte sich Liam. Ein spöttisches Lächeln umspielte seine Lippen.

»Marion? Nein, sie ist immer noch hier. Aber ich vermute, es wird nicht mehr lange dauern, bis ihr Vater sie zwingt, auf ihren Besitz zurückzukehren. Die Verletzten haben sich fast alle erholt, und es gibt genug Frauen in Perth, die sie versorgen können. Daher …«

Eingehend betrachtete Liam die Wange seines Sohnes und lächelte dann.

»Ja, ich dachte mir schon, dass sie ihre Arbeit gut machen würde. Der Flickschuster ist sehr gut, aber es geht doch nichts über die Hände einer Frau auf der Haut eines Mannes …«

Ihm versagte die Stimme. Er räusperte sich und wandte den Blick ab. Duncan beobachtete ihn argwöhnisch.

»Vater … Was war in Carnoch?«

»Ich möchte bitte nicht darüber sprechen, Duncan.«

»Ist etwas mit Mutter?«

Liam gab keine Antwort. Er trat einige Schritte auf den Fluss zu, blieb am Ufer stehen und verschränkte abwehrend die Arme vor der Brust. Ein Feldhase hüpfte hinter einem Baumstamm hervor und verhielt einige Schritte von ihnen entfernt reglos. Sein Näschen nahm den menschlichen Geruch auf. Das Tier setzte sich auf die Hinterbeine und musterte die beiden Eindringlinge empört. Dann verschwand es in einem kahlen, weiß bereiften Erlendickicht.

»Führt sie immer noch eine so scharfe Zunge?«

»Marion?«, fragte Duncan, der immer noch an seine Mutter dachte.

Liam wandte sich um. Der Schnee knirschte unter seinen Schritten. Er lächelte vage.

»Wer sonst?«

»Vermutlich. Ihre Aufgaben nehmen sie sehr in Anspruch, daher sehe ich sie nicht besonders oft.«

Jedenfalls nicht so häufig, wie er sich das gewünscht hätte. Sie kam ihn ungefähr alle zwei Tage besuchen, um sich nach seinem Befinden zu erkundigen, und blieb nur eine oder zwei Stunden. Dann unterhielten sie sich über ziemlich gleichgültige Themen, die sich auf die wenigen Gerüchte und Anekdoten, die in der Stadt umgingen, beschränkten. Sie erzählte ihm auch von ihren anstrengenden Tagen bei den Verletzten und Kranken. So hatte er mit einer gewissen Freude entdeckt, dass in der hübschen Brust von Glenlyons Tochter ein weiches Herz pochte. Mit Tränen in den Augen hatte sie ihm geschildert, wie sie bei einem jungen Mann gewacht hatte, der seine frisch angetraute, schwangere Ehefrau in seinem Tal zurückgelassen hatte und nun niemals sein erstes Kind sehen würde. Da hatte sie an seiner Schulter geweint.

Er erwartete ihre Besuche mit einer Ungeduld, deren er kaum Herr wurde. Oft ging er ihr bei ihren Erledigungen in einiger Entfernung nach … nur, um sie anzusehen. Sein Vater hatte recht: die Hände einer Frau auf der Haut eines Mannes …

»Sagen wir, dass sie mich nicht mehr mit Beschimpfungen überschüttet, sobald sie den Mund aufmacht«, meinte er ironisch.

»Deine Mutter meint, dass Elspeth verzweifelt auf eine Nachricht von dir wartet, Duncan. Du solltest ihr schreiben, wenigstens, um ihr mitzuteilen, dass du noch unter den Lebenden weilst.«

Der junge Mann stöhnte gereizt auf. Und was sollte er ihr sagen? Zur Antwort zuckte nur die Achseln.

»Was wirst du tun, wenn du zurück bist?«

»Keine Ahnung, Vater. Mit ihr sprechen und die Angelegenheit klären wahrscheinlich.«

»Selbst, wenn Marion nichts von dir wissen will? Elspeth ist ein gutes Mädchen, weißt du. Es wäre doch schade …«

»Ich weiß, aber ich liebe sie nicht. Daran würde sich auch nichts ändern, wenn Marion in ihr heimatliches Tal zurückkehrt und dort bleibt.«

»Hmmm …«

Dabei war zwischen Marion und ihm nichts geschehen. Zumindest nicht seit der Nacht in dem Lager von Ardoch, nach der Schlacht. Außerdem fragte er sich häufig, ob er die Ereignisse dieser Nacht nicht überhaupt geträumt hatte, denn sein halb betäubter Verstand hatte nur einige kurze Momente und Eindrücke aufgenommen: Marion, die sich über ihn beugte und seine Wange nähte; ihre Hand, die über sein Haar streichelte, während er mit geschlossenen Augen, den Kopf auf ihren Schenkeln, dalag; ihre Finger, die sich schmerzhaft in seine Arme krallten, während der Arzt Simons Bein amputierte. Und dann, nach seinem Tod, hatte sie das Gesicht in seinem Hemd vergraben und erstickt geschluchzt.

Sie hatte um einen Macdonald getrauert … Das hatte ihn erschüttert. Und dann ihr Duft … Hatte er nur geträumt, dass ihr Mund seine glühende Stirn streifte und ihre seidigen Locken auf seinem Hals lagen? War der warme Körper, der sich im Schlaf an ihn geschmiegt hatte, nur ein Traumbild gewesen? Oder ihre tröstliche Gegenwart, die er gespürt hatte, als er aus dem Schlaf geschreckt war und den Namen seines Bruders gerufen hatte? Oh ja … Es gab doch keinen schöneren Trost als die sanfte Zuwendung einer Frau für das Herz eines verwundeten Mannes …

In Perth allerdings hatte sie Abstand gewahrt und den körperlichen Kontakt zu ihm auf das Wenige beschränkt, das die Krankenpflege erforderte. So säuberte sie seine Wange und rasierte vorsichtig die Umgebung der Narbe. Ein äußerst schmerzhafter Vorgang, und doch zugleich so angenehm! Eigentümlicherweise begann er in ihrer Gegenwart ein gewisses Vergnügen am Schmerz zu finden, als wären beide Empfindungen untrennbar miteinander verschmolzen. Was seine andere Verwundung betraf, so hatte er sich selbst darum kümmern müssen, da sie sich geweigert hatte, unter seinen Kilt zu sehen. Er musste auch zugestehen, dass es sehr peinlich hätte werden können, wenn sie es gewagt hätte, ihre Finger dorthin zu legen … Schon bei dem Gedanken daran wurde ihm merkwürdig zumute. Alles in allem hatte er sich an die Anwesenheit der jungen Frau gewöhnt und hätte sich einen Finger abgehackt, nur um sie bei sich zu haben.

Bei ihrer kleinsten Berührung überliefen ihn Schauer, und sein Herz pochte heftig. Wenn sie die Hände um sein Gesicht legte, um zu sehen, welche Fortschritte die Heilung seiner Narbe machte, und ihr Atem über seine Haut strich, bekam er Gänsehaut. Dann musste er übermenschliche Beherrschung aufbringen, um sie nicht in die Arme zu ziehen und sich ihrer Lippen zu bemächtigen … Und diese klaren blauen Augen, die ihn faszinierten … Gelegentlich hatte er geglaubt, darin mehr als nur Freundschaft zu lesen. Doch er wollte nicht noch einmal denselben Fehler begehen wie in Killin. Dazu war Marion ihm zu kostbar: Sie war Balsam für seinen Schmerz.

Bei Nacht kam es noch häufig vor, dass er schweißgebadet und entsetzt aus dem Schlaf hochfuhr und mit erstickter Stimme nach seinem Bruder rief. Es fiel ihm schwer zu glauben, dass er Ranald nie wieder sehen würde. Oft drehte er sich um und rechnete damit, ihn hinter sich zu sehen, lächelnd wie immer, denn sein Bruder hatte es sich zur Gewohnheit gemacht, ihm wie ein Schatten zu folgen. Jetzt steckte Ranalds *Sgian dhu* zusammen mit seinem eigenen in seinem rechten Stiefelschaft. Duncan hatte mit Ranald mehr als einen Bruder verloren. Ran war auch alles gewesen, das zu sein er sich erträumte, aber nicht war: tollkühn, witzig, hart gegen sich selbst. Vielleicht hatte ja der Umstand, dass er bei dem Unfall in der Destillerie um Haaresbreite dem Tod entronnen war, seinem Bruder die Fähigkeit verliehen, den Augenblick vollständig auszukosten. Plötzlich schoss ihm eine widersinnige Frage durch den Kopf: Ob sein Bruder vor seinem Tod wohl jemals bei einer Frau gelegen hatte?

Sie war heute nicht gekommen, und gestern ebenfalls nicht. Duncan fühlte sich gereizt. Seit der Rückkehr ihres Vaters vor drei Tagen hatte Marion sich überhaupt nicht blicken lassen. Was mochte geschehen sein? Hatte er etwas gesagt, das sie verärgert hatte? Und dabei wog er seine Worte so sorgfältig ab, wenn er mit ihr zusammen war. Ging sie ihm aus dem Weg? Er konnte sich den Kopf zerbrechen, wie er wollte, er kam nicht darauf, wie er sie verstimmt haben sollte.

Er blieb in der Ropemaker's Close stehen, vor dem Haus, in dem sie logierte. Seine Füße versanken im Schlamm. Wenn sie ihn tatsächlich nicht sehen wollte, würde sie ihm gewiss keinen freundlichen Empfang bereiten. Er zögerte noch einen Moment und wandte sich dann zum Gehen. Ebenso gut konnte er noch ein wenig abwarten. Vielleicht würde er sie in der Küche des Hospitals finden …

»Wartet! So wartet doch, Mr. Macdonald!«, rief ihn eine näselnde Stimme von oben an.

Er schaute hoch und erblickte Barb Macnabs rundliches Gesicht.

»Bleibt, wo Ihr seid, ich komme herunter.«

Die Fensterläden schlossen sich mit einem Knall. Kurz darauf erschien die Dienstmagd in der Tür und bedeutete ihm, er solle eintreten. Mit einem Mal hatte Duncan ein flaues Gefühl im Magen. Zum ersten Mal kam ihm die Idee, dass Marion krank sein könnte.

»Wo ist Marion?«, fragte er ohne Umschweife und trat in die Eingangshalle, deren Fenster unverglast waren.

Die kleine Dienerin erschauerte vor Kälte, dass ihre Rundungen erbebten.

»Sie ist abgereist. Sie wollte Euch sehen, bevor sie Perth verließ, doch Ihr wart nicht zu finden …«

»Abgereist? Hat ihr Vater sie nach Hause geschickt?«

Sie schüttelte den Kopf. Ihre Haube verrutschte, und sie rückte sie mit einer knappen Bewegung zurecht.

»Nein … Ihr Bruder John ist seit dem Tag der Schlacht verschwunden …«

»Das wusste ich bereits. Ich habe es gestern gehört.«

Sie warf ihm einen strengen Blick zu und fuhr dann in schärferem Ton fort.

»Sie hat sich auf die Suche nach ihm gemacht.«

»Wie bitte?«

»Zusammen mit Macgregors Männern, möge Gott sie beschützen!«, schloss sie und rieb sich die kalten Arme.

»Ihr meint, sie ist allein mit ihnen aufgebrochen?«

Er traute seinen Ohren nicht. Er wusste ja, das sie mutig und beherzt war, aber eine solche Tollkühnheit hätte er ihr nicht zugetraut. Das war doch Wahnsinn! Der Zorn stieg ihm in die Kehle und drohte, aus ihm herauszuplatzen.

»Hätte Euer Laird nicht seine Männer auf die Suche nach seinem Sohn schicken können, statt seine Tochter einer Bande von … statt sie ausgerechnet den Macgregors anzuvertrauen?«

»Ihr Vater weiß gar nichts davon«, gestand die kleine Frau, die nicht verbarg, dass sie selbst besorgt war. »Der Earl of Breadalbane hat Marion gezwungen, mit diesen Männern zu reiten.«

»Breadalbane … Dieser alte schleimige Aal. Herrgott! Aber wieso Marion?«

»Das ist ein wenig kompliziert; aber meine Herrin hat eine große Dummheit begangen, die sie wiedergutmachen muss.«

»Eine Dummheit?«

»Mehr wollte sie mir nicht sagen. Ich weiß nichts darüber. Aber sie war schrecklich aufgebracht. Sie war nicht einmal in der Lage, ihre Reisetasche richtig zu packen; sie wusste nicht mehr, was sie hineingetan hatte und was nicht.«

»Wann ist sie aufgebrochen?«

»Vor drei Tagen …«

»Vor drei Tagen schon? Und Ihr habt mich nicht benachrichtigt?«

»Sie wollte Euch ja sehen, bevor sie abgereist ist. Aber sie hat mir keine Nachricht für Euch hinterlassen, da habe ich es nicht für nötig gehalten, Euch ins Bild zu setzen.«

Duncan packte die kleine Frau am Arm und schüttelte sie grob.

»In welche Richtung sind sie geritten?«

»Ich weiß es nicht … Lasst mich doch los! Ihr tut mir weh, Ihr Grobian!«

Sofort ließ er sie los, und sie stürzte, wie ein aufgeregtes Huhn glucksend, zur Treppe. Dann blieb sie plötzlich stehen und drehte sich zu ihm um.

»Sie haben sich gen Westen gewandt. Genau! Jetzt erinnere ich mich wieder. Sie hat mir gesagt sie wollten in die Trossachs.«

Diese Hügelregion war der alte Stammsitz der Macgregors.

»Danke …«

Er fuhr herum und war dann, in einem Wirbel aus Blau, Rot und Grün, im Menschengewühl der Straßen von Perth verschwunden.

Im Laufschritt verließ Allan Macdonald die kleine, heruntergekommene Herberge und rannte zu Duncan und Colin, die völlig durchgefroren auf ihren Pferden ausharrten. Die Tiere konnten es kaum erwarten, aus den Windböen herauszukommen, die in ihre Mähnen fuhren und unangenehm um ihre Kruppen und Schweife wehten. Duncan war ebenso ungeduldig. Am liebsten hätte er selbst die Informationen darüber eingezogen, ob die Macgregors durch diese Gegend gekommen waren; doch wegen seiner Wunde in der Leiste versuchte er, nicht allzu oft von seinem Pferd ab- und wieder aufzusteigen.

»Sie sind hier durchgekommen«, erklärte der große Rothaarige und kletterte auf sein Reittier. »Noch heute Morgen. Der Wirt ist überzeugt davon, dass sie es waren. Rob Roy und das Campbell-Mädchen sind ziemlich unverkennbar. Sie haben angehalten, um sich nach dem Weg zu erkundigen und die Tiere ein wenig verschnaufen zu lassen. Dann sind sie in Richtung Norden weitergeritten.«

»Ist er sich sicher, was die Richtung angeht?«

»Ja. Er sagt, er sei vor die Tür gegangen, um sich zu vergewissern, dass sie wirklich fort waren, weil er keinen Wert darauf legt, dass sie in dieser Gegend herumlungern.«

»Bei diesem Wetter kann ich mir nur einen Weg vorstellen, den sie eingeschlagen haben«, meinte Colin. »Die Pässe und die Täler sind zugeschneit; sie werden sicherlich nicht quer durch die Berge reiten.«

»Du glaubst, dass sie nach Glenlyon wollen?«, fragte Allan.

»Das ist eine Möglichkeit. Aber sie könnten auch nach Glenorchy und Kilchurn Castle abbiegen.«

»Gut… Reiten wir durch das Strathfillan-Tal. Dann sehen wir weiter.«

»Was machst du, wenn du sie findest?«, wandte sich Allan spöttisch an Duncan.

»Nichts.«

»Wie, nichts?! Wegen nichts desertierst du und nimmst diesen weiten Weg auf dich?«

»Meine Beweggründe gehen dich gar nichts an.«

»Sie hat es dir angetan, was? Diese Campbell-Hexe hat dich verzaubert, mein Alter.«

»Halt den Mund, Allan!«, brummte Duncan und warf seinem Gefährten einen finsteren Blick zu. »Ich frage mich wirklich, warum du mich so unbedingt begleiten wolltest. Wenn du nur vorhast, gegen sie vom Leder zu ziehen, kannst du meinetwegen nach Perth zurückreiten.«

»Ist ja gut, reg dich nicht auf. Ich hatte eben genug davon, Trübsal zu blasen und darauf zu warten, dass dieser Schwachkopf Mar sich entschließt, die verfluchten *Sassanachs* noch einmal anzugreifen. Meine Güte, ich hatte Hummeln im Hintern.«

»Dann setz ihn mal in Bewegung, deinen Hintern. Ich möchte sie nämlich noch vor Einbruch der Nacht einholen, denn ich traue Macgregors Männern nicht.«

Colin und Allan wechselten einen vielsagenden Blick. Duncan bemerkte es, doch er zog es vor, die beiden nicht zu beachten, wendete sein Reittier und gab ihm die Sporen.

Der Schnee hinderte sie am Fortkommen, und der Wind verwehte alle Landmarken, an denen sie sich hätten orientieren können. Das Licht wurde schwächer; es wurde jetzt rasch Abend. Sie liefen Gefahr, sich bei Einbruch der Nacht mitten im Nirgendwo wiederzufinden. So musste Duncan sich widerwillig damit abfinden, in einer Herberge am Eingang des Tals von Glenorchy abzusteigen.

Seit drei Tagen hatten sie Marions Spur verloren. Lange, anstrengende Tage waren das gewesen, während derer sie Meile auf Meile durch den Schnee zurückgelegt hatten, der das Vorankommen an manchen Stellen gefährlich machte. Duncan war Colin dankbar, dass er ihn begleitet hatte. Sein Onkel kannte diesen Teil der Highlands weit besser als er. Doch Colin hatte auch seine eigenen Gründe. Er würde nicht ins Lager zurückkehren. Sobald sie Marion gefunden hatten, würde er nach Glencoe reiten, um seine persönlichen Besitztümer zu holen, und dann über den Great Mor die Straße nach Osten einschlagen, bis nach Inverness. Dort würde er an Bord eines Schiffes gehen, das nach Amerika fuhr. Er desertierte nicht nur aus der Armee; er verließ seine Heimat, um nie mehr zurückzukehren. Warum, das wussten nur Duncan und Liam.

Allan war davongegangen, um ein Zimmer zu mieten, während die beiden anderen im Stall die Pferde absattelten. Morgen … morgen würde er sie finden, sagte sich Duncan. Doch im Moment knurrte ihm der Magen, und er war todmüde.

Da stürzte Allan Hals über Kopf in den Stall und stieß gegen Colin. Dann grinste er Duncan strahlend an.

»Du wirst nicht glauben, wen ich eben in der Herberge gesehen habe.«

Duncan, der seinem Pferd soeben seine Haferration gegeben hatte, richtete sich auf und klopfte sich die Strohhalme ab, die am Wollstoff seines Plaids hängen geblieben waren.

»Den Duke of Argyle?«

»Oh! Viel besser!«

Duncan tat, als überlege er.

»Den Prätendenten?«

»Du bist wohl nicht ganz bei Trost, mein Alter! Nein, die Hex … Glenlyons Tochter.«

Duncan erbleichte.

»Und? Sagst du gar nichts? Genau das wolltest du doch, oder?«

»Bist du dir ganz sicher, dass sie es ist?«

»Ich habe sie gesehen, so, wie ich dich jetzt vor mir sehe. Sie hat zusammen mit Rob und James Mor zu Abend gegessen.«

Duncan schluckte. Panik ergriff ihn. Er war überstürzt aus Perth aufgebrochen und hatte sich nur die Zeit genommen, ein paar Dinge sowie seine Waffen zusammenzusuchen und seinen Vater über seiner Abreise zu unterrichten. Er hatte seine Erklärungen auf das Notwendigste beschränkt und dann das schwarze Pferd, das er in Inveraray gestohlen hatte, bestiegen. Er hat nur eines im Kopf gehabt: Marion so rasch wie möglich einzuholen. Doch nicht ein einziges Mal hatte er sich damit aufgehalten, zu überlegen, was er der jungen Frau sagen wollte, wenn er ihr von Angesicht zu Angesicht gegenüberstand. Mit einem Mal kam er sich lächerlich vor. Was hatte er hier eigentlich zu suchen? Wollte er Marion vor den gierigen Pfoten der Macgregor-Männer retten? Betrachtete er sie etwa als sein Eigentum? *Ich bin ein solcher Schafskopf. Sie ist mir in keiner Weise verpflichtet!* Aber dieses Gefühl war stärker als er.

Allan wartete immer noch auf eine Reaktion von ihm.

»Schön … ähem … Ging es ihr gut?«

»Ich kann ja gehen und mich nach ihrem Befinden erkundigen«, zog sein Kamerad ihn auf. »Glaubst du, ich habe noch einen kleinen Schwatz mit ihr gehalten?«

»Und das Zimmer?«, erkundigte sich Colin. »Hattest du auch Zeit, eines zu mieten?«

»Nun ja, Zimmer gibt es keine mehr«, brummte Allan. »Aber der Wirt erlaubt uns, hier zu schlafen, wenn wir wollen.«

»Wenn wir wollen?«, knurrte Colin. »Als hätten wir eine andere Wahl! Hoffentlich bekommen wir wenigstens unsere Ration Hafer wie die anderen hier.«

Im »Black Oak« war es warm, und eine muntere Stimmung herrschte. Duncan hielt sich im Hintergrund und behielt über die gestikulierende Menge der Gäste hinweg, die sie trennte, Marions roten Schopf im Auge. Er hatte zwei Gründe, sich so unauffällig wie möglich zu verhalten. Zum einen waren die meisten Männer, die sich hier fröhlich betranken, Campbells. Er hatte wirklich keine Lust, sich inmitten einer Prügelei wiederzufinden. Dazu schmerzte die Wunde in seiner Leiste noch zu sehr, und die Tage im Sattel hatten sicherlich nicht dazu beigetragen, die Heilung zu beschleunigen. Zum anderen fühlte er sich noch nicht in der Lage, der jungen Frau gegenüberzutreten. Was sollte er ihr sagen?

Er schob seine Zinnschale weg, griff nach dem Bierkrug und füllte seinen Becher. Marion schwankte gefährlich und fiel fast mit der Nase in ihren Teller, doch James Mor hielt sie fest. Sie war entweder betrunken oder vollständig erschöpft. Er zog es vor, Letzteres anzunehmen. Die junge Frau ließ den Kopf an James' Schulter sinken, und er schlang schützend einen Arm um sie. Duncan versuchte seine aufwallende Eifersucht zu unterdrücken. *Pfoten weg, Macgregor!*

»Ich hätte nicht übel Lust, es heute Nacht ordentlich zu treiben«, meinte Allan gedehnt und beäugte respektlos das Hinterteil einer hübschen Blonden, die zwei Bierkrüge auf den Nachbartisch stellte.

»Du würdest dir gleichzeitig ein gutes Bett sichern«, lachte Colin.

Die Blonde drehte sich zu ihnen um, bemerkte die begierigen Blicke und schenkte den Männern ein Lächeln, das eine Reihe fauler Zähne enthüllte.

»*Fuich!*«, stieß Allan hervor. »Pfui, also so etwas.«

Colin brach in unbändiges Gelächter aus und versetzte seinem Gefährten einen Schlag auf die Schulter.

»Anscheinend gefällst du ihr, Al!«

»Sicher, bei meinem Glück … Meinen Anteil an hässlichen Mädchen hatte ich schon in Perth. Wenn man die Augen schließt und schnell macht, dann mag das angehen. Aber für heute Nacht hatte ich mir eigentlich etwas anderes vorgestellt …«

Sein Blick schweifte zu der rothaarigen jungen Frau, die sich an den Sohn von Rob Roy lehnte.

»Aber du könntest dir ein paar schöne Stunden machen, Duncan. Heute Abend scheint sie ihre Krallen eingefahren zu haben.«

Duncans Blick streifte die anmutige, geschwungene Linie von

Marions Hals und glitt dann zur Rundung ihrer Brust hinunter. Die Erinnerung daran, wie er diese zarten Brüste in der Hand gehalten hatte, trieb ihm das Blut in die Wangen.

»Ich bin nicht hier, um sie in mein Bett zu holen.«

»Wofür hältst du mich, Schwachkopf? Nur um der schönen Augen einer Frau willen reitet ein Mann nicht quer durch ein tief verschneites Land. Falls du fürchtest, dass Elspeth davon erfährt ...«

Duncan fuhr zu Allan herum und packte ihn am Kragen.

»Ich verbiete dir, Elspeth auch nur ein Sterbenswörtchen zu sagen. Zu gegebener Zeit werde ich das selbst regeln.«

»Heda, Leute!«, schaltete sich Colin ein. »Dies ist weder die Zeit noch der Ort, um sich zu prügeln.«

Mit einer Kopfbewegung wies er auf zwei Männer, die sie beobachteten und missbilligend nach ihrem Tartan schielten. Duncan ließ los, und Allan richtete fluchend sein Hemd.

»Was hast du nun eigentlich mit ihr vor?«, fragte Colin unumwunden. »Sie ist die Tochter unseres geschworenen Feindes!«

»Ich weiß, das habe ich nicht vergessen. Aber dass ihr Großvater unser Feind war, bedeutet doch nicht, dass sie unsere Feindin ist.«

»Und Elspeth?«

Duncan trank einen Schluck Bier; dann knallte er seinen Becher auf den Tisch. James half Marion beim Aufstehen, und dann gingen die beiden zur Treppe. Der junge Mann biss die Zähne zusammen.

»Ich werde der Sache ein Ende machen.«

»Und du hast wirklich die Absicht, dich mit dieser ... na ja, mit diesem Mädchen einzulassen?«

»Wenn sie mich überhaupt will.«

»Sich über Glenlyons Tochter herzumachen, das ist eine Sache. Aber etwas mit ihr anzufangen ...« Der Rotschopf schüttelte ungläubig den Kopf.

»Duncan! Nimm sie, und dann reitest du zurück nach Glencoe, zu Elspeth. Sie ist doch viel fügsamer als diese Furie. Und außerdem ...«

Er neigte den Kopf leicht zur Seite und zog die Augen zusammen, um Marion zu beobachten.

»Und außerdem«, sprach er leise weiter, »ist Elspeth hübscher.«

Duncan betrachtete die nicht ganz ebenmäßigen Züge der Tochter des Laird von Glenlyon, deren Profil sich vor Macgregors Plaid abhob. Ihr großer Mund mit den vollen Lippen wirkte müde und abgespannt. Sie hatte die Augen, die groß und leicht schräggestellt waren wie bei einer Katze, geschlossen. Duncan fand sie schön, sehr schön sogar. Sicherlich, sie war nicht die Art von Schönheit, nach der sich alle Männer vor Begehren verzehren. Nein, aber ihre Züge, die man, jeden für sich genommen, vielleicht als nichtssagend oder sogar unschön hätte bezeichnen können, ergaben zusammen ein interessantes und anziehendes Gesicht, das von einer Aureole aus feuerroten Locken umgeben war.

»Elspeth … Ja, vielleicht ist sie sogar hübscher. Aber das mit Marion, das ist etwas anderes, Al.«

»Und wohin würdet ihr gehen?«, verlangte Colin zu wissen. »Du wirst doch nicht die Dreistigkeit besitzen, mit ihr in unser Tal zu ziehen?«

Marion und James waren auf der Treppe verschwunden. Duncan sah ihnen nach und leerte seinen Becher. *Wenn er ihr auch nur ein Haar krümmt …* Doch James kehrte kurz darauf zurück und gesellte sich zu den Männern seiner Bande. Duncan wandte sich wieder seinem Onkel zu, schnalzte mit der Zunge und hielt seinem Blick trotzig stand.

»Warum nicht? Ich bin ein Macdonald von Glencoe. Du willst doch wohl nicht, dass ich in Glenlyon unterkrieche?«

»Denk doch nach, Duncan …«

»Genau das tue ich ja seit drei Monaten, nachdenken! Und jetzt gehe ich schlafen. Ich spreche morgen mit ihr.«

Duncan stöhnte. Ein warmer Atem strich zärtlich über seinen Nacken und seinen Hals. Feuchte Lippen hinterließen ihre Spur. »*A Mhórag …*« Eine Zunge leckte über seine Wange und sein Ohr. Er stöhnte noch einmal und drehte sich zur Seite, um den Gegenstand seiner Träume zu umarmen. Da spürte er eine kalte Nase auf seinem Gesicht, und seine Finger strichen über kurzes, kratziges Fell. Erschrocken riss er die Augen auf.

Ein kleiner Hund, eine Promenadenmischung, sah ihn japsend, mit hängender Zunge an und wedelte zufrieden mit dem Schwanz.

»Warum hast du mich geweckt? Wer bist du? *An cu-sith**?«

Immer noch sah das Tier ihn aus seinen kleinen, blitzenden schwarzen Augen an. Duncan drehte sich abrupt um, und das Stroh knisterte. Er schluckte, um seine trockene Kehle zu befeuchten. Im Lichte der Sturmlampe, die neben der Tür hing, konnte er Colins Stiefel erkennen, die aus einem Strohhaufen ragten. Er rieb sich die Augen und zupfte ein paar Halme weg, die sich in seiner zerzausten Mähne verfangen hatten. Aber wo war Allan?

Der Hund versuchte es noch einmal und leckte ihm die Hand. Duncan streichelte ihn und kratzte ihn hinter den Ohren.

»Was willst du, *a charaid*, mein Freund? Wo ist dein Herr? Oder hast du Hunger? Dann tut es mir leid, ich habe nichts für dich.«

Das Tier kläffte kurz und lief zur Tür. Es wandte sich ein letztes Mal zu Duncan um, stieß dann mit der Schnauze die Tür auf und verschwand in der eisigen Dunkelheit. Durch die halb geöffnete Tür drang die kalte Luft ein und brachte die Flamme in der Lampe zum Flackern. Widerwillig quälte sich der junge Mann aus seinem warmen Nest, um die Tür zu schließen. Es war still; der Wind hatte sich gelegt, so dass es im Tal vollständig ruhig war. Colin regte sich.

»Was treibst du da?«

Seine blutunterlaufenen Augen ließen Duncan vermuten, dass er wahrscheinlich betrunken war. Er hatte schon geschlafen, als sein Onkel in den Stall gekommen war, doch es war sicher in den frühen Morgenstunden gewesen, nachdem er mehrere Pints Bier geleert hatte.

»Ein Hund hat mich geweckt. Wo ist Al?«

Colin rieb sich sichtlich verwirrt das Gesicht und schaute dann stirnrunzelnd in ein leeres Abteil.

* Eine Fee in Hundegestalt.

»Also, ich weiß es nicht … Er hat dort gelegen, aber ich sehe, dass er nicht mehr da ist. Vielleicht hat er sich ja doch entschlossen, zu der kleinen Blonden in die Herberge zu gehen. Sie hat den ganzen Abend vor uns mit den Hüften gewackelt, das Luder.«

»Hmmm …«

Duncan griff nach der Flasche, die an seinem Sattel hing. Sie war leer.

»Ich gehe Wasser holen.«

Doch Colin war schon wieder ins Land der Träume davongeglitten.

»Schöne Träume, Onkel.«

Der junge Mann huschte nach draußen und schloss die Tür hinter sich. Der Temperaturunterschied ließ ihn frösteln. Über der Herberge, die sich vor den tiefblauen Hügeln abhob, stand der Mond als verschwommene, von einem blassen Hof umgebene Scheibe hinter einem Wolkenschleier. Im »Black Oak« schien alles zu schlafen; einzig im Schankraum brannte noch ein kleines Licht.

Nur ein paar Schritte auf einem schmalen Weg, der in den vom kalten Wind gehärteten Schnee getrampelt war, trennten den Stall von der Herberge. Duncan legte sie rasch zurück und trat auf leisen Sohlen ins Haus. Er ließ den Blick durch den großen Saal schweifen. Becher und Krüge standen auf den Tischen und auf dem Boden. In einer Bierpfütze lag ein umgestürzter Krug.

Eine Bewegung zog das Augenmerk des jungen Mannes auf sich; im hinteren Teil des Raums hatte sich etwas gerührt. Hatte sich Allan hier zum Schlafen niedergelegt? Er bückte sich und kniff die Augen zusammen. Ein Unbekannter schlief auf einer Bank. Sein Arm hing schlaff herunter, doch seine Finger schlossen sich immer noch um den Henkel eines leeren Zinnkrugs.

Mit leisen Schritten ging Duncan bis zur Theke, auf der zwei noch mit abgestandenem Bier gefüllte Krüge standen. Er nahm zwei Schlucke, um seine Kehle zu befeuchten. Als er den Krug auf die klebrige Theke zurückstellte, vernahm er ein leises Kichern, das von einem rauen Auflachen gefolgt wurde. Dann fiel ein Lichtstrahl auf sein Gesicht. Gleichzeitig erschien in einer Tür die Gestalt einer Frau und erstarrte. Die Blonde mit dem gewaltigen Hinterteil stieß einen leisen Schrei aus und raffte ungeschickt ihr offenes Hemd über der fülligen Brust zusammen. Dann zog sie sich hinter die Tür zurück. Der junge Mann vernahm ein misstönendes Quietschen, und die Bodendielen begannen unter einem schweren Schritt zu knarren. Ein Koloss, der nur mit seinem Dolch und sonst nichts bekleidet war, tauchte in der Tür auf.

»Was habt Ihr da zu suchen?«

Das war nicht Allan.

»Ich trinke in aller Ruhe mein Bier aus«, erklärte Duncan und lächelte der Frau, die sich hinter ihrem Gefährten versteckte, zu.

Die kleine Frau erwiderte sein Lächeln und ließ mit voller Absicht ihr Hemd von den Schultern gleiten, wobei sie ihre vollen Brüste enthüllte, deren Warzen ebenso rosig waren wie ihre Wangen.

»Tut mir schrecklich leid, ich wollte Euch nicht stören.«

Wieder kicherte die Frau kokett.

»Geh wieder ins Bett, du!«, brüllte der Koloss und drehte sich zu ihr um.

Er warf Duncan noch einen argwöhnischen Blick zu und murmelte etwas Unverständliches vor sich hin. Dann schloss er die Türe wieder. Erneut erfüllten Halbdunkel und Stille den Raum. Da hatte Allan wohl eine andere Frau gefunden, der er an die Wäsche gehen konnte … Der junge Mann lächelte in sich hinein, doch plötzlich wurde er ernst. Ein ungutes Gefühl beschlich ihn. Er nahm noch einen Schluck Bier und wischte sich den Mund mit dem Handrücken ab. Vor seinem inneren Auge sah er wieder, wie sich Allens gieriger Blick auf Marion richtete.

Sein Herz schlug zum Zerspringen. Wenn dieser Bastard Allan sie angerührt hatte, würde er ihn *ad patres* schicken. Er rannte die erste Treppe hinauf. Der Korridor lag in tiefem Dunkel. Er tastete sich an der Wand entlang, blieb an jeder Tür stehen und spitzte die Ohren: Stöhnen, schnarchen und Stimmengemurmel. Wo mochte sie schlafen? Er schickte sich schon an, ins nächste

Stockwerk hinaufzusteigen, als er einen leisen, erstickten Schrei vernahm. Ihm blieb fast das Herz stehen. Woher, woher nur war der Schrei gekommen? Panik ergriff ihn.

Er trat einige Schritte rückwärts und blieb unbeweglich in der Mitte des Korridors stehen. Seine Schläfen pochten. Noch ein Aufschrei … von links. Er stürzte hin. Ein Knarren von Holz, dann ein Röcheln. Er presste das Ohr gegen das Holz der Tür. Eine Frau stieß leise Schreie aus. Duncan konnte sich nicht mehr bezähmen und stürmte ins Zimmer. Dann erstarrte er angesichts des von einer Kerze, die auf einem Nachttisch stand, beleuchteten Schauspiels, das sich ihm darbot.

»Ach, verflucht!«

Ein Mann, der ihm den Rücken zuwandte, ergab sich den fleischlichen Genüssen und griff mit beiden Händen in das üppige, bebende rosige Fleisch der Frau, die unter ihm lag. Als Letztere ihn erblickte, stieß sie einen Schrei aus, den ihr Partner allerdings als Freudenschrei deutete, worauf er seine Anstrengungen verdoppelte.

»Oh ja, mein Schatz …«, stöhnte er, von Zuckungen geschüttelt.

Duncan blinzelte verblüfft. Ein unbändiges, unbezähmbares Kichern stieg in ihm auf. Er verneigte sich vor der Frau, die ihn entsetzt anstarrte, und verließ das Zimmer. Kaum vermochte er an sich zu halten. Er hatte beinahe vergessen, was ihn hergeführt hatte. Aber jetzt schalt er sich einen Narren. Wahrscheinlich schlief Marion tief und fest, und Allan schnarchte irgendwo in einem warmen Bett in den rundlichen Armen eines losen Weibsbilds.

»Wenn du nicht auf dicht Acht gibst, mein Alter«, murmelte er, »ziehst du dir die englische Krankheit zu, ehe das Jahr vorüber ist.«

Gegenüber der Treppe, die ins zweite Stockwerk führte, lehnte er sich kurz gegen die Wand und schloss die Augen, während er darauf wartete, dass sein Herz wieder mit normaler Geschwindigkeit schlug. Dann holte er dreimal tief Luft, schlug die Augen wieder auf und tat einige Schritte in Richtung Treppe. Aus der oberen Etage drangen Stimmen zu ihm, aber er achtete schon nicht mehr darauf. Doch dann hörte er ein Poltern, gefolgt von einem Schrei, der ganz gewiss kein Lustschrei war. Er blieb wie angewurzelt stehen.

Unentschlossen sah er nach oben. Ein Paar, das sich stritt? Er verspürte wahrhaftig nicht den Wunsch, sich ein weiteres Mal in eine peinliche Lage zu bringen. Aber etwas hielt ihn zurück. Und wenn Allan wirklich in Marions Zimmer eingedrungen war? Immerhin hatte er schon einmal versucht, ihr Gewalt anzutun. Und dann hatte er ihn heute Abend dabei ertappt, wie er ihr gierige Blicke zuwarf…

Ein neuer Schrei ließ ihm die Haare zu Berge stehen. *Marion!* Dann brach ein gewaltiger Radau aus. Türen wurden aufgerissen und zugeknallt. Eilige Schritte waren zu hören, und Männer schrien Befehle. Ganz offenbar kein privater Streit. Immer vier Stufen auf einmal nehmend, stürmte Duncan nach oben. Einige Männer versuchten, eine Tür aufzubrechen. Zwei von ihnen vertraten ihm den Weg, kaum dass er den Treppenabsatz betreten hatte, und hielten ihn grob fest.

»He! Wo wollt Ihr hin?«, knurrte derjenige, der sich auf seiner rechten Seite befand.

Duncan stieß ihn heftig zurück und fiel dabei beinahe selbst die Treppe hinunter. Fluchend taumelte der Mann einige Schritte zurück. Doch sein Gefährte, der Duncan immer noch am Arm festhielt, stieß ihn kräftig gegen die Wand und versetzte ihm einen Schlag in die Magengrube, der Duncan den Atem raubte. Er krümmte sich, ging in die Knie und versuchte, seinem Angreifer zu entkommen, indem er auf allen vieren an der Wand entlangkroch. Begünstigt durch die Dunkelheit gelang es ihm, sich in eine Ecke zu flüchten. Aber eine Klinge, die plötzlich unter seinem Kinn auftauchte, zwang ihn zum Aufstehen.

»Hier geht es für dich nicht weiter, Bursche.«

Endlich gab die Tür den wiederholten Attacken der Männer nach, und sie stürzten ins Zimmer. Eine unheimliche Stille trat ein, als wäre die Zeit stehen geblieben. Was war da los? Duncan verzog das Gesicht, als der Stahl sich in seine Haut drückte. Was war geschehen? Warum war es so still? Erschrocken versuchte er durch die Tür zu spähen, die offen stehen geblieben war. Ein schwacher Lichtschein erhellte den Korridor, doch er vermochte nicht ins Innere des Zimmers zu sehen.

»Marion …«

Eine stahlharte Faust packte sein Haar und riss seinen Kopf brutal nach hinten. Der andere setzte die Klinge noch fester auf, doch er spürte den Schmerz nicht mehr. Er dachte nur noch daran, dass Marion sich in diesem Zimmer befinden musste. Aber was machten diese Männer? Wo war sie?

»Wer bist du?«, fragte der Mann, dessen Stimme ihm jetzt vage bekannt vorkam.

»Macdonald … Duncan Macdonald …«

Mit einem Mal gab die Faust ihn frei, und er fiel zu Boden.

»Also, da soll mich doch … Könntest du mir einmal erklären, was du hier zu suchen hast?«

»Marion … Ich glaubte sie in Gefahr …«

Eine Hand half ihm, sich zu erheben. Als Duncan stand, erkannte er James Mor, der ihm zulächelte. Dann brach im Zimmer ein heftiger Streit aus. Der junge Mann stürzte hin. An der Tür blieb er wie vom Donner gerührt stehen. Allan war angesichts des Dolchs, der ihn bedrohte, zur Salzsäule erstarrt und verdrehte entsetzt die Augen. Marion wandte ihm den Rücken zu. Ihr Nachthemd war zerrissen, und sie hielt die Waffe mit beiden Händen fest.

»Nein! Ich will ihn in Stücke hacken.«

»Wir kümmern uns schon um ihn«, versicherte ihr Rob, der offenbar nicht wollte, das Blut floss.

»Das ist das letzte Mal, dass dieser Bastard mich angefasst hat … Dreckiger Macdonald!«

Die Klinge des Dolchs näherte sich Allans Kehle, und er schluckte.

»Tu das nicht, Marion, ich schwöre dir, dass er dich nie wieder anrühren wird.«

Die junge Frau zuckte zusammen, so dass die Klinge zitterte. Langsam drehte sie sich zu ihm um und sah ihn entsetzt an.

»Marion … Bitte …«

»D … Duncan? Was … tust du hier?«

»Gib mir den *Sgian dhu* … Bitte.«

Einige Augenblicke lang stand sie noch sprachlos da. Der Dolch fiel zu Boden. Sofort packten die Macgregors den Missetäter und führten ihn aus dem Raum. Duncan schloss Marion, die jetzt heiße Tränen weinte, in die Arme.

17

Das Erbe der Campbells

Marion brauchte einige Zeit, um sich von der Aufregung zu erholen. Doch dann befreite sie sich aus Duncans Armen und wischte sich mit dem Ärmel über Augen und Nase. Der junge Mann betrachtete sie besorgt.

»Mir geht es schon besser«, stotterte sie und drückte die Hand, die immer noch die ihre umfasst hielt.

»Ganz bestimmt?«

»Ja, ich versichere dir, dass es mir gut geht.«

»Daran bin ich schuld; ich habe ihm erlaubt, mich zu begleiten, und dabei hätte ich wissen müssen ... Oh, Marion! Es tut mir so leid.«

»Mir ist nichts geschehen, Duncan.«

Ein Schauer überlief sie. Ihre nackten Füße froren auf dem eisigen Boden. Sie setzte sich auf das Bett und zog die Beine unter den Körper. In der Herberge war wieder Ruhe eingekehrt. Die Macgregors waren mit Allan hinausgegangen, um ihn wegzubringen, aber im Grunde war ihr das vollkommen gleich. Wenn ihr Vater da wäre, dann würde dieser dreckige Schuft bereits an einem Strick baumeln. Doch da Macgregor die Sache in die Hand genommen hatte, vermutete sie stark, dass seine Männer dem großen Rothaarigen nur eine Tracht Prügel verpassen und ihm schlimmstenfalls einen oder zwei Zähne ausschlagen würden. Eine Krähe hackte eben der anderen kein Auge aus.

Auf dem Korridor waren Schritte zu hören. Die Tür öffnete sich einen Spaltbreit, und das rosig angehauchte Gesicht der Wirtin erschien.

»Man hat mich gebeten, Euch das hier zu bringen«, erklärte

die Frau, trat ein und stellte eine Schale heiße Milch auf dem Nachttisch.

Mit einem Lächeln auf den Lippen musterte die kleine Blonde Duncan.

»Wünscht Ihr auch etwas, Sir? Es ist noch Bier da …«

»Nein, danke.«

»Falls Ihr sonst noch etwas benötigt … Was auch immer …« Mit den Fingerspitzen strich sie über die Schulter des jungen Mannes und warf ihm einen äußerst aufreizenden Blick zu. Marion hatte keinen Zweifel an den wahren Absichten der Frau, die sie mächtig verdrossen.

»Ähem … Ja, sicherlich, gute Nacht.«

»Gute Nacht, oder jedenfalls das, was davon noch übrig ist.«

Die Frau warf Duncan, der leicht errötete, einen letzten vielsagenden Blick zu und verließ das Zimmer. Marion verzog das Gesicht. Der junge Mann nahm die Schale und reichte sie ihr.

»Trink das, es wird dir helfen, zur Ruhe zu kommen und wieder einzuschlafen.«

»Ich hasse heiße Milch.«

Er lachte leise und setzte sich ihr gegenüber auf eine Bank. *Wie damals im »Grey Owl«,* dachte er.

»Ich hasse heiße Milch ebenfalls. Aber meine Mutter hat mich immer gezwungen, sie bis auf den letzten Tropfen auszutrinken.«

Er nahm einen Schluck und drückte ihr dann die Schale in die Hand.

»Komm schon, es schmeckt gar nicht so übel.«

Widerwillig führte sie die Schale an die Lippen, obwohl sie gut nach Whisky duftete. Die heiße Flüssigkeit rann durch ihre ausgetrocknete Kehle, und sie erschauerte vor Abscheu. Sie stellte sie wieder auf den Tisch.

»Was führt dich hierher, Duncan?«

»Ähem … Ich … Ich war auf dem Heimweg nach Glencoe …«

Er räusperte sich und fuhr sich nervös durchs Haar, in dem überall Strohhalme steckten. Einen Moment lang schoss Marion der Gedanke durch den Kopf, dass er sich vielleicht mit der blonden Frau im Heu gewälzt hatte, und das gefiel ihr überhaupt nicht.

»Ich habe gehört, dass dein Bruder beim Appell gefehlt hat«, bemerkte er verlegen.

Aha, er wich der Frage aus. Aber was tat er wirklich hier? Marion streckte die Hand aus, um ein paar Halme aus seinen dunklen, widerspenstigen Locken zu zupfen, und konnte einfach nicht anders, als ihm dabei leicht über die verletzte Wange zu streichen. Kurz erzitterte sie, und ihr wurde klar, wie sehr er ihr gefehlt hatte und wie froh sie war, ihn wiederzusehen.

»Außerdem habe ich gehört, du hättest eine Dummheit begangen, die du wiedergutmachen musst …«

»Oh!«, stieß sie hervor und erbleichte.

»Und dass Breadalbane dich gezwungen hat, mit den Macgregors zu reiten. Warum, Marion?«

So viel war sicher, er hatte mit Barb gesprochen.

»Verdammt!«

Sie musste ihm die ganze Wahrheit sagen … Nun ja, fast die ganze. Gewisse Einzelheiten sollte sie vielleicht besser auslassen, zum Beispiel den Grund, aus dem sie das Dokument ihrem Bruder überlassen hatte. Er bedachte sie mit einem undeutbaren Blick, der sie durcheinander brachte. Sie sah auf ihre Hände hinunter, die auf ihren Schenkeln lagen.

»Die Sache ist die … Ich habe ein Dokument verlegt.«

»Ein Dokument? Was für ein Dokument?«

»Lass es mich erklären …«

Ihr Blick fiel auf Duncans Hand, die mechanisch auf sein Knie klopfte. Sie war wohlgeformt, und sie hätte Lust gehabt, sie zu nehmen und auf ihre Haut zu legen. Langsam glitt ihr Blick von der Hand zu seinem Knie, und dann zu dem behaarten Schenkel, der aus dem zerknitterten Kilt ragte. Das war das erste Mal, dass sie ihn auf diese Weise anschaute, und ihr Gesicht lief dunkelrot an.

»Das Dokument, Marion?«

»Ja … das Dokument …«

Sie nahm sich zusammen und richtete ihren Blick auf die Milchschale.

»Am Abend vor der Schlacht von Sheriffmuir hatte Breadalbane mir den Auftrag erteilt, auf meiner Rückreise nach Glenlyon ein Dokument nach Finlarig zu bringen. Ich … fühlte mich nicht gut genug, um den Ritt anzutreten. Aber ich wusste, dass dieses Dokument wertvoll war und in Sicherheit gebracht werden musste. Da habe ich meinen Bruder John gebeten, es an meiner Stelle dorthin zu bringen. Und das tat er dann auch … Jedenfalls glaubte ich das, bis Breadalbane mich vor einigen Tagen in sein Quartier in Perth rufen ließ. Das Dokument befindet sich nicht auf Finlarig Castle, und seit dem Abend, an dem ich es ihm anvertraut habe, hat niemand mehr John gesehen. Breadalbane war völlig außer sich. Er hat mir befohlen, mich auf die Suche nach meinem Bruder zu machen und das Dokument wieder herbeizuschaffen.«

Duncan schwieg einen Moment lang. Seine Finger hatten aufgehört, sich zu bewegen, und Marion konnte nicht anders, als sie anzusehen. Ob sie wohl die Herbergswirtin berührt hatten?

»Was stand denn nun in diesem Dokument?«

»Namen …«

»Namen? Und weiter?«

»Die Namen der jakobitischen Chiefs, die in Breamar zusammengekommen waren, um sich auf die Seite der Stuarts zu stellen. Genauer gesagt, ihre Unterschriften.«

»Oh! Ich verstehe.«

Erneut begann er, mit den Fingern nervös auf dem Knie herumzutrommeln, schneller dieses Mal. Marions Unruhe wuchs. *Du weißt genau, dass er kein unerfahrener Knabe ist. Gewiss gibt es eine Frau, die ihn in dem verfluchten Tal erwartet …* Und dieses Weib hier besaß gewisse Attribute, über die sie selbst nicht verfügte … diese üppigen Brüste zum Beispiel. Unmöglich, dass Duncan sie nicht bemerkt hatte. Sie wusste, wie sehr dieser Teil des weiblichen Körpers einen Mann erregen konnte. Und dann wurde ihr klar, dass sie eifersüchtig war. Sie stöhnte auf.

»Marion?«

Er sah sie mit einem eigenartigen Blick an. Gefiel sie ihm wirklich, oder wollte er sich nur ein wenig mit ihr amüsieren? Sie warf ihm einen verzweifelten Blick zu, den er vollständig anders deutete.

»Aber ihr habt ihn noch nicht gefunden, stimmt's?«

Sie schüttelte den Kopf. Ihr traten Tränen in die Augen. Wie hatte sie nur so dumm sein können? Durch ihre Schuld schwebte das Leben mehrerer Menschen in Gefahr, und sie überlegte nur, ob dieser Mann sie noch wegen etwas anderem begehrte als nur für ... Ach, verflucht!

»Es ist furchtbar, Duncan; ich muss dieses Dokument wiederfinden. Wenn es in die Hände der Royalisten fällt, wird man mehrere der Chiefs des Hochverrats anklagen, und alles nur meinetwegen ...«

... Weil ich bei dir sein wollte!

»Und wie denkt Rob darüber?«

»Nicht viel anders als ich. John bleibt unauffindbar. Wir suchen ihn nun schon fast seit einer Woche. Die Informationen, die wir erhalten haben, weisen daraufhin, dass er hier durchgereist ist; aber wir wissen es nicht mit Sicherheit. Die Highlands sind so groß ...«

»Und was könnte dein Bruder für Gründe gehabt haben, dieses Dokument nicht nach Finlarig zu bringen?«

Diese Frage hatte sie sich bereits Dutzende von Malen gestellt, doch sie fand keine Antwort. Sie konnte einfach nicht glauben, dass John das Dokument mit Absicht bei sich behalten haben könnte, mit dem Ziel, die Jakobiten zu verraten. Sie zuckte die Achseln und schloss die Augen. Duncan wischte eine Träne ab, die über ihre Wange rollte. Als seine Finger ihre Haut berührten, überlief sie ein Schauer.

»Wenn ich etwas tun kann ...«, murmelte er.

Nimm mich in die Arme ...

Der junge Mann fühlte sich ganz offenbar sehr unbehaglich; seine Bewegungen wirkten ungeschickt und zögerlich. Wahrscheinlich hatte er es eilig, wieder zu der kleinen Blonden zu laufen, ehe die Nacht vorüber war, und wusste nicht, wie er das Gespräch beenden sollte ...

»Es gibt nichts, was du tun könntest. Ich muss meinen schrecklichen Fehler selbst bereinigen. Möge Gott mir helfen!«

Von neuem sah sie ihn an. Sein durchdringender, verwirrender Blick richtete sich auf sie. Der Heuduft, der von ihm ausging, erinnerte sie ständig an den lüsternen Blick, den die Herbergswirtin ihm zugeworfen hatte. Sie versuchte sich zu erinnern, ob die kleine Frau ebenfalls Strohhalme in den Haaren gehabt hatte. So, wie sie Duncan in Killin behandelt hatte, würde er ohnehin nicht wagen, Hand an sie zu legen, solange sie ihn nicht selbst dazu aufforderte. Und das würde sie niemals tun, damit er sie nicht für ein Mädchen von lockeren Sitten hielt, was sie auf keinen Fall war. Wenn sie ihm erlaubte, sie zu berühren, dann, weil sie ihn liebte. Herrgott! In welche Zwickmühle hatte sie sich da manövriert! Er war ein Macdonald aus Glencoe! Dafür würden ihr Vater und ihre Brüder sie erwürgen! Gar nicht zu reden von diesem alten Fuchs Breadalbane.

»Marion… Möchtest du, dass ich bei dir bleibe?«

Was? Hierbleiben? Und die Schlampe, die im Heu auf dich wartet? Vielleicht ist er ja auch schon fertig mit ihr und hat noch Lust auf mehr… Plötzlich bemerkte sie, dass ihr Nachthemd zerrissen war und einen ziemlich offenen Blick auf ihre Brust gewährte, die viel kleiner war als die der Blonden… Sie errötete heftig.

»Du… möchtest heute Nacht hierbleiben… Bei mir?«

Er lächelte spöttisch und stieß ein leises Lachen aus.

»Aber nur, wenn du mir das Versprechen gibst, dass ich mich nicht noch einmal mit einem Dolch an der Kehle wiederfinde.«

Marion war verletzt. Sie warf ihm einen drohenden Blick zu und verzog mürrisch das Gesicht.

»Es tut mir leid…«, stammelte er beschämt und versuchte, ihre Hand zu nehmen.

Sie stieß ihn weg und starrte ihn finster an.

»Hast du Allan hergeschickt?«

Während du dich im Heu gewälzt hast!

Duncan wurde bleich. Sprachlos sah er sie an. Sofort bereute sie ihre Worte, doch es war zu spät. Vor lauter Zorn und Enttäuschung waren sie ihr einfach entschlüpft.

»Sag einmal, bist du noch richtig im Kopfe?«

Sein Gesicht wirkte furchterregend blass. Gekränkt biss sie sich auf die Lippen.

»Du glaubst, ich hätte Allan mit hergebracht, damit er dich…

Nein, also wirklich! ... Was bist du nur manchmal für eine Giftschlange? Inzwischen müsstest du eigentlich wissen, dass ich dir kein Leid antun will, Marion Campbell ... Ganz im Gegenteil. Ich dachte, wir hätten Waffenstillstand geschlossen ... Ich habe geglaubt ...«

Verwirrt und erregt unterbrach er sich und sprach dann in schroffem Tonfall weiter.

»Ich gehe zurück in den Stall, um noch ein paar Stunden zu schlafen. Anschließend reite ich nach Glencoe weiter. Ist dir das so recht?«

In den Stall? Er schlief im Stall? Daher kam also das Heu ...

»Natürlich, der Stall!«

Duncan, der sie missverstand, beugte sich mit harter Miene über sie.

»Ja, natürlich der Stall! Da, wo man die einfachen Reisenden hinsteckt, wenn keine Zimmer mehr frei sind. Aber mach dir keine Gedanken um mich, ich bin daran gewöhnt.«

Sie sah unverwandt auf die Brosche der Macdonalds und spürte, wie ein bedrückendes Gefühl der Ratlosigkeit sie ergriff. Und die Frau? ... Wie dumm sie gewesen war! Aber trotzdem war er nicht ihretwegen gekommen; er war aus der Armee desertiert und floh nach Glencoe.

Schwach fiel das erste Morgenlicht durch die Spalten in den Fensterläden. Sie hatte das seltsame Gefühl, das hier schon einmal erlebt zu haben, und spürte einen bitteren Geschmack im Mund. Ihr Bruder hatte recht: Sie musste unbedingt lernen, den Mund zu halten.

»Eigentlich wollte ich dir einfach nur meine Hilfe bei der Suche nach dem Dokument anbieten, Marion«, sagte Duncan leise, nachdem er lange geschwiegen hatte.

Er wirkte verunsichert und enttäuscht. Seine Hand lag auf der Türklinke, doch er zögerte noch. Marion erstickte fast vor Reue. Ausnahmsweise wusste sie nichts zu sagen, doch das war vielleicht auch besser so. Sobald sie den Mund aufmachte, kamen ja doch nur Dummheiten heraus.

»Ach, verdammt nochmal!«

Auf der Schwelle verhielt er noch einmal, dann knallte er die

Tür zu und ließ sie einmal mehr mit ihrer Beschämung und Verwirrung allein.

Marion schlug die Augen auf, nachdem sie einige Stunden lang unruhig geschlafen hatte. Im Zimmer war es so hell, dass sie geblendet die Augen zusammenzog. Der Reif, der sich auf dem Fensterbrett gebildet hatte, glitzerte. Es war so kalt ... Die Kohlenpfanne war erloschen, und ihre Füße fühlten sich an wie Eisklumpen. Mühsam richtete sie sich im Bett auf und rieb sich heftig die Arme. Als ihr Blick auf die Milchschale fiel, die noch auf dem Tisch stand, verzog sie angeekelt das Gesicht. Ihr Magen tat knurrend seine Unzufriedenheit kund, aber sie hätte nicht sagen können, ob er sich vor Hunger krümmte, oder ob ihr die Aussicht zu schaffen machte, Duncan könnte bereits nach Glencoe aufgebrochen sein. Ein weiteres Brummeln ließ sich aus ihrem Bauch vernehmen. Vielleicht lag es ein wenig an beidem. *Wenn er fort ist, dann hast du das ganz allein dir zuzuschreiben. Dir und deiner scharfen Zunge!*, schalt sie sich verbittert.

Ein leises Kratzen an der Tür riss sie aus ihren Überlegungen. Die Frau des Herbergswirts steckte ihr lächelndes, rosiges Gesicht ins Zimmer.

»Ah! Ihr seid erwacht.«

Sie schob die Tür auf und trat mit einem Tablett, auf dem sich verschiedene Esswaren befanden, herein und setzte es am Fußende des Bettes ab.

»Mr. Macgregor bittet Euch, Euer Frühstück so rasch wie möglich einzunehmen.«

»Wie spät ist es?«, fragte Marion träge und rekelte sich wie eine Katze.

»Wir haben zehn Uhr, Madam.«

»Zehn Uhr? Herrgott! Sagt Macgregor, dass ich gleich hinunterkomme.«

»Sehr wohl.«

»Oh! Noch etwas anderes ...«

»Ja?«

»Der Mann, der heute Nacht hier war ...«

Die blonde Frau lächelte verschwörerisch und zwinkerte ihr zu.

»Der gut aussehende große Mann mit dem dunklen Haar und der Narbe auf der Wange?«

Marion biss sich auf die Lippen, um eine bissige Antwort zu unterdrücken.

»Ja, genau der. Ist er schon fort?«

»Aber nein! Er ist unten, zusammen mit Mr. Macgregor und einem anderen Mann aus seinem Clan.«

»Macdonald oder Macgregor?«

»Macdonald«, erklärte die kleine Frau und räumte die kalte Milchschale ab.

»Ein großer Rothaariger?«

»Oh nein, der ist schon früher mit einem Teil von Macgregors Männern weggeritten. Ich weiß nicht, ob er heute Nacht die Treppe hinuntergefallen ist – der Radau, den ich gehört habe, war jedenfalls laut genug –, aber er sah heute Morgen aus, als wäre er gar nicht gut zurecht.«

Marion vermochte ein Lächeln nicht zu unterdrücken. Noch war nicht alles verloren.

Chesthill war ein kleiner Landsitz aus grauem Stein, dessen Türen, Fenster und Ecken mit Quadersteinen eingefasst waren. Verglichen mit den Residenzen mancher anderer Chiefs aus dem Campbell-Clan erschien das Haus des Laird von Glenlyon recht bescheiden. Doch Marion machte das nichts aus; sie war hier zu Hause. Das Tal, in dem sie lebte, war als eines der üppigsten und fruchtbarsten im Westen der Highlands bekannt. Nach zwei weiteren Tagen erfolgloser Nachforschungen hatte sie Rob vorgeschlagen, dort Halt zu machen, um sich mit Proviant zu versorgen. Außerdem freute sie sich darauf, ihren jüngeren Bruder David wiederzusehen und ein schönes Bad zu nehmen. Sie war es gründlich leid, sich in einem Bottich stehend mit eiskaltem Wasser zu waschen und dann die schmutzigen Kleider wieder anzuziehen.

Um auf ihrer Suche ein größeres Gebiet abzudecken, hatte Rob Roy die Gruppe zweigeteilt. Ein Teil der Männer sollte die

Gegend weiter im Westen durchkämmen, während er und einige andere sich das Gebiet im Osten von Strathfillan vornahmen. Einmal glaubten sie, endlich Johns Spur gefunden zu haben. Ein Schmied versicherte, er habe vor drei Wochen ein Stück an seinem Zaumzeug geflickt. Das war eine Woche nach der Schlacht von Sheriffmuir gewesen. Marion war tief bestürzt gewesen. Gewiss, sie war erleichtert darüber, dass ihr Bruder am Leben war; doch diese Information sprach zugleich für Breadalbanes Vermutung, er sei geflohen. Was hatte John mit dem Dokument angefangen? Die düstersten Mutmaßungen gingen ihr durch den Kopf und bedrückten sie.

Sie drehte sich ein wenig im Sattel und schaute nach hinten. Duncan folgte ihr in einigem Abstand. Seit ihrer letzten Auseinandersetzung trug er eine undeutbarere Miene zur Schau, die sie zu ärgern begann. Doch sie wusste, dass er hinter seinem aufgesetzten Gleichmut angespannt und unruhig war, denn für einen Macdonald war Chesthill keineswegs die tröstliche Zuflucht, die es für sie darstellte.

Vor dem Herrenhaus standen zwei Männer Wache. Als die kleine Gruppe sich näherte, richteten sie sich auf und legten die Hand an die Waffen. Doch Marion ließ ihre Kapuze auf die Schultern gleiten, so dass ihr leuchtend rotes Haar über ihren Rücken fiel. Die Wachposten setzten sich in Bewegung und öffneten die Torgitter. Erleichterung und Freude stiegen in der jungen Frau auf. Nach drei Monaten war sie endlich wieder zu Hause.

Es dauerte ein wenig, bis ihre Augen, die an das grelle, von der verschneiten Landschaft widergespiegelte Sonnenlicht gewöhnt waren, sich auf das Halbdunkel in der Eingangshalle einstellten. In dem Raum herrschte eine angenehme Wärme, und ein köstlicher Duft nach Schweinefleischpastete hing in der Luft. Auf keinen Fall durfte sie vergessen, Amelia zu bitten, ihnen einmal ihren wunderbaren Rinderbraten zu kochen, bevor sie wieder aufbrachen. Sie hatten vor, nur einen oder zwei Tage zu bleiben.

Sie hängte ihren Umhang an die Wand und begegnete kurz Duncans Blick. Seitdem er im »Black Oak« ihre Zimmertür zugeschlagen hatte, war der junge Mann sehr schweigsam gewesen. Höflich verhielt er sich schon ihr gegenüber; doch er hatte sich eine kühle und distanzierte Haltung zugelegt. Marion machte sich schreckliche Vorwürfe. Sie wusste genau, dass sie selbst daran schuld war: Mit einer einzigen verletzenden Bemerkung hatte sie das zarte freundschaftliche Band zerstört, das in Perth zwischen ihnen gewachsen war. Aber sie war sich ganz sicher, dass Duncan hinter seiner scheinbaren Gleichgültigkeit noch Gefühle für sie hegte. Oft hatte sie seither dieses seltsame Leuchten wahrgenommen, das seinen Blick erhellte... so wie in diesem Moment.

»Ich will Amelia Bescheid geben, dass wir hier sind, und sie bitten, noch einige Gedecke aufzulegen. Geht doch solange ins Arbeitszimmer«, schlug sie vor und wies mit einer Kopfbewegung auf die entsprechende Tür. »In den Regalen werdet ihr sicherlich eine Flasche Whisky finden. Bedient euch, ich bin gleich zurück.«

Dann drehte sie sich um und ging in die Küche, die am Ende des Flurs lag.

Amelia saß am Ende des langen, von den Spuren der Zeit und der Küchenarbeit gezeichneten Tisches aus Kiefernholz. Sie schälte Rüben, die sie dann in einen großen, schwarzen Topf warf. Die alte Köchin blickte von dem Berg von Schalen hoch, der vor ihr lag. Dann strahlte ihr schmales, von vielen arbeitsreichen Jahren gezeichnetes Gesicht. Sie zog die altersschwachen Augen zusammen und zögerte einen Moment lang.

»Oh!«, rief sie dann aus und sprang auf. »*Mórag Bheag*! Kleine Marion!«

Sie stürzte auf Marion zu und schloss sie fest in ihre ausgemergelten Arme. Dann trat sie ein wenig zurück, um sie besser ansehen zu können. Ihre braunen Augen funkelten vor Freude.

»*A Mhórag, ciamar than thu*?« Wie geht es Euch, Marion?

»*Tha mi gu math.*« Mir geht es gut.

»*Tha Dàibhidh shuas an stighre, chaidh Iain à-mach*...« David ist oben, und John ist ausgeritten...

Alles Blut wich aus Marions Gesicht. Besorgt runzelte Amelia die Stirn und schob die junge Frau auf einen Stuhl zu.

»*Am bheil thu gu math*?« Geht es Euch wirklich gut?

»*A bheil Iain ann*?« John ist hier?

Ihre Kehle fühlte sich wie ausgedörrt an. Verständnislos musterte die alte Frau sie.

»*Tha*. Sicher doch«, antwortete sie, als könne es gar nicht anders sein.

»*A Thiarna*! Mein Gott! Wo ist er?«

»Er ist fortgeritten, um ein Problem bei dem alten MacOwen in Innerwick zu regeln. Zum Abendessen müsste er eigentlich zurück sein.«

Amelia beobachtete Marion argwöhnisch.

»Soll ich Euch Euren Lieblingsbraten machen, meine Kleine?«

»Ähem … Ja, gut«, murmelte die junge Frau und griff nach der Hand der Köchin.

Sie lächelte matt. Merkwürdigerweise ließ ihr die Vorstellung, den Braten zu kosten, von dem sie so lange geträumt hatte, nicht länger das Wasser im Mund zusammenlaufen.

»John wird sich bestimmt sehr freuen, Euch wiederzusehen. Seit seiner Rückkehr kommt er mir ziemlich bedrückt vor.«

Bedrückt? Das konnte Marion sich gut vorstellen. Allerdings bezweifelte sie, dass ihr Auftauchen in ihrem Bruder auch nur die geringste Spur von Freude auslösen würde. Er hatte ihr Rechenschaft abzulegen, ihr zu erklären, wo er wochenlang gesteckt hatte, und er musste ihr das Dokument zurückgeben, damit sie es so rasch wie möglich nach Finlarig bringen konnte.

Das Zuschlagen einer Tür und Schritte, die auf der Treppe zu vernehmen waren, holten sie in die Wirklichkeit zurück. Aus dem Flur drangen Männerstimmen zu ihr. Vermutlich hatte David die Bekanntschaft der vier Männer gemacht, die im Arbeitszimmer ihres Vaters warteten. Amelia, die die Stimmen ebenfalls gehört hatte, wollte schon davoneilen, doch Marion hielt sie am Ärmel fest.

»Ich hatte ganz vergessen, Euch zu sagen, dass wir Gäste haben, Mamie …«

Die Miene der alten Frau verdüsterte sich. Für gewöhnlich nannte Marion sie »Mamie«, wenn sie etwas angestellt hatte oder sich eine besondere Gunst erbetteln wollte.

»Ich möchte, dass Ihr sie mit Achtung behandelt.«

»Dürfte ich denn auch erfahren, wer meinen Braten essen soll?«

»Robert Roy Macgregor und einer seiner Männer …«

»Heilige Muttergottes!«

»Und Duncan und Colin Macdonald.«

»Macdonald?«

»Aus Glencoe, Amelia.«

Eine entsetzte Miene malte sich auf dem langen, zerfurchten Gesicht ab, und die Köchin bekreuzigte sich.

»Nicht genug, dass sie unsere Kühe stehlen; jetzt soll ich sie ihnen auch noch braten!«, rief sie empört aus.

Marion hatte nicht die geringste Vorstellung, wie sie ihren Bruder auf das verschollene Dokument ansprechen sollte. Im Raum herrschte angespanntes Schweigen. Nervös schritt John auf dem antiken französischen Teppich mit dem Rosenmuster auf und ab, den ihre Mutter so geliebt hatte; Hinterlassenschaft einer längst vergangenen Epoche, in der die Campbells wohlhabend gewesen waren. In der Hand hielt er ein bis zum Rand gefülltes Glas Whisky, das immer wieder überschwappte, so dass die Flüssigkeit auf die verblassten wollenen Rosen tropfte. Als er bemerkte, dass sich alle Blicke auf ihn richteten, rang er sein Zittern nieder.

Er war vor einigen Minuten zurückgekehrt. Offensichtlich war er nicht erfreut darüber, seine Schwester wiederzusehen. Zuerst hatte er einige Augenblicke lang wie versteinert dagestanden. Dann hatte sein Gesicht eine graue Färbung angenommen. Schließlich hatte er einige nichtssagende Worte der Entschuldigung gestammelt und war ins Arbeitszimmer gerannt, um sich ein *dram* Whisky einzuschenken, den er in einem Zug hinuntergestürzt hatte. Dann erst war ihm aufgegangen, dass er nicht allein im Raum war. Niemand hatte ein Wort gesagt, doch die Blicke sprachen für sich.

Der Feuerschein tauchte die Mahagonitäfelung an den Wänden in ein schönes, rötliches Licht. Der Raum war mit einigen Sesseln, die auf wundersame Weise den zahlreichen Beschlagnahmungen entronnen waren, komfortabel eingerichtet. Ein großer Schreibtisch aus Nussbaumholz thronte vor dem Fenster mit den Butzenscheiben. Eine der Scheiben war im vergangenen Sommer zerbrochen; ein Holzbrettchen ersetzte sie. Das Geld wurde für dringendere Reparaturen gebraucht.

Über dem Kamin hing ein Gemälde, das einen Mann in einem Brustharnisch darstellte. Sein langes, schmales Gesicht, das von lockigem roten Haar umgeben war, wandte sich dem Betrachter zu. Der Mann wirkte jung und musste ungefähr fünfundzwanzig sein. Er besaß eine lange, schmale Adlernase und einen intelligenten Blick und trug ein charmantes Lächeln zur Schau. Alles in allem war er recht gutaussehend. Das Bild zeigte Marions Großvater, Robert Campbell, den fünften Laird von Glenlyon, bevor seine Spielschulden und Alkoholexzesse ihn zerrüttet hatten.

Schon oft hatte die junge Frau vor dem Porträt dieses Großvaters gestanden, von dem sie ihr Leben lang nur Schlechtes gehört hatte. War er wirklich der Feigling gewesen, als den man ihn hinstellte, ein herzloser, übermäßig von sich selbst eingenommener Mann? Oder war er nur zum unglücklichen Opfer der Machtkämpfe geworden, in denen sich die verschiedenen Zweige der mächtigen Familie Campbell zerfleischten? Ironischerweise hatte John direkt unter dem Gemälde Stellung bezogen, vor dem Feuer, das die bernsteinfarbene Flüssigkeit in seinem Glas aufleuchten ließ. Die Ähnlichkeit zwischen den beiden Männern war frappierend.

Einmal, vor sehr langer Zeit, hatte Marions Vater ihr die Familiengeschichte der Campbells von Glenlyon erzählt. Das war an einem Abend in dem letzten Herbst gewesen, in dem ihre Mutter noch unter ihnen geweilt hatte, kurz bevor die Pächter von den Sommerweiden zurückkehrten. Die Macdonalds hatten einen Raubzug am westlichen Ausgang des Tals unternommen. Die Kriegsschreie der Männer ihres Clans, die Alarm schlugen, hatten Marion aus dem Schlaf gerissen. Verängstigt hatte sie sich in den Salon zu ihrer Mutter geflüchtet, die sich unruhig mit ihrer Stickarbeit beschäftigte, während sie darauf wartete, dass ihr Mann heimkehrte. Natürlich war er unverrichteter Dinge nach Hause gekommen. Er und seine Leute hatten nicht einen der Räuber fangen können, und ungefähr zwanzig Tiere fehlten.

Als der Laird sah, dass seine Tochter nicht gleich wieder würde schlafen können, hatte er sie vor dem Kamin auf seinen Schoß gesetzt und ihr die Geschichte ihres Tales erzählt. Seine grünen Hügel erstreckten sich über fünfundzwanzig Meilen vom Loch Tay bis zum Loch Lyon, womit es das längste Tal in den Highlands war. Die Legenden erzählten, der große Krieger Fionn MacCumhail habe einst dort zwölf Burgen errichtet, und seine Armee, die schon lange untergegangen war, ruhe irgendwo in den nördlichen Bergen.

Ende des 15. Jahrhunderts hatten die Campbells von Glenorchy das Tal, das bis dahin den Stewarts von Garth gehört hatte, an sich gerissen. Archibald Campbell wurde der erste Laird. Die Erzählungen überlieferten sehr wenig über sein Leben, doch offensichtlich war er ein freundlicher, guter und gerechter Mann gewesen. Sein Sohn Duncan hatte anscheinend weder die Führungskraft noch die Weisheit seines Vaters geerbt. Man nannte ihn ironisch *Dhonnachaidh Ruadh na Feileach*, den Roten Duncan der Gastfreundschaft, denn er war, ganz wie Fionn MacCumhail, ein großer Baumeister gewesen. Seine Burgen bewachten die Eingänge und die Biegungen des Tals, und ihre Tore standen stets offen für umherziehende Harfenspieler aus Irland und Künstler aus allen Metiers, die aus den Lowlands kamen und zum Austausch für ihre Dienste Kost und Unterkunft erhielten.

Der dritte Laird war »Mad Colin« gewesen, der »verrückte Colin«. Mit seinem cholerischen Charakter neigte er zu Gewaltausbrüchen, die ihm einen besonders blutrünstigen Ruf eintrugen. Jedermann fürchtete ihn, auch die eigenen Familienangehörigen. In den Hügeln in der Nähe seines Schlosses Meggernie hatte er einmal sechsunddreißig Männer aus Lochaber, genauer gesagt aus Keppoch und Glencoe, die bei einem Überfall festgenommen worden waren, aufhängen lassen. Zu seinem allergrößten Vergnügen schmückte dieser barbarische Chief auch regelmäßig die Bäume seines Anwesens mit Macgregors, die er verachtete und nur allzu gerne drangsalierte.

Auf Colins mörderischen Wahn waren Duldsamkeit und Mitgefühl gefolgt. Duncan der Rote hatte sich als das vollständige Gegenteil seines Vaters erwiesen. Gerade, dass er nicht so weit ging, den Räubern, die aus Lochaber kamen, sein Vieh anzubieten; doch die Macgregors, die auf seinen Ländereien lebten, konnten auf seinen Schutz zählen. Aber jeder Mensch hat auch seine Fehler. Die unheilbare Spielleidenschaft Duncans des Roten und sein Pech im Spiel hatten den Anfang vom Ende des Wohlstandes in Glenlyon bedeutet. Seinem Nachfolger und Enkel Robert Campbell, der im Alter von acht Jahren der fünfte Laird von Glenlyon geworden war, hatte er einen Berg von Schulden hinterlassen.

Wie alle Edelmänner aus den Highlands hatte Robert eine gute Bildung genossen, die Französisch, Latein und Mathematik umfasste, aber auch den Hass auf die Macdonalds und … die Kunst des Würfelns. Während der Jahre der erzwungenen Muße, in denen sein Onkel und Vormund die Geschicke des Clans lenkte, hatte er diese Kunstfertigkeit vervollkommnet.

Die Beschwerden aufgebrachter Gläubiger waren immer mehr geworden. So hatte Robert einen Teil seiner Ländereien an Kaufleute aus den Lowlands verpachten und einen weiteren Teil verkaufen müssen. Sein Cousin, Grey John Campbell von Breadalbane, war der einzige Mann in Schottland gewesen, der ihm noch Kredit gewährte. Und so hatte Robert munter Schuldscheine angehäuft. Breadalbane jedoch, dem durchaus klar war, dass er sein Geld nie wiedersehen würde, hatte ganz genau gewusst, was er tat, als er sich zu Roberts größtem Gläubiger machte: Er hatte ihn völlig von sich abhängig gemacht. Und so hatte Robert, als er 1684 kurz vor dem Bankrott stand, ihm schriftlich geloben müssen, kein weiteres Stück Land mehr zu verkaufen, keine Schuldverschreibungen mehr ohne Erlaubnis auszustellen und die Führung seines Gutes seinen Geldgebern zu überlassen, dem Earl of Breadalbane und dem neunten Earl of Argyle.

Aber kurz nach der Hinrichtung des Earl of Argyle im Jahre 1685 hatte der Earl of Breadalbane sich geweigert, Robert einen weiteren Kredit zu gewähren, und dieser hatte daraufhin sein

Versprechen gebrochen. Verzweifelt und blind vor Zorn hatte er den Murrays aus Atholl, die mit den Campbells verfeindet waren, sämtliche Ländereien verkauft, die ihm noch geblieben waren, mit Ausnahme des Landsitzes Chesthill, deren Besitzurkunde auf den Namen seiner Gattin lautete. Um dem Ganzen die Krone aufzusetzen, hatten die Stewarts aus Appin und die Macdonalds aus Glencoe ihm bei dem schrecklichen Überfall, den sie nach der Schlacht von Killiecrankie unternommen hatten, noch alle persönlichen Besitztümer geraubt, die ein wenig Wert gehabt hatten.

Vollständig ruiniert und vernichtet, hatte der »alte Verrückte«, wie Breadalbane ihn gern zu nennen pflegte, seinen Zorn und seine Scham im Whisky ertränkt und beim Spiel Vergessen gesucht. Mehrmals hatte er sich widerwillig darauf einlassen müssen, Überfälle in Strathfillan zu verüben, damit seine Kinder nicht verhungerten. Und schließlich hatte Robert Campbell, um seine Familie zu unterhalten, den Rang eines Captains im Infanterieregiment von Argyle angenommen … Am 13. Februar 1692 war er mit seinen Soldaten im Tal von Glencoe einquartiert gewesen und hatte im Namen des Königs das schreckliche Massaker befehligen müssen.

Ausdruckslosen Blickes betrachtete Marion den Mann, der eines Tages der siebte Laird von Glenlyon sein würde. Ihr Bruder hatte seinen Whisky ausgetrunken und schickte sich an, sich ein drittes Glas einzuschenken, als Robs Stimme das Schweigen brach.

»Wo befindet sich das Dokument?«

Rob war es nicht gewöhnt, um den heißen Brei herumzureden. Stumm vor Angst sah John ihn an und stellte sein Glas auf den Schreibtisch. Seine Finger zitterten.

»Ich habe es nicht mehr.«

Man hätte die Luft mit einem Messer schneiden könnte. Marion umklammerte die Armlehnen ihres Sessels und grub die Fingernägel in den Stoff.

»Was hast du getan, John Campbell?«

Der junge Mann schwitzte heftig. Er wischte sich die Stirn mit einem Taschentuch ab.

»Ich … ich habe es verkauft.«

Ein schriller Schrei ertönte. Marion, die totenbleich geworden war, sprang auf und schlug beide Hände vor den Mund, aus dem jetzt kein Laut mehr drang. Duncan rutschte auf seinem Platz herum; sein Blick huschte zwischen der jungen Frau und ihrem Bruder hin und her.

»An wen?«, fragte Rob, der immer noch ruhig wirkte.

John vermochte seine Schwester nicht mehr aus den Augen zu lassen. Er war verzweifelt und ignorierte jetzt die anderen, die ihn ungläubig anstarrten.

»An den Sohn des Duke of Argyle …«

Die Worte trafen Marion wie ein Schlag. Stöhnend schüttelte sie den Kopf. Sie war sich sicher, dass sie träumte. Bestimmt verspottete ihr Bruder sie nur, so wie immer, damit sie aus der Haut fuhr. In seinem Blick suchte sie nach einer Spur von Hohn, doch sie sah nur Niedergeschlagenheit und Verwirrung.

»Heiliger Gott! Was hast du angerichtet, John?«

Ihre Beine trugen sie kaum noch, und der Raum drehte sich um sie. Jemand stützte sie und half ihr, sich wieder in den Sessel zu setzen. Duncan blieb hinter ihr stehen und legte begütigend die Hände auf die Schultern der jungen Frau.

»Ich habe es für Vater getan, Marion«, verteidigte sich John mit plötzlichem Elan. »Er könnte mehr als die Hälfte des Tals zurückkaufen …«

»Für Vater?«, kreischte sie und versuchte wieder aufzustehen; doch Duncans Hände hielten sie energisch auf ihrem Platz fest. »Hast du auch nur die geringste Ahnung, was du da an den Feind verschachert hast, John?«

»Vaters Unterschrift war nicht in dem Schreiben. Die von Breadalbane im Übrigen auch nicht.«

»Breadalbane ist mir vollkommen gleichgültig. Von mir aus kann er in der Hölle schmoren, und ich werde dennoch ruhig schlafen! Und außerdem, macht es denn etwas aus, ob Vaters Unterschrift darauf steht oder nicht? Das Wichtigste ist doch die Sache, für die man kämpft! Wo warst denn du, als deine Landsleute auf dem Schlachtfeld ihr Leben riskiert haben? Hast du bei einer Flasche Wein über den Preis für ihr Leben geschachert?

Hast du über deinen Verrat verhandelt, John? Oh John... Du hast dein Vaterland, deinen Clan und deinen Vater verraten! Du hast mich verraten...«

Ihre Stimme brach, und sie schluchzte auf. Tränen liefen über ihre blassen Wangen. Sichtlich verunsichert schlug John die Augen nieder.

»Ich habe dir vertraut...«

»Das verstehst du nicht, Marion. Ich mag nicht länger zusehen, wie Vater vor diesem Despoten Breadalbane im Staub kriecht und ihm die Stiefel leckt.«

Der junge Mann wandte sich zu dem Porträt seines Ahnen um, das hinter ihm hing, und wies mit dem Finger anklagend darauf.

»Dieser elende Säufer ist an allem schuld! Für seine verfluchte Flasche und seine verdammten Würfel hat er alles verkauft, alles geopfert! Er hat uns verkauft, und nun sieh, was aus uns geworden ist...«

»Sicherlich, Robert war nur ein armer, verrückter alter Mann... Aber das, was er verkauft hat, ist doch nicht für immer verloren, John. Ländereien, Höfe, Hügel, Bäume... von denen wir im Übrigen immer noch Einkünfte beziehen... Das hat er verkauft. Alles das kann man sich irgendwann zurückholen. Aber nicht das Leben eines Menschen...«

Kurz unterbrach sie sich und erhob sich ein Stück von ihrem Platz. Duncan hatte vorsichtig seine Hände weggenommen.

»Aber du, John, was hast du verkauft? Ist es dir wenigstens klar? Hast du darüber nachgedacht?«

»Marion...«

Mit großer Mühe versuchte John seine steinerne Miene aufrechtzuerhalten, doch es fiel ihm immer schwerer, seine Beschämung zu verbergen.

»Du hast das Leben dieser Männer verkauft«, fuhr sie mit tonloser Stimme fort. »Weißt du überhaupt, welche Strafe man zu gewärtigen hat, wenn man des Hochverrats für schuldig befunden wird?«

Er nickte langsam und wandte sich ab.

»Heilige Muttergottes! Ja, ich weiß es... Oh verflucht! Was für eine Schweinerei!«

»Das ist noch schwach ausgedrückt.«

»Mit wem habt Ihr das Geschäft abgeschlossen?«, erkundigte sich Rob.

John drehte sich ein Stück herum, ohne jedoch den anderen anzusehen. Er hielt den Blick in das Kaminfeuer gerichtet.

»Mit … dem Sohn des Duke of Argyle selbst. Es war niemand anderer anwesend.«

»Wie hat er bezahlt?«

»Mit Schuldverschreibungen.«

»Wo befinden sie sich?«

»An einem sicheren Ort.«

»Hat er Euch gesagt, was er mit dem Dokument anfangen wollte?«

»Nun ja …«

Er schloss die Augen, um sich besser konzentrieren zu können.

»Ich glaube, er hat mir erklärt, er wolle den Ausgang des Aufstandes abwarten, bevor er etwas unternehmen würde. Er müsse noch darüber nachdenken.«

»*Glaubt* Ihr nun, dass er das gesagt hat, oder sind dies wirklich seine Worte gewesen?«

»Er hat es gesagt, ganz bestimmt«, versicherte John und sah seinem Cousin in die Augen.

Rob wandte sich den drei anderen Männern zu, die stumm geblieben waren. Marions Verstand kam langsam wieder in Gang, und neue Hoffnung belebte ihr Gesicht ein wenig.

»Wir könnten versuchen, uns das Dokument zurückzuholen. Ich kenne mich im Schloss gut aus, und …«

»Es kommt überhaupt nicht in Frage, dass du noch einmal dorthin gehst«, schaltete sich Duncan ein.

Sie fuhr herum und starrte ihn aufgebracht an.

»Jedenfalls nicht allein«, setzte er hinzu und hielt ihrem Blick stand.

»Und wenn wir Argyles Sohn entführen und ihn zwingen, uns das Schreiben zurückzugeben?«, meinte Colin ganz trocken.

Rob grummelte etwas und ließ sich das Problem durch den Kopf gehen.

»Hmmm … Das wäre eine Lösung. Aber es ist nicht so einfach, an den Sohn des Duke heranzukommen. Er hält sich in Stirling auf, als Adjutant seines Vaters. Und nach den letzten Nachrichten, die ich erhalten habe, hat sich Argyles Truppenstärke beträchtlich erhöht. Das wäre sehr gefährlich.«

»Wir müssen es versuchen«, sagte Colin.

»Ich habe eine bessere Idee«, warf Marion ein. »Wie wäre es, wenn wir versuchen, ihn stattdessen zu uns zu holen? John könnte ihn unter einem Vorwand hierherlocken. Argyles Sohn wird dem Mann, der so feige seine eigenen Leute verraten hat, nicht misstrauen.«

Alle sahen jetzt John an, der entsetzt zurückstarrte. Rob lächelte verhalten.

»Warum eigentlich nicht?«

18

Die Aufforderung

Zum hundertsten Mal warf sich Duncan auf dem Strohsack herum, den man ihm in einem der leerstehenden Zimmer auf Chesthill zugewiesen hatte. Doch der Schlaf mochte sich nicht einstellen. Er ließ den Blick durch den Raum schweifen. In dem Mondlicht, das durch das vorhanglose Fenster einfiel, erkannte er große, helle, rechteckige Stellen an den dunklen, kalten Mauern, die nur mit Holztäfelungen geschmückt waren. Dort mussten einmal Bilder gehangen haben. Leere Regale, die zu beiden Seiten des Kamins eingelassen waren und sich an einem Teil der angrenzenden Wände fortsetzten, wiesen darauf hin, dass dieser Raum einst eine Bibliothek gewesen war, die wahrscheinlich kostbare Bände enthalten hatte. Marion hatte diesen Raum zu ihren Lebzeiten sicherlich nicht mehr vollständig eingerichtet gesehen. Die wenigen Möbel, die der Laird von Glenlyon noch besaß, und alles andere, was er nicht verkauft hatte, um seine Schulden zurückzuzahlen, oder was nicht bei Überfällen geraubt worden war, befand sich zusammengedrängt in nur vier Zimmern im Erdgeschoss und einigen Räumen im oberen Stockwerk.

Der junge Mann schloss die Augen und versuchte sich Marions Zimmer vorzustellen. Bestimmt war es nüchtern ausgestattet, vielleicht sogar karg wie eine Kosterzelle. Ein Bett, eine Kommode, ein oder zwei Stühle. Ein Schreibtisch? Ganz sicher nicht. Was sie wohl tat, wenn sie sich dorthin flüchtete? Betrachtete sie sich in einem großen venezianischen Spiegel? Stöberte sie in einem großen Schrank, der voll mit bestickten Unterröcken aus ägyptischer Baumwolle und Hemden aus feinem Batist war, die mit französischen Spitzen geschmückt waren, wie er sie bei den schönen Ladys in Edinburgh gesehen hatte? Ob sie wohl Perlen aus dem Orient und feine Silberbroschen aus Spanien besaß? Nein, ganz gewiss nicht. Doch es wäre ihr Zimmer, in dem ihre Gegenwart, ihr Duft zu spüren sein mussten …

Mit einem Mal fühlte er sich sehr unwohl; in diesem Haus, in diesem Tal gab es keinen Platz für ihn. Er machte seinen Clan nicht für die Lage der Campbells verantwortlich: Sie hatten ihr Schicksal selbst verschuldet. Doch irgendetwas, das er nicht genau bestimmen konnte, rief dieses ungute Gefühl hervor.

Hier war er der Fuchs im Hühnerstall. Doch er fühlte sich eher wie ein Lamm in der Höhle des Löwen.

Das Übel, das hier seit Generationen die Seelen zerfraß, saß tief. Gleichzeitig mit dem Gehen und Sprechen lehrten die Eltern ihre Kinder den Hass. Und diese handelten als Erwachsene genauso an ihren eigenen Kindern, ohne sich Fragen zu stellen. So wurden Hass und Rachedurst zum Lebenssinn.

Dieser Gedanke drückte Duncan nieder. Hier in den Highlands lag der Hass in der Luft wie der Duft des Heidekrauts. All diese Kriege zwischen den Clans … Statt sich zusammenzuschließen, um den Gegner zu vernichten, ihren wirklichen Feind, nämlich England, zerfleischten sie sich untereinander. Während des Feldzugs hatte er genügend Auseinandersetzungen erlebt, um zu verstehen, dass es ihnen auf diese Weise nie gelingen würde, die schottische Monarchie wieder einzusetzen. Doch was war zu tun? Die Highlander waren nun einmal so, wie sie waren – Menschen wie alle anderen. Er selbst machte da keine Ausnahme.

Es musste im Leben doch noch etwas anderes geben, als seinen Nachbarn zu verachten … Gewiss, die Beziehungen seines eigenen Clans zu den Camerons von Lochiel und den Macdonalds von Keppoch waren seit mehreren Generationen ausgezeichnet. Doch ein winziger Funke reichte aus, um alles zu verändern. Zu den Stewarts von Appin pflegten sie ein gutnachbarliches Verhältnis. Aber das war nicht immer so gewesen. Das Gleiche galt für die Macleans aus Ardgour und aus Duart. Zwischen ihnen war auch schon Blut geflossen. Doch was die Campbells anging …

Plötzlich riss ihn ein Knarren aus seinen Überlegungen. Er spitzte die Ohren; irgendwo quietschte eine Tür. War da jemand auf dem Weg nach draußen? Duncan setzte sich auf seinem Strohsack auf. John? Wenn dieser Spitzbube glaubte, sich auf Französisch empfehlen zu können … Er griff nach seinem Gürtel, schnallte sich eilig sein Plaid um, fuhr in die Stiefel und nahm dann seinen Dolch und seine Pistole. Ein Blick auf die anderen Männer, die im selben Raum nächtigten, verriet ihm, dass Colin und die Macgregors schliefen. Pah! Mit diesem Dummkopf würde er auch allein fertig werden.

Der junge Mann huschte aus dem Zimmer, schloss behutsam die Tür hinter sich und schlich auf leisen Sohlen zur Eingangstür. Er trat nach draußen. Der Mond stand hell direkt über dem Creag Dhearg, der das Tal von der kahlen Hochebene von Rannoch Moor trennte. Das weiche Licht tauchte die Landschaft in schimmernde, opalisierende Violett- und Blautöne, die sie unwirklich erscheinen ließen. Staunend stand Duncan vor dieser Szenerie.

Auf einem Steinmäuerchen saß reglos eine in einen Umhang gehüllte Gestalt und wandte ihm den Rücken zu. Duncan wollte schon auf demselben Wege zurückgehen, denn er wollte Marion nicht in ihrer einsamen Betrachtung stören. Doch die junge Frau wandte sich um.

»Duncan?«

»Ja, ich bin es …«

Er trat aus dem Schatten des Portals. Die Nacht war mild, und über dem Tal lag eine friedvolle Stille; die Art von Stille, wie es sie nur im Winter gibt. Alle Tiere lagen in tiefem Schlaf, in dicke Schichten aus Fett und Fell gehüllt, unter dem Boden vergraben und von einer Schneedecke bedeckt, die jedes Geräusch erstickte und dämpfte. Er ging die wenigen Stufen hinunter und schlug den Weg ein, der zu der Mauer führte. Unter seinen Schritten knirschte der Schnee.

»Das dritte Bodenbrett des Vorbaus knarrt«, erklärte Marion lächelnd. »Das habe ich zu meinem eigenen Schaden schon festgestellt.«

»Was machst du hier, so mitten in der Nacht?«

»Wenn ich nicht schlafen kann, komme ich her und setze mich auf diese Mauer. Und du? Warum bist du nach draußen gegangen?«

»Ich habe die Tür gehört. Da dachte ich, es wäre dein Bruder, der …«

»… davonläuft?«, unterbrach sie ihn. »Das würde er nicht wagen, der Feigling.«

Von neuem wandte sie sich dem Tal zu, das sich in sanften Wellen vor ihr ausbreitete. Sie ließ den Blick darüber schweifen und stieß einen langgezogenen Seufzer aus, der als kleines Dampfwölkchen in die Luft stieg.

»Herrlich, nicht wahr?«

Duncan hievte sich auf die Mauer und achtete darauf, einen gewissen Abstand zwischen ihnen zu wahren.

»Hmmm … ja.«

»Ich liebe die Stille. Da kann ich besser nachdenken.«

»Und worüber hast du nachgedacht?«

Sie baumelte mit den Beinen und ließ ein Weilchen verstreichen, ehe sie antwortete.

»Ich kann einfach nicht glauben, dass mein Bruder so etwas tun konnte!«

»Bist du sehr böse auf ihn?«

»Ob ich böse auf ihn bin? Ich hatte mich schon gefragt, ob ich ihm die Augen auskratzen soll oder … Oh! Ich kann nicht schlafen. Ich drehe und wende diese ganze Geschichte in meinem Kopf und versuche sie zu verstehen. Das macht mich krank.«

»Wir holen das Dokument zurück, Marion. Noch ist nicht alles verloren!«

»Ich hoffe es, Duncan. Ständig muss ich an all diese Menschen denken, deren Leben ich mit meinem Leichtsinn in Gefahr gebracht habe. Eigentlich ist alles meine Schuld …«

»Das konntest du doch nicht wissen.«

Sie warf ihm einen hilflosen Blick voller Reue zu.

»Mein eigener Bruder … Er hat uns verraten. Er ist ein Feind unserer Sache. Warum nur?«

»Wenn ich ihn recht verstanden habe, hat er es getan, um eurem Vater zu helfen.«

»Für ein Stück Land? Herrgott! Mein Vater wird am Boden zerstört sein, wenn er davon erfährt.«

Duncan spürte einen unbezähmbaren Drang, Marion in die Arme zu nehmen, sie an sich zu ziehen und ihr beruhigende Worte zuzuflüstern, während er mit den Fingern durch ihre Locken strich; doch er tat nichts dergleichen; er hatte ihr innerlich entsagt. Sie war nicht für ihn bestimmt. Irgendwann hatte er geglaubt, alles sei möglich, doch das dachte er jetzt nicht mehr. Ein anderer würde sie in die Arme nehmen, ihre Haut liebkosen …

»Als ich klein war«, fuhr sie fort und sah zum Sternenhimmel auf, »bin ich in der warmen Jahreszeit oft, wenn alle schliefen, aus dem Haus geschlichen, habe mich in ein altes Plaid gewickelt und hier an der Mauer niedergelegt. Manchmal bin ich eingeschlafen und erst beim ersten Hahnenschrei aufgewacht. Dann bin ich heimlich wieder in mein Bett geschlichen, damit Amelia keinen Schrecken bekam, wenn sie mich zum Frühstück holen kam. Arme Amelia … Sie ist zutiefst bestürzt über das, was geschehen ist.«

»Sie kann mich nicht besonders gut leiden«, bemerkte Duncan mit ironischem Unterton.

Marion stieß ein leises, kehliges Lachen aus, das wie das Gurren einer Taube klang.

»Sie hält nicht viel von den Männern aus Glencoe, und zwar aus dem einfachen Grunde, weil einer von ihnen bei dem großen Überfall von Atholl ihren Mann getötet hat. Du verstehst …«

»Ah!«

Wieder schwiegen sie eine Weile. Dann wies Marion auf die kleinen glitzernden Punkte am dunklen Himmelszelt.

»Der dort ist der Polarstern. Ich nenne ihn die Achse des Himmels.«

»Er gehört zum Sternbild *Ursa Minor*.«

Erstaunt zog die junge Frau die Brauen hoch.

»Du kennst dich damit aus?«

»Mein Vater hat es mich gelehrt.«

Angesichts ihrer verblüfften Miene lachte er leise.

»Ich bin nicht vollkommen unwissend, weißt du. Ich kann die

englische Sprache lesen, ein wenig Französisch … Und ich spreche meine Gebete auf Latein.«

»Oh! Das wollte ich damit gar nicht sagen …«

»Hast du vielleicht gedacht, ich brächte meine Zeit damit zu, mich zu schlagen und Pläne auszuhecken, wie ich euer Vieh stehlen kann …?«

Sie war empört.

»So habe ich das nicht gemeint!«

Er schüttete sich vor Lachen aus und wies dann ebenfalls zum Himmel, doch ein wenig tiefer, östlicher.

»*Ursa major*, der große Bär«, erklärte er. »Das ist die Mutter. Kennst du die Geschichte der Sternbilder des kleinen und des großen Bären?«*

»Nein«, antwortete Marion ein wenig kurz angebunden.

»Kennst du die römische Mythologie?«

»Ein wenig«, gab sie mürrisch zurück.

»Callisto war die Lieblingsnymphe der Jagdgöttin Diana. Sie war sehr schön …«

Er legte eine Pause ein und warf Marion einen vielsagenden Blick zu. Dann fuhr er in seiner Erzählung fort.

»Der Gott Jupiter wurde auf sie aufmerksam und wollte sie verführen. Dazu nahm er Dianas Gestalt an. Doch Diana war nicht dumm und kam ihm auf die Schliche. Eifersüchtig und zornig verbannte sie die schöne Callisto aus ihren Gärten, obwohl diese versicherte, sie habe versucht, sich dem Gott zu widersetzen. Einige Monate später brachte Callisto einen Sohn zur Welt, den sie Arcas nannte. Hmmm … Doch damit waren die Leiden des armen Mädchens noch nicht vorüber. Als Jupiters Gattin davon erfuhr, strafte sie Callisto mit ihrem Zorn. Juno verwandelte Callisto in eine Bärin, und sie lief in den Wald davon. Arcas verschonte Juno, doch er wuchs fern von seiner Mutter auf. In seinem fünfzehnten Jahr begegnete der Jüngling auf einer Jagd der Bärin, die einmal seine Mutter gewesen war. Sofort nahm er die Verfolgung auf und holte sie ein. Doch kurz

* Sowohl im Lateinischen als auch im Französischen, der Originalsprache des Romans, ist der Bär grammatisch weiblich. (Anm. d. Übers.)

bevor er sie töten konnte, griff glücklicherweise Jupiter ein, der Callisto immer noch liebte. Erschrocken über das Geschehene hob er sie auf und verwandelte sie in die Sternbilder Callisto und Arcas. Und seitdem schmücken die große Bärin und ihr Sohn das Firmament.«

Marion lächelte.

»Das ist traurig, aber sehr schön. Diese Geschichte kannte ich nicht.«

»Jetzt wirst du dich jedes Mal daran erinnern, wenn du hierherkommst…«

Er strich über die weiße Hand, die auf dem wollenen Stoff des Umhangs lag.

»Und vielleicht denkst du dann auch ein wenig an mich.«

Kurz trafen sich ihre Blicke, dann schlug Marion die Augen nieder.

»Kennst du viele Geschichten wie diese?«

»Ein paar«, antwortete er und sprang von der Mauer. »Aber für heute Nacht ist eine genug. Du solltest wieder hineingehen und schlafen.«

Er reichte ihr eine Hand und half ihr beim Herunterklettern.

»Komm. Es ist kalt, und du zitterst ja.«

Drinnen legte sie mit einer raschen Bewegung ihren Umhang ab. Aus dem schwingenden Stoff stieg der Duft nach Rosenwasser auf, der in Duncan heftiges Begehren weckte. Dann trat sie in das Arbeitszimmer ihres Vaters, wo das Feuer tief heruntergebrannt war. Er blieb in der Tür stehen.

»Möchtest du etwas trinken?«, fragte sie schüchtern.

»Dazu ist es ein wenig spät, Marion. Findest du nicht, dass du dich wieder hinlegen solltest?«

Sie lachte auf.

»Man könnte meinen, meinen Vater zu hören.«

Der rötliche Schein der Glut, die den Raum nur schwach erhellte, betonte die feuerrote Farbe ihres Haars.

»In der Bibliothek ist es sicher kalt…«

»Daran bin ich gewöhnt. Ich… ich wünsche dir eine gute Nacht, Marion.«

Er tat einige Schritte in den Korridor hinein. Doch Marion hielt ihn am Hemdärmel fest.

»Duncan … Ich möchte mit dir sprechen …«

»Ich glaube nicht, dass das eine gute Idee ist, Marion.«

»Nur ein paar Minuten, bitte …«

Er folgte ihr ins Arbeitszimmer. Sie bat ihn, bei ihr zu bleiben. Da wäre es dumm von ihm gewesen, sich ihre Gegenwart zu versagen. Andererseits war jeder zusätzliche Augenblick mit ihr eine Qual, die eine Ewigkeit zu dauern schien.

»Kurz.«

Er tat zwei, drei Schritte in den Raum hinein und wandte sich ihr zu. Dabei begegnete er den hellen Augen des fünften Earl of Glenlyon, der ihn über die Schulter seiner Enkelin hinweg anzusehen schien. Er biss die Zähne zusammen. Marion war seinem Blick gefolgt.

»Das ist Robert Campbell – als er noch sehr jung war. Das Bild ist zur Erinnerung an seine erste Erfahrung im Krieg entstanden, zu Beginn der Restauration.«

Duncan betrachtete das etwas blässliche Gesicht und den Mund, der zu klein für den kräftigen Kiefer zu sein schien. In den Zügen des Mannes lag etwas Feminines. Nichts wies darauf hin, dass er Jahre später zum Schlächter seiner eigenen Landsleute werden sollte, zum Urheber des Massakers von Glencoe. Der junge Mann war so in seine Überlegungen versunken, dass er Marion, die näher gekommen war, nicht bemerkte. Mit den Fingerspitzen strich sie ihm über die Wange, und er erschauerte.

»Ist die Narbe noch empfindlich?«

»Nur wenn ich lache.«

Marions Finger verhielten auf seiner Wange und folgten dem Wulst der Narbe. Im Raum schien es plötzlich sehr heiß zu sein. Er holte tief Luft, um seine Gefühle zu beherrschen.

»Ich wollte mich entschuldigen … Dafür, wie ich mich im ›Grey Owl‹ aufgeführt habe. Ich weiß, dass du mir nichts Böses wolltest, Duncan. Es war nur … Ich war noch so aufgewühlt von dem, was zuvor geschehen war. Ich hätte das alles nicht sagen dürfen …«

»Schon vergessen ...«

Sie sah ihn aus ihren blauen Augen an. *Die blauen Augen einer Wildkatze*, dachte er. In ihren Bewegungen lag eine katzenhafte, sinnliche Anmut. Sie lächelte leise. Oh, dieses Lächeln! Sein Pulsschlag beschleunigte sich.

»Duncan ... Da ist etwas, das ich wissen möchte ...«

Sie zog die schmalen Augenbrauen zusammen und schaute unsicher drein. Er wartete darauf, dass sie weitersprechen würde.

»Ich möchte wissen ... ob du Rache suchst ...«

Er runzelte die Stirn und sah sie verwirrt an.

»Wovon redest du?«

Marion, die sichtlich verlegen war, trat von einem Fuß auf den anderen. Offenbar versuchte sie, ihm etwas zu sagen und musste dafür ihren ganzen Mut zusammennehmen.

»Wenn ich dich in jener Nacht in Killin, im ›Grey Owl‹, hätte gewähren lassen, was wäre dann geschehen?«

Er war so fassungslos, dass er einen Moment lang sprachlos dastand. Doch ihr flehender Blick machte ihm klar, dass sie eine Antwort hören wollte.

»Marion ... Ich weiß es nicht ... Ich ...«

Sie verzog das Gesicht und wandte sich ab. Anscheinend war das nicht die Antwort, die sie erwartet hatte. Aber was genau wollte sie eigentlich wissen?

»Marion«, fuhr er begütigend fort und hoffte, dass er nicht wieder einmal alles verderben würde. »Ich hatte nicht vor, dir deine Ehre zu rauben, wie du glaubtest. Aufrichtig, ich weiß nicht, was geschehen wäre. Aber du musst mir glauben. Und der Umstand, dass du ... Glenlyons Tochter bist, hat nichts damit zu tun.«

Marion drehte sich wieder um und schenkte ihm einen undeutbaren Blick. Dann trat sie so nahe an ihn heran, bis sie ihn berührte. Duncan schloss die Augen. Er bemerkte ihren Duft, der sie umschwebte, derselbe, der ihn vor drei Monaten auf der Heide verzaubert hatte. War das schon drei Monate her?

»Ich habe darüber nachgedacht. Oft.«

Sie legte eine Hand auf seine Brust, genau auf sein Herz, das wie rasend pochte. Was tat sie da nur? Lange würde er das nicht mehr aushalten. Er sollte ihr eine gute Nacht wünschen und gehen; doch sein Körper mochte sich einfach nicht von der Stelle rühren.

»Duncan, ich … In dieser Nacht wollte ich … Aber ich hatte Angst …«

Er schlug die Augen auf. Marion stand kaum noch einen oder zwei Zoll vor ihm und hob ihm das Gesicht entgegen. *Küss mich*, schienen ihm ihre Augen und ihre halb geöffneten, zitternden Lippen zu sagen.

Ich träume, dachte er. Doch die Hand, die über sein Hemd strich und sich seinem Hals näherte, war ganz und gar real.

»Oh Marion!«

Sein Körper handelte von ganz allein; mit dem Verstand vermochte er ihn nicht mehr zu beherrschen. Zuerst legte sich seine Hand um ihre schmale Taille und zog sie an ihn. Dann strichen seine Lippen über Marions Mund. Ihr Atem vermischte sich. Was tat er da nur? Sein ganzer Körper stand in Flammen. Begierig bemächtigte er sich ihres Mundes, kostete ihre Lippen und ihre Zunge. Seine Hände bewegten sich von ganz allein, zärtlich und drängend.

»Oh Marion!«

Duncan zitterte unter der Liebkosung ihrer schmalen, weißen Hände, die genauso ungeduldig zu sein schienen wie seine eigenen. Er spürte, wie sie seinen Rücken und seine Schultern versengten. Die junge Frau erkundete seinen Körper mit verhaltenen, ungeschickten Berührungen, die von ihrer Unerfahrenheit zeugten. Er erriet, dass sie nicht in die Spiele der Liebe eingeweiht war. Doch seltsamerweise bezauberte ihn das und vervielfachte sein Verlangen noch.

Sie gehört mir! Mir ganz allein! Sein Herz schlug so heftig, dass es ihm die Brust zusammenpresste und er keine Luft bekam. Sanft schob er Marion auf den Schreibtisch zu, hob sie hoch und setzte sie darauf. Wie von selbst öffneten sich die Schenkel der jungen Frau, und er schmiegte sich dazwischen. Er nutzte die kurze Ruhepause und maß den Körper, der sich ihm darbot, mit einem fiebrigen Blick. Dann begann er die Bänder ihres Mieders zu lösen.

In dem Mondlicht, das durch die Fensterscheiben einfiel, wirkte Marions Haut bläulich. Oh! Diese seidige Haut … Sie war eine zarte Sylphide und würdig, von Amor in Gedichten besungen zu werden. Das Mieder öffnete sich ein Stück weit und gab die bebende Rundung einer Brust preis. Marions Atem ging schnell. Er zupfte ein wenig an dem Kleid, und ihre kleine, runde Brust enthüllte sich ganz. Die rosige Warze war hart; er strich mit den Fingern darüber. Marion gab ganz neue Töne von sich; ein helles Seufzen stieg aus ihrer Kehle, und sie schloss die Augen und bog den Kopf nach hinten.

Das ging alles zu schnell … Er sollte langsamer vorgehen, den Augenblick genießen, darin verweilen. Doch sein Körper, der zu lange gewartet hatte, wollte alles und sofort. Von diesem Moment hatte Duncan so oft geträumt. Nun musste er sich Gewalt antun, um sich zurückzuhalten. Marion hatte Besseres verdient. Er durfte sie nicht ängstigen. Was er tat, sollte ihr gefallen. Sie selbst musste weitergehen wollen, nach mehr verlangen.

Behutsam schob er ihren Rock hoch und wartete ein Weilchen, bevor er es wagte, ihre Waden und dann ihre Schenkel zu berühren. Einmal hatte sie ihn schon zurückgestoßen; ein weiteres Mal würde er das nicht ertragen. Sie schlang ein Bein um seines. Seine Hände schlossen sich um ein festes, rundes Hinterteil, und er presste sein Becken an ihren Unterleib. *Gleich werde ich Glenlyons Tochter lieben, in seinem Arbeitszimmer, auf seinem Schreibtisch …* Im Rücken spürte er Robert Campbells vorwurfsvollen Blick. *Soll er doch zum Teufel fahren!*

»Nein«, stöhnte sie mit einem Mal.

Duncans Hand erstarrte. Sein Herz hörte fast zu schlagen auf.

»Oh Marion, nicht schon wieder!«, brummte er und rückte ein wenig von ihr ab.

Sie fasste ihn am Kragen und zog ihn zu sich herunter, um ihn noch einmal zu küssen.

»Nicht hier«, erklärte sie mit einem leisen, verschmitzten Lächeln.

»Herrgott! Ich dachte schon …«

»Nein, Duncan. Dieses Mal gehöre ich dir, wenn du willst, die ganze Nacht …«

»Die ganze Nacht? Aber mit einer einzigen Nacht kann ich mich nicht zufrieden geben, *mo aingeal*, mein Engel. Ich begehre dich so sehr ... *A Mhórag* ... du machst mich verrückt.«

Sanft schob sie ihn zurück, nahm seine Hand und zog ihn hinter sich her auf die Treppe. Bald standen sie in einem kleinen Zimmer, in dem es angenehm warm war. Reglos verharrte Duncan in der Mitte des Raumes und sah sich um. Er nahm ihren Duft wahr, diesen Geruch nach Frau, von dem ihm schwindlig wurde. Das Torffeuer, das in dem aus behauenem Stein gemauerten Kamin brannte, war die einzige Lichtquelle und warf seinen goldenen Schein über eine Kommode. Darüber schmückte ein Gemälde, das zweifellos ein Motiv aus dem Tal darstellte, die Wand. Auf der gegenüberliegenden Seite stand ein kleiner Schrank, in dessen Holz ein anmutiges Rankenmuster eingeschnitzt war. Ob sich darin wohl Wäsche aus zartem Baumwollstoff und feinem, mit edlen Spitzen besetztem Damast befand? Er bezweifelte es noch einmal. Marion bedurfte solcher künstlichen Verzierungen nicht. Der einzige Luxusgegenstand, den er entdeckte, war eine Vase aus blau-weißem Porzellan mit einem dicken Strauß getrockneter Blumen darin. Außerdem war da noch ein Stuhl, der mit dem Tartan der Campbells bezogen war – und ein Bett, das ein wenig zu schmal war, wenn man zu zweit darin schlafen wollte, aber breit genug für alles andere. Er lachte.

»Was gibt es denn so Komisches?«, fragte die junge Frau ein wenig verblüfft.

»Gerade heute Abend habe ich mich damit unterhalten, mir dein Zimmer vorzustellen.«

»Ach, tatsächlich? Und?«

Sie hatte sich an die Tür gelehnt und beobachtete ihn aus halb geschlossenen Augen, was ihren Blick noch katzenhafter wirken ließ. Er konnte es einfach nicht zulassen, dass sie diese wenigen Schritte trennten. Zärtlich drückte er sie gegen die Tür und presste sich an sie. Köstliche Schauer überliefen ihn.

»Ich hatte nur die Blumenvase ausgelassen ...«, flüsterte er und ließ zärtlich die Lippen an ihrer Wange entlanggleiten.

Sie lachte leise.

»Ich bewahre mir immer einen der letzten Herbststräuße auf

und trockne ihn, damit er mich daran erinnert, dass nach den langen Wintermonaten ein neuer Frühling kommen wird. Dann, wenn überall im Tal wieder Hyazinthen, Primeln und Heidekraut blühen, nehme ich ihn weg und stelle mir einen frischen Strauß hin.«

Duncan legte eine Hand in Marions Nacken und zog die junge Frau an sich, um sie zu küssen.

»Ich begehre dich so sehr, Marion …«

»So wie ich dich, Duncan.«

»Sag es mir doch einmal, damit ich ganz sicher bin … Ich möchte nicht …«

»Ich möchte sehr gerne … dass du mit mir liegst, Duncan Coll Macdonald.«

Er war vor Glück ganz außer sich und küsste sie leidenschaftlich. Seine Hände wühlten in ihren feuerroten Locken, die ihm die Finger versengten. Keuchend riss er sich von ihr los und sah ihr tief in die blauen Augen.

»Ist das nicht ein wenig gefährlich, hier? Was ist mit deinen Brüdern?«

»David würde sogar inmitten einer durchgehenden Rinderherde schlafen. Und Johns Zimmer liegt am anderen Ende des Korridors. Außerdem habe ich die Tür verriegelt.«

Von neuem küsste er sie und sog tief den Atem ein, der zwischen ihren dunkelroten Lippen hervordrang.

»Marion, weißt du ganz genau, was du willst? Ich meine … Du und ich?«

»Ja, Duncan … Ich hätte es schon im ›Grey Owl‹ getan, und dann später im ›Black Oak‹, wenn …«

»… wenn dir nicht deine eigene Widerborstigkeit in den Weg gekommen wäre …«

Er bemächtigte sich ihres Mundes. Ihre Zunge fühlte sich weich und samtig an. Er hatte ihr Kleid aufgeschnürt und half Marion, es auszuziehen. Die junge Frau war ein wenig scheu. Duncan beobachtete sie amüsiert. Schließlich stand sie nicht zum ersten Mal nur in Hemd und Unterrock vor ihm. Sanft zog er sie in die Mitte des Raums, vor den Kamin.

»Ich möchte dich anschauen, Marion Campbell.«

Sie strich mit dem Finger über die Brosche, die sein Plaid hielt.

»*Per mare, per terras*«, sagte sie leise.

Sie löste die Brosche und steckte sie an sein Hemd.

»Mein Wahlspruch. Vergiss nicht, dass ich ein Macdonald von Glencoe bin.«

Sie sah ihn von der Seite an und verzog einen Mundwinkel zu einem Lächeln.

»Hmmm… Du vergisst das Motto der Campbells: *ne obliviscaris*, vergiss nicht…«

»Wie könnte ich, *mo aingeal*?«

Ein wenig ungeschickt machte Marion sich an der Schnalle seines Gürtels zu schaffen, der, gefolgt von seinem Plaid, zu Boden fiel. Bald streichelten ihre Hände seinen Rücken, betasteten seine Schultern und glitten an seinen Armen entlang bis zu seinem Hemdsaum. Er spürte ihre warmen Finger auf seinen Schenkeln und erschauerte. Sie gurrte. Allan hatte recht gehabt: Sie war eine wahrhaftige Hexe! Er warf die Stiefel ab, zog sich das Hemd über den Kopf und ließ es zu seinem Plaid auf den Boden fallen.

Marion wich einen Schritt zurück und errötete. Duncan sah an seinem erregten Körper hinunter und lächelte. Amüsiert beobachtete er, wie sie ihn inspizierte. Dann reichte er ihr die Hand.

»Nein, warte…«

Langsam schritt sie um ihn herum. Ihr Unterrock streifte seine Schenkel; ein Finger zog den Umriss einer Hüfte, dann eines Bizeps nach. Ihre feuchten Lippen strichen über eine seiner kräftigen Schultern und dann über seinen Kiefer.

»Tut mir leid, ich habe mich nicht… rasiert.«

»Ich habe das gern, weißt du…«

Gemächlich glitten die Finger an seinem Torso entlang, fuhren in seine Brustbehaarung und setzte ihren Weg über seine Bauchmuskeln fort, die sich zusammenzogen, als Marion sie berührte. Er schloss die Augen, ließ sie gewähren und seufzte, als ihre forschende Hand über seine immer noch geschwollene Narbe glitt. Rasch nahm sie die Hand wieder fort, doch Duncan hielt sie fest und legte sie wieder auf seine Wunde.

»Habe ich dir wehgetan?«

»Oh nein, *Mòrag*… Es ist mein Herz, das es fast nicht mehr aushält. Mach weiter, ich liebe das…«

Vorsichtiger, aber immer noch wagemutig, fuhr sie fort. Mit den Fingern fuhr sie an dem langen Schnitt entlang, der von der Schamgegend, nur knapp über seinem aufgerichteten Geschlecht, das sie sorgfältig aussparte, bis zu seinem Schenkel reichte. Dort verhielt sie.

Dann stellte sie sich vor ihn und legte die Hände auf seine Brust.

»Du bist sehr schön.«

Jetzt war es an ihm, verlegen zu lächeln. Er wusste, dass er den Frauen gefiel. Aber noch nie hatte eine ihm offen gesagt, sie fände ihn schön. Zögernd strich er über ihre Wange und ließ die Hand zum halb geöffneten Ausschnitt ihres Hemdes hinabgleiten.

»Darf ich?«

Sie schlug die Augen nieder. Das Hemd rutschte von ihren Schultern und enthüllte ihre Brüste, die zwischen ihren langen Haarsträhnen hervorschauten. Zärtlich liebkoste er sie mit den Handflächen und spürte, wie die Spitzen sich verhärteten. Ein genüsslicher Schauer überlief sie, und ihr Körper spannte sich an. Duncan spürte, wie der Schmerz in seiner Leise stärker wurde. Er streichelte Marions Flanken und spürte jede ihrer zarten, hervorstehenden Rippen unter der bebenden, durchscheinend zarten Haut. Auf den runden Hüften hielt er an und fuhr über ihren leicht gewölbten Rücken wieder zu ihrer Taille hinauf. Dann machte er sich an dem Band zu schaffen, das ihren Unterrock hielt, und kurz darauf sank das Kleidungsstück leise raschelnd zu Boden, wobei es die beiden streifte. Nicht lange, und ihr Hemd folgte ihm. Sprachlos staunend sah Duncan Marion an, die nackt vor ihm stand wie die Venus von Botticelli, die ihrer Muschelschale entsteigt.

Einst hatte er ihren Körper flüchtig im Wasser eines Teichs erblickt, und seitdem hatte diese Vorstellung seine Fantasien genährt. Nun betrachtete er sie ausgiebig, wie sie so vor ihm stand und sich seinen lüsternen Sinnen darbot.

»Du bist noch schöner als in meinen Träumen, *a Mhórag*. Und Gott weiß, wie oft ich von dir geträumt habe.«

Er kauerte vor ihr nieder und umfasste ihre Hüften. Dann legte er die Wange an ihren Leib und berauschte sich an ihrer Wärme und ihrem Duft. Sie erzitterte.

»War es so wie jetzt?«

»Hmmm ...«

Er küsste ihren Nabel und ließ seine Lippen ein wenig tiefer wandern. Sie fuhr leicht zurück, doch er hielt sie fest. Nun war es zu spät; sie konnte ihm nicht mehr entfliehen ...

»Nein ...«

Marion vergrub die Finger in seinem Haar und zog seinen Kopf sanft nach hinten. In ihrem Blick las er Furcht, aber auch Begehren.

»In meinen Träumen konnte ich dich nicht berühren, nicht spüren. So ist es viel besser, *a Mhòrag*.«

Langsam liebkoste er sie mit vor Erregung zitternden Händen, während seine Lippen genüsslich ihre Haut schmeckten. Er erhob sich und legte die Hände um ihr Gesicht.

Ihre runden Brüste pressten sich gegen seinen Brustkasten. Die Unschuld der jungen Frau rührte Duncan zutiefst. Zärtlich küsste er sie und fasste in ihre Lockenmähne, die seine Wangen und seine Schultern kitzelte. *Herrgott! Ich halte Marion nackt in meinen Armen ... Ich spüre ihr Herz an meinem schlagen*. Er erschauerte. Sie hatte die Hand auf sein Geschlecht gelegt. Er stieß einen tiefen Seufzer aus, und sie verhielt.

»Nein, hör nicht auf, ich bitte dich ...«

Gehorsam fuhr sie fort, seinen Körper mit den Fingerspitzen zu erkunden. Er fühlte, wie sie sich mehr und mehr entspannte. Nicht lange, und sie lagen zusammen auf dem Federbett. Marions Duft hüllte ihn ein und ließ ihn schwindeln. Sein Körper wollte mehr. Er strich an ihren langen Schenkeln entlang, die sich widerstandslos öffneten, und betrachtete das kleine, dreieckige Vlies, das ebenso flammend rot war wie ihr Haupthaar.

Berauscht vor Erregung streichelte er ihre Schenkel bis zu der Stelle, wo sie sich vereinten. Marion zuckte ein wenig zusammen.

»Oh, Duncan!«
»Gefällt dir das?«
»Ohhh! Ja …«
»*A Mhòrag, m'aingeal dhiabhluidh …*«
Seufzend und stöhnend bäumte sie sich auf. Ihre Hände suchten einen festen Halt, etwas, an das sie sich in diesem wunderbaren Sinnentaumel klammern konnte.
»Ist dir klar, dass du das, was du mir heute Nacht schenkst, nie wieder zurücknehmen kannst?«
»Ich weiß, ich weiß …«
Sie hielt sich am Kopfende des Betts fest und wurde von einem wollüstigen Schauer überwältigt, der ihr ein Stöhnen entriss.
»Gütiger Gott, Duncan, bitte!«
Er schob sich auf ihren bebenden Körper, der nun darum bettelte, in Besitz genommen zu werden. Marion war bereit für ihn, das wusste er. Aber noch nicht … Er wollte …
»Ja, *Mòrag*, ich möchte hören, wie du meinen Namen sagst und mich anflehst, dich zu nehmen …«
Marion ließ das Kopfende des Betts fahren und krallte die Hände in seine Schultern. Er stöhnte und zuckte vor Schmerz zusammen. Der Körper der jungen Frau rief nach ihm, suchte ihn.
Duncan richtete sich ein Stück weit auf den Knien auf und umfasste Marions Taille, die sich noch weiter durchbog. Mit heiserer Stimme flüsterte sie seinen Namen, was ihn aufs Äußerste erregte.
»Duncan … Komm … Ich flehe dich an …«
Endlich drang er sanft, aber entschlossen in sie ein und stieß die Pforte ihres geheimen Gartens auf. Sie stieß einen verblüfften Aufschrei aus. Einen Moment lang verhielt er reglos und beobachtete sie mit fiebrigen Augen. Er wusste, dass er ihr wehtat, doch was konnte er anderes tun? Ihre Hände erschlafften fühlbar, und sie öffnete die Augen einen Spaltbreit.
»Es tut mir leid … Ich werde ganz sanft sein …«
Sie küsste ihm die Worte von den Lippen und schlang die Beine um seine Hüften, um ihn tiefer in sich hineinzuziehen und festzuhalten. Während sie darauf wartete, dass der Schmerz ver-

ging, konzentrierte sie sich auf seinen von Liebe erfüllten Blick, mit dem er sie ansah. Unvermittelt kamen ihr gewisse bittere Bemerkungen in den Sinn, die sie aufgeschnappt hatte, als zwei Mädchen aus einem Nachbardorf sich flüsternd unterhalten hatten: Ein junger Mann hatte eine von ihnen mir nichts, dir nichts wegen einer anderen verlassen, nachdem er von ihr bekommen hatte, was er wollte.

Duncan vermochte sich nicht länger zurückzuhalten und begann, sich in jenem Rhythmus zu bewegen, der seit urdenklichen Zeiten alle lebenden Wesen antreibt. Die Empfindungen, die in Marion aufstiegen, verjagten mit einem Mal ihre Ängste, und sie gab sich diesem Wogen hin, dem wollüstigen Tanz, der Körper und Seele bezwingt, sie dazu bringt, immer mehr zu wollen, bis sie das höchste Glücksgefühl finden …

Ich liege mit ihr, ich liege mit Marion Campbell …, sagte sich der junge Mann unablässig vor, um sich davon zu überzeugen, dass er nicht träumte. Marion hatte den Kopf zurückgeworfen und seufzte leise. Den Schmerz in seiner Leiste hatte Duncan vollkommen vergessen. Dann stieg ein Schrei aus seiner Brust auf.

Er kam zum Genuss. Von heftigen Zuckungen geschüttelt ergoss er sich in sie und verströmte einen Teil seiner selbst in ihr. Völlig erschöpft sank er dann raunend über der jungen Frau zusammen.

Marions Hände fuhren in sein rabenschwarzes Haar und zwangen ihn, sie anzusehen. Sie suchte seinen Blick und fand darin, was sie suchte: Der Funke des Begehrens war nicht zusammen mit der körperlichen Befriedigung erloschen.

»Du hast mich fast umgebracht«, erklärte er flüsternd.

Zufriedenen Herzens lächelte sie ihm zu. Er drückte sie fester an sich und vernahm ihr leises Gurren, das ihn vor Glück überfließen ließ. *Eine Taube. Eine kleine weiße Taube in meinen Händen …*

»Komm mit mir, Marion … Ich möchte, dass du bei mir bleibst.«

»Aber ich bin doch da!«

»Nach Glencoe, zu mir nach Hause.«

Er spürte, wie sie unter ihm erstarrte.

»Eine Campbell in Glencoe? Meinst du das … ernst?«

Skeptisch zog sie die Augenbrauen hoch.

»Vollständig ernst. Marion Campbell, ich habe dir schon gesagt, dass ich mich nicht mit einer einzigen Nacht zufrieden geben werde. Ich will alle meine Nächte mit dir verbringen. Du sollst bei mir sein, in meinem Haus, in Glencoe … Wenn du willst.«

Trunken vor Liebe, berauscht von dem Moschusduft ihrer Körper, legte er den Kopf an ihre Brust und schloss die Augen. Unter seinem Ohr pochte ihr Herz rasend schnell. Von jetzt an wollte er sein Leben nach dem Schlag dieses Herzens ausrichten. Nichts und niemand würde ihn daran hindern, und wenn er dafür sein Tal verlassen musste. Er war bereit, mit ihr das Ehegelübde abzulegen. Mit einem Mal wurde ihm klar, dass er sie über alles liebte.

»Marion?«

»Hmmm …?«

Und wenn sie nun nichts mehr von ihm wissen wollte? Ein dumpfer Schmerz schnürte ihm die Luft ab. Marion zog das Federbett über ihre jetzt abgekühlten Körper.

»Marion, weißt du noch, wie ich dir im ›Black Oak‹ gesagt habe, ich sei auf dem Heimweg nach Glencoe? Nun ja, ich habe mich von meinem Zorn hinreißen lassen, nachdem du … mir diese Vorwürfe gemacht hattest, und ich habe gelogen. Die Wahrheit ist, dass ich krank vor Sorge war, als ich erfuhr, dass du mit Macgregors Männern unterwegs warst. Drei Tage habe ich nach dir gesucht, und als ich dich endlich gefunden hatte …«

Er stützte sich auf einen Ellbogen, um sie besser ansehen zu können.

»Ich hatte Angst … und wusste nicht mehr, was ich tun sollte. Ich hatte keine Ahnung, was du dazu sagen würdest. Und da ist mir nichts Besseres eingefallen, als dich anzulügen. Aber ich war um deinetwillen gekommen.«

Stumm vor Rührung musterte sie ihn mit einem Blick, den er nicht zu deuten verstand.

»Marion … Ich möchte, dass du bei mir bleibst. Ich will mein Leben mit dir teilen.«

Behutsam berührte sie seinen Mund und küsste ihn zärtlich. Einige Minuten verstrichen. Duncan ließ sich wieder auf die Brust der jungen Frau sinken. Sie gab keine Antwort; sie würde nicht mit ihm kommen …

»Ich werde mit dir nach Glencoe gehen.«

Das waren die letzten Worte, die er hörte, bevor er in selige Träume versank.

19

Aussprache mit Glenlyon

Ein köstlicher Duft stieg ihr in die Nase und drang mit der Luft in ihre Lungen. Marion lief das Wasser im Munde zusammen, und sie schluckte und seufzte zufrieden. Ihr Magen beklagte sich, weil sie ihn vernachlässigt hatte. Gestern Abend, nach Johns bestürzendem Geständnis, hatte es ihr beim Essen an Appetit gemangelt. Doch im Moment zog sie es vor, ihr Bedürfnis nach Nahrung an die zweite Stelle zu setzen.

Ein schweres, behaartes Bein schlang sich um das ihre. Das Bett bog sich unter den Bewegungen des Eindringlings und protestierte knarrend gegen das zusätzliche Gewicht. Duncans zerwühltes schwarzes Haar fiel ihm über die Schultern und verbarg sein Gesicht. Behutsam, um ihn nicht zu wecken, schob sie es zurück. Mit seinem mehrere Tage alten Bart und der Narbe, die über seine Wange verlief, wirkte er wie ein Barbar aus alten Zeiten, der gekommen war, alles zu rauben und zu verbrennen, was ihm in den Weg kam. Und in gewissem Sinne hatte er genau das mit ihr getan. Er hatte zuerst ihr Herz gestohlen und dann ihren Körper entflammt und in Besitz genommen. Sie hatte sich in seinen Armen verzehrt. Bei der Erinnerung an ihre leidenschaftlichen Umarmungen errötete sie heftig. Doch sie bedauerte nichts.

In den letzten Wochen war es immer wieder geschehen, dass sie darüber nachgedacht hatte, welche Empfindungen die Hände eines Mannes auf ihrem Körper erwecken würden. Duncans Hände, genauer gesagt. Sie hatte sich vorgestellt, wie sich seine Haut auf ihrer anfühlen würde. Doch die Wirklichkeit hatte ihre Träume bei weitem übertroffen.

Duncan brummte etwas. Langsam öffnete er die Augen und lächelte ihr zu.

»*Madainn mhath dhuit, mo aingeal.* Guten Morgen, mein Engel. Sag mir, bist du es wirklich, oder träume ich noch? Ich hatte heute Nacht einen wunderschönen Traum. Es war der süße Traum einer Winternacht …«

»Hmmm … Vielleicht ist der Traum ja noch nicht zu Ende.«

»Wenn das so ist, dann möchte ich nie wieder aufwachen. Hast du gut geschlafen?«

»Mein Bett ist ein wenig zu schmal, um zu zweit darin zu nächtigen«, meinte sie und maß scherzhaft seine Schulterbreite.

»Tut mir schrecklich leid«, neckte er sie. »Ich habe geschlafen wie ein Murmeltier. Du wirst dich daran gewöhnen.«

»Daran, dich schnarchen zu hören?«

Er lachte.

»Ich schnarche nicht.«

»Oh doch! Du schnarchst wie ein alter Trunkenbold, Duncan Macdonald!«

Er lachte noch lauter.

»Ich war ja auch betrunken, *mo aingeal.* Berauscht … wie ich es noch nie gewesen bin.«

Er nahm ihr Kinn und hob ihr Gesicht zu seinem hoch.

»Ich war berauscht von dir …«

Zärtlich berührte er mit den Lippen ihre eiskalte Nasenspitze, dann ihren Mund und öffnete ihn, damit er ihn nach Herzenslust erkunden konnte.

»Gewiss ist es schon spät«, bemerkte er kurz darauf.

»Hmmm«, meinte sie und sog die Luft ein. »Nach dem Duft des Brotes zu urteilen, würde ich sagen, dass wir sieben oder acht Uhr haben.«

»Schon?«, rief er aus und fuhr in die Höhe.

Dann wandte er sich ihr zu, ein seltsames Lächeln auf den Lippen.

»Bei uns verlässt man sich auf den Stand der Sonne, um zu erraten, wie spät es ist.«

»Ich versichere dir, dass der Geruch von Amelias Brot genauso zuverlässig ist! Sie bäckt immer um die gleiche Zeit.«

Ihre Miene wurde ernst. Sie würde nach Glencoe gehen; die Tragweite der Entscheidung, die sie getroffen hatte, wurde ihr klar und drückte ihr das Herz nieder. Sie würde all die kleinen Dinge hinter sich lassen müssen, die schon so lange ein Teil ihres täglichen Lebens waren. Mit einem Mal schienen sie sehr wichtig zu sein, so wie der Duft von Amelias Brot, der köstlich durch das ganze Haus zog. Aber sie war bereit, alles aufzugeben, um dem Mann zu folgen, den sie liebte.

Duncan stand vom Bett auf, um einen Torfblock in den Kamin zu legen und in der erkalteten Asche zu stochern. Kurz darauf schlugen die Flammen hoch. Marion betrachtete den geschmeidigen, muskulösen Körper ihres Geliebten. Sie seufzte vor Behagen und schmiegte sich tiefer in die warmen Laken. Dann richtete sich Duncan wieder auf, wobei er keinen Versuch unternahm, seine Nacktheit zu verbergen.

»Ziehst du dir nichts an? Es ist so kalt.«

Es sah an sich herunter und verzog verschmitzt einen Mundwinkel.

»Ist dir das etwa peinlich?«

»Nun ja, ein wenig«, gestand sie. »Ich bin es eben nicht gewöhnt, dass ein nackter Mann durch mein Zimmer spaziert.«

Er schüttete sich vor Lachen aus und setzte sich auf die Bettkante, die unter seinem Gewicht durchsackte, so dass Marion fast auf ihn kugelte.

»Na, da bin ich aber froh!«

Zögernd streichelte sie seinen Schenkel. Duncan betrachtete sie aus halb geschlossenen Augen, und sie erschauerte von Kopf bis Fuß.

Seine Hand berührte sie und ließ augenblicklich das Feuer, das in ihr schwelte, wieder aufflammen.

»Du und ich … Ich kann es immer noch kaum glauben … Heute Morgen musste ich mich kneifen, um mich davon zu überzeugen, dass ich nicht geträumt hatte.«

Er nahm ihre Hände und küsste jede einzeln, bevor er sie an sein Herz führte.

»Alles, was ich gestern zu dir gesagt habe, war ehrlich gemeint, Marion … Genau wie meine Bitte, mir nach Glencoe zu folgen, falls du dich noch daran erinnerst …«

»Meine Antwort war ebenso ernst gemeint, Duncan.«

Er strahlte über das ganze Gesicht.

»Bereust du es?«

»Niemals.«

Von neuem nahm er ihre Hände, küsste ihre Handflächen und legte sie dann wieder an seine Brust, direkt über dem Herzen.

»Es schlägt für dich.«

Er beugte sich über sie. Sein schwarzes Haar kitzelte ihre Wangen. Sie schloss die Augen. Sanft legte sich Duncans Mund auf ihre Lippen, zärtlich und behutsam. Als er sich wieder zurückzog, bemerkte sie, dass er mehr als bereit war, dort fortzufahren, wo sie einige Stunden zuvor aufgehört hatten. Angesichts ihrer erstaunten Miene lachte er auf. Mit einem Mal flog das Federbett davon, und Duncan warf sie auf den Rücken und hielt sie fest. Er küsste sie behutsam und kniete sich dann mit schelmischer Miene hin, um sie besser ansehen zu können.

Ihr war es ein wenig peinlich, sich im hellen Tageslicht anschauen zu lassen. Er erriet, was in ihr vorging, und zog ihre Arme weg, die sie um ihren Körper geschlungen hatte.

»Versteck dich doch nicht vor mir, Marion. Ich schaue dich so gern an …«

Er musterte sie lüstern, und sie spürte, wie ihr heiß wurde. Ihre Wangen glühten.

»Ich schäme mich …«

Er lächelte.

»Sag mir, dass du es nicht magst, wenn ich dich ansehe, und ich werde den Blick abwenden …«

Verunsichert öffnete sie den Mund und schloss ihn gleich wieder. Es stimmte ja, sie hatte es gern, wenn er sie anschaute …

»Nein, du hast recht«, gestand sie kleinlaut zu.

Sie brachen beide in Gelächter aus.

»*Leannan sith* …« Verführerische Hexe …

»Vielleicht bin ich das ja, also nimm dich in Acht. Sonst locke ich dich noch in mein unterirdisches Reich.«

»Um in alle Ewigkeit in Überfluss und Ausschweifung zu leben?«

Verächtlich verzog er die Lippen.

»*Fuich!*«

»Was? Würde dir das etwa nicht gefallen? Und ich dachte, davon träumten alle Männer!«

»Hmmm … Ein Leben in Schwelgerei, umgeben von schönen Traumwesen, und Liebesspiele von morgens bis abends …«

»Oh! Lass dir das bloß nicht einfallen! Ich werde das einzige Traumwesen in deinem Bett sein, Duncan.«

Er lachte leise.

»Aber sicher … Sag mir, gibt es in Glenlyon Feenhügel?«

»Einige.«

»Hmmm … Mit deiner hellseherischen Gabe könntest du doch eine *leannan sith* sein.«

Duncan fasste sie um die Taille und zog sie auf seine Knie. Sie zitterte in der eiskalten Luft, die das Feuer noch nicht erwärmt hatte, und schmiegte sich an ihn.

»Glaubst du denn, dass es die Welt der Elfen wirklich gibt?«

»Als ich klein war, habe ich daran geglaubt«, gab sie ein wenig verschämt zu. »Jedenfalls bis zu dem Tag, an dem ich versucht habe, eine erscheinen zu lassen. Amelia hatte mir erklärt, wie man einen Schwarm von Nymphen auf goldenen Schmetterlingen und Elfen in Rüstungen, die auf schimmernden Käfern reiten, herbeirufen kann.«

»Ach ja?«, fragte Duncan belustigt.

»Man muss sich ein Eschenblatt in den einen Schuh und ein Holunderblatt in den anderen legen und sich Weißdorn in die Tasche stecken. Und dann den ersten Windstoß, der einem begegnet, mit ›Gott segne dich‹ begrüßen.«

»Und?«

Sie verzog das Gesicht.

»Das Einzige, was mir erschien, waren meine beiden Brüder, die kichernd aus einem Busch auftauchten.«

Duncan prustete vor Lachen und küsste sie auf die Schulter.

»Ah! Die bösen Zwerge mit den roten Mützen!«*

* In der schottischen Folklore *wrisks* genannt; boshafte Zwerge, die verirrten Reisenden auflauern, um ihnen die Kehle durchzuschneiden und mit ihrem Blut ihre Mützen zu färben. Wenn die Farbe verblasst, suchen sie sich ein neues Opfer.

»Hmmm … Wusstest du, dass sich in unseren Hügeln angeblich ein solcher Zwerg versteckt?«

»Nein«, murmelte er und liebkoste ihren Hals mit den Lippen.

Seine Hände glitten wollüstig über die Hüften der jungen Frau und wanderten dann langsam an ihren Flanken hinauf. Gänsehaut überlief sie.

»Amelia behauptet, dass er sich in der Nähe der Ruinen von Meggernie herumtreibt.«

»Ich habe gehört, dass dort auch das Gespenst deines Ahnherren, des schrecklichen ›Mad Colin‹ spukt.«

»Wer hat dir denn das erzählt? Glaubst du an Gespenster?«

»Ebenso wenig, wie ich an Feen und Kobolde glauben kann. Aber sagen wir einmal, dass wir bei unseren … kleinen Besuchen darauf achten, nicht durch diese Gegend zu kommen. Der alte Angus MacColl hat uns geschworen, er hätte deinen Vorfahren an einer Mauer der Burg gesehen. Das Gespenst soll mit dem Finger auf etwas gezeigt und ein grauenhaftes Lachen ausgestoßen haben. Dann sahen Angus und seine Männer, wie an den Ästen der Bäume hinter ihnen die verwesten Körper von sechsunddreißig Macdonalds erschienen, die dort einst aufgehängt worden waren. Es heißt, sie hätten augenblicklich die Kühe, die sie gerade davontreiben wollten, im Stich gelassen und seien mit verhängtem Zügel nach Glencoe zurückgeritten. An diesem Tag soll Angus' Haar schneeweiß geworden sein.«

Marion schmunzelte.

»Sehr tüchtig, der verrückte Colin! Ich sollte meinem Vater vorschlagen, die Herde in Maggernie weiden zu lassen …«

»Das wirst du doch nicht tun, oder? Wenn du mit mir in Glencoe wohnst, wird wenigstens nicht mehr deine Drohung über mir hängen, mir mein bestes Stück abzuschneiden …«

Verständnislos runzelte sie die Stirn.

»Abzuschneiden?«

»Hmmm … Vielleicht sollte ich dich gar nicht daran erinnern, womit du mir eines Tages gedroht hast …«

Nachdenklich presste sie die Lippen zusammen. Dann hellte ihre Miene sich plötzlich auf, und sie lächelte verschmitzt.

»Ah! Jetzt weiß ich es wieder, Macdonald.«

Ihre Hand glitt an Duncans Schenkel hinauf und schloss sich sanft um den bedrohten Körperteil. Der junge Mann fuhr zusammen und seufzte dann beglückt.

»Die Drohung steht immer noch, aber ... hmmm ... Ich glaube, ich werde mir noch ein wenig Zeit lassen, ehe ich sie ausführe.«

Sie liebkoste ihn gemächlich und gurrte dazu leise. Duncan schloss die Augen und zog sie an sich, um sich einem langen Kuss hinzugeben. Da drangen aus der unteren Etage laute Stimmen zu ihnen. Sie fuhren zusammen. John und die drei anderen Männer schienen zu streiten. Marion konnte nicht verstehen, was sie sagten, denn ihre Worte waren nur gedämpft zu vernehmen. Amelias Aufschrei allerdings gellte ihr deutlich in den Ohren, und sie begriff.

Sie löste sich aus Duncans Armen und sprang aus dem Bett. Auf der Treppe waren eilige Schritte und wüste Beschimpfungen zu hören. Marion warf Duncan, der jetzt ebenfalls zu erkennen schien, was geschah, einen hilfesuchenden Blick zu.

»Zieh dich an«, sagte er mit tonloser Stimme.

Die junge Frau, die kreidebleich geworden war, suchte ihre über den Boden verstreuten Kleidungsstücke zusammen und schlüpfte hastig hinein. Duncan tat es ihr nach. John hämmerte jetzt wütend gegen die Zimmertür.

»Mach sofort die Tür auf, Marion!«, brüllte er. »Ich weiß, dass er da drinnen ist. Marion! Mach die verfluchte Tür auf!«

Verzweifelt sah sie Duncan an, der gerade sein Plaid umgelegt und seinen Gürtel geschlossen hatte.

»Er wird dich töten ... Oh nein! Duncan ...«

»Gar nichts wird er tun, *mo aingeal*. Versuchen wird er es vielleicht, aber ich lasse mir doch von einem Campbell nicht das Fell abziehen.«

Sie quittierte seine Worte mit einem finsteren Blick. Immer heftiger wurde gegen die Tür getrommelt, die unter dem Ansturm zu beben begann.

»Vergiss nicht, dass er mein Bruder ist.«

Er verknotete die Schnürbänder ihres Mieders und küsste sie auf die Stirn.

»Gut, dann werde ich es vermeiden, ihm die Kehle durchzuschneiden.«

»Marion!«, donnerte die von Hass und kaltem Zorn erfüllte Stimme noch einmal. »Mach augenblicklich die Tür auf, oder ich trete sie ein! Ich weiß, dass dieser Hurensohn von einem Macdonald bei dir ist!«

Panisch starrte sie auf die Türangeln und drehte sich dann wieder zu Duncan um, der sich nicht allzu sehr zu beunruhigen schien.

»Das Fenster, Duncan! Klettere durch das Fenster!«

Sie krallte die Finger in seinen Arm und schob ihn auf den einzig möglichen Weg nach draußen zu.

»Marion! Du glaubst doch wohl nicht, dass ich mich wie ein Feigling aus dem Staube machen werde! Öffne die Tür, und lass ihn ein.«

Johns Fäuste krachten weiter gegen die Tür, und Marion zuckte bei jedem Schlag zusammen. Duncan schob sie sanft auf die Tür zu und versuchte, äußerlich gelassen zu bleiben, um sie zu beruhigen. Doch sie bemerkte, dass er die Hand auf seinen Dolch gelegt hatte.

»Komm schon, Marion …«

Mit zitternder Hand schob sie den Riegel zurück. Ihr Bruder, dessen Gesicht kalkweiß vor Zorn war, stürzte ins Zimmer und schnaubte wie ein verwundeter Keiler, der sich zum Angriff bereit macht. Sein drohender, von mörderischer Wut erfüllter Blick ließ sie instinktiv einige Schritte zurückweichen. John blickte zwischen den beiden hin und her. Mit einem Mal war es totenstill geworden. Amelia stand in der Tür, und hinter ihr hielten sich Rob und Colin, die Hand am Heft ihrer Dolche, zum Eingreifen bereit. Nur noch das Schluchzen der Köchin und Johns rasselnder Atem waren zu hören.

Marion war zur Salzsäule erstarrt. John tat einen Schritt und blieb wieder stehen. Er musterte seine Schwester von Kopf bis Fuß und wandte den Blick dann dem zerwühlten Bett zu.

Völlig außer sich versetzte er ihr eine schallende Ohrfeige, die sie taumeln ließ. Sie fiel gegen die Wand und sank, die Hand auf ihre brennende Wange gepresst und mit Tränen in den Augen, zu Boden. Wie vom Donner gerührt sah Duncan sie einen Moment lang an, dann verzerrte der Zorn, der in ihm aufstieg, seine Züge. Er stieß einen markerschütternden Schrei aus, ging auf John los und stieß ihn heftig gegen die Kommode. Das Möbel wankte, und die Vase mit dem getrockneten Blumenstrauß stürzte um und zerschellte am Boden.

Amelia zeterte noch lauter. Wie gelähmt vor Angst und Bestürzung verkroch Marion sich in einer Ecke. Eine Faust traf ihr Ziel, und ein ekelerregendes Knirschen von Knochen ließ sich vernehmen. Robert und Colin zogen eine Grimasse.

»Bastard von einem Macdonald!«, schrie John und betastete seine blutende Nase. »Du hast meine Schwester entehrt. Dafür wirst du mit deinem Leben bezahlen, du Dreckskerl!«

Mit diesen Worten zog er seinen Dolch. Doch kaum fuhr die Klinge auf Duncan zu, als ihm selbst schon ein Messer an der Kehle saß. Colin hatte ihn an den Haaren gepackt.

»Wenn du ihm auch nur einen Kratzer zufügst, schwöre ich dir, dass du dich bei deinem Halunken von Großvater in der Hölle wiederfindest …«

Amelia kreischte schrill und rannte die Treppe hinunter. Rob stürzte ihr nach, um sie daran zu hindern, den ganzen Clan auf die Beine zu bringen, was zweifellos in einem Blutbad enden würde. Marion stand mühsam auf und hielt sich am Bettpfosten fest.

»Aufhören! Lasst ihn los.«

Doch Colin ignorierte sie einfach. Sie wollte sich bereits auf ihn stürzen, als sich von neuem lautes Stimmengewirr vernehmen ließ. Amelia schrie und kreischte hysterisch, und dann kamen schwere Schritte die Treppe herauf. Marion glaubte ohnmächtig zu werden.

»Vater …«

Der Laird von Glenlyon trat ins Zimmer, gefolgt von einem seiner Männer, der sofort auf Duncan losging und ihn gegen die Wand stieß. Brutal verdrehte er ihm den Arm auf dem Rücken und setzte ihm sein Messer an die Kehle. Jetzt würde Blut fließen …

»Gebt augenblicklich meinen Sohn frei!«

Colin gehorchte ohne Widerrede und schob John auf seinen Vater zu.

»Was geht hier vor?«, verlangte Glenlyon zu wissen.

Aus seinen tief in dunklen Höhlen liegenden Augen sah er sich im Zimmer um, bis sein Blick auf das Bett fiel. Dann, als ihm klar wurde, was er da sah, wich alles Blut aus seinem Gesicht, und ihm entrang sich ein lautes Stöhnen.

»Dieser verfluchte Macdonald hat sie besudelt!«, rief sein Sohn und wies mit dem Finger anklagend auf Duncan, der angesichts der scharfen Schneide, die sich auf ihn richtete, schwer atmete.

Marion stöhnte auf. Sie musste etwas unternehmen. Die Hand, die den Dolch hielt, wartete nur auf ein Zeichen, ein Wort, um dem jungen Macdonald die Kehle durchzuschneiden. Glenlyon richtete einen kalten Blick auf den mutmaßlichen Schänder.

»Ich war das! Ich selbst habe ihn in mein Zimmer gebeten.«

»Du hast diesen Hundsfott in dein Bett eingeladen?«, zischte ihr Bruder und spie ihr vor die Füße. »Du warst dem Earl of Strathmore versprochen; aber von einer kleinen Hure wie dir wird er jetzt bestimmt nichts mehr wissen wollen!«

»Halt den Mund!«, schrie Glenlyon und starrte seinen Sohn mühsam beherrscht an.

Im selben Moment begegnete Marion Duncans Blick, in dem tiefe Bestürzung über Johns Enthüllung stand. Der junge Mann schluckte heftig. Marion wandte sich ihrem Vater zu, der sie hart und undeutbar ansah.

»Ist das wahr?«, fragte er mit ausdrucksloser Stimme.

»Er soll ihn loslassen, Vater. Duncan hat mir nichts genommen, was ich ihm nicht aus freien Stücken gegeben habe.«

»Warum, Marion?«

»Also … weil …«

»Sie wollte sich wohl jede Aussicht verderben, eine gute Heirat abzuschließen«, fiel John höhnisch ein.

»Der Earl of Strathmore ist auf dem Schlachtfeld umgekommen, du armer Dummkopf!«

Sie schlug ihren Bruder mit finsteren Blicken und tat einen Schritt auf ihn zu.

»Immerhin ist er im Kampf für seinen König gefallen. Er hat ihn nicht verraten, so wie du!«

John erbleichte und biss die Zähne zusammen.

»Hör auf, Marion.«

»Ich denke nicht daran! Der Einzige, der hier den Namen der Campbells beschmutzt hat, bist du! Du hast nicht das geringste Recht, über meine Taten zu urteilen.«

Der Laird von Glenlyon runzelte die buschigen Augenbrauen, unter denen er düster dreinblickte.

»Erkläre dich, Marion. Was hat dieses Gerede über einen Verrat zu bedeuten?«

»John hat …«

Sie wusste, dass die schreckliche Enthüllung ihren armen Vater, den das Leben schon zur Genüge gebeutelt hatte, niederschmettern würde. Doch sie hatte keine andere Wahl; sie musste ihm die Wahrheit sagen. Kurz setzte sie ihm das Wesentliche auseinander. Die Einzelheiten konnten warten. Sie wollte ein wenig Trost in Duncans Blick suchen, doch der junge Mann wandte ihr den Rücken zu und verharrte immer noch unbeweglich unter der Klinge, die der Gefolgsmann ihres Vaters ihm an die Kehle hielt. Unter der Last des Schicksals, das ihn zu verfolgen schien, sackten Glenlyons Schultern zusammen. Er schloss die Augen. Gesenkten Hauptes wies er dann seinen Mann an, Duncan freizugeben, und befahl seinem Sohn, den Raum zu verlassen.

»Vater, ich kann alles erklären …«

»Geh sofort hinunter in mein Arbeitszimmer, John.«

Sein Sohn warf seiner Schwester und Duncan, der sich nicht gerührt hatte, einen letzten, hasserfüllten Blick zu und ging aus dem Zimmer. Colin folgte ihm auf dem Fuße. Nun wandte der Laird sich Duncan zu und maß ihn mit einem festen Blick.

»Ich habe etwas mit meinem Sohn zu besprechen. Danach werde ich mich um Euch kümmern.«

Mit diesen Worten wandte er sich ab, ohne seine Tochter auch nur eines Blickes zu würdigen. Von Schluchzen geschüttelt brach Marion auf dem Bett zusammen. Duncan ließ sie ein wenig weinen und trat dann zu ihr. Sie sah seine Stiefelspitzen an, wagte aber nicht, zu ihm aufzublicken.

»Ich glaube, ich habe ein paar Erklärungen verdient«, begann der junge Mann mit ausdrucksloser Stimme. »Wer ist dieser Strathmore?«

»Das tut mir schrecklich leid … Ich wollte dir davon erzählen, aber ich dachte, das hätte noch Zeit. Da er tot ist …«

»Du warst mit dem Earl of Strathmore verlobt und hast mir nichts davon gesagt?«

»Warum hätte ich es erwähnen sollen, Duncan? Damals war noch nichts zwischen uns.«

Brüsk wandte er sich ab und entfernte sich. Erst jetzt wagte sie, den Kopf zu heben und seinen Rücken anzusehen.

»Er ist tot, daher hat das jetzt keine Bedeutung mehr.«

Das Schweigen zog sich in die Länge.

»Duncan … Du musst mir glauben.«

»Und wenn er nicht gefallen wäre, hättest du dich mir trotzdem hingegeben?«

»Ich hätte ihn nicht geheiratet, denn ich wollte ihn gar nicht. Der Earl of Breadalbane hatte diese Verbindung ins Werk gesetzt, um mich daran zu hindern …«

Er drehte sich halb um und sah sie von der Seite an.

»Du willst mich glauben machen, dass du eine einfache Hütte in Glencoe einem Schloss in der Grafschaft Angus vorgezogen hättest? Du beliebst wohl zu scherzen! Und ich hatte schon gedacht … In Ardoch, da hatte ich gehofft, dass du nicht zufällig dort wärest, dass …«

»Du hattest recht …«

»Selbstverständlich! Der Earl hielt sich ja dort auf!«

Obwohl ihre Beine sie kaum tragen mochten, stand sie auf und sah ihm unverwandt in die Augen.

»Das ist alles vollständig lächerlich, Duncan! Deinetwegen bin ich nach der Schlacht im Lager geblieben. Ich wusste, dass etwas Schreckliches geschehen würde, dass in deinem Clan der Tod zuschlagen würde …«

»Natürlich würde der Tod zuschlagen. Das war schließlich eine Schlacht!«

»Nach der … Vision, die ich gehabt hatte, konnte ich mich nicht durchringen, dich zurückzulassen … Ich hatte es doch gesehen. Ich hatte gesehen, wie Blut den Tartan deines Clans tränkte, Duncan.«

»Und da konntest du wohl dem Drang nicht widerstehen, dich zu vergewissern, ob deine Vision Wahrheit würde, oder?«, versetzte er bitter.

Seine scharfe Bemerkung traf Marion direkt ins Herz, doch sie versuchte, Duncans Reaktion zu verstehen.

»Ich hatte Angst, denn diese Vision hatte mich heimgesucht, als ich in deiner Nähe war, daher … wusste ich …«

Duncan sah die junge Frau aufmerksam an. Er spürte, dass sie die Wahrheit sagte.

»Du wusstest, dass mein Bruder sterben würde? Du redest von der Vision, die du in der Nacht hattest, als wir die *Sweet Mary* geentert haben? Und du hast mir nichts gesagt?«

Die Züge des jungen Mannes verhärteten sich, und er fuhr mit der Hand über das Gesicht.

»Nein! Ich konnte doch nicht wissen, wen genau der Tod treffen würde, Duncan. Aber … ich dachte, du könntest es sein. Ich wusste nicht, was geschehen würde, aber ich hatte Angst, dich zu verlieren …«

»Du hättest mir davon erzählen müssen. Vielleicht hätte ich ja den Tod meines Bruders verhindern können!«

»Nein! Verstehst du denn gar nichts? Niemand kann sich gegen das Schicksal stemmen. Ich sehe Dinge, und ich kann nichts dagegen tun. So steht es geschrieben, und die Zukunft lässt sich nicht verändern. Ach, Duncan!«

Sie sank auf die Knie und schluchzte laut. Wortlos sah Duncan einen Moment lang auf sie hinunter. Dann seufzte er.

»Es tut mir leid, Marion. Ich hätte nicht in diesem Ton mit dir sprechen dürfen. Ich weiß doch genau, dass du dafür nicht verantwortlich bist.«

Sanft bedeckte er ihr Gesicht mit Küssen.

»Und was diesen Strathmore angeht …«

Sie schlug die geröteten Augen auf, um ihn anzusehen.

»Er hatte die Güte, im Kampf zu sterben.«

»Wie kannst du nur so etwas Schreckliches sagen? Er war erst neunzehn Jahre alt …«

Als sie Duncans Miene sah, unterbrach sie sich, sprach dann aber weiter.

»Aber ich sage es dir noch einmal, ich hätte ihn niemals geheiratet. Sie hätten mich nicht zwingen können.«

»Nein. Doch ganz offenbar war er eine gute Partie ...«

»Ich wollte aber seine Schlösser und seine Titel nicht. Du warst es, den ich ...«

Die Worte steckten in ihrer ausgetrockneten Kehle fest. Sie zögerte. Aber so, wie es inzwischen um sie beide stand, konnte sie ebenso gut ...

»Ich wollte dich, Duncan.«

Die Züge des jungen Mannes entspannten sich. Er öffnete den Mund. Sichtlich bewegt suchte er nach Worten. Dann umarmte er Marion stürmisch.

»Ich glaube, ich liebe dich ...«

»Du *glaubst*, dass du mich liebst?«

»Um ganz ehrlich zu sein, Duncan, wollte ich mich nicht in dich verlieben. Du verstehst schon, ich, die Tochter des Laird von Glenlyon, und du ... Außerdem war ich mir nicht wirklich über deine Absichten im Klaren. Ich hatte Angst, du wolltest mich benutzen, um deinen Clan zu rächen.«

»Marion ...«

Er hob ihr Kinn hoch, so dass sie ihn ansehen musste.

»Meine süße *Mórag* ... Ich könnte dir niemals etwas zuleide tun. Und wenn du glaubst, dass du mich liebst, und wenn es nur ein ganz klein wenig ist, dann ist das schon mehr, als ich jemals zu hoffen gewagt habe.«

Der Laird von Glenlyon stand vor dem Fenster und wandte Duncan den Rücken zu. Mit leerem Blick starrte er auf die weißen Hügel hinaus, die seinen Besitz umgaben. Ohne Unterlass trommelte er mit den Fingern auf dem Schreibtisch herum, was Duncan äußerst unruhig machte. Dennoch trug der junge Mann eine gleichmütige Miene zur Schau, als Glenlyon sich von der Landschaft losriss und sich langsam zu ihm umwandte.

»Ich will Euch nicht verhehlen, dass ich enttäuscht bin. Marion ist meine einzige Tochter, und ich hatte mir für sie etwas anderes erhofft«, begann er. »Ein Macdonald! *Fuich!* Marion hat mir schon immer Überraschungen bereitet. Aber das jetzt übersteigt jede Vorstellung.«

Seine Faust krachte donnernd auf den Schreibtisch. Er sah auf seine zusammengeballte Hand hinunter, löste sie seufzend und schloss resigniert die Augen.

»Trotzdem will ich sie auf keinen Fall zu etwas zwingen. Ich muss gestehen, dass ich so etwas schon befürchtet hatte. Warum hätte sie sonst in Perth bleiben sollen? Ich kenne meine Tochter besser, als sie glaubt. Nur bin ich nicht besonders redselig. Meine Gespräche mit meinen Kindern, besonders mit Marion, sind … Pah! Es ist nicht leicht für einen Mann, eine Tochter allein großzuziehen, vor allem nicht, wenn sie ein so ungestümes Temperament besitzt. Ihr gegenüber habe ich schon seit langem in vielerlei Hinsicht die Waffen gestreckt.«

Er zuckte die Achseln, wandte sich zum Kamin und trat unter das Bild. Sein Vater schien dem Gespräch aufmerksam zu folgen.

»Ich will ehrlich zu Euch sein, Macdonald. Ich betrachte Euren Clan als eine wahre Plage der Highlands. Doch ich weiß einen Mann als den zu beurteilen, der er ist, und davon abzusehen, was er darstellt …«

Er sah Duncan an, der regungslos in der Nähe der Tür stand.

»Wie Ihr wisst, war Marion dem Earl of Strathmore versprochen. Doch er ist tot, möge Gott seiner Seele gnädig sein. Gegenüber dem Earl of Breadalbane erleichtert mir das die Sache. Auf der anderen Seite verliert Marion die Aussicht auf eine vorteilhafte Heirat.«

»Vorteilhaft?«, empörte sich Duncan, der mit einem Mal aus seiner Sprachlosigkeit erwachte. »Für wen?«

Glenlyons ausgezehrte, erschöpfte Züge verhärteten sich. Sein rotes Haar war reichlich mit Grau durchsetzt, und seine blassblauen Augen blickten betrübt drein. Er runzelte die Stirn.

»Für Marion, Macdonald. Ihr solltet meine Absichten nicht missdeuten. Ich liebe meine Tochter von ganzem Herzen. Für sie bin ich bereit, einige meiner Prinzipien zu opfern. Niemals würde ich Marion ausnutzen, um mich zu bereichern. Ich möchte, dass das ganz klar zwischen uns ist.«

»Ja, Sir.«

Glenlyon seufzte und blickte dann zu dem charmanten Gesicht des Mannes auf, dessen Porträt über ihm an der Wand hing.

»Was mich beunruhigt, sind eher Eure Absichten, Macdonald. Was sollte ein Mann aus Glencoe von Glenlyons Tochter wollen, wenn nicht …? So, wie das Verhältnis zwischen unseren beiden Clans aussieht, ist es doch wohl verständlich, dass ich mir Fragen stelle.«

»Allerdings«, räumte Duncan ein. »Aber ich hege ehrliche Absichten, Sir, das könnt Ihr mir glauben …«

Der Laird lächelte ironisch.

»Auf Euer Wort? Das würde ich gern. Doch das Problem ist, dass ich schon seit langer Zeit Männern, die aus dem verfluchten Tal stammen, kein Vertrauen mehr schenke. Es fällt mir schwer, in dieser Sache etwas anderes zu sehen als einen Akt der Rache. Meine Tochter ist mir sehr kostbar. Sie ist alles, was ich noch habe … Sie erinnert mich an meine verstorbene Frau.«

»Das tut mir leid, Sir. Marion hat mir davon erzählt.«

»Sie hat es Euch erzählt? Nun ja …«

Er zögerte. Seine langen, knochigen Finger nestelten nervös an der Tasche seiner hellblauen Samtweste, welche die Farbe seiner Augen betonte. Kurz stellte Duncan sich Marion in einem Kleid von der gleichen Farbe vor.

»Habt Ihr Gewalt gebraucht?«

Duncan blinzelte vor Verblüffung.

»Ähem … Nein, Sir!«

Der Laird verzog das Gesicht und kratzte sich am Nasenflügel, während er den jungen Mann argwöhnisch in Augenschein nahm.

»Offensichtlich fällt es ziemlich schwer, Marion zu etwas zu zwingen, das sie nicht will. Ich weiß selbst am besten, welchen Aufruhr man sich damit einhandeln kann. Und da ich erraten kann, welche Gefühle sie Euch gegenüber hegt, glaube ich ihr, wenn sie sagt, dass sie Euch selbst in ihr … Zimmer eingeladen hat. Sie ist inzwischen eine junge Frau, die weiß, was sie will. Natürlich bin ich entsetzt über ihr Verhalten, und das ist noch vorsichtig ausgedrückt. Aber ich kann nichts mehr dagegen tun, nicht wahr?«

Er lachte sarkastisch auf und fuhr dann fort.

»Ich muss zugeben, dass die Schuld auch ein wenig bei mir liegt. Stets habe ich sie tun lassen, was sie wollte. Ich bin viel zu müde, um mit ihr zu streiten. Zu Amelias großem Kummer ist sie schon immer lieber in Hosen auf Erdhügeln herumgeklettert, statt artig und in einem sauberen Kleid im Haus zu bleiben und sich weiblichen Tätigkeiten zu widmen oder Bibelverse aufzusagen. Sie kann sehr starrköpfig sein, versteht Ihr.«

Duncan schmunzelte.

»Das hatte ich schon vermutet … Außerdem besitzt sie eine sehr scharfe Zunge.«

»Hmmm …«, meinte der Laird und zog die Augen zusammen. »Zweifellos hätte ich an diesem Punkt strenger sein sollen. Ihre Sprache lässt sehr zu wünschen übrig.«

»Ich komme inzwischen ganz gut damit zurecht«, meinte Duncan, der immer noch lächelte.

»Ja, daran hege ich keinen Zweifel.«

Glenlyon sah ihn mit einem eigenartigen Blick an, bei dem ihm unwohl wurde.

»Wie heißt Euer Vater?«

»Liam Macdonald.«

»Liam … In den Highlands ist dieser Name nicht sehr verbreitet. Ich glaube, ich erinnere mich an ihn. Wahrscheinlich bin ich ihm irgendwann einmal ›zufällig‹ auf meinem Land begegnet.«

Nachdenklich rieb er sich das Kinn und drehte sich dann zu dem Bild um, das hinter ihm hing.

»Ihr wisst, dass dieser Mann mein Vater ist?«

»Ja, das hatte ich vermutet.«

»Was er getan hat, kann man weder wiedergutmachen noch vergessen. Er war ein kranker Mensch, dessen sich andere bedienten und der sich lenken ließ. Ich will seine Taten nicht entschuldigen, aber ich möchte nicht, dass Marion den Preis dafür zahlt.«

Er sah Duncan vielsagend an.

»Ihr versteht, was ich damit sagen will?«

»Ganz genau, Sir.«

»Was habt Ihr jetzt mit ihr vor, nun, da … Also, wie sind Eure Pläne?«

»Ich möchte sie mit nach Glencoe nehmen«, antwortete Duncan, ohne mit einer Wimper zu zucken.

Der Kiefer des Laird arbeitete. Mechanisch wickelte er die goldene Uhrkette, die an seinem Knopfloch befestigt war, um den Zeigefinger und spannte sie dabei gefährlich.

»Glencoe …«, murmelte er mit verzerrter Miene, als bedeute das bloße Aussprechen dieses Namens eine gewaltige Anstrengung für ihn. »Ist sie damit einverstanden?«

»Ja.«

Mürrisch verzog Glenlyon das Gesicht und tat mit einem hörbaren Seufzer seine Kapitulation vor den Tatsachen kund. Duncan empfand ein wenig Mitleid mit diesem Mann, der offenbar so schwer an seinem Schicksal zu tragen hatte. Ob Marion ihren Vater wohl schon einmal hatte lächeln sehen?

»Sagt mir, Macdonald, warum wollt Ihr meine Tochter mit nach Glencoe nehmen?«

Duncan verschlug es einen Moment lang die Sprache. Dann reckte er die Schultern und hob das Kinn.

»Weil ich sie liebe, Sir.«

Sein Herz galoppierte wie ein panisches Tier, das versucht, vor einer Gefahr zu fliehen. Er hatte Marions Vater die Gefühle eingestanden, über die er sich gerade erst selbst klar geworden war. Er liebte Marion.

»Ihr liebt sie also …«, gab Glenlyon laut zurück. »Und wie weit würde Eure … Liebe zu ihr gehen?«

»Ich würde alles für sie tun.«

Die Worte waren ihm wie von selbst über die Lippen gekommen. Sie verblüfften ihn selbst. Ja, er liebte Marion Campbell. Vorhin im Zimmer, als ihr Bruder sie geschlagen hatte, hatte er solchen Zorn empfunden, dass er jetzt wusste, dass er für sie töten könnte. Wäre John nicht ihr Bruder gewesen, er hätte ganz gewiss die Klinge seines Dolches zu spüren bekommen.

»Ihr müsst mich verstehen«, fuhr Marions Vater fort. »Ich muss mich Eurer Loyalität ihr gegenüber versichern. Es fällt mir sehr schwer, Euch richtig zu beurteilen. Ihr seid ein Mann aus Glencoe. Doch ich habe Euch auf dem Schlachtfeld kämpfen gesehen. Ihr seid ein mutiger Mann. Und ich glaube auch, dass Ihr ein Mann von Ehre seid. Meine Tochter befand sich ganz ohne mein Zutun eine gewisse Zeit lang in Eurer Obhut, und …«

Er verzog das Gesicht.

»Ihr habt ihr Respekt entgegengebracht. Ich muss Euch im Übrigen noch für alles danken, was Ihr für sie getan habt …«

Glenlyon ging zu einem kleinen Tischchen, nahm eines der Gläser, die darauf standen, und holte die Whiskyflasche aus dem Regal. Dann trat er an den Schreibtisch.

»Ihr wisst, dass mein Vater unser Erbe vergeudet hat«, sagte er und schenkte sich ein *dram* von der bernsteinfarbenen Flüssigkeit ein.

Er zog eine Schublade des Nussbaum-Schreibtisches auf und nahm eine Schachtel aus Rosenholz heraus, deren Ecken mit Beschlägen aus poliertem Messing geschmückt waren. Neugierig, aber ohne ein Wort, sah Duncan zu, wie der Laird an seinem Schlüsselbund herumnestelte. Dann fand er, was er gesucht hatte, und steckte den kleinen Schlüssel in das Schloss der Schatulle.

»Ich bin also ruiniert und habe Marion nichts zu vererben.«

Er warf Duncan einen wissenden Blick zu.

»Damit will ich sagen, dass ich meiner Tochter keine angemessene Mitgift aussetzen kann.«

»Ich will nichts von Euch, Sir. Alles was ich begehre, ist Eure Tochter.«

»Ja, natürlich.«

Er lachte leise.

»Nun ja … Dann einigen wir uns eben darauf, dass ihre Mitgift alle Kühe sind, die Ihr mir je gestohlen habt, seit Ihr zum ersten Mal mein Land betreten habt und ich Euch mit einem Fußtritt in den Allerwertesten wieder nach Hause befördert habe.«

Duncan spürte, wie ihm das Blut in die Wangen stieg. Er öffnete den Mund, aber kein Laut kam über seine Lippen. Also so etwas! Glenlyon erinnerte sich noch an seine jugendlichen Schandtaten! Unterdessen öffnete der Ältere die Schatulle. In dem mit blutrotem Samt ausgeschlagenen Inneren lag ein fein ziselierter Silberbecher. Glenlyon betrachtete ihn einem Moment lang mit undeutbarem Gesichtsausdruck. Dann hob er ihn langsam heraus und stellte ihn neben das mit Whisky gefüllte Glas.

»Habt Ihr die Absicht, sie zu heiraten?«

Duncan fühlte sich immer unwohler. Ganz offensichtlich war dem Vater daran gelegen, dass er seine Tochter nicht hinters Licht führte. Aber wollte er wirklich heiraten? Und sie, was mochte sie wollen?

»Also… Marion und ich haben noch nicht darüber gesprochen. Aber wenn sie das möchte, dann werde ich mit ihr das Ehegelübde ablegen.«

Mit dieser Antwort schien Glenlyon zufrieden zu sein. Er goss Whisky in den Silberbecher und reichte ihn ihm. Dann hob er sein eigenes Glas.

»*Slàinte mhat!*«

Duncan erwiderte den Trinkspruch und leerte dann den Becher in einem Zug. Er wollte ihn Glenlyon zurückgeben, doch dieser gebot ihm mit fester Hand Einhalt.

»Nein«, erklärte er, »er gehört Euch.«

Wie vom Donner gerührt sah der junge Mann auf die herrliche Kunstschmiedearbeit hinunter, die in seiner Hand glitzerte.

»Der Becher war einmal Eigentum Eures Clans«, versuchte der Laird verlegen zu erklären. »Ich glaube, die Zeit ist gekommen, ihn Euch zurückzuerstatten.«

Plötzlich erkannte Duncan verblüfft, dass er den berühmten Silberbecher des großen MacIain in Händen hielt, den Captain Robert Campbell vor zwanzig Jahren hatte ermorden lassen. Der Becher stammte ursprünglich aus Frankreich und war zusammen mit der gesamten Ausstattung des Herrenhauses in Carnoch verschwunden. Anschließend hatten die Männer aus dem Regiment von Argyle es niedergebrannt.

»MacIains Becher…«, flüsterte der junge Mann fasziniert.

»Ja. Ich sehe, dass Ihr darüber Bescheid wisst. Seit den schrecklichen… Ereignissen hat er in dieser verschlossenen Schachtel gelegen. Bis heute habe ich ihn niemals angerührt. Doch meinen Vater habe ich mehrere Male dabei überrascht, wie er vor der geöffneten Schatulle saß und den Becher anstarrte. Doch berührt hat er ihn ebenfalls nicht. Ich glaube, er hat ihm Angst gemacht … Der Fluch, versteht Ihr?«

»Ich glaube schon.«

»Ich gebe ihn Euch zurück. Er gehört mir nicht. Ich bin sogar erleichtert, ihn loszuwerden. Schon die Vorstellung, dass er sich hier befand, lag mir auf der Seele. Andererseits konnte ich ja nicht einfach vor Euren Chief treten und zu ihm sagen: ›Hier bitte, der Becher Eures Vaters …‹«

Er unterbrach sich und sah auf den schimmernden Silberbecher hinunter.

»Ich glaube nicht, dass zwischen unseren beiden Clans so bald Frieden herrschen wird«, erklärte er. »Ich weiß, dass meine Kühe weiterhin verschwinden werden, und dass bei Gelegenheit auch einmal einer von Euren Leuten auf Chesthill an einem Baum hängen wird …«

Duncan schluckte, hielt aber Glenlyons missbilligendem Blick stand.

»Ich hoffe um Marions willen, dass Ihr darauf Acht geben werdet, Euch nicht aufhängen zu lassen, Duncan … Ich wäre untröstlich, dem Mann, der meiner Tochter das Herz geraubt hat, die Schlinge um den Hals legen zu müssen.«

Ganz ohne sein Zutun schlich sich ein spöttisches Lächeln auf Duncans Lippen. Was für eine eigenartige Situation, und welch ein Zynismus! Glenlyon hatte wahrhaftig Sinn für Humor!

»Ich werde mir Mühe geben«, murmelte der junge Mann.

Glenlyon lächelte. Duncan fand, dass der Laird plötzlich zehn Jahre jünger wirkte.

»Noch etwas … Ich bin nicht so einfältig zu glauben, dass Marion in Glencoe ein leichtes Leben haben wird. Wenn sie sich entschieden hat, mit Euch zu gehen, dann kennt sie die Folgen und nimmt sie in Kauf. Doch ich zähle darauf, dass Ihr alles tut, damit sie kein allzu schweres Los hat.«

»Natürlich, Ihr könnt Euch auf mich verlassen.«

Glenlyon legte Duncan die Hand auf die Schulter und sah den

jungen Mann lange an. Er drückte sie leicht und trat dann von ihm weg.

»Eine letzte Warnung. Sollte meine Tochter jemals durch Eure Schuld leiden, dann schwöre ich, dass ich Euch mit meinen eigenen Händen umbringe. Habe ich mich klar genug ausgedrückt?«

Duncan lächelte noch breiter.

»Deutlicher geht es nicht, Sir.«

»Mein Vater wird sich wahrscheinlich im Grabe umdrehen…«

Die Tür flog auf, und Rob Roy stürzte zusammen mit seinem Sohn James Mor in den Raum. Er warf einen Brief, dessen Siegel erbrochen war, auf den Schreibtisch und sprach den Laird ohne höfliche Umschweife an, nachdem er ihn mit einem kurzen Kopfnicken gegrüßt hatte.

»Ich glaube, wir haben eine Möglichkeit gefunden, das Dokument zurückzuholen.«

Glenlyon runzelte die Stirn und betrachtete den Brief, ohne ihn allerdings anzurühren.

»Was ist das?«

James Mor trat vor. Auf seinem von der Kälte geröteten Gesicht lag ein triumphierendes Lächeln.

»Dies ist ein Dokument, das die Ermordung des Prätendenten befiehlt. Unterzeichnet ist es von John Campbell, dem Sohn und Erben des Duke of Argyle.«

»Ja, da soll mich doch…«, brummte Duncan.

»Dann ist der Prätendent endlich in Schottland eingetroffen?«

»Ja, vor zwei Tagen. Angeblich ist er in Peterhead an Land gegangen und soll die Straße nach Perth eingeschlagen haben, wo er mit Ungeduld erwartet wird.«

»Gelobt sei Gott«, murmelte der Laird.

Er griff nach dem gewaltsam geöffneten Schreiben, um es genauer zu untersuchen.

»Wie kommt Ihr an dieses Dokument?«

»Wir haben die Post, die aus Fort William kam, abgefangen«, erklärte James. »Es fiel uns nicht allzu schwer, die Kuriere zu überreden, uns ihre Papiere inspizieren zu lassen«, setzte er hinzu und klopfte auf den Dolch, der an seinem Gürtel hing. »Ich habe die Handschrift von Argyles Sohn auf dem Umschlag erkannt. Zuerst dachte ich, wir hätten es mit dem Dokument zu tun, dass wir zurückzuholen versuchen … Aber dieses Schreiben hier kann uns dennoch von Nutzen sein.«

»Erpressung?«, fragte Duncan.

James strahlte von einem Ohr zum anderen.

»Wenn man so will … Ich glaube nicht, dass Argyle die Vorstellungen seines Sohnes teilt und seine kleinen Ränkespiele billigt. Der Spitzbube lässt es so aussehen, als sei dieses Komplott eine Intrige des Duke. Ihr könnt Euch vorstellen, welche Folgen das haben wird, sollte der Prätendent den Thron besteigen. Argyle wird so enden wie seine Vorväter, mit dem Kopf unter dem Fallbeil der schottischen Jungfrau.«

»Hoppla!«, meinte Duncan.

Glenlyon setzte ein rätselhaftes Lächeln auf und zerknüllte nachdenklich den Brief in der Hand.

»Hmmm … Damit habe ich dich, Argyle …«

»So weit zu den guten Nachrichten«, ließ sich James vernehmen.

Mit bekümmerter Miene wandte er sich jetzt an Duncan.

»Ich fürchte stark, dass deine Schwester und ihr Mann sich in einer üblen Lage befinden …«

»Wie bitte?«

»Trevor Macdonald ist bei einem Überfall auf einen Nachschubtransport, der für Fort William bestimmt war, gefangen genommen worden. Dabei soll ein Soldat getötet worden sein.«

Duncan umklammerte den Becher.

»Angesichts des Aufstandes glaube ich nicht, dass man sie besonders gut … ähem … Wir sind ihnen begegnet, als sie nach Inverness verlegt wurden.«

»Sie? Soll das heißen, dass sie Frances nicht freigelassen haben?«

»Nein«, antwortete James.

»Mein Gott, Mutter wird den Winter nicht überleben!«

»John ist sofort nach Glencoe aufgebrochen. Er und deine Mutter werden nach Perth reiten, um deinem Vater Bescheid zu geben und zu sehen, was sie ausrichten können.«

Duncan fühlte sich innerlich zerrissen. Er sagte sich, dass er seine Mutter unterstützen musste, die nach Ranalds Tod und jetzt nach Frances' Verhaftung bestimmt zutiefst niedergeschmettert war … Aber da waren auch Marion und ihre Probleme …

TEIL SIEBEN

Mancher achtet Schatten wert,
Dem ist Schattenheil beschert.

Shakespeare, Der Kaufmann von Venedig

20

Ein erster Schritt zur Versöhnung

Unter den jakobitischen Soldaten, die inzwischen seit einem Monat in Perth einquartiert war, herrschte hektische Betriebsamkeit. Überall in den Straßen und Tavernen brachte man Trinksprüche auf die Gesundheit des Prätendenten James Stuart aus, der endlich den Fuß auf den eiskalten schottischen Boden gesetzt hatte und in den nächsten Tagen in der kleinen Stadt erwartet wurde. Der Earl of Mar, der Earl of Marischal sowie etwa dreißig Vertreter des hohen und niederen Adels hatten Perth verlassen, um James entgegenzureiten, der in Fetteresso, dem Hauptsitz der Keiths, zum König proklamiert worden war. Unterdessen bereitete man sich hier auf seine baldige Ankunft und die Krönung vor, die mit großem Pomp begangen werden sollte.

Ich selbst befand mich seit etwas mehr als vierundzwanzig Stunden in Perth, und mir war wahrhaftig nicht nach Feiern zumute. Der Tag neigte sich, und damit würde auch das Jahr 1715 zu Ende gehen. Die Taverne in der Tay Street, in der ich Zuflucht gesucht hatte, war inzwischen überfüllt. In einer Mischung aus Furcht und Ungeduld wartete ich auf Colin, der sich auf die Suche nach Liam gemacht hatte. Wir mussten ihn so rasch wie möglich finden, um Frances und Trevor aus der misslichen Lage, in die sie sich gebracht hatten, zu befreien.

Fast drei Wochen waren seit Liams überstürztem Aufbruch vergangen. Ich befand mich in einem Zustand vollständiger Verwirrung und schleppte mich, aller Gefühle entleert, mühsam dahin. Ich lebte wie in einem dichten Nebel, der sich nicht zerstreuen mochte. Um Liam und seinen Verrat, meinen Kummer und mein eigenes Leben ein wenig zu vergessen, stürzte ich mich von morgens bis abends in die Hausarbeit. Doch nichts half. Wie hätte ich auch vergessen können?

Margaret hatte mich zweimal aufgesucht. Im Grunde meines Herzens wusste ich, dass sie sich schämte und den Vorfall aufrichtig bereute. Aber ich hatte mich geweigert, ihr die Tür zu öffnen, um ihre nichtssagenden Entschuldigungen entgegenzunehmen, die mir auch keinen Trost gespendet hätten. Ich war noch nicht bereit, sie anzuhören … ebenso wenig, wie ich bereit war, Liam wiederzusehen. Doch hier ging es um das Leben unserer Tochter.

Ich hatte Colin nichts von meinen Eheproblemen erzählt. Wahrscheinlich hegte er aber seine Vermutungen, da ich mich nur widerstrebend bereitgefunden hatte, nach Perth zu reisen, um Liam zu suchen. Außerdem hatte ich mich standhaft geweigert, mit ihm durch die Straßen der Stadt zu laufen, um meinen Mann zu finden. Er hatte die Diskretion besessen, nicht allzu viele Fragen zu stellen. Vielleicht wusste er ja auch bereits Bescheid. Das bezweifelte ich allerdings. Liam neigte nicht dazu, anderen sein Herz auszuschütten. Bei Margaret jedoch …

Ich wies mein schlechtes Gewissen in die Schranken, das mich nicht in Ruhe ließ, biss die Zähne zusammen und trank einen Schluck Wein. Immer wieder sah ich beklommen zur Tür und rechnete jederzeit damit, ihn eintreten zu sehen. Ich schob meinen nur halb geleerten Teller zurück. Von der dunklen Ecke aus, in der ich saß, konnte ich den Raum mit einem Blick übersehen. Die Tür öffnete sich. Ein glatter, blonder Haarschopf erschien im Rahmen; Colin suchte in der Menschenmenge nach mir. Ohne zu bemerken, was ich tat, war ich aufgestanden und versuchte, hinter ihm Liams rote, lockige Mähne zu entdecken.

Mein Herz schlug zum Zerspringen, meine Kehle fühlte sich wie ausgedörrt an und mein Magen krümmte sich. Doch Colin war allein. Ich biss mir auf die Lippen, um nicht in Tränen auszubrechen. Hatte er sich geweigert, mich zu sehen, oder war er immer noch unauffindbar? Kurz überfiel mich Panik. Und wenn er gar nicht nach Perth zurückgekehrt war? Colin trat zu mir und nahm, ein Pint Bier in der Hand, mir gegenüber Platz.

»Und?«

»Ich habe ihn gesehen«, erklärte er und sah mir betrübt in die Augen. »Aber er wollte nicht herkommen …«

Mein Herz tat einen Satz. Gott sei gelobt! Er war hier.

»Er war bestürzt.«

»Aber ich muss ihn sehen! Wir wissen nicht, was mit Frances ist.«

»Was ihn so bestürzt hat, Caitlin, war ja gerade die Nachricht, dass du hier bist.«

»Aber wir können uns nicht erlauben, zu lange zu warten. Was meinst du, wann er bereit sein wird, mich zu treffen?«

Collin zog eine unsichere Miene und zuckte die Achseln.

»Hast du ihm auch richtig erklärt, wie dringend die Lage ist?«, beharrte ich und kippte den restlichen Inhalt des Krugs in mein Glas.

Er spähte in den Krug und warf mir einen seltsamen Blick zu.

»Hattest du Gesellschaft, oder hast du das alles allein getrunken, während ich fort war?«

»Na ja … Ich habe es allein getrunken«, gab ich leicht verlegen zurück.

Im gleichen Moment spürte ich, wie sich mir von dem Alkohol der Kopf drehte und mich eine große Mattigkeit ergriff. Ich stürzte in eine tiefe Melancholie.

»Du hast meine Frage nicht beantwortet, Colin. Hast du …«

»Ja, ich habe ihm alles erklärt.«

»Wo hast du ihn gefunden?«

»In der Skinnergate Street, zusammen mit Calum, Robin und Angus.«

»War er … betrunken?«

Einen Moment lang hatte ich vermutet, dass er möglicherweise zu betrunken war, um mir gegenüberzutreten.

»Nein.«

Er sah mich halb neugierig, halb mitfühlend an.

»Caitlin«, begann er und nahm meine Hand. »Dich in diesem Zustand zu sehen, schmerzt mich sehr. Ich bin nicht dumm, und ich weiß, dass zwischen dir und ihm etwas vorgefallen ist …«

Ich leerte mein Glas, hob den leeren Krug hoch und verzog das Gesicht.

»Holst du mir noch einen?«

Er schenkte mir einen milden Blick und bestellte einen weiteren Krug.

»Du wirst dich sinnlos betrinken, Caitlin.«

Ich lächelte bitter.

»Ich möchte vergessen …«, artikulierte ich mühsam und lachte nervös auf.

Ein junger, braunhaariger Mann von gepflegtem Äußeren, der am Nebentisch saß, wandte sich mir zu und beäugte mich charmant lächelnd eine ganze Weile. Abgesehen von den Schankmädchen waren in dem belebten Lokal kaum Frauen zu sehen. Jemand stellte einen vollen Weinkrug vor mich hin, und ich schenkte mir ein Glas ein. Colin drückte sanft mein Handgelenk, damit ich ihm wieder Beachtung schenkte.

»Wie schon sagte, habe ich den Eindruck, dass zwischen Liam und dir etwas vorgefallen ist …«

Ich trank einen Schluck Wein.

»Erzähl mir von dieser Geschichte mit dem Duke of Argyle.«

Colin verstand, dass ich nicht über meine Probleme sprechen wollte, und bedrängte mich nicht weiter.

»Es ist eher der Sohn des Duke, der sich in Schwierigkeiten gebracht hat. Er hat ein Komplott geschmiedet, dessen Ziel es ist, den Prätendenten zu ermorden. Aber der Schwachkopf hatte nicht einmal den Mumm, selbst den Kopf hinzuhalten. Er hat die Unterschrift seines Vaters gefälscht …«

Eine rasche Bewegung zog meine Aufmerksamkeit auf sich. Der große, magere Mann mit den braunen Haaren, der am Nebentisch saß, hatte sein Bier umgestoßen, das sich nun über den unteren Teil meines Rockes ergoss. Er erging sich in Entschuldigungen und versuchte, das Bier aufzutupfen.

»Schon gut, das geht schon!«

»Das tut mir wirklich leid, Mrs. …?

»Macdonald.«

Der junge Mann nahm meine Hand und führte sie an die Lippen. Dann verneigte er sich leicht.

»William Gordon«, stellte er sich vor und lächelte breit, wobei er zwei Zahnlücken enthüllte.

»Ich bin der Kurier des Earl of Marischal, und ich konnte nicht umhin, Eure Worte über den Prätendenten mit anzuhören …«

»Oh! In der Tat, wir …«

Unter dem Tisch versetzte Colin mir einen Tritt und sah mich bedeutsam an.

Ich wollte schon protestieren, doch ich nahm mich zusammen, denn das Glitzern in seinen Augen ließ mich vermuten, dass ich besser schwieg.

»Habt Ihr nicht von einem Komplott gegen unseren zukünftigen König gesprochen?«

»Ein Gerücht«, erklärte Colin und lächelte William Gordon zu.

Der verzog zweifelnd das Gesicht.

»Und wo habt Ihr dieses Gerücht gehört?«

»In den Straßen von Perth … rein zufällig.«

Der junge Mann kniff die Augen zusammen.

»Habt Ihr mit jemandem darüber gesprochen?«

Er wirkte nervös und gestikulierte ohne Unterlass mit den Händen.

»Ich verbreite keine Gerüchte, Mr. Gordon«, versetzte Colin trocken.

William Gordon presste die Lippen aufeinander. Von neuem neigte er den Kopf, sah mich an und entschuldigte sich ein weiteres Mal für sein Ungeschick.

»Ich wünsche Euch ein gutes neues Jahr, Madam, Sir.«

Dann wandte er sich ab und verschwand.

»Es war besser, nichts zu sagen, verstehst du?«

»Hmmm …«

Ich steckte die Nase in mein Glas und schaute dem hochaufgeschossenen Jüngling nach. Ich hatte ihn schon irgendwo gesehen … Aber wo?

»Und wie gedenkt Glenlyon diese Sache zu regeln?«, fragte ich und wandte meine Aufmerksamkeit erneut Colin zu.

»Ich nehme an, er wird ein Gespräch mit dem Duke verlangen und ihm den Beweis für die Machenschaften seines Sohnes unter die Nase halten. Wenn der Duke nur noch einen winzigen

Funken Ehrgefühl besitzt, wird er darauf eingehen, diesen Brief gegen unser Dokument auszutauschen. Andernfalls werden in ganz Schottland wenig schmeichelhafte Flugschriften herumgehen, und er wird zum Gespött seiner Landsleute werden. Ein Duke, der sich von seinem eigenen Sohn derart übel mitspielen lässt! Außerdem wissen wir noch nicht, wie der Aufstand ausgehen wird. Wer würde sich in die Gefahr bringen, sich in einer solchen Lage wiederzufinden? Wenn Stuart den Thron besteigt, wird man Argyle wegen Majestätsbeleidigung anklagen, und er wird seinem Großvater aufs Schafott folgen. Es ist ja ganz offensichtlich seine Unterschrift, mit der der Königsmord befohlen wird …«

Zerstreut hörte ich zu, wie Colin mir das Komplott auseinandersetzte und anschließend die Szene in Marion Campbells Zimmer schilderte, und leerte dabei den zweiten Krug. Ich vermochte den Blick nicht von der Tür zu wenden, doch Liam kam nicht. In meinem Hals bildete sich ein Kloß. Mir wurde klar, dass ich im Grunde darauf hoffte, ihn zu sehen; und wenn nur, um mich zu vergewissern, dass es ihm gutging. *Gib es doch zu, Caitlin, er fehlt dir …* Nein, dazu fühlte ich mich noch zu verbittert und zerrissen; ich grollte ihm zu sehr …

Colins Finger strichen über meine tränenfeuchte Wange.

»Er hat mich betrogen.«

Stumm vor Verblüffung sah er mich an. Am liebsten hätte ich ihm den Mund geschlossen, ehe sein Kiefer noch auf die Tischplatte fiel.

»Wie bitte?«

»Liam hat mich betrogen«, brachte ich mühsam hervor.

Plötzlich verspürte ich das Bedürfnis, ihm alles zu erzählen. Ich musste diese schreckliche Last abwerfen, die mich seit Wochen nicht mehr atmen ließ, diesen Schmerz, der mir das Herz zuschnürte.

»Mit Margaret Macdonald.«

»Wie konnte denn das geschehen?«

Ich erzählte ihm, wie es dazu gekommen war, dass Liam das in meinen Augen Unverzeihliche begangen hatte. Berauscht vom Wein und von der Stimmung, die in dem großen Raum herrschte, wurde ich redselig. Mit schleppender Stimme sprudelte ich meinen ganzen Zorn, meine Verbitterung und meine Reue hervor. Am Ende sah ich in Colins graue, mitfühlende Augen.

»So, jetzt weißt du alles. Er hat gesagt, er werde nicht zurückkehren ...«

Der Schmerz schnürte mir die Kehle zu, und ich brach in Tränen aus. Ein wenig verunsichert setzte Colin sich neben mir auf die Bank und umarmte mich voller Zuneigung.

»Ich weiß nicht, was ich denken soll, Caitlin. Das tut mir so leid ... Gott, ich hatte ja keine Ahnung, dass Liam zu einer solchen Schurkerei in der Lage ist.«

Nach einer Weile hatte ich mich beruhigt. Die Wärme seines Körpers spendete mir Trost, und ich schmiegte mich an ihn. Er beugte sich über mich und küsste mich auf die Stirn.

»Ich bringe dich jetzt auf dein Zimmer. Du musst dich ausruhen«, erklärte er und half mir beim Aufstehen.

Während er meinen Umhang aufhob, der auf den Boden gerutscht war, schwankte ich gefährlich.

»Uuups!«, rief ich aus und hielt mich an seinem Arm fest. »Wackle doch nicht so, Colin ...«

»Ich bewege mich gar nicht, Caitlin. Und nun komm. Du bist diejenige, die sich nicht mehr auf den Beinen halten kann.«

Im Zimmer war es dunkel und eiskalt. Ich war in kaltem Schweiß gebadet, und mein Kopf drehte sich ganz fürchterlich. Nachdem er mich auf den einzigen Stuhl gesetzt hatte, zündete Colin eine Kerze an. Dann schlug er die Bettdecke zurück. Mit klappernden Zähnen sah ich ihm zu. Das Feuer war ausgegangen. Ich musste es neu anfachen. Es war so kalt ...

»Hoppla!«, rief er und konnte mich gerade noch um die Taille fassen, ehe ich mit dem Kopf voran in den erkalteten Aschenhaufen stürzte.

»Man kann dich keine zwei Minuten alleinlassen.«

Mir entfuhr ein unfrohes Lachen. Ich glaubte, Liam zu hören. Wie oft hatte er sich schon scherzhaft beklagt und mir vorgeworfen, dass er mir kaum den Rücken zu kehren brauchte, und schon brachte ich mich in Schwierigkeiten ...

»Ich weiß, dass ich immer nur Probleme mache«, stammelte ich kraftlos und drehte mich in seinen Armen herum. »Ziemlich lästig, stimmt's?«

Ich warf ihm einen provozierenden Blick zu.

»Im Grunde stimmt das doch. Warum sollte Liam zurückkommen? Schau mich an, Colin …«

Er legte die Hände um mein Gesicht und sah mich betrübt an.

»Hör auf, Caitlin. Du bist nicht mehr du selbst.«

»Ach ja? Hmmm … Ja, ich fühle mich heute Abend ein wenig trübsinnig.«

Wieder kicherte ich los. Doch merkwürdigerweise fand Colin das gar nicht komisch. Meine Beine ließen mich im Stich.

»Caitlin!«

Er hielt mich fest an sich gedrückt. Mir war so kalt … Ich fühlte mich von seiner Körperwärme angezogen und schmiegte mich an ihn. Dann begegnete ich seinem durchdringenden Blick. Dieser Blick …

Ich blinzelte. Doch er war immer noch da und betrachtete mich mit verschlossener Miene. Sein warmer Atem strich über mein Gesicht. Mit einem Mal presste sich sein Mund auf meine Lippen. Ich geriet körperlich wie moralisch ins Wanken und hielt mich an seinem Plaid fest. *Großer Gott, Caitlin! Was machst du da nur?*

Colin trug mich zum Bett, wo wir niedersanken. Seine Hände strichen über meinen Körper. Ohne dass ich wusste, wie mir geschah, fand ich mich einige Minuten später – zumindest kam es mir nicht länger vor – nur mit meinem Hemd bekleidet wieder. Meine Kleidung lag rund um uns verstreut.

»Caitlin … Caitlin … Herrgott im Himmel! Nach all diesen Jahren …«

Einen Moment lang glaubte ich, Liams Stimme zu hören. Von neuem verschloss er meinen Mund mit sanften Küssen, und unter meinem Hemd erkundeten seine Hände meinen Körper. Ich ließ mich von den Empfindungen, die seine Zärtlichkeiten in mir erweckten, davontragen. Zitternd und seufzend wiegte ich mich wie ein Schilfrohr in einer sanften Brise. Doch dann schüttelte mich der scharfe Wind meines Gewissens. Ich schlug die Augen auf. Nein … Das war nicht Liam. Das waren nicht seine Küsse und nicht seine Zärtlichkeiten.

»Der Bastard, wie konnte er dir das antun, Caitlin?«

In dem Halbdunkel, das im Zimmer herrschte, konnte ich die blonde, schimmernde Haarmähne erkennen, die sich unter mein hochgeschobenes Hemd wühlte. *Was machst du da, Caitlin? Nimm dich zusammen, ehe es zu spät ist!* Ich zappelte ein wenig und protestierte schwach. Doch mein Körper nahm keine Befehle von meinen Kopf mehr entgegen …

Colin legte sich auf mich und drückte mit dem Knie sanft meine Schenkel auseinander. *Bitte nicht, Colin …* Doch die Worte steckten in meiner Kehle fest. Meine Augen brannten vor Tränen. Ich wimmerte und musste aufstoßen. Plötzlich erstarrte Colin und sah mir ins Gesicht.

»Caitlin … Ich …«

Sein Blick war traurig, tieftraurig. Er stöhnte auf und vergrub schwer atmend den Kopf zwischen meinen Brüsten.

»Vergib mir«, murmelte er. »Ich habe nicht das Recht … Du bist betrunken und … Ich weiß, dass du eigentlich Liam begehrst …«

Er unterbrach sich, und ich hörte nur noch seinen schweren, abgerissenen Atem. Ob er weinte? Das Zimmer schien sich um mich zu drehen. Mir wurde übel. Colin richtete sich auf.

»Caitlin, ich habe dich immer geliebt. Nie werde ich Liam verzeihen, was er getan hat … Aber er ist mein Bruder, und du …«, sagte er und setzte sich auf. »Ich kann das nicht … Nicht so. Auf keinen Fall möchte ich deine Schwäche ausnutzen. Ich weiß, dass du traurig bist und dich in Wirklichkeit nach Liam sehnst.«

In dem kleinen Teil meines Gehirns, der noch arbeitete, gewannen seine Worte eine ganz spezielle Bedeutung. Mir wurde klar, dass ich um Haaresbreite den gleichen Fehler begangen hätte wie Liam. Reglos blieb ich auf dem Bett liegen, den Blick fest auf die Bretter an der Decke gerichtet, die nicht aufhören wollten, sich zu drehen.

»Colin …«

Nun wurde mir richtig schlecht. Ich spürte Colins Hand auf meinen Schenkeln, dann auf meinem Leib. Leise vor sich hin fluchend zog er mein Hemd wieder über meinen nackten Körper herunter.

»Colin … ich glaube, mir wird übel …«

Er stürzte herbei, und ich fand mich über eine Waschschüssel gebeugt wieder, in die ich den ganzen Inhalt meines heftig rebellierenden Magens entleerte.

»Oh, mein Kopf!«, stöhnte ich und ließ mich auf das Kissen zurückfallen.

»Das wird schon wieder. Ich hätte dir nicht erlauben sollen, den zweiten Krug auch noch auszutrinken.«

Mit einem feuchten Tuch tupfte er mir Stirn und Brust ab und gab mir ein paar Schlucke Wasser zu trinken. Ich hielt die Augen geschlossen, um das Schwindelgefühl zu dämpfen, das nicht weichen wollte. Doch ich spürte, dass er mich ansah.

»Ich gehe aus Schottland fort, Caitlin«, erklärte er unvermittelt.

»Wie bitte?«

Ich schlug ein Auge auf. Er betrachtete mich mit ernster Miene. Immer noch war er so schön wie früher. Das raue Leben, das er sich erwählt hatte, hatte nur wenig Spuren auf seinem Gesicht hinterlassen – abgesehen von dieser Narbe am Kinn, Hinterlassenschaft einer Prügelei mit einem Mann aus Keppoch, die er bei einem Zechgelage davongetragen hatte.

»Warum? Wohin willst du?«

»Ich gehe nach Amerika. Keine Ahnung … Vielleicht nach Kanada … oder nach Virginia oder Carolina … Wohin mich das erstbeste Schiff mitnimmt. Ich kann nicht mehr hierbleiben, verstehst du?«

Ich nickte. Doch eigentlich ging in meinem Kopf alles, was ich hörte, durcheinander. Ich spürte seine Lippen auf meinen.

»Ich liebe euch beide, Liam und dich. Doch es tut mir zu weh, euch zusammen zu sehen«, gestand er mit leiser Stimme.

Er setzte eine resignierte Miene auf und wandte den Blick ab.

»Ich gehe mit euch nach Inverness, wegen Frances. Danach suche ich mir ein Schiff.«

»Aber der Aufstand ... Sie werden dich nicht an Bord lassen. Gewiss werden die Häfen streng überwacht.«

Ich spürte, wie der Geschmack von Galle mir in den Mund stieg, und verzog das Gesicht.

»Ich werde schon einen Weg finden. Gestohlene Papiere zum Beispiel ...«

»Aber wieso willst du Schottland ganz verlassen? Warum zieht es dich so weit fort?«

Matt zuckte er die Achseln.

»Handel und Wandel liegen im Argen. Für mich gibt es hier nichts mehr zu gewinnen. Amerika bietet viele Möglichkeiten. Anscheinend kann man dort im Pelzhandel ein Vermögen verdienen.«

»Aber es heißt, diese Landstriche würden von Wilden unsicher gemacht, die einem die Kopfhaut mit den Haaren abschneiden, um sich daraus Trophäen zu machen.«

Er lachte ironisch auf.

»Mit denen müsste ich eigentlich gut auskommen ...«

»Colin ... Daran bin ich schuld. Ich habe dir dein Leben verdorben.«

»Rede keinen Unsinn, Caitlin. Das hat nichts mit dir zu tun. Für mein Unglück bin ich selbst verantwortlich.«

»Nein, es ist meine Schuld. Alles ist meine Schuld! Verflucht soll der Tag sein, an dem ich euch begegnet bin, Liam und dir!«

»Hör auf, Caitlin. Sag so etwas nicht.«

Ich schluckte. Mein Hals brannte und fühlte sich ausgetrocknet an; mein Magen hatte sein letztes Wort noch nicht gesprochen. Colin sah mich niedergeschlagen an. Er schob eine feuchte Haarsträhne zurück, die auf meinem Gesicht klebte.

»Du solltest schlafen. Ich werde noch ein wenig bleiben, um mich zu vergewissern, dass es dir gutgeht.«

Ich sah ihn einen Moment lang an und wusste nicht recht, was ich sagen sollte. Vielleicht gab es ganz einfach nichts zu sagen. Colin liebte mich immer noch und litt darunter. Er hatte sich dem Whisky und einem abenteuerlichen Leben zugewandt. Daran gab es nichts zu ändern. Vielleicht war es tatsächlich besser, wenn er für immer fortging. Bekümmert sah ich zu ihm auf und nickte langsam.

Zärtlich umwehte die warme Brise, die ich auch auf meinem Gesicht spürte, die smaragdgrünen, blau gesprenkelten Hügel, die sich sanft gewellt und leuchtend vor mir ausbreiteten. Unser Hund Seamrag tollte fröhlich kläffend um meinen kleinen Ranald herum. Das Lachen meines Sohnes schallte über die Heide, und sein Haar, das um das vor Vergnügen rot angelaufene, pausbäckige Gesicht flog, schimmerte in der Sonne.

»Lauf nicht auf die andere Seite des Hügels, Ran!«

Ich strich ganz frischen Schafskäse auf einen noch warmen Brotkanten.

»Nein, Mutter!«

Ich lächelte ihm zu. In seinem Tartan wirkte mein Sohn wie ein schillernder Wirbelwind aus Rot, Grün und Blau. Einen Moment lang schloss ich die Augen, um den süßen Duft des Heidekrauts einzusaugen. In der Sonne war es warm, so warm …

Ich schlug die Augen auf.

»Ran?«

Wo war er bloß geblieben?

»Ran?«

Ich versuchte aufzustehen, aber meine Beine steckten fest wie in einem Schraubstock.

»Ran!«, schrie ich, von Panik ergriffen.

Doch er antwortete mir nicht, und ich hörte auch Seamrags Bellen nicht mehr.

»Oh mein Gott!«

Immer noch vermochte ich mich nicht zu bewegen; etwas Unsichtbares hielt meine Beine fest. Ich zappelte. Es war heiß hier, schrecklich heiß! Dicke Schweißperlen liefen mir über das Gesicht. Wo war mein Sohn? Ich hatte meinen Sohn verloren!

»Ranald!«

Im Bett regte sich etwas und gab meine Beine frei. Schwer atmend, die Finger in mein feuchtes Hemd gekrallt, versuchte ich, in der Dunkelheit etwas zu erkennen. Die Kerze war verloschen. Ich hatte geträumt … Wieder einmal.

»Colin?«

In der kalten Luft fühlte sich mein Hemd, das mir auf der Haut klebte, eisig an. Ich zitterte und hörte, wie er näher kam.

»Nein, ich bin es …«

Mir stockte das Blut in den Adern. Liams tiefe Stimme traf mich mitten ins Herz, und ein unkontrollierbares Zittern ergriff mich. Von neuem wurde mir übel. Ich beugte mich über den Bettrand, versuchte, den neuen Anfall zu unterdrücken und tastete nach der Waschschüssel. Liam zog mich hoch und stellte mir die Schüssel auf die Knie. Mein Magen beruhigte sich, und die Krämpfe ließen nach.

»Besser?«, fragte er ein wenig kühl.

Ich konnte ihn nicht sehen, aber ich wusste, dass er mir ganz nahe war.

»Ich glaube schon.«

Er nahm die Waschschüssel und schob sie unter das Bett. Wie lange war er schon hier? War Colin noch im Zimmer gewesen, als er gekommen war? Was hatte er gesehen?

»Liam?«

Der beißende Geruch nach Erbrochenem hing im Raum, schnürte mir die Kehle zu und drehte mir den Magen um. So, wie ich aussehen musste, hoffte ich nur, dass Liam die Kerze nicht anzünden würde. Es war tröstlich, ihn in meiner Nähe zu wissen, doch es würde mich zerreißen, ihn zu sehen. Das Bett senkte sich, und eine große, warme Hand strich mir über die Stirn, dann über die Wangen. Ich fuhr zusammen und wich zurück. Er nahm die Hand weg.

»Das wird schon wieder«, sagte er zögernd.

Bilder stiegen vor meinem inneren Auge auf: Liam und Margaret, die nackt in unserem Bett lagen und sich küssten, einander liebkosten … Es gelang mir nicht ganz, sie wegzuschieben. Liam hatte sich aufgesetzt und wahrte einen Abstand zwischen uns. Eine furchtbare Distanz von nur wenigen Zoll, die mir jedoch wie ein Abgrund vorkam. Sein Atem ging langsam, doch ich wusste, dass er sich beherrschte.

»Ich habe Durst …«

Tatsächlich fühlte ich mich wie ausgetrocknet. Schwindlig

war mir nicht mehr, aber immer noch übel. Bei jeder Bewegung schien mir der Kopf platzen zu wollen. Das Bett, das plötzlich von Liams Gewicht befreit war, hob sich wieder. Ich hörte, wie er im Zimmer herumkramte und dann zurückkehrte.

»Hier«, sagte er und tastete über das Bett, um meine Hand zu finden, in die er eine Feldflasche drückte. »Es ist Wasser.«

Ich nahm einen sarkastischen Unterton in seiner Stimme war.

»Danke«, antwortete ich schroff.

Der Stuhl ächzte unter seinem Gewicht. Liam wurde von einem heftigen Hustenanfall geschüttelt.

»Bist du krank?«

»*Tuch!* Du solltest nicht sprechen.«

Ich warf ihm einen finsteren Blick zu, den er leider nicht sehen konnte.

»Wo ist Colin?«, fragte ich in einem Tonfall, der meiner Stimmung ziemlich genau entsprach.

»Er ist ins Feldlager zurückgekehrt.«

Ich zog den Kopf zwischen die Schultern und biss mir auf die Lippen.

»Liam … Du darfst nicht glauben …«

»Ich glaube gar nichts, Caitlin«, fiel er mir trocken ins Wort. »Außerdem, welches Recht hätte ich, dir Vorwürfe zu machen?«

»Keines«, gab ich bissig zurück. »Es ist nur so, dass ich mir nichts vorzuwerfen habe.«

Hinter der vorgegebenen Kühle war seine Stimme voll unausgesprochener Anspielungen gewesen. Es bereitete mir ein gewisses Vergnügen, mir vorzustellen, wie er bei dem Gedanken gelitten haben mochte, dass ich vielleicht mit seinem Bruder gelegen hatte. Dabei war er derjenige, der untreu gewesen war!

Der Stuhl knarrte erneut; Liam hatte sich bewegt. In der Herberge war es still. Nur draußen waren noch einige Nachtschwärmer unterwegs. Das erinnerte mich daran, dass heute Hogmanay* gefeiert wurde. Doch für uns begann das Jahr ziemlich schlecht.

»Haben die Glocken geläutet?«

* Neujahr

»Ja, um Mitternacht.«

Seine Stimme klang jetzt weicher.

»Aha … und wie lange ist das jetzt her?«

»Drei Stunden, vielleicht vier.«

Ich ließ die Feldflasche auf den Boden fallen und zog das Federbett bis über meine zitternden Schultern hoch. Colin hatte kein Feuer gemacht. Mir fehlte Liams Wärme, und in meinem schweißfeuchten Hemd war mir unter den Decken eiskalt.

»Du solltest weiterschlafen, Caitlin. Ich kann dir schon voraussagen, dass du morgen einen ordentlichen Brummschädel haben wirst, daher …«

»Den habe ich bereits, stell dir vor«, fauchte ich und musste die Augen schließen, so sehr hämmerte mein Kopf. »Und außerdem friere ich so, dass ich nicht wieder einschlafen kann.«

Wieder knarrte der Stuhl. Ich hörte, wie Liam eine Schaufel Kohle in den Kamin gab und dann Feuer machte. Bald flammte ein schwacher Schein auf und umgab ihn mit einer goldfarbenen Aureole. Reglos stand er vor dem aus grauem Stein gemauerten Kamin und wandte mir den Rücken zu. Wahrscheinlich wollte er meinem Blick nicht begegnen. Plötzlich wurden seine Schultern von einem weiteren Hustenanfall geschüttelt.

»Aber du bist ja krank, Liam!«, rief ich fast wider Willen besorgt aus. »Tust du etwas dagegen?«

»Schön zu wissen, dass du dich noch um meine Gesundheit sorgst«, gab er nur bitter zurück.

»Sei nicht töricht. Wir sind immer noch verheiratet, und …«

Er hatte sich umgedreht. Mir verschlug es die Sprache, als ich die Schatten unter seinen Augen und die ausgehöhlten Züge erblickte, die durch das Halbdunkel noch betont wurden.

»Dir geht es wirklich schlecht!«, stellte ich entsetzt fest.

Er schenkte mir ein leises, sarkastisches Lächeln.

»Das ist nur eine Erkältung. Behalte deine Fürsorge für dich.«

Ich starrte ihn mit offenem Mund an und kroch angesichts seines heftigen Tons in mich zusammen. Sein Kiefer arbeitete, und seine Hände trommelten mechanisch auf seinem Schenkel herum.

»Vielleicht sollten wir miteinander sprechen«, schlug ich nach einer Weile vor.

Er gab keine Antwort. Seine Finger wurden langsamer und ballten sich schließlich zur Faust.

»Worüber genau möchtest du reden? Über meinen Husten?«

»Lass um Gottes willen diese dummen Bemerkungen! Du weißt ganz genau, worüber.«

Mein Kopf stand kurz vor dem Zerspringen, und meine Augen tränten dermaßen, dass es schon wehtat. Keine Aussicht, noch einmal schlafen zu können. Ich rieb mir die Schläfen und barg dann den Kopf zwischen den Knien.

»Ach, Herrgott!«

Wir mussten reden, sagte ich mir immer wieder. Aber der Schmerz war immer noch da, obwohl die Verletzung nach einigen Wochen nicht mehr so stark brannte, und mir war gar nicht danach, auch noch Salz in die Wunde zu streuen. Die Matratze bog sich, und Finger legen sich sanft an meine Schläfen. Ich fuhr ein wenig zurück. Liam rutschte von mir weg, dann trafen sich unsere Blicke. Schließlich schloss ich die Augen. Kurz darauf legten seine Finger sich erneut auf meine Haut und massierten mir die Schläfen. Und auch meine Vorstellungskraft machte sich wieder ans Werk … Liam und Margaret, wie sie sich umarmten, wie sie miteinander lagen …

»Caitlin«, begann Liam.

Seine Finger bewegten sich langsamer.

»Was?«

Er hielt die Finger still und ließ sie über meine Wangen hinabgleiten, bis sie sich schwer auf meine Schulter legten.

»Also … Ich möchte es wissen.«

Ich öffnete die Augen und sah ihn verblüfft an.

»Was möchtest du wissen?«

»Ob Colin und du …«

Offensichtlich gingen ihm ganz ähnliche Bilder durch den Kopf wie mir. Nach dem, was ich soeben vor meinem inneren Auge gesehen hatte, hätte ich nicht übel Lust gehabt zu behaupten, dass zwischen uns etwas gewesen war. Ich wandte den Blick ab.

»Nein«, versetzte ich lakonisch.

Ich hörte, wie er einen Seufzer ausstieß, doch ich weigerte mich, ihn anzusehen.

»Beinahe wünschte ich, ihr hättet …«

Entsetzt starrte ich ihn an.

»Wie bitte? Das hätte dir Freude bereitet?«

»Nein! Aber dann hätte ich mich ein bisschen weniger schuldig gefühlt.«

»Ach so, dann wären wir quitt gewesen, ist es das? Und dann wäre alles wieder wie vorher geworden?«

Ich stieß ihn heftig zurück. Er musterte mich kalt.

»Du wolltest doch reden, oder?«

»Ja!«, gab ich beinah schreiend zurück.

»Dann kann ich dir nur ganz stark raten, deine Krallen einzufahren. Sonst kommt nämlich nichts dabei heraus.«

Ich schnaubte wutentbrannt. Die Magie seiner Finger war verflogen, und die Kopfschmerzen waren zurückgekehrt. Und als ob das noch nicht genug gewesen wäre, begann es in meinen Ohren zu rauschen.

»Das tut mir weh, Liam. Es tut mir entsetzlich weh dich wiederzusehen … Warum ausgerechnet Margaret? Ich kann sie gar nicht mehr anschauen, ohne dich über ihr zu sehen.«

»Das war ein Unfall, ein dummer Zufall.«

»Ein Zufall?«, entgegnete ich sarkastisch. »Kann man deiner Ansicht nach zufällig bei einer Frau liegen?«

»Ja! Ich habe nicht versucht, sie zu verführen, falls du das glaubst. Wir haben Erinnerungen an Simon ausgetauscht. Margaret hat geweint, und da habe ich sie in die Arme genommen … Wir hatten viel getrunken, Caitlin.«

Meine Wangen glühten. Ich spürte noch Colins Hände auf meiner Haut und musste mir verbittert eingestehen, dass ich nichts unternommen hatte, um meinem Schwager abzuwehren. Jedenfalls nicht körperlich. Ironisch lachte ich auf. Liam musste das falsch gedeutet haben, denn er packte mich schroff an den Armen und schüttelte mich wie einen Pflaumenbaum.

»Glaubst du vielleicht, ich leide nicht? Jeden Tag verfluche ich mich für das, was ich getan habe. Ich bereue es, Herrgott! Und wie ich es bereue! Aber dazu ist es jetzt zu spät.«

Seine Hände versengten meine Schultern durch das Hemd hindurch. Ich versuchte, mich loszumachen.

»Warum hast du dich mir nicht anvertraut? Dann wäre all das vielleicht nicht geschehen …«

»Ich konnte nicht, Caitlin …«

Grob stieß er mich von sich, schlug dann mit der Faust heftig auf die Matratze und stöhnte.

»Du weißt ja nicht, wie es ist, wenn man sich für den Tod eines Menschen verantwortlich fühlt.«

»Aber du hast dir überhaupt nichts vorzuwerfen.«

»Zwei Söhne, Caitlin! Diese *Sassanach*-Bastarde haben mir zwei Söhne geraubt, und ich habe nichts dagegen getan! Anna ist erfroren. Ich hatte nicht einmal eine verdammte Decke, um sie zu wärmen. Meine Schwester ist vor meinen Augen vergewaltigt worden, und ich habe zugeschaut, ohne einen Finger zu rühren. Sie ist an den Folgen gestorben. Mein Vater hat eine Kugel in den Kopf bekommen, und ich habe zugesehen. Du kannst dir die Bilder nicht vorstellen, die sich meinem Gedächtnis eingegraben haben … All das Blut … Ihr Blut. Und diese Schreie … Caitlin! Sie haben nach mir gerufen, und ich habe nichts unternommen!«

»Du konntest nichts tun, Liam!«, rief ich, erschüttert über sein Geständnis. »Für wen hältst du dich eigentlich? Für Gott? Glaubst du, dass du die Macht besitzt, alle und jeden zu retten, das Geschick so zu wenden, wie du es willst?«

Einen Moment lang starrte er mich wütend an, dann schloss er die Augen.

»Ich konnte deinen Blick nicht mehr ertragen, *a ghràidh* … Die Worte, die du mir an jenem Tag gesagt hattest, als ich aus Sheriffmuir zurückkehrte … Ich hatte sie so gefürchtet, und du hast sie ausgesprochen.«

Bekümmert schlug ich die Augen nieder und nestelte am Saum meines Hemdes.

»Der Schmerz hat mich blind gemacht. Meine Worte waren schneller als meine Gedanken. Aber ich schwöre dir beim Leben unseres Sohnes, dass ich dich nicht eine einzige Minute, nicht einen Augenblick lang für Ranalds Tod verantwortlich gemacht habe. Aber im ersten Moment … hat der Schmerz mich überwältigt, Liam. Doch das ist der Krieg, dagegen kann man nichts tun …«

Ich brach in Tränen aus und schniefte laut.

»Und dann«, fuhr ich schluchzend fort, »hat Frances mir die Augen geöffnet. Ich konnte nicht verstehen, warum du so reagiert hast. Du hattest dich von mir entfernt, und dabei brauchte ich dich so sehr … Frances hat das viel schneller begriffen als ich. Deswegen hatte ich beschlossen, früher nach Hause zu kommen. Ich wollte nicht, dass du glaubst, dass ich dir die Schuld gebe … Aber du … du hattest schon jemand anderen gefunden …«

Mein Schmerz raubte mir fast den Atem.

»Was für eine Vergeudung!«, stieß ich mit rauer Stimme hervor. »Statt uns gegenseitig zu unterstützen, ist uns nichts anderes eingefallen, als uns voneinander abzuwenden.«

»Es tut mir leid.«

Er wischte sich die Augen und zog die Nase hoch.

»Als ich vorhin ins Zimmer getreten bin und dich mit Colin gesehen habe, dachte ich, du hättest dich rächen wollen.«

Er wandte sich mir zu. Nach kurzem Schweigen sprach er weiter.

»Ich habe lange darüber nachgedacht. Als ich mich mit dir vermählt habe, da habe ich vor Gott geschworen, dir treu zu sein.«

Er verstummte einen Moment lang und suchte sichtlich nach Worten. Dann fuhr er mit müder, trauriger Stimme fort.

»Ich habe mein Versprechen gebrochen. Daher werde ich tun, was du wünschst. Wenn du willst, dass ich fortgehe, werde ich es irgendwie schaffen, dir Geld zu schicken. Ich werde John alles erklären. Du sollst keine Not leiden. Duncan wird sich um dich kümmern.«

»Wohin willst du gehen?«

»Ich weiß es nicht … Vielleicht nach Glasgow, oder nach Süden, in die Borders*. Dort könnte ich Arbeit in einer Stoffmanu-

* Region im Süden Schottlands, die sich entlang der Grenze zu England erstreckt.

faktur finden. Zur Not kann ich immer noch in die Kolonien gehen.«

»Ja, die Kolonien…«, murmelte ich zerstreut.

Liam war also bereit, mich zu verlassen, wenn ich das wollte. Mein Blick fiel auf den Ring, den ich jetzt seit zwanzig Jahren am Finger trug. Zwanzig Jahre… Und dann sollte es so enden? Schweigend wartete Liam auf meine Antwort. Ich wusste, dass ich nie würde vergessen können, was geschehen war. Aber war die Liebe nicht dazu da zu verzeihen? Bei der Vorstellung, ihn nie wiederzusehen, klopfte mein Herz zum Zerspringen. Mein Rettungsanker, meine starke Schulter, mein sicherer Hafen… Alles Versprechen. Hatte ich sie selbst immer gehalten? Niedergeschmettert und verloren hatte jeder von uns allein nach einem Halt im Sturm gesucht. Wir hatten uns nicht mehr aneinander festzuhalten vermocht. Gebrochene Versprechen… Ich war ebenso schuldig wie er.

»Ich will von deinem Angebot nichts wissen«, erklärte ich.

»Verstehe. Soll ich dich auf andere Weise entschädigen? Ich könnte…«

»Nein, du verstehst nicht.«

Er sah mich sprachlos an. Offensichtlich beherrschte er sich mühsam. Er hatte die Zähne zusammengebissen und die Hände, die auf seinem Kilt lagen, zu Fäusten geballt.

»Was willst du dann?«, brachte er in gemessenem Ton hervor.

»Ich weiß es nicht… Ich brauche Zeit… Aber ich bin mir nicht sicher, ob ich wirklich will, dass wir uns trennen, Liam… Trotz allem, was geschehen ist.«

Seine Züge entspannten sich ein wenig. Er atmete tief durch und öffnete die Hände, um sie flach auf seine Schenkel zu legen. Nach kurzem Zögern streckte er mir eine offene, zitternde Hand entgegen. Ich legte meine hinein, und er zog sie an sein Herz.

»*A ghràidh*… Ich liebe dich so sehr.«

Er strich über meinen Ehering. Sein eigener Ring schlug dagegen. Er bestand aus Silber und war wunderbar gearbeitet. Ich hatte ihn einige Jahre nach unserer Hochzeit, kurz vor Frances'

Geburt bei meinem Vater in Auftrag gegeben und ihn Liam zu unserem vierten Hochzeitstag geschenkt.

Mit strahlendem Blick zog Liam mich sanft an sich. Er stieß ein leises Seufzen aus und erschauerte.

»Oh Gott!«, flüsterte er an meiner Wange. »Ich hatte schon gefürchtet, dich nie wieder in die Arme schließen zu können. Man kann Ereignisse nicht ungeschehen machen, ich weiß. Aber ich glaube, dass man versuchen kann …«

Seine Lippen streiften mich, fanden meinen Mund und riefen ein Beben hervor, das mich von Kopf bis Fuß überlief. Seine Hände wurden kühner. Den ersten Schritt zur Versöhnung hatten wir zurückgelegt. Doch ich fühlte mich noch nicht bereit, zum zweiten überzugehen. Mein Körper reagierte auf seine Liebkosungen, doch mein Geist widersetzte sich ihnen weiterhin. Ich verspannte mich leicht, als seine Hand an meinem Schenkel hinauf und unter mein Hemd glitt. Liam erstarrte und sah mich schmerzerfüllt an.

»*A ghràidh …*«, bat er.

»Wie ich dir schon sagte; ich brauche noch Zeit.«

Er rückte ein wenig von mir ab und strich mir eine Haarsträhne hinters Ohr zurück.

»Ich verstehe«, sagte er nach kurzem Schweigen. »Möchtest du, dass ich ins Feldlager zurückkehre?«

»Nein … Du kannst bleiben.«

Ich lächelte freudlos. »Es ist kalt.«

Er lächelte ebenfalls und umarmte mich zärtlich.

»Hmmm … Dann werde ich Euch eben auf keusche Weise das Bett wärmen, Mrs. Macdonald. Der Morgen des ersten Tages des Jahres 1716 dämmert herauf, und …«

Er suchte etwas in seinem *Sporran* und zog ein kleines, in ein Taschentuch geschlagenes Bündel hervor, das er vor mir auf das Bett legte.

»Die Tradition verlangt, dass man das neue Jahr nicht beginnt, ohne einander Gesundheit und Wohlstand gewünscht zu haben …«

Ich öffnete das kleine Päckchen, das ein Stück dunklen Gewürzkuchen enthielt. Ich lächelte. Der Tradition nach sollte der erste Mensch, der im neuen Jahr die Türschwelle überschritt, ein großer, gut aussehender und dunkelhaariger Mann sein. Diese Bedingungen erfüllte Liam. Außerdem sollte dieser Mann drei Geschenke mitbringen: einen Schluck Whisky, eine Scheibe Kuchen oder Brot, um im neuen Jahr für reichlich Nahrung zu sorgen, und ein Stück Kohle, das für Wärme stand.

»Da fehlen noch die Kohle und der Whisky!«, bemerkte ich.

»Ich fand, dass wir den Whisky dieses Mal besser weglassen sollten«, meinte er schmunzelnd.

Er griff noch einmal in seinen *Sporran*.

»Da ist es ja!«, rief er aus und legte einen kleinen Salzkristall neben den Kuchen. »Salz, um den bösen Blick abzuwenden.«

»Und die Kohle?«

Er zuckte die Achseln.

»Nun ja … Die brennt bereits.«

21

Der Duke of Argyle

Am Horizont versank die Sonne, aber Duncans Blick ging in eine andere Richtung. Er stand an einem der Spitzbogenfenster, welche die südöstliche Fassade des Schlosses von Inveraray schmückten, und betrachtete die verschneiten Berge hinter dem unter einer dicken Eisschicht schlummernden Loch, die jetzt von Pastelltönen übergossen wurden. Einen Moment lang schloss er die Augen, um das langgezogene Seufzen eines Dudelsacks besser aufnehmen zu können, das durch die eisige Luft dieses frühen Januarabends herandrang und ihn einhüllte wie ein Plaid. Er seufzte. Diese Musik war das Herz und das innerste Wesen der Highlands. Sie ließ das Herz der Krieger schlagen und erhob ihre Seele, wenn sie auf dem Schlachtfeld fielen.

Welche Ironie!, dachte er, als er die Gruppe von Soldaten beobachtete, die zackig um ihre Achse fuhren und mit ihren Schuhen, die mit Silberknöpfen besetzt und von weißen Gamaschen bedeckt waren, auf den Boden stampften. Unter den prüfenden Blicken von Offizieren, die Befehle brüllten, wirbelten die Männer in einem Tanz aus roten Rockschößen rasch und geschickt ihre bajonettbewehrten Musketen herum. Die meisten von ihnen waren Highlander wie er selbst; die anderen stammten aus den Lowlands. Und alle trugen sie die scharlachroten Uniformröcke der *Sassanachs*.

Duncan überlegte, was ein Mann empfinden mochte, der in der Uniform eines anderen Volkes für einen König aus einem fremden Land kämpfte. Für ihn bedeutete es Verrat am eigenen Blut, wenn ein Highlander den roten Rock trug. Um der Wahrheit die Ehre zu geben, hatten manche dieser Männer keine andere Wahl, weil sie Clans angehörten, die König George ihren

Treueid geleistet hatten. Aber für wen schlug ihr Herz wirklich? Duncan runzelte die Brauen und verzog das Gesicht.

»Verräter!«, brummte er und wandte sich ab.

»Was sagtest du?«

»Nichts«, murmelte er und sah Marion an.

Die junge Frau stöberte so begeistert in der imposanten Bibliothek, dass er lächeln musste.

»Vielleicht hat er uns ja vergessen?«, meinte er.

»Argyle?«, gab Marion zurück und blickte von einem herrlichen Band auf, der in gesprenkeltes Kalbsleder gebunden war und einen marmorierten Schnitt aufwies. »Hmmm ... Das glaube ich kaum.«

»Aber wir warten schon mehr als eine Stunde hier, ohne dass der hochwohlgeborene Duke sich sehen lässt!«

»Oh, schau doch, Duncan! Was für ein wunderbares Buch!«, rief sie angesichts einer Bildtafel, die einen großen Papagei mit rotem Gefieder und blauen Flügeln darstellte, verzückt aus. Conrad Gesners *Naturgeschichte der Tiere* ... Dieses Buch ist mir noch nie zuvor aufgefallen. Vielleicht hat er es ja ganz neu erworben?«

»Wir müssten schon längst auf dem Rückweg sein«, fuhr der junge Mann verärgert fort.

Marion legte den kostbaren Band auf sein Lesepult zurück und setzte eine ernste Miene auf.

»Ich bin mir ganz sicher, dass er kommen wird. Schließlich hat er uns aufgefordert, ihn heute hier zu treffen, und ...«

Sie seufzte.

»Schön, einverstanden«, sprach sie weiter, »ich gestehe dir zu, dass er spät dran ist. Aber du vergisst, dass er eine Armee zu kommandieren hat ...«

»Muss ich dich daran erinnern, dass es die Armee unserer Feinde ist?«

Sie runzelte die Stirn.

»Sicherlich, die feindliche Armee! Aber wenn er sagt, dass er kommt, dann kommt er auch. Hör auf, dir deswegen den Kopf zu zermartern!«

Verärgert sah Duncan zu der Kassettendecke auf, deren Eichenholz zweifellos aus Argyle stammte. Tatsächlich erinnerte alles in diesem Raum an Argyle, und deswegen hatte er das Gefühl, hier zu ersticken. Der Duke war der mächtigste Mann nördlich des Forth, vielleicht der mächtigste in den gesamten Highlands. Doch wie alle Menschen, selbst die hochgestelltesten, hatte er eine Achillesferse.

Er ließ den Blick durch die weitläufige Bibliothek schweifen. Die Wände waren buchstäblich mit Büchern tapeziert. Die goldenen Lettern auf den Buchrücken schimmerten im Licht der Kerzen. Mehrere mit dunkelblauem Damast bezogene Barocksessel standen im Raum verteilt und luden die Leser zum Verweilen ein. In der Mitte thronte ein imposanter Mahagonischreibtisch, dessen Messinggriffe bedrohliche Löwenköpfe darstellten. Die Marmorbüste eines Mannes wandte ihm stolz ihr hochmütiges, hakennasiges Profil zu. Karten, die verschiedene Teile der Highlands und Schottlands zeigten, bedeckten die abgewetzte, von Schreibfedern zerstochene lederbezogene Tischplatte.

Die kleinen Abschnitte der Wände, die nicht mit Büchern bedeckt waren, verbargen sich schüchtern hinter anderen Gegenständen. Über dem Rauchfang des Kamins hingen zwei herrliche, fast zwei Meter lange gekreuzte Claymores unter einem prunkvollen Targe-Schild, das mit gehämmertem Leder überzogen und mit Eisenspitzen beschlagen war. Im Kamin brannten dicke Holzscheite auf vergoldeten Kaminböcken, die wie Schlingpflanzen gestaltet waren.

In einer Ecke des Raumes stand eine gewaltige *clarsach** ohne Saiten. Duncan hatte schon häufig das Vergnügen gehabt, dieses wunderbare Instrument zu sehen und zu hören, das einen wahren Sirenengesang hervorbrachte. Die Barden spielten oft darauf; aber ihre Harfen waren kleiner, um sie besser transportieren zu können. Diese hier war ebenso groß wie Duncan. Schade, dass sie zum Schweigen verurteilt war. Vielleicht zog Argyle ja Tasteninstrumente vor, wie sie im Süden gespielt wurden.

Einige Gemälde, die zweifellos Vertreter seines Zweiges des Campbell-Clans darstellten, schmückten über einer Konsole ein

* Keltische Harfe aus Irland.

Stück Wand. Daneben stand ein Globus, der von einem Gestell aus Holz und Messing gehalten wurde. Duncan überraschte sich bei der Überlegung, ob der Duke diesen Raum für ihre Zusammenkunft ausgewählt hatte, um sie zu beeindrucken, oder ob die anderen Räume des Schlosses ebenso unter einem Übermaß an Möbelstücken und schmückenden Gegenständen erstickten. Verglichen mit seiner eigenen bescheidenen Kate und der Armut, in der die Clans in ihren Gebirgstälern lebten, wirkte das Schloss von Inveraray wie ein sybaritisches Paradies.

In seinen Augen war dieser Prunk übertrieben. Er brauchte das alles nicht. Für ihn lag sein Reichtum in dem Tal seiner Vorväter, in seinen smaragd- und amethystfarbenen Hügeln, in denen es Wild im Überfluss gab, und in den schillernden Lochs, die Schwärmen von Singschwänen eine Heimat boten. Sein Reichtum war das Land, in dem er geboren war und das ihn zu dem Mann gemacht hatte, der er war. Ungezähmt und wild, und stolz darauf, einfach er selbst zu sein. Und außerdem hatte er Marion …

Sein Blick blieb an einem ungewöhnlichen Möbelstück hängen, das in einem Winkel des Raums stand. Es war äußerst massiv und bestand aus geschnitztem Holz. An den Enden zweier herrlich gearbeiteter Holzbalken, die jeweils fast sechs Fuß lang waren, befanden sich vier große, leicht geneigte Lesepulte, die sich auf dieser Apparatur frei um ihre Achse drehten. Auf den Pulten lagen Bücher mit prachtvollen Einbänden, die mit eingeprägten oder erhabenen Arabesken, Ranken oder Wappen geschmückt waren.

Sein laienhaftes Auge wurde von einem Einband aus rotem Maroquin-Leder angezogen, der zweifach, am Rand und in der Mitte, Rahmen aus verschlungenen Linien, die in den Ecken mit Blumendarstellungen geschmückt waren, aufwies. Er bückte sich, um den Titel des Buchs zu lesen, der zwischen den Bünden des Buchrückens, unter dem Wappen von Argyle, eingeprägt war: *Anatomia Reformata.*

Er nahm den Band, der knackte, als er ihn aufschlug. Eine morbide Darstellung starrte ihm entgegen. Unwillkürlich zog er eine angewiderte Grimasse. Das Bild stellte die vollständig ihres

Inhalts entleerte Haut eines Menschen dar, die wie ein Leintuch ausgespannt war. Der Kopf mit den qualvoll verzerrten Zügen baumelte herab, und Arme und Beine waren an einen hölzernen Rahmen angenagelt.

»Ziemlich verstörend«, meinte Marion, die ihm über die Schulter sah.

»Hmmm ... So, wie es eine Abhandlung über die menschliche Anatomie eben ist. Ich jedenfalls ziehe lebende Exemplare vor.«

Lachend blinzelte er ihr zu. Marion versetzte ihm einen leichten Schlag aufs Hinterteil und beugte sich über den Band auf dem darunterliegenden Lesepult.

»Sieh dir das an!«, rief sie aus und drehte das Gestell herum. »Eine Duodez-Ausgabe von Erasmus.«

»Erasmus?«

»Erasmus Desiderius von Rotterdam. Ein Humanist aus dem sechzehnten Jahrhundert, der für die moralische Freiheit des Individuums gekämpft hat. Ein Freidenker. Er gab nichts auf die religiösen Institutionen und trat für eine Verständigung zwischen Katholiken und Protestanten ein. Ich frage mich, ob man ihn exkommuniziert hat ...«

Duncan musste lachen.

»Wirklich? Dafür, dass sie so erbitterte Vertreter der reformierten Protestanten sind, pflegen die Campbells aber eine Lektüre, die sich ziemlich weit von ihren Überzeugungen und ihrer Philosophie entfernt. Aber ich hege den Verdacht ...«

»Ah! Mein Lieblingsbuch!«

Sie drehte das Schaugestell und hielt es bei einer lateinischen Ausgabe von Vergils *Aeneis* an, die in dunkelgrünes Maroquin gebunden und mit einem Goldschnitt versehen war.

»Kennst du all diese Bücher?«, verwunderte sich Duncan.

»Aber natürlich! Wenn mein Vater mit dem Duke zu tun hat, erlaubt er mir manchmal, ihn zu begleiten. Dann warte ich hier und stöbere in diesem Hort der Gelehrsamkeit.«

»Dann kannst du Lateinisch lesen?«, rief der junge Mann noch einmal verblüfft aus.

»Ähem ... Nicht richtig. Ein paar Wörter, nichts weiter. Papa besitzt ein Exemplar von Gavin Douglas' englischer Übersetzung der Aeneis. Kennst du die tragische Geschichte von Dido und Aeneas?«

»Nein«, gestand Duncan leicht verlegen. »Meine Lektüre hat sich bis jetzt auf die Bibel, Shakespeares Werke sowie ein paar Zeilen von Henryson und Racine beschränkt.«

»Racine? Das ist ein französischer Tragödienschreiber, nicht wahr?«

Er prustete vor Lachen.

»Ich weiß nicht, ob ich dir das erzählen soll.«

»Versuch es doch.«

»Das einzige französische Buch, das wir besaßen, war die Tragödie *Phèdre*, daher hat mein Vater meine Schwester und mich gezwungen, es mit verteilten Rollen zu lesen. Ich musste den Hippolyte geben. Ich glaube, ich muss das Buch ein Dutzend Mal durchgeackert haben. Frances hat die Phèdre gespielt. Aber wir sind nie bis zum Schluss gekommen, weil sie sich standhaft geweigert hat, sich aufzuhängen, wie es im Buch steht.«

»Du hast Theater gespielt?«, rief Marion aus und verbiss sich ihr Schmunzeln.

»Erzähl das bloß niemandem, Marion Campbell, oder ich …«

»Du musst mir gelegentlich daraus vorspielen.«

»Kommt nicht in Frage. Außerdem habe ich das Buch verbrannt.«

»Was? Du hast ein Buch verbrannt! Wie schrecklich, Duncan. Man kann doch keine Bücher verbrennen!«

»Ich hatte genug vom Theaterspielen. Meine Mutter hatte sogar die irrsinnige Idee, das Stück vor John MacIain aufzuführen. Kannst du dir das vorstellen? Mit meinen zwölf Jahren habe ich mich mehr für Waffen interessiert als für das Theater.«

»Schade.« Sie warf ihm einen verschmitzten Blick zu.

»Aber wo hattet ihr dieses Buch denn her? Habt ihr es bei einem Überfall gestohlen?«

Er warf ihr einen finsteren Blick zu.

»Nein. Mein Vater hat einige Zeit in Frankreich verbracht«, erklärte er mit einem Anflug von Stolz. Er spricht sehr gut Französisch und wollte, dass wir diese Sprache ebenfalls erlernen.«

»Hattet ihr einen Hauslehrer?«, fragte sie und runzelte ungläubig die Brauen.

»Nein. Meine Mutter hat uns in Englisch, Gälisch und Latein unterrichtet. Mein Vater hat uns an langen Winterabenden dann Französisch gelehrt.«

Das Kaminfeuer fiel auf Marions Haar, ließ es aufleuchten und umgab ihr Gesicht mit einer goldenen Aureole. Duncan strich eine widerspenstige Locke weg, die ihr in die Augen fiel, und küsste sie zärtlich.

»Dann liebst du wohl Bücher, *mo aingeal*?«

»Über alles. Bücher sind …«

Sie krauste die Nase und nahm einen Band von einem der Lesepulte.

»Bücher öffnen uns eine Tür in Raum und Zeit«, fuhr sie fort. »Man trifft oft auf interessante Menschen, und dann wieder …«

Ein lautes Räuspern ertönte. Duncan und Marion fuhren zusammen und drehten sich rasch um.

»Ich sehe, dass Ihr Euch für meine Sammlung von Elzevir-Ausgaben interessiert.«

»Elzevir-Ausgaben?«, fragte Marion errötend.

Der Duke of Argyle trat, flankiert von zwei herrlichen braunen schottischen Windhunden, in den Raum. Ein Welpe von einer Rasse, die den jungen Leuten unbekannt war, lief hinterher.

»*Suidh!*«, befahl er den Hunden. Sitz!

Die beiden Windhunde gehorchten sofort. Der dritte Hund hüpfte auf Marion und Duncan zu und beschnüffelte sie.

»*Seo! A Sheanailear, suidh!*« Hierher! Sitz, General!

Das Tierchen begann zu kläffen und steckte die Schnauze unter Marions Rock, die verblüfft aufschrie.

»*Falbh!* Weg!«, rief die junge Frau und schob den Hund mit dem Fuß beiseite.

»*Seanailear!*«, brüllte Argyle mit seiner Stentorstimme.

Endlich gehorchte der Welpe.

»Verzeiht, er ist noch ziemlich jung.«

»Er ist … hübsch«, meinte Marion und musterte das Hündchen. »Aber welche Rasse ist das?«

»Ein englischer Pointer. Er ist das wunderbare Ergebnis einer

Kreuzung zwischen spanischer Bracke, Foxhound und französischem Laufhund. Man hat mir versichert, sein Geruchssinn sei fabelhaft. Was allerdings seinen Gehorsam angeht …«

Er reckte die Schultern, musterte die jungen Leute und vollführte eine knappe Handbewegung.

»Wie ich sehe, interessiert Ihr Euch immer noch für Bücher, Mistress Campbell.«

Sie schlug die Augen nieder und sah auf den Band, den sie noch in den Händen hielt.

»Ähem … Ja.«

»Die *Colloquia*, sechste Ausgabe. Das Buch gehört zu meiner Sammlung von Elzevir-Ausgaben. Die Kirche hat es verboten, daher ist es selten.«

»Ach ja?«, sagte Marion. »Diese Werke sind sehr schön.«

»Und sehr kostbar«, bemerkte der Duke.

Sie legte das Buch wieder auf das Pult und trat dann zu Duncan.

»Die Sammlung ist über meinen Großvater auf mich gekommen. Bei seinem … zwangsweisen Aufenthalt in Holland hat er in Leiden Freundschaft mit einem der Söhne Elzevirs geschlossen. Die Elzevirs waren eine Familie von Druckern und Buchhändlern. Ihre Ausgaben sind sehr begehrt und werden häufig nachgeahmt. Dass ich diese Bücher heute noch bewundern kann, habe ich meinem Vater zu verdanken, der die Geistesgegenwart besaß, sie bei dem großen Raubzug in Atholl in Sicherheit zu bringen.«

Er musterte Duncan überheblich und versuchte nicht, seine Abneigung zu verbergen. Der junge Mann ließ die Inspektion gleichmütig über sich ergehen.

»Mein Vater hegte eine Leidenschaft für Bücher«, fuhr der Duke fort.

»Unter anderem«, bemerkte Duncan spitz und lächelte. »Wie ich gehört habe, hegte er auch eine große Leidenschaft für den Charme des weiblichen Geschlechts, die ihn bis zu seinem Ende begleitet haben soll.«

Argyle warf ihm aus halb geschlossenen Augen einen eisigen Blick zu. Es war allgemein bekannt, dass Archibald Campbell, der neunte Earl of Argyle, die Frauen geliebt hatte. Die Liste der jungen Damen, die er umworben und in sein Bett geholt hatte, war ziemlich lang gewesen, zur großen Verzweiflung seiner Gattin. Auf dem Totenbett hatte er die Dreistigkeit besessen, zu verlangen, dass seine letzte Eroberung, eine gewisse Peggy Alison, auf einem seiner Landsitze leben solle. Seine Frau allerdings hatte seinen Wunsch nicht erfüllt und die »Hure« auf die Straße gesetzt, ehe der Körper ihres Mannes erkaltet war.

»Ich stelle bestürzt fest, dass die Männer aus MacIains Clan immer noch so dreist sind wie früher.«

Der Duke fuhr herum, so dass die Schöße seines reich bestickten und mit goldenen Tressen geschmückten Rocks nur so flogen. Da er seine Uniform trug, musste er direkt aus Stirling kommen. Energischen Schrittes trat er an eine Konsole, auf der Kristallkaraffen und Flaschen mit Branntwein und Wein aufgereiht standen.

»Meine teure Marion«, sagte er und hob die Stimme, »Ihr solltet Euren Umgang sorgfältiger wählen. Nehmt Ihr ein Glas Portwein, oder lieber Whisky?«

»Portwein, Sir.«

Mit leichter Hand drehte er drei Gläser um, dann nahm er die Portweinkaraffe, hielt sie über eine Kerze, um die Klarheit des Getränks zu prüfen, und füllte dann ein Glas. In die beiden anderen schenkte er Whisky ein.

»Ich nehme Euch Eure Arroganz nicht übel, Macdonald.«

Er reichte Duncan sein Glas und sah ihm in die Augen. Dann fiel sein Blick auf die lange Narbe, die ihn entstellte. Er verzog das Gesicht.

»Sheriffmuir?«

»Ja.«

»Wie war noch Euer Vorname?«

»Duncan.«

»Ach ja! Duncan Macdonald. Und Euer Vater?«

»Liam Macdonald. Er ist *tacksman** in Carnoch und ein Cousin von John MacIain Macdonald.«

* Engste Gefolgsleute und Steuereinnehmer eines schottischen Chief.

»Ich glaube, ich hatte schon mit ihm zu tun …«, murmelte Argyle und rückte die verblasste Tartan-Schärpe zurecht, die er quer über der Brust trug.

Duncan hielt dem forschenden Blick des Duke stand. Merkwürdigerweise hatte er sich den Mann älter vorgestellt. Aber er musste ungefähr Ende dreißig sein. Wie alle anderen Campbells, deren Porträts die Wände der Bibliothek schmückten, hatte er rotes Haar, das ihm bis auf die Schultern fiel. Argyle, der ebenfalls das Gefühl haben musste, einer eingehenden Inspektion unterzogen zu werden, räusperte sich.

»Ja, jetzt weiß ich es wieder. Damals ging es um die Freilassung seines Bruders, den es nach den fetten Rindern auf meinem Land gelüstete«, spottete er. »Ich hoffe doch, den beiden geht es gut?«

»Wir sind nicht hergekommen, um über meine Verwandten zu plaudern«, gab Duncan zurück und nippte dann an dem Whisky, von dem ein starkes Torfaroma aufstieg.

»Er kommt von der Insel Mull«, erklärte der Duke. »Der torfhaltige Boden, durch den das Quellwasser auf der Insel fließt, verleiht ihm ein unverwechselbares Aroma. Dieser hier ist zwanzig Jahre alt. Meiner Meinung nach ist er in diesem Alter am besten. Aber das ist natürlich Geschmackssache, nicht wahr?«

Er presste die Lippen zusammen und prostete seinen Gästen zu.

»Ist Euer Vater eigentlich nach Perth zurückgekehrt, Marion?«, fragte er im Plauderton.

»Er ist aufgebrochen, sobald er Eure Antwort erhalten hatte.«

In der Tat hatte der Laird von Glenlyon dem Duke über dessen Bruder, den Earl of Isny, eine Botschaft zukommen lassen. Fünf Tage hatten sie gewartet. Schließlich hatte einer von Argyles *gillies** die Antwort nach Chesthill gebracht. Das Treffen sollte in Inveraray stattfinden, und der Duke würde nur Marion sowie eine unbewaffnete Eskorte empfangen.

Natürlich hatten Duncan und Marion sich von den Macgregors begleiten lassen, die sie in einer kleinen Taverne außerhalb

* Gefolgsmann eines Clanchiefs.

von Inveraray erwarteten. Sie sollten ihren Rückzug sichern, falls der Duke of Argyle beschloss, sich das Dokument auf mehr oder weniger ehrliche Weise zurückzuholen. Duncan hoffte nur, dass Macgregors Männer bei ihrer Rückkehr noch nicht allzu betrunken sein würden. Diese langen Vorreden verdrossen ihn.

»Habt Ihr das Dokument?«, fragte er eilig, um die Sache zu einem Ende zu bringen.

Argyle sah ihn gleichmütig an und biss die Zähne zusammen.

»Ja«, antwortete er ernst und fuhr mit der Hand zu einer seiner Westentaschen. »Ich will Euch nicht verhehlen, dass diese ganze Affäre mich zutiefst irritiert. Ich werde sehr froh sein, wenn sie erledigt ist. Allerdings frage ich mich, was Euren Bruder dazu getrieben haben mag, Euren Vater auf diese Weise zu verraten, Marion.«

Sie erstarrte und hängte sich am Duncans Arm.

»Könnt Ihr das nicht erraten, Sir? Was bringt denn manche Menschen dazu, die eigenen Leute zu verraten? Geld! Mein Vater erstickt in seinen Schulden. John wollte ihm helfen. Seine Absichten waren edel, ich muss jedoch zugeben, dass seine Methoden …«

»Ja, die Schulden …«, murmelte der Duke nachdenklich. »Ich war sehr enttäuscht, dass die Unterschrift Eures Vaters unter der Petition zugunsten von König George fehlte, die im vergangenen August im Clan herumging. Aber Breadalbane hat sich auf die Seite der Jakobiten geschlagen, und da hatte Euer Vater als Vasall des Hauses Glenorchy wohl keine andere Wahl.«

»Mein Vater hat sein Lager mit dem Herzen gewählt, nicht aus Pflichtgefühl.«

Argyle runzelte die Stirn und trank einen Schluck Whisky.

»Die Lairds von Glenlyon sind ihrem König immer treu gewesen, meine Kleine.«

»Das ist er auch. Er steht zu seinem Highlander-Blut und seiner Abstammung.«

Diese Anspielung verstimmte den Duke.

»Meine Teure, es gibt verschiedene Arten, zu seinen Wurzeln zu stehen. Mein Stolz beruht in erster Linie darauf, dass ich Mac-

Chailein Mor bin. Die Herzogswürde ist bloß ein Titel, mit dem einige Privilegien verbunden sind. Gegenüber der Macht kann man nur zwei Haltungen vertreten: Entweder man ergreift sie und bedient sich ihrer, oder man unterwirft sich ihr. Im Interesse meines Volkes und des Namens, den ich trage, habe ich mich für die erste entschieden. Heute nehme ich den höchsten Rang ein, den es in meinem Land gibt; und ich wache darüber, dass die Titel und der Besitz meiner Familie geschützt werden.«

Er schenkte sich einen zweiten Whisky ein und hielt die Flasche über Duncans Glas, doch der junge Mann lehnte das Angebot mit einem Kopfschütteln ab. Der Generalissimus lehnte sich an den Schreibtisch und sah mit ausdruckslosem Blick auf seine Hunde hinunter, die zu seinen Füßen schliefen.

»Ich habe niemals meinen Wurzeln den Rücken gekehrt, ebenso wenig wie meine Vorfahren.«

»Und dennoch hat man den Kopf Eures Großvaters auf eine Lanze gesteckt, wegen Hochverrats an Charles II., der doch ein Stuart war«, entgegnete Duncan.

Der Duke warf ihm einen zornigen Blick zu.

»Man hat ihn hingerichtet, weil er gewissen Personen zu mächtig geworden war. Er hat gezögert, ihm den Eid zu leisten, und das hat man sich zunutze gemacht, um ihn zum Tode zu verurteilen. Doch sein Zögern war darauf zurückzuführen, dass das Gesetz alle Inhaber eines öffentlichen Amtes verpflichtete, die Kommunion nach dem episkopalischen Ritus einzunehmen. Und das ging gegen seine religiösen Überzeugungen. Wir sind Protestanten.«

Er steckte die Hand in die Tasche, zog das Dokument hervor und betrachtete es bedächtig.

»Anders als Ihr glaubt, Macdonald«, fuhr er dann ruhiger fort, »fließt in meinen Adern das gleiche Blut wie in Euren.«

Duncan stieß einen empörten Ausruf aus. Einer der Windhunde hob den Kopf, sah in seine Richtung und gähnte träge. Dann legte er das Haupt wieder auf die Pfoten, behielt ihn jedoch im Auge. Argyle ließ das Schreiben mitten in das Durcheinander fallen, das auf dem Schreibtisch herrschte.

»Wenn ich mich nicht von den Engländern versklaven und

vereinnahmen lassen will, muss ich sie mit ihren eigenen Waffen schlagen. Was kann es da Besseres geben, als mich auf ihre Seite zu stellen? Auf diese Weise bin ich in der Lage, ihre Handlungen vorauszusehen und daraus gewisse Vorteile zu ziehen.«

Mit einer vielsagenden Geste umfasste er den Raum und setzte ein verschlagenes Lächeln auf.

»Aber darf man dazu seinesgleichen verkaufen?«, fiel Duncan ein. »Ehrt man seine Abstammung, indem man sie verfolgt?«

Argyle zischte unwirsch.

»Sich gegen sie aufzulehnen, bringt nicht das Geringste ein.«

Er trat einige Schritte auf Duncan zu und bezog ein Stück vor ihm breitbeinig Stellung. Trotz des Hasses, den er für diesen Mann empfand, konnte Duncan nicht umhin, ihm ein gewisses Charisma und eine außergewöhnliche Charakterstärke zuzugestehen. Der Duke leerte sein Glas, sah einen Moment lang darauf hinunter und setzte dann seine Tirade fort.

»Die Engländer wollen Schottland, da erzähle ich Euch nichts Neues. Dabei stellen die Highlands mit ihren ständigen Kriegen zwischen den Clans und den Aufständischen, die ohne Unterlass die Lowlands verwüsten, ein gewaltiges Problem für sie dar. Sie wollen, dass in diesen Bergen Frieden herrscht. Meine Mission ist es, diesen Frieden zu schaffen und zu erhalten. Gleichzeitig wache ich über die Sicherheit der Meinigen. Ja, ich bin dem Haus Hannover treu. Ich diene ihm nach bestem Vermögen, indem ich diese Armee kommandiere und gegen die Rebellen kämpfe. Aber ich vergesse dabei nicht, dass ich für die Engländer immer ein Schotte sein werde, und ein Highlander noch dazu. Und ich kann Euch versichern, dass ich mich dieses Namens manchmal schäme, wenn ich sehe, wie gewisse Clans sich aufführen. Wacht auf, Macdonald! Wir leben nicht mehr im Mittelalter. Mit dem Act of Union, der bereits Früchte zu tragen beginnt, streckt England Euch die Hand entgegen. Seht doch, unter welch elenden Umständen die meisten von Euch leben. Eure Anbaumethoden gehören der Vergangenheit an, Ihr bedürft dringend einer Landreform. Eure Wohnstätten … Diese Haufen aus Stein und Torf, die das Dach über Eurem Kopf sind und die Ihr Häuser nennt …«

Duncan spürte, wie Zorn in ihm aufstieg, und beherrschte sich mühsam.

»Sollen wir deswegen unsere Seele an den Teufel verkaufen? Sie wollen unsere Soldaten, damit sie auf den Schlachtfeldern auf dem Kontinent für sie bluten. Sie wollen den Schweiß unserer Arbeit, um sich noch mehr zu bereichern. Wir sollen uns anpassen, damit sie uns noch besser beherrschen können. Nein, lieber krepieren wir, als uns zu willenlosen Spielfiguren der *Sassanachs* zu machen!«

Er holte tief Luft und spürte, wie Marion seinen Arm drückte. Wenn er sich nicht beruhigte, würde am Ende noch die Transaktion scheitern. Auf dem Gesicht des Duke malte sich ein halb verbittertes, halb angewidertes Lächeln.

»Ich sehe, woran der gute Breadalbane sich im Jahre 1691 bei der großen Versammlung in Achallader die Zähne ausgebissen hat.«

»Ihr werdet es nie verstehen, Sir«, gab Duncan, ruhiger jetzt, zurück. »Dazu gehen unsere Ansichten schon zu lange auseinander; uns trennt ein Abgrund. Ihr setzt Eure Kraft ein, um den *Sassanachs* zu dienen und Euch damit Eure Titel und Eure Ländereien zu erhalten. Wir dagegen vergießen unser Blut, um unsere Identität und unsere Freiheit zu bewahren.«

Argyle schwieg einen Moment und beobachtete die jungen Leute aus halb geschlossenen Augen. Zerstreut strich er über den Tartan seines Clans.

»Wo habt Ihr die Schuldverschreibungen und das andere Dokument?«

Marion trat zu der Satteltasche, die hinter einem Sessel versteckt stand, und zog einen Umschlag heraus.

»Ich will zuerst die jakobitische Übereinkunft sehen«, verlangte sie.

Der Duke blinzelte verblüfft, musste aber angesichts des Wagemuts der jungen Frau lächeln. Er hielt ihr das Dokument hin.

»Ich vermute, dass Ihr so umsichtig wart, alle Namen, die darauf stehen, zu notieren«, erklärte sie, während sie das Blatt überflog.

»Ohne einen Beweis für die Vorwürfe wäre die Namensliste mir vollständig nutzlos. Im Übrigen sind die meisten Namen den Mitgliedern des Oberhauses bereits bekannt.«

Wieder streckte er die Hand aus, und Marion legte ihm das Dokument, das sie gegen ihres austauschen wollten, hinein.

»Ich frage mich, warum in aller Welt Euer Sohn Euch in ein so groteskes Komplott wie einen Königsmord hineinziehen will«, stichelte sie.

Argyle presste die Lippen zusammen, ließ die Schuldverschreibungen auf den Schreibtisch fallen und entfaltete langsam das Dokument. Während er die holprige Schrift seines Sohnes überflog, wurde er immer bleicher. Als er seine Lektüre beendet hatte, legte er das Blatt auf die Schuldscheine und sah die junge Frau einen Moment lang durchdringend an.

»Glenlyon behauptet, Macgregor habe dieses Dokument abgefangen und es habe sich in der Post befunden, die von Fort William nach Edinburgh abging …«

»Ja«, bekräftigte Marion. »Und der Brief trägt keine Anschrift. Da ist nur dieses Symbol, das einem Schwert oder einem Kreuz ähnelt.«

»Dann dürfte der Empfänger dieses Symbol kennen.«

»Reichlich unverfroren von Eurem Sohn, auf diese Weise Euren Kopf auf den Richtblock zu legen«, spottete Duncan. »Gar nicht davon zu reden, wie er anscheinend Euer kostbares Vermögen vergeudet …«

Der Duke atmete so tief ein, dass sich seine Weste spannte.

»Ich habe Euch nicht um Eure Meinung ersucht, Macdonald.«

Er wandte seine Aufmerksamkeit wieder dem Brief zu.

»Ich frage mich, ob dies die erste Nachricht ist, die er mit … meiner Unterschrift verschickt hat«, murmelte er und zog konzentriert die Augen zusammen.

Er brummte etwas, faltete das Blatt zusammen und steckte es in die Tasche, aus der er vorhin die jakobitische Übereinkunft gezogen hatte. Dann reckte er das Kinn und setzte eine herablassende Miene auf.

»Täuscht Euch nicht über die Beweggründe, aus denen ich auf diesen kleinen Handel eingegangen bin. Auf den Kopf des Prätendenten ist ein Preis ausgesetzt worden. Ein hoher Preis, wie ich sagen muss. Ich fürchte, dass mein Sohn an überschäumender Fantasie leidet. Wahrscheinlich hat er geglaubt, meine Unterschrift würde der Order größeres Gewicht verleihen. Wie auch immer … Was mich stört, ist, dass er mich nicht um mein Einverständnis gebeten hat. Ich hege keinerlei Befürchtungen, aufs Schafott steigen und die schottische Jungfrau umarmen zu müssen. Der Ausgang der Rebellion ist für niemanden mehr ein Geheimnis. Meinen Quellen zufolge ist die bunt zusammengewürfelte Armee meines geschätzten ehemaligen Kameraden, des Earl of Mar, in Auflösung begriffen. Und ich glaube, dass ich mich auf meine Informanten verlassen kann, denn bis zum heutigen Tage haben sie mich noch nie getrogen. Außerdem ist es offensichtlich, dass Mar bei der Armee seine Aufgaben nicht gemacht hat. Ich kenne ihn gut, weil ich zusammen mit ihm im Oberhaus gesessen habe. Er ist kein Stratege, und er versteht es nicht, die Moral seiner Truppen aufrechtzuerhalten. Außerdem muss ich Euch darauf hinweisen, dass das Ziel Eurer Sache äußerst verschwommen ist. Ihr handelt aus ganz verschiedenen Beweggründen. Einige von Euch glauben an James' legitimes Recht, den Thron zu besteigen, obwohl er Katholik ist. Andere wie die Antiunionisten sehen in dem Aufstand eine Möglichkeit, die schottische Unabhängigkeit zurückzuerobern. Wieder andere treibt der simple Beweggrund an, dass sie sich die ›gute alte Zeit‹ zurückwünschen. Betrüblicherweise wiederholt sich die Geschichte: Jeder Clan kämpft für sich selbst, und jeder Mann ebenfalls. Habe ich nicht in Sheriffmuir gesehen, wie der Marquess of Huntley auf seinem Pferd Reißaus nahm? Ein sehr schlechtes Omen, findet Ihr nicht? Für Eure Sache, meine ich …«

Duncan biss die Zähne zusammen, bis sie schmerzten. Er wusste, dass Argyle die Wahrheit sprach, und das erschreckte ihn. Die Armee des Duke wuchs beträchtlich an. Wenn man den Spionen glauben wollte, wurden aus Holland noch weitere Truppen erwartet. Das jakobitische Heer dagegen war inzwischen ernstlich dezimiert. Die Vorräte an Waffen und Munition gingen zu Ende; und die versprochene Hilfe aus Frankreich kam nicht. Man hatte Schiffe gesehen, doch keines war an Land gegangen.

Der Herzog von Orléans, der seit dem Hinscheiden Ludwigs XIV. am Hof von Versailles regierte, interessierte sich nicht für Schottlands Probleme. Auch der fehlende Unternehmungsgeist des Earl of Mar spielte eine große Rolle. Es war nur noch eine Frage von Tagen, höchstens Wochen, und dann würde die Rebellion endgültig niedergeschlagen sein.

Argyle, der seine düsteren Gedanken zu erraten schien, schenkte ihm ein boshaftes Lächeln.

»Natürlich werde ich nicht weiter in Einzelheiten gehen. Wenn ich Euch militärische Geheimnisse preisgeben würde, müsste ich in der Tat fürchten, dafür geköpft zu werden.«

Mit dem Finger fuhr er unter seiner Halsbinde an seinem Hals entlang und lachte zynisch auf.

»In Eurem wie in meinem Interesse wäre es daher klug, unser kleines Gespräch zu vergessen … Man könnte die Gründe Eures Hierseins missdeuten. Und was den Kopf des Prätendenten angeht, auf den fünftausend englische Pfund gesetzt sind … Ihr wisst schon, das Geld und der Teufel geben niemals Ruhe, wie es im Sprichwort heißt.«

Obwohl ihr Unternehmen Erfolg gehabt hatte, war Duncan merkwürdigerweise nicht zum Feiern zumute. Argyles niederschmetternde, aber vollständig zutreffende Ausführungen hatten ihn wie ein kalter Guss getroffen und das Wenige an Hoffnung, das er noch im Herzen getragen hatte, zerstreut. Der Duke hatte in allem den Nagel auf den Kopf getroffen.

Bedrückt verließen sie Inveraray. Die Nacht war hereingebrochen, und bläuliches Mondlicht erhellte die verschneiten, aber noch passierbaren Straßen. Duncan, der hinter Marion durch den Wald ritt, wandte sich regelmäßig auf seinem Pferd um und vergewisserte sich, dass sie nicht verfolgt wurden. Er sah niemanden, doch er hatte ein ungutes Gefühl. Etwas sagte ihm … Dann sah er sie: Zwei Reiter durchquerten einen Lichtstrahl, der durch eine dünne Stelle in den Baumkronen einfiel. Er trieb sein Reittier an, bis er sich neben Marion befand. Dann zog er seine geladene Pistole und legte einen Finger über die Lippen der jungen Frau.

»Wir werden verfolgt«, flüsterte er ihr zu.

Ängstlich riss sie die Augen auf, drehte sich um und stieß ein Stöhnen aus.

»Du reitest voran. Wenn ich pfeife, schlägst du dich mit deinem Pferd sofort ins Unterholz. Verstanden?«

Langsam nickte sie. Duncan zog sie zu einem raschen Kuss in die Arme und schob sie dann von sich.

»Sie sind nur zu zweit«, sagte er, um sie zu beruhigen. »Mit denen werde ich schon fertig.«

»Duncan …«

»*Tuch!* Tu, was ich dir sage, und warte, bis ich nach dir rufe. Bis dahin bleibe in deinem Versteck.«

»Ja.«

»Los doch!«

Er versetzte ihrem Pferd einen Schlag auf die Kruppe, und das Tier trabte sofort los. Dann schätzte er die Entfernung ab, die ihn noch von den beiden Verfolgern trennte: vielleicht fünfundzwanzig Schritte, nicht mehr. Aber sie kamen näher. Er hatte keine Zeit zu verlieren.

Er ließ den Blick durch den Wald schweifen. Marions Vorsprung war groß genug. Er drang ins Unterholz ein, sprang vom Pferd und stieß einen Pfiff aus. Dann ergriff er einen langen Ast, der von einem Baum abgefallen war und halb im Schnee vergraben lag. Sein Herz begann zu rasen wie ein panisches Tier. Alarmiert durch seinen Pfiff näherten die beiden Männer sich jetzt rasch. Er hob den Ast über den Kopf und betete zu Gott, dass sein Schlag treffen würde. Zehn Schritte … Fünf Schritte …

Mit unerhörter Wucht traf der Ast den ersten Reiter, der mit einem unheimlichen Krachen vom Pferd fiel. Sein Gefährte, der ihm dichtauf folgte, zog die Zügel an. Sein Pferd bäumte sich wiehernd auf, und sein Schrei hallte durch den Wald. Duncan machte einen Schritt über den Bewusstlosen hinweg, der im Schnee lag, und trat aus dem Schatten. Er richtete die Pistole auf den Unbekannten, der unterdrückt fluchte.

»Absteigen!«, brüllte er und ging auf ihn zu.

Der Mann wollte nach seiner Pistole greifen, doch Duncan nahm die Bewegung wahr und schoss über seinen Kopf hinweg, denn er wollte ihn nicht töten. Der andere zuckte zusammen. Duncan nutzte das Überraschungsmoment, um sich auf ihn zu stürzen und ihn brutal vom Pferd zu reißen. Nach kurzem Kampf lag er über ihm im Schnee und setzte ihm den Dolch an die Kehle. Vor Entsetzen verdrehte der Mann die Augen.

»Warum verfolgt Ihr uns?«, schrie Duncan und packte ihn am Kragen.

»Ich … Ich muss … Ich führe nur einen Befehl aus …«

»Was für einen Befehl, und von wem?«

»Das Dokument …«

»Und wer hat diesen Befehl gegeben? Argyle?«

Wütend drückte Duncan ein wenig fester auf den Dolch, so dass er dem anderen die Haut aufritzte. Der Mann stöhnte vor Schmerz.

»J … ja.«

»Der Duke ist ein Bastard! Ich hätte ihm doch die Zähne einschlagen sollen …«

Wenn das noch möglich gewesen wäre, hätte der Mann die Augen noch weiter aufgerissen.

»Nein … Ihr irrt Euch. Nicht der D … Duke …«, stotterte er mit vor Furcht erstickter Stimme.

»Sein Sohn …«

»John?«

»Ja.«

Also hatte der Duke sich an die Bedingungen ihrer Übereinkunft gehalten. Es war sein schwachsinniger Sohn, der weiter hinter seinem Rücken intrigierte. Duncan stöhnte.

»Ihr werdet mich doch nicht töten, oder?«

Er lachte sarkastisch auf.

»Tote reden nicht, mein Alter. Und ich möchte, dass du deinem Herrn eine Nachricht von mir überbringst.«

»J … j … ja …«

»Sag ihm, wenn er uns noch einmal belästigt, dann ziehe ich ihm die Haut ab und mache mir einen Schild daraus. Ist das klar?«

»Ganz klar … Einen Schild …«

Duncan sah auf den Mann hinunter, der unter seinem Dolch

vor Angst schlotterte. Beißender Uringestank stieg ihm in die Nase. Er zog sich ein wenig zurück und sah am feuchten Schritt der Hose, dass der Mann sich nass gemacht hatte.

»In Sheriffmuir hättest du es aber nicht lange gemacht! Was sind das nur für Männer, die dieser Idiot John für seine schmutzigen Geschäfte anheuert?«

»Bitte … Lasst mich jetzt los«, bettelte der andere. »Ich werde die Botschaft überbringen … Au!«

Duncan hatte ihm einen Schnitt in die linke Wange beigebracht.

»Das ist für Sheriffmuir, du kleiner Dreckskerl!«, zischte er und gab ihn abrupt frei.

Hinter ihm gellte ein schriller Schrei. Mit gezücktem Dolch sprang er auf. Marion stand über dem Bewusstlosen und hielt die Pistole, die Duncan hatte fallen lassen, als er sich auf den anderen Reiter gestürzt hatte, auf ihn gerichtet. Die Waffe zitterte dermaßen, dass sie es kaum fertigbrachte, damit auf seine Brust zu zielen. Gleichzeitig starrte sie verblüfft auf den Mann, der vor Schmerz wimmerte und sich die verletzte Wange hielt.

»Was machst du da?«, schrie Duncan. »Ich hatte dir doch befohlen, in Deckung zu bleiben!«

»Ich hatte Angst. Ich habe einen Schuss gehört, und ich dachte schon …«

Ihre Lippen zitterten ebenso heftig wie ihre Hände. Duncan stieß einen ungeduldigen Seufzer aus und wandte sich zu dem Verletzten um. Er entriss ihm seine Pistole, die er noch im Gürtel stecken hatte, und schleuderte sie ins Unterholz. Dasselbe wollte er mit der Waffe des Bewusstlosen wiederholen, doch dann überlegte er es sich anders und steckte sie in seinen Gürtel.

»Komm, Marion. Verschwinden wir von hier!«

Einige Meilen später erreichten sie die Taverne, in der die Macgregors auf sie warteten. Marion rutschte vom Pferd und begann zu zittern und zu schluchzen. Duncan nahm sie in die Arme.

»Jetzt ist alles gut, *mo aingeal*«, flüsterte er ihr ins Ohr.

»Oh Duncan! Ich hatte solche Angst. Ich dachte … Ich dachte … sie hätten dich …«

»Hatte ich dir nicht gesagt, dass ich mir von einem Campbell nicht das Fell abziehen lasse?«, fragte er lächelnd.

»Das ist nicht komisch, Duncan Macdonald! Ich hatte Angst.«

Jetzt sah sie ihn ärgerlich an.

»Aber trotzdem hast du mit meiner Pistole auf den Mann angelegt! Was hättest du getan, wenn er zu sich gekommen wäre?«

»Na ja, ich hätte natürlich geschossen!«

Er schüttete sich vor Lachen fast aus.

»Die Waffe war nicht geladen, *mo aingeal.*«

22

Gequälte Seelen

In Gedanken versunken ging Alasdair Og Macdonald unruhig in unserem kleinen Zimmer in der St. John's Street auf und ab. Die Straße lag nur wenige Schritte vom Glockenturm der St. John's Kirk entfernt, die vor einigen Tagen das neue Jahr eingeläutet hatte. Liam hatte ihn soeben um die Erlaubnis gebeten, mit Colin und mir nach Inverness zu reiten.

»Hör zu, Sandy«, sagte Liam, »alles, worum ich dich bitte, sind zwei Wochen, allerhöchstens drei.«

»Ich gebe dir fünf, wenn es nötig ist, Liam«, antwortete Alasdair. »Das ist nicht das Problem. Was mir zu schaffen macht, ist, euch allein reisen zu lassen. Argyle erwartet eine Armee, und wir wissen nicht, wo sie an Land gehen wird. Wenn sie sich in Inverness ausschifft, dann sitzt du dort in der Falle.«

»Noch ein Grund mehr!«, erwiderte Liam. »Warum willst du noch weitere Männer in die Höhle des Löwen schicken? Außerdem, was machen schon zwei oder drei Männer mehr aus, angesichts einer Armee von zwei- oder dreitausend Soldaten?«

Die Hände auf dem Rücken verschränkt, den Blick auf die verzogenen Deckenbretter gerichtet, begann Alasdair seine Wanderung von neuem. Er hatte jetzt die fünfzig überschritten, und seine Haare waren inzwischen so weiß wie der Wintermantel, der Schottland bedeckte. Doch sein lebhafter Blick und seine energischen Züge zeugten von der großen Kraft, die noch in ihm wohnte.

Wenn John, der Chief des Clans, abwesend war, führte der jüngere Sohn des großen MacIain die Männer mit eiserner Faust. Die beiden Brüder ergänzten einander vorzüglich. Es war, als hätte man MacIain in zwei Hälften geteilt: auf der einen Seite

John, der Weise, Geduldige und Mitfühlende; und auf der anderen Alasdair, der aufbrausend und arrogant sein konnte. Nach all den Jahren konnte ich mir eine Vorstellung davon machen, wie ihr Vater gewesen sein mochte, Alasdair MacIain Abrach Macdonald von Glencoe, den man vor dreiundzwanzig Jahren grausam und feige abgeschlachtet hatte. Sandy, wie Liam ihn freundschaftlich nannte, rieb sich murrend die Augen.

»Ich weiß nicht... So ein Schwachkopf, dieser Trevor Macdonald!«, rief er aus und erhob die Arme zum Himmel. »Ohne Rückendeckung einen Nachschubkonvoi der Garde anzugreifen!«

»Ich darf dich daran erinnern, dass du von dem Ehemann meiner Tochter sprichst«, tadelte Liam ihn sanft.

»Ja, sicher...«

Er zögerte noch einen Moment lang und ließ dann mit einem ergebenen Seufzer die Schultern sinken.

»Schön, einverstanden! Mir bleibt ja auch nichts anderes übrig. Nach der Ankunft des Prätendenten in Perth wird Mar sicherlich darauf bestehen, dass seine Truppen für einen Gegenschlag gerüstet sind.«

Krachend flog die Tür auf, und Colin trat ein.

»Jetzt ist es geschehen! Sie sind an Land gegangen«, verkündete er völlig außer Atem. »Es sind fast sechstausend, mit ihrem ganzen Arsenal!«

Sprachlos starrten wir ihn an. Colin schloss langsam die Tür hinter sich und lehnte sich dagegen. Dann berichtete er.

»Gerade eben habe ich Adam und John Cameron von Lochiel getroffen. Sie haben erfahren, dass sechstausend Holländer in Berwick eingetroffen sind. Ein Teil von ihnen hat zusammen mit einer Abteilung von Argyles Scots Edinburgh erreicht. Dann haben sie den Forth überquert und Burntisland eingenommen. Als unsere Truppen, welche die benachbarten Dörfer besetzt hielten, von diesen Bewegungen erfuhren, haben sie sofort die Segel gestrichen. Die Männer kehren nach Perth zurück und geben das gesamte Territorium nördlich des Forth auf.«

Bleiernes Schweigen senkte sich über uns, das nur von Liams rauem Husten unterbrochen wurde. Ich warf ihm einen ratlosen

Blick zu, und er zuckte die Achseln. *Was können wir schon dagegen tun?*, schien er sagen zu wollen.

»Das ist noch nicht alles«, fuhr Colin fort, der durch die Nachricht, die er uns verkünden musste, sichtlich niedergeschmettert war. »Die Sache ist verloren ...«

»Was sagst du da?«, murmelte Alasdair verblüfft. »Eine abwegige Vorstellung!«

»Nein, es ist bestätigt – zumindest inoffiziell. Die Anführer haben entschieden, die Truppen zurückzuziehen, sobald Argyle gegen uns marschiert. Diese Entscheidung ist schon zwei Wochen alt, doch Mar hat sie geheimgehalten, um die Moral der Soldaten nicht zu zerstören und eine Meuterei in Perth zu verhindern. Aber das Gerücht geht überall um ...«

Mir stockte das Blut in den Adern. Mar gab auf? Sollte das alles umsonst gewesen sein? Nein, ich musste träumen!

»Woher hast du diese Information?«

Colin lächelte dümmlich und kratzte sich am Kinn. Seine Wangen liefen rosig an.

»Ähem ... Von Griseal, einer Kammerzofe, die für den Dienst beim Earl of Mar eingeteilt wurde ...«

»Eine Kammerzofe?«, rief Alasdair lachend aus. »Komm schon, Colin, das kannst du doch nicht ernstnehmen. Gewiss hat sie dir Schauermärchen erzählt, um sich interessant zu machen.«

»Ich versichere dir, dass sie das gar nicht nötig hatte ...«

Er warf mir einen Blick zu und wandte sich dann peinlich berührt rasch ab. Liam hatte es bemerkt, doch er tat, als wäre nichts, und biss nur die Zähne zusammen. Mir pochte das Blut in den Schläfen. Dieser Bastard von Mar ... Er hatte uns zum Narren gehalten! All diese Menschen waren umsonst gestorben! Colin sprach weiter.

»Ich gestehe, das ich ihr ebenfalls kaum glauben konnte. Sie hat mir erzählt, dass sie ein Gespräch zwischen Mar und Seaforth mitangehört hat. Daraufhin bin ich zu Lochiel gegangen; er hat mir die Geschichte nicht bestätigt, sie aber auch nicht abgestritten. Doch ich habe an seinem Blick abgelesen, dass es die Wahrheit war. Wir haben verloren. Ich kann es einfach nicht fassen ... Warum?«

Alasdair und Liam tauschten einen wissenden Blick aus. Ich spürte, wie meine Beine unter mir nachgaben, und hielt mich an dem kleinen Tisch fest.

»Soll das etwa heißen, dass man uns die ganze Zeit etwas vorgemacht hat!?«, schrie ich zornentbrannt. »Diese Gerüchte über einen Gegenschlag und über eine Krönung …«

»Mar hat alle Möglichkeiten, die wir hatten, sabotiert«, stieß Colin hervor, den jetzt ebenfalls die Wut ergriff. »Ein Schönredner und ein miserabler Stratege, das ist unser Oberkommandierender. Er hätte schon vor Wochen einen Angriff befehlen müssen, als wir uns noch im Vorteil befanden. Die Franzosen und Spanier, die auf ihren Schiffen warten, werden es nicht riskieren, sich den Hintern mit Blei spicken zu lassen, solange er ihnen keine Strategie für einen Gegenangriff vorlegt. Aber mit seinem Zaudern hat dieser Schwachkopf all unsere Aussichten zunichtegemacht. Stur hat er darauf beharrt, auf den Prätendenten zu warten. Und unterdessen hat das Lager sich geleert. Inzwischen dürfte Argyles Armee ungefähr zehntausend Mann zählen, während die unsere gerade einmal viertausend vereint. Es ist zu spät!«

Kalter Zorn hatte sich meines ganzen Körpers bemächtigt. Ich vermochte mich nicht länger zu beherrschen. Vor Wut explodierte ich buchstäblich und kreischte meinen Hass und meinen Schmerz hinaus.

»Diese Bastarde! Wofür halten sie uns eigentlich? Sind wir denn nichts als Figuren auf einem Schachbrett, die man mit dem Handrücken herunterfegt, sobald man den Ausgang der Partie kennt? Ist mein Sohn etwa für nichts gestorben?«

»Caitlin …«

Liam trat auf mich zu und versuchte, mich in die Arme zu nehmen. Doch ich stieß ihn heftig zurück. Mir stand der Schaum vor dem Mund, und ich musste dieses Gift loswerden, das mir seit meiner Ankunft in Perth vor fünf Tagen das Herz zerfraß. Selbst ein Blinder hätte an den Blicken der Soldaten erkannt, wie ernüchtert und niedergeschlagen sie waren.

Nur die Hälfte der Männer waren überhaupt angemessen bewaffnet. Die anderen besaßen nichts als Spieße, Äxte, verrostete

Schwerter oder Mistgabeln. Manche trugen bloß alte Brogues* mit durchlöcherten Sohlen an den nackten Füßen. Konnte man so etwas eine Armee nennen? Das war eine Farce!

»Warum hat Mar uns überhaupt zu den Waffen gerufen, Liam? Kannst du mir das einmal erklären? Nur damit sich am Ende alles in Luft auflöst? Und warum ist der König – nein, dieser Schwindler, der sich König nennen lässt – hergekommen, na? Etwa um ohne einen Finger zu rühren zuzusehen, wie seine Untertanen von König Georges' Männern wie Hunde abgeschlachtet werden?«

Während die drei Männer mich verblüfft und ohnmächtig anstarrten, machte die ganze unterdrückte Wut, die sich wochenlang in mir aufgestaut hatte, sich in meinen Worten Luft und rann mit meinen Tränen über meine Wangen. Ich fiel auf die Knie und vergrub das Gesicht in meinen vor Erregung zitternden Händen.

»Dieser scheinheilige Bastard, dieser verfluchte Mar. Er ist schuld an Ranalds sinnlosem Tod. Oh, Liam!«

Liams große Hände legten sich auf meinen Kopf und zogen mich an sich. Ich packte seinen Kilt und vergrub mich darin.

»Soll unser Sohn für ein bloßes Hirngespinst gestorben sein? Neiiin …«

Ich hörte leises Stimmengewirr, dann Schritte, die sich entfernten. Die Türe öffnete und schloss sich wieder, und dann herrschte eine düstere Stille. Liam kniete vor mir nieder und nahm meine Hände.

»*A ghràidh*«, flüsterte er ernst, »Ran ist gestorben, weil er seinen Überzeugungen treu geblieben ist, wie wir anderen auch.«

»Und du glaubst immer noch daran, Liam? Sag mir die Wahrheit.«

Er schlug die Augen nieder, aber ich hatte noch Zeit, darin Enttäuschung und Niedergeschlagenheit zu erkennen. Sein zum Sprechen geöffneter Mund verzog sich verbittert.

»Wenn nicht jetzt, dann eben ein anderes Mal. Aber wir wer-

* Typisches schottisches Schuhwerk aus weichem Leder, das mit Bändern geschnürt wird.

den niemals aufgeben, Caitlin. Ich wünschte mir so sehr, du könntest das verstehen. Der Preis ist hoch, aber … Ich weiß es nicht mehr … Ich fühle mich so ohnmächtig. Das Einzige, was ich noch habe, ist die Hoffnung, und an die klammere ich mich, so fest ich kann. Und außerdem ist da noch Frances, die sich im Moment in Inverness befindet …«

An einer Falte, die sich in seinen Augenwinkel eingegraben hatte, lief eine Träne entlang. Lange schwiegen wir und klammerten uns, von unserer Pein geschüttelt, aneinander.

»Liam.«

Er sah mich aufmerksam an.

»*A ghràidh*!«, flüsterte er und drückte mich fest an sich.

Seine Wärme hüllte mich ein wie ein magischer Balsam. Ich spürte, wie er zitterte, so, als fröre er, als gäbe er seine ganze Körperwärme her, um mich zu trösten. Ich sehnte mich ganz schrecklich danach, ihn ganz nahe bei mir zu spüren. Doch zugleich kämpfte ich gegen die schrecklichen Bilder an, die bei Nacht in meinem aufgewühlten Geist aufstiegen. Ich zog mich auf den Bettrand zurück, und er löste sich seufzend von mir und wahrte erneut diesen furchtbaren Abstand zwischen uns.

»*Caitlin, a ghràidh, ni maitheanas dhomhj.*« Caitlin, meine Liebste, verzeih mir.

Ich spürte seinen heißen Atem im Nacken, am Hals, auf der Brust …

»Bitte, lass dich von mir lieben. Vergib mir …«

Sein Flehen erstickte und entflammte mich zugleich. Alles war so verworren.

»Liam …«

Er schnürte die Bänder meines Rocks auf … *Margarets Rock* … ich versuchte ihn zurückzustoßen, doch er hielt mich fest.

»Hör auf, Liam …«

»Ich halte es nicht mehr aus.«

Mein Rock rutschte mir auf die Knie herunter. Jetzt machte er sich an meinem Unterrock zu schaffen. *Lass dich einfach gehen, Caitlin!* Doch das brachte ich nicht fertig. Ich sah, ich sah … Gott helfe mir!

»Ich kann nicht … Ich bitte dich …«

»Du kannst, Caitlin. Wenn ich es vermocht habe, dann schaffst du das ebenfalls.«

»Wenn du … Was?«, rief ich aus und versuchte ihn wegzuschieben. »Wovon redest du?«

»So etwas vergisst man nie, verstehst du«, antwortete er. »Aber man findet sich mit der Zeit damit ab.«

Ich versuchte zu verstehen, worauf er hinauswollte. Er hielt mich an den Schultern fest und sah mir traurig in die Augen.

»Die Erinnerung ist eine schöne Sache, weil sie uns wunderbare Augenblicke immer wieder neu erleben lässt. Aber sie ist auch etwas Schreckliches, denn sie hindert uns daran, etwas, das wir nicht mehr sehen wollen, vollständig zu vergessen. Ich weiß das.«

Plötzlich begriff ich. Lord Dunning! Er spielte auf den Handel an, den ich mit dem Mann geschlossen hatte, der ihn fälschlich des Mordes angeklagt hatte, während in Wahrheit ich die Schuldige war. Ich hatte Liams Freilassung mit meinem Körper erkauft. Eine Nacht gegen ein Leben … Der Bastard! Wie konnte er es wagen, einen solchen Vergleich zu ziehen? Er musste gespürt haben, dass ich seine Anspielung verstanden hatte, denn seine Finger gruben sich in meine Schultern und hielten mich nieder.

»Hör mir zu, Caitlin …«

»Du bist ein solches Schwein, Liam Macdonald! Du hast kein Recht, einen Vergleich zwischen Margaret und …«

»Winston Dunning?«, warf er ein.

Ich zuckte zusammen. Zwanzig Jahre war das her … Und ausgerechnet heute brachte er das Thema wieder auf!

»Glaubst du vielleicht, dass ich mich nicht erinnere? Man vergisst niemals ganz. Zugegeben, die Erinnerung verblasst. Man kann es fertigbringen, sie in einen Winkel seines Geistes zu verbannen. Doch sie ist immer da, hinterlistig und bereit, in dem Moment, in dem man am wenigsten damit rechnet, wieder an die Oberfläche zu kommen. Ich weiß, wovon ich rede. Ich verstehe dich.«

Ich fand keine Worte, um meiner Verzweiflung und meinem Groll Ausdruck zu verleihen. In seinem Blick dagegen stand keine Spur von Rachedurst. Er hatte mich nicht verletzen wollen. Aber dennoch war der Schmerz unerträglich!

»Ich liebe dich, *a ghràidh*. Stoß mich nicht zurück.«

Langsam lösten sich seine Hände von meinen Schultern, um auf meine Brust hinabzuwandern, die er durch den dicken Wollstoff meines Mieders hindurch streichelte. Dann knotete er die Bänder auf und sah mich dabei an. Sein Atem ging langsamer und beherrschter, während meiner sich beschleunigte. Von Panik war ich wie gelähmt. *Margaret …*

Während mein Mieder ebenfalls zu Boden glitt, schloss ich die von meinen Tränen brennenden Augen und biss mir auf die Lippen. Ich schmeckte Blut und verzog das Gesicht. Behutsam zupfte er an meinem Hemd und entblößte eine meiner Schultern. Mit unendlicher Zärtlichkeit liebkoste er mich und hielt sich lange bei einer blassen Narbe auf, einem Andenken an unsere Flucht aus dem verfluchten Herrenhaus, im Dunkel einer fernen Nacht im Mai.

Ein wollüstiger Schauder lief mir über das Rückgrat. Mit einem Mal sah ich Liam so, wie er in diesem Moment war: dieser Highlander, der mich mit seiner gewaltigen Statur erschreckte, aber mich mit seiner Zärtlichkeit und seinem eindringlichen Blick auch anrührte und eine kleine Flamme in mir schürte, die trotz allem immer noch brannte. *Lösch sie nicht aus, Caitlin … Lass dich von ihr in Brand setzen, dich von ihr verzehren …*

»Liam …«

»*Tuch!*«

Mein Hemd gesellte sich zu meinen anderen Kleidungsstücken, und seine Finger zogen eine flammende Spur über meine Haut. *Margarets Haut …* Ich zitterte vor Eifersucht und Verlangen. »Du bist meine Frau, Caitlin«, murmelte er zwischen meinen Brüsten. »Lass dich von mir lieben …«

Ohne recht zu wissen, wie mir geschah, fand ich mich vollständig nackt auf dem Bett wieder. Reglos wie eine Statue kniete er zwischen meinen Schenkeln und ragte über mir auf. Sein Blick liebkoste mich, wie seine Hände es ebenso zärtlich getan hatten. *Caitlin, ganz bestimmt hat er Margaret nie so angeschaut, wie er dich ansieht …*

Dieser letzte Gedanke machte mich kühn, und ich zupfte langsam und zögernd an seinem Hemd, um es aus seinem Kilt zu ziehen. Er rührte sich nicht und sah mir dabei zu. Hatte Margaret ihm das Hemd ausgezogen, oder hatte er es selbst getan? *Caitlin, hör auf, dich selbst zu zerfleischen!* Doch die Gedanken waren stärker als ich. Margaret war da und stand zwischen uns beiden, verflucht sollte sie sein! Meine Finger krallten sich in die abgetragenen Laken.

»Ich kann nicht …«

Ich barg mein Gesicht in den Händen, um Liams Blick zu entgehen. Ein enttäuschter Seufzer entrang sich seiner Kehle, während ich schluchzte, zornig auf mich selbst.

»*Seall orm, a ghràidh*«, murmelte er nach einer Weile. Sieh mich an, meine Liebste.

Langsam ließ ich die Hände sinken und sah in sein Gesicht, das durch meinen Tränenschleier verschwommen wirkte.

»Warum?«, fragte er einfach.

»Sie ist da; ich sehe sie immer zwischen uns stehen. Ich brauche noch Zeit.«

Bedächtig schüttelte er den Kopf und schlug die Augen nieder.

»Es tut mir leid, Liam. Ich …«

Ich hätte ihm gern gesagt, wie sehr ich ihn liebte, doch die Worte wollten mir einfach nicht über die Lippen. Der richtige Zeitpunkt war verstrichen. Unergründlich und düster wie das Wasser eines Lochs ruhte sein Blick noch ein paar Minuten auf mir. Dann schlug er plötzlich mit einer schroffen Bewegung die Bettdecke über meinen nackten Körper und stand auf.

»Nicht so leid, wie es mir tut, Caitlin.«

Ohne ein weiteres Wort rückte er seine Kleidung zurecht und ging zur Tür. »Ich brauche frische Luft. Warte nicht auf mich. Ich werde wegen unseres Aufbruchs morgen noch einige Einzelheiten mit Sandy besprechen.«

Die Tür fiel zu. Ich blieb liegen und starrte an die Deckenbalken. Hatte ich das letzte Band zwischen uns zerschnitten? Ich zerrte an dem Federbett und zog es bis unter mein zitterndes Kinn hoch.

Arme Idiotin!, schalt ich mich mit zusammengebissenen Zähnen.

Von neuem überfiel mich tiefe Verbitterung und ein nicht zu unterdrückendes Schuldgefühl, und ich vergoss ganze Tränenströme auf mein Kopfkissen.

Einige Stunden später wachte ich auf. Mein Kissen war feucht, und mir klapperten die Zähne. Das Zimmer lag in eiskalter Dunkelheit. Von der Straße drangen gedämpft streitende Stimmen herein, und ich wandte den Kopf zum Fenster. Liam war nicht zurückgekehrt. Ich spitzte die Ohren; der Radau kam näher. Schimpfend erhob ich mich aus dem Bett und warf eilig meine Kleider über, die auf dem eisigen Boden verstreut lagen. Dann stellte ich mich ans Fenster. Auf der engen Straße drängte sich, eingequetscht zwischen den hohen Mauern, an denen Fackeln hingen, eine Horde Männer. Ich schob einen Fensterladen leicht zurück, um besser hören zu können, was sie riefen. Ein Mann, der in einer Hand ein Schwert und in der anderen eine Whiskyflasche schwenkte, protestierte laut gegen den Earl of Mar und die jakobitischen Anführer.

»Das alles wird sich noch zu einer Meuterei auswachsen«, brummte ich und schloss den Fensterladen.

Der kalte Luftzug hatte mich endgültig geweckt. Gequält von Hunger, Niedergeschlagenheit und Angst lief ich im Zimmer auf und ab und versuchte, meine Gedanken zu sammeln. Zuerst musste ich zusehen, dass ich etwas in den Magen bekam. Um den Rest würde ich mich danach kümmern.

Einige Zeit später war ich gut gesättigt und trank meinen Bierkrug aus, als mein Blick den eines jungen Mannes traf, der mit dem Rücken an der Theke der Taverne lehnte. Der Fremde, der zunächst ernst dreingeschaut hatte, verzog den Mund zu einem Lächeln, das wahrscheinlich charmant sein sollte, aber seine Wirkung auf mich verfehlte. Wenige Augenblicke darauf beugte er sich strahlend über meinen Tisch. Es war der merkwürdige Bursche, der mir an dem Abend, als ich mich betrunken hatte, das Bier über den Rock geschüttet hatte.

»Guten Abend, Mrs. Macdonald. Ihr gestattet?«

»Ich wollte soeben gehen …«

»Es dauert nur ein paar Minuten.«

Auf mich wartete ohnehin niemand.

»Nun gut.«

Er setzte sich auf den Stuhl, der mir gegenüberstand, beobachtete mich aus vorsichtigen blauen Augen und rieb Daumen und Zeigefinger zusammen.

»Seid Ihr allein?«, fragte er mich und warf einen Blick in die Runde.

»Ich warte auf jemanden«, log ich, um ihn abzuschrecken, falls er plante, sich mir zu nähern.

Sein hektisches Gehabe begann mich zu beunruhigen.

»Gut für Euch. Die Straßen von Perth sind nicht besonders sicher angesichts all dieser … Trunkenbolde, die sie bevölkern.«

»Macht Euch keine Sorgen um mich, Mr. …«

»Gordon«, schloss er mit einem zahnlückigen Lächeln.

»Hmmm … Ja. Seit Sheriffmuir sind die Soldaten so schrecklich mutlos.«

»Schon möglich. Pah! Ich hatte mich gefragt …«

Mit den Fingern zeichnete er unsichtbare Muster auf den Tisch.

»Wie auch immer … Habt Ihr noch einmal etwas von diesem Gerücht über den Sohn des Duke gehört?«

»Nein«, antwortete ich vorsichtig.

»Für mich deutet alles darauf hin, dass im Lager gar kein derartiges Gerücht umgeht. Ich würde gern wissen, woher Ihr die diese Information habt.«

Obacht, Caitlin! Dieser Mann flößte mir kein Vertrauen ein.

»Hmmm …«, meinte ich nur und setzte meinen leeren Krug an.

Er zuckte die Achseln und fuhr mit einem leisen Lächeln auf den Lippen fort.

»Versteht Ihr, ich habe selbst einige Nachforschungen angestellt. Niemand hat etwas von dieser Geschichte über einen Königsmord gehört.«

Unter seinem eisigen Blick erstarrte ich zu Stein.

»Wahrscheinlich hat man das Gerücht unterdrückt«, versuchte ich mich an einer Erklärung.

Nervös schlug ich unter den Tisch die Beine übereinander. Der junge Mann kicherte spöttisch. Mit einem Mal leuchtete sein Blick auf.

»Sicherlich … Ein solches Gerücht hätte die Stimmung unter den Männern der Truppe eher noch aufgepeitscht.«

Er musterte mich lange und nahm meine zerknitterte Kleidung, meine aufgelöste Frisur und zweifellos auch meine Körperformen in Augenschein.

»Hatte ich Euch schon gesagt, dass ich der Kurier des Earl of Marischal bin?«

»Ich glaube, ja.«

»Dann brauche ich Euch ja wohl nicht zu erklären, dass Ihr mir vertrauen könnt …«

Er legte eine Pause ein und fuhr dann in honigsüßem Tonfall fort.

»Ihr seid sehr anziehend … Der Mann, der Euch kürzlich abends begleitet hat, war das Euer Gatte?«

Oh, dieser Spitzbube! Er glaubte also, mir mit Schmeicheleien Informationen aus der Nase ziehen zu können! Ich lächelte ihn strahlend an, senkte den Kopf und schlug mit den Wimpern.

»Nein, Colin ist ein enger Verwandter …«

»Tatsächlich! Dann könnte ich Euch also einladen …«

Er verzog das Gesicht und hob dann erneut an.

»Schon wahr, dass Perth nicht Edinburgh ist. So raffinierte Gaumenfreuden wie in der Hauptstadt sind hier nicht zu finden. Doch da ist immer noch das Gasthaus der guten Mrs. Wallace. Sie bereitet einen köstlichen Fasan mit Rosinen und Portwein …«

Mir fiel das üppige Dinner bei Clementine ein, und ich lachte sarkastisch auf … Der junge Mann sah mich mit einem rätselhaften Blick an. Plötzlich war mir äußerst unwohl zumute. Fest umklammerte ich den leeren Krug, und mir stockte das Blut in den Adern. Dieses Individuum war kein anderer als der Bote, der Colonel Turner eine Nachricht gebracht hatte …

»Geht es Euch auch gut, Madam?«, fragte er besorgt.

Mir war sehr heiß geworden. Beunruhigt sah ich mich um. Kein bekanntes Gesicht. Herrgott! Befand ich mich etwa in der Gesellschaft des feindlichen Spions in unserem Lager? Hatte er mich an jenem Abend gesehen? Ob er wohl wusste, wer ich war? Ich versuchte, meine Ruhe wiederzufinden und setzte ein steifes Lächeln auf. Doch innerlich befand ich mich in heller Panik. Was wollte dieser Mann von mir?

»Es ist nichts«, versicherte ich ihm, ohne mein aufgesetztes Lächeln abzulegen. »Wahrscheinlich die Schweinepastete.«

Er lachte schallend.

»Ja, die Schweinepastete! Wenn man sich nur ganz sicher sein könnte, ob sie wirklich aus Schwein besteht, meine Schöne ... Ich habe gehört, dass die Stadtbewohner sich beschweren, weil ihre Hunde und Katzen verschwinden. Hmmm ... Diese Stadt hat seit mehr als zwei Monaten viertausend Männer durchzufüttern; da nehme ich an, dass die Tavernenwirte das Fleisch, das man ihnen anbietet, weniger genau prüfen.«

Das kleine Zwischenspiel war zu Ende, und er wurde wieder ernst.

»Ihr seid also frei?«

»Ich bin verheiratet, Sir«, erklärte ich ihm trocken. »Und im Übrigen hält sich mein Gatte hier auf, in Perth.«

»Welch ein Jammer! Gut ... Kehren wir zu dem Thema zurück, das mich interessiert.«

Mit einem Mal hatte er einen drohenden Tonfall angeschlagen, und sein Kiefer zitterte kaum wahrnehmbar. Sein Blick, der ohne Unterlass misstrauisch zwischen den anderen Gästen der Taverne hin und her huschte, verriet mir, dass er sehr nervös war.

»Was wisst Ihr über diese Drohung, die über unserem zukünftigen König schwebt?«

»Nichts weiter als das, was Ihr gehört habt.«

Sein Blick wurde hart.

»Ich fürchte, dass Ihr mir nicht die Wahrheit sagt. Woher Ihr diese Information bekommen habt, weiß ich nicht, Madam, aber lasst Euch von mir warnen ...«

Ich musste einen Weg finden, mich dieser heiklen Lage zu entziehen. Und wenn ich so tat, als wäre ich wirklich krank? William Gordon beugte sich zu mir herüber und starrte mich neugierig an.

»Ich könnte Euch verhaften lassen, weil Ihr Informationen betreffs der Sicherheit des Prätendenten zurückhaltet …«

»Wollt Ihr mir drohen?«

Ich wollte aufstehen, doch er packte mich am Arm und zwang mich, wieder Platz zu nehmen. Der Kurier des Earl of Marischal lachte jetzt nicht mehr. Ich schluckte.

»Hier geblieben, Madam, ich bin noch nicht fertig.«

»Ich fühle mich nicht besonders gut«, klagte ich und legte die Hand auf meine Magengegend.

Und das war nicht einmal gelogen. Mein Magen verkrampfte sich so heftig, dass mir der Schweiß ausbrach. Wieder dachte ich an die verschwundenen Hunde und holte tief Luft, um meiner Übelkeit Einhalt zu gebieten. Gordon begann erneut, gedankenlos Muster auf die Holzplatte des Tisches zu zeichnen. Seine Lippen spannten sich leicht an, und sein Finger kam in einer kleinen Bierpfütze zum Halten und begann, offenbar ärgerlich, auf die Tischplatte zu trommeln. Der junge Mann bedachte mich mit einem zutiefst verächtlichen Blick.

»Hört mir gut zu, Mrs. Macdonald. Falls Ihr diese ganze Geschichte nicht einfach erfunden habt, woran ich starke Zweifel hege, dann gibt es nur eine Erklärung: Ihr habt jemanden über dieses kleine Komplott reden gehört. Daher verlange ich von Euch im Namen des Königs …«

»Und von welchem König genau redet Ihr?«

Tropfend verhielt Gordons Finger über der Bierpfütze. Der junge Mann zuckte zusammen und warf mir aus halb geschlossenen Augen einen finsteren Blick zu. Ich steckte die Nase in meinen Krug. Schon tat es mir leid, die Frage gestellt zu haben, und am liebsten hätte ich sie mit einem Schluck Bier hinuntergespült. Doch es war zu spät. Gordon wischte sich den Finger an seiner Weste ab.

»Was wollt Ihr damit andeuten?«

Ich wich auf meinem Stuhl vor ihm zurück.

»Ich muss gehen … Eure Minuten sind vorüber …«

»Oh nein! Ihr werdet nirgendwo hingehen, meine Schöne… Jedenfalls nicht, ehe Ihr mir alles gesagt habt, was Ihr wisst. Ihr stellt meine Geduld auf eine harte Probe. Zwingt mich nicht, weit weniger angenehme Mittel einzusetzen, um Euch zum Reden zu bringen.«

»Wollt Ihr mich vielleicht einer peinlichen Befragung unterziehen?«, gab ich nervös kichernd zurück. »Ihr wisst, dass die Folter in Großbritannien verboten ist.«

»Nicht, wenn es um Staatsaffären geht.«

»Ihr macht Euch lächerlich, Mr. Gordon.«

Meine Blässe widersprach sicherlich meinem aufgesetzt selbstbewussten Tonfall, denn er verzog skeptisch die Mundwinkel. Gordon griff unter den Tisch und zog einen kleinen Dolch mit fein ziselierter, aber darum nicht weniger scharfer Klinge hervor, die im Licht des Kaminfeuers schimmerte. Er hieb den Dolch vor sich in die Tischplatte. Verblüfft starrte ich auf die Waffe und schluckte. Panik stieg in mir auf und raubte mir den Atem. Ich begann zu stammeln.

»Was… was habt Ihr vor?«

Wenn dieser Mann tatsächlich im Sold des Feindes stand, dann war er fähig, mich zu töten, um mich zum Schweigen zu bringen. Mein Zittern mühsam verbergend sah ich mich im Raum nach einem bekannten Gesicht um, was Gordon nicht entging. Er schaute ebenfalls unsicher in die Runde.

»Kommt«, befahl er und nötigte mich zum Aufstehen. »Ich bringe Euch nach Hause .«

Nach Hause? Er beliebte wohl zu scherzen!

»Nein, ich bleibe hier. Mein Gatte muss bald kommen…«

Ohne Vorwarnung bemächtigte er sich zugleich seines Dolchs und meines Armes und zerrte mich brutal auf sich zu.

»Euer Gatte ist nicht hier, Madam. Er hätte niemals erlaubt, dass seine Frau so lange mit einem Unbekannten plaudert.«

Leise stöhnte ich auf, als er mir diskret den Arm auf den Rücken verdrehte und mir die Spitze seines Dolchs an die Rippen setzte.

»Und jetzt werdet Ihr mir ohne zu murren folgen, verstanden?«

Rasch ergriff er meinen Umgang und legte ihn um meine Schultern, dann stieß er mich zum Ausgang. Der Gedanke an den Stahl, der mir im Rücken saß, war ein ziemlich überzeugendes Argument. Daher gehorchte ich widerspruchslos und folgte meinem Häscher nach draußen.

Auf der Straße war es ruhig, obwohl es noch recht früh am Abend war. Zweifellos bewog die Kälte die Menschen, im Inneren ihrer Häuser zu bleiben. Schweigend legten wir einige Schritte zurück und stolperten in den gefrorenen, tief in den Schlamm eingefahrenen Wagenspuren immer wieder. Sinnlos, ihm die Adresse zu nennen, an der ich logierte, denn ich wusste genau, dass dies das Letzte war, was ihn interessierte … Ich gab mich keinen Illusionen über seine Absichten hin. Er wollte mich verhören.

An einer Kreuzung stieß er mich in eine dunkle Gasse. Ich verlor das Gleichgewicht und wäre beinahe lang hingeschlagen, doch Gordon hielt mich fest. Ich gab eine ganze Flut gälischer Verwünschungen von mir.

»Nicht übel für eine Frau!«, rief er aus und schob mich gegen den harten, kalten Stein einer Mauer.

Es war so dunkel, dass ich weder seine Züge erkennen noch seine nächsten Bewegungen voraussehen konnte. Nur sein Profil hob sich vor dem mit einem Wolkenschleier überzogenen Himmel ab, der nur von einem schwachen, milchigen Mondschein erhellt wurde. Gordons Hand legte sich um meinen Hals und drückte mir schmerzhaft den Kehlkopf zusammen.

»Und nun, Madam, wollen wir unser kleines Gespräch fortsetzten. Mittels der Spitze eines Dolchs pflegt man alle gewünschten Antworten zu erhalten.«

Doch plötzlich verschwand sein Profil im Schatten einer riesenhaften Gestalt. Als ich spürte, wie Gordons Dolch sich unter meinem Kinn in die Haut bohrte, stieß ich einen erstickten Schrei aus. Gordon stöhnte, dann drehte er sich, herumgerissen von einem Schlag in die Magengrube, abrupt um sich selbst und stieß hörbar die Luft aus. In Panik machte ich mich, immer an der Mauer entlang davon, während der Hüne Gordon, der bei jedem Hieb wimmerte, eine ordentliche Tracht Prügel verabreichte. Ich verspürte weder besondere Lust, dem Schauspiel beizuwohnen, noch, meinem Wohltäter zu danken. Daher nahm ich die Beine in die Hand und empfahl mich. Doch ich hatte kaum zehn Schritte zurückgelegt, als mich von hinten eine eiserne Faust packte und festhielt. Vor Schmerz und Angst kreischte ich auf.

»Könntest du wohl ein wenig leiser schreien? Du wirst noch das ganze Viertel zusammenlaufen lassen!«

»Liam? Was suchst du denn hier?«

»Diese Frage sollte ich eher dir stellen, findest du nicht?«

Er verstärkte seinen Griff und zog mich durch das Labyrinth von dunklen Gassen hinter sich her. Anscheinend hatte ich nur einen Entführer gegen einen anderen ausgetauscht. So gut ich konnte stolperte ich hinter ihm her, bis wir unser Zimmer erreichten … Grob stieß er mich hinein und knallte die Tür zu. Er streifte mich flüchtig, und ich spürte, dass er an mir vorüberging. Dann zündete er das Feuer an.

In Erwartung des Verhörs, das nun unvermeidlich folgen würde, ließ ich mich zitternd auf den Stuhl sinken. Liam richtete sich auf, betrachtete einen Moment lang die aufflackernden Flammen und wandte mir dann sein Gesicht zu, das kalt und starr wie Marmor wirkte. An seinem Hals pochte eine Vene. Wären seine Blicke Pistolenkugeln gewesen, hätten sie mich getötet.

»Was hattest du da draußen zu suchen?«, brüllte er.

»Ich war auf der Suche nach Freiern, was glaubst du denn?« Ich spürte, wie der Zorn in mir aufstieg, und vermochte dem Drang, ihm eine spitze Antwort zu geben, nicht zu widerstehen. »Spionierst du mir etwa nach?«

»Ich habe nicht spioniert, sondern auf dich gewartet.«

»Gewartet? Wo?«

Er schnaubte wie ein wütender Stier. Da er sein Gesicht in Richtung Kamin wandte, bot er mir sein in Sorgenfalten gelegtes Profil.

»Was hattest du mit diesem Mann zu schaffen, Caitlin?«

Sein Ton war immer noch eisig.

»Das war William Gordon«, erklärte ich widerwillig. »Er ist der Kurier des Earl of …«

»Ich weiß sehr wohl, wer dieser Mann ist.«

Er drehte sich zu mir um. Sein Kiefer arbeitete.

»Warum hast du dich in dieser Taverne mit ihm getroffen?«

»Also, du hast mir ja wirklich nachspioniert!«, empörte ich mich heftig.

»Wie ich dir schon sagte, bin ich dir nicht nachgegangen!«

»Warum hast du dich dann nicht gezeigt?«

»Ich wollte euch nicht stören.«

»Du meinst, dass du abwarten wolltest, wie die Zusammenkunft ausgehen würde!«

»Wenn du so willst. Aber nicht aus den Gründen, die du vermutest. Da ich wusste, dass er in Marischals Diensten steht, war ich davon ausgegangen, dass er dir Nachrichten von Patrick bringt. Ich habe darauf gewartet, dass er zum Ende kam, und wollte dich dann ansprechen. Aber offensichtlich habe ich mich geirrt, Mr. Gordon hatte etwas anderes im Sinn.«

»Allerdings.«

Ich sah auf meine von der Kälte roten und rissigen Finger hinunter und begann, mir die Hände zu reiben.

Liam umfasste mein Kinn und zwang mich, zu ihm aufzusehen. Er war bleich wie ein Laken.

»Was versuchst du mir zu erklären, Caitlin?« Seine Stimme klang gepresst vor unterdrückter Wut.

Er ließ mein Kinn los und fuhr zurück, als hätte er sich verbrannt.

»Was für ein Angebot hast du diesem Mann gemacht?«, zischte er.

Seine Worte trafen mich wie eine Ohrfeige.

»Du glaubst …?«, stotterte ich verblüfft. »Das hast du völlig falsch verstanden …«

Ich schlug eine Hand vor den Mund, der vor Schreck offen stehen geblieben war. Liam starrte mich aufgebracht an. Dann explodierte er und reckte die Arme zum Himmel.

»Was habe ich falsch verstanden? Dann sag mir doch, was ich begreifen soll, Caitlin! *Primo* überrasche ich dich mit meinem Bruder im Bett … *Secundo* treffe ich dich in einem Lokal von zweifelhaftem Ruf an, mit einem Mann, den du nicht einmal kennst. Meinst du, ich habe nicht bemerkt, wie er dich angesehen hat? Was im Himmel soll ich denn da glauben? Kannst du mir das sagen?«

Zornig schmetterte er die Faust gegen die Wand, die unter dem Schlag erbebte. Ich fuhr zusammen.

»Liam, beruhige dich …«

Langsam stand ich auf und wollte auf unsicheren Beinen zur Tür zurückweichen. Doch er stürzte sich auf mich, stieß mich gegen die Tür und presste mich mit seinem ganzen Gewicht dagegen.

»Lass mich los, Liam. Du irrst dich, ich kann dir alles erklären …«

Aber er ließ mich nicht weitersprechen, sondern legte den Mund auf meine Lippen und küsste mich brutal. Ich stieß ihn zurück, was seine Leidenschaft aber nur noch verdoppelte. Ich war zutiefst verängstigt, denn ich musste unwillkürlich an jene Nacht in Edinburgh denken, als er mich – nachdem er aus dem Gefängnis entlassen worden war und von meinem Handel mit dem infamen Dunning erfahren hatte – vor lauter Wut mit Gewalt genommen hatte.

Es gelang mir, ihn zurückzustoßen, so dass ich mich befreien und ans andere Ende des Zimmers flüchten konnte. Da er erneut zum Angriff überging, wühlte ich unter meinem Rock nach meinem Dolch.

»Mir verweigerst du dich, aber anderen bietest du dich feil«, zischte er erbost. »Was versuchst du damit zu erreichen, Caitlin? Willst du mir mit gleicher Münze herausgeben?«

»Dummkopf, du hast überhaupt nichts begriffen!«, fuhr ich ihn an und zückte meinen Dolch, den ich endlich freibekommen hatte. »Bleib, wo du bist, Liam. Wenn du mich anrührst, dann schwöre ich dir beim Leben unseres Sohnes, dass du mich nie wiedersiehst.«

Angesichts des kalten Stahls, der sich drohend auf ihn richtete, erstarrte er sofort. Sein Blick huschte zwischen dem Dolch und meinem Gesicht hin und her, und es dauerte eine Weile, bis er die Lage erfasst hatte.

»Du wirst mich nie wieder mit Gewalt nehmen, Liam. Nie wieder. Nie wieder wird mir jemand Gewalt antun …«

Er schüttelte den Kopf. Dann verzerrte sich seine Miene, und er sank stöhnend auf die Knie. Mein Herz schlug so heftig, dass mein Schädel davon pochte. Keuchend und erschüttert verharrten wir so einen Moment lang, als wäre die Zeit stehen geblieben. Mein kleiner Dolch, der mir jetzt überflüssig erschien, fiel zu Boden. Liam rührte sich nicht. Niedergeschmettert sah er mich mit leerem Blick an. Ich fühlte mich zwischen widersprüchlichen Gefühlen hin- und hergerissen und schwankte zwischen Abscheu und Mitleid.

»Und jetzt wirst du mir zuhören.«

Er nickte schweigend.

»William Gordon wollte etwas anderes, als du dir vorgestellt hast … Er ist ein Spion, Liam. Dessen bin ich mir ziemlich sicher. Und er weiß, dass ich über ein Komplott gegen den Prätendenten im Bilde bin. Er wollte, dass ich ihm verrate, was ich weiß …«

Liam erwachte aus seiner Erstarrung und schaute ungläubig drein. Ich war ihm eine Erklärung schuldig, doch das war nicht möglich, ohne ihm mein kleines Abenteuer in Edinburgh zu gestehen. Also berichtete ich ihm von Patricks Missgeschick. Ich schilderte ihm, wie ich Gordon zufällig im Gespräch mit einem Hannoveraner Offizier gesehen hatte. Dann erzählte ich ihm von unserer Flucht nach Culross und vertraute ihm das Geheimnis an, das Matthew mir enthüllt hatte. Schließlich sprach ich von dem Dokument, das die Macgregors abgefangen hatten, und der Rolle, die der Sohn des Duke in diesem scheußlichen Komplott spielte. Liam lauschte meinem Bericht in vollkommenem Schweigen und mit nach wie vor leerem Blick.

»Er hat mich bedroht, Liam«, fuhr ich nach kurzem Schweigen fort. »Er hatte mein Gespräch mit Colin mitangehört …«

»Warum?«, murmelte er und wich meinem Blick aus. »Wieso hast du mir nicht früher davon erzählt?«

»Wir hatten an anderes zu denken. Ich war der Ansicht, das hätte noch Zeit.«

»Zeit …«

Langsam, als trüge er das ganze Gewicht der Welt auf den Schultern, stand er auf. Der Stuhl knarrte, als er sich setzte. Das bleierne Schweigen zog sich in die Länge.

Sein Zorn war tiefster Erschöpfung und Verwirrung gewichen. In seine Gedanken versunken, sah er mich nicht kommen und fuhr zusammen, als ich ihm über die Schulter strich.

»Was geschieht mit uns, Liam?«

Er vergrub das Gesicht in meinen Röcken und brach in Tränen aus. Lange Zeit stöhnte und zitterte er. Ich wartete, strich über seine Locken und unterdrückte mein eigenes Bedürfnis, ebenfalls die Schleusentore zu öffnen.

»Ich bitte dich um Verzeihung, Caitlin … Es tut mir so furchtbar leid …«

Er war so aufgewühlt, dass ihm die Stimme versagte.

»Wirst du mir jemals vergeben können?«

Doch ich wusste ihm nichts zu antworten.

Der graue Himmel schien tief über unseren Köpfen zu hängen. Einige Schneeflocken tanzten träge um uns herum und überzogen die blauen Barette und farbigen Plaids der Männer mit einer weißen Schicht. Wir hatten uns noch vor Sonnenaufgang davongeschlichen, und ich fühlte mich zutiefst erleichtert darüber, dass wir der allgemeinen Niedergeschlagenheit, die in Perth herrschte, entronnen waren.

Die neuesten Gerüchte, die jetzt in der Stadt kursierten, waren bestürzend. Man erzählte sich, manche jakobitischen Anführer seien bereit, unter gewissen Bedingungen den Prätendenten an die Regierung auszuliefern. Zu denen, gegen die man solche Vorwürfe erhob, gehört der Marquess of Huntley. Zu unserer größten Verzweiflung deutete alles daraufhin, dass die Kapitulation unmittelbar bevorstand. Meine Begleiter waren daraufhin in düsteres Schweigen versunken. Die Reise versprach ziemlich trübselig zu werden.

Von Frances und Trevor hatten wir nichts Neues gehört. Ich kam fast um vor Sorge. Trevor war wahrscheinlich des Mordes angeklagt und schmachtete in einer kalten, düsteren Zelle im Tolbooth von Inverness. Und Frances … Ich flehte zu Gott, sie möge heil und gesund und in Freiheit sein. Doch selbst wenn dem so war, musste sie durch die kleine Stadt irren wie eine gequälte Seele, auf ein Wunder wartend, das ihr den Ehemann zurückgeben würde. Aber im Grunde meines Herzens fürchtete ich, dass wir Trevor nicht würden helfen können. Vielleicht hatten sie ihn sogar schon aufgehängt.

Liam wurde von einem Hustenanfall geschüttelt, und ich sah zu ihm hin. Fieber schien er nicht zu haben, doch sein pfeifender Atem beunruhigte mich. Er hatte auf dem eiskalten Fußboden des Zimmers geschlafen, was seinen Zustand gewiss nicht verbessert hatte. Jetzt fürchtete ich, dass der lange Ritt, der vor uns lag, seiner Gesundheit noch weiter schaden würde.

Ich für meinen Teil war vollständig erschöpft. So aufgewühlt war ich von den Ereignissen des Vorabends gewesen, dass der Schlaf mich nicht erfrischt hatte. Die wenigen Stunden, die ich hatte schlummern können, waren von wild bewegten Träumen erfüllt gewesen. Daher hatte ich diese Reise durch eine Landschaft, in der man Himmel und Erde nicht unterscheiden konnte, in gallebitterer Stimmung angetreten.

Liam schenkte mir ein schüchternes Lächeln. Da ich die Lage nicht noch unerträglicher machen wollte, als sie ohnehin schon war, gab ich mir Mühe, es zu erwidern. Dann schloss ich die Augen, um ein wenig Ordnung in all die Empfindungen zu bringen, die sich in mir überschlugen und meine Seele quälten, die schon genug gelitten hatte.

Wir saßen jetzt schon seit mehreren Stunden im Sattel. Seit wie vielen genau, hätte ich nicht sagen können, denn hinter dem wirbelnden Schnee blieb die Sonne unsichtbar. Blind ließ ich mich von meiner Stute tragen, die glücklicherweise zu wissen schien, wohin sie ging. Hinter uns ritten Colin und Donald und unterhielten sich leise. Ihre Stimmen drangen als gedämpftes Murmeln zu mir. Liam lenkte sein Pferd neben mir dahin. Die Straße begann anzusteigen. Mir knurrte der Magen, denn wir hatten seit unserem Aufbruch noch nichts zu uns genommen.

Das Wiehern eines Pferdes und eine Stimme, die durch das Schneegestöber drangen, ließen uns im Sattel erstarren. Liam legte eine Hand auf meinen Schenkel und mahnte mich mit vielsagender Miene zum Schweigen. Dann drehte er sich zu Colin und Donald um, die fragende Blicke austauschen.

»Wir werden verfolgt«, flüsterte Donald.

Ich zog die Augen zusammen und spähte in die weiße Landschaft, die hinter uns lag: nichts als Schnee, den die Windböen rund um uns her aufwirbelten. Ich zuckte die Achseln.

»Aber du hast es doch ebenso gut gehört wie ich, oder?«, fragte Colin.

»Sicher.«

Da erblickten wir sie: Aus dem Schnee tauchte eine Abteilung englischer Dragoner auf, die sich in zwei Kolonnen aufgeteilt hatte.

»Verflucht und verdammt!«, schimpfte Colin.

Liams Finger gruben sich tiefer in mein Gelenk, und ich begegnete seinem besorgten Blick. Die Lage war ernst. Die Männer zogen ihre Pistolen und machten sie schussbereit. Dann gaben wir in stillschweigendem Einverständnis unseren Pferden die Sporen und donnerten mit verhängtem Zügel in die weiße Hölle hinein.

Die Dragoner, die uns bemerkt hatten, waren uns auf den Fersen. Rund um uns prallten die Kugeln von den Bäumen ab und rissen mit lautem Knall die Rinde auf.

»Schlag dich in die Wälder!«, schrie Liam mir zu und lenkte sein Reittier auf die Bäume zu.

»Liam!«, kreischte ich entsetzt.

Eine Kugel pfiff über uns hinweg.

»Tu, was ich dir sage, Caitlin!«

Kurz riss er mich an sich und küsste mich heftig.

»Ich liebe dich, *a ghràidh*. Und jetzt verschwinde!«

»Ich kann nicht …«

Er sprang von seinem Pferd, zog mich von meinem und stieß mich dann auf den Wald zu. Noch ein Schuss, dann ein Schrei. Ich drehte mich um. Colin klammerte sich an die Mähne seines Reittieres. Ein eigenartiger Ausdruck lag auf seinem verzerrten Gesicht.

»Colin!«, schrie ich und wollte zu ihm stürzen.

Doch Liam packte mich um die Taille und schob mich gebieterisch auf das schützende Unterholz zu.

»Ich beschwöre dich, *a ghràidh*, lauf und versteck dich!«

In seinen Augen und auf seinen Zügen las ich Schmerz, Angst und Verzweiflung. Eine weitere Kugel schlug krachend hinter mir in einen Ast ein. Ich erwachte aus meiner Erstarrung und rannte im Zickzack zwischen den Bäumen hindurch. Wie Gespenster tauchten sie aus dem Schneegestöber auf, streckten ihre langen, kratzigen Arme nach mir aus, rissen mir das Gesicht auf, klammerten sich an meine Kleidung und versuchten, mich bei meiner panischen Flucht zu behindern. Der Sturm peitschte auf mich ein, die Böen schlugen mir ins Gesicht, und ich bekam kaum noch Luft. *Gott, hilf uns!*

Das Gebrüll der Soldaten hallte in meinen Ohren und meinem Kopf wider. Die Landschaft schien rasend schnell vor mir vorüberzuziehen. Wie ein verfolgtes Tier ließ ich mich von meinem Instinkt lenken. *Du musst einen Unterschlupf finden, Caitlin, dich irgendwo verkriechen …* Aber ich sah nichts! Und dann …

Ich verlor den Boden unter den Füßen und stürzte ins Leere. Unter mir tat sich ein Abgrund auf und schien mich ins Innere der Erde saugen zu wollen. Mit der Kraft der Verzweiflung packte ich einen Ast, der sich jedoch weigerte, mein Gewicht zu halten. Dann schlug ich die Fingernägel in den Schnee, glitt aber auf Eis und Fels ab. Vor meinen aufgerissenen Augen raste eine Granitwand vorbei. Ich hörte, wie mein Schrei nach oben stieg, an den Felsen zurückprallte und dann vom heulenden Wind davongetragen wurde.

Endlich kam ich am Grund der Schlucht zum Halten. Hämmernde Kopfschmerzen lähmten mich. Kaum vermochte ich ein Auge zu öffnen. Direkt vor mir sprang in tosenden Kaskaden ein Strom kristallklaren Wassers herab und verschwand dann strudelnd unter dem Eis. *Liam … Wo bist du?*

Ich hatte den eigenartigen Eindruck, mich von meinem Körper zu lösen. Die Schmerzen waren verschwunden, und eine tiefe Ruhe kam über mich. Ich spürte wieder Kälte noch Angst mehr. Die dicken Schaumblasen auf dem Wasser färbten sich jetzt rot. War das mein Blut? Ein schwaches Stöhnen stieg aus meiner Kehle auf. *Deine Stunde ist gekommen, Caitlin …* Ich würde meinen Sohn wiederfinden. Bei dem Gedanken lächelte ich selig. Doch dann wandelte sich dieses zufriedene Gefühl in Bestürzung. *Duncan … Liam …* Ich wollte sie wiedersehen … Herrgott, nein! Bei diesem letzten Gedanken wurde es finster um mich.

23

Das Gelöbnis

Ein Rabe krächzte schauerlich, und Duncan verzog das Gesicht. Seit jeher empfand der junge Mann eine Abneigung gegen diesen düsteren Vogel, der als Unglücksbote galt. Der Vogel verstummte. Erleichtert kehrte Duncan zu seiner vorherigen Beschäftigung zurück und verfolgte mit den Fingern den Weg einer feinen blauen Ader, die unter der durchscheinenden Haut an Marions Hals verlief. Die junge Frau lag neben ihm und regte sich im Schlaf.

Was für ein Glück für einen Mann, neben einer Frau zu erwachen, nachdem er viele Wochen lang seine Nächte mit ungefähr einhundert weiteren Soldaten geteilt hatte!

Marion war hier, in seinem Haus, in seinem Bett. Eine Campbell aus Glenlyon im Tal von Glencoe. *Ich muss wohl träumen,* dachte er lächelnd. Noch wusste niemand, dass sich die beiden im Tal aufhielten, doch es würde nicht lange dauern, bis alle davon erfuhren. Ihm war klar, dass sie beide Mut und Geduld brauchen würden. Marion würde zunächst nicht willkommen sein. Doch die Mitglieder des Clans würden sich damit abfinden müssen, denn sie würde bleiben, ganz gleich, was sie darüber dachten oder redeten.

Jetzt konnte er es sich erlauben, sie ohne Zurückhaltung zu betrachten. In das weiche Bett geschmiegt und in ihren Träumen verloren, bot sie ihm ein reizendes Gesicht dar: kirschrote Lippen, eine Pfirsichhaut und eine mit Sommersprossen übersäte Nase. Sie ähnelte einer reifen Frucht, die süß und saftig darauf wartet, dass jemand mit Genuss hineinbeisst. Er hätte sich in alle Ewigkeit daran ergötzen können.

Es war, als hätten die Highlands in Marion weibliche Gestalt angenommen. Sie war eine Wildkatze, die es zu zähmen galt. Ihr sprunghaftes Temperament war wie der Himmel über Schottland; manchmal dunkel und unergründlich, dann wieder stürmisch und wild. Er liebte es, ihrem Lachen zu lauschen, das so erfrischend war wie eine Quelle, die aus dem Boden entsprang und über die Hügel schäumte. Und ihre Augen… In ihren Augen fand er den strahlenden Himmel eines wolkenlosen Sommertages wieder. Ihr Körper… Er erkundete ihn, wie er die Landschaft der Highlands durchwanderte: Berge und wunderschöne, steile Täler. Ein Land, das er liebte und nun bestellen wollte, auf dass daraus ein neues Glück geboren werde.

Oh, süße Mòrag… meine heiße, brennende Sonne. Der Mittelpunkt meines Universums. Diese Frau war wie ein Gedicht. Er drückte einen Kuss auf ihre feuerrote Mähne, die sich über das Kopfkissen ergoss wie schimmernde Lichtstrahlen, und sog ihren Duft ein. Streng und weich, süß und herb zugleich, sanft, aber eindringlich, mit einem Wort berauschend. Er schloss die Augen, um ihn mit allen feinen Nuancen wahrzunehmen, die in ihm ganz neue, seltsame Empfindungen auslösten.

Unter den Laken waren ihre eng umschlungenen Körper in eine angenehme Wärme getaucht; zwei befriedigte Körper, die sich aneinanderschmiegten, nachdem sie sich dem Rausch der Leidenschaft hingegeben hatten. Mit wachsender Freude entdeckte Duncan, dass diese Frau nicht von der Prüderie gehemmt war, die ihn an den anderen, die zuvor sein Lager geteilt hatten, so gestört hatte. Die junge Frau schien von einem unstillbaren Drang zu geben und zu empfangen beseelt, so dass er sich schon fragte, ob er ihr immer gewachsen sein würde. Sie erfüllte ihn vollständig.

Sie drehte sich um und murmelte etwas. Welche Bilder wohl hinter ihren geschlossenen Lidern vorbeizogen? Sie befeuchtete ihre Lippen und verzog sie dann zu einem schönen Lächeln. Wovon träumte sie? In seinen eigenen Nächten verfolgten ihn die entsetzlichen Erlebnisse auf jener höllischen Ebene, auf der es nur den Tod gab, und die grauenerfüllten Blicke von Männern, die er selbst gefällt hatte. Dann tröstete ihn Marions Gegenwart. Er betrachtete das einzigartige Gesicht der jungen Frau, herzförmig, von perlmuttfarbenem Teint und von einer Aureole aus feuerrotem Haar umgeben. *M'aingeal dhiabhluidh ...* Ja, so sah er sie seit dem ersten Tag. Ein teuflischer Engel. Ein süßes Lächeln und eine scharfe Zunge; ein argloser Blick und dahinter ein gewitzter Verstand. Rätselhaft. *Wer genau bist du wirklich, Marion Campbell?*

Von neuem krächzte der Rabe und riss ihn aus seinen Gedanken. Er ließ noch einmal die Ereignisse des Vortages an sich vorüberziehen. Das Dokument musste sich inzwischen auf Finlarig befinden, wo es sicher unter Verschluss sein würde. Dem falschen Spiel von Argyles Sohn zum Trotz hatten sie Erfolg gehabt. Jetzt konnte Marion ruhig in seinen Armen schlafen. Nach ihrem Missgeschick auf der Straße zur Taverne hatten sie Macgregor und seine Männer vor einem Krug Bier sitzend angetroffen. Zur großen Erleichterung aller war damit die Sache geregelt gewesen. Rob hatte es übernommen, das Dokument zurück zu Breadalbane und damit in Sicherheit zu bringen.

Nach einer guten Mahlzeit hatte er Marion mit in sein Tal genommen, in das Haus, das er sich an der Flanke des Aonach Eagach, nicht weit von Loch Achtriochtan, erbaut hatte. Gewiss, seine Kate war klein. Doch sobald es Frühling wurde, konnte er jederzeit eine richtige Küche mit einem Ofen zum Brotbacken anbauen und einen Unterstand für die Tiere schaffen. Sie waren in den frühen Morgenstunden eingetroffen. In dem Haus, das unter einer dicken Schneeschicht lag, war es eiskalt gewesen. Doch nachdem sie Feuer gemacht hatten und in das kalte Bett gekrochen waren, hatten sie sich rasch aneinander aufgewärmt. Und langsam hatte ihre Leidenschaft auch die Temperatur im Zimmer steigen lassen. Schon bei der Erinnerung an ihre Umarmungen schlug sein Puls schneller. Marion, wie sie unter ihm bebte; wie sie vor Lust keuchte und ihr Atem als feine weiße Wolke in die Luft aufstieg.

Er war sich sicher, dass sie diese Gegend lieben würde. Selbst empfand er seit jeher so. Als er klein gewesen war, hatte sein Vater ihn und seinen Bruder oft mit hierher zum Baden genommen. Etwas später, als Frances alt genug gewesen war, hatten sie sich hier zu dritt amüsiert und geangelt. Er lächelte bei der Erinnerung. Wenn sich die Angelschnur seiner Schwester spannte, hatten Ranald und er sich ein boshaftes Vergnügen daraus gemacht, ihr zu erzählen, dass das *Each Uisge** an ihrem Köder angebissen hätte, und die Kleine hatte vor Angst geweint. Wenn sie ihre Schnur einholte, dann würde das Wasserpferd sie holen kommen und mit sich in die Tiefen des Loch nehmen, von wo sie nie wieder zurückkehren würde. Unweigerlich war sie dann Hals über Kopf in Richtung Dorf geflüchtet und hatte den Jungen ihren Fang überlassen.

Nun würde er nie wieder mit Ranald fischen gehen. Sein Bruder und seine scherzhaften Bemerkungen fehlten ihm schrecklich. Durch den Aufstand und all die Ereignisse, die ihn beschäftigt hatten, war ihm noch gar nicht ganz klar geworden, welche Lücke sein Bruder hinterlassen hatte. Doch jetzt, da er wieder daheim in Glencoe war …

Mit einem Blick umfasste er den einzigen Raum seiner bescheidenen Wohnstätte. Die aus Stein errichteten Mauern waren mit Torf und Strohleim abgedichtet. In der Vorderfront befanden sich zwei Fenster. Im Moment wurden sie nur mit Tierhäuten und Läden aus Holz geschlossen, doch er nahm sich vor, für Marion Glasfenster einzubauen. Immerhin hatte er sich einen richtigen Kamin konstruiert, statt der lästigen Feuerstelle in der Mitte, die das ganze Haus mit Rauch erfüllte. Deckenbalken aus Baumstämmen, die er sorgfältig um ihrer Form willen ausgewählt hatte, trugen das Dach aus Heidestroh, das den ganzen Sommer über getrocknet war, und waren mit kräftigen Hanfstricken befestigt. Sein Haus war kein Schloss und konnte sich auch nicht mit dem Herrenhaus von Glenlyon vergleichen. Doch es war solide gebaut und gewährte ihnen eine Zuflucht, um zu schlafen und sich zu lieben.

Der nächste Nachbar lebte mehr als eine Meile entfernt, in Achnacone. Duncans Bedürfnis nach Einsamkeit, ein von seinem Vater ererbter Charakterzug, hatte ihn bewogen, sich diese Stelle auszusuchen. Ranald, der in Jenny verliebt gewesen war,

* Wasserpferd

hatte im nächsten Frühling mit dem Bau seines eigenen Hauses beginnen wollen …

Duncan vergrub sein Gesicht in Marions seidenweichem, feuerrotem Haar und umschlang die Taille der Schlafenden fester. Eine Wade strich an seiner entlang, ein Fuß liebkoste seinen Knöchel. Das Bett war recht schmal; doch Marion liebte es, eng an ihn geschmiegt zu schlafen.

Doch ein dunkler Gedanke warf einen Schatten auf sein junges Glück. Elspeth … Er hatte Marion noch nicht von ihr erzählt. Wie würde sie reagieren? Natürlich ahnte sie, dass er vor ihr andere Frauen gekannt hatte. Aber ob sie den Verdacht hegte, dass es eine gab, die mit Ungeduld auf ihn wartete? Marion hat ihm nie Fragen über dieses Thema gestellt. Hatte sie vielleicht einfach geglaubt, er sei frei und ungebunden? Ein unangenehmes Gefühl zog ihm den Magen zusammen. Gewiss hätte er besser daran getan, früher mit ihr darüber zu sprechen. Doch er hatte das Geständnis immer weiter hinausgeschoben und sich jedes Mal gesagt, es könne ruhig noch einen Tag warten. Doch jetzt war das nicht mehr möglich.

Er würde auch mit Elspeth sprechen müssen, obwohl ihm diese Aussicht zutiefst zuwider war. Wie sollte er ihr erklären, dass er sie, ausgerechnet sie, das schönste Mädchen des Clans, wegen einer anderen verließ? Wegen einer Frau, die außerdem noch einem Clan entstammte, der den Macdonalds feindlich gesinnt war? Dafür würde sie sicherlich kein Verständnis haben. Elspeth hatte bei dem Massaker, für welches das Regiment aus Argyle verantwortlich war, einen Großvater, einen Onkel und eine Tante verloren. Sie würde ihm zürnen und ihm sicherlich ihren Hass ins Gesicht schreien. Und er konnte nichts dagegen tun.

Das blasse Licht, das durch die Spalten in den hölzernen Fensterläden drang, fiel auf die Linie von Marions Kiefer und den Umriss ihrer Lippen und fing sich in dem feinen Flaum, der ihr Gesicht bedeckte. Ihr Mund wölbte sich sanft und verzog sich langsam zu einem schelmischen Lächeln. Eiskalte Finger legten sich auf seinen Leib, so dass er zusammenfuhr, während sie ein leises, gurrendes Lachen hören ließ.

»He! Du bist ein richtiger Eisklumpen!«

»Dann wärme mich doch, *fear mo rùin*, mein Geliebter.«

Marion schlug mit den Wimpern und sah ihn spitzbübisch an. Genüsslich schob die junge Frau sich auf ihn, kitzelte ihn mit ihren zerzausten Locken und schlang die Beine um seine.

»Ich habe geträumt«, sagte sie leise und sah ihn aus ihren klaren Augen an.

»Ich weiß ...«

»Ach ja?«

»Du sprichst im Schlaf.«

»Tatsächlich? Und was habe ich gesagt?«

»Hmmm ... Dass du mich liebst und dass ... du nie wieder aus meinem Bett aufstehen willst und dass ... du möchtest, dass ich dich den ganzen Tag lang liebe ...«

Sie kicherte lauthals.

»Lügner!«

»Wie bitte? Hast du das etwa nicht gesagt?«, fragte er mit unschuldiger Miene. »Ich habe dich jedenfalls so verstanden.«

Sie küsste ihn.

»Schön warm ist es jedenfalls im Bett«, gestand sie und seufzte behaglich. »Ich würde gern den ganzen Tag hier verbringen. Doch ich fürchte, mein Magen ist nicht derselben Meinung.«

Wieder küsste sie ihn, doch dieses Mal gemächlich. Er nahm sich Zeit, die verbotene Frucht auszukosten.

»Marion ...«

Sanft legte sie den Zeigefinger auf seine Lippen und tauchte unter die Laken.

»Oh mein Gott!«, seufzte Duncan mit geschlossenen Augen.

Mit Fingern und Lippen weckte, reizte und kitzelte sie seine Sinne. Ein wollüstiger Schauer überlief ihn von Kopf bis Fuß, und ihm entfuhr ein lustvoller Seufzer. Marion streckte das leicht gerötete Gesicht unter den Laken hervor.

»Geht es dir gut?«

»Teufelin, Hexe! Für das, was du da tust, könnte man dich auf den Scheiterhaufen schicken!«

»Willst du dich beklagen?«

»Aber nein! Mach weiter, *mo aingeal*. Wenn sich die Hölle so anfühlt, dann möchte ich dort enden ... Ich liebe das ...«

Sie neigte den Kopf und sah ihn von der Seite an. Dann griff sie in seinen Schritt und bemächtigte sich des unwiderlegbaren Beweises dafür, dass er die Wahrheit sprach. Sie strahlte von einem Ohr zum anderen und gluckste.

»Das ist mir allerdings auch aufgefallen.«

Einen Moment lang schwieg sie. Ihre schelmische Miene verschwand, und sie verzog zweifelnd den Mund. *Marion, die Rätselhafte …*

»Findest du mich eigentlich hübsch?«, fragte sie unvermittelt. Duncan verschlug es zunächst den Atem.

Lange sah er sie mit tiefernstem Blick an, obwohl er schon genau wusste, was er sagen wollte. Seine Finger spielten in ihrem üppigen Haar, das auf ihre milchweißen Schultern fiel.

»*A Mhórag …*«, flüsterte er. »*Hübsch* ist nicht ganz das Wort, das ich gebrauchen würde.«

»Ach ja?«, gab sie ein wenig verunsichert zurück.

Duncan lachte leise und zog sie enger an sich.

»Warum stellst du mir diese Frage?«

Sie krauste die Nase und spitzte die Lippen.

»Nun ja … Ich hatte mich nur gefragt … Weißt du, mir hat noch nie wirklich jemand gesagt, ich sei schön. Aber für dich möchte ich es gerne sein.«

»Du bist sehr schön, *a ghràidh*. Zweifelst du etwa daran? Alle Engel im Himmel müssen dir ähneln.«

Marion strahlte.

»Ich muss es wissen, Duncan. Bin ich nun eine Hexe, ein Engel oder ein Teufel?«

»Du bist ein wenig von allem. Und, mein Gott, genau das macht dich so begehrenswert. Bei dir verliere ich den Kopf.«

Die Hexe – oder der Engel oder die Teufelin, je nachdem – lachte leise und kehlig und tauchte wieder unter die Laken. Ihr unersättlicher Mund machte sich erneut ans Werk. Duncan erbebte. Herrgott! Er wollte diese Frau in alle Ewigkeit behalten. Als ihre Zähne mittaten, stöhnte er auf. Mit zerzaustem Haar kam Marion nach oben.

»Habe ich dir wehgetan?«

»Nicht wirklich.«

Mit den Fingern fuhr sie an der langen Narbe entlang, die quer über seine Leiste verlief; eine Berührung wie eine warme Brise. *Marion, die Sinnliche …*

»Schmerzt die Verletzung noch?«

»Manchmal, wenn du ein wenig zu fest darauf drückst«, gestand er lächelnd. »Aber mach dir deswegen keine Sorgen.«

Einen Moment lang verharrte sie nachdenklich, dann legte sie die Wange an seinen Bauch.

»Duncan …«

»Hmmm …«

»Ich habe Angst.«

Er stützte sich auf einen Ellbogen und suchte ihren Blick.

»Warum?«

»Ich weiß, was mich hier erwartet. Ich meine, die Mitglieder deines Clans … Ich habe gesehen, welche Blicke die Männer deines Clans mir im Lager zugeworfen haben. Ich weiß, was sie von ich mir halten, und auch, was sie mir antun können. Allan …«

»Ich werde niemandem erlauben, dir wehzutun, Marion.«

Er schlang einen Arm um ihre Taille und zog sie hoch, so dass sie auf seiner Brust zu liegen kam.

»Ich weiß, dass es zu Beginn nicht einfach sein wird«, räumte er ein. »Doch mit der Zeit werden die Leute dich schon kennen lernen. Und am Ende werden sie dich akzeptieren, du wirst schon sehen.«

Knurrend wälzte er sie so herum, dass er auf ihr lag. Marions Atem strich sanft über seine Narbe. Einen Moment lang sah er die junge Frau aus halb geschlossenen Augen an und küsste sie dann auf die Nasenspitze.

»Ich hoffe, dass du die Wahrheit sagst.«

»Selbstverständlich sage ich die Wahrheit … Habe ich dich schon einmal angelogen?«

»Woher soll ich das wissen?«, gab sie lächelnd zurück.

Lüstern schlang sie ein Bein um seine Hüften. Wie die Schlange vom Baum der Versuchung lud sie ihn ein, dort weiterzumachen, wo sie kurz vor dem ersten Morgengrauen aufgehört hatten. Er erwiderte ihre Bewegung weniger diskret, indem er die

Hand um ihre festen Hinterbacken legte und sie an sein Becken presste.

»Hmmm…«, stieß sie hervor und schloss die Augen.

Er zögerte, ihr die Frage zu stellen, die ihn seit seinem Gespräch mit Glenlyon umtrieb. Hielt ihn die Angst vor einem Nein zurück, oder mehr die Furcht vor der Verpflichtung, die er damit eingehen würde? Immer wieder hatte er sich das Hirn darüber zermartert. Er wusste inzwischen, was er wollte. Aber was war mit ihr? Was wollte sie? Würde sie bereit sein, sich ernsthaft auf ihn einzulassen? Und wenn sie seinen Antrag ablehnte, was würde er dann tun?

Marions Finger fuhren in sein nachtschwarzes Haar und griffen fest hinein. Sie warf den Kopf auf dem Kissen zurück und bot ihm ihre schimmernde Kehle dar, aus der ein Gurren aufstieg.

»*Oh Mòrag…*«, murmelte Duncan an der seidigen Haut ihres Halses, die unter seinem Mund bebte.

Auch er hatte Angst. Abrupt griff er nach Marions Hand und verschränkte seine Finger mit ihren. Er stützte sich auf die Ellbogen und nahm auch ihre andere Hand, die auf dem Kopfkissen lag. Zur Antwort schlang Marion ihr freies Bein um seinen Schenkel.

»*Mòrag…*«, flüsterte er mit klopfendem Herzen.

Sie schlug die azurblauen Augen zu ihm auf. Er hatte das Gefühl, seine Brust würde gleich zerspringen. Doch er holte tief Luft und brachte mit einiger Mühe die Worte heraus.

»Lass uns die Gelübde sprechen… Gott wird unser Zeuge sein.«

Wie von selbst waren die Worte, die er in seinem Inneren bewegt hatte, in seinen Mund gepurzelt und über seine Lippen gekommen. Marion zog eine Augenbraue hoch. Sie spannte die Beine an, die sie um ihn geschlungen hatte, hielt ihn damit fest und hinderte ihn daran, wegzulaufen und zu flüchten, um ihre Antwort nicht hören zu müssen. Einen Moment lang glaubte er, ohnmächtig zu werden. Sie gab keine Antwort. *Zu früh… Es war noch zu früh gewesen, sie zu fragen, Herrgott!*, dachte er. Doch jetzt war es geschehen. Sie zögerte, sie würde nein sagen.

Eine Träne erschien in Marions Augenwinkel, lief über ihre

Schläfe und rann in ihr Haar hinein. Langsam öffnete die junge Frau den Mund, um ihn leise seufzend gleich wieder zu schließen. *Sie will nicht …* Vor Verbitterung wurde ihm das Herz eng. *Sie weiß nur nicht, wie sie es mir sagen soll.*

»Es tut mir leid. Ich …«, murmelte er betrübt.

»Meinst du das ernst, Duncan?«

»Ich könnte verstehen, wenn du nicht willst.«

»Du liebst mich genug, um mir das Ehegelübde anzutragen?«

»Ja …«

Von neuem begann sein Herz zu rasen wie ein wildes Pferd auf panischer Flucht. Marion weinte jetzt so heftig, dass sie das Kopfkissen durchnässte.

»Oh Duncan!«

»Marion!«, knurrte er und umschlang ihren warmen, geschmeidigen Körper, der unter ihm lag, noch fester. »Antworte mir!«

Er verstärkte seinen Griff um ihre Finger und sah eindringlich in ihre blauen Augen. Sie schluchzte laut auf und brach dann völlig unerwartet in ein perlendes Gelächter aus, das ihn restlos verblüffte.

»Bist du dir sicher, dass du eine solche scharfzüngige Hexe wie mich zur Frau willst?«

»Marion!«

Er fühlte sich gekränkt und warf ihr einen vorwurfsvollen Blick zu. Doch sie kicherte nur noch haltloser.

»Ja, Duncan«, stieß sie schließlich hervor.

Der junge Mann verstand nicht gleich. Doch langsam bahnten Marions Worte sich einen Weg in seine wild umherschießenden Gedanken, und plötzlich begriff er ihren Sinn.

»Oh verflucht, Marion!«, stotterte er unbeholfen. »Ich dachte schon …«

Sie lachte nicht mehr, aber immer noch umspielte ein spöttisches Schmunzeln ihre Lippen. Vor Freude aufseufzend stürzte sich Duncan darauf.

»Was hast du gedacht, du großer Dummkopf?«

»Ach, ganz egal!«, versetzte er und lachte ebenfalls.

Er gab Marions Hände frei, die er festgehalten hatte, und legte sie um ihr vor Vergnügen rosiges Gesicht. Seine Lippen berührten ihren Mund.

»Ich, Duncan Coll Macdonald«, erklärte er feierlich, »nehme dich, Marion Campbell …«

Er unterbrach sich einen Moment, um sie anzusehen

»Wer hätte vor ein paar Monaten noch gedacht, dass ich einmal diese Worte aussprechen würde!«

Marion runzelte die Stirn und kniff ihn. Er verzog das Gesicht und sprach dann sein Gelübde mit etwas ernsthafterer Stimme weiter.

»Also, ich nehme dich, Marion Campbell, zur Frau und gelobe, dich zu lieben, zu ehren und zu beschützen … und dir treu zu bleiben, solange mein Leben währt.«

»Ich, Marion Campbell, nehme dich, Duncan Coll … Macdonald … Du bist verrückt, Duncan …«

»*Tuch* …«

Sie stieß ihr heiseres, gurrendes Lachen aus und sprach weiter.

»… zum Manne … Oh! Was machst du da, Duncan?«

»Sprich weiter, *a Mhórag*«, flüsterte er ihr zu und drang sanft in sie ein.

»Heiliger Jesus! … zum Manne … und gelobe, dich zu lieben … dich zu ehren … Wenn du so weitermachst, bringe ich das nie zu Ende«, keuchte sie.

»Mach weiter«, murmelte er ihr zu.

»… dich zu … ehren und zu beschützen … und … und … Oh! Und dir treu … zu-bleiben-solange-mein-Leben-währt! Ufff!«, endete sie in einem Atemzug und stöhnte auf.

»Wir sind … für das ganze Leben … verbunden … *mo aingeal*. Unsere Gelübde sind unwiderruflich.«

Besitzergreifend sah er ihr in die Augen und stieß noch tiefer in sie hinein, so dass sie erschauerte.

»… denn unsere Vereinigung … ist … vollzogen.«

Marion bäumte sich auf und stieß ein raues Auflachen aus. Duncan antwortete ihr mit einem Stöhnen. Das schmerzhafte Ziehen in seiner Narbe mischte sich mit den lustvollen Empfindungen, die seinen Unterleib entflammten. Dann wurde er von der Ekstase geschüttelt, die ihn mit sich riss und ihn fast den Verstand verlieren ließ. Er vergaß sein im Aufruhr befindliches Schottland und die Rebellion, die ihm den Bruder geraubt hat. Er vergaß seine Schwester, die wahrscheinlich in einer elenden Zelle in Inverness eingesperrt saß. Er vergaß sogar, dass er ein Macdonald und sie eine Campbell war. Nichts existierte mehr außer diesem Augenblick.

Danach sank er über Marion zusammen. Der beißende Geruch des Torfrauchs mischte sich mit dem der vielfältigen Ausdünstungen ihrer Körper. Marion war mit Körper und Seele sein.

»Marion Macdonald«, hauchte er.

Eine Weile blieben sie schweigend liegen und lauschten dem Knacken des Dachs, das unter seiner Schneelast ächzte, und dem Knistern des Feuers. Dann bewegte sich die junge Frau. Das Laken rutschte herunter, und die eisige Luft traf schmerzhaft auf Duncans feuchte Haut. Er erschauerte, und sie lachte leise.

»Marion *Campbell* Macdonald«, neckte sie ihn und richtete sich über ihm auf.

Sie griff nach der Wolldecke und wickelte sich darin ein, dann bedachte sie ihn mit einem pfiffigen Blick und sprang aus dem Bett.

»Was hast du vor?«

Er zog das Laken wieder hoch und deckte sich mit dem Hirschfell zu, das auf den Boden gefallen war.

»Ich habe Hunger! Hier muss es doch irgendetwas zu essen geben!«

Sie trat durch einen Lichtstrahl, der von draußen einfiel, und ging zum Küchenschrank. Doch nachdem sie eine Zeitlang in dem Möbel und auf den Regalen herumgestöbert hatte, drehte sie sich mit geknickter Miene zu ihm um.

»Da ist ja tatsächlich nichts! Hat mein frischgebackener Ehemann etwa vor, mich Hungers sterben zu lassen?«

Sie lächelte boshaft. Ihm war, als betrachte die Jagdgöttin Diana ihn mit dem Blick eines ausgehungerten Kannibalen.

»Hmmm … Vielleicht sollte ich mir meine Beute selbst jagen«, meinte sie und ging auf Duncan los. »Ich rieche Menschenfleisch … Hmmm …«

Sie warf sich aufs Bett, so dass sie beide beinah zu Boden rollten. Dann machten sich ihre Hände auf die Suche nach einem leckeren Bissen.

»Bist du etwa kitzlig? Oh! Ich liebe es, andere zu kitzeln!«

Sichtlich begeistert über ihre Entdeckung ließ sie ihren Fingern gnadenlos freien Lauf.

»Aufhören, Marion, ich flehe dich an!«, stieß Duncan erstickt hervor und versuchte davonzurutschen.

Ohne Mitleid grub sie ihm die Finger in Bauch und Rippen und trieb ihn zu einem fast schon hysterischen Kichern.

»Du bringst mich noch um …«, keuchte er völlig außer Atem.

»Grrr …«

Knurrend schlug sie die Zähne in das Fleisch seines Schenkels.

»Autsch! Du bist ja eine Wölfin! Gnade!«

Gerade, als es ihm gelang, sich den gefräßigen Attacken seiner Frau zu entziehen, flog krachend die Tür auf, und grelles Licht strömte in den Raum. Der junge Mann erstarrte, als er in Elspeths grüne Augen sah, die ihn zornentbrannt anstarrte.

»Oh verflucht!«, murmelte er kaum hörbar.

Niemand regte sich. Das Schweigen schien eine Ewigkeit zu währen. Dann hallte ein dumpfes Aufstöhnen durch die kleine Kate. Marion, die sich zuerst von ihrer Überraschung erholte, zog rasch das Laken über ihre nackte Brust und warf Duncan einen fragenden Blick zu. Anklagend zeigte Elspeth mit dem Finger auf sie.

»Eine Campbell-Schlampe! Ich wollte es nicht glauben«, zeterte Elspeth. »Du wälzt dich mit einem Campbell-Luder in den Laken!«

Ihre harten Worte ließen Marion zusammenzucken, und sie flüchtete sich auf die andere Seite des Betts.

»Elsie …«, begann Duncan.

»Verräter!«, kreischte die Betrogene. »Du bist nichts als ein dreckiger Verräter, Duncan! Ich traue meinen Augen nicht! Mit einer Campbell … Heilige Muttergottes, hilf mir! Schlage ihn mit dem Blitz!«

»Elsie!«, versetzte er noch einmal heftiger und stand auf.

Ihr wütender Blick fiel auf die Kratzspuren, mit denen sein Unterleib und seine Schenkel übersät waren. Duncan, der sich plötzlich seiner Nacktheit bewusst wurde, hob sein auf dem Boden liegendes Plaid auf und schlang es sich eilig um die Hüften, während er versuchte, seinen inneren Aufruhr zu meistern.

»Was willst du hier?«, fragte er in gemessenem Ton.

»Was ich hier will?«, schrie Elspeth aufgebracht zurück. »Was ich hier will? Das ist doch …«

Sie kochte vor Zorn.

»Ich habe auf deine Rückkehr gewartet, verstehst du! Vor Sorge bin ich fast umgekommen! Ich habe zum Himmel gebetet, er möge dich beschützen! Ich habe Trübsal geblasen und geweint! Und du, du fragst mich, was ich hier will?«

Marion sah Duncan sprachlos an und erbleichte. Gehässig schimpfte Elspeth weiter.

»Und während ich auf dich warte, treibst du es mit einer dreckigen Campbell-Hure! *Fuich!*«

»Wer ist dieses Mädchen … Duncan?«, fragte Marion zitternd und mit schwacher Stimme.

»Ich erkläre es dir später, Marion.«

Die Kälte, die durch die offene Tür hereinschwappte, überwältigte die beiden jungen Leute und drang ihnen bis ins Herz. Duncan hatte keine Ahnung, wie er sich aus dieser peinlichen Lage herauswinden sollte. Sicherlich, er hatte vorgehabt, sich mit Elspeth auszusprechen, aber nicht hier, nicht jetzt und nicht von Marion, die bisher nichts von ihrer Existenz gewusst hatte. Er musste sich beruhigen, wieder klar denken können, und Elspeth desgleichen. Und Marion … Ihm brach das Herz, als er sie ansah. Sie war vollkommen niedergeschmettert. Er musste zuerst mit ihr reden.

»Geh nach Hause, Elsie …«

»Nicht ich muss gehen, sondern dieses Luder!«, rief Elspeth aus und bedachte Marion, die es nun mit der Angst zu tun bekam, mit einem hasserfüllten Blick.

»Duncan, könntest du mir bitte erklären …«

»Hast du ihr etwa nichts gesagt?«, ereiferte sich die zutiefst gekränkte Elspeth verächtlich weiter. »Du hast es wohl nicht für nötig gehalten, ihr von mir zu erzählen, weil du dich im Grunde nur einmal ordentlich mit der Tochter dieses Bastards von Glenlyon wälzen wolltest, oder?«

Dann wandte sie sich an Marion, reckte das Kinn und setzte eine herablassende Miene auf.

»Ich bin seine Verlobte, du kleines Luder …«

»Hinaus!«, brüllte Duncan wütend. »Ich erkläre dir alles später.«

»Nicht nötig, das hat Allan schon erledigt.«

»Allan? Oh, dieser Sohn einer …«

Entschlossenen Schrittes trat er auf Elspeth zu und fasste sie am Arm, um sie zur Tür zu schieben. Er wollte nicht grob mit ihr umspringen, denn er verstand, dass sie zornig war. Aber ihre verletzenden Worte zu Marion hatten ihn aus der Ruhe gebracht.

»Ich werde es dir nicht noch einmal sagen: Geh nach Hause.«

Ohne Vorwarnung brach Elspeth in Tränen aus und klammerte sich an seinen Arm.

»Schick sie zurück, Duncan … Ich werde dir keine Vorwürfe machen … Ich kann vergessen … Ich habe Verständnis für deinen Fehltritt … Das kommt bei Männern eben vor …«

»Nein!«, fiel er ein und biss die Zähne zusammen. »Du hast es noch nicht begriffen, Elsie. Marion ist kein ›Fehltritt‹, sondern meine Frau.«

Ein Klagelaut drang über Elspeths verzerrte Lippen. Mit weit aufgerissenen Augen wich die junge Frau zur Tür zurück und stieß gegen den Rahmen. Ungläubig und wie betäubt sah sie ein letztes Mal das Mädchen an, das ihr den Geliebten gestohlen hatte, und dann den Mann, auf den sie geduldig gewartet und der sie verraten hatte; der seinen ganzen Clan verraten hatte, indem er die Tochter ihres Feindes in sein Bett nahm.

»Besser, du wärest an Rans Stelle gestorben!«

Die Wucht ihres Hasses lähmte Duncan, dem das Blut aus dem Gesicht wich. Er ballte die Fäuste, um sie nicht zu schlagen. Dann fuhr Elspeth herum und flüchtete in das blendende Tageslicht, das jetzt die Kate, in der es kalt geworden war, erhellte.

Duncan stand noch eine Weile da und starrte auf die Stelle, an der die junge Frau gestanden hatte. Dann warf er die Tür zu und lehnte seine feuchte Stirn dagegen. Er zitterte vor Zorn, Hass und Kälte. Dann vernahm er hinter sich ein Rascheln von Stoff.

»Marion, ich …«, begann er und drehte sich um. »Was hast du denn vor?«

Mit ruckartigen Bewegungen fuhr sie in ihre Kleider, wischte sich mit dem Ärmel die Augen und schniefte hinein. Sie gab keine Antwort, sondern tastete weiter unter dem Bett herum, um schließlich einen Stiefel hervorzuziehen. Mit zwei Schritten war er bei ihr. Er packte sie und zwang sie, ihn anzusehen.

»Was machst du da? Wohin willst du?«, fragte er besorgt und wurde blass.

»Ich reite zurück nach Hause, nach Glenlyon. Ich hätte niemals von dort fortgehen sollen.«

Heftig stieß sie ihn zurück. Tränen rannen über ihre seidige Haut. Duncan zerriss es fast das Herz.

»Nein, Marion … Bleib hier …«

»Wenn du glaubst, ich teile dich mit dieser … dieser … Oh verflucht!«

Wütend knurrte sie vor sich hin und zog die Nase hoch, während sie versuchte, mit vor Zorn und Demütigung zitternden Fingern ihr Mieder zu schnüren. Ständig entwischte ihr das Band, und sie fluchte weiter.

»Was für ein Mist! Was für ein verdammter Mist!«, schimpfte sie vor sich hin. »Seine Verlobte! Wie konnte ich nur so dumm sein … Ha, das ist noch schwach ausgedrückt. Ich fasse es einfach nicht, ich hätte es wissen müssen … Nur ein kleines Abenteuer … Das ist nicht wahr, ich träume!«

Duncan, dem alles aus den Händen glitt und der nichts zu sagen fand, starrte sie bestürzt an, während sie in ihrem Monolog fortfuhr.

»Man darf eben diesem Macdonald-Gesindel nicht trauen. Alles Bastarde, Diebe …«

Sie schluchzte und warf verzweifelte Blicke um sich.

»Marion …«, sagte Duncan noch einmal verlegen.

Er wagte es, eine Hand auf den Arm der jungen Frau zu legen, doch die fuhr heftig zurück.

»Fass mich nicht an, Dreckskerl!«

»Ich hätte es dir noch erzählt, ich schwöre …«

»Dein Wort ist nichts wert, Duncan Macdonald … Sie hat recht, du bist nur ein Verräter, ein Lügner …«

Mit einem Aufschluchzen verstummte sie und brach in Tränen aus. Sie sank auf den Boden und weinte in ihre Röcke hinein. Duncan kauerte neben ihr nieder.

»Marion, Herrgott, ich liebe dich doch …«

Sie weinte nur noch heftiger. Vorsichtig legte er ihr eine Hand auf die vor Kummer bebende Schulter. Sie zuckte zusammen, stieß ihn aber nicht zurück.

»Warum hast du mir nicht von ihr erzählt?«, verlangte sie schluchzend, die Nase in dem feuchten Stoff vergraben, zu wissen. »Du warst verlobt … Warum?«

»Ich weiß, ich hätte dir von Elspeth erzählen sollen«, räumte er müde ein.

Zärtlich trocknete er eine dicke Träne, die über ihre Wange lief. Sofort wich sie zurück.

»Ich bitte dich, sieh mich an.«

Da sie sich nicht rührte, zwang er sie, ihm zu gehorchen. Er wollte, dass sie ihm tief in die Augen sah, dass sie seine Seele erforschte und den Teil von ihm erkannte, den sie mit sich nehmen würde, wenn sie ging. Aber sie entzog sich ihm und schloss die Augen. Er strich ihr über das Haar, wagte jedoch nicht weiterzugehen. Mit einem Mal fiel ihm auf, dass sie gar nicht gehen konnte. Sie waren durch ihr Gelübde vereint. Sie war jetzt seine Frau; Gott war Zeuge ihrer Verbindung.

»Du bist *meine* Frau, Marion, und ich lasse dich nicht gehen.«

»Versuch doch, mich daran zu hindern! Es gibt keine Zeugen dafür, dass wir unsere Gelübde ausgetauscht haben. Sie sind ungültig.«

»Und Gott? Bedeutet dir das nichts? Willst du Ihn verleugnen? Gott war unser Zeuge, das weißt du genau.«

Sie verstummte einen Moment und schniefte.

»Was bedeutet sie dir?«, fragte sie dann. »Hast du ihr auch deinen Eid geschworen? Hat sie vor mir hier geschlafen?«

»Ich habe Elspeth nie etwas versprochen«, erklärte er. »Und

wir sind auch nicht wirklich verlobt. Ich hatte sie gern, nichts weiter.«

»Und ich? Hast du mich auch ›gern‹?«

»Bei dir ist das etwas anderes ...«

Ihm fehlten die Worte. Er ließ sich neben ihr auf dem kalten Boden fallen und rieb sich, bekümmert über die Wendung, welche die Ereignisse genommen hatten, die Augen.

»Dich ... dich liebe ich, ganz einfach. Seit dem Tag, an dem ich dich in euren Hügeln geküsst habe, bist du mir nicht mehr aus dem Kopf gegangen.«

»Unsinn!«, gab sie zurück. »Du fandest es nur erregend, dass ich Glenlyons Tochter bin, du dreckiger Schweinehund ...«

»Hör auf zu fluchen wie ein Fuhrknecht! Wenn ich dich mit Gewalt hätte nehmen wollen, dann hätte ich es an jenem Tag getan, und du wärest heute nicht hier. Aber ich wollte, dass es zwischen uns mit rechten Dingen zugeht. Außerdem habe ich es nicht nötig, einer Frau meinen Eid zu schwören, wenn ich sie nur für mein Bett haben will.«

»Pah!«

»Erinnerst du dich noch an Killin?«

Mit vorgetäuschter Gleichgültigkeit zuckte sie die Achseln. Immer noch konnte sie ihm nicht in die Augen sehen.

»In dieser Nacht habe ich dir gesagt, dass ich dich erst nehmen würde, wenn du mich darum bittest. Weißt du noch?«

Sie gab keine Antwort, und er wurde ärgerlich.

»Habe ich dich zu etwas gezwungen, Marion?«

»Du hast mich getäuscht. Mit deinen falschen ...«

»Marion!«, schrie er, kurz davor, vor Zorn zu explodieren. »Das ist falsch, das ist vollkommen falsch, und das weißt du ganz genau!«

Entschlossen, dieser Farce ein Ende zu machen, packte er sie an den Schultern und zog sie an sich. Einen Moment lang sträubte sie sich, doch dann sah sie ihn an. Ihre Blicke trafen sich. Sie musste doch erkennen, was er mit Worten nicht auszudrücken vermochte! Ihre Fassade brach zusammen.

»Ich liebe dich, *mo aingeal*. Kannst du das nicht sehen, spüren?«

»Es tut weh, Duncan, ich hätte nie gedacht, dass einem das Herz so wehtun kann. Ich fühle mich verraten.«

»Ich weiß, und ich wollte nicht, dass du es auf diese Weise erfährst. Verzeih mir bitte. Ich könnte es nicht ertragen, dich zu verlieren. Bleib, ich beschwöre dich.«

Sie starrte ihn aus rotgeweinten Augen an. Zärtlich strich er ein paar widerspenstige Locken zurück, die an ihren Wangen klebten.

»Marion, ich flehe dich an …«

»Oh Duncan …«

Sie schloss die Augen und streckte die letzten Waffen. Heftig umklammerte Duncan das Glück, dass er beinahe verloren hatte. Er hielt die Sonne seines Lebens in den Armen und wärmte sich das Herz daran.

»Ich liebe dich so sehr … oh *Mòrag* … ich liebe dich so sehr.«

Eine kleine Ewigkeit lang verharrten sie so, bis das düstere Krächzen des Raben sie aus ihrer Lethargie riss. Duncan, der fast nackt auf dem kalten Boden saß, war vollständig durchgefroren. Vor lauter Angst, sein Engel könnte ihm davonfliegen, hatte er nicht gewagt, sich zu bewegen. Er küsste sie auf die Augenlider und hob ihr Kinn an, um ihren Mund zu liebkosen. Zu Anfang streifte er ihre Lippen nur leicht, dann, als er sie in seinen Armen erzittern spürte, wurde er heftiger, und sie reagierte mit der gleichen Leidenschaft.

Nach einer Weile löste er sich ein wenig von ihr, um wieder zu Atem zu kommen. Glücklichen Herzens sah er sie an. Ein rätselhaftes Lächeln spielte um ihre Lippen.

»Fünfzehn Schläge dürften als Strafe genug sein«, verkündete sie unvermittelt.

Er runzelte die Stirn.

»Fünfzehn Schläge?«

»Fünfzehn Peitschenhiebe«, erklärte sie.

»Oh verflucht!«, stieß er hervor und verzog das Gesicht.

24

Ein Schurkenstreich

Marion sah zu dem mit einer weißen Wolkenschicht überzogenen Himmel auf, der sich wie ein Band über dem zwischen den düsteren Bergen eingeschlossenen Tal erstreckte. Die ersten Schneeflocken tanzten bereits um sie herum. Sie nahm das letzte Bettlaken ab, das sie über einen Kiefernast gehängt hatte, und roch daran. Die frische Winterluft war hineingezogen und mischte sich mit dem Moschusduft ihrer Körper. Um sich zu beschäftigen, während sie auf Duncans Rückkehr wartete, hatte sie die Laken zum Auslüften in die Äste der Bäume gehängt, die rund um die kleine Kate standen; so wie Amelia das auf Chesthill tat.

Duncan hatte ihr lange von Elspeth erzählt, nachdem sie sich beruhigt hatte. Er hatte ihr alles erklärt, um ihr Vertrauen zurückzugewinnen und ihre Ängste zu zerstreuen. Ein wenig Unbehagen empfand sie aber immer noch. Sie war einfach zu schön, diese Elspeth. Als sie ins Haus gestürzt war, hatte sie gleich gespürt, wie sie eine ungute Vorahnung überfiel. Natürlich hatte sie vermutet, dass Duncan vor ihr andere Frauen gekannt hatte. Sonst hätte er sich nicht so gut darauf verstanden, sie zu berühren, sie zu küssen und zu liebkosen, um in ihr diese Flut von Empfindungen hervorzurufen, die sie verschlang und in einem Rausch ertrinken ließ, deren Existenz sie nie für möglich gehalten hätte. Im Vergleich dazu kam sie sich schrecklich unbeholfen vor. Ihr selbst war ihr Ungeschick peinlich, aber Duncan schien es nicht zu stören. Er schien sogar ein gewisses Vergnügen daran zu finden.

Sie rollte das Laken zusammen und legte es zu den anderen in den Korb, der zu ihren Füßen stand. Mit zusammengezogenen

Augen suchte sie den gleißenden Horizont ab. Wo blieb er nur so lange? Er war seit mehr als zwei Stunden fort, um sich mit Elspeth auszusprechen … Sie verzog das Gesicht und schob die Gedanken weg, die in ihr aufstiegen. Duncan hatte ja recht. Wenn er sie nicht wirklich liebte, dann wäre sie nicht hier, in seinem Haus, in seinem Tal. Trotzdem beunruhigte sie sein Ausbleiben. Bestimmt hatte er noch einen Umweg gemacht, um ihnen etwas zu essen zu besorgen.

Das Wiehern eines Pferdes ließ sie zusammenfahren. Sie drehte sich zu dem kleinen Unterstand um, den Duncan für die Tiere errichtet hatte. Er war einfach, aber solide. Er hatte ihr erzählt, wie sein Bruder und er im vergangenen Frühling seine bescheidene Wohnstätte gebaut hatten. Ob er dabei an die Schöne mit den smaragdgrünen Augen gedacht hatte? Pah! Was macht das schon aus? Sie hatten voreinander ihr Gelübde abgelegt. Damit war ihre Vereinigung ebenso besiegelt, als hätten sie es vor einem Priester gesprochen. Mit dem Unterschied, dass Gott ihr einziger Zeuge gewesen war.

Sie schloss die Augen und lächelte. Duncan hatte es sehr eilig gehabt, sich der Gültigkeit ihres Gelöbnisses zu versichern. Doch das hatte ihr nicht missfallen, ganz im Gegenteil. Was wohl der Allmächtige davon gehalten hatte? Ach was! War das nicht der Sinn und Zweck der Ehe?

Der Wind fuhr unter ihren Umhang, und sie fröstelte an den Beinen. Besser, sie ging wieder hinein, ehe sie sich noch den Tod holte. Duncan würde sicherlich bald kommen; das Licht wurde schwächer, und ein Sturm drohte. Eilig hob sie den Korb auf und stürzte nach drinnen, um das Bett wieder herzurichten und das wenige Gemüse, das sie ausgegraben hatte, zuzubereiten.

Von neuem wieherte ein Pferd, und ein anderes antwortete ihm. Marion drehte sich um. Da kam jemand. Im Osten, in dem schmalen Durchgang des Passes von Glencoe, zeichneten sich Gestalten ab, sicherlich Männer aus dem Clan. Sie schloss die Tür.

Die kleine Reitertruppe hielt vor der Kate an. Sie spähte durch das Fenster, doch in dem Schneetreiben, das inzwischen sehr dicht war, konnte sie die Männer nicht richtig erkennen. Sie diskutierten noch. Waren das Soldaten aus Glencoe, die das Lager in Perth verlassen hatten? War die Erhebung niedergeschlagen worden? Zwei Männer lösten sich jetzt aus der Gruppe und kamen auf die Kate zu. Erschrocken griff sie nach ihrem Plaid und legte es über ihr Hemd. Verflucht! Sie hatte keine Zeit mehr, in ihr Kleid zu schlüpfen, das sie zusammen mit den Laken gelüftet hatte.

Die Tür flog auf. Diese Grobiane! Klopfte man hier nicht an die Tür, bevor man eintrat? Blinzelnd wandte sie sich dem Eindringling zu, der im Türrahmen stand. Im Gegenlicht vermochte sie nur seine Silhouette zu erkennen. Doch sie bemerkte sofort seinen Dreispitz und seine engen Kniehosen und erstarrte. Das waren keine Männer aus Glencoe. Der Fremde trat ein und stieß sie brutal aus dem Weg. Der andere, der ihm folgte, brüllte seinen Kameraden, die draußen warteten, Befehle zu und stürmte dann, von einem Schneewirbel begleitet, ebenfalls hinein.

»Wo ist er?«, brüllte der erste Mann.

»Wie bitte?«

»Dieser Hund von einem Macdonald!«

Was wollten diese Kerle? Hatte Duncan Probleme, von denen sie nichts wusste?

»Offensichtlich ist er nicht da«, knurrte der zweite Mann.

Sehr scharfsinnig, dachte sie spöttisch.

»Das Dokument!«, verlangte der Mann und trat näher.

Unter seinem langen, weit ausgestellten Rock trug er bis über das Knie reichende Lederstiefel und eine Weste in einem Tartanmuster, das ihr bekannt vorkam. Marions Herz tat einen Satz. Die dunklen Farben der Campbells … Sie fuhr zurück.

»Welches Dokument?«, stotterte sie, Unverständnis vorschützend.

In Wahrheit überschlugen sich ihre Gedanken nur so. Unauffällig sah sie sich im Raum um. Wo hatte sie nur ihren *Sgian dhu* gelassen? Der Mann rückte auf sie zu wie ein unheilverkündender Schatten. Auf dem Tisch … Die Klinge ragte ein Stück weit unter dem Mieder ihres Kleides hervor. Sie stürzte sich auf die Waffe, doch der Mann war schneller als sie. Er packte sie und stieß sie gegen die Wand.

»Hoppla! Wo willst du hin, meine Schöne?«

»Lasst mich los!«, schrie Marion und versuchte, der Panik, die sie ergriff, Herr zu werden.

»Gib mir das Dokument, dann reiten wir wieder, ohne dir etwas zu tun.«

»Von welchem Dokument redet Ihr überhaupt?«

Der Eindringling brach in ein höhnisches Gelächter aus und wandte sich an seinen Kumpan.

»Bist du dir sicher, dass diese Kleine aus Glenlyon stammt? Man könnte meinen, eines dieser Macdonald-Dummchen zu hören, die nur für eines gut sind…«

Der Mann wandte sich erneut Marion zu und bedachte sie mit einem finsteren Blick.

»Hör mir gut zu, meine Hübsche. Du weißt ganz genau, von welchem Dokument ich spreche. Einer meiner Kameraden da draußen hat eine Beule an der Stirn, die so groß wie ein Ei ist, und möchte sich dafür gern bei diesem Bastard von Macdonald bedanken, der, wie ich feststellen muss, nicht hier ist. Aber vielleicht gibt er sich ja mit dir zufrieden. Du warst in Inveraray ebenfalls dabei.«

»Da Ihr nun schon wisst, wer ich bin, rate ich Euch, vorsichtig zu sein«, gab sie drohend zurück.

Der Mann lachte auf.

»Wir stecken also mit den Männern von Glencoe unter einer Decke, Mistress Campbell?«

»Das geht Euch nichts an. Wir haben nicht, was Ihr sucht, also verschwindet!«

»Was habt Ihr damit gemacht?«

Er nickte seinem Kumpan zu, der sich daranmachte, den ganzen Raum zu durchwühlen. Dann trat er wieder auf sie zu, musterte anzüglich ihr Hemd und grinste bösartig.

»Hmmm… Auf manches versteht sich Glenlyon gut«, erklärte er. Mit diesen Worten ließ er ihren Arm los und legte die Hand um ihren Hals.

»Sag mir, meine Hübsche…«, knurrte er und drückte auf ihre Kehle, »was habt ihr nun mit diesem verfluchten Stück Papier angefangen?«

»Es ist nicht hier … Es ist auf Finlarig Castle.«

Der Mann knurrte.

»Du machst dich wohl über mich lustig! Willst du etwa behaupten, dass ihr gestern noch bis nach Finlarig geritten und dann gleich hierher zurückgekehrt seid?«

»Nein … Macgregor hat es überbracht.«

»Rob Roy?«

»Sie sagt vielleicht die Wahrheit, Rory. Brian hat mir gesagt, gestern seien Macgregors Männer auf unserem Land gesehen worden.«

Als Marion spürte, wie eine Hand ihr Hemd hochzuschieben versuchte, geriet sie in Panik. Doch ihr Schrei wurde von der Hand des Unbekannten, der sie immer noch an die Wand drückte, erstickt. Der Mann schimpfte und fluchte. Sie zappelte und wand sich, doch vergebens. Er war viel zu groß und zu stark für sie.

»Es schmeckt mir nicht, dass ich bei diesem elenden Wetter umsonst in das verfluchte Tal geritten sein soll!«, brüllte er frustriert. »Wenigstens eine Entschädigung werde ich mir holen …«

Er versuchte, den Mund auf Marions Lippen zu pressen, doch sie wich ihm aus.

»Immer langsam, Kleine, ich werde dir nicht wehtun … du wirst sehen, das kann sogar recht angenehm sein …«

Er ließ ihren Hals los, um nach ihrer Brust zu fassen. Vor Wut kochend, wehrte sie sich heftig. Aber der Mann stieß sie gegen die Wand und zwang mit dem Knie ihre Schenkel auseinander. Mit aller Kraft trat sie ihren Angreifer in die Weichteile. Der Mann stöhnte. Doch sie stellte bestürzt fest, dass er zu groß für sie war. Ihr Tritt hatte nur die Innenseite seines Schenkels getroffen.

»Dreckige kleine … Autsch!«

Das war schon besser! Er ließ sie abrupt los, griff sich an die Wange und betrachtete dann seine blutige Hand.

»Diese dreckige kleine Schlampe hat mich gekratzt!«, schrie er verblüfft.

Marion war endlich frei und stürzte sich auf ihren Dolch, den sie blitzschnell zückte. Die Überraschung des Mannes schlug in mörderische Wut um. Sie sah den Schlag nicht kommen, der sie mitten ins Gesicht traf. Aus dem Gleichgewicht gebracht, drehte sie sich wie ein Kreisel und sank mit einem schmerzlichen Stöhnen auf dem Tisch nieder. Tränen traten ihr in die Augen und trübten ihren Blick. Sie versuchte aufzustehen. Ihr Kiefer tat schrecklich weh; und der Raum drehte sich merkwürdig um sie.

»... Luder ... wird sie mir büßen ...«

Gedämpft drangen Stimmen durch das ohrenbetäubende Rauschen, das in ihrem Kopf herrschte. Wimmernd stützte sie sich auf einen Arm hoch und tastete nach dem Dolch, der ihr entfallen war. Sie musste ihn finden ... Dann schlossen sich ihre Finger um das kalte Metall.

Eine kräftige Hand packte sie an der Schulter und drehte sie auf dem Tisch herum wie einen Pfannkuchen.

»Lasst mich in Ruhe ... Wir haben es nicht ...«

Der Mann packte sie an der Vorderseite ihres Hemdes und zwang sie zum Aufstehen. Von neuem versuchte sie, ihn zurückzustoßen. Sein verächtlicher Blick ließ sie erstarren. Er würde sie töten!

Bilder schossen ihr durch den Kopf. Andere Campbells im Tal von Glencoe, die Macdonalds niedermetzelten. Und jetzt war sie eine von ihnen. Die Ironie der Situation machte sie schwindeln, und ihr Magen zog sich schmerzhaft zusammen.

»Nein ...«, stöhnte sie schwach.

Ihr Kiefer schmerzte scheußlich. Es tat schon weh, die Zähne zusammenzubeißen.

»Lass sie los!«, rief der andere Mann. »Ich habe überall gesucht, hier ist nichts.«

»Das kleine Biest hat mich geohrfeigt! Dafür wird sie bezahlen!«, brüllte der erste.

»Lass es bleiben. Man hat uns befohlen, das Mädchen nicht anzurühren.«

»Aber sie treibt sich mit den Macdonalds herum!«

Marion versuchte mit dem Dolch nach dem Mann zu stechen. Aber sie war ihm nicht gewachsen. Sie fand sich mit auf dem Rücken verdrehtem Arm wieder und schrie vor Schmerz auf. Der Dolch fiel ihr aus der Hand. Der Mann gab wüste Beschimpfungen von sich, während der andere ihn beschwor, es gut sein zu lassen und sich nicht in Schwierigkeiten zu bringen. Doch er weigerte sich; er wollte seine Rache.

Marion wurde gegen die Wand geschleudert, schrie auf und stöhnte. Sie blickte zu dem Angreifer auf und hatte gerade noch Zeit, die Faust kommen zu sehen. Der Schlag traf sie in den Leib und presste ihr die Luft aus den Lungen. Der Schmerz war furchtbar. Sie würde sterben …

Sie dachte an Duncan, an ihr Gelübde, an seine Hände auf ihrem Körper … Die Hände eines Mannes aus Glencoe konnten sich auf der Haut einer Campbell so sanft anfühlen. Was für eine Ironie! Und jetzt … waren es die Fäuste eines Mannes aus ihrem eigenen Clan, die sie zusammenprügelten.

Sie krümmte sich und rang keuchend nach Luft. Es gelang ihr, sich zum Bett zu schleppen. Der Raum drehte sich schwindelerregend um sie, und sie schwankte. Plötzlich war ihr schrecklich kalt. Ein Windstoß fuhr unter ihr Hemd, und ihre Zähne begannen zu klappern. Vor Schmerz verzog sie das Gesicht. Immer noch hörte sie die Stimmen in der Kate. Die Männer schienen zu streiten. Dann schrie draußen ein Mann etwas. Duncan?

Von neuem raubte ihr ein stechender Schmerz den Atem. Die Wucht des Schlages schleuderte sie gegen das hölzerne Kopfende des Betts. Ein Fußtritt? Was macht das jetzt noch aus! Der Rohling hatte ihr auch noch in die Rippen getreten. Sie sank auf dem Boden zusammen, vor Schmerz wie gelähmt.

Sie öffnete die Augen, versuchte, sich im Halbdunkel zu bewegen und stöhnte sogleich vor Schmerz auf. Völlig durchgefroren drehte sie sich auf die Seite und streckte die Hand nach der Wolldecke aus. Die Tür stand immer noch offen.

Wie lange sie wohl bewusstlos gewesen war? Nach dem Schnee zu urteilen, der sich auf der Schwelle gesammelt hatte, vermutete sie, dass es nur einige Minuten gewesen waren. Mühsam stützte sie sich auf die Ellbogen hoch. Ihr Hemd war eiskalt und klebte an ihren Schenkeln. Als sie an sich hinuntersah, bemerkte sie auf der Vorderseite einen dunklen Fleck.

Die Windböen, die ungehindert von draußen eindrangen, hatten das Feuer gelöscht und den Schnee bis in die hintersten Winkel geweht. Sie zitterte, und ihr Kiefer schmerzte schrecklich. Mit dem Finger tastete sie das Innere ihres Mundes ab. Nicht so übel; keine Zähne ausgeschlagen. Trotzdem spürte sie den metallischen Geschmack von Blut. Sie hatte sich auf die Innenseite der Wange gebissen und fuhr mit der Zunge über die kleine Wunde.

Mühsam schleppte sie sich zum Bett, wo sie sich wie ein verletztes Tier zusammenkrümmte und unter die Decke kroch. Irgendjemand sollte wirklich diese verflixte Tür schließen, die ohne Unterlass im Sturm hin- und herschlug. Wo mochte Duncan bleiben? Sie erinnerte sich an das Gebrüll der Männer bei ihrem Aufbruch. Hatten sie ihn vielleicht gesehen? Hatten sie ihn gehetzt wie einen Hasen, ihn gar getötet?

Sie vernahm einen Ausruf. Jemand musste in die Tür getreten sein, denn es war plötzlich dunkel. Der Schnee, der sich auf der Schwelle angesammelt hatte, knirschte unter seinen Schritten, und dann hörte sie nichts mehr. War er wieder fort?

»Bei allen Heiligen!«

Jemand drehte sie um und zerrte an der Decke, doch sie versuchte sie festzuhalten. Der Mann fluchte und ließ sie in Ruhe ... Es war nicht Duncan, stellte sie betrübt fest ... Reglos betrachtete sie die verschwommene Silhouette, die sich im Halbdunkel abzeichnete. Er brummte etwas, dann fiel die Tür zu, und sie blieb in völliger Dunkelheit zurück. Allan war fort.

Der Wind peitschte den Schnee zu Schwaden auf, so dass Duncan kaum noch etwas sehen konnte. Er war außer Atem, doch er beschleunigte seine Schritte. Der Schnee wurde rasch höher und reichte an einigen Stellen schon bis zu den Knien. Er hatte auf der Ostflanke des Meall Mor eine schöne Hirschkuh verfolgt, die ihm jedoch entwischt war. Immerhin kehrte er nicht mit ganz leeren Händen zurück. Marion würde Gelegenheit haben, ihm ihre Kochkünste zu zeigen. Ihm knurrte schon ordentlich der Magen. Mit einem Mal fiel ihm ein, dass sie vielleicht gar nicht kochen konnte. Glenlyon hatte immer eine Köchin in seinen Diensten gehabt. Pah! Dann würde sie es eben lernen.

Aus dem Schneegestöber tauchte der Umriss seiner Kate auf, und er ging schneller. Er konnte es kaum abwarten, sich mit Marion ans Feuer zu setzen. Sollte er ihr von dem hitzigen Disput berichten, den er mit Elspeth und ihren Eltern geführt hatte? Er verzog das Gesicht. Zumindest war jetzt alles geregelt. In gewisser Weise hatte Allan ihm mit seiner Vorwarnung die Sache leichter gemacht. Der grobe Bursche schwärmte seit jeher für Elspeth und hatte sich gewiss die Gelegenheit nicht entgehen lassen, der jungen Frau eine Schulter zum Ausweinen anzubieten. Sicherlich war sie vor allem so zornig gewesen, weil er sie wegen einer Campbell verlassen hatte.

Eine Bewegung zog seine Aufmerksamkeit auf sich. Jemand kam aus der Kate. Wohin konnte Marion bei diesem Wetter wollen? Aber dann machte die Größe der Gestalt ihm plötzlich klar, dass sie es nicht sein konnte.

Als er Allan erkannte, begann sein Herz zu rasen, und er rannte keuchend auf ihn zu.

»Was hast du hier zu schaffen?«, schrie er ihn außer Atem an und bedachte ihn mit einem finsteren Blick.

»Ich… Hör zu, Duncan, ich bin nur hineingegangen«, stammelte der andere. »Sie war schon … Ich schwöre dir, das habe ich nicht getan!«

Duncan spürte, wie ihm die Knie weich wurden. Was versuchte Allan ihm da zu sagen? War Marion etwas zugestoßen? Er stieß einen Schrei aus und stürmte nach drinnen, Allan dicht auf den Fersen. Es war dunkel, das Feuer war erloschen. Schnee bedeckte den Fußboden.

»Marion?«, rief er.

Aus dem hinteren Teil des Raumes drang ein Seufzen zu ihm. Er sah zum Bett. Als seine Augen sich an das Halbdunkel gewöhnt hatten, konnte er Marions Umriss auf der Matratze erkennen.

»Was ist hier geschehen?!«, schrie er.

Er schürzte zu ihr und fasste sie an den Schultern. Ihre Haut fühlte sich eiskalt an, und sie stöhnte vor Schmerz. Rasch tastete er ihren Körper ab. Offenbar war nichts gebrochen.

»Ich habe nichts damit zu tun«, stotterte Allan hinter ihm.

Vor Wut kochend fuhr Duncan zu ihm herum.

»Machst du dich über mich lustig?«

Allan wollte zur Tür zurückweichen, doch Duncan war in Sekundenschnelle bei ihm und verpasste ihm einen kräftigen Kinnhaken. Ein Knochen krachte. Er fluchte heftig über seine schmerzenden Fingergelenke, während Allan sich neben der Tür auf die Bank sinken ließ.

»Zweimal hast du schon versucht, über sie herzufallen, du Dreckskerl!«, rief Duncan und rieb sich die Hand. »Dann schickst du Elsie hierher, wohl wissend, was sie vorfinden wird. Und du willst mich glauben machen, dass du nicht hergekommen bist, um dein schmutziges Geschäft zu Ende zu bringen?«

»Ich schwöre dir, dass ich die Wahrheit sage«, verteidigte sich Allan.

Er spuckte Blut in den Schnee, der auf dem Boden zu schmelzen begann.

»Mungo MacPhail hat Männer am Taleingang gesehen. Campbells«, erklärte er. »Da du so abgelegen wohnst und dein Haus fast am Eingang des Tales liegt, hielt ich es für gut, dich darüber zu unterrichten. Als ich hier ankam, sah ich, wie sich eine Gruppe von Männern entfernte. Die Tür stand offen. Als ich eingetreten bin, habe ich sie so auf dem Bett vorgefunden. Ich bin zu spät gekommen, die Männer waren schon fort …«

Duncan schnaubte und umklammerte seine schmerzende Faust, die er diesem Bastard am liebsten gleich wieder ins Gesicht geschlagen hätte.

»Und du wolltest dich davonschleichen, ohne ihr zu Hilfe zu kommen?«

»Ich wollte sie lieber nicht anfassen, Herrgott! Was hättest du wohl getan, wenn du mich angetroffen hättest, wie ich mich über deine … Frau beuge, die dazu noch furchtbar verprügelt und nur im Hemd ist?«

Diesem Argument musste sich Duncan beugen.

»Ich hätte dir alle Zähne ausgeschlagen, die du noch hast. Anschließend hätte ich dir wahrscheinlich die Weichteile abgeschnitten und sie Elsie als Verlobungsgeschenk geschickt.«

»Genauso etwas dachte ich mir«, sagte Allan nach kurzem Schweigen. »Ich hatte vor, Sarah zu holen, Alasdairs Frau. Sie wüsste bestimmt, was zu tun ist, dachte ich.«

Duncan kauerte sich wieder zu Marion, die zitterte und leise weinte, und begann, sie warm zu reiben.

»Zünde das Feuer wieder an, ja?«, knurrte er, an Allan gerichtet. »Dann machst du dich auf die Suche nach Sarah.«

»Ja …«

Rasch züngelten Flammen im Kamin auf und tauchten den Raum in einen tröstlichen Schein.

»Hör zu, Duncan«, begann Allan, der sich zum Gehen anschickte. »Sie ist deine Frau, und ich hätte ihr so etwas niemals angetan, Campbell oder nicht …«

»Schon gut!«, versetzte Duncan. »Und jetzt hol Sarah.«

Ohne ein weiteres Wort ging Allan hinaus, und eine bedrückende Stille senkte sich über den Raum.

»Es ist vorbei, *mo aingeal*«, flüsterte Duncan in Marions Haar hinein.

»Ich hatte solche Angst … Ich dachte, sie … sie würden mich …«

Sie brach in Tränen aus.

»Jetzt bin ich ja da. Ruh dich ein wenig aus. Ich werde dich wärmen; du bist ja ganz durchgefroren.«

Vorsichtig streckte er sich neben ihr aus und zog sie behutsam an sich, um ihr ein wenig von seiner Wärme abzugeben. Sie klapperte mit den Zähnen, und ihre Lippen hatten einen beunruhigenden Blauton angenommen. Sie schluchzte jetzt weniger heftig, und nach einiger Zeit hörte sie zu zittern auf. Sein Schuldgefühl machte Duncan das Herz schwer. Nur wenige Stunden waren seit seinem Gelöbnis verstrichen, und schon hatte er eines seiner Versprechen gebrochen: Es war ihm nicht gelungen, sie zu beschützen.

»Ich hätte dich nicht alleinlassen dürfen. Das wäre nicht geschehen, wenn ich hier gewesen wäre.«

»Unsinn!«, murmelte sie ernst. »Sie hätten dich getötet. Diese Kerle waren auf der Suche nach dir. Es waren die Männer, die uns gestern Nacht gefolgt sind.«

»Hmmm …«

Er stützte sich auf einen Ellbogen, um sie anzusehen, und verzog das Gesicht, als er den gewaltigen Bluterguss erblickte, der die rechte Seite ihres Kiefers überzog.

»Diese Bastarde! Ich habe mich wohl nicht deutlich genug ausgedrückt. Dieser Hund … Dem breche ich alle Knochen, wenn …«

»Lass nur. Wenn du versuchst, mich zu rächen, wird das die Spannungen zwischen unseren beiden Clans nur noch verstärken. Das sollen die Männer meines Vaters übernehmen.«

»Aber sie haben dich geschlagen!«

»Nicht so schlimm, Duncan«, sagte sie in einem Tonfall, der ihn beschwichtigen sollte. »Ein paar blaue Flecke und …«

»Du blutest ja!«, schrie er erschrocken auf.

Entsetzt riss er die Augen auf, als er den noch feuchten Blutfleck auf ihrem Hemd entdeckte. Er wollte das Kleidungsstück hochschlagen, doch sie gebot ihm mit einer Handbewegung Einhalt.

»Nicht …«

»Aber du bist verletzt!«

»Ich bin nicht verwundet; jedenfalls ist es nicht das, was du glaubst.«

Er sah sie mit verwirrter Miene an und begriff ihre mehrdeutigen Worte nicht. Von neuem betrachtete er das Hemd. In dem Stoff war kein Riss oder Einschnitt zu entdecken. Ein schrecklicher Verdacht stieg in ihm auf.

»Marion … Sie haben dich doch nicht …?«

Er brachte es einfach nicht heraus. Dann fiel ihm etwas anderes ein.

»Ist das überhaupt dein Blut?«, fragte er in der Annahme, dass sie vielleicht ihren Angreifer verletzt hatte.

»Ja.«

Er runzelte die Stirn und schloss die Augen.

»Was haben sie nur mit dir gemacht, *mo aingeal*?«, fragte er mit zitternden Lippen.

»Nun ja, zuerst habe ich einen Schlag auf den Kiefer abbekommen. Anschließend einen gut gezielten Fausthieb in den Bauch.

Und zum Abschluss noch einen Fuß in die Rippen, jedenfalls glaube ich, dass es ein Fuß war.«

»Das ist nicht komisch, Marion. Woher kommt dann dieses Blut?«

»Ich habe meine Regel, du Riesendummkopf!«

»Deine Regel?«

»Weißt du wenigstens, was das ist?«

Mit einem Mal begriff er und fühlte sich wie der letzte aller Schwachköpfe.

»Ähem, ja… Nun gut.«

»Der Schlag in den Leib hat sie ein wenig früher als gedacht ausgelöst. Nicht so schlimm.«

Er warf noch einen Blick auf den scharlachroten Fleck. Doch seine Erleichterung währte nicht lange. Sie war geschlagen worden. Diese Bande von Bastarden hatte feige eine Frau verprügelt, und mehr noch, die Tochter ihres eigenen Clanchiefs!

»Oh doch, das ist schlimm. Du hättest tot sein können, Marion, ist dir das eigentlich klar?«

»Ich weiß. Aber ich bin es nicht, daher…«

»Kanntest du die Männer?«

Sie schüttelte den Kopf.

»Ich bringe dich zurück nach Glenlyon…«

»Nein!«, rief sie und klammerte sich an Duncans feuchtes Plaid. »Ich will nicht zurück. Ich will hier bei dir bleiben!«

»Sei doch vernünftig! Ich muss wieder nach Perth. Hier lassen kann ich dich nicht, und mich begleiten kannst du in diesem Zustand ganz offensichtlich nicht!«

»Du weißt doch, dass ich nicht vernünftig bin, Duncan Macdonald!«, gab sie sofort zurück. »Und was mein Befinden angeht, so habe ich mir keine Knochen gebrochen. Das sind nur einige Prellungen, die man in ein paar Tagen nicht mehr sehen wird. Wenn mein armer Magen, der schon seit heute Morgen knurrt, einmal gefüllt ist, geht es mir schon viel besser.«

Unentschlossen sah er sie noch einen Moment an.

»Lass uns später noch einmal darüber reden… Ich habe zwei schöne Hasen mitgebracht«, erklärte er in einem entspannteren Tonfall. »Möchtest du sie als Ragout essen, oder lieber gebraten?«

»Wie du willst. Ich glaube, ich würde sie auch roh verschlingen, solchen Hunger habe ich. Heute Abend werde ich keine Ansprüche stellen, auch wenn ich eigentlich damit gerechnet hatte, einen schönen Braten von einem unserer Rinder vorgesetzt zu bekommen«, meinte sie und lächelte leise.

Duncan erwiderte ihr Lächeln.

»Daran hatte ich auch schon gedacht«, erklärte er. »Vielleicht beim nächsten Mal.«

»Weißt du, ich kenne die Stellen, an denen mein Vater seine schönsten Tiere weiden lässt. Ich könnte sie dir zeigen.«

Er zog eine Augenbraue hoch und lachte dann laut heraus.

»Schließlich bin ich jetzt eine Macdonald«, erklärte sie mit schelmischem Lächeln. »Ich gehöre zu den allerschlimmsten Galgenvögeln unter den Clans, also …«

Das rosige Licht des Sonnenaufgangs zerstreute den Nebel, der den Glockenturm der St. John's Kirk und umwaberte, und ließ sein Kreuz, das hoch über Perth schwebte, aufleuchten. Dorthin wandten sich jetzt, mit einem Gebet auf den Lippen, Katholiken und Protestanten gleichermaßen, um die Hoffnung nicht zu verlieren. Auf allen Mienen malten sich Frustration und Enttäuschung.

Der Prätendent war in dem mittelalterlichen Städtchen recht kühl aufgenommen worden. Er war nicht mit dem Zustand seines Lagers zufrieden gewesen, doch er selbst hatte ebenfalls nicht die Herzen der Männer gewonnen. Wie die meisten anwesenden Highlander hatte Duncan sich eines Gefühls der Ernüchterung gegenüber dem Mann, den sie auf den Thron zu setzen versuchten, nicht erwehren können.

James Francis Edward Stuart war groß, mager und von fahlem Teint. Wenig zum Reden aufgelegt, ausweichend und alles andere als hoheitsvoll, schien er wenig Lust zu haben, sich unter die Soldaten zu mischen oder ihren militärischen Übungen beizuwohnen. Man hatte ihm den Beinamen »Old Melancholy« verliehen. Falls dieser Mann tatsächlich anstrebte, sich die Krone zurückzuholen, die ihm rechtmäßig zustand, dann brachte er es mit seiner schweigsamen, ernsten Art nicht zum Ausdruck.

So schien er nichts von dem darzustellen, was man von einem zukünftigen König erwarten konnte. Gewiss, kurz nach seiner Landung auf schottischem Boden hatte ihn ein Fieberanfall geschwächt. Aber der Mann, vor dem sie sich alle verneigt hatten, hatte nichts mit dem leidenschaftlichen, mutigen jungen Prinzen von einundzwanzig Jahren zu tun, der im Frühling des Jahres 1708 an der schottischen Küste gelandet war.

»Das schottische Unternehmen«, wie man jene Expedition getauft hatte, war jämmerlich gescheitert. Die Stürme, die der französischen Flottille vor Aberdeen zugesetzt hatten, und die umständliche Art des Comte de Fourbin, der die Expedition seit ihrem Aufbruch aus Dünkirchen leitete, hatten gemeinsam für das Scheitern des Unternehmens gesorgt. Fourbin, den man für den Misserfolg verantwortlich machte, war daraufhin am Hofe Ludwigs XIV. in Ungnade gefallen.

Am Horizont verblasste jetzt das schillernde Farbenspiel. Von dem kleinen Fenster ihres Zimmers aus sah Duncan abwesend auf die steilen Giebel hinaus. Marion und er waren vor einigen Tagen eingetroffen. Erneut hielt sein Blick bei dem Glockenturm der St. John's Kirk an. Die steinernen Mauern der Kirche waren im Jahre 1559 stumme Zeugen der leidenschaftlichen Predigt von John Knox gewesen. Der Mann hatte das Volk aufgestachelt und den entsetzlichen Brand der protestantischen Reform ausgelöst.

Mit seiner verleumderischen Predigt hatte der glühende Calvinist die Papisten als Götzenanbeter angeklagt und den Untergang der katholischen Herrschaft in Schottland eingeläutet. Es war das Ende der alten Allianz gewesen, die Schottland und Frankreich über mehr als drei Jahrhunderte verbunden hatte. Man hatte katholische Kirchen geplündert, Abteien und Klöster gebrandschatzt und Bischöfe ermordet. Dies war die Geburtsstunde der protestantischen *kirk* mit ihren strengen, unbeugsamen Moralvorstellungen gewesen. Nur einige Clans in den Highlands hatten ihr heftigen Widerstand entgegengesetzt.

Seither waren diese Clans der katholischen Dynastie schottischer Monarchen treu geblieben, von der heute nur noch ein exilierter Prinz übrig war, aufgewachsen im Pomp des französischen Hofes in Saint-Germain-en-Laye. Gewiss, in den Adern des Prätendenten floss schottisches Blut. Doch was wusste dieser Mann wirklich über sein Land und seine Untertanen?

Duncan wandte den Blick gen Norden und betrachtete die »Royal Burgh«*. Scone Castle war etwa zwei Meilen nördlich der Stadtmitte von Perth auf dem gegenüberliegenden Ufer des Tay errichtet worden. Dieser spätgotische Palast mit seinen zahlreichen, mit Schießscharten versehenen Türmen aus rotem Sandstein beherbergte den Prinzen. Dort befanden sich auch die Ruinen einer Abtei, die dem von Knox ausgelösten Irrsinn als erste zum Opfer gefallen war. Scone war das Herz des Königreiches der Pikten und Scoten gewesen, die erste Hauptstadt des Landes und seit dem ersten König Kenneth MacAlpin Sitz der Regierung. Ihm war es im Jahre 843 gelungen, die Königreiche der Pikten und der Scoten zu vereinen. Doch seit der Inthronisierung von Charles II. 1651 war dort kein König mehr gekrönt worden. Heute taten die Jakobiten alles dafür, dies zu ändern. Sicherlich, der Schicksalsstein, auf dem der Monarch der Tradition nach bei seiner Krönung zu stehen hatte, war gestohlen und nach London gebracht worden, wo er seit 1275 unter dem englischen Thron ruhte. Doch Erde des Hügels von Moot Hill, wo die Krönungen stattgefunden hatten, würde den Zweck ebenso gut erfüllen.

Und so war der Aufstand zum Erliegen gekommen. Wenn Duncan die Bilanz der vergangenen Wochen zog, kam er zu einer bedrückenden Schlussfolgerung: Ihre Sache war verloren. Hier war nichts mehr zu machen.

Zerstreut strich er über die lange Narbe, die quer über seine Wange verlief und ihn unwiderruflich als Anhänger dieser Sache kennzeichnete. Sie schmerzte noch, wenn man sie berührte. Doch dank der wunderbaren Arbeit, die Marion geleistet hatte, würde sie in ein paar Jahren nur noch eine schmale, blasse Linie sein.

Er drehte sich zum Bett um, wo in den gräulichen Laken hier und da rosige Haut und feuerrote Locken auftauchten: Marion

* Stadt, der vom König eine Charta verliehen wurde. Perth besaß diesen Rang seit dem 12. Jahrhundert.

schlief. Was sollte er jetzt anfangen? Guter Rat kommt über Nacht, hatte man ihm stets gesagt. Doch er zermarterte sich nun schon seit Stunden das Hirn und war immer noch nicht weitergekommen. Er wusste, dass er fortmusste. Aber was sollte er mit Marion anfangen? Sie hier zu lassen, war zu gefährlich. Gerüchte wollten wissen, dass die Ankunft der Truppen des Duke of Argyle unmittelbar bevorstand. Oder sollte er sie mitnehmen?

Am Tag nach ihrer Ankunft hatte er Alasdair Og aufgesucht. Letzterer hatte ihn über die neuesten Ereignisse ins Bild gesetzt, die ihn in Verzweiflung gestürzt hatten. Weniger als drei Tage nach Liams Aufbruch nach Inverness war Donald Hals über Kopf zurückgekehrt. Eine Abteilung Dragoner hatte ihre Gruppe angegriffen. Colin war angeschossen worden, und von seinem Vater und seiner Mutter hatte Donald im Sturm keine Spur mehr gefunden.

Rasch hatte er sich in die Wälder geflüchtet und war mehr als eine Stunde dort geblieben. Sobald er sich sicher gewesen war, dass die Dragoner abgezogen waren, war er auf die Straße, die verlassen dalag, zurückgekehrt. Die Fährten waren verschwunden gewesen, ebenso wie Liam, Caitlin und Colin. Ob die Engländer sie erwischt hatten? Donald bezweifelte das. Die *Sassanachs* hätten sich einen Spaß daraus gemacht, die Highlander zu töten, aber sie hätten sich sicherlich nicht die Mühe gemacht, die Leichen mitzunehmen. Und da Donald keine Spur von ihnen gefunden hatte, waren sie höchstwahrscheinlich am Leben.

Donald hatte noch zwei Stunden nach ihnen gesucht. Doch der Wind und der Schnee hatten das Unternehmen schwierig, ja gefährlich gemacht. Also hatte er sich auf einem Bauernhof in der Nähe ein Pferd »geliehen« und den Rückweg eingeschlagen. Sie mussten die Suche nach den dreien aufnehmen. Duncan würde noch vor der Mittagsstunde mit Donald und vier weiteren Männern des Clans in das Glenshee-Tal aufbrechen.

Der Lakenhaufen bewegte sich. Ein langer, graziler Arm tauchte daraus auf, streckte sich und fiel dann schlaff auf das Kopfkissen und die wilden Locken zurück. Der andere Arm tastete über die Bettseite, auf der Duncan gelegen hatte und die inzwischen abgekühlt sein musste. Abrupt setzte Marion sich auf und blickte besorgt im Zimmer umher.

»Duncan?«, fragte sie mit heiserer Stimme.

»Hier.«

Sie wandte ihm ihr Gesicht zu und zog die Augen zusammen, um ihn in dem Halbdunkel, das noch in dem kleinen Zimmer in der Ropemaker's Close herrschte, zu erkennen.

»Was machst du da?«

»Ich denke nach, *mo aingeal.*«

Einen Moment lang schwieg sie, dann klopfte sie auf den leeren Platz neben sich.

»Komm her! Mir ist kalt …«, sagte sie mit einem lüsternen Lächeln. »Wie machst du es nur, nackt in dieser Kälte zu stehen, die einem bis in die Knochen dringt?«

Duncan kletterte auf das Bett, nachdem er noch eine Schaufel Kohlen ins Feuer gegeben hatte.

»Mir ist nicht kalt.«

Sie schmiegte sich an ihn.

»Woran denkst du?«

In quälender Unentschlossenheit legte er die Stirn in Falten. Er drückte mit den Daumen auf seine geschlossenen, vom Schlafmangel geröteten Augenlider, rieb sie langsam und zog sie dann zu den Schläfen hin. Dann stieß er einen bedrückten Seufzer aus. Marion kniete sich hin und warf ihm einen besorgten Blick zu.

»Was hast du, Duncan?«

»Ich breche heute auf«, erklärte er knapp.

Langsam öffnete er die Augen und begegnete dem geheimnisvollen Blick seiner Frau, die ihn ansah. Katzenaugen. Schräg gestellt und schmal wie die eines Raubtieres. Aber von einem Blau …

»Aha«, gab sie einfach zurück.

Wie in ihre eigenen Gedanken versunken fixierte sie einen Punkt jenseits des Bettes. Dann, plötzlich, sah sie wieder Duncan an. Der junge Mann spürte, wie eine Woge des Begehrens in ihm aufstieg. Sie schien sein Erschauern wahrzunehmen, denn sie lugte, ein Lächeln auf den Lippen, schamlos zwischen seine Beine. Rasch schlug er ein Laken darüber. Ein seltsamer Funke blitzte in ihren Augen auf. Sie befeuchtete einen Finger und strich sich die Augenbrauen glatt.

»Was hast du vor?«, fragte Duncan, den ihr geheimnisvolles Gebaren neugierig machte.

»Gar nichts«, antwortete sie einfach und sprang aus dem Bett.

Er stützte sich auf einen Ellbogen und beobachtete sie halb gebannt und halb belustigt. Sie nahm einen Strumpf von der Stuhllehne und bückte sich dann langsam, um den anderen aufzuheben, der auf der Erde lag. Ihre Bewegungen strahlten etwas Provozierendes aus. Sie war sich ihrer verführerischen Macht und des Augenpaares, das sie buchstäblich verschlang, bewusst. Verunsichert zog Duncan ein Bein an, um sein wachsendes Begehren zu verbergen. Vor Lust stellten sich ihm alle Körperhaare auf.

Marion setzte sich auf den Rand des Stuhls und warf ihm einen kurzen, schmachtenden Blick zu, bevor sie ihre kleine Vorstellung wieder aufnahm. Bewusst langsam zog sie einen Strumpf an, den sie dann glatt strich, indem sie zärtlich über das feine Wollgewebe fuhr.

»Hmmm …«, machte sie dazu.

Seufzend band sie einen Strumpfhalter aus roter Seide um ihre Hüften. Dann begann sie mit dem zweiten Strumpf. Schließlich erhob sie sich, um das Ergebnis zu prüfen, und sah ihn von neuem an. Sie spielte das große Spiel der Verführung, und er unterlag ihr.

Mit einer anmutigen, fließenden Bewegung reckte sie sich wie eine Katze, hob die Arme über den Kopf und wölbte leicht den Rücken. Die erste Morgenröte übergoss sie mit Farben wie ein Gemälde. Sie tauchte ihre Schulter in Blau, überzog ihren Arm zärtlich mit Rosa. Ein dunkelbrauner Schatten glitt über ihre Kehle, Gold färbte ihre Brüste, und Purpur unterlegte ihre Wangenknochen. Sie war ein lebendes Bild, in Licht gehüllt. Duncan sah zu, wie diese Erscheinung sich wiegte wie eine Wasserpflanze, die sich einer zurückweichenden Woge widersetzt, und er fragte sich, wie Gott eine so schöne Frau hatte schaffen können, und warum er sie gerade ihm geschenkt hatte. Allerdings stieg in ihm auch kurz der Gedanke auf, was er für eine so prachtvolle Gabe würde zahlen müssen.

Sie war wie der Gesang eines Zaunkönigs inmitten krächzender Raben. Sie war die Primel, die in einer Granitspalte wächst, der Tautropfen, der in seinem Tal glitzerte. Einen Augenblick lang ließ sie ihn alles vergessen: dass ihnen die Krone der Stuarts entglitt, dass die Kapitulation kurz bevorstand, dass ihnen Verfolgung drohte und Hungersnot, Verzweiflung und Elend sie erwarteten. Ihm war alles gleichgültig. Sollten sich die Menschen doch gegenseitig umbringen, sollte ihnen doch der Himmel auf den Kopf fallen … Das Zusammensein mit ihr war das Einzige, worauf es ihm ankam. Sie machte ihn glücklich. Einen Moment lang schloss er die Augen, um sich ihr Bild einzuprägen. Dann schlug er sie wieder auf, um seine Fantasie erneut zu nähren.

Angetan mit einem Perlmuttreflex und einem Cape aus Gold, das ihr über den Rücken, der sich unter ihrer eigenen Berührung wölbte, fiel, ließ sie ihn vor Begehren fast bersten. Zigeunerin, Zauberin, Göttin – all das war sie. Mit einschmeichelndem Lächeln und glühendem, aufwühlendem Blick legte sie ein Kleidungsstück nach dem anderen an. Marion zog sich so aufreizend an, wie eine andere Frau sich ausziehen mochte, um einen Mann in Versuchung zu führen. Sie strich sich über die Hüfte, streifte eine Brustwarze, berührte die Pforte ihres geheimen Gartens. Je weiter sie sich bedeckte, umso mehr wuchs seine Erregung.

Das kleine Spiel währte noch einige Minuten, während derer sich Duncans Herzschlag immer weiter beschleunigte. Inzwischen war sie vollständig angezogen, und er stand restlos in Flammen. Mit raschelnden Röcken trat sie ans Bett und betrachtete zufriedenen Blickes ihr Opfer. Der undefinierbare Duft, der von ihr ausging, machte ihn wahnsinnig vor Begehren. Mit einer raschen Bewegung zog er sie auf sich, küsste sie gierig und kostete ihre Lippen und ihre Haut. Ehe er wusste, wie ihm geschah, war er in ihr. Er stieß ein leises Stöhnen aus und fuhr mit den Händen unter ihre Röcke und über die Schenkel, die rittlings auf ihm saßen.

»Marion … Du bist eine wahre Hexe …«

Sie lächelte und verharrte unbeweglich über ihm.

»Hmmm … Ich hatte mich gefragt, wer dich nach Inverness begleitet.«

Darauf wollte sie also hinaus! Duncan vermochte ein ausgelassenes Lachen nicht zu unterdrücken.

»Marion!«

Neckisch schmunzelnd strich sie mit den Fingern über seinen Bauch, und ein köstlicher Schauer überlief ihn vom Kopf bis zu den Füßen.

»Du hast mir noch nicht geantwortet, Duncan.«

»Mit MacEanruigs, den Macdonnel-Brüdern und Angus.«

Ihr Lächeln verschwand, und sie zog einen enttäuschten Schmollmund. Er umschlang ihre Taille und zwang sie, sich weiterzubewegen, doch sie widersetzte sich.

»Und ich?«, fragte sie und kreiste mit den Hüften.

Er spürte, dass er kurz vor dem Explodieren stand, doch sie erstarrte wieder und unterzog ihn der schlimmsten aller Folterqualen.

»Das kannst du nicht machen … Ich halte es nicht mehr aus, Marion … Bitte …«

»Und was ist mit mir?«, wiederholte sie mit einer heiseren, schmeichelnden Stimme, die ihn überlief wie eine Liebkosung.

Er erbebte, und sie sah ihm tief in die Augen. Ein Engel, der aus der Hölle kam, eine Teufelin … Sie regte sich ein wenig und hielt dann wieder still.

»Herrgott!«, stöhnte er und grub die Finger in das warme, zarte Fleisch, das seine Hände umschlossen.

Er konnte nicht mehr; er würde nachgeben.

»Und was ist mit mir?«, fragte sie mit leiser Stimme, die ihn an das sanfte Rauschen von Blättern in einer Sommerbrise erinnerte.

»Du kommst auch mit!«, gab er sich mit einem Aufschrei geschlagen.

Erst jetzt erlöste sie ihn von der unerträglich gewordenen Spannung.

»*Cruachan*!«*, stieß sie mit rauer Stimme triumphierend aus.

* Kriegsruf der Campbells.

Er glaubte, sein Herz müsse gleich platzen. Erschlafft sank sie über ihm zusammen, ein Siegerlächeln auf den Lippen. Leer und erschöpft lag Duncan auf dem Schlachtfeld ihres Betts, aber dennoch war er glücklich. Marion war eine Campbell, und wie alle Campbells war sie schlau und gerissen wie ein Fuchs. Zu seinem eigenen Schaden hatte er das nicht mehr bedacht. Der Gegner hatte den Sieg davongetragen – dieses Mal. Solche Kriege wollte er gern weiter führen, und wenn er dabei sein Herz lassen musste. Die Schlacht war so süß und der Feind so köstlich …

»*Mòrag*, du kommst direkt aus der Hölle, weißt du …«

Sie gluckste reizend und küsste ihn.

»Ich weiß. Meine Brüder haben mir oft gesagt, mir würden Hörner aus der Stirn wachsen, wenn ich so weitermachen würde mit meinen kleinen Intrigen …«

Zweimal wurde flüchtig an die Tür geklopft, und dann trat ohne weitere Vorwarnung auch schon Barb Macnab ein und schob die Tür mit dem Rücken auf. Marion hatte gerade noch Zeit, ihre Röcke über Duncans Schenkel zu breiten, da wandte sich die Dienerin, die ein mit Essen beladenes Tablett trug, auch schon um.

»Euer Früh … Oh!«, stieß sie hervor und riss die Augen auf.

Das Tablett geriet ins Wanken und hätte beinahe seine Last preisgegeben. Barb, die rot bis an die Haarwurzeln geworden war, wandte den Blick ab und stellte das Tablett rasch auf den Tisch.

»Ähem … Ich dachte … Ich hatte ganz vergessen, dass der junge Mann … also … Tut mir leid, Mistress Campbell.«

»Macdonald«, verbesserte Marion sie sanft und kämpfte gegen ein unbändiges Lachen an. »Ich bin jetzt Mrs. Macdonald. Und versucht, daran zu denken, dass ich nicht mehr allein schlafe.«

Die kleine Frau warf ihr einen zornigen Blick zu und wandte sich von der schlüpfrigen Szene ab, die sich ihr bot: Marion saß rittlings auf Duncan, von dem nur der Kopf mit den lässig im Nacken verschränkten Armen und die behaarten Beine zu sehen waren. Die jungen Leute strahlten unschuldig.

»Ich danke Euch, Barb«, sagte Marion freundlich.

Sichtlich erleichtert wollte die Frau schon hinausgehen, doch Marion rief sie zurück.

»Ach, ich vergaß … Würdet Ihr bitte in …«

Sie warf Duncan, dessen Schultern zu zucken begannen, einen Blick zu.

»… pah, sagen wir in einer Stunde wiederkommen? Ihr müsst mir helfen, meine Sachen zu packen.«

Barb Macnab starrte sie an.

»Ihr reist ab? Aber Ihr seid doch gerade erst angekommen!«

»Wollt Ihr uns nicht begleiten?«

Die arme Frau verzog das Gesicht und warf Duncan, der sich kaum noch zurückhalten konnte, einen finsteren Blick zu.

»Nein danke. Ich ziehe es vor, beim Clan der Campbells zu bleiben«, erklärte sie mit hochmütiger Miene. »Aber ich wünsche Euch eine gute Reise, Mrs. … Macdonald. Gott schütze Euch.«

»Euch ebenfalls, Barb. Ihr werdet mir fehlen.«

»Hmmm … Sicherlich.«

Mit diesen Worten verließ sie im Laufschritt das Zimmer. Sobald die Tür sich geschlossen hatte, brachen die jungen Leute in unbändiges Gelächter aus.

»Bei deinem Hauspersonal komme ich wirklich nicht gut an«, bemerkte Duncan und prustete noch einmal los. »Sie töten mich alle mit ihren Blicken. Ich frage mich wirklich, woran das liegt.«

»Du bist eben ein Galgenvogel!«, kicherte Marion und ließ sich zur Seite fallen.

Duncan, der jetzt vom Gewicht der jungen Frau befreit war, warf sich auf sie und hielt sie fest.

»Hast du gesehen, wie rot sie geworden ist? Ich dachte schon, sie platzt!«

»Sie ist eben sehr fromm! Und jetzt stell dir vor, was sie gedacht hat, als sie uns sah!«

»Verstehe! Dann werden wohl bald alle Frauen deines Clans darüber im Bilde sein, was die Tochter ihres Laird und ihr zwielichtiger Gatte treiben!«

Marion schüttete sich aus vor Lachen.

»Und sie werden es sich sicher angelegen sein lassen, noch ein paar pikante Details hinzuzufügen.«

Noch einmal lachten sie beide. Dann senkte sich ein glückliches Schweigen über sie, das jedoch nach einiger Zeit von einem lauten Knurren unterbrochen wurde.

»Ich glaube, mein Magen versucht, mir etwas zu sagen«, murmelte Marion mit halb geschlossenen Augen.

Duncan wurde ernst. Sanft strich er über den Bluterguss am Kiefer der jungen Frau und küsste sie dann zärtlich.

»Ich liebe dich, Marion.«

Gern hätte er ihr gesagt, er werde nie wieder zulassen, dass ihr ein Leid geschah, doch das wäre eine Lüge gewesen. So war die Welt nun einmal nicht. Er konnte ihr nur versprechen, sie mehr als sein eigenes Leben zu lieben.

25

Die Hexe

Tiefe Finsternis umgab mich. Ich blinzelte ... Nichts. Nichts als Dunkelheit. Ich vernahm ein Heulen und Jaulen, bei dem sich mir die Haare aufstellten und mein Blut gefror. Wo war ich? Es war so kalt ... Ohne Zweifel in der Welt der Toten. Von neuem erklang das Geheul, ein unheimliches Geräusch, das in dem Abgrund, der mich verschlungen hatte, verhallte. Dann ließ mich ein lautes Schnaufen ganz in meiner Nähe erstarren. Wo war ich bloß?

Vorsichtig bewegte ich den Kopf, und ein scharfer Schmerz durchfuhr meinen Schädel. Ich versuchte es mit meinem Körper, der sich ebenfalls beklagte. Die Pein riss mich aus meiner tiefen Apathie. Offensichtlich war ich doch nicht tot, jedenfalls noch nicht.

Der Wind pfiff, aber merkwürdigerweise spürte ich ihn nicht auf meinem Gesicht. Nur eine feuchte Kälte, die mir bis in die Knochen drang. Das langgezogene, auf- und abschwellende Jaulen ließ entsetzliche Bilder vor meinem inneren Auge aufsteigen. Wölfe, machte ich mir mit einem Mal erschrocken klar. Sie suchten mich. Mein Herz setzte einen Schlag aus, und ich versuchte, mich aufzurichten, doch der Schmerz nagelte mich am Boden fest. Dann vernahm ich neben mir ein leises Scharren. Ich war nicht allein.

Ein weiteres Schnaufen. Waren die Wölfe schon so nahe? Panik ergriff mich. Trotz meiner stechenden Schmerzen gelang es mir, mich auf die Ellbogen hochzustemmen. Ganz gleich, ob ich die Augen öffnete oder geschlossen hielt, ich sah nur einen schwarzen, undurchdringlichen Vorhang vor mir. Ich war blind! Wo war ich? Was war geschehen? Ich konnte mich nicht mehr erinnern. Vor Entsetzen stöhnte ich auf.

Ich musste nachdenken. Warum war ich hier? Und wo war ich? Alles war so verworren. Und dann dieser Schmerz, bei dem mir beinahe der Schädel platzte ... Ich vermochte mich einfach nicht mehr zu erinnern. Ich fuhr mit der Hand über meinen Kopf, dort, wo der Schmerz am stärksten brannte. Meine Haare waren steif gefroren, und ich ertastete eine Kruste und fühlte die Konturen einer offenen Wunde. Hatte ich einen Schlag abbekommen?

Ein Erinnerungsfetzen flammte auf, an den ich mich verzweifelt klammerte. Wasserrauschen ... Das dumpfe Tosen eines Wildbachs, in das sich ein Schrei mischte. Ich hörte meinen Namen; jemand rief wieder und wieder nach mir.

Andere vage Erinnerungen stiegen in mir auf. Hände, die mich untersuchten, die mich hochhoben und davontrugen. Jemand sprach leise zu mir. Liam ... Mein Verstand war immer noch vernebelt.

Neben mir vernahm ich einen rauen, hartnäckigen Husten. Liam? Ich wandte mich nach rechts: nichts als Finsternis. Aber er war da, irgendwo. Sein pfeifender Atem, der immer wieder von Hustenanfällen unterbrochen wurde, wies mir den Weg. Auf allen vieren tastete ich mich voran und stieß schließlich auf einen kalten Berg aus Leder und Wolle.

»Liam ...«

Ich schüttelte ihn leicht. Bei jeder Bewegung platzte mir fast der Schädel; vor Schmerz tränten meine blinden Augen. Rasch tastete ich Liams reglosen Körper ab. Seine Beine waren warm und seine Stiefel starr und mit Eis überzogen. Ich arbeitete mich zu seinem Brustkorb vor, der sich ruckartig auf und ab bewegte. Dann strich ich über seinen Hals, seine raue Wange und seine Stirn. Er glühte vor Fieber. Er war sehr krank. Von uns beiden ging es eindeutig ihm am schlechtesten.

Und ohne Vorwarnung stiegen andere Bilder in meinem verwirrten Geist auf. Rotröcke, Soldaten. Schüsse. Jetzt erinnerte ich mich wieder. Eine Abteilung englischer Dragoner hatte uns überfallen. Ich hörte die Kugeln pfeifen und sah Colin, der sich mit einem ganz eigenartigen Gesichtsausdruck an der Mähne seines Pferdes festklammerte. Liam, wie er mich auf den Wald zustieß.

Dann rannte ich völlig außer Atem durch diese eisige Hölle, in der ich Himmel und Erde nicht zu unterscheiden vermochte. Später trat ich ins Leere, und ein Abgrund verschlang mich, zog mich erbarmungslos in sich hinab. Ich war in eine Schlucht gestürzt und hatte mir wahrscheinlich an einem Stein oder etwas anderem den Kopf angeschlagen.

In meinem Gedächtnis rückte alles an seinen Platz und klärte sich, doch nun stieg ein ganz anderer Schmerz in mir auf. Mir brach fast das Herz. Wo war Colin? Und Donald? War Liam verletzt? Ich fuhr mit der Hand unter seine Weste und untersuchte seine Brust und seinen Unterleib. Das Hemd war weich und warm; und es war trocken. Als er meine eiskalten Finger spürte, zuckte er zusammen, und ein neuer Hustenanfall überfiel ihn. Seufzend ließ er sich auf den Rücken sinken.

»Liam … Liam …«

Aber warum konnte ich nichts sehen? Liam stöhnte und bewegte sich. Ich warf mich über ihn und bedeckte ihn mit meinem Körper und meinem Umhang.

»Kannst du mich hören, Liam?«

Wieder stöhnte er auf. Seine Finger strichen über meinen Kiefer und fielen dann schwer auf seine Weste zurück.

»Caitlin …«, flüsterte er heiser.

»Ich bin da«, versicherte ich ihm mit zitternder Stimme. »Ich bin bei dir, *mo rùin*. Du wirst wieder gesund …«

Leise schluchzend vergrub ich mein Gesicht in seinem Hemd. Ich beweinte unser Schicksal, unser Unglück, das kein Ende nehmen wollte, unseren Kummer. Ich verfluchte diesen Aufstand, der unser Leben zerstörte. Ich schmähte diesen König, für den unser Sohn gestorben war. Ich lästerte diesen Gott, der mich verlassen hatte und sich meinem Flehen gegenüber taub stellte.

Durch meine geschlossenen Lider nahm ich einen schwachen Lichtschein wahr. Unter meiner Wange pfiff und keuchte Liams Atem. Ich öffnete die Augen und richtete mich langsam auf. Ich konnte sehen … Ich konnte wieder sehen! Eine Steinmauer. Eine eingedrückte Tür, durch die grelles Licht eindrang. Über mir befanden sich Holzbalken, die mit Vogeldreck bedeckt waren. Das kegelförmige Dach war an einigen Stellen durchbrochen, so dass der blaue Himmel zu sehen war. Der Grundriss des Bauwerks war zylindrisch. Ein Broch* oder vielleicht ein Taubenschlag?

Ich sah mich in dem Raum um, dessen Durchmesser fünf oder sechs Schritte betragen mochte. Mir blieb fast das Herz stehen, und ein Schrei steckte mir in der Kehle, als ich unsere Pferde entdeckte. Über einem der Sättel lag ein regloser Körper, der mit dem Plaid von Glencoe bedeckt war. Doch ich erkannte sofort das blonde Haar, das darunter hervorlugte. Colin… Oh nein, Colin! Der Himmel hatte es wirklich auf uns abgesehen und überhäufte uns mit grausamen, unverdienten Prüfungen. Warum nur, warum?

Ich wandte den Blick ab und legte den Kopf wieder auf Liams Brust. Er schlief; sein Herz schlug direkt unter meiner Wange. Behutsam legte ich die Finger auf die feuchte, glühend heiße Haut an seinem Hals. Kummer, Zorn, Verbitterung überschlugen sich in mir. Was hatten wir denn so Schreckliches getan, um all das zu verdienen?

Liams mühsamer Atem stieg als feine weiße Wolke auf, die sich auf seinem mehrere Tage alten Bart niederschlug. Seine bleichen, aufgesprungenen Lippen bewegten sich leicht.

»Liam…«, rief ich ihn leise an.

Er zuckte zusammen und schlug dann stöhnend und verstört die Augen auf. Ich beruhigte ihn mit einer Liebkosung. Er fieberte hoch. Ich musste etwas unternehmen, sonst würde er hier sterben. Er war ganz offensichtlich nicht in der Lage weiterzureiten.

Ich schob mich ein wenig weiter an seiner Brust hinauf und betrachtete ihn bekümmert. Was sollte ich tun? Ich kannte mich in dieser Gegend nicht aus. Um die Wahrheit zu sagen, hatte ich nicht die geringste Ahnung, wo wir uns befunden hatten, als wir angegriffen worden waren; und erst recht nicht, wohin Liam uns gebracht hatte. Wo mochte Donald sein? Ich sah sein Pferd nicht und hoffte, dass ihm die Flucht gelungen war.

* Befestigter Turm aus der Eisenzeit.

»Caitlin …« Liams Stimme war so rau, dass ich sie kaum wiedererkannte. Er begann wieder zu husten und schluckte mit großer Mühe. Ich rückte ein wenig von ihm ab, damit er besser atmen konnte.

»*Tuch!* Nicht sprechen, ruh dich aus. Ich bringe uns von hier fort.«

»Nein, *a ghràidh*, das schaffe ich nicht. Geh … Nimm ein Pferd … Kehre nach Perth zurück …«

Seine Worte gingen in einem harten Husten unter. Er verzog das Gesicht, schluckte noch einmal mühsam und wandte sich ab.

»Wenn du glaubst, dass ich dich hierlassen werde, dann hast du dich geirrt«, gab ich ein wenig barsch zurück, um ihn aus seiner Resignation zu reißen. »Du würdest erfrieren. Mit den Pferden wird das schon gehen.«

»… schaffe ich nicht …«

Zwischen seinen Brauen stand eine tiefe Falte. Trotz der Kälte schimmerte seine Haut schweißfeucht. Seine angeschwollenen Lider ließen sich kaum öffnen, und sein Blick wirkte glasig.

»Ich glaube, mit mir geht es zu Ende … Ich bin zu erschöpft …«

Entsetzt starrte ich ihn an.

»Ich verbiete dir, so etwas zu sagen, Liam Macdonald! Nach allem, was du durchgemacht hast, willst du doch wohl nicht schmählich an einem einfachen Fieber sterben!«

»… keine Kraft mehr. Du bist heil und gesund, und darüber bin ich glücklich. Wenigstens das ist mir in dieser … verfluchten Rebellion gelungen.«

Mir strömten die Tränen über das Gesicht. Er gab sich einfach auf. Ich packte sein Hemd und schüttelte ihn heftig, obwohl das meine Kopfschmerzen noch verschlimmerte. Immer noch keuchend wandte er mir seinen leeren Blick zu. Wo war der Mann, den ich einmal gekannt hatte? Liam! Ich würde ihn retten, ob er wollte oder nicht; so einfach durfte er sich auf keinen Fall davonstehlen.

»Du wirst mich nicht daran hindern, dich zu retten«, knurrte ich und ließ ihn los.

Mit einiger Mühe stand ich auf, wobei meine Knochen knackten wie ein altes Holzgerüst, das vom Sturm durchgeschüttelt worden ist, und stellte eine Bestandsaufnahme der Schäden an. Ein Knie war aufgeschlagen und ziemlich angeschwollen. Meine Finger waren mit Schnitten übersät. Ein Nagel war fast ganz ausgerissen und die anderen praktisch alle abgebrochen. Doch abgesehen von diesen Kleinigkeiten und der offenen Kopfwunde schien der Rest meiner Person unversehrt zu sein. Der Schnee hatte meinen Sturz in die Schlucht abgemildert, so dass ich mir nichts gebrochen hatte.

Ich hinkte zu den Pferden und blieb zögernd vor Colins erstarrter Leiche stehen. Unterschiedliche Empfindungen überschlugen sich in mir. Ich trauerte um ihn. Trotz allem hatte ich ihn sehr gern gemocht. Ich wusste, dass er meinetwegen gelitten hatte. Er war so unglücklich darüber gewesen, dass ich seinen Bruder geheiratet hatte. Dennoch hatte er sich mir gegenüber stets zuvorkommend und freundlich verhalten. *Vergib mir, Colin.* Der Tod hatte ihn von mir befreit. Ich drehte mich zu Liam um, der sich auf dem kalten Boden zusammengekrümmt hatte. Hoffte auch er auf eine solche Erlösung?

Behutsam hob ich Colins Plaid an. Die langen, wirren Haarsträhnen verbargen das blutleere Gesicht. Ich schob ein paar davon weg und strich ihm über die kalte Wange. Es ist sehr eigenartig, wie sich die Haut eines Toten anfühlt; fest und kühl und glatt. Ich drückte ihm einen Abschiedskuss auf die Wange und netzte sie mit meinen Tränen. Ich schloss die Augen und dachte an die Nacht zurück, in der wir uns um ein Haar geliebt hätten. Dort, wo er jetzt war, würde er glücklicher sein.

»Möge Gott deiner Seele gnädig sein, Colin Macdonald«, flüsterte ich schluchzend.

Ich ließ das Plaid sinken und wandte meine Gedanken erneut den anstehenden Problemen zu. Ich musste mir etwas einfallen lassen, um uns von hier fortzubringen. Wie sollte ich Liam auf sein Pferd hieven? Vielleicht könnte ich ihn mit einem Tau hochziehen, das ich über den Sattel warf und am Geschirr des anderen Tieres befestigte… So weit war ich mit meinen Überlegungen gekommen, als ich das Gebell einer ganzen Meute Hunde vernahm.

Ich wollte nach draußen laufen, überlegte es mir jedoch im letzten Moment anders. Und wenn es sich um wilde Hunde handelte, die auf der Suche nach Beute waren? Auch die abwegige Idee, die Soldaten könnten zurückgekehrt sein, um uns zu suchen, schoss mir durch den Kopf. *Unsinn, Caitlin!* Trotzdem nahm ich Liams Pistole und machte sie schussbereit.

Das Gekläff kam näher, und ich wich zurück. Plötzlich wurde mir bewusst, dass Liam in der Mitte des Raumes lag; daher bezog ich vor ihm Stellung, um ihn zu schützen. Die Hunde hatten jetzt die Tür erreicht. Wahrscheinlich hatte der Geruch der Pferde sie angezogen. Mit gezückter Pistole und zitternd wartete ich. Dann flog die Tür krachend auf. Grelles Licht blendete mich, und ich machte den Fehler, kurz die Augen zu schließen. Ein Schlag mit einem Gewehrkolben entwaffnete mich rasch. Ich schrie vor Schmerz auf und schlug die Hand vor den Mund. Drei Gestalten standen im Licht. Ich blinzelte.

Einer der Männer kam langsam auf mich zu und schritt um mich herum, um mich in Augenschein zu nehmen. Beruhigt erblickte ich ein Plaid, aber ich fragte mich, welchen König sie unterstützten. Mit dem Lauf seines Jagdgewehrs stieß der Mann Liam an, der sich keuchend auf den Rücken drehte.

»Rührt ihn nicht an, er ist krank, Ihr …«

Ich unterbrach mich und verschluckte mein letztes Wort. Dies war wahrlich nicht der Moment, um sich noch mehr Feinde zu machen.

»*Có sibhse*?«, fragte der Mann. Wer seid Ihr?

Ich wagte nicht zu antworten, denn ich fürchtete, unser Todesurteil zu unterzeichnen. Der Fremde schenkte mir einen kalten Blick.

»*Có ás a tha sibh*?«, fragte er noch einmal und sah mich durchdringend an. Woher kommt Ihr?

Er musste ein *crofter** sein. Sein zerklüftetes, von den Elementen tief gebräuntes und gezeichnetes Gesicht und die großen, schwieligen Hände, die unverwandt das Gewehr auf Liam richteten, kündeten von einem harten, arbeitsreichen Leben.

* Pächter.

»*Freagair an duine*«, befahl einer seiner Begleiter und trat auf mich zu. Antworte ihm.

Sie wirkten nicht eben vertraueneinflößend. Der zweite Mann musterte mich im Vorbeigehen und beugte sich über Liam, der die Augen einen Spaltweit geöffnet hatte und teilnahmslos die Szene beobachtete.

»*A bheil Gàidhlig agad*?« Versteht Ihr Gälisch?

Ich nickte. Der dritte Mann, der mit dem Gewehr auf mich zielte, bemerkte Colins Leiche und trat heran. Er hob das Plaid an und musterte den Toten mit gleichmütiger Miene.

»*Fear-leanmhainn teaghlach nan Stiùbhartach*!«, rief derjenige, der sich über Liam beugte, aus. »*Mac Dòmhnall*.« Das sind Jakobiten, Macdonalds.

Ich schloss die Augen. Klopfenden Herzens wartete ich auf das Urteil. Wenn diese Männer einem Clan angehörten, der König George treu war, dann würden sie uns auf jeden Fall den Behörden ausliefern oder, schlimmer noch, uns ohne viel Federlesens umbringen, einfach, weil wir ihr Land durchquert hatten. Ich hörte, wie sie sich flüsternd berieten. Dann folgte ein beklemmendes Schweigen. Langsam schlug ich die Augen wieder auf. Der erste Mann stützte sich auf den Lauf seiner Waffe und lächelte mir zu. Derjenige, der bei Liam hockte, goss ihm ein wenig Whisky in den Mund. Liam verschluckte sich. Ich stöhnte auf und begann zu zittern. Da bot man auch mir die Whiskyflasche an, die ich gerne nahm.

»Was macht Ihr hier?«, fragte der erste Mann. »Ähem ... Ich bin Lucas Bremner. Das ist mein Bruder Paddy, und er dort heißt Quinton Hardy.«

Die Männer begrüßten mich mit einem höflichen Lächeln, das ich erwiderte.

»Wir waren auf dem Weg nach Inverness, als eine Truppe Dragoner uns angegriffen hat.«

Die Männer wechselten einen wissenden Blick. Derjenige, der Lucas hieß, spuckte auf den Boden, um das Unglück abzuwenden.

»War er ein Freund von Euch?«, fragte er und wies mit dem Lauf seines Gewehrs auf Colin.

»Mein Schwager.«

»Aha. Und der da?«

»Mein Gatte. Er ist schwer krank. Ich brauche einen Arzt für ihn.«

»Ja … Er wirkt nicht besonders gesund«, stellte er überflüssigerweise fest.

Er brummelte etwas vor sich hin. Paddy und Quinton richteten Liam auf, indem sie ihn unter den Achseln stützten. Mein Mann fuhr zusammen, als hätte man ihn mit einem glühenden Eisen verbrannt, und stieß ein Stöhnen aus. Kurz richtete er einen panischen Blick auf uns, doch dann wirkten seine Augen wieder leer. Seine Beine schwankten unter seinem eigenen Gewicht, doch die zwei Burschen hielten ihn fest.

»Was habt Ihr vor?«

Lucas reichte mir die Zügel eines unserer Pferde.

»Wir bringen Euch zur *ban-drùidh*. Sie wird wissen, was zu tun ist.«

»Die *ban-drùidh*?«

»Die Hexe. Sie besitzt magische Hände«, sagte er, ohne weitere Erklärungen abzugeben.

Die Hexe, wie diese braven Männer sie nannten, bewohnte eine kleine Kate, die oberhalb eines steilen Hangs lag. Nur ein einziger Weg führte dorthin; und den fand man wahrscheinlich nur, wenn man wusste, wo man zu suchen hatte. Liam war zu schwach, um sich im Sattel zu halten, daher hatten wir ihn einfach quer darüberlegen müssen. So führten wir die beiden Brüder davon wie gemeine Hafersäcke; der eine im Tod erstarrt, und der andere … Ich mochte gar nicht daran denken.

Als wir endlich dort waren, stieg Lucas von seinem Pferd und ging mit zögernden Schritten auf die Hütte zu. Ich schickte mich an, es ihm nachzutun, doch Paddy hielt mich mit einer Handbewegung zurück.

»Wartet noch, Madam«, sagte er, während er die Hütte, aus deren Kamin beißender schwarzer Rauch aufstieg, im Auge behielt. »Zuerst müssen wir uns vergewissern, dass die Hexe sich überhaupt um ihn kümmern will.«

»Nun gut.«

Nach einigen Augenblicken entschloss sich Lucas, an die Tür zu klopfen, und wich gleich wieder einen großen Schritt zurück. Unruhe stieg in mir auf. Diese gut bewaffneten und ziemlich kräftigen Männer schienen die Frau zu fürchten. Ob sie wohl den bösen Blick besaß?

Langsam öffnete sich die Tür. Eine kleine, in ein Umschlagtuch gehüllte Gestalt kam aus dem Dunkel hervor. Als die Frau Lucas erkannte, trat sie ins Tageslicht und nahm das Tuch ab. Sprachlos stand ich da. Statt der alten Vettel mit spitzer, von Warzen bedeckter Nase, die ich erwartet hatte, sah ich eine junge Frau von überirdischer Schönheit. *Das ist keine Hexe, sondern eine Fee!*

»Wir haben hier einen kranken Mann, Madam Beatrix«, erklärte Lucas ein wenig verlegen.

Ich hatte das Gefühl, die Zeit sei stehen geblieben. Die Männer hielten den Atem an, als das feenhafte Wesen auf uns zuglitt. *Sie schwebt!* Gänsehaut überlief mich, und ich hielt ebenfalls die Luft an, als sie ihre weißen Hände auf Liams Körper legte. Ich ertappte mich dabei, dass ich innerlich ein christliches Gebet aufsagte. Mit vor Konzentration angespannter Miene strichen ihre Finger über seinen Rücken und seine Schläfen. Dann nickte sie.

»Bringt ihn nach drinnen«, befahl sie mit sanfter Stimme.

Sofort sprangen Paddy und Quinton ab. Die junge Frau wandte sich zu mir um und lächelte. Wenn sie wirklich eine Hexe war, dann musste sie das Geheimnis der ewigen Schönheit kennen. Ihre Porzellanhaut wirkte wie von innen erleuchtet. Langes, wildes Haar, das von einem so hellen Blond war, dass es beinahe weiß wirkte, wallte um ihr schönes, ovales Antlitz, in dem ein Paar blauer Augen strahlten, deren Farbe an Aquamarin erinnerte. Ihr dunkelroter Mund war rund und voll wie bei einem Cherub. Ich fragte mich, was diese Männer am meisten fürchteten, ihre angeblichen Kräfte oder ihre Schönheit. Vielleicht war ja beides untrennbar miteinander verbunden.

»Ich nehme an, Ihr seid seine Frau?«, fragte sie mich.

»Ja …«, antwortete ich ein wenig verunsichert. »Mein Mann hat hohes Fieber, und ich fürchte …«

»Es sind seine Lungen«, erklärte sie unvermittelt. »Euer Gatte leidet an einer Lungenentzündung.«

»Oh! Woher wisst Ihr …?«

Ihr hübscher Mund verzog sich zu einem verschmitzten Lächeln.

»Kommt herein, es ist kalt. Wir werden noch genug Zeit haben, Bekanntschaft zu schließen.«

Es war Nacht geworden. Wir saßen vor einer Tasse heißem Kamillentee. Liam lag auf einem Strohsack in der Nähe des Kamins und schlummerte unruhig. Er hatte nicht ein einziges Mal die Augen geöffnet, während wir ihn entkleidet und gewaschen hatten, nur mehrmals unzusammenhängende Worte gemurmelt. Dann hatte Beatrix, wie ich sie nennen sollte, ihn mit einer grünlichen Salbe eingerieben, die stark nach Kampfer roch. Und zum Schluss hatte sie ihm mit dem Löffel einen Sud aus weißem Andorn und Blättern von Ysop und Alant eingeflößt.

Während sie ihn behandelte, hatte ich sie nicht aus den Augen gelassen. Ihre Bewegungen waren zupackend, rasch und präzise. Ich hatte bemerkt, dass sie häufig die flachen Hände auf Liams Brust legte. Zu Beginn hatte mich das verdrossen. Doch dann war mir wieder eingefallen, was Lucas gesagt hatte: Beatrix besaß magische Hände. Daher hatte ich kein Wort gesagt und nur gehofft, es möge wahr sein. In dem Zustand, in dem Liam sich befand, konnten ihn nur noch die Magie oder göttliches Eingreifen retten.

»War der Tote ein Verwandter von Euch?«

»Ja, der Bruder meines Mannes. Er hieß Colin.«

»Wie traurig. Lucas und die anderen haben ihn auf den Hügel gebracht. Dort oben liegt eine kleine Lichtung. Sie haben ihn mit Steinen bedeckt. Wenn es taut, werden sie ihm ein würdigeres Grab bereiten.«

»Danke«, sagte ich einfach.

Ich schloss die Augen. Der Gedanke, dass Liam in großer Gefahr schwebte, sich an Colins Seite wiederzufinden, schnürte mir das Herz zusammen.

»Woher kommt Ihr?«

Ihre engelhafte Stimme mit dem melodiösen Tonfall riss mich aus meinen Überlegungen. Sie ließ die goldfarbene Flüssigkeit in ihrer Tasse kreisen und sah mich aus ihren außerordentlichen Augen an. Ihr kaum merklicher, schleppender Akzent verriet mir, dass sie nicht von hier war. Sie musste vom Kontinent stammen.

»Wir kommen aus Perth.«

»Ach ja, das jakobitische Lager.«

Ich sagte nichts weiter dazu, denn ich verspürte keine besondere Lust, über den Earl of Mar und seine fehlgeschlagene Rebellion zu reden. Beatrix schien das zu erraten, denn sie drang nicht weiter in mich.

In der Kate hing ein schwerer Gewürzduft. Zu Anfang hatte er mich ein wenig gestört, doch jetzt fand ich ihn angenehm, sogar beruhigend. Beatrix wickelte eine ihrer blonden Strähnen um ihren Zeigefinger und legte die Hände flach vor sich hin, rechts und links von ihrer Tasse.

»Was hat Lucas Bremner Euch über mich erzählt?«

»Nun ja … Er hat gesagt, Ihr wäret eine Hexe«, gestand ich ein wenig verlegen.

Sie selbst schien das keineswegs zu berühren. Sie lachte nur leise.

»Ich heiße Beatrix Becket. Und Ihr?«

»Caitlin Macdonald. Ihr seid aber keine Schottin, oder?«

»Nein, allerdings nicht. Französin. Ich weiß ja, dass mein Akzent meine ausländische Herkunft verrät. Erst seit etwa zwölf Jahren lebe ich auf der britischen Insel. Ich stamme aus Alzonne in Südfrankreich. Mein wahrer Name lautet Béatrice Baqueson. Ich musste ihn ein wenig abändern.«

»Was hat Euch hierhergeführt?«

»Der Aufstand der Kamisarden. Mein Vater war Hugenotte. Es versteht sich, dass in einem Land, in dem der König nur auf die katholische Religion schwört …«

Das begriff ich besser, als sie sich vorstellen konnte, denn in Irland hatte ich Ähnliches erlebt.

»Die Protestanten wurden verfolgt. Ein wahres Massaker.«

Ihre herrlichen Augen verdüsterten sich.

»Mein Vater ist auf dem Scheiterhaufen gestorben, weil er sich geweigert hat zu konvertieren. Sie haben ihn der Häresie angeklagt. Und dabei war er ein guter Mensch, der Gott verehrte und seine Familie liebte. Man kann sich oft kaum vorstellen, zu welch entsetzlichen Taten die Menschen im Namen Gottes fähig sind.«

Einen Moment lang sah sie mich mit einem merkwürdigen Ausdruck an. Ihre Finger spielten am Henkel ihrer Tasse.

»Seid Ihr Protestantin?«, fragte sie mich zögernd.

»Ich bin katholisch«, erklärte ich verlegen lächelnd. »Und außerdem Irin. Meine Eltern haben in Belfast auch Verfolgung erlitten.«

Sie wirkte nachdenklich. Sie kam wohl zu dem Schluss, dass unsere Lage ähnlich war, denn sie setzte ihre Erzählung fort.

»Natürlich konnten wir nicht länger in Frankreich bleiben. Meine Mutter ist mit meiner Schwester und mir nach La Rochelle gereist, wo wir drei uns nach England eingeschifft haben. Hier ist unsere Religion keine Sünde. Doch meine Mutter, die bereits von Krankheit geschwächt war, hat die Überfahrt nicht überlebt. Meine Schwester Giselle, die ein wenig älter ist als ich – ich war damals dreizehn –, hat für uns eine Stellung beim Bürgermeister von Amesbury in Wiltshire gefunden. Wir waren nur drei Jahre dort, doch das waren meine drei schönsten Jahre in England. Ich habe in der Küche gearbeitet; meine Schwester war Kammerzofe. Mrs. Wilson war sehr gut zu uns. Leider wurde sie krank und starb. Mr. Wilson war untröstlich. Da er alles fliehen wollte, was ihn an seine Frau erinnerte, hat er das Haus geschlossen und ist auf Reisen gegangen, um seinen Schmerz zu vergessen. Meine Schwester und mich hat er bei Bekannten untergebracht: Giselle in London, und mich in Cardiff, in Wales.«

»Aber das ist ja schrecklich! Konntet Ihr Eure Schwester gelegentlich besuchen?«

Sie schüttelte den Kopf und steckte die Nase in die Tasse.

»Ihr habt sie nie wiedergesehen?«

»Nein, niemals.«

Bestürzt über ihr schweres Schicksal musterte ich zerstreut ihre Hände. Ich versuchte, mir vorzustellen, wie es sein würde, sich allein in einem unbekannten Land wiederzufinden. Selbst war ich zwar von meiner Familie getrennt worden, als ich nach Schottland gekommen war, doch ich hatte immerhin den Trost gehabt, sie nur wenige Meilen von mir entfernt zu wissen.

Ihre Hände befanden sich ständig in Bewegung. Ich betrachtete sie genauer. Sie waren klein und zart. Magische Hände … Wie konnten Hände magisch sein? Meine Neugierde trug den Sieg davon.

»Lucas hat mir erzählt, Eure Hände besäßen magische Kräfte.«

Sie sah sie an, als wären sie auch ihr selbst ein Rätsel.

»*Magisch* ist ein ziemlich großes Wort. Die Menschen in dieser Gegend sind sehr abergläubisch. Daher behaupten sie gern, ich hätte magische Hände. Von ihrem Standpunkt aus kann es vielleicht gar nicht anders sein. Jemand hat mir einmal gesagt, ich besäße grüne Hände.«

Als sie meine fragende Miene sah, setzte sie noch einige Erklärungen hinzu.

»Ich besitze eine Gabe.«

»Eine Gabe?«

»Ich bin eine Art Heilerin.«

»Und wie stellt Ihr das an?«

Sie lachte und zog die Augenbrauen, die über ihren wunderschönen Augen lagen, hoch.

»Um ehrlich zu sein, ich weiß es nicht. Der Mann, der mir das gesagt hat, war ein Weiser, dem ich eines Tages in Amesbury begegnet bin. Eine Art Druide, nehme ich an; jedenfalls sah er so aus. Auf meinen Spaziergängen bin ich ihm häufig in der Nähe eines dieser Steinkreise begegnet. Er sah meine Gabe in dem Licht, das aus meinem Körper ausstrahlt.«

Sie lachte.

»Er hat mir erklärt, dieses Licht hülle mich ein, so wie bei den Engeln, die man auf den Malereien in Kirchen sieht. Könnt Ihr es sehen?«

»Ähem … Nein. Nicht wirklich.«

»Ich ebenfalls nicht. Doch was meine Hände angeht, muss ich zugeben, dass er recht hatte.«

Sie runzelte die Stirn, presste die Lippen zusammen und schaute von neuem auf ihre Hände.

»Wunder vermag ich allerdings nicht zu vollbringen.«

Sie verstummte, offensichtlich in Erinnerungen versunken.

»Wie habt Ihr gelernt, Euch ihrer zu bedienen? Ich meine, um andere Menschen zu heilen.«

»Randolf, der Weise«, sagte sie nachdenklich, »besaß dieses Wissen … Seine medizinischen Kenntnisse waren umfassend. Er hat mich gelehrt, die Hände aufzulegen, die Quelle des Übels aufzuspüren und meine Kräfte einzusetzen, um der Krankheit entgegenzuwirken. Er hat mich auch alles über die Heilkraft der Pflanzen gelehrt.«

Mit einer Handbewegung wies sie auf die Regale, die einen großen Teil der Küchenwand einnahmen. Darin befanden sich eine Vielzahl von Gläsern und Stoffsäckchen, die mit Wurzeln, Pilzen und getrockneten Pflanzenteilen gefüllt waren. Doch ich entdeckte nicht die geringste Spur von Fledermausflügeln, Hasenschädeln oder Spinnen, wie man sie für gewöhnlich bei einer Hexe antrifft. Und was da in dem Kessel am Haken brodelte, war eine Suppe aus Schafsinnereien und Bohnen, die mir vorhin sehr gut gemundet hatte.

»Und wie geht es Eurem Kopf?«, erkundigte sie sich.

Ich betastete den Breiumschlag aus zerstampftem Zinnkraut, den sie mir vor einiger Zeit aufgelegt hatte.

»Besser, glaube ich.«

Die Wunde war in der Tat oberflächlich, aber die gewaltige Beule schmerzte. Ich hatte Glück gehabt. Beunruhigt sah ich zu Liam, dessen feuchte Haut im Feuerschein schimmerte. Immer noch hatte er hohes Fieber, und er murmelte in seinem unruhigen Schlaf vor sich hin.

»Ich glaube, er wird es überstehen«, sagte sie, um mich zu beruhigen, denn sie war meinem Blick gefolgt. »Er ist sehr stark, wisst Ihr.«

Beatrix schenkte mir einen begütigenden Blick und legte die Hand auf meine. Ich rechnete damit, dass ich etwas spüren würde, doch nichts geschah. Nur eine sanfte menschliche Wärme ging von ihr aus. Ich war verblüfft.

»Ich habe Paddy gebeten, Dr. Mansholt zu holen«, sprach sie weiter. »Die beiden müssten irgendwann morgen eintreffen.«

Vielleicht war sie ja doch ebenso wenig eine Hexe wie ich!

Am nächsten Tag gegen Mittag stand Paddy strahlend mit einem schönen Stück Hirsch und einem fetten Hasen, der noch warm war, auf der Schwelle der Kate. Begleitet wurde er von einem kleinen, korpulenten Mann, dessen von Müdigkeit schwere Augen freundlich dreinblickten. Als er Beatrix sah, strahlte er über das ganze Gesicht, wobei er ein hervorstehendes Pferdegebiss enthüllte.

»Bea, meine Kleine!«, rief er aus und umarmte die junge Frau. »Ich freue mich so, dass du noch ab und zu an mich denkst!«

»Aber ich denke jeden Tag an Euch!«, verteidigte sie sich lachend. »Doch ich weiß auch, dass Ihr sehr beschäftigt seid. Außerdem ist die Straße nach Auchallater sehr lang und in dieser Jahreszeit wahrscheinlich auch sehr unwegsam.«

»Für dich ist mir kein Weg zu lang oder zu schlecht, das weißt du doch, Bea.«

Beatrix errötete und löste sich aus seinen Armen, um sich dem armen Paddy zuzuwenden, der immer noch mit seinen Gaben hinter dem Arzt stand.

»Danke, Paddy!«, rief sie aus und nahm ihm den Nager und die schöne, fette Keule ab.

»Ich dachte, wenn Ihr Gäste habt, könntet Ihr vielleicht ein paar zusätzliche Nahrungsmittel gebrauchen«, stotterte der Mann. »Daher habe ich mir erlaubt, Euch ein wenig Fleisch zu bringen. Der Kranke wird es sicher gebrauchen können, um wieder auf die Beine zu kommen.«

Er musste ungefähr so alt wie Liam sein. Rot vor Verlegenheit wandte er sich an mich.

»Wie geht es ihm denn? Gestern sah er gar nicht gut aus.«

»Weder besser noch schlechter«, antwortete ich mit einem müden Seufzer. »Das Fieber sinkt einfach nicht.«

Paddy trat von einem Fuß auf den anderen und beobachtete verstohlen die schöne Beatrix, die soeben das Fleisch in den Kamin hängte, um es im Rauch aufzubewahren.

»Das tut mir leid«, murmelte er und sah wieder mich an. »Aber Dr. Mansholt ist ein sehr guter Arzt. Wenn er und Beatrix sich um ihn kümmern, sollte es Eurem Mann in einigen Tagen besser gehen.«

»Ich hoffe es.«

Ich drehte mich zu Liam um. Der Arzt beugte sich bereits über ihn.

»Gut«, fuhr Paddy, an Beatrix gerichtet, fort. »Dann werde ich weiterziehen. Ich komme Dr. Mansholt dann in drei Tagen abholen.«

»Oh! Aber nein, mein lieber Paddy«, rief sie aus. »Ihr werdet doch wenigstens auf eine schöne Tasse Tee bleiben? Ich habe auch noch ein wenig Nusskuchen.«

»Wenn Ihr darauf besteht ... Dann nehme ich gern ein Stück.«

Es sprang in die Augen: Paddy war sehr angetan von ihr, verliebt sogar. Daher ließ ich die beiden Turteltauben allein und trat zu Dr. Mansholt an Liams Lager.

»Hmmm ...«, brummte der Arzt und ließ das Handgelenk des Kranken wieder auf die Decke sinken. »Sein Pulsschlag ist kräftig und regelmäßig. Ich werde einen Aderlass durchführen, um das schlechte Blut herauszuziehen und die Entzündung zurückzudrängen.«

Ich verzog das Gesicht. Dr. Mansholt zog erst Liams eines Augenlid hoch und dann das andere.

»Gegen das Fieber werde ich ihm ein wenig Chinin verabreichen. War ihm während der letzten Stunden übel, oder hat er erbrochen?«

»Nein. Er hat seit zwei Tagen nichts zu sich genommen, daher ...«

»Seit zwei Tagen? Ihr müsst versuchen, ihm ein wenig Kraftbrühe einzuflößen.«

»Beatrix sagt, er leide an einer Lungenentzündung.«

Der kleine Mann richtete seinen massigen Körper auf und lächelte mir zu.

»So ist es. Beatrix wäre eine wunderbare Ärztin«, vertraute er mir mit leiser Stimme an. »Aber Ihr wisst ja ... Frauen ist der Besuch der Universität verboten.«

Er zuckte die Achseln, betrachtete Liam und presste die fleischigen Lippen zusammen.

»Welche Vergeudung von Talent! Sie besitzt eine unschätzbar wertvolle Gabe. Doch weil sie eine Frau ist, bezeichnet man sie abschätzig als Hexe, um sich zu erklären, woher ihr Wissen stammt. Da könnte man mich ebenso gut einen Hexer nennen. Ein Jammer, dass der Mann sich weigert, in der Frau ein Wesen zu sehen, das ihm ebenbürtig und meiner Meinung nach auf manchen Gebieten sogar überlegen ist. Da die Frau nicht die Körperkraft besitzt, um sich unmittelbar mit der grausamen Welt, die sie umgibt, auseinanderzusetzen, entwickelt sie zum Ausgleich ihre geistigen Fähigkeiten, was der Mann häufig vernachlässigt.«

Er wandte mir seinen gewaltigen Bauch zu und kicherte angesichts meiner verblüfften Miene leise und hämisch.

»Gewiss denkt Ihr bei Euch: ›Der Bursche ist doch nicht recht bei Troste!‹ Diesen Blick habe ich in meinem Leben schon mehr als einmal gesehen. Ich weiß, dass ich auf meinem Wege viel Staub aufwirble, sowohl in Wirklichkeit als auch im übertragenen Sinne«, erklärte er schmunzelnd. »So bin ich nun einmal. Ich habe mich stets geweigert, mich den Denkweisen, welche die Gesellschaft uns aufzwingt, zu unterwerfen. Das … engt mich zu sehr ein, versteht Ihr?«

Ich nickte, obwohl ich mir nicht ganz sicher war. Er setzte seine Tirade fort.

»Der menschliche Geist ist das Einzige, das man nicht beherrschen kann. Er ist immer frei. Ihr könnt einen Menschen in Ketten legen, ihn schlagen, ihm drohen, ihn krankmachen, doch seinen Verstand könnt Ihr nicht gefangen halten. Leider ziehen die meisten Menschen es vor, ihren Geist schlummern und andere an ihrer Stelle denken zu lassen.«

Er beugte sich über seine Ledertasche, die neben Liams Lager stand, und zog ein kleines Etui, eine Glasphiole und eine Aderpresse hervor.

»Ich kenne Beatrix schon seit Jahren …«

Es schickte sich an, den Aderlass durchzuführen. Mit einer Kopfbewegung wies er auf eine Schale, die neben einigen zum

Trocknen ausgelegten Torfsoden auf dem Boden stand. Ich reichte sie ihm, und er stellte sie unter Liams Arm, den er auf ein Brettchen gelegt hatte.

»Sieben Jahre, um genau zu sein. Ich befand mich zu Besuch bei einem Freund in Cardiff und hörte, dass dort ein Hexenprozess stattfinden sollte.«

»Ein Hexenprozess?«

Sichtlich verlegen zögerte der Arzt.

»Ja … Ich glaube nicht, dass sie mir böse sein wird, wenn ich Euch davon erzähle.«

»Ihr meint, dass Beatrix der Hexerei angeklagt war?«

»Sie wäre unweigerlich zum Tod auf dem Scheiterhaufen verurteilt worden. Offensichtlich war sie unschuldig. Der Hexerei, meine ich.«

»Was hat sie dann getan?«

»Ihr braucht sie doch bloß anzusehen, Madam. Ihre einzige Sünde ist ihre Schönheit. Ein Geschenk des Himmels, das eine Gabe sein, sich aber auch als ein wahrer Fluch erweisen kann.«

Mit einer schnellen, präzisen Bewegung stach er die scharfe Lanzette in Liams Haut, der angesichts des Schmerzes leicht zusammenzuckte. Ein schmales, schwärzliches Rinnsal sprang hervor und lief in die Schale. Ich betrachtete die kleine Pfütze, die rasch größer wurde, und hatte das Gefühl, dass mir ebenfalls das Blut aus den Adern rann.

»Setzt Euch lieber hin, Madam. Habt Ihr etwas gegessen?«

»Ein wenig.«

»Beatrix bereitet ein wunderbares Hasenragout mit Zwiebeln, das sie mit Thymian und Bier würzt. Ein oder zwei Teller davon würden Euch außerordentlich guttun.«

Er drückte auf den kleinen Einschnitt, um den Aderlass zu beenden, und wischte Liams Arm ab.

Beatrix stellte die Schüssel mit den Eingeweiden des Hasen, den sie abgezogen hatte, einige Schritte vor der Haustür auf einen großen, flachen Stein. Paddy war wieder aufgebrochen, und Dr. Mansholt war mit einigen Krügen zum Bach gegangen, um frisches Wasser zu holen. Neugierig beobachtete ich Beatrix. Sie stieß plötzlich ein Fauchen aus, das an den Schrei eines Raubtiers erinnerte, und drehte sich zu mir um.

»Ich rufe nach Flocon«, erklärte sie.

»Nach wem?«

»Er ist eine Wildkatze. Ich habe ihn im Wald gefunden, als er noch ganz klein war. An diesem Morgen schneite es in dicken Flocken, und das arme Kätzchen war schon ganz damit bedeckt. Daher sein Name, ›Schneeflöckchen‹ in Eurer Sprache. Wahrscheinlich war seine Mutter getötet worden, und er hatte sich auf der Suche nach Nahrung verlaufen. Er war schrecklich mager, daher habe ich ihn mitgenommen, um ihn zu füttern. Einige Monate ist er geblieben, doch dann hat die Natur ihn zu sich zurückgerufen. Eine ganze Weile habe ich ihn nicht wiedergesehen. Dann, eines schönen Tages, als ich im Sonnenschein meine Wäsche an den Bäumen aufgehängt habe, erblickte ich ihn im Unterholz, wo er mich wie ein Raubtier belauerte – das er ja schließlich ist. Zuerst war ich mir nicht sicher, ob er es wirklich war. Deswegen habe ich ein Stück Fleisch auf diesen Stein gelegt, um mich zu vergewissern. Er kam, und es war wirklich mein Flocon: Ich habe ihn an seinem gespaltenen Ohr erkannt. Seitdem kommt er regelmäßig hierher, um sich zu holen, was ich für ihn hinlege.«

Ich trat zur Tür zurück. Beatrix stieß noch einmal ihren Ruf aus. Kurz darauf kam eine herrliche getigerte Katze aus einem schneebedeckten Stechpalmenbusch geschossen und erstarrte. Das Tier war auf der Hut und musterte uns aus seinen gelblichen Augen.

»Komm schon, Flocon! Heute habe ich ein richtiges Festmahl für dich. Mit besten Empfehlungen von Paddy.«

Die Katze witterte, näherte sich dann langsam und schob sich knapp über dem Boden an die Schale heran. Ich bestaunte das herrliche Tier. Die Katze inspizierte den Inhalt des Behältnisses. Offenbar war sie zufrieden, denn sie leerte es und leckte den Boden aus, bis die Schüssel von dem Stein fiel. Als sie sah, dass es nichts weiter für sie gab, strich sie mit der ganzen Anmut, die ihrer Art eigen ist, davon und sprang elegant über einen auf dem Boden liegenden Baumstamm. Dann verschwand sie in den Wäldern.

»So!«, meinte Beatrix lächelnd. »Nun habt ihr Flocons Bekanntschaft gemacht. Ihr habt Glück. Für gewöhnlich flieht er Fremde.«

»Ein prächtiges Tier. Lässt er sich von Euch anfassen?«

»Als er klein war schon. Doch heute wage ich das nicht mehr. Er akzeptiert meine Gegenwart in seinem Revier und beehrt mich im Austausch für eine kleine Gabe gelegentlich mit der seinen. Das ist alles. Er ist eben ein wildes Tier. Das respektiere ich, und so soll es auch bleiben.«

Wir standen noch ein Weilchen da und betrachteten die Natur um uns herum, die unter ihrem winterlichen Mantel schlummerte. Als Beatrix erneut das Wort ergriff, klang sie ernster.

»Hat Dr. Mansholt Euch erzählt, warum ich hier lebe?«

Meine Miene war ihr Antwort genug. Sie schob mich nach drinnen, und wir setzten uns an den Tisch, um die Zwiebeln zu schälen und den Hasen zu zerteilen. Ich übernahm die Zwiebeln.

»Er hat mir in gewisser Weise das Leben gerettet«, begann sie und ergriff ein spitzes Messer. »Hier nennen die Leute mich die ›Hexe‹, und für sie drückt dieser Beiname Achtung aus. Aber in Cardiff war das etwas anderes. Zu jener Zeit stand ich beim Landvogt eines nahe gelegenen Marktfleckens in Diensten.«

Ihr Blick wurde träumerisch, und das Messer hing über dem Gelenk einer Keule in der Luft.

»Daniel Morgan war sehr schön … Ich hatte mich in ihn verliebt. Doch er war seit kurzem mit der Cousine von Mr. Wilson verheiratet, meinem ersten Dienstherren.«

Energisch fuhr das Messer in das Fleisch des Nagetiers.

»Diese Frau war wahrhaftig eine Xanthippe!«, brummte sie und drehte die Keule, um sie aus dem Gelenk zu lösen. »Ich bin zwei Jahre in ihrem Dienst geblieben.«

Das Gelenk gab nach. Zerstreut betrachtete sie den Schenkel, den sie in der linken Hand hielt. Dann warf sie ihn in den Kessel und ging auf den zweiten los.

»Habe ich Euch von Mrs. Wilsons Krankheit erzählt?«

»Ein wenig, ja.«

»Aber ich habe Euch noch nicht berichtet, dass ich versucht habe, sie zu heilen, oder?«

»Nein …«

Sie seufzte. Die zweite Hasenkeule wanderte in den Topf.

»Ich habe sie sehr geliebt. Sie war wie eine Mutter zu meiner Schwester und mir. Vielleicht lag es daran, dass sie keine Kinder hatte … Die Krankheit traf sie wie ein Blitz aus heiterem Himmel. Innerhalb weniger Wochen verschlechterte ihr Befinden sich zusehends. Eines Tages sagte ich mir, dass ich versuchen müsste, ihr zu helfen. Also habe ich es versucht, doch ohne Erfolg. Versteht Ihr, ich bin keine Wundertäterin. Heilen kann ich nur im Rahmen des Möglichen. Wenn der Kranke keinen Lebenswillen mehr besitzt, oder wenn das Übel, das ihn quält, schon zu großen Schaden angerichtet hat, kann ich nichts tun. In ihrem Fall war die Krankheit schon zu weit fortgeschritten.«

»Wusste Mrs. Wilson, was Ihr tatet?«

»Schwer zu sagen. Die meiste Zeit war sie in einer tiefen Lethargie versunken. Doch einmal hat ihre Schwester Madelyn mich ertappt. Sie hat während einer ganzen Sitzung hinter mir gestanden, verdeckt durch eine angelehnte Tür. Dann, als Mrs. Wilson starb, hat sie mich beschuldigt, einen Fluch über sie geworfen zu haben. Natürlich wollte Mr. Wilson von diesen, wie er sagte, ›Eseleien‹ nichts hören. Aber Madelyne, die mich, wer weiß warum, nicht leiden konnte, hat Daniels Frau von ihren ›Erkenntnissen‹ berichtet. Und als diese bemerkte, dass ihr Gatte meine zarten Gefühle erwiderte, begann sie das Gerücht in die Welt zu setzen, ich ließe ihre Milch sauer werden. Sie tat heimlich Essig in den Vorrat in der Milchkammer und schickte eines ihrer Hausmädchen, sie zu holen. Die dumme Gans! Sie verdarb mit Absicht eine große Menge guter Milch, um ihre Vorwürfe zu untermauern. Dann erzählte sie, ich gäbe einen Liebestrank in den Wein ihres Mannes, damit er mir verfalle.«

Mit der flachen Hand schlug sie auf die stumpfe Seite des Messers und trennte den Rumpf des Tieres durch.

»Mit Letzterem befand sie sich nicht ganz im Unrecht, auch wenn ich dazu keines Zaubertranks bedurfte. Daniel und ich waren ein Paar«, gestand sie betrübt. »Wir haben uns wirklich geliebt. Im Übrigen habe ich nicht die geringste Ahnung, wie man einen Liebestrank bereitet.«

Einen Moment lang schloss sie die Augen, und ihre Wangen röteten sich; zweifellos bei dem Gedanken an ihre verlorene Liebe. Dann machte sie sich mit frischem Eifer wieder ans Werk.

»Zu meinem allergrößten Unglück ließ diese Gans sich einfallen, schwanger zu werden. Daniel war vor Freude außer sich. Nicht dass er sie geliebt hätte! Aber mehr als alles andere wünschte er sich Kinder …«

»Sie war immerhin seine Ehefrau«, bemerkte ich.

»Ich weiß … Aber er hat mir gesagt, dass er …«

Sie brach ab, sichtlich aufgewühlt von ihren Erinnerungen.

»Ich war naiv, seinen Versprechungen zu glauben. Sie bekam einen Sohn, eine Frühgeburt. Das Kind war so schwach, und Daniel so erschüttert von der Vorstellung, es zu verlieren, dass ich beschlossen habe, es zu versuchen. Das war der größte Fehler meines Lebens. Dieses Kind war nicht mehr zu retten. Ich wusste, dass Amanda – so hieß Daniels Frau – mich beobachtete. Aber ich war nicht vorsichtig genug, und sie hat mich ertappt, als ich mich über die Wiege beugte. Der Kleine ist zwei Tage später gestorben. Da ohnehin diese Gerüchte über mich im Umlauf waren, dauerte es nicht lange, bis man mit dem Finger auf mich wies. Man warf mir vor, den Säugling getötet zu haben.«

»Und Daniel?

Sie hatte das Fleisch zerteilt, warf die Stücke in den Topf und wischte sich dann die vom Blut klebrigen Hände an ihrer Schürze ab.

»Er hat aufgehört, mich in meiner Kammer aufzusuchen. Ich habe nie erfahren, ob er den üblen Gerüchten Glauben schenkte, oder ob er sich ebenfalls beobachtet fühlte. Seine Frau hätte sicherlich nicht gezögert, ihn der Mittäterschaft anzuklagen … An einem grauen, regnerischen Sonntag kamen sie mich in aller Frühe holen. Ich war noch im Nachthemd, meine Haare ungekämmt. Da ich noch schläfrig war, hatte ich ihnen meine Zimmertür geöffnet und nicht daran gedacht, mich zu bedecken oder ein wenig herzurichten. Und das haben sie dann als Beweis benutzt: Angeblich hatte ich in der Nacht Unzucht mit dem Teufel getrieben. Ich glaube, dass sie genau zu diesem Zwecke so früh am Morgen gekommen sind.«

»Das ist ja vollkommen lächerlich!«, rief ich betroffen aus.

Beatrix raffte die gehackten Zwiebeln zusammen und beförderte sie in den Topf. Dann gab sie drei Zweige Thymian und eine Prise Salz hinzu und goss dann das Ganze mit Bier und ein wenig Wasser auf.

»So, fertig! Dr. Mansholt kann den Topf an den Haken hängen, wenn er zurückkehrt.«

Sie wusch sich die Hände und trat an einen Schrank, aus dem sie eine Flasche alten Portweins nahm.

»Hier, bitte«, sagte sie und goss mir einen Schluck ein. »Ich bewahre ihn für besondere Gelegenheiten auf. Wie Ihr vielleicht erraten könnt, sind diese eher selten. Ich schlage vor, dass wir auf die Gesundheit Eures Gatten trinken.«

»Ja, auf Liams Gesundheit«, sagte ich, und es gab mir einen kleinen Stich ins Herz.

Die Gläser erklangen. Sie nahm wieder Platz und sah mich fragend an.

»Habt Ihr schon einmal einem Hexenprozess beigewohnt?«

»Nein. Hier in den Highlands kommt so etwas nicht oft vor.«

»Woher seid Ihr?«

»Aus Glencoe, in der Grafschaft Argyle.«

»Ach ja ... Ich habe davon gehört ...«

»Hmmm ...«

Sie nippte an dem rubinroten Wein in ihrem Glas und zog die Augen zusammen. Nach kurzem Schweigen setzte sie ihre Erzählung fort.

»Versteht Ihr, wenn die Leute beschließen, Euch der Hexerei anzuklagen, dann schert es sie wenig, ob Ihr schuldig seid oder nicht. Die Menschen wünschen sich einfach das befriedigende Gefühl, die Welt von einem kleinen Teil des Bösen, das in ihr wohnt, befreit zu haben. Sie glaubten, dass sie am Tag des Jüngsten Gerichts dafür belohnt werden, eine Ketzerin und Buhle des Satans verbrannt zu haben. All die armen Mädchen, die den Flammen des Scheiterhaufens nicht entkommen konnten, waren nur Sündenböcke. Die Menschen werfen alle Sünden der Welt, auch ihre eigenen, auf sie. Eine merkwürdige Art, sich seiner Sünden zu entledigen ... Was sie wollen, ist ein Schauspiel.

Man hat mir den Kopf rasiert und mich vor aller Augen ausgezogen. Dann hat man mir einen einfachen Kittel aus grobem Stoff übergezogen, der in Weihwasser und Salz gewaschen war. Offensichtlich hat sich niemand darüber Gedanken gemacht, dass der geweihte Stoff mir nicht die Haut verbrannt hat. Die Leute haben einfach behauptet, ich hätte meine Magie eingesetzt, um mich dagegen zu schützen. Dann hat man mich gefragt, ob ich an die Existenz des Teufels glaube.«

Verächtlich verzog sie ihren hübschen Mund, und ihre Finger trommelten nervös auf den Tisch.

»Eine Fangfrage. Was hättet Ihr geantwortet, Caitlin?«

Sie sah mich ohne mit der Wimper zu zucken an.

»Ich weiß nicht … In einer solchen Lage fällt es schwer, logisch zu denken …«

»Allerdings. Man überlegt, welche Antwort sie hören wollen oder nicht; aber ganz gleich, was Ihr antwortet, es wendet sich gegen Euch. Wenn ich mit nein antworte, ist das ein Fehler, denn in der Bibel heißt es, dass es den Teufel gibt, und daran muss man glauben. Antworte ich mit ja, gestehe ich damit mein Verbrechen.«

»Und was habt Ihr gesagt?«

»Nichts. Ich bin während des ganzen Prozesses stumm geblieben. Das hat sie zutiefst verdrossen. Die Ankläger haben Zeugen auftreten lassen, die ich nicht einmal kannte. Ihr könnt Euch nicht vorstellen, was man mir alles vorgeworfen hat. Angeblich habe ich das Vieh eines Nachbarn getötet, indem ich ein zerstoßenes Schneckenhaus unter das Futter gemischt habe. Ich habe ein Fischerboot zum Kentern gebracht, indem ich einen Sturm beschworen und damit den Tod der sechs Fischer verursacht habe, die sich an Bord befanden. Man hat sogar behauptet, ich hätte einen Pakt mit dem Teufel geschlossen, damit er mir Schönheit schenke, und müsse ihm männliche Säuglinge opfern, um sie zu bewahren …«

»Aber das ist ja furchtbar!«

Dann steckte ich die Nase in mein Glas, denn ich erinnerte mich daran, wie mir ein ähnlicher Gedanke durch den Kopf gegangen war, als ich sie zum ersten Mal gesehen hatte.

»Der Hexenjäger, der mit meinem Fall befasst war, stand in dem Ruf, seine Opfer sehr rasch zu Geständnissen zu bewegen, indem er äußerst überzeugende Mittel anwandte. Wenn man ohnehin weiß, dass es keinen Ausweg mehr gibt, warum soll man dann nicht unter der Folter alles Mögliche gestehen, nur um allem ein Ende zu machen und den Tod zu beschleunigen? Doch ich hatte großes Glück. Dr. Mansholt hat in die Sache eingegriffen. Er hatte an der Untersuchung teilgenommen, da der Richter ein Freund von ihm war. Rasch hatte er erraten, was sich hinter Amanda Morgans bösartiger Anschuldigung verbarg. Am nächsten Tag sollte das Gottesurteil gefällt werden. Ich sollte mich der Folter mit dem spanischen Stiefel unterziehen, die einem langsam die Beine bricht. Wenn ich nicht gestehen würde, kämen die Daumenschrauben, dann die Streckung und schließlich der Scheiterhaufen. Die Einwohner hatten schon begonnen, ihn zu errichten und sangen dazu Psalmen aus der Bibel. Von meiner Zelle aus konnte ich sie hören, und merkwürdigerweise ertappte ich mich dabei, wie ich dazu die Lippen bewegte.«

Ich erschauerte bei dem Gedanken, was man in dem Moment empfinden musste, wenn der Henker mit seiner Fackel den Scheiterhaufen anzündete.

»Dr. Mansholt konnte Richter Caldwell, der im Grunde ein guter Mensch war, aber das Gesetz anwenden musste, überreden, mich freizulassen. Gemeinsam haben die beiden meine Flucht auf eine Weise ins Werk gesetzt, die niemanden belastete. Daniel hat ebenfalls daran mitgewirkt; er hatte wohl ein schlechtes Gewissen. Seitdem habe ich ihn nie wiedergesehen. Dann hat Dr. Mansholt mich hierhergebracht. Dieses Cottage gehört ihm, aber er zieht es vor, in seinem Haus in Auchallater an der Straße nach Braemar zu leben. Er betrachtet mich als seine Adoptivtochter.«

In diesem Moment trat der Doktor ein, als hätte er das Ende ihrer Erzählung abgewartet, ehe er uns unterbrach. Er stellte zwei große Wasserkrüge auf den mit Stroh und Tannennadeln ausgestreuten Boden und klopfte dann seine Stiefel und seine Weste ab.

»Brrr …«, stieß er hervor, so dass der Fettwulst, der über seine

Spitzenhalsbinde quoll, ins Beben geriet. » Ich glaube, ich habe mich ein wenig zu lange am Ufer des Baches aufgehalten.«

»Was habt Ihr dort getrieben?«, fragte Beatrix und hob mit ihren kleinen Händen den schweren Kessel an.

Für ihre Größe besaß sie eine erstaunliche Kraft. Dennoch kam der Doktor ihr zu Hilfe und nahm ihr die Last ab, um sie an den Haken zu hängen.

»Ich habe die Gelegenheit genutzt, einen guten Tabak von den westindischen Inseln zu rauchen«, gestand er lächelnd. »Und Ihr, worüber habt Ihr geplaudert?«

»Ach, über alles und nichts«, gab sie zurück und zwinkerte mir zu. »Wir haben von dem Portwein getrunken, den Ihr mir geschenkt habt, und unsere Bekanntschaft vertieft.«

Ein zufriedenes Lächeln erhellte das Gesicht des Arztes.

»Das ist gut, meine Kleine, das ist sehr schön.«

Dann setzte er sich zu uns, und gemeinsam leerten wir die Flasche.

26

Endlich Licht

Langsam vergingen die drei Tage, die Dr. Mansholt bei uns bleiben sollte. Ich betäubte meine Angst, indem ich Beatrix zur Hand ging. Bei drei Hausgästen in ihrer kleinen Kate fiel ein Übermaß an Arbeit an. Den Rest der Zeit verbrachte ich bei Liam, der sein provisorisches Bett noch nicht verlassen hatte. Ich wusch ihn und flößte ihm Fleischbrühe und Kräuterabsude ein. Durch die Aderlasse und die Pflege war sein Zustand zwar stabil, doch es war nicht die geringste Besserung zu erkennen. Das Fieber sank nicht. Ich spürte, dass der Arzt sich inzwischen ernstliche Sorgen machte.

Die wenigen Stunden, die Liam aus seiner Lethargie erwachte, verbrachte er damit, meine Hand zu halten, sie mit dem Daumen zu streicheln und mich schweigend anzusehen. Während der ersten Tage hatte ich noch versucht, mit ihm zu sprechen. Doch seine Antworten beschränkten sich auf ein einsilbiges Brummen. Ich wusste, dass Colins Tod ihm das Herz zerriss, und versuchte, ihn zu trösten. Doch was konnte ich in einer solchen Situation für ihn tun? Und so beschloss ich, sein Schweigen und seinen Schmerz zu teilen, und hoffte, dass meine Anwesenheit ihm ein wenig Trost schenken würde.

Ich sorgte mich auch um Frances. Wir waren noch zu weit von Inverness entfernt, als dass ich mich allein hätte aufmachen können, um sie zu suchen. Außerdem hatte ich Angst, Liam zurückzulassen. Er schwankte zwischen tiefer Apathie und Fieberfantasien, und ich fürchtete, sein Lebenswille könne ganz erlöschen, wenn ich ihn auch nur einen Tag lang verließ.

Ich warf die Rübe, die ich soeben geschält hatte, in die Schüssel und nahm mir die nächste vor. Schweigend dachte ich über meine verzweifelte Lage nach, als ich hörte, wie Liam sich auf seinem Lager wälzte und im Fieber sprach, und zu ihm stürzte. Trotz der kühlen Luft liefen dicke Schweißperlen über sein bleiches, von dunklen Schatten überzogenes Gesicht. Seine Haut glühte derart, dass ich die Hand nicht darauf liegen lassen konnte.

»Oh mein Gott… Nein! Liam!«

Ich raffte die Röcke und stürmte aus der Kate. Beatrix sah mir verblüfft nach.

»Dr. Mansholt! Dr. Mansholt!«, schrie ich aus vollem Halse.

Draußen war es dunkel. Der Mann tauchte zwischen zwei Bäumen auf und lief so rasch herbei, wie seine Korpulenz ihm das gestattete.

»Was gibt es?«, fragte er keuchend, das Gesicht vor Anstrengung rot angelaufen.

»Es ist mein Mann«, stotterte ich, den Tränen nahe. Er schob mich ins Haus, setzte mich auf einen Stuhl und ging zu Beatrix, die sich bereits über Liam beugte.

»Geh nach draußen und hole Schnee, Bea«, befahl er, nachdem er sich von seinem ernsten Zustand überzeugt hatte. »Wenn es uns nicht gelingt, sein Fieber zu senken, wird es zu einer Konvulsionskrise kommen.«

Vor Entsetzen saß ich wie festgenagelt auf meinem Stuhl und sah zu, wie Beatrix hinausging. Als sie zurückkehrte, trug sie einen ganzen Berg Schnee in ihrer Schürze. Nachdem sie einige Male hin- und hergegangen war, war Liams Körper mit einer dünnen Schneeschicht bedeckt, die mich an ein weißes Leichentuch erinnerte. Als Beatrix ein Kreuz auf seine Stirn zeichnete, erwachte ich aus meiner Erstarrung. Der Gedanke, er könnte sterben, traf mich wie ein Peitschenhieb.

»Was macht Ihr da?«, kreischte ich und sprang auf. »Das könnt Ihr nicht tun! Er ist nicht tot, und er wird auch nicht sterben… Aufhören!«

Ein wenig verschreckt über meinem schroffen Ton wich Beatrix an die Wand zurück. Dr. Mansholt zog mich trotz meiner heftigen Beteuerungen vom Bett fort.

»Kommt, Caitlin. Meine Wissenschaft kann nichts mehr für ihn tun. Geben wir ihn in Beatrix' und Gottes Hände…«

Ich brach in sarkastisches Gelächter aus.

»Gott? Gott? Er hat mich verlassen!«

Verzweifelt versuchte ich, mich loszumachen, um zu meinem Liebsten zu eilen, der im Sterben lag. Ich wollte ihm sagen, wie sehr ich ihn trotz allem, was er mir angetan hatte, liebte; wollte ihm erklären, dass ich ohne ihn nicht leben konnte. Doch eine eiserne Faust hielt mich zurück. Im Vorübergehen ergriff Dr. Mansholt meinen Umhang und stieß mich energisch aus der Kate.

Ich weinte. Ganze Tränenströme vergoss ich, bis sie versiegten. Ich hätte nicht sagen können, wie lange ich unter den wohlwollenden Blicken des Arztes, der nichts mehr ausrichten konnte, hilflos schluchzte. Und es war mir auch gleich. Nichts war mir wichtig.

»Was soll ich nur ohne ihn anfangen?«

Der brave Mann reichte mir sein Taschentuch, und ich putzte mir die Nase.

»Noch weilt er auf dieser Welt, Caitlin. Gott hat ihn noch nicht zu sich gerufen. Vertraut auf Euren Glauben.«

Mein Glaube … Den hatte ich wohl irgendwo auf dem verschlungenen Pfad, den mein Leben seit Ranalds Tod genommen hatte, verloren. Ich lachte höhnisch auf und schnäuzte mich laut.

»Glauben? Aber woran? An wen? An Liam? An Gott? Sie haben mich beide verlassen. Liam kämpft nicht mehr um sein Leben, sondern wartet nur noch auf die Erlösung. Und was Gott angeht, Er hört mich schon lange nicht mehr an. Statt mein Leiden zu lindern, legt Er mir nur unaufhörlich neue Lasten auf. Was habe ich getan? Was habe ich nur getan, um all das zu verdienen?«

Ich hatte das Gefühl, von Finsternis umgeben zu sein; allein in einem kalten, düsteren Abgrund zu versinken.

»Glaubt mir, es hat keinen Sinn, sich den Kopf darüber zu zerbrechen, warum Gott uns all dies Leid auferlegt.«

»Was wisst Ihr schon darüber?«, gab ich bissig zurück.

Er seufzte, und in diesem Ton lag ein solcher Schmerz, dass er niemanden gleichgültig gelassen hätte. Auch er musste großes Leid erlebt haben. Doch mein eigener Schmerz hinderte mich daran, ihn danach zu fragen.

»Warum sagt Ihr, dass Euer Gatte nur noch auf den Tod wartet? Ihr liebt ihn; und er liebt Euch, das sieht man daran, wie er Euch anschaut. Blicke lügen nicht.«

»Seit unser Sohn in Sheriffmuir gefallen ist, haben wir uns schrecklich weit voneinander entfernt. Manchmal glaube ich, dass die Liebe nicht genug ist .«

»Ein klein wenig Liebe genügt schon. Den Rest macht der Glaube aus. Wenn man sich Gott zuwendet …«

»Aber Gott hat uns verlassen! Er hat uns bestraft!«

»Ah, die Frage der Theodizee … Wie kann der allmächtige, gütige Gott die Existenz des Bösen in der Welt zulassen? Wir alle kennen dieses unablässige Schwanken zwischen Zweifel und Vertrauen, Auflehnung und Ergebung, Glaube und Unglaube. Das Problem ist, dass wir stets bestrebt sind, nach einem Grund für unser unverdientes Leid zu suchen. Habt Ihr die Bibel gelesen, Caitlin?«

»Teile davon, sicherlich … Ich bin katholisch.«

»Auf Eure Religion kommt es nicht an. Die Bibel ist für alle gleich. Nur die Menschen beharren stur darauf, sie auf unterschiedliche Weise auszulegen … Kennt Ihr das Buch Hiob?«

Ich blieb stumm, doch er nahm keinen Anstoß daran und fuhr fort.

»Als Hiob erlebte, wie sich unter ihm ein Abgrund von Leid auftat, das er für unverdient hielt, versuchte er, den Grund dafür zu finden. Aber da er ein ehrlicher, gerechter und guter Mann war, fand er keinen. Da rebellierte er gegen diesen Gott, an den er stets blind geglaubt hatte, und forderte Gerechtigkeit. Was hatte er getan, dass ihm so viel Unrecht zustieß? Doch es ist sinnlos, die Wege und Pläne zu ergründen, die Gott für die Menschheit hat. Hiob hat das verstanden. Die Menschen sind unfähig, das Rätsel des Leidens und des Bösen zu lösen. Das Böse ist … die Abwesenheit des Guten. Ohne das Böse gäbe es das Gute nicht. Gott gestattet die Existenz des Bösen; *›ne vult, nec non vult, sed permittit!‹** Warum? Vielleicht, weil selbst im Unglück die Macht des Schöpfers das Beste in uns hervorbringt. Wir dür-

* Gewollt oder nicht, erlaubt ist es. (Anm. d. Übers.)

fen kein Urteil über Gott sprechen, sondern müssen Ihm absolutes Vertrauen schenken. Uns einfach mit unserem Leid und Kummer, unserem Schmerz, unserem Zorn und unserem Zweifel zu Ihm hinwenden. Unser Herz öffnen und das hinnehmen, was ist.«

»Und was hätte ich in diesem Moment davon, wenn ich glauben würde?«, entgegnete ich spöttisch. »Wird der Glaube mir meinen Sohn zurückgeben? Meinen Mann retten?«

Er schüttelte den Kopf.

»Nein. Euer Sohn ist fort. Doch für Euren Gatten gibt es noch ein wenig Hoffnung. Und daran müsst Ihr Euch klammern. Der Glaube … ist wie eine helfende Hand, die uns hilft, das Meer der Schmerzen zu überqueren, die Prüfungen zu bestehen, die uns mutlos machen. Er macht das Leiden einfach nur erträglicher, denn der Schmerz gehört nun einmal zum Leben. Hat nicht jeder Mensch sein Kreuz zu tragen?«

»Das meines Mannes war zu schwer. Er ist daran zerbrochen.«

»Helft ihm, Caitlin. Tragt es einige Schritte mit ihm.«

Mutlos sah ich ihn an und wandte dann den Blick ab.

»Ihm helfen … Wenn man Euch hört, dann klingt das so einfach. Dazu ist es wahrscheinlich zu spät. Wie kommt Ihr überhaupt dazu, solche Reden zu führen? Schließlich seid nicht Ihr es, der leidet.«

Er verzog den Mund.

»Wisst Ihr, auch ich habe mein Teil an Leid erlebt. Ich hatte einst eine Frau, die ich liebte, und vier Kinder, die mein ganzes Glück waren.«

Sprachlos starrte ich ihn durch meinen Tränenschleier an.

»Wir lebten in einer kleinen Stadt in der Nähe von Den Haag, in Holland. Sie sind tot. Ein Unfall, ein törichter Unfall«, murmelte er, in seine schmerzlichen Erinnerungen versunken. »Eine vergessene Kohlenpfanne in der Nähe eines Fensters. Wahrscheinlich haben die Vorhänge Feuer gefangen. Der Brand hat alles vernichtet. Ich war nach Amsterdam gereist, um mir Bücher über Anatomie und Medizin zu besorgen. Als ich zurückkehrte, war nichts mehr da. Von meinem Leben waren nur rauchende Asche und Erinnerungen übrig. Sie waren alle in den Flammen umgekommen. Ich habe mir Vorwürfe gemacht, weil ich fortgefahren war, ich grollte Gott, weil Er mir den Sinn meines Lebens genommen hatte, ich hasste die ganze Welt und die Menschen, die ohne mich fortfuhren zu lachen und sich zu amüsieren. Man hatte mir das Herz aus dem Leibe gerissen, und ich wollte, dass die ganze Welt mit mir litt. Ich vermochte mein Schicksal nicht anzunehmen. Lange irrte ich umher. Ich gab meine Konsultation auf und stürzte mich in die Lektüre, wühlte mich in die Schriften, watete in Ideen, immer auf der Suche nach einem Halt, an den ich mich klammern konnte, um nicht unterzugehen. Ich suchte nach einem Grund für das, was mir geschehen war. In dieser grausamen Welt, die Gott geschaffen hatte, wollte ich nicht länger leben. Also las ich. Sokrates, Plato, die Bibel, den Koran, den Talmud … Auch die Gedanken von Descartes und Erasmus machte ich mir zu eigen. Und aus all diesen Werken über Metaphysik, Philosophie, Theodizee, Theologie und was dergleichen mehr ist, habe ich ein paar kleine Antworten gezogen. Ich habe mir sozusagen ein eigenes Buch über die Welt geschrieben. Sogar Euer höchst brillanter Shakespeare hat mich beeinflusst. Er war ein unruhiger Geist, der sich ebenfalls auf der Suche nach Antworten befand.«

»Ich kenne den *Macbeth*, *Romeo und Julia* und *König Lear*.«

»Ah, *Macbeth*! Ein Drama, so nebelumflossen wie Schottland, mit Blut befleckt und erfüllt von dem Angstgeheul des Königs, den seine Schuld zerfrisst. Ja, ich erinnere mich ganz besonders an eine Szene. Hmmm … Ich glaube, es ist die dritte des fünften Aktes: Darin spricht Macbeth mit dem Arzt über den Zustand seiner Gattin. Ich habe daraus eine Lektion gezogen. Die Königin ist aufgewühlt und kann den schrecklichen Mord an König Duncan nicht vergessen. Macbeth bittet den Arzt, ihr ein Mittel zu geben, das ihren kranken Geist heilt, den Kummer daraus austreibt und ihn reinigt, um sie von ihren Schuldgefühlen zu befreien. Doch der Arzt antwortet ihm, dass der Kranke sich in einem solchen Fall selbst heilen muss. Da begriff ich, dass ich die Medizin für mein Leiden nur in mir selbst finden würde, in meinen eigenen Kräften und Überzeugungen, in meinem Herzen.

Nichts auf dieser Welt konnte mich retten, nur ich selbst. Und erst da habe ich mich mit Gott versöhnt. In den Schriften des Apostels Johannes steht folgender Satz: ›Ich bin die Tür. Wenn jemand durch mich hineingeht, wird er Heil erfahren; er wird hineingehen und herausgehen und Weide finden.‹ Gott zeigt uns den Weg zum Heil. Doch es obliegt uns, ihn zu finden und zu beschreiten, indem wir glauben.«

Lange verharrten wir schweigend unter dem mit einer unendlichen Zahl glitzernder Sterne geschmückten Himmelszelt. Einmal, als ich noch klein war, hatte Tante Nellie mir erzählt, jeder Stern sei die Seele einer Kreatur Gottes. Wenn das wirklich stimmte, dann leuchtete irgendwo über mir Ranalds Seele.

»Caitlin, es gibt immer ein Licht in der Dunkelheit, das uns leitet. Wir müssen es nur finden. Gott hat Euch nicht verlassen; Ihr habt Ihn verlassen. Findet Ihn wieder, dann werdet Ihr auch zu Euch selbst zurückfinden. Sagt Euch, dass alles aus einem bestimmten Grund geschieht, den aber Gott allein kennt. Vertraut auf Ihn.«

Ich zog meinen Umhang enger um die Schultern und schloss die Augen. Also gab es einen Grund für alles … für Ranalds Tod, für Liams Verrat, seine Krankheit … All das hatte einen Sinn. Aber welchen? Das wusste nur Gott. Ich musste Ihm vertrauen … Wahrscheinlich bedeutete das, sein Schicksal anzunehmen.

Über eine Stunde später öffnete sich die Tür der Kate, und Beatrix steckte das blasse Gesicht heraus. Sie bedachte mich mit einem starren Blick und taumelte dann plötzlich. Mir blieb fast das Herz stehen.

»Oh nein … Liam!«

Ich stürzte nach drinnen, wobei ich Beatrix fast umwarf, und blieb sprachlos am Fuße des Strohsacks zu stehen. Liam ruhte auf einem trockenen Laken und war bis zur Taille mit einem anderen zugedeckt. Er war leichenblass. Zitternd, zögerlich kauerte ich mich neben ihm nieder. War er tot? Dann sah ich, wie seine Brust sich leise hob und senkte. Mir war, als finge auch mein eigenes Herz erst jetzt wieder zu schlagen an. Ich streichelte seine durch die Krankheit eingefallenen Wangen; die Haut fühlte sich trocken und kühl an. Das Fieber war beträchtlich gesunken. Ich konnte es kaum glauben. Die Krise war erst einmal vorüber, doch die Nacht war noch nicht zu Ende. Wenigstens hatte ich jetzt wieder ein wenig Hoffnung.

»Liam, *mo rùin*«, flüsterte ich leise. »Vergib mir, so wie ich dir vergebe. Ich liebe dich so sehr …«

Eng an ihn geschmiegt, schlief ich in dieser Nacht auf dem Strohsack und lauschte seinem Atem, der noch ein wenig rasselte, aber leichter und regelmäßiger ging.

Bei Tagesanbruch wartete das Glück auf mich. Ich spürte, wie etwas über meine Wange strich, schlug die Augen auf und begegnete Liams Blick. Er war müde, schwach und abgezehrt, aber durchaus am Leben. Konnte man das als Wunder bezeichnen? Was war geschehen? Hatten Beatrix' Hände das vollbracht? Ich schloss die Augen, um eine Freudenträne zu unterdrücken. Doch dann rollte eine weitere über meine Wange, und noch eine. Ich vermochte mich nicht mehr zurückzuhalten und begann zu weinen. Die Tränen befreiten mich von all meinem Schmerz und reinigten mich von allem meinem Groll. Ich fragte mich, wem ich dafür zu danken hatte; und ich sagte mir, dass Gott der Urheber sein musste; selbst wenn Er ein wenig magische Unterstützung gebraucht hatte. Er gab uns eine zweite Chance. Denn schließlich war Er es doch gewesen, der Beatrix ihre Gabe geschenkt hatte, oder?

Mit großem Bedauern verabschiedete ich mich von Dr. Mansholt, den Paddy am Vormittag abholen kam.

»Sprecht zu Ihm, meine teure Caitlin. Er wird Euch anhören. Wenn Ihr Ihm euer Herz öffnet, werdet Ihr Ihn auch hören. Vergesst die Worte des Apostels Johannes nicht.«

Er küsste mich auf die Wangen und wandte sich dann an Beatrix. Sie hatte bereits begonnen, ein dickes, rundes Huhn zu rupfen, ein Geschenk von Paddy natürlich.

»Bleib ein braves Mädchen, meine kleine Bea. Und füttere diese beiden dort gut«, setzte er lachend hinzu. »Sie müssen ein wenig Fleisch auf die Rippen bekommen.«

»Keine Sorge, dafür sorge ich schon.«

Die nächsten drei Tage verbrachte ich damit, Liam aufzupäppeln. Zu Beginn sträubte sein Magen sich ein wenig, so dass ich die Mengen gut dosieren musste. Doch von Tag zu Tag vermochte er mehr Nahrung bei sich zu behalten. Sein Blick wurde klarer, seine Haut rosiger. Am vierten Tag konnte er aufstehen und, auf meinen Arm gestützt, ein paar Schritte vor die Tür gehen. Am sechsten Tag verlangte er, Colins Grab zu sehen. Das war wohl unvermeidlich gewesen.

»Der Weg ist viel zu weit!«, rief ich energisch.

Ich wusste, dass er durchaus kräftig genug war, um auf den Hügel zu steigen; doch ich fürchtete, die Erkenntnis, dass Colin wirklich tot war, könnte ihn schwer treffen und seine Genesung verzögern.

»Caitlin, wenn du mir nicht zeigst, wo das Grab liegt, dann schwöre ich dir, dass ich allein versuchen werde, es zu finden. Ich fühle mich schon viel besser, ganz bestimmt.«

»Das ist zu gefährlich, du bist noch schwach.«

Der Blick, den er mit zuwarf, verbot mir jeden weiteren Widerstand. Ich kapitulierte und bat Beatrix, uns den Weg zu beschreiben.

Einige Schritte von ihm entfernt wartete ich schweigend und beobachtete ihn verstohlen. Er saß auf einem kleinen, verschneiten Erdhügel und betrachtete mit leerem Blick das Steingrab, unter dem sein Bruder ruhte. Er wirkte ruhig. Seine Locken schimmerten in der Sonne, und er weinte schweigend. Ich wollte sein Bedürfnis, allein zu sein, achten; daher entfernte ich mich und ging zum Rand des Hügelgrats.

Wir waren nun seit mehr als einer Woche hier. Uns lief die Zeit davon. Dank seiner kräftigen Konstitution erholte Liam sich rasch von seiner Krankheit. Sein Appetit war zurückgekehrt. Vielleicht war es an der Zeit, uns wieder auf dem Weg zu machen. Wir hatten Beatrix' Gastfreundschaft und Güte zur Genüge strapaziert. Doch sie klagte niemals, obwohl wir ihr sicherlich ein wenig zur Last fielen. Vielleicht morgen…

Ich hatte das merkwürdige Gefühl, beobachtet zu werden, drehte mich langsam um und sah in Liams blaue Augen. Er stand einige Schritte von mir entfernt; sein Blick wirkte aufgewühlt.

»Geht es dir auch gut?«

Langsam nickte er, sagte aber kein Wort. Ich wollte schon auf ihn zutreten.

»Nein, rühr dich nicht!«, rief er plötzlich.

»Was ist los?«

»Ich will dich ansehen, *a ghràidh*. Wie schön du so bist, wenn dein offenes Haar im Wind weht ... Das letzte Mal, dass ich dich so gesehen habe, war im Schneesturm; und dann im blutroten Wasser eines Baches.«

Seine Miene verdüsterte sich.

»Zuerst habe ich dich für tot gehalten. Das viele Blut im Wasser und auf dem Schnee ... Ich habe dich bis zur Straße getragen, zu den Pferden und zu ... Colin. Donald war spurlos verschwunden. Sein Pferd habe ich an der Straße zurückgelassen, weil ich hoffte, das er entkommen wäre. Dann habe ich euch beide, Colin und dich, über die Sättel gelegt und mich auf den Weg gemacht, um jemanden zu finden, der dich versorgen würde. Du hast wirre Dinge geredet. So viel unzusammenhängendes Zeug kam über deine Lippen, dass ich ernstlich besorgt war. Doch ich fand kein Bauernhaus, da war nichts als Heide und Wald ... Und in diesem verfluchten Sturm konnte ich nichts sehen und bekam keine Luft! Es wurde Nacht, und die Kälte begann mir zuzusetzen. Da habe ich den ...«

»Den Taubenschlag gefunden?«

»Ja.«

Hoch aufgerichtet und breitbeinig stand er da, die Hände im Rücken verschränkt.

»In dieser Nacht, kurz vor dem Einschlummern«, fuhr er fort und trat einige Schritte auf mich zu, »da habe ich wirklich gedacht, um uns sei es geschehen. *Du wirst sie auf dieselbe Weise verlieren wie Anna. Sie wird erfrieren,* sagte ich mir. Ich hatte nicht einmal etwas zum Feuermachen. Doch irgendwie war ich nicht traurig, denn ich wusste, dass ich dir bald auf die andere Seite folgen würde.«

Er kam noch näher; in der Kälte knackte seine Lederweste.

»Aber jetzt bist du hier, direkt vor mir. Und ich …«, sagte er zutiefst bewegt.

Der Schnee knirschte unter den letzten Schritten, die uns jetzt noch trennten. Ich hielt den Atem an, als er mit dem Finger den Umriss meines Mundes nachfuhr und ihn liebevoll betrachtete.

»Oh, *a ghràidh*«, flüsterte er, von Zärtlichkeit übermannt, leise. »Und ich weile immer noch auf dieser Welt …«

Langsam glitten seine Finger in mein Haar und dann auf meinen Nacken. Sanft zog er sich an mich. Mein Herz setzte einen Schlag aus, und ich schloss die Augen. Sein Mund legte sich auf meine Lippen. Ich ließ zu, dass er mich unter meinem Umhang streichelte, und ergab mich dem lange unterdrückten Begehren, das in mir aufstieg und mich zittern ließ. Herrgott! Es war so lange her … Liam rückte ein wenig von mir ab, um wieder zu Atem zu kommen.

»Ich liebe dich so sehr …«

»Ich liebe dich auch, Liam. Ich hatte solche Angst, dich zu verlieren …«

Er drückte mich fest an sich und küsste mich noch einmal, leidenschaftlicher jetzt. Dann sah er mich an, ein rätselhaftes Lächeln auf den Lippen.

»Komm, gehen wir zurück.«

Ein letztes Mal blieben wir vor dem Hügelgrab stehen.

»Wir werden Colin vermissen«, sagte ich leise und drückte seine Hand.

»Ja. Wusstest du, dass er dich immer noch geliebt hat?«

»Ich habe es gewusst. Wahrscheinlich ist er glücklicher dort, wo er jetzt ist.«

»Ja, das denke ich auch. Wenigstens ruht er in schottischer Erde. Das war das Einzige, das er bedauert hat, als er daran dachte fortzugehen: dass er nicht auf der *Eilean Munde* begraben werden würde. Im Frühling komme ich zurück und hole ihn nach Hause.«

Bei unserer Rückkehr fanden wir die Kate verlassen vor. Auf dem Tisch hatte Beatrix eine Nachricht hinterlassen: *Bin beim alten Guthrie, Gicht behandeln. Kalter Schinken und Whisky sind noch da. Komme morgen Vormittag zurück. Holt die verlorene Zeit auf. Alles Liebe, Beatrix.*

Lange sah ich nachdenklich auf die Botschaft. Die verlorene Zeit aufholen … Mit einem Mal stieg Angst in mir auf. Würde ich das fertigbringen? Taktvoll hatte Beatrix sich eine Ausrede einfallen lassen, um ein paar Stunden zu verschwinden und uns die Kate zu überlassen. Ich sah zu Liam auf, der wartend dastand.

»Sie ist bei einem Kranken und wird erst morgen Vormittag zurückkehren.«

Sein Kiefer arbeitete, doch seine Miene blieb unergründlich. Gewiss dachte er dasselbe wie ich.

Wir saßen auf der Bank vor dem Kamin. Zwischen uns herrschte eine gewisse Verlegenheit; wie zwischen zwei frisch Vermählten, die vermuten, was auf sie zukommt, aber nicht recht wissen, wie sie es angehen sollten. Liam sprach sehr wenig und zog es vor, sich die traurige Geschichte von Beatrix und Dr. Mansholt anzuhören, die ich ihm erzählte, doch seine Blicke sagten mehr als tausend Worte, und ich erschauerte bereits unter ihrem zärtlichen Ausdruck. *Du schaffst das schon, Caitlin!*

Zerstreut drehte ich mein leeres Glas zwischen den Fingern. Es fiel herunter und rollte unter die Bank. Ich bückte mich, um es aufzuheben. Liam tat dasselbe, und wir stießen mit der Stirn zusammen.

»Au!«

»Tut mir leid. Alles in Ordnung?«

Er untersuchte meine Augenbraue.

»Im Moment habe ich aber nicht viel Glück mit meinem Kopf … Blute ich?«

Er lachte leise.

»Nein, dieses Mal nicht.«

»Dann ist es ja nicht so schlimm.«

Er rieb mit den Fingern über die kleine Beule, die sich über meinem Auge bildete. Dann küsste er die Stelle.

»So, erledigt«, erklärte er lachend. »Du hast einen so harten Schädel …«

Er unterbrach sich und sah mich ernst an. Sein Blick wurde

eindringlicher und seine Atmung tiefer. Mit der linken Hand hielt er mich an sich gedrückt. Wir wurden uns immer stärker bewusst, dass unsere Körper sich berührten. Mein Herz vollführte einen Trommelwirbel.

»Caitlin …?«

Er ließ die Frage in der Luft hängen, aber sein Blick verriet mir den Rest. Ich schloss die Augen.

»Ja.«

Einem plötzlichen Impuls folgend küsste er mich leidenschaftlich. Wir fielen zu Boden, verhedderten uns in meinen Röcken und rollten unter die Bank.

»Caitlin … Stoße mich nicht zurück …«

»Nein«, stammelte ich, während seine Finger schon ungeduldig an den Bändern meines Mieters nestelten.

Er schimpfte über den Knoten, den er in seiner Eile selbst gezogen hatte; dann stieß er sich den Kopf an der Bank, als er sich aufrichtete, um ihn aus einer anderen Richtung anzugehen. Unwillkürlich lachte ich los. Er tat es mir nach. Es war so gut, gemeinsam zu lachen.

»Diese verflixten Bänder … komm her.«

Er zog mich zum Strohsack, wo ich mich ausstrecken wollte.

»Warte«, sagte er.

Durch seine Wimpern hindurch sah er mich an. Schatten lagen auf seinem ausgemergelten Gesicht, doch er besaß immer noch diesen leidenschaftlichen Blick, der bis in meine Seele drang. Erneut nahm er sich die Bänder vor, und endlich glitt das Mieder von meinen Schultern.

»Herrgott …«

Er legte die Hände über meine Brüste und liebkoste sie zärtlich, bis sich die Warzen verhärteten.

»Sag es mir, Caitlin«, flüsterte er. »Sag mir, dass du mich liebst … Ich möchte es noch einmal hören … Und dass du mich immer noch begehrst …«

»Ja, Liam. Ich begehre dich mehr denn je. Und ich liebe dich …«

Meine Röcke rutschten zu Boden. Dann lagen wir eng umschlungen auf dem Strohsack.

»Herrgott!«, wiederholte er ein ums andere Mal, während er mich mit Küssen bedeckte. »Diese Wartezeit war das Schlimmste, was du mir jemals auferlegt hast, *a ghràidh*.«

Er knabberte an meinem Hals. Ich löste seinen Gürtel und warf zitternd den Kopf nach hinten.

»All diese Nächte, in denen ich neben dir gelegen habe, ohne dich berühren zu können ... Und dann glauben zu müssen, ich hätte dich verloren ...«

Ich nahm sein Gesicht in beide Hände und sah ihn lange an. Bei dem Gedanken, dass er nur um Haaresbreite dem Tod entkommen war, überlief mich ein angstvoller Schauer.

»Jetzt ist es ja vorüber«, stotterte ich und wäre beinahe in Tränen ausgebrochen.

Sein Hemd flog durch die Luft und landete in einer Ecke. Mit bebenden Händen streichelte er mich.

»Du bist immer so weich. Es kommt mir vor, als wäre das letzte Mal Ewigkeiten her. Liebe mich.«

Mit einem Mal wurde mir klar, dass wir uns schon eine ganze Weile berührten und mir noch kein unerwünschtes Bild vor die Augen getreten war. Ein unsägliches Glücksgefühl überkam mich. Ich war frei. Endlich verfolgten meine Dämonen mich nicht mehr!

»Liam ... Liebe mich, ich flehe dich an ... Liebe mich.«

»Aber ich habe niemals aufgehört, dich zu lieben.«

Schelmisch lächelte er mir zu und glitt zwischen meine Schenkel.

»In meinen Gedanken ... habe ich dich geliebt. In all jenen langen, kalten Nächten hast du mich in meinen Träumen gewärmt.«

»Ja, ja!«

Er presste sich an mich und grub die Finger in meine Haut.

»Aber es war nie so gut ... wie jetzt in diesem Moment.«

Federleicht, neckend rieb er sich an mir.

»Liam!«

»Ich liebe es, wenn du meinen Namen stöhnst, während wir beieinanderliegen ... Deine Stimme klingt dann ganz anders ... So sanft ... Wie eine Brise. Oh Caitlin! Mein Wind aus Irland ...«

Mein Körper entflammte in seinen leidenschaftlichen Zärtlichkeiten, wurde verzehrt von der Hitze eines Begehrens, das ich zu lange unterdrückt hatte. Ich zog ihn auf mich und zerschmolz unter seinem gierigen Mund, der sich auf mich stürzte wie ein ausgehungertes Raubtier. Seine stoppligen Wangen schabten köstlich über meine Haut, und mich überliefen erregende Schauer. Ich war nur noch eine willenlose Stoffpuppe in seiner Hand. Keuchend und seufzend ergab ich mich seiner Liebe.

»*A ghràidh* ... Ich brauche dich so sehr ... Wie oft habe ich von diesem Augenblick geträumt ...«

Ich stieß ein leises Seufzen aus, als ich spürte, wie er in mich eindrang, und krallte die Fingernägel in seine angespannten Hinterbacken. Er erbebte, und ich lächelte zufrieden.

»*A ghràidh mo chridhe* ...«, stieß er hervor und begann, sich langsam zu bewegen.

»Bitte«, flehte ich und wölbte den Rücken.

»Nein, warte. Ich möchte es auskosten, dich spüren ...«

Meine Schläfen pochten. Ich schloss die Augen und kostete das Salz unserer Glückstränen auf seinen vor Erregung geschwollenen Lippen. Dann ließ ich mich von der Woge der Lust, die plötzlich in mir aufbrandete, davontragen.

»Oh mein Gott! Liam, ich flehe dich an!«

Er quittierte mein Flehen mit einem zufriedenen Stöhnen. Er wurde immer schneller, je mehr ihn die Erregung überwältigte, und entlockte mir einen Aufschrei, in den sein eigener einfiel.

Lange blieben wir so liegen, Beine und Finger ineinander verschlungen. Ich hörte nur noch das Pochen unserer Herzen. Liam nahm meine Hand, führte sie an die Lippen, um sie zu küssen, und legte sie dann auf seine Brust, die sich noch rasch hob und senkte. Langsam kam ich wieder zu mir. Doch die Gefühle, die sich in mir überschlugen, ließen mich immer noch keinen zusammenhängenden Gedanken fassen, und ich brachte kein Wort heraus. Leer und glücklich ließ ich mich in eine süße Apathie sinken.

»*Seall orm*, schau mich an, *a ghràidh*«, flüsterte Liam.

Sein Atem wärmte meine Haut. Ich sah zu ihm auf. Nein, ich konnte nicht ohne ihn leben. Sein Blick und sein Schweigen drückten besser als Worte aus, was er empfand. Er breitete die Decke über uns.

Ich zitterte vor Kälte, zog die Decke über meine Schulter und drehte mich um. Die Laken waren eiskalt ... und leer. Ich fuhr hoch. Liam war fort.

Ängstlich schrie ich auf und sah mich im Raum um. Da saß er, auf der Bank vor dem Kamin. Er hatte sich sein Plaid übergelegt und sah mich mit ernster Miene an.

»Was machst du dort?«

Mein Herz pochte heftig, meine Stimme zitterte plötzlich vor Panik.

»Ich konnte nicht schlafen. Vielleicht habe ich in den letzten Tagen ein wenig zu viel geruht ...«

Er lächelte mir ein wenig kleinlaut zu.

»Ich wollte nur einen Brocken Torf ins Feuer legen. Da habe ich dich gesehen, wie du auf dem Bett lagst. Aber ich wollte dich nicht wecken ... Und ich wollte dir beim Schlafen zuschauen. Du bist so schön, wenn du schläfst.«

Er lachte. Ich lächelte ihm zu.

»Weißt du, dass du im Schlaf geredet hast?«

Wieder lachte er, und ich fiel ein.

Die Flammen tanzten und warfen ein sanftes, goldfarbenes Licht über ihn. An seinem durch das erzwungene Fasten abgemagerten Körper zeichnete sich seine kräftige Muskulatur ab. Eigentlich hatte er genau das wenige überflüssige Fett verloren, das sich im Lauf der Jahre hinterlistig um seine Mitte gesammelt hatte.

»Mir ist kalt«, jammerte ich genüsslich.

Langsam richtete er seine mächtige Gestalt auf, die ich mit frisch erwachtem Begehren musterte. Seine Narben schimmerten hell; Verletzungen, die das Leben geschlagen hatte. Sie waren wie die Ogam-Schriftzeichen*, die man häufig an Menhiren findet und von denen jedes seine ganz eigene Bedeutung besitzt. Sie stellten eine Art lebender Erinnerung dar. Die Wunden in

* Ogam-Steine wurden ca. vom vierten bis zum sechsten Jahrhundert aufgestellt und mit kurzen Inschriften, meist Namen, versehen. Der größte Teil wurde in Irland gefunden, einige aber auch in anderen Teilen Großbritanniens. (Anm. d. Übers.)

seinem Herzen waren für das Auge unsichtbar, doch ich wusste, dass sie da waren, irgendwo unter diesen kompakten Muskeln und Knochen. Auch sie würden verheilen, wie die anderen. Mit der Zeit.

Einladend schlug ich die Laken zurück. Liam sank neben mir nieder und streifte mich dabei mit seinen langen Haaren und seinen Schenkeln. Dann streckte er sich aus, stützte sich auf einen Ellbogen und legte ein Bein über meine Schenkel. Er ergriff eine Strähne von meinem Haar und begann, sie um seinen Zeigefinger zu wickeln.

»Da ist etwas, von dem ich dir erzählen möchte«, begann er.

»Und was?«

»Ich habe etwas gesehen … Also, ich weiß nicht, wie ich es erklären soll. Es war alles so verschwommen und verworren … Aber ich glaube, ich habe Anna und Coll gesehen.«

Die Härchen an meinem Körper stellten sich auf, und ein eisiger Schauer lief mir das Rückgrat hinunter.

»Wann?«

»Als ich gefiebert habe, am letzten Abend.«

Erschrocken fuhr ich zusammen. Er spürte es, zog mich an sich und drückte mich fest an seine Brust.

»Besitzt sie wirklich eine Gabe?«

»Hmmm?«, gab ich zerstreut zurück.

»Beatrix, meine ich.«

Ich hatte an das Bild denken müssen, das ich mir im Lauf der Jahre von Anna gemacht hatte; ein strahlendes, von langem blonden Haar umgebenes Gesicht. War es möglich, dass er Beatrix mit ihr verwechselt hatte?

»Was hat sie getan?«

»Genau erinnere ich mich nicht. Ich glaube, sie hat die Hände auf meine Brust gelegt und Worte gesprochen … Doch das ist alles ganz verworren, Caitlin. Außerdem konnte ich sie nicht richtig sehen; sie hat mir den Rücken zugekehrt. Ich konnte nur mein Gesicht über ihrer Schulter erkennen …«

»Du hast in dein eigenes Gesicht über ihre Schulter hinweg gesehen? Wovon redest du, Liam?«

Bei seinen Worten überlief mich Gänsehaut, und ich erstarrte.

»Ich habe mich von weitem gesehen, von oben, als ob ich über meinem Körper schwebte …«

Ich spürte, wie er zitterte. War er auf die andere Seite gegangen? Hatte er den Schleier durchschritten, der diese Welt vom Reich der Toten trennt? Hatte er die andere Welt besucht?

»Dann habe ich ein sehr helles Licht gesehen, das mich unwiderstehlich anzog. Und Hände … ja, Hände, die an mir zerrten, um mich von dem Licht wegzuziehen. Ich wollte das nicht; ich fühlte mich so wohl. Und da habe ich ihre Gesichter gesehen, Caitlin. Sie befanden sich in diesem Licht und schauten mich an. Coll … Er hat mir zugelächelt.«

Ich sah zu ihm auf; er hatte die Augen geschlossen, und an seinen Wimpern hing eine Träne. Er schwieg lange, ehe er seine unglaubliche und verstörende Erzählung fortsetzte.

»Ihre Züge waren ein wenig undeutlich. Doch ich wusste, dass sie es waren. Caitlin … Ich hatte vergessen, wie sie aussahen …«, seufzte er, »ich hatte beinahe ihre Gesichter vergessen. Wie konnte ich nur? Coll, mit seinem kleinen, verschmitzten Lächeln … Genau wie Ranald. Meine beiden Söhne …«

»Oh, Liam …«

Mein Herz krampfte sich zusammen.

»Ich glaube … Sie haben versucht, mir etwas zu sagen. Da habe ich verstanden, dass meine Stunde noch nicht gekommen war.«

Er sah, dass ich vor Bestürzung ganz erstarrt war, lächelte mir leise zu und wischte sich die feuchte Wange. Dann zog er mich fester an sich und drückte mir einen Kuss auf die Haare.

»Weißt du, der Tod macht mir jetzt keine Angst mehr«, erklärte er nach kurzem Schweigen ernst. »Man leidet nicht mehr, weder körperlich noch seelisch. Es ist so, als ob … als ob man nur noch ein freier Geist wäre. Das ist wunderbar, Caitlin. Jetzt weiß ich, dass es allen, die gegangen sind, gutgeht und dass sie glücklich sind. Ranald, Colin, Simon …«

Ich erschauerte.

»Warum bist du dann nicht dort geblieben?«, fragte ich ein wenig schroff.

»He, *a ghràidh*!«, rief er aus und drehte mein Kinn, so dass ich ihn ansehen musste.

Wieder schwieg er ein Weilchen. Im schwachen Schein des Feuers, dessen Knistern den Raum erfüllte, schimmerten seine Augen. Darin stand eine solch tiefe Ruhe, dass es mich schon besorgte. Etwas in ihm hatte sich verändert. Er hatte tatsächlich den Schleier durchquert, hinter dem die dunkle Welt liegt.

»Also, wenn du dich so wohl gefühlt hast… Warum bist du dann hiergeblieben?«

Er küsste mich.

»So eilig habe ich es nicht. Ich habe alle Zeit der Welt. Und um die Wahrheit zu sagen…«

Im Halbdunkel leuchteten seine Zähne. Ich fand, dass sie ein wenig raubtierhaft wirkten. Der Jäger war noch hungrig…

»Hier unten ist es auch nicht übel.«

Seine Hand strich über meinen Arm und glitt dann zu meiner Hüfte weiter. Ich streichelte seine silbergrauen Schläfen und ließ meine Hände dann in seinen lockigen Schopf weiterwandern. Liam war mir genommen und dann zurückgegeben worden. *Das ist Glaube, Caitlin.* Ich hatte so sehr darauf gehofft, und Gott hatte mich erhört. Er war zu dem Schluss gekommen, dass Liam auf der Erde noch etwas zu erledigen hatte. Warum? Das wusste Er allein. Ein Gedanke führte zum anderen, und ich überlegte laut.

»Glaubst du, du bist in der Lage, nach Inverness zu reiten?«

»Zweifelst du daran?«

»Nun, du bist abgemagert und hast an Kraft verloren… Der Weg ist noch weit. Und dann noch der Schnee, diese Kälte und die Gefahr, noch einmal einer Abteilung Dragoner zu begegnen…«

»Ja und? Ich bin ein wenig schmaler geworden, das stimmt. Aber ich habe die Gestalt zurückgewonnen, die ich als junger Mann hatte… Und auch meine Kraft.«

Er stieß ein leises, heiseres Lachen aus und wälzte sich auf mich.

»Oh!«, meinte ich verblüfft.

In der Tat, er hatte seine Energie vollständig zurückgewonnen.

»Und deine grauen Haare?«, neckte ich ihn. »Sie sind immer noch da, und wie ich sehe, sogar in größerer Zahl.«

»Ach, die grauen Haare! Verräter! Hmmm… Sagen wir einfach, dass sie ein Zeichen von Weisheit sind. Außerdem musst du zugeben, dass sie mir Charme verleihen.«

»Charme, ja? Und hast du jetzt vor, den zu missbrauchen? Vielleicht sollte ich sie dir einzeln ausreißen!«

Er zog eine entsetzte Miene und prustete dann vor Lachen.

»Dazu wärest du durchaus in der Lage! Aber du wirst sicherlich deine Meinung ändern, wenn sich dir verrate, dass wie bei Samson meine ganze Kraft in meinem Haar wohnt!«

»Ja… Das kompliziert die Dinge ein wenig. Du bist sehr gewitzt, *mo rùin*.«

Er lächelte.

Seine Miene strahlte Heiterkeit und Glück aus, und er sah mich voller Zärtlichkeit an. Gar nicht davon zu reden, dass er mich erneut begehrte, wie ich an meinem Schenkel spüren konnte. Er war da, lag springlebendig in meinen Armen und hüllte mich in eine süße Wärme. Ich schmiegte mich noch fester an ihn.

»Dann behalten wir also die grauen Haare?«

»Ja…«

TEIL ACHT

Schicksal ist das, was uns befällt,
wenn wir gerade nicht damit rechnen.
Tahar Ben Jelloun

27

Ein beschwerlicher Ritt

Das Wetter war besonders mild, und das Gezwitscher der Vögel, die nach den letzten noch an den Ebereschen hängenden Beeren suchten, erfüllte den Wald. Die Pferde waren gesattelt und die Satteltaschen befestigt. Liam hatte sowohl seine Pistolen wie auch Colins Waffe gereinigt und Letztere in die Futterale an meinem Sattel gesteckt. Wir würden durch feindliches Gebiet reiten.

Ungeduldig wartete ich auf Beatrix' Rückkehr. Undenkbar, dass wir aufbrachen, ohne ihr von ganzem Herzen zu danken und sie in die Arme zu schließen. Ich sah auf den Weg, der sich in Serpentinen an der Hügelflanke hinaufschlängelte, und hielt Ausschau nach ihrer zarten, kleinen Gestalt, die auf einem Eselchen ritt. Sie hatte das Tier Amandine genannt, wahrscheinlich weil es so dumm war wie die Frau ihres verlorenen Geliebten. Ich würde sie vermissen; zwischen uns war eine enge Freundschaft entstanden.

Ein paar Häher begannen laut zu krächzen. Dann kam die Silhouette eines Reiters um die Wegbiegung. Ich beschattete meine Augen mit der Hand, denn die weiße Landschaft warf das Sonnenlicht grell zurück. Es war eine Frau, aber nicht Beatrix. Die Unbekannte ritt ein Pferd, und ihr Gesicht war von einem flammenden Haarschopf umgeben. Eine Freundin vielleicht. Kurz darauf erschien hinter ihr eine zweite Gestalt; und dieses Mal erkannte ich Beatrix.

Ich fuhr herum, um zu Liam zu laufen. Er befestigte gerade die letzte Decke, in die er Colins Schwert gesteckt hatte.

»Sie kommt!«

Liam sah zum Weg hin. Augenblicklich ließ er den Sattelgurt

fahren, den er in der Hand hielt, und ein strahlendes Lächeln breitete sich über sein Gesicht.

»Sieh doch, *a ghràidh*!«

Ich folgte seinem Blick. Hinter den beiden Frauen ritten fünf Highlander. Ich hatte mich abgewandt, als ich Beatrix gesehen hatte, und daher den Rest der Truppe nicht bemerkt. Dann erkannte ich ihn. Langes Haar, das so schwarz und schimmernd wie das Gefieder eines Raben war, das Plaid von Glencoe… Mein Herz setzte aus und schlug dann wie rasend weiter. Mein Sohn…

»Duncan?«, flüsterte ich ergriffen.

Seit fast vier Monaten hatte ich ihn nicht gesehen. Ein Schluchzen schnürte mir die Kehle zu.

»Mein Sohn! Es ist Duncan!«

Die Reiter legten das letzte Stück Weges zurück, das sie von der Hochebene, auf der die Kate stand, trennte. Ich rannte los. Duncan sprang vom Pferd und riss mich in die Arme. Meine Freudentränen benetzten seine Schultern.

»Mutter…«, flüsterte er in mein Haar hinein, das er zärtlich streichelte. »Mutter, ich…«

Genau wie ich war er so aufgewühlt, dass ihm die Stimme versagte. Er sprach nicht zu Ende, sondern drückte mich noch einmal an sein Herz. So blieben wir lange stehen. Dann lösten wir uns ein wenig voneinander.

»Oh!«, stieß ich hervor, als ich die Narbe erblickte, die ihn entstellte.

Ich fuhr mit den Fingern darüber und spürte, wie sein Kiefer sich verspannte.

»Es ist nichts, Mutter. Nur ein Kratzer.«

»Ein Kratzer? Aber man hat dir um ein Haar das halbe Gesicht weggeschlagen!«

»Es hätte schlimmer kommen können…«

Als ich seinen traurigen Blick sah, sagte ich nichts weiter. Er lebte, war das nicht genug? Ich trat noch ein Stück zurück, um ihn ganz in Augenschein zu nehmen.

»Es ist wahr, du scheinst bei guter Gesundheit zu sein. Hat sich etwa jemand darum gekümmert, dir den Magen zu füllen?«

Eine verhaltene Bewegung hinter ihm zog meine Aufmerksamkeit auf sich. Duncan hatte es auch bemerkt und wandte sich um. Die junge Frau mit der feuerroten Mähne, die ich zuerst gesehen hatte, lächelte mir schüchtern zu. Merkwürdig, sie erinnerte mich an jemanden. Ihre herrlichen blauen Augen blickten zwischen mir und Duncan hin und her.

»Mutter, ich möchte dir Marion vorstellen.«

Vor Verblüffung blieb mir der Mund offen stehen. Marion? Glenlyons Tochter, in die mein Sohn sich vernarrt hatte …

»Guten Tag«, stammelte sie, sichtlich verunsichert angesichts meiner verblüfften Miene.

Ich klappte meinen Mund wieder zu und setzte ein Lächeln auf, das begütigend wirken sollte.

»Guten Tag.«

Ein verlegenes Schweigen trat ein. Duncan spürte das allgemeine Unbehagen und hielt es für angebracht, die Dinge von Anfang an klarzustellen.

»Sie ist meine Frau, Mutter.«

»Deine … Frau?«, stotterte ich wie vom Donner gerührt.

Er hatte sich ziemlich kurz und bündig ausgedrückt. Was mochte aus Elspeth geworden sein? Wie hatte er ihr das erklärt? Vor Marion mochte ich ihn allerdings nicht danach fragen. Doch jetzt wusste ich wieder, an wen sie mich erinnerte! Meghan! Groß, schmal, katzenhaft. Doch in ihrem Blick lag nichts von der Kälte, die Meghan Hendersons smaragdgrüne Augen ausgestrahlt hatte, und ihre Züge waren … weniger zart, ausdrucksstärker, aber sehr angenehm anzusehen. Besonders, wenn sie lächelte.

Ihr voller Mund verzog sich zu einem freundlichen Lächeln. Sie drückte mir herzlich die Hand und hängte sich dann an Duncans Arm. Mein Sohn war verheiratet … mit der Tochter des Laird von Glenlyon! Ob Liam davon wusste? In diesem Moment spürte ich, wie seine große Hand sich um meine Schulter schloss. Dann umarmten Vater und Sohn einander ebenfalls herzlich.

Das Wiedersehen verlief freudig und unter großem Gelächter. Donald erzählte von seinen Abenteuern nach dem Angriff der Dragoner und seiner überstürzten Rückkehr nach Perth.

»Wie ist es euch gelungen, auf unsere Spur zu kommen?«

»Donald wusste noch ungefähr, wo die Attacke stattgefunden hatte«, erklärte mein Sohn. »Dort haben wir angefangen, die Gegend durchkämmt und den Einwohnern Fragen gestellt. Nach mehreren Tagen hatten wir immer noch keine Spur und dachten schon, ihr wäret auf dem Weg nach Inverness. Wir wollten uns schon dorthin wenden, als ein Mann uns versicherte, er hätte ein paar Männer mit schwer beladenen Pferden gesehen, die hierher unterwegs waren. Und dann sind wir dieser charmanten Dame begegnet«, sagte er und wies auf Beatrix, die von den anderen Männern ohne Unterlass beäugt wurde.

»Ja, ich stelle euch Beatrix Becket vor. Sie hat sich um uns gekümmert und deinen Vater gepflegt«, erklärte ich und trat zu ihr. »Wir werden ihr ewig dankbar sein.«

»Vater war verwundet?«

»Ich war krank«, erläuterte Liam. »Aber jetzt geht es mir besser.«

Duncan reckte den Hals und sah sich um; offenbar suchte er jemanden oder etwas. Seine Miene verdüsterte sich.

»Und Onkel Colin?«

Bis jetzt hatte noch niemand nach ihm gefragt. Aber ich hatte schon bemerkt, dass die Männer diskrete Blicke an uns vorbei geworfen hatten. Liam schüttelte langsam den Kopf. Ein raues Stöhnen entrang sich Duncans Kehle.

»Verflucht und verdammt!«

Donald, der sicherlich schon vermutet hatte, dass die Geschichte für Colin schlecht ausgegangen war, trat näher.

»Ist er in Gefangenschaft geraten?«

»Nein. Er ist gleich nach dem Beginn des Angriffs erschossen worden.«

»Das … das tut mir leid, Liam. Wo ist er begraben?«

»Auf dem Hügelkamm.«

Liam zeigte ihm den Weg, der dorthin führte. Er selbst weigerte sich, noch einmal auf den Hügel zurückzukehren; der Anblick des Cairn wühlte ihn zu sehr auf. Die Männer entfernten sich, um am Grab meines Schwagers Andacht zu halten. Ich nutzte die Zeit, um mich von Beatrix zu verabschieden. Ich dankte ihr von ganzem Herzen und versprach, im nächsten Frühling mit Liam zurückzukehren, um Colins sterbliche Hülle abzuholen. Wirklich, das Schicksal hatte mir diese kleine Frau über den Weg geschickt. Dr. Mansholt und sie waren wie Leuchtfeuer gewesen, die verhindert hatten, dass ich mich in der Finsternis verirrte. Sie hatten mein Leben verändert, und ich würde sie niemals vergessen.

Liam war in der Nähe der Kate stehen geblieben und betrachtete abwesenden Blickes die Kreuzschnäbel, die sich an den Brotkrumen, die Beatrix ihnen täglich hinstreute, gütlich taten. Seine angespannte Miene verriet mir, dass ihn etwas umtrieb.

Die Männer und das Campbell-Mädchen – besser gesagt, die Frau meines Sohnes – kehrten mit ernster Miene zurück. Es war Zeit, sich auf den Weg zu machen. Wir mussten die Cairngorm-Berge passieren. Unsere Route war Gegenstand einer angeregten Debatte gewesen: Sollten wir sie überqueren oder umgehen? Liam hatte die Frage schließlich entschieden. Wir würden einen Bogen um die Berge schlagen. Der Schnee, der sich in den Pässen und Tälern angesammelt hatte, würde womöglich das Vorankommen der Pferde behindern und uns nur noch länger aufhalten.

Das Wasser hatte einen Teil des Schnees, den der Sturm vor einer Woche hinterlassen hatte, zum Schmelzen gebracht und die Straßen unwegsamer gemacht. Die Pferde sanken oft bis über die Sprunggelenke im Schlamm ein und ermüdeten rasch. Indem wir nur kurze Pausen machten, legten wir dennoch etliche Meilen zurück und näherten uns Inverness.

Ich lernte Marions Gesellschaft schätzen und nannte sie bei mir nicht länger das »Campbell-Mädchen«. Abgesehen davon, dass sie meine einzige weibliche Gesprächspartnerin darstellte, war sie mir eine unschätzbare Hilfe bei der Suche nach Nahrung.

Der dritte Tag unserer Reise neigte sich dem Ende zu. Die Männer sammelten so viel Brennmaterial wie möglich, um vor einer Granitwand, welche die Wärme zurückwerfen und uns vor den Winden aus Nordwest schützen sollte, ein Feuer anzuzünden. Marion und ich schnitten wie üblich Astwerk ab, um provisorische Unterkünfte für die Nacht zu errichten. Ich war zum Lager gegangen, wo bereits die Flammen züngelten, und kehrte soeben zurück, als ein Schuss erschallte. Ich hob den Kopf. Die Zeit schien stehen zu bleiben. Ich sah, wie Duncan erbleichte und losrannte, dorthin, wo Marion zuletzt gewesen war.

»Marion!«, schrie er.

Die anderen ergriffen ihre Musketen und Messer und stürzten ihm nach. Ich folgte ihnen. Entsetzt erstarrten wir, als wir eine leuchtend rote Blutspur erblickten. Duncan, der totenbleich geworden war, setzte sich bereits wieder in Bewegung.

Wir folgten der Spur, die einen kleinen Erdhügel umrundete, und blieben angesichts des Bildes, das sich uns bot, wie angewurzelt stehen. Marion hatte die Ärmel bis über die blutbeschmierten Unterarme hochgeschoben und lächelte uns verlegen zu.

»Ah! Das Tier war mir zu schwer, daher …«

»Was in aller Welt …«, brüllte Duncan und stürzte zu ihr.

Er brach abrupt ab, als er die wilde Ziege sah, die hinter seiner Frau im rot gefärbten Schnee lag. Sein Mund blieb offen stehen, und er errötete heftig.

»Ich habe sie zwischen den Bäumen gesehen, und …«

»Marion!«, schrie Duncan und riss sie an sich. »Ich dachte schon …«

»Was hast du gedacht? Dass ich nicht weiß, wie man mit einer Pistole umgeht?«, gab Marion gereizt zurück.

Duncan sah auf die abgeschossene Waffe hinunter, die neben dem Tier im Schnee lag.

»Aber das ist ja meine Pistole! Was hast du damit angestellt?«

»Ich habe mir gedacht, ich könnte vielleicht einen Hasen oder ein anderes kleines Tier aufspüren. Eine Muskete ist so schwer zu schleppen, und … Also …«

Stirnrunzelnd betrachtete sie Duncans mürrische Miene und presste die Lippen zusammen.

»Wenn die Ziege dir nicht zusagt, brauchst du nur etwas anderes zum Abendessen zu jagen.«

»Das ist gar nicht die Frage! Was hast du mit meiner Pistole angestellt?«

Sie warf ihm einen mordlustigen Blick zu und verzog verärgert das Gesicht. Vor Verblüffung standen wir alle sprachlos da. Was zunächst nach einer Tragödie ausgesehen hatte, wuchs sich zu unserer großen Belustigung zu einem Ehestreit aus. Eine Szene, die Shakespeare inspiriert hätte!

»Nun ja, ich habe mit deiner Pistole gejagt!«, entgegnete sie bissig.

»Du gehst auf die Jagd? Bist du noch richtig im Kopf?«

»Was soll das denn heißen? Ich jage, seit ich zwölf war, und ich kann dir versichern, dass ich ganz gut zurechtkomme.«

»Ja, aber …«

Er unterbrach sich, ein wenig verunsichert angesichts der Wendung, welche die Ereignisse genommen hatten.

»Du hättest mir wenigstens Bescheid sagen können, dass du mit meiner Waffe losziehst!«, knurrte er. »Du hättest dir ebenso gut in den Fuß schießen können! Neulich hast du es nicht einmal geschafft, die Pistole gerade auf diesen Häscher aus Argyle zu richten.«

»Das war nicht das Gleiche, du armer Tor! Ich hatte noch nie zuvor auf einen Menschen gezielt … und ich hatte den Eindruck, diese Schwachköpfe hätten auf dich geschossen. Das nächste Mal werde ich mich hüten, dich …«

Der Rest des Satzes blieb ihr in der Kehle stecken. Plötzlich schien sie zu bemerken, dass wir sie alle umstanden. Verärgert musterte sie uns und stieß dann einen schrecklichen Fluch aus, bei dem ich unwillkürlich das Gesicht verziehen musste. Dann drehte sie sich wieder zu Duncan um und warf ihm das Messer, mit dem sie begonnen hatte, das Tier zu häuten, vor die Füße. Mit einem weiteren Fluch stapfte sie in den Wald davon.

Niemand wagte ein Wort zu sagen. Grummelnd und schimpfend schlug Duncan auf den blutgetränkten Schnee ein. Er hob das Messer auf, schaute einen Moment lang darauf herunter und machte sich dann mit einem langgezogenen Seufzer daran, die Ziege auszunehmen.

»Du tätest besser daran, dich ich bei ihr zu entschuldigen, Duncan«, riet ich ihm leise.

Er warf mir einen aufgebrachten Blick zu.

»Mich entschuldigen? Aber wofür denn?«

»Zum Ersten werden wir dank Marion heute Abend etwas zu essen haben …«

»Ich hätte schon etwas anderes aufgetrieben …«

Ich konnte mir ein Lächeln nicht verkneifen. Dennoch fuhr ich fort, ohne auf seine Bemerkung einzugehen.

»Zweitens war es nicht recht, dass du so auf sie losgegangen bist …«

»Mutter«, unterbrach er mich und wandte sich zu mir um. »Ich habe sehr gut verstanden, was du sagen willst. Aber Marion ist meine Frau; das sind meine Angelegenheiten. Wenn du also nichts dagegen hast, werde ich mich jetzt weiter um die Ziege kümmern. Alles andere sehen wir später.«

Hinter mir hörte ich die Männer lachen und bemerkte, dass Duncan sie mit einem finsteren Blick bedachte. Die anderen gaben sich größte Mühe, ihre Heiterkeit zu unterdrücken. Ich begann zu verstehen, warum mein Sohn sich in dieses Mädchen verliebt hatte. Sie besaß einen starken Charakter und ließ sich nichts bieten. Alles in allem gefiel sie mir gut.

Gesättigt und erschöpft saßen wir vor dem Schlafengehen noch ein wenig am Feuer und genossen die Wärme. Liam legte letzte Hand an die Unterstände. Marion, die immer noch verstimmt war, hatte sich gleich nach dem Essen zurückgezogen. Ich hegte den Verdacht, dass mein Sohn sich noch nicht bei ihr entschuldigt hatte. Doch das ging mich nichts mehr an. Duncan hatte sich zu mir gesetzt. Er hatte sich angewöhnt, mir jeden Abend davon zu erzählen, was er seit seinem Aufbruch aus dem Tal Mitte September erlebt hatte.

So hatte ich mir ein wenig erschrocken seinen Bericht von dem Überfall auf das Schiff im Loch Fyne angehört. Die Schilderung seiner Gespräche mit dem Laird von Glenlyon und dem Duke of Argyle hatte mich amüsiert. Doch heute Abend war mein Herz schwer, und ich hatte Tränen vergossen, als er mir von der

Schlacht von Sheriffmuir erzählt hatte. Ihm schien es leichter als Liam zu fallen, darüber zu sprechen. Daher wusste ich nun alles über die tagelangen Märsche, die höllische Ebene, das Lager von Ardoch und Simons Tod.

»Ranalds Tod hat Vater schwer getroffen«, meinte Duncan und sah ins Feuer. »Seitdem ist er nicht mehr er selbst.«

»Du hast recht. Verstehst du, er gibt sich die Schuld daran. Wenn man ohnmächtig den Tod seines Sohnes miterleben muss …«

»Er konnte nichts tun, Mutter. Wir waren zu weit von ihm entfernt. Die Kavallerie hat uns überrannt und alles, was ihr in den Weg kam, niedergemäht … Ich habe ebenfalls versucht, ihn zu retten, aber …«

»Ich weiß, Duncan. Es ist nun einmal geschehen, und wir können nichts mehr daran ändern. Aber Ran wird immer bei uns sein.«

»Ja, du hast ja recht.«

Unruhig knetete er den Saum seines Kilts. Sein Blick wanderte zu den Unterständen, wo Marion schlief und sein Vater soeben noch einige Kiefernzweige befestigte. Offensichtlich lag ihm etwas auf der Seele, doch er brachte es nicht fertig, es anzusprechen.

»Machst du dir Gedanken wegen Marion?«

»Marion? Nein … Ich …«

»Du hast noch nicht mit ihr gesprochen, stimmt's?«

»Nein.«

»Du solltest nicht warten, bis das Fass überläuft, mein Sohn.«

Er schaute mich fragend an.

»Ich meine, dass ihr euren Streit so rasch wie möglich beilegen solltet. Lass nicht zu, dass solche Unstimmigkeiten sich anhäufen.«

»Ich weiß. Morgen.«

»Du liebst sie, nicht wahr?«

»Hmmm … Ja, mehr als ich je für möglich gehalten hätte. Sie ist …«

»Ziemlich dickköpfig?«

Er lachte auf und sah mich aus seinen blauen Augen an.

»Und ihre Zunge ist so scharf wie die Schneide eines Dolchs.«

»Sie ist eben eine Campbell«, meinte ich, um sie in Schutz zu nehmen.

»Ja, ich neige oft dazu, das zu vergessen. Doch merkwürdigerweise erinnern mich alle anderen immer wieder daran.«

»Hast du sie schon mit nach Glencoe genommen?«

Sein Zögern verriet mir, dass da etwas im Argen lag.

»Ja.«

»Und es gab Schwierigkeiten, ist es das?«

Er nickte und begann mit dem Absatz im Schnee zu kratzen. Schon als Kind hatte er das immer getan, wenn er besorgt war. Ich betrachtete sein Profil und seinen kantigen Kiefer mit dem dunklen Bartschatten, den der Feuerschein hervorhob. Die Flammen erhellten die unverletzte Seite seines Gesichts. Ich stellte fest, dass alle kindlichen Rundungen aus seinen Zügen verschwunden waren. Mein Sohn war jetzt ein Mann. Er gehörte mir nicht länger.

Aber hatte er mir jemals gehört? Gott schenkte uns Kinder. Wir liebten sie, wir gaben ihnen zu essen und sahen zu, wie sie unter unserem Schutz heranwuchsen. Und eines Tages verließen sie uns. Doch etwas von ihnen blieb immer in uns zurück. Ich seufzte.

»Willst du mir davon erzählen?«

Er zuckte die Achseln. Sicherlich, er war ein Mann. Doch es bereitete mir ein gewisses Vergnügen, an ihm diese kleinen Eigenheiten wiederzuentdecken, die mich an das Kind erinnerten, das er einmal gewesen war.

»Und Elspeth?«

»Elspeth?«, gab er ein wenig verblüfft zurück.

»Oh ja, du warst schließlich vorher mit ihr zusammen … Erinnerst du dich überhaupt noch? Ich glaube sogar, dass du vor deinem Aufbruch darüber nachgedacht hast, ihr einen Heiratsantrag zu machen. Immerhin gut, dass du es nicht getan hast.«

»Das ist geregelt«, antwortete er einfach. »Sie ist jetzt mit Allan Macdonald zusammen.«

Erstaunt zog ich die Augenbrauen hoch.

»Mit diesem groben Klotz? Also so etwas …«

Dieses Mal gelang es mir, ihn ein wenig aus der Reserve zu locken.

»Ja, sie hat nicht allzu lange um mich geweint. Wahrscheinlich kann sie so ein wenig besser damit leben. Außerdem hatte Allan schon immer eine Schwäche für sie. Er hat sie umschwärmt wie eine Biene eine Blume.«

Er hieb immer noch mit dem Absatz auf den Schnee ein. Ich legte eine Hand auf seinen Schenkel, damit er aufhörte.

»Also, was hast du dann, Duncan?«

Er drehte sich zu mir und sah mich dieses Mal direkt an. Mir wurde das Herz schwer. Ich fand den sorglosen jungen Burschen nicht mehr wieder, der vor einigen Monaten das Tal verlassen hatte. Dieses von der Grausamkeit des Lebens gezeichnete Gesicht gehörte einem Mann, den Prüfungen und die entsetzlichen Kriegserlebnisse verwandelt hatten. Es kam mir vor, als wäre eine Ewigkeit vergangen seit jenem verhangenen Morgen, an dem die Männer unter den Klängen der Dudelsäcke aufgebrochen waren.

»Ich mache mir Sorgen um Vater«, vertraute er mir leise an und sah kurz zu Liam hin.

»Warum?«

»Irgendetwas ist geschehen, Mutter. Ich weiß es, und ich möchte gern, dass du mir sagst, worum es geht. Als er aus Carnoch zurückgekehrt ist, war er nur noch ein Schatten seiner selbst. Das geht mich jetzt vielleicht nichts an, aber ...«

»Allerdings«, antwortete ich ein wenig schroff.

Er zuckte zusammen. Was glaubte er? Und was mochte sein Vater ihm erzählt haben?

»Hat er mit dir darüber geredet?«

»Nein, du kennst ihn doch.«

Dennoch zögerte ich.

»Dein Vater ... hat das Gefühl, schuld am Tod deines Bruders zu sein, und an dem von Simon ...«

»Das ist doch lächerlich!«

»Auch für Annas und Colls Tod fühlt er sich verantwortlich. Und für den seines Vaters und seiner Schwester.«

»Aber warum? Das ist doch länger als zwanzig Jahre her!«

»Ich weiß es nicht ... So ist er nun einmal. Vielleicht braucht er einen Schuldigen, um seinen Zorn auszulassen; und wenn er es selbst ist.«

Mein Sohn schwieg einen Moment und sah in die Ferne. Was sollte ich ihm erzählen? Die Wahrheit? Auf keinen Fall. Doch dann sagte ich mir, dass er es ohnehin erfahren würde. Die Leute redeten immer. Da war es schon besser, wenn er es aus meinem Munde hörte.

»Aber du hast schon recht ... Da ist noch etwas anderes, das deinen Vater umtreibt, Duncan. Er ... Er hatte beschlossen, seinen Schmerz mit jemand anderem als mir zu teilen.«

Verständnislos runzelte er die Stirn.

»Was denn, mit John?«

»Nein, nicht mit John. Wenn es wenigstens so gewesen wäre ...«

»Ich verstehe nicht, Mutter. Alle seine Freunde waren in Perth.«

»Ich war mit Frances nach Dalness geritten; ich wollte ihr helfen, sich in ihrem Haus einzurichten. Dein Vater zog es vor, in Carnoch zu bleiben. Als ich zurückkehrte, habe ... habe ich ihn mit ... Margaret Macdonald angetroffen.«

Langsam begriff er und verzog entsetzt den Mund.

»Ich wage gar nicht auszusprechen, was ich denke ...«, hauchte er.

»Dann sag einfach nichts.«

»Aber Mutter, bist du dir ganz sicher? Wäre es nicht möglich, dass du etwas ganz falsch gedeutet hast?«

»Ob ich mir sicher bin? Sicherer kann man nicht sein, Duncan. Ich habe die beiden zusammen erwischt ... in unserem Bett.«

Ich hatte das Gefühl, einen Kloß in der Kehle sitzen zu haben. Kurz schloss ich die Augen und biss die Zähne zusammen. Vielleicht war es doch keine so gute Idee gewesen, all die schlimmen Erinnerungen wieder aufzurühren. Duncan war vollkommen vor den Kopf geschlagen; mit undeutbarem Blick maß er seinen Vater, der zusammen mit den Mcdonnell-Brüdern immer noch bei der Arbeit war.

»Mutter … Vater und … Ich kann es einfach nicht glauben. Warum hat er das nur getan?«

»Warum? Diese Frage habe ich mir so oft gestellt … Weißt du, es gibt Ereignisse, die Ehepaare fester zusammenschmieden, und andere, durch die sie sich voneinander entfremden. Ranald zu verlieren, hat mir solchen Schmerz bereitet … Darüber habe ich deinen Vater vergessen, und er hat sich jemand anderem zugewandt.«

»Aber er hat mit ihr gelegen!«, empörte er sich.

»Verurteile ihn nicht, Duncan.«

» Aber, Mutter … »

Mit unbewegter Miene sah er noch einmal in Liams Richtung. Was mochte er jetzt von ihm halten? Oder von mir?

»Und ihr seid immer noch zusammen?«

»Ich liebe ihn«, erklärte ich und legte Duncan die Hand auf den Arm. »Gewiss, er hat einen Fehler gemacht. Aber ich kann nicht ohne ihn leben. Als er krank war, stand er an der Schwelle des Todes. Da habe ich begriffen und ihm vergeben. Aber deswegen vergisst man noch nicht, verstehst du? Wir alle machen Fehler, Duncan. Auch ich habe welche gemacht … Und dir wird es nicht anders ergehen, du wirst schon sehen. Wir sind eben alle nur Menschen und deswegen schwach …«

Etwas strich über meinen Nacken, und ich fuhr zusammen. Liam beugte sich über mich und streichelte mir mit einem Finger über die Wange.

»Kommst du schlafen?«, flüsterte er mir ins Ohr.

Duncan sah ihn lange und kalt an. *Nein, Duncan, zürne ihm nicht, das ist meine Sache, nicht die deine.* Er fing meinen Blick auf, lächelte gezwungen und erhob sich.

»Ich glaube, ich sollte nach meiner Frau sehen … Gute Nacht.«

Nachdenklich schaute Liam ihm nach und kauerte sich dann hinter mich, um mich zu umarmen.

»Worüber habt ihr gesprochen?«, fragte er mich argwöhnisch. »Er wirkte bestürzt. Hat er Probleme mit Marion?«

»Hmmm … Dein Sohn ist kein Kind mehr, Liam. Er macht sich inzwischen allerhand Gedanken über das Leben.«

»Ja, wahrscheinlich. Komm, gehen wir.«

Die Sonne ging auf und übergoss den Schnee mit Pastellfarben. Das Licht streichelte ihn zärtlich, ließ den Quarz, der in dem Granit des Bodens eingeschlossen war, aufleuchten und wurde von den Bäumen darüber zurückgeworfen. Tiefe Stille herrschte, ein Balsam für die Seele.

Duncan hatte nicht viel geschlafen. Das Geständnis seiner Mutter hatte ihn stärker aufgewühlt, als er gedacht hätte. Sein Vater sollte ihr untreu sein? Wie war das möglich? Für ein Kind gibt es drei Arten von Menschen: die Erwachsenen, die anderen Kinder und die eigenen Eltern. Letztere macht es sich zu eigen, verehrt sie und hält sie für anders als die anderen Erwachsenen. Die Küsse, die es mit ansieht, haben für ein Kind nichts mit Erotik zu tun. Es kann sich nur schwer, wenn überhaupt, vorstellen wie seine Eltern miteinander liegen. Aber Duncan war kein Kind mehr. Er war ein Mann und betrachtete seinen Vater jetzt als einen Mann wie alle anderen: verletzlich und schwach gegenüber den Versuchungen des Fleisches.

Wie oft hatte er schon Männer erlebt, die ein flüchtiges Vergnügen in den Armen einer anderen Frau als ihrer eigenen suchten, Männer aus seinem Clan, die eigentlich glücklich und immer noch verliebt in die Frau waren, die sie zurückgelassen hatten, fern von der harten Wirklichkeit des Krieges. Suchten sie auf diese Weise ein wenig Trost? Wo hätte man sich auch besser verlieren und seine Sorgen, seine Kümmernisse und seine Angst vergessen können als in den Armen einer Frau? Die Wechselfälle des Krieges machten einen Mann schwach. In Perth hatte er Calum mit einem jungen Mädchen ertappt. Mehrmals hatte er es auf Donalds Lager seufzen und kichern hören, der doch seine Janet über alles liebte.

In den Lagern spreizten die Frauen leicht die Schenkel für einen Kanten Brot oder einfach, um das Unglück und das Elend, das sie umgab, zu vergessen. Er selbst hatte mehrmals solche Angebote erhalten. Aber dieses billige Fleisch hatte ihn nicht in Versuchung geführt. Ohnehin hatte er nur an Marion gedacht. Aber wie würde das in zehn Jahren sein? Oder in zwanzig? Wenn die Leidenschaft einer ruhigen Liebe gewichen war, in der nur ab und zu noch Funken sprühten?

Sein Vater war der Versuchung erlegen. Er hatte den falschen Weg eingeschlagen. Und doch hatte er sich im Lager nie diesen Frauen genähert, die ihre Röcke hochschlugen, um die Soldaten aufzuheitern. Er war nach Carnoch zu der Frau zurückgekehrt, die er wirklich begehrte, doch dann hatte er Trost bei einer anderen gesucht. Der Kummer seiner Mutter ging ihm zu Herzen. Aber sie hatte recht. Es stand ihm nicht zu, ein Urteil über seinen Vater zu fällen.

Doch was ihm Angst und Schrecken einjagte, war die Erkenntnis, dass er ebenfalls seine Schwächen besaß; dass auch er eines Tages eine falsche Entscheidung treffen könnte. Wie würde Marion reagieren, wenn er ihr untreu wäre? Er mochte gar nicht daran denken und hoffte nur, dass so etwas nie geschehen würde.

Eine Feldmaus huschte zwischen seinen Füßen hindurch und trippelte munter davon. Duncan sah, wie eine Wildkatze sich auf leisen Pfoten näherte. Er hielt den Atem an und beobachtete fasziniert, wie das Raubtier sich geschickt an seine Beute anschlich. Lautlos glitt die Katze über den Schnee und schmiegte sich dicht an die Bodenwellen. Dann stürzte sie sich mit einem Satz auf den kleinen Nager, der zwischen ihren Fangzähnen entsetzt aufquietschte. Einen Moment lang sah die Wildkatze, ihr Frühstück im Maul, Duncan direkt in die Augen. Dann lief sie davon und verschwand.

Zerstreut starrte Duncan immer noch auf die Stelle, an der das Tier sich eben noch befunden hatte.

»Ein sehr schönes Tier ...«

»Aaah!«, schrie er auf und fuhr von dem moosbewachsenen Baumstumpf hoch, auf dem er gesessen hatte. »Herrgott noch einmal, Marion!«

Erleichtert hörte er Marion lachen. Sie war ihm nicht mehr böse.

»Du lässt mich erfrieren! Was machst du dort in aller Frühe?«

Sie hob eine Ecke des Plaids, das Duncan sich nachlässig über die Schultern geworfen hatte, glitt darunter und schmiegte sich an ihn, um sich ein wenig zu wärmen. Sie war wirklich ganz durchgefroren. Er erschauerte vor Kälte und Vergnügen.

»Ich konnte nicht mehr schlafen. Ich … ich musste nachdenken.«

»Hindere ich dich daran?«

Er zog sie an sich und küsste sie aufs Haar. Verliebt sah sie zu ihm auf.

»Was quält dich, Duncan?«

Ich frage mich, was du tun würdest, wenn du mich mit einer anderen Frau ertappst …

»Nichts von Bedeutung.«

Ein Häher, der sich über ihnen im Astwerk niedergelassen hatte, kreischte vorwurfsvoll. *Du lügst! Du lügst!* Duncan warf dem unverschämten Vogel einen finsteren Blick zu, doch der krächzte nur noch einmal und erhob sich in die Lüfte.

»Marion, ich … ich muss mich bei dir entschuldigen.«

»*Tuch!* Schon gut. Ich weiß ja, du hattest Angst um mich und dachtest …«

»Ich hatte kein Recht, dich vor den anderen so auszuschelten.«

Sie sagte nichts darauf, sondern schlang nur die Arme um seine Mitte, schmiegte sich an ihn und streichelte seinen Rücken.

Wieder stand ihm das erschütternde Bild von Marion mit ihren blutverschmierten Armen vor Augen. Ja, als der Schuss fiel, war ihm die Angst in die Eingeweide gefahren, und er hatte das … Unvorstellbare vor sich gesehen: Marion, die in ihrem Blut lag. Doch das Blut hatte nur einer Ziege gehört, die anschließend die ganze Gruppe gesättigt hatte.

»Ich liebe dich, Marion.«

Nein, ihm würde das nicht passieren. Niemals wäre er in der Lage, sie zu betrügen, ihr eine andere Frau vorzuziehen.

Am fünften Tag unserer Reise ließ uns das schöne Wetter schnöde im Stich. Am Himmel zogen Wolken auf und drohten, uns mit ihrem Zorn zu überschütten, ihren Kummer über die Torheit der Menschheit über uns auszugießen. Womöglich würden wir bis auf die Knochen durchnässt werden. Für Liam bedeutete das die Gefahr eines Rückfalls. Ich wusste, dass er noch angeschlagen war, obwohl er sich große Mühe gab, seine Schwäche vor mir zu verbergen. Nachts pfiff sein Atem immer noch, eine Nachwirkung seiner Krankheit. Und wenn er sich längere Zeit anstrengte, geriet er leicht ins Schnaufen.

Nach der mühsamen Umgehung des Cairngorm erreichten wir endlich einen Außenposten der Zivilisation und konnten im schäbigen Stroh eines Schweinestalls nächtigen. Nur ein paar von Ungeziefer zerfressene Bretter trennten uns von den Pferden, die sich ihren Platz mit den Hühnern, ein paar Ziegen und einer Kuh teilten. Aber wenigstens waren wir vor den Elementen geschützt. Nach einem frugalen Frühstück aus geschmacklosem, klebrigem Haferbrei, den ich beim Essen lieber nicht allzu genau ansah, traten wir die letzte Etappe unserer Reise an. Je nachdem, wie sich das Wetter heute zeigte, würden wir spätestens bei Einbruch der Nacht die Tore von Inverness erreichen.

Ich hatte bemerkt, dass die Männer aus dem Clan, die uns begleiteten, sich Marion gegenüber inzwischen anders verhielten. Seit der kleinen heiteren Episode um die Ziege versuchten sie, die junge Frau ins Gespräch zu ziehen und waren liebenswürdiger zu der Tochter des Mannes, den sie seit jeher als ihren geschworenen Feind betrachteten. Duncan, den ich mehrmals bei einem verstohlenen Lächeln ertappt hatte, schien das gut zu gefallen.

Wir hatten soeben die enge Schlucht von Slochd Mor durchquert, und mein Magen beklagte sich verzweifelt. Ich hoffte, ihn mir bald in einem der kleinen Weiler, die sich an den Fuß der Hügel schmiegten, füllen zu können. Mit einem Mal tauchte ein paar Schritte vor uns auf der Straße wie aus dem Nichts ein Mann auf. Sein Blick war verstört, sein Bart- und Haupthaar struppig. Wie vom Donner gerührt blieb er stehen und sah uns verblüfft entgegen.

Ein paar Augenblicke lang herrschte Totenstille. Ein Schwarm Raben flog dicht über den kahlen Grat hinweg und verschwand auf der anderen Seite des Hügels. Der Mann trug den scharlachroten Rock der Soldaten der Krone. Ein Ärmel war zerfetzt und der Rest ebenfalls ziemlich ramponiert. Seine weiße Flanellhose, die schon bessere Zeiten gesehen hatte, war mit getrockneten Blutflecken und Schlamm überzogen.

»Ein Hurensohn von einem *Sassanach*!«, knurrte jemand hinter mir.

Ich hörte das metallische Knirschen, mit dem langsam eine Waffe aus der Scheide gezogen wurde, und drehte den Kopf. Liam starrte den Deserteur wie gebannt an; unter seiner totenbleichen Haut zog sein Kiefer sich krampfartig zusammen. Bei dem Anblick bekam ich Gänsehaut.

Der Mann, der inzwischen ausreichend Zeit gehabt hatte, die Kampfkraft von sechs bis an die Zähne bewaffneten Highlandern einzuschätzen, die ihm gegenüberstanden, wich langsam zurück. Zugleich griff er mit zitternder Hand nach seinem Dolch, offensichtlich die einzige Waffe, die er bei sich führte.

Liams Pferd beschwerte sich und schnaubte unruhig. Sein Reiter hob furchterregend langsam und ohne zu zittern sein Schwert. Was stellte er da nur an? Der Soldat war keine Gefahr für uns.

»Liam …,« murmelte ich besorgt.

Er hörte mich nicht, wie geblendet von dem Rotrock, der sich jetzt zur Flucht anschickte. Die anderen wurden ebenfalls nervös. Ich spürte, wie mich ein ungutes Gefühl überkam.

»Liam?«

Dann stieg, so wie ein einschlagender Blitz, sein wilder Schrei über den Steilhängen auf und brachte den Boden zum Beben. Mir blieb fast das Herz stehen. Liam gab seinem Reittier so heftig die Sporen, dass es sich unter der Wucht aufbäumte, und sprengte im gestreckten Galopp davon. Ich sah gerade noch, wie sich die Züge des Soldaten entsetzt verzerrten, und dann nahm er schon die Beine in die Hand, um in die Wälder zu flüchten.

»Was hat er bloß vor?«, rief ich erschrocken aus.

Liam war vom Pferd gesprungen, das er auf der Straße zurückließ, und setzte dem schreienden Flüchtling jetzt zu Fuß nach. Der Abstand zwischen den beiden wurde rasch geringer. Das Raubtier schloss zu seiner Beute auf.

Dann setzte ein Schwerthieb der Flucht des Soldaten ein Ende. Der Schmerzensschrei, den der arme Mann im Sturz ausstieß, ließ mich zusammenfahren.

»Nein, Liam … Hör auf!«

Mit einem Aufschrei wollte ich losstürzen, doch eine eiserne Faust hielt mich fest, und ich fuhr herum.

»Lass, Mutter … Es ist zu spät.«

»Oh mein Gott! Was macht er denn bloß? Und warum? Halt ihn auf, Duncan!«

»Nein, Mutter. Der Mann ist schon tot. Lassen wir ihn gewähren. Er … er braucht das jetzt, glaube ich.«

Mit einer haltlosen Wut, wie ich sie noch nie bei ihm erlebt hatte, hieb Liam weiter auf den Toten ein. Ich wandte mich von der entsetzlichen Szene ab und vergrub mein Gesicht an Duncans Schulter. Eine Woge der Übelkeit drehte mir den leeren Magen um, und ich schmeckte bittere Galle im Mund und auf der Zunge. Plötzlich trat Grabesstille ein. Ich spürte, wie Duncan mich sanft aus seiner Umklammerung entließ.

»Es ist vorbei«, stammelte er nach einer Weile.

Langsam drehte ich mich um. Liam stand immer noch über der Leiche des Deserteurs. Schwer atmend und aus wirren Augen betrachtete er sein Werk. Ich tat einige Schritte auf ihn zu. Die Bewegung riss ihn aus seiner Erstarrung. Er wandte mir sein blutbespritztes, von Wut und Hass verzerrtes Gesicht zu. In seinen Augen las ich nichts als Kummer. Mit einem letzten Aufschrei wirbelte er herum, hob sein Schwert hoch in die Luft und schlug es auf einen Felsvorsprung. Mit einem Knirschen, das durch Mark und Bein ging, brach die Klinge.

Als dies getan war, bedeckte er den Körper mit sauberem Schnee. Dann sank er neben dem Toten nieder und murmelte ein Gebet. Einige Minuten vergingen, während der Rest von uns stumm dastand. Anschließend rieb er sich mit Schnee das Blut von Händen und Gesicht.

»Möge Gott seiner Seele gnädig sein«, sagte Duncan leise und ging zu seinem Pferd.

Liam erhob sich und kehrte zu uns zurück. Als er an mir vorbeischritt, wich er meinem Blick aus. Ich legte die Hand auf seinen Arm und hielt ihn zurück.

»Das hatte dieser Mann nicht verdient!«, hielt ich ihm vor.

Er sah mir unverwandt in die Augen und hielt meinem Blick eiskalt stand. Seine Züge blieben ausdruckslos, und er zuckte mit keiner Faser seines Körpers. Ich erschauerte, als ich mir vorstellte, dass er den Feind gewiss mit demselben unerbittlichen Blick gemessen hatte, bevor er ihn niedermachte, und zitterte bei dem Gedanken, was sein Opfer dabei empfunden haben mochte. Tief sog er die Luft ein, und ein Schauer überlief ihn.

»Ich weiß«, sagte er einfach. »Aber auch Ran und Colin hatten nicht verdient, was ihnen zugestoßen ist.«

Seine Stimme klang hart. Er sah auf seine Hände hinunter, auf denen immer noch Blutspuren klebten. War es das Blut eines Unschuldigen? Er ballte die Fäuste. Dann entspannte sich seine Miene langsam. Ich gab seinen Arm frei, und er ging ruhigen Schrittes zu seinem Reittier. Ich holte tief Luft und schickte mich an, ihm zu folgen.

28

Inverness

Es regnete. Zu Beginn nur ein Nieseln, das sich jedoch, je weiter wir uns der Stadt näherten, zuerst zu einem leichten Regen und dann zu einem ausgewachsenen Guss wandelte. Als wir bei Einbruch der Nacht Inverness erreichten, schüttete es wie aus Kübeln.

Wir wussten, dass die Regierungstruppen die Stadt kontrollierten, und wollten daher so unauffällig wie möglich bleiben. Glücklicherweise wagten sich bei diesem Regen, der wie ein Wasserfall auf uns herabrauschte und die Straßen in Schlammwüsten verwandelte, nicht einmal die Hunde vor die Tür. Meiner Ansicht nach war die erste Stelle, an der wir nach Frances suchen mussten, das Tolbooth; daher drängte ich Liam, uns hinzuführen. Doch war er der Meinung, wir sollten uns zuerst ein Zimmer nehmen und etwas essen. So könnten wir besser überlegen, was wir danach unternehmen wollten. Zufällig befanden sich die drei Orte, die wir aufsuchen mussten, nur jeweils zehn Schritte voneinander entfernt in der Kirk Street.

Allerdings hätten wir uns denken können, dass wir mit den Farben unserer Tartans die missbilligenden Blicke der Stadtbewohner auf uns ziehen würden.

»Wir werden Schwierigkeiten bekommen«, meinte Calum und schob seinen leeren Teller beiseite. »Die Soldaten sind überall, und ich glaube nicht, dass sie uns hier gern sehen werden.«

Wie um seine Worte zu bestätigen warf Mr. Ross, der Besitzer der Taverne, in der wir saßen, uns einen missbilligenden Blick zu. Ich bezweifelte allerdings, ob der Umstand, dass er »dreckigen Jakobiten«, die im Übrigen ihre Zeche mit gutem Geld bezahlten, das Abendessen brachte, den Ruf seiner schäbigen Herberge noch schädigen könnte. Die schmierigen Wände schienen noch nie getüncht worden zu sein; und die Fenster waren derart schmutzig, dass es in dem Gastraum selbst am helllichten Tag dunkel sein musste. Auch die Möbel und das Geschirr befanden sich in einem beklagenswerten Zustand.

»Marion und du, ihr geht zum Tolbooth und zieht Erkundigungen ein«, erklärte Liam nach reiflicher Überlegung. »Calum hat recht. Wir sollten uns nicht allzu offen zeigen. Außer vielleicht, jemand verschafft uns Plaids in den Farben des Fraser-Clans …«

»Pah!«, rief Robin aus. »Da setze ich mich lieber der Gefahr aus, mich in unseren Farben zu zeigen, als den Tartan des Simon Fraser von Lovat zu tragen, dieses gerissenen Halunken! Der Verräter hat in Sheriffmuir die dreihundert Mann seines Clans, die sich dem Prätendenten angeschlossen hatten, zurückgezogen. Er glaubt, indem er dem Haus Hannover dient, verschafft er sich die Gelegenheit, seine Ländereien und seine Titel zurückzuholen, die beschlagnahmt wurden, nachdem die Intrigen, mit denen er sich an die Spitze seines Clans gestellt hat, aufgedeckt wurden. Wenn ihr meine Meinung hören wollt, dann hätte man ihn am besten aufgeknüpft.«

Liam runzelte die Stirn.

»Beruhige dich, mein Alter«, unterbrach er ihn im Flüsterton. »Das sollte ein Scherz sein, und ich rate dir sehr, leiser zu sprechen.«

Ich fand, dass Liam trotz des schwierigen Anliegens, das uns herführte, ziemlich gute Laune hatte. Es war Ewigkeiten her, dass ich ihn hatte scherzen hören.

»Hoppla!«, ließ sich Duncan vernehmen. »Wenn man vom Teufel spricht … Zwei Gentlemen vom Clan der Fraser statten uns einen Besuch ab.«

Mit einer diskreten Handbewegung wies er auf zwei Männer, die soeben in die Taverne getreten waren. Der erste, an dem die gewaltige Statur und der Raubtierblick ins Auge stachen, trug Hosen aus Tartan-Stoff, die eng an seinen mächtigen Schenkeln anlagen. In einem der roten Hosenbänder, die unter seinen Knien verschnürt waren, steckte ein *Sgian dhu*. Unter seinem nachlässig über die Schultern gelegten Plaid platzte eine Weste aus dem gleichen Stoff beinahe aus den Nähten. Auf seinem Kopf saß ein Barett, an dem ein silbernes Wappen steckte.

Der andere, zweifellos sein Leibwächter, hatte das Plaid auf traditionelle Weise drapiert; er trug es als Kilt um die Hüften und hatte den überschüssigen Stoff als Regenschutz über die Schultern geschlungen. Die beiden wandten uns den Rücken zu und sprachen mit dem Wirt, der uns ohne Unterlass verstohlene Blicke zuwarf. An meinem Schenkel spürte ich, wie Liam sich verspannte. Niemand sprach ein Wort. Die Männer blieben nur kurz.

»Lord Lovat in höchsteigener Person!«, hauchte Donald.

»Wir dürfen uns hier nicht aufhalten«, meinte Liam.

Er warf ein paar Geldstücke auf den Tisch, um dem Tavernenbesitzer zu bedeuten, dass wir aufbrachen. Wir wandten uns schon zum Gehen, als der gute Mr. Ross uns sichtlich besorgt anrief.

»Ich habe keine Ahnung, was Ihr hier wollt; aber Ihr müsst die Stadt verlassen.«

Die Männer sahen einander an.

»Wenn Euch die Farbe unseres Geldes nicht gefällt, gehen wir eben woanders hin, Sir«, gab Liam zurück und musterte den schmächtigen Burschen kühl. »Außerdem geht es Euch nichts an, was wir hier tun.«

Mit diesen Worten wandte er sich ab, doch der Mann hielt ihn am Ärmel fest. Den Dolch in der Hand, fuhr Liam herum und packte den anderen am Kragen. Ich hielt die Luft an.

»Ihr irrt Euch, was meine Absichten angeht«, widersprach Mr. Ross lebhaft und verdrehte beim Anblick der Klinge entsetzt die Augen. »Ich wollte Euch lediglich warnen …«

»Warnen?«, gab Donald zurück. »Dass Fraser sich in der Stadt aufhält, wussten wir bereits.«

»Nein, Ihr wisst gar nichts. James Edward … Der Prätendent bereitet seine Flucht vor. Sie steht unmittelbar bevor. Sie werden alle Rebellen hinter Schloss und Riegel stecken … Ihr dürft nicht hierbleiben.«

Liams Kiefer zuckte; dann gab er ihn brüsk frei.

»Euer Name lautet Ross?«

Der Wirt nickte.

»Die Haltung Eures Clans bezüglich des Aufstandes ist reichlich widersprüchlich. Vielleicht könntet Ihr mich ein wenig aufklären …«

»Meine Frau ist eine Mackintosh und verwandt mit dem alten Borlum«, erklärte er. »Ich muss zugeben, dass …«

Er warf einen Blick zu den wenigen Gästen, die noch anwesend waren; doch die schienen vom Alkohol vernebelt zu sein und hätten sich ebenso gut Meilen entfernt aufhalten können.

»Mein Herz schlägt für die Stuarts«, fuhr er in vertraulichem Ton fort.

»Er lügt!«, empörte sich Robin. »Der Prinz ist eben erst eingetroffen. Da kann er doch nicht schon wieder …«

»Er hat vielleicht recht«, schaltete sich Duncan ein. »In Perth gingen Gerüchte um. Einige davon wollten wissen, dass der Aufstand bald zu Ende gehen werde – zu unserem Nachteil.«

»Haltloses Gerede, wenn ihr mich fragt«, bemerkte Robin.

Doch Liam wollte mehr hören.

»Woher habt Ihr diese Informationen, Ross?«

»Vor drei Tagen hat sich an einem meiner Tische ein Mann des Marquess of Huntley, der hier auf der Durchreise war, mit Colonel Walter Fraser unterhalten. Ich konnte nicht umhin, ihr Gespräch mit anzuhören.«

Liam lächelte schief.

»Offensichtlich. Aber was hatte einer von Huntleys Leuten hier zu schaffen? Vielleicht ein Spion im Sold des Feindes?«

Verblüffung malte sich auf Ross' Zügen.

»Dann wisst Ihr es noch nicht? Huntley hat sich zusammen mit einem Teil der Gordons zu ehrenhaften Bedingungen der Regierung ergeben. Seine Frau Henrietta ist Engländerin, daher … Er hat sich unter den Schutz des Earl of Sutherland gestellt. Alexander von Auchintoul hat das Kommando über die Truppen der Gordons, die dem Prinzen treu geblieben sind, übernommen.«

»Dann ist es also wahr …«, murmelte Duncan. »Hat der Earl of Seaforth denn seine Mackenzies ebenfalls an die Regierung verkauft? Er gehörte zu denjenigen, auf die in den Gerüchten mit dem Finger gewiesen wurde.«

»Seaforth? Nein, ich glaube nicht.«

»Hmmm«, meinte Liam und rieb sich das Kinn. »Wenn das so ist, sollten wir nicht länger als nötig hier verweilen und keine Abendgesellschaften abhalten.«

Mr. Ross musterte ihn nachdenklich.

»Eine letzte Frage«, hob Liam nach kurzem Schweigen noch einmal an.

»Wenn ich Euch behilflich sein kann …«

»Welche Herberge könnt Ihr uns empfehlen?«

»Eine befindet sich gleich nebenan, und eine andere an der Straße nach Nairn, am Ausgang der Stadt. Und schließlich gibt es noch eine in der Bridge Street.«

»Bridge Street. Das ist ganz in der Nähe, und angesichts dieses Hundewetters …«

»Eine ist gleich nebenan, Sir«, erinnerte ihn der Wirt.

»Direkt gegenüber dem Tolbooth, wo es von Regierungssoldaten nur so wimmelt? Ihr beliebt zu scherzen.«

»Vielleicht habt Ihr recht … Daran hatte ich nicht gedacht.«

»Also in die Bridge Street. Wie heißt die Herberge?«

»*The Bluidy Rose.*«

»Zur ›Blutenden Rose‹?«

Liam runzelte die Stirn. Hinter mir vernahm ich unterdrückte Heiterkeitsbekundungen.

»Und ihre Geschäfte gehen gut?«, erkundigte er sich skeptisch.

»Aber ja! Macht Euch keine Gedanken wegen des Namens; der geht auf eine alte Geschichte zurück. Es heißt, vor mehr als hundert Jahren habe die Herberge einen Rosengarten besessen. Einer der Rosenbüsche blühte immer schöner als alle anderen. Doch wenn die Frau des Wirtes eine Blüte abschnitt, begann die Rose zu bluten. Natürlich wagte sie nach einer Weile nicht mehr, den Strauch anzurühren. Dann, eines Tages, brachte er keine Blüten mehr hervor, und der Besitzer, der nur zu froh war, ihn loszuwerden, ließ den Busch ausgraben. Da entdeckte man, dass er über einem Kindergrab gepflanzt worden war. Unter dem Grab war eine Schatulle versteckt, in der sich hundert frisch geprägte Pfund Sterling befanden.«

»Hundert Pfund Sterling?«

»Man erzählt sich, das Kind sei ein Bastard Charles' II. gewesen, den er mit einer jungen Dienstmagd aus dieser Stadt gezeugt hatte. Aus ihrem Dienst entlassen und von der Gesellschaft in Acht und Bann getan, soll die junge Frau das Kind ertränkt und zusammen mit dem Geld, das man ihr für seine Erziehung übergeben hatte, in dem Garten vergraben haben. Anschließend hat sie sich erhängt ... Der Wirt hat die Überreste des kleinen Körpers auf dem Friedhof beisetzen lassen und die Schatulle behalten, da ganz offensichtlich niemand Anspruch auf das Geld erheben würde. Und zum Gedenken an diesen Glücksfall nannte er seine Herberge *The Bluidy Rose*. Seine Familie ist immer noch wohlhabend, und der Name ist geblieben. Allerdings heißt es, der Geist der jungen Mutter gehe weiter in der Herberge um und rufe nach dem Kind. Aber ich versichere Euch, dass sie die komfortabelste unter den drei Herbergen ist. Und die junge Frau hat seit ... ihrem Tod nie jemandem etwas zuleide getan.«

»Ein Hausgespenst, eine erhängte Frau und blutspuckende Rosen!«, prustete Donald, als wir die Taverne verließen. »Das ist ein wenig zu viel. Wer möchte dort schon eine Nacht verbringen?«

»Angus und du«, teilte Liam ihm mit.

Augenblicklich hörte Donald zu lachen auf und starrte Liam ungläubig an.

»Machst du dich über uns lustig?«, fiel der andere Betroffene ein.

»Ganz und gar nicht, Angus. Ich muss an unseren Schutz denken«, erklärte Liam vollständig ernst. »Donald und du, ihr werdet dort nächtigen. Ihr werdet Wache halten, um festzustellen, ob die Miliz auftaucht. Ross glaubt, dass wir dort absteigen werden, und ich traue ihm nicht. Er könnte Lust bekommen, jemandem gegen eine Belohnung anzuzeigen, dass wir in der Stadt sind. Wenn etwas vorfällt, kommt ihr sofort zurück.«

»Also, diese Sache mit dem Gespenst ...«, murrte Angus. »Ich bin ja nicht besonders abergläubisch, aber trotzdem ... Dort kann ich bestimmt kein Auge schließen.«

Liam lachte laut und versetzte seinem Freund einen herzhaften Schlag auf die Schulter.

»Umso besser, dann schläfst du während deiner Wache nicht ein, mein Alter.«

»Und vielleicht kann ich dann sogar ein wenig schlummern«, übertrumpfte ihn Donald noch. »Du schnarchst immer wie ein alter Dudelsack, aus dem die Luft entweicht.«

Angus warf Donald einen finsteren Blick zu und marschierte in den sintflutartigen Regen hinaus. Donald folgte ihm, wobei er sich in weiteren Bemerkungen über die vielfältigen Schlafgeräusche seines Kameraden erging. Die beiden umrundeten das Kreuz in der Mitte des Marktplatzes, bogen von der Kirk Street in die Bridge Street ab und waren nicht mehr zu sehen.

»Und nun zu dir, *a ghràidh* …«, flüsterte Liam mir zu.

Er hatte sich zu mir umgedreht. Seine Heiterkeit war einer ernsten Miene gewichen.

»Seid vorsichtig.«

Er küsste mich auf die Stirn und zog mich an sich; dann gab er mich frei und schob mich auf den Eingang des Tolbooth zu.

Ich hob den Kopf und betrachtete niedergeschlagen den schwarzen Turm, der als Gerichtshof und Gefängnis zugleich diente. Im untersten Stockwerk befanden sich zwei Läden, eine Kräuterhandlung und ein Buchladen. Nur ein von zwei Fackeln beleuchtetes Schild, auf dem »Inverness Court House« stand, bezeichnete den Eingang.

»Nun gut«, meinte ich zu Marion, die mir folgte. »Was sein muss, das muss wohl sein …«

Der Gerichtssaal, in dem ein unbeschreibliches Durcheinander herrschte, war verlassen. Umgestürzte oder zerbrochene Stühle lagen und standen rund um ein hölzernes Podium mit einem langen Tisch, an dem wahrscheinlich die Richter präsidierten. Zur Linken erhob sich ein zweites, kleineres Podium, auf dem nur ein einziger Stuhl stand, bestimmt der Platz für den Angeklagten. Ich unterdrückte einen Schauder.

Eine einzige Lampe stand auf einem Schreibtisch in unserer Nähe und erhellte den unheimlichen Raum ein wenig. Waren Frances und Trevor hier vor Gericht gestellt worden?

»Niemand da«, flüsterte Marion mir zu. »Wir müssen morgen wiederkommen.«

Ein dumpfer Knall, der von einem Fluch gefolgt wurde, ließ uns zusammenfahren. Dann tauchte hinter dem Schreibtisch ein blonder Schopf auf, und ein verschlafener Blick taxierte uns. Der Mann gähnte laut.

»Ihr kommt ssspät. Kann ich Euch helfen?«, lispelte er und erhob sich in die Senkrechte.

»Ähem … ja«, gab ich zurück. Das unerwartete Auftauchen des jungen Soldaten hatte mich ein wenig außer Fassung gebracht. »Ich suche jemanden, eine Frau.«

»Eine Frau …«, wiederholte er, als wolle er sich alles einprägen, was ich sagte.

»Meine Tochter«, erläuterte ich. »Angeblich ist sie hier gewesen.«

»Eure Tochter, hier … Nun, wollen mal sehen … In welchem Teil der Stadt hat sie ihre Geschäfte betrieben?«

»Ihre Geschäfte?«

Marion versetzte mir einen leichten Rippenstoß und beugte sich zu mir herüber.

»Ich glaube, er denkt, Eure Tochter wäre eine Hure …«

Empört riss ich die Augen auf.

»Was?«

Der junge Mann sah gelangweilt zu mir auf, gähnte dann noch einmal und gewährte mir einen Blick auf seine prächtigen Rachenmandeln.

»Name?«, fragte er, indem er den Mund wieder zuklappte.

»Frances.«

»Hmmm … Frances, Frances, Frances … Hmmm … Frances, Frances …«

Einen Moment lang hatte ich den Eindruck, er wolle ein Lied auf den Namen komponieren. Er zog ein Register aus dem Schreibtisch, legte es darauf und begann mit offensichtlicher Langeweile darin zu blättern. Schließlich schlug er die Seite mit den letzten Eintragungen auf.

»Familienname?«

»Macdonald.«

Dieses Mal schien er gut verstanden zu haben, denn er wiederholte den Namen nicht, sondern maß uns mit einem eher neugierigen und beunruhigenden Blick.

»Aha!«

Mit einem Finger, an dessen Sauberkeit ich arge Zweifel hegte, fuhr er über die Namensliste und rasselte aufs Geratewohl ein paar davon herunter. Dann kam der Finger auf der vorletzten Seite zum Halten.

»Da haben wir es ja. Frances Macdonald von Glencoe ... siebzehn Jahre ... rotbraunes Haar ...«

»Schon gut! Ich weiß, wie meine Tochter aussieht. Ich möchte wissen, wo sie ist!«, wiederholte ich ein wenig gereizt.

»Wo sie ist ... Wo sie ist ... Mal sehen. Am 23. Dezember letzten Jahren festgesetzt in Lochaber, in Haft genommen in Fort William ... Am 26. hierher verlegt, abgeurteilt am 3. Januar ...«

Er verzog das Gesicht, und mir blieb fast das Herz stehen.

»Esss tut mir leid, Madam ...«

»Was genau tut Euch leid?«

Mir wurden die Knie weich; Marion fasste mich unter, um mich zu stützen. Der junge Soldat rieb sich verlegen das bartlose Kinn.

»Also, das Gericht hat sie ins Loch unter der Brücke gesteckt, Madam. Für sssechs Tage.«

»Ins Loch? Sechs Tage? Aber sie war unschuldig, Herrgott! Warum haben sie das getan?«

Ich war außer mir. Mein Kind ... Meine kleine Tochter ... behandelt wie eine Verbrecherin. Was mochte aus ihr geworden sein? Sechs Tage ... Dann musste sie am neunten Januar freigelassen worden sein. Das war jetzt zwei Wochen her.

»Sie war der Mittäterschaft bei einem Mord angeklagt ... Eingedenk ihres Alters und Geschlechts und des Mangels an Beweisen ... ist die Strafe sehr milde ausgefallen.«

»Aber wo befindet sie sich jetzt?«, gab ich zurück und schrie beinahe.

Hilflos zuckte der Soldat die Achseln.

»Dasss kann ich Euch nicht sagen, Madam. Darüber sssteht nichts im Register.«

Er hob einen Finger, was mich ein wenig beruhigte.

»Ah, aber vielleicht … Ich weiß von einem Pastor, der sich häufig um solch arme Menschen kümmert.«

Konzentriert legte er die Stirn in Falten; dann hellte seine Miene sich auf.

»Ach ja, er heißt Reverend Ssshizolm. William Ssshizolm.«

»William Chisholm … gut, danke.«

Ich wollte mich schon zum Gehen wenden, als mir auffiel, dass ich ganz vergessen hatte, mich nach Trevor zu erkundigen.

»Ich vergaß, Mr. …«

»Muck. Redsssinald Muck.«

»Zusammen mit meiner Tochter ist ein Mann hierher überstellt worden. Ihr Ehemann.«

»Ihr Ehemann? Und sein Name?«

»Trevor Alexander Macdonald.«

»Hmmm … Ja, in der Tat. Sie sind zusammen eingetroffen. Trevor Macdonald ist einen Tag nach Eurer Tochter abgeurteilt worden. Die Fälle sind getrennt behandelt worden. Er war des Mordes an einem Sssoldaten Seiner Majestät König George angeklagt, eines Sssergeanten. Das Urteil lautete … schuldig, und die Strafe … ähem … Tod durch Erhängen, fürchte ich.«

»Oh Gott!«

Ich klammerte mich am Schreibtisch fest; dann fand ich mich mit einem Mal auf einem Stuhl sitzend und mit einem Glas Wasser in der Hand wieder.

»Wann soll das Urteil denn vollstreckt werden?«

»Er ist am 20. Januar aufgehängt worden, Madam. Um Punkt acht Uhr morgens, zusammen mit zwei anderen Delinquenten.«

Kräftige Hände packten mich an den Schultern und schüttelten mich heftig. Von unsagbarem Entsetzen ergriffen, riss ich die Augen auf und keuchte laut. Es war dunkel und feucht. Das Loch … Ich saß zusammen mit Frances im Loch.

»Neiiin, Frances …«

»Ist ja gut, Caitlin«, sagte eine ernste Stimme zu mir.

Das war ja gar nicht Frances. Ein Soldat? Wo war meine Tochter? Und woher kannte dieser Bastard meinen Namen?

»Wo ist Frances? Was habt Ihr mit meiner Tochter gemacht, Ihr dreckiger …?«

»Ganz ruhig, *a ghràidh*, du hattest einen Albtraum.«

Ich schluchzte auf. Meine Augen gewöhnten sich an die Dunkelheit, und jetzt vermochte ich die Konturen von Liams Gesicht zu erkennen. Langsam entspannte ich mich.

»Ich habe gehört, wie sie nach mir rief … Aber ich konnte sie nicht sehen. Sie schien so weit weg zu sein, und so verzweifelt, Liam.«

»Wir werden sie schon wiederfinden«, flüsterte er begütigend. »Morgen machen wir uns auf die Suche.«

»Vielleicht ist sie schon tot!«, rief ich unter Tränen aus. »Mein Gott! Noch ein Kind zu verlieren, das ertrage ich nicht.«

»Sie ist nicht tot«, gab Liam ein wenig schroff zurück. »Wenn sie nach dir gerufen hat, ist das ein Zeichen dafür, dass sie noch lebt.«

»Diese Bastarde haben sie ins Loch gesteckt! Wie hätte sie das überleben sollen?«

»Sie ist stark und genauso dickköpfig wie du. Sie hat sich bestimmt nicht so einfach unterkriegen lassen.«

Er tat mir weh, und ich zappelte, um mich aus seinem Griff zu befreien. Sofort gab er mich frei und ließ sich mit einem unheilverkündenden Knarren neben mir auf die Matratze fallen.

Das Feuer in der Kohlenpfanne war ausgegangen; nur noch ein wenig Glut glomm darin. Wenn Trevors Hinrichtung mir schon fast das Herz brach, dann fragte ich mich, in welchem Zustand sich meine Tochter befinden mochte. Ob sie noch von dem Urteil erfahren hatte, bevor sie ins Loch gewandert war?

Bei dem berüchtigten »Loch« von Inverness handelte es sich um eine kleine Zelle, die unterhalb der Fahrbahn der Brücke über den Ness eingelassen war. Eine gewisse Mary Macbean, die in unserem Tal auf der Durchreise war, hatte mir vor einigen Jahren davon erzählt. Man hatte die arme Frau dort hineingesteckt, weil sie einer Nachbarin Milch und einen Sack ungemahlene Gerste gestohlen hatte. Sie hatte mir erklärt, dort sei es so eng, dass man sich nicht bewegen könne. Allerhöchstens könne man sich zum Schlafen zusammenkauern. Und das unaufhörliche Donnern von Hufen und menschlichen Schritten lasse einem schier den Kopf platzen. Wenn Frances schon von dem Urteil gegen ihren Mann gewusst hatte, als man sie dort einsperrte, mochte das Loch zu ihrem Grab geworden sein.

Liam zog mich an sich, und ich legte die Wange an seine Brust. Ich hörte sein Herz gleichmäßig schlagen, und sein Atem ging tief und beherrscht. Doch ich spürte, dass er ebenso besorgt war wie ich. Beruhigend strich er über mein Haar.

»Morgen suchen wir diesen Reverend auf… Chisholm war sein Name, nicht wahr?«

»Hmmm…«

»Bestimmt hat eine mildtätige Seele sie irgendwo aufgenommen… Wenn sie nicht bereits nach Glencoe zurückgekehrt ist.«

Er schloss mich in die Arme und umgab mich mit seiner Wärme.

»Und du?«, fragte ich leise. »Wie fühlst du dich jetzt?«

Er antwortete nicht gleich, sondern zog mit den Fingern kleine Muster auf meinem Rücken, wobei mich Schauer überliefen.

»Es ist ganz schrecklich, das auszusprechen, aber… Ich fühle mich viel besser seit… nun ja, seit unserer Begegnung mit dem Deserteur.«

Er stieß einen tiefen Seufzer aus und verstummte. Sein regelmäßiger Herzschlag beruhigte mich. Ich war kurz davor, erneut in Morpheus' Arme zu sinken, als ich spürte, wie er sich unter meiner Wange anspannte. Ein wenig benommen hob ich den Kopf, und er schob mich sanft zur Seite.

»Da ist jemand«, flüsterte er und stieg aus dem Bett.

»Wer denn? Wo?«, stammelte ich und richtete mich auf.

Schattenhaft sah ich, wie er das Zimmer durchquerte. Im ersten Morgengrauen schimmerte der Dolch, den er in der Hand trug. Jemand kratzte an der Tür.

»Heh, Liam!«, murmelte jemand auf der anderen Seite.

»Herrgott noch einmal!«

Er öffnete die Tür und ließ einen leicht verlegenen MacEanruigs ein.

»Ist es nicht ein wenig zu früh, um andere Leute aufzuwecken?«, brummte Liam und steckte den Dolch zurück in die Scheide. »Wenn du gekommen bist, um Klage über Angus zu führen, dann schwöre ich dir …«

»Nein, das ist es nicht. Ich befolge nur deinen Befehl. Du hast gesagt, wir sollten kommen, wenn jemand auftauchen würde … Wir hatten Besuch.«

Liam runzelte die Stirn.

»Die Frasers? Dachte ich mir doch, dass dieser verflixte Ross plaudern würde.«

»Aber nein! Es war nicht die Miliz, sondern der Sohn des Bäckers, Ian Mor Mackintosh«, stellte Donald richtig und winkte einen Burschen herein, der, von Angus bewacht, im Korridor wartete.

Ein Junge von dreizehn oder vierzehn Jahren trat ins Zimmer. Er warf mir einen etwas erschrockenen Blick zu und wandte sich dann sofort ab. Liam, der an der Wand lehnte, musterte ihn einen Moment lang. Er zog die Augen zusammen und kratzte sich das Kinn.

»Du hast mich gesucht, junger Mann?«, fragte er, sichtlich neugierig darauf, was der Bursche von ihm wollte. »Was gibt es denn so Wichtiges, dass es nicht bis zum Morgen warten kann?«

Wir befanden uns erst seit wenigen Stunden in der Stadt. Wie konnte der Junge von unserer Anwesenheit wissen? Angesichts der hünenhaften Gestalt Liams, der wieder seinen Dolch gezogen hatte, verdrehte der junge Ian Mor entsetzt die Augen.

»Also … also … ich … Jedenfalls, ich habe etwas gehört …«

Er konnte den Blick nicht von der Waffe losreißen, mit der Liam zu spielen begonnen hatte.

»Vielleicht fängst du einmal damit an, wer dich hergeschickt hat, Kleiner.«

»R … R … Ross, Mr. Ross, der Tavernenwirt, Sir …«

»Ich weiß, wer das ist«, unterbrach Liam ihn leicht gereizt.

Er legte den Dolch hinter sich auf den Tisch und beugte sich vor, damit er dem jungen Mann direkt in die Augen sehen konnte.

»Und welche Nachricht hat Ross dir nun mitten in der Nacht aufgetragen?«

»Na ja, eigentlich schickt er Euch keine Nachricht, sondern … mich.«

»Dich?«

Liam richtete sich auf und sah den Jungen mit frisch erwachtem Interesse an.

»Ich war dabei, mein Brot auszutragen«, begann der Bursche, der sich jetzt einigermaßen gefangen hatte, »und da habe ich ein Gespräch mit angehört.«

»Wo?«

»In Castle Wynd. Einige Männer traten aus einem B … äh, ich meine, aus Madame Rosies Haus. Ich kam gerade aus der Backstube meines Vaters und war im Schatten des Portals stehen geblieben, um abzuwarten, weil ich Angst hatte, sie könnten mir meine Ware stehlen. Sie haben leise gesprochen, aber ich konnte trotzdem verstehen, dass sie von einer Gruppe Söldner redeten. Ich glaube sogar, einer von ihnen gehörte dazu. Diese Söldner waren gerade aus Caitness gekommen und sollten nach Süden reiten, um eine schreckliche Mission durchzuführen.«

»Hmmm … Die wäre?«, drang Liam mit wachsender Neugier in ihn.

»Den Prätendenten zu finden und zu töten«, erklärte Ian Mor.

Donald stieß einen Pfiff aus, und Angus brummte etwas Unverständliches. Liam schwieg einen Moment lang.

»Warum hat Ross dich damit zu mir geschickt?«

»Nach der Kapitulation der Jakobiten in Preston hat man meinen Vater in England ins Gefängnis geworfen, Sir. Er hat unter dem Kommando des alten Borlum gedient. Mr. Ross ist mein Onkel, und ich weiß, dass ich ihm vertrauen kann. Ich habe ihm mein Brot gebracht und ihm dabei davon erzählt. Er dachte, da Ihr zum Clan der Macdonalds gehört … nun ja, da würdet Ihr Seine Majestät vielleicht vor der großen Gefahr, die ihm droht, warnen wollen.«

Liam drehte sich zu mir um und sah dann erneut den jungen Ian Mor an.

»Konntest du die Männer gut sehen? Hast du sie erkannt?«

»Nein, aber ich weiß noch, dass einer von ihnen sich Mackay nennen ließ. Versteht Ihr, es war dunkel. Aber ich bin mir sicher, dass er eine Binde über dem rechten Auge trug. Und so, wie er sprach, gehörte er bestimmt zu diesen Söldnern.«

»Mackay«, murrte Angus. »In diesem Teil des Landes ist der Name so verbreitet wie Macdonald im Westen.«

»Gut«, sagte Liam leise, »du kannst gehen. Wir sorgen dafür, dass der Prinz die Nachricht erhält.«

Der Bursche lächelte. Wahrscheinlich fühlte er sich ebenso froh, uns entronnen zu sein, wie er zufrieden damit war, eine Information weitergegeben zu haben, die möglicherweise das Leben des letzten Nachfahren der Stuarts retten würde. Wie ein Frettchen huschte er eilig zwischen Angus und Donald hindurch und verschwand in dem dunklen Korridor.

Diese Nachricht bestätigte Duncans und Matthews Geschichte über einen möglichen Anschlag auf James Edward Stuart. Aber andererseits musste hinter diesem finsteren Komplott jemand anderer stecken als der Sohn des Duke of Argyle.

»Was hast du jetzt vor?«, fragte ich Liam widerstrebend, denn ich ahnte seine Antwort schon.

»Was ich vorhabe? Was denkst du denn? Mit diesem Wissen können wir nicht einfach nach Glencoe zurückkehren. Wir müssen etwas unternehmen, gütiger Himmel! Etwas anderes bleibt uns gar nicht übrig.«

»Wann wird das alles einmal zu Ende sein?«

»Sobald wir Frances gefunden haben, reisen wir zum Landsitz deines Bruders in die Nähe von Stonehaven. Wir müssen Patrick warnen, und er wird dann so rasch wie möglich einen Boten nach Perth schicken.«

Der Regen hatte aufgehört, auf die steilen Hausdächer der kleinen Stadt zu trommeln. Etwa dreitausend Seelen lebten in den etwa fünfhundert Behausungen, die sich um die vier Hauptstraßen und zahllosen Gässchen, die sie kreuzten und miteinander verbanden, drängten.

Eine schwache Sonne schien vom Himmel, als wir uns auf den Weg machten und das Kreuz auf dem Marktplatz umrundeten.

An diesem Morgen war er dicht bevölkert. Zwei Schiffe hatten ihre kostbare Ladung gelöscht, die jetzt auf dem Pflaster des *clach-na-cuddain* feilgeboten wurde, einem Platz, der eine halb im aufgeweichten Boden versunkene Raute bildete. Das emsige Treiben spielte sich unter den Augen der Wäscherinnen ab, die dort rasteten und den neuesten Gerüchten, die in der Stadt umgingen, lauschten. Zu ihren Füßen standen schwere Körbe mit Wäsche und Gemüse, die sie beide ein wenig weiter unten am Lauf des Ness in dem schlammigen Flusswasser gewaschen hatten. Heulende Kinder hingen an ihren Röcken.

Dies war die tägliche Betriebsamkeit der Stadt, welche die wichtigste Verbindung der östlichen Highlands zur Außenwelt darstellte. Hier veräußerten die Clanchiefs aus der Gegend ihre Rinder, ihre Wolle und ihren Whisky; und hier beschafften sie sich, was das Land nicht selbst erzeugte: Gewürze, Seide, Spitze, Waffen und Munition und französischen Wein, den sie ebenso schätzten wie Bücher vom europäischen Kontinent. Inverness war eine kleine Stadt, doch sie spielte eine wichtige Rolle in der Wirtschaft der Highlands.

Die Straßen waren schmal und dunkel. Die Häuserreihen erhoben sich wie steinerne Mauern und beschatteten sie noch zusätzlich. Die oberen Stockwerke der Häuser ragten hoch über unseren Köpfen auf und schienen in der Luft zu schweben. Sie neigten sich sogar so stark aufeinander zu, dass man Acht geben musste, seinem Nachbarn nicht den Inhalt des Nachttopfes ins Gesicht zu schütten. Daher gingen wir neben unseren Pferden, um nicht solch eine unerwartete Bescherung über den Kopf zu bekommen. Mir fiel auf, dass die Bewohner keine Hemmungen hatten, ihre Lebensphilosophie und ihre moralischen Prinzipien kundzutun, indem sie Maximen, Bibelverse oder andere Texte auf die Fassaden aus rotem Backstein oder auf die gekalkten Mauern schrieben: »Allein der Glaube ist die Rettung!«, »Ein Mann ist das, was er weiß!« oder: »Wer Gewalt durch Gewalt vergilt, verletzt nur das Gesetz, aber nicht den Menschen!«, stand da zu lesen. In diesen Sinnsprüchen erkannte ich die Seele und den Charakter der Schotten wieder: pragmatisch und wenig fantasievoll, aber äußerst praktisch.

Die Menschen, die ihren jeweiligen Beschäftigungen nachgingen, ignorierten uns vollständig und stießen uns im Vorbeigehen sogar an. Ein Aufschrei hallte die Straße entlang; dann kam Bewegung in die Menschenmenge am anderen Ende der Bridge Street.

»Platz machen! Los, auseinander! Lasst den Sheriff durch!«, brüllte ein Mann von einem Karren, der von zwei Ochsen gezogen wurde, herunter.

Liam stieß mich brüsk gegen die Mauer, so dass ich mich zwischen einer gefüllten Regentonne und meinem Pferd eingequetscht wiederfand. Der Karren zog mit nur wenigen Zoll Abstand vorüber, ohne sich um die Menschen auf der Straße zu kümmern.

»Noch ein paar für den Strick!«, brüllte jemand und schwenkte die Faust.

Ich folgte dem hasserfüllten Blick des rotgesichtigen Mannes, der da vom Leder zog, und sah in die ausdruckslosen Augen von drei Männern, die im hinteren Teil des Karrens angekettet waren. Jakobitische Highlander, um genau zu sein, welche die weiße Kokarde der Stuarts am Barett trugen. Neben ihnen standen zwei Soldaten, die sich kaum auf dem rumpelnden Gefährt halten konnten, und hielten sie mit dem Bajonett ihrer Musketen in Schach. Ein vierter Mann lag auf dem Boden des Karrens. Ein Schauer überlief mich. Er trug einen scharlachroten Rock und schien mich aus seinen toten Augen anzustarren. Sein Kiefer hing schlaff herunter, und er hüpfte mit den Stößen des Wagens, der durch die ausgefahrenen Spurrinnen holperte. Sein blutverklebtes, aschblondes Haar wehte im Wind. Ich wandte mich ab.

»Komm weiter«, sagte Liam und zog mich hinter sich her. »Lass uns nicht hierbleiben.«

Reverend Chisholm übte sein Amt in den Mauern der St. John's Chapel in der Kirk Street aus und bewohnte eine Etage des *Innes's Land* genannten Hauses, dessen vorspringende Erkertürmchen uns jetzt überragten. Da wir Montagmorgen hatten, würden wir ihn vielleicht zu Hause antreffen. Ich klopfte an seine Tür, die am oberen Ende einer gefährlich schmalen Wendeltreppe lag. Einige Minuten vergingen. Ich war ganz in die

Betrachtung der vorübergehenden Menschen in der Straße unter mir versunken, als sich die Tür, in die ein winziges, mit einem Gitter versehenes Fensterchen eingelassen war, öffnete. Ein Hüne mit freundlichem Gesicht, das fast vollständig von einem Bart bedeckt war, stand da. Sein kahler Schädel wurde von einem silbrigen Haarkranz gesäumt, der bis auf seine Schultern wallte. Er sah mich an und zwinkerte im hellen Licht mit den Augen.

»Ähem ... Ich suche Reverend Chisholm«, erklärte ich dem Riesen zögernd.

Als ich sein dunkles, schlichtes Gewand und den weißen, gestärkten Kragen des Mannes erkannte, lächelte ich ein wenig töricht. Ich hatte damit gerechnet, einen reservierten, kühlen Geistlichen anzutreffen, klein und dickbäuchig. Aber dieser hier würde seinen Zweck ebenfalls erfüllen.

»Ich bin Pastor Chisholm. Was kann ich für Euch tun, gute Dame?«

»Ich bin auf der Suche nach meiner Tochter Frances«, erklärte ich. »Sie soll vor zwei Wochen aus dem ›Loch‹ freigelassen worden sein, und ich hatte überlegt, ob Ihr ... Jemand hat mir gesagt, Ihr kümmertet Euch um ...«

»Hmmm ... Witwen und Waisen?«

Er legte die großen, behaarten Pranken auf dem Bauch zusammen und runzelte die Stirn.

»Frances Macdonald«, fuhr ich angesichts seiner nachdenklichen Miene fort. »Sie ist ein wenig größer als ich und hat rotbraunes Haar und blaue Augen.«

»Macdonald? Ja, ich glaube, dieser Name sagt mir etwas.«

Sein Blick richtete sich an mir vorbei ins Leere. Dann hellte seine Miene sich plötzlich auf, um sich sogleich wieder zu verdüstern. Aus seinen grauen Augen sah er mich betrübt an, und mir wurde das Herz schwer.

»Ja, ja, ja ... Das arme Kind, sie war in einem furchtbaren Zustand.«

»Wo ist sie jetzt? Wisst Ihr, wohin sie sich gewandt haben kann?«

»Ich habe sie der alten Janet Simpson anbefohlen. Aber ich kann Euch nicht sagen, ob sie sich noch dort aufhält.«

»Und wo lebt diese Janet Simpson?«, fragte ich hoffnungsvoll.

Der Gottesmann mit der imposanten Statur wies mit dem Zeigefinger in Richtung Südwest.

»Etwa zwei Meilen von hier entfernt, in den Hügeln auf der anderen Seite des Ness. Dort findet Ihr am Straßenrand eine Gruppe von kleinen Hütten. Fragt die Leute; sie werden Euch zeigen, in welcher davon sie wohnt.«

»Ich … ich danke Euch«, stammelte ich gerührt.

Er neigte das Haupt, ohne sein mitfühlendes Lächeln abzulegen.

»Mein Kind, ich handle nur nach den Geboten der Heiligen Schrift: Mildtätigkeit, Nächstenliebe und Vergebung. Die armen Schäflein bedürfen oft eines Hirten.«

Die Hütten kamen mir eher vor wie eine Ansammlung von Elendsbehausungen. Die fensterlosen Unterstände mit ihren Wänden aus Stein und Torf gruben sich zur Hälfte in die Flanke des Dunain Hill. Man hätte meinen mögen, dass dort im Nebel, zwischen den Felsvorsprüngen, Pilze aus dem Boden sprossen. Unter den mageren, vom Torffeuer geschwärzten Gesichtern, die uns begegneten, suchten wir nach Frances, doch vergeblich. Ich begegnete nur den neugierigen Blicken von rotznasigen Kindern und den stumpfen Mienen der Erwachsenen. Inverness war von mehreren derartigen Siedlungen umgeben, die von solchem menschlichen Strandgut bewohnt wurden; Menschen, die ihre angestammten Täler verlassen hatten, weil sie glaubten, in der Stadt ein besseres Leben zu finden.

Eine alterslose Frau, die in ein altes Plaid von verblassten Farben gehüllt war, sah mich aus kleinen, flinken Augen an. Doch als ich mich ihr näherte, nahm sie Reißaus und flüchtete in den Eingang ihrer Behausung. Ein quiekendes Schwein kam herausgeschossen, dem ein kleines Mädchen mit nackten, schlammverschmierten Füßen nachrannte.

»Janet Simpson?«, fragte ich einfach und blieb auf Abstand.

Die Frau nickte und sagte etwas zu dem kleinen Mädchen, das uns argwöhnisch musterte. Duncan kramte in einer seiner Satteltaschen und zog einen Brotkanten hervor, den er vor sich hinhielt.

»Wo wohnt bitte Janet Simpson?«, fragte er jetzt ebenfalls.

Die Frau beäugte die Gabe begierig.

»*Mairead, faigh an t-aran*!, kreischte sie. Margaret, hol dir das Brot!

Das ließ das Mädelchen sich nicht zweimal sagen. Doch Duncan hob den Kanten hoch, so dass die hungrigen kleinen Händchen ins Leere griffen.

»*Càit'a bheil an thaigh aice*?«, beharrte er. Wo ist ihr Haus?

Die Frau warf uns einen finsteren Blick zu und wies dann mit dem Finger den Hügel hinauf, wo ein wenig abseits von den anderen eine weitere Hütte stand.

»*Thall an-sin*.« Dort.

»*Tapadh leat*, danke sehr«, sagte Duncan mit seinem schönsten Lächeln.

Das Mädchen riss ihm den Kanten aus der Hand und rannte mit seiner kostbaren Beute nach drinnen, dicht gefolgt von der Frau.

Vor der verkommenen Behausung saß eine alte Frau, die auf ihrer Bank zu schlummern schien. Keine Spur von Frances. Liam warf mir einen sorgenvollen Blick zu, stieg ab und trat auf sie zu.

»Mein Gott«, murmelte Duncan Marion zu, die offenbar entsetzt über den Dreck und die Armut war, »ich frage mich wirklich, in welchem Zustand wir sie wiederfinden werden.«

Die Frau musste seine Stimme gehört haben. Sie schlug zuerst ein milchiges, blindes Auge auf und dann das zweite, das ein schönes Bronzegrün aufwies. Dann zog sie eine Augenbraue hoch, richtete sich auf und musterte uns misstrauisch. Liam blieb einige Schritte vor ihr stehen.

»Seid Ihr Janet Simpson?«

»Und wer seid Ihr?«

»Wir sind auf der Suche nach Frances Macdonald.«

Die Einäugige sah uns einen nach dem anderen ausdruckslos an.

»Reverend Chisholm schickt uns …«

»Ah! Der gute Pastor!«, krächzte sie und enthüllte einen zahnlosen Mund.

Sie bedeutete uns, ihr zu folgen, wandte uns ihren buckligen Rücken zu und humpelte in die Hütte. Ich folgte Liam nach drinnen. Der durchdringende Gestank nach Rauch und Urin schnürte mir die Kehle zu. Meine Augen brauchten einen Moment, um sich an das Halbdunkel zu gewöhnen; dann sah ich mich in dem Raum um.

Ein unbeschreibliches Durcheinander herrschte. Auf einer Bank lag ein großer Haufen schmutziger Kleidungsstücke. Zwei alte, rostige Schwerter hingen an der Wand. Auf einem Regalbrett lag sorgfältig aufgereiht eine Vielzahl von kleinen Gold- und Silberknöpfen neben Broschen und Wappen unterschiedlicher Highlander-Clans. Ein zerrissener und grob geflickter roter Uniformrock hing über einer alten, lederbezogenen Truhe, deren Schloss aufgebrochen war.

Mit einem Fußtritt verscheuchte die Alte ein dickes Huhn, das es sich auf einem Stapel Torfsoden gemütlich gemacht hatte.

»Seid Ihr ihr Vater?«, fragte sie, während sie in den hinteren Teil des Raums voranging. Dort stand ein schmales, mit einem Haufen alter Tartans zugedecktes Bett. Liam spähte mit zusammengezogenen Augen ins Halbdunkel.

»Ja.«

»Das arme Mädchen! Seit sie die Hinrichtung ihres Mannes mit angesehen hat, spricht sie nicht mehr.«

»Mein Gott!«, stieß ich leise hervor und schloss die Augen.

»Ich habe versucht, sie davon abzubringen«, fuhr sie fort. »Aber sie hat darauf bestanden. Sie ist stur wie ein Esel.«

Sie zuckte die Achseln und sah uns zerknirscht an. Vorsichtig entfernte sie die aufeinandergetürmten Tartans. Die Stoffe rutschten zu Boden und enthüllten verfilztes, glanzloses rotbraunes Haar.

»Frances!«, schrie ich auf.

Ich stürzte zu meiner Tochter, die sich langsam regte und auf den Rücken drehte. Ihre halb geöffneten Augen wirkten ausdruckslos. Ich strich ihr das Haar aus dem Gesicht und flüsterte ihr zärtliche Worte zu. Frances war totenbleich. Tiefe Schatten lagen unter ihren Augen, und sie sah mich an, ohne mich zu erkennen. *Frances, was haben sie bloß mit dir gemacht?* Liam beugte sich über meine Schulter und streichelte ihre Wange.

Unsere Worte mussten einen Weg in ihren umnebelten Geist gefunden haben. Sie zog die Augen zusammen und versuchte sich aufzurichten.

»*Mamaidh*?« Mama?

Ich war so aufgewühlt, dass meine Kehle sich wie zugeschnürt anfühlte und ich ihr nicht zu antworten vermochte. Stattdessen nahm ich ihre Hand und drückte sie zärtlich.

»Wir sind gekommen, um dich zu holen«, sagte Liam mit zitternder Stimme.

»Aber es ist zu spät … zu spät, Vater.«

Ihre raue Stimme versagte, und sie brach in Tränen aus.

»Ich weiß«, sagte ich niedergedrückt. »Ich weiß, Frances.«

»Sie … sie haben ihn aufgehängt, Mutter. Sie haben meinen Trevor aufgehängt …«

Ich wusste, dass Worte hier müßig waren. Nur die Zeit konnte diese noch offene Wunde heilen. Liam wickelte sie in seinen Umhang, hob sie hoch und trug sie hinaus. Janet zupfte an meinem Ärmel. Sie hielt mir ein Plaid in den Farben der Macdonalds hin, das aber nach dem *sett** von Dalness gewebt war.

»Das hat ihrem Mann gehört«, erklärte sie. »Ich habe es ihm abgenommen, nachdem sie ihn in die Grube geworfen hatten. Sein Barett und sein Wappen habe ich ebenfalls.«

»Danke … für alles.«

Ich wühlte in meinen Taschen, zog alle Münzen, die noch darin waren, hervor und reichte sie ihr. Zögernd blickte sie auf das Geld, doch dann entschied sie sich, es anzunehmen und setzte ein breites Lächeln auf, mit dem sie plötzlich einem Wasserspeier ähnelte.

»Wahrscheinlich hat Gott nichts dagegen, wenn ich eine kleine Entschädigung annehme«, murmelte sie und ließ die Münzen in den Falten ihres Rocks aus grobem Wollstoff verschwinden.

* Reihenfolge der Farbstreifen, aus denen ein Tartan besteht. Jeder Clan besitzt seine eigenen *setts*.

»Seid Ihr dort gewesen? Bei der Hinrichtung, meine ich.«

Langsam nickte sie.

»Seit einiger Zeit hängen sie jede Woche ein paar Männer auf. Deserteure, Highlander … Sie sind verrückt geworden!«

»Wie hat sie das durchgestanden?«

»Sie hat nicht geweint, keine einzige Träne«, berichtete die Alte und runzelte die buschigen Brauen, unter denen sie betrübt dreinblickte. »Als wir dann hier waren, da hat sie drei Tage lang geweint. Danach hat sie drei Tage geschlafen. Sie wollte weder etwas essen, noch hat sie gesprochen. Gestern hat sie ein wenig Brühe zu sich genommen, und heute Morgen auch. Sie ist jung und hübsch; bestimmt findet sie bald einen neuen Mann.«

Ich verzog skeptisch den Mund, biss mir aber auf die Zunge, um nichts zu sagen. Stattdessen dankte ich ihr noch einmal. Ich wollte dieses stinkende Durcheinander schon verlassen, als mir noch eine Frage in den Sinn kam.

»Warum habt Ihr Euch ihrer angenommen?«

Sie wirkte nachdenklich.

»Ein Versprechen, das ich Gott gegeben habe, nachdem eine andere Frau mich ebenso aufgenommen hat, als ich aus dem Gefängnis entlassen wurde. Versteht Ihr, ich hatte einem Gentleman, der meine Dienste in Anspruch genommen hatte, ohne nachher dafür zu zahlen, seine dicke Börse gestohlen. Doch im Unterschied zu Eurer Tochter ist mich niemand abholen gekommen. Meine Familie hat mich verstoßen, und aus meinem Clan bin ich verbannt. Das ist alles schon sehr lange her … Ich muss ungefähr so alt gewesen sein wie Eure Tochter. Sie hat trotz allem Glück, wisst Ihr.«

Ich sah sie einen Moment lang aufmerksam an und bemerkte den feinen Knochenbau unter der welken, von einem harten Leben verbrauchten Haut. Sie war sicher einmal hübsch gewesen. Aber das Leben hatte ihr nichts geschenkt. Lächelnd nahm ich ihre Hand und drückte sie herzlich.

»Ja, wahrscheinlich habt Ihr recht … Janet. Danke.«

29

Chronik einer Hinrichtung

Was war der Sinn unseres Aufenthalts auf dieser elenden Welt? Waren wir etwa nur Figuren auf einem riesigen Schachbrett? Könige, Damen, Läufer, Springer und einfache Bauern in einer ewig währenden Partie zwischen Gut und Böse. Wenn ein Bauer fiel, wurde er eben durch einen anderen ersetzt. Befand der König sich in einer schlechten Position, opferte sich ein Springer. Doch welche Hände bewegten die Figuren und entschieden über ihr Schicksal? Was war das Ziel dieses Spiels und was der Einsatz?

Ich schloss meine vor Müdigkeit brennenden Augen und versuchte mir vorzustellen, wie Gott sich über das Spielbrett beugte, nachdachte und sich dabei mit knotigen Fingern den langen weißen Bart strich. Dann wischte er sich die schweißfeuchten Handflächen an seiner makellosen Robe ab und tat mit zitternder Hand seinen nächsten Zug. Den Teufel, der Ihm gegenüber saß, sah ich so, wie man ihn mir in den Geschichten aus meiner Kindheit beschrieben hatte: Grotesk, mit gespaltenen Hufen statt Füßen, die behaarten Beine übereinandergeschlagen, beobachtete er Ihn aus schwarzen, blitzenden Augen, den Mund zu einem heimtückischen Grinsen verzogen.

Gott ergreift eine Figur und zögert einen Moment lang. Der Teufel bricht in ein mephistophelisches Lachen aus, das die Figuren und das Schachbrett zum Beben bringt. Gott sieht bedrückt zu seinem Gegner auf und beißt sich auf die Lippen. Hat Er vielleicht einen Fehler gemacht? Wird Er eine weitere Seele verlieren, indem Er sie dem Bösen aussetzt? Er scheint in letzter Zeit einige verloren zu haben, zum Vorteil Seines Feindes, der Ihm jetzt ein boshaftes Grinsen zuwirft. Gott versucht, sich zu konzentrieren. Und wenn das nur eine List des Teu-

fels ist, um Ihn von diesem Zug abzuhalten? Woher soll Er das wissen? Er muss spielen; die Zeit wird knapp.

Gott schiebt die Figur ein Feld weiter. Der Teufel bläht seinen gewaltigen Brustkorb auf und zieht die böse dreinblickenden kleinen Augen zusammen. Er öffnet den Mund, enthüllt eine Reihe spitzer Fangzähne und stößt seinen ekelhaft stinkenden Atem aus.

»Ihr opfert da eine ziemlich wertvolle Figur, mein Freund«, meint er plötzlich mit einer Stimme, die klingt, als komme sie aus einem Grab.

Gott sieht auf das Spiel hinunter. Sein König wird von der Dame und einem Springer gedeckt. Er riskiert einen Turm und zwei Bauern, je nachdem, wie sich der Meister des Bösen entscheidet. Welchen Fehler hat Er begangen? Er hatte keine andere Wahl; eine Figur musste Er opfern. Ein Bauer … Pah! Das ist das kleinere Übel; Er ist bestrebt, die Monarchie zu schützen. Einen Bauern für den König zu opfern … Erneut erschallt das dämonische Gelächter und lässt Gott, der mit einem Mal erkennt, dass Ihm weniger Spielfiguren verbleiben als Seinem schrecklichen Gegner, das Blut gefrieren. Ihm ist heiß, und Er wird unruhig. Das Böse gewinnt an Boden …

»Lasst uns ein neues Spiel beginnen«, schlägt der Teufel vor und dreht den Tisch um seine Achse, worauf zwischen den beiden ein neues Spielbrett erscheint. »Das britische Imperium beginnt mich zu langweilen. Wie wäre es mit dem preußischen Reich? Falls Ihr nicht Amerika vorzieht …«

Wurde so über das Geschick der Welt entschieden?

Mein Pferd machte einen Schlenker. Sein Huf war auf einer von einer dünnen Schneeschicht verborgenen Eispfütze weggerutscht. Ich warf einen Blick nach links. Frances ritt schweigend und in ihre furchtbaren Erinnerungen versunken dahin. Wir waren jetzt den fünften Tag unterwegs. Ich fühlte mich erschöpft und leer. So langsam wurde ich zu alt für solche Eskapaden. Liam meinte, dass wir noch einen Tag brauchen würden, um die Küste und Stonehaven zu erreichen.

»Ich habe ihn umgebracht.«

Ich fuhr im Sattel hoch und wandte mich erschrocken zu Frances. Sie hielt den Blick starr auf den Sattelknauf gerichtet und wickelte sich unruhig die Zügel um die Handgelenke.

»Was sagst du?«

»Er ist meinetwegen gestorben«, erklärte sie untröstlich.

»Trevor?«

Sie gab keine Antwort.

»Er hat einen Soldaten getötet, Frances …«

»Nein«, versetzte sie trocken.

Sie sah mich gequält an.

»Ich habe ihn erschossen.«

Entsetzt riss ich Mund und Augen auf. Liams angespannter Schenkel streifte mich.

»Erzähl es mir.«

Über meine Schulter hinweg sah sie ihren Vater an.

»Ich hatte mich in einem Dickicht versteckt«, begann sie. »Trevor hatte sich dem Konvoi genähert, der angehalten hatte.«

Verächtlich verzog sie den Mund.

»Diese Schwachköpfe hatten nicht einmal daran gedacht, jemanden abzustellen, der das Ende des Konvois bewachte. Trevor hatte sich an den letzten Wagen geschlichen. Er hatte die Plane lösen können, mit der er abgedeckt war, und wühlte darunter herum, als einer der Soldaten an den Straßenrand trat, um sich zu erleichtern. Trevor konnte ihn nicht sehen, ich schon. Aber ich konnte ihn nicht warnen, ohne die ganze Truppe in Aufruhr zu versetzen. Trevor war nur mit seinem Dolch und seiner Pistole bewaffnet; das Jagdgewehr hatte er mir gelassen.«

Sie legte eine Pause ein und streichelte zerstreut die Mähne von Colins Pferd.

»Er hatte den Soldaten nicht gesehen. Der andere hat vielleicht ein Geräusch vom hinteren Teil des Karrens gehört … Als er sich Trevor näherte, bin ich … in Panik geraten.«

Dieses Mal schwieg sie lange. Erinnerungen zogen vor ihren feuchten Augen vorüber. Liam und ich blieben stumm. Dies war das erste Mal, dass sie über das folgenschwere Missgeschick der beiden sprach. Natürlich hatten wir versucht, sie zu ein paar Auskünften zu bewegen, doch sie war dem Thema stets ausgewichen, und wir hatten ihr Schweigen geachtet. Irgendwann würde sie reden, hatte ich mir gesagt, wenn sie bereit dazu war.

»Ich bin mit dem Gewehr aus dem Gebüsch gesprungen und den Hügel hinuntergerannt. Es war dunkel; eine mondlose Nacht.

Der Schnee hat meine Schritte gedämpft. Ich wollte ihn nicht töten, sondern nur Trevor vor der Gefahr warnen. Aber … der Soldat hat ihn vor mir erreicht. Er hatte sein Schwert bereits gezogen.«

Sie zog die Brauen zusammen und schaute bekümmert drein.

»Instinktiv habe ich die Waffe hochgerissen. Vor Panik war ich ganz aufgelöst. Ich wusste, dass der Soldat zuschlagen würde, und ich konnte nicht schreien … Ich … ich habe dann geschossen.«

Ich schloss die Augen, um meine Tränen zu unterdrücken. Ein winziger Augenblick reicht, um eine unwiderrufliche Tat zu begehen, die man sein ganzes Leben lang bereuen wird.

»Der Soldat ist gefallen«, fuhr sie fort; immer noch, als spreche sie zu ihren Erinnerungen. »Natürlich hat der Schuss die Truppe alarmiert, die sich sogleich auf uns gestürzt hat. In diesem Moment hat Trevor wohl die Idee gehabt, mir das Gewehr aus den Händen zu reißen.«

»Herrgott!«, murmelte Liam zu meiner Rechten. »Und deswegen hat man ihn des Mordes angeklagt. Er wollte dich schützen, Frances.«

Sie nickte langsam und zog geräuschvoll die Nase hoch.

»Zuerst habe ich nicht verstanden, warum er das getan hat. Ich dachte, er sei zornig auf mich; dass er mir die Flinte abnahm, damit ich nicht noch eine Dummheit beging. Aber als die Soldaten ihn abführten, wurde mir klar, dass sie ihn für den Mörder hielten, und ich habe geschrien … Ich habe geschrien, ich hätte geschossen. Trevor warf mir verzweifelte Blicke zu und bedeutete mir zu schweigen. Doch ich wollte nicht … Die Soldaten haben mich sogar verspottet und gesagt, ich würde nicht einmal auf einen Schritt Entfernung einen Menschen treffen. Ich habe weitergekreischt wie eine verdammte Seele. Sie durften doch Trevor nicht gefangen nehmen …«

»Wessen hat man dich angeklagt?«

»Des Diebstahls … Dabei hatten wir noch gar nichts gestohlen. Brigadier Maitland hat mich verhört. Ich habe darauf beharrt, dass ich den Soldaten getötet hätte. Aber Trevor hat behauptet, ich sei seine Schwester und geistig ein wenig verwirrt.«

Das letzte Wort sprach sie mit einem ironischen Unterton aus und lachte sarkastisch.

»Verwirrt …«, wiederholte sie im Flüsterton. »Er hat ihnen gesagt, ich sei seine Schwester … So hysterisch, wie ich mich aufgeführt habe, kann ich mir vorstellen, warum sie eher ihm geglaubt haben. Trevor hat verlangt, dass sie mich freilassen, und geschworen, ich sei unschuldig und hätte nichts mit dem Verbrechen zu tun. Aber sie haben sich geweigert. Dann hat man uns vorsichtshalber nach Inverness verlegt. Angesichts des Aufstands und ihres Mangels an Leuten und Material fürchteten sie, Männer aus Dalness könnten versuchen, uns zu befreien. Einige von ihnen hatten sich aus Perth abgesetzt und waren in der Gegend gesehen worden. Und so fand ich mich im Tolbooth wieder. Schließlich wurde ich vor Gericht gestellt. Innerhalb von Minuten war alles vorbei. Wahrscheinlich war alles schon vorher entschieden … Und ich wurde ins Loch gesteckt.«

Sanft legte ich ihr eine Hand auf den Arm und drückte ihn zärtlich.

»Das war die Hölle, Mutter …«

»Lass uns Halt machen«, sagte ich leise zu Liam.

»Hmmm …«

Ich fasste Frances' Pferd am Zaum und lenkte es an den Straßenrand.

»Ich gebe den anderen Bescheid«, sagte Liam.

Wir befanden uns am Ufer eines kleinen, teilweise zugefrorenen Loch. Ein grauer, flacher Stein von mehreren Zoll Dicke ragte aus dem weißen Boden. In eine der Seiten war ein keltisches Kreuz eingehauen. Frances trat heran und kniete davor nieder. Mit den Fingern zog sie die rauen, verschlungenen Linien nach.

»Was würde ich darum geben, diesen Teil meines Lebens zu vergessen«, sagte sie leise.

»Wir alle haben in unserem Leben Dinge erlebt, die wir am liebsten für immer auslöschen würden. Aber das ist leider unmöglich, Tochter. Diese Episoden gehören zu uns. Daraus sind wir gemacht, verstehst du. Wir sind wie weicher Ton in den Händen des Geschicks. Jeder Schicksalsschlag hinterlässt seinen Abdruck.«

»Wer entscheidet darüber?«, verlangte sie zu wissen und legte die flachen Hände auf den kalten Stein.

»Gott … Das Gute, das Böse. Das eine existiert nicht ohne das andere. Beide zerreißen uns, benutzen, lenken und formen uns und machen uns zu dem, was wir sind.«

»Es tut so weh.«

»Ich weiß, ich weiß ja«, sagte ich und strich ihr übers Haar.

Sie vergrub das Gesicht in meinen Röcken und umschlang meine Knie.

»Mutter … Dort, im Loch, wollte ich sterben«, gestand sie schluchzend. »Ich wusste genau, dass man Trevor des Mordes anklagen würde, und ich hatte keinen Zweifel daran, wie der Prozess ausgehen würde. Er würde zum Tode verurteilt werden. Das hat so wehgetan … an Körper und Seele. Jeden Tag, wenn ein Karren über mich hinwegrumpelte oder eine Kolonne Soldaten über mir marschierte, wurde ich daran erinnert, und ich habe geschrien, um es nicht hören zu müssen. Denn ich sagte mir, dass das Trevor war, den sie zum Schafott führten, und dass ich ihn nie wiedersehen würde.«

Sie schluchzte auf.

»Dabei wollte ich ihm unbedingt noch sagen, dass es mir leidtat, dass ich ihn liebte. Ein letztes Mal. Ach, Mutter …«

»Hat dir denn niemand Nachricht von ihm gebracht?«

»Ach was! Die übellaunige Alte, die mir meinen täglichen Brei brachte, hat sich ein sadistisches Vergnügen daraus gemacht, mich in Unkenntnis zu lassen. Erst Reverend Chisholm war so gütig, mir mitzuteilen, dass Trevor noch am Leben sein würde, wenn meine Strafe zu Ende war. Ich wollte ihn sehen, doch ich war zu schwach. Dann hat Mutter Simpson mich aufgenommen. Sie war sehr gut zu mir. Nach einigen Tagen ist sie mit mir ins Tolbooth gegangen.«

Vor meinem inneren Auge sah ich die alte Janet Simpson und all diese Frauen, die in dieser Kloake am Dunain Hill lebten. Auf den ersten Blick hatten diese von Elend und Hoffnungslosigkeit gezeichneten Frauen mich an die Hexen aus *Macbeth* erinnert. In

Janet mit ihrem blinden Auge hatte ich Hekate gesehen. Doch diese Frau wirkte nur äußerlich wie eine Hexe. Trotz ihrer tiefen Armut, die sie nötigte, sich durch Betteln zu ernähren, hatte sie meine arme Tochter aufgenommen.

Ich kauerte mich neben Frances und lehnte mich gegen das Kreuz. *Hat nicht jeder Mensch sein Kreuz zu tragen?*, erinnerte ich mich mit leiser Ironie. In diesem Moment bekamen Dr. Mansholts Worte ihren ganzen Sinn. Ich zog Frances an mich und legte ihren Kopf an meine Schulter, so wie damals, wenn sie als Kind bei Nacht erwachte und von Kobolden und anderen Wesen geträumt hatte, die ihr Angst einjagten. Sie hatte schon immer eine überschäumende Fantasie besessen. Liam wartete zögernd in einigen Schritten Entfernung. Wahrscheinlich fühlte er sich ohnmächtig angesichts von so viel Unglück und Schmerz; jedenfalls hatte er sich auf einen alten Baumstumpf gesetzt und überließ es mir, unsere Tochter zu trösten.

»Konntest du ihn sehen?«, fragte ich Frances behutsam.

»Ja …«

Ihre Stimme klang gepresst, und ihre Tränen rannen in mein Haar.

»Oh, Frances … Meine kleine Frances …«

»Er … er war mir nicht böse, weißt du. Er hat gesagt, das sei alles ein dummer Zufall gewesen. Aber das stimmt nicht, Mutter. Ich wusste, dass die Waffe geladen war, und ich habe auf den Abzug gedrückt.«

»Du wolltest ihm das Leben retten, Frances.«

An meiner Brust seufzte sie tief auf, und mir brach fast das Herz.

»Und statt ihn zu retten, habe ich ihn getötet.«

Was konnte man darauf entgegnen? Sie war von Reue zerrissen. Kein Wort von mir hätte ihre Schuldgefühle lindern können. Erst später würde sie erkennen können, dass man sich nicht gegen die Unabwendbarkeit des Schicksals auflehnen kann. Man kann es nur annehmen.

»Sie haben ihn am 20. Januar zum … Schafott geführt. Ich wollte unbedingt dabei sein. … Das war das Schlimmste, was ich in meinem ganzen Leben getan habe, Mutter. Aber es musste sein, um Trevors willen. Sie waren zu dritt; die beiden anderen waren Deserteure. Trevors Gesicht war von Blutergüssen überzogen. Die Bastarde waren es nicht zufrieden, ihn aufzuhängen, sie hatten ihn auch noch verprügelt. Sie sind zum Galgen marschiert, der etwas über eine Meile vom Gefängnis entfernt steht. Die Gefangenen trugen ein Schild um den Hals, auf dem mit Rot ›Verräter‹ geschrieben stand. Bei Trevor hatten sie noch ›dreckiger Jakobit‹ und ›Hund von einem Papisten‹ hinzugefügt.«

Sie unterbrach sich, um sich zu schnäuzen, und stieß ein paar Verwünschungen aus.

»Eine fröhliche Menschenmenge folgte dem düsteren Zug. Die Trommelwirbel klangen wie Donner, und die Schmähungen fielen wie Blitze. Ich versuchte, ihnen nachzulaufen… Die Leute stießen mich an, und meine Beine fühlten sich an, als würden sie jeden Moment versagen… Am Stadtrand ist er zum ersten Mal gestürzt. Er ist auf einem Stein ausgerutscht, der im Schlamm steckte. Da die drei Männer aneinandergekettet waren, mussten die anderen stehen bleiben. Einer der Deserteure hat sich gebückt, um ihm aufzuhelfen, aber die Pikeniere haben ihn brutal zurückgestoßen und Trevor mit Fußtritten traktiert, damit er wieder aufstand. Mutter… Sie haben ihn wie einen Hund behandelt.«

Wie hätte ich ein solch entsetzliches Erlebnis verkraftet, wenn das Liam zugestoßen wäre? Mir liefen die Tränen über das Gesicht, und ich drückte sie an mich. Mit matter Stimme fuhr sie dann fort.

»Sie haben gelacht, Mutter… Die Menge, die Männer, die Frauen, die Kinder… Für sie war das nur ein unterhaltsames Spektakel. Aber es war mein Trevor, den sie aufhängen wollten, weil er mich beschützt hatte. Das ist so ungerecht…«

Nicht zu verstehen suchen… Gott und seine Pläne. Die Gerechtigkeit der Menschen und die Gottes… Sie seufzte und begann wieder, in meinen Umhang zu schluchzen, der schon ziemlich durchfeuchtet war. Ich strich ihr zärtlich übers Haar und wartete, bis sie sich beruhigt hatte.

»Als ich das Schafott und die traurige Silhouette des Galgens erblickte, da… da wurde mir erst klar, dass ich bald Witwe sein würde«, erzählte sie weinend weiter.

Sie lachte höhnisch auf und schüttelte den Kopf.

»Witwe mit siebzehn … Ich sagte mir, dass ich träumen müsse. Doch die Trommelwirbel, die Beschimpfungen des Volkes, die mir in den Ohren gellten, und mein Herz sagten mir etwas anderes.«

»Wusste er, dass du dort sein würdest?«, fragte ich leise.

»Ja. Ich hatte es ihm gesagt. Er wollte nicht. Er wollte, dass ich nach Dalness zurückkehrte, doch das konnte ich einfach nicht. Ich konnte ihn doch nicht im Stich lassen, ihn allein in den Tod gehen lassen. Mir war ohnehin gleich, was danach aus mir werden würde.«

Einige Sekunden vergingen.

»Ich hätte bei dir sein sollen, Frances …«

»Vater war krank, Mutter«, unterbrach sie mich und sah aus ihrem verzerrten, angeschwollenen Gesicht zu mir auf. »Außerdem hättet ihr nichts für ihn tun können; sein Schicksal war bereits besiegelt … Dann ist Trevor auf die Bretter des Schafotts gestiegen. Der Henker hat ihm die Schlinge um den Hals gelegt … Da hat er mich gesehen.«

Ich spürte, wie sie zusammenzuckte und in meinen Armen zu zittern begann.

»Dieser Blick … Den werde ich nie vergessen. Ein Geistlicher ist gekommen. Trevor hat unbewegt zugehört, wie er zu ihnen gesprochen hat, und mich die ganze Zeit nicht aus den Augen gelassen. Als der Priester seine Gebete beendet hatte, da hat er mir zugelächelt … Und dann haben sie ihm die Augen verbunden.«

Sie wirkte abwesend; wahrscheinlich standen ihr die Erinnerungen vor Augen. Ihre Stimme klang jetzt sanfter, und sie verzog die Mundwinkel zu einem leisen Lächeln.

»Er hatte so ein wunderbares Lächeln. Ich weiß es noch genau … Er war am letzten Beltane-Fest nach Glencoe gekommen, um im Auftrag seines Vaters etwas mit John MacIain zu besprechen. Er hat mich in der Brauerei gesehen, wo ich Vater geholfen habe, die Fässer zu füllen. Trevor war mit Robin Macdonnell dort, und er hat ihn nach meinem Namen gefragt und ob mein Herz frei sei. Er ist dann zum Fest geblieben …«

»Er wird immer bei dir sein, Frances, im Geiste. Das kann dir niemand mehr nehmen.«

»Ja, das hat Vater auch gesagt. Dort, wo er jetzt ist, braucht er nicht mehr zu leiden. So wie Ranald, Colin und die anderen …«

»Das stimmt«, murmelte ich aufgewühlt und erinnerte mich wieder daran, dass Liam schon dort gewesen war … und nicht hatte bleiben dürfen.

»Danach«, fuhr sie mit düsterer Miene fort, »haben sie die Männer am Galgen hängen lassen. Leckerbissen für menschliche Aasgeier. Ich wollte hingehen, um ihn zu berühren, ihn zu umarmen. Aber die Pikeniere haben mich weggestoßen. Mutter Simpson ist dann mit mir in die Kirche gegangen, wo ich gebetet und auf den Einbruch der Nacht gewartet habe. Sie haben die Leichen abgeschnitten und in die Grube geworfen wie die Gerippe von Schlachttieren … Zur Beute für die Räuber, die im Dunkel warteten, um sich ihren Anteil zu holen.«

Heftig schüttelte sie den Kopf und krallte die Hände in den Stoff meines Umhangs.

»Nicht einmal im Tod haben sie den Hingerichteten Achtung erwiesen. Sie haben ihre Kleider genommen und alles, was sie noch an sich trugen. Wie Geier haben sie sich auf die Leichen gestürzt und sich die Knöpfe, die Gürtelschnallen, die Hemden, die Schuhe streitig gemacht … Das war schrecklich, Mutter. Man hätte sie für … ein Rudel ausgehungerter Wölfe halten können, die sich an einem frisch gerissenen Tier ergötzten und knurrten, wenn sich ein anderer näherte.«

Mit einem Mal sah ich wieder die aufgehäuften Kleidungsstücke in der Hütte der alten Janet vor mir. Die blitzenden Knöpfe, die sorgfältig aufgereihten Broschen, die zerrissenen Plaids, und vor Ekel erschauerte ich von Kopf bis Fuß. Trophäen …

»Janet …«, flüsterte ich.

»Wenn sie es nicht getan hätte, dann eben jemand anderer. So habe ich wenigstens etwas von ihm.«

»Ich hoffe doch, du bist selbst nicht in die Grube gestiegen, oder?«

Sie gab keine Antwort.

»Frances?«

»Ich … wollte mich von ihm verabschieden, Mutter.«

Wie hatte sie das nur fertiggebracht? Ich konnte mir ziemlich gut vorstellen, wie die nackte, kalte Leiche eines Mannes, der seit mehreren Stunden tot war, aussehen musste. Hatte Frances nicht schon genug gesehen; musste sie dieses Bild auch noch in ihre schrecklichen Erinnerungen einreihen? *Was hättest du denn an ihrer Stelle getan, Caitlin?*

Plötzlich ergriff mich ein fürchterlicher Zorn. Diese ganze grauenhafte Geschichte wäre nie passiert, wenn Trevor nicht auf die törichte Idee gekommen wäre, einen Nachschubkonvoi auszurauben. Er wäre noch am Leben, und das Herz meiner Tochter wäre kein Scherbenhaufen.

»Aber warum eigentlich?«, fragte ich gereizt. »Wieso habt ihr den Konvoi überfallen?«

»Wir hatten Hunger, Mutter«, erklärte Frances und wandte beschämt den Blick ab.

»Ihr hattet Hunger?«, wiederholte ich ungläubig. »Aber …«

»Mutter«, unterbrach sie mich schroff. »Trevor war länger als drei Monate fort gewesen. Seinen schmalen Vorrat hatte ich aufgezehrt. Er hat zu jagen versucht, doch das Wild floh ihn wie die Pest. Er wollte nicht beim Rest des Clans um milde Gaben bitten. Außerdem hatten die anderen auch nicht viel übrig. Trevor hat sich so sehr gewünscht, mich glücklich zu machen.«

»Du hättest nach Carnoch kommen können, ich hätte dir …«

»Nein«, fiel sie brüsk ein.

Sie verzog das Gesicht, und Tränen traten ihr in die Augen.

»Trevor war doch so stolz, Mutter! Er wollte das nicht. Ich habe es ihm vorgeschlagen, doch er hat sich strikt geweigert. Er hat gesagt … Er hat gesagt, er wolle lieber sterben, als zum Bettler zu werden!«

Er ahnte ja nicht, wie wahr er gesprochen hatte!

»Aber warum wart ihr allein?«, fragte ich. Jetzt konnte ich die beiden besser verstehen.

»Seine Cousins sollten zu uns stoßen, doch sie haben sich verspätet. Trevor war das Warten satt. Er hatte Angst, der Konvoi könnte sich in Bewegung setzen, und wir würden nichts mehr erwischen. Die letzte Wagen wurde nicht bewacht … Wir hatten Hunger.«

Und gleichzeitig hatten sich der Prätendent und seine Edelleute an den feinsten Wildgerichten ergötzt und sie mit den besten französischen Weinen heruntergespült. Was für ein elendes Leben! Alle Soldaten, die im Spätsommer auf den Feldzug gegangen waren, die gekämpft hatten, waren nach Hause gekommen und hatten die Scheunen und Speisekammern leer vorgefunden. Und die Erhebung war so gut wie gescheitert. Nicht lange, und König George würde hart durchgreifen. Wieder würden Clans mit Feuer und Schwert bestraft werden. Man würde Anklagen vorbringen, und Verbannungen und Todesurteile würden verhängt werden. Die Männer würden sich einige Zeit in den Hügeln verstecken müssen.

»Was hast du jetzt vor?«

»Ich kehre zu mir nach Hause zurück.«

»Wohin?«

Sie maß mich mit einem merkwürdigen Blick, als verstünde sie den Sinn meiner Frage nicht.

»Nach Dalness natürlich, Mutter! Dort ist jetzt mein Zuhause. Ich war seine Frau, wenn auch nur ein paar Monate. Und jetzt werde ich für den Rest meines Lebens seine Witwe sein.«

Sie hob die linke Hand, an der ein Ring aus schmalen, ineinander verschlungenen Kupferfäden schimmerte.

»Er hatte ihn während des Feldzugs vom Schmied im Lager fertigen lassen. Später wollte er mir einen Ring aus Silber schenken. Aber dieser hier … wird seinen Zweck sehr gut erfüllen.«

Sie verstummte einen Moment lang und betrachtete ihren Ehering, der die gleichen kupferfarbenen Reflexe warf wie ihr Haar.

»Mutter, ich habe Angst. Ich fühle mich so allein. Nachts … habe ich Albträume. Dann steht mir die ganze Szene wieder vor Augen.«

Sie schloss die Augen und schmiegte sich fest an mich.

»Sein Gesicht … Das Geräusch, mit dem sich die Falltür unter seinen Füßen öffnet … Nacht für Nacht sehe ich es wieder, höre alles … Das ist grauenvoll.«

»Ich weiß.«

Oh, und ob ich das wusste! Ich hatte die gleichen Albträume gehabt, als Liam in Edinburgh wegen des Mordes an Lord Dunning eingekerkert war. Meine Träume waren allerdings nur eine Ausgeburt meiner Fantasie gewesen; ein Ausdruck meiner Ängste. Bei Frances war das etwas anderes. Was sie immer wieder erlebte, war die Wirklichkeit. Die Bilder würden sie ihr Leben lang verfolgen. Ich stieß einen tief empfundenen Seufzer aus und schloss die Augen. Wie hatte Dr. Mansholt noch gesagt? Selbst im Unglück bringt die Macht des Schöpfers das Beste in uns hervor. Ja, etwas in der Art. Ich sah auf meine Tochter hinunter und hoffte von ganzem Herzen, dass er recht haben möge.

Ich wandte den Kopf, sah unbestimmt über den Loch hinaus und betrachtete die raue und sanfte Schönheit der Natur, die mich umgab und mir die Geschichte dieses Landes erzählte. Trevor, Simon, Colin, Ranald … Wie viele andere noch? Dieser Boden dürstete nach Blut und sog es auf wie ein Schwamm das Wasser.

Schottland, dieses alte, von tiefen Falten durchzogene und verbrauchte Land, hatte bei den Römern Kaledonien geheißen, und Dalriada hatten es die Scoten, die aus Irland kamen, genannt. Später war es das Königreich von Alba gewesen und schließlich das Königreich der Scotii.

Ich legte die Wange an den kalten Stein, der meine Haut leicht ertauben ließ, und spürte die Unebenheiten der komplizierten Motive, die das Kreuz bildeten, eine Hinterlassenschaft aus einer anderen Zeit. Dieses mit so viel Sorgfalt in den Stein ziselierte Kreuz war gleichsam ein Abdruck, den die flüchtige Existenz eines Menschen hier hinterlassen hatte; so etwas wie die Signatur eines unbekannten Lebens, gegraben in den Stein, der beständig und unempfindlich gegenüber dem Zahn der Zeit war, der an ihm nagte.

Unsere Erinnerungen überdauern in unserem Gedächtnis, doch sie vergehen zusammen mit uns. Diese Granitstelen waren Stein gewordene Geschichte. Schottland besaß ein Übermaß an solchen Steinen, die den Lauf der Welt bezeichneten. Dieses Kreuz stammte vielleicht aus der Zeit der beginnenden Christianisierung der piktischen Stämme um die Mitte des ersten Jahrtausends.

Columba, ein keltischer christlicher Mönch, war aus meiner Heimat Irland in dieses vom Nebel des Heidentums der Pikten umfangene Bergland gekommen. Er war ein Prinz von königlichem Blut gewesen, der, von einer schweren Schuld gebeugt, Titel und Reichtümer aufgegeben hatte, um ebenso viele Seelen zu bekehren, wie in der letzten blutigen Schlacht um Irland, die er verschuldet hatte, ums Leben gekommen waren. So hatte er das Meer überquert und den Fuß auf die gälische Küste gesetzt, in das Königreich der Scoten von Dalriada in der heutigen Grafschaft Argyle.

Der König der Scoten schenkte ihm Iona, eine kleine Insel vor Mull, wo er ein Kloster erbaut hatte. Dann machte er sich mit seinen Jüngern daran, in jedem Winkel des heidnischen Schottlands das Evangelium zu predigen. Doch der piktische König Brude und seine Druiden waren ihm feindlich gesonnen. Wie immer, wenn sich auf dieser niederen Welt eine Veränderung zuträgt, floss Blut. Doch Columba hatte, durch Zufall oder mit Gottes Hilfe, einige kleine Wunder vollbracht. So hatte er einem Mann das Leben gerettet und ihn aus dem gähnenden, brüllenden Rachen einer grauenerregenden Kreatur gezogen, die den düsteren Wassern des Loch Ness entstiegen war. Brude soll daraufhin erkannt haben, dass sein Gott und der, den er Christus nannte, über große Macht verfügten, und zum Christentum übergetreten sein. Weniger als hundert Jahre später war Schottland christlich geworden.

Einige der aufrecht stehenden Steine, die aus dieser Zeit stammten, waren mit geheimnisvollen Inschriften in der Ogham-Schrift und mit heidnischen Symbolen bedeckt, die Mondsicheln, Schlangen, Wölfe und bewaffnete Krieger darstellten. Berichteten sie über wirkliche Ereignisse? Oder waren sie religiöser Natur? Wie auch immer, man fand sie überall in den Highlands, und die geheimnisvolle Aura, die sie immer noch umgab, sorgte dafür, dass niemand versuchte, sie zu entweihen.

Eine ganze Weile hatte ich so dagesessen, und langsam begann ich, in der feuchten Kälte zu zittern. Ich spürte, dass jemand hinter mir stand, und wandte den Kopf, als mir eine Hand über die Wange strich.

»Geht es, *a ghràidh*?«

Traurig lächelte ich zu Liam auf.

»Ist schon gut«, gab ich zurück. Meine Stimme klang rau vor Kummer.

Liam liebkoste Frances' Wange. Sie hatte sich in ihren Umhang gewickelt und schien eingeschlummert zu sein.

»Sie wird darüber hinwegkommen«, flüsterte er.

Ja, so wie wir alle über unsere Verluste hinwegkommen ... So wie wir nach Ranalds Tod. So wie du, nachdem du Anna und Coll verloren hattest. Zu Beginn wünschen wir uns, wir wären mit den Toten gestorben. Wir wünschen, die Sonne würde verlöschen und die Erde aufhören, sich zu drehen. Dann bricht ein neuer Tag an, und noch einer, und zwingt uns, unseren Verlust nach und nach anzunehmen. Obwohl, wie soll man etwas so Niederschmetterndes wie den Verlust eines geliebten Menschen akzeptieren? *Der Glaube ist wie eine ausgestreckte Hand, die uns hilft, unsere Prüfungen zu bestehen ...*

»Aber er erspart sie uns nicht ...«, beendete ich meinen Gedanken laut.

»Was sagst du?«

»Ähem ... Nichts, gar nichts. Wir müssen weiter. Es ist kalt, und wir haben noch einen langen Weg vor uns«, meinte ich und schüttelte Frances sanft.

Aus verstörten Augen blickte sie in die Wirklichkeit und wirkte ein wenig verwirrt. Als ihre Erinnerungen zurückkehrten, verdüsterten sich ihre Züge, und ihre Mundwinkel zogen sich nach unten.

»Mutter«, murmelte sie und hielt sich an meinem Arm fest, »ich wollte sterben, verstehst du das?«

Ich sagte nichts, sondern lächelte nur, um ihr zu zeigen, dass ich mit ihr fühlte. Ein Weilchen schwiegen wir, dann lächelte auch sie schwach.

»Danke, Mutter ...«

Meine Gefühle schnürten mir die Kehle zu, und ich konnte keine Worte fassen. Ja, sie würde darüber hinwegkommen.

30

Die Falle
Februar 1716

Eine dünne Eisschicht überzog die Bäume. Wie zarte, funkelnde Eisskulpturen standen sie in dem blassen Sonnenlicht, das schüchtern durch die Wolken drang. Hinter dem Nebel konnte ich das kalte, turbulente Wasser der Caron Waters erahnen, die sich anschickten, in die Bucht von Stonehaven zu münden.

Mein Blick fiel auf einen kleinen, schillernden Wassertropfen an der Spitze eines Eiszapfens, der an einer Dachpfanne hing. Der Tropfen zog sich langsam in die Länge und bebte, als versuche er verzweifelt, sich festzuhalten und gegen die unerschütterlichen Gesetze der Natur anzukämpfen. Doch vergeblich. Schließlich löste er sich und fiel in die Wasserpfütze, die sich auf den moosbewachsenen Steinfliesen ausbreitete. Der Balkon, auf dem ich stand, gehörte zu dem bescheidenen Landsitz von Lord Dunn in Fetteresso, in der Nähe von Stonehaven.

Ich spürte, dass Liam hinter mich getreten war, aber fühlte mich zu träge, um mich umzudrehen, sondern betrachtete weiter die Landschaft, die in der Nacht von einem Eisregen überzogen worden war. Erschöpft und ausgehungert waren wir vor fünf Tagen durch das Gittertor von Patricks kleinem Gut geritten. Man hatte uns einen herzlichen Empfang bereitet, und das Wiedersehen hatte uns alle aufgewühlt. Liam hatte seine Schwester seit einem Jahr nicht gesehen; und ich hatte darauf gebrannt, mich nach Patrick und seiner Gesundheit zu erkundigen.

Seinem Bein ging es besser. Doch ich erriet, dass er noch Schmerzen hatte, denn mehrmals ertappte ich ihn dabei, wie er das Gesicht verzog und sich das Schienbein rieb, wenn er sich unbeobachtet glaubte. Außerdem gebrauchte er zum Gehen noch einen Stock.

Liam musste Sàra die schreckliche Nachricht von Colins Tod überbringen. Er wartete damit bis zum Morgen nach unserer Ankunft. Obwohl er mich gebeten hatte, ihn zu begleiten, zog ich es vor, die beiden allein miteinander reden zu lassen; ich hatte das Gefühl, keine Kraft mehr zu haben, um irgendwen zu trösten. Das wenige an Energie, das mir geblieben war, wollte ich auf die Rückkehr in unser Tal verwenden. Und so verließ Liam mit gekränkter Miene unser Zimmer, um zu seiner Schwester zu gehen.

Frances schlief noch. Um die Wahrheit zu sagen schlief sie seit unserer Ankunft fast achtzehn Stunden täglich und stand nur auf, um etwas zu essen, eine kurze Katzenwäsche abzuhalten und ein wenig umherzugehen. Doch sie schien sich einigermaßen gut zu erholen.

Mein Bruder hatte taktvoll bis zum dritten Tag unseres Besuchs gewartet und uns erst dann mitgeteilt, dass Prinz James Edward ihn geadelt hatte. Mein Bruder war jetzt ein Ritter. Lord Patrick Dunn… Mein Vater wäre stolz auf ihn gewesen. Die Zeremonie des Ritterschlags hatte am 27. Dezember im Schloss von Fetteresso stattgefunden, als der Prätendent dort nach seiner Landung Station gemacht hatte. Der Earl of Marischal hatte zahlreiche Adlige auf dem Schloss, das heute der Sitz der Keith-Familie war, versammelt, und der zukünftige König hatte Kraft seines Amtes denjenigen, die der Krone der Stuarts ihre Loyalität bewiesen hatten, Titel verliehen. So war der Earl of Mar mit der Würde eines Duke, eines Herzogs, belohnt worden. Ich bezweifelte allerdings, dass er sich sehr lange daran würde erfreuen können…

Der Prätendent war nur einige Tage in Fetteresso geblieben. Er hatte unter einem Fieberanfall gelitten; aber immerhin war er kräftig genug gewesen, um den episkopalischen Klerus von Aberdeen, die Richter und den Stadtrat und die Jakobiten aus Aberdeenshire zu empfangen. Anschließend war er am 2. Januar nach Perth abgereist.

Patrick hatte nicht an Lobeshymnen auf James' Person gespart. Wir alle hatten ihn wortlos angehört. Er hatte eben nicht miterlebt, wie niedergeschlagen die Soldaten in Perth waren. Sein Bein hatte ihn daheim festgehalten. Nur sein Kurier, der zwischen Perth und Fetteresso pendelte, unterrichtete ihn über die neuesten Entwicklungen. Doch dieser hatte sich merkwürdigerweise seit drei Wochen nicht sehen lassen, so dass Patrick von allen Nachrichten abgeschnitten war.

Gestern war schließlich ein Bote, den Mar selbst geschickt hatte, eingetroffen und hatte traurige Kunde gebracht. Das Ende des Aufstands war eingeläutet. Am 29. Januar war Argyle gegen Perth marschiert. Man hatte mehrere seiner Dragoner gesehen, die auf Kundschaft ausgeschickt worden waren, und ein Spion hatte bestätigt, dass die Regierungstruppen aus Stirling abgerückt waren. Daraufhin hatte der jakobitische Oberkommandierende zur großen Bestürzung der Soldaten beschlossen, sich unverzüglich zurückzuziehen und die Stadt dem Feind zu überlassen. Er hatte eiligst einen Offizier nach Dundee geschickt, wo die drei französischen Schiffe im Tay ankerten, und ihnen befohlen, an der Küste entlang zur Bucht von Montrose zu segeln und dort auf den Prätendenten zu warten.

Patrick hatte angeordnet, sein Pferd im Morgengrauen zu satteln. Die jakobitischen Truppen hatten Perth am Morgen des 31. Januar verlassen, und heute hatten wir den 2. Februar. Seine Pflicht gebot es ihm, sich unverzüglich nach Montrose zu begeben und die Ankunft des Prinzen vorzubereiten, der sich offenbar anschickte, ins Exil zurückzukehren.

Nach einem sekundenlangen Kampf gegen das Naturgesetz löste sich ein weiterer Tropfen zögernd von dem Eiszapfen, fiel in die Pfütze und erzeugte eine Reihe sich immer weiter ausbreitender Kreise.

»Und was geht in deinem hübschen Köpfchen vor?«

Aus meinen Tagträumereien gerissen, fuhr ich zusammen. Liam schlang die Arme um meine Taille und zog mich an sich. Ich schloss die Augen und lehnte mich an seinen warmen Brustkorb.

»Nichts Besonderes«, gab ich matt zurück.

Seine frisch rasierte Wange strich an meiner Schläfe entlang.

»Was glaubst du, wie lange wir noch hierbleiben müssen?«, fragte ich seufzend.

»Hmmm ... Ich werde wohl nicht umhin können, mit meinen Männern auch nach Montrose zu reiten. Dort, wo sich der Prätendent aufhält, werden auch die Mörder sein.«

Ich erschauerte. Blut, immer wieder Blut! Ich fühlte mich versucht, Liam anzuflehen, er möge unsere Tochter und mich zurück in unser Tal bringen; alles fahrenzulassen und uns dort zu vergraben, bis die Natur sich im Frühling erneuerte. Doch ich sagte nichts. Im Grunde meines Herzens wusste ich, dass er das Gefühl haben würde, seinen Prinzen im Stich zu lassen, zuzulassen, dass er ermordet wurde.

Wir besaßen eine Information von allergrößter Bedeutung; wir konnten sie nicht einfach für uns behalten. Wir ahnten ja nicht, welche Wendung die Ereignisse noch nehmen würden. Eine Dienstmagd, die uns Tee und ein wenig Gebäck reichte, brachte die Dinge ins Rollen.

Ich sah, wie sie Sàra etwas ins Ohr flüsterte; meine Schwägerin warf uns einen undeutbaren Blick zu und wandte sich dann wieder dem jungen Mädchen zu.

»Bist du dir sicher?«

»Mr. Milne hat versichert, dass es stimmt. Er hat uns unsere Bierbestellung gebracht, und ...«

»Ist er noch hier?«

»Ich glaube schon, Madam.«

»Er soll herkommen.«

Mit einer Handbewegung entließ sie die Dienerin und rieb sich seufzend die Stirn.

»Ich fürchte, eure Mörderbande hält sich hier in der Gegend auf«, meinte sie nach kurzem Schweigen.

Liam erstarrte hinter mir. Duncan und Marion, die eine Partie Tricktrack spielten, sahen auf. Wir warteten darauf, dass Sàra weitersprach.

»Der Besitzer der Herberge, die uns das Bier liefert, sagt, dass eine Gruppe von Männern, die ziemlich finster aussehen, seit ein paar Tagen bei ihm logiert. Eines der Dienstmädchen hat sie angeblich über eine ›Mission‹ sprechen hören ... und von einer

Belohnung, bei der ihnen die Augen leuchteten und die sie jetzt schon ausgäben, für Spiel und ... Frauen.«

»Das muss nichts heißen«, meinte ich mit klopfendem Herzen. »Solche Männer mag es viele geben ...«

»Aber nicht viele, die außerdem Mackay heißen und eine Binde über dem rechtem Auge tragen«, fiel Sàra ein.

»Sie müssen es sein«, sagte Liam zu mir.

Er ließ mich los und wandte seinen Blick der leuchtenden Landschaft zu, die ich zuvor betrachtet hatte, während er überlegte. Duncan war aufgestanden und ging auf dem Parkettboden unruhig hin und her. Am Rand des Teppichs blieb er stehen und sah zerstreut darauf hinunter.

»Wir müssen sie irgendwie daran hindern, sich dem Prinzen zu nähern. Wie viele sind es?«, fragte Liam und trat wieder zu uns.

»Ich weiß es nicht«, antwortete Sàra.

Die Tür öffnete sich, und das Dienstmädchen kam herein und brachte die Antwort auf all unsere Fragen mit: einen kräftig gebauten Mann reiferen Alters, der ihr mit düsterer Miene folgte. Mit seinen großen, rauen Händen knetete er verlegen seinen Hut. Bei seinem Eintreten stand Sàra auf.

»Mr. Milne!«, rief sie erfreut aus. »Tretet näher ... Ihr habt Informationen für uns, glaube ich?«

»Ja, Madam ... ich meine, Lady Dunn.«

Sàra lachte herzlich.

»Lasst die ›Lady‹ bitte, mein Freund. Dazu kennen wir uns schon zu lange. Außerdem fühle ich mich, um ehrlich zu sein, mit diesem Titel nicht wohl. Nun ja ... Eileen sagt, einige Männer, die sich bei Euch eingemietet haben, scheinen ein Komplott zu schmieden?«

»Schwören könnte ich es nicht. Aber ich versichere Euch, dass die Männer ziemlich zwielichtig wirken. Ständig stecken sie die Köpfe zusammen und sind verärgert, wenn man ihnen zu nahe kommt. Meine Nichte Elizabeth hat gestern Abend gehört, dass sie über den Prätendenten redeten. Da dachte ich, dass ich mit Euch sprechen muss. Elizabeth hat auch mitbekommen, dass sie ungeduldig auf einen Boten warten, der bis jetzt ausgeblieben ist. Wahrscheinlich macht sie das so nervös.«

»Kennt Ihr diese Männer?«, fragte Liam.

»Aber nein!«, beeilte der Herbergswirt sich zu versichern. »Sie sprechen kein Scots, sondern die Sprache des Nordens. Und außerdem ist da dieser Bursche, der ihr Anführer zu sein scheint, ein gewisser Mackay. Nicht sehr umgänglich, dieser Mann, das kann ich Euch sagen.«

»Wisst Ihr noch weitere Namen?«

»Macghie, Robison, Williamson, Scobie … Ich habe sie nicht alle behalten. Insgesamt sind sie zu acht.«

»Wann sind sie gekommen?«, wollte nun Duncan wissen.

»Sie logieren jetzt seit ungefähr einer Woche bei mir. Zwei Tage davon waren sie fort und haben die Zimmer im Voraus bezahlt, damit ich sie ihnen freihielt. Gestern sind sie zurückgekehrt. Wo sie unterdessen gewesen sind, kann ich Euch allerdings nicht sagen.«

»Ihr habt gut daran getan, mich zu unterrichten, Mr. Milne«, erklärte Sàra. »Hat Howard Euch bezahlt?«

»Alles geregelt, Lady Dunn.«

Sàra zog eine Grimasse. Sie fühlte sich mit ihrem neuen Titel sichtlich unwohl. Ich fand allerdings, dass er ihr recht gut stand. Patrick und sie waren soeben in das Herrenhaus eingezogen. Sie hatten ihre Wohnung in Edinburgh aufgegeben und sich mit ihren wenigen Besitztümern in diesem bereits eingerichteten hübschen Haus niedergelassen, das auf einer wunderschönen Domäne lag. Der Landsitz war zwar von bescheidener Größe, aber das Gelände stellte einen herrlichen Park *à la francaise* dar und erstreckte sich am Flussufer entlang.

Die gute Rosie war den beiden gefolgt und hatte sofort den Befehl über die Küche übernommen. Wehe dem, der sich ohne ihre Erlaubnis in ihr Reich wagte, in dem Kupfer und Silbergeschirr glänzten! Ich hatte guten Grund, mich um Patricks Taille zu sorgen, denn sie hatte gleich nach ihrer Ankunft begonnen, ihn zu »mästen«. »Die Weste eines Edelmanns muss spannen!«, erzählte sie jedem, der es hören wollte, ohne Unterlass. Die ersten Auswirkungen dieser Philosophie waren bereits zu sehen.

»Gut, wenn es etwas Neues gibt, müsst Ihr mich benachrichtigen.«

»Keine Sorge, dann schicke ich Euch ganz schnell meinen Charlie.«

Respektvoll grüßte der Mann uns und verließ den kleinen Salon. Nachdem er fort war, saßen wir alle in Gedanken versunken da und überlegten, was jetzt zu tun sei.

»Wir sollten ihnen eine Falle stellen«, meldete Duncan sich zu Wort.

»Ja, aber diese Männer werden sich nicht so einfach fangen lassen«, gab Liam leicht gereizt zurück. »Das sind gedungene Mörder, und die Männer, die sie für eine solche Mission angeheuert haben, hätten sich gewiss keine Dummköpfe ausgesucht.«

Brummend rieb er sich die Augen und sah erneut in die märchenhafte Landschaft hinaus. Ich fühlte, dass diese Sache ihm auf der Seele lag. In der vergangenen Nacht war er sehr unruhig gewesen, da er wusste, dass der Prätendent in Montrose erwartet wurde, und wir hatten sehr wenig geschlafen. Wir waren uns darüber im Klaren, dass jemand versuchte, den Prätendenten umzubringen, doch wir hatten keine Ahnung, wer.

»Es muss doch eine Möglichkeit geben!«

»Wenn wir wüssten, wer dieser Bote ist, auf den sie warten, dann könnten wir ihn aufhalten. Dann hätte der Prätendent Zeit, sich einzuschiffen und Schottland zu verlassen, ehe sie Wind davon bekommen«, meinte Duncan.

»Diese Person soll ihnen bestimmt mitteilen, wohin sich der Prätendent begibt«, bemerkte Sàra. »Vielleicht ist es ja sogar ein Mann aus der Umgebung des Prinzen? Oder sogar eine Frau? Wer weiß das schon?«

»Aber wenn der Bote noch nicht eingetroffen ist, dann könnten wir doch seinen Platz einnehmen!«, rief Marion aus.

Alle Blicke wandten sich der jungen Frau zu, die zuvor noch kein Wort gesagt hatte.

»Beliebst du zu scherzen?«, fragte Duncan, dem schon angst und bange davor war, was in ihrem Kopf vorgehen mochte.

Liam verschränkte die Arme vor der Brust und harrte sichtlich neugierig ihrer Erklärung.

»Nun ja«, begann sie ein wenig verlegen, »einer von uns könnte sich doch als dieser Bote ausgeben und ihnen eine falsche Information zuspielen. Warum schicken wir sie nicht nach Inverness?«

»Das meinst du jetzt nicht ernst, oder, Marion?«, ereiferte sich Duncan bestürzt.

Sie sah ihn aus ihren blauen Augen an und zog eine mürrische Miene.

»Natürlich«, beharrte sie in schneidendem Ton. »Über solche Dinge scherzt man nicht. Wir wissen alle, dass Argyles Sohn in dieses Komplott verwickelt ist. Der Bote könnte sehr gut von ihm kommen.«

»Ausgerechnet Inverness! Das würden sie nie schlucken! Die Stadt wird von der Regierung beherrscht; der Prinz würde sich nie dorthin wagen. Und sag mir, wer von uns wäre deiner Meinung nach am besten geeignet, diese Rolle zu spielen?«, verlangte er spöttisch zu wissen.

»Ich«, erklärte sie und reckte Duncan trotzig ihr eigensinniges Kinn entgegen.

Ein entsetzter Ausdruck breitete sich auf dem Gesicht meines Sohnes aus. Einen Moment lang starrte er sie mit offenem Mund an, dann fuhr er mit wirbelndem Plaid herum und reckte die Arme gen Himmel. Einen Moment lang glaubte ich, einige ziemlich gut ausgeführte Schritte eines *highland fling** zu sehen.

»Also, ich glaube, ich träume!«, brüllte er, als wolle er alle Heiligen anrufen.

»Denk doch nach, Duncan«, verteidigte sie sich.

Bleich vor Zorn und Sorge fuhr er erneut herum.

»Ich habe über alles nachgedacht, und die Antwort lautet nein!«

»Ich bin eine Campbell … Ich weiß, wie man nach Inveraray hineinkommt, und …«

»Stell dir vor, ich weiß, dass du eine Campbell bist! Warum musst du mir das nur immer wieder unter die Nase reiben!«

Marion tappte ungeduldig mit dem Fuß, fuhr aber fort, ohne auf seine Bemerkung einzugehen.

* Traditioneller schottischer Volkstanz.

»… und als Frau wird es mir leichter fallen, ihr Vertrauen zu gewinnen.«

»Es wäre aber auch leichter, dich zu fangen!«

»Duncan!«, fauchte sie. »Hältst du mich für eine dumme Gans, oder was?«

Sie bekam nur ein dumpfes Brummen zur Antwort.

Ich sah Liam an, der die beiden wortlos beobachtete. Seine Mundwinkel zuckten. Dann erwiderte er meinen Blick. Ich quittierte seinen amüsierten Blick mit einem Stirnrunzeln. Als mir aufging, dass er etwas ausbrütete, öffnete ich den Mund, um zu protestieren, aber er verkündete seinen Standpunkt schneller als ich.

»Das könnte gehen«, meinte er bedächtig.

Grabesstille senkte sich herab. Marion blieb einen Moment lang die Stimme weg, doch schließlich trat ein triumphierendes Lächeln auf ihre Lippen.

»Niemals!«, empörte sich Duncan und bedachte seinen Vater mit finsteren Blicken. »Sie ist meine Frau, und ich werde nicht zulassen, dass sie sich in die Hände einer Bande von Gaunern begibt. Herrgott, Vater!«

Liam zuckte die Achseln.

»Gegen deine Entscheidung kann ich nichts tun, mein Sohn. Aber die Idee ist gar nicht so übel. Hast du einen anderen Vorschlag?«

»Es muss doch eine andere Lösung geben …«

»Du kannst mich ja begleiten, Duncan … Du könntest dich als mein Leibwächter oder so etwas ausgeben …«, warf Marion zaghaft ein. »Und außerdem weiß ich mit einer Pistole umzugehen …:«

Duncan riss die Augen auf.

»Also wirklich, bist du noch bei Troste? Ich weise dich darauf hin, dass wir es nicht mit einer Ziegenherde zu tun haben. Und außerdem ist jeder Schotte in der Lage, den Tartan der Macdonalds, den ich trage, von dem der Campbells zu unterscheiden! Hast du schon einmal einen Macdonald gesehen, der einem Campbell als Leibwache dient?«

Marion seufzte laut.

»Du kannst manchmal derart beschränkt sein!«

Mit dieser verdrossenen Bemerkung verließ sie den Raum. Duncan starrte noch eine Weile sprachlos auf die Tür, die sich hinter ihr geschlossen hatte. Dann wandte er sich seinem Vater zu. Sàra und ich warteten als stumme Zeuginnen auf die Szene, die jetzt unvermeidlich folgen würde.

»Warum hast du ihre Idee gebilligt?«, brüllte Duncan los.

Liam brachte die Aufregung seines Sohnes nicht im Geringsten aus der Fassung.

»Weil sie gut war, das ist alles. Und eine andere haben wir im Moment nicht.«

»Eine gute Idee? Du findest also, dass es eine gute Idee ist, meine Frau in die Höhle des Löwen zu schicken?«

»Ich verstehe ja deine Sorge, Duncan. Aber welche echte Gefahr geht sie ein, wenn sie in die Herberge geht, Mackay eine Botschaft überbringt und dann hierher zurückkehrt? Du würdest bei ihr sein, und wir wären auch nicht weit.«

Duncan lachte trocken auf. Die Stimmung war angespannt.

»Ja, gewiss! Vor nicht einmal fünf Minuten hast du uns erklärt, dass wir es mit gedungenen Mördern zu tun haben, die alles andere als dumm sind. Und jetzt verlangst du von mir, dass ich meine Frau zu ihnen schicke? Das kann nicht dein Ernst sein.«

Liam sagte nichts mehr. Ich für meinen Teil wusste nicht mehr, was ich denken sollte. Auf der einen Seite verstand ich Duncans Sorge, aber auf der anderen … Doch ich enthielt mich jeden Kommentars.

Duncan stützte die Fäuste in die Hüften und marschierte wieder auf dem Teppich auf und ab. Er schnaubte wie ein in die Enge getriebener Keiler.

»Das darf nicht wahr sein! Meine Frau wird keinen Fuß in diese Herberge setzen.«

Er stampfte auf und schlug mit der Faust in die Handfläche, um seinen Zorn auszulassen.

»Nicht Marion … Nein, das erlaube ich ihr nicht.«

Er ging langsamer. Offensichtlich war ihm eine Idee gekommen.

»Warum kann ich nicht dieser Bote sein?«, fragte er plötzlich und blieb stehen.

»Versuch einmal, so zu denken wie diese Männer, Duncan. Wenn du Mackay wärest, wem würdest du leichter vertrauen? Einem ziemlich finster aussehenden Clansman oder einer unschuldigen jungen Frau aus guter Familie?«

»Danke für das Kompliment, Vater.«

Liam lachte laut heraus, und auch Duncans Mundwinkel zuckten.

»Ich gebe dir zu bedenken, dass Marion sich nicht mehr wie eine unschuldige junge Frau aus guter Familie anhört, sobald sie den Mund aufmacht. Und außerdem, wie soll sie Mackay davon überzeugen, dass sie der erwartete Bote ist? Bestimmt haben die Verschwörer eine Geheimschrift oder ein Zeichen vereinbart, um einander zu erkennen.«

»Du hast doch das Dokument gesehen, das Argyles Sohn gefälscht hat. Da muss doch etwas gewesen sein … Ein merkwürdiges Wort, eine Zahlenfolge, ein Symbol …«

Seufzend rieb sich Duncan die Augen. Er wirkte nachdenklich; dann verharrte seine Hand mit einem Mal.

»Ein Symbol …«

Er sah auf das Muster im Teppich hinunter und schüttelte den Kopf, als wolle er die Gedanken, die ihm in den Sinn kamen, vertreiben. Dann drehte er sich zu mir um. *Hilf mir, Mutter!*, schien sein Blick zu sagen. Mir schnürte es die Kehle zu. Wie oft hatte er mir als Kind diesen flehenden Blick zugeworfen? Wenn er eine Dummheit gemacht hatte und auf das Donnerwetter seines Vaters wartete, oder wenn er eine schwierige Entscheidung treffen musste, etwa ob er zum Angeln gehen oder Schwertkampf üben sollte.

»Du musst deine eigenen Entscheidungen treffen«, sagte ich leise.

Enttäuscht verzog er das Gesicht.

»Marion wird schon wissen, was sie tut«, setzte ich vorsichtig hinzu.

In diesem Moment öffnete sich die Tür, und die junge Frau kam herein. Unter dem Arm trug sie ein zusammengerolltes Plaid.

»Hier, bitte, Mr. … Campbell«, verkündete sie spöttisch und warf ihm den Stoff zu.

Auf Duncans Zügen malten sich zuerst Verblüffung und dann tiefste Abscheu.

»Also wirklich …«

Er schwenkte das Plaid in den Farben der Campbells.

»Du glaubst doch wohl nicht, dass ich das anziehen werde?«

Mit verschränkten Armen musterte Marion ihn, die Mundwinkel zu einem Lächeln verzogen.

»Und außerdem, wieso führst du immer noch dieses Plaid mit dir?«

»Weil es meines ist, Duncan Macdonald. Ich trage vielleicht deinen Namen, aber du verlangst doch wohl nicht von mir, dass ich den meinen ableugnen soll? In meinen Adern wird immer das Blut meiner Vorfahren fließen …«

»Und du glaubst, dass ich … das da anziehen werde?«

Gereizt stieß sie den Atem aus.

»Hör zu, ich musste damals auch deine Farben tragen, um die Männer meines Vaters vor einem Massaker zu bewahren. Da kannst du ruhig die meinen tragen, um deinen König zu retten!«

»*Fuich!*«

»Sei doch nicht so starrköpfig, Duncan.«

»Marion!«

»Du fühlst dich nur beleidigt, weil ich auf diesen Einfall gekommen bin und nicht du.«

Verblüfft öffnete Duncan den Mund. Ich kannte ihn gut genug, um zu wissen, dass er vor Wut kochte und sich nur mühsam beherrschte. Ich trat zu Liam, der sich über die Szene zu amüsieren schien. Sàra war offenbar peinlich berührt und war unauffällig zur Tür gegangen, um sich zurückzuziehen.

»Beleidigt? Glaubst du das wirklich? Das ist ja wohl die Höhe! Ich weigere mich, das anzuziehen, und ich will nicht, dass du dich in diese Geschichte einmischst. Ist das klar?«

Das Plaid flog quer durch das Zimmer und fiel zu Füßen der jungen Frau, die vor Zorn rot angelaufen war, nieder.

»Eine Campbell zu heiraten, das geht an. Aber ihre Farben zu tragen …«

»Genau. Ich habe dich geheiratet, aber nicht deinen Clan! Außerdem, muss ich dich daran erinnern, dass wir es mit einer Bande von Meuchelmördern zu tun haben?«

»Aber du wärest doch bei mir …«

»Die Männer sind zu acht … Ich kann dir versichern, dass sie sich nicht ordentlich hintereinander anstellen werden, wenn sie über mich herfallen wollen!«

»Ich werde ihnen doch nur mitteilen, wo sich angeblich der Prätendent aufhält. Dann gehe ich wieder.«

Duncan sog geräuschvoll die Luft ein und fuhr sich mit der Hand übers Gesicht.

»Und wie, außer mit deiner scharfen Zunge, willst du ihnen beweisen, dass du tatsächlich aus dem Hause Campbell bist? Ein Plaid, das reicht doch nicht.«

Sie griff in ihre Rocktasche und zog zwei Broschen hervor. Die erste war aus vergoldeter Bronze gefertigt und stellte den Kopf eines Keilers dar, um den das Motto ihres Clans eingraviert war. Die Brosche war ausgezeichnet gearbeitet und musste einmal einem Edelmann gehört haben. Die zweite wirkte zarter und war aus ziseliertem Silber gearbeitet. Sie war von ovaler Form; am Rand entlang war dieselbe Devise eingraviert. Die Mitte war wunderschön ausgearbeitet und stellte einen Heidelbeerzweig dar, das Emblem der Campbells aus dem Pflanzenreich. Die länglichen Blättchen waren aus Malachit und die violetten Beeren aus Amethyst gestaltet.

»Woher kommen diese Broschen?«, fragte Duncan verdutzt. »Ich habe sie noch nie gesehen.«

»Diese hier hat meiner Mutter gehört.«

Marion legte ihm die Männerbrosche in die Hand, und er betrachtete sie, ohne seine Verachtung für den Gegenstand zu verbergen.

»Und die stammt von meinem Cousin Hugh, den ich sehr gern hatte. Ich habe sie als Glücksbringer behalten. Ich wollte die Broschen nicht in deinem Haus lassen, weil ich Angst hatte, sie könnten …«

Verlegen unterbrach sie sich.

»Gestohlen werden?«

Marion errötete heftig und wandte sich ab.

»Wir bestehlen einander nicht«, gab er kalt zurück. »Du bist jetzt eine Macdonald, ob dir das gefällt oder nicht.«

Ein verlegenes Schweigen trat ein. Ich begann mich zu fragen, ob es nicht klüger wäre hinauszugehen, damit die beiden ihre Differenzen allein beilegen konnten.

»Bring mich nicht dazu, dass mir das leidtut, Duncan«, murmelte die junge Frau mit ausdrucksloser Stimme

Einen Moment lang erstarrte er. *Sag jetzt nichts mehr, Duncan.* Mein Sohn stand regungslos da, als versuchte er, den Sinn ihrer letzten Worte zu erfassen. Dann bückte er sich langsam, um das Plaid aufzuheben, rieb den Stoff zwischen den Fingern und sah auf die dunklen Farben hinunter. Mit undeutbarer Miene drehte er sich dann um und ging zu einem Sessel, in den er sich schwer, mit dem ganzen Gewicht seiner Niedergeschlagenheit, hineinfallen ließ.

»Und welchen Ort schlägst du vor, um ihnen unseren Hinterhalt zu legen?«, brummte er müde.

Ich sah, wie ein triumphierendes Lächeln über Marions Lippen huschte, und konnte mir ebenfalls ein Schmunzeln nicht verkneifen.

»Dunnottar«, meldete Sàra sich zu Wort.

»Die Festung?«

»Seit der Belagerung durch Cromwell 1652 lassen die Keiths sie praktisch leer stehen. Sie haben keinerlei Arbeiten an den beschädigten Gebäuden durchgeführt. Heutzutage dient sie nur noch als Garnison und Munitionsdepot. Seit dem Beginn des Aufstands ist sie so gut wie leer. Marischal hat nur eine Handvoll Männer unter dem Befehl von Gouverneur Ogilvie zurückgelassen. Dort könntet Ihr sie erwarten.«

Liam überlegte, und Duncan betrachtete stirnrunzelnd die Brosche, die in seiner Hand schimmerte.

»Die Frage ist, ob man sie bewegen kann, sich ins Innere der Festung zu begeben. Das wäre ziemlich gefährlich, denn sie würden sich in die Enge getrieben fühlen. Es gibt nur einen einzigen Eingang und einen Ausgang. Das könnte sich auch zum Nachteil für uns auswirken. Und außerdem, warum sollte sich der Prätendent ausgerechnet nach Dunnottar begeben?«

»Es ist einer der Sitze des Earl of Marischal und gehört zu den sichersten Festungen Schottlands. Dort gibt es eine Ausfallspforte, durch die man direkt zur Steilküste von Castle Haven gelangt, wo sich ein kleiner natürlicher Seehafen befindet. Das wäre ein sicherer Ort, an dem der Prätendent sich einschiffen könnte.«

»Hmmm ... Werden sie uns diese Geschichte abnehmen?«

»Dafür könnte ich sorgen«, meinte Sàra und lächelte rätselhaft. »Mit einer schriftlichen Botschaft.«

»Und das Siegel?«, erkundigte sich Duncan, der aus seiner Apathie erwacht war.

Wir sahen einander konsterniert an. Natürlich besaßen wir kein Siegel des Hauses Argyle, um das Dokument echt erscheinen zu lassen.

»Wir könnten immer noch Hughs Brosche benutzen«, meinte Marion. »Aber ... ich erinnere mich, dass sich auf dem Dokument ein Zeichen befand, eine Art Dolch. Vielleicht ...«

»Könntest du es aufzeichnen?«

»So genau sehe ich es nicht mehr vor mir, doch ich könnte es versuchen.«

Sàra saß schon vor dem kleinen Schreibtisch, über dem ein Porträt des letzten Earl of Marischal, George Keith, hing. Er war vor einem ländlichen Hintergrund dargestellt, und zu seinen Füßen lagen zwei herrliche schottische Windhunde. Der Earl hatte ein Jagdgewehr über der Schulter hängen und trug eine Tasche, an der die Früchte einer erfolgreichen Jagd hingen. Liam diktierte seiner Schwester die Botschaft, und Marion hatte sich neben sie gesetzt und beugte sich ebenfalls über ein Blatt Papier. Sie kratzte sich mit der Feder an der Nasenspitze, legte die Stirn in Falten und versuchte, sich an das Zeichen zu erinnern, das sie auf dem berüchtigten Schreiben aus Argyle gesehen hatte. Ich trat zu Duncan, der immer noch schmollend in seinem Sessel saß, und legte ihm eine Hand auf den Arm.

»Ich weiß, dass dir die Idee nicht gefällt ...«

Er fuhr zusammen und fluchte.

»Es ist nur ein Stück Stoff, weißt du.«

»Ein Stück Stoff! Mutter! Du solltest eigentlich wissen, dass ein Tartan niemals nur ein Stück Stoff ist. Er steht für unser Blut, unsere Geschichte …«

Ich verzog das Gesicht. *Ganz schlechter Anfang, Caitlin.*

»Nun gut, du hast ja recht. Aber haben nicht auch Männer, die diesen Tartan trugen, auf der Ebene von Sheriffmuir ihr Blut für den Stuart-Prinzen vergossen?«

»Hmmm … Das hat nichts mit der Loyalität zu unserem König zu tun, sondern ist eine Frage von … Dieser Tartan ist mit unserem Blut befleckt, und ich will ihn einfach nicht anziehen.«

Ich beugte mich über ihn und sah ihm in die Augen. Er wollte mir ausweichen, aber ich rief ihn streng zur Ordnung.

»Duncan, dieser Tartan gehört deiner Frau. Er symbolisiert ihr Blut und ihre Geschichte. Du liebst sie doch …«

»Ja, ich liebe sie, aber nicht ihren Clan.«

»Du kannst aber nicht von ihr verlangen, ihre Farben zu verleugnen und sich von ihrer Familie abzuwenden. Schließlich verlangt niemand von dir, Glenlyon einen Treueid zu leisten … Duncan … Es ist doch nur zu Marions Schutz …«

»Ich weiß …«

»Tu es für sie.«

Bedrückt ließ er sich im Sessel zurücksinken. Ich wusste, dass er verstanden hatte und ihm nur noch sein Stolz im Weg stand. Sein Blick glitt zu seiner Frau, die sich eifrig über das Blatt Papier beugte. Sie strich sich eine widerspenstige Strähne zurück, die ihr in die Augen fiel, und fuhr sich mit der Zunge über die Lippen.

»Sie ist ziemlich mutig«, bemerkte ich. »Ich mag sie gern.«

»Und ich erst …«, flüsterte er.

Er strich über die Reliefoberfläche der Brosche, die er immer noch in der Hand hielt, wog das Schmuckstück in der Hand und schloss die Finger darüber. Dann seufzte er ergeben.

»Schon gut, Mutter, ich habe es begriffen. Was tut man nicht alles …«

»… für eine Frau?«, fiel ich ein.

Einen Moment lang schwieg er, trommelte mit den Fingern

zerstreut auf dem Campbell-Plaid herum und ließ Marion nicht aus den Augen. Dann steckte er die Nase in den dunkel gefärbten Wollstoff, roch daran und schloss die Augen.

»Ich will zwei Männer als Begleitung. Sie sollen vor der Herberge warten. Wenn Marion fertig ist, wird sie mit ihnen zurückreiten. Ich stoße in der Festung zu Vater.«

»Dafür kann Sàra sicherlich sorgen.«

»Außerdem soll sie sich bewaffnen – mit einem Messer, zusätzlich zu ihrem kleinen Dolch.«

Er brummte noch ein wenig vor sich hin und stand dann auf. Das Plaid über die Schulter gelegt, ging er ans Büfett.

»Jetzt brauche ich ein Glas.«

Ich ließ ihn seinen Stolz im Whisky ertränken und trat zu Liam, der Sàras Werk in Augenschein nahm.

»Und?«

»Was hältst du davon?«, fragte er und reichte mir das Schreiben.

Rasch überflog ich das Blatt. Es besagte, der schottische Thronprätendent werde sich unverzüglich nach Dunnottar Castle begeben, wo ihn ein Boot erwartete, das ihn zu einem der französischen Schiffe bringen würde, die Dundee verlassen hatten. Die Überbringerin der Botschaft sei eine Nichte des Duke – was, nebenbei erwähnt, gar nicht falsch war –, und die Männer sollten ihr begegnen, als wäre sie der Duke selbst.

Der letzten Anweisung gegenüber war ich etwas skeptisch. Dazu hätte man wissen müssen, wie genau diese Halsabschneider mit dem Duke umgesprungen wären. Alles in allem passte die Geschichte zusammen und erschien mir glaubhaft. Aber würde die List auch funktionieren?

Unsere Vorstellung war, die Söldner auf das Gelände der Festung zu locken. Das dürfte nicht allzu schwierig werden; wir würden dem Schreiben eine Karte mit dem Siegel der Keiths beilegen, die sie in Dunnottar dem Wachposten zeigen sollten; die Männer sollten sich als Kundschafter vorstellen, die vor der Ankunft des Prinzen das Gelände inspizieren sollten. Der Rest müsste für Männer ihres Schlages ein Kinderspiel sein. Jedenfalls beinahe …

»Ich glaube, jetzt habe ich es ungefähr«, murmelte Marion und betrachtete das Ergebnis ihrer Bemühungen. »Ganz sicher bin ich mir allerdings nicht, ob ich die Ähnlichkeit hinbekommen habe.«

Sie runzelte die schmalen Brauen, kniff die Augen zusammen und zog eine Grimasse.

»Hmmm ... Ich weiß nicht ...«

Sie befeuchtete einen Finger und tippte vorsichtig auf ihre Zeichnung.

»Was machst du denn da?«, fragte ich verblüfft.

»Ein ... kleiner Unfall. So! Jetzt ist es besser«, rief sie aus und betrachtete das leicht verwischte Zeichen. »So fallen die Unterschiede, wenn es welche gibt, weniger ins Auge.«

Ich lächelte über ihre Findigkeit.

»Was meinst du dazu, Duncan? ... Oh!«

Ich folgte Marions verblüfftem Blick. Mein Sohn hatte das Plaid von Glenlyon angelegt und die Brosche der Campbells darangesteckt. Er lehnte an der Wand, hatte die Arme vor der Brust verschränkt und sah uns mit kläglicher Miene an.

»Enthaltet euch jeden Kommentars, bitte ...«

Die Schatten wurden länger und maßen die Zeit, die unerbittlich verstrich. Dumpfe Furcht wühlte in meinen Eingeweiden und begann, Zweifel in mir zu säen. In meinem Kopf überschlugen sich tausend Fragen. Und wenn ...? War vielleicht ...? Oder ...? Liam war vor über einer Stunde nach Dunnottar aufgebrochen. Duncan und Marion hatten sich, begleitet von zwei Männern, die mit dem Hause Keith verbunden waren, auf den Weg zur Herberge von Stonehaven gemacht.

Ich betrachtete die kleinen glitzernden Punkte, mit denen die Tischplatte aus italienischem Marmor gesprenkelt war. Hinter den Grampians-Bergen ging die Sonne unter; und ihre Strahlen, welche die Kristallgläser zum Glitzern brachten, wurden rasch schwächer.

Sàra reichte mir einen Pokal mit Claret-Wein. Mit sorgenvoll gerunzelter Stirn setzte sie sich in den Sessel, der mir gegenüber stand, und seufzte. Ich holte tief Luft und nippte an der blutroten Flüssigkeit.

»Alles wird gutgehen«, meinte Sàra.

Ich fragte mich, wen von uns beiden sie damit mehr überzeugen wollte. Mein Blick fiel auf einen Vogelbauer, der in der Nähe eines Fensters stand. Die kleine Nachtigall, die auf einem Birkenzweig saß, war verstummt und putzte sich jetzt die Flügel. Ich versuchte, mich in die Toilette des Vogels zu vertiefen, um mich abzulenken – doch erfolglos. Die düstere Silhouette von Dunnottar stand vor meinem inneren Auge und bedrückte mich.

Die Festungsanlage war ein beeindruckendes Bauwerk. Sie war auf einem alten piktischen Heiligtum errichtet und erhob sich auf dem Hochplateau einer einzigartigen Halbinsel, deren Boden derart mit Kieseln und Felsbrocken durchsetzt war, dass man sie den »Pudding«* nannte. Das aus Stein erbaute Tower House stammte aus dem 14. Jahrhundert und war von Sir William Keith erbaut worden, Earl of Marischal und Hüter des schottischen Kronschatzes. Er hatte die Ruinen der alten Holzfestung ersetzt, die der berühmte Freiheitskämpfer William Wallace eingenommen hatte. Dieser Mann, der den festen Vorsatz hegte, Schottland zu befreien, hatte 1297 an der Spitze mehrerer Clans, die gegen den englischen König Eward I. rebellierten, die Garnison niedergebrannt, als die englischen Soldaten sich der Kapitulation widersetzten, obwohl sie offensichtlich geschlagen waren.

Im Lauf der Jahrhunderte waren nach den Bedürfnissen der Bewohner weitere Gebäude hinzugekommen. Nur ein einziger Zugang führte in die Anlage, und zwar durch eine Felsschlucht, welche die Halbinsel mit dem Festland verband. Man konnte ihn unmöglich passieren, ohne von dem Wachposten gesehen zu werden. Auf den drei anderen Seiten fielen mehrere Dutzend Ellen tiefe, imposante Felswände ab, unüberwindbar für einfache Sterbliche. Es hieß, die Festung sei so gut wie uneinnehmbar; höchstens mittels schwerer Artillerie sowie einer langen Belagerung, um die Bewohner auszuhungern, hätte man ihr beikommen können. Vor sechzig Jahren war Cromwell dies gelungen,

* Wegen der allenthalben aus dem Boden ragenden Steine, die an Rosinen und Nüsse in einem englischen Weihnachtspudding erinnern, der eine Art Kuchen ist. (Anm. d. Übers.)

nachdem er mehrere Monate lang geduldig ausgeharrt hatte. Doch wie Liam gesagt hatte, besaß sie nur einen einzigen Eingang und einen einzigen Ausgang. Wenn die Söldner zu früh Lunte rochen, konnten unsere Männer sich selbst in der Falle wiederfinden …

Sàras Stimme drang an meine Ohren und riss mich aus meinen düsteren Überlegungen. Sie bot mir von dem kalten Hühnchen an, das Rosie gebracht hatte. Meinen Magen würde das Essen schon beruhigen, doch das galt nicht für mein Herz. Ich ergriff einen Schenkel und begann ohne großen Appetit, daran zu knabbern.

Eileen war gekommen und hatte Kerzen gebracht, die sie auf den Schreibtisch legte, als Howard, der Majordomus, ebenfalls eintrat.

»Ein Kurier aus Perth verlangt Lord Dunn zu sehen, Milady«, erklärte er. »Ich habe ihm gesagt, er sei einige Tage fort, da hat er darauf bestanden, Euch zu sprechen. Er behauptet, es sei dringend.«

»Wer ist es?«

»Mr. Gordon, Milady.«

»Mr. Gordon? Er soll heraufkommen, Howard. Höchste Zeit, dass er etwas von sich hören lässt.«

Ich sah zu, wie die hübsche Eileen die zu kurzen Kerzen an einem Kerzenleuchter ersetzte und sie anzündete. Sàras Gesicht hellte sich auf, und sie sprang auf und streckte dem Besucher die Arme entgegen.

»Ah, mein lieber William! Ihr habt Euch ja seit Ewigkeiten nicht mehr in Fetteresso sehen lassen.«

»Verzeiht, aber ich war krank …«

»Wie ich sehe, geht es Euch besser.«

»Meine Aufgaben verpflichten, teure Freundin. Man kann es sich nicht erlauben, allzu lange krank zu sein.«

Ein eisiger Schauer lief mir das Rückgrat hinunter. Diese Stimme … Gordon, William Gordon … Der Kurier des Earl of Marischal! Der junge Mann, der versucht hatte, mir mit Gewalt Informationen über die Gerüchte über das Attentat auf den Prinzen abzupressen. Colonel Turners Bote … In Gedanken verloren, hatte ich nicht auf den Namen des Besuchers geachtet, den der Majordomus angekündigt hatte. Von meinem Platz aus konnte ich ihn nicht sehen und war für ihn ebenfalls unsichtbar. Langsam legte ich den Hühnerschenkel auf den Teller zurück und grub die Finger in die Sessellehnen.

»Ich will Euch nicht lange stören, Mylady. Ich bin gekommen, um mir meinen Lohn für den vergangenen Monat und einen Vorschuss auf die nächsten zwei Wochen zu holen, wie der Earl of Marischal es mir zugesichert hat. Ich muss so rasch wie möglich fort. Der Prätendent verlässt Schottland, daher …«

»Ja, natürlich«, beruhigte ihn Sàra. »Patrick hat das Geld erhalten. Der Earl hat die Summe noch um einen weiteren Monatslohn erhöht, als Anerkennung für Eure treuen Dienste.«

Sie sah zu Eileen, die soeben ihre letzte Kerze angezündet hatte.

»Es ist gut, Eileen. Jetzt komme ich allein zurecht.«

Das Dienstmädchen verneigte sich, verließ den Raum und nahm die Kerzenstummel mit, die wieder eingeschmolzen würden. Sàra zog ein Buch aus einem der Regale und legte es auf die blaue Marmorplatte des Tisches. Der Band stellte in Wahrheit eine Schatulle dar. Sie nahm einen Umschlag heraus und stellte das Buch dann sorgfältig wieder zurück. Dann trat sie zu ihrem Besucher, wobei sie meinem Blick begegnete. Ich schluckte. Hoffentlich würde der Mann sich gleich wieder verabschieden.

»Komm, Caitlin, ich möchte dir einen Freund von Patrick und mir vorstellen …«

Sie trat um meinen Sessel herum und zog Gordon hinter sich her. Als der große, magere brünette Mann mich erkannte, erstarrte er.

»Geht es dir nicht gut?«, fragte Sàra mich. »Du bist ja ganz blass geworden.«

Ich öffnete den Mund, um ihr zu antworten, stellte jedoch fest, dass ich kein Wort herausbrachte.

»Was hast du, Caitlin?«

Sie wandte sich zu Gordon um, der ebenso Mund und Augen aufsperrte wie ich. Ratlos runzelte sie die Brauen.

»Kennt ihr euch?«

»Caitlin … Macdonald?«, fragte der junge Mann mit ausdrucksloser Stimme.

»Ah, ihr kennt euch. Caitlin ist Patricks Schwester …«

Sein Gesicht hatte eine gräuliche Färbung angenommen. Nervös fuhr er mit der Hand durch sein zerzaustes Haar und blinzelte dann, ohne den verblüfften Blick von mir zu wenden.

»Caitlin Dunn … Und ich hatte Euch die ganze Zeit vor der Nase!«

Immer noch hielt er seinen Lohn in der Hand. Langsam stand ich auf. Seine Augen zogen sich zu schmalen Schlitzen zusammen. Sàra bemerkte die angespannte Atmosphäre und erbleichte nun ihrerseits.

»Irgendetwas entgeht mir hier«, richtete sie das Wort an mich. »Könntest du mir erklären, was hier vor sich geht?«

Der Mann stopfte sein Geld in die Innentasche seiner Weste. Seine Lippen verzogen sich zu einem Lächeln, aber sein Blick blieb kalt und nahm sogar einen drohenden Ausdruck an. Überheblich musterte er mich. Diese blaugrünen Augen … Etwas in seinen Zügen erinnerte mich an jemanden.

Gordon hatte sich rascher als ich von seiner Überraschung erholt und tat einen Schritt auf mich zu. Instinktiv wich ich zurück, um den Abstand zwischen uns zu wahren.

»William«, schaltete sich Sàra sichtlich besorgt ein, »könnt Ihr mich bitte aufklären?«

»Dieser Mann ist ein Spion, Sàra«, sagte ich, um sie nicht ganz im Dunklen zu lassen. »In Perth hat er mich bedroht und mir ein Messer an die Kehle gesetzt.«

»W … was?«

Ich ließ weder Gordon noch den Dolch, der an seinem Gürtel hing, aus den Augen. Reglos maßen wir einander mit Blicken. Er schien nicht die geringste Angst vor meinen Enthüllungen über seine Person zu haben.

»Ich sollte ihm alles verraten, was ich über das Komplott von Argyles Sohn wusste.«

»William, was soll das heißen?«

»Das ist jetzt nicht mehr von Bedeutung«, gestand er mit leiser Stimme. »Der Sohn des Duke hat einen Rückzieher gemacht.«

»Aber die gedungenen Mörder …«, entfuhr es Sàra.

Ihre Worte hatten die Wirkung eines Pistolenschusses. Gordon fuhr zusammen und sah sie mit eisigem Blick an.

»Wovon redet Ihr?«

Sie sah mich hilflos und erschrocken an. Mit einer Geste bedeutete ich ihr, nichts weiter zu sagen.

»Diese feige Bande hat mich im Stich gelassen!«, zischte Gordon.

Äußerlich gab er sich gelassen, doch seine unbeholfenen Bewegungen verrieten seinen inneren Aufruhr.

»Dann muss ich eben allein zurechtkommen …«

Er war der erwartete Bote gewesen! Dann mussten die Mörder die Herberge bereits verlassen haben und nach Dunnottar aufgebrochen sein. Das Täuschungsmanöver hatte Erfolg gehabt. Aber wo blieb Marion? Sie war noch nicht zurückgekehrt. Mein Herz zog sich zusammen, und eine ungute Vorahnung beschlich mich. Und wenn nun etwas schiefgegangen war?

Jemand packte mich am Handgelenk und zerrte mich brutal hoch.

»Ihr kommt mit mir.«

»Wie bitte?«

»Ihr glaubt doch nicht, dass ich ohne ein Faustpfand gehen werde, das ich gegen mein Leben eintauschen kann, falls ich in Schwierigkeiten gerate? Und außerdem hat Euer Mann mich zusammengeschlagen. Ich möchte ihm mit gleicher Münze herausgeben. Ihr seid ziemlich hübsch. Bestimmt werdet Ihr ihm fehlen …«

»Das könnt Ihr nicht machen!«, fiel Sàra heftig ein und versuchte, sich zwischen uns zu stellen.

Er stieß sie ohne Federlesens weg. Ich versuchte, mich loszureißen, erstarrte aber sofort, als ich den kalten Stahl eines Pistolenlaufs im Nacken spürte. *Caitlin! Jetzt steckst du aber mal wieder in Schwierigkeiten!*

»Wenn Ihr schreit, Mylady, schieße ich ihr das Gehirn weg!«, drohte er und zerrte mich zur Tür. »Und das wäre doch schade …«

Sàra war vor Angst wie gelähmt und vollständig von ihrer

Panik überwältigt. Ihr Schrei erstarb auf ihren Lippen. Und natürlich waren die Dienstboten nie zu sehen, wenn man sie wirklich brauchte! Gordon zog mich hinter sich her in den Korridor, dann in die Eingangshalle und ergriff einen Umhang, den er auf einer Bank liegen gelassen hatte. Auch seinen Rock nahm er mit.

»Wohin bringt Ihr mich?«

»Nach Montrose. Da habe ich etwas zu erledigen«, erklärte er. »Das mit Euch ist etwas anderes; eine persönliche Angelegenheit.«

Er schwieg einen Moment lang und warf dann einen Blick in den Korridor. Man hörte Sàras Absätze über das Parkett klappern, und dann brach unter den Dienstboten Verwirrung aus; entsetzte Schreie waren zu hören. Montrose … Er hatte vor, den Prätendenten selbst zu ermorden. Aber was hatte ich damit zu tun?

»Los!«, knurrte er und stieß mich mit dem Lauf seiner Waffe an. »Wir haben keine Zeit zu verlieren und müssen sofort aufbrechen.«

»Ich habe nichts mit Euch zu schaffen, William Gordon!«, schrie ich.

»Das werden wir noch sehen!«

Er befahl mir, auf sein Pferd zu steigen, das vor der Tür wartete, und sprang hinter mir auf. Dann fasste er mich fest um die Taille und gab dem Tier die Sporen. Wir ritten in den dichten Nebel hinein. Ich warf einen letzten Blick zurück und sah gerade noch, wie Sàra auf der Türschwelle stand, eine Hand vor den Mund geschlagen, um einen Schrei zu ersticken. Jetzt war ich auf dem Weg nach Montrose und einem Mann ausgeliefert, der sich anschickte, einen Königsmord zu begehen. In diesem Moment gab ich nicht mehr viel auf meine Haut.

31

Die Meuchelmörder

Duncan leerte seinen zweiten Krug und beobachtete aus dem Augenwinkel drei Männer von verdächtigem Äußeren, die in einer dunklen Ecke der Herberge die Köpfe zusammensteckten. Marion saß ihm gegenüber und rieb hörbar den Umschlag zwischen den Fingern, so dass die Männer ihn gut erkennen konnten. Wo mochten die anderen sein? Ob sie schon fort waren? Vielleicht war ja der Bote schon gekommen und hatte diese drei gebeten, aus irgendeinem Grund zurückzubleiben. Das hielt Duncan allerdings für wenig wahrscheinlich. Von seinem Platz aus konnte er den Mann erkennen, der sich Mackay nannte. *Wirklich nicht gerade Vertrauen erweckend!* Offensichtlich war er der Anführer der Bande.

Mackay warf ihnen inzwischen verstohlene Blicke zu. Duncan war klar, dass er den Umschlag und das Siegel darauf bemerkt hatte.

»Er wird nicht kommen«, murmelte Marion und sah diskret zu Mackay hinüber.

»Lass uns noch ein wenig warten. Wenn er dann nicht auf uns zukommt, müssen wir eben … Verflucht! Es ist so weit, *mo aingeal.*«

Mackay stand langsam auf und sah die beiden misstrauisch an. Dicht gefolgt von seinen zwei Kumpanen trat er auf sie zu. Duncans Hand bewegte sich zum Heft seines Dolchs, und Marion bemühte sich um eine gelassene Miene. Ein bedrohlicher Schatten fiel über sie. Duncan begann sich äußerst unwohl zu fühlen. Schon jetzt bedauerte er, dass er Marion erlaubt hatte, sich auf diese gefährliche Maskerade einzulassen. Er hätte allein gehen sollen, auch auf die Gefahr hin, dass der Plan dann scheiterte. Verschlagen grinsend beugte Mackay sich über Marion.

»Guten Abend, kleine Lady. Wäre es möglich, dass Ihr jemanden sucht?«

»Und Ihr, wartet Ihr auf jemanden?«, gab Marion unbeeindruckt zurück.

Der Mann grinste Unheil verheißend.

»Schon möglich. Aber ich habe mit jemand anderem gerechnet.«

Mit dem Zeigefinger wies er auf den Brief, den Marion auf den Tisch gelegt hatte, damit er nicht bemerkte, dass ihre Hände zitterten.

»Was ist das?«

»Ich weiß nicht genau, wem ich dieses Schreiben übergeben soll«, erklärte sie mit unschuldigem Augenaufschlag. »John hat mich nur gebeten, hier Halt zu machen, und mir versichert, jemand werde mich ansprechen. Der Empfänger des Briefes würde schon wissen …«

»John?«, unterbrach Mackay sie verblüfft.

»Argyle«, erläuterte Marion in demselben gleichmütigen Tonfall. »Der Sohn des Duke.«

Einen Moment lang sagte der Mann nichts. Dann streckte er die Hand nach dem Umschlag aus, doch Marion zog ihn weg, bevor er ihn berühren konnte.

»Woher soll ich wissen, dass Ihr derjenige seid, dem ich das Dokument übergeben soll?«

»Und wer sagt mir, dass Ihr tatsächlich die Person seid, die ich erwarte?«

Dennoch zog er einen Umschlag aus der Tasche und hielt ihn Marion unter die Nase. Duncan ließ die Hände der beiden anderen Halunken, die sich ein wenig im Hintergrund hielten, nicht aus den Augen. *Gebrochene Männer*, dachte er und musterte sie aufmerksam. Mr. Milne, der Herbergswirt, hatte recht gehabt. Dieser Mackay wirkte ziemlich streitlustig, und trotz seiner Körpergröße war Duncan nicht wohl bei dem Gedanken, dass es zwischen ihnen zu Handgreiflichkeiten kommen könnte. Der Mann war ein wenig kleiner als er, aber kräftig wie ein Stier gebaut. Er hätte mit einer Hand Marions zarten Hals umfassen und brechen können. Bei dieser Vorstellung musste Duncan schlucken.

Mit unsicherer Hand nahm Marion den Umschlag von Mackay entgegen und verglich die beiden Stempel.

»Also, stellt Euch das nun zufrieden?«, fragte Mackay.

»Ja ... Ich glaube, Ihr seid der Mann, auf den ich warte.«

Gelassen reichte sie ihm die gefälschte Nachricht und steckte dann rasch die Nase in ihren Bierkrug, damit er ihre Aufregung nicht bemerkte. Mackay untersuchte den Umschlag.

»Das Zeichen«, erklärte er, »ist anders.«

Auch er besaß scharfe Augen; es würde nicht leicht werden, ihn zu übertölpeln. Marion umklammerte den Henkel des Kruges so fest, dass ihre Knöchel weiß wirkten.

»Ich habe Wasser darüber verschüttet«, log die junge Frau schamlos. »Es tut mir leid.«

»Hmmm ... Ja.«

Sie stellte ihren Krug auf den Tisch, damit niemand ihr Zittern bemerkte. Duncan gab sich große Mühe, normal zu atmen, was ihm aber nur schwer gelang. Einen Moment lang trafen sich seine und Marions Blicke. Am liebsten hätte er sie jetzt gleich aus der Herberge geschafft. Mackay hielt den Brief in Händen; es gab keinen Grund mehr, sich länger hier aufzuhalten. Doch sie mussten noch warten, um keinen Verdacht zu erregen. Mackay riss den Umschlag auf und vertiefte sich in den Brief.

»Das ist doch wohl nicht sein Ernst!«, knurrte er dann und streckte Marion das Schreiben entgegen. »Was in aller Welt soll das? Und überhaupt, wer seid Ihr eigentlich?«

Duncan spannte sich an, seine Finger strichen über den Dolch, bereit, ihn zu ziehen. Die beiden anderen Missetäter waren näher getreten.

»Wer ich bin, geht Euch gar nichts an«, entgegnete Marion stoisch. »Ich befand mich auf der Durchreise nach Cawdor Castle, wo ich eine Tante besuchen wollte, in Aberdeen. Mein Cousin John wollte, dass ich diesen Brief überbringe. Er hält sich im Lager auf bei seinem Vater, und ist zu beschäftigt, sich selbst darum zu kümmern. Ihr wisst ja, dass sie gegenwärtig auf Perth marschieren, daher ... Ich habe keine Ahnung, was in dem Schreiben steht, und will es auch gar nicht wissen. Wenn Euch etwas daran missfällt ...«

Sie zuckte die Achseln, als wolle sie sagen, *das ist mir vollständig gleich*, oder *macht damit, was Ihr wollt*, und sah ihm unverwandt in die Augen.

»Aber das ist Wahnsinn!«, schrie Mackay. »Dunnottar … Verflucht und zugenäht!«

»Was ist denn, Aenas?«, fragte der größere der beiden Halunken beunruhigt.

Mackay reichte ihm den Brief. Der andere schaute ein wenig verlegen darauf hinunter.

»Du weißt genau, dass ich nicht lesen kann.«

»Wir sollen nach Dunnottar reiten; das ist doch verrückt! Angeblich soll der Prätendent heute Nacht dort eintreffen.«

Duncan rutschte auf seinem Platz herum. Er fand, dass jetzt der richtige Moment gekommen war, um zusammen mit Marion zu verschwinden, und wollte aufstehen. Doch Mackay stieß ihn auf die Bank zurück.

»Hoppla! Ihr geht nirgendwo hin!«

»Mistress Campbell hat bis nach Cawdor noch einen langen Weg vor sich. Es hieß, sie solle aufbrechen, sobald sie die Botschaft übergeben hätte.«

»*Mistress Campbell* wird erst aufbrechen, wenn ich es gestatte. Ruf die anderen zusammen, Will. Wir müssen uns unterhalten.«

Sein des Lesens unkundiger Kumpan drehte sich um und verließ die Herberge.

»Mit Dunnottar hätte ich nicht gerechnet! Lunan Bay oder Stonehaven vielleicht. Oder sogar Arbroath … Aber an Dunnottar hätte ich nie gedacht!«

Er wühlte in seinem Sporran herum, zog eine Rolle Tabak hervor und riss ein Blatt ab. Die schroffe Bewegung, mit der er es in seinen Mund stopfte, verriet seinen Zorn. Duncan sah zu Marion, doch sie hielt den Blick stur auf ihren Bierkrug gerichtet. Das Ganze entwickelte sich nicht so, wie sie geplant hatten. Sie hätten sich einen zweiten Plan für den Notfall ausdenken sollen.

Eine Weile verging, bis der Rest der Bande die Herberge betrat und für leise Unruhe unter den bereits anwesenden Gästen sorgte. Wer diese Männer angeheuert hatte, wusste, mit wem er es zu tun hatte.

»Wer hat Euch geschickt?«, verlangte Mackay energisch zu wissen.

Er beugte sich über Marion und musterte sie finsteren Blickes.

»Ich … ich folge den Anweisungen meines Cousins.«

»Hier stimmt etwas nicht, aber ganz und gar nicht! Ich will Euren Namen wissen!«

»Ich bin von Campbell-Blut, Sir«, knurrte sie und erwiderte seinen Blick trotzig.

Vor Zorn war ihr Gesicht purpurrot angelaufen. Duncan kannte sie inzwischen gut genug, um zu wissen, dass sie außer sich geriet, wenn man etwas gegen ihre Abstammung vorbrachte. Mackay kaute mit undeutbarer Miene auf seinem Priem herum und musterte sie dabei von Kopf bis Fuß. Er grinste, und aus seinem Mundwinkel sickerte ein schmales, schwärzliches Rinnsal, das er mit dem Ärmel abwischte.

»Aha, Campbell also? Aus Argyle?«, fragte er und betrachtete die Farben des Tartans.

»Campbell von Kames.«

»Kames … Hmmm … Und der da?«

»Meine Eskorte. Ihr glaubt doch nicht, dass ich allein auf Reisen gehe? Muss ich Euch daran erinnern, dass dieses Land sich mitten in einem Aufstand befindet?«

Mackay warf Duncan, der reglos wie eine Marmorstatue dasaß, einen Seitenblick zu. Der junge Mann kam soeben zu dem schrecklichen Schluss, dass er seine Frau in die Klauen eines Meuchelmörders gegeben hatte, und ein eiskalter Schauer überlief ihn. Mackay schien seinen Gedanken zu erraten, denn er verzog den Mund zu einem hässlichen Grinsen, das eine Reihe schwärzlicher, teilweise abgebrochener Zähne enthüllte.

Mackays Männer hatten sie jetzt in die Mitte genommen. Marion und er saßen in der Falle, was noch freundlich ausgedrückt war. Er musste sich etwas einfallen lassen, um sie so rasch wie möglich hier fortzubringen. Der Gauner wandte sich mit selbstzufrieden geschwellter Brust an seine Kumpane, sprach sie mit lauter, gebieterischer Stimme an und ignorierte die anderen Gäste, die ihnen neugierige Blicke zuwarfen.

»Es sieht aus, als müssten wir unsere Pläne ändern. Wir werden darüber disputieren und dann eine Entscheidung treffen.«

In der Gruppe kam erstauntes Stimmengewirr auf.

»Lasst uns hinausgehen!«, befahl Mackay. »Ihr kommt auch mit!«

Duncan legte Marion ihren Umhang um und half ihr beim Aufstehen. Er drückte ihr die Schulter, um sie zu beruhigen, doch das Lächeln und der Blick, die sie ihm zurückgab, waren wenig überzeugend. Sie hatte schreckliche Angst. Aber jetzt war es zu spät. Sie würden eben vorsichtig sein müssen.

Einer der Männer stieß Marion ein wenig grob in den Rücken, um sie nach draußen zu schieben. Sie fuhr herum und maß ihn mit einem mörderischen Blick.

»Fasst mich nicht an!«

»Wisst Ihr, dass man in Strath Halladale Hexen im Moor versenkt?«, gab dieser mit spöttischer Miene zurück und kniff die schwarzen, verschlagenen Augen zusammen.

»Fahrt doch zur Hölle, alter, stinkender Bock! Bei uns in … Argyle werden Männer wie Ihr gehängt!«

»Das reicht jetzt, Ewie!«, schaltete sich Mackay ein. »Die Lady ist die Nichte des Duke of Argyle, und für euch lautet ihr Name ›Anfassen verboten‹. Ist das klar?«

Die kalte Luft traf unangenehm auf ihre Haut. Die untergehende Sonne breitete einen purpurfarbenen Mantel über die Bucht von Stonehaven. Die kleine Hafenstadt, die hauptsächlich vom Fischfang lebte, lag an einem sichelförmigen Sandstrand unterhalb der Klippen von Downie Port. Die Schreie der Möwen, die über ihnen kreisten, hallten von den steinernen Häuserfassaden wider.

Sie standen auf der Highstreet, von der aus man über die Bucht hinaussah, und warteten darauf, dass Mackays Männer ihre Beratungen beendeten. Die Straße leerte sich nach und nach. Duncan sah sich nach den beiden Männern um, die Marion hätten zurückbegleiten sollen. Sie hatten sich unter die Fischer gemischt, die von ihrer Ausfahrt zurückgekehrt waren und ihre Netze zum Trocknen aufhängten. Er fing den Blick eines der Männer auf; er hatte die Situation begriffen. Duncan bedeutete ihm, noch nichts zu unternehmen. Er mochte nicht riskieren, dass Marion bei einer Auseinandersetzung, bei der sie vielleicht den Kürzeren ziehen würden, verletzt würde.

Die Hand der jungen Frau streifte die seine und ergriff sie. Duncan hätte sie schrecklich gern in die Arme genommen; doch er musste auf Abstand bleiben und vorgeben, sie beide seien höchstens freundschaftlich verbunden. Der kleine Mann mit dem verschlagenen Gesicht, der sie bewachte, spielte ständig mit seiner Pistole, was wohl eine Warnung an sie darstellen sollte.

»Was sollen wir tun?«, fragte Marion an seiner Schulter und tat, als werfe sie einen Blick hinter sich.

»Im Moment können wir nur warten. Hast du dein Messer noch?«

Sie schmiegte ihren Schenkel an seinen, so dass er die Waffe spüren konnte, die sie in den Falten ihres Rocks versteckt hatte. Er beugte sich zu ihr hinunter.

»Vergiss nicht, benutze es nur im äußersten Notfall.«

Unter den Männern kam lautes Murren auf. Nach ihren Mienen zu urteilen, behagte ihnen das Ziel, das man ihnen bezeichnet hatte, überhaupt nicht.

»Ich lasse mich doch nicht in diese Festung locken! Da kann man sich ja gleich eine Kugel in den Kopf schießen!«

»Hör zu, Doug, wir sind nicht hergekommen, um dann mit leeren Händen nach Cape Wrath zurückzukehren! Jeder von uns soll fünf Hundertstel von der Belohnung erhalten. Bist du vollkommen verrückt geworden, dass du dieses Geld in den Wind schreiben willst? Fünftausend Pfund Sterling, das ist mehr, als du in deinem ganzen verfluchten Leben zusammenbringen kannst!«

»Schon … Aber ich möchte auch noch am Leben sein, um es auszugeben, Schwachkopf!«

»Lasst es gut sein, Leute«, schaltete sich Mackay ein. »Wir müssen uns entscheiden. Also, ja oder nein?«

»Ich finde, dass Finlay recht hat. Wir sind nicht hergekommen, um unverrichteter Dinge wieder heimzureiten. Meine Frau erwartet das siebte Balg, da käme mir ein wenig Geld gut zupass.«

»Und du bist sicher, dass du der Vater bist, Connor?«

»Halte den Rand, Andrew! Bei deiner Visage würde es mich nicht erstaunen, wenn deine sich von deinem Bruder schwängern lässt, um etwas ansehnlichere Kinder zu bekommen und trotzdem in der Familie zu bleiben.«

Mit einem dumpfen Krachen landete eine Faust auf Connors Nase, der zu fluchen und Blut zu spucken begann; doch ein einziger Blick von Mackay reichte aus, um die Streithähne zu beruhigen. Noch ein paar Minuten lang debattierten die Männer laut weiter, bis sie sich schließlich einigten. Gott regiert im Himmel und das Geld auf Erden … Sie würden nach Dunnottar reiten.

Mackay hielt die kleine Karte mit dem Wappen der Keiths in die Höhe, mit deren Hilfe sie ungehindert in die Festung würden eindringen können.

»Ich nehme an, das ist unser Eintrittsbillet? Wie ist es Argyle gelungen, sich das zu beschaffen?«

Marion tat überrascht und untersuchte die Karte, als sähe sie sie zum ersten Mal.

»Ich weiß es nicht«, stammelte sie. Mehr und mehr geriet sie in Panik.

Mackay stellte zu viele Fragen, auf die sie keine Antwort geben konnten. Allerhöchste Zeit, von hier zu verschwinden.

»Ich gebe zu, dass ich nicht recht weiß, was ich davon halten soll. Ich finde immer noch, dass die Geschichte irgendwo einen Haken haben muss. Ihr werdet uns begleiten.«

Marion riss erschrocken die Augen auf.

»Nein … Ich muss weiterreisen …«

Der Bandit packte sie am Handgelenk und zerrte sie hinter sich her. Duncan versuchte den beiden zu folgen, wurde jedoch von zwei Männern, die ihn brutal zurückstießen, aufgehalten. Mackay drehte sich um und brach in ein teuflisches Gelächter aus.

»Glaubt Ihr, dass ich so dumm bin, mich in eine feindliche Festung zu begeben, ohne eine Garantie dafür zu haben, dass ich auch wieder herauskomme? Aber wie man so schön sagt, wer nicht wagt, der nicht gewinnt, nicht wahr? Eure Herrin kommt mit mir. Und Ihr ebenfalls, junger Mann. Steigt auf Euer Pferd.

Vielleicht haben wir ja Muße, nähere Bekanntschaft zu schließen. Kommt, Männer, wir haben nicht die ganze Nacht Zeit! Wir wissen nicht, wann der Gegenstand unseres Auftrags in der Festung erwartet wird.«

Sie hörten die Brandung schon, bevor sie sahen, wie die Wogen sich an der zerklüfteten Küste brachen. Jetzt vermochte Duncan im Halbdunkel auch die düstere, beeindruckende Silhouette von Dunnottar zu erkennen, und Gänsehaut überlief ihn. Die Gischt überzog die Bäume mit einer feinen Reifschicht und ließ ihnen das Haar auf dem Gesicht festkleben. Marion ritt, bewacht von Mackay, vor ihm und vermied es, sich umzudrehen. Mit ihrem wehenden Umhang und dem Haar, das um ihren Kopf flog, wirkte sie wie ein Wesen aus einer anderen Welt, das gekommen war, um in den verfallenen Türmen des Schlosses zu spuken. Die Hexe von Dunnottar. Duncan konnte sich angesichts des zugleich märchenhaften wie düsteren Bildes eines Schauers nicht erwehren.

Die Gruppe machte noch einmal Halt, bevor sie den gewundenen Weg hinabstieg, der in den dichten Nebel der Felsspalten der Schlucht führte. Der Seewind trug das widerhallende Geschrei der Vögel heran, die in den warmen Luftströmungen, die das Meer mitbrachte, kreisten und sich treiben ließen. Mackay musterte die Festung mit nicht zu deutender Miene und wog zweifellos sorgsam die Lage ab, während er auf seinem Priem kaute. Er spie einen klebrigen Klumpen aus, brummte unzufrieden in seinen Bart und fluchte. Duncan fürchtete schon, er werde umkehren. Aber er gab seiner Gruppe ein Zeichen, mit dem Abstieg zu beginnen. Der Weg war so schlammig, dass die Pferde darauf ausglitten und häufig empört schnaubend bis zu den Fesseln im Matsch versanken.

Duncan spürte, wie sich sein Magen zusammenkrampfte, als sie sich dem hoch über ihnen aufragenden Steilfelsen näherten, und er schalt sich selbst einen Narren. Er hätte verhindern müssen, dass Marion in diese törichte Rolle schlüpfte. Wenn er ganz ehrlich zu sich war, musste er allerdings zugestehen, dass sie sich bewundernswert gehalten hatte. Offen gestanden war es ihr sogar weit besser als ihm gelungen, ihre Besorgnis vor Mackay zu verbergen. Wäre dieser verfluchte Bandit nur ein winziges bisschen dümmer gewesen, dann befänden sie sich jetzt nicht hier. Doch er traute ihnen nicht und hielt sie als Geiseln fest. Die Lage hatte sich ziemlich kompliziert. Duncan hoffte nur, dass sein Vater und die Männer seines Clans nicht angreifen würden, ehe er eine Möglichkeit fand, Marion in Sicherheit zu bringen.

»Halt«, brüllte Mackay und hob die Hand.

Einige Pferde wieherten unruhig. Sie befanden sich im Schatten der etwa zwölf Mannshöhen aufragenden Steinfassade, in die eine einzige Tür eingelassen war. Die angrenzende Mauer war von einer großen Anzahl von Schießscharten übersät, hinter denen mit Sicherheit Kanonen standen, um einen eventuellen Angriff zurückzuschlagen.

Einige Männer sprachen leise miteinander, andere rutschten nervös im Sattel herum und sahen beunruhigt zu den hohen Mauern auf. Gewiss fragten sie sich, was sie dahinter erwartete. Waffen wurden schussbereit gemacht. Duncan suchte Marions Blick. Wahrscheinlich spürte sie das, denn sie sah ihn an. Sie war so blass …

»Wer da?«, schrie mit einem Mal jemand von drinnen.

Duncan fuhr zusammen. Ein kleines Fenster, das in die Mitte der Tür eingelassen war, öffnete sich. Mackay zögerte und warf den beiden Geiseln einen argwöhnischen Blick zu. Dann stieg er vom Pferd und zwang Marion, mit ihm zur Tür zu gehen. Er reichte die Karte durch die vergitterte Öffnung, die sich sofort wieder schloss. Eine lange Wartezeit folgte, während derer die Männer schweigend und besorgt die dunklen Öffnungen in der Fassade musterten. Duncan saß wie auf glühenden Kohlen. Er nahm den Dolch in eine Hand und zog mit der anderen seine Pistole. Die Härchen auf seinen Armen stellten sich auf und lösten einen Schauer aus, der ihm über das Rückgrat lief. Das letzte Mal hatte er dieses Gefühl auf der Ebene von Sheriffmuir empfunden, kurz vor der Schlacht. Er schloss die Augen und schüttelte den Kopf, um die schrecklichen Bilder zu verscheuchen, die in ihm aufzusteigen begannen.

Endlich verrieten das Rasseln von Ketten und ein metallisches Knirschen, dass das Fallgitter hochgezogen wurde. Der Eingang war verlassen. Fackeln, die an den Wänden hingen, tauchten die gepflasterten Stufen in flackerndes Licht und warfen die unheimlich zuckenden Schatten der Menschen, die den Eingang durchquerten, an die Mauern. Das Tor schloss sich hinter der Gruppe, und dann trat eine drückende Stille ein. Die Falle war zugeschnappt.

Ganz am Ende des ansteigenden Ganges befand sich eine weitere Tür. Sie passierten die leere Wachstube sowie weitere Schießscharten für Kartätschen. Ein Schuss, und sie würden alle zu Brei zermalmt. Jetzt waren sie jedem, der dort im Dunkel lauern mochte, auf Gedeih und Verderb ausgeliefert.

Ihre Schritte und das Hufgetrappel der Pferde hallten zwischen den kalten Mauern, an denen die Feuchtigkeit herunterrann, wider, während sie zu der zweiten Tür hinaufstiegen. In dem Gang, in dem sie sich befanden, gaben sie ein leichtes Ziel für Schützen ab, die sich vielleicht in dem hohen Gras hinter der Brüstung verbargen. Ein idealer Platz für einen Hinterhalt. Duncan musste daran denken, dass der Befehl zum Angriff sicherlich schon gegeben war, falls alles wie geplant verlaufen war. Er blieb auf der Hut und krampfte die Hand so fest um das Heft seines Dolches, dass ihn die Fingergelenke schmerzten. Als Festung war Dunnottar ein Meisterwerk seiner Art.

Kurz darauf hatten sie endlich das eigentliche Gelände der Festung erreicht. Duncan ließ den Blick durch den Innenhof schweifen. Niemand zu sehen. Das unaufhörliche Donnern der Wogen, die sich mindestens vierzig Yards tiefer an den Felsen brachen, war ohrenbetäubend und ließ die Atmosphäre noch düsterer erscheinen.

Zu seiner Rechten erhob sich der Bergfried, an den sich weitere Gebäude anschlossen: Ställe wahrscheinlich und weitere Außenbauten. In ihrer Nähe stand ein Bauwerk aus einer jüngeren Zeit, und direkt vor sich sahen sie die Kapelle, oder das, was davon übrig war. Das Dach und zwei Wände waren eingestürzt. Hinter einem kleinen Friedhof verbarg eine Holzpalisade wahrscheinlich einige Hütten, von denen nur die Dächer zu sehen waren. Zu seiner Linken standen drei langgestreckte Gebäude im rechten Winkel zueinander und umgaben einen Hof mit einer Zisterne, aus der ein Geruch nach fauligem Wasser aufstieg. Duncan durchforschte das Dunkel, das sich um sie ausbreitete, und stellte sich kauernde Gestalten, geschärfte Klingen und geladene Pistolen vor. Bereit, sich auf den Feind zu stürzen …

»Was machen wir jetzt?«, flüsterte plötzlich einer der Männer.

»Wir wären vielleicht besser in der Herberge geblieben. Irgendwie kommt man sich hier vor wie eine Maus in der Falle.«

»Du bist mir ja ein Angsthase …«

»Halt den Rand, Andrew!«

Die Spannung stieg, und die Stille zerrte an ihren Nerven. Wo mochte sich die Besatzung der Garnison befinden? Seit sie sich im Inneren der Befestigung befanden, hatte Duncan keine lebende Seele gesehen. Mackay würde sich sicher Fragen stellen und mochte durchaus die Falle entdecken. Kein Zweifel, sie hatten den Mann unterschätzt.

Marion versuchte, sich von ihrem Häscher freizumachen, der sie am Handgelenk gepackt hielt, doch er ließ nicht los. Die Fassaden der Gebäude wurden von ein paar Fackeln nur schwach erhellt. Aber der Hof lag im Dunkel, und der aufkommende Nebel behinderte die Sicht noch zusätzlich. *In dieser Suppe können die Männer niemals richtig anlegen!*, dachte Duncan. Die Angst trieb ihn um. Er musste Marion irgendwie in Sicherheit bringen. Hier gaben sie viel zu gute Zielscheiben ab, wenn sie mitten in ein Kreuzfeuer gerieten.

»Ich bringe die Lady nach drinnen«, erklärte er.

»Kommt gar nicht in Frage. Sie bleibt bei mir«, knurrte Mackay.

Duncan wurde ungeduldig.

»Dann bringt sie selbst hinein, wenn Ihr wollt. Ich habe Befehl, für ihre Sicherheit zu sorgen.«

»Damit habe ich nichts zu schaffen. Die Lady geht nirgendwo hin.«

Duncan erhaschte eine Bewegung, die für jemanden, der nicht damit rechnete, nicht wahrnehmbar gewesen wäre. Doch für ihn war sie ein Alarmsignal. Er blickte zu der Palisade und sah, wie das blasse Mondlicht von einer Klinge zurückgeworfen wurde. Dort waren sie, im Schutz der Dunkelheit. Mackay zog die Augen zusammen und erkannte es ebenfalls. Einen Moment lang sah er Duncan an, wobei er weiterkaute, und spie ihm dann noch einmal vor die Füße.

Duncan hielt den Atem an. Mackay hatte ihre List durchschaut. Der Mann warf noch einmal einen Blick zur Palisade und grinste verschlagen.

»Tja, Mr. *Campbell.* Mir will scheinen, dass wir erwartet werden… Und ich bezweifle, dass es der Prinz ist.«

Dann geschah alles in Blitzesschnelle. Mackay stieß Marion vor sich her auf das nächstbeste Gebäude zu, hob dann die Pistole und legte auf Duncan an, der sich gerade noch zu Boden werfen und in Deckung wälzen konnte.

Der Schuss überraschte die Männer vollständig. Rasch folgte ihm ein zweiter und dann ein dritter. Ein Mann brach zusammen.

»Das ist ein Hinterhalt!«, brüllte einer von ihnen.

Innerhalb von Sekunden herrschte vollkommene Konfusion. Die Schüsse kamen aus allen Richtungen. Mackay stürzte mit Marion in das Gebäude. Duncan konnte ihnen nicht folgen, ohne sich womöglich eine Kugel einzufangen. Ein Mann rannte in seine Richtung, um Deckung zu suchen. Duncan legte an und feuerte; ein erstickter Schrei, dann wankte der Mann und fiel zu Boden. Er musste Marion da herausholen.

Mit klopfendem Herzen kroch er auf allen vieren an der Außenmauer des Gebäudes bis zum Eingang. Die Tür war noch angelehnt. Er trat dagegen. Eine Detonation erschallte, und das Holz der Tür explodierte. Flach wie ein Pfannkuchen drückte er sich an die Wand und wartete. Im Hof rannten schreiende, gestikulierende Gestalten umher. Die Männer waren jetzt zum Schwertkampf übergegangen. In der Dunkelheit waren die Pistolen nicht treffsicher genug. Angst stieg in ihm auf.

Es ist wie in Sheriffmuir.

Er hörte Schritte, polternde Möbel und Marions erstickte Schreie. Die beiden bewegten sich nach rechts. Duncan überprüfte, ob seine Pistole schussbereit war, und drang in das Bauwerk ein.

»Marion!«, rief er.

Aus dem Hintergrund des Raumes drang ein schwaches Seufzen zu ihm. Er tastete sich an der Wand entlang und stieß gegen Stühle und Bänke. Eine Öffnung … Nein, das war nur der Kamin.

»Marion!«

Das Echo … Im Inneren des Gebäudes hallten die Geräusche so laut wider, dass er sich nicht daran orientieren konnte. Sein Herz klopfte zum Zerspringen. Mackay, der jetzt wusste, dass sie ihn getäuscht hatten, würde seinen Zorn an Marion auslassen. Er musste schnell machen.

»Marion!«

Ein weiteres ersticktes Stöhnen, das dieses Mal über ihm zu sein schien. Er hob den Kopf. Um ihn herum war es stockfinster.

»Duncan!«

Marions panischer Schrei erfüllte den Raum und schien von überall und nirgends herzukommen.

Wo sind sie bloß?

Der Hall in einem Treppenhaus! Das war es! Die beiden waren in den ersten Stock hinaufgestiegen. Aber wo befand sich diese verflixte Treppe? Er ließ sich von seinem Instinkt leiten und schob sich in die Richtung, aus der er das letzte Stöhnen gehört hatte, an der Wand entlang. Eine weitere Öffnung … Ja, eine Tür! Er stürzte hindurch und stieß gegen eine schräge Stufe.

Eine Wendeltreppe!

Er würde ein perfektes Ziel abgeben, denn auf halber Höhe der Treppe war ein kleines Fenster in die Mauer eingelassen, durch das ein schwacher Lichtschein einfiel. Wenn Mackay im Dunklen wartete, würde es ihm ein Leichtes sein zu schießen, sobald er den Lichtstrahl durchquerte. Aber er hatte keine andere Wahl. Marion befand sich in den Klauen dieses Bastards.

Den Rücken an die Wand gepresst und den Blick nach oben gerichtet, nahm er eine Stufe nach der anderen. Er bekam kaum Luft, und das Blut pochte ihm heftig in den Schläfen.

Das war keine gute Idee … Gar nicht gut!

Aus dem Hof drangen Schreie und Schwertergeklirr zu ihm herauf und ließen schreckliche Bilder vor seinen Augen aufsteigen. Noch immer hing Sheriffmuir ihm nach wie ein Albtraum. Er schwitzte in Strömen. Mit einem Mal sah er wieder das Schlachtfeld vor sich – rot von Blut, mit verstümmelten Körpern übersät, Schotten und *Sassanachs* in ihrem ewigen Schlaf vereint. Er sah Ranald, der sich ihm zuwandte und lächelnd dem Tod spottete. Die Klinge des Dragoners fuhr hoch, schimmernd und rasiermesserscharf. Er hörte den Schrei seines Vaters, seinen eigenen … Doch jetzt war es Marion, die nach ihm rief. Er erstickte, dicke Schweißtropfen standen ihm auf der Stirn, und er stöhnte auf. Nein! Er durfte jetzt nur an Marion denken. Sie durften sie nicht auch noch bekommen.

Marion!

Schwache Geräusche, ein Knirschen … Möbel wurden über einen Parkettboden geschoben. Dann eilige Schritte. Marion schluchzte. *Heilige Muttergottes, beschütze sie!* Der Stein in seinem Rücken fühlte sich kalt und hart an. Er rutschte an der Wand entlang. Obwohl ihm unglaublich heiß war, stieg sein Atem vor ihm als feiner weißer Nebel auf.

Duncan erreichte den Zugang zum ersten Stock, der nach links führte. Er hielt den Atem an, um zu lauschen. Nichts. Wo steckten die beiden nur? Duncan versuchte, sich daran zu erinnern, welche Waffen Mackay bei sich trug: zwei Pistolen, wahrscheinlich Repetierwaffen; eine Muskete, die jedoch noch im Futteral an seinem Zaumzeug steckte; ein Schwert und einen Dolch … Erschrocken machte er sich klar, dass er seine eigene Pistole nicht abfeuern konnte, wenn Mackay Marion als lebenden Schild benutzte. Und während er nicht auf diesen Bastard schießen konnte, würde der andere nur zu gern auf ihn anlegen!

Das Knirschen seiner Klinge, die an der Wand entlangschabte, erinnerte ihn daran, dass er seine Waffe im Schwertgehenk trug. Er nahm den Dolch in die linke Hand und tauschte die Pistole gegen das Schwert aus, das er vor sich hielt. Dann sprang er mit einem Satz durch den Türrahmen. Der Raum dahinter war leer.

Rasch durchquerte Duncan eine Reihe von Zimmern, wobei er sich mit angehaltenem Atem an der Wand entlangschob. Leer! Alles leer! Sein Herz pochte so heftig, dass es schmerzte. Mackay musste auf den Dachboden gestiegen sein. Er kehrte zur Treppe zurück und machte sich an den gefährlichen Aufstieg über die ausgetretenen und vor Feuchtigkeit schimmernden Stufen, die sich spiralförmig nach oben fortsetzten.

»Marion!«, schrie er panisch.

»Duncan …«

Ein erstickter Schrei, und dann ein weiterer, in dem Entsetzen mitschwang, ließen ihm das Blut gefrieren. Er hatte den Eindruck, dass die Stufen unter ihm davonsanken und er in alle Ewigkeit aufwärtsstieg. Er würde zu spät kommen … Dieser Hurensohn Mackay! Er würde ihm das Fell abziehen!

Frischer Zorn verlieh ihm die Kraft, die letzten Stufen zu überwinden. Ein Geruch nach Schimmel und Staub verschlug ihm den Atem. Er bemerkte, dass das Dach in einer Ecke leicht durchhing und einige Dachpfannen fehlten. Milchiges Mondlicht fiel ein und ließ die Steinbrocken, mit denen der Boden übersät war, grau hervortreten. Sàra hatte ihnen erzählt, dass die Keiths, die nach der langen Belagerung durch Cromwell im Jahre 1652 beinahe ruiniert gewesen waren, das Schloss den Seewinden und den Vögeln überlassen hatten. Und nachdem die Gebäude sechzig Jahre lang vernachlässigt worden waren, befanden sie sich in einem beklagenswerten Zustand.

Duncan nahm eine Bewegung im hinteren Teil des Dachbodens wahr. Er versuchte, die Dunkelheit zu durchdringen. Holzkisten, zerbrochene Stühle, ein zusammengerollter Teppich und eine alte Matratze, die aufgeplatzt war und ihre Federn entließ. Überall in dem Raum, der offenbar als Abstellkammer gedient hatte, standen Balken, die das Dach stützten. Nirgendwo eine Deckung; die Dunkelheit war sein einziger Verbündeter.

Noch ein Stöhnen drang zu ihm; Marion … War sie verletzt? Er bückte sich, um unter einem Querbalken durchzuschlüpfen, der ihm den Weg versperrte. Etwas streifte seinen Fuß. Er fuhr zusammen und schlug instinktiv mit dem Schwert zu. Eine Ratte … *Eine verfluchte Ratte!* Ein Schuss knallte, und das Holz des Balkens, gegen den er sich presste, explodierte. Er ließ sich fallen und wälzte sich ein Stück weit über den Boden. Er hatte Mackay seinen Standort verraten, und der Mann war ein guter Schütze. Er hatte ihn nur knapp verfehlt.

»Duncan…«, stöhnte Marion, von unerträglicher Angst überwältigt.

»Maul halten, du Luder«, brüllte Mackay.

Duncan hörte das dumpfe Geräusch eines Schlags und das Klicken eines metallenen Gegenstands, der irgendwo aufschlug. Marion fluchte und stöhnte vor Schmerz. War sie etwa auf ihn losgegangen? Ungläubig stürzte Duncan zu der Stelle, von der der Kampflärm kam.

»Keinen Schritt weiter, sonst klebt ihr Spatzenhirn an der Wand!«

Sofort erstarrte Duncan. Sein Herz blieb fast stehen und schlug dann im Galopp weiter. Jetzt konnte er die beiden gut erkennen. Sie befanden sich nur einige Schritte von ihm entfernt, unter dem durchhängenden Teil des Dachs. Ein schmaler, silbriger Lichtschein ließ den Beschlag an Mackays Pistole aufleuchten, die er auf Marion richtete. Sie hatte sich unter einen schweren Tisch aus Eichenholz geflüchtet und die Knie bis unters Kinn hochgezogen.

»Marion?«

»Keine Bewegung… Duncan. So lautet doch Euer Name, glaube ich?«

Marion wandte sich ihm zu. Mit halb geöffnetem Mund beugte sie sich ein wenig vor, bis das Mondlicht auf ihr Gesicht fiel. Über die rechte Wange lief eine schmale dunkle Spur. Blut… Er hatte sie verletzt. Sie strich mit der Hand darüber und wischte sie an ihrem Rock ab. »Nicht so schlimm«, artikulierten ihre Lippen lautlos. Duncan stieß einen tief empfundenen Seufzer aus.

»Wer seid Ihr?«, donnerte Mackay. »Und wer hat Euch geschickt?«

»Das braucht Ihr nicht zu wissen«, gab Duncan mit erzwungener Ruhe zurück.

Er war im Schatten stehen geblieben und schaute sich hektisch um in der Hoffnung, irgendetwas zu finden, mit dem er ihn niederschlagen könnte. Aber der hintere Teil des Raumes war vollständig leer. Sein Schwert blitzte auf und zog die Aufmerksamkeit Mackays auf sich.

»Legt ganz vorsichtig Eure Waffen ab«, befahl dieser nun.

Duncan gehorchte nicht gleich, doch Mackay hob erneut seine Pistole, bereit, auf Marion zu schießen. Duncan wusste, dass er nicht zögern würde, auf den Abzug zu drücken. Daher gehorchte er und warf mit lautem Geschepper seine Stichwaffen zu Boden. Er behielt allerdings seine Pistole, die an seinem Gürtel hing, und verbarg sie unter der Falte seines Plaids, das er über die Schulter geschlungen trug.

»Schiebt sie auf mich zu.«

Die Waffen landeten vor Mackays Füßen, der sie argwöhnisch musterte.

»Ihr seid keine Campbells«, stieß er dann gereizt hervor. »Ihr seid dreckige Jakobiten – nichts als schleimige Papisten!«

Angesichts seiner heftigen Worte konnte Duncan sich eines Lächelns nicht erwehren. Der Mann zog die Augen zusammen und fluchte.

»Wer schickt Euch? Sollte dieser verfluchte Gordon mich hinters Licht geführt haben? Dem werde ich das Fell abziehen, sobald ich ihn in die Finger bekomme!«

Er musste den Halunken beschäftigen, Zeit gewinnen … Genau, das war es.

»Wenn Ihr lebend hier herauskommt, mein Alter!«, höhnte Duncan. »Ihr könnt Euch doch wohl denken, dass ich nicht allein war, und dass die Festung …«

»Ha! Ihr solltet Euch darüber klar sein, dass in diesem Fall auch Ihr diesen Ort nicht lebend verlasst.«

Mackay bewegte sich und richtete jetzt seine Pistole auf Duncan, der in die Mündung des Laufs sah und schluckte. Dann glitt sein Blick langsam zu Marion. *Lauf weg! Rette dich!* Aber Marion saß wie angewurzelt unter dem Tisch und starrte ihn gebannt an. Sie kam nicht aus ihrem Schlupfloch heraus. Mackay würde ganz sicher abdrücken, wenn sie zu fliehen versuchte.

Die jungen Leute saßen in der Falle. Einer von ihnen würde gewiss umkommen. Sie befanden sich in einer verzweifelten Lage. Schlimmstenfalls würde der Bastard sie beide töten. Duncan hatte keine Wahl: Er musste alles auf eine Karte setzen. Unauffällig steckte er eine Hand unter sein Plaid, bis er die Pistole zu fassen bekam.

»Wer ist eigentlich dieser Gordon, der Euch angeheuert hat?«, fragte er, um Mackay zu beschäftigen.

»Ein Mann des Earl of Marischal.«

Mackay war hörbar nervös. Er spuckte einen schwärzlichen Klumpen auf den Boden und wischte sich den Mund mit dem Handrücken ab. Duncan hielt jetzt den Griff seiner Waffe fest in der Hand und drehte sie vorsichtig, um sie von seinem Gürtel zu lösen. Ein Schweißtropfen lief ihm das Rückgrat hinunter bis ins Kreuz. Mackay sprach weiter und grinste mit allen braunen, abgebrochenen Zähnen.

»Mir persönlich ist es vollständig gleich, ob unser König Papist oder Protestant ist. Wenn man mich gebeten hätte, den guten George zu töten, hätte ich den Auftrag ebenfalls angenommen. Der eine oder der andere, auf uns sehen sie doch nur herab. Und wir leben in schwierigen Zeiten …«

»Wie viel hat man Euch für diese schmutzige Arbeit geboten? Ein paar hundert Pfund?«

Mackay schüttete sich vor Lachen aus.

»Wie bitte? Glaubt Ihr, ich würde dafür riskieren, des Hochverrats angeklagt zu werden? Wir sprechen hier von tausenden von Pfund, mein Freund.«

»Wenn das so ist, dann ist Euer Auftraggeber wohl jetzt um einige tausend Pfund reicher. Denn der Prätendent schifft sich in Montrose ein, und Ihr werdet nicht in der Lage sein, ihm den geplanten Empfang zu bereiten.«

Mackays Kiefer verkrampfte sich, und sein Adamsapfel hüpfte auf und ab. Ein leises Klicken ließ bei Duncan den kalten Schweiß ausbrechen. Es war ihm gelungen, seine Pistole zu ziehen und zu spannen. Inzwischen lief ihm der Schweiß in dicken Tropfen die Schläfen hinab. Eine einzige falsche Bewegung, und es würde um sie beide geschehen sein. Unter dem Plaid verborgen hielt er die Waffe fest in seiner feuchten Hand. Mackay sah ihn an und schien über seine letzten Worte nachzudenken.

»Wer hat Euch hergeschickt?«, fragte er ärgerlich.

»Jemand, der offensichtlich wusste, was Ihr vorhattet… Ich frage mich allerdings, wer ihn darüber informiert hat. Vielleicht hat ja Gordon geredet …«

»Gordon hat uns nicht verraten… Er riskiert viel, genau wie wir .«

So ist es richtig, Mackay, rede nur weiter… Bald ist deine Zeit gekommen… Es musste ihm gelingen, Zweifel in ihm zu säen.

»Es ist doch möglich, dass er sich anders besonnen hat und Euch eine Falle gestellt hat, um sich lästiger Zeugen zu entledigen.«

Der Mann schluckte. Seine Selbstsicherheit geriet ins Wanken. Marion bewegte sich und lenkte Mackay ab, der seine Haltung wiedergewann.

»Wenn dem wirklich so ist«, verkündete er entschlossen, »dann bewahre ich die letzte Kugel in meiner Pistole für ihn auf.«

Er hob seine Waffe, deren Lauf inzwischen leicht zu Boden gezeigt hatte, und richtete sie so aus, dass sie direkt auf Duncans Brust wies. Kurz wurde die Aufmerksamkeit des jungen Mannes von einer Bewegung am Rande seines Gesichtsfelds angezogen. Er sah nach unten und erblickte zwei schwarze, glänzende Knopfaugen, die ihn anstarrten. Offensichtlich wimmelte es im Dachstuhl von kleinen Nagern! Die Ratte setzte gelassen ihren Weg fort.

Duncan begann wieder zu überlegen. Er musste es schaffen, Mackay zu verwirren. Aber das Blut, das in seinen Schläfen pochte, und die Angst, die ihm die Eingeweide verknotete, hinderten ihn daran, schnell zu denken. Zeit, er musste Zeit schinden. Doch Mackay hatte gewiss keine Lust, die ganze Nacht zu plaudern. Bereits jetzt zeigte er Anzeichen von Ungeduld.

Marion stieß einen spitzen Schrei aus. Die Ratte rannte davon. Mackay fuhr herum und richtete die Waffe auf die junge Frau. Duncan ließ seine Pistole in den Rücken gleiten und überschlug rasch seine Aussichten, den anderen zu treffen. Die Atmosphäre war gespannt; er bekam kaum noch Luft. Die Waffe immer noch auf Marion gerichtet, die sich so weit wie möglich unter dem Tisch verkrochen hatte, trat Mackay einen Schritt zurück. Kurz richtete sich sein kalter, berechnender Blick auf Duncan. Die Zeit schien stehen geblieben zu sein. *Er wird abdrücken…*

Duncan hatte gelernt, dieses kurze Aufblitzen von Irrsinn zu erkennen, dass im Blick eines Mannes aufflammt, der sich anschickt, den Abzug einer Waffe zu drücken. Der Meuchelmörder verzog den Mund zu einer Grauen erregenden Grimasse. *Herrgott, er wird es tun! Er wird Marion töten!* Seine Gedanken überschlugen sich. Und wenn er ihn verfehlte? Wenn es ihm nicht gelang, ihn auszuschalten? Mackay richtete die Waffe auf sein Ziel, und sein Finger, der auf dem Abzug lag, begann sich zu bewegen. Duncan kam es vor, als würde ihm das Herz in der Brust zerspringen.

Jetzt! Er zog seine Pistole. Mackay sah in seine Richtung. Duncan hatte auf ihn angelegt. Vor Verblüffung wich Mackay einen Schritt zurück.

»Ihr elender …«

Ein Schuss hallte durch den Raum, dann ein zweiter und ein Schmerzensgeheul. Marion schrie verängstigt auf und hockte dabei immer noch wie gelähmt unter dem Tisch. Duncan hatte den anderen am Arm getroffen. Mackays Kugel war ins Dach gefahren, dann hatte er die Waffe fallen gelassen. Stöhnend und fluchend hielt er sich den Arm.

»Verfluchter Bastard!«

In den Dachbalken knirschte es unheimlich. Duncan sah auf und stellte entsetzt fest, dass das Dach herunterkam. Mackays Kugel hatte einen bereits geschwächten Balken durchschlagen. Ihr verletzter Peiniger schaute ebenfalls perplex gen Himmel. Marion regte sich in ihrem Unterschlupf und streckte ein Bein aus.

»Nein! Nicht bewegen, Marion!«, hörte Duncan sich brüllen.

Dann brach mit einem unbeschreiblichen, ohrenbetäubenden Knarren und Krachen ein Teil des Dachs über ihnen zusammen.

Auch der Körper besitzt ein Erinnerungsvermögen.

Wie aus weiter Ferne drangen Schreie und das Klirren von Waffen zu ihm und schienen jede Faser seines Körpers zu erschüttern. Dumpfe Angst und die Übelkeit, die ihr unvermeidlich folgt, schnürten ihm die Kehle zu. Sein Magen drehte sich. Das Bild eines Gemetzels stand ihm vor Augen und flößte ihm Entsetzen ein. Er biss die Zähne zusammen und schluckte die aufsteigende Galle herunter. Sheriffmuir … Er befand sich wieder auf dem Schlachtfeld; seine Beine waren unter dem gestürzten Pferd eingeklemmt. Er stöhnte und begann, sich zu rühren. Ein scharfer Schmerz fuhr durch seinen Schenkel. Seine Verwundung … Der Schwerthieb, der Dragoner … War er nicht in die Leiste getroffen worden? Doch es kam ihm vor, als ob … Nein, ihm tat das Bein weh, nicht die Leiste.

Langsam, mit zitternder Hand, tastete er sein Bein ab, das unter etwas Schwerem eingeklemmt war, und traf nicht auf weiches, warmes Fell, sondern auf eine harte, raue Oberfläche. Das war kein Tier, sondern ein Holzbalken. Mit den Fingern fuhr er unter sein Plaid, an die schmerzende Stelle. Ein Holzsplitter hatte sich in seinen Schenkel gebohrt und ragte mehrere Zoll aus der Haut hervor. Mit einer raschen, ruckartigen Bewegung riss er ihn heraus und stieß einen Schmerzensschrei aus. Der Splitter war schmal, etwa sechs Zoll lang und blutverschmiert. Das war nicht Sheriffmuir.

Dunnottar … Das Dach … Marion …

»Marion …«, stöhnte er.

Nichts als Schweigen antwortete ihm. Bedrückende Stille herrschte, in der nur das ferne Donnern der Wogen zu hören war, die sich an den Felswänden brachen. Langsam kam sein Denkvermögen wieder in Gang. Er stützte sich auf die Ellbogen und sah sich um. Ein gähnendes Loch im Dach, durch das er den Sternenhimmel sah, ließ die beißende Winterkälte ein, die an der Küste herrschte.

»Marion! Gott im Himmel, nein!«

Aus der Staubwolke, die sich langsam verzog, tauchten ein Haufen Dachbalken und dunkle, schimmernde Steine auf. Duncan, der nur auf den Schmerz in seinem Herzen hörte und seine körperliche Pein beiseite schob, stieß den Balken weg, der über ihm lag. Nichts gebrochen; er hatte den Zusammenbruch des Dachs überstanden. Wahrscheinlich war der Balken vom Boden abgeprallt und erst dann auf ihn gefallen. Mühsam erhob er sich und sah sich panisch um. Unter dem Schuttberg ragte ein merkwürdig verrenktes Paar Beine hervor. *Hoffentlich schmorst du in der Hölle, Mackay!* Der Tisch … Marion hatte unter dem Tisch gehockt! Aber wo war er geblieben?

»Marion!«, schrie er, von schrecklichen Vorahnungen erfüllt.

Er stürzte sich auf den Trümmerhaufen und begann, die Stelle, an der zuvor der Tisch gestanden hatte, zu durchwühlen. Die scharfen Kanten der zerbrochenen Dachpfannen rissen ihm die Finger auf, während er von fiebriger Unruhe geplagt versuchte, unter dem Schutt seine Frau zu finden.

»Oh mein Gott! Mach, dass sie am Leben ist!«

Seine Finger stießen auf die glatte Oberfläche von durch jahrelangen Gebrauch poliertem Holz. Mit der Kraft der Verzweiflung gelang es ihm, den Tisch freizulegen. Auf einer Seite neigte er sich bis zum Boden; zwei seiner Beine hatten unter dem Gewicht der Dachziegel nachgegeben. Dann fiel sein Blick auf eine hellrote Haarsträhne. Er hob eine Dachpfanne auf und erblickte Marions rote Lockenmähne.

»Neiiin!«, stöhnte er leise.

Tränen stürzten ihm aus den Augen, liefen über seine Wangen und vermischten sich dort mit dem Staub. Sein Blick verschwamm. Er hob den Tisch an und stieß ihn krachend beiseite. Marion lag mit angezogenen Beinen da; ihr Gesicht war blutverschmiert.

»Neiiin! Marion, *mo aingeal …*«, rief er und vergrub das Gesicht am Mieder seiner Frau. »Das wollte ich nicht … Verzeih mir!«

Von seinem Gram niedergedrückt, beugte er sich schluchzend über den Körper seiner Liebsten.

»Herrgott, ich habe sie getötet …«

Er fuhr in ihr seidenweiches Haar, griff hinein und zog ihren Kopf hoch. Mit der anderen Hand fasste er in Marions schlaffen Nacken, um sie hochzuheben. Die junge Frau stöhnte leise auf. Duncan riss die Augen auf. Er konnte es kaum fassen. Ungläubig legte er die Wange an ihre Brust. Das Herz schlug … Eine unfassbare Mischung von Gefühlen überwältigte ihn. Sie war nicht tot, sie lebte!

Er richtete sie auf und sah sich nach einer weichen Oberfläche um, auf die er sie niederlegen konnte. Die alte Matratze …

»*Mo aingeal!*«, flüsterte er und liebkoste sanft ihre Wange.

Seine Finger zitterten so heftig, dass er die seidige Haut kaum berührte. Marion stieß einen Klagelaut aus und bewegte sich. Ihre Lider zitterten, dann schlug sie die Augen auf und blickte zuerst verwirrt drein, bevor sie erstarrte und aufschrie. Duncan hielt ihre Schultern fest, damit sie sich nicht aufrichtete.

»Es ist vorbei … Es ist vorbei … *Tuch!*«, wisperte er.

Sie wimmerte verängstigt, dann fing sie seinen Blick auf.

»Duncan?

»*Tuch!*«

Er wischte das Blutrinnsal, das ihre Wange befleckte, weg und untersuchte ihr Gesicht: Sie hatte nur eine kleine Schnittwunde davongetragen.

»Bist das wirklich du, Duncan? Du lebst!«

»Ja, Marion. Bist du verletzt?«

Sie zog die Augen ein wenig zusammen.

»Nichts Schlimmes, glaube ich. Ein wenig Kopfschmerzen, das ist alles.«

Behutsam tastete Duncan ihren Schädel ab.

»Du hast eine gewaltige Beule oben auf dem Kopf. Wahrscheinlich hat dich die Tischplatte hart getroffen, als das Möbel zusammengebrochen ist, und dadurch bist du ohnmächtig geworden. Marion … Ich … ich dachte schon …«

Seine Gefühle schnürten ihm die Kehle zu. Da er kein Wort mehr herausbrachte, presste er den Mund auf ihre Lippen und küsste sie leidenschaftlich. Anders vermochte er nicht auszudrücken, welche Verzweiflung ihn bei dem Gedanken, sie wäre tot, niedergeschmettert hatte. Er schmeckte Blut, vermischt mit Staub und salzigen Tränen. Mit einem Mal brach ein unwiderstehliches Glücksgefühl wie eine Woge über ihn herein und ließ ihn am ganzen Leibe zittern. Marion lebte!

»*A Mhórag, mo aingeal,* ich liebe dich … Ich liebe dich, mein Schatz.«

Mit den Fingern strich er durch ihr Haar und erforschte ihr Gesicht. Er wollte sie lebendig und bebend in seinen Armen spüren, als müsse er sich davon überzeugen, dass er nicht träumte.

»Es tut mir leid, Duncan«, meinte Marion, die er unter sich begraben hatte, betrübt.

»Warum denn das, meine Liebste? Du lebst, Herrgott! Ein größeres Glück hättest du mir nicht schenken können.«

Seine Hände glitten über ihren Körper. Er wollte sie berühren, streicheln. Doch über der Flut von Gefühlen, die ihn überwältigten, hatte er seine Wunde ganz vergessen. Ein stechender Schmerz durchfuhr seinen Schenkel. Marion sah ihn an und runzelte besorgt die Brauen.

»Bist du verletzt?«

»Kaum«, brummte er und küsste sie.

Mit besorgter Miene schob sie ihn ein wenig von sich weg.

»Duncan! Bist du nun verletzt oder nicht?«

Er legte sie auf die Matratze, die noch weich war, aber säuerlich roch. Ein paar Federn schwebten um sie herum. Neugierig und beunruhigt tastete Marion Duncans Rücken und seine Seiten ab und glitten dann zu seinen Schenkeln herab. Er fuhr zusammen.

»*Mórag*, ich versichere dir, dass es nichts Ernstes ist …«

Er küsste sie weiter, auf den Mund, den Hals, und vergrub dann das Gesicht an ihrem Mieder. Doch sie setzte unruhig ihre Untersuchung fort. Als sie sein Bein streifte, stöhnte er auf, erstarrte und verzog das Gesicht. Wie versteinert starrte Marion ihn an.

»Dein Schenkel ist ja aufgerissen«, stieß sie ungläubig hervor.

Sie hielt sich ihre blutverschmierte Hand vor die Augen und betrachtete sie entsetzt.

»Das ist doch nur ein Kratzer! Ach, wie ich dich liebe, Marion!«

Er drückte sie so fest an sich, dass sie aufseufzte. Dieses Mal widersetzte sie sich nicht, sondern schmiegte sich an ihn. So verharrten sie lange engumschlungen. Kein Laut war zu hören. Doch bald machte sich die Kälte bemerkbar. Nachdem die Betäubung durch den Schreck wich, begannen sie zu bibbern.

Besser, er vergaß seine Verletzung und konzentrierte sich ganz auf sie – auf den warmen und lebendigen Körper, den er in den Armen hielt. Sie seufzte zufrieden, fuhr mit den Fingern in Duncans Haar und zog ihn an sich, um ihn zu küssen.

»*Mórag* …«, flüsterte er an ihren feuchten, halb geöffneten Lippen.

Liebevoll wand Marion eine seiner rabenschwarzen Haarsträhnen um ihren bleichen Zeigefinger. Im Mondlicht tanzten bläuliche Reflexe darauf. Ihre Wange lag an Duncans feuchter Stirn. Er hatte die Augen geschlossen.

»Ich liebe dich, Duncan«, sagte sie in sein Haar hinein.

»Ich liebe dich auch, *Mórag*.«

Seine Worte fühlten sich an wie eine zarte Liebkosung. Sie mochte es gern, wenn er sie so nannte. *Mórag* war die gälische Form von Marion. Sie hatte nicht lange gebraucht, um zu bemerken, dass er diesen Namen flüsterte, wenn sie beieinanderlagen.

Langsam sah sie zum Himmel auf. Der Kleine Bär war durch die Dachbalken teilweise zu erkennen. Der Anblick des Sternbildes brachte plötzlich die Erinnerung an eine andere kalte Nacht in Glenlyon zurück; die Nacht, in der sie sich ihm hingegeben hatte. Sie erschauerte vor Lust und lächelte zufrieden. Duncan zog sie fester in die Arme.

Der Wind fuhr in den Dachstuhl und pfiff um die Balken. Erst jetzt wurde ihr klar, wie merkwürdig still es eben gewesen war. Der Kampflärm war verstummt.

»Duncan«, flüsterte sie besorgt und schob ihn ein wenig weg. »Dein Vater … Wo sind die anderen?«

Er löste sich von ihr und hob den Kopf, als er schon Stimmen im Gebäude vernahm. Man rief nach ihnen. Lächelnd sah er Marion an.

»Mein Vater wird glauben, ich hätte mir hier mit dir eine schöne Zeit gemacht, während die anderen gekämpft haben.«

Marion zupfte an seinem Kragen, um ihn an sich heranzuziehen.

Sie küsste ihn. Auf ihren Lippen spürte er ein verschmitztes Lächeln und musste lachen. Die Rufe kamen jetzt aus dem Treppenhaus. Duncan verzog das Gesicht und stand auf, während Marion ihre Kleider zurechtrückte. Die Wunde blutete jetzt heftig. Keuchend lehnte er sich an einen Balken. Dann wagte er einen Blick auf seinen Schenkel.

»Oh verflucht!«

Marion beugte sich über ihn und untersuchte ihrerseits im Halbdunkel die Wunde.

»Sàra wird ja wohl Nadel und Faden für mich haben …«

»Kommt gar nicht in Frage! Bald werde ich aussehen wie ein alter, hundertmal geflickter Schuh!«

»Keine Sorge! Ich werfe meine alten Schuhe nicht so leicht weg.«

Ein goldfarbener, hüpfender Lichtschein erhellte den Eingang zum Dachstuhl, und die Stimmen ließen sich deutlicher vernehmen. Dann tauchten drei kräftige, mit Schwertern und Fackeln ausgerüstete Gestalten aus dem steinernen Treppenhaus auf.

»Gott sei Dank!«, flüsterte Liam sichtlich erleichtert, als er sah, dass die beiden jungen Leute heil und gesund waren.

Sie hatten Duncan einen Notverband angelegt. Jetzt ritt er hinter Marion und hatte den Kopf auf ihre Schulter gelegt. Unter dem Umhang streichelte er zärtlich ihren Leib. Die Bewegungen des Pferdes wiegten ihn, und er ließ sich ohne Widerstand davontragen. Mackays Männer hatten den Macdonalds ordentlich zu schaffen gemacht. Die Dunkelheit hatte sie behindert, und es hatte einige Zeit gedauert, bis alle Männer aufgestöbert und überwältigt waren und die Soldaten der Garnison sie in Ketten gelegt hatten. Immerhin hatten sie gegenüber den gedungenen Mördern den Vorteil gehabt, das Gelände ein wenig zu kennen.

Mackay hatte sich den Hals gebrochen, als das Dach heruntergekommen war. Drei seiner Männer waren tot; die anderen saßen im unterirdischen Verlies von Dunnottar.

Marion drehte sich um und streifte ihn mit ihrer Mähne, die im Wind wehte und ihn im Gesicht kitzelte.

»Tut es sehr weh?«

»Hmmm … Ein wenig.«

Ihr Profil hob sich vor dem grauen Nebel ab, der sie umgab wie ein Filzmantel. Er hob den Kopf und drückte die Lippen auf die kühle Wange, die Marion ihm bot.

»In Zukunft verbiete ich dir, solche Ideen auszubrüten«, flüsterte er ihr ins Ohr.

»Aber wir haben Erfolg gehabt!«

Er drückte sie fest an sich.

»Ich hätte dich beinahe verloren, Marion! Wenn du dich nicht unter diesem Tisch versteckt hättest … Ich wage gar nicht, daran zu denken … Und außerdem ersticke ich in diesem Plaid!«

»Was ist denn mit diesem Plaid, Duncan?«; fragte sie lächelnd. »Hüte deine Zunge, denn ich habe dich noch nicht zusammengeflickt.«

»Au! Gut, einverstanden. Wenn ich es recht bedenke, sind deine Farben doch ganz hübsch.«

»Hmmm … Ja.«

Mit einem Mal vernahmen sie Hufgetrappel, das immer lauter wurde. Auf der Straße ritt ihnen jemand entgegen. Die Gruppe schlug sich an den Straßenrand, und dann tauchte auch schon der Reiter aus dem Nebel auf und galoppierte vorbei, ohne sie zu sehen.

»Heh, das ist ja Hamish, der Stallknecht der Dunns!«, rief Calum aus.

Liam und Angus hatten ihren Tieren bereits die Sporen gegeben und versuchten, ihn einzuholen. Neugierig sah Duncan ihnen nach. Wahrscheinlich machte man sich im Herrenhaus Sorgen um Marion. Allerdings war Hamish einer der beiden Männer gewesen, die sie nach Stockhaven in die Herberge begleitet hatten, und er hatte gesehen, wie sie mit Mackay und seinen Männern fortgeritten waren. Duncan hatte ihm sogar verstohlen bedeutet, er solle nach Hause zurückkehren.

Die drei Männer sprachen aufgeregt miteinander. Schließlich stieg Liam vom Pferd. Angus und der Stallknecht kamen schweigend und sichtlich erschüttert auf die Gruppe zu. Liam war zurückgeblieben.

»Was ist passiert?«, erkundigte Marion sich bei Duncan.

»Ich weiß es nicht. Aber wir werden es bald erfahren …«

Ein Schrei zerriss die Stille. Liam vergrub das Gesicht in den Händen und fluchte. Duncan sah ihn voll böser Vorahnungen an. Was mochte Schreckliches geschehen sein, das seinen Vater so aus der Fassung gebracht hatte?

»Herrgott …«

Marion saß vor ihm wie erstarrt im Sattel und sprach kein

Wort. Angus kam zögernd auf die beiden zu. In seinem Gesicht las Duncan einen Teil der Qualen, die sein Vater durchzumachen schien. Innerlich begann er die düstersten Mutmaßungen anzustellen. Vielleicht war der Prätendent doch ermordet worden. Oder der Duke of Argyle hatte die jakobitischen Truppen eingeholt und massakriert. Vielleicht war Patrick in einen Hinterhalt geraten … Fragend sah er Angus an und war sich vollständig bewusst, das er keine gute Nachricht für ihn hatte.

»Duncan …«, begann der alte Kampfgefährte seines Vaters. »Ich … Es geht um deine Mutter.«

Mit allem hätte er gerechnet, nur damit nicht! Er sah zu seinem Vater, der zutiefst niedergeschmettert wirkte. Seine Mutter … Sein Magen krampfte sich zusammen, als er sich das Schlimmste vorstellte. Marion grub die Finger in seinen Arm; ein Zeichen, dass sie seine Befürchtungen teilte.

»Meine Mutter?«

»Sie ist entführt worden …«

»Wie bitte? Entführt? Wer hat sie …«

»William Gordon, der Kurier des Earl of Marischal«, erklärte Angus. »Er wollte mit ihr nach Montrose. Er …«

»Er war der Bote«, stammelte Marion.

32

Leichen im Keller

Ein unangenehmer Geruch nach verfaultem Fisch stach mir in die Nase. Ich beobachtete das Profil meines Entführers, der mir die rechte Seite zuwandte. Er lehnte sich an den Rahmen der weit geöffneten Tür, hinter der das Meer lag, und sah mit halb geschlossenen Augen in die Ferne. Sein Haar, das nach dem langen Ritt zerzaust war und ihm jetzt offen auf die Schultern fiel, wehte im Wind. Seine Kiefermuskeln zog sich im selben Rhythmus zusammen, den er mit den Fingern auf seinem angezogenen Knie trommelte. Er schien über unsere Lage nachzudenken.

Nach einem Ritt entlang der zerklüfteten Küste, den wir in völligem Schweigen zurückgelegt hatten, waren wir gegen Mitternacht in der kleinen Stadt eingetroffen und hatten uns direkt hierherbegeben, an einen verlassenen Strand, auf dem ein paar Fischerhütten standen. Diese Schuppen dienten zum Räuchern und wurden außerhalb der Hauptfischereizeit als Abstellraum benutzt. Gordon hatte mich gezwungen, in eine davon zu treten und mich mit den Handgelenken an den Bug einer kleinen, umgekehrt daliegenden Schaluppe gefesselt.

Er hatte sich in die Tür gestellt und hüllte sich in ein Schweigen, das sich in die Länge zog. Bestimmt stand er schon eine Stunde so da. Ganz gegen meinen Willen fielen meine müden Augen immer wieder zu, und mein Kopf, der vor lauter Fragen, auf die ich keine Antworten fand, schwer war, nickte immer wieder auf meine Brust. Satzfetzen, die Gordon ausgesprochen hatte, ließen mich nicht in Ruhe und hinderten mich daran, einzuschlummern. Er schien sehr viel mehr gegen Caitlin Dunn zu haben als gegen Caitlin Macdonald. Warum nur? Zweifellos hatte er noch eine Rechnung mit ihr offen. Aber ich trug jetzt schon seit zwanzig Jahren den Namen Macdonald. Er musste mich verwechseln.

Die Kälte drang mir in die Knochen. Ich krümmte mich zusammen und ließ endlich zu, dass meine Augen zufielen und mich dieser verworrenen Realität enthoben. Inzwischen musste Liam erfahren haben, was geschehen war, und ich zweifelte keinen Augenblick daran, dass er in diesem Moment auf dem Weg nach Montrose war – wenn sich in Dunnottar alles nach Plan abgespielt hatte. Ich lehnte den Kopf an den hölzernen Rumpf und ließ mich vom Rauschen der Wogen, das wie bezaubernder Sirenengesang an mein Ohr drang, in den Schlaf wiegen.

»Ihr seid also Patricks Schwester?«

Ich fuhr hoch, stieß mit der Schulter gegen das Boot und fiel auf den Rücken. Eine Hand half mir, mich wieder aufzurichten. Mein Herz klopfte noch, nachdem ich so rüde geweckt worden war, daher antwortete ich nicht gleich. William Gordon, der vor mir auf einem Haufen Fischernetze saß, beobachtete mich im Licht einer Kerze. Die Tür war jetzt geschlossen.

»Bedaure«, meinte er, »ich hätte nicht gedacht, dass Ihr schlaft.«

Schwachkopf! Wir haben lange nach Mitternacht, wir sind mehr als vier Stunden geritten, und ich habe seit dem Frühstück so gut wie nichts gegessen. Was hast du denn gedacht? Ich quittierte seine Bemerkung mit einem finsteren Blick.

»Er wird nicht glücklich sein, von Eurem Komplott zu erfahren«, sagte ich.

Er taxierte mich abschätzig. Dann lehnte er sich auf die Ellbogen zurück, streckte die langen Beine aus und schlug sie übereinander.

»Nein, gewiss nicht. Schade eigentlich ... Ich mochte Patrick recht gern«, erklärte er.

Er unterbrach sich, um mich erneut zu mustern und wahrte dabei seine versteinerte Miene.

»Ausgerechnet jetzt taucht Ihr auf, da ich die Suche nach Euch schon aufgeben wollte.«

»Tatsächlich? Ich kann Euch versichern, dass dieses Gefühl nicht auf Gegenseitigkeit beruht.«

»Hmmm …«

Kurz huschte ein Schatten über sein Gesicht. Er schaute zur Seite.

»Woher wusstet Ihr, dass ich der feindliche Kontaktmann bei Euch war?«

Sollte ich ihm von der kleinen Soiree bei Clementine erzählen? Da ich nun schon einmal mit ihm sprach … Vielleicht konnte ich ein wenig mehr über ihn in Erfahrung bringen.

»Ich habe Euch letzten Oktober in Edinburgh gesehen.«

Er runzelte die Stirn und sah mich fragend und nachdenklich an.

»In Edinburgh? Ich kann mich nicht entsinnen, Euch begegnet zu sein. Glaubt mir, daran würde ich mich erinnern.«

»Bei einer Freundin von mir, Mrs. Clementine Stratton.«

»Stratton? Das sagt mir nichts.«

»Vielleicht nicht. Ihr habt auch nicht als Gast daran teilgenommen. Ihr wart nur dort, um kurz mit … Colonel Turner zu reden.«

Er verzog das Gesicht.

»In Castlehill … Ihr seid dort gewesen?«

»Ja.«

Er sah mich mit einem merkwürdigen Blick an und zog die Brauen zusammen.

»Was hattet Ihr dort zu suchen? Ihr seid doch verheiratet.«

»Mrs. Stratton ist eine Bekannte von mir …«

»Ja sicher, das sagen sie alle. Ihr wollt doch gewiss nicht, dass Euer Gatte erfährt, dass Ihr diese kleinen … galanten Abende besucht?«

»Ich versichere Euch, dass ich nicht das bin, wofür Ihr mich zu halten scheint, Mr. Gordon.«

Sein Ausruf sagte alles darüber, was er glaubte. Er beobachtete mich mit einem einschmeichelnden Lächeln; dann verdüsterte sich sein Blick.

»Nein, natürlich nicht … Wusstet Ihr, dass Colonel Turner in jener Nacht ermordet worden ist?«

Ich erbleichte und zuckte zusammen. Besonders begierig war ich nicht darauf, über Colonel Turner zu sprechen, aber ich war schon neugierig, welche Gerüchte über den Mord kursieren mochten. Vor meinem inneren Auge sah ich erneut den flotten Lachlan Stuart tief betäubt von einer starken Dosis Opium auf dem Bett liegen, mit einem blutigen Dolch in der Hand und seinem Opfer neben sich. Was mochte er den Amtmännern erzählt haben? Hatte er mich der Tat beschuldigt? Und wenn schon, für ihn war ich Joan Turnhill aus Berwick gewesen. Turner hatte vor seinem Tod keine Gelegenheit mehr gehabt, ihm meine wahre Identität zu enthüllen.

»Das ist traurig. Colonel Turner war ein charmanter Mann. Was ist ihm zugestoßen?«

»Ist erstochen worden«, versetzte Gordon schroff. »Die Geschichte ist ziemlich verworren. Man hat sich geweigert, mir die Einzelheiten mitzuteilen, und als Vorwand vorgebracht, man wolle der Untersuchung, die noch im Gange sei, nicht schaden.«

Allerdings! Der Gouverneur der Festung erwacht am frühen Morgen, noch ein wenig umnebelt nach dem vergangenen Abend, und findet einen Toten in seinem Bett und die Mordwaffe in seiner Hand vor! Wahrscheinlich war die Sache vertuscht worden.

»Man hat mir nur gesagt, es sei wahrscheinlich eine Frauengeschichte gewesen. Aber das glaube ich nicht. Dazu kannte ich George zu gut; er hat sich nicht für Halbweltdamen interessiert, die … für gewöhnlich solche Abendgesellschaften besuchen.«

Sein forschender Blick verriet, dass er auf eine Reaktion von mir wartete. Doch ich tat ihm den Gefallen nicht.

»Warum hat er dann an diesen Gesellschaften teilgenommen?«

»Man lernt dort oft interessante Menschen kennen … Wichtige Männer. Und man kann äußerst nützliche Informationen sammeln.«

Das wusste Clementine auch!

»Hmmm … Habt Ihr ihn gut gekannt?«

Er schlug die Augen nieder und betrachtete eine algenverkrustete und vom Salzwasser zerfressene Boje aus Kork. Trauer malte sich auf seinem Gesicht.

»Er war mein Adoptivvater.«

Ich verschluckte mich fast.

»Euer Adoptivvater?«, stotterte ich verblüfft. »Das ist … traurig … Ihr tragt aber nicht seinen Namen, oder?«

»Das liegt daran, dass eigentlich … Ach, das geht Euch nichts an.«

»Warum hat Colonel Turner sich Eurer angenommen? Er war nicht verheiratet.«

Er verzog die vollen Lippen und zuckte die Achseln. Ich legte den Kopf wieder an den Bootsrumpf, damit ich nicht einnickte. Der Schlaf drohte mich ein weiteres Mal zu überwältigen.

»Ich weiß es wirklich nicht … George war mit meinem leiblichen Vater bekannt, der kurz nach meiner Geburt umgekommen ist. Aber Ihr seid müde; Ihr solltet jetzt schlafen«, sagte er und unterdrückte ein Gähnen, als wolle er unser Gespräch an diesem Punkt beenden.

Er hockte sich vor mich hin und betrachtete mich aus halb geschlossenen Augen. Das Kerzenlicht fing sich in dem dunklen Bartschatten, der seine Wangen überzog. Dieser Blick … Einen Moment lang glaubte ich andere Züge zu sehen, die sich vor sein Gesicht schoben, doch das Bild verschwand sofort wieder und hinterließ nur ein Gefühl der Enttäuschung, da ich es nicht festhalten konnte, und ich biss die Zähne zusammen.

»Der Prätendent wird morgen erst gegen Abend eintreffen. Wir haben noch viel Zeit, einander besser kennen zu lernen.«

Seine Hand näherte sich meiner Wange und blieb in der Luft hängen, als ich zurückwich.

»Hmmm … Ja.«

Er verließ den Schuppen und ließ die Tür hinter sich offen. Die salzgeschwängerte Brise fuhr in die Hütte, löschte die Kerze und ließ mich vor Kälte erzittern. Ich saß im Dunklen. Dann, nach und nach, konnte ich im Mondschein wieder sehen. Ich vermochte Morpheus' Ruf nicht länger zu widerstehen und schloss die Augen. Vage nahm ich noch wahr, wie mir jemand etwas Weiches über die Schultern legte, und dann versank ich im Nichts.

Das unaufhörliche Rauschen der Wogen klang mir in den Ohren wie ein langgezogenes Klagelied. Ich wollte mich auf den Rücken legen, doch da spürte ich die Fesseln an meinen Handgelenken, die mich festhielten. Mit einem Mal wusste ich wieder, wo – und bei wem – ich war. Ich schlug die Augen auf. Durch die zahlreichen Lücken zwischen den Brettern drang helles Tageslicht in die Hütte. Gordon war fort.

Ich bewegte meine ertaubten Finger und schluckte. Mein Magen knurrte, und ich war schrecklich durstig. Wo steckte Gordon nur? Ich ließ den Blick durch den Schuppen schweifen; ich musste mich erleichtern, doch die Schnur, mit der ich an das Boot gefesselt war, ließ mir nur ein paar Schritte Bewegungsfreiheit, so dass ich gerade noch die Tür streifen konnte. Sehr gewitzt, der junge Mann. Ich verrichtete mein Bedürfnis hinter der Schaluppe und setze mich dann wieder auf die Wolldecke, die mein Entführer über mich geworfen hatte.

Nach der kalten Nacht fühlte mein Körper sich steif und ein wenig taub an, und ich tat ein paar Schritte, während ich überlegte, wie ich hier herauskommen sollte. Meine Fesseln saßen ziemlich fest. Sollte ich schreien? Das war eine Idee … Da hätte ich allerdings sicher sein müssen, dass Gordon sich nicht in der Nähe aufhielt. Außerdem hatte ich keine Ahnung, wie weit ich von der nächsten menschlichen Wohnstatt entfernt war. Sicherlich lagen die Fischerhütten weitab vom Dorf.

Die Tür öffnete sich, und grelles Licht hüllte mich ein. Ich blinzelte. Im Gegenlicht zeichnete sich die Silhouette eines Mannes ab. Er war ziemlich schmal und groß, aber dennoch gut proportioniert. Mein Herz, das bei dem Gedanken, dass Liam mich retten kam, einen Satz getan hatte, schlug im gewohnten Rhythmus weiter. Gordon war zurück.

»Gut geschlafen?«

Zur Antwort lächelte ich höhnisch, was er nicht zu bemerken vorgab. Er legte ein kleines Bündel auf den Boden und nahm im Schneidersitz daneben Platz.

»Habt Ihr Hunger?«

Endlich etwas zu essen! Für einen Bissen Nahrung war ich bereit, einen Waffenstillstand zu schließen. Ich setzte mich ihm gegenüber, während er unser morgendliches Mahl auspackte: kleine goldbraune Milchbrötchen, Käse, geräucherten Hering, kalten Schinken, Äpfel und Bordeaux. Kein Haferbrei. Ein richtiges Festmahl also!

Gordon schnitt mit seinem Dolch Brot und Käse ab und reichte mir lächelnd davon. Sein Haar war mit einem nachtblauen Band lässig im Nacken zusammengefasst. Seine Wangen waren glatt und leicht gerötet: Er hatte sich rasiert. Ich verschlang meine Ration und betrachtete dabei meinen Entführer.

»Was habt Ihr mit mir vor?«

Fein säuberlich zerteilte er nun auch den Schinken, spießte ein Stück davon mit der Spitze seines Dolches auf und bot es mir an. Einen Moment lang starrte ich auf die scharfe Stahlspitze, die sich durch das rosige Fleisch bohrte; dann nahm ich das Stück Schinken und dankte ihm widerwillig. Ich durfte nicht vergessen, wer dieser Mann war und warum er mich verschleppt hatte. Obwohl er mich momentan mit Achtung behandelte, würde er die Waffe, mit der er mir heute Morgen meine Nahrung reichte, später womöglich zu etwas ganz anderem gebrauchen.

»Was ich mit Euch vorhabe? Ich weiß es nicht«, gestand er und verleibte sich einen geräucherten Hering ein.

Er wischte sich die Finger an dem Leinenstoff ab, in den er seinen Proviant eingeschlagen hatte, und trank einen Schluck Wein. Dann bot er mir die Flasche an, aber meine Fesseln behinderten mich in meinen Bewegungen, was ihm nicht entging.

»Wartet«, meinte er und nahm sein Messer.

Rasch schnitt er die Schnur durch und befreite meine Handgelenke, die von dem rauen Hanfstrick ganz aufgescheuert waren. Ich rieb darüber.

»Nur für ein paar Minuten«, mahnte er und sah mich aus seinen meerblauen Augen an.

Daran zweifelte ich keinen Moment. Ich ergriff die Flasche und trank ein paar Schlucke Wein. Gordon war merkwürdig still geworden und wandte den Blick nicht von mir. Wieder hatte ich, genau wie gestern Abend, das eigenartige, nagende Gefühl, ihn schon einmal gesehen zu haben. Diese Kopfhaltung, diese Art zu lächeln … Etwas sagte mir, dass ich diesem Mann schon irgendwo begegnet war, und zwar nicht in Perth oder Edinburgh. Aber wo dann? Mein Gedächtnis ließ mich im Stich.

»Wie lange wollt Ihr mich hier festhalten?«, fragte ich noch einmal.

»So lange wie nötig. Der Prätendent soll heute kommen. Die französischen Schiffe liegen vor Anker; ich habe sie heute Morgen gesehen.«

»Warum wollt Ihr ihn umbringen? Er kehrt nach Frankreich zurück; reicht Euch das denn nicht?«

»Nein«, gab er einfach zurück.

Er biss in einen Apfel und kaute langsam.

»Er könnte jederzeit versuchen wiederzukommen«, erklärte er.

»Seid Ihr an der Belohnung interessiert?«

»Die Belohnung? Das hat natürlich auch eine Rolle gespielt. Allerdings glaube ich nicht, dass ich noch in der Lage sein werde, sie einzufordern. Ich bin allein, und der Prinz wird sicherlich von seinem Gefolge und seinen Highland-Kriegern gut geschützt werden.«

Ich zog es vor, nichts von der Falle zu sagen, in die wir seine Männer gelockt hatten. Doch etwas ließ mir keine Ruhe.

»Was in aller Welt hat der Sohn des Duke of Argyle mit dieser Sache zu schaffen?«

»John? Wir haben uns letzten Sommer in London kennen gelernt, kurz bevor ich in Marischals Dienste getreten bin. Wir waren der gleichen Meinung, was die Stellung von Schottland im britischen Empire angeht und haben uns gleich gut verstanden. Beide sind wir zu dem Schluss gekommen, dass man, um das Problem der aufständischen Highland-Clans zu lösen, direkt an die Wurzel gehen muss, nämlich die Stuarts. Der Mensch kann nicht zwei Herren zugleich dienen, und zwei Könige sind einer zu viel.«

»Ich sehe, dass Ihr nicht wirklich wisst, was die Ursachen des Problems sind, William«, meinte ich. »Die Stuarts wieder auf den schottischen Thron zu setzen ist nur eines der Heilmittel für das Übel, das die Highlands zerreißt, aber nicht das einzige. Ihr seid doch selbst Highlander …«

»Bedaure, aber in meinen Adern fließt nicht das Blut der Highlands, Caitlin. Ich betrachte mich als Briten, und mein Leben, das ich nur allzu bald hergeben werde, opfere ich zum Besten des Empire.«

Ich sah ihn einen Moment lang an.

»Gebt auf, lasst mich frei und kehrt nach Hause zurück …«

Er brach in ein spöttisches Gelächter aus und warf mir einen vieldeutigen Blick zu. Sein Lächeln erstarrte und verschwand langsam, bis seine zusammengepressten Lippen nur noch ein schmaler, gerader Strich waren.

»Und dann einfach alles vergessen? Wirklich, Caitlin, Ihr seid zu töricht. Oh, um Eure Haut zu retten, würdet Ihr natürlich nur zu gern alles Mögliche vergessen. Ich muss zugeben, dass ich genauso handeln würde. Aber es ist zu spät. Inzwischen wissen zu viele Menschen, wer ich bin, und ich gebe nicht mehr viel auf mein Leben. Wenn ich den Jakobiten entwische, dann nur, damit der Duke of Argyle Wiedergutmachung von mir verlangt, weil ich seinen Sohn in das Komplott mit hineingezogen habe. Für mich gibt es keinen Ausweg mehr. Ich bin ein Verräter, Caitlin, und …«

Er unterbrach sich abrupt und sah versonnen auf den Wein, der in der Flasche, die er immer noch in der Hand hielt, schwappte. Dann verzog er den Mund erneut zu einem bitteren Lächeln.

»… mit Sicherheit hält man für mich die Strafe bereit, die Verrätern gebührt.«

Er erbleichte, schluckte und strich mit dem Finger unter seiner weißen Seidenhalsbinde entlang.

»Wenigstens sterbe ich für eine gute Sache.«

»Ich bezweifle, dass Colonel Turner Euren Plan gutgeheißen hätte. Ein Soldat gibt sein Leben für sein Land, aber er opfert es im ehrenhaften Kampf. Er begeht keinen feigen Mord … Ich verstehe nicht, wie Ihr zu solchen Ansichten kommen könnt. Euer Vater ist ein Gordon … und Ihr seid damit ein Highlander …«

Einen Moment lang sah er mich ausdruckslos an. Dann kniff er die Lippen zusammen. Ich wollte schon weitersprechen, als er in schneidendem Ton doch wieder das Wort ergriff.

»Graham Gordon von Stathavon war nicht mein leiblicher Vater. Der Laird hatte keine Kinder, denn seine Frau war unfruchtbar. Deswegen hatte er mich adoptiert. Bei den beiden habe ich die ersten Jahre meiner Kindheit verlebt. Dann ist seine Frau leider viel zu früh gestorben, und er hat noch einmal geheiratet. Seine zweite Frau war weitaus gebärfreudiger und hat ihm vier Kinder geschenkt, darunter zwei Söhne. George besuchte mich drei- oder viermal jährlich, um sich zu vergewissern, dass ich gut behandelt wurde. Doch als Graham Gordon starb, verschlechterte sich meine Lage immer mehr. Ihr versteht sicher, dass ich in den Augen der Witwe nicht viel wert war. Schließlich war ich nur noch eine Art Dienstbote. George hat das rasch bemerkt und mich unter seine Fittiche genommen … Bei ihm habe ich eine gute Erziehung genossen und wurde in die gute Gesellschaft dieser niedrigen Welt eingeführt. Ich hatte eine Zukunft.«

Die zu verspielen du im Begriff bist …

»Und Eure leibliche Mutter? Kennt Ihr sie?«

Er antwortete nicht gleich, sondern sah mich merkwürdig an und schien über die Frage nachzudenken.

»Sie ist tot.«

»Das tut mir leid …«

»Nicht so leid wie mir …«, murmelte er leise.

»Habt Ihr denn keine Liebste? Jemanden, an dem Ihr hängt?«

Seine Miene wurde weicher, und sein Blick richtete sich kurz in die Ferne. Doch dann reckte er abrupt das Kinn und richtete sich auf.

»Laura wird rasch jemand anderen finden, der sich um sie kümmert, und …«

Er schüttelte den Kopf, setzte die Flasche an die Lippen und trank noch ein paar Schlucke.

»Habt Ihr sonst keine Familienangehörigen?«

»George war meine Familie. Er hat mich großgezogen wie seinen eigenen Sohn. Sein Tod hat mich schwer getroffen. Georges Familie … Ich habe noch ein paar Onkel und eine Tante. Aber sie haben nie versucht, Kontakt zu mir aufzunehmen. Sie verstanden nicht, warum ihr Bruder für ein Kind sorgte, das nicht das seine war und dazu noch illegitim. Für sie war ich unerwünscht. Außerdem hat auch George keinen Umgang mit ihnen gepflegt.«

Er schaute mich träumerisch an und schlug die Flasche gegen seinen Schenkel, so dass die Flüssigkeit darin gluckerte.

»Aber wenn Gordon Euch rechtmäßig adoptiert hat, dann habt Ihr doch als ältester Sohn Anrecht auf seinen Titel und seine …«

Er lachte laut und warf den Kopf nach hinten, wobei ich die festen Konturen seines energischen Kinns bewundern konnte. Eindeutig, etwas an diesem Mann ließ mir keine Ruhe.

»Ha! Meine Stiefmutter hat dafür gesorgt, dass nur ihre eigenen Söhne erben durften. Außerdem würde ich dieses Erbe nicht einmal wollen, wenn man es mir auf einem Silbertablett anböte! Pachtland und Mühlen … Nein, ich habe mir für mein Leben etwas anderes gewünscht.«

Ein verlegenes Schweigen trat ein. Offenbar hatte es ihn aufgewühlt, über seine Vergangenheit zu sprechen. Ich sagte mir, dass ich ihn besser nicht fragte, was er sich wirklich gewünscht hätte. Er beugte sich zu mir herüber und strich mir ungeschickt über die Wange.

»Bedaure, aber ich habe keine andere Wahl«, erklärte er leise und zog ein Taschentuch hervor.

Ich schloss die Augen. Mit dem Daumen zog er den Umriss meines Kiefers nach. Dann glitten seine Finger über meine Wange und strichen über meine Lippen. Seine Hand verhielt auf meiner schweißfeuchten Haut. Dann spürte ich, wie sein Atem meinen Mund streifte. Ein harziger Weingeruch, leicht säuerlich. Angeekelt wandte ich mich ab und biss die Zähne zusammen.

»Wie alt seid Ihr, William?«

Er wirkte verblüfft und runzelte die Stirn.

»Im Januar bin ich einundzwanzig geworden.«

»Einundzwanzig … Mein ältester Sohn wird im März zwanzig. Ist Euch klar, dass ich Eure Mutter sein könnte?«

»Meine Mutter … wirklich?«

Seine Finger bewegten sich langsam und verhielten dann plötzlich. Er legte die Hand um meinen Hals und zwang mich, ihn anzusehen. Seine blauen Augen richteten sich auf meine zitternden Lippen. Er sagte nichts weiter, sondern schaute mich nur ausdruckslos an. Sein Mund öffnete sich, doch er schüttelte den Kopf und verschluckte die Worte, die er hatte aussprechen wollen.

»William«, bat ich, »lasst mich frei. Ich habe mit Eurer Mission nichts zu tun.«

Immer noch starrte er mich an, als hätte er mich nicht gehört. Er neigte den Kopf leicht zur Seite und kniff die Augen zusammen. Dann spürte ich, wie kaltes Metall meinen Hals streifte.

»Heute Nacht habe ich daran gedacht, Euch zu töten …«

Seine steinerne Miene drückte keinerlei Gefühl aus.

»Ihr seid ziemlich lästig, aber …«

»W … warum habt Ihr es nicht getan?«

Er lachte nervös auf und verstummte wieder. Sein Blick wich nicht von mir, sondern durchbohrte mich geradezu, während er zu meiner allergrößten Erleichterung die Klinge von meinem Hals nahm.

»Eines Tages habe ich ein Tagebuch gefunden, das jemand, der meinem leiblichen Vater nahestand, sorgfältig geführt hatte. Darin beschreibt er meinen Vater als einen … sehr eigenartigen Menschen. Ich muss zugeben, dass er kein sehr schmeichelhaftes Bild von ihm zeichnet. Aber dieser Mann beschreibt auch meine Mutter in allen Einzelheiten …«

Er ließ eine meiner zerzausten Haarsträhnen durch seine Finger gleiten.

»Pechschwarzes Haar, meergrüne Augen und milchweißer Teint …«

Er legte eine Pause ein und musterte mich kalt.

»Heute Nacht habe ich mir vorzustellen versucht, wie Ihr wohl mit zwanzig Jahren ausgesehen habt. Ihr wäret ihr ähnlich gewesen. George hat meine Mutter gekannt. Die Umstände meiner Geburt waren ziemlich rätselhaft, daher habe ich ihn eines Tages gebeten, mir davon zu erzählen. Er hat mir berichtet, meine Mutter sei eine kleine Dienstmagd gewesen, die sich meiner bedienen wollte, um meinen Vater um einen Teil seines Vermögens zu erleichtern. Als sie feststellte, dass sie von ihm nichts bekommen würde, hat sie ihn getötet. Dann ist sie geflohen und hat mich zurückgelassen. Ich hasse diese Frau und verspüre den Wunsch, sie zu töten. Ich habe mir gelobt …«

»Ihr habt eben gesagt, sie sei tot …:«

»Für mich ist sie es. Aber sie ist nicht wirklich tot. Eines Tages hat George eine neue Köchin angestellt, die jahrelang im Dienst meines Vaters gestanden hatte. Sie hatte meine Mutter ebenfalls gekannt. Ich habe sie ausgefragt, und was sie mir erzählt hat, war ganz anders als das, was George gesagt hatte. Aber … ich habe es vorgezogen, George zu glauben. Es fällt leichter, jemanden zu hassen, der uns verletzt hat, als zu versuchen, ihn zu verstehen … Nicht wahr, Caitlin Dunn?«

Mit diesen Worten gab er mich schroff frei, setzte sich vor mir auf die Hacken und stützte die Arme auf die gebeugten Knie. Ich betrachtete ihn mit ganz anderen Augen, und eine unbeschreibliche Mischung von Schmerz und Entsetzen stieg in mir auf. William stieß mir grob das Taschentuch in den Mund und befestigte es mit einer Schnur, die er in meinem Nacken fest verknotete. Dann ging er hinaus und schloss die Tür hinter sich.

Einen Moment lang blieb ich schreckensstarr zurück. Mein Verstand und mein Herz wollten einfach nicht verstehen, mochten sich den Tatsachen nicht beugen. *… nur zu gern alles Mögliche vergessen …* Mit einem Mal gewannen seine Worte einen anderen Sinn.

Verschwommene Erinnerungen stiegen in mir auf. Wie hätte ich so etwas vergessen können? Die Schmerzensschreie einer Frau, deren Eingeweide sich umstülpten. Die Rufe der Hebamme, die sie zum Pressen drängt. Der Wind, der einen Fensterladen unablässig schlagen lässt. Becky, die im Zimmer auf und ab geht und für die Frau und ihr Kind, das nicht auf die Welt kommen will, betet. Warum schließt sie dieses verfluchte Fenster nicht? War ich bei dieser Szene des ersten Aktes unbeteiligt gewesen? War ich Zeugin gewesen, oder hatte ich die Hauptrolle gespielt? Ich vermutete, dass ich bald den letzten Akt dieser traurigen Komödie spielen würde …

Ich atmete schwer und krallte mich an dem hölzernen Bootsrumpf fest. Die abblätternde Farbe drang unter meine Fingernägel. Ein jäher, widersinniger Drang zu lachen stieg in meiner Brust auf, blieb jedoch dort stecken. Nur ein Schluchzen entrang sich meiner Kehle. Nein, das war nicht möglich! Was für eine widersinnige Situation!

Der Tag neigte sich dem Ende zu, und die untergehende Sonne überzog den Himmel mit lachsrosa-, amethystfarbenen und magentaroten Streifen, die ein schillerndes Licht auf die weiß gekalkten Hauswände von Montrose warfen. Dumpfes Raunen, das in den Gassen widerhallte, drang bis zu dem kleinen Alkoven, in den sie die Männer aus Glencoe zurückgezogen hatten. Die jakobitische Armee, die in dem kleinen Städtchen lagerte, scharrte vor Ungeduld mit den Füßen. Die Soldaten hatten die drei französischen Schiffe gesichtet, die vor der Küste ankerten, und die Gerüchte über die bevorstehende Abreise des Prinzen hatten eine Woge der Unzufriedenheit hervorgerufen.

Man stand kurz davor, die Truppen nach Aberdeen in Marsch zu setzen. James Edwards Ratgeber hatten es für besser gehalten, sie weiter aufwärts an der Küste biwakieren zu lassen. Die Ankündigung der Verlegung würde das Misstrauen dämpfen und den Unmut der Männer zerstreuen. Man würde ihnen vorgaukeln, der Prätendent würde ihnen wenig später folgen, sobald er etwas gegessen und sich ausgeruht hatte. Um die Spiegelfechterei auf die Spitze zu treiben, hatte man sogar das für einen sofortigen Aufbruch gerüstete Reittier des Prinzen vor der Tür des Hauses angebunden, in dem er mit seiner Leibwache Quartier genommen hatte.

Alasdair Og sah Liam ernst an. Sein Kiefer zuckte, und seine Finger fuhren durch sein schlohweißes Haar und glätteten es mechanisch. Dann setzte er sein Barett wieder auf.

»Weißt du auch ganz genau, was du da vorschlägst?«

Liam nickte.

»Patrick hat gestern die Bestätigung erhalten.«

Ein Kavallerie-Offizier überquerte Befehle brüllend die Straße, zu der ihr Fenster hinausging, und lenkte sie kurzzeitig ab. Liam erstickte in dem kleinen, verrauchten Raum, doch nicht der Mangel an Luft raubte ihm den Atem. Er wusste, dass Caitlin sich irgendwo in dieser Stadt befand, in den Händen eines Meuchelmörders, und er konnte im Moment nichts unternehmen. Er nahm noch einen Schluck Whisky und fuhr mit düsterer Stimme fort:

»Der Prätendent wird nicht länger in Schottland bleiben, Sandy. Die Schiffe, die die Männer vor der Küste gesehen haben, werden ihn und sein Gefolge an Bord nehmen und über die Nordsee zum Kontinent bringen.«

In der kleinen Gruppe von Männern, die sich in dem engen Raum drängten, kam Unruhe auf: Stoff raschelte, Waffen klirrten und verärgertes Murren kam auf. Dies war das Ende eines Traumes; das Ende eines Traums von einem Vaterland, das für seine Rechte und seine Freiheit stritt. Die Enttäuschung war umso grausamer, da sie zu Beginn des Aufstandes so große Hoffnungen gehegt hatten.

Als vor einigen Tagen bekannt geworden war, dass die Truppen des Duke of Argyle in Perth angekommen waren, da hatte eine Woge der Hoffnung die jakobitischen Soldaten aufgerüttelt, denn sie hatten voll überschäumender Freude damit gerechnet, dass sie sich dem Feind noch einmal stellen würden. Mar und seine Ratgeber waren zusammengekommen, um darüber zu debattieren, was zu tun war. Ihre Beratungen am 29. Januar hatten die ganze Nacht gedauert, und am 30. war der Rückzug verkündet worden. Verwirrung und Unverständnis hatte sich auf den Gesichtern der Männer gemalt, die nur auf den Befehl warteten, den Feind anzugreifen.

Am 31. hatten die viertausend Mann, aus denen das zusammengeschrumpfte jakobitische Heer nur noch bestand, bei Tagesanbruch die eisigen Wasser des Tay durchquert und den Weg nach Dundee eingeschlagen und sich dann zur schottischen Ostküste gewandt. Der Duke saß ihnen im Nacken. Nur ein einziger Tagesmarsch trennte die beiden Armeen.

Der abgewetzte, mit Bierflecken übersäte Vorhang, der sie vom Rest der Taverne trennte, wurde beiseitegeschoben, und Patrick Dunn trat heran.

»Und?«, fragte Liam, der seine Ungeduld nicht verbergen konnte.

»Ich mache ja schon. Ich habe Mar und Marischal die Lage erklärt. Wir müssen warten, bis die Truppen Montrose vollständig evakuiert haben, dann können wir unseren Plan ins Werk setzen. Die Abreise des Prätendenten soll geheim bleiben, um Aufruhr zu verhindern.«

»Und wann brechen sie auf?«, erkundigte sich Alasdair.

»Sie haben schon mit den Vorbereitungen begonnen. Der Prätendent ist im Begriff, für General Gordon Briefe aufzusetzen, in denen er Anweisungen dafür erteilt, wie er mit der Armee weiter verfahren soll. In zwei Stunden müsste es in der Stadt wieder ruhig sein.«

»Und wann wird er an Bord gehen?«, schaltete sich Liam ein.

»An diesem Punkt komplizieren sich die Dinge«, erklärte Patrick und setzte sich auf den Stuhl, den die anderen für ihn freigehalten hatten.

Liam schenkte sich ein *dram* Whisky ein und leerte es in einem Zug. Er warf Alasdair einen vielsagenden Blick zu, der mit einem knappen Befehl seine Männer entließ. Kurz darauf ergriff er erneut das Wort.

»So lange dieser Schwachkopf Gordon sich hier herumtreibt, ist es zu gefährlich für den Prätendenten, sich einzuschiffen.«

»Wird dieser Mann denn allein handeln?«, fragte Alasdair mit besorgtem Blick und lehnte sich auf seinem Stuhl zurück.

»Wahrscheinlich«, meinte Liam. »Seine Söldner sitzen auf Dunnottar im Verlies; und ich bezweifle, dass noch eine zweite Truppe von Mordbuben als Ersatz aufgestellt worden ist.«

Gedankenverloren spielte er mit dem Wappen, das an seinem Barett steckte. Nein, Gordon war nicht allein; er hatte Caitlin bei sich. Von neuem brannte ihm der Whisky in der Kehle, und er verzog das Gesicht. Er knallte das Glas auf den Tisch. Patrick legte eine Hand auf seinen Unterarm und drückte ihn in einer Geste, die tröstlich wirken sollte. Er war ebenso bestürzt wie Liam gewesen, als er von Caitlins Entführung erfahren hatte.

»Spätestens morgen Abend wird alles vorüber sein. Am Montag dürfte Argyle die Stadttore durchschreiten. Der Prätendent hat kein Interesse daran, länger hier zu verweilen. Wir haben also sehr wenig Zeit, um Gordon ausfindig zu machen.«

»Allerdings«, setzte Liam hinzu.

Das Schweigen wurde drückend. Duncan, der neben seinem Vater saß, rutschte unruhig herum.

»Ich schlage einen Plan vor, der die Dinge beschleunigen könnte«, meldete Patrick sich wieder zu Wort und sah Liam an. »Wir könnten vortäuschen, dass der Prinz an Bord geht, und Gordon auf diese Weise aus der Reserve locken.«

»Vortäuschen?«

»Selbstverständlich wird der Prinz dabei nicht anwesend sein. Ich werde seine Uniform tragen und …«

»Du?«, stieß Liam hervor und sprang auf. »Er wird dich töten. Gordon ist nicht hergekommen, um dem Prinzen die Hand zu schütteln. Wir haben schon genug von unseren Leuten begraben, Patrick!«

»Mar und Marischal haben ihr Einverständnis erklärt. Es geht um das Leben des Prinzen … Heute Abend soll es geschehen.«

Das klagende Lied der Dudelsäcke umgab mich und ließ eine Melancholie und Trauer in mir aufsteigen, die sich mit dem Schmerz in meinem Herzen mischte. Die jakobitischen Truppen verließen Montrose. Dann war der Prinz also eingetroffen. Die silbernen Beschläge an den Pistolen, die Gordon soeben gereinigt hatte, schimmerten im Licht der untergehenden Sonne. Ich vermochte den Blick nicht vom Profil meines Entführers abzuwenden, der sich jetzt mit einer fast besessenen Sorgfalt seine Muskete vorgenommen hatte. Der Mann war äußerst angespannt. Hinter seinem Schweigen steckte ein aufgewühlter Geist, das konnte ich daran erkennen, wie seine Miene ständig wechselte.

Er besaß feine Züge, so wie Patrick. Vielleicht war ihm sogar dieser Anflug von Hochmut zu eigen, den Winston besessen hatte. Wenn er lächelte, erschien ein Grübchen in seiner Wange. Ich hatte es schon früher bemerkt, aber nicht darauf geachtet. Jetzt war mir seine Bedeutung klar. Sein glattes Haar war heller als meines. Ich betrachtete seine Hände, die exakt abgezirkelte Bewegungen ausführten. Er musste sie tausendmal geübt haben. Seine Finger waren lang und seine Nägel kurz geschnitten und sauber. Zu gepflegte Hände für einen Bauern. Unter dem teuren Samtstoff seiner Kniehosen und seinen Seidenstrümpfen ahnte ich lange Beine, die zu muskulös waren, um einem Bürokraten zu gehören. Ich war mir sicher, dass er ein exzellenter Reiter und Schwertkämpfer war. Mein Blick richtete sich erneut auf sein Gesicht. Es wirkte düster. Konzentriert presste er die schmalen und gut gezeichneten Lippen zusammen. Immer wieder zuckte sein linker Mundwinkel krampfartig und verriet, dass er nervös war.

Natürlich war er das. Die Frage war, was ich jetzt tun sollte.

Den ganzen Tag lang hatte ich Zeit genug gehabt, mich im Labyrinth der letzten Tatsachen, die ich erfahren hatte, zu verlaufen. Ich war zwischen gegensätzlichen Schlussfolgerungen hin- und hergesprungen und hatte mich in Zweifeln verloren. Dann wieder war ich über neue Elemente gestolpert, einige Einzelheiten oder Lücken, die mir in meiner Panik zunächst entgangen waren. Kurz hatte ich zu einer Art Optimismus gefunden, um dann wieder mit dem Kopf gegen eine Mauer aus unbestreitbaren Tatsachen zu laufen … Und schließlich hatte ich wieder ganz am Anfang gestanden.

Kurz, ich hatte mich im Kreis gedreht. Dann hatte eine leise innere Stimme, die es überdrüssig war, mich umherirren zu sehen, sich zu Wort gemeldet. *Hör auf dein Herz, Caitlin. Ergehe dich nicht in haltlosen Mutmaßungen. Der Verstand arbeitet zu logisch. Er kompliziert alles. Er seziert, urteilt, wägt ab, untersucht, argumentiert, vergleicht und prüft alles, bevor er uns ein Kompendium liefert, das uns leiten soll. Der Verstand ist kalt und unerbittlich.*

Völlig erschöpft hatte ich mich dann von meinem Instinkt leiten lassen; meinem Mutterinstinkt. Ich würde … Nein, ich musste ihm sagen, wer ich war, ihm die Wahrheit erklären. Das Bild, das er von mir hatte, hatten hasserfüllte Menschen für ihn aufgebaut. Stephen wusste nichts von mir, von den Umständen seiner Geburt. Ich musste ihm die Wahrheit sagen.

Seit er zurückgekommen war, hatte er kein Wort mit mir gesprochen. Immerhin hatte er mich von meinem durchgeweichten Knebel befreit. Dann hatte er sich der verbissenen Pflege seines Arsenals gewidmet und mir keine Aufmerksamkeit mehr geschenkt. Jetzt hatte er den Kolben seiner Muskete auf den Boden gesetzt und den Lauf zwischen die Schenkel genommen. Er hatte den Ladestock gelöst und steckte ihn in den Lauf der Waffe. Seine konzentriert gerunzelten Brauen beschatteten seine blauen Augen.

Ich schlang die Arme um meine angezogenen Knie und legte

das Kinn darauf. Dann schloss ich die Augen und versank wieder in meinen Überlegungen. Wie sollte ich ihn darauf ansprechen? Womit beginnen? *Guten Tag, darf ich mich vorstellen … Caitlin Dunn, deine Mutter …* Oder vielleicht so: *Stephen, mein Sohn! Endlich habe ich dich gefunden! Erzähl mir doch, was du in den letzten einundzwanzig Jahren erlebt hast!* Nein, auch nicht besonders gut!

Als ich die Augen aufschlug, richtete sich die düstere Mündung der Muskete auf mich. Stephens Finger lag auf dem Abzug, und er sah mich am anderen Ende der Schusslinie mit kaltem Blick an. Mir blieb fast das Herz stehen.

»Ich habe mich schon immer gefragt, wie man sich angesichts des Todes fühlt«, sagte er gedehnt.

Langsam nahm er den Finger vom Abzug.

»Und, wie ist es?«, fragte er.

Ich drückte meine feuchten Handflächen fest gegen meine Schenkel und holte tief Luft.

»Stephen?«, fragte ich mit wild klopfendem Herzen.

Er zog die Augen zusammen und senkte mit kalkulierter Langsamkeit die Waffe. Tatsächlich schien jede seiner Bewegungen genau berechnet zu sein. Wir schienen jenseits der Zeit zu schweben. Einundzwanzig Jahre … Mein Sohn … Er sah mich mit verständnisloser Miene an.

»Diesen Namen habe ich dir gegeben. Ich bin deine Mutter, Stephen.«

Einige Augenblicke vergingen in drückendem Schweigen, während Stephen reglos dastand und mich musterte. Ich wartete. Er zuckte nicht mit der Wimper; meine Mitteilung schien ihn nicht zu erstaunen.

»Der Name steht im Taufregister, aber ich benutze ihn nie.«

Er stand auf, begann gemessenen Schrittes vor mir auf und ab zu gehen und beobachtete mich verstohlen, über die Schulter hinweg. Sein Blick wirkte fiebrig; der Blick eines Mannes, der kurz davor steht, ein schreckliches Verbrechen zu begehen. Die Dudelsäcke waren verstummt.

»Die Soldaten sind fort. Nicht lange, und der Prinz wird sich einschiffen«, erklärte er und stützte sich gegen den Türrahmen. »Ich muss dorthin.«

Die Schatten ließen seine Züge hohl erscheinen. Er legte eine Hand auf die gegenüberliegende Seite des Rahmens. Ein Kloß saß in meiner Kehle und ließ mich nicht atmen.

»Stephen. Ich bin deine Mutter, hast du mich gehört?«

Meine Stimme hallte durch die kleine Hütte, schlug heftig auf meine Ohren zurück und stellte mich vor die unentrinnbare Wahrheit. Vor mir stand mein Sohn. Ein Mann. Ein Unbekannter. Und ein Verräter ... Er schickte sich an, einen Königsmord zu begehen, den König zu ermorden, für den mein anderer Sohn gekämpft und sein Leben gelassen hatte. Am liebsten hätte ich laut geschrien, aber ich bekam nicht einmal Luft in die Lungen.

Ich bohrte die Finger in meine Schenkel, als könnte der körperliche Schmerz die Qual in meinem Herzen dämpfen. Stephen wandte mir seine übliche gleichmütige Miene zu. Ich fragte mich, ob er schon einmal etwas anderes empfunden hatte als Hass oder Rachedurst. Im Halbdunkel musterte er mich aus seinen leuchtenden, aber ausdruckslosen Augen.

»Ich habe es gewusst ...«

Sprachlos starrte ich ihn an.

»Du hast es gewusst?«

»Das hat mich daran gehindert, Euch letzte Nacht zu töten. Ich wollte wissen ... ob ... Ihr Euch an mich erinnert.«

»Ob ich mich an dich erinnere? Stephen! Seit deiner Geburt weine ich um dich!«

»Seit meiner Geburt ... Dann habt Ihr mich nicht vergessen?«

Seine Stimme klang leise, beinahe wie ein Flüstern. In Gedanken versunken starrte er in die Ferne.

»Wie könnte eine Mutter ihr erstes Kind vergessen?«

Er wandte sich zu mir um. Gefühle malten sich auf seinem Gesicht: Trauer, Wut, Verbitterung ...

»Und wie kann eine Mutter ihr erstes Kind verlassen? Ihr habt Euch meiner bedient und mich im Stich gelassen, als ...«

»Das stimmt nicht!«

»Das habt Ihr aber getan, oder?«, schrie er.

»Ich habe dich nicht benutzt, wie man es dich glauben gemacht hat.«

»Was macht das aus? Tatsache ist, dass Ihr mich verlassen

habt. Aber im Grunde … Wie könnte ich es Euch verübeln? Welche Frau will schon einen Bastard, der in unreiner Lust empfangen ist? Wenn Ihr Euch wenigstens damit zufrieden gegeben hättet, einfach zu gehen …«

Die Verbitterung gab ihm seine Worte ein, die Wucht seines aufgestauten Zorns. Trauer lag jetzt auf seinen Zügen. Er trank noch einmal von dem Wein und wischte sich den Mund mit dem Ärmel ab. Dann stieß er einen Wutschrei aus und warf die Flasche an die Wand, wo sie zerschellte.

»Nein … Ihr musstet noch mehr tun«, fuhr er bitter fort und stellte seine ganze Verachtung zur Schau. »Ihr habt meinen Vater getötet. Ihr habt mir meinen Namen gestohlen, mein Erbe, mein Leben.«

»Dein Vater war nichts als ein Ungeheuer. Er … er …«

»Hat Euch Gewalt angetan …«

Er wusste Bescheid …

»Becky«, erklärte er. »Aber … ich wollte ihr nicht glauben.«

»Sie kannte die Wahrheit, Stephen. Es hatte vor mir noch andere gegeben …«

»Nennt mich nicht so! Ich hasse diesen Namen!«

Die Worte waren nur so aus ihm herausgebrochen, und sie trafen mich wie Messerstiche ins Herz.

»Für mich ist das dein einziger Vorname. Es ist der Name meines Großvaters mütterlicherseits und das einzige Erbe, das ich dir mitgeben konnte.«

Sein Blick floh mich und richtete sich auf die Einsamkeit des Ozeans.

»Habe ich eigentlich Brüder, Schwestern?«, erkundigte er sich einige Minuten später ruhig.

Die Frage überrumpelte mich.

»Ähem … Zwei Brüder und eine Schwester.«

»Und ihre Namen?«

»Warum?«

»Ich erfahre plötzlich, dass ich eine Familie habe; da möchte ich doch wenigstens ihre Namen wissen.«

»Duncan Coll, Ranald und Frances. Dein Bruder Ranald … ist in Sheriffmuir gefallen.«

Er schlug die Augen nieder und wirkte nachdenklich.

»Wie geht es eigentlich Becky?«, fragte ich.

»Sie ist vor drei Jahren gestorben.«

»Becky war bei deiner Geburt dabei.«

»Ich weiß. Sie hat es mir erzählt.«

»Hat sie dir dann auch von dem Vertrag erzählt, den ich unterzeichnen musste? Hat sie dir gesagt, wie Lord Dunning mich benutzt und gedemütigt hat?«

Er schwieg eine Weile und sah reglos in die Ferne. Dann nickte er.

»Dann kennst du also die Umstände, die mich bewogen haben, dich … fortzugeben?«

»Ja …«

Seine Antwort war mehr ein Hauch denn ein Wort. Er ließ den Kopf hängen.

»Stephen, ich habe es zu deinem Besten getan. Was hätte ich dir als einfaches Dienstmädchen denn für eine Zukunft bieten können? Lord Dunning hat mir angeboten, dich großzuziehen wie seinen eigenen … Nun ja, du warst ja auch sein Sohn. Wenn ich mich geweigert hätte, dann hätte ich mittellos auf der Straße gestanden. Ich hätte dich ohnehin auf irgendeine Weise zu Fremden geben müssen. Glaub mir, ich habe diese Entscheidung nicht frohen Herzens getroffen. Und ich konnte ja nicht ahnen, was später geschehen würde. Wenn ich gewusst hätte …«

Er hatte sich zu mir umgewandt; sein Blick brachte mich aus der Fassung. Angesichts seiner offensichtlichen Verachtung und seiner unausgesprochenen Vorwürfe schlug ich die Augen nieder. Wie konnte ein Kind, und wenn es auch inzwischen zum Manne herangewachsen war, die Wahl akzeptieren, die sich mir aufgedrängt hatte? Ich selbst hatte mir ja nie verziehen. Außerdem, wollte Stephen mich überhaupt verstehen? Mein ganzes Leben hatte ich gehofft, meinen Sohn einmal wiederzufinden. Insgeheim hatte ich auf diesen Moment gewartet. Aber heute war ich mir nicht mehr sicher.

»Ich verlange nicht, dass du mich verstehst, Stephen, und erst recht nicht, dass du mir verzeihst. Ich möchte nur, dass du die Wahrheit kennst. Turner hat mich verachtet, und er hat seinen

Hass auf mich an dich weitergegeben. Du hast nur einen Teil seiner Persönlichkeit ge…«

»George war der einzige Mensch, der mir ein wenig Liebe erwiesen hat«, unterbrach er mich, und seine Augen schimmerten feucht. »Er hat es vielleicht auf seine Weise getan. Gewiss, er ist nicht überschwänglich mit seiner Zuneigung umgegangen; aber er hat dafür gesorgt, dass es mir an nichts fehlte, und…«

»Und dass du einen Hass auf mich entwickelt hast! Hat er dich auch gelehrt, dein Vaterland zu verraten?«

Er fuhr auf dem Absatz herum und schlug mich mit einem finsteren Blick.

»Ich übe keinen Verrat an England! Im Gegenteil, was ich tue, das tue ich für mein Land!«

»Darauf kommt es nicht an, Stephen! Du hast die Menschen verraten, die dir vertraut haben. Patrick, den Earl of Marischal, all die anderen…«

»Wer seid Ihr, dass Ihr Euch ein Urteil über mich anmaßt?«

Bleich vor Zorn stand er vor mir und musterte mich kalt. Ich sah ihn an und keuchte vor Zorn und Trauer darüber, dass mein Sohn von hinterlistigen Geistern manipuliert worden war, dass man sich seiner straflos bedient hatte, um Rachegelüste zu befriedigen. Doch es war zu spät. Seine Seele war von Hass zerfressen. Ich ergab mich in mein Schicksal. Mein Sohn war das, was andere aus ihm gemacht hatten. Und ich war schuld daran…

»Es tut mir so leid…«

Ein sarkastisches Auflachen gellte mir in den Ohren. Meine Handfesseln hinderten mich daran, sie mir zuzuhalten, damit ich es nicht zu hören brauchte.

»Was tut Euch so schrecklich leid, *Mutter*?«

Seine Stimme klang böse, und sein Lächeln war es ebenfalls.

»Meine Geburt? Der Mord an meinem Vater?«

»Das war Notwehr«, gab ich heftig zurück.

»Und George?«

Ich fuhr zusammen und verstummte erschrocken.

»Turner? Das war ich nicht«, widersprach ich schwach.

»Aber Ihr wart an jenem Abend dort. Das wusste ich schon,

bevor Ihr es mir gestanden habt. Die schöne Clementine kann nicht lügen, wenn ihr eine Klinge an der Kehle sitzt. Eure Intrigen, mit denen Ihr Patrick aus der Festung befreit habt ... Offensichtlich wäre es besser gewesen, George hätte sich nicht gezeigt. Aber er hatte Euch bei diesem Dinner erkannt und Befürchtungen bezüglich Eurer Absichten gehegt, daher wollte er den Gouverneur warnen. Doch er ist zu spät gekommen ... oder sollte ich vielleicht sagen zu früh. Ihr schicktet Euch gerade zum Gehen an. Wenn er ein paar Minuten später eingetroffen wäre, dann wäre er heute noch am Leben.«

»Du hast Clementine doch nicht ...«

»Nein, keine Angst, ich habe sie nicht getötet – nur ein wenig erschreckt.«

Er wusste alles, und er hatte mir von Anfang an etwas vorgemacht. Eine finstere Komödie. Einen Moment lang wünschte ich mir, er wäre nicht mein Sohn. Wie war es möglich, dass ich ein so heimtückisches Wesen in die Welt gesetzt hatte? Wenn ich ihn nur hätte behalten, wenn ich ihm meine Liebe hätte schenken können, wenn Turner nicht sein Herz vergiftet hätte, wenn ... wenn ... wenn ... Doch man hatte mir keine Wahl über Stephens Zukunft gelassen. Betrübt musste ich mir eingestehen, dass ich die falsche Entscheidung getroffen hatte.

Mein Sohn litt, und ich konnte nichts mehr für ihn tun. Ich beschloss, lieber zu schweigen, nicht länger nutzlos an ihn zu appellieren. Dazu waren mir die Kraft und die Lust vergangen.

»Was hast du nun mit mir vor?«

»Mit Euch?«

»Ja, mit mir! Was willst du mit mir anfangen? Du wirst doch gewiss nicht riskieren, hierher zurückzukehren, nachdem ...«

Fast unmerklich spannte er sich an und reckte den Rücken. Anscheinend war mein Los im Moment die geringste seiner Sorgen. Schroff wandte er den Kopf in Richtung Ufer und trat einen Schritt in den sicheren Schatten zurück. Am Strand hatte sich wohl etwas bewegt. Prompt kam er auf mich zu.

»Eure Handgelenke!«, befahl er energisch.

»Stephen ...«

Er maß mich mit einem harten Blick, und ich gehorchte widerstandslos. Mein Sohn löste die Fesseln, drehte mir die Arme auf den Rücken und verschnürte sie von neuem.

»Stephen!«, rief ich noch einmal, um seine Aufmerksamkeit zu erwecken.

Er steckte sich eine der Pistolen in den Gürtel, ergriff die Muskete und hängte sie um. Dann richtete er die andere Pistole auf mich. Mir wich das Blut aus dem Gesicht. Diese blauen, kalten, berechnenden Augen … Winstons Augen … Die grausamen Züge der Dunnings, und mein Sohn hatte sie geerbt.

»Ich komme wieder«, sagte er zur Antwort auf meine unausgesprochene Frage.

Dann zog er sein Taschentuch hervor. Schon der Gedanke, dass er mich erneut knebeln würde, erfüllte mich mit Beklemmung. Wenn mein Mund zugestopft war, hatte ich das Gefühl, keine Luft zu bekommen und ersticken zu müssen. Als er meine entsetzte, verzweifelte Miene sah, zögerte er.

»Ich kann die Gefahr nicht eingehen, dass Ihr schreit«, erklärte er dann doch und verknotete das Taschentuch.

Dann verschwand er in die Nacht. Bei seinem eiligen Aufbruch hatte er vergessen, die Tür zu schließen. Mit leeren Augen sah ich in die Ferne. Drei Schiffe ankerten vor der Küste, und hinter ihnen ging ein grauer Mond auf. Mir brach fast das Herz.

Am Rumpf der drei Boote, die man auf den Strand gezogen hatte, klebten Haufen von mit weißen Muschelschalen durchsetztem Seetang, den die schäumenden Wogen ausgespien hatten. Um sie herum hatten die Soldaten der persönlichen Leibwache des Prätendenten Stellung bezogen und hielten die Ohren offen. Ihre im Schatten ihrer mit einer weißen Kokarde geschmückten Dreispitze liegenden Augen durchforschten den Wald, der an den Strand grenzte. Die Falle war bereit.

Liam begann ungeduldig zu werden. Nichts hatte sich gerührt. Die Soldaten standen jetzt seit fast einer halben Stunde auf ihrem Posten, und bald würde die Dunkelheit ihr samtschwarzes Tuch über sie werfen. Das würde ihnen ihre Mission sehr erschweren. Mit resignierter Miene drehte er sich zu Duncan um. Er hatte damit gerechnet, dass Gordon, der darauf brannte, seine makabere Aufgabe zu erledigen, sich zeigen würe, sobald die Männer ihre Posten bezogen hatten. Zugegeben, der junge Mann war gewitzter, als er zunächst gedacht hatte.

»Geh Patrick holen.«

Sein Schwager wartete, angetan mit der Kleidung des Prinzen. Liam wäre es allerdings lieber gewesen, jemand anderer hätte diese Rolle gespielt. Mehrere Männer hatten sich angeboten, da sie es als Ehre betrachteten, ihr Leben für den Prätendenten zu opfern. Doch Patrick war hart geblieben. Immer wieder hatte er darauf hingewiesen, dass er den jungen Gordon in den Dienst des Hauses Keith geholt hatte. Wenn das Leben des Prinzen jetzt bedroht war, dann war das ganz allein seine Schuld. Und dann war da noch Caitlin, die er liebevoll Kitty nannte. Auch für ihre missliche Lage fühlte er sich verantwortlich.

Liam grübelte unablässig darüber nach, warum Gordon Caitlin entführt hatte. Einfach als Geisel, um sich im Notfall seine Freiheit zu erkaufen? Ihm gab das Rätsel auf. Sàra wäre ihm als Faustpfand weit nützlicher gewesen; zumindest in den Augen der Gefolgsleute des Prinzen war sie weit wichtiger. Sie war eine Adlige und die Gattin des Leibsekretärs des Earl of Marischal, während Caitlin… Doch was immer hinter dieser Entführung stecken mochte, Caitlin wurde irgendwo in der Gegend von Montrose gefangen gehalten. Daher war die Losung ausgegeben worden, Gordon lebend festzunehmen – soweit das möglich war. Nur er kannte Caitlins Aufenthaltsort.

William Gordons Vergangenheit lag im Dunkeln. Niemand wusste besonders viel über ihn. Sein Vater, ein glühender Jakobit, war Laird von Stathavon gewesen und gestorben, als der Junge erst zehn gewesen war. Er besaß zwei jüngere Brüder, an die er eigenartigerweise seine Rechte auf den Titel des Laird abgetreten hatte. Der junge Mann war von recht schweigsamem Naturell und hatte praktisch keine Freunde. Bei den wenigen Gesellschaften, zu deren Besuch er sich herabließ, hatte er sich zurückhaltend benommen, es vorgezogen, die anderen zu beobachten und ihnen zuzuhören, und nur eine Bemerkung abgegeben, wenn er direkt angesprochen wurde. Doch seine merkwürdigen Eigenschaften waren von seinem Pflichteifer und der

Brillanz, mit der er seine Aufgaben erledigte, überstrahlt worden. Ein verdächtiger Punkt allerdings war Patricks Aufmerksamkeit entgangen: Er war von einem Offizier der Hannoveraner großgezogen worden.

Hufgetrappel, das von den steinernen Fassaden widerhallte, riss ihn aus seinen Überlegungen, und er drehte sich um. Im Licht des aufgehenden Mondes schimmerte ein vergoldeter Brustharnisch, in den das Wappen der Stuarts eingraviert war. Einen Moment lang hätte er geschworen, den Prätendenten vor sich zu haben. Doch dann fing er den Blick des Mannes auf, dessen Gesicht von der schweren, gepuderten Perücke beschattet wurde. Das waren eindeutig Patricks dunkle Augen; die des Prinzen waren hell. Doch in der Dunkelheit und auf die Entfernung würde Gordon keinen Unterschied erkennen können.

Der Prinz war von acht französischen Soldaten in weißen Westen umgeben. Einige vertrauenswürdige Highlander begleiteten ihn; dazu kamen noch die Edelleute, aus denen das Gefolge des Prinzen bestand und die mit ihm ins Exil gehen würden.

»Sind unsere Männer auf ihrem Posten?«, fragte sein Sohn hinter ihm.

Liam drehte sich um.

»Ja. Und wie geht es dir?«

Mit einer Kopfbewegung wies er auf Duncans bandagierten Schenkel. Sein Sohn hob eine Falte seines Kilts an. Ein kleiner dunkler Fleck prangte auf dem von Marion sorgfältig angelegten Verband.

»Recht gut. Aber wenn das so weitergeht, dann wird Marion jeden Teil meines Körpers geflickt haben, ehe ich dreißig bin.«

Liam stieß ein spöttisches Lachen aus und klopfte Duncan auf die Schulter.

»Worüber beklagst du dich? Deine kleine Stickerin hat Feenhände. So manch ein Mann würde sich auch die Haut ritzen lassen, um ihre Finger auf seinem Körper zu spüren.«

Verblüfft zog Duncan die Augenbrauen hoch.

»Gut für dich, dass sie eine Campbell ist. Der Name reicht aus, um die Männer Respekt zu lehren. Aber Blicke lügen nicht. In ihr fließt das heiße gälische Blut.«

Sein Sohn grinste verschwörerisch.

»Wie in Mutter?«

Ein kurzes, angespanntes Schweigen trat ein.

»Ja, wie in deiner Mutter«, bestätigte Liam dann in ernstem Ton und legte seinem Sohn die Hand schwer auf die Schulter.

Er sah ihm fest in die Augen, und seine Kehle schnürte sich zu.

»Und sie wird dir Söhne schenken, auf die du stolz sein kannst, so wie deine Mutter es für mich getan hat.«

Vor Stolz schwoll ihm die Brust, und die Augen wurden ihm feucht. Oh ja, er konnte wirklich stolz auf sie sein. Mit einem Mal erinnerte er sich wieder an Duncans Geburt. Caitlin, die niemals etwas so tat wie andere Menschen, hatte ihn auf der Heide zur Welt gebracht. Da niemand anderer zugegen war, hatte er die Hebamme spielen müssen. Er hatte entsetzliche Angst gehabt und fragte sich noch heute, wie er das fertiggebracht hatte. Als er sah, wie seine Frau von den Wehenschmerzen zerrissen wurde, hatte er sich so hilflos gefühlt. Und dann hatte er dieses winzige, neugeborene Wesen in den Händen gehalten, diesen warmen, vor Lebenskraft berstenden Körper in seinen vor Freude zitternden Händen geborgen. Seinen Sohn …

Seinen zweiten Sohn, verbesserte er sich lautlos. Sein ältester Sohn war Coll gewesen. Was für ein Mensch er wohl geworden wäre, wenn er überlebt hätte? Wie wäre er, und was würde er tun? Er sah immer noch sein winziges Gesicht vor sich … Und dann stieg hinter ihm Annas Antlitz auf. Die beiden Menschen, die ihm entrissen worden waren. Das schien inzwischen so lange her zu sein, dass er aufgehört hatte, sich nach dem Warum zu fragen. Das Leben war so zerbrechlich …

Aber was machte überhaupt das Leben eines Menschen aus? Ein kurzer Zeitraum, unbedeutend angesichts der Ewigkeit, und doch so vielfältig und intensiv und oft so voll schrecklicher Prüfungen. Wie konnte ein Mensch sie ohne Liebe durchstehen? Und was würde von diesem Menschen bleiben, nachdem er seine Existenz auf Erden, wie unbedeutend diese auch gewesen sein mochte, durchschritten hatte? Seine Kinder. Sein Fleisch, sein Blut, kurz gesagt die Verlängerung seines Lebens. Der unwiderlegbare Beweis dafür, dass er gelebt und eine Rolle in der Geschichte der Menschen gespielt hatte.

Duncan stand vor ihm, hoch aufgerichtet und kräftig auf den Beinen. Er war ein tapferer Krieger und ein sehr vernünftiger Mann. Sein gleichmütiges Wesen – Stimmungsumschwünge hielten bei ihm nie lange an – und seine unverbrüchliche Loyalität gegenüber den Seinigen hatten ihm aller Respekt eingetragen. Ja, er war stolz auf ihn. Und merkwürdigerweise verspürte er gerade heute den Drang, ihm das auch zu sagen.

Doch Liam war es nicht gewöhnt, seinen Gefühlen mit Worten Ausdruck zu verleihen. Gewiss, er hatte seine Söhne während ihrer gesamten Kindheit immer wieder für ihre Leistungen gelobt: für einen guten Fang beim Fischen, einen erfolgreichen Übungskampf mit dem Schwert oder eine reiche Beute bei einem Raubzug. Aber nie hatte er ihnen gestanden, mit welchen Gefühlen es ihn erfüllte, sie zu Männern heranwachsen zu sehen. Für Ranald war es zu spät. Bestimmt hatte sein verstorbener Sohn tief in seinem Inneren gespürt, dass er zufrieden mit ihm und stolz auf ihn war, genau wie er seinem eigenen Vater gegenüber empfunden hatte. Aber manchmal brauchte es auch Worte …

Duncans Mundwinkel zuckte leicht, und er spürte, wie seine Schulter sich unter seinen Fingern anspannte. Dann schlug sein Sohn gerührt die Augen nieder.

»Duncan«, murmelte Liam, »ich möchte, dass du weißt …«

»Ich habe es immer gewusst, Vater.«

»Aber ich wollte es dir sagen. Einem Mann, einem Vater fällt das nicht immer leicht, seinem Sohn zu sagen, dass er ihn im Herzen trägt. Du wirst das selbst noch erleben. Ich weiß nicht warum, aber seiner Frau, oder auch seiner Tochter zu sagen, dass man sie liebt, das geht an. Aber seinem Sohn? Vielleicht liegt es daran, dass es einem eigenartig vorkommt, ›ich liebe dich‹ zu einem anderen Mann zu sagen. Ich weiß, das klingt ein bisschen lächerlich, aber so ist es.«

Duncan sah aus feuchten Augen zu ihm auf, und öffnete die leicht zitternden Lippen. Doch die Worte blieben ihm in der zugeschnürten Kehle stecken.

»Ich liebe dich auch, Vater«, brachte Duncan schließlich heraus.

Liam wischte sich mit dem Plaid seines Sohnes diskret eine Träne ab und tätschelte ihm zärtlich die Schulter. Merkwürdigerweise fühlte er sich jetzt besser.

»Komm«, sagte er und zog sich ein wenig verlegen zurück, »machen wir uns auf die Suche nach deiner Mutter.«

Alle Männer waren auf ihrem Posten. Unterwegs stießen Liam und Duncan auf Angus und Donald, die lang ausgestreckt im hohen Gras lagen. Mars Leute begannen die Boote zu besteigen.

»Und?«, fragte Liam und warf sich ebenfalls auf den Boden.

»Nichts«, brummte Donald. »Vielleicht hat er ja aufgegeben. Er ist allein und muss doch den Verdacht hegen, dass wir gewarnt sind und ihn erwarten werden. Ihm ist sicher klar, dass er kaum eine Aussicht hat zu entkommen, selbst wenn es ihm gelingt, den Prätendenten zu töten.«

»Hmmm …«

Liam hatte diese Möglichkeit bereits bedacht und hatte ein schlechtes Gefühl dabei. Was würde Gordon mit Caitlin anstellen, wenn er beschloss, seinen Plan aufzugeben? Würde er sie freilassen oder … Er musste hoffen, dass der Bastard bis zum Äußersten gehen würde. Suchend glitt sein Blick über den Waldrand. Er war die Gegend während des Tages abgegangen, um festzustellen, welche Stellen sich für einen Hinterhalt am besten eigneten, und war die Küste bis zu ein paar Fischerhütten, die eine halbe Meile entfernt lagen, entlanggewandert.

Zwei Stellen hatten seine Aufmerksamkeit geweckt. Die erste war eine kleine, von Ranken und Unkraut überwachsene Anhöhe, auf der sich ein Felsvorsprung erhob. Wenn Gordon sich dahinterkauerte, befand er sich in Deckung und hätte trotzdem den Strand im Blick. Die zweite war ein dichtes Gestrüpp aus jungen Weiden, deren Äste so ineinander verschlungen waren, dass sie sogar bar jeden Laubwerks einen undurchlässigen Sichtschutz darstellten. Von beiden Stellen aus befanden sich die Boote in Schussweite.

Etwa zehn Meter von dem Gestrüpp entfernt hatte Liam Männer aufgestellt. Er selbst wollte sich um die Anhöhe kümmern.

Etwas sagte ihm, dass der Mann sich dort verstecken würde. In einer solchen Lage musste man versuchen, in die Haut seiner Beute zu schlüpfen und ihre Gedanken und Reaktionen vorwegzunehmen, und das hatte er getan. Er selbst hätte die Anhöhe gewählt, weil dieser Platz bessere Fluchtmöglichkeiten bot.

Eines der Boote hatte sich mit sechs Männern an Bord ein Stück vom Ufer entfernt. Patrick stand noch am Strand, die Stiefel einige Zoll tief im Wasser und dicht umringt von Soldaten mit schussbereiten Musketen. Wenn Gordon sah, dass er keine Aussicht hatte, ihn zu treffen, würde er vielleicht einfach aufgeben. Liam fühlte sich zutiefst zerrissen. Er kam sich vor, als müsse er zwischen Caitlins Leben und dem seines Schwagers wählen, und stieß einen unterdrückten Fluch aus.

»Hoppla!«, flüsterte Angus. »Dort hinten, siehst du es?«

Liam zog die Augen zusammen. Nichts.

»Gleich hinter dieser Eiche«, erklärte sein Kamerad und wies mit dem Lauf seiner Waffe auf die Stelle, die er ihm bezeichnet hatte.

Liam schaute nach links, wo eine gewaltige, knorrige Eiche ihre dicken Wurzeln langen Krallen gleich in den Boden bohrte. Stark und kräftig hatte sie sich den Stürmen, die an der Küste tobten, widersetzt. Eine Weile verging. Wurde sein Augenlicht etwa schwächer? Erneut blinzelte er. Dann erblickte er ihn. Das helle Hemd und das Aufblitzen eines zu gut polierten Beschlags an seiner Waffe hatten ihn verraten. Liams Herz begann hektisch zu pochen. Der Mann war schussbereit.

»Er ist es«, flüsterte er. »Herrgott, er wird schießen!«

Angus und Duncan hatten die Waffen angelegt. Ein Stück weiter wälzte sich Donald herum, um in Stellung zu gehen. Instinktiv sprang Liam plötzlich auf und brüllte Patrick eine Warnung zu. Das war das Zeichen. Rund um ihn herum krachte es, und ein Schusswechsel brach los. Einer der Soldaten in dem Boot brach zusammen. Einen Augenblick lang glaubte Liam zu sehen, wie Patrick wankte und sich am Arm eines Soldaten festhielt, der ihn auf den Boden eines Bootes stieß, in Deckung. Der Bastard hatte Patrick getroffen!

»Wo ist er?«, schrie er und sprang über die flache, grasbewachsene Düne.

»Er ist in den Wald geflüchtet«, rief Duncan, der ihm bereits nachsetzte.

»Wir dürfen den Hundesohn nicht entkommen lassen!«, keuchte Liam, dessen Lungen schon in Flammen standen. »Ich will ihn lebend, habt ihr mich gehört?«

Dann rannte er los und nahm die Verfolgung auf.

Ich komme wieder … Ja, er würde zurückkommen … Um mich zu töten? Ich verspürte nicht wirklich den Wunsch, auf ihn zu warten und es festzustellen. Ich musste hier fort, bevor er wiederkam. *Denk nach …* Seit einer halben Stunde versuchte ich nun schon, die Fesseln zu lösen, die sich schmerzhaft in meine hinter dem Rücken verschnürten Handgelenke gruben. Wütend biss ich in meinen Knebel. Meine Flucht konnte ich nur ganz allein bewerkstelligen.

Durch die Tür, die offen geblieben war, fiel so viel Licht ein, dass ich meine Umgebung erkennen konnte. Mein verzweifelter Blick streifte über die Holzkästen, die sich in einer Ecke stapelten. Eine alte, rostzerfressene Kohlenpfanne hätte mir mit ihren Eisenkanten von Nutzen sein können, aber die Schnur, mit der er mich festgebunden hatte, war nicht lang genug, um sie zu erreichen und daran meine Fesseln aufzuscheuern. Ein Stapel von Holzwürmern zernagter Bretter. Ein Gestell zum Trocknen von Fisch, an dem noch ein paar bräunliche Fetzen hingen.

Der einzige Gegenstand, der sich im meiner Reichweite befand, war das umgedrehte Boot. Ich betrachtete es mit ganz neuen Augen und suchte nach etwas, das mir die Freiheit schenken könnte. Schon wollte ich den Blick abwenden, als ein metallisches Glänzen meine Aufmerksamkeit erregte. Ich beugte mich über die Stelle, um sie genauer anzusehen. Am Heck befand sich ein verdrehtes, halb abgerissenes Stück Eisenblech, das wahrscheinlich einmal einen Ring zum Vertäuen gehalten hatte.

Mit klopfendem Herzen ließ ich mich an dem hölzernen Rumpf entlang zu Boden gleiten und betastete das kalte Metall, das sich hinter meinem Rücken befand. Gut möglich, dass die

Kanten scharf genug waren, um daran meine Fesseln durchzuschaben… mit ein wenig Glück. *Komm schon, Caitlin, du darfst keine Zeit verlieren…* Sogleich machte ich mich ans Werk.

Lange Minuten arbeiteten meine Arme unabhängig von meinem Verstand; außer in den Momenten, wenn das Metall mir die Haut aufriss. Meine Arme scheuerten die Schnur durch; und mein Verstand schmiedete Pläne. Und dabei wusste ich genau, dass im entscheidenden Augenblick der Überlebensinstinkt alle raffinierten Fluchtpläne außer Kraft setzen würde. Dann gab die Schnur nach.

Angesichts der unerwarteten Freiheit verharrte ich einige Sekunden lang wie erstarrt. Eiskalt drang der Winterwind in die kleine, übel riechende Hütte, die mein Gefängnis gewesen war. Langsam führte ich die Arme vor den Körper und verzog vor Schmerz das Gesicht. Meine Schultern waren steif, und meine aufgeriebenen Handgelenke bluteten. Ich zog mir den Knebel, der mich erstickte, aus dem Mund, nahm mich jedoch zusammen, damit ich nicht vor Freude aufschrie. Doch mein Herz sang vor Seligkeit. Ich war frei!

In dem unablässigen Rollen der Wogen erscholl plötzlich ein Schrei und dann ein Krachen. Mein eben noch vor Freude hüpfendes Herz begann vor Angst wild zu pochen. Weitere Detonationen und noch mehr Ausrufe, die vom Strand herdrangen, folgten. Ich stürzte aus dem Schuppen. Vor dem spiegelnden Meer hoben sich mehrere Silhouetten ab. Eine davon befand sich in einem Boot und stürzte, die anderen rannten wild durcheinander. Stephen hatte sein Attentat durchgeführt.

Vor Angst zog sich mein Magen zusammen. War er erfolgreich gewesen? Oder hatten die Männer ihn getötet? Wo blieb Liam? Aber die Antworten mussten warten; ich musste hier fort. Der Mörder würde bald wieder auftauchen. Ich raffte meine Röcke und lief in den Wald, wobei ich mich bemühte, die Ruhe und einen klaren Kopf zu bewahren; aber die Musketenschüsse, die näher kamen, jagten mir immer größere Angst ein. In dieser undurchdringlichen Dunkelheit, in der ich längst nicht so rasch vorankam, wie ich gewollt hätte, fürchtete ich, mit dem flüchtigen Mörder verwechselt zu werden.

Mein Fuß blieb in der Wölbung einer Wurzel, die aus dem Boden ragte, hängen. Ich fand mich mit dem Kopf voran im feuchten Laubwerk wieder und stieß einen Schrei aus. Mein Fußgelenk war verstaucht. Ich robbte zu einem zerklüfteten Baumstumpf und verbiss mir einen zweiten Schrei, der mir beinahe entschlüpft wäre. *Na, da bist du ja weit gekommen, Caitlin!* Meine Flucht war schon nach ein paar Schritten zu Ende. Ich besaß wirklich ein Talent dazu, meine Füße dort hinzusetzen, wo sie nicht hingehörten. Was für ein Ärger!

In meiner Panik hatte ich nicht bemerkt, dass es im Wald wieder still geworden war. Ich lehnte mich an den Stamm und versuchte zu erraten, was geschehen war. Hatten die Männer Stephen gefangen? Plötzlich knackte in der Nähe etwas. Ich wandte den Kopf in die Richtung, aus der das Geräusch gekommen war, und hielt den Atem an. Nichts. Ich holte wieder Luft. Vielleicht ein Tier, das sich bei Nacht auf Beutesuche befand. Ein Knistern verriet mir, dass sich das Wesen in meiner Nähe befand. Ich konnte ein erschrecktes Aufseufzen nicht unterdrücken. Hektisch versuchte ich, in der Dunkelheit etwas zu erkennen. Immer noch nichts. Dann legte sich eine Hand über meinen Mund und erstickte meinen entsetzten Aufschrei, während ich die Augen aufriss.

»Versucht Ihr etwa Fersengeld zu geben?«, flüsterte eine Stimme, die mich erzittern ließ.

Die Klinge eines Dolchs überredete mich, trotz des stechenden Schmerzes in meinem Knöchel aufzustehen. Stephen stieß mich grob gegen den Baumstamm; um nicht zu fallen, klammerte ich mich an seiner Weste fest. Der Stoff fühlte sich klebrig an, und der Geruch nach frischem Blut stieg mir in die Nase.

»Bist du verwundet?«, fragte ich einfältig.

»Danke, dass Ihr mich daran erinnert«, schnaubte er ironisch.

Aus feuchten Augen starrte er mich so durchdringend an, dass ich Gänsehaut bekam. Ich sah, wie seine Brust sich in panischem Rhythmus hob und senkte. Er war auf der Flucht; die Soldaten konnten nicht weit hinter ihm sein.

»Ich hatte es geahnt«, murmelte er leise. »Die Männer Eures Gatten … Sie waren da …«

»Liam … Hast du ihn gesehen?«

»Ob ich ihn gesehen habe?«

Er schüttete sich vor Lachen aus, verschluckte sich aber. Die Klinge saß mir immer noch drohend an meiner Kehle und verhinderte jeden Fluchtversuch. Er schwieg eine Weile und hob dann erneut an.

»Wie wäre es möglich, ihn nicht zu sehen? Bei seiner Statur … Mein Gott! Ich hätte ihn gern ebenfalls erwischt. Ich weiß, dass er … meinen Bruder getötet hat. George hat es mir erzählt. Winston hatte Dunning Manor zusammen mit Euch verlassen. Der Stallknecht hat das bestätigt. Dann tauchte Macdonald auf, der sich auf der Suche nach Euch befand … Mein Bruder ist nie zurückgekehrt … Und Ihr seid heimgeritten in Eure verfluchten Berge, nachdem ihr meine einzige Aussicht zunichtegemacht hattet, eines Tages das Erbe anzutreten, das mir rechtmäßig zustand.«

»Winston hatte mich eingesperrt und eine Hinrichtungsapparatur für mich aufgebaut. Er wollte mich umbringen. In dem Glauben, ich sei tot, ist er dann noch einmal zurückgekehrt, um Liam zum Duell zu fordern. Alles ging viel zu schnell … Ehe mir klar wurde, dass ich dich nie wiedersehen würde, wenn er stürbe, war es schon zu spät …«

Meine Gefühle schnürten mir die Kehle zu. Mit einem Mal sah ich mich wieder auf der sonnenüberfluteten Lichtung bei der alten, verfallenen Kate. Ich sah, wie Winstons und Liams Schwerter durch die Luft fuhren, hörte das Klirren des Stahls und spürte, wie es mir bis in die Knochen drang. Wieder sah ich Winstons erstarrte Miene, als ich schreiend auf die beiden zulief. Sein grausamer Plan war gescheitert. Nach seinem Willen hätte es Liams Hand sein sollen, die mich ins Jenseits beförderte. Doch ich lebte, und er würde sterben. Aber mit seinem Tod würde ich Stephen unwiederbringlich verlieren … Er nahm das Wissen um das Versteck meines Sohnes mit ins Grab.

Stephens Augen schlossen sich halb; sein Atem ging jetzt schwerer. »George ist mir ein besserer Vater gewesen, als Dunning es je gewesen wäre … Aber er ist tot, und das ist Eure Schuld. Meinen Bruder … habe ich niemals kennen gelernt …

Mein Vater ... Selbst wenn er der schlimmste aller Bastarde war, er hätte mir einen respektablen Namen gegeben ... Ihr habt den Tod um mich gesät; Ihr habt mir alles genommen ... Ich sollte Euch töten, Caitlin. Aber ich habe ... Euch in Gedanken schon so oft ... getötet, dass ich merkwürdigerweise jetzt kein Bedürfnis mehr danach habe. Ich empfinde nichts mehr ... für nichts und niemanden. Ich habe einfach niemanden mehr, versteht Ihr? Ich bin Dunnings Bastard ... Ich bin niemand.«

Der Schmerz, den ich in seinen Worten, seinen Vorwürfen spürte, schnürte mir das Herz ab.

»Du bist *mein Sohn*«, schluchzte ich. »Stephen ... Ich habe dich mein ganzes Leben lang geliebt. Und ich liebe dich immer noch, trotz allem.«

»Aber das ist heute wirklich nicht mehr wichtig, stimmt's?«

Die Klinge drückte ein wenig fester auf meine Kehle. Ich wagte nicht, mich zu rühren, klammerte mich an die paar Minuten Leben, die mir noch vergönnt waren, und hoffte, dass noch jemand hinter ihm auftauchen würde. Aber niemand kam. Es blieb bedrückend still. Hatten die Männer die Verfolgung aufgegeben?

Mit einem Mal ging mir die Ironie der Situation auf. Mein eigener Sohn würde mich töten. Und dann schlug wie eine Kanonenkugel die Erinnerung an den Fluch bei mir ein, den Meghan Henderson über ihn geworfen und den ich in einen dunklen Winkel meines Gedächtnisses verbannt hatte. Mein ältester Sohn würde als Verräter leben und als Verräter sterben ... Sie hatte geglaubt, Duncan zu verurteilen, denn von Stephen hatte sie nichts gewusst.

Er schluchzte auf und wimmerte etwas. Der Dolch wurde von meinem Hals genommen, und ich atmete erleichtert auf. Er sackte gegen mich und atmete schwer. Mein Sohn würde sterben! Ich drückte ihn leicht an mich, spürte, wie seine Hände mich sanft umfassten und schloss die vor Tränen brennenden Augen. Er seufzte in mein Haar hinein und umarmte mich flüchtig. Dann zog er sich zurück und schniefte.

»Ihr habt recht, Mutter, ich bin nur ein Verräter. Vor allem übe ich Verrat an mir selbst. Ich hatte mir geschworen, Euch an dem Tag, an dem ich Euch wiederfinde, zu töten ... Ich wusste, dass meine Mutter die Schwester von Patrick Dunn ist … George … Ihm ist es eines Tages entschlüpft … Da war es mir doppelt nützlich, in seinen Dienst zu treten … und dann hatte ich noch Eure Beschreibung … Als ich Euch gesehen habe … bei Eurem Bruder, da wusste ich gleich, dass Ihr meine Mutter seid.«

Er bewegte sich, stöhnte auf und röchelte, ehe er weitersprach.

»Aber ich kann mich nicht entschließen, Euch gehen zu lassen … ohne Euch etwas von dem Schmerz schmecken zu lassen, der mir seit frühester Kindheit die Seele zerrissen hat. Ich habe … so sehr auf meine Rache gewartet. Das hat mich erstickt, geblendet … Caitlin, Ihr seid mir einen Tribut schuldig …«

Das helle Licht des Mondes, der jetzt über uns stand, fiel durch die Zweige und verlieh seiner blassen Haut ein unheimliches Aussehen. Seine Wangen waren tränenüberströmt. Stephen, was haben sie nur aus dir gemacht, mein Sohn? Sie haben dich mit Hass genährt. Seine Finger glitten bis zu meiner Wange hinauf und streichelten sie flüchtig. Dann legten sie sich um meinen Hals und drückten leicht zu, zum Zeichen, was er vorhatte. Doch der Druck ließ nach, und ich konnte wieder tief durchatmen. Dann gab er mit einem Mal meinen Hals frei, packte meinen Arm, hob ihn hoch über meinen Kopf und presste ihn brutal gegen den Baum. Ich spürte, wie die raue Rinde in meinen Handrücken stach, den er festhielt. Einige Augenblicke vergingen.

»Mama …«

Am liebsten wäre ich in Tränen ausgebrochen, hätte ihn an mich gedrückt, ihm gesagt, er solle aufhören und weglaufen. Dass ich ihn liebte … Sein keuchender Atem hallte mir in den Ohren, und sein Schweißgestank und der andere, weniger beißende Geruch seines Blutes stiegen mir in die Nase. Vor Entsetzen erstarrt erwartete ich meine Strafe. Ich betete zu Gott, hoffte auf Liam, flehte um Barmherzigkeit. Doch nichts geschah. *Versuch nicht, Gottes Plan zu verstehen* … Aber das war furchtbar schwer angesichts dessen, was mir bevorstand.

Dann kreischte ich vor Schmerz auf. Ich schrie, bis mir fast der Kopf platzte. Neben mir hörte ich, wie Stephen den Namen seines Vaters murmelte, den meinen schmähte und Gott lästerte.

Und dann nichts mehr. Er war fort. Und ich stand da, mit dem Dolch, den er mir durch die Handfläche gestoßen hatte, an den Baum geheftet. Von unerträglicher Pein gequält, hielt ich mich mit der anderen Hand an einem Ast fest, damit die Klinge mir das Fleisch nicht noch weiter aufriss, wenn ich mich bewegte.

Ich klammerte mich daran und grub die Finger in die Rinde, die meine ertaubten Fingerspitzen aufriss. Der entsetzliche Schmerz entlockte mir Schreie, die mir die Brust zerrissen und in der Lunge und der Kehle brannten. Einen Moment lang glaubte ich das Echo meines eigenen Geschreis zu hören, doch dann vernahm ich die Schreie deutlicher. Das waren Stimmen, die nach mir riefen.

Eine Hand ergriff mich, drückte mich gegen den Baumstamm und hob mich ein Stück hoch. Ich stieß einen letzten Schrei aus, als ich spürte, wie die Klinge aus meiner Handfläche gerissen wurde. Meine Hand fiel schlaff auf die Schulter meines Retters nieder. Gestalten umkreisten mich, und die Bäume schienen sich mit ihnen zu drehen. Schwach drangen Stimmen zu mir … bis Liams Ruf die Mauer meiner Benommenheit durchdrang. Ich schlug die Augen auf und begegnete dem Blick meines buchstäblich aus dem Nichts aufgetauchten Retters.

»Caitlin … *a ghràidh* …«

Seine Stimme klang tränenerstickt, und sein Blick sagte, dass er mit mir litt. Meine Gebete waren doch nicht unerhört verhallt …

»Bringt mir diesen Bastard!«, brüllte er den Männern zu. »Am besten tot.«

Die Rufe der Jäger zerstreuten sich. Ihre Beute würde nicht weit kommen; sie war verletzt. Ich geriet in Panik und kreischte, um sie davon abzuhalten, ihn niederzumachen. Er war mein Sohn, lieber Gott!

»Nein, Liam … Ihr dürft ihn nicht töten!«

Aber die Männer hörten mich nicht; sie waren im Dunkel verschwunden. Ich schrie meinen Schmerz heraus, doch ich brachte es nicht fertig, irgendwelche Erklärungen abzugeben. Liam reagierte gereizt, er begriff nicht, warum ich so außer mir war. Er zog mich fest in die Arme.

»Er wird dir kein Leid mehr antun, *a ghràidh*. Ich verspreche es dir. Wenn die Männer ihn mir lebend bringen, werde ich ihn mit eigenen Händen umbringen. Es ist vorbei ...«

»Nein!«, rief ich und schlug wild auf ihn ein, »ihr dürft ihn nicht töten ...«

Der Schmerz in meiner Hand ließ mich innehalten. Ich schrie wie eine verdammte Seele. Liam geriet in Panik und ohrfeigte mich. Aber es war zu spät. Schon kehrten die Männer zurück. Sie trugen einen Körper, den sie ohne besondere Rücksichtnahme ins Laub fallen ließen. Stephen, mein Sohn, lag leblos da. Ich riss mich von Liam los und stieß die Männer zurück, die sich schon anschickten, seine Taschen zu durchwühlen. Duncan versuchte, mich zurückzuhalten, doch ich wehrte ihn ab und warf mich schluchzend über mein totes Kind.

Ich weiß bis heute nicht, wie lange ich über ihm lag, doch es müssen einige lange Minuten gewesen sein. Als ich ein wenig klarer denken konnte, bemerkte ich, dass rund um mich Stille herrschte. Ich hob den Kopf und schluchzte ein letztes Mal. Die Männer umstanden mich schweigend und vor Verblüffung verstummt. Einige Augenblicke verstrichen in tiefer Stille, und dann legte sich eine Hand auf meine Schulter, drückte sie und versuchte mich aufzuheben. Ich widersetzte mich, doch die Hand gab nicht auf. Liam beugte sich über mich.

»Caitlin ...«

Sein Blick wirkte besorgt und verständnislos. Woher hätte er es auch wissen sollen? Wie hätten er und seine Leute auch ahnen können, dass sie meinen Sohn getötet hatten?

»Es ist vorbei«, sagte er leise. »Komm, wir gehen ...«

»Das ist Stephen ... Er ist mein Kind, Liam«, flüsterte ich und klammerte mich an ihn.

»Alles ist vorüber. Komm ...«

»Ich sagte doch, er ist ...«

»Er ist tot, Caitlin! Er wird dir nichts mehr tun!«, erklärte Liam, umfasste meine Schultern und zog mich von der Leiche weg.

»Du hörst mir nicht zu! Ich sagte, das ist Stephen!«, schrie ich und stieß ihn grob zurück.

Er erstarrte und musterte mich zweifelnd. Dann, langsam, richtete er den Blick auf Stephens Körper.

»Der Sohn von …?«

Er wagte den Namen nicht auszusprechen und wirkte, als wäre er zu Stein erstarrt.

»Du meinst …? Bist du dir sicher? Also …«

Ich vermochte nicht zu antworten und nickte einfach. Seine Begleiter entfernten sich verlegen ein Stück. Liam betrachtete die Leiche noch einige Augenblicke lang. Dann wandte er sich ab und sah mich an. In seinem Blick stand eine Mischung aus Entsetzen und ungläubigem Staunen. Er öffnete den Mund, brachte aber nur ein leises Stöhnen hervor.

»Er … war mein Sohn, Liam …«

»Herrgott …«

Wie gelähmt vor Verblüffung ließ er sich neben mir niedersinken.

»Herrgott …«, wiederholte er noch einmal leiser, als begreife er jetzt erst richtig, was ich gesagt hatte.

Ich spürte, wie die Männer mich ansahen, und ganz besonders spürte ich Duncans fragenden Blick. Ich kauerte wieder neben Stephens totem Körper nieder, strich über sein Haar und seine feuchte Stirn. Ich zitterte heftig und kämpfte gegen die Tränen. Schließlich kam Liam näher und zog mich an sich.

»Komm, *a ghràidh* …«

Er zwang mich, dem Toten den Rücken zuzudrehen, und hielt mich fest. Mir fiel es schwer, mich von Stephens noch warmem Körper zu lösen. Doch er nahm mich in die Arme und drückte mich fest. Und dort weinte ich.

Die Männer hoben den Körper auf. Ich sah ihnen zu, als befände ich mich in weiter Ferne von dieser Szene und von mir selbst. Dann gingen sie und nahmen Stephen mit.

»Du hättest nichts mehr für ihn tun können«, flüsterte Liam und streichelte meinen Rücken. »In dem Moment, als er den Abzug gedrückt hat, um den Prätendenten zu erschießen, hat er selbst über sein Los entschieden.«

»Ich weiß … Ich möchte, dass er christlich begraben wird, auf einem Friedhof.«

»So soll es geschehen.«

»Und du wirst mich dorthin führen ...?«

»Einverstanden.«

Nun, da meine Schreckensstarre nachließ, begann meine Hand entsetzlich wehzutun. Ich ließ mich von meinem körperlichen Schmerz überwältigen, um den in meinem Herzen zu übertönen. Liam untersuchte die Wunde und legte mir einen vorläufigen Verband an, indem er ein Stück Stoff von seinem Hemdsaum abriss. Völlig unsinnigerweise fragte ich mich, wie ich es schaffen sollte, ihn mit dieser Hand zu verbinden. Er umarmte mich, und ich schmiegte mich in seine Wärme und ließ mich von seinen zärtlichen Worten wiegen. Nach einiger Zeit ließ mein Zittern nach. Liam bedeckte mich mit Küssen und schenkte mir seine Liebe und Zärtlichkeit, und der Schmerz ließ nach.

In der kleinen Stadt war wieder Ruhe eingekehrt. Ich saß auf den Stufen, die zum Kai führten, und sah zu, wie die Flut über den Sand schwappte und ihn tränkte. Bebende Reflexe warfen das Licht des Mondes zurück. Ich leerte das Glas Branntwein, den zu trinken Liam mich gezwungen hatte. Der starke Alkohol hatte mir gut getan und mich beruhigt. Jetzt konnte ich klarer denken und die Ereignisse aus einem anderen Blickwinkel betrachten. Ich hatte Stephen zur Welt gebracht, und nun war er in meinen Armen gestorben. Ich hatte den Mann, der mein Sohn gewesen war, nicht gekannt. Bis auf diese beiden Ereignisse verband uns keine Erinnerung. Aber trotzdem würde er immer ein Teil von mir bleiben.

Langsam wandte ich mich um und sah einer sich entfernenden Fackel nach. Duncan ritt zusammen mit Donald MacEanruigs fort. Die beiden wollten versuchen, einen Priester zu finden, der bereit war, seinen Bruder, von dessen Existenz er erst heute Nacht erfahren hatte, zu beerdigen. Liam hatte ihm Stephens traurige Lebensgeschichte erzählt, und Duncan war während seines ganzen Berichts still geblieben und hatte ihn nur aus geweiteten Augen angesehen. Doch er hatte sich zusammengenommen und hatte das, was er zweifellos als Verrat an seinem Vater betrachtete, großmütig hingenommen. Aber aus den Blicken, die er mir zuwarf, erriet ich, dass er mir böse war und lange brauchen würde, um das zu akzeptieren. Er hatte ja recht, ich schuldete ihm einige Erklärungen über diesen verborgenen Teil meines Lebens. Aber heute Abend hatte ich nicht mehr die Kraft, sie ihm zu geben.

In diesem Moment bemerkte ich eine weitere Gruppe von Männern, die sich mit Fackeln und Schwertern in den Händen näherten. Einer von ihnen, der einen schimmernden Brustharnisch trug, war von einer bunt gemischten Gruppe von Edelleuten in kostbaren Kleidern und Highlandern in verblassten, abgetragenen Plaids umgeben. Als Liam die Männer sah, sprang er auf und zog mich mit.

»Heh, mein Alter!«, brüllte er sichtlich bewegt und zerrte mich hinter sich her, auf den bombastisch gekleideten Mann zu, in dem ich den Prinzen vermutete.

Verblüfft sah ich zu, wie Liam ihn überschwänglich umarmte.

»Ich dachte schon, er hätte dich getroffen, du hast geschwankt …«, begann er, als er sich von ihm löste.

Er unterbrach sich abrupt, als er auf dem polierten Schutzpanzer in der Höhe der linken Schulter ein Einschussloch entdeckte, in dem noch die Bleikugel steckte.

»Herrgott!«, stammelte er mit aufgerissenen Augen. »Er hat dich wirklich nur knapp verfehlt.«

»Ich versichere dir, dass ich trotzdem einen ordentlichen Schlag abbekommen habe«, meinte der Prätendent. »Meinst du, ich sollte mich entschuldigen, weil ich ihm seinen Harnisch verbeult habe?«

Wie vom Donner gerührt verfolgte ich, wie Liam sich solche Vertraulichkeiten gegenüber dem Prinzen herausnahm, der seinerseits keinen Anstoß daran zu nehmen schien. Dann wandte sich Letzterer mir zu und musterte mich einige Augenblicke lang. Mein Herz begann aufgeregt zu pochen, und ich sah zu Boden und vollführte, gerührt darüber, dass er meine Anwesenheit zur Kenntnis nahm, einen ungeschickten Hofknicks. Ein eigenartiges Schweigen trat ein. Ich war verlegen und wagte nicht aufzublicken. Doch dann erschallte von allen Seiten Gelächter. Ärgerlich blickte ich auf und setzte zu einer scharfen Erwiderung an, doch dann begegnete ich Patricks dunklen Augen und seinem strahlenden Lächeln. Er hatte die gewaltige Lockenperücke abgenommen.

»Kitty«, sagte er und versuchte vergebens, ein haltloses Kichern zu unterdrücken, »ich möchte dich eigentlich lieber in die Arme schließen, kleine Schwester.«

»Patrick? Aber was …«

»Später«, sagte er und zog mich an sich. »Oh, kleine Kitty, wie froh ich bin, dich in einem Stück wiederzusehen!«

Er trat zurück, um mich im Licht der Fackeln anzusehen, und beugte sich über meinen blutgetränkten Verband. Ich drückte meinen vor Schmerz tauben Arm an mein gebrochenes Herz. Liam erklärte ihm, wie ich verletzt worden war.

»Ich glaube, der Leibarzt des Prinzen ist noch hier. Kommt. James Edward wird gleich an Bord gehen, doch zuvor möchte er euch noch danken. Er sagt, da hätte er noch einmal Glück gehabt …«

Glück gehabt? Die Unsinnigkeit dieser Bemerkung verschlug mir die Sprache. Ich hatte bei dieser Erhebung zwei Söhne, einen Schwager und einen Schwiegersohn verloren, und beinahe auch noch meinen Bruder und meinen Mann … und wahrscheinlich auch einen Teil meines Verstandes … Und der Prinz erklärte ganz gemütlich, da habe er ja »noch einmal Glück gehabt«, er, der sich gut geschützt hinter seiner Armee und den Steinmauern von Palästen versteckte! Ein bitteres Auflachen drang über meine Lippen, das sich jedoch langsam in ein befreiendes Gelächter verwandelte. Liam fiel ein, und wir lachten all unsere Ängste fort und trieben uns damit diese Furcht aus, die einem graue Haare verschafft. In dieser völlig unangebrachten, aber so heilsamen Heiterkeit nahmen wir, eng umschlungen und aneinandergeschmiegt, wieder Verbindung zum Leben auf. Obwohl meine verletzte Hand schmerzte, hätte ich eine Ewigkeit so dastehen können.

EPILOG

Wir weinen,
weil wir die Erinnerung an alle Tränen bewahren,
die jemals über den Tod vergossen wurden.
Jules Renard

33

So sei es
August 1716

Die salzhaltige Brise wirbelte die Falten eines Kilts auf, der in lebhaften Farben gehalten war, und fuhr in einen von Silber durchzogenen, kupferfarbenen Haarschopf, der in der heißen Augustsonne schimmerte. Tief sog ich die Luft, die nach Seetang und frisch ausgehobener Erde roch, in die Lungen und stieß sie dann langsam wieder aus. Ich wandte den Blick ab und verfolgte den Tanz einer Vielzahl funkelnder Reflexe, die eine Brosche, die auf einem grauen, behauenen Stein lag, hervorrief.

Die drückende Stille, die von Worten, die wir nicht auszusprechen wagten, erfüllt war, wurde plötzlich von einem dumpfen Donnergrollen erschüttert. Ich betrachtete Liams Profil. Er beugte sich über Colins Grab, dessen sterbliche Überreste wir auf *Eilean Munde* beigesetzt hatten.

»*Garbh fois an sith, mo bhrathair*«, murmelte er, eine Hand auf das in den Granit geschlagene Kreuz gelegt. Ruhe in Frieden, mein Bruder.

Liam war während des letzten Jahres gealtert. Zwar hatte er seine kräftige Gestalt zurückgewonnen, doch sein Haar war stark von Grau durchsetzt, und in sein Gesicht hatten sich Linien eingegraben, die von dieser aufwühlenden Periode in seinem Leben kündeten. Langsam, so als laste das ganze Gewicht der Welt auf seinen Schultern, richtete er sich auf und öffnete und schloss in stummer Wut die großen Pranken.

Die schrillen Schreie eines Schwarms Wildgänse, die so dicht über dem Loch Leven dahinzogen, dass ihre Flügelspitzen das schwarze Wasser berührten, drangen zu uns und rissen ihn aus seinem Schmerz. Er sah den Vögeln nach und richtete dann den Blick auf das Felsmassiv, das über uns aufragte. Dort flatterten Haarsträhnen, in denen sich Feuerrot und Nachtschwarz mischten, sanft um glückliche Gesichter. Marion saß zwischen Duncans gespreizten Beinen und lehnte sich an seinem Brustkorb an. Sie hielt die Augen geschlossen, und Duncan flüsterte ihr etwas ins Ohr und legte die Hände auf ihren inzwischen sichtlich gerundeten schwangeren Leib. Lange, mit nicht zu deutender Miene, betrachtete Liam die beiden. Dann entspannten sich seine zusammengepressten Lippen zu einem Lächeln, das sich über sein müdes Gesicht breitete.

Ich strich mir eine widerspenstige Haarsträhne, die sich aus meinem Zopf gelöst hatte und heftig vor meinen Augen tanzte, hinters Ohr zurück. Liam wandte sich zu mir um und sah mich aus Augen an, die so dunkelblau wie die schottischen Lochs waren, mit diesem Blick, mit dem er mich schon bei unserer ersten Begegnung erobert hatte.

Aufrecht und stolz stand er da, durch und durch ein Krieger, in dessen Adern das Blut unserer gälischen Vorfahren floss. Ein Mann wie aus dem Granit seines heimatlichen Berglandes gehauen, in dem er geboren war und für das er so tapfer gekämpft hatte. Mit einem Mal fielen mir die Worte ein, mit denen der kleine Isaak MacEanruigs eines Nachmittags im November die Einstellung seines Vaters wiedergegeben hatte: *Wir sind vor allem Schotten. Ein bisschen sind wir auch britische Untertanen, aber wir werden niemals Engländer sein*. So hätte man die Devise der Highlander umschreiben können. Die Engländer hatten die Rebellion von 1715 erstickt, aber sie würden nie in der Lage sein, das Feuer zu löschen, das wie das Flammende Kreuz in den Herzen der Besiegten weiterbrannte.

Offenbar fühlte Liam sich angeregt durch das reizende Bild, das Duncan und Marion abgaben, denn er trat hinter mich, legte die Arme um meine Taille und zog mich an seine Brust. Ich legte den Kopf an seine Schulter und seufzte zufrieden. Sein moschusartiger Geruch umfing mich, kraftvoll und durchdringend. Ein Duft nach Mann, der sich mit dem nach Seife und dem Heidekraut mischte, das ich gern zwischen seine sauberen Hemden legte. Sein Atem liebkoste meine Schläfe, heizte das Blut auf, das gleich unter meiner Haut pochte, und wärmte mir das Herz.

Ein Gewitter zog auf. Die Luft war heiß und feucht, doch das Gras unter unseren nackten Füßen fühlte sich kühl an. Der Wind murmelte zwischen den Grabsteinen, die uns umgaben, ein Requiem und brachte in den Ruinen der kleinen Kapelle seufzend seinen Schmerz zu Gehör. Das Bauwerk war von Fillian Munde errichtet worden, einem der Jünger des Heiligen Columba, der vor tausend Jahren den heidnischen Bewohnern dieser Berge das Christentum gebracht hatte.

Nahe der Stele, die Colins Grab kennzeichnete, flatterte an der verrosteten Klinge eines im Boden steckenden Schwertes ein verschlissenes Stück Tartan. Der inzwischen dunkel angelaufene Korbgriff schimmerte schwach. Es war mir wichtig gewesen, dass ein Teil von Ranald einen Platz auf *Eilean Munde* fand. Die Asche seines Körpers war schon lange in alle vier Winde verweht. *Schottland gehört dir, mein Sohn.* Doch ich wusste, dass seine Seele den Heimweg in sein Tal gefunden hatte. Er fehlte uns schrecklich. Gott hat es gegeben, Gott hat es genommen, heißt es bei Hiob. Wenn wir das Glück als Geschenk Gottes annahmen, dann mussten wir genauso das Unglück akzeptieren!

Ich hatte in den vergangenen Monaten mehr als meinen Anteil an Unglück erlebt und hoffte nun, dass mir auch ein wenig Glück zuteil werden würde.

Liams Hände glitten an meinen Armen auf und ab. Er beugte sich nach vorn, um mich zu küssen.

»Möchtest du ein Stück gehen? Die anderen scheinen noch nicht fertig zu sein.«

Ich schaute nach rechts, wo einige Clanmitglieder, die sich uns auf unserer Überfahrt angeschlossen hatten, die Gelegenheit nutzten, sich an den Gräbern ihrer geliebten Verstorbenen zu versammeln. Mein Blick blieb an einer zusammengekauerten Gestalt hängen, die sich an die von rotbraunen Flechten überwachsenen Mauerreste der keltischen Kapelle lehnte. Margaret Macdonald hatte ihre Tochter Leila und ihren Schwiegersohn Robin begleitet, die gekommen waren, um Blumen auf das Grab ihres totgeborenen ersten Kindes zu legen.

Liam nahm meine Hand. Er war meinem Blick gefolgt.

»Wann wirst du ihr vergeben, *a ghràidh*? Hat sie nicht genug gelitten?«

»Das fällt mir schwer…«

»Ich weiß«, gab er nach kurzem Schweigen zurück, »aber du könntest es versuchen.«

»Liam…«

»Sie ist allein, Caitliln«, unterbrach er mich ein wenig schroff und zwang mich, ihn anzusehen. »Du hast mich. Sie… hat niemanden mehr, das müsstest du doch verstehen. Was ist ihr denn noch geblieben? Ihr beiden habt euch so nahe gestanden.«

»Genau das ist ja das Problem, Liam. Deswegen ist es ja so schwierig. Außerdem hat sie ihre Kinder.«

»Du weißt genau, dass das nicht dasselbe ist. Sie braucht eine Freundin. Die anderen Frauen schneiden sie, seit…«

Kurz schlug er die Augen nieder, bedrückt von der Erinnerung an jene traurige Nacht. Seine Wangen liefen rosig an.

»Aus Achtung vor dir warten sie darauf, dass du den ersten Schritt tust. Es ist an dir, auf sie zuzugehen.«

»Ich werde es niemals fertig bringen, sie von ihrer Sünde freizusprechen.«

»*Unserer* Sünde, Caitlin«, verbesserte er mich grausam. »Diese Sünde haben wir gemeinsam begangen, sie und ich. Ich war ebenso schuldig wie sie, aber mir hast du vergeben.«

Ich fühlte mich nicht wohl in meiner Haut. Er hatte ja recht, das wusste ich schon lange. Sicherlich, ich machte keine Umwege mehr, um Margaret aus dem Weg zu gehen. Ich hatte sogar angefangen, wieder das Wort an sie zu richten. Ein kühles »guten Tag«, ein gleichgültiger Blick, als ob ich einer Fremden begegnete. Jedes Mal nahm ich mir diese aufgesetzte Kälte übel, die nur dazu diente, sie noch weiter zu verletzen. Sie hatte wirklich genug bezahlt. Aber wenn ich sie vor mir sah…

»Übe Nachsicht, *a ghràidh*, das erwartet Gott von uns.«

»Gott… Was weiß Er schon von der tiefen Seelenpein von Männern und Frauen?«

Liam begann leise zu lachen. Ich beneidete ihn um seinen blinden, unerschütterlichen Gottglauben. Liam hinterfragte nie, was uns zustieß. Gott hatte Seine Gründe, sagte er stets. So war das nun einmal. Wenn wir es nicht fertigbrachten, mit dem, was Gott uns gegeben hatte, Besseres anzufangen, dann war das ganz allein unsere eigene Schuld.

»Er weiß sicherlich mehr darüber, als du glaubst. Hat Er nicht Adam und Eva geschaffen?«

»Hmmm ...«

»Gott hat eine Frau geschaffen und sie dem Manne zugeführt, und der sprach: ›Das ist Bein von meinem Bein und Fleisch von meinem Fleisch!‹ ›Darum wird ein Mann seinen Vater und seine Mutter verlassen und seinem Weibe anhangen. Sie ist ein Teil von ihm. Und sie werden *ein* Fleisch‹ ...«

Mit diesen Worten zog er mich an sich und küsste mich zärtlich.

»Aber Gott hat zugelassen, dass Eva mit der Schlange sprach«, wandte ich stirnrunzelnd ein. »Das Böse hat sie verführt und dazu getrieben, von der verbotenen Frucht zu kosten, und so ist der Unterschied zwischen Gut und Böse entstanden. Sie wusste, dass es schlecht war, Adam ebenfalls zu verführen.«

»Ja«, gestand Liam leise ein. »Aber Adam hat freiwillig in den Apfel gebissen, daher trifft ihn die gleiche Schuld wie sie.«

Er sah mir tief in die Augen und streichelte zärtlich meinen Nacken. Trotz der drückenden Hitze überlief mich ein Schauer.

»Gott hat die Frau und die Schlange bestraft«, fuhr ich fort.

»Er hat auch den Mann gestraft: *Mit Mühsal sollst du dich von dem Acker nähren dein Leben lang ... Im Schweiße deines Angesichts sollst du dein Brot essen, bis du wieder zu Erde werdest, davon du genommen bist. Denn du bist Erde und sollst zu Erde werden.* Der Betrug war die erste Sünde der Menschheit. Die beiden wurden aus dem Garten Eden verbannt und dazu verurteilt, in einer Welt zu leben, in der das Gute und das Böse um sie kämpften. Und in dieser Welt leben wir immer noch, *a ghràidh*. Wir sind dazu gezwungen und können uns ihr nicht entziehen. Wir sind schwach gegenüber den Mächten des Bösen, Caitlin. Oft haben wir keine Kraft oder keinen Willen mehr, dagegen anzukämpfen. Aber die Strafe für seine Sünden muss es dem Menschen gestatten, wieder aufzustehen, wenn er gefallen ist, und ihn das

Böse, das er getan hat, erkennen lassen. Und so wird er zu einem besseren Menschen.«

Ich begriff wirklich nicht, worauf er hinauswollte. Als er meine zweifelnde Miene sah, erklärte er sich deutlicher.

»Margaret hat ihre Strafe bekommen; dafür hat Gott gesorgt. Du brauchst sie nicht noch weiter zu bestrafen. Verstehst du das?«

»Ich glaube schon…«

Ich konnte mir die Frage nicht verbeißen, die mich seit unserer Rückkehr aus Montrose umtrieb.

»Denkst du noch oft daran? Ich meine… an dich und sie?«

»Caitlin…«

»Ich will es aber wissen.«

Seine Lippen verzogen sich zu einem bitteren Ausdruck. Einen Moment lang schloss er die Augen und schüttelte müde den Kopf. Dann glitt sein Blick zu Margarets Silhouette.

»Ich denke daran«, gestand er, »aber nicht so, wie du glaubst. Meine Erinnerungen an diese Nacht sind ziemlich verworren. Wenn ich daran zurückdenke, steigt eher eine ganze Anzahl von Empfindungen in mir auf: Kummer, Schuldgefühl, das Gefühl, zurückgewiesen zu werden. Ich brauchte so sehr jemanden…«

Angesichts meiner niedergeschlagenen Miene unterbrach er sich.

»Herrgott noch einmal, Caitlin, was glaubst du denn? Ich habe nicht sie umarmt, sondern dich. Ich habe sie mit deinem Namen gerufen. Und für sie war es das Gleiche. Meinst du, dass sie stolz darauf ist? Denkst du nicht, dass sie es bereut? Simon war gerade gestorben. Sie hat ihn ebenso verraten wie ich dich, und sie leidet genau wie ich… Nur, dass sie nie erfahren wird, ob er ihr verziehen hat. Wir beide haben eine Art Trost in den Armen des falschen Menschen gesucht. Ich hätte dich gebraucht…«

Er nahm meine Hand und fuhr mit dem Daumen die lange, noch geschwollene Narbe auf meiner Handfläche nach. Der Heilungsprozess war lang und schmerzhaft verlaufen. Die Wunde hatte sich entzündet. Irgendwann hatten wir befürchtet, die Hand müsse amputiert werden. Doch ein Wunder war geschehen, und die Infektion war so rasch, wie sie gekommen war, wieder verschwunden. Ich wusste, dass ich großes Glück gehabt hatte. Einige Finger schienen nicht mehr so beweglich zu sein wie zuvor, doch ich konnte meine Hand wieder gebrauchen. Nur diese Narbe würde bleiben. Aber die seelische Wunde, die viel tiefer reichte, würde noch Zeit brauchen, um zu heilen. Liam betrachtete meine Handfläche ein Weilchen, dann legte er kurz die Lippen darauf und schloss sie dann. Bewegt sah er mir erneut in die Augen und fuhr dort fort, wo er sich unterbrochen hatte.

»Nachher, als ich dich in jener Nacht im Schlafzimmer sah … Dein Blick … Das werde ich nie vergessen. Da habe ich begriffen, was ich getan hatte. Was ich *dir* angetan hatte. Das Schlimmste war, das ich nichts tun konnte, um dein gebrochenes Herz zu flicken. Nichts, was ich tun konnte, hätte meine Tat wiedergutmachen können. Deswegen konnte ich dich auch nicht gleich treffen, als du nach Perth gekommen bist, obwohl die Lage so ernst war. Schon die Vorstellung, dir zu begegnen, hat mich fast umgebracht, obwohl ich es mir auf der anderen Seite sehnlichst wünschte. Dein verstörter Blick und deine Vorwürfe haben mich daran gehindert. Und dann Colin – in deinem Zimmer, in deinem Bett –, der einen Arm um dich gelegt hatte. Du … nur im Hemd, und deine Kleidung überall auf dem Boden verstreut …«

Er holte tief Luft, um die Flut von Gefühlen einzudämmen, die ihn überkam, und sah mich eindringlich an.

»Ich habe aufrichtig geglaubt, du hättest diese ganze Geschichte über Frances' Verhaftung erfunden, um mich in dein Zimmer zu locken und … mich die gleichen Qualen erleiden zu lassen, die ich dir bereitet hatte.«

»Liam …«

»Bei Colin wäre das leicht gewesen: Er liebte dich.«

»Dich hat er ebenfalls geliebt, das weißt du genau. Deswegen wollte er auch nicht weiter gehen …«

Ich unterbrach mich abrupt und biss mir heftig auf die Zunge. Liam erbleichte; sein Kiefer zuckte.

»Wovon redest du?«, stotterte er. »Du hattest gesagt …«

»Ach, Liam«, flüsterte ich mit zugeschnürter Kehle, »es hat so wenig gefehlt … Colin und ich, also … In dieser Nacht habe ich begriffen, wie schwach das Fleisch ist, wenn unsere Seele leidet und unser Körper berauscht ist.«

Er nahm meine Enthüllung ohne mit der Wimper zu zucken hin, nur seine Finger, die in meinem Nacken lagen, verkrampften sich. Ich sah, wie hinter ihm sich Margaret erhob und aus dem Augenwinkel diskret zu uns hinschaute. Ich war genauso schuldig wie diese beiden, denn nur Colins Ehrenhaftigkeit hatte mich vor dem Straucheln bewahrt. Ich selbst … war zu schwach gewesen, um mich zu retten.

»Einverstanden, ich spreche morgen mit Margaret, bevor wir nach Dalness aufbrechen«, entschied ich.

Wir befanden uns auf einem Felsvorsprung, der über das dunkle, kalte Wasser des Loch hinausragte. Liam wirkte abwesend und sah blicklos vor sich hin. Ich erriet, was ihn umtrieb. Langsam löste er sich von mir und tat einige Schritte auf den Rand des Felsens zu.

»Liam«, rief ich ihn leise an.

Einen Moment lang glaubte ich, er habe mich nicht gehört. Dann nickte er langsam, drehte sich zu mir um und streckte mir die Hand entgegen.

»Komm.«

Fast ein Jahr war vergangen, seit das Flammende Kreuz das Feuer in den Herzen der Rebellen entzündet hatte. Skeptisch verzog Duncan die Lippen. *Rebellen* … War er wirklich einer? Nein, er war ein Mann, der einfach nur er selbst sein wollte. Schotte, Highlander, Macdonald. Doch wenn man dazu ein Rebell sein musste, dann war er eben einer!

Marion schmiegte sich enger an ihn. Sie drehte sich um und sah ihn an. In ihren Augen sah er den strahlenden schottischen Himmel. Marion war glücklich.

Sie lebte sich ganz ausgezeichnet in seinen Clan ein. Damit hatte auch der große Mut zu tun, den sie bei der Festnahme der Meuchelmörder auf Dunnottar Castle bewiesen hatte. Donald, Angus und die Mcdonnell-Brüder hatten nicht mit Lob über die Kühnheit und Tapferkeit gespart, mit denen sie sich für den Prinzen eingesetzt hatte. Natürlich gab es immer noch Sturköpfe, die in ihr die Hand mit dem Damoklesschwert sahen, für die sie eine Erinnerung an das Massaker war, der Feind. Elspeth ließ sich ständig etwas einfallen, um Marion zu schaden. Doch im Allgemeinen wurde sie gut aufgenommen, und das war zumindest ein Anfang.

Duncan bedrückte der Gedanke, dass diese vor Glück strahlenden Augen sich bald verdüstern und vor Tränen überfließen würden. In einigen Stunden musste er Marion einen Brief des Laird von Glenlyon übergeben. Dann würde er auf ihrer Miene zuerst Verblüffung, Unglauben, Verwirrung und schließlich Zorn lesen. Er würde sie in die Arme ziehen, ihr seine Schulter zum Ausweinen anbieten und ihr begütigende, beruhigende Worte sagen. Aber er wusste schon jetzt, dass nichts den Schmerz lindern könnte, der ihr zweifellos das Herz zerreißen würde.

David, der jüngere Bruder seiner Frau, hatte ihm den Brief heute Vormittag übergeben. Marion war zufällig nicht anwesend gewesen. Ihr Vater hatte sich nicht von Angesicht zu Angesicht von ihr verabschieden können. Die Regierungstruppen, die auf der Suche nach Geächteten durch die Highlands streiften, waren gestern Morgen in Glenlyon aufgetaucht. Er hatte gerade noch Zeit gehabt, seine Muskete zu ergreifen und in die Hügel zu flüchten, wo sein Sohn John wenige Stunden später zu ihm gestoßen war und ihm seine persönlichen Habseligkeiten gebracht hatte. Dort, in einer der kleinen Hütten auf den Sommerweiden, hatte er die kurze Nachricht an seine Tochter geschrieben.

Duncan liebte den Laird von Glenlyon nicht besonders, doch er achtete ihn als Mensch und als Schwiegervater. Er wusste, es brach John Buidhe das Herz, dass er fortgehen und seine Tochter, die ihr erstes Kind erwartete, zurücklassen musste. Aus diesem Grund hatte er seine Flucht so lange hinausgezögert. Doch nun konnte er nicht länger bleiben, ansonsten warteten ein Prozess und das Gefängnis auf ihn.

Duncan umschlang Marion und strich über ihren Leib, den er mit Leben erfüllt hatte. Das vermochte er ihr niemals mit Gleichem zu vergelten. Was konnte ein Mann schon einer Frau zurückgeben, die ihm das Wunder des Lebens schenkte, ein Kind? Nichts außer seiner Liebe.

Unter seinen Fingern spürte er eine Bewegung. Sein Herz tat einen Satz.

»Duncan … Hast du es gefühlt?«

»Ja …«, flüsterte er.

Er hatte die flüchtige Regung einer Hand oder eines Fußes wahrgenommen; wie ein kleiner Fisch, der eine glatte Wasseroberfläche zum Beben bringt. Leicht, kaum wahrnehmbar, aber vollständig real. Sein Kind … Ihm fehlten die Worte.

»Duncan Og …«

»Bitte?«

»Er soll Duncan Og heißen. Und wenn es ein Mädchen wird … ähem … Dann möchte ich, dass wir es Margaret nennen, das war der Name meiner Mutter.«

»Gut, also Margaret.«

Marion lächelte strahlend. Er drückte sie fester an sich. Das Leben, das so grausam und unerbittlich sein konnte, war manchmal auch so freigebig. Kurz dachte er an seinen Bruder Ranald und an Colin. Dann sah er nach unten und erblickte die beiden eng umschlungenen Gestalten, die vor einem frischen Grab standen. Seine Mutter erholte sich langsam vom Tod ihrer beiden Söhne. Sie hatte ihm von Stephen erzählt und ihm das Geheimnis anvertraut, das sie so viele Jahre lang bewahrt hatte. Die Zeit würde ihr dabei helfen, nur die Zeit vermochte das …

In der Ferne grollte der Himmel, und ein Berg dunkler Wolken, die der Wind herantrug, drohte mit Gewitter. Duncan schloss die Augen und genoss die kurze Atempause, die ihnen gegönnt war. Heute Abend würde ein Unwetter niedergehen. In den Highlands dauerten die friedlichen Momente niemals lange.

Auf den Kieseln ausrutschend und an meinem Rock zerrend, dessen Saum sich immer wieder festhakte, folgte ich Liam über den schmalen Weg, der zum Ufer hinabführte. Es herrschte Ebbe, und einige dicke, mit grünen, seidig glänzenden Algen überzogene Steine boten den Sumpfschnepfen, die sich dort ihr Futter holten, ein Festmahl.

Liam war in Schweigen verfallen. Ich mochte nicht noch einmal die Sprache auf das bringen, was in jenem Zimmer in der

Herberge zwischen mir und Colin gewesen war. Diese Erinnerung hatte ich in einen entlegenen Winkel meines Gedächtnisses verbannt. Colin war tot, und aus Achtung vor seiner Seele hätte ich … Aber Liam hatte erneut daran gerührt, und die Worte waren mir entschlüpft. Ich war bedrückt, doch jetzt war es zu spät.

»Eigentlich darf ich dir nicht böse sein«, erklärte er schließlich in einem harten Ton, der mich ein wenig verdross.

Ich setzte den Fuß auf eine der glitschigen Inseln und geriet aus dem Gleichgewicht. Im letzten Moment packte mich ein Arm und hielt mich fest. Liams Gesicht befand sich nur ein, zwei Zoll von meinem entfernt; er sah mich betrübt an.

»Im Grunde meines Herzens habe ich das wahrscheinlich geahnt«, meinte er ernst. »Ich … Ach Caitlin! Es tut mir schrecklich leid; ich wollte gar nicht wieder davon anfangen. Es tut zu weh.«

»Ich weiß.«

Er drückte mich fester an sich und zog mich auf den nächsten Stein, der weiter aus dem Wasser ragte und trocken und flach war. Ich hielt mich an seinem Plaid fest.

»Seit dem Beginn der Erhebung ist unser Leben nichts als ein Chaos gewesen, und …«

Er zögerte; seine Stimme hatte jetzt weicher geklungen. Sein Kiefer zuckte. Mit einem Mal hob er mich mit dem Arm, der immer noch um meine Taille lag, in die Höhe, drehte sich einmal um sich selbst und schob mich dann gegen die Felswand hinter uns. Lächelnd öffnete er den Mund, um weiterzusprechen, doch nur ein rauer Laut kam über seine Lippen. Er seufzte.

»Caitlin, *a ghràidh mo chridhe*«, murmelte er schließlich. »Wer bin ich, dass ich ein Urteil über dich sprechen könnte?«

Ein Schauer überlief ihn.

»Vergeuden wir nicht das, was Gott uns gewährt. Lass uns all das als ein Geschenk betrachten, als zweite Chance.«

Meine Kehle war wie zugeschnürt, und ich nickte schweigend. Er lächelte zärtlich, und dann berührten seine warmen, feuchten Lippen meinen Mund und übermittelten mir sein Zittern. Ein Schweißtropfen lief an seiner Schläfe entlang, hängte sich an ein silbernes Härchen und lief dann in seinen kupferfarbenen, vollen Schopf hinein. Sein Hemd klebte ihm auf der Haut. Ich schloss die Augen und kostete Salz, Sonne und Liebe von seinen Lippen.

Er zog mich hinter sich her zu einer kleinen, grasbewachsenen Senke. Dort, wo wir vor Blicken geschützt waren, zog er sein Hemd und ich mein Mieder aus, damit die Sonne uns trocknen konnte. Wir streckten uns im Gras aus, und er legte den Kopf in meine Röcke, auf meine Schenkel. Lange verharrten wir so und hörten zu, wie das Wasser gegen die Steine plätscherte.

»Heute Morgen sind fünf Männer aus Glenlyon gekommen«, erklärte Liam unvermittelt.

Ich schlug die Augen auf und sah ihn mit einer Mischung aus Verblüffung und Sorge an. Um ihn besser anschauen zu können, setzte ich mich auf. Männer aus Glenlyon in Glencoe? Das musste eine dringende Angelegenheit sein, außer …

»Duncan hat doch nicht wieder begonnen …«

Liams Lachen zerstreute mein aufkeimendes Misstrauen.

»Duncan gibt sich mit den Kühen aus Lorn zufrieden. Der Weg ist vielleicht ein wenig weiter, aber für ihn ist es sicherer.«

»Also, warum sollten sich die Männer aus Glenlyon dann nach Glencoe wagen? Was wollten sie?«

»Genauer gesagt wurden sie von David Campbell angeführt, Marions jüngerem Bruder. Der Earl of Breadalbane ist tot. Der alte Fuchs ist schließlich doch von uns gegangen.«

Er lächelte. In unserem Tal würde niemand um den Mann weinen. Nach dem gescheiterten Aufstand war ein Trupp Regierungssoldaten auf Finlarig aufgetaucht. Sie wollten den Alten holen, um ihn hinter Gitter zu stecken. Doch der Earl hatte sie ordentlich angeführt, denn sie hatten ihn auf dem Totenbett vorgefunden. Daraufhin hatten sie ihn in Ruhe gelassen: ein todgeweihter Achtzigjähriger stellte keine Bedrohung mehr für das Haus Hannover dar.

»David hat auch einen Brief für Marion gebracht. Glenlyon geht ins Exil.«

»Oh mein Gott!«, rief ich erschrocken aus.

In den Highlands war es wieder relativ friedlich, wenngleich die Lage instabil war. Nachdem der Prätendent sich nach Frankreich eingeschifft hatte, war die Armee aufgelöst worden, und jeder Soldat war ins sein Tal zurückgekehrt, um nach dem viermonatigen Feldzug die Seinigen wiederzusehen. Patrick hatte sich mit Sàra auf den kleinen Landsitz der beiden zurückgezogen und wachte über die Geschäfte des Earl of Marischal, der sich auf seinen Ländereien versteckt hielt; wie übrigens zahlreiche jakobitische Anführer, wenn sie nicht gleich nach Schweden oder Frankreich ins Exil gingen.

Im Londoner Tower hatten Ende Februar zwei Hinrichtungen stattgefunden. Mehrere Gefangene waren auf die Antillen deportiert worden. Zahlreiche Domänen und Adelstitel waren aberkannt worden. Wenn eine Truppe der Garde gesichtet wurden, schlugen die Männer sich oft in die Berge. Die Angst vor Vergeltungsmaßnahmen und die Erinnerung an vergangene Gräuel steckten uns in den Knochen, so dass wir in ständiger Furcht lebten, wir könnten unsere Häuser in Flammen aufgehen sehen und müssten womöglich zuschauen, wie unsere Ernten geraubt und unsere Herden beschlagnahmt würden.

Doch trotz allem waren die Repressalien nach der gescheiterten Rebellion gemäßigt ausgefallen. Natürlich hatten wir unsere Waffen dem Gouverneur von Fort William ausliefern müssen. Aber diesem Versuch der Behörden, uns zu entwaffnen, war nur mäßiger Erfolg beschieden gewesen. Die Highlander hatten wie gewohnt nur die alten, verrosteten Schwerter abgeliefert und die besseren für … das nächste Mal behalten. Ein Highlander lebte eben mit dem Herzen in der einen und seinem Dolch in der anderen Hand. Anders konnte es gar nicht sein, das war eine Frage des Überlebens.

»Was wird mit uns geschehen, Liam?«

»Nichts.«

Ich überlegte einen Moment und fuhr mit den Fingern durch sein Haar, das sich auf meinem Rock ausbreitete.

»Und John MacIain? Wird er ebenfalls ins Exil gehen müssen?«

Er schlug die Augen auf; sein Blick wirkte unsicher.

»John?«

Er überlegte und presste dann die Lippen zusammen.

»Nein«, erklärte er mit einer Entschiedenheit, die mich ein wenig beruhigte.

Er hob eine Hand, erwischte meine rebellische Haarsträhne und zog mich daran auf sich zu, um mich zu küssten.

»John hat nicht persönlich an dem Aufstand teilgenommen. Und außerdem kann ich mir vorstellen, dass unser Clan in ihren Augen nicht ... wichtig genug ist.«

Es hatte allerdings einmal eine Zeit gegeben, da hatte man uns für wichtig genug gehalten, um ein Exempel an uns zu statuieren, indem man versuchte, uns auszurotten. Liam verzog den Mund, und ich vermutete, dass er das Gleiche dachte wie ich.

»Die *Sassanachs* werden einige Zeit in den Highlands patrouillieren, um uns daran zu erinnern, wer hier der Herr ist. Dann wird nach und nach der Normalzustand zurückkehren, und bald wird das alles nur eine schlimme Erinnerung sein. Wir müssen nichts als ein wenig stillhalten.«

»Und die Exilierten?«

Ich musste wieder an John Cameron denken. Der Chief von Lochiel war im letzten Monat zusammen mit den wenigen jakobitischen Adligen, die das Land noch nicht verlassen hatten, an Bord eines Schiffes gegangen, das irgendwo auf die Hebriden gefahren war. Er hatte Achnacarry verlassen und den Clan seinem sechzehnjährigen Sohn Donald anbefohlen.

»Vielleicht wird der König sie in einigen Jahren begnadigen, wenn er seinen Thron nicht mehr in Gefahr sieht. Ich glaube nicht, dass der Prätendent, nachdem er aus Frankreich verbannt worden ist und jetzt unter den wohlwollenden Fittichen des Papstes in Rom lebt, so bald noch einmal seine Rechte einfordern wird. Vielleicht sollte er sich darauf konzentrieren, einen Erben zu zeugen.«

Das erinnerte mich mit einem Mal an Marions Zustand. Ich streichelte Liams warme, trockene Stirn und lächelte verschmitzt.

»Ist dir eigentlich klar, dass du bald Großvater wirst, *mo rùin*?«, fragte ich spöttisch.

»Womit aus dir unvermeidlich eine Großmutter wird, *a ghrà-*

idh. Au!«, schrie er auf und rieb sich die Wange, in die ich ihn gekniffen hatte. »Und eine ganz böse Großmutter noch dazu!«

Das Kind wurde im nächsten Winter erwartet. Ich konnte nicht umhin, Mitleid mit dem Laird von Glenlyon zu empfinden, der die Geburt seines ersten Enkelkindes nicht erleben würde.

In unserer Nähe fielen ein paar Kieselsteine ins Gras. Liam beschattete die Augen mit der Hand, um festzustellen, wer da oben auf der Felswand unsere Aufmerksamkeit zu erregen versuchte.

»Wir brechen auf«, verkündete Duncan. »Malcolm möchte nicht in das Unwetter hineinkommen. Er hat gedroht, er würde euch hier zurücklassen, damit ihr die Nacht unter den wandelnden Seelen verbringt, wenn ihr euch nicht beeilt.«

Brummend erhob sich Liam.

»Sag diesem alten Griesgram, wenn er mich hier vergisst, könnte es sehr gut sein, dass ich vergesse, ihm seinen Hirsch zu schießen.«

Über uns erklang ein wissendes Lachen, und dann war Duncan fort. Ich sah Liam an, der in sein Hemd schlüpfte, und schützte Empörung vor.

»Du würdest doch nicht wagen, den armen Malcolm den ganzen Winter hindurch zum Bettler zu machen, oder?«

»Ich werde es wagen, wenn er es wagt, uns hier zurückzulassen, *a ghràidh*«, beharrte er lachend.

Malcolm Macdonald, unser guter alter Zimmermann, hatte das ehrwürdige Alter von siebenundsiebzig Jahren erreicht. Seit einiger Zeit erlaubten seine schmerzenden Gelenke ihm nicht mehr, seiner Arbeit nachzugehen, und er konnte auch nicht mehr über die Heide und durch die Berge ziehen, um zu jagen. Daher schenkte Liam ihm jedes Jahr, bevor die große Kälte einsetzte, einen kräftigen Hirsch. Ich war mir sicher, dass er dem Alten sogar ein schönes Tier jagen würde, wenn er uns hier eine Woche schmoren ließ.

Liam half mir, aufzustehen und mein Mieder zu schnüren. Auf seinem schönen, von der Sommersonne gebräunten Gesicht lag ein verschmitztes Lächeln. Er steckte sich das Hemd wieder in den Kilt und befestigte sein Plaid mit seiner Brosche, in deren

Mitte ein rechteckiger, blauer Achat schimmerte. Zärtlich zog er mich dann an seine Brust.

»Hmmm ... Die Vorstellung, allein mit dir hier zu bleiben, missfällt mir ganz und gar nicht.«

Ich dagegen erschauerte bei der Aussicht, eine Nacht auf einer von Geistern bevölkerten Insel zu verbringen, selbst wenn es die Geister lieber Verstorbener waren. Schon immer hatte ich mich vor Gespenstern gefürchtet.

Mein Blick wanderte zum Loch, in dem sich die dicken schwarzen Wolken, die vor den blauen Himmel gezogen waren, spiegelten. Ich hatte gehört, dass Männer, die bei Nacht über den See fuhren, oft die Geister, die auf der Insel tanzten, als kleine Lichter wahrnahmen, Irrlichter. Noch heute erinnerte ich mich sehr gut an die Sagen über Zwerge und böse Geister, die Tante Nellie mir in meiner Kinderzeit in Irland zu erzählen pflegte, und ich hegte keinen besonderen Wunsch, persönliche Bekanntschaft mit diesen seltsamen Wesen zu machen.

Ich schloss die Augen und schüttelte den Kopf, um die Bilder von bösartigen Gnomen zu vertreiben. *Du bist schrecklich abergläubisch, Caitlin! Bewahr dir deine Geschichten über Feen und Elfen für deine Enkelkinder auf.*

»Kommst du nun, oder möchtest du wirklich lieber hierbleiben?«

Liam hatte den Weg eingeschlagen und wartete mit ausgestrecktem Arm auf mich.

»Ich komme schon ...«

Noch einige Augenblicke lang bewunderte ich den Anblick unseres majestätischen Tals, das sich hinter dem Loch ausbreitete. Stolz überragte das mit Ziegelpfannen gedeckte Dach von John MacIains Herrenhaus die Bäume, und ein paar Katen waren ebenfalls zu sehen. Der Clan war sicher – dieses Mal.

Die Niederlage hatte bei den Aufständischen zwar einen bitteren Nachgeschmack hinterlassen, aber sie hatte ihnen nicht die Hoffnung genommen, ihr Ziel eines Tages zu erreichen. Gewiss, die Engländer behielten uns im Auge. Doch die Jahre würden vergehen, und eines Tages würde ein Mann aufstehen und von neuem das Flammende Kreuz schwenken. Dann würden die Clans aus ihrer Erstarrung erwachen, den scharfen Stahl ihrer Waffen polieren und ihre Musketen putzen. Die Kriegsrufe würden durch die purpur- und ockerfarben gefleckten Täler der Highlands hallen, Fionn MacCumhails schlafende Krieger erbeben lassen und das gälische Blut erneut zum Sieden bringen. Stille Wasser waren tief; die Engländer sollten sich nur vorsehen. Die Schotten waren so hart und unbeugsam wie der Granit, aus dem ihre Berge bestanden, und sie würden niemals aufgeben.

Der Wind fuhr um mich herum und murmelte in meinen Ohren. Einen Moment lang war mir, als hörte ich jemanden meinen Namen flüstern. *Mutter …* Mir standen die Haare zu Berge, und ein eisiger Schauer überlief mich von Kopf bis Fuß. Erschrocken erstarrte ich. *Ranald … Bist das wirklich du, mein Sohn?*

»Du bist ja ganz blass geworden, Caitlin. Geht es dir auch gut?«

Ich blinzelte und riss mich aus meiner Apathie. Der Wind hatte das merkwürdige Gefühl, das ich empfunden hatte, verweht, und die schwüle Sommerhitze überfiel mich wieder.

»Ähem, ja …«

»Man könnte meinen, du hättest ein Gespenst gesehen.«

Ich lächelte schwach und trat zu ihm auf den Weg.

»Hast du es auch gespürt?« Ich konnte die Frage nicht zurückhalten.

»Was denn?«

»Diese Eiseskälte. Sie hat mich eingehüllt und … Ich hatte das Gefühl, dass da jemand neben mir stand.«

Kurz sah er mich durchdringend an, aber dann erhellte ein Lächeln seine Miene.

»Daran wirst du dich schon gewöhnen, *a ghràidh*. Du wirst sehen, oft wollen sie uns auf diese Weise nur sagen, dass sie noch da sind, in unserer Nähe. Eines Tages wirst du anfangen, mit ihnen zu sprechen. Sie gehören für immer zu uns, verstehst du?«

»Dann spürst du diese Kälte manchmal auch?«, verwunderte ich mich.

»Gelegentlich«, gestand er. »Sie kommen einfach so, ohne Vorankündigung, und verschwinden genauso rasch wieder.«

Zärtlich nahm er meine Hand, lächelte noch strahlender und enthüllte eine blitzende Zahnreihe. Über den Bergen begann es am Himmel erneut zu grollen.

»Komm, lass uns den Teufel nicht versuchen. Malcolm wäre vielleicht doch in der Lage, uns zurückzulassen ... bei diesem Unwetter, das da aufzieht.«

»Liam!«, rief ich ein wenig perplex, »willst du damit sagen, das war wirklich ein ...?«

»Ein was? Ein Geist? Aber ja ... Hoppla!«

Ich war auf einem Stein ausgerutscht, und er hielt mich fest, damit ich nicht ins Wasser fiel.

»Wir sind vor allem Seelen«, erklärte er mir, »Seelen, die in einer fleischlichen Hülle gefangen sind. Wir sind hier, um ... nun ja, um das Werk zu verrichten, das Gott uns auf dieser Welt zugewiesen hat. Wenn Er findet, dass wir unsere Aufgabe erfüllt haben, befreit Er uns durch den Tod. Und die Seele kann dann hingehen, wohin sie will.«

»Wie kommst du zu diesen Gedanken über Leben und Tod?«

Seine Miene wurde ernst. Er führte mich den Weg hinauf, der auf der anderen Seite der Steilwand lag, und wir kletterten durch die Brennnesseln bis hoch auf den Felsvorsprung. Die Insel lag jetzt verlassen da.

»Ich habe den Tod schon in vielerlei Gestalt erlebt. So oft habe ich ihn schon zuschlagen gesehen, dass ich inzwischen anders darüber denke. Das Leben ist flüchtig, Caitlin. Das Schicksal schlägt grausam und ohne Vorwarnung zu, das weißt du ebenso gut wie ich. Es ist unvermeidlich ...«

»Ich möchte lieber nicht darüber sprechen.«

»Der Tod ist ein Teil des Lebens, und das Ganze ist ein Zyklus. Wir brauchen keine Angst davor zu haben. Ich habe einmal einen Blick auf die andere Seite getan, weißt du noch?«

»Ja«, antwortete ich leise und schlug die Augen nieder.

Wie hätte ich das vergessen können? Als er sah, wie aufgewühlt ich war, küsste er mich auf die Stirn und hob mit einem Finger mein Kinn an.

»Aber ich habe es nicht eilig, dorthin zu gelangen, *a ghràidh*. Gott hat mir einen guten Grund gegeben, meinen Aufenthalt auf

Erden ausdehnen zu wollen, so schmerzhaft er manchmal auch ist. Und dieser Grund bist du. Ich liebe dich, Caitlin. Ich weiß, dass unsere Körper sich eines Tages trennen werden. Aber im Jenseits werden wir uns wieder finden, und von da an werden wir in alle Ewigkeit zusammen sein. *Ad vitam aeternam …*«

Er verstummte. Der Wind wehte meine Röcke hoch und blähte sie auf, so dass sie sich auch um seine Beine wickelten. Mit einem Mal fühlte ich mich in seinen Armen so leicht, als besäße ich Flügel. Doch leider holte mich ein lauter Ruf rasch wieder auf die Erde zurück; und der Himmel tat das Seinige dazu und schickte uns ein paar Regentropfen. Liam rückte von mir ab und sah in die Richtung, aus der die ungeduldigen Bekundungen kamen.

»Wir haben den anderen lange genug die Zeit gestohlen. Und außerdem knurrt mir der Magen. Wir haben doch hoffentlich noch etwas zu essen im Haus, oder?«

»Vielfraß!«, witzelte ich und kniff durch sein Hemd in ein kleines Speckröllchen. »Du denkst nur ans Essen und ans Liebemachen.«

»Das ist ganz allein deine Schuld«, verteidigte er sich energisch. »Hast du nicht gesagt, ich müsste wieder etwas zulegen? Und was das andere angeht … Ich versuche eben, die verlorene Zeit aufzuholen.«

Ich rannte hinter ihm her.

»Liam Macdonald!«

Ich prallte in vollem Lauf gegen ihn, verlor das Gleichgewicht und riss ihn im Fallen mit. Kichernd und in einem Wirrwarr von Stoff kugelten wir durch das hohe Gras.

Der Regen wurde heftiger; und über den Bergen donnerte es laut. Der schottische Himmel brachte seinen Zorn zu Gehör. Er beweinte seine Toten und seinen exilierten König. Doch schon morgen würden seine Wasser die Frucht der gerundeten Leiber seiner Frauen taufen; eine junge Generation, die diesem wilden, niemals unterworfenen Volk, das stets nach seiner Freiheit strebte, neuen Atem und neue Kraft schenkte.

Dies ist das Ende eines alten Liedes, hatte voller Trauer ein Lord bei der endgültigen Abschaffung des schottischen Parlaments im Jahre 1707 gerufen. Das Ende? Und trotzdem hörte ich immer noch die Melodie der Freiheit im Wind, der über unsere Heide pfiff, und im Plätschern der Wildbäche, die durch die Tiefen unserer Täler flossen. Sie verlieh unserem Leben seinen Rhythmus. Meine Kinder summten sie leise vor sich hin, und ihre Kinder würden dasselbe tun. Seit der Invasion von Agricolas römischen Legionen hatte man erfolglos versucht, dieses Lied im Herzen der Schotten zum Schweigen zu bringen. Ich konnte nicht voraussehen, wie die Historie weiterschreiten würde, doch eines war sicher: Wenn uns diese Freiheit hier, in unseren Bergen, verweigert wurde, dann würde unser Volk sie eben anderswo suchen. Unsere Geschichte war eine Erzählung ohne Ende, die wir mit unserem Blut auf das Angesicht dieser Welt schreiben würden.

Wir erstickten ein letztes Auflachen, schwiegen einen langen Augenblick und sahen einander an. Dann wich die Erheiterung der Zärtlichkeit. Langsam beugte sich Liam über mich.

»Sag mir, *a ghràidh*, warum kann ich nicht anders, als dich zu küssen? Wieso begehre ich dich immer so sehr?«

Er liebkoste mein Haar und ließ seinen Blick über meinen Körper schweifen.

»Weil du mich liebst … und weil ich dich liebe«, erklärte ich leise.

»Weil ich dich liebe …«, flüsterte er und murmelte mir die Worte eines Gedichts ins Ohr. »*B'òg chuir mi eòlas air leannan mo ghràidh, 's a rinn mise suas ri'sa ghleannan gu h-àrd; a gnuis tha cho aoidheil, làn gean agus bàigh, is mise bhios cianail, mur faigh mi a làmh … Gur tric sinn le chéile gabhail cuairt feadh an àit, 's a falbh troimh na cluaintean gach bruachag is màgh; na h-eoin bheag le smudan a' seinn dhuinn an dàn, 's toirt fàilte do'n mhaighdinn d'an d'thug mim o ghràdh …*«*

* Dies sind die ersten beiden Strophen des Gedichts *Cailin mo rùin-sa* von Donald Ross: *Du warst so bezaubernd, meine Liebste, als meine Augen dich damals im Tal erblickt haben; seit diesem Tag kann ich ohne dich nicht sein; denn ich bin dem Zauber deiner Augen erlegen … Immer werde ich mich an diesen Tag im Mai erinnern; fröhlichen Herzens liefen wir durch Wälder und Felder, und die Vögel sangen so süß, und die wilden Blumen im Regen dufteten so herrlich …* Die Übersetzung stellt keine Nachdichtung dar, sondern möchte nur eine Vorstellung vom Inhalt der Verse vermitteln.

Liam warf einen Blick zum Landungssteg, beugte sich dann über mich und küsste mich noch einmal leidenschaftlich. Mit geschlossenen Augen ließ ich mich von der Woge der Gefühle, die in mir aufstiegen, überspülen. Ich berauschte mich an seinem Atem und sättigte mich an seinen Berührungen und Küssen. *Liam, mein Liebster, seit zwanzig Jahren teilst du jetzt schon mein Leben, seit zwanzig Jahren liebe ich dich.* Mit meinen Fingern und meinen Lippen grub ich die Worte in seine Haut ein. Unsere Körper sagten einander, was Worte nicht auszudrücken vermochten. Unsere Seelen erfreuten sich an den Empfindungen, die ihnen ihre noch quicklebendigen fleischlichen Hüllen schenkten. Ich ergriff mein Glück mit vollen Händen und überfließendem Mund, und mein Herz sang ein *Te Deum* und dankte dem Himmel für die Gnade, die er mir ein weiteres Mal gewährt hatte:

Die Liebe eines Mannes.

Inhalt

TEIL EINS

TEIL ZWEI

TEIL DREI

TEIL VIER

TEIL FÜNF

TEIL SECHS

TEIL SIEBEN

TEIL ACHT

EPILOG

Danksagung

Es ist mir ein Bedürfnis, meiner Familie für ihre unschätzbare Geduld zu danken, mit der sie sich damit abgefunden hat, dass ich oft körperlich und geistig abwesend war. Ich danke meinen Eltern, die mir die Freude am Lernen und die Beharrlichkeit vermittelt haben, durch die ich in der Lage bin, meine Projekte zu Ende zu führen. Dank auch an Isabelle, Jacinthe, Judith, Micheline und Suzanne, meine Freundinnen, und meine liebe Schwester Judy für ihre Unterstützung und Ermunterung. Angus Macleod aus Cap-Breton danke ich für seine Ratschläge und die Zeit, die er einmal mehr der Korrektur der gälischen Dialoge gewidmet hat. Einen großen Dank an meinen Verleger Jean-Claude Larouche für das Vertrauen, das er mir schenkt und das es mir ermöglicht, weiterhin meinen Traum zu verwirklichen. Und schließlich noch einmal Dank an alle Autoren der zahlreichen Werke, die mir beim Verfassen dieses Romans eine wertvolle Hilfe waren.

Ohne sie alle wäre ich ziemlich hilflos gewesen …

Aus der Tiefe meines Herzens
S. M.